I0823798

Los tres mundos

Los tres mundos

La conquista de las Galias por Julio César

Santiago Posteguillo

Papel certificado por el Forest Stewardship Council®

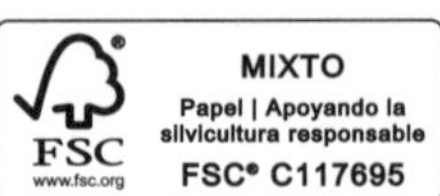

Primera edición: octubre de 2025

Printed in Spain – Impreso en España

ISBN: 978-84-666-8270-1
Depósito legal: B-14.468-2025

Compuesto en Llibresimes

Impreso en Liberdúplex
Sant Llorenç d'Hortons (Barcelona)

BS 8 2 7 0 1

A Ana,
porque te quiero

Cry «Havoc»!, and let slip the dogs of war.

Gritad: «¡Devastación!», y soltad los perros de la guerra.

SHAKESPEARE, *Julio César*, acto III, escena I

Dramatis personae

Julio César (Cayo Julio César): senador y procónsul de Roma

Familia de Julio César
Acia: hija de Julia la Menor y Acio Balbo
Aurelia: madre de Julio César
Calpurnia: tercera esposa de César, hija de Lucio Calpurnio Pisón
Cayo Octavio: sobrino nieto de Julio César
Julia: hija de Julio César y Cornelia, su primera esposa
Julia la Mayor: hermana de Julio César
Julia la Menor: hermana de Julio César

Líderes y senadores *optimates*
Afranio (Lucio Afranio): excónsul, amigo de Pompeyo
Bíbulo (Marco Calpurnio Bíbulo): senador, yerno de Catón
Bruto (Marco Junio Bruto): sobrino de Catón, hijo de Servilia y su primer marido, Marco Junio Bruto
Catón (Marco Porcio Catón): senador, descendiente de Catón el Viejo, próximo a Cicerón, hermanastro de Servilia
Cicerón (Marco Tulio Cicerón): abogado y senador, líder de los *optimates*
Cneo Domicio Calvino: candidato a cónsul
Cneo Pompeyo: senador y procónsul de Roma
Gabinio (Aulo Gabinio): tribuno de la plebe, propulsor de la *lex Gabinia* y gobernador de Siria
Lucio Domicio Enobarbo: candidato a cónsul
Marco Valerio Mesala: candidato a cónsul

Milón (Tito Annio Milón): líder de una banda armada defensora de los intereses de los *optimates*

Líderes y senadores populares

Apio (Apio Clodio Pulcro): *lanista* en Capua y hermano de Publio Clodio

Clodio (Publio Clodio Pulcro): tribuno de la plebe y líder de una banda armada en Roma

Craso (Marco Licinio Craso): senador veterano, el hombre más rico de Roma

Fulvia: esposa de Clodio

Otros líderes y senadores romanos independientes

Ateyo (Cayo Ateyo Capitón): tribuno de la plebe

Oficiales romanos en la Galia bajo el mando de Julio César

Balbo (Lucio Cornelio Balbo): hispano, intermediario con Roma y *praefectus fabrum* en la Galia

Cayo Fabio: *legatus*

Cayo Voluseno: tribuno militar

Cota: *legatus*

Décimo Junio Bruto: *legatus*

Labieno (Tito Labieno): amigo personal de César, *legatus* y segundo en el mando en la Galia

Lucio Roscio: *legatus*

Mamurra: *praefectus fabrum*

Marco Antonio: *magister equitum*

Marco Craso: hijo de Craso y Tértula, hermano mayor de Publio Craso y *quaestor* en el ejército de César en la Galia

Publio Licinio Craso: hijo de Craso y Tértula, al frente de los *turmae*

Quinto Atrio: *legatus*

Quinto Tulio Cicerón: hermano del famoso político Marco Tulio Cicerón y *legatus*

Sabino: *legatus*

Líderes galos

Abrar: líder de los vénetos

Acón: líder de los senones
Ambiórix: líder de los eburones y otros pueblos de la Galia belga
Boduognato: líder de los nervios y otros pueblos de la Galia belga
Casivelauno: líder de los britanos
Catuvolco: líder de los eburones
Cavarino: líder de los senones, aliado de César
Cingetórix: líder de los tréveros, aliado de César
Cneo Iccio: líder de los remos
Comio: líder de los atrebates, aliado de César
Diviciaco: líder de los eduos, aliado de César
Dúmnorix: líder de los eduos, jefe de la caballería gala, hermano de Diviciaco
Galba: rey de los suesiones y líder de una confederación de pueblos de la Galia belga
Gobanitio: líder de los arvernos, tío de Vercingetórix
Induciomaro: líder de los tréveros
Induciomaro hijo: heredero del liderazgo de los tréveros
Mandubracio: líder britano destronado, aliado de César
Vercingetórix: líder de los arvernos

Líderes políticos y altos cargos en Egipto
Aristarco: anciano bibliotecario de la biblioteca de Alejandría
Arquelao: sacerdote del templo de Belona, en Capadocia, y segundo esposo de Berenice
Arsínoe: hija de Tolomeo XII, hermanastra de Cleopatra
Berenice: hija de Tolomeo XII, hermanastra de Cleopatra
Cleopatra: hija de Tolomeo XII y Nefertari, su favorita
Filóstrato: tutor de Cleopatra
Pasherenptah III: sumo sacerdote de Ptah en Menfis
Potino: eunuco y principal consejero de la corte de Tolomeo XII
Seleuco VII de Siria: primer esposo de Berenice IV
Tolomeo XII: faraón, rey del Alto y Bajo Egipto, padre de Cleopatra
Tolomeo XIII: hijo de Tolomeo XII y hermanastro de Cleopatra
Tolomeo XIV: hijo de Tolomeo XII y hermanastro de Cleopatra

Otros personajes
Ariovisto: rey de los suevos y líder de los germanos

Casio (Cayo Casio Longino): *quaestor* en Siria
Catulo (Cayo Valerio Catulo): poeta conocido por sus escandalosos versos
Clodia: hermana de Clodio, amante de Catulo y denominada Lesbia en sus poemas
Cneo Pompeyo el Menor: hijo mayor de Pompeyo
El Cretense: prestamista y líder de una banda de malhechores en Roma
El Extranjero: enigmático asesor militar de los belgas y los britanos
Emilia: esposa de Labieno
Geminio: amigo y confidente de Pompeyo
Rabirio (Cayo Rabirio Póstumo): banquero romano
Servilia: hermanastra de Catón, madre de Bruto, amante de César
Sexto Pompeyo: hijo menor de Pompeyo
Vitruvio: ingeniero y arquitecto

Prooemium

Roma
58 a. C.

Los senadores Craso, Pompeyo y César dominaban Roma. Habían establecido un pacto, conocido como el triunvirato, mediante el cual controlaban las votaciones en el Senado uniendo sus fuerzas contra las de Cicerón, Catón y el resto de sus enemigos políticos. Pero en el año 58 a. C., Craso estaba más atento a sus negocios, Pompeyo a su vida privada y César ausente en la Galia. Los tres promovieron que Clodio, fiel partidario de su facción política y que disponía de la mayor banda de sicarios de la ciudad, fuera elegido tribuno de la plebe para que, desde ese cargo, ejerciera un poder absoluto sobre Roma. Clodio promulgó leyes acordes con los intereses de los tres poderosos senadores, y éstos, por su parte, no cuestionaban los métodos que Clodio pudiera estar empleando, absorbidos como estaban cada uno de ellos en sus asuntos. Que los cónsules de aquel año fueran Lucio Calpurnio Pisón y Aulo Gabinio era irrelevante, pues el poder del Senado estaba bloqueado.

El tribuno Clodio, y nadie más, regía los destinos de todos en la ciudad de Roma.

El todopoderoso tribuno sabía que, mientras no fuera en contra de los intereses de Craso, Pompeyo o César, podía hacer lo que quisiera.

Cualquier cosa.

Parecía el momento oportuno para una venganza personal.

Y Clodio tenía cuentas pendientes.

La Galia*
58 a. C.

César había resuelto la crisis de la migración de los helvecios de los Alpes a la Galia expulsándolos tras la batalla de Bibracte, pero la situación en la región estaba muy lejos de serenarse: el rey germano Ariovisto había iniciado una invasión en toda regla de gran parte de la Galia. Con un ejército de cuarenta mil guerreros y ciento veinte mil colonos germanos ya al sur del Rin, su plan de establecerse en la región de forma permanente estaba en marcha. Los galos, una vez más, en esta ocasión mediante el líder de los eduos, Diviciaco, habían solicitado la ayuda de Roma para detener esta nueva invasión de su territorio. Y Roma en la Galia era lo mismo que decir Julio César. De esta manera, el procónsul se vio implicado en una segunda campaña militar de final incierto: el ejército germano no era una simple migración de guerreros con sus familias, sino una trituradora militar que había derrotado a los galos en varias batallas campales. César intentaba evitar el choque frontal de las legiones con aquella apisonadora armada hasta los dientes, pero Ariovisto no era un rey proclive a negociar nada, y menos sobre un territorio, la Galia, que él consideraba suyo por derecho de conquista.

César avanzaba hacia el norte.

Ariovisto hacia el sur.

* Véase el mapa «La Galia en tiempos de César» de las páginas 1012-1013.

☥

Egipto
58 a. C.

El faraón Tolomeo XII, padre de la joven Cleopatra VII, había sido depuesto del trono de Egipto por una conjura urdida por su consejero Potino, un eunuco veterano asesor de la corte tolemaica, asistido por la mayor parte de la élite sacerdotal. El detonante del complot había sido la cesión de la isla de Chipre por parte de Tolomeo XII a Roma. La ciudad del Tíber, con sus ojos puestos en Asia desde la derrota de Mitrídates del Ponto y las conquistas de Pompeyo en aquella parte del mundo, anhelaba la anexión de más y más territorios. Egipto era la joya más preciada, pero, por el momento, Roma iba apoderándose sólo de territorios dependientes del faraón. Tanto el pueblo de Egipto, agitado por los sacerdotes, que alimentaban un nacionalismo egipcio que defendía la independencia absoluta del reino del Nilo de Roma, como el propio Potino vieron en esta cesión de Tolomeo XII un signo de gran debilidad. Ni el pueblo ni los sacerdotes acertaban a comprender que militarmente Egipto ya no podía oponerse a un poder como el de Roma y que, en consecuencia, la línea de negociar cesiones y sobornar a senadores romanos, iniciada por Tolomeo XII, era la única salida posible para alargar la independencia del legendario reino. Potino, más astuto, más clarividente, sí podía ver esto, pero el viento en Alejandría soplaba en favor de los nacionalistas egipcios y decidió unirse al complot que depuso a Tolomeo XII y situó en el trono a su hija mayor,

Berenice. Ésta era un títere en manos de los sacerdotes, pero una marioneta que, al poco tiempo, manifestaría tener sus propias ideas.

Tolomeo XII se refugió en el exilio, primero, en Grecia y, luego, por fin, en Roma misma, donde buscaba comprar suficientes voluntades en el Senado romano como para poder retornar al trono de faraón con el apoyo militar romano a cambio de más cesiones territoriales y un flujo incesante de trigo hacia la capital de la inmensa República.

Su hija pequeña, Cleopatra, lo acompañaba en aquel exilio.

En el 58 a. C., Roma, la Galia y Egipto eran tres mundos distintos que, sin saberlo, iban camino de un único destino.

Liber primus

ARIOVISTO

I

El poder de Clodio

Roma
58 a. C.

—¡Mátalo! —dijo ella—. ¡Mátalo sin piedad!

Clodio escuchaba. Su esposa Fulvia era la que hablaba.

Cicerón, en pie, inmóvil, esperaba la decisión de Clodio de actuar según deseaba Fulvia... o no.

Clodio y Fulvia venían escoltados por una turba de sicarios armados con dagas y mazas.

Cicerón, pese a haber sido advertido por algunos senadores amigos de que Clodio iba a por él, no se atrincheró en su casa como hiciera en el pasado, cuando Catilina envió a varios de sus conjurados para asesinarlo. Cicerón tenía claro que, en la nueva Roma del triunvirato de César, Craso y Pompeyo, el tribuno Clodio era quien mandaba y no había nada que hacer ya contra él. Si no salía a recibirlo a la puerta de su casa, la incendiarían y lo quemarían vivo. Cicerón, además, no era de rehuir la muerte cuando ésta llegaba inexorable. Él era de afrontarla cara a cara. Por eso salió y abrió personalmente la puerta a Clodio y su esposa solo, sin ni siquiera esclavos armados que lo defendieran, lo que, en cualquier caso, sería del todo inútil.

—¡Mátalo! —repitió Fulvia.

Cicerón se quedó inmóvil, esperando la daga que le diera muerte. Los dos, Clodio y Fulvia, tenían motivos para querer matarlo y Cicerón no tenía con qué defenderse. Sencillamente, había llegado su hora.

Pero todo aquello había empezado años atrás...

Clodio tenía la peor de las reputaciones: tras su sacrílega participación en el escándalo de la Bona Dea, promovido por Aurelia, la madre de César, para tener una justificación con la que su hijo pudiera divorciarse de su incómoda esposa Pompeya, su carrera política quedó aniquilada. Aunque saliera exonerado en el juicio, gracias a múltiples sobornos, el hecho de que Clodio se hubiera infiltrado en los ritos religiosos en honor de la Bona Dea, en los que sólo podían participar mujeres, había dejado su imagen pública demasiado deteriorada como para poder optar a un puesto en el Senado. Poco importaba que todo hubiera sido una farsa con la que hacer creer a la sociedad romana que Pompeya, segunda esposa de César, nieta del dictador Sila, tenía una aventura extramarital con el propio Clodio, quien, supuestamente, se habría aprovechado de la celebración religiosa para vestirse de mujer e intentar tener un encuentro secreto con Pompeya. Tal fue el escándalo que César, gracias a la estrategia de su madre, consiguió su deseo de divorciarse por adulterio de Pompeya, pero Clodio quedó marcado por aquel suceso para siempre y su ascenso político paralizado.

—Mátalo, esposo mío —insistió ella ahora al oído de Clodio, con aquella voz joven y dulce, sibilante como la de una serpiente, embriagadora, persuasiva. Él seguía pensando, repasando los últimos episodios de su vida...

La ambición de Clodio era inmensa.

Vetado el camino político del Senado, quedaba, no obstante, otra ruta para conseguir poder: el tribunado de la plebe. Y más aún desde las incipientes reformas políticas impulsadas por César y Craso, que habían dotado a las asambleas del pueblo y a sus líderes, los tribunos de la plebe, de más capacidad legislativa y atribuciones de las que habían tenido estas instituciones en mucho tiempo, siempre en detrimento del Senado. Ser tribuno de la plebe en los tiempos del triunvirato era mucho más importante que en otros periodos políticos. Pero había un obstáculo técnico legal que soslayar para que Clodio pudiera presentarse a unas elecciones a tribuno de la plebe: él era patricio, y los patricios, según la ley, no podían presentarse al cargo de tribuno del pueblo.

—Y si no lo quieres matar por sus insidias contra ti, esposo mío —continuó la joven Fulvia, siempre susurrando al oído de su marido—, mátalo por todo lo que lleva haciendo contra mi familia desde hace años.

Fulvia estaba casada con Clodio apenas hacía cuatro años. Esa unión sólo acrecentó el odio de Clodio hacia el gran orador: Cicerón sabía perfectamente que aquella joven no le había perdonado nunca que él despreciara a su padre por su tartamudez y que se riera de él en público llamándolo Bambalio, «el tartamudo». Nunca pensó ni que la hija de Bambalio ni que ese Clodio que tenía ante él pudieran reunir tanto poder como para controlar Roma, como para decidir sobre la vida y la muerte de las personas, como para poder decidir sobre su vida o, en este caso, su muerte. Fue sorprendente, incluso para Cicerón, el modo en el que Clodio sorteó los impedimentos legales que le imposibilitaban acceder al tribunado de la plebe.

Clodio, en efecto, no podía presentarse a aquel cargo por ser patricio. Los tribunos del pueblo debían ser plebeyos de nacimiento. Sin embargo, en Roma, hecha una ley, hecho un subterfugio legal para soslayarla, si se desea de verdad y si se dispone de los suficientes apoyos políticos: Clodio renunció a su condición social de patricio, perdiendo todos los privilegios de su clase, y se hizo adoptar como hijo de un plebeyo. Y todo esto lo hizo con el apoyo de César y Craso, quienes buscaban tener un tribuno de la plebe poderoso que controlara las asambleas del pueblo en un momento en el que ya tenían al Senado bloqueado con su pacto a tres bandas entre ellos dos y Pompeyo. Con el Senado paralizado, con Cicerón y Catón incapaces de vetar nada de lo que se decidiera en las asambleas del pueblo, lo que la plebe votara y eligiera era aún más importante. Por eso, tener de tu lado a un tribuno de la plebe audaz era el modo perfecto de controlar Roma. Algo que le convenía a un César ausente, de campaña en la lejana Galia, y a un Craso más interesado en gestionar sus negocios que en dar la batalla política en primera línea. A Pompeyo, por su parte, mientras no se atacaran sus intereses personales ni a sus veteranos de guerra, que ya disfrutaban de las tierras prometidas por su participación en la conquista de Asia, lo que ocurriera en las asambleas del pueblo o en el Senado le importaba más bien poco. Esta confluencia de circunstancias originó el ascenso al poder de Clodio.

Publio Clodio Pulcro se hizo adoptar por el plebeyo Publio Fonteyo. Podría haber elegido a algún venerable plebeyo, pero, en una muestra más de su total irreverencia a lo convencional, Clodio seleccionó a un padre adoptivo de menor edad que él mismo. La maniobra era un escándalo, pero Clodio era el escándalo constante. En ese espacio, él se desenvolvía con soltura.

—Y si no lo matas por mí —siguió la joven hablando al oído de su esposo sin dejar de mirar a Cicerón mientras lo hacía—, mátalo por ti, por lo que te hizo cuando actuó como acusador contra ti en el juicio de la Bona Dea. Me da igual por qué lo mates, pero hazlo, amor mío.

Al comienzo de su tribunado, Clodio actuó al dictado de los principios políticos de César y Craso, siguiendo las directrices de la facción política popular y aprobando leyes que beneficiaran de forma clara a la plebe: incrementó aún más la capacidad legislativa de las asambleas del pueblo y sobre todo, en su actuación estrella, repartió ingentes cantidades de grano de forma gratuita a todo el pueblo de Roma. Estas acciones contribuyeron, por un lado, a hacer que la plebe olvidara el escandaloso modo en el que Clodio había conseguido presentarse y ganar unas elecciones como tribuno de la plebe y, por otro lado, ayudaron a consolidar el control de Roma por parte de los populares.

Pero fue en este momento cuando Clodio cruzó la fina línea de la ambición política y se adentró en el proceloso océano de la megalomanía: decidió unilateralmente la anexión formal de Chipre a Roma, sin importarle las negociaciones abiertas por el Senado con el faraón exiliado Tolomeo XII, por un lado, y las conversaciones con su hija Berenice IV, entronizada por los sacerdotes egipcios, por otro. Hasta ese momento, la política exterior de Roma siempre se había decidido en el Senado. Pero con Clodio ya no.

Y, finalmente, para poder asentar su control de la ciudad, armó casi militarmente a todos los *collegia*, las asociaciones profesionales de artesanos de Roma, cuyos intereses decía defender, pero a quienes utilizaba en verdad como una auténtica gran banda armada que sembraba el terror por cada esquina de la ciudad, persiguiendo, hiriendo y, si procedía, asesinando a cualquiera que se opusiera a las decisiones del todopoderoso tribuno de la plebe. Fue en ese momento cuando se sintió lo suficientemente fuerte para arremeter contra Cicerón.

Por eso salió Clodio aquella mañana de su *domus*, junto a su joven esposa, rodeado de una gran parte de su banda de sicarios para matar al famoso orador.

Pero de pronto... un pensamiento cruzó la mente del tribuno.

—No, esposa mía, no lo vamos a matar. —Y antes de que Fulvia pudiera contraargumentar, Clodio siguió hablando, mirando fijamente a los ojos de Cicerón—: Una vez alguien me hizo ver que hay cosas peores que la muerte. No, esposa mía, a Cicerón, a quien tenemos aquí delante, no lo vamos a matar. Aún no. —Y se limitó a mirar a sus hombres—. ¡Envainad las dagas! ¡Nos marchamos!

Y Cicerón se quedó allí, solo, pensando qué podía ser, para el tirano y despiadado Clodio, algo peor que la muerte.

Todas las opciones que imaginaba eran inquietantes.

II

Una trampa mortal

Bibracte, la Galia
58 a. C.

—Es una trampa —dijo Balbo.

Y el joven Publio Craso asintió mostrando que coincidía con aquella valoración.

En la tienda del *praetorium* estaban también Labieno y otros oficiales de alto rango de las legiones, junto con Diviciaco, el druida y líder de los galos eduos, su hermano Dúmnorix, jefe de la caballería gala, y otros jefes galos. En medio de todos, sentado en una *sella curulis* de campaña, César.

Este último paseó su mirada por los rostros de los presentes que todavía no habían hablado. En su mano derecha estaba aún, en caracteres de la lengua gala, el mensaje que Ariovisto, *rex germanorum*, monarca de los germanos, le había hecho llegar. En la misiva, el rey del norte proponía un encuentro cara a cara entre el propio César y él mismo para dirimir sus diferencias sobre la presencia de ambos en la Galia. Se trataba de un último intento por evitar el choque armado entre las legiones de Roma y el impresionante ejército de más de cuarenta mil guerreros veteranos de Ariovisto.

Pero en la carta, el rey germano había impuesto dos condiciones muy precisas para tal encuentro.

—¿Tú qué opinas, Tito? —preguntó César mirando directamente a Labieno.

Ariovisto había exigido, primero, que la entrevista tuviera lugar en un espacio neutral, al norte de la ciudad de Vesontio, y, segunda exigencia, la más delicada, que ambos líderes, tanto César como el propio Ariovisto, fueran acompañados sólo por sus respectivas caballerías.

Nada de infantería.

Y ésta era una cesión muy arriesgada para los romanos: el poder de las legiones se basaba en sus cohortes de infantería. El ejército de César apenas disponía de unas pocas unidades de caballería propia, bien dirigidas por el valeroso Craso, pero escasas en número, estando el grueso de la caballería de las legiones compuesto por jinetes eduos. Y éstos eran los mismos guerreros que se habían mostrado remisos al combate duro en enfrentamientos previos, como la batalla de Bibracte, en la que, a las primeras de cambio, Dúmnorix, ejerciendo el liderazgo de aquella unidad militar, dio la orden de retirarse y dejó a los romanos solos ante los helvecios, boyos y tulingos. Sólo la audacia del propio César y el arrojo de los legionarios de la X, los más valientes, y los veteranos también de la VII, VIII y IX habían salvado la situación.

César seguía mirando a Labieno en espera de una respuesta, pero no le apremió a hablar. Había aprendido a respetar los silencios de su segundo en el mando, a la par que su mejor amigo. Labieno era de esos pocos hombres que antes de dar una opinión meditaba. A César y al resto de sus oficiales les costó averiguar, tras la batalla de Bibracte, quién había dado la orden de retirada a los jinetes eduos al principio de la lucha, pero, al final, el nombre de Dúmnorix fue mencionado en repetidas ocasiones por varios de los oficiales galos interrogados. ¿Era sensato, pues, acudir al encuentro del peligroso rey de los germanos acompañado por una caballería de tan dudosa lealtad?

—Preferiría hablar a solas con el procónsul de Roma —respondió, al fin, Labieno.

César comprendió que era una forma elegante de solicitar que Diviciaco, Dúmnorix y los otros líderes galos no estuvieran presentes cuando él formulara sus pensamientos en voz alta.

—De acuerdo —aceptó César, y no tuvo que decir más: sus oficiales empezaron a abandonar la tienda y, con ellos, Diviciaco, Dúmnorix y el resto de los celtas—. Balbo, tú y Publio, quedaos —añadió el procónsul dirigiéndose a su amigo hispano y al joven hijo de Craso mientras miraba de reojo a Labieno. Este cabeceó afirmativamente.

En el exterior

—Nos hacen salir de la tienda por ti. Lo sabes, ¿verdad, hermano? —apuntó Diviciaco en cuanto se encontraron a solas a unos veinte pasos del *praetorium* de campaña.

Dúmnorix no se dignó a responder. En el fondo pensaba que su hermano era un blando. Él consideraba la Galia de otra forma: veía un vasto territorio gobernado sólo por y para galos. Por eso pactó en el pasado con los helvecios. Por eso se retiró de la batalla de Bibracte.

Dúmnorix callaba y se limitaba a mirar al suelo.

Por eso había pactado ahora con Ariovisto. Los germanos tampoco le gustaban, pero ya se encargaría de ellos cuando hubieran expulsado de la Galia a los romanos. Estos últimos le parecían mucho más complicados de empujar hacia el sur sin contar con la ayuda de un ejército adicional y potente como el de Ariovisto. Sí, éste era un germano, pero duro. No como el débil de su hermano Diviciaco, que había sucumbido a la invasión romana.

En el interior

—No nos podemos fiar de Dúmnorix —empezó Labieno—. Antes no sabíamos la mitad de lo que sabemos ahora, pero ya averiguamos que Dúmnorix influyó en las negociaciones entre sécuanos y helvecios para que los primeros permitieran cruzar su territorio a los segundos. Nos han informado también de que fue Dúmnorix quien instó a que muchos pueblos galos fueran muy remisos a proporcionarnos grano durante la campaña anterior contra los propios helvecios. Y, finalmente, como todos sabemos ya, en la batalla de Bibracte, fue Dúmnorix quien dio la orden de retirada de la caballería nada más empezar la lucha, dejándonos solos. No puedes ir con esos jinetes, bajo su mando, a entrevistarte con el rey germano. Será una emboscada de la que no regresarás vivo: frente a ti un líder germano agresivo y, a tu espalda, un jefe galo de lealtad incierta.

—Pero he de acudir a ese encuentro —respondió el procónsul de Roma, sereno, sentado en su *sella curulis*, bebiendo algo de agua de un cuenco de cerámica.

—¿Por qué? —preguntó Labieno—. Dame una sola razón. Yo no lo veo necesario. Detener al rey germano con las legiones, sí, pero hablar con él, no.

César echó un trago más, dejó el cuenco en la mesa y habló con intensidad en la voz:

—Porque, si existe una posibilidad de resolver ese conflicto evitando que centenares de legionarios caigan en combate, es mi obligación explorar esa opción. Porque esos mismos legionarios tienen miedo a los germanos, como en el pasado lo tuvieron los hombres de mi tío Mario a los germanos teutones, los cimbrios y los ambrones del norte. Porque, si no acudo a esa reunión, todos, legionarios, germanos y galos, me verán como débil, como cobarde. No dudéis de que en apenas una hora no se estará hablando de otro asunto en el campamento que de esta propuesta de reunión. Por todas esas razones he de presentarme y hablar cara a cara con el rey germano.

Labieno suspiró. Como cuando César se empeñó en aceptar ser fiscal contra Dolabela, podía detectar ahora en su amigo aquel mismo empecinamiento casi irracional. César, era cierto, acababa de aportar motivos importantes para acudir a aquel encuentro, pero para él pesaba mucho más la desconfianza hacia la caballería de Dúmnorix que cualquier otro razonamiento que César pudiera alegar para ir a esa reunión. A esa trampa mortal.

—Y hay una razón más —añadió César.

Labieno, Balbo y el joven Craso escuchaban atentos.

—Es bueno conocer a tu enemigo... en persona —sentenció César.

En el exterior

Labieno, Balbo y Craso salieron de la tienda del *praetorium*. Los rostros eran sombríos.

—¿Cuál es la decisión del procónsul? —los interpeló Diviciaco con genuino interés.

Fue Balbo el que respondió:

—El procónsul acudirá al encuentro. Parte mañana, al alba.

Diviciaco, muy serio, asintió.

A su espalda, Dúmnorix se giró lentamente para ocultar una leve sonrisa que, veloz, borró de su rostro y clavó entonces sus ojos en uno de sus jinetes, que lo observaba desde la distancia. Dúmnorix se llevó la palma de la mano a la frente dos veces. El jinete repitió el mismo gesto, acordado de antemano, en señal de respuesta, montó un caballo que tenía próximo y emprendió la marcha junto con una docena de guerreros galos también a caballo.

Cuando el grupo de jinetes llegó a las puertas del campamento, los legionarios de guardia los abordaron, pero los jinetes, como aliados que eran, conocían la contraseña para entrar y salir de la fortificación. Al instante, las puertas se les abrieron, y partieron al galope hacia el norte.

En el interior del campamento, en las tiendas de los eduos, un guerrero se dirigió a Dúmnorix en voz baja:

—¿Crees que ese jinete es de fiar, el que porta el mensaje para el rey germano? A fin de cuentas, no es realmente uno de los nuestros. No es de nuestra tribu.

—No, no lo es, pero tiene agallas —respondió Dúmnorix—. Y odia a los romanos tanto como nosotros.

Campamento de Ariovisto al norte de Vesontio

Tres días más tarde, varios mensajeros de César informaron al rey de los germanos de que el procónsul de Roma acudiría a la reunión aceptando, además, la condición de presentarse acompañado sólo por la caballería de su ejército.

Ariovisto se limitó a enviar una respuesta indicando el lugar que proponía para el encuentro. Lo que los mensajeros romanos no sabían es que un día antes ya habían llegado jinetes galos para informarle de todo aquello.

Ariovisto estaba exultante por lo fácil que estaba resultando resolver el asunto del líder romano que tantos quebraderos de cabeza había dado a los galos en los últimos meses. Los celtas eran, claramente, muy inferiores en estrategia y en audacia. El rey germano no era hombre de muchas palabras, pero aquella mañana, pensando en Julio César, se permitió usar tres:

—Ya es nuestro.

III

Berenice, reina de Egipto

Alejandría, Egipto
58 a. C.

—¡No entiendo por qué he de casarme, y menos con ese reyezuelo débil y de dudoso linaje!

Berenice IV, reina de Egipto, entronizada como nueva faraón* tras la crisis entre el reino del Nilo y Roma por la anexión de Chipre por parte del Senado romano, aullaba su descontento ante la propuesta que Potino, su consejero real, le acababa de hacer: desposarse con Seleuco VII de Siria.

El veterano consejero asentía y callaba. Era conveniente dejar que la reina se desahogara antes de insistir en que aquel matrimonio era el único camino para asentarse en el poder.

—Ese hombre no es ni siquiera un rey poderoso que pueda aportarnos fuerzas militares o un linaje de prestigio —continuaba Berenice, indignada—. Esta propuesta de matrimonio es inútil y una humillación

* «Faraón» y no «faraona», pues, desde Hatshepsut, las reinas de Egipto se esforzaban en aparecer como hombres ante el pueblo para ganar legitimidad en unos tiempos donde se daba más valor a un gobernante masculino.

impropia de ti. Humillarme, eso es lo que busca el Senado de Roma con este matrimonio.

—No exactamente, faraón, reina y diosa de Egipto, dadora de Vida, Salud y Prosperidad —se atrevió a oponerse Potino, pero añadiendo los títulos de respeto que le correspondían a Berenice como monarca del Nilo.

—¿Qué quieres decir? —lo increpó ella, que no comprendía adónde quería llegar su súbdito.

—Roma, sencillamente, mi faraón y reina, no acepta... ¿Cómo podría expresarlo bien? No considera la opción de hablar con una mujer, por muy faraón que sea, de tú a tú. Roma no reconoce la autoridad de gobierno de ninguna mujer en ninguna parte del mundo. Pero si Berenice IV se desposara con un hombre de linaje real, como Seleuco VII, tal y como ha propuesto el Senado romano, esto fortalecería la posición legal de mi reina ante el poder de una Roma que es, hoy día, quien controla prácticamente todo en todas partes. Ya nos arrebataron Chipre. Lo próximo pueden ser tierras de la propia ribera del Nilo. Y no hemos de olvidar que el padre de la propia reina, Tolomeo XII, sigue en la mismísima Roma, junto con la hermana pequeña de su majestad, presionando a otra facción de senadores romanos para que lo apoyen a él como gobernante de Egipto. Y Tolomeo XII es... un hombre. —Aquí hizo una breve pausa para dejar que Berenice digiriera todo lo dicho y retomó la palabra volviendo al asunto de los esponsales con Seleuco VII—. Por otro lado, que el candidato propuesto para desposarse con la reina de Egipto sea de pobre linaje puede ser un insulto, pero también es una ventaja.

—¿Una ventaja? —Berenice no parecía comprender los razonamientos de su consejero.

—Si vuestro futuro esposo fuera alguien como el famoso Alejandro, por poner un ejemplo —se explicó Potino—, sin duda os ensombrecería y sería él quien, de hecho, regiría el destino de Egipto. Pero Seleuco, como bien apunta la reina, no es nadie: apenas un descendiente, no muy claro, de una dinastía, la de los seléucidas, muy venida a menos. De los vastos territorios que en el pasado controlaron sus antecesores, Seleuco VII apenas mantiene el gobierno de Cilicia y de algunas ciudades fenicias, totalmente expuesto, por un lado, a las flotas piratas que aún quedan en la región y, por otro, al poder de vecinos poderosos como Armenia. Ciertamente, no es nadie, pero eso, a los ojos del pueblo egipcio, hará de él sólo un extranjero débil, y todos en Alejandría seguirán viendo en la reina Berenice la auténtica faraón de Egipto y a ella seguirán y obedecerán. La debilidad de vuestro futuro esposo será vuestra fuerza.

La monarca se quedó pensativa unos instantes. A sus dieciocho años, lo meditaba todo mucho. No tenía la agudeza ni la rapidez ni el conocimiento de su hermana pequeña Cleopatra, pero no era estúpida.

—Entonces... ¿crees que ese matrimonio es mi mejor opción? —preguntó ella al fin.

—Aceptar ese matrimonio, mi faraón y reina —respondió Potino—, hace que la monarca de Egipto sea de fiar a ojos de Roma, y eso retrasa las negociaciones de Tolomeo con su Senado. Cada día que pasa, vuestro padre fuera de Egipto es más débil y la reina Berenice, más fuerte. Además...

—Además... ¿qué? —preguntó la reina, incómoda ante el hecho de que su consejero no terminara la última frase.

—Además, siempre puede ocurrirle algo a vuestro marido. La vida es muy... azarosa.

Berenice lo miró fijamente.

No pidió aclaraciones sobre aquella aseveración final de su veterano asesor. En su lugar, iluminó su bello rostro con una sonrisa algo inquietante.

—Es cierto lo que dices: a mi futuro marido le puede pasar... cualquier cosa. Quizá seas mi consejero, Potino, durante muchos años.

El eunuco hizo una reverencia a la vez que respondía:

—Siempre al servicio de la reina de Egipto.

IV

La caballería gala

Campamento general de Julio César
Bibracte, la Galia
58 a. C.

La caballería edua estaba formada al amanecer.

Tal y como César había pedido.

Dispuesta para partir como escolta del procónsul de Roma en su encuentro con el temible rey de los germanos.

César salió de su tienda y pudo ver a los jinetes galos preparados para la larga marcha a un lado del campamento. Frente a ellos, tal y como había ordenado, estaban también las legiones uniformadas y equipadas, como si fueran a entrar en combate, aunque éstas ni siquiera iban a acompañarlo. A Labieno, a Balbo, a Publio Craso y al resto de los oficiales romanos aquello les parecía un sinsentido, aunque pensaron que quizá el procónsul quería una especie de despedida formal o, tal vez, dirigirse, como hacía de cuando en cuando, a todo el ejército y arengarlo antes de partir.

Fuera como fuera, César podía ver en el rostro de Labieno la sombra de la preocupación: era evidente que seguía desaprobando su idea de acudir al encuentro del líder germano cumpliendo, además, su condición innegociable de que sólo podría ir acompañado por la caballería de su ejército. Los jinetes romanos dirigidos por el joven Craso eran muy pocos y el grueso de la caballería gala, comandada por Dúmnorix, era de muy dudosa lealtad.

César leía todos estos pensamientos en la faz de Labieno, que, de forma oficial, lo recibía aquel amanecer junto al ejército completo en formación.

—Todo dispuesto… —dijo lacónicamente—. Según tus instrucciones.

César asintió.

—¿Las legiones están armadas y dispuestas al combate? —preguntó César.

La insistencia de César en aquel punto no dejaba de sorprender a Labieno, pues, en verdad, no había batalla alguna que emprender aquella mañana y uno hubiera pensado que con que formaran para escuchar a su líder habría sido más que suficiente.

—Sí, con todo el armamento —respondió Labieno, pues se habían cumplido las instrucciones de César al pie de la letra—. Y están desplegadas frente a la caballería gala que… —Iba a añadir que estaba dispuesta para partir como su escolta, pero, de pronto, Labieno observó en César esa misma mirada que le había visto en Mitilene o en medio de la batalla de Bibracte, cuando se vieron atacados por los tulingos y los boyos por un flanco.

Labieno calló y, sin terminar la frase, parpadeó y se hizo a un lado para dejar pasar a César.

El procónsul de Roma, seguido de cerca por sus oficiales, se situó justo frente al centro de la caballería gala, encarando a Dúmnorix. Entre los oficiales que seguían a César, estaba también Diviciaco, como representante máximo del pueblo eduo. El procónsul miró a Dúmnorix directamente a los ojos y para ello tuvo que levantar la cabeza, pues el galo, como el resto de los jinetes celtas, estaba ya montado sobre su caballo.

—Ordena a todos tus hombres que desmonten —dijo César.

Dúmnorix se quedó mirando al líder romano, confuso, inmóvil.

—Te he dado una orden —añadió el procónsul de Roma—. No pienso repetirla. Sólo espero su cumplimiento. No soy de repetir órdenes.

Dúmnorix no entendía bien a qué venía aquella instrucción. La idea era partir al alba para acudir al encuentro con el rey Ariovisto, pero la mirada de César era dura, fría, calculada.

Dúmnorix, pensativo, con el ceño fruncido, se volvió hacia sus oficiales de primera línea y repitió la orden de César en lengua gala.

Los oficiales celtas se miraron entre sí, pero, sin decir nada, asintieron, transmitieron la orden a los hombres de sus diferentes unidades y, en unos instantes, miles de jinetes galos desmontaban y se quedaban en pie junto a sus caballos, a los que mantenían sujetos por las riendas.

César se pasó entonces la mano izquierda por el rostro. Percibía la desconfianza de Dúmnorix. Era más o menos similar a la que él mismo sentía por el líder de la caballería gala.

—Labieno —dijo César sin volverse hacia su espalda.

—Sí, Cayo —respondió su amigo. Era el único que se atrevía a llamar por el *praenomen* al procónsul y sólo de cerca, cuando nadie podía escucharlos.

—Que la legión X avance hacia la caballería gala y que cada legionario se sitúe frente a un jinete celta. Y que las otras cinco legiones se preparen para el combate.

—Sí..., procónsul —respondió en voz bien alta Labieno, recurriendo ahora al título oficial de su amigo: era demasiado serio todo aquello para nombres de pila.

Los legionarios de la X se posicionaron, tal y como pedía César, frente a cada uno de los jinetes de Dúmnorix.

Las otras cinco legiones dejaron a un lado sus petates de transporte para una larga marcha, se quedaron sólo con sus gladios, *pila* y escudos y se dispusieron en formación de ataque.

Diviciaco, que hasta ese momento había permanecido en perfecto silencio, interpeló a César:

—¿De qué va todo esto? Somos tus aliados.

César se volvió hacia él:

—Lo sois, en efecto —confirmó—, por eso necesito que hoy tus jinetes nos presten sus caballos. Dile a Dúmnorix que cada uno de sus guerreros entregue las riendas de su caballo a cada uno de mis legionarios de la legión X.

César había hablado alto y claro, de modo que el propio Dúmnorix había oído cuál era su exigencia, pero por el momento ni decía nada ni se movía.

Diviciaco abrió la boca como si fuera a decir algo, pero la volvió a cerrar sin haber hablado.

—Los caballos serán devueltos a los guerreros de Dúmnorix a nuestro retorno del encuentro con Ariovisto —explicó César.

—Pero... la petición del rey germano era que sólo se podía acudir al encuentro acompañado por la caballería y... ¿tú vas a llevarte una legión?

—El procónsul de Roma elige su caballería para cada circunstancia —añadió César, categórico, inapelable—. Es mi potestad. Y son mis órdenes. Vosotros me pedisteis ayuda para terminar con la amenaza de Ariovisto. Eso haré. A mi manera.

Diviciaco negaba con la cabeza. Miró al suelo, alzó de nuevo la mirada y volvió a hablar en un susurro:

—Dúmnorix no va a aceptar esta orden tuya —dijo, también taxativo, sin la misma autoridad en la voz pero sí transmitiendo su pleno convencimiento sobre lo que decía.

—Lo sé —replicó César en un tono más bajo también—, por eso te he dado la orden a ti, para que tú se la des a Dúmnorix como superior suyo que eres. Como su *vergobreto* y como su hermano mayor. —Y, de nuevo, en alto—: Tenéis tres opciones: uno, si Dúmnorix no obedece, me retiraré con mis seis legiones de la Galia y os dejaré solos con Ariovisto; dos, si Dúmnorix se encara militarmente conmigo aquí y ahora, ordenaré a mis seis legiones que masacren vuestra caballería; y tres, lo que he ordenado: que los jinetes de Dúmnorix entreguen sus caballos a mis legionarios de la legión X en préstamo por unos días. Acudiré al encuentro de Ariovisto con ellos, resolveré la situación y, a mi regreso, devolveré los caballos a sus jinetes. Tú decides.

Diviciaco torcía la cabeza y respiraba con rapidez.

Labieno, Balbo, Craso y el resto de los oficiales romanos asistían atónitos a la situación.

El *vergobreto* y druida líder de los eduos se separó del séquito de César y se dirigió junto a su hermano, que era el único galo que permanecía montado sobre su caballo.

—Ya has oído al procónsul de Roma —le dijo—: que tus hombres entreguen los caballos a los legionarios de la X.

Dúmnorix se pasó la punta de la lengua por los labios mientras meditaba.

—Esos legionarios no son jinetes. No saben montar —dijo.

Diviciaco suspiró. No quería entrar en una discusión pública con su hermano delante de todos los guerreros eduos.

—Eso no es asunto nuestro —respondió Diviciaco a su hermano menor—. Mientras mantengamos nuestra alianza con Roma, nos debemos a las órdenes de su procónsul en la Galia. Que tus hombres entreguen los caballos.

En el fondo, a Diviciaco le parecía hasta lógico lo que César demandaba. Iba a reunirse con un rey germano violento y brutal de quienes todos desconfiaban y parecía razonable que quisiera hacerlo escoltado por sus legionarios, y no con guerreros en quienes no confiaba. Tenía sentido. Y solicitaba los caballos en préstamo por unos días. Y César, hasta la fecha, siempre había cumplido la palabra dada. La alternativa de tener que enfrentarse a Ariovisto ellos solos, sin el apoyo de las legiones de Roma, conllevaría una derrota segura y la esclavitud o la muerte ante el rey germano. Con César se podía llegar a pactos. Con Ariovisto, no. Era mejor prestar unos caballos por unos días.

—¡Baja del maldito caballo, por Taranis! —vociferó Diviciaco de pronto, con tal fuerza y tal rabia que sobresaltó a todos, incluido a su hermano. A todos menos a César, que, impasible, asistía a la escena, a aquel pulso entre hermanos, como una estatua, en silencio perfecto, los brazos en jarras, la mirada fija en el jefe de la caballería gala.

Dúmnorix, ojos rabiosos, frente arrugada, por fin, muy despacio, desmontó de su caballo.

César miró entonces al joven Craso y éste comprendió que, como jefe de la caballería romana, le correspondería el caballo del jefe de la caballería gala y, rápidamente, se situó frente a Dúmnorix.

El galo tragó saliva.

Ante él y sus hombres, seis legiones romanas armadas y en formación de combate. ¿Cómo no había previsto algo semejante?

Dúmnorix, muy lentamente, tiró de las riendas, acercó su caballo a Craso y le entregó el animal. Luego se separó unos pasos y miró a sus oficiales. Éstos repitieron la operación con diferentes oficiales romanos, y lo mismo hicieron el resto de los jinetes galos, de modo que, al poco, cada legionario de la legión X tenía asido por las riendas uno de los magníficos caballos de la caballería edua.

Dúmnorix clavaba sus ojos en César con odio eterno, como el tahúr que se siente desvalijado por otro jugador mediante un ardid que no ha sabido anticipar. Y se siente al tiempo engañado y estúpido.

César ignoró aquellos ojos, giró el cuello hacia la derecha y se dirigió, de nuevo, a Labieno.

—Que monten los caballos.

El segundo al mando del ejército romano desplazado a la Galia transmitió la orden. Era uno de esos momentos en los que la admiración de Labieno por su amigo crecía, pero aún había más.

—Y cancela todas las contraseñas —añadió el procónsul de Roma—. No quiero que ningún galo salga de nuestro campamento para informar al rey germano de nuestra... —buscó una palabra adecuada— *nueva*... caballería. Y... —César fruncía el ceño—. Si algún galo, eduo o de cualquier otra tribu se acerca a las puertas para intentar salir, además de que se le impida el paso, quiero saber su nombre.

No todos los legionarios habían montado a caballo antes y hubo algunos a quienes les costó controlar su montura, pero, tras unos momentos de confusión, durante los cuales los nuevos jinetes y los animales hacían esfuerzos por aceptarse mutuamente, la legión X estaba a caballo.

La nueva caballería romana inició su marcha con el propio César y Labieno cabalgando al frente, y, poco a poco, al paso, los nuevos caballeros de Roma franquearon las puertas de la fortificación.

En el interior del campamento

Dúmnorix miró, de nuevo, hacia el mismo guerrero galo al que había hecho una señal tras la reunión en la que César había confirmado que iría al encuentro con el rey germano. Se habían sucedido suficientes días, mientras César maduraba su plan para asistir a aquella entrevista, como para que el mensajero hubiera regresado desde el norte.

Ahora a Dúmnorix le parecía importante advertir a Ariovisto del hecho de que la caballería que acompañaba al procónsul romano no era la edua.

El guerrero galo que hacía las veces de mensajero asintió y, de nuevo, como había hecho hacía unos días, acompañado por varios de sus hombres, se acercó a la entrada del campamento en cuanto la legión X lo hubo abandonado, justo antes de que se cerraran las puertas. Sin embargo, en esta ocasión, cuando entregó una tablilla con la contraseña que daba derecho a salir del campamento y que sólo tenían los oficiales romanos de más alto rango y algunos de los líderes galos, el centurión al mando del acceso principal a la fortificación negó con la cabeza.

—Todas las contraseñas están anuladas por el procónsul hasta nueva orden —anunció—. Hasta que revoque esa instrucción, nadie puede salir del campamento.

El guerrero galo apretó los dientes. Bajo su larga melena, unas trenzas apelmazadas con aceite, un casco reluciente y una profusa barba, el centurión romano adivinaba una clara sensación de urgencia.

El galo parecía ponderar sus opciones. Que no eran muchas, pues intentar franquear la puerta lo llevaría a un enfrentamiento con unos centinelas que superaban en número al guerrero y sus escoltas.

—De acuerdo —dijo, al final, el galo. Y, justo cuando iba a girar, el oficial al mando de la puerta, que tenía muy claras las instrucciones recibidas por sus superiores, se volvió a dirigir a él:

—Necesito, guerrero eduo, que me digas tu nombre.

El celta hizo que su caballo girara despacio hasta quedar encarado al centurión. Lo miró en silencio durante unos instantes. No tenía mucho sentido mentir u ocultar quién era. No había hecho nada ilegítimo a ojos de los romanos. Y, en cualquier caso, si preguntaban, pronto averiguarían su nombre.

—No soy eduo, sino arverno —precisó con un ramalazo de orgullo que no pasó inadvertido al centurión—. Y mi nombre es... Vercingetórix.

V

La advertencia de Cicerón

Domus de Cicerón, Roma
58 a. C.

Cicerón, a los pocos días de la indeseada visita del todopoderoso Clodio, fue informado de qué había ideado para él el temible tribuno de la plebe como algo peor que la muerte.

Y pronto la noticia se supo en toda en la ciudad.

—He venido en cuanto me he enterado —dijo Catón nada más entrar en la casa de su mentor y amigo. Apenas hacía una hora que acababa de llegar a sus oídos que Clodio había hecho aprobar una ley, votada por el pueblo, según la cual se condenaba al exilio a cualquiera que hubiera ordenado la muerte en el pasado de un ciudadano romano. Cicerón había hecho ejecutar a Catilina y sus conjurados hacía cinco años, cuando éste intentó dar un golpe de Estado para hacerse con el poder en Roma por la fuerza. Seguramente, la pena de muerte defendida por Cicerón contra aquellos hombres y refrendada a instancias suyas por el Senado tenía sentido en aquellas circunstancias, pero Catilina también había sido popular entre el pueblo y, ahora, la plebe, dirigida por Clodio, era la que votaba a favor de exiliar a quien ejecutó a uno de sus líderes.

—Revertiremos esa ley en el Senado —continuó Catón.

Pero Cicerón negó con la cabeza al tiempo que invitaba a su amigo a acomodarse en un *triclinium* del atrio.

—No, Marco —dijo el orador—, sabes muy bien que no podemos revertir ninguna ley en un Senado controlado por Craso, Pompeyo y César. Aunque cada uno parezca estar en sus asuntos en Roma o en la Galia, apoyarán la ley de Clodio. ¿Acaso no recuerdas la insistencia de César en que no se llevara a cabo la pena de muerte contra Catilina? No puede desdecirse ahora. Y no lo hará. Él, quizá, no sea el instigador directo de esta ley de exilio, pero no se opondrá, no puede hacerlo porque se contradeciría ante el pueblo. Aunque...

—Aunque... ¿qué? —inquirió Catón.

—Aunque, a su manera, César me ha ofrecido su ayuda: no se opondrá a esa ley, pero me ha propuesto, por carta, que me una a él en su ejército de las Galias, como legado.

Catón se quedó pensativo. Era, sin duda, una oferta generosa. Le proporcionaba así a Cicerón una posibilidad de exiliarse sin retirarse de la vida pública y militar de Roma, y un modo de posible enriquecimiento, a la espera de que se resolviera el modo de conseguir el regreso legal del propio Cicerón a la capital. Pero, por otro lado...

—Pero eso te dejaría en deuda con César —replicó Catón.

—Sin duda —admitió Cicerón—, por eso he declinado su oferta.

Catón respiró aliviado. Lo último que cabía en su cabeza era aceptar la ayuda de alguien como César en nada.

—Pero he aceptado que mi hermano Quinto se incorpore a sus legiones en la misma calidad de legado que me ofrecía —añadió Cicerón para pasmo de Catón—. Así tendremos a alguien que nos informe de primera mano de todo lo que ocurre en el norte.

—¿Un espía? —dijo Catón, ahora entre la sorpresa y la admiración por la astucia de su mentor.

—Llámalo como quieras. —Y Cicerón soltó una carcajada en medio de su desaliento, pues el problema principal que lo acuciaba persistía—. En todo caso, esto no soluciona el asunto esencial de mi exilio forzado.

Catón asintió. Era cierto lo que decía su amigo. Igual que llevaba razón en el hecho de que el Senado, controlado por el triunvirato, no se opondría a ese exilio para no enfrentarse con Clodio. Catón había propuesto luchar en el Senado contra esa ley movido más por el ansia de defender a Cicerón que por racionalidad.

—Entonces... ¿no hacemos nada? —preguntó.

—Yo no he dicho eso —replicó Cicerón—. Veamos, por Júpiter. Clodio ha sido muy inteligente: podría haberme dado muerte ayer mismo, pero muerte por muerte sólo genera rencor en el bando contrario. Un exilio será visto por muchos como una pena magnánima contra mí. Por eso ha conseguido con facilidad el apoyo del pueblo. Y un exilio es una dulce venganza para él: sabe cuánto me gusta la vida pública y política de Roma, y obligarme a partir de aquí, confiscando además todos mis bienes, porque eso va incluido en la ley, es más doloroso para mí que una rápida decapitación. Clodio quiere que sufra viendo cómo la República por la que yo he luchado se desvanece ante mis ojos sin que yo, impotente, sin los recursos económicos que me van a ser arrebatados y exiliado, pueda hacer nada. Casi habría preferido que hubiera hecho caso a Fulvia, su joven esposa, que pedía directamente mi muerte.

Se hizo el silencio.

El esclavo *atriense* entró en el patio, pero Cicerón hizo un marcado gesto de desdén. No estaban ni para vino ni para comida en aquel momento.

—No sabía que además había ordenado la confiscación de tus bienes —apuntó Catón—. Todo el asunto es aún peor de lo que había imaginado. Pero ¿cómo ha podido aprobar eso también sin oposición alguna?

—Nuevamente, Clodio ha sido muy hábil —se explicó Cicerón—. Ha prometido derribar mi casa para construir sobre sus ruinas un templo dedicado a la diosa Libertas, de gran popularidad entre la plebe en estos tiempos. Reconvierte un espacio privado de un adinerado senador en uno público. Eso al pueblo le gusta.

Los dos hombres volvieron a compartir unos momentos de silencio.

—Clodio también vino a verme a mí ayer —anunció entonces Catón y, ante la mirada inquisitiva de su amigo, desveló el objeto de aquella inesperada visita del temible tribuno—: Me ofreció ser gobernador de la recién anexionada Chipre.

Cicerón cabeceó afirmativamente varias veces mientras respondía mirando al suelo:

—Es una forma elegante de apartarte a ti también de la lucha política en Roma. La ley de exilio no se te puede aplicar, porque yo públicamente asumí toda la responsabilidad de la condena de Catilina y los suyos, pero sí puede apartarte de Roma de este sutil modo. Conmigo exiliado y contigo en Chipre, la oposición política contra él y el triunvirato de César, Craso y Pompeyo queda completamente descabezada.

—Aún no le he dado respuesta —precisó Catón—. Y no pienso aceptar semejante cargo. Como bien dices, con los dos fuera de la ciudad, Roma será suya. Cambiará todas las leyes con la aquiescencia de un Senado controlado por el maldito triunvirato.

—No, no harás tal cosa —se opuso Cicerón de modo tajante—. Al contrario, aceptarás su oferta. Chipre, además, está en medio del conflicto por controlar Egipto. Será útil que uno de nosotros esté ahí. Clodio ha elaborado un excelente plan: alejarte a ti y exiliarme a mí, pero toda su estrategia tiene un gran fallo. Y hemos de aprovecharlo. —Y ante la asombrada mirada de Catón, Cicerón siguió explicándose, desgranando su plan de contraataque—: Hemos de recuperar el control de las asambleas de la plebe, con nuevos tribunos más proclives a nuestra causa, pero en las votaciones, el pueblo, o es comprado por el grano que regala Clodio, o es intimidado por sus asesinos a sueldo. Hemos de empezar por recuperar el control de las calles. Hemos de reunir otra banda de sicarios tan potente como la del propio Clodio y luchar en las calles, una a una, esquina a esquina, a muerte, con dagas, hachas o mazas. Pero sin tocar a Clodio directamente, por el momento. He pensado en Milón: nos ha ayudado en otras ocasiones cuando se ha tratado de turbas y altercados callejeros y tiene tan pocos escrúpulos como el propio Clodio. Está a su nivel. Nos debe favores del pasado y, si convencemos a los *optimates* para que lo financien, pronto tendrá una banda con la que poner freno a la violencia incontrolada de Clodio. Ése es el primer paso. Recuperadas las calles, recuperaremos cierta libertad real en las votaciones de las asambleas y conseguiremos tribunos de la plebe más propicios a nuestra causa. Primero hemos de acabar con el poder de Clodio; luego, amigo mío, eliminado Clodio, iremos a por nuestro objetivo principal: el triunvirato.

Catón asentía, admirado por la resiliencia de Cicerón, quien, ni aun viéndose abocado al exilio y con sus bienes próximos a ser confiscados, no se rendía en modo alguno.

—Dirigiremos todo esto, tú desde Chipre y yo desde mi exilio —continuó el orador—. Los *optimates* pagarán a Milón, ya lo verás.

—De acuerdo, aceptaré el cargo de gobernador de Chipre y actuaremos según propones. Pero... —Catón tenía aún una duda—. ¿Cuál es ese gran error que ha cometido Clodio en todo esto?

Cicerón, por primera vez en bastantes días, sonrió.

—Dejarme con vida. Tendría que haber hecho caso a su esposa.

Domus de Pompeyo
Esa misma tarde

—Si has venido a pedirme ayuda, no la vas a obtener —dijo Pompeyo a modo de saludo en cuanto vio a Cicerón entrar en el atrio principal de su gran residencia de Roma.

—No he venido a pedirte ayuda —replicó el recién llegado mientras miraba a su alrededor: paredes recién decoradas con pinturas murales con todo tipo de motivos florales, animales, de caza o de juegos de lucha; mobiliario nuevo, con maderas exóticas que no reconocía, quizá provenientes de Asia, aún relucientes; un fastuoso mosaico en el centro de enormes dimensiones sobre los doce trabajos de Hércules, con teselas tan pequeñas que parecía casi una pintura más; lámparas de aceite, de momento apagadas en mitad de la tarde, pero de bronce deslumbrante; copas de oro y plata en las mesas, vajilla de bronce recubierta de una fina capa de plomo o de la mejor cerámica *sigillata* de Hispania. La opulencia se respiraba en cada esquina de aquella casa. El conquistador de Asia no hacía nada por ocultar su riqueza. La austeridad no iba con él. Cicerón aún recordaba sus monumentales desfiles triunfales con carrozas tiradas por elefantes, cuyo paso resultaba imposible bajo alguno de los arcos de la Vía Sacra, lo cual supuso tener que desenganchar a los animales con el consecuente oprobio a la inabarcable vanidad de Pompeyo.

—Si no has venido a que intente bloquear en el Senado la nueva ley de Clodio que te empuja al exilio, no comprendo a qué otro motivo pueda deberse tu visita a mi casa esta tarde.

Se hizo un silencio espeso, casi pegajoso, entre ambos hombres. Sólo la entrada de la joven y hermosa Julia y sus palabras relajaron un poco el ambiente áspero que envolvía el encuentro de ambos senadores.

—Quizá podríamos ofrecer un *triclinium* y algo de agua o vino al *clarissimus vir* Cicerón, amado esposo.

Pompeyo aceptó la sugerencia de su mujer con un gesto hacia los esclavos que observaban desde una esquina. Las diferencias políticas no tenían por qué estar reñidas con la buena educación. En eso llevaba razón su joven esposa.

Cicerón aceptó la oferta, se reclinó en uno de los *triclinia*, tomó una copa de vino en su mano y volvió a hablar:

—No vengo a pedir una ayuda que ya sé que no piensas ofrecerme. Vengo a hacerte una advertencia.

—Una advertencia ¿sobre qué? —preguntó Pompeyo.

Cicerón miró a Julia, que se había acomodado en otro *triclinium* junto a su esposo.

El orador pensó.

Y, por fin, respondió mirando de nuevo a su anfitrión y, a la vez, enemigo político:

—Una advertencia sobre Clodio.

—Clodio actúa en defensa de mis intereses políticos —replicó Pompeyo.

—Y los de Craso y César —completó Cicerón—. O eso pensáis los tres, pero realmente Clodio está sin control y sólo actúa en función de sus propios intereses. Hoy arremete contra mí, pero, cuando haya desarbolado a la facción de los *optimates*, empezará con vosotros tres. Creo que no sois conscientes de ello. Clodio es un Catilina en ciernes alimentado por vuestra inacción, que crece en poder sin parar y puede terminar devorando a quienes le están dando de comer políticamente, por decirlo de forma metafórica.

Pompeyo se quedó mirándolo sin parpadear.

Luego bebió un sorbo de su copa.

Dos.

—Si Clodio se revuelve contra mí, lo aniquilaré en un día —dijo, al fin.

Fue Cicerón ahora quien quedó en silencio, pero, en lugar de beber, dejó su copa en la mesa que tenía junto a su *triclinium*.

—Bien, sea —dijo el orador y se levantó despacio—. Pues ésa era mi advertencia. Si el senador Cneo Pompeyo el Magno cree que lo tiene todo tan controlado, no hay nada más que decir. —Y se inclinó ante Julia—. Gracias por la hospitalidad. Es muy posible que pocas veces coincida políticamente con las ideas defendidas por tu padre, pero reconozco que la cortesía y los buenos modales son insignia siempre de la familia Julia.

La hija de César se levantó y también se inclinó de forma amable.

—¿Me acompañará el senador a la puerta de su casa? —preguntó Cicerón dirigiéndose, de nuevo, a su anfitrión.

Pompeyo, con aire de cierto fastidio, frunció el ceño, pero se levantó y siguió al veterano orador hasta el vestíbulo. Julia, tal y como esperaba Cicerón, se quedó en el patio dando instrucciones a los esclavos para que recogieran las copas.

Llegados a la puerta de la vivienda, Cicerón aprovechó que se encontraba a solas con Pompeyo para hablarle en voz baja:

—Realmente lo de Clodio ha sido una excusa. Mi advertencia no es sobre el tribuno de la plebe, de quien, estoy seguro, sabrás defenderte cuando se revuelva contra ti. Mi advertencia es, como ya he apuntado en alguna otra ocasión, sobre César.

Pompeyo lo miraba atento, pero sin decir nada. Cicerón continuó susurrando sus palabras:

—Tú y Craso creéis que usáis a César, ya sea en el Senado o, ahora, en la Galia, para vuestros intereses, pero ¿no se os ha pasado por la cabeza que realmente sea él el que os está utilizando a ambos?

Pompeyo se mantuvo sin dar respuesta alguna.

Los esclavos acababan de abrir la puerta y los sirvientes del orador estaban fuera, en la calle, esperando para escoltar a su amo de regreso a su *domus*, una casa que pronto ya no sería suya.

—Cneo Pompeyo cree que tiene controlado a César porque está casado con su hija —continuó Cicerón musitando su parlamento—, pero... ¿y si un día, esperemos que los dioses no lo quieran, le pasara algo a la joven Julia? ¿Cree acaso el poderoso Cneo Pompeyo que también le bastará un día para detener la ira de César?

Pompeyo siguió en silencio.

—Ésa y no otra, *clarissime vir*, es mi advertencia —apostilló el orador—. Ahora, con tu permiso, me voy al exilio..., pero volveré. —Y cruzó el umbral y se ajustó la toga, pero aún se volvió un instante hacia Pompeyo—. César, por cierto, también volverá.

—Igual César, a quien tanto temes, no regresa nunca vivo de la Galia —replicó Pompeyo en tono desafiante.

—Ah... —Cicerón parpadeó varias veces al tiempo que asentía—. Ya entiendo: ése es tu plan. —Cabeceó entonces afirmativamente—. Interesante posibilidad. No es un mal plan.

No dijo más, y el orador emprendió la marcha rumbo al exilio.

VI

Legio X equestris

Al norte de Vesontio,* la Galia
58 a. C.

La legión X, cabalgando sobre los caballos de los eduos, avanzaba en una larga serpiente militar rumbo a las proximidades de Vesontio, en busca del punto designado por el rey germano Ariovisto para su encuentro con César.

El avance fue algo más parsimonioso de lo previsto, pero para nada elegante o marcial. A algunos legionarios les costaba mantener la formación, pues no controlaban con la debida destreza unos animales acostumbrados a la autoridad de sus experimentados jinetes galos.

—No montan bien —dijo, al fin, Labieno, acercando su propio caballo al del procónsul de Roma. Todo oficial romano era adiestrado en la destreza de cabalgar, pero no era así siempre con las tropas de infantería. Para algunos legionarios, aquélla era la primera vez que se veían sobre un caballo. Lo cual, teniendo en cuenta que los romanos cabalgaban sin estribos, podía ser bastante exigente.

* Actual Besanzón, en Francia.

César respondió sin ni siquiera volverse a mirarlo.

—Mejor quinientos malos jinetes leales que cinco mil buenos jinetes proclives a la traición.

Ni Craso ni Balbo ni el propio Labieno respondieron nada ante semejante valoración. Lo inapelable no tiene réplica.

De este modo, el estandarte del toro de la legión X se adentraba entre los bosques del norte de la Galia.

Hubo algunas noches al raso, con patrullas de vigilancia para evitar ser sorprendidos en la oscuridad por un ataque enemigo, y, a los pocos días, estaban a menos de una milla del lugar acordado para la reunión en las proximidades de la ciudad de Vesontio.

—El campamento general germano está tras esas colinas —informó uno de los legionarios enviados como avanzadilla.

César asintió.

En ese momento, justo por el horizonte, en las primeras horas de aquel nuevo día, se dibujó la silueta de varios centenares de jinetes suevos y harudes casi como por ensalmo.

Los germanos se aproximaron hasta que apenas quedaban unos doscientos pasos de distancia y se detuvieron.

César, Labieno y el resto de los oficiales observaban aquella caballería enemiga con atención: no eran migrantes, como los helvecios. Aquellos suevos y harudes cabalgaban recios, altivos, desafiantes como militares profesionales, como guerreros eternos para quienes el combate era su forma habitual de vida. Puede que entre los miles de colonos germanos establecidos por Ariovisto al sur del Rin hubiera agricultores, ganaderos y artesanos, pero no entre aquellos jinetes que les cortaban el paso.

Uno de los caballeros germanos, acompañado por sólo diez jinetes, se adelantó al resto. Su porte y su casco reluciente, la magnificencia de su caballo y sus riendas con adornos de oro y plata anunciaban que aquél no era otro guerrero más, sino el propio rey Ariovisto.

César miró a Labieno y éste asintió e hizo una señal a un pequeño grupo de diez jinetes que había seleccionado previamente entre los hombres más distinguidos por su valor en los combates contra los helvecios y que, además, hubieran mostrado pericia a la hora de montar. Era clave no dejar entrever al rey germano que los jinetes que acompañaban al procónsul de Roma pudieran ser inexpertos o torpes.

César avanzó y aquellos diez hombres hicieron que sus caballos siguieran a su líder.

Cabalgaron hasta que, cuando apenas quedaban unos cuarenta pasos, los germanos se detuvieron.

César levantó el brazo derecho y refrenó su montura, y lo mismo hicieron sus hombres.

El rey germano desmontó despacio y entregó las riendas doradas y plateadas de su caballo a uno de los jinetes suevos de su escolta.

César hizo lo propio y cedió el control de su montura a uno de los legionarios de la X.

El rey germano y el procónsul de Roma recorrieron, lentamente, los pasos de distancia que los separaban, como dos fieras que se estudian para decidir si les conviene o no entrar en una lucha que ambos intuyen mortal.

César ya había apreciado la calidad de las armas de su oponente, el hecho de que apoyara su mano sobre la empuñadura de la espada envainada y la fortaleza muscular que asomaba por debajo de las protecciones de cuero y bronce que cubrían el pecho del rey. Lo que le interesaba ahora, al acercarse, al detenerse ambos apenas a dos pasos el uno del otro, era verle los ojos: azules, intensos, como un mar sin fondo. Y sin un ápice ni de miedo ni de estupidez. Un enemigo, en consecuencia, temible.

Ariovisto habló.

César no entendió lo que decía, aunque identificó el uso de la lengua gala.

—Saludo a Ariovisto, *rex germanorum* —respondió el procónsul de Roma en latín, pero el monarca germano no reaccionó.

Hubo un silencio largo.

César comprendió que Ariovisto no entendía el latín ni tenía pretensiones de que se usara aquella lengua en la negociación, porque ni había traído intérprete alguno ni hizo ademán de reclamar a cualquiera de entre sus hombres que pudiera comunicarse en esa lengua.

El rey germano permanecía inmóvil.

César desestimó usar el griego, con el que, estaba seguro, tampoco obtendría comunicación alguna. Por otro lado, sabía que tras la negativa de Ariovisto a emplear el latín había un significado político.

El procónsul sí se volvió hacia Labieno y le reclamó un intérprete. Y el segundo en el mando del ejército romano se dirigió, a su vez, hacia el grueso de las tropas legionarias reclamando la presencia de uno de los galos que había hecho las veces de intermediario en otras negociaciones con líderes galos.

César ya había considerado la necesidad de tener que recurrir a uno, pero las instrucciones del rey germano habían sido muy precisas: sólo la caballería al norte de Vesontio, sólo diez hombres de escolta y luego sólo ellos dos. La presencia de un tercero sin que se viera clara su necesidad podría haber indispuesto al monarca enemigo.

El intérprete, por fin, llegó junto a los dos líderes.

Ariovisto repitió las palabras que había pronunciado antes y añadió más. Bastante para un hombre que no se prodigaba en grandes discursos. El intérprete tradujo lo mejor que pudo:

—Ariovisto, rey de los germanos, saluda al líder del ejército romano, pero le advierte de que este territorio, por completo, es suyo, del mismo modo que acepta que la Galia Cisalpina pertenece a Roma.

César bajó la cabeza un instante y se pasó los dedos de la mano izquierda por los labios, luego suspiró, dejó caer el brazo, alzó la mirada y empezó a hablar a intervalos, de modo que el intérprete pudiera ir transmitiendo poco a poco el sentido de su parlamento: le recordó a Ariovisto que los eduos eran un pueblo aliado de Roma y que Roma cumplía con sus compromisos contraídos, de modo que no iban a dejar esa región mientras los galos requirieran su ayuda frente a su invasión. Le conminó a que detuviera las incursiones en territorio eduo y a que entregara a los rehenes galos que había capturado en los últimos encuentros bélicos al sur del Rin.

El intérprete tragó saliva antes de traducir las últimas palabras de César y, si hubiera podido, habría salido de allí corriendo.

El rey germano escuchó con atención, pero sin asentir en ningún momento y manteniendo siempre su faz tan seria como impenetrable. Era imposible saber qué estaba pensando.

Ariovisto respondió y, ahora, el intérprete no encontró alivio en tragar más saliva mientras escuchaba lo que tenía que traducir.

César miró al galo.

—El rey germano dice... —Para el intérprete era importante remarcar que no era lo que él pensaba, sino que sólo transmitía lo que el monarca enemigo acababa de decir, pero, incluso así, no se atrevía a continuar.

—¿Qué dice el rey? —preguntó César, instando al galo a traducir sin más demora.

—El rey insiste, *clarissime vir* y procónsul, en que los territorios eduos pertenecen ahora a su pueblo germano por derecho de conquista..., al igual que otros territorios pertenecen a Roma por ese mismo derecho de conquista. Y también dice que..., mientras las legiones del procónsul permanezcan en lo que él considera parte de su reino, las tratará como enemigos que hay que expulsar.

César apretaba los labios. El tono desafiante del rey germano era una evidente provocación, pero no estaba seguro de cómo responder cuando, de pronto, como si los acontecimientos quisieran subrayar el sentido inapelable de las palabras pronunciadas por Ariovisto, se oyó el silbido inconfundible de proyectiles arrojados por potentes hondas desde ambos flancos. Algunas de las piedras cayeron sobre los jinetes romanos de primera línea, hiriendo a varios y generando confusión por lo inesperado de aquel ataque en medio de las negociaciones.

Pero nadie se retiró.

La caballería romana permaneció en su sitio.

A continuación, varios centenares de guerreros suevos emergieron de entre los árboles colindantes y lanzaron jabalinas nuevamente sobre los jinetes romanos de primera línea más próximos a los extremos de la larga formación militar.

Hubo más heridos, gritos y varios muertos, pero una vez más la legión X se mantuvo firme en sus posiciones.

César se giró un momento hacia atrás y comprendió que, de haber sido la caballería edua dirigida por Dúmnorix la que hubiera recibido aquellas andanadas de proyectiles, los caballeros galos se habrían retirado dejándolo solo a merced del rey germano y un centenar de harudes que venían ahora por detrás de Ariovisto con fines nada amistosos.

César asumió que el tiempo de las palabras había terminado para el monarca enemigo y retomó su montura por las riendas, montó sobre ella y, veloz, galopó, junto con su pequeña escolta, de regreso todos juntos a las firmes hileras de jinetes romanos que permanecían tras él sin moverse un ápice, pese a los heridos y muertos, a la espera de sus órdenes.

—Ésta era la trampa —dijo Labieno.

—Ésta era —admitió César, pero, en cuanto llegó junto a la legión X a caballo, se giró y encaró al rey germano y a gran parte de sus tropas que emergían del bosque. No era su ejército completo, pero sí varios miles de guerreros armados y dispuestos a combatir hasta la muerte.

La legión X montada, a un lado.

Miles de harudes y suevos, frente a ellos.

Los caballos de unos y otros, presintiendo la lucha inminente, resoplaban y relinchaban nerviosos.

César miraba hacia el rey germano.

Era el momento del combate.

El cielo plomizo, espeso, parecía observar a ambas caballerías confrontadas, expectante.

Pero Ariovisto... no daba la orden de ataque. Después de haberlo preparado todo para sorprender al procónsul romano, en el momento de la verdad... dudaba. Sus ojos escrutaban las largas hileras de jinetes enemigos que permanecían inamovibles frente a él. Aquéllos no eran los hombres comandados por Dúmnorix. El líder romano los había reemplazado por legionarios suyos que, quizá, no cabalgaran con tanta desenvoltura como los galos, pero que, a buen seguro, no iban a dejar solo en ningún momento al procónsul de Roma. Y aquél no era el plan que tenía para eliminar al líder romano.

Tendría que ser en otra ocasión, en otro lugar, pero no allí, no aquella mañana.

Suspiró y escupió en el suelo.

Ejército romano

César vio cómo Ariovisto se retiraba, y con él todos los guerreros suevos y harudes.

—Nos replegaremos nosotros también varias millas hacia el sur —dijo el procónsul a Labieno—. No quiero pasar esta noche tan alejado del resto de las legiones y tan cerca del enemigo.

Y eso hicieron.

Se retiraron unas tres millas hacia el sur y, al día siguiente, siguieron cabalgando hasta que la distancia fue de sesenta y estaban ya próximos al campamento general donde se encontraban las legiones VII, VIII, IX, XI y XII acantonadas.

Al amanecer del tercer día, llegaron mensajeros del rey germano.

—Quiere un segundo encuentro —anunció Labieno en el *praetorium* de campaña, después de haber recibido él a los emisarios enemigos para no perturbar el descanso de César.

—¿Estás seguro de lo que dices? —preguntó Balbo.

El joven Craso y el resto de los oficiales asistían atentos a aquel anuncio.

César callaba, ensimismado.

—Le he hecho repetir esa misma pregunta dos veces al intérprete galo y éste confirma que el rey germano quiere un segundo encuentro.

Todos los ojos del cónclave se volvieron hacia el procónsul de Roma.

—Enviaremos a un par de oficiales como emisarios, pero no veo inteligente volver a arriesgarme personalmente —anunció César—. El primer encuentro, tal y como preveía Labieno, fue una trampa, y ahora el rey germano ya sabe que puedo acudir con legionarios de mi confianza a caballo y preparará otra estrategia.

A todos les pareció aquella prudencia una actitud muy sensata.

—¿Algún voluntario para entrevistarse con Ariovisto en mi nombre? —preguntó entonces César.

Varios oficiales dieron un paso adelante y se postularon como posibles emisarios. No faltaban los hombres valientes en aquel ejército. Valerio Procilo y Marco Mecio fueron los seleccionados. Eran tribunos que se habían distinguido por su valía, pero no eran claves en la línea de mando de las legiones y César se sentía en la obligación de prever lo peor para aquella misión, y por eso no enviaba a ninguno de sus colaboradores más fieles y cercanos.

—¿Volverán vivos? —preguntó Labieno a su amigo cuando ambos se quedaron solos en la tienda del *praetorium*.

César no respondió.

Estaba apoyado en la mesa, examinando un mapa de la región.

—Estamos muy al norte —dijo—. Hemos de asegurar bien nuestra línea de aprovisionamiento del grano que nos llega desde el sur. Puede ser una campaña larga.

Labieno no repitió la pregunta. Tampoco dijo nada con relación al comentario que César acababa de hacer. Le resultaba evidente que el procónsul de Roma sólo estaba pensando en alto y por ello se limitó a abandonar la tienda en silencio para no interrumpir sus pensamientos.

La noche abrazó el campamento romano con su manto oscuro.

Las hogueras de los legionarios que buscaban calor y un lugar donde guisar la cena eran puntos brillantes en medio de una inmensa espesura negra que cubría aquella región remota de la Galia.

Por órdenes expresas del procónsul, todos se retiraron pronto a descansar, pues tenían una larga marcha por delante de regreso hacia el sur.

Y así fue.

Al día siguiente, a buen paso desde el amanecer, la legión X llegó al campamento general romano en Bibracte y los legionarios devolvieron los caballos a los jinetes eduos. Ya no volverían a montarlos, pero, como una broma entre unas legiones y otras, los soldados de las demás unidades empezaron a llamar a la legión X como *equestris*, la legión a caballo. Quizá se inició como una chanza, pero, al final, ese nombre quedó para siempre asociado a la legión más leal de César por una aventura en el norte en la que no pasó nada grave, aunque había sido diseñada para terminar con la vida del procónsul de Roma.

César y Labieno reían sobre la ocurrencia de aquel sobrenombre, mientras bebían vino por la noche junto a una de las hogueras próximas al *praetorium*, cuando un legionario se acercó al grupo de altos oficiales.

—¿Qué ocurre? —preguntó César al observar la palidez del rostro del recién llegado, que no parecía atreverse a hablar.

—El rey germano, procónsul..., ha secuestrado a nuestros emisarios.

Las risas provocadas hacía unos instantes por el nuevo apelativo de la legión X desaparecieron.

A la luz de la hoguera, los rostros marcados por luces y sombras se tornaron serios y sombríos.

—Es la guerra —dijo Labieno—. Ya no hay margen para la negociación.

César cabeceó y confirmó:

—No, no lo hay.

Las hogueras seguían ardiendo. La mayor parte de los oficiales fueron retirándose. Labieno y César se quedaron a solas escuchando el crepitar de la madera ardiendo.

—Por cierto —reinició Labieno—, sé que es algo sin importancia en medio de lo que se nos viene encima, pero me han pasado el nombre de un líder galo que intentó salir del campamento cuando fuimos a parlamentar con el rey germano, y que seguramente sería un enviado de Dúmnorix para advertir a Ariovisto de que habías reemplazado a los jinetes eduos por legionarios de la X.

César miraba hacia el fuego.

—Su nombre es Vercingetórix —continuó Labieno—. Un muy joven líder arverno. No tendrá más de veinticinco años.

César asentía, pero, inmerso como estaba en los pensamientos de la inminente guerra contra Ariovisto, Labieno no estaba seguro de que hubiera escuchado nada de lo que acababa de decirle. Como cuando le preguntó sobre si los emisarios regresarían vivos o no.

VII

La decisión del faraón

Residencia del faraón Tolomeo XII en Roma
58 a. C.

Tolomeo XII caminaba con la premura de la inquietud por los pasillos de la residencia que la familia real de Egipto en el exilio disponía, en aquellos días, junto al Tíber. Se detuvo a mirar las aguas bravas del río que de alguna manera parecían representar, en su enfurecido oleaje, su propia rabia mal disimulada.

La pequeña Cleopatra se acercó a su padre, a quien nadie se atrevía a hablar cuando lo veían en aquel estado, y le preguntó con tiento:

—¿Hay malas noticias de Alejandría?

La interrogante de la princesa era retórica. El correo había llegado en la mañana, temprano, y de manos de un legionario romano, que había hecho las veces de mensajero, su padre había recibido una misiva que, una vez abierta y leída, había desatado su furia.

—Tu hermana Berenice va a desposarse con Seleuco VII, de la dinastía seléucida.

Cleopatra se situó al lado de su padre, en la gran terraza que permitía ver el Tíber más allá de los jardines que rodeaban la casa que Pompeyo, el gran senador de Roma, les había cedido para su estancia en la ciudad.

—¿Y eso es tan... grave, padre?

—Eso sitúa a un hombre en el trono de Egipto. Eso, hija, hace que ella sea más fuerte como reina de Egipto. Eso hace que Roma tenga ahora un rey, un... —Se resistía a usar la palabra para referirse a aquel maldito impostor sirio, pero la usó, pues era de lo que iba todo aquel asunto—. Eso hace, hija mía, que, a ojos de Roma, haya un faraón en Egipto. Ahora tendrán dos hombres entre quienes elegir para gobernar Egipto, y eso me dificulta las negociaciones aquí una enormidad. —Y miró al suelo mientras seguía hablando con la frente arrugada—: Esto es una maniobra de Potino. Tu hermana no tiene esta astucia.

Cleopatra había escuchado con mucha atención. Comprendía que el ardid de su hermana, ejecutado seguramente, como decía su padre, a instancias de alguno de sus consejeros, la hacía más fuerte a la hora de mantenerse como gobernante de Egipto con una Roma que parecía decidirlo todo en aquellos tiempos revueltos y para la que las mujeres por sí mismas parecían contar poco. O nada. En Egipto tampoco era habitual que una mujer fuera de demasiada importancia, pero había habido faraones que habían sido mujer. No era lo común, pero no era imposible. Sin embargo, que los romanos eligieran a magistrados o senadores entre las mujeres de su ciudad era inconcebible. Pero más allá de ser hombre o mujer, su padre parecía no tener en cuenta un detalle... importante...

—Mi hermana no es de compartir —dijo Cleopatra.

El faraón la miró con curiosidad.

—¿Qué quieres decir con eso?

Cleopatra, con sus apenas once años, habló contemplando el río, como si recordara su más tierna infancia entre las estancias enormes del palacio de Alejandría:

—Mi hermana, padre, nunca compartió nada conmigo en todo el tiempo que pasé con ella. Tampoco la vi compartir nada con Arsínoe o con mis hermanos. Berenice, padre, no es de compartir nunca nada con nadie. No compartió un solo juguete conmigo de niña, o un vaso de agua o un juego o un libro. No creo que ahora vaya a compartir el poder supremo de Egipto con nadie. Aunque se case.

Tolomeo se quedó en silencio mirando fijamente a su hija. La pequeña había hablado con la ingenuidad propia de su edad. ¿O con la clarividencia del niño que cavila sin los prejuicios desarrollados en la edad adulta que, con frecuencia, ocultan lo evidente?

—Quizá lleves razón —dijo, al fin, Tolomeo XII, con los ojos muy abiertos, como si estuviera descubriendo en aquel preciso instante que Cleopatra ya no era una niña tan pequeña como él pensaba—. Quizá, hija mía, Berenice sea, a la vez, nuestro problema pero también nuestra solución.

A Tolomeo XII le cambió el semblante y Cleopatra se sintió feliz por haber sido causa de semejante transformación en el estado de ánimo del faraón de Egipto.

—Esta tarde tengo una reunión con el senador Pompeyo, como otras veces, y quiero que vuelvas a acompañarme, pequeña.

—Sí, padre —respondió Cleopatra.

***Domus* de Pompeyo**
Unas horas después

Pompeyo, rollizo, gordo, con un cuerpo que ya no era el del fornido procónsul guerrero del reciente pasado, departía con cordialidad con Tolomeo XII.

Estaban en el atrio principal de la mansión del todopoderoso senador romano y se habían dispuesto *triclinia* y mesas y copas y jarras de vino y agua, pero aún no habían llegado las bandejas de comida con los suculentos manjares que Pompeyo acostumbraba a degustar en su casa.

—¿Me acompañaría la joven princesa al otro atrio? —Era la voz amable y agradable de la esposa del senador.

Cleopatra miró a su padre en busca de aprobación.

El faraón en el exilio asintió.

Cleopatra aceptó, entonces, la invitación de la anfitriona. De camino al otro patio, Julia le dirigió algunos comentarios elogiosos sobre su atuendo oriental, las joyas de oro con piedras preciosas engastadas y, por otro lado, su maquillaje sobrio, mínimo para realzar la belleza natural del rostro cargado de misterio de la hija del faraón.

A Cleopatra le gustaba el trato con aquella joven mujer romana. Julia se dirigía a ella como si fuera una adulta, sin ese paternalismo que empleaban sus tutores. En ese sentido, la joven esposa de Pompeyo le recordaba al anciano bibliotecario de Alejandría: Aristarco no usaba palabras menos complejas cuando hablaba con ella o no reducía sus frases, preguntas o comentarios a cuestiones propias de niños. Aristarco le hablaba de todo y ella, incluso aunque a veces no lo entendiera bien, prefería aquel trato exigente en el diálogo que la forzaba a aprender. Y ésa era una de sus grandes pasiones: aprender cada vez más. De todo. Sentía que era hija del faraón de Egipto, del auténtico, y que su padre retornaría al trono en algún momento y ella estaría, de un modo u otro, a su lado, y quería estar a la altura de las circunstancias. Por eso había seguido leyendo y estudiando todo aquel tiempo desde su llegada a Roma.

—He oído que a la princesa le encanta leer —comentó Julia mientras caminaban ya por el segundo atrio. Las mujeres romanas no solían estar presentes cuando los hombres debatían de política, o eso había observado la joven princesa, y por eso sabía que Julia la había conducido al otro patio de la residencia. Sin embargo, Cleopatra no se sentía desplazada, pues intuía que la conversación con Julia podría ser tan interesante o más que la que su padre estuviera sosteniendo en aquel momento con el senador romano. Y es que la joven princesa había observado que, a menudo, la esposa de un hombre sabe más de ese hombre que él mismo.

—Ahora estoy releyendo la *Ilíada* —comentó Cleopatra—. Aristarco, el bibliotecario de Alejandría, me dijo que sería un libro demasiado difícil para mí, pero creo que, en realidad, dijo eso para incitarme a que lo leyera. Él hace cosas así. ¿Lo has leído?

—¿La *Ilíada*? —preguntó Julia—. Sí. Un libro de guerreros, de lucha y de política. —Y sonrió—. Como mi padre.

—Tu padre es Julio César, ¿verdad? —indagó Cleopatra. Era una pregunta retórica para poder hablar de otro de los hombres que controlaba el poder—. El tercero de los senadores que conforman el triunvirato que gobierna Roma.

—Así es. Ése es mi padre. Te veo muy informada de la política de Roma.

—He de estarlo, bueno, mi padre ha de estarlo, ya que es Roma quien puede ayudarlo a recuperar el poder de Egipto.

—Cierto —aceptó Julia viendo la lógica de aquel razonamiento.

—No sabía que tu padre fuera también guerrero —continuó la joven princesa—. Pensaba que era más bien político, como Pompeyo. O Craso.

—Bueno, en Roma, lo político y lo militar se combinan —se explicó Julia—. Pompeyo, mi esposo, ha luchado en numerosos lugares: en Hispania, en Asia, contra legiones rebeldes en Occidente o contra el rey Mitrídates del Ponto en Oriente. Y ha barrido a la mayoría de los piratas del mar. Entre otras campañas.

—Lo sé —replicó Cleopatra, pues su tutor la había puesto al día de muchos de aquellos sucesos—, como sé que Craso fue decisivo en la guerra servil que Roma sostuvo contra ese gladiador esclavo que reunió un ejército en Italia y a punto estuvo de derrotar el poder romano. Pero de tu padre desconocía que además fuera guerrero.

—Mi padre luchó en Oriente también, de joven, y participó bajo el mando de Craso en la guerra contra Espartaco, ese gladiador esclavo que has mencionado. También llevó a cabo una exitosa campaña contra los lusitanos en Hispania, merecedora de un triunfo que no pudo celebrar en las calles de Roma por las maniobras de sus opositores políticos. —Aquí su voz no se esforzó en ocultar un sesgo de decepción y rencor mitigado por el paso del tiempo, pero no desaparecido por completo—. Y ahora, más recientemente, ha derrotado a los helvecios en el norte, en la Galia.

Pero aquí la faz de Julia se ensombreció.

—Entonces tu padre es también un gran guerrero —concluyó Cleopatra con respeto, percatándose del cambio de ánimo en el semblante de su interlocutora. Ignoraba todo aquello sobre Julio César—. Sin embargo, observo que algo preocupa a mi amable anfitriona.

Atrio principal, *domus* de Pompeyo

—Supongo que en verdad has venido por el asunto del matrimonio de Berenice —apuntó Pompeyo, después de que hubieran hablado sobre diferentes banalidades relacionadas con la vida social en Roma.

—Así es —confirmó el faraón—. El Senado piensa que mi hija Berenice con esa boda dará más estabilidad a Egipto, ¿verdad?

—La mayor parte de los senadores sí lo ven de ese modo —ratificó Pompeyo.

—Quizá ese matrimonio no sea estable o no perdure en el tiempo —argumentó Tolomeo XII.

Pompeyo parpadeó, mientras asimilaba una idea que no había concebido en su mente hasta ese momento.

—Ésa es, sin duda, una posibilidad, pero el faraón no debería pensar tanto en las acciones de su hija Berenice como en las suyas propias.

Tolomeo XII miraba fijamente al senador, como si quisiera escrutar sus pensamientos más profundos, aquellos que ocultaba y que, con toda seguridad, eran el motor de sus decisiones:

—¿Qué quieres decir...? —El faraón iba a terminar la pregunta añadiendo «con esa afirmación», pero no concluyó la frase. Lo vio claro—. ¿Crees que yo debería actuar de igual modo? ¿Tomar una nueva esposa?

—Berenice pronto podrá producir un heredero propio y, si bien es cierto que el faraón Tolomeo XII tiene ya descendencia, y además hijos varones, a los ojos del muy tradicional Senado romano, una esposa también transmitiría una sensación de estabilidad a nuestro deseo de reinstaurar a Tolomeo XII en Egipto. Aquí es habitual que un senador contraiga matrimonio por interés político para afianzar alianzas antes de unas elecciones o para hacerse más popular entre unas familias senatoriales o ante la plebe, según los casos. La selección de Berenice de ese Seleuco VII no aporta tampoco mucha fuerza ni política ni militar a sus pretensiones de permanecer como reina faraón. Estoy seguro de que si Tolomeo XII encontrara una nueva esposa de mayor prestigio, eso, para los senadores de Roma, también tendría peso en la compleja negociación para devolverte al poder. Más allá de las concesiones de grano a Roma de las que ya hemos ido hablando.

Tolomeo asintió. Veía que su anfitrión podía tener razón, claro que ¿dónde encontrar una posible candidata a nueva reina de Egipto que fuera inteligente, leal, que no lo traicionara nunca, como Berenice había hecho? Y que supiera desenvolverse en los entresijos de la compleja Alejandría... Alguien que conociera las artimañas de la casta sacerdotal..., que supiera no sólo griego, sino también demótico y el lenguaje de los jeroglíficos..., que entendiera los sueños, los anhelos y hasta los temores del pueblo de Egipto..., que conociera sus dioses, sus templos, los campos de trigo, las crecidas del Nilo, los medidores de agua que indicaban los impuestos a pagar por los campesinos..., que conociera el papiro y el loto y la gran biblioteca, y que sintiera los siglos y siglos de historia de aquel reino milenario como algo propio, mágico e irrepetible en el devenir del mundo... Una princesa de origen sirio o parto o armenio o de Grecia o Tracia o Fenicia o de cualquier otro lugar ya subyugado por Roma no sería capaz ni de asimilar la centésima parte de todo aquello que conformaba la inmensidad de un Egipto inabarcable...

El faraón, pensativo, bebía de su copa y, mirando por encima de ésta, mientras sorbía el licor, sus ojos alcanzaron a ver, al fondo de un largo pasillo, la silueta de su joven hija... Cleopatra... paseando al lado de la esposa de Pompeyo.

Cleopatra, que había crecido entre los rollos de papiro de los estantes infinitos de la gran biblioteca, que conocía todas las lenguas de Egipto y los reinos colindantes, que sabía de los ardides secretos de los sacerdotes, que lo había acompañado en aquel exilio mostrando una lealtad perenne y que había viajado con él a innumerables ciudades, ya fuera al norte o al sur de Alejandría, y conocía el Alto y Bajo Egipto como el niño que ha memorizado los rincones más felices para sus juegos, que había navegado con él por el Nilo... Cleopatra, que se entendía con los esclavos del palacio, igual que la había visto departir con soltura con campesinos o con los más altos sacerdotes, recibiendo aprecio y cariño de los primeros y admiración y respeto de los segundos..., cuando no miedo..., e inspirar afecto al pueblo y algo de temor a los sacerdotes era tan importante en ambos casos... Cleopatra, tan pequeña y de espíritu tan regio...

El faraón cerró los ojos mientras apuraba su copa y, para cuando la dejó sobre la mesa, su decisión, destinada, sin él saberlo, a cambiar el curso de la historia, ya estaba tomada.

Segundo atrio de la residencia de Pompeyo

—Sin embargo, observo que algo preocupa a mi amable anfitriona—había dicho la joven princesa cuando Julia había mencionado a su padre César y su campaña en la Galia.

Julia, ante aquel comentario aparentemente ingenuo aunque, al mismo tiempo, tan cargado de lucidez, suspiró. No sabía hasta qué punto podía compartir sus preocupaciones más hondas con aquella princesa extranjera, pero, más allá de su abuela Aurelia, a la que no veía con mucha frecuencia, no tenía a nadie con quien conversar sobre aquellos asuntos que la apesadumbraban, nadie con quien descargar esa inquietud permanente que no la dejaba ni dormir ni descansar cuando Apolo retiraba su carro al final de cada jornada.

Desde luego no podía hablarlo con su esposo, que le daba siempre una versión interesada del espinoso asunto de la Galia, sujetas sus opiniones al deseo de que su padre no saliera vivo de allí. En tales circunstancias, aquella joven princesa, aunque todavía era una niña, representaba una inesperada posibilidad de compartir sus sentimientos, más aún, sus temores. Por otro lado, la desenvoltura de la regia egipcia, a todas luces inusual en alguien de su corta edad, no dejaba de sorprenderla y de incitarla a hablar.

—La Galia es un lugar muy peligroso. Los galos siempre han atacado la frontera norte de Italia y ahora mi padre está involucrado no sólo en una guerra con tribus celtas, sino también con una invasión de germanos que han cruzado el Rin, el gran río del norte, y, la verdad, temo por su vida. Por eso la princesa me ha visto esta cara de preocupación.

—Pero tu padre siempre ha salido victorioso, ¿no es así? Contra los lusitanos, o contra Espartaco, o contra quien fuera que luchara en Oriente. ¿Qué te hace temer por su vida ahora?

En este punto, a Julia le habría gustado decir que el hecho de saber que su esposo, rival político de su padre, en el fondo, alentaba la prolongación del conflicto militar en la Galia desde el Senado con el fin de involucrar a su padre en una guerra tras otra en el norte hasta que acabara pereciendo en alguno de aquellos enfrentamientos era lo que más le preocupaba. Pero no tenía la suficiente confianza con la joven princesa como para abrirle del todo su corazón y mostrarle lo que estaba ocurriendo en aquella casa: aquella tensión oculta por haberse convertido en rehén de un esposo al que fingía amar y que, en verdad, aunque se mostrara atento y amable con ella, sólo anhelaba la muerte de su padre...

—El rey germano, Ariovisto, es, según dicen, un gran militar, un enemigo muy superior a cualquier otro contra el que se haya enfrentado mi padre en el pasado, y eso ha despertado en mí un gran desasosiego —dijo Julia en vez de desvelar sus pensamientos.

La joven Cleopatra asintió.

—Ojalá mi padre fuera tan guerrero como el tuyo —dijo, llevando la conversación en una dirección alejada de las preguntas de su interlocutora sobre la Galia y trasladándola con sus palabras a la remota ribera del Nilo—. Egipto, mi país, necesita no sólo un político al frente, sino también un guerrero.

—¿Un guerrero que luche contra Roma? —preguntó Julia de forma directa.

La joven princesa se quedó en silencio unos instantes mientras sostenía la mirada de su anfitriona.

Julia no percibió molestia en los oscuros y brillantes ojos de la niña, sino una intensidad de pensamiento tan honda como impenetrable.

—No —respondió Cleopatra al fin—, mi reino necesita un *romano* que luche por Egipto. Sólo eso puede devolver a mi padre al trono.

En ese momento, una joven esclava apareció en el atrio.

—La cena va a empezar y el amo requiere la presencia de su esposa y de la princesa.

Las dos mujeres se dirigieron hacia el otro atrio.

Justo antes de entrar en el patio principal, Julia le dijo en voz baja a la princesa:

—Hemos de hablar más. Me gustan nuestras conversaciones.

—A mí también —respondió Cleopatra.

Y entraron en el atrio.

VIII

La maniobra de Ariovisto

Región montañosa de los Vosgos
Ejército de César
58 a. C.

Con el secuestro por parte de Ariovisto de los emisarios de César, ya no quedaba otro camino para detener al rey germano que la guerra.

Ariovisto, no obstante, en lugar de atacar, inició un extraño repliegue hacia el noreste, hacia la región boscosa de los Vosgos.

—No negocia la paz, pero no ataca —dijo Labieno tras varios días de persecución.

—Es sólo cuestión de tiempo que Ariovisto se lance contra nosotros —respondió César—. En algún momento dejará de retirarse hacia el norte y se revolverá contra nosotros, como hizo Divicón con su ejército de helvecios.

En la reunión del alto mando de las seis legiones desplazadas a la Galia estaban Publio Craso, Lucio Balbo, el propio Labieno, Diviciaco, líder de los aliados eduos, algunos jefes galos más y César, junto con varios de los *legati* que comandaban las diferentes unidades militares romanas.

César recibió un mensaje de un legionario que acababa de entrar con información relacionada con los últimos movimientos de Ariovisto.

—De hecho, va a ser cuestión de poco tiempo —anunció César en cuanto terminó de leer el mensaje, retomando lo que había dicho hacía unos instantes—. Ariovisto ha dejado de retirarse y está apenas a seis millas de nosotros, con todo su ejército, construyendo un inmenso campamento.

—¿Tan cerca? —preguntó Balbo, asombrado por la rapidez de los movimientos del rey enemigo—. No sólo ha dejado de replegarse. Ha debido de girar hacia nosotros y moverse con velocidad hacia nuestra posición.

—¿Tan pronto? —añadió el joven Craso con inquietud en su tono de voz. Pese a llevar unos días tras el rastro del rey germano, de súbito, la decisión de Ariovisto de detenerse y levantar un gran campamento imponía, si no miedo, nadie era cobarde allí, sí respeto, pues el combate parecía inminente.

—Ariovisto es un hombre resolutivo, aunque también calculador —continuó César, serio, pero con control—. Habrá considerado que ya nos tiene lo suficientemente lejos de nuestra base en Bibracte y del campamento levantado en las proximidades de Vesontio como para iniciar la lucha. Debe de pensar que ha estirado nuestra línea de aprovisionamiento tanto que es el momento y el lugar para iniciar una dura campaña contra nosotros —prosiguió dejando el mensaje sobre la mesa de los mapas, en el centro de la tienda—. Sí, frío y calculador... —César se quedó pensativo mirando el plano mientras rememoraba en su cabeza el breve encuentro con el rey germano, en el que pudo ver sus gélidos pero profundos ojos azules—. Esa impresión me dio cuando hablé con él cara a cara. Y si repasamos sus acciones recientes, siempre ha resuelto sus diferencias con los galos con movimientos rápidos de tropas y combates audaces que han sorprendido siempre a nuestros... —Y miró a Diviciaco—: A nuestros aliados. —No dijo más sobre las derrotas galas frente al rey germano para no herir los sentimientos ni despertar la susceptibilidad de los otros líderes galos presentes en la reunión, como el veterano Dúmnorix o el joven arverno Vercingetórix—. Pero nosotros hemos de responder con la misma resolución de combate: mañana mismo formaremos con las legiones en el exterior de nuestro campamento a la espera del ataque germano.

Labieno, Craso, Balbo y los legados asintieron ante el anuncio de lucha que acababa de hacer César: se había hecho todo lo posible por evitar el combate, pero, si ésta era la única opción, lucharían con la misma energía con que lo hicieron no hacía tanto contra los helvecios.

Al día siguiente
Campamento germano

Ariovisto recibió la noticia de que César sacaba sus tropas del campamento y que las disponía en formación de combate con cierta indiferencia, mientras desayunaba carne de un ciervo recién cazado por algunos de sus mejores soldados.

—Nosotros seguiremos con nuestro plan —dijo mirando a los jefes de las tribus sobre las que gobernaba, suevos, harudes, marcomanos, tríbocos, vangiones, németes y sedusios, que estaban compartiendo aquel festín matutino de carne asada en el amanecer de una nueva guerra en la que, estaban seguros, Ariovisto los conduciría a una nueva victoria. A un nuevo botín. A más tierras. El plan, además, les parecía perfecto. Se trataba de una estrategia diseñada para debilitar al enemigo antes de atacarlo, y un enemigo débil era siempre más fácil de aniquilar. De trocear. De engullir.

El ciervo, sazonado en una espesa salsa de vino galo, estaba exquisito.

Campamento romano

Las legiones estaban en triple línea de combate en la parte superior de la ladera de la colina sobre la que se levantaba el campamento.

—¿Avanzamos o esperamos? —preguntó Labieno.

—Esperamos —respondió César mientras caminaban por delante de las tropas—. No quiero perder la ventaja que nos da nuestra posición en alto.

Los romanos habían construido el campamento en una zona elevada, de modo que a cualquier enemigo le resultara más costoso atacarlos y, al mismo tiempo, si luchaban frente a sus fortificaciones, disfrutarían de la ventaja adicional de tener cerca un lugar donde replegarse en caso de que la lucha se torciese. Y César no pensaba perder ninguna de esas dos ventajas. Al menos, no por el momento.

—Esperaremos —repitió.

El sol empezó un lento ascenso en el horizonte.

No pasó mucho tiempo antes de que recibieran las primeras noticias de los movimientos de tropas del enemigo.

Un legionario se aproximó al procónsul exhibiendo un papiro doblado con un mensaje proveniente de las patrullas de jinetes de avanzadilla que vigilaban a los germanos.

—Ya han salido —proclamó César al resto de oficiales que lo acompañaban en su inspección de la primera línea de las legiones.

Campamento germano

Ariovisto, al frente sólo de una parte de su caballería y seguido por diez mil soldados de infantería, salía de su fortificación, pero, en lugar de avanzar directos al enfrentamiento con César, los dirigió hacia el sur, rodeando el flanco izquierdo de los romanos.

Vanguardia del ejército romano

—Va a desbordarnos por un flanco —dijo Labieno.

César arrugaba la frente.

—No —dijo negando con la cabeza—. No hay ataque por el frontal y no lleva a todo su ejército. Está haciendo... otra cosa...

—¿Qué? —preguntó Balbo, a quien, como al resto, no le gustaban los movimientos de tropas enemigas que no entendía.

—Por Hércules... —respondió César, la mirada fija en aquella caballería que, a varias millas de distancia, levantaba el polvo de los campos secos del verano galo—. No lo sé.

En efecto, las tropas enemigas cabalgaban rodeándolos. Era difícil discernir las unidades militares concretas que se estaban desplazando. Los jinetes romanos que traían información sobre aquella maniobra del enemigo eran la única forma de reunir datos más precisos.

—Llevan bastante infantería entre diferentes contingentes de caballería, procónsul —se explicaba uno de estos jinetes desde lo alto del caballo. Estaban a punto de entrar en combate y no era momento de perder ya tiempo con mensajes escritos ni desmontando y montando para informar. César había dado instrucciones de que quería datos con la mayor rapidez—. Son unos dieciséis mil hombres en total, procónsul.

—¿Y el resto de las tropas? —preguntó Labieno.

—Permanecen en formación frente a su campamento —respondió otro de los jinetes informadores.

—¿Pero no avanzan hacia nuestro campamento? —insistió Labieno, que temía una maniobra enemiga similar a la que Divicón intentó en Bibracte: un gran ataque frontal y un movimiento envolvente por un flanco con un contingente adicional de tropas. Quizá Ariovisto, a diferencia de Divicón, quería iniciar primero el ataque por el flanco, dirigiéndolo él personalmente, y que, acto seguido, el grueso de su ejército se lanzara frontalmente contra ellos.

—No, las tropas enemigas ubicadas frente a nosotros no avanzan, mi *legatus* —confirmó el último jinete mirando al segundo en el mando.

—No lo entiendo, por Júpiter, no tiene sentido —dijo, entonces, Labieno, exasperado, y miró a sus compañeros: el joven Craso, Balbo y el resto de los legados tenían la misma expresión de asombro y confusión en el rostro.

César permanecía en silencio.

—¿Y si nos rodean del todo para atacarnos por la retaguardia y es entonces cuando avanzan el resto de sus tropas contra nosotros? —preguntó Craso.

—Tenemos el campamento para refugiarnos si nos atacan en dos frentes opuestos —respondió César mirando hacia un extremo y hacia el otro, hacia el lugar donde apenas se divisaba el campamento enemigo y hacia la caballería y la infantería que ya se movían por su retaguardia, pero siempre a una distancia notable, lo que disipaba la sensación de urgencia por un posible ataque inminente. Sin embargo, todos seguían tensos por la incertidumbre de no entender qué estaba pasando.

—No es que no haya visto esto nunca antes —comentó Balbo—, es que no he oído nunca de ninguna batalla que se haya iniciado así.

La caballería enemiga, por fin, se detuvo a unas tres millas al sur del campamento romano, pero no daba media vuelta para cargar contra la retaguardia de las legiones, sino que permanecía inmóvil en aquel punto.

—Es que esto no es una batalla —proclamó César en un instante de clarividencia—. Si no me equivoco, ya sé lo que nuestros jinetes informadores van a anunciarnos.

—Por Hércules, ten la bondad de anticipárnoslo —comentó Labieno, que veía a todos los oficiales nerviosos. Diviciaco y Dúmnorix se acercaron, seguramente también inquietos por los extraños movimientos de los germanos, mientras que César no daba orden alguna a las legiones.

—¡Por Taranis, nos están rodeando y no estamos haciendo nada! —espetó Dúmnorix al procónsul nada más llegar a la posición del alto mando romano.

Todos miraban a César.

Llegó un jinete más desde el sur.

—Se han detenido y es... como si construyeran algo. La infantería germana trabaja sin descanso mientras su caballería parece estar en alerta.

Todos seguían mirando a César. Esperaban una reacción, una explicación, algo que los sacara del miedo que daba esa sensación de que el enemigo estaba jugando con ellos, tendiéndoles una trampa que aún ni tan siquiera eran capaces de entender.

—Están construyendo un segundo campamento —dijo, al fin, César.

Labieno asintió: aquello podía ser y daba sentido a los movimientos de tropas del enemigo, pero...

—¿Por qué un segundo campamento? —indagó poniendo voz a la pregunta que todos se hacían, pero sin atreverse a formularla—. Eso divide sus fuerzas. ¿Por qué un segundo campamento y tan alejado uno del otro?

—Eso es... lo que aún no sé —respondió César por segunda vez aquella mañana, y aquélla era una frase muy poco habitual en él.

—Podríamos lanzar un par de legiones contra el contingente del sur e impedirles la construcción de ese segundo campamento —sugirió Craso.

—Podríamos —admitió César—, pero eso sería dividir también nuestras fuerzas y no me gusta separar unas legiones de otras teniendo germanos al norte y germanos al sur.

—En Bibracte luchamos en dos frentes —apuntó Labieno.

—Allí se trataba de combatir en dos frentes que estaban unidos, uno junto al otro —se explicó César—, pero aquí se nos obliga a dividir nuestras legiones, a separar unas de otras.

—En la batalla del río Arar sí adelantamos unas legiones a otras, y las separamos —recordó el joven Craso.

—Pero allí llevábamos la iniciativa —continuó César—. En aquel momento sabía lo que los helvecios estaban haciendo y nosotros teníamos un plan, la iniciativa. Aquí, sencillamente, más allá de que están construyendo un segundo campamento, no sé lo que está haciendo el enemigo, y sin saberlo no pienso dividir nuestras fuerzas.

—Entonces, por Júpiter..., ¿qué hacemos? —preguntó Balbo.

Se hizo el silencio. Todos los *legati* romanos esperaban la respuesta de su procónsul y lo mismo por parte de Diviciaco, Dúmnorix y otros líderes galos. Era la primera vez que veían a César dudar. Eso les hizo ver que Ariovisto era, ciertamente, un enemigo tan formidable que confundía a cualquiera, incluido a quien creían todopoderoso procónsul de Roma en la Galia. Y de esa confusión que creaba Ariovisto en sus oponentes surgían sus victorias. Empezaban a sentir esa extraña sensación de angustia que precede a la derrota. Y la derrota con alguien como Ariovisto suponía, con suerte, la muerte, y con menos fortuna, la esclavitud de por vida.

—Esperaremos —reiteró César por tercera vez aquella mañana.

Al atardecer

Con la caída del sol, los informes que traían los jinetes romanos sobre las posiciones de los germanos, ya fuera de un extremo o de otro, no dejaban margen para la interpretación: la fuerza de caballería e infantería dirigida por el propio Ariovisto, desplazada a la retaguardia del campamento romano, se había dedicado toda la jornada a levantar una serie de fortificaciones de lo que estaba llamado a ser la base para una especie de campamento avanzado de los germanos por detrás de las posiciones de César.

Con la puesta de sol, el rey germano, con la mayor parte de su caballería, regresó junto al grueso de sus tropas al campamento principal enemigo al norte.

No hubo ningún ataque a las posiciones romanas.

En el nuevo campamento germano, Ariovisto había dejado un contingente de guerreros suficiente como para defender esa nueva fortificación ante cualquier ataque romano.

—¿Para qué habrá construido ese campamento a nuestra espalda? —preguntó, de nuevo, Balbo, pues todos seguían dándole vueltas a aquel asunto—. ¿Para tenernos amenazados por detrás en caso de batalla campal?

César, que volvía a sentir las miradas de todos sobre él, meditaba en silencio. Podría ser lo que sugería Balbo. Aquello le recordaba el movimiento que en su momento Pompeyo le comentó en una de las veladas previas a la boda con su hija: su yerno le explicó que Sertorio asediaba Lauro, en Hispania, pues la ciudad le era favorable a Pompeyo; éste acudió en ayuda de los sitiados, pero Sertorio, en vez de retirarse, hizo que una de sus legiones rodeara a Pompeyo y se situara en su retaguardia, y Pompeyo, temeroso de un ataque, terminó retirándose y vengándose con la masacre de la pequeña ciudad de Valentia. Quizá eso era lo que buscaba Ariovisto: que cundiera el miedo entre los legionarios a verse atacados por delante y por detrás... Y, sin embargo, César estaba convencido de que había algo más en todo aquello. Algo diferente...

—El campamento germano de nuestra retaguardia está demasiado lejos como para sorprendernos —dijo César arrugando la frente, como si pensara en voz alta—. Podemos desplegar mañana las legiones en posición de combate, encarando el campamento principal del enemigo, y, en caso de que se inicie una batalla, si se nos atacara por la retaguardia, tenemos tiempo de enviar unas cohortes a detener ese segundo ataque o, incluso, retirarnos ordenadamente a nuestro propio campamento, porque Ariovisto ha levantado esa segunda base a demasiada distancia de nosotros. Por eso no creo que el objetivo de ese segundo campamento germano sea el de atacarnos por la retaguardia. Esa segunda fortificación ha sido levantada por el enemigo con otra finalidad... —Pero no terminó la frase y, antes de que alguno de los presentes le preguntara, dio instrucciones precisas sin dejar margen a más debate—: Retirad las legiones. Que cenen bien, que descansen pronto y al alba las quiero nuevamente dispuestas en posición de combate.

Y se marchó a su tienda sin querer departir más con nadie.

Los oficiales romanos y los líderes galos se dispersaron.

La noche cubrió la llanura y las montañas cercanas. Una luna creciente proyectaba sombras tenebrosas y, mientras Diana gobernaba así el cielo nocturno, un rocío húmedo empapaba las tiendas de los legionarios que, fieles a las órdenes de su líder, buscaban el abrazo de Morfeo.

A César le costó conciliar el sueño.

Sus pensamientos viajaban ahora a la campaña de su tío contra los germanos de su tiempo, esto era, los teutones, los cimbrios y los ambrones, que lo acorralaron en el sur de la Galia. César cerraba los ojos y recordaba los trabajos que su tío Mario ordenó hacer a sus hombres para construir la Fossa Mariana, aquel canal que hizo excavar a miles de sus legionarios al sur del campamento.

César cerró los ojos. En el fondo, tenía muy claro lo que Ariovisto estaba haciendo. Estaba seguro de cuál era exactamente la finalidad de aquel segundo fortín enemigo. Por eso su mente rememoraba aquella campaña de su tío contra los teutones. César, no obstante, aún albergaba la esperanza de equivocarse. Quizá estuviera malinterpretando algo. Sólo el paso de los días le confirmaría sus sospechas o las disiparía. En aquel momento, la mejor opción era que se estuviera equivocando en lo que su cabeza barruntaba con relación a la estrategia de Ariovisto.

Los días siguientes

Las legiones VII, VIII, IX, X, XI y XII formaron en *triplex acies* frente al campamento general romano.

Ariovisto hizo lo propio sacando a sus tropas de su campamento principal, pero sin avanzar hacia las posiciones romanas. Las tropas del campamento secundario germano, sin embargo, permanecieron acantonadas, sin asomarse al exterior en ningún momento.

Transcurrió el día entero sin que nadie hiciera ademán alguno de entrar en combate.

Llegó la noche y César ordenó el reingreso de las tropas en la gran fortificación romana.

El segundo día después de la construcción del campamento adicional germano fue una repetición del anterior: tropas de ambos bandos dispuestas para la lucha, pero sin que ningún ejército hiciera movimiento alguno de ataque, ni tan siquiera de provocación a su enemigo. Y, por su parte, los guerreros del campamento secundario germano, en la retaguardia romana, permanecieron, de nuevo, sin salir de su base.

El tercer día fue una copia exacta de los dos anteriores.

Ese nuevo atardecer, al retirar las tropas, César se quedó mirando los grandes almacenes de grano donde se acumulaba el cereal para alimentar a las legiones: había conseguido reunir tanto que no cabía en las tiendas de almacenaje y montones de sacos con grano se apilaban junto a ellas. Como era verano y no llovía, no era problema que estuvieran a la intemperie. El rocío los humedecía un poco, pero, como los sacos del exterior eran los que primero se consumían, no había tiempo de que se corrompiera el grano. Si no, habría hecho levantar más tiendas.

El cuarto día tampoco se entabló combate.

El quinto día igual. Y el sexto. Y el séptimo.

La única diferencia notable con las primeras jornadas era que ya no quedaban casi sacos de grano fuera de los almacenes. Las legiones, lucharan o no, tenían la costumbre de desayunar, comer y cenar cada día. Y seis legiones eran muchas bocas que alimentar.

Y las provisiones se consumían.

Fue en el anochecer del octavo día cuando un jinete que patrullaba al sur del campamento general romano, en la ruta de suministros que habían de llegar para las legiones desde Bibracte y Vesontio, irrumpió en el *praetorium* del alto mando romano con las noticias que César ya había anticipado, y temido, en sus elucubraciones sobre la estrategia de Ariovisto.

—Los guerreros germanos del segundo campamento han atacado el convoy de provisiones que venía desde Vesontio, procónsul.

César suspiró y, mirando al suelo, habló como si completara el informe de aquel jinete:

—Y los germanos de ese segundo campamento hostigaron al convoy de suministros hasta que, o bien hicieron retroceder a los carros, o bien se hicieron con parte o la totalidad de ellos, y sólo entonces se retiraron a su fortificación, ¿no es así, legionario?

—Eso es exactamente, procónsul, lo que ha pasado —corroboró con cierta sorpresa ante la precisión con la que su superior había descrito lo que había visto—. La mayor parte de los carros pudo retroceder y retirarse hacia el sur. Sólo unos pocos bagajes han caído en manos del enemigo —añadió con intención de dulcificar unas noticias que en lo sustantivo anunciaban que las legiones estaban con su línea de aprovisionamiento interrumpida por el enemigo.

César asintió y con un gesto de la mano indicó al jinete que se retirara.

Labieno, Craso y Balbo estaban con él. Los líderes galos, no, pero, en cualquier caso, pronto se enterarían de lo que había ocurrido.

César tradujo en palabras lo que todos estaban empezando a comprender:

—Sí, ese segundo campamento germano no está para atacarnos directamente, sino para impedir la llegada de suministros. Cada vez que un convoy con grano se acerque a nosotros desde Vesontio, será atacado por esas fuerzas enemigas apostadas en ese maldito segundo fortín germano, y de ese modo, cada día que pase, tendremos menos grano, mientras que Ariovisto tiene asegurada la llegada de tanto alimento como precise a su campamento principal desde el norte. Ésa es su estrategia. Por eso no nos ataca. Su plan es debilitarnos antes de lanzarse contra nosotros. Primero nos quiere débiles. Luego ya nos cazará, como se atrapa a las bestias enfermas o enflaquecidas por el hambre.

—Entonces, por Júpiter, nuestra mejor opción es ser nosotros quienes iniciemos un gran combate lo antes posible —propuso Labieno.

César cabeceó un par de veces afirmativamente.

Al noveno día, las legiones volvieron a formar en *triplex acies* y, esta vez, César hizo que avanzaran hacia el campamento enemigo.

Pero nada resultó como esperaban: los germanos, aquel día, ni tan siquiera salieron de su fortificación principal.

—¿Por qué no salen hoy? —preguntó el joven Craso.

César respiraba aceleradamente. Nadie entendía lo grave de la situación.

—Porque el rey germano, tras el ataque de ayer a nuestro convoy de suministros, ya sabe que hemos descubierto su estrategia —explicó el procónsul— y tiene claro que ahora querremos entrar en combate para evitar quedarnos largo tiempo sin que un convoy de provisiones nos llegue, ya que cualquier envío de grano va a ser sistemáticamente interceptado. Por eso el rey germano no sale. Atacar su fortificación sólo nos hará sumar innumerables bajas, acumular muertos y heridos y cansancio sin conseguir derrotarlo. Y cada día tendremos menos víveres. Y la moral de los legionarios empezará a mermar, mientras que sus hombres se sentirán cada vez más confiados y tranquilos, simplemente esperando nuestro debilitamiento total, y entonces, y sólo entonces, Ariovisto saldrá con todo lo que tiene y nos atacará. Y, en esas circunstancias, seguramente nos derrotará.

Todos callaban.

—Pero... —continuó César— todo esto me recuerda a la campaña de mi tío Mario contra los teutones y a cómo mi tío se empeñó en la construcción de la Fossa Mariana, según la terminaron llamando los propios legionarios bajo su mando: un gran canal fluvial que aseguraba el flujo de suministros conectando el campamento con Roma por mar. Mi tío sabía lo esencial que era mantener el flujo de provisiones. Los legionarios tienen pánico a ver desaparecer la comida de los almacenes sin que lleguen nuevos suministros. Es algo que, con razón, detestan. Y es algo que promueve la insubordinación, cosa que no podemos permitirnos frente a un enemigo tan potente como Ariovisto. —Hizo una pausa intensa antes de su anuncio final—: Necesitamos, pues, nuestra propia Fossa Mariana.

Balbo, que como *praefectus fabrum* estaba encargado de la logística y de las labores de ingeniería, ya se tratara de levantar campamentos o de construir puentes, no daba crédito a lo que estaba escuchando.

—Pero estamos a centenares de millas del mar —exclamó—. ¡No es posible construir un canal que nos una al mar ni hay ningún río navegable hasta el sur, ni tenemos flota con la que llegar a Roma por ese medio...! —A Balbo todo aquello le parecía una locura.

César sonrió por primera vez en todos aquellos días. Y es que tener confirmada, por fin, la estrategia del enemigo y, además, tener claro cómo contrarrestarla, aunque fuera difícil, le daba la paz de contar con un plan, abandonando, por fin, aquellos días de pesada incertidumbre ante lo desconocido.

—Tranquilo, Lucio —le dijo a Balbo poniendo su mano derecha en el hombro del nervioso *praefectus fabrum*—. No hace falta que construyamos un canal. Sólo refréscame la memoria... ¿Cómo se llamaba ese ingeniero joven que ayudó en la construcción del puente sobre el río Arar en la campaña contra los helvecios?

—Vitruvio —respondió Balbo, aún sin haber recuperado la calma. Temía que se le exigiera cualquier imposible.

César asintió.

—Bien, pues dile a Vitruvio que venga esta noche a mi tienda.

IX

Cartas de Chipre y Dirraquio

Chipre
58 a. C.

Bruto recibió la carta de manos del mensajero recién llegado a Chipre. Cruzó el vestíbulo de la residencia que su tío Catón tenía asignada como gobernador de aquella isla, atravesó un largo pasillo y entró en el atrio central de la gran mansión.

—Ha llegado otra carta de Cicerón, querido tío —anunció el hijo de Servilia.

Catón, reclinado en su *triclinium*, tomó la misiva que le entregaba su joven sobrino. Viendo lo servicial que se mostraba el joven, incorporado a su séquito de consejeros en aquel año como gobernador de Chipre, no pudo por menos que rememorar en su mente, aunque fuera de modo fugaz, la última conversación con su hermana, previa a su partida de Roma.

—Te ruego que te lleves a Bruto contigo a Chipre —le había rogado Servilia—. Sabes que, desde siempre, Bruto ha mostrado una inclinación favorable a las ideas de los *optimates*, a tus ideas. No te vayas y lo abandones en la Roma de Clodio, donde no tendrá nunca futuro alguno y donde su vida puede correr peligro. No le hagas pagar por mis faltas —había concluido ella, aludiendo así de forma velada a su relación con aquel miserable de César.

A Catón le costaba perdonar. Y en su recuerdo estaba aún muy indeleble el momento en el que él había quedado en ridículo ante todo el Senado cuando forzó a César a leer un mensaje que él pensaba que era de Catilina y, en realidad, era sólo una carta de amor de su propia hermana a aquel libertino que, en aquel entonces, junto con Craso y Pompeyo, regía el destino de Roma.

Pero era cierto que Bruto siempre se había mostrado afecto a la causa senatorial de los *optimates*, y también era verdad que era injusto pagar aquella buena inclinación de su sobrino abandonándolo como castigo por los deslices lujuriosos de su madre. Despropósitos de Servilia que escapaban, sin duda, al control del hijo.

Por eso Catón aceptó llevarse consigo a Bruto como asistente a Chipre, y por eso de su mano recogía ahora la última carta de Cicerón.

Dirraquio
Unas semanas antes

—«De Cicerón a Catón, en Chipre» —dictó Cicerón a su escriba y detuvo la voz.

Quería pensar bien y ordenar sus ideas antes de que éstas quedaran reflejadas por escrito. No es que fuera tacaño ahora en sus años de madurez, pero detestaba malgastar papiro, y más en aquellos días en que, precisamente limitado de recursos en un forzado exilio, no nadaba en la abundancia.

Clarificó sus pensamientos.

Se aclaró la garganta.

—Apunta —dijo, al fin, y prosiguió, entonces, el gran orador dictando la carta—: «Me consta que Pompeyo sigue maniobrando en Roma para entronizar de nuevo a Tolomeo XII como faraón. Y sé también que Craso está interesado en el control de aquel reino. La exuberante riqueza del milenario reino del Nilo no puede ser pasada por alto por alguien como él, a quien tanto le atrae el dinero. Egipto puede ser una fuente de conflicto entre los dos triunviros, y esto nos interesa y hemos de estar atentos a esta cuestión. Pero lo esencial ahora es que nuestros senadores amigos en Roma, tal y como te anticipé y siguiendo mis designios, han reunido el suficiente dinero como para financiar al muy atrevido Milón. Así, este último está congregando una gran cantidad de hombres osados, dispuestos a luchar en las calles, si es preciso con mazas, dagas o lo que sea necesario, en favor de nuestra facción política. Sólo con una adecuada respuesta a la violencia promovida por Clodio, con una réplica de esa fuerza con la misma o mayor contundencia, podremos empezar a tener elecciones en las que los nuestros se atrevan a votar con libertad y los tribunos de la plebe de nuestra tendencia política puedan ejercer vetos o promover leyes que puedan tener efecto real, no sujetas sus acciones legales al imperio de los hombres armados por Clodio. Todo sigue complicado para nosotros, y que tú estés en el remoto Chipre y yo exiliado en el distante Dirraquio no ayuda a nuestra causa, pero, amigo mío, no desfallezcas en tu tenaz constancia, por la que tan popular te has hecho entre los nuestros. Aún recuerdo con admiración y hasta cierto divertimento tu memorable intervención en el Senado el día en el que César llevó a debatir su ley de reforma agraria y cómo hiciste uso de tu turno de palabra hasta que el propio César terminó arrestándote porque no dejabas de hablar en ningún momento. Esa constancia tuya es la que necesitamos ahora. Créeme si te digo que estoy persuadido de que los dioses, al fin, nos favorecerán y Roma retornará a los tiempos de orden que tanto añoramos. Espero que esta carta te encuentre con buena salud y hazme partícipe de cualquier información que consideres pertinente».

Suspiró.

—Añade la despedida habitual —apostilló y se sentó, pues no había dejado de andar de un lado a otro del atrio mientras dictaba la misiva.

Cicerón se quedó pensativo. ¿Y si Pompeyo tuviera razón y la Galia supusiera el final de César? Todo sería entonces tan fácil...

X

La reacción de César

Región montañosa de los Vosgos
Campamento general romano
58 a. C.

Vitruvio trabajó sin descanso durante una semana y todos los legionarios que César puso bajo sus órdenes, también.

—Los materiales están preparados, *clarissime vir* y procónsul de Roma —anunció un día el joven ingeniero, que no sabía bien aún cómo dirigirse al jefe supremo del ejército romano.

—Perfecto —aceptó César—, que lo monten todo en los carros.

Labieno, que reconocía en la mirada brillante de su amigo y en su porte decidido al César que había visto actuar en Mitilene, el río Arar o Bibracte con tanta audacia como ingenio, sabía que había un plan. Y, como siempre en César, una estratagema inusual.

Aquella mañana, el procónsul compartió su estrategia con su alto mando y a todos, incluido el propio Labieno, les pareció una buena idea: el grano iba escaseando y el asunto de la falta de suministros era ya tema habitual de conversación entre los legionarios, así que, cuando vieron que César tenía claro que aquella cuestión y no otra era la prioridad absoluta, sus corazones se sintieron, de nuevo, bajo el mando de alguien tan valiente como sabio. Y eso les dio seguridad, una certidumbre que transmitieron de inmediato a centuriones, oficiales de caballería y, por fin, a cada uno de los legionarios del ejército romano desplazado a la Galia.

Aun cuando los soldados no sabían cuál era el plan, se respiraba otro ambiente en las hogueras de la noche, mientras se calentaba la cena y se departía sobre el futuro de aquella campaña que ahora, sin saber detalles, percibían más prometedora que apenas unos días atrás. Ése era el magnetismo de César. Verlo pasear por entre los corros de legionarios, tranquilo, deteniéndose a conversar con diferentes grupos de soldados o compartir con ellos un poco de agua o una ración de sopa caliente, les transmitía un sosiego que sólo los líderes naturales son capaces de generar en su entorno.

Campamento germano
Al día siguiente

—¡Los romanos han salido! —proclamó un guerrero suevo que venía a informar, como cada mañana, de los movimientos del enemigo.

Ariovisto no reaccionó en modo alguno. Eso era lo que los romanos llevaban haciendo desde hacía varios días: salir de su campamento y disponerse en formación de combate, preparados para una lucha en la que él no estaba dispuesto a entrar... aún. Quería que el grano escaseara entre el enemigo, que la semilla de la indisciplina y el motín, por miedo al hambre, se extendiera entre las tropas del líder romano, y sólo entonces entraría en combate. Ariovisto preparaba una única batalla definitiva en la que barrería de la Galia, de *su* Galia, toda presencia romana con una victoria tan brutal, tan abrumadora que resultaría ya inapelable. Roma entendería que la Galia tenía un dueño diferente a ellos. Un nuevo amo que no negociaba. Y que no compartía territorios conquistados.

—Pero no han salido como otros días, mi rey —prosiguió el jinete suevo.

Aquí Ariovisto enarcó una ceja.

—Han salido unas cuatro legiones y avanzan... hacia nuestra segunda fortificación, mi rey.

Ariovisto dejó de comer, dejó de beber y dejó caer el peso de su cuerpo en el respaldo de la gran butaca cubierta de pieles de oso en la que se encontraba sentado para su desayuno.

Tomó una decisión:

—Preparad la caballería.

Campamento secundario germano

Los centinelas de las torres del campamento germano al sur de los romanos pudieron ver cómo varias legiones se les acercaban a paso veloz. Los jefes al mando de la fortificación pronto concluyeron, nada más subir a los puestos elevados de vigilancia, que se encontraban ante un ataque a gran escala. Sentían que estaban abocados a afrontar una embestida descomunal. Era cierto que estaban protegidos por la empalizada, pero no tenían claro que pudieran resistir el ataque de tantas tropas romanas de golpe. La diferencia de fuerzas entre atacantes y defensores era desproporcionada.

A medida que los romanos avanzaban, la tensión y, en gran medida, el desánimo cundían entre todos los germanos de aquel segundo campamento. Una cosa era tener que hacer salidas para atacar convoyes de suministros y otra muy diferente enfrentarse a varias legiones armadas que se lanzaban contra ellos todas a una.

Pero en medio de las cavilaciones y tribulaciones de los mandos germanos llegó un mensajero.

—El rey viene hacia aquí desde el campamento principal con la caballería —comunicó con orgullo.

Y aquello, sin duda alguna, insufló ánimos a los guerreros germanos: si su rey atacaba a los romanos por la retaguardia con la caballería, el empuje enemigo contra la empalizada se debilitaría enormemente, al tener que dedicar numerosas tropas a defenderse de los jinetes del monarca, y de ese modo sí podrían mantener la defensa del campamento.

Todo estaba bien.

En guerra, en combate, en batalla, pero con el enemigo bajo control.

Pero, de pronto, cuando los jefes del campamento secundario germano empezaban a sentirse confiados, los romanos hicieron algo inesperado.

—Nos rodean —dijo un centinela en voz baja, pero los líderes germanos que estaban en la misma torre de observación pudieron oírlo con claridad, y, en efecto, el guerrero tenía razón: los romanos, en lugar de lanzarse contra la fortificación, pasaban de largo, rodeaban su base y seguían avanzando más hacia el sur, dejándolos atrás. Y aquello, sencillamente, no tenía sentido... ¿Acaso el procónsul no estaba dirigiendo un ataque? ¿Acaso el procónsul estaba emprendiendo una huida?

Caballería germana

Ariovisto trotaba con el resto de su caballería.

No era necesario agotar a los animales con un galope. La distancia que los separaba de los enemigos no era grande y, efectivamente, en poco tiempo se encontraron próximos a su segunda base, pero el rey, extrañado al igual que lo habían estado los jefes del segundo campamento, observó que los romanos no atacaban la fortificación, sino que la rodeaban y seguían alejándose.

El monarca germano frunció el ceño, pero no detuvo su caballería y, por el momento, decidió continuar la persecución de las legiones romanas sin aventurar conjeturas. Había mirado directamente a los ojos de aquel romano y Ariovisto no consideró ni por un instante que el procónsul estuviera huyendo. Desconocía el propósito de aquella maniobra, pero estaba seguro de que no era una fuga.

Ejército de César

—Detened todas las legiones —ordenó César a Labieno y al resto de oficiales.

No tuvo que decir más porque el plan ya estaba asimilado por todos.

Con rapidez, las legiones giraron y encararon la caballería germana que los perseguía con el rey Ariovisto al frente.

Velozmente se constituyó la *triplex acies* de combate y las dos primeras líneas se dispusieron, como en la batalla de Bibracte, a resistir la acometida frontal del enemigo. Por detrás, sin embargo, la tercera línea de veteranos no se quedó en reserva, inmóvil, a la espera de intervenir en la lucha o para proteger ningún flanco, sino que inició los trabajos de excavación necesarios para levantar una gran empalizada en el menor tiempo posible. En los carros que habían acompañado a las legiones en aquella salida, había grandes segmentos con troncos de árboles ya amarrados entre sí por fuertes maromas y clavos preparados bajo la supervisión del joven Vitruvio. Se trataba de cavar zanjas estrechas pero profundas en las que encajar la base de aquellas secciones de muro de madera, ya preparadas de antemano, y ensamblarlas con rapidez hasta disponer de toda una fortificación completa. La idea era construir un campamento romano en tiempo récord y pese a estar en medio de una batalla.

Las cohortes de la primera línea prepararon los *pila*.

La caballería germana se les acercaba, ahora sí, al galope.

Los legionarios tragaban saliva mientras estaban atentos a las órdenes de los centuriones. Sabían que una buena andanada de jabalinas era la mejor forma de detener la embestida de una caballería enemiga. Pero todo lo tenían que hacer bien coordinados.

Los centuriones miraban hacia atrás, hacia el propio César.

La caballería enemiga seguía acercándose.

César lo observaba todo desde lo alto también de un caballo propio, montado sin estribos, a la usanza romana, calculando el momento de descargar los *pila* sobre los germanos.

Caballería germana

Ariovisto vio los trabajos de la tercera línea de romanos.

Y lo supo.

Leyó con inteligencia el plan del procónsul.

Y sabía que era un buen plan.

Tenía que desbaratarlo, y la mejor forma de hacerlo era impedir que pudieran seguir adelante con su estrategia, y el mejor modo de conseguirlo era un ataque frontal que las dos primeras líneas romanas no pudieran contener.

—¡Al ataque, por Wotan!* —aulló a la cabeza de la carga de su caballería contra las legiones romanas.

* Dios supremo del panteón germano, equivalente al escandinavo Odín.

Ejército romano

César pudo ver al rey germano al frente de su carga de caballería. Ariovisto no sólo era inteligente. Tenía arrojo.

—¡Lanzad *pila*! —ordenó César.

Las jabalinas romanas volaron.

Caballería germana

Ariovisto vio cómo algunos de los jinetes cercanos caían abatidos por la lluvia de hierro enemigo, pero él, como protegido por sus dioses, salió ileso de aquella primera tormenta de armas arrojadizas.

No obstante, el impacto con la primera línea enemiga fue duro.

Ariovisto y sus guerreros golpeaban con hachas, mazas y espadas los escudos romanos desde lo alto de sus caballos, derribando a numerosos legionarios, pero los integrantes de las cohortes se defendían pinchando piernas humanas y vientres de los animales.

Defensa cerrada y férrea.

Sangre y gritos.

Ariovisto no lo vio sencillo.

—¡Replegaos! —vociferó y, mientras galopaba en retirada, comprendió que debía haber salido del campamento principal con infantería.

Ejército romano

—Demasiado fácil —dijo Labieno—. Volverán a la carga.

—Sí, yo también lo pienso —confirmó César—, pero lo esencial es resistir mientras los veteranos de la tercera línea de combate progresan en la construcción del nuevo campamento.

Caballería germana

Ariovisto ordenó que sus jinetes se lanzaran contra el enemigo en diferentes oleadas para, de ese modo, intentar estorbar los trabajos que los romanos seguían llevando a cabo en la retaguardia.

El monarca miraba hacia su segundo campamento. Quizá podría traer de allí refuerzos de infantería, pero aun así estaría en inferioridad de condiciones frente a las cuatro legiones que el procónsul había comprometido en aquella salida. La otra opción era traer a todo su ejército del campamento principal, pero, entonces, el líder romano sacaría también el resto de sus legiones y conseguiría lo que había estado buscando desde un principio: una gran batalla campal.

Decidió no convocar a más hombres y continuar hostigando al enemigo con su caballería.

Las dos primeras líneas de cohortes enemigas se turnaban y, con una resistencia contumaz, mantenían las mazas y hachas y espadas germanas alejadas del lugar donde los veteranos levantaban la fortificación.

Más lucha y más heridos. Y bastantes muertos.

Era un desgaste lento.

—Dejad de atacar —dijo, al fin, Ariovisto, al resto de líderes de las otras tribus.

Demasiadas bajas. Los romanos también, pero prefería replegarse y esperar acontecimientos, y no agotar a sus tropas en aquella lucha que no parecía conseguirle mucha ventaja.

Además, después de varias horas, podía ver por detrás de las filas enemigas grandes segmentos de empalizada ya levantados. Antes del anochecer, los romanos dispondrían de una fortificación lo suficientemente sólida como para resistir cualquier ataque.

Ejército romano

—Se marchan —apuntó Balbo.

Todos podían ver cómo Ariovisto, con la caída del sol, retiraba toda su caballería rumbo a su campamento principal.

—¿Qué hacemos? —preguntó el joven Craso.

César tenía todo muy meditado. El plan estaba saliendo según sus cálculos.

—El nuevo campamento está casi terminado —dijo—. Dejaremos aquí dos legiones, para que una termine los trabajos durante la noche y la otra defienda las empalizadas en caso de cualquier ataque enemigo, y nosotros regresaremos al campamento principal con las otras dos legiones.

Así se hizo.

Con la nueva distribución de efectivos, los romanos disponían de cuatro legiones en su campamento principal y de dos en el nuevo, que se encontraba más al sur que el segundo fortín germano.

Campamento principal romano

Pasaron los días.

Los suministros empezaban a escasear entre los legionarios, pero era el momento de que llegara un nuevo convoy desde Vesontio con provisiones. El desarrollo de la campaña, en un sentido u otro, hacia la victoria o hacia las penurias, dependía de aquel cargamento de grano.

César ya había recibido informes de las patrullas: la larga hilera de carros repletos de cereal estaba apenas a unas millas al sur.

La partida contra Ariovisto seguía en marcha.

Campamento secundario germano

—Ahí viene el grano del enemigo —dijeron los centinelas y, raudos, los líderes de la base organizaron una nueva salida para, o bien hacer retroceder el convoy de suministros romanos, como habían hecho con el anterior, o bien incluso apoderarse de algunos de los carros.

Segundo campamento romano

Labieno había quedado al mando de la segunda base militar romana recién levantada. En cuanto recibió mensajes sobre la aproximación del convoy de carros de cereal, ordenó que una legión entera se armara para hacer una salida.

Convoy de suministros

Los carros de bagajes, repletos de sacos con trigo, avanzaban despacio, recelosos de ser objeto de un nuevo ataque, como les había pasado hacía unos días. Desde entonces habían recibido instrucciones del procónsul de Roma de volver a cargar todos los carros disponibles en Vesontio y hacer un segundo intento de trasladar cereal al norte con urgencia.

Pero ocurrió lo que todos temían: un numeroso contingente de jinetes y guerreros de infantería germana se les aproximaban a toda velocidad por un flanco.

Los oficiales enviados por César para dirigir el convoy de suministros estaban a punto de ordenar detener los carros y darse a la fuga con ellos, si aún era posible salvar el cargamento, cuando, de pronto, vieron cómo una legión entera aparecía por ese mismo flanco y se interponía entre ellos y los germanos.

Desde los carros podían ver cómo se iniciaba una lucha encarnizada entre las cohortes de aquella legión y los guerreros enemigos, al tiempo que llegaban varios emisarios enviados por Labieno con instrucciones precisas.

—¡Avanzad con el cargamento de trigo, avanzad, por Júpiter! ¡Son órdenes del *legatus* Labieno! ¡Dejad sólo un tercio de los carros aquí mismo y proseguid la marcha con el resto!

Y avanzaron con los carruajes prescritos, dos tercios del total, en dirección al campamento principal romano, donde los esperaba el procónsul de Roma.

Atrás quedaba una feroz batalla entre la legión de Labieno y los germanos de la segunda base enemiga.

Campamento principal romano

César recibió en las puertas del campamento a los carros con grano con la misma solemnidad de la que habría hecho gala en un triunfo: dispuso todas las legiones en formación, firmes, bien equipadas militarmente, como si fueran a combatir de inmediato, pero lo que deseaba es que todos y cada uno de los legionarios fueran testigos con sus propios ojos de que su procónsul les procuraba el sustento necesario para alimentarse de modo confortable y abundante durante las exigencias de aquella nueva campaña militar.

—Llevadlo a los almacenes —dijo César— y distribuid hoy el doble de ración de grano entre todos los legionarios. Y un vaso de vino.

Campamento secundario romano

Labieno paseaba por entre los heridos en el hospital de campaña levantado de forma provisional junto a la entrada del fortín.

Los germanos habían opuesto una dura resistencia y no fue fácil repelerlos, aunque, al fin, cedieron una vez persuadidos de que no estaban ante una pequeña escolta de apoyo a los carros, sino ante cohortes militares romanas dispuestas a combatir tanto como fuera requerido. De hecho, al ver que los romanos hacían salir otra legión entera de su segunda base, se retiraron a toda velocidad.

Labieno organizó un *valetudinarium* de campaña para atender a los heridos.

Habían caído un centenar de buenos soldados y otro centenar más, al menos, tenía heridas de diversa consideración.

Un combate muy duro.

Bebía agua y se limpiaba sudor y sangre enemiga que tenía por el rostro con un paño que le había proporcionado un legionario.

Había conseguido los objetivos de quedarse para su campamento un tercio de los carros de grano, con los que alimentar a las dos legiones a su cargo, tal y como le había ordenado César, y permitir que el resto del convoy llegara intacto al campamento principal, donde se encontraban las otras cuatro legiones.

—Aah —dijo Labieno exhalando aire, una vez satisfecha su sed, y entregando a uno de sus asistentes el paño impregnado de sangre germana y sudor romano.

Campamento principal germano

Ariovisto recibió las noticias sobre el fracaso de sus guerreros.

No por esperada fue menos agria aquella información.

El rey germano se quedó pensativo, mirando al suelo, jugando con su espada desenvainada, dibujando líneas en la arena mientras el resto de los líderes lo miraban expectantes.

Campamento principal romano

—¿Qué hará Ariovisto? —preguntó el joven Craso a César, a quien todos ahora admiraban aún más, pues la línea de suministros estaba restablecida gracias a su idea de levantar una segunda base junto, a su vez, la segunda base enemiga y así neutralizar los ataques a los convoyes de aprovisionamiento.

César, rodeado por todo su alto mando, con excepción de Labieno, quien, por orden suya, permanecía a cargo del nuevo campamento del sur, respondió categórico:

—Sólo puede atacarnos o esperar, pero esperar ya no tiene sentido para él. Atacará. Pronto. Y pronto lo comprobaremos: mañana, al amanecer, formación de combate de las cuatro legiones de esta fortificación. Y veremos qué hace. Cuando nos ataque, convocaremos a las fuerzas de Labieno para que nos asistan desde el sur o controlen los movimientos que el enemigo pueda hacer desde su segunda base. Si no me equivoco, mañana se resolverá todo.

Campamento principal germano
Al alba

Ariovisto escuchó, de nuevo, a uno de sus guerreros informándole de que el procónsul romano había formado sus tropas en su habitual triple línea de combate a modo de enésimo desafío para que entablara, por fin, una gran batalla campal.

Pero el rey germano ni tan siquiera se levantó de la butaca recubierta de pieles de oso y se limitó a continuar con su desayuno. Sólo interrumpió su festín de carne de ciervo cuando le anunciaron la llegada de las sacerdotisas. Entonces, por respeto a aquellas mujeres, Ariovisto se levantó y salió de su tienda. Frente a él, las hechiceras se inclinaron y él las saludó también con un asentimiento. Alrededor de ellos había un corro de jefes de las diferentes tribus. Las hechiceras no se hicieron de rogar y, al poco, lanzaron sus pequeñas maderas, que parecían casi juguetes de niño, al aire y las siguieron con la mirada en su viaje etéreo y fugaz hasta caer sobre una gran sábana blanca y, de ese modo, poder interpretar el futuro.

Las maderitas quedaron esparcidas por la superficie de tela.

Las mujeres se arrodillaron y las examinaron, y susurraron varias palabras entre ellas hasta que pareció que alcanzaban algún tipo de consenso.

La más anciana, ajado su rostro por tantos años como profecías proclamadas por su boca, se aproximó al rey y anunció el vaticinio.

Ariovisto sonrió satisfecho.

Y lo mismo hicieron los jefes de todas las tribus.

Ejército de César frente a su campamento principal

—Pues no ataca —se atrevió a decir, al fin, Balbo, pero sólo en voz baja.

César escudriñaba el horizonte y podía ver que el enemigo no hacía ni el ademán siquiera de abrir las puertas de su campamento.

Esperaron así hasta el mediodía.

Tras varias horas aciagas bajo los rayos de Apolo, César ordenó el repliegue.

Fue durante la tarde cuando el procónsul de Roma fue informado de que Ariovisto, ahora sí, hacía una salida con lo que parecía ser todo su ejército...

—Pero... —dijo el centinela de una de las torres que había llegado corriendo al *praetorium* para poner al tanto al alto mando de los movimientos del enemigo.

—Pero... ¿qué? ¡Por Júpiter! —lo interpeló César, algo airado por la lentitud en aportar todos los datos sobre las maniobras del monarca germano.

—Pero no dirige sus tropas contra nosotros, procónsul: el rey germano avanza con todos sus efectivos contra nuestra segunda base.

César inclinó la cabeza hacia un lado.

—Es eso... —mascculló—. Sigue empeñado en cortar nuestros suministros y rehuir la batalla total. Bien, pues no vamos a permitirlo. Él juega a una estrategia, pero nosotros tenemos la nuestra. Es un largo y lento pulso. —Y miró a Craso y Balbo—. Preparad de nuevo las legiones. Vamos a perseguir a Ariovisto y a ayudar a Labieno.

—¿Cuántas legiones? —preguntó Balbo.

—El rey germano ha salido con todo —respondió César—. Nosotros también.

Campamento secundario romano

Labieno había sido reclamado por los centinelas para que subiera a la empalizada.

—El rey germano viene con todo su ejército contra nosotros —dijo uno de los legionarios de guardia en lo alto de una de las torres de defensa.

—Y se le están uniendo también las tropas que tenía en el campamento secundario, *legatus* —apuntó otro sudando profusamente por la frente.

Labieno arrugaba los ojos intentando verificar con la vista todo lo que se le decía y, lamentablemente, todo parecía ser tal cual lo estaban describiendo los centinelas.

—¿Salimos? —preguntó uno de los tribunos.

—No —negó Labieno de forma taxativa—. Nos masacrarían. Nuestra única opción es plantear la mejor defensa posible en la empalizada y... esperar.

Los legionarios y oficiales que estaban junto al legado se miraron entre sí.

—¿Esperar... qué, *legatus*? —preguntó el tribuno.

—Al procónsul, por supuesto —respondió Labieno con seguridad—. César vendrá. No nos dejará solos.

Ejército germano

Ariovisto lanzó un primer contingente de guerreros con escalas para acometer el asalto de la empalizada, protegidos éstos en su avance por numerosos honderos que lanzaban proyectiles contra los legionarios que estaban en lo alto de la fortificación y en las torres.

El monarca pudo ver cómo caían heridos algunos de sus hombres, pero otros llegaron hasta la base misma de la empalizada y consiguieron ascender por las escalas, arrojadas contra el muro de madera y enganchadas con garfios a la parte superior de éste, hasta encaramarse en lo alto e iniciar una dura lucha.

Fueron repelidos finalmente por los romanos, pero no sin antes perder éstos también bastantes hombres.

Ariovisto se pasó la mano izquierda por la barbilla, pensativo.

El ataque había sido sólo una pequeña muestra de lo que podía hacer. Visto lo visto, estaba muy convencido de que, en varias oleadas, la empalizada caería bajo su control y, de ese modo, la puerta principal del campamento enemigo estaría en sus manos, sus hombres la abrirían y sería el fin de aquella segunda base romana.

Iba a dar la orden de iniciar un segundo ataque cuando uno de sus guerreros lo abordó por la espalda.

—¡Mi rey! —exclamó.

Ariovisto se giró, algo molesto por verse interrumpido justo en el momento en el que iba a lanzar un nuevo contingente contra el campamento enemigo, y a punto estaba de arremeter con improperios o a golpes contra aquel impertinente cuando vio que señalaba hacia la retaguardia del ejército.

El rey germano engulló su rabia: el procónsul romano se le acercaba por la espalda con las otras cuatro legiones.

—Maldita sea —masculló entre dientes.

Había esperado algún tipo de reacción por parte del líder romano, pero ni tan rápida ni tan contundente, y mucho menos ambas cosas al tiempo.

—¿Seguimos con el ataque al segundo campamento romano?

—¿Nos retiramos?

Sus hombres le planteaban preguntas que resumían las dos opciones que el monarca germano sabía que tenía ante sí. Porque una batalla campal con los dos ejércitos empleando todas sus tropas era algo que no contemplaba.

—Nos retiramos —respondió Ariovisto.

Legiones bajo el mando directo de César

—Viene hacia aquí —apuntó el joven Craso—. Se aleja del campamento de Labieno y viene hacia nosotros.

César observaba muy atento los movimientos de las tropas enemigas.

—No exactamente —dijo—. Unos germanos vuelven al campamento secundario y el grueso de las tropas intenta regresar a su campamento principal. Se están desviando para rodearnos. No quiere luchar, no quiere una batalla campal total.

Craso y Balbo y el resto de los oficiales asentían. El procónsul estaba leyendo con perspicacia los movimientos de las tropas germanas.

—Que la legión X y la XI se interpongan en su camino —ordenó César—. Quiero que intenten detenerlo. Quiero arrastrarlo a una gran batalla aunque sea a regañadientes.

Ejército germano

Ariovisto vio cómo el procónsul romano lanzaba dos legiones enteras contra sus tropas y ordenó a la caballería que las embistiera para permitir, mientras tanto, el repliegue de su infantería hacia el campamento principal, por un lado, y dar ocasión también, por otro, a que los efectivos del campamento secundario se refugiaran en su fortificación. Seguía empecinado en evitar un enfrentamiento total con el enemigo.

Aún no era el momento.

El día para esa lucha estaba marcado y no era aquella mañana.

—¡Agggh! —empezaron a gritar algunos jinetes que caían bajo los *pila* romanos, pero también morían legionarios.

—¡Rápido, rápido, por Wotan! —insistía a gritos Ariovisto.

Había intentado destrozar el campamento secundario romano para volver a interrumpir la línea de aprovisionamiento del ejército proconsular, pero, si no podía conseguirlo, lo que de ningún modo debería hacer era aceptar la batalla total.

—Aún no —dijo en un susurro.

Legiones de César

—Se nos escapa —apuntó un joven Craso cubierto de sudor y salpicado por la sangre de la primera línea de combate, de donde acababa de regresar.

César cabeceaba afirmativamente. Ariovisto había empleado la caballería con habilidad para proteger su retirada y zafarse de una lucha generalizada, y nada había que hacer. El grueso de las tropas enemigas ya estaba atrincherándose, de nuevo, en sus respectivos campamentos y pronto ordenaría retirar también a sus jinetes.

—¡Por Hércules! —exclamó el procónsul con ira y, en un gesto poco común en él, César pateó el suelo.

Campamento principal germano
Por la noche

Ariovisto se lamía las heridas en su orgullo: retirarse no era agradable ni heroico, pero él era práctico. Sabía de la vanidad que Teutobod mostró con el líder romano Mario, tío del actual procónsul, y era conocedor del fatídico desenlace para los teutones. Y él era de los que aprendían del pasado.

No pensaba entrar en batalla campal de cualquier modo y en cualquier momento. Y, menos aún, el día y el momento que el líder romano eligiese. Necesitaba tener a sus tropas completamente persuadidas de que lucharían en el momento adecuado, el día indicado, la jornada idónea para arrasar al enemigo, y para ello esperaría tanto como hiciera falta.

Sabía que era una guerra de nervios la que estaba librando, y él, por ahora, era el más tranquilo de los dos contendientes.

Porque él sabía por qué esperaba.

Y el romano, no.

Campamento principal romano
Al día siguiente

César ordenó, una vez más, que las legiones formaran frente a la fortificación, en posición de combate, pero, de nuevo, como hacía siempre, el rey germano se negó a presentar batalla. De hecho, Ariovisto, como en ocasiones precedentes, ni siquiera se molestó en sacar a sus tropas de su propio campamento.

—¡No lo entiendo, por Hércules! —exclamó César, exasperado, y miró al joven Craso y a Balbo—. No lo entiendo —insistió—. Si tenemos nuestra línea de aprovisionamiento abierta, no comprendo a qué espera para la lucha. La espera ya no lo beneficia. Hay algo que se nos escapa.

Ninguno de los tribunos ni nadie de entre el resto de los oficiales presentes, ni tampoco los líderes galos como Diviciaco o Dúmnorix supieron dar respuesta a lo que el procónsul planteaba. La reticencia del rey germano a combatir les resultaba a todos tan inexplicable como desquiciante.

César envió entonces mensajeros a Labieno, y éste le respondió por escrito en una breve misiva que él tampoco entendía a qué podía estar jugando ahora el rey enemigo.

En medio de aquellas dudas, con las legiones bajo el sol, en *triplex acies*, pasando las horas lentamente y con el procónsul a cada instante más inquieto, era difícil plantearle ninguna pregunta. Aun así, Balbo consideró que había una cuestión que atender y se le acercó despacio.

Campamento principal germano

Ariovisto permanecía sentado en su gran butaca recubierta de pieles de oso. Los líderes del resto de las tribus estaban reunidos con él. Las adivinas volvieron a arrojar sus pequeñas piezas de madera al aire y, bajo el mismo sol que bañaba a los romanos, confirmaron sus vaticinios.

Ariovisto y el resto de los jefes, intercambiando sonrisas y dándose palmadas en la espalda, se mostraron optimistas.

Campamento principal romano

—¿Qué hacemos con los prisioneros? —preguntó Balbo, aun a riesgo de estorbar los pensamientos de su superior. Pero se debía decidir si alimentarlos o ejecutarlos, si venderlos como esclavos o, por el momento, retenerlos bajo custodia.

César parpadeó varias veces antes de volverse hacia él.

—¿Hay prisioneros? —inquirió el procónsul. Hasta ese instante no había pensado en ellos.

—Cuando intentaron rodearnos ayer e interpusimos en su camino las legiones X y XI y se inició una lucha encarnizada en aquel sector de la llanura, hubo muertos y heridos por ambas partes, pero sólo nosotros nos hicimos con algunos jinetes que habían sido derribados de los caballos —explicaba Balbo con detalle—. Éstos se rindieron y fueron hechos presos. ¿Qué hacemos con ellos..., con los prisioneros?

Se quedó absorto, como petrificado.

Una idea germinaba en su mente.

—Prisioneros —repitió ensimismado primero y, de súbito, con los ojos encendidos, pronunció aquella misma palabra de nuevo—: Prisioneros.

XI

De temores, vaticinios, niñas y princesas

***Domus publica*, residencia oficial de la familia Julia**
Roma
58 a. C.

En la residencia de la familia Julia junto a la Vía Sacra, en el centro del foro de Roma, tres mujeres departían sobre el mundo, sobre la vida, sus sueños y sus temores.

—¿Quieres comer ya? —preguntó una solícita Calpurnia a su suegra.

—Yo aún no tengo hambre. —Y se giró hacia su nieta—. ¿Y tú, Julia?

La interpelada negó con la cabeza.

Calpurnia se volvió entonces hacia el *atriense*, que esperaba instrucciones en una esquina del atrio, y le hizo un gesto para que se retirara.

—Me preocupa lo que pueda ocurrirle a padre en la Galia —dijo Julia manifestando con claridad su mayor temor y lo que le quitaba el sueño en los últimos días, el motivo de su visita aquella jornada a casa de su abuela y de su padre ausente y su madrastra.

—Tu padre conseguirá derrotar a los germanos —pronosticó

Aurelia con determinación—, como hizo antes con los helvecios. —Pero como percibiera aún una notable desconfianza en su nieta, añadió unas palabras mirando a su nuera—: Además, por si confiar en la pericia militar de tu padre te pareciera insuficiente para disipar tus temores, te recuerdo que Calpurnia ha vaticinado que veremos el regreso victorioso de tu padre. ¿No es así?

Calpurnia asintió. Aunque sabía que sólo parte de aquella afirmación era cierta, seguía guardándose para sí la compleja totalidad de sus visiones. Existía la posibilidad de que se equivocara o de que hubiera malinterpretado sus sensaciones.

—Porque, Calpurnia, nunca te has equivocado en tus premoniciones, ¿verdad? —inquirió la anciana madre de César.

—Nunca —confirmó ella con sinceridad, pero evitando mirar directamente a los siempre sagaces ojos de su suegra.

Aurelia la observaba inquisitiva.

Julia era testigo de la escena e intuía, como quizá lo hiciera su abuela, que Calpurnia escondía algo sobre sus visiones, algo que no deseaba compartir, al menos, con Aurelia.

La joven hija de César decidió llevar la conversación hacia otro punto y dejar así libre a Calpurnia del intenso examen de su abuela.

—He vuelto a ver y a hablar con la joven princesa de Egipto.

—Lo dices como si hubiera algo que contar de mérito sobre ella —apuntó Aurelia no con desdén, pero sí con cierta indiferencia, pues su mirada aún estaba fija en Calpurnia, hasta que, al fin, se volvió hacia su nieta—. ¿No es acaso una niña aún? Los niños, sean príncipes o mendigos, niños son. —Aunque, nada más hacer esa aseveración, pensó en que para ella Cayo, su propio vástago, ya desde pequeño fue diferente a todos los niños.

—Realmente no piensas eso de *todos* los niños, abuela. —Se atrevió a oponerse la joven Julia.

Aurelia sonrió.

—Cierto. Me desdigo de lo dicho. Empezando por lo que siempre he pensado de tu padre desde su infancia, pero la joven princesa egipcia es, en verdad, una niña aún, ¿no es así?

—No me dijo su edad, pero averigüé que tiene sólo once años —respondió Julia—. Se lo pregunté a mi *atriense*, que había estado hablando con algunos de los esclavos del séquito del faraón. Lo indagué porque la conversación de la princesa me pareció más propia de una persona mucho más madura, casi adulta. Y eso me sorprendió, así como su afabilidad, su ingenio y su belleza.

Aurelia miró a su nieta con vivo interés.

—Ciertamente, la joven princesa egipcia te ha impresionado.

—Sí, yo diría que lo ha hecho —añadió Julia, pensativa—. Me pregunto cuál será su destino... Por otro lado, se interesó bastante por padre.

—¿Por Cayo? —inquirió Aurelia.

Calpurnia también se mostró sorprendida y más atenta a la conversación, aunque guardaba un respetuoso silencio mientras hablaban abuela y nieta.

—Sí, por padre —confirmó Julia—. Se interesó porque pensaba que sólo era político y desconocía que un ciudadano romano ha de implicarse tanto en los debates del Senado o las asambleas como en la lucha militar. Eso pareció llamarle la atención y fue entonces cuando dijo algo curioso.

—¿Qué dijo? —inquirió Aurelia.

—Le pregunté si ella pensaba que Egipto necesitaba menos política y más un guerrero que luchara contra Roma. Y a esto me respondió que lo que necesitaba el reino del Nilo era un romano que luchara por Egipto.

Calpurnia mantuvo su silencio.

Aurelia asintió levemente y manifestó con brevedad, pero con contundencia, su valoración:

—No, no es la conversación propia de una niña.

XII

Con luna nueva

Campamento principal romano en la región de los Vosgos
58 a. C.

César entró en la tienda donde custodiaban a los prisioneros germanos.

—No quieren hablar —le anunció el centurión que los tenía a su cargo y que ya los había interrogado.

El procónsul asintió. Era de esperar que se negaran, pero César estaba muy interesado en que aquellos hombres le explicaran por qué Ariovisto seguía sin entrar en combate. Que el rey germano no lo hiciera cuando había interrumpido la línea de suministros romana tenía sentido, porque cada día que pasaba sus enemigos serían más débiles, pero, toda vez que habían restablecido la llegada de provisiones con el segundo campamento, César no comprendía por qué Ariovisto seguía sin luchar. Y no entender las acciones del líder germano lo inquietaba.

El procónsul miró al intérprete galo, que se comunicaba con los apresados en una mezcla de lengua gala y algunas palabras germanas que el celta había aprendido.

—Pregúntales por qué su rey no entra en combate.

El intérprete tradujo.

Los guerreros permanecían en silencio.

Balbo y Craso, que acompañaban al procónsul, observaban la escena.

—Diles —continuó César— que el primero en desvelarme por qué el rey germano no ataca será liberado. El resto morirán... lentamente... en la cruz, a no ser que hablen ahora mismo.

A César le gustaba dar una oportunidad a todo el mundo, incluso a un prisionero. Pero el pulso con el monarca enemigo se dilataba ya demasiado en el tiempo y la llegada del invierno, que haría imposible la campaña militar, se acercaba. Su paciencia estaba llegando al límite.

El intérprete hizo de nuevo su trabajo.

Los germanos permanecían aún callados, pero los oficiales romanos podían ver cómo empezaban a tragar saliva. Y el asomo de una pequeña duda en sus rostros.

Pero seguían sin decir nada.

Había seis. En una hilera. Maniatados por la espalda. En pie.

—Diles que la próxima vez que hable ya sólo se salvará uno de ellos, el que me dé la información que requiero —insistió César.

El celta volvió a traducir, pero el silencio de los germanos prevaleció frente a lo que ellos pensaban que eran sólo amenazas. O quizá temían más traicionar a su rey.

César pareció leerles el pensamiento.

—Si habláis y me dais esa información, podréis quedaros en mi ejército —les prometió, proporcionándoles una vía de salida a su dilema por si su silencio era por temor a las represalias del rey germano—. Como veis, entre mis tropas no sólo hay romanos, sino también galos y guerreros venidos de Creta o de Hispania o de otros muchos lugares —añadió en un esfuerzo último por obtener la confesión por el camino de la negociación.

El intérprete volvió a transmitir a los prisioneros el sentido de las palabras del procónsul, pero el silencio de los germanos permaneció.

Una negociación no puede llegar a buen término nunca si una de las dos partes simplemente se niega a negociar nada.

El procónsul se llevó las manos al cogote y suspiró largamente mientras paseaba arriba y abajo de la tienda unos instantes, justo por delante de la hilera de presos.

Si la campaña se alargaba hasta el invierno, muchos de sus hombres pasarían hambre y frío. Y estarían sujetos a un improbable pero siempre posible ataque germano en medio del crudo invierno. La nieve podría hacer impracticables los caminos. Se podían quedar sin provisiones por la fuerza de la naturaleza. Quizá ése fuera el plan de Ariovisto ahora.

César lanzó un último suspiro.

Se detuvo.

Tragó saliva y, por fin, señaló al prisionero que estaba más a la izquierda.

—Sacadlo y matadlo —ordenó—. Y tú traduce mis palabras para que los otros entiendan que ése será el destino de cada uno de ellos si no hablan. Pero a los siguientes les esperará la más penosa y lenta muerte en la cruz.

El señalado fue arrastrado fuera de la tienda por varios legionarios mientras profería maldiciones.

—Acompáñalos —ordenó César al intérprete—. Por si dice algo.

En el interior de la tienda permanecieron los otros cinco prisioneros maniatados, una decena de legionarios armados, Balbo, el joven Craso y el propio César.

Todos oyeron los gritos del germano mientras era ensartado por los legionarios que lo habían sacado de la tienda.

Luego el silencio.

El intérprete regresó al interior de la tienda. Por detrás de él iban tres legionarios con los gladios desenvainados y manchados de sangre hasta la empuñadura.

—¿Ha dicho algo relevante? —preguntó César.

El intérprete negó con la cabeza.

—Ha imprecado a Wotan..., su dios.

César asintió.

—Repíteles mi pregunta sobre por qué su rey rehúye entrar en combate. Y recuérdales que su silencio los conducirá ahora, a cada uno de ellos, a la cruz. Uno a uno —insistió el procónsul.

El intérprete volvió a traducir.

Pero el silencio de los restantes prisioneros persistía.

César señaló al que estaba en el centro de los cinco y, de nuevo, los legionarios, entre los gritos del germano designado, lo arrastraron fuera de la tienda.

Esta vez no se oyeron alaridos, pero todos, presos y soldados, oficiales e intérprete, sabían que era porque lo conducían más lejos, a un lugar fuera del campamento donde lo crucificarían.

—Si acabamos con todos no habremos ganado nada —le apuntó Balbo a César en voz baja.

—Cierto —admitió el procónsul de Roma—, pero no estaremos peor de lo que estamos ahora. Y tampoco me gusta ordenar la ejecución de guerreros a sangre fría, pero les he dado una salida a todos y todos la han rechazado. Le queda la opción de salvarse a uno de ellos. —Y señaló a otro de los prisioneros, pero, en esta ocasión, éste, en cuanto se vio rodeado por los legionarios, empezó a hablar con rapidez y no parecían ni maldiciones ni más imprecaciones religiosas.

El intérprete, feliz de tener algo diferente que transmitir al procónsul, tradujo tan rápido como le era posible:

—Dice que su rey no ataca porque las adivinas que acompañan al ejército germano han predicho que sólo conseguirá la victoria cuando llegue la luna nueva. Y está esperando a que llegue ese día.

César levantó el brazo y los legionarios se detuvieron y, acto seguido, entendiendo el sentido de los deseos de su líder, devolvieron al prisionero junto al resto.

—Así que es eso —masculló el procónsul de Roma entre dientes—, es eso...

Y se quedó él ahora en silencio meditando.

Al fin, cabeceó un par de veces, como para reafirmarse en una decisión que hubiera tomado allí mismo, en ese momento, y salió de la tienda.

Balbo lo siguió.

César se había detenido junto a la entrada, observando a sus tropas repartidas por la inmensidad del campamento.

—¿Cuánto calculas que falta para la luna nueva? —preguntó César sin volverse, a sabiendas de que su amigo hispano estaba a su espalda.

—No lo sé, unas dos semanas, quizá.

—Eso pienso yo —confirmó César—. Por eso, atacaremos mañana al amanecer.

—¿Quieres decir que dispondremos las tropas en formación de ataque como hemos estado haciendo estos días?

—No, amigo mío. —Y se volvió hacia él, porque hay cosas que se dicen a la cara—: Quiero decir que atacaremos mañana. Me da igual si el rey germano saca o no sus tropas. Si no las dispone en formación de combate, atacaremos su campamento de todos modos con todo lo que tengamos. Eso quiero decir, pero yo creo que, al final, aceptará nuestro desafío: cuando nos vea aproximarnos mucho más de lo que hemos hecho nunca a su campamento, optará, por fin, por sacar su ejército. No tienen una fortificación lo suficientemente sólida y sus tropas se desenvuelven mejor en una batalla campal, aunque la hayan estado evitando todo este tiempo. Además, convocaremos a las dos legiones que Labieno tiene en el segundo campamento. Ariovisto terminará sacando sus tropas.

Los ojos de César estaban encendidos. Lo veía todo tan claro... Faltaba hablar a todas las cohortes reunidas, a sus legionarios...

—¿Y qué hacemos con los prisioneros? —preguntó Balbo.

César parpadeó y lo miró como si retornara de otro mundo y se le preguntara sobre algo tremendamente evidente:

—Crucificad a los que no han hablado y liberad al que sí lo ha hecho. Y si éste quiere, que se una a nuestro ejército. César siempre cumple su palabra. Para la magnanimidad o para el castigo.

Campamento general romano, al día siguiente

Las dos legiones del campamento secundario, con Labieno al mando, salieron al alba, siguiendo instrucciones de César, y se posicionaron en formación frente al campamento principal romano.

El procónsul, a la vez, ordenó que las otras cuatro legiones se situaran también en posición de combate, junto a las tropas llegadas del sur.

El sol aún estaba despuntando sobre aquella llanura entre las montañas de la región de los Vosgos.

César se situó frente a todas las legiones y empezó a hablarles.

Campamento general germano

Cuando advirtieron al rey germano de que los romanos habían abandonado, por completo, su campamento secundario, éste interrumpió su desayuno y acudió a la empalizada de la fortificación.

—Es absurdo —le dijo el líder de la tribu de los harudes, los más feroces y destructivos en el campo de batalla de entre todos los germanos—. Tanto esfuerzo en mantener sus líneas de aprovisionamiento abiertas y ahora, de pronto, abandona el campamento secundario que ayudaba a blindarlas contra nuestros ataques. Ese romano está loco. Podemos aprovechar y mandar a nuestros guerreros de nuestra segunda base a incendiar el fortín romano del sur, ahora abandonado.

Ariovisto escuchaba mientras observaba las seis legiones romanas en formación de triple línea, preparadas para la lucha, y, frente a todas ellas, al procónsul romano, sobre un hermoso caballo blanco, desplazándose de un lado a otro.

—¿Qué hace? —preguntó otro líder germano.

—Habla a sus tropas —respondió Ariovisto.

Y, al mismo tiempo, el rey pensaba rápido: César había convocado a sus seis legiones y estaba arengando a sus tropas. Esta vez no iba a esperar si él respondía o no, si él sacaba o no sus tropas de su campamento.

—Convocad a nuestros jinetes y guerreros del campamento secundario —ordenó el rey.

—Pero si ese campamento y esas tropas son las que nos pueden volver a permitir cortar la línea de suministros al enemigo —insistió el líder de los harudes.

Ariovisto se encaró con él. No lo hacía habitualmente, pero la estupidez lo irritaba.

—Eres un buen jefe y los harudes sois, sin duda, los más duros en el combate, pero, hazme un favor, por Wotan, déjame la estrategia a mí. —El rey germano hablaba airado y en voz alta, de modo que todos podían escucharlo—: El juego de cortar o no la línea de aprovisionamiento enemiga ha terminado. Al romano ya no le importa si le llegan suministros o no. El romano va a atacarnos. Con todo. Como nosotros hicimos con su campamento secundario hace unos días, sólo que el romano no piensa retirarse.

—Pero... ¿y las adivinas y sus vaticinios...? —insistió el jefe de los harudes—. Aún faltan muchos días para la luna nueva.

Ariovisto sabía que aquél era un punto delicado: los harudes eran muy religiosos, como lo eran el resto de los guerreros de las otras tribus, y forzar el combate antes del día señalado por las adivinas podría generar desconfianza, sobre todo si las cosas se torcían durante la lucha. Pero Ariovisto estaba interpretando bien la determinación del procónsul y no dejó margen para otra posibilidad que no fuera la de prepararse para la lucha.

—Al romano le da igual si ha llegado la luna nueva o no. Y viene con todo y nuestra fortificación no está preparada para repeler un ataque de seis legiones. Nuestra mejor opción es recibirlo con todas las tribus en campo abierto y, entre los guerreros y la caballería, barrerlo de la Galia. Habría preferido haber debilitado sus tropas con varias semanas sin suministros, pero no ha sido posible. Ha llegado la hora de la lucha. Las adivinas tendrán que cambiar su vaticinio después de nuestra victoria.

Los jefes germanos no estaban muy convencidos de combatir antes de lo previsto por las sacerdotisas, sabían que sus hombres dudarían. Pero, de pronto, un clamor descomunal de miles de voces y un pavoroso estruendo de escudos y espadas chocando a millares llegó a sus oídos y todos se volvieron hacia el ejército romano.

—Os lo he dicho —dijo Ariovisto con una calma inopinadamente fría para el resto de los jefes—. Esta vez el romano nos va a atacar con todo.

Los otros líderes germanos estaban como pasmados ante el tumulto ciclópeo de gritos y escudos estridentes a decenas de miles. De pronto, ante aquel arrebato de furia enemiga, el pavor los sobrecogió.

—Pero nosotros también responderemos con todo —sentenció Ariovisto, siempre sereno, firme, decidido—. Quiere la batalla total, pues la tendrá, por Wotan, ya lo creo que la tendrá.

Ejército romano
Unos momentos antes

César hablaba encendido, los ojos inyectados de euforia, haciendo aspavientos con los brazos para subrayar cada frase y moviendo su caballo de un lado a otro para que pudieran escucharlo, al menos, por toda la primera línea de combate. Luego, estaba seguro de que sus palabras, sus argumentos, se transmitirían de unos legionarios a otros con la velocidad de unas tropas con la moral enardecida para la lucha.

—¡Legionarios, romanos, ciudadanos de la república más poderosa: hoy es el día de una nueva gran victoria! ¡Llevamos semanas buscando el enfrentamiento con el invasor de las tierras amigas de la Galia, pero el rey germano ha rehuido la lucha una y otra vez! ¡Sabéis que lo ha hecho, primero, porque confiaba en que pasaríamos penurias al haber interrumpido él nuestra línea de suministros, pero todo eso lo hemos solucionado! ¡Y, sin embargo, sigue evitando el combate! ¿Por qué? ¿Acaso espera que el invierno llegue para que todos padezcamos sus inclemencias y debilitarnos entonces bajo el gélido manto de la nieve que inunda estas tierras cuando Apolo decide acortar las horas del día?

Paró un instante para asegurarse de que todos lo escuchaban, de que anhelaban la respuesta que él mismo pudiera dar a aquella pregunta.

—¡Yo os diré la razón por la que el rey germano retrasa la lucha final! ¡El rey germano tiene miedo!

Hizo otra pausa para que los legionarios digirieran aquel rotundo anuncio.

—¡Nos tiene miedo! —repitió al tiempo que retomaba su parlamento—: ¡Ariovisto tiene adivinas, sí, así las consideran ellos, que han pronosticado que la victoria germana sobre nosotros tendrá lugar sólo si combaten el día de la luna nueva, y por eso esperan y esperarán la llegada de esa jornada que creen que ha de darles el dominio completo en la batalla! ¡Pero yo os digo que vamos a adelantarnos a esos vaticinios, provocándolos hoy mismo, cuando aún restan muchos días para esa luna, hasta que no tengan más remedio que pelear ya! ¡Saldremos como en otros días y como en otros días los desafiaremos, pero, si no hay respuesta por su parte, en esta ocasión no nos retiraremos, sino que, bien al contrario, nos aproximaremos hasta su campamento y lo atacaremos una y otra vez hasta que destrocemos sus empalizadas y, o bien salgan a luchar en la llanura, o bien se vean obligados a combatir a muerte en lo alto de su fortificación! ¡Pero aún os diré más!

Volvió a detenerse.

Pidió agua.

Se la trajeron.

Bebió.

Devolvió el cuenco al aguador.

Inspiró aire.

—¡Aún hay mucho más, legionarios de la invencible Roma! ¡No sólo vamos a quebrar los vaticinios de su religión al adelantar el combate, sino que vamos a oponer a sus sacerdotisas bárbaras un poder supremo contra el que nada tienen que hacer! ¡Si ellos recurren a mujeres a las que consideran adivinas, recordad que a estas magas vosotros oponéis nada más y nada menos que la autoridad del *pontifex maximus* de la religión romana, al sumo sacerdote de nuestros dioses! ¿Quién creéis que será más fuerte ante los dioses: unas aprendices de pitonisa germanas o el *pontifex maximus* de Roma? ¿Las adivinas o el pontífice de todos los sacerdotes? ¿Esas hechiceras o el *pontifex,* el hacedor de puentes con los dioses romanos? ¿Quién pensáis que tendrá el apoyo de los dioses: esas falsas sibilas o el *pontifex maximus* Julio César?

Silencio.

—¡Respondedme, malditos! —aulló entonces el procónsul y, al tiempo, sacerdote supremo de Roma.

—¡César, César! —gritó un centurión de primera línea, y de pronto, con él, enfervorecidas por el discurso, miles de voces al unísono empezaron a corear el nombre de su líder.

—¡César, César, César!

Y a golpear sus escudos con los gladios desenvainados.

El estruendo metálico y el tumulto de voces se elevó sobre la tierra de la Galia hasta estallar inopinadamente en los oídos del enemigo.

César bajó la voz y se dirigió a su alto mando mientras se ajustaba el casco:

—Vamos allá.

Por delante, al frente de todo el ejército romano, iban Labieno, el joven Craso y Balbo junto con el propio César. Por detrás de ellos, las seis legiones, pero en ningún caso dispuestas de forma arbitraria. El procónsul había ordenado una distribución muy estudiada. Dos de las veteranas estarían en los flancos: la VII, por el extremo izquierdo y la X, por el derecho. Las otras dos veteranas, la VIII y la IX, estarían en el centro. De este modo buscaba proteger bien tanto los flancos como el centro, intercalando las dos más inexpertas, la XI y la XII, entre las otras legiones. A la caballería gala, en la que no confiaba, vistos sus escasos servicios en Bibracte, la dejó directamente en la retaguardia, con la misión de intervenir en la masacre final del enemigo si se conseguía la victoria. Y si era derrotado, César tenía bien claro que los jinetes galos serían los primeros en alejarse del campo de batalla. Los pocos efectivos puramente romanos de caballería quedarían en los flancos, junto a las legiones más veteranas.

—¿Vamos a permanecer los cuatro aquí en el centro? —preguntó Labieno, refiriéndose a César, a Craso, a Balbo y a él mismo.

—No —respondió el procónsul—. Ahora nos dividiremos, pero antes quiero ver cómo forman los germanos.

Seguían un lento pero decidido avance hacia el campamento enemigo.

—¿Saldrán? —preguntó Balbo—. ¿O harán lo de siempre y tendremos que atacar el campamento?

—Saldrán —anunció César con convencimiento—. Cuando el rey germano vea que no vamos a detenernos, sacará a sus hombres, pero, si no lo hace, nos arrojaremos con todo contra las empalizadas de su fortificación. Hemos de aprovechar el temor que tendrán los germanos a verse en combate antes de esa luna nueva que tanta suerte, supuestamente, ha de traerles y en la que están puestas todas sus esperanzas de victoria.

—Salen —confirmó Labieno señalando hacia el fortín enemigo.

Balbo y el propio César, enfrascados como estaban en su diálogo, no se habían percatado de los movimientos del enemigo: efectivamente, las tribus germanas salían de su gran campamento principal y empezaban a posicionarse frente a su fortificación.

—Y vienen también los guerreros de su campamento secundario —indicó Craso señalando hacia el sur.

—¿Dejamos que se unan todas sus tropas? —preguntó Labieno.

—Sí, mejor tener a todo el enemigo de cara —respondió César—, en una única línea frontal de combate.

Caballería gala en la retaguardia del ejército romano

En un extremo del cuerpo de jinetes eduos y del resto de tribus galas aliadas con Roma, Diviciaco observaba cómo las legiones marchaban directas al encuentro de la temible maquinaria militar del rey Ariovisto. César era un hombre extraño: había evitado entrar en combate durante semanas, siempre preocupado por mantener la línea de aprovisionamiento abierta, pero ahora, cuando se lanzaba contra el enemigo, lo hacía con todo, sin mantener tropas en el campamento secundario que tantos esfuerzos le costó levantar. El procónsul acometía sin posibilidad de corregir su decisión. Era el todo o nada.

En el flanco opuesto de la caballería gala, Dúmnorix, rodeado por sus más leales, o lo que es lo mismo, los más desleales a los romanos, escuchaba las dudas que sus seguidores le formulaban en voz baja, con el susurro propio de los traidores.

—¿Y no vamos a hacer nada? —inquiría uno de aquellos líderes tribales que compartían el más absoluto de los desprecios ante la presencia de los romanos en la Galia, incluso si, como ahora, podían estar ayudándolos a expulsar a los invasores germanos.

Dúmnorix negó con la cabeza:

—No, no haremos nada. El romano —dijo refiriéndose a César— nos ha relegado a su retaguardia. Desde aquí poco podemos hacer, y no, no vamos a atacar a las legiones por la espalda. No mientras están en lucha contra los germanos. ¿O acaso alguien quiere vérselas cara a cara con el rey germano y sus guerreros harudes en medio de la llanura?

Se hizo un silencio total impregnado de cobardía.

—No, no haremos nada —repitió Dúmnorix—. Simplemente esperaremos a ver cómo se desarrollan los acontecimientos. El tiempo nos dará una oportunidad contra César, quizá en unas horas, quizá en unos meses.

Dúmnorix desmontó, entonces, de su caballo y se acercó a uno de los aguadores para saciar su sed. Junto al sirviente encontró al joven arverno Vercingetórix, que había hecho las veces de correo entre él y los germanos.

—¿Qué miras? —le espetó Dúmnorix con hostilidad, al percibir que el arverno lo observaba—. ¿Tú también crees que deberíamos hacer algo más que esperar en esta batalla?

Vercingetórix respondió con sosiego:

—No. Yo también creo que es momento de esperar.

Ejército germano

Ariovisto había considerado la opción de que los guerreros del campamento secundario embistieran por uno de los flancos de César, pero ya sabía que ésa fue la estrategia de los galos en Bibracte y que aquello no funcionó para amedrentar al procónsul. Tenía pensada otra estrategia. Simple y convencional, pero que solía darle muy buenos resultados, y los romanos, a fin de cuentas, pese a ser algo más organizados que los galos, en cualquier caso no dejaban de ser simplemente unos enemigos más a los que masacrar y borrar de la faz de la Galia, *su* Galia. Así que Ariovisto dejó que los guerreros del segundo campamento se les unieran, rodeando las legiones enemigas sin atacarlas, para formar un inmenso cuerpo de ejército frente a su campamento principal, distribuidos los guerreros en grandes unidades militares que se correspondían con cada una de las tribus germanas que lo seguían.

—Que vengan, de una vez, esas malditas legiones de Roma —masculló Ariovisto, masticando rabia y valor a partes iguales.

Ejército de César

César, Labieno, Craso y Balbo permanecían en la vanguardia de las legiones.

—El rey germano está distribuyendo a sus guerreros por tribus —apuntó Balbo.

Ariovisto oponía ante ellos siete grandes unidades militares enemigas con tropas y escudos y armamento muy similares en cada grupo.

—Los suevos van en nuestro flanco derecho —dijo César, reconociendo que todos llevaban el pelo trenzado con un nudo a un lado de la cabeza, uno de los pocos rasgos que podían identificar los romanos tras la entrevista cara a cara con Ariovisto.

Luego ya resultaba más difícil distinguir quiénes serían en concreto cada una de las otras seis grandes unidades militares, pero tendría que tratarse de las otras seis tribus que sabían que Ariovisto había incorporado a su gran ejército, esto es: sedusios, németes, vangiones, tríbocos, marcomanos y harudes.

César hizo llamar a los intérpretes galos y éstos sí pudieron identificar con seguridad que los harudes, el cuerpo más duro del ejército enemigo, estaban en el flanco opuesto al de los suevos.

—Tiene sentido —comentó Labieno—. Ariovisto irá con su propia tribu por su flanco izquierdo y deja el derecho en manos de sus tropas más duras. Así se quiere asegurar de que no se verá desbordado por ninguno de los dos extremos.

César asintió y siguió avanzando en silencio mientras meditaba sus decisiones finales montado sobre su caballo. Las legiones ya las tenía distribuidas y no podía invertir ahora ninguna posición. Le habría gustado oponer a los harudes la legión X, su más fuerte y leal unidad militar, pero ésta ya estaba confrontada contra los suevos dirigidos por Ariovisto en persona. Tampoco era menor el enemigo al que tendrían que doblegar. Era más una cuestión, ahora, de quién dirigía qué flanco y el centro del ejército.

—Yo iré por nuestra derecha con la décima y el resto de las cohortes de ese sector —anunció el procónsul de Roma—. Tú, Tito, junto con Balbo os quedaréis en el centro, coordinando todo, y tú —añadió mirando al joven Craso— te harás cargo de nuestro flanco izquierdo. Te corresponde la tarea más dura, detener a los harudes, pero confío en que sabrás frenarlos. —César veía cómo el joven oficial asentía, pero añadió un mensaje clave—: Ahora bien, si te ves desbordado y necesitas ayuda, nada de heroicidades suicidas: pide refuerzos a Labieno y Balbo, al centro de las legiones.

—No pasará ni uno, procónsul, y no creo que necesite ayuda —se juramentó el joven líder romano.

—Aun así: si precisas de refuerzos, pídelos —insistió César. Los harudes eran lo más brutal que había pisado la Galia en decenios y, sin la legión X frente a ellos, cualquier desastre era posible—. Prefiero que reclames refuerzos a que pierdas el control de ese flanco: las derrotas están siempre lideradas por vanidosos y soberbios, ¿me has entendido, muchacho?

—Sí, procónsul.

César asintió y esperó a que se alejara para dirigirse por última vez antes de la batalla a Labieno:

—No he querido encargarte esa misión porque, si bien es muy dura, es simple. Te quiero en el centro, donde puedas tomar decisiones para apoyar a un flanco u otro según consideres necesario.

—De acuerdo —aceptó Labieno sin cuestionar ninguna orden de su amigo. Entendía también que César buscara situarse frente al rey Ariovisto. Era un modo de demostrarle que no lo temía.

—Yo intentaré desbordar al enemigo por nuestro flanco derecho —continuó César—. En esta batalla, nuestra única ventaja es que algún desborde rápido al inicio pueda despertar el miedo de los germanos, al haberse visto forzados a la lucha antes de esa luna nueva que anunciaban sus adivinas como fecha propicia para su victoria. En esta batalla hemos de provocar nosotros el desequilibrio a nuestro favor, y cuanto antes, mejor —informó tras una veloz explicación. Luego suspiró y añadió unas instrucciones finales—: Balbo estará de apoyo y a tus órdenes en el centro. —Y miró al hispano, que cabeceó afirmativamente.

Siguieron aún avanzando juntos los tres unos cien pasos más antes de que César se despidiera:

—Bien, por Hércules, ha llegado la hora, amigos —les dijo, sin atender a rango militar alguno—. Muerte o victoria.

—¡Muerte o victoria! —respondieron Labieno y Balbo con energía, determinación y al unísono.

César azuzó su caballo y se alejó cabalgando, rodeado por una pequeña escolta, hacia el flanco derecho del ejército romano.

Las palabras de la negociación no sirvieron para detener a Ariovisto. La batalla era ahora el único camino y la maquinaria de combate romana estaba en marcha, activada, sin posibilidad de retroceso.

XIII

Seleuco VII

Alejandría, Egipto
58 a. C.

—Pero por Isis..., ¿por qué apesta tanto? —Fue la pregunta que Berenice lanzó a su consejero Potino cuando salió a la escalinata principal del palacio de Alejandría para recibir a su futuro esposo. Y es que un espeso hedor pestilente parecía acompañar al futuro marido, como si el mal olor fuera por delante anunciando su llegada al delta del Nilo.

Seleuco VII de Siria arribó a Alejandría escoltado por un cortejo numeroso de sirvientes, esclavos, asesores políticos y consejeros militares en lo que estaba destinado a ser visto como un imponente despliegue acorde a su supuesto poder como heredero de la legendaria dinastía seléucida, que, en tiempos pasados, llegó a controlar una vasta extensión de territorio que abarcaba desde las costas del mar que ahora los romanos denominaban Mare Nostrum hasta Mesopotamia y otras tierras más allá del Tigris y el Éufrates.

Pero se trataba de pura fachada. Un fingido desfile vacuo.

De todo aquel legendario y glorioso pasado apenas quedaba ya nada como propio del rey Seleuco VII. Éste, *de facto*, sólo controlaba algunas ciudades de Cilicia y Fenicia, por mucho que él siguiera pavoneándose por Asia como si aún fuera alguien de relevancia. Eso sí, en su muy aparente regio porte y su andar altivo se vislumbraba que Seleuco parecía haber caído en el embeleso de su propia mentira. El Senado romano había apoyado finalmente su supuesta legitimidad para acceder al trono de Egipto, casándose con la reina Berenice IV, después de que la familia del propio Seleuco enviara sustantivas cantidades de oro y plata al Capitolio romano. Y, además de esas muy onerosas dádivas, Seleuco prometía ser un muy sumiso faraón de un rico Egipto que proporcionaría abundante grano a una superpoblada Roma a muy bajo precio.

Para el Senado, él era el novio perfecto no ya para Berenice, sino para Roma misma.

Pero para la reina de Egipto, pese a la insistencia de su consejero Potino de la utilidad de aquel enlace para mantener las buenas relaciones con la autoridad romana y, de ese modo, evitar el retorno de su padre Tolomeo XII, apoyado por otro grupo de senadores romanos, la llegada de Seleuco VII fue un acontecimiento particularmente desagradable. No sólo era humillante desde un punto de vista político. Era insoportable desde un punto de vista meramente olfativo.

—Pero... ¿por qué huele tan mal? —repitió en voz baja la reina a su consejero.

Y es que el recién llegado desprendía un espeso hedor a pescado que resultaba, sin duda, hostil al olfato refinado de una reina acostumbrada a perfumes delicados y especias evocadoras.

—Lo averiguaré —respondió Potino a la monarca mientras la seguía hacia el interior del palacio junto con el rey sirio y gran parte de su cortejo personal.

Pero eso no era todo.

Seleuco era obeso, con lorzas de carne que le colgaban por los costados y el vientre, mal cubiertos por unas vestimentas más adecuadas para cuerpos que siguieran las equilibradas proporciones de las esculturas griegas que para la poco amable fisonomía del monarca seléucida. Y, como a Seleuco VII le costaba transportar con sus piernas toda aquella pesada amalgama de grasa mal digerida, sudaba profusamente en la siempre húmeda Alejandría. Y, en consonancia con sus proporciones desmesuradas, el rey recién llegado comía sin parar con un ansia tan incontenible que su conversación durante las comidas y cenas y otros banquetes que pudiera requerir era más bien escasa.

—Al menos, cuando come, no habla —comentó Berenice a sus esclavas una noche tras una larga y, para ella, interminable cena.

Seleuco era un conversador pésimo, a la par que vanidoso. Cualquier tema tenía que derivar en algo relacionado con él o sobre lo que, por supuesto, él sabría más que ninguno de los otros comensales presentes.

Las esclavas rieron ante el comentario de su ama mientras la desnudaban para su baño nocturno diario antes de acostarse, aún, por el momento, a solas.

Potino llegó a la cámara privada de la reina cuando ésta ya estaba cubierta por toallas suaves de lino, mientras varias sirvientas la peinaban con esmero y extendían ungüentos suaves por sus brazos delgados y sus piernas largas y su esbelto cuello.

Potino anunció el resultado de sus pesquisas con relación al pestilente hedor que Seleuco VII emitía mirando al suelo para no incomodar a una reina que aún estaba acicalándose como correspondía a su egregio rango.

—Creo que es por los atunes, mi reina —dijo el viejo consejero—. El olor del rey Seleuco, quiero decir. Se ve que consume mucho ese pescado y en su corte siempre se lo están sirviendo y...

—Y porque no se lava nunca, Potino —apostilló Berenice—. No esperaba un hombre joven y fuerte y apuesto, pero lo que me has traído como futuro esposo es mucho peor que lo peor que yo hubiera podido llegar a imaginar.

Potino se limitó a inclinarse sin comentar nada, pues nada había que decir ante lo que era una aseveración evidente e incontestable.

—Marchaos —ordenó Berenice, y las esclavas que estaban arrodilladas distribuyendo las cremas por la suave piel de su reina se levantaron y abandonaron la sala como por ensalmo—. No pienso acostarme con ese hombre —añadió en cuanto se quedaron a solas.

Potino podía comprender la aprensión que el monarca seléucida pudiera generar en la reina, pero había cuestiones políticas que atender con acuciante premura.

—Un heredero daría estabilidad a vuestro trono... —se atrevió a sugerir Potino.

—Sin duda —aceptó la reina—, pero no será con este... hombre, por denominar de un modo eufemístico a ese ser. Me casaré con él para atender la petición del Senado romano y así mantener las buenas relaciones con ellos y evitar el regreso de mi padre con apoyo militar, pero no pienso acostarme con esa especie de reencarnación de Hefesto, encima sin poder ni fuerza ni rango. —La comparación con el más feo de los dioses del Olimpo griego aún le parecía insuficiente para describir sus sensaciones—. ¿Sabes cómo lo llaman ya los sirvientes en palacio? Cibiosactes. Por ese maldito hedor a pescado. Por una vez pienso que los sirvientes son más lúcidos que muchos de los sacerdotes que se inclinan ante Seleuco VII como si fuera alguien a quien se le debiera respeto alguno. Por Isis, no tiene ni modales, apesta y sólo habla de sí mismo.

Potino se limitó a asentir.

Hubo un largo silencio que el consejero respetó.

Las sentencias de muerte suelen venir precedidas de un cierto intervalo de ausencia de palabras.

—¿Recuerdas la sugerencia que hiciste con relación a la posibilidad de que la vida de mi futuro marido fuera más bien... corta?

—La recuerdo, mi reina.

—Pues yo también la recuerdo —apuntó ella—. De hecho, no pienso en otra cosa desde la llegada de ese ser.

Potino meditó bien su siguiente pregunta, en la que consideró innecesario mostrarse preciso sobre de qué hablaban para centrarse sólo en el cuándo.

—¿Cuántos días después del matrimonio?

Berenice suspiró.

—No me veo capaz de aguantar a ese imbécil más de una semana.

Potino se inclinó ante la reina.

XIV

Sin luna nueva

Llanura al norte de Vesontio*
58 a. C.

Ejército romano

Labieno dirigía el avance de las legiones desde la vanguardia, justo en el centro, mirando a un lado y a otro. Podía ver a Craso en el flanco izquierdo, junto al *legatus* de la legión VII, y a César al mando de la legión X, con su legado a su espalda, en el flanco opuesto.

Enfrente, los germanos estaban apenas ya a unos centenares de pasos, armados con hachas de guerra, espadas y lanzas largas. Había honderos repartidos entre las diferentes tribus y la lluvia de proyectiles enemigos empezaría pronto. Labieno detuvo su caballo y lo mismo hizo Balbo por detrás. Las cohortes de primera línea de combate, que proseguían con su marcha, comenzaron a sobrepasarlos.

—Que preparen los *pila* —dijo Labieno.

—¡Preparad los *pila*! —aulló Balbo para que todos los tribunos y centuriones pudieran oír bien la orden.

* Véase el mapa «Batalla de los Vosgos» de la página 1014.

Las tubas del ejército romano subrayaron la instrucción resonando por toda la llanura.

—Que los dioses estén hoy con nosotros —dijo Labieno en voz baja, pero Balbo pudo escucharlo pese a la fanfarria de guerra puesta en marcha.

—Lo estarán —certificó el hispano, que tenía fe ciega en César—. Tenemos al *pontifex maximus*.

—Largad —ordenó Labieno, ya metido de lleno en batalla y más allá de las consideraciones religiosas.

—¡Largad! —repitió a pleno pulmón Balbo.

Ejército germano

Ariovisto vio cómo las jabalinas romanas llovían a plomo sobre sus guerreros de vanguardia.

—Honderos —ordenó, y una andanada de proyectiles mortíferos respondió a la descarga romana con la misma furia.

Los silbidos devastadores de los proyectiles germanos surcaban el cielo con la pericia de los lanzadores veteranos de fina puntería.

—¡Viene hacia aquí! —gritó uno de los oficiales al monarca germano.

Ariovisto estaba en el flanco izquierdo de su inmenso ejército y pudo ver cómo el procónsul romano empujaba sus legiones de aquel extremo contra él, dirigiendo personalmente el ataque.

Ariovisto no dijo nada.

Se puso el casco.

Desenvainó su espada.

Azuzó su caballo y, al galope, se dirigió a primera línea.

Flanco izquierdo romano

Craso, siguiendo el ejemplo de Labieno y César, había hecho que los legionarios de la VII y el resto de las tropas de aquel flanco lanzaran también los *pila*, pero la lluvia de metal no parecía haber enfriado en demasía el ardor guerrero de los harudes. Éstos habían dejado atrás a algunos guerreros muertos y heridos por las jabalinas romanas, pero eso no había mermado su ansia de sangre enemiga, más bien al contrario; parecía que ver a amigos suyos caer ante ellos los había enardecido aún más, y habían seguido avanzando con obstinación indomable contra la primera línea de lucha de las legiones.

El choque fue brutal, como si dos titanes se embistieran, y, pese a que la VII había combatido con dureza contra los helvecios apenas hacía unos meses, los harudes parecían estar hechos de otra pasta, con la ferocidad propia de los irredentos.

Las cohortes romanas de primera línea se replegaron casi instintivamente, pese a los gritos de los centuriones que reclamaban que mantuvieran la posición de vanguardia sin retroceder, pero, pronto, hasta los oficiales romanos se dieron cuenta de que detener el empuje del aquel enemigo furioso e indómito se antojaba un objetivo que no estaba a su alcance, y centuriones y tribunos empezaron a mirar hacia Craso.

El joven líder sudaba.

Se pasó la mano por la frente y miró hacia su derecha: ninguna legión del centro del ejército había activado la maniobra del primer reemplazo de la primera línea de cohortes por la segunda, pero la situación en su extremo era diferente. Los harudes estaban a punto de quebrar la línea frontal romana de la legión VII.

—¡Reemplazo, por Júpiter, reemplazo! —ordenó Craso.

Los legionarios de vanguardia recibieron la orden que venía desde atrás con auténtico alivio, como si los dioses hubieran escuchado sus plegarias silenciosas en medio de la sangre y el hierro, y, lo más ordenadamente que pudieron, retrocedieron dejando unos pasillos por donde las cohortes de segunda línea los reemplazaban en el combate cuerpo a cuerpo contra los harudes.

Craso respiraba con rapidez, entrecortadamente. Notaba el corazón latiendo en la caja de sus costillas con una velocidad que no había sentido nunca.

Esa primera maniobra, llevando las cohortes de segunda fila al frente, debería bastar para detener el ímpetu de los harudes. Quizá no fuera suficiente para hacerlos retroceder, pero debería alcanzar para refrenar la energía con la que acometían contra los escudos legionarios de vanguardia.

Pero no.

La segunda línea de cohortes también empezó a perder terreno frente a los harudes.

Craso tragó saliva mezclada con orgullo. Sabía que a César no le gustaba que la tercera línea militar, la de los veteranos, entrara en batalla hasta el final de la contienda, preservando así descansados a los mejores hombres para el enfrentamiento final. Pero también recordó cómo el procónsul le había insistido en que no dudara en pedir ayuda, si la precisaba, para mantener el control de aquel flanco...

Las hachas germanas destrozaban los escudos romanos, las lanzas enemigas se clavaban por entre las armas defensivas legionarias y los proyectiles de los harudes seguían lloviendo de forma indiscriminada sobre los hombres de las cohortes que luchaban ahora en vanguardia. Aquellos germanos no eran guerreros como los demás. Los harudes conformaban una ciclópea máquina de matar perfectamente articulada y adiestrada para la guerra, para el combate cuerpo a cuerpo despiadado, inclemente e inmisericorde, encarnada en aquellos fornidos y altos guerreros rubios que hacían, una vez más, retroceder a las cohortes romanas.

Las palabras de César retumbaban en la cabeza de Craso: «Si precisas de refuerzos, pídelos».

Tenía que hacer entrar en combate a la tercera línea.

Pero no se atrevía a dar la orden...

Se volvió hacia un jinete próximo.

—¡Ve donde Tito Labieno y reclama permiso para que podamos hacer entrar ya a la tercera línea de la VII!

Flanco derecho romano

En el otro extremo de la batalla, la contienda se inició de forma muy diferente: los suevos de Ariovisto no eran los harudes y la legión X no era la VII.

Los guerreros de la tribu del rey germano le eran muy leales, pero en el cuerpo a cuerpo no exhibían la ferocidad salvaje de los harudes. Luchaban con disciplina y embistieron la primera línea romana con energía, hasta el punto de que César ordenó también el reemplazo de las cohortes de vanguardia por las de segunda línea, pero la maniobra, junto, quizá, con su propia presencia en aquel sector y el hecho de que los legionarios de la X eran los más audaces de todo el ejército romano, fue suficiente para hacer retroceder a los enemigos.

Los suevos se replegaban. No era una huida ni mucho menos, pero sí una cesión de terreno.

César, rápidamente, ordenó un nuevo reemplazo, no para que intervinieran los legionarios de tercera línea, que quería mantener, como hacía habitualmente, en reserva hasta el final, sino para que los de la primera volvieran a sustituir a los de la segunda. Los veloces cambios de tropas en vanguardia forzaron a los suevos a replegarse aún más.

Flanco izquierdo germano, en lucha con la legión X

Ariovisto veía a los guerreros de su propia tribu retrocediendo a causa del empuje del enemigo. Pero eso, y él lo sabía bien, lo podía percibir en el ambiente, a su alrededor, en las miradas de indecisión de sus oficiales, no era lo más grave. Lo más preocupante era que sus hombres empezaban a tener dudas sobre si combatir antes de la luna nueva estaba siendo una buena idea. Las adivinas habían insistido en varias ocasiones en que la victoria sólo se conseguiría a partir de aquella fecha y el mensaje había calado en todos los guerreros de todas las tribus, incluida la suya.

Ariovisto podía ver cómo, poco a poco, sus hombres perdían terreno. No cundía el pánico ni se trataba de una desbandada general, porque su presencia en su formidable caballo justo entre ellos les impedía cualquier acción de cobardía. Pero Ariovisto se percataba con claridad de que sus guerreros suevos estaban acostumbrados a combatir contra galos relativamente desorganizados y, en muchos casos, campesinos reclutados apenas unos días antes del combate para la guerra. Sin embargo, aquellos legionarios estaban decididamente forjados de otro modo.

Pero nada estaba perdido.

Desde lo alto de su caballo podía divisar el flanco opuesto de la batalla, y allí los harudes, tal y como esperaba, fieles a su leyenda de invencibles, estaban imponiéndose a los romanos.

—¡Resistid, por Wotan, resistid! —aulló Ariovisto por primera vez en la batalla—. ¡Los harudes están desbordando a los romanos en el otro extremo! ¡Resistid y pronto el enemigo tendrá a los harudes a su espalda y a nosotros enfrente!

Los oficiales y otros líderes tribales pudieron confirmar con sus propios ojos que lo que el rey germano proclamaba era cierto y repitieron aquella idea por toda la línea de vanguardia.

El anuncio de la victoria parcial de los harudes en el otro extremo de la llanura surtió el efecto deseado por el monarca germano, insuflando ánimo y energías suplementarias a los suevos.

El avance del procónsul romano se estancó.

De pronto, las predicciones de las adivinas cayeron en el olvido.

Centro del ejército romano

Labieno y Balbo escuchaban al mensajero que había enviado Craso.

—¡Estamos desbordados! —gritaba el jinete.

—No es necesario que vociferes —le espetó Labieno. Si estaban perdiendo el control del flanco izquierdo, tampoco era algo que tuvieran que conocer todos los legionarios de todas las cohortes en combate.

El emisario se dio cuenta de su indiscreción y, avergonzado pero aún apremiado por la urgencia, continuó en un tono más bajo:

—Los harudes están haciendo que la primera y la segunda línea de la legión VII cedan terreno con demasiada rapidez. Craso solicita permiso para hacer intervenir la tercera línea. Dice que, sin el concurso de los veteranos, los harudes terminarán por romper nuestra formación, *legatus*.

Labieno cabeceó afirmativamente al tiempo que, junto con Balbo, miraban hacia aquel sector de la batalla: los harudes, en efecto, habían empujado tanto las dos primeras líneas de la séptima legión que era sólo cuestión de tiempo, y no demasiado, que terminaran rodeando a la legión XI, que estaba a su lado, de modo que pudieran atacar por la retaguardia a esa unidad, y eso sí sería el principio del fin de la batalla.

—¿Qué piensas? —preguntó Labieno a Balbo.

—Han de intervenir los de la tercera línea de la VII ya mismo o perderemos el control de ese flanco, y no podemos permitirnos eso en modo alguno. —Y se giró hacia el otro extremo de la batalla—. César ha conseguido que los suevos cedan algo de terreno, pero, si perdemos el otro flanco, su esfuerzo no valdrá para nada.

Labieno asintió. Un segundo reemplazo haciendo intervenir ya a los veteranos de la tercera línea de la legión VII contravenía la ejecución habitual en batalla por parte de César, pero estaban en una situación límite. Jugar a reemplazos sólo de la primera y la segunda línea de cohortes, como hacía también César en otras ocasiones, tampoco sería suficiente para recuperar el terreno perdido. No ante los harudes. Labieno dio una orden aún más audaz que la que reclamaba el joven Craso.

—Emplead no sólo la tercera línea de la legión VII —comentó dirigiéndose al mensajero—, sino también la tercera línea de la legión XI. Esa combinación de dos grandes grupos de cohortes de veteranos de dos legiones diferentes, turnándose entre sí, detendrá a los harudes.

El jinete se llevó el puño al pecho, dio media vuelta e inició un veloz galope de regreso con su superior Craso.

Balbo miró admirativamente a Labieno: la idea era arriesgada, al dejar a la legión XI sin reserva, pero, sin duda, los harudes lo iban a tener mucho más difícil. Y eso, ahora, era la clave de todo.

Flanco izquierdo romano

Craso recibió con auténtico alivio la información que le transmitió el mensajero.

Rápidamente lanzó a los veteranos de la VII a la vanguardia reemplazando las exhaustas cohortes de primera y segunda línea, que habían estado turnándose en su vano intento de detener la embestida de los harudes. La llegada de los legionarios más experimentados a la lucha cuerpo a cuerpo tuvo el efecto esperado: los harudes, de pronto, se toparon con hombres que resistían sus hachazos más brutales y que, entre sus escudos defensivos, pinchaban y pinchaban y empujaban con los *umbones* con un brío diferente al de los hombres contra los que hasta hacía bien poco habían estado combatiendo.

Pero Craso había comprendido bien la idea de Labieno y, también con celeridad, organizó que los veteranos de la legión XI se situaran por detrás de todas las líneas de la VII y que, con agilidad, fueran pasando por entre las agotadas cohortes de primera y segunda línea hasta quedar justo por detrás de la primera línea de combate, donde los veteranos de la VII estaban batiéndose a muerte con los incansables harudes.

Craso se aproximó a las posiciones de vanguardia: con sólo los veteranos de VII podría haber contenido el avance de los germanos, pero con los de la XI prestos para el reemplazo podía recobrar no sólo la iniciativa, sino también recuperar todo el terreno perdido e iniciar un desborde del enemigo en aquel flanco.

—¡Reemplazo! —volvió a ordenar por enésima vez aquella dura mañana.

Los veteranos de la VII y la XI empezaron, a partir de ese momento, una acción coordinada de ir sustituyéndose en primera línea de forma reiterada.

Mientras, por detrás de aquella feroz lucha, la primera y segunda línea de la VII se reponían del esfuerzo y se preparaban para volver a entrar en combate si era necesario. De pronto, Craso se vio con las suficientes tropas como para revertir todo lo que allí había ocurrido.

—¡Avanzad, por Hércules, avanzad! —aulló alentando a los legionarios más veteranos. Craso podía oler el miedo de los harudes y aquél era un temor incipiente que no estaba dispuesto a desaprovechar.

Flanco derecho romano

César había contenido el ataque suevo dirigido por Ariovisto. Le habían transmitido informes mediante mensajeros sobre las preocupantes noticias de cómo los harudes habían iniciado el desborde del flanco izquierdo del ejército romano, pero, en ese momento, un jinete llegó con una actualización de la situación de combate en el otro sector de la batalla: la intervención de varias líneas de legionarios veteranos había dado la vuelta a la lucha y era ahora Craso quien llevaba la iniciativa con los temibles harudes en retirada, en un repliegue táctico ordenado, pero repliegue.

Eso enardeció a César, quien no dudó en compartir aquellas buenas noticias con todos los tribunos de la legión X.

—¡Los harudes retroceden frente a Craso! ¡Retroceden ante los hombres de la VII y la XI! ¿Vais a decir que la legión X no es capaz de emular a sus compañeros de la VII y la XI?

El mensaje caló como César pensaba, y no sólo entre los oficiales de la décima legión, sino entre todos y cada uno de sus integrantes:

ellos se sentían los elegidos por el procónsul, su legión era su favorita, y su unidad favorita no podía quedar por detrás de ninguna otra en medio de una batalla. Las palabras de César actuaron como una especie de resorte invisible, un revulsivo henchido de energía, y las cohortes de la décima se lanzaron como fieras salvajes contra los suevos.

Flanco izquierdo germano

Ariovisto nunca fue hombre de muchas palabras. Ni en las victorias ni en los momentos de duro revés. Las malas noticias se le acumulaban: el jefe de los harudes reclamaba más hombres para contener el avance romano en su sector. Argüía, y no le faltaba razón, que los romanos estaban empleando más legionarios contra su tribu que contra el resto. Por otro lado, César en persona dirigía una ofensiva contra sus guerreros suevos, y éstos tampoco parecían poder contener al enemigo. Pero lo más preocupante era que los harudes, sus mejores combatientes, pidieran ayuda. Nunca antes habían reclamado refuerzos. Si los más aguerridos de tu ejército flaquean, todo se viene abajo. Y la noticia ya corría por entre las filas de sus propios soldados.

Ariovisto recordó los vaticinios de las adivinas.

Lo único bueno de todo aquello era que sólo él parecía recordarlos.

—¡Resistid, por Wotan, resistid! —ordenó el monarca germano desde su caballo a los suevos de primera línea y, acto seguido, se volvió hacia el mensajero de los harudes—: Dile a tu jefe que pronto le enviaré mil de mis soldados a su flanco.

El emisario salió al galope con aquella información en dirección al otro extremo de la llanura.

Ariovisto no habló más en un buen rato, fiel a su costumbre de economizar en palabras. No tenía claro que pudiera permitirse enviar todos esos hombres para asistir a los harudes, pero ahora lo único esencial era mantener el frente de batalla y alargar la contienda hasta la noche.

Sowilo, el dios sol, había iniciado ya su descenso en el horizonte.

Si todo terminaba en un empate, podría replegarse por la noche y reunir aún más efectivos con los que volver a enfrentarse al procónsul. Pero todo eso pasaba por no sucumbir al pánico en una huida alocada en la que serían masacrados. La frontera que separa la derrota de la victoria en una guerra es siempre difusa.

—¡Resistid, resistid! —insistió Ariovisto, encorajinando a sus hombres con su poderosa y regia voz de monarca de todos los germanos.

Flanco derecho romano

César se percató de la obstinada determinación de los suevos de no ceder más terreno, del mismo modo que le llegaron informes sobre cómo los harudes también habían dejado de retroceder: no parecían capaces de ganar terreno como antes, pero ya no se replegaban más pese a las arremetidas de la doble línea de veteranos de las legiones VII y XI.

La batalla estaba estancada.

El fiel de la balanza, justo en el centro.

Faltaba algo que lo desequilibrara todo.

César inspiró e hinchó su pecho de aire y fuerza y clarividencia justo antes de gritar:

—*Sine luna nova, sine luna nova!*

Y su aullido de vaticinios truncados, su alarido de guerra, comprendido de inmediato por los oficiales, fue repetido sin parar por tribunos y centuriones hasta que todos y cada uno de los miles de legionarios de las seis tropas romanas en la Galia aullaron al unísono, como si todos fueran hijos, que lo eran, de una misma madre, de la gran loba de Roma:

—*Sine luna nova, sine luna nova!*

Centro del ejército romano

Labieno comprendió perfectamente lo que César buscaba haciendo que todos repitieran sin descanso aquel grito, pero la cuestión era...

—¿Cómo van a entenderlo si los germanos no saben latín? —preguntó Balbo, entremezclando su interrogante con las propias dudas del segundo en el mando romano.

—No lo sé —respondió Labieno—. No lo sé.

Flanco izquierdo del ejército germano

Ariovisto, como todos sus guerreros suevos y como los luchadores del resto de las tribus germanas, podía oír cómo los romanos no dejaban de gritar algo que para él resultaba incomprensible.

Pero tenía intérpretes: galos que habían caído prisioneros en contiendas precedentes y que habían salvado la vida haciéndose útiles como intérpretes entre los germanos dominadores y los celtas subyugados. Y el rey sabía que muchos de esos galos también comprendían algo o mucho, según los casos, de la lengua del enemigo. ¿Lo suficiente como para entender lo que gritaban?

—¿Qué dicen? —inquirió Ariovisto cuando sus hombres le trajeron a uno de aquellos intérpretes a requerimiento suyo.

El galo, atormentado por no entender lo que los romanos aullaban a pleno pulmón, confesó su incapacidad para desentrañar aquel secreto.

—¡Traed a otro, uno que sí entienda, por Wotan! —ordenó Ariovisto.

Al poco trajeron a cuatro prisioneros galos más, arrastrándolos a golpes desde la retaguardia. Los guerreros suevos se habían percatado con claridad de que la cuestión de desvelar aquel secreto grito requería premura.

—¿Qué dicen, maldita sea? —insistió el monarca germano.

Los galos se miraban entre sí y, al fin, uno se atrevió a dar un paso al frente.

—Creo que los romanos dicen... que no hay luna nueva..., mi rey.

Y justo en ese instante, Ariovisto comprendió.

Y se percató, además, de que había cometido la inmensa torpeza de hacer que el intérprete celta hablara en voz alta delante de varios de sus oficiales y de numerosos guerreros suevos. Ahora ya era tarde para todo: para detener aquel anuncio y para poner freno a sus consecuencias. Aunque diera la instrucción a todos los presentes de que ninguno revelara el sentido de aquellas palabras que aullaba el enemigo, Ariovisto, al leer el terror en los ojos de cada uno de sus hombres, sabía que el miedo más descontrolado se iba a extender como el fuego se propaga por un bosque seco en medio del estío. El rumor se diseminaría por todas sus tropas como las hojas otoñales caídas de los árboles, sacudidas por la furia del viento que anuncia el invierno.

Todos los jefes del resto de tribus tenían, como él, prisioneros galos y era sólo cuestión de tiempo, y no demasiado, que, en otros puntos de la batalla, otros celtas estuvieran desvelando a los demás jefes germanos lo que acababan de descubrir.

César les estaba recordando a todos el vaticinio truncado: las adivinas pronosticaron una gran victoria si se combatía con la luna nueva, pero también una derrota si se luchaba antes. Poco importaba que Ariovisto supiera que el líder romano no les había dejado otra elección que salir aquel maldito día y defenderse, a riesgo de verse acorralados en un campamento insuficientemente fortificado. Poco importaba que Ariovisto supiera que, pese a todo, se podía resistir, terminar en empate la lucha de aquella jornada, rehacerse, reunir más efectivos y, por fin, derrotar al procónsul.

El rey germano, desde lo alto de su caballo, podía ver cómo los harudes y los marcomanos, por un lado, y los sedusios, por otro, también empezaban a replegarse en los flancos derecho e izquierdo, respectivamente, al igual que los vangiones, tríbocos y németes por el centro.

No ya el miedo, sino el pánico estaba a punto de apoderarse de su ejército.

No, Ariovisto no era hombre de muchas palabras. Ni en la victoria ni en la derrota. No increpó a Wotan en esta ocasión ni maldijo su suerte: simplemente, tiró con suavidad de las riendas de su caballo, le hizo dar media vuelta e inició un trote, seguido por los hombres de su escolta, hacia las posiciones de retaguardia.

Flanco derecho romano

César vio a Ariovisto alejarse de las posiciones de vanguardia sin dar órdenes de repliegue, sin dirigirse a sus hombres, sin arengas ni aparentes imprecaciones a sus dioses y supo que aquélla no era una retirada táctica.

—¡Avanzad, avanzad, muerte o victoria, hombres de la décima, por Júpiter y todos los dioses de Roma! —vociferó el procónsul.

Los suevos iniciaron una huida en toda regla.

César se puso al mando de la caballería de jinetes romanos y empezó una persecución del enemigo con el fin de causar tantas bajas como fuera posible, para evitar que pudieran rehacerse en ningún momento y revolverse, de nuevo, contra las legiones. Pero, de pronto, en medio de la llanura, se detuvo y ordenó que el resto de los jinetes romanos también interrumpiera la persecución. Se aproximaban a una zona boscosa, donde los suevos podrían organizar alguna emboscada si alguno de sus líderes, con suficiente sangre fría, refrenaba y tomaba el control de aquellas tropas que habían entrado en pánico. Además, se habían distanciado demasiado de las legiones.

César era audaz, pero también prudente, y sabía que una gran victoria puede tornarse en triste derrota si se empiezan a separar unas unidades militares de otras cuando aún no está todo decidido.

El procónsul ordenó, entonces, el repliegue tranquilo de la caballería romana y él mismo fue al trote a la posición de retaguardia en el centro de la batalla, donde estaban Labieno y Balbo.

Retaguardia germana en su flanco izquierdo

Ariovisto transformó el trote de su caballo en galope en cuanto vio que César arremetía con la caballería.

Su escolta lo imitó.

Y así, el monarca germano y los guerreros que lo protegían se adentraron en los bosques de los Vosgos, sin mirar atrás, sin ni siquiera percatarse de que el procónsul detenía la persecución.

Centro romano

César, reunido ya con Labieno y Balbo, observaba todo el desarrollo de la batalla por la llanura: Craso había puesto en fuga a los harudes y él mismo a los suevos, mientras que las tribus germanas del centro de su ejército aún mantenían la posición, pero, a su parecer, con más ganas de huir que de luchar. Seguían combatiendo porque era difícil escapar de una batalla cuando te atacan como estaban haciéndolo las cohortes del centro de la vanguardia romana.

—Que se replieguen las legiones —dijo César.

—¿Todas? —indagó Balbo, extrañado.

—Todas —certificó César.

Labieno no preguntaba: intuía la estrategia.

Las tubas romanas resonaron por el valle.

Las cohortes de vanguardia se retiraron apenas unos cien pasos, pero lo suficiente para que los tríbocos, vangiones y németes, viendo que no tenían al enemigo pegado a ellos, aprovecharan la ocasión y echaran a huir hacia los bosques.

—Ahora los dispersaremos con más facilidad —comentó César.

—Pero esos bosques son un lugar perfecto para emboscadas —opuso, esta vez sí, Labieno, que no tenía tan claro ese segundo movimiento de César.

—Cierto —aceptó el procónsul de Roma para sorpresa de sus interlocutores en el mando, pero, con la determinación de quien lo tiene todo perfectamente calculado, añadió—: Pero no enviaremos a nuestros jinetes hacia ese espeso mar de árboles, sino a la caballería de Dúmnorix. Los galos se manejan mejor en los bosques y, aunque sé que Dúmnorix y otros líderes eduos y de otras tribus celtas pueden no ser de fiar, sus jinetes tienen muchos familiares muertos por esos mismos germanos que hemos puesto en fuga: tienen cuentas pendientes con ellos. Y nos ahorrarán una ardua tarea no exenta, como bien dices, amigo mío, de mucho riesgo. Por una maldita vez, forzaremos a ese traidor de Dúmnorix a sernos útil.

Caballería gala

Diviciaco y Dúmnorix recibieron las órdenes del alto mando romano de lanzarse en persecución de los germanos que abandonaban el campo de batalla.

A Diviciaco le pareció razonable.

A Dúmnorix también, pero no le gustaba. No le gustaba hacerles el trabajo sucio a los romanos, pero los rostros de sus guerreros denotaban ansias de venganza por las numerosas víctimas que los germanos habían causado entre sus amigos y familiares no mucho tiempo atrás y tuvo claro que sólo era momento de cazar a los guerreros del norte del Rin. Rebelarse contra los romanos tendría que esperar.

—¡Vamos allá, por Belenus! —gritó mientras ajustaba bien las correas de su casco.

Alto mando romano en el centro de la llanura

El joven Craso, cubierto de polvo, sudor y sangre, desmontó de su caballo y se aproximó al cónclave del alto mando romano en el centro de la llanura.

—Te felicito, Publio —dijo César recibiéndole con un abrazo fuerte delante de Labieno, Balbo y el resto de los *legati* y tribunos.

—Gracias, procónsul —respondió Craso, algo azorado por aquella infrecuente efusividad por parte de su superior.

Pero César se explicó:

—El más fuerte es el que sabe detectar cuándo es débil y tomar las decisiones necesarias para corregir esa situación. Y no son muchos los que tienen la humildad de reconocer que, en algún momento, se puede necesitar ayuda. Por eso, por tu falta de vanidad, que es origen de tantas derrotas, te felicito. Tu humildad nos ha abierto el camino de la victoria.

—Sólo he seguido tus instrucciones —respondió Craso, quien se consideraba felicitado más allá de lo que pudiera merecer.

—Las has seguido y las has seguido bien: hacerme caso es otro camino bueno también para conseguir victorias. —Y César se echó a reír, y con él, el propio Craso y el resto del alto mando.

El buen ambiente se fortaleció aún más cuando llegaron mensajeros anunciando que se había rescatado a los dos emisarios romanos, Procilo y Mecio, secuestrados por Ariovisto en las negociaciones previas a la guerra. Esta última noticia reconfortó y mucho a César porque, además de ser buena en sí misma, eran oficiales leales a quienes apreciaba.

El vino empezó a servirse con generosidad por parte de los *calones* siguiendo también las instrucciones de un muy feliz procónsul, quien, no obstante, había dado órdenes de limitar, por el momento, el reparto de licor a dos copas por persona. Las celebraciones más relajadas aún tendrían que esperar a la confirmación de que todos los enemigos estaban más allá del Rin.

—¿Y qué haremos ahora? —inquirió Labieno.

—Dejaremos que los galos se desahoguen con los germanos... y nosotros no seremos mucho más magnánimos.

—¿Vamos a ser crueles? —preguntó Labieno.

—Sí, la determinación de hombres como Ariovisto, que se negó a toda negociación o la usó para intentar traicionarnos, no nos deja otra forma de actuar —confirmó César—. Ha quedado claro que los germanos sólo respetan la fuerza, y sólo desde la fuerza más implacable entenderán el mensaje de que cruzar el Rin en dirección sur no es una opción que deban volver a considerar. —Y, de pronto, se quedó como ensimismado, mirando su copa de vino y mascullando unas palabras que sólo los más próximos llegaron a entender—: El Rin, sí, ésa es una buena frontera para... —Pero no terminó la frase, y estaban tan lejos de Roma que ninguno pudo ni tan siquiera atisbar la magnitud de los pensamientos de César.

Río Rin

El rey germano estaba asimilando la dimensión exacta del desastre: no sólo podía ver a numerosos grupos de guerreros de todas las tribus que habían intervenido en la reciente batalla cruzando el Rin, sino también a miles de colonos germanos que huían de los ataques, saqueos e incendios que los galos, con permiso de los romanos, llevaban haciendo en sus granjas y terrenos de cultivo desde el día mismo de la victoria militar del procónsul de Roma. Era un desalojo exhaustivo de toda presencia de los suyos en aquel territorio que, no hacía tanto, él había dado por conquistado. Los romanos, era incuestionable, se habían hecho con el control efectivo de toda aquella parte de la Galia.

Ariovisto, fiel a su costumbre, siempre parco en palabras, no dejó ninguna frase de épico recuerdo para la posteridad.

Escupió en el suelo, golpeó con los talones a su caballo en los costados, se adentró con él en una de las barcazas que habían construido a toda velocidad sus hombres y cruzó el Rin en dirección norte.

Y de ese modo, navegando despacio sobre el inmenso río, desapareció para siempre de la historia.

Liber secundus

LOS MÁS VALIENTES

Horum omnium fortissimi sunt Belgae, propterea quod a cultu atque humanitate provinciae longissime absunt, minimeque ad eos mercatores saepe commeant atque ea quae ad effeminandos animos pertinent important, proximique sunt Germanis, qui trans Rhenum incolunt, quibuscum continenter bellum gerunt.

Los belgas son los más valientes de todos [los pueblos galos], porque permanecen completamente ajenos a los modales y a la civilización propios del mundo romano, y porque los mercaderes, que rara vez llegan hasta sus casas, no les traen lo que contribuye a desinflar el coraje; además, son vecinos de los germanos, que viven más allá del Rin, y están permanentemente en guerra con ellos.

JULIO CÉSAR,
Comentarios de la guerra de las Galias, I, 1

XV

Divide et impera

Praetorium
Campamento general romano al norte de Vesontio, la Galia
58 a. C.

Los helvecios habían sido completamente derrotados y los supervivientes forzados a regresar a los Alpes. Y Ariovisto, el temido rey de los germanos, había sucumbido ante las legiones comandadas por César en la gran batalla de la región de los Vosgos, con todas sus tribus huidas y las decenas de miles de colonos germanos cruzando el Rin en dirección norte con pocas intenciones de regresar.

—Dos campañas seguidas y dos rotundos éxitos —proclamó Labieno en la tienda del *praetorium*, sentado junto a su amigo, el procónsul.

César cabeceó afirmativamente, pero no decía nada.

—Quizá sea hora de considerar volver a Roma y celebrar un gran triunfo —continuó Labieno, exultante—. O dos, y así te sacas la espina de aquel triunfo que te robó el Senado por tus victorias contra los lusitanos, cuando no quisieron retrasar tu gran desfile, que coincidía con las elecciones consulares. Cicerón y Catón fueron unos miserables al forzarte a elegir entre el triunfo o presentar tu candidatura al consulado.

Pero César seguía en silencio y Labieno conocía muy bien los silencios de su amigo. Era como al final de la batalla de Bibracte.

Estaban solos.

En el exterior se podía oír el viento que agitaba las pesadas telas de la tienda militar. Se acababa el verano, un verano corto en aquellas tierras del norte del mundo, y todo presagiaba lluvia. Algo muy frecuente allí.

Sí, el segundo en el mando del ejército proconsular tenía la misma sensación que al final de la batalla de Bibracte.

—¿En qué está pensando el gran procónsul de Roma en la Galia? —inquirió Labieno con tono serio, y con tono más amable, casi cómplice, reformuló la pregunta—: ¿En qué está pensando mi amigo?

A esa última, César, por fin, decidió responder.

—Podríamos resolver el problema —dijo—. De una vez por todas y para siempre.

Las palabras resultaban enigmáticas para Labieno, que intuía un pesado secreto sepultado bajo ellas.

—¿Qué problema podríamos resolver? —indagó.

—La frontera norte de Roma —especificó César.

Labieno lo miró fijamente.

—¿Qué quieres decir?

Aquí, César se inclinó hacia delante en su *sella curulis* y, moviendo las manos hacia un lado y otro, como subrayando cada frase que decía, se explicó con detalle:

—La frontera norte siempre ha sido un problema para Roma: los galos nos han atacado en múltiples ocasiones en el pasado. Nuestros antepasados se hicieron con el control de toda Italia, pero, aun así, los galos nos atacaron o se unieron a quienes nos atacaban. Recuerda a Aníbal y su alianza con tantos celtas como pudo. Y no sólo los galos: también los germanos han llegado a lanzarse sobre nosotros desde el norte atravesando una Galia que nunca hemos dominado. Ahí está la no tan lejana invasión de los teutones y los cimbrios y los ambrones que tuvo que detener, al final y después de mucho esfuerzo, mi tío Mario. La frontera norte siempre ha sido y sigue siendo un problema para Roma. Ahora, *nosotros* podemos resolver este asunto para siempre, de una forma definitiva. —Y como veía que Labieno no parecía entender bien adónde quería llegar, César fue aún más conciso—: Tenemos un problema con la frontera norte porque, precisamente, no tenemos una frontera norte clara, marcada por una gran cordillera o un gran río. Pero si lleváramos la frontera norte de Roma al Rin, ahí sí tendríamos un gran límite natural que defender con más facilidad y, al tiempo, lo suficientemente alejado de Roma e Italia como para que nuestras tierras queden ya siempre a salvo de cualquier otra invasión celta o germana. Ése, amigo mío, es el problema que podemos resolver.

Labieno se tomó un tiempo antes de responder. Tenía que asimilar el alcance de las palabras de su amigo.

—Entiendo la magnitud de lo que planteas —dijo al fin—, pero ¿cómo exactamente…?

César no dejó que terminara la pregunta. Se levantó y fue a la mesa donde había desplegado un gran mapa de toda la Galia.

—Expulsamos a los helvecios de regreso hacia los Alpes —explicó, e iba señalando los diferentes puntos o regiones o pueblos que mencionaba según venían referidos en el plano— y los eduos y otras tribus galas se han hecho nuestros aliados, a regañadientes quizá, pero aliados. Y hemos expulsado también a Ariovisto, su ejército y sus colonos germanos de toda esta región al sur del alto Rin. Tenemos el control de todo lo que hay al sur de este gran río, de esta gran frontera natural, excepto esta parte. —Y señaló la región al sur del bajo Rin, cerca de su desembocadura, donde habitaban los belgas—. Si nos hiciéramos con el control de esta parte baja del Rin, ese río se podría convertir en la frontera norte de Roma —concluyó César sentándose de nuevo en su *sella curulis*, cogiendo una copa de vino que había recién servida junto al mapa y apurándola hasta el final de un largo y lento trago—. Aaah —dijo al dejar la copa de vuelta en la mesa—. ¿Qué piensas?

Labieno estaba con la boca entreabierta mirando el mapa.

—Hemos conseguido dos grandes victorias absolutas en dos campañas difíciles, pero no creo que las alianzas con las tribus galas como los eduos y otros pueblos, como los arvernos, por ejemplo, sean muy de fiar, ni tampoco creo que podamos derrotar con facilidad a los belgas. Estas tribus son…

—Las más duras de entre todos los galos, lo sé —apostilló César, terminando la frase que había iniciado Labieno—. Pero cómo derrotar a los belgas es asunto mío. Lo que me interesa es tu opinión sobre el concepto de la frontera norte de Roma en el Rin.

Labieno apretó los labios y, muy serio, volvió a examinar el mapa con atención, la frente arrugada, meditabundo.

—Es una buena idea y, sin duda, una frontera natural como un gran río puede ser más fácil de preservar en el tiempo. Pero los belgas no sólo han mantenido a otros pueblos galos alejados de sus tierras, sino que han sido capaces en el pasado de repeler varias incursiones de los germanos: los teutones y los cimbrios, que acabas de mencionar, se lanzaron contra ellos y los belgas los obligaros a desviarse hacia el sur. Ariovisto se atrevió a hacerse con territorios de los eduos y otras tribus galas al sur del alto Rin, pero no cruzó el río por la zona donde habitan los belgas. Es una empresa... —A Labieno le costaba llevarle la contraria a su amigo, pero temía que estuviera perdiendo la perspectiva de la realidad embebido de vanidad por las recientes victorias—. Es una empresa imposible, Cayo. Nadie ha derrotado nunca a los belgas. Y sería, además, combatir más al norte de lo que las legiones romanas han hecho nunca antes. El tema de las líneas de aprovisionamiento aún se hará más difícil que contra Ariovisto. Y contra el rey germano la red de suministros de nuestro ejército ha sido llevada a su límite.

César inspiró mucho aire y lo espiró lentamente mirando al suelo.

—Pasaremos el invierno, por supuesto, más al sur, en Bibracte, en lugar seguro para las tropas —continuó, ignorando las últimas palabras de su amigo—. Pero para la próxima campaña... contra los belgas, quiero que incorpores a más líderes galos en las reuniones del alto mando. Además de Diviciaco y Dúmnorix, quiero que asista al cónclave militar del *praetorium* ese arverno..., Vercingetórix, que parece que hizo de correo entre Dúmnorix y Ariovisto.

Labieno se sorprendió: pensaba que César ni tan siquiera había registrado el nombre de aquel joven líder arverno cuando le comunicó su posible traición.

—Diviciaco lo entiendo, es el más leal a Roma de todos los jefes galos, pero... —Labieno inclinó la cabeza hacia un lado primero y luego empezó a negar de forma ostensible con ella—. Pero Dúmnorix ya se nos ha mostrado desleal y poco de fiar, y ese Vercingetórix también.

—Al enemigo, amigo mío —le replicó César—, cuanto más cerca, mejor. La caballería de Dúmnorix es buena, cuando quieren luchar, como tras la batalla contra Ariovisto, y los jinetes que comanda ese arverno también son valiosos en el combate. Haremos que luchen por Roma, como acabamos de hacer.

Labieno no lo veía claro.

—La idea es interesante, pero hay un punto débil en esa estrategia.

—¿Cuál?

—Dúmnorix o ese arverno pueden aprender cómo luchas, cómo piensas, cómo organizas una campaña. ¿Estás seguro de que quieres darles toda esa información sobre tu modo de actuar en una guerra? Podrían revolverse contra nosotros en algún momento.

—Para cuando sepan todo eso de mí, la Galia ya será nuestra por entero —sentenció César con aplomo.

Labieno se levantó y se sirvió vino. Era él ahora quien necesitaba beber.

—Bueno, por todos los dioses, todo eso puede ser, pero pasa por que primero consigas derrotar a los belgas —insistió Labieno en cuanto apuró su copa— y, que yo sepa, no me has aclarado cómo piensas hacerlo. De hecho, has ignorado mi pregunta por completo. Sólo has mencionado que de eso ya te encargarías tú. Me gustaría algo más de detalle.

César sonrió.

—No la he ignorado. Pero es cierto que no te he respondido.

Labieno volvió a sentarse frente a César.

—¿Y bien? —preguntó de nuevo—. ¿Cómo piensas acometer una campaña contra las tribus belgas, los más fuertes de entre todos los galos, con alguna posibilidad de éxito?

César lo miró fijamente a los ojos, como si quisiera hipnotizarlo, embelesarlo o hechizarlo para que su amigo se mostrara más proclive a apoyarlo en aquella decisión.

—He hecho mis cálculos y… —desveló el procónsul de Roma—. Tenemos seis. Necesitamos dos legiones más.

XVI

Milón

Domus publica, residencia de la familia Julia
Roma, 58 a. C.

—No salgáis a la calle, ninguna de las dos —les prohibió Aurelia en medio del atrio.

Ni Calpurnia ni la joven Julia, que estaba en la casa de su abuela en una de sus frecuentes visitas, entendían a qué se debían aquellas palabras de la venerable anciana.

—Clodio ha convocado al pueblo en el Campo de Marte para las elecciones al tribunado de la plebe —se explicó Aurelia, que recibía información de lo que pasaba en la ciudad a través de sirvientes y esclavos, a quienes premiaba bien con monedas de oro siempre que resultaran veraces sus informaciones.

—No son las fechas acostumbradas —apuntó Julia—, ¿no han de ser más entrado el año, abuela?

—En la Roma de Clodio nada es ya lo acostumbrado, pequeña. No salgáis —insistió—. Va a haber disturbios. He oído que hasta el propio Pompeyo teme por su vida y también se ha refugiado en su casa con algunos de sus veteranos de guerra. Clodio se cree más fuerte que nunca.

Foro de Roma

Clodio estaba en el centro de la gran plaza pública de Roma, rodeado por un centenar de sus hombres que actuaban ya de escolta, ya de fuerza de choque, camino del Campo de Marte. Había adelantado las elecciones al tribunado con el fin de evitar perder el completo dominio que tenía de las calles antes de celebrarlas. Últimamente habían aparecido bandas armadas que escapaban a su control y que parecían actuar coordinadas atacando a comerciantes y tabernas que estaban bajo su protección directa.

Estaban desafiando su poder, echándole un pulso mortal.

Clodio había sido advertido por un tal Milón de que las calles ya no eran sólo suyas. Y no sólo eso, sino que había averiguado que el tal Milón tenía intención de presentarse él mismo a las elecciones del propio tribunado de la plebe. Se trataba de un oscuro personaje afín, sin duda, a sus enemigos políticos más acérrimos, en particular al exiliado Cicerón y al ausente Catón.

Pero habían sido ataques a pequeña escala, por eso Clodio tenía la confianza de imponer su ley en las calles de Roma sin problemas al menos durante unas semanas más, convocar elecciones y controlar así quién accedía y quién no al Campo de Marte para votar y, de ese modo, garantizarse que sólo saldrían elegidos los candidatos proclives a su causa, títeres bajo su dominio absoluto.

—No se ve demasiado gentío —dijo uno de sus hombres.

Eso estaba bien, pues se trataba de que fueran a votar sólo sus más fieles seguidores. Una gran participación significaría que iban a votar también los que deseaban un cambio en el control de las calles y de la política de Roma. Los hombres de Clodio ya se habían encargado, con especial virulencia los últimos días, de amedrentar a gran cantidad de posibles electores contrarios a él.

Pero, de pronto...

—¡Viene una multitud por la Vía Sacra! —proclamó otro de los sicarios de Clodio.

—¡Cortadles el paso! —ordenó el todopoderoso tribuno de la plebe—. ¡Como sea, por el medio que sea preciso, por Júpiter! ¡Pero que no pasen! —Y entre dientes—: Creen que en el tumulto, en la muchedumbre, encontrarán la fuerza que no tienen por separado. Pero los detendré a sangre y fuego si hace falta.

Los hombres de Clodio, armados con hachas y cuchillos, se interpusieron en el camino de la multitud que llegaba al foro por la Vía Sacra, justo a la altura de la residencia del *pontifex maximus* de Roma, ausente de la ciudad, de campaña militar en el norte de la Galia.

El edificio, cerrado a cal y canto, parecía un testigo mudo que sólo alcanzara a mirar sin poder intervenir en modo alguno. En su interior estaban los familiares del procónsul en guerra contra los galos.

Los sicarios de Clodio marchaban contra la masa de ciudadanos que intentaba llegar al Campo de Marte.

Los filos de las armas brillaban bajo el sol.

Domus publica
En el atrio

—Se oyen gritos —dijo, entonces, Julia.

—No salgáis, pase lo que pase, se oiga lo que se oiga, por Júpiter, no salgáis ninguna de las dos —insistió Aurelia.

—¡Dan golpes en la puerta principal, mi ama! —gritó el *atriense* irrumpiendo en el atrio—. ¡Hay gritos de auxilio!

—¡Que nadie abra ninguna puerta! —prohibió tajante Aurelia, que vio cómo el *atriense* se humillaba obediente con una reverencia.

—¿No hacemos nada? —preguntó Julia.

—Nos mantenemos vivas —respondió Aurelia con la misma determinación con la que había hablado al *atriense*—. La misión de tu padre es conseguir victorias en el norte. La nuestra es preservar la vida en medio de esta locura y no crearle un segundo frente de preocupaciones en el corazón de Roma.

Foro de Roma

Los sicarios de Clodio, sin mediar palabra alguna de advertencia, arremetieron contra los que encabezaban la muchedumbre que intentaba acceder al Campo de Marte para votar. Varios hombres fueron heridos, pero aún no había muertos.

—¡Atrás, atrás, malditos! —aullaban los sicarios de Clodio.

La sangre y los alaridos de los alcanzados por las puñaladas detuvieron al gentío.

Todo parecía estar decidido, pero, inopinadamente, por una de las bocacalles, aparecieron más de doscientos hombres armados que embistieron a los sicarios de Clodio, también sin aviso previo, y se desencadenó un enfrentamiento brutal en el que las cuchilladas destripaban vientres y las mazas fracturaban cráneos.

Ahora sí había muertos, por ambos bandos.

Los sicarios de Clodio, entre la sorpresa y la inferioridad numérica, se llevaron la peor parte y fueron barridos de la Vía Sacra, dejando el camino expedito para la multitud que, recogidos los heridos y conducidos a un lugar seguro, reinició su ruta hacia el Campo de Marte. Había mucho hastío de Clodio: el pan gratis y algunas otras prebendas no eran para todos, sino sólo para sus fieles seguidores, mientras que la violencia constante e indiscriminada se extendía y prolongaba en el tiempo hasta resultar ya insoportable para una plebe exhausta de muerte y sangre. Sólo habían necesitado que alguien los animara a votar por candidatos contrarios a Clodio sintiéndose protegidos frente a su violencia, y la aparición de la banda de Milón les dio esa oportunidad para reunir el valor preciso para acudir al Campo de Marte.

Clodio vio cómo los hombres de Milón, tras dispersar en la reyerta a sus propios sicarios, se encaminaban directamente hacia su posición en el centro del foro. Sólo le quedaba una docena de hombres. Tenía más en otros puntos de la ciudad, pero necesitaba tiempo para congregarlos y reunir una fuerza suficiente para defenderse de aquel pequeño ejército que había reclutado Milón.

—Vámonos —ordenó y, escurridizo como una serpiente, se escabulló por entre las calles que conducían a la siempre laberíntica y populosa Subura.

Domus publica
Atrio central

—Los gritos han cesado —dijo Calpurnia expresando lo evidente.

El *atriense*, a requerimiento de Aurelia, entró en el atrio para compartir con las amas de la casa lo que había averiguado oteando la calle, encaramado a lo alto de los muros de la residencia.

—Un tumulto de gente que iba al Campo de Marte se vio envuelto en una lucha armada justo frente a nuestra residencia, mi ama —hablaba mirando a la anciana—. Ha habido heridos y muertos, pero los hombres armados han terminado retirándose, unos huyendo y otros como perseguidores. La multitud ha seguido hacia el Campo de Marte.

Aurelia asintió y el *atriense* se retiró.

—¿Cuánto tiempo va a durar esta violencia? —preguntó Julia.

—No habrá paz, pequeña —respondió su abuela—, hasta que César regrese del norte y ponga orden.

Calpurnia y Julia se miraron entre sí: no sabían descifrar si la anciana expresaba un deseo o una realidad. Y como si Aurelia leyera en sus ojos las dudas de sus interlocutoras, hizo un resumen de lo que para ella era la situación política de Roma:

—El pueblo odia a Pompeyo y a Cicerón y Catón; en Craso sólo ven a otro millonario que pone por delante siempre sus asuntos; a Clodio lo temen pero no lo aman, aunque haya dado grano y pan gratis a muchos. Sin embargo, a tu padre, Julia, a tu esposo, Calpurnia, el pueblo lo respeta, porque siempre ha cumplido sus promesas, lo admira, por sus victorias en el norte, y lo ama, porque sienten que es uno de ellos. Él sabrá poner orden. Cuando vuelva. A su regreso. Porque volverá. César volverá.

Y repetía una y otra vez aquellas palabras finales como si en la reiteración encontrara una esperanza que reconfortara su espíritu vacilante de ánimo en medio de los disturbios y la eterna pugna descarnada por el poder en Roma.

Residencia de Clodio en el centro de la Subura

—Milón ha sido elegido nuevo tribuno de la plebe —le anunciaron mientras se cambiaba de ropa y se deshacía de la túnica sudada por el esfuerzo de la huida. La noticia no le sorprendió. Había tenido a la plebe y, en consecuencia, las votaciones controladas por el miedo a sus hombres. La aparición de esa otra banda armada había quebrado su dominio de todo.

—¿Qué harás ahora? —preguntó Fulvia.

Clodio percibió reproche en el tono con el que su joven esposa se le había dirigido.

—De momento, nada. Nos atrincheraremos aquí hoy e iré reuniendo los suficientes hombres para ir a por Milón. No será el primer tribuno de la plebe que muera a mazazos a plena luz del día en las calles de Roma —sentenció haciendo referencia a cómo los Gracos fueron asesinados de ese modo en el pasado.

Fulvia asintió, pero no se sentía satisfecha.

—Tú ya sabes quién está detrás de ese Milón, esposo mío, ¿no es así? ¿O he de decírtelo?

Clodio, a regañadientes, se vio obligado a cabecear afirmativamente. Claro que sabía quién estaba detrás de todo aquello.

—Debiste haber ejecutado a Cicerón cuando tuviste ocasión —apostilló ella, subrayando sus palabras con el odio alimentado durante años, tantos como Cicerón empleó en humillar y burlarse de la tartamudez de su padre, enemigo político del gran orador.

Clodio no respondió porque nada había que responder que no fuera darle la razón a su joven esposa. En lugar de ello, permaneció en silencio pensando que echaba de menos la presencia entre sus hombres de aquel Marco, duro y violento, que en más de una ocasión los había liderado en misiones en las que siempre había conseguido el objetivo marcado. Pero Marco, disoluto y jugador compulsivo, acuciado por las deudas de las partidas de dados perdidas, había huido de Roma para salvar la vida. Ni siquiera Clodio podía protegerlo de las mafias del juego. Para terminar con ellas, haría falta una legión de hombres. La marcha de Marco fue una lástima.

—Ese Marco que se fue de la ciudad —dijo Fulvia irrumpiendo en sus pensamientos y como si le leyera la mente— era mucho más decidido que tú. Con él al mando, Cicerón estaría muerto hace tiempo.

Clodio, una vez más, guardó silencio. Siempre tenía la duda de si su joven esposa y aquel Marco habían tenido o dejado de tener algún tipo de aventura, pero el muchacho había sido tan eficaz en la lucha de las calles que él optó por no investigar el asunto, no investigarlo y mirar para otro lado. Pero cuando oía ahora a Fulvia hablar con ese encomio del huido Marco, sus más profundas sospechas se consolidaban.

—Esto no ha acabado aquí —anunció, al fin, Clodio—. Eliminaré a Milón, personalmente si hace falta. No sería la primera vez que empuño una daga. Y, si se atreve a regresar a Roma, a Cicerón también.

Fulvia estuvo tentada de decir en alto: «Palabras y más palabras», pero lo pensó bien y sabía que había elevado el tono de sus reproches muy por encima de lo que muchos hombres tolerarían. Sabía que su esposo estaba enamorado de su belleza, y de su altivez también, pero quizá no era conveniente excederse más en la crítica. Clodio, a fin de cuentas, estaba de su parte contra Cicerón, y eso era esencial.

—Así sea —dijo entonces Fulvia—. Que los dioses te oigan.

Y ella llevó también sus pensamientos, como había hecho hace apenas unos instantes su esposo, hacia el recuerdo de aquel joven Marco que tanto la impresionara.

Residencia de Milón
Roma

El nuevo y recién elegido tribuno de la plebe Tito Annio Milón caminaba escoltado por un regimiento de sicarios armados. Enjuto, cabizbajo, enmarañado en la tormenta de sus elucubraciones y designios, pisaba las baldosas de piedra de la calzada con la determinación de quien está dispuesto, por fin, a aprovechar la única buena oportunidad que se le ha presentado en su vida.

De familia oscura, sin grandes predecesores a quienes honrar o de quienes presumir, Milón no había conseguido ascender en el *cursus honorum* por ninguno de los medios habituales. Pero ahora, forzados por los tiempos revueltos de la violencia de Clodio, los *optimates* habían recurrido a él, a Milón, a alguien de quien todos sabían, él mismo el primero, que nada tenía que perder, pues nada tenía ganado en política. La misión que se le había encargado era muy precisa: hacerse con el control de las calles, ser elegido tribuno de la plebe y organizar, como fuera, el retorno de Cicerón. Su recompensa sería un ascenso político meteórico bajo el amparo del propio Cicerón y, esto le pareció curioso, del mismísimo Pompeyo. Este último formaba parte del triunvirato y, en la medida en que Clodio actuaba para Craso y César, a Milón le parecía extraño que el tercero del triunvirato se aliara en secreto con

Cicerón y el resto de los *optimates* para el dominio de las calles y las votaciones de las asambleas del pueblo, pero los entresijos de aquella triple alianza, con sus tensiones internas evidentes, no le importaban demasiado. A él lo único que le interesaba era ascender. Las lealtades quebrantadas, las traiciones, los encuentros a escondidas de unos con otros, las mentiras, los sobornos o los muertos que quedaran por el camino de la lucha política le daban igual. Lo único que le preocupaba era Clodio, que era tan radical como él, que era su oponente directo en aquella partida a vida o muerte y que, estaba bien seguro de ello, contraatacaría.

—Hemos de reclutar aún más hombres —dijo a uno de sus sicarios.

—Si ya les doblamos en número —le respondió el aludido.

—Eso ha sido hoy, imbécil —le espetó Milón con desprecio—. ¿Crees acaso que Clodio se va a dejar sorprender de nuevo?

Estaba rodeado de estúpidos. Sin embargo, la única solución para conseguir sus objetivos era reunir a muchos de esos cretinos, armarlos con mazas y controlar las votaciones de las asambleas durante todo aquel año.

Un poco de política.

Le habían prometido ser pretor en tres años.

Cónsul en cinco.

El gobierno de una provincia rica en seis.

Millonario en siete.

Si tenía que pasar por encima del cadáver de Clodio, por encima del cadáver de Clodio pasaría.

En poco tiempo consiguió bastantes más hombres, muchos veteranos de guerra. Le pareció curioso que le fuera tan fácil reclutar a tantos en tan poco tiempo, pero Milón, cuando el viento soplaba a su favor, nunca se planteaba el origen del aire.

Residencia de Clodio

Clodio suspiró y anunció a su esposa que iba a retirarse a dormir.

Su mujer lo miró muy seria: había pasado la velada criticándolo por su derrota ante los hombres de Milón y, luego, rememorando en su cabeza sus encuentros secretos con aquel apuesto Marco que ya no estaba con ellos. Y, siendo estricta consigo misma, ni lo uno ni lo otro contribuía a resolver el actual pulso con el nuevo enemigo que crecía ante ellos. Para acabar con Milón no tenían que enfrentarse entre sí, sino que, como bien había dicho su esposo, en esto llevaba razón, debían reunir más hombres. A ser posible, hombres sin piedad, inmisericordes, gélidos en la lucha cuerpo a cuerpo. Y mortíferos esgrimiendo armas.

—Creo que es momento de recurrir a tu hermano —sugirió Fulvia.

Clodio, que ya se había levantado, la miró inclinando la cabeza hacia un lado.

—¿Tú crees? —dudaba. Incluso para él, aquélla era una medida muy extrema—. Eso requeriría hacer un viaje al sur —añadió a modo de impedimento.

—Lo sé, pero Milón quiere una guerra y se está armando para una guerra. Hagamos ese viaje —sentenció Fulvia.

XVII

El rey de los suesiones

Hunc esse regem Galbam: ad hunc propter iustitiam prudentiamque summam totius belli omnium voluntate deferri;

El rey de ahora era Galba, a quien por su justicia y prudencia todos convenían en nombrarlo líder supremo de las armas.

JULIO CÉSAR,
Comentarios de la guerra de las Galias, II, 2

La Galia belga
57 a. C.

Galba,* rey de los suesiones, era un hombre cabal y prudente pero, a la vez, firme. Por todo ello lo eligieron como el líder a seguir en un

* No confundir con otro Galba, legado de César en esta misma guerra, o con el futuro emperador Galba.

posible enfrentamiento contra los romanos que se acercaban desde el sureste.

La reunión de la confederación de tribus belgas tuvo lugar en Bibrax, al norte del río Axona. Galba detectó un exceso de confianza en los allí congregados: muchos jefes insistían en el hecho de que ellos, los belgas, habían expulsado de sus tierras a los teutones, ambrones o cimbrios en el pasado y que hasta los germanos de Ariovisto nunca se atrevieron a atacarlos. Eso les daba confianza.

Pero Galba sabía que muchas de esas victorias se habían conseguido con la participación de los nervios del norte, la tribu belga más dura de todas, y los nervios, con su rey Boduognato al frente, se mantenían, por el momento, alejados de todo lo concerniente a los romanos, como si todo aquello no fuera con ellos. Galba intuía que Boduognato era demasiado orgulloso como para aceptar combatir bajo el mando de ningún otro líder, y que eso, con toda seguridad, había provocado su ausencia en aquella reunión.

Aun así, Galba, a falta de la concurrencia de los soldados nervios, tenía depositadas sus esperanzas en los guerreros que sí había conseguido reunir: casi cincuenta mil de su propia tribu, diez mil belovacos, diecinueve mil atuátucos, quince mil atrebates, diez mil cáletes y algunos miles más de otras tribus menores hasta llegar a la imponente cantidad de más de cien mil hombres a su mando. No tenía claro, sin embargo, que las cifras manifestadas por cada jefe fueran exactas, la exageración era frecuente entre ellos, pero sí parecía incuestionable que disponía de un ejército lo suficientemente poderoso como para detener a los romanos si éstos se atrevían a atacarlos.

Galba, no obstante, fruncía el ceño: además de la ausencia de los nervios, no todas las demás tribus estaban allí.

—¿Y los remos? —preguntó, pero nadie supo darle respuesta.

Al rey de los suesiones aquella ausencia lo incomodaba casi tanto como la no presencia de los nervios. Sabía que una de las estrategias seguidas por el procónsul romano había sido la de dividir a las tribus galas, enfrentando a unas con otras, para, de ese modo, ir haciéndose con el control de su territorio. Era cierto que también algunas tribus celtas habían pedido ayuda romana para expulsar a los germanos, algo que ellos, los belgas, habían hecho siempre por sí solos. Esa petición de apoyo a Roma había supuesto el principio de los problemas de los galos. Eso le resultaba evidente, pero comprender lo obvio no solucionaba sus urgencias militares del presente.

Estaban a principios de la primavera. Se acercaba la época en la que se podía llevar a cabo una campaña militar. Esto era lo acuciante.

Galba seguía escuchando los audaces discursos de los diferentes jefes tribales. Con muchos no estaba de acuerdo. Los había que proponían un ataque rápido contra las legiones romanas. Él era más partidario de esperar y forzar que el líder romano se les acercara. Eso lo alejaría de sus fuentes de aprovisionamiento en el centro de la Galia. Pero Galba sonreía, asentía y contemporizaba con unos y otros: lo fundamental era la unión de todos los que sí habían acudido a aquel encuentro. Desde esa unión, estaba completamente seguro de ello, sí podrían detener al procónsul.

XVIII

Ese maldito olor a pescado

Alejandría, Egipto
57 a. C.

La reina y faraón del Alto y Bajo Egipto, *anj udja seneb*, dadora de Vida, Salud y Prosperidad, se había desposado.

Berenice caminaba rumbo a la cámara privada de los faraones, en el centro del gran palacio real de Alejandría, escoltada por un pequeño ejército de sirvientas, *ornatrices* y esclavas.

La reina se detuvo un instante en uno de los grandes patios, abierto en un lado hacia el gran río, y pudo ver el sol languidecer sobre la superficie oscura del eterno Nilo.

Era la noche de bodas.

La ceremonia había sido tan fastuosa como procedía y como su consejero Potino le había sugerido que fuera para que los embajadores romanos presentes en la misma concluyeran, por el boato, el lujo, las vestimentas deslumbrantes, el gran número de invitados como de sirvientes, las carnes sabrosas servidas en mil salsas sazonadas con especias exóticas, los pescados recién pescados y asados, el vino en abundancia, las bailarinas danzando sin descanso y los músicos amenizando cada bocado del interminable festín, que aquélla era una boda de gran relevancia para ella misma, para Egipto y para todo el Mediterráneo. Un enlace bendecido, además, por el Senado de Roma.

Berenice parpadeó, retornó a sí, como si despertara de un extraño trance, y reemprendió la marcha hacia la consumación de su sentencia: tras una boda real, la noche de bodas, resultara deseable o resultara repulsiva, era ineludible.

La reina entró despacio en la habitación.

Al interior de la cámara sólo la acompañaron tres esclavas.

Las que iban junto a la reina empezaron a desnudarla lentamente, mientras que la tercera fue a la mesa del centro de la gran cámara real y sirvió dos copas de vino en dos fantásticos cálices de oro adornados, cada uno de ellos, con las figuras grabadas de un dios: en una copa se había impreso, por el pulso fino y preciso de algún anónimo pero hábil artista, la figura del dios Osiris exhibiendo los atributos propios de los faraones de Egipto, con la *sejemti* o doble corona egipcia del Alto y Bajo Egipto y esgrimiendo el *heka* y el *nejej*, el cayado y el mayal, símbolos del pastor y de la fertilidad de la tierra; mientras que en la otra copa dorada, el mismo artista había tallado con delicadeza extrema una representación de la diosa Isis empuñando en una mano el bastón de papiro y en la otra el símbolo *anj* o la llave de la vida, atributos propios de la gran deidad femenina de Egipto.

La reina se desvestía, las copas se escanciaban y todo esto acontecía mientras él ya estaba allí.

En el centro del lecho. Tumbado. Su enorme panza sudorosa, al descubierto. El olor intenso a atunes que desprendían todos los poros de su cuerpo, su aliento y cualesquiera de los gases que pudiera emitir también estaba flotando a su alrededor. Por eso Berenice se detuvo nada más entrar en la habitación, para desnudarse a distancia, en un desesperado intento por mantenerse lo más alejada posible de aquel ser entre tumefacto y despreciable que Potino le había proporcionado como esposo para, a los ojos de Roma, crear una dinastía que estuviera en manos de un hombre, de un interlocutor que el Senado extranjero, que lo gobernaba todo en el Mediterráneo, pudiera considerar adecuado. Los senadores romanos, por supuesto, no tenían que acostarse con aquella enorme barriga que colgaba como desgajada por los costados de Seleuco VII.

—Eres hermosa —dijo el esposo, que intentaba mostrarse cordial antes de degustar las delicias carnales de un cuerpo, el de Berenice, esbelto y cuidado, como correspondía a una joven reina de Egipto.

Ella, por su parte, no precisaba que aquel montón de carne y mal olor la agasajara con cumplidos que sabía merecidos: todas las princesas y reinas del Egipto tolemaico eran hermosas. ¿Todas? Estaba esa mancha en la familia, esa hermanastra bastarda de Cleopatra con la que su padre había huido a Roma. Una hermanastra repugnante a sus ojos, siempre ensimismada, envuelta en papiros y lecturas, hablando con el bibliotecario de Alejandría y con sus tutores, dándoselas de inteligente y aguda y con esos aires de superioridad cuando sólo era una petulante hija nacida fuera de la dinastía... Pero no, Berenice se sintió obligada a no cerrarse a la verdad y, en su fuero interno, admitió que Cleopatra también era hermosa, como hija de la más bella concubina que su padre Tolomeo XII encontrara en palacio. Pero bastarda de pies a cabeza.

—Ven aquí, esposa mía —dijo ahora Seleuco VII, reclinando su inmensa mole de carne de costado en lo que pretendía ser un gesto amable y torpemente seductor para que ella se le aproximara, tal y como estaba, desnuda.

Ella suspiró. Si, al menos, Seleuco hubiera considerado bañarse después del banquete y perfumar su cuerpo...

—Dejadnos —dijo Berenice a las dos esclavas que la habían desprendido de su vestido nupcial y del resto de finas gasas de lino que la cubrían íntimamente—. Ahora voy, esposo mío —añadió ella con una fingida dulzura en la que extremó no ser descubierta en su desprecio hacia aquel a quien hablaba.

La tercera esclava la esperaba a medio camino entre la puerta y el lecho nupcial con las dos copas de vino, la de Osiris y la de Isis, en sendas manos.

Berenice detuvo sus pasos un instante junto a ella.

—Sal tú también de la habitación —dijo la joven reina a la muchacha al tiempo que tomaba las copas en sus manos pequeñas.

La esclava obedeció y, pronto, los dos esposos quedaron a solas en la gran estancia con el lecho en el centro.

—Ven —insistió él.

Y ella fue.

Y se sentó junto a él y él la besó en la mejilla primero, en la boca, aún sin emponzoñarla con su lengua, aunque eso vendría acto seguido, imparable, irrefrenable, incontenible. El hedor nauseabundo del aliento a pescado muerto de Seleuco VII le generó arcadas a la reina, pero se recompuso y respondió a aquellos acercamientos con una sonrisa.

Una semana.

Eso le había dicho ella a su consejero. Que lo más que podría aguantar a aquella especie de panza con patas pestilente en su lecho sería una semana.

Pero, llegado el momento, siete días se le antojaban un suplicio infinito y un precio excesivo a pagar incluso por mantenerse en el trono de Egipto.

—Toma, esposo mío. —Y le entregó la copa decorada con la figura del dios Osiris—. Brindemos por esta unión que nos perpetuará en el trono de Egipto durante años y que dará a luz una nueva dinastía en la que la sangre de los lágidas de mi estirpe y la seléucida de la tuya se fusionarán para engendrar una nueva raza de reyes eternos que nos conducirá a los tiempos del gran Alejandro, padre de todas las estirpes de Asia.

Y Seleuco bebió feliz de que complacer a su joven y bella esposa requiriera tan poco, y bebió con avidez porque, además, el vino se le antojaba un dulce preámbulo de la degustación de manjares sensuales aún más placenteros.

No dejó ni una gota.

Ella también apuró su copa por completo. Para pasar el trago de estar con aquel hombre barrigudo y seboso, lo mínimo que necesitaba era beber mucho vino. Quizá nublando sus propios sentidos todo aquello pudiera hacérsele más llevadero.

Siete largos días con sus aún más lentas e inacabables noches en brazos de aquel monstruo hediondo.

Seleuco VII, de súbito, tosió.

Se separó de la reina y se sentó en el borde de la cama.

Era como si se hubiera atragantado.

—¿Te encuentras bien, esposo mío? —preguntó ella prolongando su fingida dulzura en su aterciopelada voz de seda.

Él asintió. Se aclaró la garganta un par de veces. Quizá algo se le había indigestado. Percibía un cierto malestar extraño en su interior. Algo que no había sentido nunca. Como si le mordieran por dentro.

Ella lo miraba atenta, como una recién casada genuinamente preocupada por la indisposición de su marido justo antes de iniciar la noche de bodas.

Berenice lo miraba fijamente.

Siete días y siete noches eran un sacrificio demasiado largo.

Pero quien dice siete días, dice seis, o cinco o cuatro.

O tres.

Seleuco VII tosió de nuevo.

—Agh —mascculló, dejó la copa en el suelo, junto a la cama, y se llevó las manos al centro de su inmensa panza, repleta de atún y erizos asados y cabra frita y carnero adobado y frutas exóticas cuyos nombres se empeñaron en explicarle mientras apuraba los platos del gran banquete nupcial.

Seleuco VII estaba convencido de que se había excedido a la hora de ingerir viandas, pero todo estaba tan exquisito...

Berenice puso la suave palma de su mano derecha sobre la espalda de su esposo, mientras que con la izquierda dejaba su copa de Isis en el suelo.

—Tranquilo —le decía ella—. Tranquilo —repetía mientras pensaba que hasta tres días con sus tres noches le habrían parecido un exceso, un tormento tan insoportable como innecesario.

Y quien decía tres podía pensar en dos o, mejor, en un solo día con una única noche, o, por qué no, en una sola y singular velada.

—¡Agggh! —aulló él—. Llama a los médicos. —Ahora estaba seguro de que no era una indigestión como otras que había sufrido en su obeso cuerpo a lo largo de los últimos años. El dolor era punzante, lo reconcomía desde el interior de su estómago como si le estuvieran aplicando la llama de una lumbre por dentro de su piel.

—Tranquilo, amor mío —insistió ella, acompañando su siempre amable voz de una caricia aparentemente muy sentida en la espalda de su dolorido esposo—. Algo te habrá sentado mal. Esperaremos un poco y se te pasará.

Él respiraba agitadamente.

—No, no... Llama a los médicos... ya... —reclamó Seleuco VII y se tumbó de costado, en posición fetal, las manos abiertas sobre la panza sudorosa, mirando hacia las copas del suelo.

—Es tarde para los médicos —respondió ella, siempre dulce, como si en la fingida amabilidad encontrara un deleite adicional.

Él abrió los ojos de par en par. Esos mismos que tenía clavados en las copas del suelo, primero, y, por fin, en una sola, la de Osiris, el dios de los muertos, de la que él había bebido hasta apurar todo su contenido. Y comprendió.

Berenice se permitió seguir acariciándolo.

Y quien dice una única velada como marido y mujer, como rey y reina de Egipto, dice una hora después del banquete de boda.

Seleuco VII no tuvo mucho tiempo entre el descubrimiento clarividente de su fatal destino y su muerte como para maldecir a Berenice mientras ella pronunciaba las últimas palabras que él oiría en su vida:

—Todo terminará pronto, esposo mío. No había necesidad de ser innecesariamente cruel.

Y el desenlace fue, efectivamente, rápido.

Aun así, ella permaneció sentada junto a él hasta asegurarse, observando la inmensa panza, que ésta ya no se movía rítmicamente. En verdad, había mentido: le habría gustado hacerle sufrir más, bastante más, aunque sólo fuera como castigo por aquel pestilente y constante mal olor que desprendía Seleuco incluso ya muerto, pero se decidió por asegurarse una muerte demoledora e incontenible.

Seleuco VII lanzó un último suspiro y la panza, por fin, se detuvo por completo, sin más ascensos ni descensos.

Berenice IV tomó la copa decorada con la figura del dios Osiris y le dio un suave beso en la parte exterior, con cuidado de que sus labios no rozaran ninguna gota de vino que aún pudiera quedar deslizándose libre por aquel cáliz de oro.

—¡Entrad! —dijo en voz alta y, como si las esclavas hubieran estado esperando aquella orden desde el otro lado de la puerta, irrumpieron las tres muchachas de golpe.

—Avisad al consejero Potino de lo ocurrido: el faraón ha fallecido en su noche de bodas por una pesada indigestión —anunció Berenice.

—Sí, mi reina —dijo una de las jóvenes y partió en busca del consejero.

—Y vosotras dos —añadió Berenice IV—, haced que se lleven... eso. —Y apuntó al cadáver—. Y descorred todas las cortinas ya, por todos los dioses, y ventilad y haced desaparecer de mi dormitorio este insoportable hedor a pescado muerto.

XIX

Un nuevo rey, un nuevo pulso

Sur de la Galia belga
57 a. C.

Con la llegada de la primavera, César ordenó el avance de las ocho legiones de su ejército hacia el noroeste, en busca de la Galia belga. Se trataba de las seis grandes unidades militares veteranas de las campañas del año anterior, junto con las recién reclutadas XIII y XIV.

Había esperado al buen tiempo porque necesitaba que las tierras se deshelaran y que, con la subida de las temperaturas, apareciera la hierba en los campos, de modo que los animales de transporte, los caballos de la caballería y el ganado, que se llevaba como carne o para producir leche, tuvieran suficiente pasto para sobrevivir durante el trayecto.

Los ejes de las ruedas de los carros crujían al rodar cargados hasta los topes con grano proporcionado por los eduos y otras tribus de la Galia céltica, pero César sabía que, pese a todo aquel esfuerzo, lo que transportaban en los bagajes, por muy pesado que pudiera ser, no era suficiente para abastecer a ocho legiones durante toda una campaña de primavera y verano. Los belgas siempre habían repelido los ataques de los germanos y se habían mantenido muy independientes con respecto a los galos del sur, de forma que el procónsul preveía una resistencia feroz. Si quería ganar él aquel pulso militar y logístico, necesitaba fuentes de aprovisionamiento en la misma Bélgica.

Divide et impera era su forma de conducirse en aquella idea, aún inverosímil para la mayor parte de sus oficiales, de controlar todos los territorios al sur del Rin. Había negociado con los remos, una tribu belga con profundas desavenencias con los suesiones del rey Galba, que lideraba la resistencia contra Roma. César les ofreció un trato de favor si colaboraban con él: respetaría sus tierras, todas sus propiedades y a todos los miembros de su tribu y les daría beneficios comprándoles grandes cantidades de grano que necesitaba para sus tropas. A cambio, éstos debían entregar rehenes y el cereal demandado como muestra de que estaban de acuerdo con aliarse con Roma.

Los remos aceptaron.

—Ahora tenemos un nuevo Bibracte en el norte —anunció César con entusiasmo en el *praetorium* de campaña.

—Tu política de dividirlos funciona —admitió Labieno poniendo su mano derecha sobre el hombro del procónsul, un gesto que César sólo le permitía a aquel que era, con diferencia, su mejor amigo y su hombre de mayor confianza.

Centro de la Galia belga
Campamento del rey Galba

Galba estaba en medio de otra interminable reunión de los diferentes jefes de las tribus de la confederación belga: el procónsul romano se había aliado con los remos y contaba con su apoyo para abastecerse de provisiones en el sur de la Galia belga. Aquello no era un buen principio, pero explicaba la ausencia de los remos de la confederación que él había conseguido aunar contra los romanos.

Una de las ventajas de las que disponían era que Bibracte, la capital de los eduos y principal bastión aliado de los romanos en la Galia céltica, desde donde procedía la mayor parte de sus suministros, estaba lejos de su territorio. Que el romano se hiciera fuerte con los remos como colaboradores en la propia Bélgica era grave. Pero las opiniones de unos líderes tribales y otros diferían. Galba escuchaba.

—¡Hay que atacar, por Belenus! —proponía el jefe de los belovacos.

—Nooo, hemos de esperar a que se nos unan el resto de las tribus —se oponía el jefe de los atrebates.

Y así, unos a favor y otros en contra, discutieron largo tiempo hasta que, por fin, todas las miradas se volvieron hacia él, Galba.

El rey de los suesiones tenía decidido el modo en el que debían proceder, pero había querido dejar que todos se expresaran y, sobre todo, se desahogaran y tuvieran también su dosis de protagonismo, tal y como precisaban todos y cada uno de los vanidosos jefes. Pero él disponía de más información que el resto.

—El romano ya nos está atacando. —Todos lo miraron extrañados: nadie sabía que hubiera legionarios ya en la Galia belga—. No directamente, sino mediante los eduos —aclaró Galba, como si interpretara los pensamientos del resto de jefes, y se acercó a un mapa dispuesto en el centro del cónclave para ir identificando en él los lugares o las tribus a los que aludía—. Ha enviado a Diviciaco, el *vergobreto* de los eduos, a atacar posiciones de otras tribus próximas a los remos, por un lado, para defender a sus nuevos aliados de ataques de sus vecinos y, por otro, para forzar a estas otras tribus a defenderse y así evitar que puedan reunirse con nosotros. Por eso han faltado muchos a nuestra llamada, porque ya están en guerra.

—Nos está dividiendo —dijo el líder de los belovacos.

—Nos está dividiendo —confirmó Galba, satisfecho de que alguien más comprendiera la estrategia del enemigo.

—¿Y qué hacemos, entonces? —preguntó otro de los jefes.

—Atacar, sin duda —respondió Galba, categórico, y volvió de nuevo a señalar en el mapa—. El romano está a la altura de Durocortorum,* la capital de los remos. Yo propongo atacar Bibrax,** la segunda ciudad en importancia de esa tribu y que se encuentra más al norte, junto al río Axona. —Pero podía observar que algunos jefes parecían inquietos ante aquel plan. Por eso prosiguió con más explicaciones—: Con este ataque conseguiremos varios objetivos a la vez. En primer lugar,

* Muy probablemente Reims, en la actual Francia.

** Se corresponde con el yacimiento arqueológico de Saint-Thomas, en el departamento francés de Aisne.

mandamos un mensaje a cualquier otra tribu que piense en unirse al romano: sus ciudades serán arrasadas por nuestro ejército. En segundo lugar, al hacernos con Bibrax, destruiremos un segundo punto de abastecimiento para el avance del ejército romano. Y, en tercer lugar, Bibrax es susceptible de ser tomada por la fuerza, y una victoria allí fortalecerá el ánimo de nuestros guerreros, al tiempo que hará pensar al romano si le merece la pena seguir adentrándose en nuestro territorio. En el pasado, contra teutones, cimbrios, ambrones y otros invasores, ataques de este tipo fueron suficientes para hacer que todos ellos se desviaran y nos dejaran en paz.

La cadena bien hilada de argumentos a favor de aquella ofensiva terminó por convencerlos a todos. Bibrax, ciertamente, parecía una fortaleza asequible, una buena presa con la que mostrar a Roma el poder de la confederación belga frente a cualquiera que se atreviera a desafiarlos.

En las proximidades de Durocortorum
Campamento general romano del ejército desplazado a la Galia
Praetorium

César leía cartas. Su madre, con una letra diferente a la habitual, algo que le extrañó, comentaba la vida familiar: Calpurnia parecía comportarse como un perfecto apoyo para su madre, y eso lo hizo feliz. No había amor entre él y Calpurnia, pero sí una sensación de respeto mutuo que, por las acciones de Calpurnia, parecía tener posibilidades de perdurar en el tiempo. Quizá ella, cuando regresara a Roma, le proporcionara también ese hijo, ese heredero de la familia Julia que tanto anhelaba, que tanto necesitaba... Pero su madre seguía hablando ahora, precisamente, de Julia:

> Aunque el matrimonio con Pompeyo fue a disgusto tuyo por temor a que éste la maltratara, puedo confirmarte que nada de eso ha ocurrido: Julia nos visita con regularidad y Pompeyo también accede a mis visitas a su casa sin problema alguno. No sabría decirte si Julia es plenamente feliz: a veces percibo algún tipo de sombra en su faz, como si algo oculto la preocupara, algo que no comparte conmigo, pero pue-

do confirmarte que, a mis preguntas sobre el trato que recibe de su esposo, siempre responde confirmando que Pompeyo es, en todo momento, correcto con ella. Quizá sea que aún no ha quedado embarazada y eso la preocupe. Julia sabe, como tú, como yo y como el propio Pompeyo, que un hijo suyo con él sellaría definitivamente la paz entre vosotros dos y sería el mejor servicio que podría hacerte a ti, a la familia y a Roma. Intuyo que la muchacha siente esa enorme responsabilidad sobre sus hombros.

Luego su madre pasaba a la política. En este ámbito no le desvelaba nada nuevo. Él ya sabía del exilio forzado de Cicerón por parte de Clodio. En este contexto, no obstante, su madre añadía un comentario sobre la tensión en la ciudad que le llamó la atención:

> Clodio está radicalizado y, si bien el destierro de Cicerón es algo que puedo ver con buenos ojos, está tensionando toda la política en extremo y ni Craso ni Pompeyo parecen tener intención de intervenir para serenar los ánimos. Son muchos ya mis años y la experiencia me dice que la radicalidad nunca conduce a nada bueno. Ha entrado en el juego de la violencia otro tribuno de la plebe, un tal Milón, seguramente financiado por Cicerón desde su exilio. Hay disturbios con frecuencia.
>
> Por cierto, habrás notado que ésta no es mi letra. Estoy bien, pero últimamente mi pulso no es el de antes y he optado por dictar mis cartas al esclavo *atriense*.

Cerraba la carta con una despedida afectuosa.

César no dio demasiada importancia al asunto de que el pulso de su madre no fuera el de antes: en su cabeza, Aurelia era tan resistente como la más dura de las guerreras amazonas que uno pudiera imaginar, y no preveía que ningún mal pudiera sobrevenirle, al menos, en mucho tiempo. Lo de la aparición de ese nuevo dado en la partida del poder llamado Milón, lo registró bien en su cabeza.

Pasó, entonces, a una carta amable de Calpurnia y luego a una más intensa de su propia hija: en esta última misiva, Julia confirmaba todo lo dicho por su madre, pero no desvelaba nada que aparentemente pudiera ser objeto de su preocupación. Comentaba las idas y visitas de personas influyentes a casa de su esposo: el veterano *legatus* Afranio, el siempre oscuro Geminio, que seguía asesorando a Pompeyo, y el faraón exiliado Tolomeo XII, acompañado por su hija Cleopatra. El asunto de Egipto era importante para el futuro de Roma. César leyó esta parte con mucho interés, pues Roma crecía y crecía y necesitaba cada vez más abastecimiento de grano, y Egipto, sin duda, era el lugar idóneo para conseguir todo lo que la gran urbe necesitaba. Sicilia y el norte de África ya no eran suficientes, y mucho menos el *ager Campanus* y el resto de los campos de Italia. Julia hablaba de las negociaciones de Pompeyo con Tolomeo, pese a que el Senado parecía seguir apoyando a Berenice, entronizada como reina por los sacerdotes y aceptada, aparentemente, por el pueblo de Alejandría, dolido con el depuesto Tolomeo XII por la cesión de Chipre a Roma. Julia dedicaba varias líneas a la pequeña princesa Cleopatra, a quien él no conocía: parecía que la adolescente egipcia hubiera, de un modo u otro, conquistado el corazón de Julia. A César, como padre, le gustó la sensación de que su hija, más allá de la familia, hubiera encontrado a alguien que, aunque más joven que ella, parecía estar a su altura en conversación y agudeza. Todo, pues, daba muestras de estar bien, hasta que, de pronto, una última línea lo incomodó. En esa línea estaba la sombra que oscurecía el ánimo de Julia y que su madre había percibido, pero sin poder identificar el origen de aquella inquietud escondida. No obstante, en aquella frase todo quedaba meridianamente claro para él:

Mlimbfrp ybhdxp qb lzzfaob rrhq.

Su hija había recurrido al código secreto que él le enseñara antes de partir hacia Rodas. César no necesitó ni un instante para descifrar el mensaje y transformarlo en su cabeza en un latín claro y directo:

*Pompeivs belgas te occidere vvlt.**

Se sintió invadido por la inquietud, pero no por el contenido mismo del mensaje, pues para él los malos deseos de su yerno para con

* «Pompeyo quiere que los belgas te maten».

él no suponían ningún desvelo adicional, sino porque su hija se sintiera obligada a transmitir aquella preocupación suya en un código cifrado.

Tienda de campaña del *legatus* Labieno

Labieno estaba leyendo su propio correo con cartas de su esposa y otros familiares. Emilia le contaba que su hijo Quinto iba creciendo recio y fuerte, de modo que pronto sería un gran orgullo para su padre, en quien el muchacho se miraba con intenciones de emular lo que veía. También le rogaba que se cuidara y que intentara, en la medida de lo posible, evitar las situaciones de riesgo innecesario, siempre que esto no contraviniera las órdenes del procónsul y amigo Julio César, y nunca cayendo en los vergonzantes brazos de la cobardía.

En ese momento, entró un centurión.

—¿Qué ocurre? —preguntó Labieno. Estaban cerca ya de la *prima vigilia* y no eran, en consecuencia, horas de traer informes, a no ser que se tratara de algo urgente.

—Los belgas... se disponen a atacar Bibrax, la ciudad de los remos, y éstos han venido. Quieren entrevistarse con el procónsul, pero a estas horas estará descansando.

Labieno asintió.

—Tráelos aquí.

Praetorium

Labieno entró en la tienda del alto mando. Encontró a César sentado en un *solium*, apoyada su espalda en el respaldo y con la mesa repleta de cartas. Las observó por inercia, sin pretender leer nada de lo que había en ellas, pero, inevitablemente, aquella línea final de la misiva que César aún sostenía en sus manos, totalmente incomprensible, le llamó la atención.

Era como si aquella carta terminara en una lengua del todo desconocida. Pero no dijo nada.

Había otras urgencias.

—Galba, con los suesiones y otras tribus, está avanzando contra Bibrax, que es la segunda ciudad de los remos y...

—Sé lo que supone Bibrax para los remos —lo interrumpió César y apartó las cartas a un lado, dejando al descubierto el mapa de la Galia céltica y belga—. Pero Bibrax está lejos para asistirla —apostilló arrugando la frente.

—Quizá, *magnis itineribus*, a marchas forzadas, pudiéramos llegar con las legiones en... —Estaba calculando los días, pero no se aventuraba a dar una fecha exacta. No conocían bien el terreno y aún estaban los caminos embarrados por las últimas lluvias.

—No, no llegaríamos a tiempo de ayudarlos —descartó César—. Mover ocho legiones es lento. Es una formidable fuerza de choque, pero es como un elefante que caminara con la lentitud de la tortuga. Hay que tener presente siempre el asunto de los bagajes con suministros para tantos legionarios.

Y guardó silencio mientras miraba el mapa, pensativo.

—Los remos piden ayuda. Son ellos mismos los que han venido hasta nuestro campamento con la información —apuntó Labieno, lamentando tener que poner más presión a su amigo, pero los jefes tribales habían reclamado la intervención romana con insistencia y Labieno sentía que tenía que transmitir la urgencia de aquella demanda con nitidez—. Dicen que se ven atacados por su alianza con nosotros.

—Y así es, sin duda —confirmó César—. Y debemos asistirlos, y asistirlos bien, o ninguna otra tribu querrá colaborar con nosotros ni aquí ni en ningún otro lugar de la Galia, y eso es algo que, por Hércules, no podemos permitirnos.

Labieno suspiró algo más aliviado, viendo que su amigo veía claro que se debía atender la reclamación de los remos. Lo que no era tan evidente era cómo hacerlo de una forma efectiva. César llevaba razón en que trasladar ocho legiones era lento.

—No llegaremos a tiempo con todo el ejército —reiteró César—, pero iniciaremos mañana mismo el avance de las ocho legiones hacia el norte. Los remos nos han abastecido bien y estamos pertrechados con todo lo necesario, pero, como ese avance se hará demasiado despacio, enviaremos varias unidades esenciales por delante para que ayuden a los remos de Bibrax en la defensa de su ciudad. Bibrax está fortificada, ¿no es así?

—Eso me han confirmado, pero sin suficientes muros ni defensores para resistir un ataque del numeroso ejército que ha reunido Galba.

—Eso nos lo pone difícil... —admitió César—, pero enviaremos a los honderos baleares, los arqueros cretenses y los jinetes númidas. Todos ellos se podrán desplazar mucho más rápido que el grueso de las legiones y llegarán a Bibrax antes que el ejército enemigo. Con estos efectivos, Bibrax podrá resistir hasta que lleguemos con las ocho legiones.

—Y todas las tribus belgas verán que el procónsul de Roma ayuda a los que están de su lado —destacó Labieno.

—Exacto —sentenció César.

XX

Comprando carne humana

Capua
57 a. C.

Las tres puntas oxidadas del tridente del *retiarius* llevaban más muerte en su suciedad que en su cortante filo, aunque eso no lo supiera ninguno de los dos gladiadores en liza. Si no, no se exhibirían en combate con armas reales, sino con las de madera de los entrenamientos.

—¡Agggh! —aulló el *secutor* al sentir el golpe del hierro del tridente en uno de sus brazos. Su poderosa armadura le salvó de un corte que habría supuesto la muerte.

Pero la exhibición continuaba: el *secutor* contraatacó con varios mandobles de su pesada espada que hicieron retroceder a su oponente a la espera de una nueva ocasión de sorprenderlo.

Clodio se había desplazado fuera de Roma, hacia el sur, hasta Capua, legendaria en aquella época por ser el origen de la mayor rebelión de esclavos que sufriera nunca la República, en busca de carne humana de combate. Después de lo acontecido en Roma recientemente y de su incapacidad para derrotar a los hombres de Milón, había decidido fortalecer su banda de criminales a sueldo con fornidos gladiadores que sembraran el terror entre sus opositores políticos y entre las filas de sus sicarios. Si querían una guerra total por las calles de Roma, tendrían una guerra total.

Coincidía, además, que su hermano Apio se había hecho cargo del colegio de gladiadores de aquella ciudad, una escuela de lucha maldita desde la rebelión de Espartaco, pero era evidente que, para la familia de Clodio, lo maldito o el escándalo carecían de la más mínima importancia mientras proporcionara dinero o poder, o ambas cosas al tiempo.

Clodio se hizo acompañar por su mujer Fulvia y por su hermana Clodia. Por un lado, por seguridad: no era sensato dejar a familiares tan cercanos en una Roma donde Milón podría campar más a sus anchas que nunca motivado por su ausencia temporal. Por otro lado, sus celos le impedían dejar a su joven y hermosa esposa Fulvia a solas en la ciudad. Ya receló en el pasado de que tuviera algún tipo de relación íntima con alguno de sus hombres, en particular con aquel Marco que, no obstante, tan bien lo sirviera combatiendo en las calles de Roma cuando trabajaban directamente para César. Nunca tuvo pruebas de su posible adulterio. Tampoco las buscó. Al final, la huida de aquel Marco, al verse perseguido por sus acreedores de deudas de juego, puso fin a sus sospechas sobre aquel asunto, pero, en cualquier caso, prefería no dejarla a solas, no fuera a aprovechar su ausencia para dejarse cortejar por algún otro apuesto buscavidas de los muchos que pululaban por Roma. Sabía de las intensas ansias sexuales de Fulvia. Las disfrutaba cuando ella quería compartirlas con él, pero, a la vez, lo llenaban de dudas sobre su fidelidad si se separaba de ella.

También se hizo acompañar de Clodia, su hermana, en un intento por apartarla de sus amoríos adúlteros con el poeta Catulo. Pensó que alejarla de Roma y de los lascivos versos de aquel rapsoda de la lujuria podría ayudar a calmar la natural tendencia de su hermana al escándalo. No era él, después de la Bona Dea, quién para intentar reconducir la mala conducta moral de nadie con un discurso sobre rectitud y decencia, pero ya tenía bastantes problemas políticos como para que su hermana diera más armas aún a sus enemigos con su más que reprobable estilo de vida. Además, Clodia no sabía diferenciar el hecho de actuar de un modo escandaloso, como hizo él en la Bona Dea, por una motivación política y financiera, del mero hecho de generar el escándalo por el simple placer de hacerlo. Las peleas con su marido, Metelo Céler, por las notorias infidelidades de ella y la reciente y misteriosa muerte de él, según muchos envenenado por Clodia, llevaron a su hermano a la cumbre de la inmoralidad en Roma. Y ahora, su relación con aquel maldito Catulo, un poetastro sin mérito, obsceno y vulgar por el contenido de sus versos, a ojos de Clodio y de muchos más, incapaces todos ellos de valorar su pericia en el uso del trímetro yámbico escazonte en su métrica.

Pero la exhibición gladiatoria proseguía.

El *secutor* fue trabado por la red que portaba el *retiarius* y tropezó, permitiendo que este último llevara las tres puntas de su tridente oxidado hasta su garganta. Era una victoria clara.

Los dos gladiadores, vencedor y vencido, miraron hacia su dueño.

—¡Suficiente! —exclamó Apio, y los dos guerreros se separaron, permitiendo el *retiarius* que el *secutor* se alzara sin herirlo más.

—Lo del luchador con la red y el tridente es nuevo, no lo había visto nunca —dijo Clodio.

—Me gusta innovar —respondió Apio, sonriente—. Como ves, pelean bien.

Clodio asintió.

A unos pasos de distancia, tomando algo de queso y vino de una mesa instalada en el palco de aquel anfiteatro de madera de la escuela de lucha, Clodia se dirigió a su cuñada.

—¿Has visto cómo sudan? —dijo en referencia a la piel húmeda de los gladiadores tras el combate—. Dicen que su sudor es un afrodisíaco. ¿Tú qué crees?

Fulvia se encogió de hombros.

—No sabría decirte. Se dicen tantas cosas...

—Quizá debiera hacer que Catulo beba algo de ese sudor a mi regreso a Roma —añadió Clodia y se echó a reír.

Fulvia la acompañó en la carcajada con una amplia sonrisa. Era obvio que el proyecto de su hermano de que Clodia se olvidara de aquel poeta no estaba funcionando. Su marido fracasaba últimamente en muchos frentes. En demasiados. Y eso la agotaba. Ella se sentía nacida para estar con un ser victorioso, como lo fue su esposo en un principio, pero, desde la aparición de la banda de Milón, todo estaba cambiando. Quizá con la incorporación de los gladiadores todo volvería a ser como antes. ¿Habría entre ellos alguno tan efusivo como Marco, el huido Marco?

Separados de las mujeres, Clodio y Apio proseguían hablando de negocios.

—¿Cuántos quieres llevarte? —preguntó Apio.

—Todos. —Fue la contundente réplica de Clodio.

—El precio será alto.

—¿Cuánto?

Apio se lo dijo.

—De acuerdo —aceptó Clodio sin regatear siquiera, pero añadió un matiz—: La mitad ahora y la otra mitad cuando hagan su trabajo.

Apio arrugó la frente.

—¿Cuál es ese trabajo? —inquirió.

Clodio se lo explicó.

Su hermano negó entonces con la cabeza y se mostró tajante en su réplica.

—No. Todo el dinero por adelantado, o llévate la mitad de los hombres, si eso es todo lo que puedes pagar.

Apio sabía de la soberbia de su hermano y contaba con que el comentario hiriente hiciera el deseado efecto.

—Pagar, puedo pagártelo todo, si quiero —dijo Clodio con la altivez esperada y miró a uno de sus esclavos, que, de inmediato, se acercó con un pequeño cofre y se lo entregó a Apio.

Cuando el hermano de Clodio abrió aquella pequeña caja dorada, decorada con remaches de plata representando al dios Plutón, y vio el interior lleno de monedas de oro, respondió con convencimiento:

—Cierto, veo que puedes pagar la totalidad, si quieres: llévatelos, pues, a todos. Ya me haré con más gladiadores.

Tras la exhibición y la compra, Clodio, Fulvia y Clodia descendieron, cada uno en su cómoda litera portada por esclavos obedientes, hasta el puerto donde pensaban embarcar de regreso a Roma. Bajaron de sus transportes y anduvieron por el muelle en dirección al navío mercante. Fulvia, que apenas había intercambiado palabra alguna con su marido en toda aquella jornada, se le aproximó por la espalda.

—¿No era en esta ciudad donde se inició la rebelión de esclavos liderada por aquel gladiador...? ¿Cómo se llamaba...?

—Espartaco —respondió Clodio volviéndose para mirar a su esposa.

—Sí, por Hércules, ése era el nombre —asintió ella—. ¿No era de aquí? —insistió.

—Sí —confirmó Clodio mientras la tomaba de la mano y empezaban a ascender por la escala de madera que los conducía a la cubierta del barco—. Esto es, Espartaco fue entrenado aquí. Otra cuestión es el origen de aquel rebelde. Dicen que fue capturado en Tracia.

—Pero está muerto, ¿verdad? —inquirió ella ahora con curiosidad.

—Eso dijo Craso —admitió Clodio—, aunque nunca pudo exhibir su cadáver por las calles de Roma como era su deseo, pues no encontraron su cuerpo tras la batalla del río Silaro.

XXI

Bibrax

Bibrax, territorio de los remos
La Galia belga
57 a. C.

Iccio, el remo líder de los defensores de la ciudad, observaba el inmenso ejército de tribus belgas comandadas por Galba aproximándose: eran decenas de miles de guerreros. Aunque la ciudad estuviera fortificada, veía difícil resistir por mucho tiempo: o llegaba ayuda, y no sólo de los remos del sur, sino también de los romanos, o su población sería arrasada.

Había recibido mensajeros anunciándole que el procónsul acudía en su ayuda, pero ellos sabían que el poderoso ejército romano se movía lentamente y que era imposible que llegara a tiempo de salvarlos, cuando, de pronto:

—¡Mirad! —gritó uno de los centinelas de la parte sur de la muralla.

Hasta allí fueron Iccio y los demás líderes del *oppidum*, y pudieron ver cómo varios centenares de jinetes se acercaban al trote seguidos de cerca por numerosas tropas de infantería ligera que iban tras la estela de la caballería, casi corriendo. No eran las legiones, pero eran, sin duda alguna, mejor que nada.

—Abrid la puerta sur —ordenó Iccio.

Los jinetes númidas irrumpieron en las calles de Bibrax y, tras ellos, armados con sus grandes arcos, los guerreros cretenses y, en un tercer grupo, un centenar de honderos baleares. Sin apenas preguntar, los arqueros empezaron a distribuirse junto con los honderos por toda la muralla norte, guiados por los propios guerreros de Bibrax. A los remos de la ciudad les impresionó ver cómo aquellos arqueros y honderos no se inmutaban ni mostraban temor alguno pese a divisar, como ellos, a decenas de miles de belgas de otras tribus acercándose para asaltar la fortificación.

El ataque era inminente.

—¡Preparad las hondas! —ordenaron los oficiales que lideraban la unidad de honderos baleares.

—Y abrid las puertas un momento —reclamó uno de los oficiales de la caballería númida—. Vamos a hacer una salida. Cerradlas en cuanto las crucemos y, cuando regresemos con todo el ejército enemigo tras nosotros, dejadnos entrar y cerradlas de nuevo cuando haya pasado nuestro último jinete que retorne vivo de la lucha.

Los jefes del *oppidum* y los guerreros que controlaban la apertura y cierre de las puertas miraron hacia Iccio. Éste asintió.

Era evidente que aquellos hombres tenían todo planeado. Iccio no tenía claro que aquello bastara para detener el ataque enemigo, pero mejor que fueran los soldados enviados por César quienes asumieran el riesgo y el peso del combate, a eso no iba a negarse.

Ejército de la confederación belga

Galba pudo ver cómo las puertas de Bibrax se abrían y cómo por ellas salían numerosos jinetes enemigos.

Arrugó la frente mientras escudriñaba los movimientos de aquella inesperada caballería.

—No son remos —dijo uno de los líderes tribales que estaba junto al rey.

—No, no lo son —certificó Galba, lo que lo dejó pensativo: ¿había más extranjeros dentro de Bibrax? ¿De dónde procedían? ¿Y en qué cantidad? Su origen sólo podía estar entre las tropas del procónsul romano.

—Da igual, no son muchos —insistió otro de los jefes de tribu.

—Ataquémoslos igualmente —propuso otro con arrojo en la voz.

Galba no lo veía claro, pero era cierto que los jinetes que habían hecho aquella salida no superaban los doscientos y nada tenían que hacer contra la confederación belga.

Galba no pudo encontrar razones para denegar el ataque.

Caballería númida

Los jinetes enviados por César recibieron la embestida de los belgas sin demasiado afán de lucha. En cuanto se vieron ante una fuerza enemiga inmensamente superior en número, tiraron de las riendas e hicieron que los caballos giraran e iniciaran un veloz galope de regreso a Bibrax.

Vanguardia belga

La retirada de la caballería enemiga envalentonó aún más a los jefes de tribu que lideraban aquel ataque a Bibrax.

—¡A por ellos, por Taranis!

—¡A por ellos! —gritaban unos y otros con auténtica rabia. Tenían ganas de verter sangre de aquellos extranjeros que se habían sumado a los rebeldes remos en contra de ellos.

Los belgas avanzaron a la carrera, pero no pudieron dar alcance, por mucho que se esforzaran, a aquellos jinetes cuyos caballos volaron sobre la pradera hasta llegar de nuevo a la ciudad y cruzar las puertas.

Los guerreros belgas arrojaron jabalinas y algunas piedras con la intención de herir a los que huían, pero apenas acertaron a derribar a media docena de númidas. En el afán de la persecución, casi sin darse cuenta, se encontraron al pie de las fortificaciones de la ciudad.

Retaguardia belga

Galba lo observaba todo desde la distancia.

Y no le gustaba: tenía a más de mil hombres bajo las fortificaciones de Bibrax y ninguno de ellos llevaba un solo escudo en alto, tan absorbidos como habían estado en la persecución de los jinetes enemigos.

Muchos de ellos, incluso, los habían arrojado al suelo para correr con mayor presteza, más ligeros.

En lo alto de las murallas de Bibrax

Los oficiales cretenses aullaron al unísono:

—¡Ahora!

Y lo mismo hicieron los de los honderos baleares:

—¡Largad, largad!

Iccio y el resto de los líderes de los remos asistían a aquella exhibición militar como privilegiados espectadores.

Vanguardia belga

Un alud de flechas y proyectiles de honda cayó sobre los desprevenidos guerreros belgas.

—¡Aggghh!

Caían por decenas.

Heridos.

Muertos.

—¡Retirada, retirada, por Belenus! —ordenaron los jefes tribales.

Retaguardia belga

Galba lanzó un largo suspiro al tiempo que negaba con la cabeza y miraba al suelo: habrían perdido, al menos, cien o doscientos hombres, entre muertos y heridos. Y de la forma más estúpida. Sin conseguir nada, más allá de cinco o seis jinetes enemigos derribados.

—Somos muchos —dijo mirando a los jefes de tribu que regresaban del ataque—, pero, si luchamos así, no duraremos ante los romanos ni una semana.

Se hizo el silencio alrededor del rey.

Hasta que, uno tras otro, algunos jefes se atrevieron a hablar de nuevo.

—¿Y qué hacemos?

—¿Ya no atacamos la ciudad?

Galba los miró muy serio.

—Atacamos, claro que atacamos —aceptó el monarca—, pero con orden.

En lo alto de las murallas de Bibrax

—Regresan —alertaron los centinelas remos.

Las otras tribus belgas volvían a arremeter contra las fortificaciones de la ciudad, pero se aproximaban bien protegidos con los escudos en alto y parecían portar, además, algunas escalas con las que quizá intentaran acometer el asalto de las murallas.

—Esta vez no será tan fácil repelerlos —comentó Iccio y miró a los oficiales cretenses enviados por César.

Éstos ya estaban dando órdenes a sus hombres:

—¡Apuntad bien, entre los escudos!

—¡Los honderos, haced lo mismo, apuntad entre los escudos! —vociferaba un oficial de los baleares.

Aunque todos sabían que ahora el margen de acierto en el rostro o el cuerpo de un enemigo era estrecho, nadie dejaba de concentrarse y apuntar con esmero.

—¡Largad, largad!

La andanada de flechas y proyectiles cayó sobre los enemigos, pero, en esta ocasión, como era previsible, quedó en poco.

Las primeras escalas empezaron a ser lanzadas por los belgas que llegaban a la base de la fortificación, pero los guerreros remos, que ya tenían ganas de intervenir directamente en la lucha, se las ingeniaban para devolverlas hacia el exterior de la ciudad antes de que pudiera trepar nadie por ellas.

Pero sólo era el principio.

El rey enemigo podría lanzar miles de guerreros contra ellos...

—¡Los escudos no son fuertes! —exclamó uno de los arqueros cretenses y todos entendieron: los arcos de aquel grupo de la élite militar de las legiones romanas eran diferentes a los del resto del mundo. Elaborados con hueso y tendones de animales, y de mayor tamaño del habitual, arrojaban los dardos a una velocidad muy superior a la de cualquier otro arco conocido.

—¡Apuntad a los escudos!

Y dispararon.

Vanguardia belga bajo los muros de Bibrax

—¡Aggh! —aullaban los heridos.

Las flechas enemigas atravesaban los escudos con facilidad, hiriendo brazos, cuando no cabezas. Nuevamente, hubo numerosas bajas, más heridos que muertos, pero demasiados para ni tan siquiera haber conseguido alcanzar lo alto de las murallas.

Retaguardia belga

Galba ponderaba si merecía la pena perder más hombres para intentar hacerse con aquella ciudad: desde el punto de vista simbólico, sin duda, conseguirlo era importante, pues mandaría un duro mensaje a cualquier otra tribu que osara aliarse con el procónsul romano, pero el coste en vidas...

—Las legiones romanas están a un día de marcha, mi rey —anunció uno de los guerreros de las patrullas que Galba había enviado hacia el sur para tener una idea de la distancia a la que se encontraba el grueso del ejército romano.

Un día.

Un día no era suficiente para conseguir conquistar por asalto Bibrax, no, al menos, con aquellos malditos arqueros y honderos en lo alto de sus fortificaciones.

—Que se replieguen todos —ordenó Galba.

—¿Nos retiramos sin más? —preguntó sin ocultar su indignación el jefe de los belovacos—. Eso dará alas al romano.

—Sin más, no —replicó Galba, pero no le precisó al jefe belovaco a qué se refería con aquella enigmática réplica.

Ejército romano

César iba en vanguardia de las ocho legiones desplazadas a la Galia en ruta a Bibrax.

Todo marchaba según sus planes: el avance de las legiones era lento por los caminos embarrados, pero los informes que llegaban desde Bibrax anunciaban que la ciudad resistía y que los cretenses, baleares y númidas, en unión con los remos, estaban forjando una defensa férrea.

Pero, de pronto, algo pasó: el paisaje empezó a cambiar de forma brusca y donde antes había praderas, pequeñas granjas, ganado y campos de cultivo, comenzaron a ver tierras quemadas, casas incendiadas y animales muertos.

A César le llegaron nuevos informes positivos sobre Bibrax, en los que se explicaba que la confederación belga se había retirado y desistía en sus pretensiones de capturar la ciudad.

Eran muy buenas noticias.

Demasiado buenas.

Sobre todo viendo el paisaje de destrucción por el que avanzaban.

—Ya sabemos por qué se retiran —dijo Labieno.

—Sí, han cambiado de estrategia —apuntó César sin dejar de mirar la desolación que los envolvía—. Han hecho un repliegue táctico, pero se han esforzado en no dejar ni pasto ni campos de cultivo ni granjas ni animales que pudieran abastecernos en nuestro avance hacia el norte.

Balbo y el joven Craso escuchaban la conversación de sus dos superiores, atentos, pero sin atreverse a intervenir.

—Avanzar más por territorios quemados no me parece buena idea —dijo Labieno.

—No, no lo es —admitió César, y dejó de caminar mientras analizaba el terreno a su alrededor. El río Axona estaba por delante y, más allá, la ciudad de Bibrax, destino de su avance hasta aquel momento, pero todo el campo entre ellos y la fortaleza estaba quemado, arrasado, devastado.

—Llamad al joven ingeniero —dijo César en una respuesta que sorprendió a Labieno y al resto de los oficiales.

Vitruvio apareció al poco tiempo por orden de Balbo.

—Quiero un puente ahí, sobre el río, protegido por un pequeño campamento, y el campamento general, al otro lado, grande, para las ocho legiones, con esa ladera en el frontal de la fortificación y el río a la espalda. De ese modo resultará muy difícil que nos ataquen por ese lado, especialmente si, además, controlamos el puente que construyas.

Vitruvio tomaba nota mental de todo lo que César estaba demandando y asentía.

—¿Está todo claro? —preguntó el procónsul mirando primero al ingeniero y, acto seguido, a Balbo, quien, como *praefectus fabrum*, estaría encargado de supervisar todo lo relacionado con la construcción del campamento y el puente.

Balbo también cabeceó afirmativamente.

—Tú —continuó César dirigiéndose ahora a Craso— organizarás patrullas con nuestros jinetes romanos. Quiero saber en todo momento dónde está el ejército belga. No quiero sorpresas.

Craso se llevó el puño al pecho.

—Nos haremos fuertes aquí —concluyó César mirando, por fin, a Labieno.

Su amigo asintió.

—¿Y esperaremos a que nos ataquen? —preguntó.

—Y esperaremos a que nos ataquen —confirmó César.

Labieno, viendo la devastación que los rodeaba, consideró aquella estrategia razonable y prudente.

Los dos hombres se situaron en un altozano desde el que podían contemplar todo cuanto se realizaba en torno a ellos: Craso, reuniendo jinetes para las patrullas; Balbo, organizando la construcción del campamento, y Vitruvio, acercándose hasta el río para buscar, seguramente, el mejor emplazamiento para el puente.

—Observé que la línea final de una de tus cartas estaba en una lengua extraña —comentó Labieno, por pura curiosidad y por entretener el tiempo en conversación con su amigo.

—Era una carta de mi hija —explicó César, que no se sintió molesto por lo inquisitivo de aquel comentario; de hecho, le dio una idea—. Está escrita en un código secreto que le enseñé cuando era niña, antes de que partiéramos hacia Rodas. Desde entonces lo usamos en ocasiones para comunicarnos sin que nadie más nos entienda. Quizá podría compartir contigo ese código y nos valdría para escribirnos en clave cuando estemos separados.

—Parece una buena idea —admitió Labieno, pero él no era muy desenvuelto con las lenguas, esto es, con otras que no fuera el latín—. Pero no sé si seré capaz de aprendérmelo.

—Es sencillo —respondió César con sus ojos fijos en la figura de Vitruvio, que había llegado al río—. Es tan sencillo como ingenioso.

XXII

El destino de Cleopatra

Cleopatra sentía pálpitos de memoria partida, recuerdos truncados por la crueldad de lo incontrolable: estaba pensando en su madre, que hiciera el viaje al reino de Osiris cuando ella era aún una niña muy pequeña.

La joven princesa hundía sus ojos, desde el amplio balcón de la mansión de Roma que habitaba con su padre, en las aguas agitadas del tumultuoso Tíber. Tan absorta estaba en sus reminiscencias de las caricias maternas de un pasado desaparecido demasiado pronto que no percibió la aproximación del faraón por detrás.

Tolomeo XII llevaba toda la mañana paseando inquieto por los jardines de su hermosa residencia romana, gentileza de la supuesta generosidad del todopoderoso senador Pompeyo. Supuesta amabilidad, que no sincera, porque tras aquella fastuosa hospitalidad se ocultaba el anhelo de poder y dinero que Pompeyo ambicionaba con relación al control de Egipto reentronizándolo a él a modo de títere suyo. Pero ése y no otro era el único camino que Tolomeo tenía ante sí para restablecerse como soberano del Alto y Bajo Egipto. Tendría que pagar más sobornos y vender trigo muy por debajo de su precio real a Roma para satisfacer a los senadores amigos de su anfitrión, y seguramente ceder algunos territorios más además de la ya irrecuperable Chipre, pero, de ese modo, volvería a ser rey y reinstauraría su dinastía desbancando a la traidora de su hija mayor Berenice.

En cualquier caso, eso era mucho mejor que permanecer en un exilio en el que, cada día que pasaba, era más y más débil políticamente. Luego, restablecido en el trono, ya vería la forma de equipar a Egipto con un nuevo ejército capaz de enfrentarse o, al menos, de ponérselo lo suficientemente difícil a Roma como para que el Senado estuviera más dispuesto a las negociaciones que a la guerra por el abastecimiento de cereal o por la cesión de territorios.

Pero todo en su momento.

Por de pronto, debía conseguir el regreso a Egipto como faraón. Y eso dependía, en gran medida, de la conversación que tenía pendiente con su hija Cleopatra, de doce años de edad, que lo acompañaba en aquel exilio y que se le mostraba leal desde su nacimiento. Faltaba por ver si esa fidelidad era por su corta edad o por un sentimiento real de obediencia hondamente arraigado en la joven princesa. Eso era lo que tenía que averiguar. Y, a partir de ahí, construir y planear el regreso. A partir de aquella conversación.

—¿En qué piensa mi joven princesa? —preguntó Tolomeo con una voz suave, situándose junto a su pequeña hija de doce años y apoyando sus manos en la misma balaustrada de piedra desde la que la muchacha observaba el Tíber.

Cleopatra dio un respingo.

—Perdona, no he querido asustarte —añadió su padre.

—No me has asustado —respondió ella—. Es sólo que estaba muy metida en mis pensamientos. En recuerdos.

—¿Recuerdos de qué o quién? —indagó su padre.

Cleopatra volvió de nuevo su mirada hacia el río de aguas revueltas.

—Pensaba en mi madre. En su voz.

—Estuviste poco tiempo con ella.

—Pero me dejó recuerdos y palabras y cariño —continuó la pequeña Cleopatra y se giró hacia su padre—. Gracias a ella entiendo la lengua del pueblo de Egipto, y sus caricias son el mejor recuerdo de cariño que tengo de mis años en Alejandría, más allá de tu afecto, padre, y del aprecio de mi tutor Filóstrato y del viejo bibliotecario Aristarco.

Tolomeo asintió. Las hermanas, en particular Berenice, no habían sido afectuosas con la pequeña Cleopatra, y los dos hermanos menores habían sido demasiado pequeños para ser compañeros ni de juegos ni de aprendizaje. Berenice siempre la había visto como una competidora ilegítima en la dinastía, y la menor, Arsínoe, se había dejado impregnar del desprecio a Cleopatra que desprendía Berenice por todos los poros de su piel. Cleopatra había crecido sola, sin su madre, entre los innumerables papiros de la gran biblioteca de Alejandría, las enseñanzas de Filóstrato y Aristarco, tal y como había expresado ella, y, eso era también cierto, su propio afecto.

—Yo también pienso mucho en tu madre —admitió el faraón.

—¿De veras, o lo dices sólo por agradarme?

—De veras, por Osiris, te lo garantizo —insistió su padre y la miró fijamente a los ojos.

Cleopatra sintió que era una mirada demasiado penetrante, demasiado inquisitiva, y bajó los ojos instintivamente.

—¿Sabes que tu hermana Berenice se desposó con un heredero de la dinastía seléucida? —le preguntó su padre cambiando de tema. Y, a la vez, no cambiando realmente del tema que lo había conducido a iniciar aquella conversación con su hija. Se trataba más bien de un largo circunloquio a la espera del momento adecuado para llegar donde quería llegar, donde *debía* llegar.

—Sí, lo sé —confirmó Cleopatra, sus ojos, una vez más fijos en el Tíber, pues volverlos hacia su padre, no sabía bien por qué, en aquel momento la inquietaba—. Como sé que el matrimonio sólo duró un día.

El faraón no se sorprendió del conocimiento de aquellos detalles por parte de Cleopatra que, a buen seguro, obtenía de sus sirvientas egipcias, que estaban siempre al día de cualquier rumor o noticia relacionados con la pugna por el trono del Nilo.

—Sí, parece que a Seleuco VII se le indigestó el banquete de bodas —apostilló su padre.

—Parece —repitió parcialmente Cleopatra con un tono irónico.

—¿No crees que haya muerto por indigestión? Según me he informado, era obeso y muy dado a excesos en las fiestas. Todos confirman que bebió y comió de forma desmedida.

Cleopatra se encogió de hombros.

—No, en verdad, hija mía, ¿qué piensas sobre lo ocurrido?

—Lo mismo que pensaba antes de que ocurriera: que mi hermana Berenice no es de compartir nada con nadie.

Tolomeo XII recordó entonces que, en efecto, Cleopatra había hecho aquel vaticinio hacía meses. Y ahora, fuera por accidente, por indigestión real o por veneno, la predicción de su hija se había cumplido al pie de la letra. Tolomeo XII se preguntó hasta dónde llegaba el poder de clarividencia de su joven hija.

—En cualquier caso, ya hay rumores de que Potino está buscando otro marido para Berenice —apuntó Tolomeo.

—Pues durará más o menos lo mismo que el primero —sentenció Cleopatra, sin molestarse en analizar una afirmación tan rotunda.

—Es posible —admitió Tolomeo XII—, pero, más allá de las acciones de tu hermana, y tras el fallecimiento hace ya tiempo de mi esposa, se me ha sugerido que yo debería actuar del mismo modo que está haciendo Berenice.

Cleopatra parpadeó varias veces.

—¿Asesinando cónyuges, padre? —preguntó la joven muchacha, pero en su tono se advertía el sutil divertimento de la broma revestida de aparente incomprensión, aunque Tolomeo no sabía hasta qué punto su hija realmente estaba asimilando, o no, el sentido último de aquella conversación.

—Lo de asesinar no entra en mis planes —replicó él con una sonrisa cómplice—, pero se me ha sugerido que yo también debería desposarme. Se me ha dicho que eso, fallecida Cleopatra V, la madre de tus hermanos y hermanas, daría una sensación de mayor estabilidad al futuro de mi dinastía y ayudaría a conseguir más apoyos romanos para reentronizarme, frente a una Berenice que, aunque sólo sea de modo fingido, intenta generar esa misma imagen ante Roma. De hecho, pese a que te has mostrado clarividente con lo que ha pasado con su primer esposo, creo que se verá forzada a mantener con vida más tiempo al segundo. Sobre todo si consigo el suficiente respaldo militar como para iniciar *nuestro* regreso a Egipto. —Y enfatizó la palabra «nuestro» al tiempo que volvía a mirarla de modo particularmente penetrante.

—Ajá —respondió Cleopatra sin más, sin volverse hacia su padre, sin dejar de mirar hacia el Tíber.

El faraón permaneció callado compartiendo un silencio con su hija, un descanso en el diálogo impregnado de límites a punto de ser transgredidos.

Un esclavo se aproximó con una bandeja sobre la que descansaban vasos de agua y vino, pero Tolomeo hizo un gesto de desdén con la mano y el sirviente, humillándose hasta la extenuación, desapareció.

—¿Y mi padre ha pensado en alguien para cumplir con esa sugerencia que se le ha hecho, esto es, que el senador Pompeyo habrá propuesto?

Hubo un nuevo y más largo silencio. Y más denso. Esos momentos en que entre dos personas se dice más con la ausencia de palabras que con la pronunciación de éstas. Al faraón le sorprendió, una vez más, la fina percepción de su hija para identificar con precisión el origen de aquel plan.

—Sí —confirmó, al fin, Tolomeo.

Cleopatra se volvió, entonces, hacia su padre y, ahora sí, lo miró a los ojos de nuevo y encontró otra vez aquella persistente mirada profunda e infinitamente inquisitiva con la que el faraón de Egipto acompañaba aquella jornada toda su conversación con ella, la que antes le hizo bajar los ojos.

Pero, esta vez, Cleopatra sostuvo la mirada sin parpadear.

Estuvieron así los dos, padre e hija, faraón y joven princesa de la dinastía tolemaica, observándose sin hablar durante largo rato, sin comunicarse con la voz, sino evaluándose con los sentidos.

En la estirpe real tolemaica, los matrimonios entre hermanos y hermanas habían sido frecuentes, y en Egipto en general, desde tiempos inmemoriales, no era extraño que un faraón contrajera matrimonio con una hija.

Y todo ese conocimiento de legendarias costumbres que se arrastraban hasta el presente lo compartían padre e hija y lo valoraban mirándose el uno al otro en aquel instante infinito en que el tiempo de la historia había quedado detenido.

—¿Puedo contar contigo? —inquirió, al fin, Tolomeo XII.

La joven Cleopatra repasaba en su mente sus lecciones de historia, su educación académica e íntima. Todo la había estado preparando para aquel momento. Recordó, en concreto, que Tolomeo VIII se desposó con su hija Cleopatra III. Era el precedente que más pronto le vino a la memoria. Pero sabía que había más ejemplos entre los faraones antiguos, sólo que, aturdida por las sensaciones, no podía recordarlos todos.

Tolomeo seguía mirándola muy atentamente. Que su hija aceptara, que se le entregara de ese modo era la prueba más grande de lealtad posible. Pero ¿estaría dispuesta la joven Cleopatra a aceptar ese paso de buen grado? Tolomeo lo anhelaba por diferentes motivos. Por razones políticas obvias, satisfacía las demandas romanas, pues no había mejor candidata que una princesa de la propia dinastía, sangre de su sangre, y aunque en Roma un matrimonio incestuoso no fuera lo admisible entre sus ciudadanos, sí estarían dispuestos a aceptarlo en una dinastía en la que esto era común históricamente. Pero, además, había razones también personales: la pequeña Cleopatra, día a día, se parecía más y más a su ya desaparecida madre, y las ansias carnales del faraón, satisfechas regularmente por diferentes y hermosas esclavas, no se veían plenamente colmadas en su deseo, y Tolomeo sentía, simple y llanamente, muy apetecible poder yacer, en un futuro próximo, con la reencarnación misma de la mujer por la que más pasión sintió jamás. Así que ¿por qué no adentrarse por ese camino, admisible para sacerdotes y pueblo egipcios y asumible para el Senado de Roma? No era frecuente que un faraón pudiera aunar en un matrimonio conveniencia política, afecto real y pasión sexual. Su joven hija le podría proporcionar esa triple plena satisfacción.

Pero tenía que ser de buen grado por parte de ella.

No quería yacer con una traidora en ciernes. Con la deslealtad de su hija Berenice ya tenía suficiente como para tener que acostarse en un lecho no sabiendo si al día siguiente iba a amanecer vivo o muerto.

¿Qué es lo que pensaba en verdad la pequeña Cleopatra de aquello? ¿Entendería la joven princesa las implicaciones de todo lo que estaban hablando? ¿Las políticas, las personales y las... físicas?

—Mi padre puede contar conmigo —respondió Cleopatra categórica, serena, decidida, y volvió su mirada de regreso al Tíber al tiempo que completaba su réplica con una aseveración más grande y que, a su padre, le proporcionó un sosiego en el que no se solazaba desde hacía meses—: Egipto puede contar conmigo.

Aun así, Tolomeo necesitaba más confirmación.

—¿Entiendes bien todo lo que esto supondrá...? Entre tú... y yo, quiero decir —añadió el faraón.

—Lo entiendo, padre —ratificó la joven princesa.

—¿Y lo aceptas?

—Y lo acepto, padre. Creo que es hora de que dejemos de mirar al tumultuoso Tíber y volvamos a contemplar el majestuoso Nilo. Y si mi matrimonio con el faraón es el camino para nuestro retorno a Egipto, mi padre puede contar conmigo. He sido educada para esto, para servir a la dinastía de mi padre como sea necesario, y como mis antepasadas hicieron antes, yo lo haré ahora.

Tolomeo XII deslizó, entonces, despacio, su mano izquierda hasta dejarla reposar sobre la pequeña y tersa mano derecha de Cleopatra, y ésta se dejó acariciar la piel de sus delicados dedos sin mostrar ningún asomo de incomodidad o inquietud.

La joven princesa se sabía rumbo a su destino.

XXIII

La batalla del río Axona (I)

Centro de la Galia belga, junto al río Axona*
57 a. C.

Ejército romano

César, acompañado por Balbo, su *praefectus fabrum*, y el joven ingeniero Vitruvio, se desplazaba de un lugar a otro para comprobar que sus instrucciones se habían seguido al pie de la letra: sobre el Axona, por detrás del campamento romano, Vitruvio había levantado un pequeño pero robusto puente que mantendría abierta por la retaguardia la línea de suministros romana con la región sur de la Galia belga, habitada por los remos, sus aliados. El campamento, ya al otro lado del río, se levantaba en una posición elevada que tenía por delante una larga ladera en pendiente que el enemigo se vería forzado a ascender en caso de ataque por ese punto. Era una buena posición para dar batalla. Además, antes de iniciarse la pendiente, justo en el centro del valle, había un arroyo, que fluía para fusionarse con el Axona, y algunas zonas pantanosas que harían penoso el avance de cualquier enemigo hacia

* Véase el mapa «Batalla del río Axona» de la página 1015.

la posición romana. Aníbal ya forzó a los romanos a cruzar un río antes de combatir en la batalla del Trebia. Y resultó una muy buena estrategia, que contribuyó a dar la victoria al cartaginés y de la que César, en sus frecuentes lecturas sobre el pasado militar romano, había tomado buena nota.

—Campamento en lugar elevado y ese pequeño río por delante y el gran Axona por detrás —comentaba Balbo, satisfecho—. Los belgas lo tienen muy difícil para desbordarnos o sorprendernos. Hasta has hecho levantar un pequeño campamento junto al puente que ha construido Vitruvio, de modo que quede bien defendido. Has pensado en todo.

Pero César miraba a un lado y a otro, y su faz seria mostraba que no parecía compartir la seguridad en las defensas construidas hasta el momento, pese a no ser pocas.

El procónsul no sólo había aprendido del pasado más remoto, sino de las batallas más recientes también.

—Falta algo —dijo César, mirando a un lateral y al otro de la ladera que descendía desde el frontal del campamento romano hasta el arroyo y la zona cenagosa del centro del valle—. En Bibracte nos atacaron por un flanco y lo mismo podrían hacer los belgas aquí, emergiendo desde los bosques que hay en los extremos del valle.

Balbo miró hacia donde señalaba César y su rostro, relajado hasta entonces, se tornó también en un semblante serio como el del procónsul: el ataque de los boyos y tulingos por un flanco en aquella batalla a punto estuvo de costarles la vida a todos.

—Quiero que se construyan sendas líneas fortificadas en cada extremo de la pendiente —ordenó, entonces, César, mirando a Vitruvio—: zanjas con trampas, manteletes para la defensa de los hombres que apostaremos en cada flanco y piezas de artillería ligera. No quiero un segundo Bibracte. Esta vez quiero a todos los enemigos de cara, sin sorpresas.

Vitruvio tomaba nota de las nuevas peticiones del procónsul en una tablilla.

—¿Lo has apuntado todo? —le preguntó Balbo, pues César, sin mirar atrás, se alejaba para seguir con su examen del terreno.

El joven ingeniero asentía mientras seguía escribiendo.

Ejército belga, junto al río Axona

A Galba no le gustaba lo que veía: el procónsul romano se había hecho fuerte en lo alto de una colina y había defendido su posición no sólo con las empalizadas habituales con las que los romanos protegían sus legiones, sino que, adicionalmente, había cavado trincheras y dispuesto legionarios en los laterales de la pendiente que ascendía hacia el campamento. Un ataque frontal era una locura o supondría un número de bajas que no tenía claro que pudiera permitirse. Por no hablar del arroyo y los pantanos que tendrían que vadear para iniciar el ascenso de aquella pendiente que, más que una ladera, era ahora una trampa mortal. Y sorprender al enemigo por los flancos, con aquellas trincheras y zanjas y fortificaciones en los extremos, tampoco parecía una opción.

Aun así, muchos de los jefes de las otras tribus querían intentar el ataque.

—Somos más en número que ellos —proclamaban.

Aquél era, sin duda, el único gran argumento que podían esgrimir a favor de entrar en combate.

No dejaba de ser una razón importante.

Una razón que tendrían que hacer valer. Pero una embestida frontal sería un suicidio. Galba había propuesto un plan alternativo, algo contra lo que el líder romano no estaría prevenido y que había entusiasmado a muchos jefes, pero quedaban algunos líderes a los que persuadir de la inutilidad del choque frontal. Tenía que satisfacer a unos y a otros y preservar la unión de la confederación.

El monarca suspiró antes de proclamar su decisión.

—Atacaremos mañana, al amanecer —anunció Galba.

Ejército romano, al amanecer

César ordenó que formaran frente al campamento las seis legiones veteranas, de la VII a la XII.

—La XIII y la XIV quedarán en reserva dentro del campamento —comentó a Labieno y al resto de legados.

Algunos oficiales se miraron entre sí: estando en franca inferioridad numérica, aquella decisión se les antojaba un capricho injustificado y peligroso. Mejor tener a todos los hombres disponibles, veteranos o no, en el campo de combate prestos a la batalla. Pero César ya había dado sus órdenes y allí el único que se podía atrever a rebatir una instrucción del procónsul era el *legatus* Labieno.

Y Labieno, por el momento, optó por un prudente silencio.

Ejército belga, al otro lado del arroyo

—Que avancen la caballería y pequeños grupos de guerreros de vanguardia —ordenó Galba al amanecer.

No era aquél el gran ataque que el resto de los jefes tribales tenía en mente, pero tampoco allí se discutía la autoridad de aquel a quien todos habían elegido como líder por su inteligencia en la guerra.

Los jinetes belgas, junto con varios centenares de guerreros, iniciaron un avance decidido por aquel valle. Llegaron al arroyo y lo vadearon y, con más trabajo, pasaron por entre las ciénagas y pantanos hasta llegar al pie de la ladera donde empezaban las fortificaciones romanas.

Ejército romano

—Diviciaco y Dúmnorix —dijo César.

La orden se transmitió.

La caballería gala se lanzó ladera abajo para detener a los belgas.

Centro del valle

A Dúmnorix no le hacía gracia participar en aquella nueva campaña de César. Una cosa había sido defender su territorio frente a los germanos, donde, aunque le hirviera la sangre ayudando al procónsul romano, al menos la colaboración contribuía a expulsar a Ariovisto y sus guerreros. Pero lo de ahora sólo engrandecía el poder de César. Por eso Dúmnorix, como ya hiciera en Bibracte, no exigió demasiada entrega a sus jinetes.

Diviciaco se mostró, como siempre, más predispuesto a la lucha que su hermano: para el druida y *vergobreto* eduo, servir a César era mantener fuerte la alianza con Roma, y seguía persuadido de que ése era el único camino para que la guerra continuara alejada de su territorio. Mucho mejor combatir en las regiones belgas que entre sus ciudades y campos.

Por su parte, el joven Vercingetórix trotaba junto a unas decenas de arvernos más camino del centro del valle sin tener aún claro en su cabeza si colaborar con el líder romano era lo mejor o lo peor para la Galia. Los belgas, no obstante, se habían pasado la vida desviando a los germanos de su territorio y encauzándolos hacia el centro y sur de la Galia, y eso nunca les había hecho ningún bien a los arvernos. Así que, por de pronto, que recibieran un poco de su propia medicina en forma de invasión galorromana le parecía razonable a Vercingetórix. Además, no dejaba de observar las tácticas del procónsul y, en secreto, en su mente, iba registrando cada detalle, cada estrategia, cada maniobra militar de César.

El choque entre la caballería gala y la belga fue duro en un primer momento; sin embargo, al llegar los guerreros de infantería de los suesiones y belovacos, la balanza se inclinó del lado belga.

En particular, los galos, liderados por Dúmnorix, como en Bibracte, iniciaron una retirada, a los ojos de Diviciaco y Vercingetórix, algo prematura. Era un repliegue ordenado, pero repliegue a fin de cuentas.

Diviciaco se vio forzado a retroceder también para no quedarse solo ante el empuje de los belgas, y lo mismo tuvo que hacer Vercingetórix.

Vanguardia romana

Ni César ni Labieno se sorprendieron de la poca resistencia de la caballería gala. No lo comentaron entre ellos. Nada había que compartir que no hubieran hablado ya con anterioridad con relación a la poca fiabilidad de las tropas galas que, supuestamente, los asistían en aquella campaña.

—Craso —dijo ahora César con más convencimiento que cuando había pronunciado el nombre de los líderes de la caballería gala.

Eso fue todo.

Craso.

Y todos entendieron.

Caballería romana

El joven Publio Licinio Craso recibió con tranquilidad la orden de entrar en batalla. Se limitó a ajustarse el casco y montar sobre su caballo al tiempo que miraba hacia un lado y otro.

—¡Al ataque, por Júpiter, por Roma! —aulló.

No eran muchos los jinetes romanos, pero eran plenamente leales a César.

Bajo los golpes de las pezuñas de sus caballos, la tierra empezó a temblar mientras galopaban por la ladera descendiendo para salir al encuentro del enemigo.

A medio camino, se cruzaron con los jinetes galos que retornaban del frente de batalla. Ni Craso ni sus oficiales les dedicaron ni una mirada.

Vanguardia belga, al principio de la pendiente

Los jinetes belgas habían vadeado el arroyo y cruzado los pantanos y ascendían en un poderoso trote por la ladera.

Por detrás iban los guerreros de infantería, más cansados: el agua del arroyo les había llegado hasta los hombros y el barro de los pantanos, hasta las rodillas. El avance se les antojó duro y la pendiente no les permitía recuperar el resuello. Además, unos y otros, jinetes y guerreros, habían combatido ya una vez aquella mañana, aunque fuera contra los poco tenaces galos, pero aquel ascenso y la lucha empezaban a mermar su energía.

Justo en ese momento, notaron la vibración de la tierra: los caballeros galos que se replegaban eran reemplazados por nuevos jinetes, esta vez romanos, que se lanzaban contra ellos con furia. Nada que ver con los pusilánimes jinetes celtas que habían puesto en fuga.

—¡Escudos, escudos! —gritaron algunos líderes belgas, llamando a todos a protegerse de la segunda embestida del día—. ¡Por Belenus, escudos en alto!

Caballería romana

Craso y sus jinetes arremetieron contra la vanguardia de la caballería belga.

Los escudos y las espadas chocaron.

Las mazas y las hachas belgas golpearon las armas defensivas de los romanos.

El ruido de los metales colisionando unos contra otros se mezcló con los gritos de los que eran heridos.

A Craso lo golpearon en el escudo, pero se mantuvo en el caballo.

—¡Avanzad! —aulló como espoleado por el golpe recibido.

Una ráfaga de sangre le salpicó la cara.

Estaban en medio de la batalla.

Legiones romanas

—Infantería ligera, los auxiliares —dijo César.

En la ladera

El empuje de Craso y sus jinetes consiguió detener el avance de los caballeros belgas, pero, al llegar los guerreros de la infantería enemiga, los romanos se veían atacados también desde abajo.

—¡Agggh!

Había piernas que se cortaban, jinetes que caían derribados.

El centro de la batalla se convertía en un mar de aullidos y golpes y tajos, carne partida...

Llegaron entonces, veloces, corriendo cuesta abajo, centenares de auxiliares de las legiones enviados por César en su ayuda, como refuerzo para los hombres de Craso que tan valerosamente estaban luchando.

De pronto, los guerreros belgas tuvieron que ocuparse de estos refuerzos y no de los jinetes romanos. Y, además, debían luchar cuesta arriba. Y todo se les dificultó. Y estaban cansados por el arroyo y las ciénagas y las luchas que ya llevaban acumuladas, y esa eterna pendiente que parecía no tener fin...

Los guerreros de infantería belga retrocedieron.

Los jinetes belgas, al verse solos contra la caballería romana y la infantería auxiliar de las legiones, también se replegaron.

—Se retiran —apuntó Labieno—. Es una victoria clara.

—Pero es sólo una escaramuza —matizó César.

Su amigo asintió.

Hubo varios combates similares a lo largo de la mañana.

César fue empleando efectivos de la caballería gala, los jinetes de Craso y diferentes grupos de auxiliares para contener las arremetidas belgas que, por otro lado, siempre eran de varios centenares de hombres, por un sector de la ladera, luego por otro, pero sin que el monarca enemigo ordenara nunca un avance general de todo su ejército.

César miró hacia lo alto: el carro de Apolo estaba a punto de llegar a la cúspide del cielo.

Volvió a mirar al frente.

Nada se había decidido.

Estaba siendo un pulso lento.

César fruncía el ceño.

Un pulso extraño.

Algo se le escapaba.

Ejército belga

Los jefes de las tribus de la confederación belga comenzaban a impacientarse: la táctica de pequeños ataques, por continuados que éstos fueran, no estaba dando resultado alguno.

Galba percibía la inquietud de los otros líderes.

Se volvió hacia uno de sus hombres de confianza y le susurró algo al oído. Éste asintió y partió raudo a cumplir lo ordenado.

—Como veis —inició Galba mirando a los otros jefes, en particular a los que más habían defendido la idea de atacar al enemigo por su frente, ascendiendo aquella maldita pendiente—, un ataque frontal es imposible y por los flancos el romano también está fuertemente protegido: haremos ahora lo que os comenté a todos. Haremos lo que el romano no espera.

Los jefes sonrieron.

Todos. Los que ya se entusiasmaron en su momento con el plan de

Galba y los que habían preferido intentar la embestida frontal que, efectivamente, no funcionaba.

Y se giraron hacia el ejército enemigo: pronto empezaría a correr la sangre romana en territorio belga hasta teñir de rojo el arroyo y los pantanos y el río Axona. Aquélla era una feliz imagen en la que pensar.

XXIV

Un sacerdote, un esposo, un reino

Alejandría, Egipto
57 a. C.

Berenice, algo aburrida, con hastío de tantas advertencias sobre el peligro inminente de una invasión por parte de Roma, había escuchado a su consejero Potino con aire distraído, mirando hacia el Nilo desde la amplia terraza del palacio real de Alejandría.

—En conclusión, insistes en que debo desposarme de nuevo —resumió la reina tras la larga diatriba de consideraciones emitida por su asesor principal.

—Así es, la dadora de Vida, Salud y Prosperidad lo ha expresado mucho mejor que mi larga retahíla de torpes palabras —apostilló Potino inclinándose de forma tan exagerada como pertinente a ojos de la reina.

—Sinceramente, pese a tu recelo de que permanezca sola en el trono de Egipto, veo innecesario este nuevo matrimonio, como veo innecesario que comparta el poder con ningún otro posible pretendiente.

El consejero, ante la perseverancia en la negativa de la reina, suspiró, pero no desistió en su empeño de persuadirla.

—El padre de la reina ya ha anunciado en Roma que él mismo se desposará de nuevo —anunció en un intento por provocar a Berenice IV o, al menos, captar de veras su atención.

Consiguió lo segundo: la reina, nada más escuchar aquel anuncio nupcial con relación a Tolomeo XII, dejó de mirar hacia el río.

—¿Mi padre va a volver a casarse...? ¿Y con quién, si puede saberse? —inquirió con genuina curiosidad.

—Con la hermana de la reina, con Cleopatra —informó Potino.

—Con Cleopatra... —repitió pausadamente Berenice IV, asimilando todo aquello despacio—. ¿No es mi hermana acaso aún una niña?

—Doce años tiene ya.

La reina asintió. Sin duda, aquélla era edad más que suficiente para un matrimonio en la dinastía tolemaica, e incluso con menos años tampoco habría sido sorprendente. De hecho, su comentario sobre la posibilidad de que uno de los dos contrayentes fuera un niño o una niña era del todo absurdo en su estirpe, muy dada al incesto en todas sus variantes. No obstante..., su padre había anunciado eso en Roma, y en Roma...

—¿Y este anuncio no ha incomodado a los romanos? —preguntó, y añadió más precisión a sus dudas sobre la recepción de aquel asunto por las autoridades de Roma—: Un padre con una hija es algo inaceptable para ellos. ¿No está acaso el *incestum* penado en su República con la *relegatio*?

A Potino, de pronto, le sorprendió aquel destello de conocimiento de la joven reina. Por otro lado, aquello le dio esperanzas de estar tratando con alguien más inteligente de lo que hasta entonces había considerado, y eso le hacía pensar que aún pudiera conseguir que Berenice IV comprendiera lo relevante de que ella se desposara de nuevo. Y, a ser posible, de forma más duradera en el tiempo. Más, al menos, que un día. La noche no podía contarse como consumada.

—Les ha resultado chocante —admitió el consejero—. Sería inadmisible entre ellos, y es muy cierto que castigan dichos matrimonios con el exilio de la *relegatio*, sin pérdida de ciudadanía ni propiedades, pero sí viéndose los implicados forzados a abandonar Roma y también su provincia natal, lo cual, sin duda, es un castigo notable. Pero los romanos saben, por otro lado, que dichos enlaces son relativamente comunes entre parientes de la realeza egipcia y, para el Senado romano, lo esencial es que Tolomeo XII pronto tendrá otra esposa.

Berenice calló un rato.

—Cleopatra es una bastarda —apuntó ahora Berenice, buscando otro argumento con el que deslegitimar la valía de aquel matrimonio.

—Hay debate, cierto es, mi reina, sobre tal punto —admitió Potino—, y los sacerdotes no la aceptarán nunca como reina. La joven Cleopatra jamás se ha llevado bien con el clero. Los sacerdotes la ven demasiado docta e independiente, pero vuestro padre siempre la ha reconocido como hija y al pueblo no le genera rechazo su posible oscuro origen, más bien al contrario: la ven próxima a ellos por esos mismos rumores que afirman que desciende de una concubina egipcia y no de la reina Cleopatra V, que ya está en el reino de Osiris, una griega pura. La paradoja es que lo que es un defecto a ojos de unos puede ser positivo a ojos de otros: el origen de Cleopatra no la hace, pues, en el complejo tablero político egipcio de delicados equilibrios, una mala elección por parte de Tolomeo, el padre de la reina. A efectos políticos, quiero decir. En lo personal no puedo hablar.

Potino respetó el silencio de la reina. Había que darle tiempo para asimilar que no le quedaba otra salida que responder al matrimonio de su padre con un nuevo matrimonio de ella misma.

Silencio largo.

Berenice volvía a mirar hacia el Nilo. Mientras no le indicara que abandonara su presencia, la conversación seguía en marcha. Era potestad de la reina faraón dictaminar el ritmo del debate. O darle término.

—Aun así —continuó Berenice—, se trata de una boda que tendrá lugar en el exilio, mientras que yo permanezco como reina de Egipto.

—Precisamente, mi reina, éste es el punto más difícil —añadió el veterano consejero con tiento—. En el anuncio que ha hecho Tolomeo XII sobre su futura boda, hay un detalle particularmente inquietante: vuestro padre ha proclamado que dicha boda entre él y la joven Cleopatra tendrá lugar en Alejandría. Pronto.

Esta noticia generó un nuevo y más intenso silencio compartido en un mortecino atardecer que parecía una metáfora misma del reinado de Berenice.

—Eso quiere decir que mi padre siente que tendrá el suficiente apoyo militar romano como para intentar retornar por la fuerza al trono de Egipto, a *mi* trono.

—Así es, mi reina, por eso se hace aún más perentoria la maniobra política de que otro enlace nupcial se celebre en Alejandría, de modo que el Senado romano se vea ante dos alternativas de dinastía: la de Berenice IV y su nuevo esposo o la que ya conocen de un Tolomeo XII que no supo mantenerse en el poder sin apoyo militar extranjero. Quizá muchos senadores vean en un segundo y nuevo matrimonio de Berenice IV una mayor estabilidad para Egipto, un reino que les abastece del grano que tanto necesitan, que en el inoperante e impopular Tolomeo XII, que perdió el favor del pueblo egipcio tras su cesión de Chipre a Roma.

—No pienso aceptar a ningún nuevo pretendiente obeso y maloliente, si eso es lo que tienes en mente —espetó la reina con virulencia.

—Admito que la elección de Seleuco VII fue bastante desafortunada —aceptó Potino, una vez más humillándose ante la reina—, pero en esta ocasión creo tener algo mejor que ofrecer.

—Tendrá que ser mucho mejor.

—Arquelao de Capadocia —declaró Potino, pero aquel anuncio no pareció impactar demasiado en la reina—. Es de dinastía real. Es verdad que Capadocia es un reino en decadencia y, como tantos otros en Asia desde el paso de Pompeyo por la región, dependiente y cliente de Roma. Pero Capadocia ha mantenido cierta autonomía y...

—¿El rey de Capadocia...? —musitó pensativa Berenice IV.

Potino tragó saliva.

—El rey no, sino alguien que en Capadocia goza del mismo rango que el rey: el sacerdote supremo del templo de Belona en Comana, una de las ciudades principales de aquel reino y, sin duda, su santuario más sagrado y uno de los más importantes de Asia.

Berenice había oído hablar de aquel lugar sagrado: se decía que se remontaba a tiempos inmemoriales y que mucho antes de que los griegos o romanos o incluso persas vagaran por el mundo, ya había allí un antiguo templo. El hecho de que se tratara de un sacerdote supremo no tenía por qué desmerecer en cuanto a poder: en Egipto mismo, la casta sacerdotal mandaba casi tanto como el faraón y, de hecho, ella se había apoyado en los sacerdotes y en Potino, junto con el favor del pueblo de

Alejandría, para destronar a su padre tras la cesión de Chipre a Roma. Pero si Egipto iba a aliarse con algún territorio mediante un matrimonio, lo mínimo deseable, esto lo veía cada vez más claro, más nítidamente que cuando aceptó los primeros esponsales con el fallecido Seleuco, es que esa unión fuera con alguien dispuesto a luchar por el reino del Nilo, a combatir y, además, que dispusiera de un ejército propio que unir a las tropas de Egipto contra un posible invasor, esto es, contra un ataque lanzado por Roma para reentronizar a su padre como faraón títere de la República romana.

—No necesitamos más sacerdotes, Potino —respondió la reina—, sino un esposo guerrero.

El consejero real se permitió una sonrisa inesperada para la reina.

—En ese punto creo que puedo dar satisfacción a la dadora de Vida, Salud y Prosperidad del Alto y Bajo Egipto —explicó Potino—. El sumo sacerdote de Comana en Capadocia lo es del santuario dedicado a la diosa Belona, como he dicho, una de las más antiguas deidades de la guerra: sus ritos son de guerra y sangre, y el actual sacerdote, de unos treinta años, es de fuerte complexión, razonablemente bien parecido, en modo alguno obeso, y puedo garantizar, si se me permite el comentario, que no apesta a pescado.

Berenice IV miró, por primera vez en toda aquella larga conversación, de forma relativamente admirativa a su consejero.

—Pero... —inició la reina— ¿no es acaso Capadocia, como has dicho, un reino cliente de Roma tras, como explicaste, el paso de Pompeyo por Asia? Y, si no recuerdo mal de algunas de las pesadas lecciones de mis tutores sobre los reinos de Asia, ¿no fue la dinastía de ese mismo Arquelao situada en el trono por el propio Pompeyo? Y, en consecuencia, ¿no viviría ese todopoderoso senador romano, que parece apoyar más a mi padre que a mí, como una traición de Arquelao que éste se aliara conmigo?

—Muy posiblemente, mi reina —confirmó el viejo consejero—, pero en Roma hay otros senadores a quienes disgusta el exceso de poder de Pompeyo y no desean que amplíe su esfera de influencia al mismo Egipto, y verían con buenos ojos que todos los que en Oriente estamos contra Pompeyo nos, por decirlo con las palabras de la reina, aliemos. Y el joven Arquelao es, además de guerrero, relativamente rico, con más de seis mil esclavos adscritos al santuario que gobierna, y también un hombre muy ambicioso. Capadocia se le queda pequeña y estará dispuesto a luchar a sangre y fuego por algo mucho más grande, como el eterno Egipto.

Berenice IV paseó sus ojos por el curso majestuoso del Nilo durante un buen rato. Se sentía la brisa de la tarde por toda la terraza. Las esclavas que portaban agua fresca y vino y comida esperaban una señal de su ama para acercar los manjares preparados con esmero en las lujosas cocinas de palacio.

Potino también miraba a la reina.

Berenice IV, sin dejar de observar el curso del gran río, emitió su dictamen:

—Organiza esa boda.

XXV

La batalla del río Axona (II)

Río Axona, la Galia belga
57 a. C.

Ejército romano

César y Labieno seguían contemplando las idas y venidas de guerreros y jinetes belgas por diferentes puntos de la ladera y cómo cada acometida enemiga era detenida, ya por la caballería bajo el mando directo de Craso, ya por los auxiliares, cuando llegó un mensajero de la retaguardia.

César leyó la breve misiva y, en cuanto terminó, la arrojó al suelo con rabia y miró hacia el punto donde creía divisar al rey belga en lo alto de su caballo, en el otro extremo del valle.

—Galba ha enviado numerosas tropas para atacarnos por la espalda —se explicó para que Labieno pudiera entender el motivo de su ansia—. Ha hecho que al menos una de las tribus, quizá dos, de la confederación que comanda rodee el valle entero y la ladera y vayan más al sur. Hay por lo visto un punto que desconocíamos por el que se puede vadear el río Axona sin la necesidad de un puente, y centenares de guerreros belgas están cruzándolo. Su idea debe de ser destruir nuestro puente y atacarnos, además, por la retaguardia, ya que por el frente o los flancos no pueden.

César se quedó en silencio, cabizbajo, pensativo.

—Pero si el Axona se puede vadear, realmente da igual el puente, ¿no es así? —indagó Labieno, preocupado más por el ataque por la retaguardia que por el puente mismo.

—No, por Hércules —exclamó César, algo airado porque su amigo no entendiera bien la situación—. El puente sí nos hace falta a nosotros. A ellos no, pero a nosotros sí: una cosa es vadear un río con guerreros y caballos con jinetes, y otra muy distinta que decenas de carros atestados con grano y pertrechos militares y de abastecimiento puedan atravesar un río. Los carros de suministros, de *nuestros* suministros, sí necesitan el puente que tenemos a nuestra espalda. Si lo destruyen, nos dejarán sin provisiones. Es lo mismo que Ariovisto intentó hacer: interrumpir nuestra línea de aprovisionamiento. Y al situar tropas en nuestra retaguardia, será el principio de un asedio en el que estaremos incomunicados. No podemos permitir la destrucción de nuestro puente ni que nos terminen de rodear. Por eso Galba nos ha tenido entretenidos con estas escaramuzas en la ladera. Su plan era este otro. Desde el principio. —Y se quedó, de nuevo, mirando hacia la posición del rey enemigo.

—¿Qué hacemos? —preguntó, entonces, un Labieno más serio que ya comprendía todo lo que estaba en juego.

César cabeceaba varias veces y con rapidez, arriba abajo, arriba abajo, como si se reafirmara en la estrategia de respuesta que estaba elaborando.

—Hay que detener esa operación de los belgas —empezó el procónsul—. Quiero que cojas la infantería ligera de los auxiliares, a los jinetes númidas, los honderos baleares y los arqueros cretenses y que vayas con todos ellos al puente. También te enviaré a Craso con su caballería y con veteranos de la legión IX y la X, que te asistirán más tarde. Has de defender el puente y luego ir avanzando hasta hacer retroceder a todos esos malditos belgas y devolverlos al otro lado del río. Si necesitas más hombres, no dudes en mandarme mensajeros.

—¿Y te quedas aquí solo con la caballería gala para detener los ataques de los belgas en la ladera? —A Labieno aquello le parecía imprudente, y más teniendo en cuenta la poca fiabilidad de los aliados galos.

—Con la caballería gala y la mayor parte de seis legiones —replicó César—, y en una posición de clara ventaja. Y con dos legiones en reserva. Por esta parte de la batalla no te preocupes, Tito. Tú detén a los belgas en el puente y empújalos de vuelta al otro lado del Axona. Ahí es donde se libra la verdadera lucha.

Labieno asintió y a punto estaba de marcharse cuando, de pronto, tuvo una duda.

—Si la verdadera lucha es en la retaguardia..., ¿no deberías ir tú mismo a dirigir la defensa allí? Los legionarios confían en ti más que en ningún otro.

—No, Tito —se explicó César—, si las legiones me ven retirarme hacia la retaguardia, pensarán que pasa algo grave a nuestra espalda y les entrará miedo, y Galba lanzará entonces a todo su ejército por la ladera. Por eso el rey belga está ahí, frente a nosotros, y, al igual que hago yo con él, no deja de observar mis reacciones.

—Pero realmente pasa algo grave en la retaguardia —insistió Labieno, que, tras las detalladas explicaciones de su amigo, seguía pensando que la presencia de César en el puente era más necesaria que en vanguardia.

—Sí, pasa algo grave, pero las legiones no deben saberlo... No deben percibirlo —sentenció César—. Sólo los hombres que te lleves y los que te envíe con Craso. Para cuando las legiones tengan conocimiento de lo que está pasando en retaguardia, las noticias serán que has defendido el puente y evitado un ataque de los belgas por nuestra espalda. Y que todo está bajo control. Mientras las legiones me vean aquí tranquilo, al frente de todas las cohortes, mi presencia les da el sosiego que necesitan para resistir; por otro lado, al monarca enemigo mi permanencia en esta posición le hará pensarse mucho lanzar un ataque general. A no ser que reciba la noticia de que nuestro puente ha sido destruido. Eso lo envalentonaría, pero eso, sencillamente, no va a ocurrir, ¿verdad, amigo mío?

—Verdad —repitió Labieno y, sin más debate, dio media vuelta y azuzó su caballo para ir hacia la retaguardia, reclamando a las diferentes unidades militares que le había mencionado César que lo siguieran. Al contrario de lo que él había hecho con César, nadie le discutió a Labieno sus instrucciones: auxiliares, honderos, arqueros y jinetes seguían al vigoroso *legatus* a marchas forzadas.

En el centro de la ladera, el joven Craso recibió un mensaje enviado directamente por César. Lo leyó y, rápidamente, dio la orden a sus jinetes de que lo siguieran y, al alcanzar la tercera línea de las legiones IX y X, transmitió la orden de César a los centuriones de aquellas cohortes para que marcharan tras la caballería romana hacia la retaguardia.

Los legionarios de vanguardia, de la línea central y los veteranos de la tercera línea de las otras legiones, así como todos los legionarios de las dos legiones de reserva, observaban todos aquellos movimientos de tropas intrigados, pero César, Julio César, el procónsul que los había conducido ya a la victoria sobre los helvecios, primero, y luego contra los temibles germanos de Ariovisto, permanecía inmóvil, sobre su caballo, en vanguardia, como una poderosa estatua de gloria imperecedera. Y mientras César estuviera allí, con ellos, al frente de todo el ejército, estaban seguros de que nada podría salir mal: puede que la lucha fuera dura, pero la inteligencia de su líder les daría, como siempre, la victoria.

Ejército belga

Galba escudriñaba el valle y la ladera del campamento romano y analizaba los movimientos de tropas que el enemigo estaba haciendo.

—Se están llevando algunas cohortes y caballería hacia su retaguardia —comentó uno de los jefes.

—Es momento de atacarlos también ahora por el frente —propuso otro de los líderes.

Pero Galba negaba con la cabeza.

—Aún no.

El puente sobre el río Axona

El puente se alzaba sobre el río en la parte posterior del campamento principal romano.

Labieno llegó al lugar y pudo comprobar que ya se luchaba, desde la pequeña fortificación que César había ordenado levantar en su momento para proteger el puente, contra los primeros guerreros belgas que habían vadeado el río, unas millas más abajo. La situación no era buena para las tropas romanas, pues los belgas iban llegando por oleadas y en gran número.

Labieno, con serenidad gélida, dispuso a los arqueros cretenses y los honderos baleares en los parapetos de la fortificación y dio orden de que arrojaran tantas flechas y proyectiles como les fuera posible. A discreción.

Los atacantes empezaron a sufrir la lluvia de hierro y las bajas fueron numerosas.

El ímpetu de su lucha se redujo un punto, pero no desapareció ni estaba en modo alguno bajo control romano.

Labieno organizó, entonces, las diferentes unidades de auxiliares para que pudieran ir cruzando el puente de forma organizada y rápida.

Observó que, con los arqueros y honderos arrojando dardos y piezas de plomo sobre el enemigo, éste se había retirado del puente.

En poco tiempo, Labieno se encontró al otro lado del río con la infantería ligera combatiendo cuerpo a cuerpo contra los guerreros belgas, que, alejados de los parapetos de la fortificación y de la lluvia inclemente de hierro, se rehicieron.

El combate parecía atascado.

Labieno podía ver cómo seguían vadeando el Axona aún más belgas.

Fue entonces cuando llegó Craso con la caballería romana, seguido de cerca por los veteranos de las legiones IX y X.

—Ve tú con la caballería al flanco izquierdo del lugar por donde están cruzando el río —le dijo Labieno—. Como vais a caballo, llegaréis más rápido. Mientras, yo cogeré a los veteranos y atacaré a los belgas que están cruzando por su flanco derecho. Los auxiliares se ocuparán de los guerreros que ya han cruzado.

Craso se llevó el puño al pecho y ordenó a sus hombres que lo siguieran al galope. La rapidez era esencial para evitar que más y más belgas cruzaran el río.

Labieno rodeó a los belgas que luchaban con los auxiliares seguido por los veteranos, a los que condujo hasta el río.

Los belgas que vadeaban el Axona se vieron, de pronto, acosados por la caballería romana por un lado y atacados también por legionarios veteranos por el otro extremo. Los pocos belgas que en esas duras condiciones conseguían vadear el Axona y zafarse de jinetes y soldados romanos se encontraban de frente con los auxiliares del enemigo que les cortaban el paso.

Se combatía ferozmente en tierra. En la ribera del río. En medio de las aguas.

Cuando no se podía luchar con hachas o gladios, porque estaban con el agua hasta el hombro, se usaban dagas, o las propias manos.

El río empezó a impregnarse de rojo.

Los belgas comenzaron a entender que nunca se les permitiría el paso del río. Y que cuanto más ahínco pusieran en la lucha, más romanos enviaría a aquel punto el maldito procónsul de Roma. Y ésa, en efecto, era la intención de César.

Los belgas comenzaron a retroceder hacia su orilla del río, mientras los jinetes romanos seguían acosándolos por un extremo, los veteranos por el otro y los auxiliares por el centro.

Hubo muchos muertos.

Por ambos bandos.

Pero el puente quedó bajo control de las legiones y ni un solo belga vivo en el lado romano del río Axona.

Ejército belga

Las noticias de lo ocurrido en la batalla en el río Axona llegaron al rey de los belgas y a los jefes de las diferentes tribus que compartían con él el mando de la confederación.

La derrota había sido total y los romanos habían tanto salvado el puente como evitado un ataque por su retaguardia. Sólo quedaba la opción de lanzarse en bloque, todos juntos, contra el frente del campamento romano.

Había dudas.

Aún varios líderes belgas optaban por esa posibilidad, pero otros no lo veían buena idea.

—Las bajas serán incontables —decían estos últimos—. Ya hemos comprobado cómo les cuesta a nuestros guerreros vadear el arroyo, los pantanos y luego luchar cuesta arriba.

—Y el romano se ha protegido los flancos —añadía otro más, recordando las trincheras que César había mandado construir en los extremos de la ladera.

—Pero si cargamos con todo nuestro ejército, no podrán detenernos —insistían aún los más favorables a la batalla campal total.

Al final, como siempre en aquellas semanas, recurrieron al criterio de Galba para que dirimiera entre unos y otros.

—El ataque frontal no es una opción —sentenció el monarca de los suesiones y líder de la confederación—. Eso es lo que está deseando el procónsul romano desde que levantó el campamento. Nuestro plan, atacarlo por la espalda y destruir su línea de suministros, era un buen plan, pero ha sabido defenderse. —Miró al cielo—. El verano termina y pronto vendrán las lluvias más intensas. Lo más prudente es retirarse cada uno a sus tierras y que cada tribu se atrinchere y se apreste a la defensa si el romano decide seguir hacia el norte. Pero deberíamos comprometernos aquí y ahora, entre todos, a acudir en ayuda de aquella tribu que sea atacada por el procónsul enemigo. Si el romano ve que nos ayudamos unos a otros, desistirá en su empeño de permanecer en nuestras tierras. Si nos ve desunidos, persistirá. Dejaremos pasar el invierno y con el regreso del buen tiempo será momento de volver a atacarlo, si es que aún sigue aquí. Ésa es mi propuesta.

Los jefes de las tribus reunidas en la confederación belga convinieron en aceptar la propuesta de Galba: las ocho legiones en lo alto de la ladera eran un imponente freno a sus ansias de lucha. Y la exposición que había hecho el rey de los suesiones los había persuadido de que era mejor esperar y ver, y, si el romano persistía en sus pretensiones de dominar sus tierras, atacarlo el verano siguiente, cuando un duro invierno belga hubiera hecho mella en sus provisiones y energías de combate.

Se inició lo que pretendía ser una retirada organizada, pero, poco a poco, cuando los guerreros de una tribu vieron que los de otra partían y se alejaban, todo se aceleró y, llegado el atardecer, el campamento general belga iba siendo abandonado en marchas aceleradas que más se asemejaban a una huida que a un repliegue táctico.

XXVI

El Egipto de Craso

Residencia de Pompeyo, Roma
57 a. C.

Plegó la misiva en dos y la dejó sobre la mesa, junto al vino y el plato de erizos sazonados con el mejor *garum* de Hispania.

—¿Otra carta de Cicerón? —le preguntó Afranio.

—No —negó Pompeyo mientras tomaba la copa—. En esta ocasión se trata de una nota de Craso.

Aquí, tanto el propio Afranio, que había formulado la pregunta, como Geminio, que los acompañaba en aquel desayuno de manjares exóticos con los que Pompeyo gustaba de deleitarse en la mañana, fruncieron el ceño y se miraron entre sí.

—¿Mantiene el *clarissimus vir* Pompeyo correspondencia con Craso? —inquirió ahora Geminio buscando más concreción.

—No —replicó Pompeyo con la misma forma lacónica que había empleado antes.

El odio entre Craso y Pompeyo era legendario y se había mantenido inmutable pese al acuerdo de triunvirato. Los intereses políticos que los unían a través de su pacto con César y el hecho de que, sumando sus votos en el Senado, pudieran sacar adelante los proyectos sociales o comerciales de cada uno de ellos, no habían contribuido a eliminar, ni tan siquiera a disminuir, el desprecio que mutuamente se profesaban Pompeyo y Craso. Habían pasado de atacarse sin descanso en el Senado a ignorarse, pero ésa era toda la mejoría en su trato personal. Afranio y Geminio, los dos hombres de confianza del veterano senador, sabían todo esto, por lo que una misiva de Craso era algo del todo sorprendente.

—¿Y qué desea? —preguntó Afranio, poniendo palabras a la curiosidad que tanto él como Geminio sentían.

—Me pide una reunión a tres: César, él y yo —explicó Pompeyo.

—Eso es que quiere poder proconsular, como César, para alguna campaña militar —apuntó Geminio con rapidez y, muy probablemente, clarividencia. Craso, como los otros dos triunviros, estaba consiguiendo sus objetivos políticos en el Senado, y más aún con un Cicerón exiliado y un Catón a quien *amablemente* se le había nombrado gobernador de Chipre. En esas circunstancias, que la motivación de Craso para una reunión revistiera más tintes militares que políticos parecía la deducción más lógica.

—¿Una campaña dónde? —interrogó Afranio a sus dos contertulios.

—No especifica que tenga que ver con una cuestión militar, pero es muy probable que así sea —admitió Pompeyo—. Ciertamente, por Júpiter, eso justificaría un encuentro entre los tres.

—Craso quiere Egipto —aseveró Geminio, tajante—. Es el reino más rico y, a la vez, accesible que hay ahora al alcance de Roma.

—¿Y por qué no una campaña contra Burebista, el rey de los dacios, al norte del Danubio? —sugirió Afranio—. Ésa era la campaña que César tenía prevista hasta que los helvecios lo complicaron todo en la Galia y luego se añadió la invasión germana de Ariovisto. Las minas de oro de la Dacia son un gran botín de guerra para alguien tan avaro como Craso.

—No, no creo —desestimó Pompeyo—. El ejército dacio está fuertemente armado, llevan sosteniendo combates durante varios decenios y cosechando victorias frente a los pueblos vecinos. Es una empresa muy compleja y Craso no tiene la audacia de espíritu de César como para acometer un desafío de esa magnitud. Además, el oro de la Dacia hay que extraerlo, demasiado lento y laborioso para Craso, que es más de cobrar impuestos al ciudadano que trabaja mediante sus *publicani*; sin embargo, el oro en Egipto ya está extraído y circula en abundancia en forma de joyas, anillos y brazaletes de todo tipo. —Y se permitió una sonrisa, primero, y una carcajada después. Sentía que su comentario había sido muy ingenioso.

Sus dos comensales lo acompañaron en la risa. Hasta cierto punto, la broma de su anfitrión, subrayando la codicia de Craso a la par que su supuesta falta de carisma militar, era cómica.

—¿Y qué vas a hacer? —preguntó entonces Afranio.

—Tendremos ese encuentro a tres —anunció Pompeyo—. Yo también tengo peticiones que formular a los otros dos triunviros.

Y con esa afirmación, Pompeyo pensaba dar término a la conversación relacionada con aquella inopinada carta, pero Geminio aún tenía recelos sobre todo aquel asunto.

—Ceder Egipto a Craso sería un gravísimo error, *clarissime vir* —se atrevió a decir. Se sentía obligado a advertir a su mentor de los peligros de semejante concesión a su enemigo más mortífero—. Egipto no es sólo oro, sino un enclave central en Oriente para el comercio y, sobre todo, grano, comida para la plebe de Roma. Todo eso bajo el control de Craso haría de él alguien prácticamente invencible, pues ampliaría sus reservas financieras casi de forma ilimitada, al tiempo que podría tener a la plebe en su mano regalándole pan a diario. Podría convertirse en un nuevo Sila, sólo que populista, apoyado en el pueblo y...

—Yo no he dicho que vaya a ceder Egipto —lo interrumpió Pompeyo, que añadió tajante—: No he estado alimentando a un faraón en el exilio, a Tolomeo XII, y a su hija Cleopatra para nada. Eso habría sido malgastar mi dinero, y a mí lo que me gusta es invertirlo en proyectos con futuro.

Los dos invitados de Pompeyo callaron. A Geminio le agradó en particular comprobar que su mentor, como mínimo, tenía bien clara la importancia de Egipto.

En ese momento, irrumpieron en el patio Cneo Pompeyo el Menor y Sexto, los dos hijos que aún vivían con su padre, el primero de diecisiete años y el pequeño de once. Pompeya, la hija del senador, ya casada, no residía con la familia.

Los dos muchachos entraron entre risas, empujándose mutuamente, de regreso del Campo de Marte, donde el mayor había estado supervisando la iniciación de su hermano menor en la formación militar.

Cneo, de pronto, se dio cuenta de que había invitados.

—Lo siento, padre —se disculpó. Su hermano pequeño también dejó de reír y se puso firme en medio del atrio.

Pompeyo hizo un gesto con la mano indicando a sus hijos que se retiraran sin interrumpirlos más y los muchachos se marcharon por donde habían entrado.

—Los jóvenes —apuntó Geminio a modo de disculpa ajena, como intentando quitar importancia a la descortesía de los chicos, que, sin duda, no habían pretendido molestar a los invitados ni mucho menos a su padre.

—Los jóvenes —repitió Pompeyo a modo de aceptación de las palabras de Geminio y, acto seguido, continuó hablando—: Pasemos a otro asunto: ¿sabemos algo de César?

Geminio, en calidad de informador habitual sobre todo lo que acontecía en la Galia, se sintió directamente concernido por la interrogante.

—Los belgas se repliegan hacia el norte —explicó, evitando la expresión «victoria» en nada relacionado con las acciones militares de César cuando sus enemigos se retiraban, pero sin faltar tampoco a la realidad de los datos que tenía sobre su campaña en la Galia belga.

—Bueno, cuanto más al norte luche, más estira sus líneas de aprovisionamiento y más peligroso puede resultar cualquier combate o emboscada, o, llegado el caso, el invierno —concluyó Pompeyo, sin ocultar cierto atisbo de optimismo con respecto a las posibilidades reales de César de conseguir doblegar a los siempre belicosos belgas. Sus esperanzas de que César terminara siendo engullido por los celtas estaban intactas. La ausencia de Julia aquel día, por encontrarse en una de sus frecuentes visitas a su abuela en la *domus publica*, le permitía expresarse con total sinceridad.

—Sí, el invierno está cerca y eso le complicará todo a César —comentó Afranio, quien, como militar, era consciente de lo extremadamente complejo de proseguir con una campaña en territorio desconocido, rodeado de enemigos, alejado de sus fuentes de suministros y con la posibilidad de verse rodeados de nieve en cualquier momento.

—Propongo un brindis por la llegada temprana del invierno al territorio de los belgas —dijo Geminio ofreciendo su copa a Pompeyo y Afranio.

Ambos aceptaron la propuesta.

Pompeyo, aquella mañana, se sentía satisfecho: Craso, con toda seguridad, planeaba acometer una campaña militar, de la que ya se vería cómo regresaba, y César estaba ya inmerso en una de compleja resolución. El buen sabor del vino subrayaba su sensación de plenitud. Era como si el licor de Baco le hiciera sentir que podía vaticinar las calamidades que se llevarían por delante a sus dos enemigos. Aliados políticos temporales, pero enemigos eternos.

Luego, era cierto, quedarían Cicerón y Catón.

Y Clodio y Milón.

Pero todos ellos eran a sus ojos, en comparación con César y Craso, insignificantes.

XXVII

Noviodunum*

La Galia belga
57 a. C.
Unas semanas antes de la conversación entre Pompeyo, Afranio y Geminio

Ejército romano

César recibió las noticias de la retirada de todas las tribus belgas con cautela. Tanto él como Labieno, Craso, Balbo y otros oficiales, reunidos en las posiciones de vanguardia del ejército expedicionario romano en la Galia, intentaban escudriñar entre las sombras del anochecer los movimientos del enemigo.

—Es una retirada en toda regla —dijo Balbo.

—Lo parece —confirmó Labieno.

Todos sabían que ése podría ser un buen momento para iniciar una persecución del enemigo, pero el sol estaba cayendo en el horizonte.

* Soissons, en el norte de la actual Francia. Significa «ciudad nueva». No hay que confundirla con otras poblaciones del mismo nombre, como la que se encuentra en la actual Serbia.

—No quiero combatir de noche —comentó César—. En la oscuridad, el enemigo puede revolverse o emboscarse y esperarnos en cualquier desfiladero o lugar angosto que nosotros desconocemos. Y tampoco quiero enviar la caballería gala a una misión que puede ser suicida o perderemos la confianza de los líderes celtas que sí nos aceptan en la Galia. Que salgan sólo patrullas de jinetes para controlar los movimientos enemigos durante la noche, y mañana, con la primera luz del día, iniciaremos la persecución.

Tribu de los suesiones

Algunos jefes decidieron no avanzar por la noche, pero Galba tuvo claro que, una vez divididos, cada tribu por separado era vulnerable a la persecución que, sin duda, iniciaría el procónsul romano al amanecer. Por ello, insistió en seguir avanzando pese a lo penoso que resultaba hacerlo casi a oscuras, pues apenas había luna. Pero conocían el terreno y podían orientarse lo suficiente para alcanzar Noviodunum, su capital fortificada, donde atrincherarse a la espera de acontecimientos.

Ejército romano, al amanecer

—Se han separado —anunció uno de los jinetes que había estado vigilando el repliegue de los belgas durante la noche.

—Cada tribu habrá regresado a su lugar de origen —dijo Balbo.

Se hizo un silencio.

—La cuestión es si nos dividimos nosotros también o si nos concentramos en perseguir sólo a una de las tribus. Y si hacemos eso..., ¿a cuál de todas? —dijo Labieno resumiendo con claridad el asunto a decidir.

César asintió.

—Dividirnos casi nunca es una buena idea —respondió el procónsul de Roma—, y menos aún en medio de territorio enemigo. Mantendremos todas las legiones juntas y perseguiremos sólo a una tribu.

Nuevamente hubo otro momento de silencio.

Los *calones* repartían cazos con gachas de trigo a los altos oficiales reunidos en torno a César. Era la hora del desayuno.

—¿Y a quién seguimos? —insistió Labieno, planteando, de nuevo, la cuestión clave.

César tomó el cazo con gachas de trigo y empezó a comer. Era importante que todos se alimentaran bien antes de iniciar una marcha a buen paso para alcanzar al enemigo.

—Seguiremos a los suesiones, por supuesto —anunció con la boca llena mientras masticaba—. Galba es el líder de todos. Si lo rendimos a él y a su tribu, descabezaremos su confederación. —Y miró a los esclavos que repartían comida—. Otro cazo... Doble ración para todo el mundo esta mañana. Tenemos mucho que caminar.

Noviodunum

Galba vio las ocho legiones romanas frente a las murallas de su ciudad.

—¿Por qué ha venido con todo su ejército contra nosotros? —preguntaba uno de los guerreros veteranos.

Galba no se molestó en responder.

—Aprestaos a la defensa —dijo, en lugar de explicar lo que para él era evidente.

—¿Nos atacará de inmediato? —preguntó otro guerrero al monarca.

—Yo lo haría —respondió Galba—. ¿Por qué iba a darnos tiempo para prepararnos?

Ejército romano

La marcha había sido larga y veloz.

—*Oppugnatio repentina?* —preguntó Labieno.

—Sí —confirmó César.

Pese a que los legionarios pudieran estar cansados, para él era mejor sorprender al enemigo y ejecutar un asalto a la fortificación nada más llegar a ella.

Noviodunum

Los guerreros suesiones se distribuyeron por lo alto de las murallas. Contra ellos se abalanzaban ya miles de romanos, pero apenas llevaban unas pocas escalas y no parecían contar con el profundo foso que rodeaba la ciudad. Vieron a los romanos bajando al foso y, desde el fondo, arrojar las escalas hacia lo alto de la muralla para intentar trepar.

Los suesiones respondieron arrojándoles todo tipo de proyectiles en una dura lluvia de hierro y piedra.

Ejército romano

—Esa zanja delante del muro es una trampa mortal —dijo Labieno.

César apretaba los dientes.

No había contado con aquel maldito foso.

—Que se retiren —dijo—, que se retiren rápido —insistió.

No tenía sentido perder tantos hombres en un ataque imposible.

Las órdenes de repliegue general se dieron haciendo sonar las tubas.

Los legionarios de primera línea que no estaban muertos o heridos graves salieron del foso que rodeaba la ciudad y se alejaron de la fortaleza, aliviados de no verse forzados a una empresa que se les antojaba imposible, y más con centenares de guerreros enemigos arrojándoles todo tipo de proyectiles.

—¿Qué hacemos? —preguntó Labieno—. No tenemos armamento de asedio.

César se pasó la mano izquierda por todo el rostro mientras meditaba. Se la llevó, entonces, a lo alto de la frente. Cada vez tenía menos pelo y aquello lo irritaba, pero nada podía hacer contra la caída de sus cabellos... ¿Y contra aquellos muros?

—Galba es su líder: hemos de rendir su ciudad, hacerlo capitular —sentenció César—. Como sea. Construiremos todo lo que haga falta. —Y miró a Balbo—. ¿Tenemos los manteletes que construimos para proteger nuestros flancos en el campamento del río Axona?

—Van por detrás de nosotros, con los bagajes de suministros —respondió el *praefectus fabrum*—. Estarán aquí en unas horas. Pero no tenemos torres de asedio ni escalas suficientemente largas...

—Dile a Vitruvio que las construya —replicó César—, y una rampa que tape el foso en un sector de modo que podamos acercar las torres a los muros de la ciudad. Si se trata de un asedio, lo haremos bien. Por Hércules, lo haremos a conciencia.

Diviciaco, Dúmnorix, Vercingetórix y otros líderes de los aliados galos asistían también a aquel cónclave del alto mando romano. A todos los celtas les asombraba la determinación del líder romano. Y todos tomaban nota mental de lo que veían. Diviciaco para reafirmarse en que era mejor estar del lado de los romanos, Dúmnorix para persistir en la idea de que había que expulsar a aquel procónsul como fuera del territorio galo en cuanto pudieran y el joven Vercingetórix para, por el momento, aprender mucho y bien de la guerra, en general, y de cómo hacía la guerra, en particular, aquel líder de Roma. Por su parte, él aún no tenía decidido si era mejor estar con los romanos o enfrentarse a ellos.

Noviodunum

Galba podía observar desde lo alto de las murallas los trabajos de los romanos: la acumulación de manteletes y otros parapetos con los que proteger a los legionarios que se acercaban al foso para ir echando tierra en un punto y cubrirlo en una gran parte y la construcción de lo que parecían ser tres grandes torres de asedio.

Rampa y torres.

No había que ser un genio para deducir los planes del procónsul romano.

Caía la noche. Las sombras se extendían alargadas, como espíritus de los antepasados que se arrastraran por la pradera circundante, recordándoles el negro futuro que les esperaba a todos si no encontraban la forma de detener el ataque romano que se estaba fraguando lentamente.

—Hay aún muchos de los nuestros dispersos por la zona —comentó Galba, que sabía que no todos los suesiones habían retornado a la capital tras la compleja huida nocturna frente al enemigo—. Mandad algunos guerreros para advertir a los nuestros que aún estén desperdigados para que vengan a la ciudad aprovechando la noche. Y enviad también mensajeros a los belovacos, a los atrebates, a los atuátucos y a todas las demás tribus para que honren el pacto que aceptamos todos antes de replegarnos, por el cual debíamos asistirnos mutuamente en caso de ser atacados de forma directa por el romano.

Varios jinetes partieron en diferentes direcciones y, en medio de la noche, sortearon las patrullas nocturnas romanas.

Tres centenares de suesiones, de los que aún vagaban por los bosques cercanos, acudieron a la llamada de su rey y consiguieron llegar a Noviodunum también al abrigo de la oscuridad para reforzar el número de guerreros defensores de la fortaleza.

Amaneció.

Galba se había retirado a dormir temprano para reaparecer al alba en lo alto de las murallas.

—¿Ha llegado respuesta de alguno de los jinetes que enviamos a las otras tribus?

Era difícil responder a aquella pregunta. A nadie le gustaba dar malas noticias a su rey.

Galba miró a su alrededor y leyó el fracaso en los ojos de sus oficiales.

Estaban solos ante el enemigo.

Asedio de Noviodunum
Cuatro días después del primer ataque

Ejército romano

Todo estaba dispuesto para intentarlo de nuevo: las torres de asedio terminadas y la rampa, cubriendo una parte del foso, preparada para acercar aquellas ciclópeas construcciones rodantes a la muralla, repletas de legionarios armados y prestos para el combate.

—Hay uno de los líderes de los remos que nos acompañan que insiste en entrevistarse contigo —comentó Labieno—. He hablado con él y creo que su propuesta puede ser interesante.

César, sentado en una *sella curulis*, en el interior del *praetorium* de campaña, levantó la mirada de los mapas que estaba consultando.

—Si tú piensas eso, así será —dijo—. Que pase.

El procónsul de Roma recibió al líder de los remos, sus aliados en la Galia belga, que viajaba incorporado al ejército romano expedicionario al norte del río Axona.

—Me dicen que quieres hablar conmigo.

—Así es, procónsul.

—Te escucho —dijo César invitando al remo a que expresara lo que fuera que había captado la atención de Labieno.

—Los suesiones han sido nuestros vecinos mucho tiempo —inició el remo—. Y no siempre nos hemos llevado bien, pero su actual rey, Galba, es de los líderes más sensatos que han tenido. Si se ve solo, como parece que está, pues nadie ha acudido en su auxilio, es posible que se avenga a razones.

—¿Eso incluiría pactar una rendición de Noviodunum? —preguntó César sin andarse con rodeos.

—Yo creo que sí... —respondió el remo—, siempre que los términos no sean... humillantes.

—Entrega de armas, todas, y rehenes, incluidos familiares del rey, hijos suyos. ¿Tiene hijos?

—Tiene —confirmó el remo.

—¿Los podrías identificar?

—A alguno de ellos sí.

—Pues dile que, si entrega las armas y me da como rehenes a dos de sus hijos, dos que tú puedas identificar, y unas decenas más de hijos de guerreros relevantes de la tribu, respetaré su ciudad, avanzaré sin atacarlo más y pasaré a considerarlo aliado de Roma. Si luego contraviniera los términos de nuestro acuerdo, ejecutaría a todos los rehenes, empezando por sus hijos, volvería sobre mis pasos y arrasaría Noviodunum hasta que no quedase piedra sobre piedra. ¿Crees que puedes conseguir un pacto en esos términos?

—Quizá sí —comentó el remo—. No puedo garantizarlo.

Todos, en la tienda del *praetorium*, callaban. Estaban Labieno, Balbo, Craso y varios oficiales romanos más. Los líderes galos, no. A Labieno no le pareció inteligente invitarlos cuando se hablaba de establecer más alianzas con diferentes tribus.

—Yo creo que merece la pena que lo intentemos —comentó, al fin, el propio Labieno—. Incluso con las torres de asedio y la rampa y los manteletes, va a ser muy duro hacerse con las murallas de la ciudad, y vamos a tener muchos muertos y heridos. Si nos podemos ahorrar esas bajas... —Pero no terminó la frase.

—Si nos podemos ahorrar esos muertos —continuó César, siguiendo con el razonamiento de su amigo—, evitaremos debilitar nuestro ejército en medio de territorio hostil, además de mostrar al resto de las tribus que, si se rinden, se puede llegar a un acuerdo razonable con nosotros. Hay que intentarlo, sin duda. —Y miró al remo—. Ve junto a la muralla y pide entrevistarte con el rey de los suesiones.

Galba escuchó con atención la propuesta que le hacía el remo en nombre de César.

El monarca de los suesiones sólo hizo dos preguntas. La primera, a sus hombres de confianza que estaban tras él:

—¿Han llegado noticias de alguna de las otras tribus?

—No, mi señor —respondieron al unísono varios de los presentes.

La segunda pregunta, Galba se la hizo directamente al remo:

—Tu tribu ha pactado con el romano y tenéis experiencia en tratar con él. Dime: ¿el romano cumple su palabra?

—Con nosotros la ha cumplido. Es cuanto puedo decirte.

Estaban en lo alto de las murallas. Galba podía ver frente a ellos tres torres de asedio, ocho legiones romanas, manteletes, miles de tropas auxiliares con arqueros, honderos y varias caballerías aliadas del procónsul enemigo, desde galos a númidas, una rampa que había tapado gran parte del foso y, al fondo, en lo alto de un lustroso caballo, la figura de magno porte a quien todos los centuriones y tribunos romanos se dirigían y que, sin duda, era el propio procónsul en persona, esperando su respuesta.

Suspiró.

Acto seguido, el rey de los suesiones se giró hacia el interior de la ciudad y pudo ver a mujeres y niños y ancianos, todos refugiados, llenos de temor a ser asesinados por los invasores o, peor aún, a caer cautivos o ser violadas unas y torturados los otros.

Disponía de unos diez mil guerreros armados. Suficientes como para contener una o dos primeras embestidas del enemigo, quizá más, pero algo le decía que las torres de asedio terminarían cumpliendo su cometido. Incluso si incendiaban las tres que habían levantado los romanos, estaba persuadido de que el líder enemigo ordenaría construir otras tres o tantas como fueran necesarias. Galba podía oler la determinación de aquel procónsul. Podrían resistir semanas y llegaría, entonces, el hambre por la falta de víveres para alimentar a tantos como se habían refugiado en la ciudad. Las murallas, por fin, serían tomadas por los enemigos, y la muerte y el horror ya sin control alguno se abrirían paso por toda la ciudad.

El monarca inspiró profundamente: el resto de las tribus los habían abandonado. ¿Qué necesidad tenían ellos de pasar por todo aquel tormento y holocausto?

Galba miró, entonces, al enviado remo del procónsul.

—Dile al romano que acepto su propuesta.

Ejército romano

—*Divide et impera*, ¿recuerdas? —le dijo César a Labieno cuando recibió la noticia de la capitulación de Galba, y añadió sonriente—: Todo está saliendo según mis cálculos.

XXVIII

El Extranjero

Al norte del río Sabis*
País de la tribu de los nervios, la Galia belga
57 a. C.

Pero siempre hay algo o alguien que escapa a nuestros cálculos.

Cabalgaba bien erguido pese a sus años. Era un hombre maduro, entrado en años. Si no fuera por su excelente forma física, se le vería ya con demasiados inviernos a sus espaldas como para entrar en combate. En cualquier caso, él ya no pensaba en luchar en primera línea en ninguna batalla de ninguna otra guerra.

Cabalgaba en dirección a Bagacum, la capital del reino de los nervios. Boduognato, el monarca más duro, más fuerte y más poderoso de todos los galos belgas había convocado a su consejo militar y él formaba parte de ese grupo de hombres escogidos entre los más osados de aquella tribu indómita.

Aunque él no era nervio, ni siquiera celta o galo. No era germano tampoco, ni provenía de los celtas allende el mar, de la remota tierra britana, con los que los belgas comerciaban. No, él procedía del sur, y

* El actual Sambre.

del este, de tierras muy lejanas y exóticas para los habitantes de aquel territorio del norte del mundo. Él era hijo de otras batallas y otras guerras, de sangres derramadas en otros horizontes. Él provenía de una contienda olvidada por todos. Era como un ser de otro mundo, de otro tiempo que, por alguna carambola del destino o de los dioses, seguía cabalgando, aún vivo, sobre la faz de la tierra.

Lo llamaban el Extranjero.

Los romanos habían ascendido, poco a poco, desde el sur, expulsando primero a los helvecios de la Galia celta, y luego se habían enfrentado con el temible ejército germano del rey Ariovisto y lo habían puesto en fuga, además de echar a todos sus innumerables colonos de las tierras al sur del Rin. En los cónclaves militares de la tribu de los nervios a los que había asistido en presencia del rey Boduognato, había escuchado que el líder romano que comandaba aquel ejército disponía ya de ocho legiones y que, ahora, se había adentrado en la Galia belga, sin duda animado por su inacabable sucesión de victorias.

Había escuchado también el relato de cómo aquel procónsul había resistido frente al ejército de la confederación que el rey Galba de los suesiones había reunido para detener, de una vez por todas, su irrefrenable avance. Pero en las reuniones de los jefes nervios se explicó que el romano se había aliado con los remos y forzado al propio Galba a capitular. Los mensajes que llegaban indicaban que el cada vez más temible procónsul se adentraba ahora en territorio de los belovacos.

—Nunca se atreverá a cruzar el río Sabis como ha hecho con el Axona —aventuraron algunos líderes tribales en el último consejo militar de Boduognato.

El Extranjero recordaba cómo en ese momento lo miró fijamente el propio rey de los nervios buscando su opinión. Los nervios siempre habían detenido todos los intentos de invasión de sus tierras en el Sabis.

—¿Tú qué piensas de todo esto? —le preguntó de modo directo Boduognato, que recordó un dato que justificaba su presencia allí pese a lo incómoda que resultaba a muchos jefes nervios por ser un extraño—: De todos nosotros, Extranjero, tú eres, al fin y al cabo, el único que ha luchado en el pasado contra los romanos.

Él sintió que tenía que dar alguna respuesta.

«Nunca se atreverá a cruzar el río Sabis», había dicho uno de los jefes.

El Extranjero parpadeó un par de veces en silencio. «Nunca» era una palabra demasiado definitiva, demasiado total que, sin embargo, no podía encapsular todos los vértices del destino.

Podía sentir las miradas de los líderes tribales y del propio rey esperando su réplica. Y sí, era un hecho que, de todos los allí congregados, el único que había luchado contra los romanos era él.

Miró al suelo mientras pensaba. Un jefe, impaciente, fue a decir algo, pero Boduognato levantó la mano derecha para que se respetara el tiempo que se estaba tomando en responder su consejero venido de otras tierras. El monarca tenía genuino interés en su opinión.

El Extranjero inspiró profundamente y sintió el aire frío en sus pulmones. Hacía fresco ya en aquellas tierras del norte, aunque él solía ir con pieles que dejaban al descubierto sus brazos y piernas repletos de cicatrices. Aquellas heridas lo hacían merecedor de respeto por parte de aquellas gentes acostumbradas a la lucha perenne para mantener sus tierras a salvo de invasiones.

Miró al rey.

Boduognato lo había acogido hacía años, a él y su pequeña partida de hombres armados, a su esposa y sus hijos pequeños. Había aprendido que moverse con un grupo reducido de personas era más fácil para pasar desapercibido que al frente de un gran ejército. Eso ya lo intentó en el pasado y sólo encontró muerte y desgarro, dolor y derrota absoluta. Con un pequeño grupo de leales le fue, por fin, posible alejarse tanto de Roma que pensó que sus legiones ya nunca lo alcanzarían, pero ahora el rey que lo había acogido estaba mirándolo, esperando consejo, porque Roma, siempre Roma, de nuevo, llegaba hasta su remoto refugio en los límites del mundo.

—Yo prepararía una buena defensa —dijo el Extranjero.

Él no era de hacer cálculos. La historia le había demostrado que todos los cálculos podían quebrarse. Él destruyó los de Roma en varias ocasiones. Y Roma, a su vez, aniquiló los suyos. Estaban empatados. Por el momento.

—Una buena defensa, ¿dónde? —preguntó el monarca del norte de la Galia belga—. El romano ya ha rendido varias ciudades y fortificaciones de las otras tribus.

—Una buena defensa donde los nervios siempre han conseguido sus mejores victorias —respondió el Extranjero de modo contundente;

desde su llegada a la región, se había informado de las últimas batallas y guerras de la zona—. Una defensa en el río Sabis.

—Mmmm —masculló Boduognato desde su trono de madera, elevado con respecto a todos los presentes—, para eso no necesitamos ni yo ni mis hombres —añadió señalando al resto de los líderes congregados— el consejo de ningún extranjero. Allí, como bien dices, mis antepasados y yo mismo hemos conseguido grandes victorias, y allí frenaremos a ese maldito romano.

—No, no me necesitas para saber dónde luchar —replicó el Extranjero—. Me necesitas para saber *cuándo* luchar.

XXIX

Los belovacos

Al norte del río Axona
La Galia belga
57 a. C.

Con los remos como firmes aliados, cruzado el río Axona, dispersa la confederación belga y rendido el rey Galba, César siguió avanzando hacia el norte. Su nuevo objetivo era la fortaleza de Bratuspantium,* la capital de los belovacos. Después de los suesiones, que habían encabezado la confederación belga que se le había enfrentado en el río Axona, los belovacos se habían mostrado como una de las tribus que más se habían significado en contra de Roma, y por eso quería enfrentarse primero a ellos.

César estaba convencido de que, tras derrotar a quienes habían liderado la confederación, el resto se mostraría cada vez más predispuesto a aceptar un cambio completo de situación en toda la región, donde Roma pasaría a ser el poder dominante. Un nuevo orden indiscutible, descabezada la oposición. Siempre quedaba el espinoso asunto de la tribu de los nervios, más lejana, al norte del río Sabis, pero ya llegaría a

* Probablemente, la actual ciudad de Beauvais, en el norte de Francia.

esa cuestión una vez controlara todo el sur de la Galia belga. Ya valoraría, entonces, cómo de fuerte se sentía para completar, o no, la conquista de todas las poblaciones belgas.

Labieno también pensaba en ellos, pero había tantas otras tribus por controlar aún que esperaba que, en algún momento, César decidiera frenar el avance hacia el norte y quizá no plantease nunca el asunto de enfrentarse a los nervios, pues estos últimos jamás habían sido derrotados y aquello no era un buen augurio.

Pero mientras uno y otro meditaban sobre todas estas cuestiones, cabalgando a la cabeza del ejército romano, las legiones se detuvieron frente a las murallas de Bratuspantium.

Esta vez fue Diviciaco, el *vergobreto* de los eduos, quien se ofreció para parlamentar con aquella tribu antes de iniciar un nuevo asedio.

—Los eduos hemos tenido lazos de amistad con los belovacos antaño y reconocerán en mí, como *vergobreto* y druida de los eduos, a alguien en quien confiar —se explicó Diviciaco ante César—. Si les ofrezco un pacto similar al que se acordó con los suesiones, veo posible que lo acepten. O, por Belenus, que al menos lo considerarán.

César miró a Labieno.

—Cuantas menos batallas, menos muertos, por su lado y por el nuestro —respondió Labieno a la mirada de su amigo.

César cabeceó afirmativamente mientras meditaba: las tropas estaban cansadas. El avance hacia el norte siempre era a marchas forzadas, para ir sorprendiendo al enemigo, algo que conseguía, pero se trataba de una estrategia que agotaba a sus hombres. Unas negociaciones, fructificaran o no, proporcionarían un tiempo de descanso que los legionarios necesitaban y, ciertamente, merecían. Y si además se conseguía otro pacto y una nueva capitulación sin luchar, eso reduciría el esfuerzo exigido a las tropas: los legionarios eran más disciplinados y fieles a un líder que les demandaba combatir sólo cuando cualquier otra opción era imposible.

—Inténtalo —respondió César, dirigiéndose al druida eduo—. Pero en esta ocasión quiero, además de la entrega de armas, varios centenares de rehenes, no unas decenas. Quiero que sientan que, si quebrantan su acuerdo conmigo, en el caso de que lo alcancemos, serán muchos de los suyos los ejecutados de forma fulminante.

Residencia del jefe de la tribu de los belovacos
Bratuspantium

Diviciaco acababa de presentar la propuesta de César.

Ocurrió lo esperable: unos líderes se mostraban a favor del pacto y otros, abiertamente en contra. Los primeros argüían, como ya pasara con los suesiones, que se habían enviado mensajeros a las tribus vecinas, según el acuerdo que se estableció tras la batalla del río Axona, y había que esperar respuesta. Aunque, como en el caso de Noviodunum, nadie respondía a la llamada de auxilio ahora de los belovacos y solos no podían contra las ocho legiones del procónsul romano. Este grupo de líderes se sentía, en consecuencia, perdido, sin saber qué hacer.

Los que, por el contrario, defendían la lucha, argumentaron que podían pedir ayuda no ya a las tribus vecinas que claramente se desentendían, sino a las colonias belgas más allá del mar, establecidas en el sur de Britania, e, incluso, solicitar una mayor implicación de los britanos que ya habían enviado algunos guerreros y pertrechos para combatir el avance romano.

Diviciaco escuchaba atento el debate, pero no podía entenderlo todo bien, pues el idioma era una variante del suyo propio y muchas palabras sonaban de modo diferente, llegando en ocasiones a resultar del todo ininteligibles. Sí que acertó a comprender que se estaba abriendo una tercera e inesperada alternativa con relación al pacto con César. Una alternativa que forzaba que él se viera retenido en Bratuspantium durante unas horas.

Campamento general romano levantado frente a Bratuspantium
Praetorium

—¡Están haciendo una salida, procónsul! —anunció un centurión irrumpiendo en la tienda del alto mando y alarmando a César y al resto de los oficiales allí reunidos—. ¡Pero no vienen hacia nosotros, sino que se alejan de su ciudad! —aclaró al ver los rostros de preocupación de sus superiores.

César no se quedó a debatir sobre la forma en la que aquel centurión había expuesto aquella noticia. Se levantó y salió de la tienda, seguido de cerca por Labieno y el resto, y fue directo a la empalizada norte para observar los movimientos del enemigo.

—En efecto. Los que salen se alejan —confirmó Labieno.

—¿Sabemos algo de Diviciaco? —inquirió César.

Balbo miró a su alrededor y sólo vio tribunos negando con la cabeza.

—No —dijo el hispano.

—Quizá lo hayan retenido —sugirió el joven Craso.

—¿Con qué fin? —preguntó César, pero era más bien como si pensara en voz alta, no como si esperara respuesta de nadie—. Esos guerreros no vienen contra nosotros, sino que se alejan hacia el noroeste. ¿Qué hay al noroeste?

—Hacia el norte están los ambianos y los atrebates y los nervios —comentó Craso listando tribus que se habían manifestado completamente en contra de Roma—, pero hacia el noroeste no hay nada..., sólo...

—El mar —terminó César—. Pero... ¿por qué van hacia el mar?

Nadie supo qué responder a aquella última pregunta.

Los rayos de Apolo se debilitaron y la noche pronto cubrió la Galia belga.

Diviciaco regresó al campamento romano en la *prima vigilia* y fue conducido al *praetorium*, donde César lo esperaba aún despierto, acompañado todavía por sus hombres de confianza. Todo había sido extraño aquella tarde y ansiaban noticias que arrojaran luz sobre las peculiares acciones de los belovacos.

—Me han retenido porque, aunque han aceptado la propuesta, no todos estaban de acuerdo —se explicó Diviciaco.

César era muy rápido en pensamiento.

—¿Los que no estaban de acuerdo son los que han partido esta tarde en dirección noroeste? —preguntó el procónsul.

—Exacto —ratificó Diviciaco, sorprendido de no tener que alargarse en las explicaciones—. Surgió un intenso debate entre los que estaban dispuestos a pactar y cumplir con los requerimientos del procónsul y los que preferían seguir luchando. Entre ellos acordaron que los que no estuvieran de acuerdo en pactar se fueran de la ciudad y que los que sí estaban de acuerdo permanecieran, y como no querían interferencias de las legiones, me retuvieron toda la tarde, para que los que lo desearan pudieran marcharse sin ser molestados.

—Eso no es realmente cumplir con el acuerdo —dijo el joven Craso.

—No, no lo es, pero veamos qué ofrecen los que se han quedado —dijo César y miró, de nuevo, a Diviciaco—. Una negociación es una negociación.

—Armas, grano y un total de seiscientos rehenes —respondió el druida—. Todas las familias de los que se quedan entregan, al menos, un rehén. Intentan mostrar que quienes han optado por pactar cumplirán el acuerdo con lealtad.

—Armas, grano y muchos rehenes —repitió Balbo—. No parece un mal acuerdo y nos hacemos con otra fortaleza sin tener que combatir y vamos desarmando tribus.

César cabeceó afirmativamente.

—Mañana regresarás —le dijo a Diviciaco—, les dirás que estoy conforme y que empiecen con la entrega de armas, cereal y rehenes.

—Sí, procónsul —aceptó el druida eduo y se inclinó a modo de despedida para retirarse, pero César le hizo una pregunta más:

—¿Hacia dónde van los guerreros que han partido en dirección noroeste?

Diviciaco miró a César sin comprender bien el sentido de la pregunta. A él le parecía tan evidente que no podía entender que alguien no lo imaginara.

—Hacia el mar, hacia Britania.

César asintió.

Britania era esa tierra lejana e ignota que parecía casi más una leyenda, a ojos de los romanos, que un territorio real, habitada por tribus celtas que, en ocasiones, según le habían dicho algunos exploradores y traductores galos, habían estado enviando pertrechos y suministros a los belgas en su lucha contra las legiones. Un lugar hostil a Roma que se aprovechaba de su insularidad, de tener el mar de por medio, para atreverse a aliarse con los enemigos de Roma en el convencimiento de que ese mismo mar los protegía de cualquier intento romano de invasión o ataque.

Diviciaco se retiró, y Balbo y Craso y el resto de los legados y tribunos que habían asistido a la reunión lo imitaron.

Sólo quedó Labieno en la tienda.

—Seiscientos rehenes son muchos rehenes —dijo el amigo de César—. Por un lado, nos asegura la lealtad de los belovacos, pero encargarnos de tantos rehenes, más los que tenemos de los suesiones, nos obliga a emplear demasiados legionarios para custodiarlos. Además de tener que alimentarlos y cuidarlos...

—Se los entregaremos todos a los eduos —respondió César con rapidez y aire distraído, mirando al suelo como si aquél fuera un asunto en el que ya hubiera pensado y al que le hubiera encontrado solución.

—Pero los eduos podrían traicionarnos en algún momento y liberar a todos los rehenes a su cargo y aliarse con otras tribus —protestó Labieno.

—Ningún plan es perfecto —replicó César, aún absorto en sus pensamientos, siempre mirando al suelo—, pero, como decías, son demasiados rehenes para custodiarlos nosotros. Si quieres, podemos quedarnos con los hijos del rey Galba y con unos pocos de los belovacos, como salvaguarda.

—Eso lo veo mejor —convino Labieno, pero sabía que César tenía la mente en otra cuestión...

—Britania... —masculló el procónsul de Roma entre dientes. Era la primera vez que pronunciaba el nombre de aquella remota tierra.

XXX

Gladiadores

Roma
57 a. C.

Frente al templo de Júpiter Stator, en dirección al Campo de Marte

Un *mirmillo*, espada desenvainada, escudo en un brazo, casco deslumbrante bajo los rayos de Apolo, asomando sus ojos fieros de lobo en caza por entre la rejilla metálica que le protegía el rostro, pisaba las piedras de las calles de Roma en dirección al Campo de Marte. Iba seguido de cerca por otros gladiadores armados con tridentes, los *retiarii*, con otras espadas y dagas, los *provocatores*, y hasta con flechas un grupo de *sagittarii*. Cuando algún ciudadano desprevenido, desinformado sobre la controvertida votación que iba a celebrarse en la asamblea del pueblo, o un borracho perdido de regreso de alguna fiesta que se había alargado hasta el amanecer, se cruzaba con aquella amenazadora comitiva de hombres armados, lo primero que le venía a la mente era que un segundo Espartaco se había rebelado y, en esta segunda ocasión, entrado hasta las mismísimas entrañas de la ciudad. Y es que el recuerdo de aquel ejército de esclavos aún tenía atemorizados a muchos en Roma.

Los cincuenta gladiadores, encabezados por aquel *mirmillo*, eran sólo la avanzadilla de un nuevo ejército, esta vez de sicarios portadores de mazas y hachas, que seguían de cerca a aquellos profesionales de la muerte.

Detrás de todos ellos, Clodio, que había pasado las últimas semanas recorriendo los diferentes colegios de lucha para contratar a los gladiadores más feroces, empezando por la escuela que dirigía su hermano en Capua, cerraba aquel ejército urbano pavoneándose ante las miradas asustadas de los pocos que se atrevían a observar el avance de sus ilegales tropas por las calles de Roma.

Los ciudadanos más informados sí sabían de qué iba todo aquello: Milón, el nuevo tribuno de la plebe, seguía retando la autoridad de Clodio en la ciudad y había llevado a votación a la asamblea del pueblo una ley que permitiría el regreso de Cicerón. El Senado, controlado por el triunvirato, no votaría nunca a favor, de modo que la asamblea del pueblo era el único camino para sacar adelante aquella propuesta. Claro que eso significaba el enfrentamiento directo con Clodio, y éste ya había anunciado su oposición frontal al proyecto de ley. Semejante anuncio buscaba desincentivar la presencia de ciudadanos en la asamblea por temor a la más que previsible violencia con la que Clodio intentaría sabotearla. Aquellos gladiadores armados eran la respuesta de Clodio al desafío de Milón.

Se trataba de un pulso político.

Se trataba de una contienda a vida o muerte, pero, al contrario que en la arena de un anfiteatro, sin jueces ni editor de los combates ni norma alguna.

Aquí todo valía.

Sobre todo, el engaño.

Centro del Campo de Marte

Milón, rodeado por una docena de sus mejores hombres, supervisaba la llegada de los ciudadanos a la asamblea. Había proclamado de forma insistente a sus seguidores y a todos los hastiados con la brutalidad de Clodio que no importaba lo que éste organizara; él, Milón, aseguraba a los que asistieran a la asamblea plena seguridad. Era de suponer que Clodio iba a oponerse a la votación de la nueva ley, pero lo que realmente había temido Milón era que su enemigo político hubiera echado mano de fondos ocultos para comprar el derecho de veto de alguno de los otros tribunos y, de ese modo, detener de modo legal la votación. Como cuando Catón intentó imposibilitar la votación de la ley de reforma agraria que César, dos años atrás, llevara también a la asamblea.

Pero, para sosiego de Milón, Clodio había optado únicamente por la oposición violenta, supuestamente más eficaz.

Y es que defenderse de los gladiadores reclutados por su oponente no iba ser tarea sencilla, pero Milón también prefería la lucha en las calles a las maniobras legales. En la fuerza contra la fuerza, al contrario que un Cicerón o un Catón, se sentía más cómodo. Y esto era algo que Clodio no había sabido entender.

—Ahí están —le señaló uno de sus hombres a Milón, identificando la irrupción de los gladiadores enemigos que iban camino de atacar a los ciudadanos congregados para la asamblea.

Milón asintió y, sin mostrar ni temor ni sorpresa, anunció de forma categórica:

—Seguiremos con lo que hemos planeado.

Extremo sur del Campo de Marte

El *mirmillo* entró en la llanura dedicada al dios de la guerra y con sus furiosos ojos barrió el horizonte frente a él: una muchedumbre de ciudadanos estaba ya congregada en el extremo opuesto de la planicie empleada para las reuniones de la asamblea.

—¡Vamos allá! —exclamó el *mirmillo* y aceleró el paso.

El resto de los gladiadores lo siguieron exhibiendo sus armas de forma amenazadora, como si salieran a la arena, fieles a su entrenamiento, mezclando espectáculo y muerte. El regimiento de sicarios de Clodio, menos dados a glorificar sus excesos violentos, se limitaba a seguirlos con las mazas y hachas al hombro, como campesinos que, con normalidad acostumbrada, llevaran sus herramientas camino del campo donde iban a ser empleadas. Para aquellos asesinos profesionales de Clodio, la muerte del contrario no tenía por qué ser un espectáculo, sino, simplemente, efectiva, real y definitiva.

El propio Clodio, quien, como su oponente Milón, también iba escoltado por grupos de sus mejores hombres, apareció en aquel punto del Campo de Marte. Allí detuvo su marcha. Era un buen lugar para ser testigo de la batalla. Si es que había alguna, pues sólo veía a los ciudadanos congregados para la asamblea sin vislumbrar a ninguno de los sicarios de Milón asomando por entre las calles adyacentes o emergiendo de ningún escondite próximo. Entre su ejército urbano de gladiadores y sicarios y los ciudadanos congregados para la asamblea sólo había una llanura de hierba verde, reluciente tras las últimas lluvias y despejada de enemigos.

Clodio frunció el ceño. La ausencia de asesinos contratados por Milón era algo inesperado e incomprensible, pero para él que un enemigo hiciera estupideces entraba dentro de lo probable, en particular un oponente muy inferior a él, que es lo que Clodio pensaba de Milón.

—¡Atacadlos, por Júpiter! —ordenó Clodio—. ¡Matad a tantos como podáis y dispersad al resto!

Los gladiadores iniciaron una carga contra los ciudadanos de la asamblea, seguidos de cerca por los sicarios de Clodio esgrimiendo ya sus mazas y hachas con fines mortíferos.

La masa de ciudadanos reunida en el Campo de Marte se apretujó buscando en la proximidad de unos con otros una defensa que, era evidente, no iba a resultar útil, pero cuando muchos empezaban a valorar la idea de salir corriendo, sorprendidos de que Milón, pese a sus promesas de protegerlos, no pareciera haber preparado defensa alguna, de pronto, unos quinientos hombres reunidos a un costado de la multitud se quitaron las togas, muy inoperantes para el combate, y, dejándolas caer sobre la hierba, exhibieron petos de cuero, bronce o hierro, dagas afiladas y pesadas espadas, numerosas hachas, algunas mazas y hasta arcos y flechas.

El ejército de hombres de Milón, que hasta ese momento había permanecido camuflado entre el resto de los ciudadanos, partió sin demora al encuentro del enemigo en medio de la llanura del Campo de Marte.

El choque fue bestial.

Los gladiadores, sorprendidos por aquellos hombres armados que no habían esperado, se vieron frenados en su empuje, pero sólo al inicio. Pronto, echando mano de su destreza en la lucha, hiriendo y matando, empezaron a avanzar. Pero los hombres de Milón los superaban en número y comenzaron a rodearlos, de modo que cada gladiador se las tenía que ver con varios sicarios enemigos al mismo tiempo. *Retiarii* y *provocatores* y varios *sagittarii* cayeron heridos.

La llegada del resto de los hombres de Clodio fortaleció a los debilitados gladiadores y la lucha se prolongó de forma indecisa.

—Que empiece la votación —dijo Milón—. Votaremos la ley mientras se combate en la llanura.

Y eso hicieron.

Los ciudadanos ejercían su derecho al voto con un ojo en la asamblea y otro en la dura batalla campal que se libraba a sus espaldas, pero Milón, por el momento, estaba cumpliendo su palabra de protegerlos y a la mayoría les parecía justo corresponder a esa defensa de sus derechos votando a favor de aquella propuesta de ley que favorecía el regreso de un Cicerón al que muchos asociaban con la ley y el orden, una ley y un orden quizá muy estrictos, pero una ley y un orden que, bajo el control absoluto del violento Clodio, parecían haberse esfumado por completo hacía meses en la ciudad de Roma.

Nadie obtuvo una victoria decisiva en la planicie del Campo de Marte, pero la votación se llevó a término y los ciudadanos, aprobada la ley, se dispersaron.

Milón ordenó, entonces, el repliegue de tantos hombres de su bando como hubieran sobrevivido a la brutal lucha.

Clodio contemplaba aquella retirada de sus enemigos con los ojos muy abiertos y un nudo de rabia en el estómago. Había mucha sangre roja sobre la hierba, ya menos verde y menos limpia, destrozada por las pisadas de unos y otros y manchada por los cortes, tajos y heridas mortíferas de la lucha eterna por el poder, pero, más allá de la muerte y el horror, todo estaba dispuesto legalmente para el regreso de Cicerón a Roma: la votación que había querido impedir, pese a sus fornidos gladiadores, se había celebrado.

El *mirmillo*, líder de los hombres de Clodio, yacía agonizante sobre el Campo de Marte. Ya no habría para él nunca la oportunidad de ganar la *rudis*, la espada de madera que se entregaba al gladiador victorioso y que simbolizaba la conquista de la libertad gracias a su valor exhibido en la arena. Estaba muriendo como esclavo a sueldo, sin la heroicidad de aquel legendario Espartaco que también perdiera la vida luchando contra ciudadanos romanos armados en legiones imbatibles.

—Porque Espartaco también está muerto, ¿verdad? —inquirió uno de los ciudadanos de la asamblea que regresaban a su casa abriéndose paso entre los cadáveres de aquellos gladiadores que, infructuosamente, habían intentado detener la votación de la asamblea.

—Claro que está muerto —confirmó otro de los ciudadanos—. Como ese *mirmillo*. Muerto y bien muerto tras la batalla del río Silaro. Yo combatí allí —apostilló con evidente orgullo.

—¿Pero no dicen que no encontraron nunca su cadáver? —se atrevió a dudar el primer ciudadano.

El segundo se limitó a hacer un gesto de desdén con la mano.

—Muerto y bien muerto —insistió.

Sin más prueba que su vanidad de exlegionario victorioso.

Residencia de Clodio en la Subura

—¿Te has dejado derrotar por ese miserable de Milón por segunda vez? —La pregunta de Fulvia era retórica, pues el rostro desencajado de furia de su esposo no dejaba lugar a dudas—. Eso quiere decir que han aprobado la ley para que Cicerón regrese —añadió ella ahora con más rabia que desencanto: para Fulvia el regreso del senador que más había humillado a su padre, primero, y, luego, a su propio esposo era un insulto demasiado grande como para ser soportado con serenidad.

—Debería haberlo matado cuando tuve ocasión —admitió Clodio—. Tenías razón.

—Siempre la tengo —apuntó Fulvia.

Clodio iba a añadir un comentario, pero en ese momento su hermana Clodia, acompañada por Catulo, irrumpió en el atrio entre risas proferidas por ambos amantes. Y es que Clodia había vuelto a los brazos de aquel poeta que Clodio juzgaba funesto para ella, pero de quien admiraba el desparpajo para criticar a los poderosos, incluido el propio César, a quien, supuestamente, debía cierta obediencia.

—¿Estáis borrachos de nuevo? —les espetó Clodio. Su hermana, sistemáticamente, le generaba problemas. Mejor habría sido que se hubiera quedado en Capua con su hermano Apio, pero no, ella decidió volver a Roma y regresar a su vida torcida tan repleta de actos que justificaban el escándalo.

—¿Borrachos? —repitió Clodia reclinándose en un *triclinium* mientras su invitado Catulo la imitaba en otro contiguo—. Sí. —Y se echó a reír de nuevo mientras extendía su brazo para que un esclavo escanciara vino en la copa que ella ya sostenía en su mano.

Fulvia suspiró. Estaba acostumbrada a aquellas exhibiciones de su cuñada. No la importunaban. Simplemente, sus pensamientos estaban en otro mundo: seguía reflexionando sobre el hecho ya imparable del regreso próximo de Cicerón a Roma.

—Pero no te enfades, hermano —continuó Clodia—. Hemos compuesto un nuevo poema contra César.

Clodia sabía que su hermano, en su afán incontrolable de poder, había llegado a considerar incluso revolverse contra César, en particular contra un César que había llegado a algunos pactos con Cicerón, hasta el punto de tener al hermano de éste como uno de los legados bajo su mando en la Galia. Algo que decían que habría ofrecido al mismísimo Cicerón para que éste escapara de la persecución de Clodio. Por eso ella estaba convencida de que su hermano vería con buenos ojos cualquier poema satírico contra César.

—¿Cómo que *hemos* compuesto? —espetó el poeta, airado.

—Tú sabes que el primer verso es mío y el segundo es tuyo, amor —le dijo Clodia—. Soy tu Lesbia, ¿recuerdas? —haciendo referencia al nombre que él le daba cuando le escribía poemas—. Tu amada Lesbia y también, más allá de que lo reconozcas o no, con la que compones tus poemas a medias.

Catulo negó con la cabeza.

—He bebido demasiado para discutir contigo —dijo por toda respuesta y a modo de conclusión de aquel tema sobre la auténtica autoría de sus poemas.

—¿Y cómo son esos versos? —inquirió, entonces, Clodio. El desastre de la mañana al no poder impedir la votación que permitía el regreso de Cicerón lo tenía hundido, y más aún viendo el rostro sombrío de su esposa, que anticipaba un lecho frío aquella noche, de modo que cualquier gracia o chiste que lo animara era más que bienvenido.

—El primer verso dice así —anunció Clodia.

Nil nimium studeo, Caesar, tibi velle placere,

—Y el segundo concluye de este modo —apostilló Catulo recitando entre risas, pero de forma que se le entendiera.

*nec scire utrum sis albus an ater homo.**

—No termino de comprender dónde está la gracia de todo el asunto —dijo Clodio, algo decepcionado.

—Blanco o negro —repitió Catulo—: blanco por las túnicas blancas propias de su cargo sacerdotal de *pontifex maximus*, pero negro por... Ya sabes por qué...

Clodio empezó a asentir. La referencia al blanco quedaba clara; la del negro, sin duda, era negativa y podía aludir a infinidad de asuntos, todos perniciosos, entre otros, incluso, la sodomía...

—¿Pretendes aludir, como ya hicieran sus enemigos en el pasado, a una posible homosexualidad de César? —preguntó Clodio, refiriéndose a aquella vieja acusación de que, en tiempos de su juventud, César, para conseguir en Oriente el apoyo de la flota del rey de Bitinia en la guerra contra Mitrídates, llegara a acostarse con el propio monarca. Algo que nunca se probó y que César inveteradamente negó y seguía negando.

—¿Ves? —le dijo Clodia a Catulo—. Hasta a mi hermano le cuesta entenderlo. Te he dicho que has de ser más directo.

—¿Cómo más directo? —indagó Fulvia, entrando por fin en la conversación.

—Le he dicho que ha de poner a César acostándose con uno de sus oficiales. Eso haría que el poema corriera de taberna en taberna, de campamento en campamento, hasta llegar a oídos del propio César. Eso te gustaría, ¿verdad, hermano? —culminó Clodia mirándolo.

Clodio asintió.

—Estoy en ello —aceptó Catulo mientras le rellenaban la copa de vino—, pero estoy esperando un rumor.

—¿Qué tipo de rumor? —preguntó de nuevo Fulvia, interesada.

—Que César premie a alguno de sus oficiales más que a otros, y

* Poema XCIII del poeta latino Catulo: «No me esmero ni lo más mínimo, César, en desear agradarte / ni en averiguar si eres hombre blanco o negro». Traducción propia.

entonces ése será a quien ponga en el poema como su amante. Eso le dará más verosimilitud a todo —se explicó el poeta—. Y más gracia. —Y volvió a reír.

Clodio suspiró.

Poemas. De eso hablaban Clodia y su amante cuando él tenía una lucha descontrolada por el poder en Roma.

Se giró hacia Fulvia, quien, pese a su enfado con él aquel día, era la única que lo entendía.

—Si Cicerón se atreve a regresar, esta vez lo mataré —proclamó Clodio.

Pero, para su sorpresa, Clodio se encontró con una rotunda negativa por parte de su joven esposa.

—No, no harás tal cosa —le espetó Fulvia, que se explicó ante la faz de confusión de su marido—: Con Milón como tribuno en la asamblea y sus sicarios armados en las calles, no tenemos la misma posición de fuerza que hace un año. Tuvimos una oportunidad de matar a Cicerón y la dejaste pasar. Hemos de esperar a nuestro siguiente momento. Cicerón tiene amigos poderosos en Roma. Sabes que pacta en ocasiones con Pompeyo y, excepcionalmente, con César. No es presa fácil.

—Pues te garantizo que, si se atreve a regresar, le haré la vida tan imposible, tanto, que deseará haber muerto —vaticinó Clodio.

Fulvia levantó las cejas en una muestra de evidente incredulidad ante la nueva promesa de su esposo. Lo quería bien, esto es, en el modo en el que ella pensaba que se podía querer a un marido, pero se sentía tan defraudada por él. Necesitaba un hombre no ya fuerte, sino implacable con los enemigos. Y feroz en el lecho conyugal, lascivo, dominante. ¿Qué sería de aquel apuesto Marco que tan bien les sirviera en el pasado como sicario armado y como amante oculto? Seguía echándolo de menos. En especial, por las noches.

—Ja, ja, ja.

Las carcajadas etílicas de Catulo y Clodia se cruzaron con sus pensamientos lujuriosos. Era evidente que ellos iban a fornicar aquella noche y ella, no.

XXXI

La segunda confederación belga

Ejército de César
Centro norte de la Galia belga
57 a. C.

Las ocho legiones romanas siguieron su avance hacia el norte. Rendidos los suesiones y los belovacos, el siguiente objetivo era la tribu de los ambianos, y hacia Samarobriva,* su capital, dirigió César sus tropas.

Aquella fortaleza era particularmente relevante porque disponía de un puente sobre el río Somme que facilitaría el camino hacia el norte, hacia el objetivo final y más delicado de toda la campaña belga: el territorio controlado por Boduognato, el temible rey de los nervios, la tribu más dura, más belicosa y más hostil a Roma.

A los ambianos les ocurrió como antes a los suesiones y los belovacos. Cuando reclamaron la ayuda de las otras poblaciones del sur y centro de la Galia belga, ninguna acudió en su ayuda. César repitió el ofrecimiento que había hecho en casos anteriores y los ambianos, viéndose solos, aceptaron los duros términos de César: entregar todas las

* Amiens, en el norte de la actual Francia.

armas y también numerosos rehenes que garantizaran su lealtad al nuevo poder de la Galia belga.

En pocas semanas, el procónsul había conseguido desarmar a más de un tercio de la confederación belga que había llegado a liderar el ya huido rey Galba y tener al resto de las tribus atemorizadas y atrincheradas en sus respectivos territorios, sin atreverse ni a moverse, ni a atacar a César ni a asistir a nadie que reclamara ayuda para detener el imparable avance del líder romano.

Praetorium
Campamento romano en la Galia belga

—Pero quedan los nervios —dijo Labieno un día en el *praetorium* de campaña, poniendo sobre la mesa el asunto más peliagudo y que ya no podía soslayarse por más tiempo: o se enfrentaban con ellos, o detenían las legiones al sur del río Sabis sin adentrarse ya en aquel peligroso territorio norte de la Galia belga.

—Sí —admitió César mientras compartían algo de vino en el atardecer y examinaban juntos algunos mapas nuevos de la región dibujados por colaboradores galos—. Serán los más difíciles: nunca han comerciado con nadie del sur, viven como aislados y, la verdad, revisando lecturas he visto que nadie tiene claro si los nervios son galos belgas de origen celta, como el resto de las tribus, o si nos encontramos realmente ante una tribu de origen germano establecida al sur del Rin hace tiempo. Pero sea como sea, las conquistas que hemos hecho no podrán sostenerse con esa tribu fuera de control al norte. Hemos de someter su territorio, y eso nos dará, *de facto*, el dominio de toda la región en esta parte al sur del Rin. El Rin ha de ser la nueva frontera. —Y recorrió con el dedo índice el curso del gran río del norte según estaba trazado en el mapa—. En la zona alta, expulsamos a Ariovisto más allá del río. Ahora hemos de hacernos con el control en esta región del bajo Rin.

Labieno tomó un trago de vino antes de hablar.

Era como si necesitara fuerzas para contraargumentar ante alguien a quien admiraba y quería a la vez, ya que era la última persona a la que desearía contrariar en el mundo.

—¿Estás seguro de que Roma puede sostener una frontera en el Rin, tan lejos de Italia?

—Estoy seguro de que es lo único que dará tranquilidad a todas nuestras provincias al sur del Rin y a la propia Italia durante largo tiempo. Es una empresa ambiciosa y compleja, pero creo que puede hacerse.

—¿Con ocho legiones? —preguntó Labieno, ahora con claro tono de incredulidad. Imitando a César, recorrió con su propio índice el largo curso del Rin dibujado en el plano, pero con deliberada lentitud, de modo que se subrayara la enorme extensión de territorio a defender como supuesta nueva frontera de Roma.

César, que, como Labieno, se había levantado para señalar en el mapa, ahora volvió a sentarse y miró a su lugarteniente, a su mejor amigo, a su hombre de confianza.

—Creo que puede hacerse, sí, con ocho legiones —ratificó.

Labieno levantó las cejas y negó ligeramente con la cabeza; de modo casi imperceptible, pero lo hizo. Sabía que su gesto, involuntario e incontrolado, lo había traicionado, así que decidió ponerle palabras:

—Lo veo difícil, pero ha habido tantas cosas casi imposibles que te he visto conseguir que te doy un voto de confianza. ¿Seguimos, entonces, hacia el noreste?

—Sí, hacia el río Sabis.

—De acuerdo. —Y Labieno dejó su copa de vino ya vacía en la mesa, junto al mapa, y estaba a punto de marcharse cuando César le dirigió un comentario:

—Te agradezco tu sinceridad..., que expreses tus dudas cuando las tienes. Me hace reflexionar y repensar si lo que tengo en mente puede hacerse o no. Me haces ser prudente... dentro de mi osadía —concluyó con una sonrisa.

Labieno asintió y también sonrió, y dejó sin expresar su pensamiento sobre si lo que era prudente o imprudente podía ser una cuestión sujeta a debate. Pero era verdad que confiaba en el criterio militar de César.

Tienda de Dúmnorix
Campamento romano junto a Samarobriva

—¿Se os ocurre algo? —preguntó Dúmnorix a su pequeño grupo de incondicionales.

—Los nervios no se rendirán como han hecho las otras tribus —dijo uno de ellos—. Los nervios lucharán en el río Sabis. Es su frontera tradicional.

—Y son muy duros, tanto como los germanos —comentó otro.

—Cierto —aceptó Dúmnorix—, pero Divicón, el rey de los helvecios, era duro y cayó a los pies del romano, y Ariovisto era germano y tuvo que huir al norte del Rin tras ser derrotado. Si queremos que los nervios tengan alguna oportunidad..., hemos de ayudarlos.

Se hizo el silencio.

—¿Sugieres que nos retiremos en la batalla como se hizo en Bibracte? —preguntó Vercingetórix. El arverno estaba incorporado al grupo de Dúmnorix desde que actuara como mensajero con Ariovisto, aunque no siempre acudía a las reuniones.

—No —negó Dúmnorix—, demasiado evidente. Enviaremos mensajeros a Boduognato.

—Eso ya lo hicimos con Ariovisto —comentó otro de los presentes—. Le advertimos de la posición de César y no valió de mucho.

—Esta vez le daremos al rey de los nervios información que pueda usar en combate. Les anticiparemos con detalle la forma en que las legiones avanzan, explicándoles cómo interponen los carros de transporte entre unas unidades y otras. Eso les dará una buena oportunidad para emboscar a las primeras legiones —anunció Dúmnorix con una sonrisa triunfal.

Fortaleza de Bagacum*
Territorio de los nervios

Boduognato, rey de los nervios, sentado en un trono elevado por encima del resto de los asistentes a su cónclave, larga cabellera con una

* Actual Bavay, al norte de Francia, cerca de la frontera con la actual Bélgica.

trenza a un lado, rostro duro, ajado por el viento frío de la Galia belga, manos grandes, curtidas, mirada feroz y penetrante, había escuchado a los mensajeros de los eduos sin decir palabra. Fueron sus consejeros los que hicieron las preguntas:

—Entonces ¿los romanos avanzan con su ejército dividido en legiones de guerreros, pero interponiendo entre legión y legión los bagajes y carros de transporte de víveres y otros suministros?

—Así es —confirmaron los eduos enviados por Dúmnorix.

—Cuando se acerquen al río Sabis, a nuestra frontera —dijo uno de los consejeros mirando al rey directamente—, podríamos atacar la primera de esas unidades antes de que llegue la segunda, aprovechando que detrás están sólo los transportes de provisiones. Y quizá repetir el ataque con la segunda y la tercera legión. Eso nos daría ventaja para la batalla campal total: cuando los romanos reaccionen, habrán perdido ya muchos hombres.

Boduognato levantó algo la cabeza. Era el más duro de todos ellos. Por eso era el monarca. Barrió con sus ojos fieros a todos los jefes allí reunidos y detuvo su mirada en el Extranjero, aquel a quien acogiera hacía años y que lo había asesorado bien en el pasado, cuando otros pueblos celtas o germanos habían osado atacarlos.

—El rey va a hablar —dijo uno de los guardias que estaba junto al líder de los nervios.

Todos callaron.

—¿Y tú no dices nada? —inquirió el monarca como dando a entender que era en momentos como aquél cuando el Extranjero se ganaba el derecho a seguir viviendo entre ellos.

—Como ya dije, mi rey, el lugar, el río Sabis, es, sin duda, el punto donde luchar contra los romanos. Pero cuándo atacar es algo que no tengo tan claro. Un ataque sorpresa, con esa distribución de tropas romanas, parece una buena idea, pero se me antoja extraño que ese procónsul, que se ha mostrado tan cuidadoso en todas las campañas de las que tenemos noticia, contra los helvecios, germanos o belgas del sur, de pronto haga avanzar a sus legiones de forma aparentemente descuidada o desprotegida.

El rey lo escuchó en silencio. Podía ver cómo las palabras del Extranjero eran recibidas con desprecio por la mayoría del resto de los asistentes a aquel cónclave militar. Aunque el Extranjero se había mostrado certero en sus apreciaciones en el pasado, Boduognato sabía que su presencia seguía siendo mal vista por muchos de los jefes, quizá por considerarlo precisamente un extranjero, quizá por envidia de que gozara de la confianza del rey.

Boduognato ponderó las opiniones de unos y otros y retomó el uso de la palabra en medio del más profundo silencio.

—Esa estrategia de atacar nada más se acerquen al Sabis es buena —sentenció Boduognato con voz grave, casi de ultratumba—. Cuando se acerquen al Sabis, iremos a por sus primeras legiones aprovechando que estarán divididas por los transportes. Preparadlo todo. El romano está cerca —apostilló, pues, antes de los eduos, las patrullas de guerreros nervios ya le habían informado de la presencia de avanzadillas de caballería romana en las proximidades del río.

El resto de los jefes recibió con agrado el dictamen del monarca.

El Extranjero exhaló un suspiró largo, pero no era momento de decir nada más.

Ejército romano en marcha
Sur del río Sabis

—Ésa es su frontera —dijo Diviciaco a César.

Los eduos habían estado en tratos con muchas tribus belgas y conocían las costumbres y usos y territorios de todas ellas.

—¿En este valle es donde siempre han detenido a sus enemigos? —preguntó Labieno buscando confirmación sobre un asunto del que ya habían hablado antes.

—Es el único punto vadeable del río en verano —se explicó Diviciaco, dando información valiosa en su intento de mostrarse como un fiel aliado a los romanos, al contrario del inconstante de su hermano Dúmnorix.

—¿Profundidad? —preguntó César.

—Las patrullas de caballería que lo han cruzado dicen que a los legionarios el agua les llegará por el hombro —respondió Craso—, pero se puede cruzar sin hundirse y sin necesidad de nadar.

Éste era un dato clave: la mayoría de los legionarios no sabía nadar.

—Las patrullas también han detectado que los nervios abandonaron su fortaleza de Bagacum y están a unos diez mil pasos al otro lado del río, y con ellos han venido los viromanduos y los atrebates, entre otras tribus —apuntó Balbo.

—Perfecto. Tenemos una segunda confederación de tribus belgas armada contra nosotros —espetó Labieno con algo de desesperación. La insistencia de César en abarcar tanto territorio y enfrentarse a tantos enemigos se le empezaba a antojar, quizá, un punto excesivamente ambiciosa. Pese a las victorias constantes y a las explicaciones sobre el sentido de llevar la frontera romana hasta el Rin, temía un duro revés en cualquier momento. Una derrota que se los llevara a todos por delante. Estaban en el punto más alejado en el que jamás habían estado las legiones romanas en dirección norte. En territorio salvaje. Si algo fallaba, no habría lugar donde refugiarse. Serían exterminados.

—Esa colina, junto al río —señaló César con calma, levantando el brazo y extendiendo el índice de la mano derecha—, parece un buen punto para construir el campamento. Nos dará una posición elevada, fácil de defender, como en Bibracte o como en el río Axona. —Y miró a Craso y a Diviciaco—. Quiero las caballerías romana y gala por delante de las legiones para protegernos mientras nos aproximamos con la infantería a aquel punto.

Craso y Diviciaco asintieron y se aprestaron a ejecutar la orden recibida.

Labieno se aproximó a César y le habló en voz baja:

—La caballería no será suficiente para defendernos si atacan todos los nervios y sus aliados a la vez —dijo—. Y con los bagajes entre legión y legión nuestro avance será lento, torpe.

Labieno estaba preocupado. César parecía no dar importancia a aquello, pero, de pronto, le respondió mirando al suelo, con gesto aparentemente distraído:

—Yo no he dicho que avancemos hacia ese punto con las legiones en la formación habitual. —Y cogió un palo que había en el suelo y empezó a dibujar en la tierra el orden de avance que proponía para las legiones en su aproximación al río—. Lo haremos así...

Y Labieno y Craso y Balbo y los *legati* se acercaron muy atentos a cada uno de los números que marcaba César en el suelo. Cada número se correspondía con una legión. Y no, no era la distribución habitual.

XXXII

El futuro de Egipto

Residencia de Pompeyo
Roma
57 a. C.

Atrio principal

Tolomeo XII irrumpió en el atrio de la gran mansión de Pompeyo empujado por una ira mal contenida que sorprendió a su anfitrión, pues, por lo general, el faraón se había conducido como un hombre sereno pese al exilio y las dificultades sobrevenidas del mismo. Pero no aquella mañana.

—¿Vas a ceder Egipto a Craso? —le espetó el faraón sin preámbulos de ningún tipo.

Julia comprendió que era mejor dejar a su esposo a solas con el faraón exiliado y, viendo que, como era costumbre, el rey de Egipto había llegado acompañado de su joven hija, la invitó, como en otras ocasiones, a seguirla en dirección al segundo atrio de la gran mansión.

Segundo patio de la residencia de Pompeyo

Cleopatra siguió de buen grado a la joven matrona romana y pronto se encontraron ambas en el jardín del segundo patio. Al fondo del largo pasillo aún retumbaban las voces del faraón.

—Creo que he de disculpar el comportamiento de mi padre —dijo la joven Cleopatra.

—Está expulsado de su reino y, por lo que veo, tiene dudas sobre qué pasará con el asunto de su posible retorno al trono de Egipto —respondió Julia mostrando comprensión—. Es entendible que esté airado.

Los gritos del faraón se atenuaron. Parecía que Pompeyo empezaba a calmarlo.

Julia decidió desviar la conversación entre ellas hacia otro punto, un lugar donde su curiosidad la tenía atrapada desde que oyera la noticia.

—¿Es cierto que la joven princesa se va a desposar con su padre?

Cleopatra, nada más escuchar aquello, detuvo la marcha del paseo que las dos estaban realizando alrededor del patio y miró fijamente a su inquisitiva interlocutora antes de responder.

Atrio principal

—No es mi intención ceder Egipto a Craso —replicó Pompeyo sin elevar la voz, en un intento de sosegar el ánimo del faraón y de que éste, al tiempo, lo imitara en el tono en el que podrían seguir conversando—. ¿Por qué no te acomodas en ese *triclinium* y me escuchas?

Tolomeo aceptó reclinarse, pero seguía nervioso.

—Se rumorea por toda la ciudad que Craso te ha pedido una reunión con César y que va a reclamar más poder dentro del triunvirato —insistió el faraón—. Tú tienes numerosos clientes en las provincias hispanas y en Asia, por tus pasadas campañas militares, y César está conquistando territorios en el norte del mundo, pero Craso, más allá de sus negocios, no dispone de ninguna provincia bajo su control. Sé que tiene puestos sus ojos en Oriente, y en Oriente lo más deseable es Egipto.

A Pompeyo, pese a ser buen conocedor de la vida política en Roma, no dejó de sorprenderle lo rápido que se extendían las noticias, incluso si éstas pretendían ser secretas.

—No puedo controlar lo que se rumorea por la ciudad —dijo el veterano senador—, pero te garantizo que sí puedo controlar tanto a Craso como a César.

—De César me consta que el matrimonio con su hija te proporciona una... —El faraón iba a decir «rehén», pero le pareció excesivo y buscó otro modo de expresarse—. Tu esposa Julia te proporciona una forma de control sobre César, eso es evidente a ojos de todos, pero ¿cómo vas a controlar la insaciable avaricia de Craso?

Pompeyo sonrió.

—Anticipándome a él.

—¿Cómo? —inquirió el faraón.

—No voy a desvelar mis planes —respondió, entonces, Pompeyo—. Como verás, hasta la planificación de una supuesta reunión secreta, la que he preparado con César y Craso, se filtra por las paredes de este atrio y termina siendo tema de conversación incluso en la última taberna del Tíber. Digamos, pues, por mantener la discreción de mis futuras acciones, que mi apoyo a tu retorno a Alejandría sigue siendo... completo.

Segundo atrio

—Sí —respondió Cleopatra sin mostrar ni duda ni recelo, ni ante su propia réplica ni ante la pregunta—. Aunque supongo que que me vaya a desposar con mi padre resulta extraño según las costumbres y leyes de Roma.

—Bueno, aquí eso sería imposible —precisó Julia, pero sin manifestar desprecio ni rechazo ante la decisión de la princesa de, resultaba evidente por su serenidad, aceptar aquellos esponsales con su propio padre—. De hecho, es una acción, si no abiertamente ilegal, sí de dudosa moralidad para nosotros, pero creo que el Senado romano puede entender que cada reino tiene sus costumbres. Y los *patres conscripti* quizá se sentirán cómodos con esta boda si simplemente se realizan algunos sacrificios expiatorios previos para calmar a los dioses romanos que pudieran molestarse por este proyecto, pues la cuestión esencial, desde un punto de vista político, es que tu padre se despose de nuevo. Pero...

La joven Cleopatra ayudó a terminar la frase que Julia parecía no atreverse a pronunciar:

—Pero, más allá de leyes, senadores y dioses, ¿te intriga si a mí me parece bien o no casarme con mi padre?

—Sí —admitió Julia.

—Nuestras conversaciones siempre han sido sinceras —continuó la joven princesa—. Un poco me inquieta, sí, pero he de hacerlo: mi hermana mayor Berenice va a desposarse de nuevo con un poderoso sacerdote de Capadocia, de modo que Roma ya no la ve como una mujer sola en un trono, sino como la esposa de un hombre que estará al mando de Egipto, un hombre que será el interlocutor con los senadores romanos, y eso debilita la posición de mi padre. Así que no tengo otra opción. Y cuando algo se ha de hacer, no tiene sentido ponderar sus pros y contras.

A Julia le admiraba el pragmatismo de la muchacha.

—Pero ¿por qué ha de hacerse? —la interrogó entonces Julia.

—Por Egipto —replicó la joven Cleopatra, categórica, y, de pronto, como ensimismada, con la mirada perdida hacia un centro del atrio vacío, añadió unas palabras—: Por Egipto. Siempre. Todo.

XXXIII

Batalla del río Sabis (I)

Ejército romano
A diez millas al sur del río Sabis, frontera con el territorio de los nervios*
Julio del 57 a. C.

César, en efecto, cambió la formación habitual del ejército en su avance hacia el río Sabis: lo acostumbrado era que cada legión fuera con sus transportes de suministros y pertrechos justo por detrás. Esto hacía que entre legión y legión hubiera decenas de carros separando cada unidad militar de la siguiente, como si el ejército romano en marcha quedara subdividido en secciones, segmentos que podían ser atacados individualmente.

Tal y como Dúmnorix había informado a los nervios.

Los carros impedían que las legiones, en caso de un ataque por sorpresa, pudieran unirse y formar un frente de batalla único y cohesionado en el que maniobraran con facilidad.

Precisamente, para evitar esto, César reordenó el ejército: las seis legiones veteranas avanzaban juntas, una tras otra, por delante; tras

* Véase el mapa «Fase I. Batalla del río Sabis» de la página 1016.

ellas, iban todos los carros de transporte de las legiones en un gran destacamento de bagajes lento y pesado, pero que marchaba sin estorbar a las legiones veteranas. Finalmente, tras los carros, iban las dos legiones recién reclutadas.

Además, ordenó que la legión X, la más dura, la más fuerte, abriera el avance, seguida por la IX, la XI, luego la VIII, a continuación la XII y, por fin, la VII. De esta forma intercalaba las más expertas con las de veteranía media y dejaba, tras los carros, la XIII y la XIV, muy bisoñas en el combate, al final del todo.

Labieno, aun así, se mostraba preocupado. Y más aún cuando llegaron a la colina donde se iba a construir el gran campamento general, y César, al contrario de lo que hizo frente a Ariovisto, no puso una línea de cohortes completa para proteger los trabajos del resto de los legionarios, mientras levantaban las empalizadas de la fortificación. César sólo envió a la ribera del río la caballería y algunas tropas auxiliares.

—Eso puede no ser suficiente para protegernos de un ataque de los nervios —se atrevió a decirle a César.

—Al contrario —le respondió éste en aparente contradicción, hasta que sus palabras explicaron el sentido de todo aquello—: La falta de efectivos en la defensa será suficiente para alimentar la confianza de los nervios en un ataque, pese a que vean varias legiones juntas y ya no separadas por los transportes.

—¿Y es eso lo que queremos, por Júpiter? —preguntó Labieno, que aún no veía claro todo aquello—. ¿Que nos ataquen por sorpresa todos los nervios del mundo, los viromanduos y los atrebates, y cuantos se les hayan unido, sin tener el campamento construido y sin haber dispuesto suficientes cohortes legionarias como línea defensiva?

César se le acercó. Tampoco quería que la conversación fuera oída por todos los demás altos mandos del ejército.

—Llevamos meses en la Galia belga y no hemos tenido ninguna batalla campal de gran escala —se explicó—. Los remos se nos aliaron nada más llegar y la confederación de Galba sólo se atrevió a intentar sorprendernos por la retaguardia para luego dispersarse al ver fracasado su plan. Hemos rendido a varias tribus, pero quedan muchas con ojos expectantes observando nuestro avance. Si los nervios se repliegan, llegará el invierno sin que tengamos el territorio conquistado y nuestros problemas se agravarán. Necesitamos una batalla campal, necesitamos que los nervios crucen ese maldito río con todo lo que tienen y vengan a por nosotros, y necesitamos ganar esta batalla de forma absoluta y, de ese modo, la Galia belga entenderá que Roma ha llegado para quedarse.

—Tiene sentido todo lo que dices —admitió Labieno—, pero es... arriesgado.

—Lo es —aceptó César—. Pero es un riesgo calculado.

Ejército de los nervios, al norte del río Sabis

Boduognato, junto con el jefe de los viromanduos y el de los atrebates, los tres apostados entre los árboles, y el Extranjero, próximos al río en su ribera norte, observaban la posición de las tropas romanas.

—Van a construir el campamento en esa colina —dijo el líder de los atrebates—. Y, una vez lo hagan, serán inatacables, como cuando se fortificaron frente a los suesiones y sus aliados en el río Axona.

—Sí, pero no se han aproximado al río con los carros de transporte entre legión y legión —replicó el Extranjero en voz baja, a sabiendas de que los otros jefes lo miraban con desprecio—, sino con varias legiones juntas.

—Pero no todas —matizó Boduognato.

—Los bagajes romanos con todos sus carros de suministros vienen por detrás —anunció un guerrero que acababa de llegar al cónclave de jefes con noticias de las patrullas de avanzadilla—, seguidos de dos legiones más.

Boduognato lo miró muy serio y el guerrero, que, llevado por la intención de ser el primero en revelar aquella noticia a su rey, se dio cuenta de que lo había interrumpido, bajó la vista.

El monarca de los nervios no le recriminó la interrupción, más allá de aquella fulminante mirada: la información, al menos, era muy relevante en aquel momento.

—¿Qué hacemos? —preguntó el jefe de los viromanduos mirando a Boduognato, pues, en aquella segunda confederación de tropas belgas frente a César, todas las tribus aliadas reconocían al rey de los nervios como el líder único: su ejército de guerreros era el más duro y el más numeroso. Todos habían visto a los nervios repeler diferentes invasiones germanas justo en aquel punto del río Sabis, el único lugar por donde era vadeable en verano. Lo que Boduognato decidiera es lo que se haría.

El rey de los nervios se volvió de nuevo hacia el Extranjero.

—¿Sigues pensando que es mejor no atacar aún?

—Sí, sigo siendo de esa opinión —admitió el interpelado—. Yo no me lanzaría a cruzar el río sin saber bien dónde están las dos legiones que faltan. Los romanos son expertos en rodear enemigos con diferentes ejércitos —argumentó para intentar refrenar el ansia de lucha del rey belga.

—Siempre hemos vencido en este lugar —insistió Boduognato—. Contra cualquier enemigo.

—Nunca contra los romanos —advirtió el Extranjero—. Y esperaría, dejaría que el romano levantara su campamento y que llegara el invierno. El frío y los malos caminos dejarán sin abastecimiento sus legiones en unos meses, y, antes de que vuelva a conseguir reaprovisionarse con la llegada de la primavera, es cuando yo atacaría con todo. Entonces será, de forma efectiva, un enemigo debilitado.

Boduognato volvió a mirar hacia el río.

Estuvo un rato mirando sin decir nada y sin que nadie le hablara y sin que ningún otro informador interrumpiera sus pensamientos.

—Los romanos... —empezó, al fin, meditabundo, pero a cada palabra con más decisión— no han de construir ese campamento o, como se ha dicho, serán muy difíciles de expulsar de esa colina, ahora o después del invierno. Por otro lado, aunque no hayan interpuesto los transportes entre legión y legión, su ejército está partido en dos: seis legiones junto al río, carros de suministros en medio y, a unas millas, bien por detrás, dos legiones más. Esas dos legiones están demasiado lejos para asistir a los romanos si atacamos ahora, y así lucharemos contra un enemigo que no dispone de todas sus tropas y que, además, está inmerso en las labores de construcción del campamento y sólo ha interpuesto como defensa a lo largo del río jinetes de caballería y tropas auxiliares insuficientes para detenernos. Para mí, el enemigo, dividiendo su ejército en dos y mal protegido en sus trabajos de construcción, es ya un enemigo debilitado. No necesito de un invierno entero para tener la misma oportunidad que el destino me brinda ya —concluyó mirando al Extranjero.

El directamente interpelado por aquella mirada de Boduognato calló. No tenía más argumentos. Si el rey quería actuar, no había nada más que pudiera añadir para disuadirlo. Tampoco era ésta su guerra.

—En un ataque total por sorpresa derrotaremos con facilidad a su caballería y tropas auxiliares —se atrevió a proclamar el líder de los atrebates en una pausa del discurso del monarca nervio, encendido al ver a éste decidido a la acción pese a los recelos de aquel maldito extranjero cobarde, olvidando por completo los momentos del pasado reciente en los que sus consejos e intuiciones militares se probaron clarividentes. Todos estaban cegados por el aparente descuido con el que trabajaban las tropas enemigas junto al río.

—Sí —aceptó Boduognato—. Sus tropas regulares tendrán que abandonar los trabajos de construcción del campamento y de forma improvisada afrontar nuestro ataque total.

—Sorprendidos y sin todo su ejército con ellos —apostilló el jefe de los viromanduos.

Boduognato asintió.

Los jefes belgas respiraban con excitación.

La batalla estaba a punto de iniciarse, aunque sus enemigos romanos no lo supieran.

El Extranjero miraba al suelo en silencio, cabizbajo.

—¿Dónde está el procónsul romano? —preguntó el rey de los nervios al informador que lo había interrumpido.

—En su flanco izquierdo, mi rey.

—Perfecto —dijo Boduognato y miró a sus colegas de las otras tribus—: Dadme su flanco derecho. Vosotros sólo tenéis que mantener vuestras posiciones en el otro flanco y en el centro. Yo, con su líder en el otro extremo de la batalla, desbordaré a los romanos por mi flanco y terminaré atacándolos por detrás. Los destrozaremos entre dos frentes y el Sabis se llevará toda la sangre romana al mar hasta que al amanecer del día siguiente el paso de ese procónsul por nuestras tierras haya quedado sólo en un sueño del que no se acordará nadie.

Cuando terminó de dar órdenes, buscó la mirada del Extranjero. Éste se la sostuvo, sin desafío ni menosprecio, pero sin admiración ni respeto. Era una mirada fría, como cuando alguien piensa que te estás equivocando, pero desiste de repetirlo.

Boduognato no le dio importancia. El Extranjero se había mostrado más decidido contra galos y germanos, pero, como ya fue derrotado en el pasado por esos romanos, le parecía natural que ante éstos se mostrara más temeroso. Incluso tanto como para nublar su hasta ahora buen criterio militar. Pero él le demostraría que los romanos también eran susceptibles de ser derrotados. Más aún. Pensaba, tal y como había anunciado hacía un instante, aniquilarlos hasta que de ellos no quedara ni el recuerdo.

Ejército romano
Campamento en construcción junto al río Sabis

Fue como un grito que arrancara desde las profundidades del Hades.

César y Labieno y Craso y Balbo y todos los tribunos que estaban próximos al procónsul, esperando sus órdenes, se giraron hacia el río: decenas de miles de belgas emergían del bosque de la otra orilla y se lanzaban contra las patrullas de caballería que estaban vigilando la ribera. Los altos oficiales romanos fueron testigos de cómo la horda incontenible de belgas masacraba a los jinetes y seguía avanzando hacia el río. César había dispuesto unidades de arqueros cretenses y honderos baleares en diferentes puntos de la orilla norte, que arrojaron sus proyectiles contra aquella invasión de guerreros enemigos que se les venía encima. En Bibrax, arqueros y honderos, protegidos en la fortificación, pudieron lanzar sus dardos y proyectiles en la seguridad de no ser alcanzados por las hachas de los atacantes, pero ahora, tras la primera andanada de flechas, se vieron todos arrollados por los atrebates, los viromanduos y los nervios que, en un momento, estaban llegando ya a la orilla norte del río, imparables pese a las bajas provocadas por las saetas y piezas de plomo enemigas.

Era el turno de las tropas auxiliares que estaban en la orilla romana. Los belgas ya cruzaban el Sabis con sus hachas y espadas en alto, sin dejar de aullar salvajemente ni un solo instante. Era como si la sangre cretense, balear y romana ya derramada los enardeciera, los drogara y les diera aún más fuerza.

Todo había ocurrido en cuestión de apenas unos instantes, pero, por fin, César empezó a reaccionar.

—Los auxiliares tampoco podrán contenerlos —dijo—. Que todas las legiones abandonen la construcción del campamento y formen en triple línea de combate... —Pero miró hacia el sur, hacia el lugar más distante de su ejército. Él estaba apostado en el flanco izquierdo de las legiones y ya no había tiempo de mandar a nadie de su máxima confianza al otro flanco o al centro. El *legatus* de cada legión tendría que demostrar su valía y su pericia de forma autónoma en aquella batalla en los confines del mundo conocido por Roma.

—Ya salen del río —apuntó Labieno, refiriéndose a los belgas que iniciaban el combate cuerpo a cuerpo contra los auxiliares en la ribera sur.

—¡Las tubas! —ordenó César—. ¡Que toquen a formación de combate!

No había tiempo para más.

—Craso, tú reorganiza la caballería en la retaguardia —añadió César mientras se ajustaba el casco para entrar en combate él mismo.

Craso partió con su caballo hacia la posición justo detrás de los auxiliares, donde se habían refugiado los jinetes romanos supervivientes del ataque sorpresa belga.

—Y tú, Lucio —le dijo a Balbo—, ve a retaguardia y ordena que las legiones XIII y XIV rodeen la *impedimenta*, que dejen atrás a los carros de transporte y que vengan hacia aquí *magnis itineribus*.

Balbo también partió veloz para dar cumplimiento a aquel mandato del procónsul.

César, entonces, tragó saliva y miró a Labieno.

—¡Vamos allá, por Júpiter! —dijo.

—¡Vamos, por Hércules! —le respondió Labieno ajustándose también el casco.

Las legiones iniciaron su formación en triple línea de combate, con las cohortes de legionarios más jóvenes por delante y, por detrás, los de veteranía media y en tercera línea los más experimentados. Pero no todas las legiones formaban sus tropas con la misma rapidez y eficacia: en el flanco izquierdo romano, comandado por César y Labieno, los legionarios de la legión X formaron los primeros, y los de la IX, que combatían a su lado en aquel sector, también fueron raudos en la constitución de las cohortes de combate. Pero en el centro y sobre todo en el flanco derecho, las otras legiones se demoraban en organizar la línea de lucha.

En el frente de batalla, ya en la orilla sur romana, los auxiliares estaban siendo totalmente barridos por el empuje de los belgas, que seguían en su incontenible avance hacia las tropas regulares romanas.

César tragó saliva antes de gritar a las líneas de cohortes:

—¡Abrid pasillos! ¡Abrid pasillos!

No tuvo que explicarse más.

Los auxiliares que iniciaban un repliegue a la carrera, prácticamente una huida para salvarse de la matanza, cruzaron por esos pasillos para ir detrás de las legiones de combate y terminar refugiándose en el campamento en construcción, justo donde Craso estaba reagrupando las dispersas fuerzas de caballería que habían sobrevivido también al ataque demoledor de los belgas.

Dúmnorix y Diviciaco hacían lo propio intentando reunir a todos sus jinetes en medio de aquella debacle. Vercingetórix pudo también reagrupar a la mayoría de sus jinetes arvernos. Todos convinieron, a falta de órdenes expresas de César, permanecer allí y dejar que los romanos vieran cómo detener lo que claramente parecía imposible de ser detenido: el empuje descomunal de las huestes belgas procedentes del norte del Sabis.

Vanguardia romana, flanco izquierdo

César inspiró profundamente mientras pasaba también por uno de aquellos pasillos entre las cohortes de la legión X, pero no para alejarse y buscar resguardo, sino para ir a vanguardia: sus hombres lo observaban como a un dios, como a una divinidad en la que tenían puesta toda la esperanza para salir vivos de aquel ataque que parecía incontenible, que había destrozado a los cretenses, a los baleares y dispersado a las fuerzas de caballería y a los auxiliares.

César, sudando a borbotones de pura tensión, sabía que tenía que mantener la calma para que su enemigo interior no aflorara. «Es un riesgo calculado», le había dicho a Labieno. Pero ahora se preguntaba si habría calculado bien... o mal.

Ejército belga, flanco derecho, tribus atrebates

Los atrebates habían cruzado el río, aniquilado a jinetes romanos y galos, cortado brazos y piernas y alguna cabeza de arqueros y honderos baleares, y emergían del agua prestos a seguir masacrando a quien se les pusiera por delante.

De pronto, ante ellos aparecieron los legionarios regulares romanos de las legiones IX y X.

El choque fue descomunal.

De pronto, aquellos nuevos guerreros extranjeros no huían ante ellos.

Resistían.

Hachazo, choque de espadas, gritos, empellones, hachazo.

Pero, poco a poco, perdían fuelle.

Y empezaron también a retroceder.

—¡A por ellos, a por esos malditos perros romanos! —aullaba el jefe de los atrebates.

Ejército romano, flanco izquierdo, frente a los atrebates

César podía ver cómo los hombres de primera línea de la X retrocedían. Y lo mismo los de la IX, donde estaba Labieno. Y eran de las legiones más experimentadas.

—¡Reemplazo! ¡Por Júpiter! —ordenó César.

Lo tenía claro: el empuje de los atrebates era brutal. Venían enardecidos por su fácil victoria contra la caballería y los auxiliares. Las legiones no podían actuar según lo acostumbrado: los reemplazos debían ser más rápidos de lo habitual. Era cuestión de tener siempre la vanguardia con legionarios frescos y descansados frente a unos guerreros que habían llegado hasta ellos a la carrera y que habían tenido que luchar, aunque fuera poco tiempo, contra jinetes e infantería ligera, además de vadear un río. Su cansancio tendría que aparecer en algún momento.

César miró hacia un lado y otro: Labieno lo estaba imitando en la velocidad de los reemplazos con la legión IX, y lo mismo estaban haciendo los legados de las legiones del centro del ejército, pero no podía distinguir qué ocurría con las cohortes en el otro extremo de la batalla, en su flanco derecho.

Ejército belga, centro

—¡Avanzad, avanzad! —gritaba el jefe de los viromanduos.

Todo había ido bien contra los romanos apostados en la ribera norte y en el río. Ahora luchaban contra sus famosas legiones del centro del ejército romano. Aquí todo era algo más duro, pero seguían progresando. Y eran las últimas fuerzas de defensa del enemigo. Si rompían el centro o uno de los flancos de los romanos, éstos estarían perdidos.

—¡Matad, matad!

Los viromanduos se arrojaron contra las legiones como fieras salvajes acorraladas. Luchaban por lo suyo, por su tierra. El río era su frontera. Nunca la había atravesado nadie, ni los germanos ni ninguna otra tribu del sur de la Galia belga. Los romanos tampoco lo harían.

Ejército romano, centro

—¡Reemplazo, reemplazo! —ordenaban los *legati* al mando de las legiones XI y VIII. Habían visto las acciones del procónsul, situado a su izquierda con la X y la IX, y, con buen criterio, decidieron emular las maniobras de su líder. La situación era límite y tanto a los legados como a sus tribunos les pareció perfecto hacer exactamente lo mismo que hiciera César en su sector, acelerando la velocidad de los reemplazos en la línea de combate.

Ejército belga, flanco izquierdo

Boduognato cabalgó con algunos jinetes de escolta hasta el extremo izquierdo de la batalla para dirigir personalmente la acometida de sus guerreros nervios contra las legiones VII y XII. Sabía que su sola presencia insuflaba ánimos a los suyos, que, además, estaban ya de por sí muy exaltados por lo sencillo que les había resultado ahuyentar a la caballería enemiga y los auxiliares romanos también en aquel flanco.

—Ahora las legiones —masculló el rey de los nervios, al tiempo que miraba hacia el horizonte del valle, allí donde luchaba su oponente, el procónsul de Roma. Estaba lejos, a mucha distancia, en el otro lado de la batalla. Boduognato sabía de la capacidad de liderazgo de aquel hombre. Le habían contado decenas de historias sobre César; quizá algunas fueran inventadas, como aquella en la que decían que capturó y ejecutó a unos piratas que lo secuestraron en el lejano mar del sur, pero pudiera ser que no todas fueran invención y que algo de cierto hubiera sobre el carácter decidido de aquel procónsul. Lo importante ahora para Boduognato era que cuanto más lejos estuviera de él, mejor para sus fines, para la batalla, para la guerra y para la victoria final.

El Extranjero cabalgaba junto a los hombres de su escolta. Aunque el ataque se hubiera hecho contra su parecer, al rey le parecía interesante tenerlo a su lado.

—Hemos puesto en fuga su caballería, derrotado a sus auxiliares y masacrado a muchos de sus arqueros y honderos —le espetó Boduognato en busca de algo más de humildad en su asesor extranjero.

Pero no la encontró.

—Quedan sus legiones —dijo, y de pronto, como si el Extranjero pensara en otros tiempos, en otras guerras, añadió—: Siempre quedan más legiones romanas de las que uno espera.

—Tus derrotas contra ellos te nublan —le replicó el rey con cierto desprecio, sin dejar de cabalgar hacia la vanguardia de su ejército.

—Es posible —admitió el Extranjero.

Ejército romano, flanco derecho

Los *legati* de las legiones VII y XII no alcanzaron a ver las maniobras de César, y tan perturbados estaban por la presión de los nervios sobre ellos que ni tan siquiera tenían ojos para observar los movimientos de las legiones del centro. Actuaban casi como por inercia de supervivencia, aplicando la estrategia habitual, y lo habitual fallaba...

—¡Hay que hacer un reemplazo ya en primera línea! —apuntó uno de los tribunos de la legión XII, pero el *legatus* se resistía: era demasiado pronto.

Y no se hizo.

Las cohortes de vanguardia, aun sin quererlo, retrocedían para salvar la vida y se apelotonaban con las unidades de segunda línea. En poco tiempo, la legión XII combatía sin espacio entre las centurias.

Toda la legión era una maraña de legionarios en combate que en nada se asemejaba a la disciplina bien organizada de combate romana.

La legión VII no iba mejor.

Su *legatus* tampoco aceleró los reemplazos de las cohortes de primera y segunda línea, como habían hecho César en su flanco y los *legati* en el centro del ejército.

Pero en la VII se acumuló un problema más: estaba en el extremo del flanco derecho romano. Y los nervios alargaron deliberadamente su frente de batalla. De pronto, había guerreros enemigos que los sobrepasaban por la derecha: primero unas decenas, luego unos cientos, en poco tiempo más de un millar. Estaban siendo completamente desbordados.

¿Hacia dónde irían esos guerreros enemigos? ¿Hacia el campamento en construcción o se revolverían contra ellos, contra la VII, para atacarlos por la espalda?

El *legatus* estaba abrumado.

Los tribunos, desconcertados.

El desastre en aquel flanco era total.

Y llegaban más nervios.

Y, por si eso fuera poco, de súbito, no en la distancia sino muy cerca, apenas a un centenar de pasos de la línea de lucha, en lo alto de un fornido caballo, vieron al rey del enemigo, Boduognato, desafiante, como un dios bárbaro que les trajera la muerte y a quien en modo alguno podían derrotar. Portaba la espalda en alto, desenfundada, apuntando al cielo, gritaba a sus hombres, los enardecía aún más, todos sus oficiales lo miraban...

Los *legati*, los tribunos, los centuriones, los legionarios de la VII y la XII se sabían vencidos.

Y ya no podían ni considerar la huida. Los miles de nervios que los habían sobrepasado por el flanco estaban a su espalda: habían optado por rodearlos y atacarlos por retaguardia.

Sólo les quedaba a las legiones VII y XII luchar hasta morir.

Ejército romano, flanco izquierdo

—Procónsul, los reemplazos están funcionando —dijo uno de los tribunos.

Y así era.

César había dado orden, al poco de entrar en combate la segunda línea, de que la tercera, la de los más veteranos de la X, o lo que es lo mismo, los más duros de todo el ejército romano, pasaran ya a vanguardia. Ése fue el momento exacto en el que a los atrebates se les acabó el fuelle brutal con el que se habían lanzado contra ellos. Los veteranos de la X hicieron retroceder al enemigo por fin, por primera vez en toda aquella batalla.

César miró, entonces, a su izquierda: Labieno estaba consiguiendo lo mismo con la legión IX.

Miró más allá, hacia el centro de la contienda: las legiones XI y VIII estaban también logrando que los viromanduos iniciaran un lento pero constante retroceso en aquel sector de la batalla. Sus cálculos se estaban probando acertados...

—Tenemos... un... problema... —Era la voz de Balbo, sin aire. Acababa de llegar a su posición casi sin resuello, corriendo—. Venía de regreso, al galope..., después de reclamar a los legados de la XIII y la XIV que rodeen los carros y acudan a la batalla lo antes posible..., cuando al volver he visto... el desastre: hemos perdido todo el flanco derecho y los nervios ya nos rodean... —añadió jadeando.

César no se quedó a escuchar más detalles. Pidió un caballo y, seguido por varios jinetes más de escolta, llegó veloz al inicio de la pendiente de la colina donde estaba el campamento en construcción.

Desde esa altura, miró a su alrededor y vio la desolación, tal y como le había anticipado Balbo: en el flanco derecho, la legión XII combatía, si aquello era combatir, apelotonada, sin espacio entre las cohortes, de modo desordenado, y, peor aún, la legión VII, en el extremo del ejército proconsular, había sido completamente desbordada y rebasada, dejando que miles de nervios la rodearan. Además, algunos belgas habían alcanzado el mismísimo campamento y atacaban a los auxiliares y la caballería que Craso intentaba reorganizar, dispersándolos a todos. Como era de esperar, los jinetes galos liderados por Dúmnorix eran los primeros en emprender una veloz huida.

Pero la mayoría de los guerreros nervios que habían sobrepasado a la legión VII se organizaban para revolverse contra las legiones desbordadas y atacar tanto a los legionarios de la VII como a los de la XII por la espalda. Ambas unidades militares estaban heridas de muerte: era sólo cuestión de tiempo su aniquilación completa.

César parpadeaba mientras seguía mirando a un lado y a otro del valle.

Y pensaba.

Las legiones XIII y XIV, que escoltaban los carros de transporte, aún no se divisaban en el horizonte. Pese a que Balbo las hubiera reclamado, una cosa era desplazarse a galope a caballo y otra muy diferente a pie, cargado con todo el armamento de combate. En esas circunstancias, lo más razonable era retirarse con las otras cuatro legiones, las del flanco izquierdo y las del centro, que luchaban de forma disciplinada y estaban haciendo retroceder al enemigo. Se podía organizar un repliegue táctico y ordenado y salvar así todas aquellas tropas. En cualquier caso, las legiones VII y XII, a punto de ser rodeadas, estaban condenadas a la masacre total...

—Hay que retirarse con las legiones que podemos salvar —le sugirió un tribuno al procónsul de Roma en voz baja, como con miedo de decir lo que resultaba evidente ya para todos.

—Es... lo razonable, procónsul —apostilló Balbo.

César asintió.

Dos legiones perdidas. Una derrota total.

XXXIV

El templo de la libertad

Foro de Roma
57 a. C.

Cicerón contemplaba su casa en ruinas. Clodio no había podido evitar el regreso del gran orador a Roma, pero pensaba ser fiel a su promesa de hacer que su retorno le resultara un auténtico infierno. Así que, nada más aprobada la ley promovida por Milón para facilitar el retorno del veterano senador, ordenó que un centenar de sus sicarios demoliesen la residencia del gran orador.

Cicerón contemplaba aquella amalgama de piedras mal amontonadas y muebles quemados, mosaicos partidos y paredes tumbadas a mazazos sin decir nada. Era un genio en el uso de las palabras, pero no las malgastaba en lamentos que no conducían a nada.

A falta de vivienda propia, se instaló en casa de su hermano Quinto.

«¿Qué vas a hacer ahora?», le preguntó precisamente su hermano por carta, pues seguía como legado al servicio de César en la Galia, pero Cicerón simplemente le pidió el uso de su casa mientras encontraba soluciones a sus problemas en Roma. Quinto, por supuesto, le cedió gustoso el uso de su residencia.

Cicerón, en cuanto los sirvientes de su hermano le abrieron la mansión familiar para que pudiera disponer de ella, fue directo al *tablinum* para poder trabajar y, ahora sí, empezó a usar las palabras como sólo él sabía. Creía que lo peor que Clodio pensaba hacerle ya estaba hecho y que ahora sólo quedaba su contraataque.

Residencia de Clodio
La Subura, Roma

—Te dije que haría que Cicerón se arrepintiera de regresar —dijo Clodio con una amplia sonrisa. Buscaba desesperadamente la aprobación de su joven y hermosa esposa. Ella era particularmente sensual en el lecho cuando veía satisfechos sus deseos. Perturbar la existencia de Cicerón era uno de sus anhelos más ansiados. Clodio podía yacer con esclavas, pero era esa entrega amatoria tan intensa de Fulvia la que echaba de menos. Además de odiar él también por su parte a aquel maldito senador.

—Todo lo que le hagas a ese miserable me parecerá siempre poco —respondió ella con cierto desdén.

—Sólo he empezado, mi amor, sólo he empezado... —añadió Clodio y vislumbró un leve brillo en las pupilas de su esposa, que revelaba cierto interés en sus oscuros planes—. Si lo deseas, puedo compartir contigo mis designios para con Cicerón en la intimidad de nuestro dormitorio.

Ella sabía lo que él buscaba.

—Si solazarte conmigo va a motivarte para atormentar a Cicerón, cuenta con una noche de lujuria a mi lado, esposo mío.

Fulvia sabía cómo motivar a su marido.

Basílica Sempronia

Cicerón salía de intervenir en uno de los últimos juicios en los que se había involucrado para defender a hombres de Milón, acusados de provocar disturbios, cuando el esclavo *atriense* de la residencia de su hermano lo abordó en la calle.

—Tenemos problemas, *clarissime vir*, pero tenemos *más* problemas.

Cicerón se detuvo en seco. Estaba contento por cómo iban los juicios que llevaba entre manos y porque el Senado había aprobado indemnizarlo con dos millones de sestercios para reconstruir su gran mansión en el centro de Roma. Pero parecía que en aquella Roma aún bajo el control del maldito Clodio, pese al contrapeso que ejercían Milón y sus hombres, no podía disfrutar de muchos días de felicidad seguidos.

—¿Qué ocurre, por Hércules? —preguntó Cicerón—. Ya sabes que no me gustan los enigmas. Si ha acontecido alguna desgracia, dímelo sin rodeos.

—Es..., es Clodio, mi señor, ahora es edil de Roma... —empezó el esclavo.

—Lo sé —confirmó el orador.

—Ha aprobado una ley para que los terrenos de la antigua casa del señor sean empleados para la construcción de un templo.

Cicerón se había quedado sin muchos informantes en la ciudad, atemorizados por la violencia de los hombres de Clodio, pero el *atriense* de la residencia de su hermano, a cambio de una buena colección de monedas de oro, había aceptado arriesgarse para llevarle todo tipo de noticias relacionadas con su mortal enemigo y a la mayor brevedad posible.

—¿Un templo? —Por primera vez en años, desde los tiempos en los que se enfrentaba en el Senado con César, el gran orador se sintió confundido—. ¿Un templo en honor a qué dios?

—En honor a la diosa Libertas —le explicó el *atriense*.

Cicerón asintió en silencio mientras seguía caminando. Se trataba de una diosa popular entre los más humildes de Roma y muy adorada entre los seguidores de la facción de Clodio, pero, en cualquier caso y por encima de todo, se trataba de una deidad.

—Revertiré esa ley en el Senado del mismo modo que conseguí que me indemnizaran por la destrucción de mi casa —anunció Cicerón, pronunciando en voz alta sus pensamientos—. Los senadores del triunvirato andan divididos en la inquina con la que Clodio me ataca. En particular, los que dependen de Pompeyo. Revertiré esa ley.

El esclavo no parecía tenerlo tan claro y no era quién para preguntar al gran senador, pero lo hizo empujado por su curiosidad.

—¿Cómo piensa conseguir eso, *clarissime vir*?

Cicerón no se sintió molesto por la pregunta. Supo interpretar que estaba hecha desde la admiración de un inferior que cree que lo que su superior quiere hacer es del todo imposible.

—Como lo he hecho siempre, como he conseguido siempre mis grandes victorias, como lo hice contra Catilina o del mismo modo en el que conseguí derrotar en más de una ocasión a César: con palabras en el Senado.

Y aceleró el paso en dirección a la residencia de su hermano Quinto, seguido de cerca por un impresionado *atriense*, y se encerró, de nuevo, en el *tablinum*: tenía otro discurso que preparar.

Residencia de Clodio

—¿Y no temes, esposo mío, que Cicerón consiga la aprobación del Senado para recuperar la propiedad de los terrenos de su antigua casa, derribar el templo que has levantado en su lugar y reconstruir su vivienda? —le preguntó su esposa, que siempre veía puntos débiles en los planes que su marido trazaba contra Cicerón—. No controlas el Senado.

—No, no lo controlo —admitió Clodio—. Y es posible que el Senado, en efecto, le permita a Cicerón intentar hacer todo lo que dices.

A Fulvia no se le escapó una palabra que había empleado su marido.

—¿«Intentar»? —repitió ella en tono interrogativo—. ¿Acaso crees que no conseguirá el apoyo del Senado, no podrá hacerse de nuevo con esos terrenos y reconstruir su casa?

Clodio sonrió enigmáticamente al responder.

—Quizá que consiga el apoyo del Senado pueda no ser suficiente para lograr recuperar su casa.

Fulvia lo miró fijamente en silencio.

—Esta noche no —le dijo ella, al fin—, pero, si consigues impresionarme, búscame de nuevo en mi dormitorio.

—Te impresionaré, esposa mía. Te impresionaré.

Fulvia suspiró. No lo tenía nada claro.

Puertas del Senado de Roma

Cicerón salía triunfante: los *patres conscripti* habían reconocido su derecho a recuperar la propiedad de los terrenos confiscados por Clodio para así demoler el templo dedicado a la diosa Libertas y poder reutilizar los materiales del edificio para reconvertirlo, de nuevo, en su residencia habitual. Y todo con el dinero de la indemnización que ya se le había concedido.

—Tenemos la ley de nuestra parte —proclamaba Cicerón, exultante ante el *atriense*, caminando por el foro— y los recursos financieros necesarios para la obra. Quiera o no quiera Clodio, ese templo volverá a ser mi casa. Hoy mismo escribiré a mi hermano en la Galia para que sepa de esta gran victoria.

Al *atriense* le costaba creer que con alguien tan violento y retorcido como Clodio, para quien las leyes sólo existían para retorcerlas a su antojo, todo fuera a ser tan fácil, pero tampoco tenía nada con lo que rebatir la seguridad con la que el amo expresaba su fe en el triunfo total en aquel largo entuerto sobre la recuperación de su vivienda. Y tampoco era su función discutir con el *clarissimus vir*.

En pocos días, Cicerón reunió a un ingeniero, que dirigiría las obras de demolición del templo y de reconstrucción de su casa, y a un número notable de operarios, que trabajarían a destajo durante los próximos meses, para tener, antes de que su hermano regresara de la Galia, su casa completamente reconstruida. Así no tendría que imponerle su presencia de forma obligada a Quinto y abusar de su amabilidad. A Cicerón no le gustaba deber favores a nadie. Ni a amigos ni a familiares, y mucho menos a enemigos, como cuando ya declinara la ayuda de César para librarse de los ataques de Clodio uniéndose a su expedición en la Galia.

El propio Cicerón marchó con todos aquellos obreros y el ingeniero el día del inicio de las obras para ser testigo del momento en el que se empezaría la reconstrucción de su *domus*.

El ingeniero comenzó a dar instrucciones a unos y a otros cuando, de pronto, un numeroso grupo de hombres armados, enviados sin duda por Clodio, hicieron acto de presencia exhibiendo hachas y mazas con el fin de impedir los trabajos.

Los trabajadores, en cuanto vieron a todos aquellos sicarios, se quedaron inmóviles. Ellos eran operarios y la lucha política no iba con ellos, y menos jugarse la vida por nadie.

Pero Cicerón no era ningún ingenuo y, a una señal suya, desde varias calles colindantes apareció una cuadrilla de hombres armados aún más numerosa de la banda de Milón, prestos a la defensa del senador y también abogado. No en vano había estado defendiendo a muchos de ellos en los juzgados.

Los sicarios de Milón se interpusieron entre los operarios y los matones enviados por Clodio.

—¡Dispersadlos! —les ordenó Cicerón con cierto desdén para con los sicarios de Clodio, como quien desestima a seres insignificantes que se han atrevido a importunarlo mientras tenía asuntos más importantes de los que ocuparse.

Pero los hombres de Milón no actuaban: evitaban que los de Clodio atacaran a los operarios, pero no dispersaban a los otros sicarios. Y, en esas circunstancias, con las mazas de los asesinos de Clodio tan cerca, esgrimidas amenazadoramente, los operarios seguían negándose a iniciar los trabajos de demolición del templo.

Cicerón no entendía bien lo que estaba pasando: ¿qué impedía ahora a los hombres de Milón proteger sus intereses y arremeter contra los asesinos de Clodio?

El *atriense* reapareció con nuevas noticias.

—Otra ley, *clarissime vir* —anunció. A sabiendas de que el amo no era proclive a demorar explicaciones precisas, concretó—: Clodio ha promovido y aprobado una ley por la cual se acusará de *sacrilegium* a cualquiera que se atreva a demoler un templo sagrado en la ciudad de Roma.

Y las penas por *sacrilegium* podían ser brutales.

Cicerón comprendió ahora la inacción de los hombres de Milón: no se atrevían a alejar a los hombres de Clodio y que eso pudiera interpretarse como que colaboraban en la demolición del templo.

Por otro lado, en cuanto los operarios supieron de la nueva ley, se dispersaron a toda velocidad.

—Lo siento —dijo, al fin, el propio ingeniero y se marchó también.

Los hombres de Clodio empezaron a reírse y a levantar sus mazas y hachas en señal de victoria.

—Es mejor que nos retiremos, *clarissime vir* —sugirió el *atriense*.

Con desgana, Cicerón aceptó la propuesta del esclavo y se encaminó de regreso a la residencia de su hermano, intentando ver de qué modo podía revertir todo aquello. Embotado por la sorpresa y el desaliento, no acertaba con solución alguna cuando, de pronto, el esclavo lanzó un grito:

—¡Fuego, fuego!

Acababan de girar la calle que conducía a la residencia de su hermano Quinto: la casa estaba en llamas, incendiada por otro grupo de sicarios enviados por Clodio.

Residencia de Clodio

—Lo admito —aceptó Fulvia—. En esta ocasión, mi esposo me ha impresionado: las llamas siempre son purificadoras.

Aquella noche, Clodio disfrutó de una intensa velada de lujuria conyugal, aunque la joven Fulvia, cuando cerraba los ojos y se dejaba poseer, sólo pensaba en Marco, aquel Marco que los abandonara, huyendo de Roma, acuciado por deudas de juego y una más que probable muerte.

XXXV

Batalla del río Sabis (II)

Junto al río Sabis*
Norte de la Galia belga
57 a. C.

Ladera junto al campamento romano en construcción

—Hay que retirarse —repitieron varios tribunos a César.

Balbo asentía de nuevo confirmando que era lo único que podía hacerse ya para evitar un mal mayor que el de perder dos legiones.

Pero, de pronto, César negó con la cabeza y se giró hacia el hispano.

—Dile a Labieno que mantenga el empuje de la IX y la X contra los atrebates y que los haga retroceder hasta el otro lado del río —le ordenó César, tajante—, y que los *legati* de las legiones del centro hagan lo mismo con los viromanduos. Yo acudiré donde la VII y la XII y haré que resistan hasta la llegada de las legiones de retaguardia, las que vienen con los carros de transporte.

Balbo se decía que no sin hablar, moviendo la cabeza de izquierda

* Véase el mapa «Fase II. Batalla del río Sabis» de la página 1017.

a derecha repetidamente, como el resto de los oficiales que rodeaban al procónsul.

—La VII y la XII están prácticamente rodeadas —dijo el hispano—. Es cuestión sólo de poco tiempo que estén completamente acorraladas. Nada ni nadie puede salvarlas ya. Los nervios son miles...

—Los nervios no tienen arqueros —respondió César, y con aquella réplica enigmática para todos azuzó su caballo y se lanzó al galope, escoltado apenas por unos pocos jinetes, hacia el lugar donde combatían las legiones XII y VII al límite de sus fuerzas, a punto de sucumbir ante el ataque enemigo.

Balbo se revolvió hacia los tribunos:

—¡El procónsul ha dado órdenes! ¡Transmitidlas a los legados, por Júpiter!

Ejército belga, flanco izquierdo

Boduognato contemplaba su magnífica obra: dos legiones romanas luchando por su supervivencia, a punto de ser completamente rodeadas por sus hombres, mientras varios miles de sus guerreros, además, habían tomado, al menos en parte, el campamento romano en construcción y habían dispersado las tropas auxiliares y la caballería enemiga que se habían refugiado allí. Era cierto que los atrebates y los viromanduos parecían perder algo de terreno en los otros sectores de la batalla, pero su victoria era tan total en aquel flanco que estaba persuadido de que los romanos se retirarían pronto de la contienda, dejando atrás a las dos legiones atrapadas por sus tropas. Iba a ser una gran victoria. Una más contra otro enemigo que se había atrevido a intentar cruzar el río que marcaba su frontera, el límite que nadie debía rebasar nunca.

—Que vengan ya los guerreros del campamento romano —dijo a sus oficiales.

Boduognato quería reunir todas sus fuerzas y concentrarse en aniquilar las legiones que tenía ya heridas de muerte. Pocos monarcas del mundo conocido podían adjudicarse en aquellos tiempos o en años más remotos la gloria de haber destruido varias legiones romanas por completo. No pensaba hacer prisioneros.

Miró al Extranjero.

Éste guardaba silencio.

Boduognato lo había hecho enmudecer. El rey se sonrió.

—Ahora los atacaremos por la retaguardia —anunció, por fin, el monarca de los nervios como quien pronuncia una sentencia de muerte.

Ejército romano, flanco derecho
Legión XII

A medida que se acercaba a caballo hacia el destrozado flanco derecho de su ejército, César pudo ver cómo los guerreros enemigos se retiraban del campamento a medio hacer y se dirigían ya a atacar la retaguardia de las legiones VII y XII.

—¡Más rápido, más rápido, por Júpiter! —gritó y agitó las riendas y golpeó con los talones los lomos de su caballo. El animal relinchó y aceleró con furia su galope.

Los tribunos de retaguardia de la desmoralizada legión XII no daban crédito cuando vieron llegar al procónsul.

—¿Cuál es la situación? —preguntó César al tiempo que desmontaba y entregaba el control del caballo a uno de los legionarios.

—No se han podido hacer los reemplazos bien... —empezó uno de los oficiales— y combatimos sin espacios... —Pero dejó de hablar porque César ya no le escuchaba, sino que lo había rebasado y observaba la disposición de las cohortes: toda la legión era una maraña sin sentido. Se luchaba en primera línea de modo desordenado.

Se volvió hacia atrás: los nervios que descendían desde el campamento estaban dando término a la maniobra enemiga de cercarlos por todas partes. La legión XII estaba totalmente rodeada y él estaba atrapado con aquellos legionarios.

—Solos no aguantaremos —dijo entre dientes, pero no estaba hablando con nadie. Miró hacia la posición de la VII, que combatía en similares condiciones, aunque quizá con algo más de orden y espacios entre sus líneas por la veteranía de sus hombres, pero desbordados por el flanco, incapaces de controlar el paso de guerreros enemigos hacia su retaguardia.

—¡Hay que desplazar la XII hacia la derecha! —ordenó César.

—Pero eso nos aleja del centro de nuestro ejército —se atrevió a decir uno de los tribunos, asustado. La situación ya era bastante mala como para desconectarse del grueso de las fuerzas romanas.

César lo fulminó con la mirada.

—Hace tiempo, tribuno, que el centro de nuestro ejército combate desgajado de las legiones XII y VII —dijo y señaló hacia el río: las legiones VIII, IX, X y XI estaban ya luchando contra los viromanduos y los atrebates al otro lado del Sabis. Había dos batallas: la que se libraba contra aquellas tribus, que estaba en tablas pese al repliegue de los belgas, y la que se estaba perdiendo de forma clamorosa contra los nervios y que, sin duda, iba a decidir el desenlace final de toda la contienda.

Nadie se atrevió a contradecir ya al procónsul.

—¡Tubas! —ordenó César.

Los *bucinatores* y *tibicines* soplaron sus instrumentos para transmitir la orden del procónsul y los hicieron resonar en medio del fragor de la batalla.

La legión XII, de forma lenta pero sostenida, como un animal herido que se arrastra en su agonía, se separó del centro del valle y, poco a poco, reptó sobre la tierra belga hasta unir sus fuerzas con las de la legión VII, justo antes de que los guerreros nervios llegaran a interponerse entre ambas. Eso sí, en vanguardia y retaguardia y en los flancos de ambas legiones, los guerreros de Boduognato acumulaban miles de hombres rodeando por completo las dos unidades militares romanas. Y, en medio de aquel cerco mortal, Julio César.

Ejército romano, flanco izquierdo

Labieno, al frente de las legiones IX y X, siguiendo las instrucciones de César, combatía ya al otro lado del río, pero con tal empuje y tanta furia que los atrebates empezaron no ya a replegarse, sino a huir del campo de batalla.

El segundo en el mando del ejército romano miró, entonces, hacia el corazón de la lucha: en el centro, los viromanduos también habían tenido que retroceder y combatían en franca retirada ante las legiones VIII y XI.

Todo marchaba bien.

Demasiado bien.

Era demasiado perfecto.

Intentaba discernir qué ocurría en el otro flanco, allí donde había acudido César, pero en este caso el combate era en la ribera opuesta y todo estaba tan lejos de su ubicación que no acertaba a distinguir bien qué estaba sucediendo. Los nervios, desde luego, no estaban por ningún lado cercano y las legiones VII y XII no habían ni tan siquiera cruzado el río. Se las intuía en la otra orilla, luchando contra miles de guerreros enemigos, pero era difícil discernir qué estaba ocurriendo con exactitud.

Labieno miró hacia el campamento general belga, que estaba también, como el romano, en una posición elevada.

Los atrebates y viromanduos que se retiraban no se refugiaban en él, sino que lo sobrepasaban y se alejaban de la batalla.

—¡Vamos a por el campamento enemigo! —ordenó, no tanto por conquistarlo, sino porque era la forma más rápida de tener una buena visión de lo que estaba ocurriendo al otro lado del río con las legiones VII y XII—. ¡Vamos, vamos! —insistió.

Tenía una extraña sensación de urgencia clavada en las entrañas, como un mal presagio, como el augurio de algo terrible: no veía a César por ningún lado.

Flanco derecho romano
Legiones VII y XII

En la veterana legión VII, la llegada de la legión XII se vivió con esperanza. Pero fue la aparición del procónsul lo que hizo sentir a todos los legionarios que los dioses no los habían abandonado por completo y que habían atendido sus plegarias. De pronto, con César entre ellos, todo era posible.

César.

Situado entre la segunda y tercera línea de cohortes.

Serio, grave, tenso.

Empezó a reorganizar las cohortes de las dos legiones de aquel flanco.

Miraba hacia el norte y hacia el sur.

Y lo que veía no le gustaba: todo eran guerreros y guerreros nervios en vanguardia y en retaguardia. Era imposible ya evitar ser completamente rodeado. De hecho, si se lo hubiera pensado un poco más, no habría podido cruzar las líneas de guerreros enemigos que circundaban ya todas las cohortes de aquel flanco.

Los dos *legati* estaban junto a él.

Y gran parte de los tribunos.

Y César era consciente de que estaban allí porque no sabía ya nadie qué hacer para salvarse de una muerte segura. Y lo miraban como si él y su ingenio militar fueran su única esperanza.

Y lo eran.

No había nadie ya de quien echar mano con las legiones del centro y del flanco izquierdo alejadas al otro lado del río, y las XIII y XIV aún intentando rodear los carros de transporte para llegar hasta la batalla.

Estaban solos.

César apretó los labios y pidió agua.

Se la dieron.

Bebió.

Entregó el cuenco vacío al legionario.

Miró a los altos oficiales de las dos legiones.

—Formación en cuadrado —dijo—. Las dos legiones: la tercera línea de veteranos girada hacia retaguardia, la línea primera manteniendo la vanguardia y la segunda línea de cohortes en los flancos. Un cuadrado.

—Pueden acribillarnos a flechazos —se atrevió a decir uno de los tribunos—. Rodeados y sin salida, será cuestión sólo de tiempo que nos masacren.

—Si tuvieran arqueros, un cuadrado sería un suicidio —admitió César—, pero no los tienen. Combaten cuerpo a cuerpo. Un cuadrado —insistió César.

Los *legati* asintieron los primeros. Luego, los tribunos y todos se volvieron hacia los centuriones para ir transmitiendo las órdenes.

Un cuadrado no era una formación habitual y tampoco era nada sencilla de conseguir en medio de un ataque.

—¡Que los legionarios de vanguardia y retaguardia empujen al enemigo doscientos pasos! —aulló César—. ¡Necesitamos ese espacio para formar los laterales del cuadrado!

El combate en vanguardia se volvió brutal.

Doscientos pasos pueden ser poco espacio o mucho. Rodeados de decenas de miles de guerreros belgas, doscientos pasos son un mundo.

Los legionarios empujaban con sus *umbones* como poseídos por lémures del inframundo. Muchos estaban exhaustos, pero el plan, que corría de boca en boca transmitido por los centuriones, tenía completo sentido para todos, y se aferraban a él como su única posibilidad de salvación.

Un cuadrado perfecto.

Ése era el objetivo.

Su única posibilidad de salvación.

En la retaguardia, los veteranos arremetieron con más furia aún contra los guerreros nervios que venían de hacer huir a los auxiliares y a la caballería del destartalado campamento romano abandonado.

Los pasos que demandaba César se arañaron uno a uno, con sangre, con heridos, con muertos.

Pero se consiguieron.

Las líneas de vanguardia y retaguardia de las legiones VII y XII se separaban y, mientras se abría esa distancia, a cada momento, los centuriones introducían diferentes centurias en los laterales de la formación.

El cuadrado se consiguió.

Perfecto.

Cuatro flancos.

Cuatro luchas.

Cuatro guerras.

Una única esperanza.

—¡Resistiiiid, resistiid! —aullaba César desde lo más profundo de sus entrañas, desde el centro de aquella jaula.

XXXVI

Arquelao

Comana, Capadocia, Asia
57 a. C.

Arquelao, sumo sacerdote del santuario de Belona, diosa de la guerra, emergió en la gran escalinata del templo, ungidos sus brazos y muslos con aceites que hacían relumbrar su piel morena ante los seis mil esclavos que le servían, formados ante él como si de un ejército se tratara.

Extendió los brazos e imprecó a Belona con potente voz.

Dos asistentes se le acercaron, cada uno por un costado, portando afilados cuchillos enrojecidos en las llamas del fuego sagrado del templo. Aún estaban los filos candentes cuando los dos ayudantes hundieron las hojas humeantes en la piel de los brazos del sumo sacerdote.

—¡Aaagghh! —aulló Arquelao, pero sin apartar ni un ápice sus brazos de aquel castigo, de aquel sacrificio en honor a la diosa de la guerra.

La sangre empezó a brotar por los dos cortes que los asistentes acababan de abrir, pero, como si aquello aún no fuera suficiente para satisfacer las ansias de sangre de la diosa Belona, los ayudantes, con los mismos cuchillos, hicieron varias incisiones más a lo largo de cada brazo y, como si aún eso no bastara, luego se arrodillaron ante el sangrante sumo oferente y le hicieron aún dos cortes más en cada uno de los muslos.

Arquelao ya no volvió a gritar, sino que retorció el cuello de un lado a otro, su cara agria, el ceño fruncido hasta el extremo y, en su interior, una profunda sensación de arcadas que le costó controlar para no contaminar el sacrificio sagrado propio del belonario supremo con su vómito impuro.

—¡Belona, Belona! —aullaron los seis mil esclavos y los miles de ciudadanos de Comana congregados para ver el sacrificio que Arquelao ofrecía a la diosa Belona a fin de que ésta lo ayudara en la gran empresa que estaba punto de acometer.

—Suficiente —dijo en voz baja a los asistentes, y éstos, humillándose innumerables veces, casi encogidos, se alejaron de su dueño y señor.

Otros ayudantes acudieron con toallas limpias y, con esmero, envolvieron los brazos sangrantes y los muslos heridos de su amo y lo acompañaron mientras éste se retiraba hacia el interior del sagrado templo de Belona.

—Que lo preparen todo para partir mañana con el ejército —dijo Arquelao mientras lo sentaban en una butaca y un médico empezaba a curarle las incisiones perpetradas en su piel de linaje real—. Al alba partimos todos hacia Egipto, a conocer a mi futura esposa, la reina Berenice IV, y a tomar mi puesto como nuevo faraón.

Arquelao sabía que en todo aquel proyecto contaría con la oposición de Roma, pero a ver a quién encontraban en Roma tan dispuesto a todo, a cualquier sacrificio, por hacerse con el control de Egipto.

Sabía de Craso y de Pompeyo y de César. Craso era un político, un negociante, un avaro, no un guerrero. Pompeyo estaba retirado y César luchaba en el remoto norte del mundo. Y Roma, sencillamente, no disponía de nadie más capaz de enfrentársele y luchar cuerpo a cuerpo como pensaba hacer él para salvaguardar las fronteras de su nuevo Egipto.

XXXVII

Batalla del río Sabis (III)

Junto al río Sabis
Norte de la Galia belga
57 a. C.

Ejército belga, flanco izquierdo

Boduognato, a la espera de la incorporación de todos sus guerreros que retornaban del campamento romano saqueado, observó las maniobras romanas uniendo las dos legiones, que estaban ya rodeadas por sus tropas.

—Eso es lo único inteligente que han hecho desde que empezó la batalla —dijo el monarca de los nervios—, pero ya llegan tarde a todo. Simplemente han decidido morir despacio en lugar de rápido —dijo riendo socarronamente, volviéndose hacia sus consejeros.

Todos se unieron a la carcajada real.

Todos menos el Extranjero. Éste permanecía mudo analizando cómo las dos legiones romanas cercadas por los nervios no sólo se unían, sino que formaban un cuadrado.

Fue entonces cuando unos guerreros informaron de que el procónsul enemigo se había integrado en las tropas de aquellas cohortes rodeadas.

Boduognato no cabía en sí de gozo.

—Hoy no sólo aniquilaremos dos legiones —proclamó extasiado—, sino que vamos a cazar a todo un procónsul romano. Nuestros hijos y los hijos de nuestros hijos, y así durante generaciones, rememorarán la gloria de este día.

Ejército romano, legiones IX y X en el campamento belga

Labieno consiguió conducir las legiones bajo su mando hasta el campamento belga y expulsar de allí a todos los viromanduos y atrebates que se habían refugiado entre sus empalizadas. Apenas encontró una torpe defensa mal organizada y fue fácil entrar y poner en fuga a unos guerreros que ya de por sí estaban muy desmoralizados. Y es que, aunque Boduognato estuviera consiguiendo una brillante victoria en su flanco, los viromanduos y los atrebates sólo habían visto caer a sus amigos envueltos en sangre, marcados por la derrota.

Labieno subió a una de las pequeñas torres de observación que los propios belgas habían construido y, desde lo alto, pudo ver con claridad todo el campo de batalla: las legiones del centro, lentamente pero de modo constante, seguían empujando a los viromanduos que aún luchaban alejándolos cada vez más del río. Los atrebates vagaban todos ya dispersos por el valle en franca huida. Todo aquello marchaba bien, pero, cuando se giró hacia el flanco de la VII y la XII, divisó el cuadrado que habían formado y en el que combatían de forma desesperada rodeados por todos los guerreros nervios de Boduognato. Era como si al rey enemigo no le importara el resto de la batalla: había encontrado una buena presa, la mordía en el cuello y no pensaba dejarla escapar por nada ni por nadie. Labieno había aprendido de César a valorar en su cabeza, y con velocidad, todo lo que podía ocurrir en una circunstancia límite: si no se conseguía revertir el destino de la VII y la XII, éstas serían aniquiladas y Boduognato se replegaría en orden después de destruirlas, se reuniría con los atrebates y viromanduos huidos, los reorganizaría y, tras haber masacrado dos legiones enteras, conseguiría la unión de más tribus y, armadas todas y con la moral fortalecida tras haber demostrado que era posible masacrar legiones romanas enteras, se lanzaría de nuevo contra ellos, contra unas tropas legionarias desmoralizadas y sin su líder carismático al frente tras la segura muerte de César en aquel maldito cuadrado.

Labieno lo pensó bien.

Rápido, pero con detalle.

No era buena idea llevarse las dos legiones a su cargo de allí. Hacía falta mantener una legión controlando el campamento belga, de modo que evitara la reagrupación del enemigo en ese punto y que la franca victoria del flanco izquierdo y el centro se pudiera tornar en otra complicada situación de batalla. Pero, al mismo tiempo, no podía dejar sin ayuda a César.

Labieno dio órdenes a la carrera mientras descendía de la torre seguido de varios tribunos.

—La legión IX permanecerá aquí para mantener este campamento bajo nuestro control y atacar a tantos belgas como se intenten refugiar aquí —dijo—. Pero la legión X entera vendrá conmigo.

Nadie tuvo tiempo de preguntar hacia dónde tenía que seguirlo la X.

El cuadrado

—¡Resistid, resistid, por Júpiter! —clamaba César en medio de aquel cuadrado mortal. En medio de aquel cuadrado que olía a tumba—. ¡Resistid, resistid! —insistía sin descanso, pero no había tropas para reemplazos.

El cuadrado los protegía por los cuatro flancos, pero eran demasiados frentes de combate que mantener. Los belgas los superaban en número y empezaron a turnarse a la hora de atacarlos en cada uno de los cuatro lados.

Resistir, ése era el objetivo, pero César empezaba a preguntarse cuánto más podrían aguantar aquellos legionarios de la VII y la XII sin que el cuadrado se rompiera.

Una sola grieta sería el final.

Su plan implicaba que las malditas legiones XIII y XIV llegaran, de una vez por todas, a aquel perdido valle del Sabis y atacaran a los nervios por la retaguardia.

Pero no llegaban.

Y el tiempo de resistir se les acababa.

Y no llegaban.

Pero no había ya otro plan.

—¡Resistid, resistid, por Júpiter! —repetía César yendo de un lado a otro.

Legión X equestris

Las cohortes de la legión X trotaban con todo su armamento cruzando en diagonal el valle para ayudar a las legiones VII y XII.

—¡Rápido, por Hércules, rápido! —los animaba Labieno—. ¡César os necesita! ¡El procónsul precisa de su legión favorita! —les había dicho para estimularlos al máximo.

«César os necesita, César os necesita», retumbaba en los oídos de aquellos hombres que veían a su líder prácticamente como un semidiós.

Eran los legionarios de la X, la legión más querida por el procónsul de Roma, y el procónsul los necesitaba. Eran su legión fetiche, eran como sus hijos.

Corrían como si los seis mil fueran impulsados desde los cielos por Marte y por Venus, los dioses protectores de César.

—¡Rápido, rápido! —los azuzaba Labieno desde tierra, liderando aquella carrera que parecía no tener fin, en aquella pradera que parecía no terminar nunca.

Ejército de los nervios

Boduognato vio cómo la legión X descendía desde las posiciones de su propio campamento y se les acercaba por retaguardia. Pero aún les quedaba cruzar el río de regreso a la orilla norte, donde tenía rodeadas a las dos legiones de aquel flanco.

—Que siga el ataque contra las cohortes romanas que tenemos atrapadas —ordenó—. Tenemos tiempo de masacrarlas antes de que esa tercera legión suponga un problema.

Pero, de forma preventiva, hizo que varios miles de guerreros nervios se volvieran hacia el río para retener a la nueva legión en su avance hacia ellos. Eso retraía hombres de la lucha contra las tropas romanas rodeadas, pero era el modo más prudente de mantener aquel pulso en el que aún se sentía ganador seguro. Y ganaba tiempo para aniquilar a la VII y la XII. Destruiría a esas dos legiones, le cortaría la cabeza al procónsul, como lección para futuros invasores romanos, y luego se replegaría de forma ordenada. Seguía siendo una gran victoria.

Pero, justo en ese momento, otro guerrero le rogó a su rey que mirara hacia el sur.

Fue el tono con el que aquel soldado se expresó lo que le advirtió del desastre.

Boduognato ya sabía que no le iba a gustar nada lo que iba a ver.

Pero se giró. Como jefe supremo de aquel ejército, estaba obligado a afrontar lo que fuera que el enemigo empleara para desafiarlo: las dos legiones romanas que habían estado retrasadas, alejadas hasta ese momento de la lucha, custodiando los carros de transporte del ejército romano, llegaban al campo de batalla.

El rey de los nervios tragó saliva.

Otro guerrero más confirmó que la retirada de los atrebates y los viromanduos era completa. Aquello explicaba por qué una legión romana podía atacarlos desde el norte también.

En un instante habían pasado de combatir contra dos legiones rodeadas y aisladas a vérselas contra cinco a la vez.

Las tornas habían cambiado.

Por completo.

Boduognato no dice nada.

Busca entonces con la mirada al Extranjero, pero aquel veterano de guerras antiguas contra los romanos ya no está allí.

El monarca sabe interpretar su ausencia.

Comprendido todo, Boduognato simplemente agacha la cabeza, como doblan la cerviz los caballos cuando han sido, por fin, domados. La levanta, al fin, despacio, y reclama su propia montura. Se la traen y monta sobre la grupa del animal.

No habla con sus consejeros.

Las palabras son innecesarias: todos han visto que llegan legiones romanas por el sur y por el norte para asistir a las dos que tenían rodeadas.

Los oficiales suben a sus propios caballos y siguen a su rey, que ya ha iniciado un trote a cada momento más acelerado.

Boduognato y su escolta rodean a sus guerreros y cruzan el río y se alejan del valle para evitar encontrarse con la legión X.

Y así, el rey de los nervios emprende una huida tan útil para salvar la vida como ignominiosa para sus hijos y los hijos de sus hijos, recordada entre los suyos durante generaciones.

Legiones VII y XII

—¡Retroceden! —exclamó uno de los tribunos con un entusiasmo que parecía olvidado en aquella dura jornada en la que su legión había estado al borde del exterminio.

César, desde el centro del cuadrado, podía ver cómo, poco a poco, las centurias avanzaban en las cuatro direcciones. La llegada de las legiones XIII y XIV por el sur y la inesperada aparición de la X por el norte habían forzado a los nervios a combatir en varios frentes, primero, y, por fin, a empezar a retirarse.

Pero era un momento delicado.

—¡Mantened el cuadrado! —gritó César.

Era importante que no se abriera la formación dejando espacios por las esquinas. La victoria también ha de ser modulada en ocasiones, controlada, tutelada.

—¡Huyen! —dijo, entonces, uno de los *legati*.

Ya no hacía falta modular el avance de la VII y la XII.

Los nervios, atrapados entre cinco legiones, escapaban despavoridos y sin liderazgo alguno que los guiara.

César miraba alrededor y no había ni rastro del hasta hacía un momento temible y desafiante rey de los nervios.

En un claro del bosque

Cabalgó en silencio hasta aquel claro del bosque donde había convocado a su esposa, sus hijos y el reducido grupo de hombres y mujeres y niños con los que había llegado hasta allí huyendo desde el remoto sur controlado por Roma.

El Extranjero desmontó de su caballo y se les acercó.

Le ofrecieron agua.

Bebió mirando al suelo.

Los había reunido allí en previsión de que los belgas se precipitaran en su ataque contra los romanos. Y se habían precipitado de pleno.

—Nos vamos —dijo y entregó el cuenco con agua a su esposa.

—¿Hacia dónde? —indagó ella, pero sin cuestionar la decisión, sólo por calcular los días de viaje, por saber si tendrían suficientes provisiones.

—Cruzaremos el mar —anunció el Extranjero—. Es la última frontera. No creo que los romanos lleguen tan lejos.

Se hacía mayor. Su espíritu indómito permanecía intacto, pero su clarividencia, como su energía, disminuían con el inexorable paso de los inviernos gélidos del norte.

Campo de batalla
Legiones VII y XII

En poco tiempo, el mismísimo Labieno llegó hasta el centro del cuadrado, limpias ya las líneas entre las legiones de enemigos, y se encontró junto a César.

—Una victoria arriesgada —dijo Labieno a modo de saludo.

—Pero rotunda —matizó César.

Labieno suspiró y sonrió.

—Siempre vas al límite —añadió.

—No nos podíamos permitir una campaña larga —se explicó César, insistiendo en algo que ya le había comentado—, no tan lejos de nuestras fuentes de aprovisionamiento. Tenemos que llevar demasiados transportes a demasiada distancia. Una gran batalla como ésta acorta la campaña.

—Existía otra opción —comentó Labieno, limpiándose algo de la sangre enemiga que tenía por el rostro.

—¿Cuál? —preguntó César mientras bebía agua que le proporcionaba un legionario.

—Retroceder y esperar al año siguiente —respondió Labieno.

César le pasó el cazo aún con agua al tiempo que le respondía:

—No soy de retroceder.

Liber tertius

LA FRONTERA DEL RIN

XXXVIII

Basta

Residencia de Pompeyo
Roma, 56 a. C.

Las calles estaban aún atestadas de gente. Se venían celebrando una larga serie de sacrificios en honor a la gran victoria de César contra los belgas en el norte de la Galia. Quince días enteros de festejos. Lo nunca visto antes.

—Es una absoluta exageración —dijo uno de los senadores que acompañaban a Cicerón en su camino a la gran mansión de Pompeyo.

—César es una exageración en sí mismo en muchos frentes —replicó Cicerón sin dejar de andar a buen paso.

Su comentario, hasta cierto punto ambiguo, no dejaba claro que el veterano orador estuviera completamente en contra de los sacrificios y las celebraciones en cuestión. Tampoco tenía Cicerón muchos deseos de departir sobre aquel asunto. Sus urgencias eran otras: por ejemplo, tener un techo bajo el que descansar.

Los esclavos de Pompeyo, tras consultar a su amo, permitieron el acceso de la comitiva senatorial a la residencia del afamado conquistador de Asia.

—¿A qué debo este honor? —preguntó un Pompeyo inquisitivo,

flanqueado por Afranio y Geminio, dos de sus hombres de máxima confianza.

Cicerón miró alrededor del patio antes de hablar: no vio a nadie más. Ni la esposa ni los hijos de Pompeyo parecían estar en la gran residencia.

—Vengo en busca de asilo —desveló el gran orador—. Visto que acoges a faraones en el exilio en alguna de tus residencias, quizá puedas disponer de alguna otra mansión, más humilde, para un excónsul de Roma a quien le han derruido su *domus* y a cuyo hermano le han incendiado la casa, en la que se alojaba temporalmente.

Pompeyo no respondió.

—Clodio ha destruido mi casa, edificado un templo en su lugar y luego ha incendiado la residencia de mi hermano —precisó Cicerón, pero, como viera que su interlocutor aún mantenía su silencio, prosiguió—: Clodio está completamente fuera de control. Está en guerra total contra Milón y sus hombres, ha traído gladiadores para transformar el foro en un campo de batalla, está considerando alterar todas las legislaciones existentes y ajustarlas a su antojo en beneficio de sus seguidores extremistas. Es un nuevo Catilina, con la salvedad de que aún no tiene un ejército a su mando, sólo una banda de asesinos, pero, si no se le pone coto, después de mí, otros serán sus objetivos y los intocables César, Craso y Pompeyo también pueden sufrir sus ataques. De la locura nadie está a salvo una vez ésta campa a sus anchas.

Pompeyo suspiró y se pasó la mano izquierda por la frente. En el fondo sabía que lo que Cicerón decía era cierto: Clodio estaba totalmente fuera de control y eso, simplemente, terminaría desencadenando reyertas, disturbios y violencia.

—¿Lo de que te busque una residencia para alojarte en ella va en serio? —preguntó Pompeyo para ganar tiempo mientras seguía pensando en el resto del parlamento de su interlocutor senatorial.

—Eso era una ironía —respondió Cicerón—. Gracias a los dioses y mis buenas labores en favor del bien de la República en el pasado reciente, tengo suficientes amigos en Roma que me han ofrecido un alojamiento hasta que, o bien recupere mi casa, o bien reconstruya la de mi hermano, o ambas cosas. Pero lo de que es necesario frenar los desatinos y desmanes de Clodio sí lo decía en serio.

Pompeyo suspiró por segunda vez y, para sorpresa de Afranio y Geminio, empezó a asentir en repetidas ocasiones.

—Hablaré con Clodio —dijo Pompeyo.

Cicerón fue a abrir la boca, porque pensaba que tendría que seguir argumentando para obtener precisamente la respuesta que Pompeyo ya le acababa de dar. Se detuvo. Cualquier otro habría buscado confirmación a lo escuchado, habría repetido la interrogante: «¿De veras vas a hablar con Clodio?», pero Cicerón no era cualquier otro y sabía discernir que la palabra empeñada por alguien como Pompeyo, aunque hubiera sido pronunciada sólo una vez, era palabra dada. Y más entre senadores de su nivel.

—De acuerdo —aceptó Cicerón y, sin más discusión, se dio media vuelta y partió de la residencia de Pompeyo; tras él, el séquito de senadores *optimates* que lo acompañaban.

—¿Ahora vamos a pactar con Cicerón? —preguntó Geminio cuando se quedaron, de nuevo, a solas con Pompeyo.

—¿No tenemos nuestro acuerdo con César y Craso? —añadió Afranio para completar el razonamiento que Geminio había dejado implícito en su pregunta.

—César y Craso son como los grandes héroes del pasado —explicó Pompeyo mientras echaba mano de su copa de vino y la apuraba hasta el final de un largo trago—. Aaah —añadió al dejarla con delectación sobre la mesa y continuó—: César y Craso, como esos héroes míticos, al final mueren, pero los hombres como Cicerón y como los *optimates* siempre sobreviven, y con ellos, finalmente, tendremos que pactar. Está bien ofrecer ayuda a un Cicerón que ahora está en horas bajas, pero que ya ha sobrevivido a un golpe de Estado, a algún intento de asesinato y a un exilio. Es con él con quien tendremos que entendernos en un futuro y estará bien entonces recordarle que lo ayudamos en su momento. Y, además, lleva razón: Clodio está yendo demasiado lejos. Convócalo a mi presencia —concluyó Pompeyo mirando a Geminio.

El asistente del veterano senador se levantó, pero, antes de salir a buscar al exaltado y descontrolado Clodio, planteó una duda que Afranio también compartía:

—¿Y no es Clodio ahora demasiado poderoso para detenerlo simplemente con una conversación?

Con aquellas palabras, Geminio le estaba recordando las veces anteriores en las que el propio Pompeyo había preferido hacerse fuerte en su casa y no intervenir contra la violencia de un Clodio que, en algún momento, había llegado a plantearse incluso acabar hasta con el mismísimo conquistador de Asia.

Pompeyo se limitó a echar un trago más de vino e insistir con cierto aire distraído:

—Tú tráelo aquí.

Residencia de Pompeyo
Al día siguiente

Clodio no se fiaba de nadie.

Acudió porque el senador Pompeyo era uno de los más poderosos de Roma, pero acudió a su manera.

—*Clarissime vir*, el hombre que queríais ver está en la puerta —anunció el *atriense*—, pero se niega a entrar sin sus hombres armados. Y son muchos.

—Conseguí que viniera —se explicó entonces Geminio, hacia el que Pompeyo había vuelto su mirada—, pero no puedo controlar el modo en el que éste se presente.

Un silencio.

—¿Los dejo pasar, mi amo? —preguntó el esclavo, muy dubitativo.

—No —replicó Pompeyo y se alzó del *triclinium*—. Vosotros dos, venid conmigo —dijo dirigiéndose a Afranio y Geminio y, luego, mirando al esclavo, añadió—: Y que todos los hombres de la casa vengan armados a la puerta, junto con mis veteranos de guerra.

Pompeyo, además de numerosos esclavos a los que permitía portar armas en situaciones como aquélla, para que actuaran como escolta, disponía de un grupo de exlegionarios, veteranos de sus campañas militares, quienes, en lugar de dedicarse a cultivar las tierras que Pompeyo consiguiera para todos ellos con su pacto con César y su reforma agraria, preferían seguir sirviendo militarmente como guardia personal de su venerado líder.

Escoltado por todos ellos y flanqueado por Afranio y Geminio, Pompeyo se personó en la puerta de su mansión.

—Abre —dijo al *atriense*.

Las pesadas hojas de madera se separaron empujadas por varios esclavos y ante ellos apareció un tumulto de gente armada que dominaba por entero la calle. Y en el centro de toda aquella turba, Clodio.

—Querías hablar conmigo, ¿no es así? —espetó el líder popular rodeado de toda su caterva de sicarios.

—En efecto —admitió Pompeyo y, muy despacio, toda vez que sus ojos se cercioraron de que no había arqueros en ninguno de los tejados próximos, ni en ventanas ni cornisas, ni entre los hombres de Clodio, que eran más de portar mazas y hachas, se adelantó unos pasos.

Clodio correspondió al gesto dejando atrás también a su jauría de asesinos a sueldo y se separó de ellos hasta quedar junto al conquistador de Asia.

—Tú dirás —dijo Clodio con evidente desdén, pues Pompeyo ni le parecía todopoderoso ni tan magno como gustaban de llamarlo muchos de sus seguidores. Quizá ganara batallas épicas en el pasado y limpiara de piratas el mar y anexionara varias provincias en Asia para Roma, pero ahora le parecía un senador vetusto escondido en su gran mansión, sin tanta fuerza bruta como la que él podía convocar.

Y Clodio sólo creía en la fuerza brutal, real y presente. El pasado era para narrar historias a los niños, impresionar a las viejas o para que los poetas tuvieran temas para sus composiciones épicas. Esto era la vida real.

Pompeyo se le acercó aún más y en voz baja, de modo que sólo Clodio pudo oírlo, le dijo una única palabra:

—Basta.

—Basta... ¿de qué? —indagó Clodio entre el desprecio y la incomprensión.

Pompeyo siguió hablando en su susurro sólo audible para su interlocutor:

—Basta de atacar a Cicerón y basta, en general, de tanta violencia en tu guerra contra Milón y sus hombres. Basta de disturbios y reyertas en las calles. Tanta violencia no es buena ni para la política ni para los negocios. Basta, Clodio.

El interpelado comprendió bien ahora el alcance del requerimiento del veterano senador, pero no se arredró un ápice.

—De basta, nada. Seguiré defendiendo mis intereses políticos y económicos y los de mis correligionarios de lucha en las calles, en el foro y donde sea. Esta ciudad es mía.

Pompeyo suspiró y luego respondió con cierto aire de cansancio. La estupidez humana lo fatigaba cada vez más. Por eso prefería negociar con César o Craso o Cicerón, oponentes temibles políticamente pero inteligentes, con los que uno se podía entender sin tener que recurrir a dar agotadoras explicaciones de lo evidente, siempre tan tediosas.

—Clodio, ¿de cuántos hombres dispones? —preguntó entonces Pompeyo, en voz baja. No pensaba gastar energías elevando su voz en una conversación tan innecesaria, requerida sólo por la imbecilidad de su interlocutor—. Sí, dime, de cuántos hombres dispones: ¿cien, doscientos, quinientos...? Venga, que los dioses te sean generosos: ¿mil? Sea el número que sea, ni siquiera está siendo suficiente para que recuperes el control de las calles en tu pugna contra la banda de Milón. Retíralos de las calles, evita las reyertas, deja en paz a Cicerón y, ya puestos, a Craso y a la familia de César y a mí mismo. Dedícate a tus negocios, a tus *collegia*, sin provocar más altercados o, de lo contrario, yo convocaré a los veteranos de guerra que me sirvieron en Asia y que disfrutan de tierras de cultivo alrededor de Roma gracias a mis negociaciones y pactos con César y Craso. Puedo reunir al amanecer más de seis mil hombres veteranos de mil guerras, fieles a mí más allá del dinero con el que tú pagas a tus sicarios. Hombres que me lo deben todo y que lo saben, y que me están agradecidos y están acostumbrados a combatir con ejércitos del Ponto o de Armenia, para quienes tus hombres y tus gladiadores de exhibición son sólo juguetes de niño mimado que les durarían en combate apenas media jornada. Qué digo media jornada: ni una hora de combate serio. Y la mayor parte de esa hora la pasarían en cazarlos por los escondrijos y madrigueras que buscaran para esconderse. Y por si cayeras en la estupidez aún de no creerme, ¿no te has planteado cómo Milón ha tenido siempre más hombres armados que tú? ¿No te has preguntado de dónde han salido todos esos sicarios? ¿De dónde ha conseguido Milón tanto dinero para pagar a tantos? ¿Eres tan ingenuo como para creer que la banda de Milón es algo montado sólo por Cicerón? ¿No te das cuenta de que llevo luchando contra ti desde hace años? Sólo que no me lo he tomado nunca realmente en serio. Así que, Clodio —y le puso la mano en el hombro—, he evitado luchar contra ti durante estos años de verdad, porque con frecuencia has defendido los intereses del pacto que tengo con Craso y con César y porque no me apetecía entrar en una guerra abierta contigo. Incluso, cuando te creías tan fuerte como para atacarme personalmente, no, no mires hacia otro lado y no niegues lo que sé, lo que todos sabemos, opté por hacerme fuerte en mi casa y dejar pasar el tiempo, pero ¿sabes una cosa, Clodio? Me he cansado de tu insolencia. Me da igual lo que pienses, me da igual incluso si sabes pensar o no. Simplemente, basta.

Y Pompeyo separó la mano de su hombro, se dio la vuelta y, antes de que su interlocutor respondiera o reaccionara, se giró de nuevo para encararlo.

—Yo nunca repito una advertencia —sentenció.

Con esto, el veterano Pompeyo dio por terminada la conversación, que le había resultado aburridísima, y se retiró a su mansión. Ordenó a sus hombres que cerraran las puertas y que, de inmediato, partieran mensajeros a todos los puntos del *ager Campanus* y de las afueras de Roma donde tenía a sus veteranos, para que estuvieran preparados en caso de que requiriera de su presencia en la ciudad armados hasta los dientes.

Afranio y Geminio se sentaron a su lado, pero ninguno de los dos se atrevió a preguntar qué le había dicho a Clodio: el rostro desencajado del extribuno de la plebe y sus ojos cargados de una mezcla de rabia y miedo les hicieron comprender que Pompeyo, simplemente, se había cansado de aguantar sus desatinos.

Calles de Roma

Clodio caminó en silencio durante todo el trayecto de regreso a su casa. Una vez allí, Fulvia, que sabía del encuentro entre su esposo y Pompeyo, lo interrogó con determinación. Quería saber.

—¿Qué ha pasado? ¿Por qué veo en tu rostro esa marca de derrota? ¿Se ha puesto Pompeyo del lado de Cicerón?

Por una vez, Clodio supo sintetizar.

—Sí, se ha puesto de su parte y me ha amenazado con reunir seis mil de sus veteranos y acabar conmigo y con mis hombres si no refreno las revueltas y las reyertas y los enfrentamientos con Milón.

Fulvia asintió.

—Se trata, pues, de una derrota completa —reconfiguró ella, expresando de otro modo lo que su esposo acababa de compartir de un modo más eufemístico.

—Sí —admitió Clodio, pero, de pronto, apostilló un matiz—: De momento.

—¿De momento? —A Fulvia no le gustaban los «de momento». Implicaban largas esperas, humillaciones e inacción, aunque era evidente que, si Pompeyo había tomado esa determinación, nada podía hacer su esposo contra sus veteranos de guerra. No había gladiadores eficientes en Roma ni en la escuela de su hermano Apio a quienes pagar para detener semejante fuerza militar, si ésta era finalmente reunida por el conquistador de Asia.

—«De momento» quiere decir, esposa mía, que, *por ahora*, Pompeyo y César y Craso ganan. Pero ese maldito triunvirato se quebrará antes o después. Su sostén está en una red de equilibrios demasiado compleja para mantenerse largo tiempo. Y cuando ese gobierno a tres, bajo el que se ha refugiado hasta el propio Cicerón, se tambalee, entonces, ese día, Clodio —y se refirió a sí mismo en tercera persona—, ese día Clodio regresará, más mortífero y más ambicioso que nunca.

—Un día tendrás que matarlo —replicó Fulvia sin el más mínimo asomo de admiración por aquel parlamento grandilocuente.

—¿A quién?

—A Pompeyo —concluyó su mujer.

—¿Cómo? ¿Cuándo? Ahora eso está fuera de mi alcance.

—Siempre surge una oportunidad —anunció ella—. Ya te diré yo cuándo.

Fulvia decidió aquel día que ella debía empezar a tomar las riendas en aquella casa.

Residencia del senador Pompeyo

—Geminio —dijo Pompeyo, pensativo, muy concentrado.

—Sí, *clarissime vir* —replicó el interpelado, mostrando toda su atención.

Afranio también escuchaba. Presentía algo importante en ciernes.

—Quizá sea momento de convocar esa reunión a tres entre César, Craso y yo mismo. Craso la pidió hace tiempo, ¿recuerdas? Por mucho que lo deteste, no es inteligente abusar de su paciencia y, además, hay ya demasiadas cosas en juego.

XXXIX

«He de ocuparme de Roma»

Campamento general romano
Norte de la Galia belga
56 a. C.

—He de ir a Roma —anunció César una mañana a Labieno.

Estaban aún al norte del río Sabis, afianzando el control del territorio de los nervios y del resto de las tribus belgas que ya no se atrevían a luchar contra ellos, pero de quienes los romanos no se fiaban. La huida de Boduognato y de otros líderes había dejado la región sumida en el caos.

—Pero no puedes abandonar la Galia mientras seas procónsul —le respondió Labieno.

Y así era: César había recibido un *imperium* proconsular sobre todas las provincias galas para un periodo de cinco años y, si bien ese mandato le otorgaba un inmenso poder militar, durante ese mismo tiempo no podía abandonar las provincias asignadas o, según estipulaba la ley, perdería su legítimo control sobre las legiones allí desplazadas. Algo que en absoluto podía permitirse.

—Lo sé —aceptó César—, pero el tiempo pasa y mi mandato militar termina el año que viene, y necesito más margen para completar mis planes.

—Tenemos toda la Galia céltica con nosotros, a los helvecios y los germanos expulsados del territorio galo y a los belgas derrotados. Sólo nos falta controlar la costa atlántica, la región de Armórica, y eso lo podemos tener el año que viene. ¿Para qué necesitas más tiempo?

—Para mis planes —repitió César de modo ambiguo, a la par que con un cierto halo de misterio.

Labieno calló un rato. Si César no deseaba compartir con él sus planes con detalle, sus razones tendría, y él no era hombre de indagar cuando un amigo buscaba el silencio sobre algún asunto.

—En todo caso, no sólo no puedo abandonar la Galia hasta que termine mi mandato aquí —continuó César—; además, en verdad, no puedo ir a Roma sin correr el riesgo de que Cicerón y el resto de los senadores *optimates* promuevan alguna maniobra en el Senado para arrestarme.

—¿Por qué razón iban a solicitar tu arresto? —Labieno no podía concebir semejante acción, pero en política su amigo siempre iba por delante de todos.

—Por la misma razón que en su momento pensaron aducir con relación a Pompeyo: por arrogarme la capacidad de tomar decisiones de política exterior que son de atribución única del Senado, como hizo mi *yerno* —pronunció esta palabra con una sonrisa algo irónica— en Asia.

—¿Te refieres a los acuerdos a los que hemos ido llegando con las diferentes tribus galas? —preguntó Labieno—. Eran necesarios para las campañas militares. No son decisiones de política exterior.

—Cierto —respondió César—, pero se pueden interpretar como política exterior con una hábil manipulación oratoria como la de Cicerón o la de Catón, y se me puede acusar de haberme excedido en mis atribuciones.

—Pero el Senado está controlado por Pompeyo, Craso y tú. Y tenemos al hermano de Cicerón entre nuestros *legati*, y hasta le ofreciste ayuda al propio Cicerón cuando Clodio lo tenía acorralado en Roma.

—Con Craso las relaciones son buenas, ya lo sabes, pero no me fío de Pompeyo —sentenció César y, como intuía lo que Labieno iba a decir, se adelantó a sus palabras—: Incluso casado con mi hija, no me fío por completo de él. Y, en cuanto a Cicerón, más allá de las cuestiones que mencionas, siempre juega a dos bandas y sabes que en el fondo detesta mi ley de reforma agraria, que atentó contra los intereses de sus queridos *optimates*, del mismo modo que deplora que se me asignara este poder proconsular extraordinario. Y no nos olvidemos de alguien que nunca negocia.

—¿Catón? —apuntó Labieno tentativamente.

—Catón —confirmó César—. Pero, sobre todo, en ningún caso pienso ponerme en una situación de riesgo político. Tengo más enemigos en Roma que en la Galia. —Y se echó a reír.

—Eso es cierto —ratificó Labieno uniéndose a aquella risa de su amigo.

Luego vino una pausa de silencio en la que bebieron algo del vino que tenían en las copas.

Estaban sentados junto a una mesa repleta de mapas, diversas *tesserae*, pequeñas planchas de arcilla con mensajes de diferentes oficiales, y varias tablillas de cera con listados de suministros.

—Pues si necesitas prorrogar tu proconsulado, pero eso sólo lo puede aprobar el Senado y no puedes ir a Roma, no veo cómo vas a conseguir tus objetivos —apostilló Labieno, resumiendo lo imposible de aquella situación.

César lo miró a los ojos y respondió categórico:

—Yo no puedo ir a Roma, así que Roma ha de venir a mí.

Silencio.

—¿Y eso cómo se hace? —indagó Labieno.

—Lo estoy meditando.

Silencio.

Al final, Labieno fue vencido por la curiosidad:

—¿Y, en verdad, para qué necesitas una prórroga proconsular? ¿Qué planes tienes en la Galia que necesitan más de los cinco años asignados?

Pero César ya no dio más respuestas. Sólo compartió un nuevo silencio cómplice con su mejor amigo, que, paciente, aceptó que para César aquella tarde no era el momento aún de hablar sobre aquellos asuntos que ocupaban su mente. En su lugar, el procónsul de Roma en la Galia respondió con una evasiva:

—Tengo cartas de Craso y de intermediarios de Pompeyo en las que me piden una reunión a tres. Craso ya me la solicitó hace tiempo, pero retrasé el asunto por las campañas militares, aunque ahora insiste también Pompeyo. Hemos de vernos los tres.

—Pero no puedes ir a Roma —insistió Labieno, exasperado. Le parecía que la conversación iba en círculos.

—Pero no puedo ir a Roma —reiteró, a su vez, César, ensimismado, sumido en sus planes secretos, pensando en el mar y en lo que habría al otro lado del mar, y en que ningún romano había cruzado esa interminable inmensidad de agua.

Tienda de los líderes de la caballería gala

—César se va a ir —dijo uno de los oficiales de la caballería gala.

—¿Estás seguro? —preguntó Dúmnorix. No quería dar ningún paso en falso. Acabar con César, sí; perder la vida en el empeño, no.

—Parece que va a convocar algún tipo de reunión importante en Roma para prorrogar el poder que el Senado romano le reconoce en la Galia y ha de acudir en persona a negociar —continuó el oficial que había conseguido aquella información clave sobornando a uno de los esclavos de los romanos.

—Eso nos da nuestra oportunidad, por Taranis —concluyó, al fin, Dúmnorix—. Es el momento de una rebelión.

—¿Propones acaso que enfrentemos nuestra caballería contra las ocho legiones que tiene César? —inquirió un muy escéptico Vercingetórix. El arverno tampoco era de luchas inútiles y le sorprendió que Dúmnorix estuviera a favor de una rebelión que estaba destinada al fracaso.

—No, eso sería una locura —admitió Dúmnorix y se explicó—: Lo que propongo es unirnos, si triunfa, a la rebelión de alguna otra tribu. Pero sólo si esa revuelta le complica lo suficiente la vida a los romanos como para que podamos unirnos y todos juntos derrotarlos.

—¿Y quién se va a atrever a enfrentarse a un procónsul romano que sólo ha conseguido victorias desde que está en la Galia? —preguntó Vercingetórix—. Nuestras tribus se han sometido: eduos, arvernos, sécuanos, todos colaboramos con César. Expulsó a los germanos y a los helvecios y ha derrotado a los belgas. ¿Quién queda que pueda enfrentarse a César?

—El romano ha puesto sus ojos en Armórica —replicó Dúmnorix—. Y va a enviar tropas y embajadores a negociar la rendición de las tribus de aquella región.

—Y todos se rendirán —sentenció Vercingetórix con seguridad.

—Todos, no.

—¿Quién no?

—Los vénetos no se rendirán. Nunca lo han hecho.

—Ante César se rendirán —insistió Vercingetórix—. Boduognato, el rey de los nervios, también se mostraba muy altivo ante el líder romano y terminó siendo derrotado y huyendo.

—Eso es cierto, como es seguro que los vénetos sí se rendirían ante César—admitió Dúmnorix—, pero acabamos de averiguar que César se va.

Y el líder de los eduos sonrió al hacer ver a todos la magnífica oportunidad que se les presentaba.

—Pero los vénetos no saben que César va a ausentarse —añadió Vercingetórix.

Dúmnorix, antes de responder, volvió a sonreír.

—Pero lo sabrán. Lo sabrán.

XL

La estrategia de Pompeyo, la paciencia de Cicerón y el plan de Aurelia

Residencia de Cicerón (en reconstrucción)
Roma
56 a. C.

—¿Luca?* ¿Dónde está Luca? —preguntaba Catón, que no conseguía salir de su asombro—. ¿Desde cuándo Luca es un lugar relevante?

—Desde que César ha convocado al Senado en esa ciudad —respondió Cicerón, tajante.

Tenían que elevar la voz para poder escucharse por encima de los martillazos de las decenas de operarios que trabajaban en la reconstrucción de la residencia de Cicerón.

—Comamos primero —sugirió Cicerón—. Al atardecer, los obreros se retiran y podremos hablar sin que nuestros gritos desvelen nuestras consideraciones sobre la política de Roma.

Catón aceptó y durante un rato se limitaron a saciar el apetito con la carne de cerdo bien asada, algunos erizos de mar sazonados con *ga-*

* Se corresponde con la actual ciudad italiana de Lucca.

rum, vino mezclado con miel, otro poco con agua y una amplia batería de quesos particularmente intensos.

El sol caía en el horizonte y empezaba a faltar luz para trabajar en la obra.

—Los operarios se marchan, *clarissime vir* —anunció el *atriense*.

Cicerón asintió, esperó a que el esclavo de confianza se retirara del atrio y, entonces, hizo una señal a Catón con la cabeza para que, si lo deseaba, retomara la conversación que habían iniciado antes de la comida.

—Los convoca en Luca, fuera de Roma, y acuden todos como perros falderos a lamer la mano de su amo —espetó Catón con auténtica rabia y asco y furia.

—Todos, no. Unos doscientos —le corrigió Cicerón.

—*Más* de doscientos —objetó Catón—. Es más de los que asisten a muchas de las sesiones habituales.

—Eso es cierto —admitió Cicerón—. Doscientos senadores, o más —matizó asintiendo ante su interlocutor—, y también Craso y Pompeyo —completó Cicerón, pero con serenidad. Perder los nervios era algo que no iba con su carácter. Eso se lo dejaba a su impulsivo e indignado amigo.

—¿Por qué Luca? —insistió Catón.

—Porque es la ciudad importante más al sur de la Galia Cisalpina, en el límite de las provincias sobre las que César tiene mando proconsular. No puede acercarse más a Roma. Ése es su límite legal y lo sabe. Como sabe que, si viene a Roma, tenemos motivos para promover su enjuiciamiento por sus acciones en la Galia acordando con las tribus vencidas lo que sólo puede acordar el Senado. Él argumentaría en su defensa que eran pactos necesarios para la campaña militar, pero conoce los vericuetos de la política y sabe que podríamos, tú y yo, presentar sus acciones como una injerencia en política exterior, patrimonio del Senado. Ése es su punto más débil.

Y Cicerón calló, pensativo.

—Medio Senado en Luca, César va a conseguir lo que quiera y tú pareces tan tranquilo. —Catón estaba exasperado—. Por todos los dioses, ¿acaso no vamos a hacer nada?

—Con César en la Galia, rodeado de sus legiones, no, no haremos nada... contra él —precisó Cicerón—, pero, mientras tanto, sí que haremos algo. Nuestra guerra es en Roma: hemos de concentrar nuestros esfuerzos en terminar con el poder de Clodio, que no deja de ser el brazo armado de César y Craso en la ciudad, aunque ellos puedan hacer como que miran a otro lado o proponer compensaciones para mitigar sus excesos.

—¿Como cuando te propuso ser su legado en la Galia para defenderte del exilio al que te forzó Clodio y, al final, enviaste a tu hermano en tu lugar?

—Exacto.

Catón no lo veía claro. La inacción directa contra César lo preocupaba sobremanera y no paraba de andar de un lado a otro del atrio de puro nervio, hasta que se dejó caer sobre uno de los *triclinia*.

—Pero, mientras luchamos contra Clodio, César se hace cada vez más fuerte —insistió el exgobernador de Chipre—. Y Clodio, desde que hablaste con Pompeyo, parece bastante contenido en sus acciones. No sé a qué esperas para iniciar, de verdad, una reacción dura contra César.

—A que el triunvirato se rompa —respondió Cicerón, siempre con sosiego medido—. Es un pacto contra natura y está condenado al fracaso. Cualquiera que tenga algo de visión política puede intuir que esto ocurrirá. Incluso podría pasar en Luca. Quizá César, Craso y Pompeyo no se pongan de acuerdo.

—¿Tú crees? Muchos son los que en Roma sueñan con que ese pacto a tres se quiebre.

—Todo es posible —continuó el gran orador—. Son tres hombres ambiciosos. César sé que pedirá una prórroga de su mandato en la Galia. Aunque no lo haya hecho público, es algo de lo que se habla entre los mandos de su ejército. Quinto, mi hermano, me lo ha confirmado por carta. Por otro lado, me consta que Craso está interesado en Siria y Oriente para iniciar alguna campaña militar de renombre y de gran botín de guerra. Lo que no sé es qué pedirá Pompeyo para no quedarse por debajo de ellos, para seguir teniendo, de algún modo, el control de todo desde aquí, desde Roma... Eso me intriga: qué pedirá Pompeyo.

Domus de Pompeyo

—Pediré Egipto —dijo Pompeyo en la conversación que mantenía con Afranio y Geminio para preparar la reunión de Luca.

—Pero la anexión aún no ha sido aprobada en el Senado —apuntó Afranio.

—No hay que anexionarlo formalmente —explicó Pompeyo—. Basta con que César y Craso acepten que Tolomeo XII, que bebe en mi mano como sabéis, sea reentronizado como monarca de Egipto. Les pediré eso y el control de las provincias de Hispania, ricas y bien romanizadas, pero para gobernarlas *in absentia*, desde aquí. Hay legiones acantonadas en esas provincias que me serán leales en caso de conflicto, pues lucharon bajo mi mando contra Sertorio. Así me garantizaré recursos en Occidente sin moverme de Roma y, a la vez, un flujo de grano desde Egipto hasta aquí, de modo que el pueblo esté bien abastecido y de forma que ni Clodio ni nadie pueda jugar con el precio de la comida en Roma. Desde la última crisis entre Clodio y Milón, como sabéis, el Senado me ha conferido el control de la distribución de grano en la ciudad. Egipto es clave en esto.

—Es un buen plan —admitió Geminio, recapitulando—: fuerza militar en Occidente, presencia en Roma e influencia en Oriente. Cubre todos los frentes, pero... ¿aceptarán? César, a cambio de su prórroga proconsular en la Galia, es posible, pero Craso, según me dicen mis informadores, *clarissime vir*, desea también Egipto. Apoderarse militarmente del legendario reino le daría la gloria que la fortuna siempre le ha hurtado, como en la guerra contra Espartaco con tu intervención final, en la que ni siquiera encontró el cadáver del esclavo rebelde. Craso no aceptará tu plan para Egipto. Mi sugerencia, *clarissime vir*, es que Egipto, simplemente, quede fuera de la negociación. Yo pediría sólo Hispania y permanecer en Roma.

Pompeyo miró a Geminio muy serio. No le gustaba que le contradijeran, pero tenía sentido lo que apuntaba sobre una más que posible negativa de Craso a aquel pacto.

—¿Y cómo dejo a Egipto fuera de la negociación de Luca? —preguntó Pompeyo. Si no les gustaban sus planes a sus asesores, quería otros alternativos, no sólo la negación de sus propósitos como inviables.

Pero Geminio sí parecía tener una alternativa que ofrecer.

—Hay que distraer en la negociación con otros asuntos, *clarissime vir* —dijo el anciano consejero—. César ha de tener su prórroga y Craso, la provincia de Siria, pero que no se concrete nada sobre Egipto y que se negocie sobre otros puntos.

—¿Sobre qué? —lo interrogó Pompeyo, exasperado. Seguía sin ver la alternativa por ningún sitio.

Pero Geminio volvió a hablar y se explicó con más detalle.

Pompeyo lo escuchó atento. Afranio también.

Pompeyo, al final del parlamento de su consejero, asintió levemente mientras formulaba su conclusión:

—Podría funcionar.

Residencia de Cicerón

—Pero... ¿y si se ponen de acuerdo? —inquirió Catón, que quería tener todas las posibilidades acotadas.

—Entonces, amigo mío, esperaremos.

—Esperaremos... ¿hasta cuándo?

—Hasta que ocurra algo imprevisto. —Y como Cicerón veía que aquélla era una respuesta insuficiente para su amigo, se extendió un poco más—: Craso cree que tiene controlado a César porque este último depende económicamente de él, Pompeyo cree que tiene atado a César porque está casado con su hija Julia y César cree que tiene a los otros dos sujetos a su voluntad porque ambos necesitan los votos que él controla en el Senado para mantener los negocios de Craso y evitar a Pompeyo problemas por su gestión en Asia o que revisemos la reforma agraria que dotó de tierras a sus veteranos de guerra. Es un juego de demasiados equilibrios, que, como te he dicho, en cualquier momento puede quebrarse. Hemos de observar y esperar y, mientras, hacernos fuertes, sobre todo aquí, en Roma, pues este pulso, al final, escúchame bien, se decidirá aquí, en esta ciudad, en el Senado. Cuándo y cómo, me preguntas con tus ojos: cuándo, antes de lo que ellos imaginan; cómo..., no lo sé aún.

—A mí me cuesta esperar.

—Paciencia, amigo mío, la paciencia es la madre de las más grandes victorias.

Domus publica, residencia de la familia Julia
Junto al foro de Roma

—Has de tener un hijo —le dijo Aurelia a su nieta.

Julia estaba en una de sus visitas habituales a su abuela y habían hablado, como siempre, de temas diversos, pero, de pronto, la anciana la sorprendió con aquel comentario que cambiaba el cauce de la conversación y que había sido pronunciado en un tono de requerimiento imperativo.

—Mi marido yace conmigo con frecuencia, abuela —respondió la joven Julia de modo directo, con la confianza y la complicidad que compartían ambas mujeres—. Creo que los dioses nos darán pronto el hijo del que hablas.

Aurelia tomó las suaves manos de su nieta entre las suyas, ajadas por los años pero cargadas de experiencia en cada arruga del tiempo.

—No lo entiendes, pequeña —le dijo—. Tú crees que tu matrimonio con Pompeyo evita el enfrentamiento entre tu esposo y tu padre, y así es en parte, y fuiste muy generosa al ofrecerte a aceptar ese casamiento con tu aquiescencia, pero ahora lo veo claro: es tanta la tensión política en Roma y tanta la presión a la que los *optimates* como Cicerón y Catón someten a Pompeyo para que se enfrente con tu padre que sólo un hijo tuyo puede detener esa lucha. El inesperado poder que Clodio ha conseguido estos últimos tiempos parece haber desviado la atención de todos de esta cuestión, pero, poco a poco, se van realineando las fuerzas: Cicerón ha conseguido el apoyo de Pompeyo frente a Clodio, Craso planea una campaña militar en Oriente, es algo que está en boca de todos; eso dejará a tu padre solo frente a Pompeyo.

—Hago lo que puedo, abuela... —inició Julia, pero, de forma abrupta, airada, casi desencajada, Aurelia la interrumpió.

—¡Pues haz más, por Júpiter! —le espetó con furia—. ¡Has de tener ese hijo y has de tenerlo pronto!

Julia agachó la cabeza, entristecida.

—Nunca me habías gritado antes, abuela.

Aurelia suspiró y se recompuso.

—Lo siento, pequeña. Realmente, no sé qué me pasa últimamente, pero pierdo los nervios con facilidad. Me hago vieja, discúlpame. Has hecho tanto por todos, por la familia, por tu padre y por Roma. Has de disculpar estas exigencias mías, estos apremios. Ibas a explicarme algo y ni siquiera te he dado oportunidad.

—No te disculpes, abuela. Yo sé que piensas por todos, por mí y por padre y por todo lo que ocurre en Roma y en el mundo. Sólo iba a decirte que, al principio de nuestro matrimonio, Pompeyo se mostró más distante y más remiso a estar conmigo en el lecho, íntimamente, quiero decir, pero todo eso ha cambiado, y me busca y me desea y ha aumentado las veces que yace conmigo, y por eso creo que ahora sí es muy posible que los dioses, por fin, escuchen mis plegarias.

Aurelia le soltó las manos a su nieta con cuidado y le sonrió, y luego se levantó despacio y paseó unos instantes por el patio, como si necesitara estirar las piernas mientras retomaba la palabra.

—Los hombres, mi pequeña, con sus guerras y sus luchas y sus discursos en el Senado creen que hacen y deshacen el mundo, y hasta cierto punto es así, pero ignoran que las que realmente hacemos y deshacemos somos nosotras, en la intimidad de los dormitorios, eligiendo con quién yacemos y con quién tenemos o dejamos de tener hijos. Escúchame bien, pequeña: la mujer que sabe eso domina el mundo, el romano, el celta o el egipcio o cualquier otro mundo en que podamos pensar. Sólo intento que comprendas esto. Y se puede gobernar, desde el lecho, para unir y para evitar la guerra, para construir y no destruir. Y te diría más cosas, pero hoy ya me siento cansada. Gracias, como siempre, por venir, por tu tiempo y, por encima de todas las cosas, por tu cariño y por tu paciencia para con esta anciana que, a los ojos de muchos, debe parecer maniática o loca.

—Para nada, abuela. Te puedo garantizar que he oído muchas cosas sobre ti a muchas personas, pero de nadie he oído que te consideren loca.

—Ah, interesante. —Y Aurelia sonrió—. Igual aún hay más inteligencia en Roma de la que pensaba. El próximo día quiero oír todos esos comentarios que dices haber oído sobre mí, pero el próximo día, pequeña.

La visita terminó y Julia se puso la *palla* y, acompañada por su abuela, fue hasta el vestíbulo, donde la esperaban los esclavos que debían escoltarla de regreso a la residencia de su marido.

—Sólo un hijo tuyo, recuérdalo, mi pequeña, puede salvarnos a todos —le insistió Aurelia—. En la siguiente *Lupercalia* hemos de conseguir que los *luperci* te alcancen con sus *februa* —apostilló según la creencia de que las *februa* o tiras de piel de carnero recién sacrificado en aquellas festividades de febrero incrementaban la fertilidad de las doncellas romanas.

Julia asintió, le dedicó una sonrisa afectuosa de cariño sincero a su abuela y salió de la residencia del *pontifex maximus* de Roma, su padre, y a la vez la casa de su familia.

Aurelia se giró para retornar al atrio, pero, de pronto, sintió un leve mareo, luego una especie de vahído. Por eso había forzado que la visita terminara.

Se apoyó en la pared, pero las fuerzas parecían abandonarla, como si la intensa conversación con su nieta la hubiera agotado por completo, y, lentamente, fue cayendo al suelo, deslizándose despacio por el muro pintado de ocre.

Perdió el sentido de lo que ocurría a su alrededor durante unos instantes y, cuando abrió los ojos y recuperó el conocimiento, vio el rostro dulce de Calpurnia.

—Te has desmayado cuando te despedías de Julia, según me han dicho los esclavos —le dijo con un tono suave—. He llamado al médico.

Aurelia negó con la cabeza.

—Pues da orden de que no venga —le dijo con cierta rabia a su nuera—. ¿Me has oído, muchacha?

Su malhumor iba en aumento. La propia Aurelia se daba cuenta de lo inadecuado del tono con el que se acababa de dirigir a la joven, que sólo buscaba asistirla, pero no tenía energías para largos debates.

—Sí, por supuesto, diré que no lo llamen —respondió Calpurnia, algo azorada, volviéndose hacia el *atriense*, que estaba pendiente de lo que se necesitara. El esclavo cabeceó afirmativamente y fue, veloz, a dar la contraorden tal y como estaba pidiendo la veterana matrona y madre del *pater familias* de la residencia.

Aurelia volvió a mirar a un lado y a otro: la habían llevado de regreso a uno de los *triclinia* del atrio. El aire fresco que corría libre por el patio le hacía bien.

—Tu reacción ha sido la correcta —dijo, entonces, la madre de César con un tono más afectivo hacia su nuera—. Llamar al médico ha sido una idea lógica, pero estoy bien, muchacha, y no es necesario recurrir a nadie.

—Lo que pienses que es mejor —respondió Calpurnia, sentada a su lado, asiéndole una mano como para asegurar a su suegra que estaba allí con ella para lo que precisara—. Quizá estaría bien comentar lo de tu desmayo a Julia —añadió tentativamente.

—No —negó, de nuevo, Aurelia con autoridad, pero, rápidamente retomando el tono afectivo, continuó—: No, Julia tiene ahora cosas más importantes en las que pensar.

Calpurnia no había estado presente en la reciente conversación entre abuela y nieta, porque Aurelia misma quería que fuera una charla íntima, de modo que la joven nuera no sabía con precisión a qué podía estar refiriéndose su suegra, pero no la cuestionó.

—De acuerdo —aceptó Calpurnia.

—Y, desde luego, de esto ni una sola palabra a mi hijo en ninguna carta —insistió Aurelia con vehemencia, mirando a los ojos a su nuera.

—Por supuesto —obedeció la joven otra vez.

—Ha sido sólo un desmayo sin importancia —mintió la anciana. Aurelia sabía que las fuerzas la iban abandonando. Lo estaba percibiendo desde hacía semanas, pero era un proceso lento y quizá recuperara energía en algún momento, aunque la evolución era negativa. Aun así, a sus ojos, lo esencial era que César y también Julia tenían, tal y como acababa de decir, asuntos mucho más graves en los que ocupar sus pensamientos que los vahídos de una anciana madre o abuela. Aurelia, además, estaba persuadida de que el mejor servicio que podía prestar ya a su hijo era, nada más y nada menos, que saber irse de este mundo sin preocuparlo, sin distraerlo de lo que era importante: Roma y, en aquel momento, la reunión de Luca.

Calpurnia le ofreció una copa con agua.

Aurelia bebió en silencio.

—No ha sido nada, pequeña —insistió la anciana.

Calpurnia no discutió, pero la clarividencia de sus sensaciones era muy fuerte, tan intensa que sintió que, aunque fuera en secreto, debía advertir a Julia.

XLI

La tierra de los vénetos

Darioritum,* capital de los vénetos
56 a. C.

Abrar, el jefe de los vénetos, había escuchado con interés a los enviados de Dúmnorix. No es que se fiara demasiado de unos mensajeros eduos, una de las tribus que colaboraban con los invasores romanos en su avance hacia la costa, pero la información que le habían proporcionado era clave: el procónsul romano, ese al que todos llamaban César y que sólo cosechaba victorias frente al resto de las tribus galas, se había ausentado para acudir a una reunión con otros líderes romanos al sur, a muchos días de distancia de las tierras de Armórica.

No, no se fiaba mucho de aquellos galos traidores, pero tenía aquella información confirmada por otras tribus que habían estado negociando con los invasores. Y todos decían lo mismo: no había ni rastro del procónsul desde hacía semanas. Siempre negociaban con uno de sus lugartenientes, un tal Publio Craso, mucho más joven que el procónsul. O lo que era lo mismo: mucho más inexperto.

* Vannes, en la actual Francia.

El jefe de los vénetos valoraba opciones: negociar, como hacían los demás, y entregar rehenes y someterse o, por el contrario, luchar.

Campamento general romano en la Galia atlántica Condevincum*

Tienda de Vercingetórix

El joven líder arverno había rehusado en esta ocasión ser el correo que informara a los vénetos de la ausencia de César. Algunos de sus compañeros no entendían aquel aparente cambio de actitud.

—¿Ya no crees que debamos rebelarnos contra los romanos? —le preguntaron en voz baja, temiendo ser espiados.

—No es eso —dijo—. Sigo pensando lo mismo de siempre: nos hemos de deshacer de la presencia romana o terminaremos siendo sus esclavos, pero la idea de Dúmnorix de promover pequeñas rebeliones no es el camino. Así, alzándose una tribu en una esquina de la Galia un año y otra levantándose en armas en otro punto al siguiente, no se consigue nada.

Todos querían preguntarle cómo se podía conseguir, entonces, desalojar a los romanos de la Galia, pero se hacía tarde y era hora de salir a patrullar como caballería aliada que seguían siendo de los malditos romanos. De ese modo, Vercingetórix no se vio en la obligación de tener que responder a sus dudas. El jefe arverno se limitó a salir con el resto, tomar su caballo y ponerse al frente de una de las patrullas de caballería que debía vigilar que los guerreros de las tribus enemigas no se aproximaran al campamento general romano.

Vercingetórix cabalgó hacia el bosque circundante, seguido de cerca por sus jinetes y arropado por sus pensamientos.

Tienda del praetorium

Labieno conocía demasiado bien al joven Craso como para adivinar, nada más verlo entrar en el *praetorium*, que había problemas.

* Nantes, en la actual Francia.

Problemas graves.

Se saludaron formalmente, pues había varios *legati* y tribunos presentes, pero la mirada del recién llegado lo decía todo.

—Dejadnos solos —ordenó Labieno.

El resto de los oficiales abandonó la tienda.

—¿Qué ocurre? —preguntó Labieno sin esperar más.

El joven Craso también fue directo en su respuesta:

—Como sabes, he ido por todo el territorio desde la Galia belga hasta este campamento y, siempre siguiendo las instrucciones de César, he conseguido la rendición de casi todas las tribus de la costa: los esuvios y los coriosolites y muchos más han aceptado entregar los rehenes que requeríamos y jurar fidelidad a Roma, pero con los vénetos ha sido diferente.

Labieno miraba el mapa que tenían desplegado sobre la mesa central del *praetorium* mientras el joven hijo de Craso hablaba. Los vénetos eran el pueblo guerrero más próximo al mar, en la región que los celtas llamaban Armórica, y sus ciudades eran auténticas fortificaciones casi inexpugnables. Levantaban esos fortines en promontorios de la costa a los que tan sólo se podía acceder por un pequeño istmo y sólo con la marea baja. Cuando el océano ascendía, sus ciudades quedaban como islas, únicamente accesibles por barco. Por todo ello, disponían, además, de una poderosa flota de naves ágiles a la par que resistentes, que les permitía navegar por toda la región atlántica de aguas bravas. Se trataba de un pueblo aguerrido, independiente e inteligente, que, como en el caso de los nervios en la Galia belga, si se negaba a rendirse o a pactar sería muy difícil de doblegar, quizá imposible teniendo en cuenta aquellas fortificaciones rodeadas de mar, por mucho que César se empeñara. Y, también como los nervios del norte, su resistencia podría arrastrar a otras tribus a la rebelión contra Roma.

Labieno sabía de todo esto con anterioridad. El propio César le había hablado de la belicosidad y resistencia de los vénetos, pero ambos habían depositado sus esperanzas en que las victorias conseguidas sobre los helvecios, germanos y belgas hicieran que todos los pueblos de la costa atlántica de la Galia se avinieran a pactar su sometimiento a Roma sin necesidad de tener que llevar a cabo una nueva y dura campaña contra fortificaciones inexpugnables.

Labieno recordaba que aprovechó aquel diálogo con César, justo antes de su partida hacia Luca, cuando conversaban sobre los vénetos, para preguntarle a su amigo algo que siempre le había llamado la atención:

—¿Cómo es que sabes tanto de todos los pueblos de la Galia?

César sonrió.

—Uno de mis tutores, de esos que seleccionaba mi madre para mi educación cuando era niño, era de origen galo. Y él me contó mil historias sobre todas y cada una de las tribus de la región.

Labieno suspiró y retornó al presente, y en el presente, en el aquí y ahora, César no estaba.

Lo que había era un mapa de Armórica, una tribu en rebelión y el joven Craso esperando órdenes.

—Los vénetos, entonces, se resisten a entregar rehenes —dijo Labieno a modo de conclusión.

Craso tragó saliva.

—No sólo se niegan a entregar rehenes —anunció el joven jefe de la caballería romana—. Tenía tantas tribus con las que negociar que envié a Quinto Velanio y a Tito Silio a parlamentar con los vénetos.

—Bueno, que envíes a otros oficiales o legados en nuestro nombre es razonable. Como decías, son muchas las tribus de la costa. ¿Cuál es el problema? —indagó Labieno.

—Los han secuestrado, a Velanio y a Silio —respondió Craso—. Y exigen nuestra retirada de sus tierras o amenazan con matarlos.

Labieno apretó los labios, asintió varias veces, retrocedió un par de pasos y se sentó en un *solium* que estaba próximo a la mesa.

—Pues eso no es todo —dijo, al fin, el segundo en el mando de César, sorprendiendo al joven Craso, que se pensaba único portador de malas noticias—. Los tréveros están creando problemas en la Galia belga.

De aquella otra revuelta, el joven jefe de la caballería romana no sabía nada.

Craso dejó pasar unos instantes de denso silencio antes de añadir algo que no le iba a gustar nada a su superior:

—Me consta que los vénetos ya andan en negociaciones con otras tribus para que se les unan en una guerra total contra nosotros por toda la costa.

—¿Qué tribus? —preguntó Labieno.

—Parece que han contactado ya con los osismos, lexovios, námnetes, ambiliatos, mórinos, diablintes y hasta con los menapios de la Galia belga y algunos britanos de más allá del mar.

Esta vez, el segundo en el mando del ejército romano desplazado a la Galia necesitó de un espacio más largo de silencio para digerir bien el alud de malas nuevas. Pero, tras un tiempo que Craso estimó prudencial, el jefe de la caballería planteó la cuestión clave, la cuestión única por determinar.

—¿Y qué hacemos?

Labieno suspiró.

—Informaremos a César. Le informaremos de todo con detalle —respondió—. Y esperaremos sus órdenes. Y haremos exactamente lo que él diga que hagamos.

XLII

Calpurnia

Roma, 56 a. C.

Calpurnia no quería traicionar la confianza de su suegra, pero Aurelia había tenido más desmayos y cada vez parecía costarle algo más recuperarse después de cada episodio de debilidad.

Calpurnia caminaba veloz en dirección a la residencia de su hijastra. Sabía que Julia, la nieta de Aurelia y la persona en la que más confiaba aquella venerable matrona de Roma, sólo por detrás de su propio hijo, iba a salir de la ciudad acompañando a su esposo a un encuentro político con su padre, César, en algún punto del norte cuyo nombre ahora mismo no recordaba.

Calpurnia avanzaba por la Vía Sacra rodeada de escoltas armados, cabizbaja, pensativa. Les había dicho dónde debían conducirla y se limitaba a seguir a los hombres encargados de su seguridad: se trataba de veteranos de guerra enviados desde la Galia por su propio esposo, César.

Su marido había sabido de los numerosos disturbios provocados por el enfrentamiento entre las bandas de Clodio y Milón y había mandado a aquellos hombres para asegurar la protección de todos los miembros de su familia.

Calpurnia seguía pensando mientras caminaba.

César.

Para ella, su marido seguía siendo un gran enigma. Apenas habían pasado unos meses juntos desde su boda, pues, terminado su consulado, él partió hacia la Galia y allí llevaba ya más de tres años. Pero aun desde la distancia podía sentir que aquel hombre poderoso con el que se había desposado, por intereses políticos y no personales, no dejaba de estar pendiente no sólo de su madre y de su hija, sino también de ella. Por carta le insistía una y otra vez en asuntos relacionados con ella misma: le preguntaba cómo se sentía y si necesitaba más hombres para su seguridad o esclavos para la casa o cualquier otra cuestión en la que él tuviera que actuar. A Calpurnia le sorprendía que alguien tan importante, en aquel momento el líder romano más admirado, en medio de una serie de complejas campañas militares en las que no dejaba de cosechar una gran victoria tras otra, tuviera tiempo para escribirle cartas y preguntarle cómo se encontraba o qué sentía. De algún modo, ella pensaba que le debía, como mínimo, lealtad, y que en esa lealtad estaba implícito cuidar de su anciana madre. Y era esa lealtad superior la que la había hecho decidirse a no hacer caso a la propia Aurelia y compartir lo que le estaba ocurriendo con Julia.

—Dime, Calpurnia, ¿ocurre algo? —preguntó la hija de César nada más verla llegar a su casa. El semblante de su joven madrastra supuraba preocupación.

Eran dos mujeres jóvenes: Julia, veintiséis años; Calpurnia, apenas veinte. Pero eran dos de las personas más importantes para uno de los tres hombres que gobernaban Roma. Las dos se sabían parte del complejo engranaje que mantenía el acuerdo y la paz entre César y Pompeyo.

—Voy a traicionar la confianza de tu abuela, pero... —empezó Calpurnia mirando al suelo y sin atreverse a terminar la frase.

—¿Qué ocurre, Calpurnia? Ha de ser algo serio para que te atrevas a contradecir a mi abuela.

—En efecto —admitió la recién llegada—. Tu abuela me hizo jurarle que no desvelaría nada a nadie, pero...

Julia se le acercó y le puso los dedos de la mano derecha debajo de la barbilla, e hizo que ella levantara el rostro y, por fin, la mirara.

—Mi abuela es una mujer muy testaruda y a veces puede exigir algo que vaya más allá del sentido común. Dime, con la seguridad de que yo nunca le diré que tú me has contado lo que sea que tengas que decirme. De mis labios ella nunca sabrá que tú has venido a mí. Pero, por Júpiter, si lo has hecho es que algo grave le pasa a mi abuela. Dime qué es.

Calpurnia se sintió aliviada con las palabras de Julia y aceptó explicarse con más detalle.

—Hace un tiempo, unos meses que tu abuela sufre desmayos. Es como si cada día estuviera más débil, pero se niega a que los médicos la vean. Dice que no quiere preocupar a su hijo, o a ti, y que, si llama a los médicos, al final os llegarán noticias a tu padre o a ti y no quiere alterar a ninguno de los dos. Dice que tenéis ambos asuntos más importantes en los que ocupar vuestros pensamientos y no desea distraeros con la buena o mala salud de una vieja. Bueno, así se refirió a sí misma. Ya conoces la forma de hablar de tu abuela.

—La conozco —admitió Julia y sonrió para que Calpurnia comprendiera que ella entendía que lo de «vieja» era un calificativo que Aurelia empleaba para sí misma—. Pero continúa, por favor.

—Tu abuela insiste, contra mi criterio, en que no le pasa nada grave. A mí no me lo ha podido ocultar porque ha tenido alguno de esos desvanecimientos en mi presencia. Y luego he preguntado al *atriense* y al resto de los esclavos y, aunque niegan que ellos hayan presenciado algo similar cuando están a solas con ella, leo en sus ojos el terror a desvelar algo que su ama les habrá exigido mantener en secreto. Estoy convencida de que ha sufrido más desmayos que yo no he visto.

Julia asintió, frunció el ceño mientras pensaba y tomó las manos de Calpurnia entre las suyas.

—Has hecho bien en decirme todo esto. Seguro que ha pasado en presencia de los esclavos también, pero si hay alguien capaz de aterrorizar a un esclavo ésa es mi abuela. Es tan generosa con su lealtad como intransigente y dura en el castigo cuando se siente traicionada por uno de ellos.

—Hay algo más... —se atrevió a añadir Calpurnia.

—¿Qué más?

—Igual es una tontería, pero yo... Me ha pasado antes..., otras veces, con miembros de mi familia... Tu abuela lo sabe... Soy capaz, creo, en ocasiones, de prever la muerte.

Julia no se tomó a broma lo que Calpurnia le acababa de confesar.

—Te escucho —dijo.

—Tu abuela me preguntó hace tiempo si ella vería el regreso triunfal de su hijo de la Galia.

—¿Y?

—Y yo le dije que sí.

—¿Y cuál es el problema? —preguntó Julia, confundida.

—Que mentí.

En medio del silencio que surgió de esa respuesta, llegó el *atriense* para ver si su ama Julia deseaba que trajera agua o vino o cualquier tipo de refrigerio para compartir con su invitada, pero la *domina* negó con la cabeza y el esclavo, inclinándose varias veces mientras retrocedía sobre sus pasos, salió del atrio.

—¿Acaso mi padre no triunfará en la Galia, acaso va a morir allí?

—Eso no lo sé. No es su muerte la que percibí en aquel momento en el que tu abuela me preguntó.

—Percibiste, entonces, la muerte de mi abuela —concluyó Julia—, y ahora estos desmayos te hacen pensar que esa muerte está cercana, mientras mi padre aún sigue lejos.

Calpurnia asintió.

Julia no necesitó más tiempo para pensar.

—Anularé mi viaje con mi esposo a Luca —anunció con determinación—. Me quedaré en Roma durante el tiempo que mi marido esté en el norte y cuidaré de mi abuela.

—Creo que es lo mejor —dijo Calpurnia en un susurro—, pero...

—Pero no revelaré el motivo de quedarme en Roma a mi abuela, por supuesto. Le diré cualquier cosa: que estoy cansada o que Pompeyo no desea que viaje con él en esta ocasión por mi propia seguridad. Cualquier explicación menos que mi abuela sepa de nuestro encuentro.

Calpurnia cabeceó afirmativamente varias veces.

—Gracias—dijo.

Las dos jóvenes seguían sentadas en el borde de un mismo *triclinium*, las manos entrelazadas, unidas por un silencio cómplice.

—Pero... —A Calpurnia, de pronto, le asaltó una duda, algo que podía trastocar aquellos planes que acababan de formular.

—Dime —la invitó Julia para que hablara.

—¿Qué le dirás a tu esposo para no acompañarlo a Luca?

Julia sonrió.

—Para él tengo la excusa perfecta.

Pero Julia no la desveló y Calpurnia, tan clarividente para percibir la muerte, no parecía tener la misma destreza para detectar una nueva vida.

XLIII

Luca (I)

Luca
15 de abril del 56 a. C.

Luca era una ciudad fronteriza, al norte de Italia, en el punto más meridional de la Galia, el límite hasta donde César podía llegar sin abandonar su provincia.

Como población de frontera estaba fortificada.

Ambos motivos habían favorecido que César la propusiera a Craso y Pompeyo como lugar de encuentro. Y por ambas razones los dos la habían aceptado: comprendían que César no podía salir de su provincia sin que eso lo aprovechara la parte del Senado que estaba en contra del triunvirato para acusarlo de cometer una ilegalidad y, por otro lado, como se trataba de una reunión que muchos en Roma, en particular los *optimates*, liderados por Cicerón y Catón, veían con malos ojos, las murallas de la ciudad ofrecían protección en caso de que a alguien se le ocurriera lanzar un ataque contra los senadores que allí se estaban congregando. Tal idea parecía improbable, pero la política romana de los últimos años estaba más repleta de acontecimientos improbables, y con frecuencia violentos, que probables, de modo que toda salvaguarda parecía poca.

Levantada en una perfecta cuadrícula, cada esquina de la ciudad de Luca era, aquellos días de abril, un hervidero de gentes de toda condición: se veían numerosos senadores con sus togas de ribetes púrpura desplazándose de un lado a otro, acompañados siempre por esclavos armados en secreto bajo sus túnicas a modo de escoltas privados, o custodiados por exgladiadores a sueldo o veteranos de guerra. Comerciantes de telas, especias, piedras preciosas o cualquier producto de comida, bebida o lujo se dieron cita en la ciudad porque olían el negocio, esto es, el dinero de todos aquellos senadores aburridos en una ciudad que no podía proporcionarles los entretenimientos habituales de Roma. Más de doscientos de ellos, cada uno con su cortejo privado, suponían muchas bocas que alimentar y, además, doscientas posibilidades de grandes ventas. Nadie quería desaprovechar su oportunidad de enriquecerse en Luca aquel inicio de la primavera.

Acudieron también los villanos de infame condición, rateros y ladrones de poca monta y alguna banda armada que, no obstante, se mantenían bajo control por los numerosos legionarios que César había repartido por la ciudad con el fin precisamente de garantizar la seguridad del encuentro, más allá de escoltas privadas.

Luca había prosperado en los últimos años y disponía de un gran teatro. Ése fue el primer sitio que se consideró para el encuentro senatorial, pero en abril aún hacía frío en el exterior y al final se optó por uno de los grandes templos del foro, donde los senadores podrían reunirse a resguardo de la intemperie, debatir con mayor sosiego si las conversaciones y las votaciones se alargaban. Aunque, en todo caso, la reunión senatorial era una nube de humo, destinada más a transmitir un halo de legalidad a lo que allí se acordara que a ser un auténtico foro de debate y contraste de pareceres sobre el futuro de la República romana.

El encuentro clave era el que estaba a punto de tener lugar en la residencia que César había seleccionado en el centro de la ciudad para pasar su estancia durante las negociaciones con Craso y Pompeyo. Y es que hasta Luca se habían desplazado principalmente senadores proclives al triunvirato. La mayoría de los *optimates*, algunos por temor, otros por pereza y muchos como protesta, se habían negado a aceptar una reunión del Senado romano fuera de Roma, incluidos Cicerón y Catón, quienes, a doscientas veinte millas al sur de Luca, junto al río Tíber, observaban y esperaban.

Residencia de César, Luca
Ese mismo día

—Ha llegado Craso —le anunció uno de los esclavos mientras estaba en uno de los *triclinia* del patio.

César miró a Balbo.

Se había hecho acompañar de su amigo hispano porque él ya facilitó las negociaciones con Craso y Pompeyo en el pasado en Roma. Y quería tenerlo cerca en aquel encuentro del triunvirato. Por otro lado, dejó a Labieno al norte, su amigo y militar de máxima confianza, al mando de todo el ejército asegurándose de que no hubiera, durante su ausencia, rebelión alguna en la Galia conquistada.

—Pompeyo vendrá un poco más tarde —dijo Balbo en voz baja—. Cité primero a Craso para que pudieras hablar con él antes a solas. Él fue el primero en pedir esta reunión y justo es que le veamos antes.

César asintió y se volvió hacia el esclavo.

—Que pase.

Marco Licinio Craso entró en el atrio acompañado por algunos hombres de su confianza y César hizo un gesto invitándolos a todos a acomodarse en los *triclinia* dispuestos por todo el patio, al tiempo que se acercaba al veterano millonario senador y le daba un abrazo como recibimiento.

—Ja, ja, ja, te veo bien amable con tu mayor acreedor —le soltó Craso, aludiendo a la enorme cantidad de dinero que César le debía. Con sorna, pero sin malicia aparente. Una broma desde la confianza mutua de dos políticos que se han apoyado el uno al otro durante muchos años.

—Por Júpiter, pronto podré devolverte todo ese dinero y más —respondió César con afabilidad, a sabiendas de que el comentario de Craso, si bien era un recordatorio de su deuda, no era una amenaza—. Pero necesito alargar mi mandato sobre la Galia para reunir los recursos suficientes con los que satisfacer tus préstamos.

Craso se tornó algo serio mientras se reclinaba en su *triclinium*.

—¿Ya entramos directos a la sustancia de este encuentro en Luca?

Los esclavos empezaron a repartir bandejas con queso y carne seca de jabalí y a servir vino en copas de cerámica *sigillata* traída desde Hispania.

—Pompeyo vendrá en un rato y quiero estar seguro de contar con tu apoyo para la prórroga de mi mandato —se explicó César, ciertamente yendo al meollo de toda la convocatoria senatorial de Luca.

Se hizo el silencio.

Se podía escuchar el ruido del licor al ser escanciado en las copas.

—Lo tienes... —certificó Craso—, pero a cambio de que apoyes mi candidatura a ser gobernador de Siria con potestad proconsular, como tú, por varios años. Tengo proyectos en Oriente.

César, como todos los senadores de Roma, sabía de la ambición de gloria militar de Craso. Pompeyo había conseguido sus más grandes victorias en Asia y en Hispania y hasta en Italia o África, y había limpiado el mar de piratas. Por todo ello, había sido honrado con la celebración de hasta tres triunfos, el último de ellos con una duración de dos días.

Craso, por el contrario, apenas podía esgrimir como currículum militar la derrota de Espartaco, que no dejaba de ser una guerra servil contra esclavos, por muy brillante que fuera aquel maldito tracio rebelde. Y hasta de esa victoria intentó apropiarse Pompeyo. Todo esto era aún más doloroso, en la medida en que el padre de Craso, Publio, el mismo nombre que le había puesto a su hijo que combatía al servicio de César, fuera merecedor también de un triunfo por su victoria contra los lusitanos. Marco Licinio Craso sentía que, sin gloria militar equiparable a la de su padre, estaba deshonrando el honor de la familia. Por otro lado, César sabía también que las grandes victorias que estaba cosechando por toda la Galia sólo hacían más grande la sensación de humillación de un Craso que necesitaba victorias igualmente emblemáticas, por ejemplo, en Oriente, para reafirmarse frente a los otros dos miembros del triunvirato. Y, probablemente, por la desmesura de su codicia, para ampliar aún más su inmensa fortuna.

—Puedes contar con mi apoyo —aceptó César. Y a punto estaba de preguntar por los planes que su interlocutor tenía para Oriente, pero Craso retomó el uso de la palabra.

—Perfecto, pero, hablando de otro tema que también me interesa sobremanera: ¿qué puedes contarme de mi hijo, de Publio? ¿Está cumpliendo mis expectativas de ser un valiente oficial de los ejércitos de Roma? Tengo tus cartas y las suyas, y todo en ellas es bueno, pero quiero oírtelo decir de viva voz, si es que ni tú ni mi hijo habéis exagerado sus méritos con el fin de alimentar mi vanidad como padre.

Y se echó a reír, pero quebró la carcajada con rapidez. Quería una respuesta rápida de César que lo sacara de dudas.

—Tu hijo ha combatido y continúa luchando con auténtica valentía —ratificó así César sus comentarios hechos por carta—. De este modo ha sido contra los helvecios, los germanos y los belgas. Y me consta que sigue haciéndolo en la costa atlántica de la Galia, donde lo he dejado con la misión de rendir varias tribus de aquella región. En la batalla de los Vosgos, contra Ariovisto, su forma de conducirse en su flanco fue clave para la victoria final. Y mis palabras no son exageraciones. Tengo aquí a Balbo como testigo de todo lo que digo.

Balbo intervino brevemente confirmando las palabras de César.

—Me alegra oír eso —respondió Craso con plena satisfacción—, y no sé si te hará feliz mi deseo actual con respecto a mi hijo Publio, pero he de reclamarlo pronto conmigo. Quizá no este año, pero, cuando vaya a Oriente, lo querré tener a mi lado.

—Por supuesto —aceptó César—. No te lo cederé de buena gana —añadió sonriendo—, pero si lo reclamas contigo, contigo marchará. Y seguro que bajo tu mando aún honrará más los estandartes de Roma.

—A cambio te enviaré, casi con toda seguridad, a Marco, mi primogénito, para que lo reemplace en la Galia —comentó Craso.

—Ja, ja, ja. —Rio ahora César—. La cuestión es que un hijo tuyo esté siempre cerca de mí vigilando al deudor de su padre.

Craso se le unió en la carcajada y, cuando los dos terminaron de reír, concluyó:

—Bien, pues todo lo que ambos deseamos está hablado y acordado, falta ver qué es lo que nos reclama Pompeyo —apuntó, entonces, Craso—, porque estoy seguro, por Hércules, de que algo estará tramando. Ha venido con numerosos senadores de su facción. Quiere asegurarse votos para cuando reunamos a los senadores que se han desplazado hasta aquí desde Roma. Algo quiere. Y no será poco.

César iba a responder, intentando pacificar la animadversión sempiterna de Craso hacia Pompeyo en aras del entendimiento de los tres, pero en ese momento Balbo le hizo una señal indicando la entrada al atrio. César volvió su mirada hacia aquel punto y pudo ver a un centurión, sudoroso y con el rostro exhausto, seguramente de cabalgar sin apenas descanso durante horas, esperando para ser recibido. César supo que traería noticias de la Galia y, por el aspecto de agotamiento del mensajero y por su rango, coligió que eran noticias importantes y malas. Las buenas llegan siempre despacio y de manos de un mensajero sin más. Las malas nuevas viajan al galope y de manos de un militar de alto rango.

—Dame un momento, Marco —dijo César—. He de atender un asunto urgente.

Craso asintió a la vez que respondía y estiraba el brazo para que le rellenaran la copa de vino.

—Ve, ve a ocuparte de tus asuntos: eres procónsul y estás en tu provincia. Yo, entretanto, beberé lo suficiente para resistir con modales aceptables un nuevo encuentro con ese maldito de Pompeyo.

César sonrió al pasar al lado de su invitado, pero fue raudo al encuentro del centurión recién llegado del norte.

—Sígueme —le ordenó y lo condujo hasta el *tablinum* de aquella residencia.

Allí, el militar le hizo entrega del mensaje que portaba.

César leyó con atención la misiva que Labieno le remitía desde Armórica. Mientras paseaba sus ojos a toda velocidad por aquellos renglones repletos, tal y como había imaginado, de malas noticias, el *atriense* entró en el *tablinum* y anunció que había llegado otra carta más, esta vez desde el sur.

César iba a hacer ademán de que no lo interrumpieran mientras estaba con el centurión enviado desde la Galia y que esperaba instrucciones de respuesta para Labieno, pero el esclavo se atrevió a aportar un dato más sobre el nuevo mensaje:

—Es una carta de su hija, mi amo.

Aquí César asintió sin decir nada, extendió la mano en silencio, el *atriense* le entregó el papiro de su hija y él, haciendo también una señal al centurión para que esperara, rasgó la cera del sello, rompió el cordel que ataba el mensaje y leyó con atención la misiva que acababa de recibir de su hija.

Las noticias del norte habían sido pésimas.

Las noticias del sur, en cambio, eran una mezcla de todo: inquietantes, por un lado, pero también inesperadamente buenas, por otro.

Pero el norte reclamaba ahora su atención con más urgencia.

—Escúchame bien, centurión —le dijo César exigiendo que le atendiera con todos sus sentidos—, porque no soy de repetir instrucciones y tengo una importante reunión entre manos a la que debo regresar de inmediato.

César temía que Pompeyo llegara y se encontrara a solas con Craso, y que eso supusiera el fin del triunvirato, pero, de pronto, en un mundo rodeado de espías pensó que era mejor no dictar de viva voz sus instrucciones a aquel centurión, sino que, aunque le llevara tiempo, debía escribirlas él mismo, a su manera, de un modo en el que sólo Labieno pudiera interpretar su mensaje, por si sus instrucciones caían en manos inadecuadas.

XLIV

Las órdenes de César

Campamento general romano en la Galia atlántica
Condevincum, 56 a. C.
Una semana después de que César escribiera su mensaje

Tienda de Dúmnorix

El centurión sudaba profusamente.

—Lee rápido, por todos los dioses —le espetó al jefe de la caballería gala.

—Te pago mucho y bien —le respondió Dúmnorix— y apenas arriesgas nada, pues el mensaje va a llegar intacto a Tito Labieno. Además, seguramente por la premura de tiempo, ni siquiera viene sellado con cera, sino sólo atado.

Nada de aquello parecía transmitir sosiego al agitado ánimo del centurión, que estaba traicionando la confianza de sus superiores por dinero. Pero calló, mientras se entretenía en contar las numerosas monedas de oro que uno de los oficiales de Dúmnorix estaba poniendo en sus manos.

El líder eduo deshizo el cordel con cuidado y desplegó el papiro.

Arrugó la frente entre la confusión y la rabia.

—No se entiende nada —dijo, y para que nadie lo tachara de inculto por no entender latín, exhibió el mensaje a los tres líderes eduos allí convocados por él, que también podían leer algo del idioma de los romanos.

—En efecto, no se entiende —confirmaron al examinarlo.

—¡Maldita sea! —exclamó Dúmnorix con impotencia y, acto seguido, enrolló el papiro y se lo entregó al centurión, que, con gran esmero, volvió a atar el cordel del mejor modo posible para que no se notara que el mensaje había sido abierto antes de su entrega definitiva.

Praetorium

Labieno se encontró con el centurión que había actuado de mensajero y abrió la misiva que le había entregado, recibida de manos del propio César. Al deshacer el cordel, le pareció que el hilo estaba demasiado suelto, pero no dijo ni preguntó nada al centurión, pues el texto mismo requirió su total atención: no se entendía nada, era un complejo galimatías de letras sin sentido. Esto es, incomprensible para todos los que desconocieran el código secreto que Julio César empleaba con su hija para escribirse mensajes y que el propio procónsul había desvelado a Labieno antes de partir hacia Luca.

—De este modo, si alguna de las tribus galas intercepta nuestros mensajes, no podrán entender nada de lo que haya escrito en ellos —le había explicado César.

El código no era complejo, pero, sin conocer el modo en que cada letra representaba otra diferente del alfabeto, era absolutamente imposible de interpretar. Eso sí, el texto contenía varias frases y Labieno ordenó que lo dejaran solo durante un rato. Se percató del excesivo sudor del centurión. Demasiado para alguien que había venido cabalgando, aunque fuera sin descanso, y no corriendo. Pero sobre esto, Labieno tampoco indagó en aquel instante.

Una vez a solas, Labieno tuvo que sentarse, tomar varias hojas de papiro, escribir el alfabeto dos veces, la segunda debajo de la primera, pero poniendo la «a» debajo de la «de», de forma que así pudiera recordar bien las correspondencias entre las letras escritas por César y lo que cada una de ellas representaba en verdad.

Le tomó media hora. Quería asegurarse de no cometer errores.

Fuera esperaban el joven Craso y otros oficiales de máximo rango, entre legados de las legiones y tribunos.

—¡Pasad! —exclamó Labieno.

Craso, Sabino y otros que se habían destacado en el mando de las tropas durante las últimas campañas entraron en el *praetorium*. Quinto, el hermano de Cicerón, por expresa indicación de César no solía ser convocado a aquellas reuniones, al igual que los líderes eduos o arvernos.

Labieno los recibió con una mirada seria y en silencio mientras se iban distribuyendo por el espacio de la tienda.

—Como bien sabéis —empezó—, tenemos varios problemas que atender: el primordial es la resistencia de los vénetos con el secuestro de nuestros emisarios, pero además los tréveros están promoviendo rebelarse contra nosotros en la Galia belga y, aquí, en Armórica, varias tribus, como los lexovios y los coriosolites, animadas por los vénetos, se niegan a entregar rehenes y someterse a Roma. He comunicado todo esto a César y me acaba de llegar su respuesta desde Luca con sus instrucciones. —Y levantó la mano esgrimiendo el papiro en el que estaba escrito el mensaje de César ya completamente descifrado por él en otra hoja.

—¿Cuáles son sus órdenes? —preguntó el joven Craso.

—Pues varias y todas muy específicas —respondió Labieno—. Empezando por ti mismo, requiere que selecciones parte de la caballería y doce cohortes y te encamines por la costa hacia el sur, hacia Aquitania. Allí la situación está tranquila, pero a César le inquieta que, teniendo a los vénetos resistiendo y una rebelión en el norte con los tréveros, algunas tribus del sur puedan decidir aprovechar la situación para crearnos un nuevo frente. Tu misión es asegurar que en Aquitania todo permanece controlado.

Craso asintió.

Labieno miró entonces a Sabino.

—César ordena que te encargues tú de someter a los lexovios y coriosolites.

Sabino cabeceó.

—Así será —dijo aceptando el encargo.

—De los tréveros me encargaré yo con la parte de la caballería que no se lleve Craso al sur. La distancia es larga y César piensa, y yo estoy de acuerdo, que se requiere una respuesta rápida ante su amago de rebelión. Desplazarme con legiones al norte sería demasiado lento. El grueso del ejército se quedará, pues, en Armórica para, de una vez, como sea, terminar con la rebeldía de los vénetos, que, a lo que se ve, puede ser demasiado contagiosa para otras tribus y acabar llevándose por delante todo el trabajo que hemos hecho en la Galia estos tres últimos años.

A todos les parecía sensato aquel plan y aquella distribución de funciones. Eso sí, quedaba por saber a quién encomendaba César el mando de la lucha contra los vénetos, pues el propio Labieno era enviado por él hacia el norte.

El segundo en el mando del ejército romano en la Galia leyó el pensamiento de todos los presentes.

—Décimo Junio Bruto* será quien tenga esta misión.

El mencionado dio un paso al frente.

Décimo Junio Bruto era un joven ambicioso. Su bisabuelo, su abuelo y su padre habían sido cónsules. Y, por parte de madre, su familia decía descender directamente de uno de los Gracos que en su momento promovieron la reforma agraria y que fueron asesinados por el Senado. O lo que es lo mismo, Décimo pensaba que descendía, en consecuencia, del mismísimo Escipión el Africano. Se consideraba, pues, destinado a llegar a lo más alto en el liderato de la facción popular de Roma. De hecho, ver a alguien como César, carente de una dinastía con tan preclaros antepasados como los suyos, dirigiendo el bando popular junto con Craso, le resultaba, como mínimo, imperfecto, una especie de error histórico. Pero era evidente que para ascender en la facción popular, al menos en ese momento, había que estar con César. Décimo se sabía capaz de hacer lo que hiciera falta para seguir ascendiendo. No reconocía a nadie con la capacidad de serle superior. El pasado de su familia, según su parecer, lo hacía merecedor de todo. Los César, Craso o Clodio no debían dirigir Roma. Y, por supuesto, tampoco ninguno de los *optimates*, ni tampoco Pompeyo, tantas veces brazo armado de

* Se trata de un Bruto distinto al Bruto hijo de Servilia y, en consecuencia, sobrino de Catón, que sería tratado posteriormente como un hijo por César y que ha aparecido antes como secretario de Catón en Chipre.

aquéllos. No, Roma debía estar gobernada por alguien de su familia, de su linaje... Décimo Junio Bruto no dudaría en traicionar, si fuera necesario, o en apuñalar por la espalda llegado el caso, si eso era lo que se requería en su ascenso. No, no había límites para su ambición ni lealtad inquebrantable que pudiera interponerse en su ascenso.

Por todo ello, Décimo se atrevió a preguntar con cierta osadía:

—¿Y cómo se supone que he de conseguir rendir a los vénetos yo solo cuando eso es algo que todos juntos no hemos logrado?

Labieno lo miró fijamente a los ojos.

Décimo no se sintió intimidado y siguió cuestionando la orden de César.

—El procónsul ha dicho que los vénetos son ahora nuestro principal problema, algo que comparto, una tribu irredenta a la que no hemos podido doblegar con la totalidad de nuestro ejército. ¿Cómo espera entonces César que yo pueda conseguirlo si la caballería va hacia el norte y el sur, si Sabino se lleva tropas contra otras tribus y si Craso traslada doce cohortes más hacia Aquitania?

Todos callaban.

El tono desafiante de Décimo Junio Bruto no gustaba a nadie, pero su razonamiento no dejaba de tener sentido. César hacía complejos equilibrios políticos al tener altos oficiales de las familias más relevantes, como había hecho contando con el hermano de Cicerón y, en este caso en particular, con uno de los más destacados miembros de la familia de los Junio Bruto. Pero Labieno, viendo la petulante actitud de Décimo, tenía sus dudas sobre todos aquellos equilibrios políticos de César.

Décimo Junio Bruto continuaba hablando:

—Los vénetos se refugian en sus fortalezas de la costa, a las que sólo se puede acceder por una estrecha lengua de tierra, y eso únicamente durante la marea baja; con la marea alta, ni así. Sus ciudades se transforman con la pleamar en islas inaccesibles donde se refugian tras atacarnos. —E hizo un breve silencio como si reuniera un extra de aplomo necesario para decir lo que iba a decir—: Esa misión que César me encomienda, lamento decirlo, es imposible.

Labieno seguía sentado, tranquilo, mirando fríamente al desafiante Décimo.

—¿Has terminado? —preguntó.

Décimo se dio cuenta de que, quizá, había elevado demasiado el tono de su protesta.

—Yo, espero que se me entienda, quiero cumplir las órdenes de César —se defendió—, pero, sinceramente, no sé cómo voy a poder hacer yo con menos recursos y tropas lo que no hemos conseguido entre todos —insistió.

Todos callaban. La mayoría consideraba que Décimo Junio Bruto, efectivamente, se había excedido en su modo de plantear las posibles limitaciones de aquella parte del plan del procónsul ausente, pero, por otro lado, compartían sus dudas.

—César no te ordena que ataques a los vénetos con las legiones que queden a tu mando cuando Craso, Sabino y yo mismo partamos en direcciones distintas con varios contingentes de tropas y la caballería. Ésas no son sus instrucciones con relación a la campaña contra los vénetos. Derrotar a los vénetos no es tu misión.

—¿Ah, no? —Décimo se sintió confuso—. ¿Cuál es, entonces, mi misión?

Labieno se tomó ahora su tiempo. Quería que Décimo quedara en evidencia delante del resto por aquel desplante ante las instrucciones de César. Órdenes que, por otro lado, había interrumpido, pues se había puesto a desafiarlas y desacreditarlas antes de que él acabara de exponerlas en su totalidad.

—Los vénetos, en efecto —aceptó Labieno—, usan el mar para defenderse de nuestros ataques y persecuciones. El mar es su aliado natural. De hecho, Armórica, en la lengua de los galos, quiere decir «ese lugar frente al mar». Y en el mar, Décimo, César lo sabe muy bien, se lucha con barcos. Tu misión es construir una flota.

Silencio absoluto.

Labieno se levantó y, muy despacio, se acercó hasta quedar su rostro apenas a unos dedos de distancia de la faz del propio Décimo.

—Una flota. Ésa es tu tarea —le repitió con desdén—: ¿crees que podrás hacerlo? Luego, cuando tengamos la flota, ya habrá regresado César y, no te preocupes, que él ya encontrará la forma de hacer posible lo que tú juzgas imposible.

XLV

Luca (II)

Luca, 56 a. C.
Una semana antes

Pese al tiempo que César se tomó en escribir de forma cifrada sus instrucciones para Labieno, consiguió retornar al atrio central de su residencia en Luca antes de que llegara Pompeyo.

Entró en el patio aún pensando en las órdenes codificadas que sólo Labieno o, en su caso, su propia hija Julia podrían entender.

Julia.

César vio llegar, por fin, a Pompeyo sin la compañía de Julia.

No le sorprendió.

Su hija ya le acababa de anticipar en la misiva que había recibido apenas hacía unos instantes que Aurelia se encontraba débil, que padecía desmayos continuos y que había considerado su deber permanecer junto a ella. Pese a que Calpurnia se comportaba con Aurelia según correspondía a una nuera devota de la familia a la que se había incorporado, Julia había juzgado mejor quedarse y acompañar a su abuela en todo momento durante la ausencia de su esposo en el norte.

A César no le extrañó, pues, la ausencia de su hija en Luca.

Pero le dolió, por un lado, por temor a que su madre estuviera realmente mal y, por otro, por el hecho de verse privado de abrazar a Julia misma, su ser más querido del mundo.

Pero le pareció muy correcta su decisión, aunque echaba tanto de menos a su madre y a su hija que la ausencia de ambas en Luca se le antojó un duro golpe personal. Más de dos años sin verlas era mucho tiempo. Sin embargo, había algo más. Una esperanza que no por muy deseada dejaba de ser menos apasionante.

—Ya sabes que vengo solo —le dijo Pompeyo a modo de saludo.

—Lo sé —confirmó César.

—Tu madre parece sentirse algo indispuesta estas últimas semanas y tu hija prefería quedarse con su abuela y consideré que era lo mejor —explicó Pompeyo.

—Sí, estoy al corriente —respondió César.

—Ah, bien. —Pompeyo se sorprendió de que estuviera ya informado del asunto, pero rápidamente pensó en que César se las ingeniaría para que las cartas personales le llegaran con velocidad—. Estoy seguro de que Julia atenderá bien a tu madre durante estos días —añadió.

—Seguro... —confirmó César.

—Aunque no sé si tu hija te habrá notificado además el otro asunto por el que también ha preferido no viajar.

—¿Te refieres a su posible embarazo? —desveló César de modo directo.

Pompeyo sonrió.

—Sí, a eso me refiero, pero veo que ya te lo ha comentado. Y me alegro de que sea así y lo sepas por ella y no por mí. Como padre, yo también preferiría saber esas cosas por mi hija antes que por mi yerno —apuntó Pompeyo conciliador, amable; a fin de cuentas, estaba hablando con su suegro y de un asunto hermoso, prometedor—. Aún no es seguro, pero las mujeres tienen una intuición especial con estas cosas y, si ella lo dice, seguramente debe ser así.

César asintió. Un hijo de Pompeyo y Julia. Eso fortalecería el pacto entre ellos. Quizá debieran abrazarse, es lo que un yerno y un suegro normales habrían hecho, pero ni eran un yerno y un suegro cualesquiera ni, como había dicho Pompeyo, la noticia era aún segura del todo. Si todo se confirmaba, ese abrazo, que parecía estar pendiente en el aire de aquella conversación de reencuentro entre ambos, surgiría de forma natural. César decidió no forzar nada y Pompeyo, que cambió de tema, daba la sensación de pensar de un modo similar.

—Los caminos son agotadores y creo que Julia, además de cuidar a su abuela, hace bien en no exponerse a las penurias de un viaje si, en efecto, está embarazada.

—Sin duda —aceptó César—. ¿Y has tenido tú un buen viaje desde Roma?

Los esclavos estaban asistiendo al recién llegado, retirándole la larga toga de senador, impactante pero siempre incómoda para reclinarse y departir largo y tendido en una compleja negociación, y facilitándole una túnica de lana que proporcionaba tanto abrigo para el fresco clima de la ciudad cisalpina como comodidad para lo que se preveía una reunión larga.

—Razonablemente bueno —dijo Pompeyo ajustándose la túnica con la ayuda del *atriense*—. Pero las calzadas estaban húmedas y algunos desperfectos en las losas han hecho más trabajoso el desplazamiento de lo esperado. Se confirma que la decisión de Julia de quedarse en Roma es la correcta.

Pero César no quería hablar más de su familia. Empezaba a sentir que la insistencia de Pompeyo en repetir una y otra vez el vínculo que los unía era una sutil forma de manipularlo emocionalmente para la negociación que se traían entre manos aquella jornada.

—Deberíamos invertir más en el mantenimiento de las calzadas de toda la República —apuntó César soslayando el tema familiar.

Pompeyo, satisfecho con el ajuste de su túnica, enarcó las cejas.

—Supongo que sí —aceptó—, pero no nos hemos reunido en Luca para hablar de obras públicas, ¿verdad?

—No, no es ése el objetivo de este encuentro —respondió César—. Acompáñame al atrio. —Y soltó la primera frase desagradable para su yerno desde su llegada—: Craso ya está aquí.

Pompeyo esbozó una medio sonrisa sarcástica ante la mención de su enemigo político, con quien, no obstante, por intercesión del propio César, había aceptado pactar el gobierno y el reparto de poder político en Roma... por el momento.

Como era de imaginar, el saludo entre Craso y Pompeyo fue frío pero correcto. El recién llegado se mostró algo más cordial con Balbo y con el resto de los presentes. Junto con Pompeyo, entró en el atrio el veterano legado Afranio, hombre de confianza de Pompeyo desde las guerras sertorianas, y se le cedió un sitio a su lado.

—Bien, ya estamos todos —dijo Marco Licinio Craso, sin pretender ser irónico, aunque a oídos de Pompeyo lo pareció. Pero éste decidió no iniciar ninguna discusión, no sin antes ver si conseguía todos sus objetivos. Si algo fallaba, entonces sí, en esa circunstancia, arremetería con todo contra Craso o contra Craso y César, si era necesario. Aunque... estaba Julia. Quizá embarazada.

Pompeyo bebió algo de vino mientras recordaba la última noche con Julia antes de partir hacia el norte.

—¿Crees que llegarás a un acuerdo con mi padre? —le había preguntado ella, al oído, en un susurro dulce justo después de haber yacido con ella con notable pasión por parte de ambos.

—Creo que sí —le había respondido él.

—Inténtalo, por favor —le había rogado ella, y cubrió su ruego con besos dulces por todo su rostro. Para Pompeyo era evidente que Julia intentaba empujarlo hacia el acuerdo, como si ella actuara como el mejor de los agentes negociadores de su padre, mucho más persuasivo que el más locuaz Balbo, pero, todo había que admitirlo, era la manipulación más tierna a la que nunca jamás había sido sometido. Aunque procurara ocultarlo, Pompeyo era consciente de que se había enamorado de su joven, discreta, hermosa e inteligente esposa.

—Un hijo sellaría eternamente el acuerdo entre tu padre y yo —le había dicho él entre beso y beso.

—Lo sé —confirmó ella—. Quizá debamos repetir lo que acabamos de hacer para conseguir ese *acuerdo* eterno entre los dos —le replicó ella mientras seguía besándolo con una voz entre traviesa y mágica—. O igual ya no hace falta repetir —apostilló misteriosa.

Pompeyo recordaba cómo en ese instante se volvió a mirarla.

—Lo que he dicho: que igual no es necesario repetir lo que acabamos de hacer para conseguir ese hijo que tanto deseas —reiteró ella, aparentemente divertida. Julia se movía en un océano de equilibrios políticos y sentimentales. Había desarrollado a la vez afecto por su esposo y rabia hacia él, porque seguía, pese a que se lo ocultara, pensando en cómo imponerse a su padre.

—¿Quieres decir que crees estar realmente embarazada? —había indagado él en busca de confirmación.

Y ella había asentido antes de invitarlo al lecho de nuevo.

—Pero, por si acaso, para asegurarnos, podemos repetir lo que acabamos de hacer.

Y él se dejó amar.

Y amó.

De todo eso hacía una semana, en Roma, antes de partir hacia aquella reunión en Luca.

La voz de Craso hizo que la mente de Pompeyo regresara a la negociación.

—Seré el primero en explicitar lo que deseo —dijo el millonario. Era evidente que llevar la delantera en varias copas de vino con respecto a sus interlocutores lo había desinhibido a la hora de pedir y exigir.

Craso expuso su deseo, ya anticipado a César en privado, de ser gobernador de Siria, de tener poder proconsular también por varios años, como César en la Galia, y plena libertad para iniciar una campaña en Oriente, si así lo juzgaba pertinente.

Pompeyo escuchó en silencio, sin hacer ademán alguno ni de desdén ni tampoco de aprecio.

Cuando Craso terminó de exponer su petición, habló César:

—En mi caso todo es más sencillo: mi mandato proconsular concluye el año que viene. Sólo deseo prorrogarlo otros cinco años para consolidar las victorias que estoy obteniendo en el norte. Quizá no precise de los cinco años enteros, pero ese plazo me daría el sosiego suficiente para acometer las próximas campañas sin necesidad de apremiar enfrentamiento alguno, que, como bien sabéis, es el principio de muchos desastres en la guerra.

Hubo un breve silencio.

Afranio, Balbo y el resto de los asistentes callaban.

—Entiendo que Craso y tú —intervino, entonces, Pompeyo, dirigiéndose a César y evitando así hablar directamente con Craso— estáis, en esencia, de acuerdo en estas cuestiones.

—Sí, así es —admitió César—, pero, según nuestro pacto, nada puede acordarse sin tu consentimiento, sin tu aceptación.

Pompeyo asintió.

El silencio se prolongó un poco más.

Craso fue a hablar, pero César levantó la mano e hizo un gesto sugiriendo que se contuviera.

—¿Qué es lo que *tú* deseas, Cneo? —le preguntó César a Pompeyo de modo directo.

—Mando proconsular en las provincias de Hispania por el mismo periodo que vosotros en la Galia o Siria —respondió el interpelado sin dar rodeo alguno.

Cada uno había expuesto lo que anhelaba.

César miró a Craso.

Y este último asintió, mientras hacía cálculos: no era la de Pompeyo una petición excesiva y, sobre todo, no interfería en sus planes de Oriente. Pompeyo se garantizaba el control de dos provincias bien romanizadas y de muchos recursos económicos y tropas, lo que le daba un poder importante, pero César tenía ocho legiones de combate activas y él mismo pensaba reclutar otras tantas para su campaña en Oriente. La de Pompeyo era, pues, una petición asumible.

—Estamos de acuerdo —dijo César mirando a su mentor político, que permanecía pensativo, claramente valorando lo demandado por Pompeyo—, y creo hablar por mí y por Craso.

El aludido volvió a asentir.

Silencio.

—Entonces, ¿tenemos un acuerdo que llevar a la reunión del Senado aquí en Luca, pongamos, mañana mismo? ¿O, por qué no, esta misma tarde? —preguntó César.

—No tan rápido —dijo Pompeyo—. Hay una cosa más.

César suspiró. Craso se puso rígido.

Todo había sido demasiado fácil.

—¿Qué más hay que tener en cuenta? —preguntó Balbo, siendo el primero que no era triunviro que se atrevió a intervenir en aquel debate.

Pompeyo lo miró fijamente. Sabía que hablaba por boca de César. Aquel hispano le había sido leal en el pasado, en las campañas contra Sertorio y en las negociaciones previas al primer acuerdo a tres para controlar Roma. Le resultaba evidente que el hispano se metía en la discusión para evitar un conflicto dialéctico directo entre los triunviros.

—Egipto —dijo Pompeyo y, recordando la sugerencia que le hiciera Geminio, añadió—: Y los consulados del año que viene. No querremos que los cónsules elegidos en las próximas elecciones maniobren en el Senado en contra de todo lo que aquí estemos acordando.

—Egipto queda fuera de toda negociación —opuso Craso de forma áspera.

Afranio, animado ya por la intervención anterior de Balbo, iba a hablar para apoyar la petición de Pompeyo, pero este último lo miró y negó con la cabeza mientras retomaba el uso de la palabra:

—Y los consulados del año próximo... ¿también quedan fuera de nuestros acuerdos? —insistió Pompeyo, dejando, por el momento, de lado el tema de Egipto.

Aquí Craso calló.

—Lo de controlar los consulados del año próximo es, ciertamente, clave —aceptó César—. Yo seguiré en la Galia, de modo que no podré presentarme. Lo ideal sería que para las elecciones de septiembre os presentarais directamente vosotros dos. Los dos. En igualdad de condiciones.

Tenía sentido. Con Craso y Pompeyo de cónsules, el Senado ratificaría todo lo que allí se acordara. A Luca se habían desplazado unos doscientos senadores, pero el número total era de seiscientos. Aunque en Luca se votara a favor de lo que ellos tres pactaran, Cicerón y Catón exigirían nuevas votaciones en Roma, con el cónclave senatorial al completo. Sólo controlando los dos consulados podrían garantizarse un dominio absoluto de los debates en la cámara. Además, tras ser cónsules, era habitual ser designados gobernadores de una provincia, y eso haría que los nombramientos de Craso como gobernador de Siria y de Pompeyo como gobernador de Hispania fueran vistos razonables por el Senado, como algo dentro de lo habitual, de modo que lo único en lo que forzarían la ley sería en la duración extraordinaria de cinco años de dichos gobiernos y su categoría proconsular. Pero eso, tras sendos consulados, era más accesible que desde una posición de meros senadores.

—Por mí bien —aceptó Craso.

—Por mí también —certificó Pompeyo.

Quedaba Egipto.

Craso lo sabía.

César lo sabía.

Pompeyo lo sabía.

Pero ninguno dijo nada más. Era como si tácitamente los tres hubieran decidido dejar el punto en el que sabían que no habría acuerdo fuera de aquel pacto. El tiempo y las circunstancias, y la fuerza, seguramente más militar que política, de cada uno decidirían quién de todos ellos se quedaba, al final, con el reino más rico, más codiciado y que más gloria proporcionaría a quien, por fin, consiguiera dominarlo y anexionarlo a Roma.

—Entonces... ¿estamos de acuerdo? —repitió César y resumió, de nuevo, los acuerdos para que no hubiera duda sobre lo que estaban pactando—: Renovación por cinco años de mi proconsulado en la Galia, consulados para vosotros dos el año próximo y, al siguiente, las provincias hispanas para Pompeyo, con *imperium* militar proconsular sobre varias legiones, y lo mismo para Craso en Siria por el mismo periodo que mi mandato en la Galia.

—Exacto —aceptó Pompeyo.

A Craso le extrañaba que, de pronto, su archienemigo político se hubiera olvidado de Egipto, pero, como éste permanecía callado sobre aquel asunto y parecía dejarlo fuera de los acuerdos, por fin, asintió de forma clara:

—Por mí también, por Júpiter.

—Pues podemos beber vino y comer con sosiego —invitó César con una sonrisa.

Y así fue. Se comió opíparamente y se bebió en abundancia. El ambiente se distendió y, para sorpresa de muchos de los presentes, hasta Craso y Pompeyo parecieron departir sobre teatro y literatura con cierta relajación.

—Nevio, definitivamente. Nevio es el gran autor romano de todos los tiempos —defendía Pompeyo.

—Puedo aceptarlo —admitió Craso, aunque planteando una disyuntiva—: ¿Cuál de los dos Nevios? ¿El poeta o el autor de teatro?

—El poeta, sin duda alguna —sentenció Pompeyo como si su aseveración fuera inapelable—. Su *Bellum Poenicum* sobre nuestra victoria contra Cartago es de una épica inigualable.

—Pues yo prefiero al Nevio dramaturgo, sus comedias y sus tragedias —contrapuso Craso, recordando las numerosas tardes de teatro en compañía de César en Roma, y se volvió hacía él en busca de apoyo a su preferencia literaria.

César también recordaba aquellas jornadas asistiendo con su mentor político a representaciones de Plauto o Terencio, pero en aquel instante podía oler el conflicto acechando. Buscó una respuesta evasiva.

—Dicen que Escipión el Africano nació cuando Nevio estrenaba una de sus primeras obras en Roma. —Y por si aquella maniobra pudiera no ser suficiente ante la mirada penetrante de un Craso que aún parecía querer que él se decantara por uno de los dos géneros que cultivó Nevio, introdujo otro autor en el debate—: Pero creo que, pensando en tanto teatro o poesía, todos nos olvidamos de las sátiras de Lucilio.

—Eso sí que no lo puedo aceptar —clamó Pompeyo, escandalizado—. Lucilio se ríe de la épica de Nevio, bueno, de cualquier épica.

—Quizá me he excedido o no me he explicado bien —se disculpó César—. He querido decir que me gustan esos pasajes de Lucilio en los que critica las malas costumbres de su época, no cuando parodia a otros autores.

Pompeyo cabeceó un par de veces a modo de aceptación de la disculpa de su suegro.

César, por otro lado, se sabía feliz por haber evitado un enfrentamiento literario entre Craso y Pompeyo, que podía empezar con escritores antiguos pero que podía terminar trasladándose al presente e incendiar los acuerdos que habían alcanzado. Pero por si acaso...

—Al menos, habéis tenido ambos el buen gusto de no mencionarme a Catulo —añadió César.

Pompeyo y Craso se echaron a reír y César levantó la copa invitándolos a seguir bebiendo todos juntos, dejando, durante el resto de la comida, de lado las cuestiones políticas.

—La lástima es que no haya en toda Roma ni un solo teatro de piedra y mármol, al estilo de los griegos —apostilló César—, y que tengamos que ver a nuestros autores llevados a escena en entarimados de madera.

—Eso es cierto —corroboró Pompeyo—. Y me comprometo, a mi retorno, a poner solución a esta carencia ordenando la construcción de un gran teatro.

—Brindo por ello, por Júpiter. —Y César levantó su copa.

Craso lo imitó y el resto se unió, y todos bebieron para celebrar la promesa de Pompeyo de levantar el primer gran teatro de piedra en la ciudad de Roma.

Atrio central de la residencia de César en Luca

Horas más tarde, los dos invitados de César partieron por las calles de Luca en direcciones opuestas, cada uno hacia sus respectivos alojamientos en aquella ciudad cisalpina.

—Todo ha ido bien —dijo Balbo.

—Sí —admitió César, pero en su respuesta se atisbaba un asomo de duda.

—Algo no encaja, por Hércules, ¿verdad? —preguntó Balbo.

—Pompeyo quiere Egipto, lo necesita para el flujo de grano a Roma —dijo César—. Y lo precisa aún más desde que el Senado lo designó como responsable del reparto de grano en la ciudad en sustitución de Clodio, pero Craso también quiere Egipto, por la gloria militar de conseguir su anexión completa.

—Los dos lo quieren —ratificó Balbo.

—Exacto, pero Pompeyo no ha insistido —dijo César.

—¿Para evitar el conflicto con Craso y que se mantenga el acuerdo? —sugirió interrogativamente Balbo—. Obtiene un consulado para el año próximo y un proconsulado luego con el control de las ricas provincias hispanas. Craso otro consulado y mando militar en Siria, también una provincia de muchos recursos, mientras tú mantienes el control de la Galia. Es un acuerdo equilibrado. Si, o bien Craso, o bien Pompeyo, se hacen con el control de Egipto, se desequilibra todo.

—Sí..., pero sigo sin entender que Pompeyo no haya insistido algo más en el asunto.

Y con esas palabras, César, cansado, se retiró hacia su habitación.

Calles de Luca

Afranio caminaba junto a su líder.

—¿Estamos seguros de que dejar Egipto fuera de la negociación sea buena idea? —le preguntó.

—Yo no he dejado de lado el asunto de Egipto —le respondió Pompeyo con firmeza, sin dejar de andar, sin mirar atrás, avanzando por las oscuras calles de la ciudad de Luca envuelto en las largas sombras que proyectaban las antorchas de los legionarios que los escoltaban.

—No has vuelto a mencionarlo —dijo Afranio recordando lo que había pasado en la negociación.

—Sólo he seguido en este punto el consejo de Geminio, que, por cierto, llevaba razón: Craso no iba a aceptar que reinstaurase a Tolomeo XII —respondió Pompeyo como explicación—. Sabe que es, *de facto*, un rey cliente a mi servicio. No tenía sentido introducir en la negociación algo en lo que Craso no iba a ceder y que iba a dar al traste con todo. Tenemos un consulado y las provincias hispanas y un ejército en dos años, pero con *imperium* extraordinario de cinco años, como los otros dos triunviros.

—César ya tiene eso, las provincias galas y un ejército, y Craso tendrá, también en dos años, Siria y su propio ejército nuevo, y con él se hará con Egipto —se atrevió a vaticinar Afranio—. Y, al hacerse con el control del reino del Nilo, desequilibrará la situación. Será el más poderoso de los tres.

Pompeyo se detuvo en seco y con él todos los legionarios de la escolta.

—Ése quizá sea el plan de Craso —admitió—, y he aceptado seguir el consejo de Geminio de no concretar nada sobre Egipto porque la clave es ese «en dos años» que has dicho. Tenemos el año que viene, el de los consulados de Craso y mío, y el siguiente. Y se han olvidado de que yo controlo en este momento Siria: Aulo Gabinio es el gobernador ahora allí. Aulo ya me apoyó en el pasado, ¿recuerdas? Con la *lex Gabinia* que me dio poder absoluto sobre los mares para terminar con los piratas. Es de los nuestros, Lucio. Habla con Gabinio. Es osado y con determinación. Dile que se prepare para una campaña militar. Tenemos un año para hacernos con el control de Egipto antes que Craso. Gabinio, además, odia a Clodio también, que no deja de ser un hombre de Craso. Clodio se atrevió a humillarlo en su consulado rompiéndole a Gabinio sus *fasces* de cónsul durante el ejercicio de su magistratura máxima.

Afranio asintió varias veces. Era un plan.

Volvieron a caminar.

—Lo que no termino de entender —continuó el veterano legado— es ¿por qué es tan importante Egipto?

—Por dos motivos —respondió Pompeyo—: grano para Roma, para abastecer al pueblo evitando que Clodio pueda manipular el precio del pan durante mi próximo consulado y generar descontento, con los consecuentes disturbios. Y, dos, y mucho más importante: si Egipto queda bajo control romano a través de la reinstauración de Tolomeo XII, a mi servicio, a Craso no le quedará otra opción que buscar una campaña militar en Oriente en otro lugar que no sea Egipto.

—¿Quieres decir que Craso se lanzaría entonces a una campaña militar contra... los partos?

No quedaba ni otro reino rico como Egipto asequible ni otro imperio que otorgara mérito conquistar en aquella parte del mundo que no fuera el temible Imperio parto.

—Es lo que yo haría... Sí, buscará contra ellos la gloria. Esa gloria que nunca ha conseguido —sentenció Pompeyo.

—¿Y crees que los partos son un mal asunto? —preguntó Afranio.

—Tan malo como los galos. —Y con aquellas últimas palabras, Pompeyo se permitió seguir avanzando por las calles de Luca con una malévola sonrisa dibujada en su rostro, alumbrado por la fantasmagórica luz de las antorchas de sus veteranos de guerra.

XLVI

El mar de los vénetos

Desembocadura del Loira, a unas veinte millas de Condevincum
Costa atlántica de la Galia
56 a. C.

Habían levantado unos astilleros próximos a la desembocadura del gran río Loira, el mayor de aquella región, pero algo alejados del mar, fuera de la vista de los barcos del enemigo que podían patrullar por la zona. Estaban construyendo los barcos según la técnica romana de abajo arriba, empezando por las grandes quillas y montando el esqueleto de cada embarcación con largos tablones.

A continuación, los operarios realizaban pequeños surcos en los tablones transversales del esqueleto del navío, en donde iban encajando decenas de espigas finas de madera muy resistente para ir entablillando la bodega de cada buque. Después era cuestión de que los carpinteros siguieran trabajando hasta tapar el casco hueco con la cubierta y poner los mástiles, no demasiado grandes, pues se trataba de galeras romanas diseñadas más para moverse por la fuerza de sus remeros que por el impulso del viento.

Décimo Junio Bruto supervisaba todos los trabajos y se sentía orgulloso. Estaba construyendo una gran flota romana según todos sus usos y costumbres. Y, además, estaba particularmente satisfecho de haber seleccionado un enclave discreto para todo aquel trabajo, de modo que los vénetos no descubrieran todo su empeño. A los belicosos galos de Armórica los mantenía alejados de aquel enclave hostigándolos constantemente en sus ciudades de costa.

Décimo Junio Bruto estaba muy pagado de sí mismo, de su inteligencia y de su astucia. Pronto, aquel mar que los vénetos consideraban suyo pasaría al control de Roma.

En ningún momento se planteó tomar en consideración cómo era la flota enemiga contra la que tendría que enfrentarse la nueva escuadra romana que estaba construyendo.

Darioritum, capital de los vénetos
A unas ochenta millas al norte de la desembocadura del Loira

Hasta el fortín central del poder de los vénetos llegaban todas las noticias que sus barcos recogían de cualquier punto de la costa de Armórica. Y los informes eran buenos: los romanos persistían en atacar sus ciudades, pero sus contraataques eran más lentos, pues la caballería enemiga había sido desplazada, o al norte, o al sur de la Galia, para repeler otras posibles rebeliones de los territorios que habían conquistado. Y también parecían haberse visto forzados a llevarse parte de sus tropas de infantería.

—Combatimos contra un enemigo más débil —concluyó Abrar, el gran jefe de los vénetos, y todos sus súbditos cabeceaban confiados en una resistencia que ahora se les antojaba cada vez más posible—. Si los romanos no pudieron derrotarnos con todo su ejército concentrado en nuestras costas, no veo de qué forma podrán doblegarnos cuando se ven forzados a dispersar sus legiones en varios frentes. Los romanos han querido engullir más de lo que podían digerir. —Y se echó a reír, y con él todos los galos allí reunidos.

César para ellos era sólo como una sombra, una ensoñación, un mal recuerdo del que otras tribus hablaban, un espectro que se mantenía alejado de su flota, de su mar y de sus ciudades. Y los fantasmas no ganan guerras.

Luca, al sur de la Galia Cisalpina

El cónclave senatorial congregado en Luca había ratificado los acuerdos a los que César había llegado con Craso y Pompeyo, pero faltaba que todo esto fuera a su vez aceptado por el conjunto de un Senado romano al completo reunido en Roma en los próximos meses. Y, lo más delicado de todo: conseguir que Craso y Pompeyo fueran efectivamente elegidos cónsules para el año siguiente, de modo que pudieran pilotar las reuniones del Senado e ir confirmando todo lo pactado con leyes.

A César, mientras se vestía para partir de regreso al norte, le preocupaban las elecciones y las reacciones de algunos de los políticos en Roma. Estaba claro que los *optimates* presentarían candidatos alternativos que serían respaldados no sólo con discursos y regalos a los votantes, como era costumbre, sino también con violencia, esto es, con más de la habitual. Tenía que enviar veteranos a Roma para fortalecer el censo en favor de Craso y Pompeyo y así asegurar su elección como cónsules, aunque esto debilitara en parte, durante un tiempo, a sus tropas en el norte, pero lo juzgaba preciso. Por otro lado, debía enviar a Roma a alguien de su máxima confianza para supervisar todo este proceso. La cuestión era a quién encargarle esta misión.

—Todo preparado para partir, procónsul —dijo Balbo entrando en el vestíbulo de la residencia de César en Luca.

—De acuerdo —respondió César.

El hispano lo vio meditabundo.

—Todo ha ido bien en Luca, ¿no es así?

—Ha ido bien, sí —confirmó César—, pero me muevo en un mar de equilibrios.

Y César salió de aquella casa pensando en las elecciones consulares del próximo año, en a quién enviar a Roma, en el embarazo de su hija, en su pacto con Pompeyo y Craso, en la resistencia de los vénetos, que podía contagiarse a otras zonas conquistadas, y en cómo, al menos, había tenido la inteligencia de alejar la caballería gala de Armórica, de modo que Dúmnorix o Vercingetórix, en quienes confiaba cada vez menos, no supieran de la construcción de la flota que preparaba Décimo Junio Bruto y, de ese modo, que aquel proyecto quedara, por el momento, en secreto para sus enemigos de la costa atlántica.

Muchos equilibrios. Quizá demasiados. Pero había que moverse según las urgencias y lo más apremiante en aquel momento era el mar de los vénetos.

En lo único en lo que César no pensaba era en Egipto.

XLVII

Un nuevo viaje

Residencia del faraón Tolomeo XII en su exilio
Roma
56 a. C.

—Regresamos —anunció el faraón a su hija.

—¿De inmediato? —preguntó la joven Cleopatra, de trece años.

—Tendré que organizar una pequeña flota que nos lleve a Oriente, y eso tardará unas semanas —explicó Tolomeo XII—, y he de resolver unas cuantas cuestiones financieras con diferentes prestamistas de Roma y algunos comerciantes, pero antes de dos meses partiremos. Además, necesitamos un ejército, pues tu hermana Berenice no creo que esté feliz de vernos llegar de regreso. Eso será lo más complicado: reunir tropas.

La princesa asintió. Pero meditaba.

—¿Iremos directamente a Alejandría? —inquirió Cleopatra.

—No, de igual modo que tampoco vinimos directamente a Roma desde allí —respondió su padre.

Cleopatra pensó en preguntar ahora sobre cómo pensaba hacerse su padre con un ejército lo suficientemente fuerte como para destronar a su hermana mayor, pero consideró que quizá su padre iba a reunir dinero con el que financiar un ejército de mercenarios o contaba con aliados militares de sus amigos romanos. Pero, tras meditarlo bien, decidió no interrogar a su padre sobre unos asuntos que, en cualquier caso, los acontecimientos le irían desvelando por completo. Así que su siguiente pregunta fue en una dirección sorprendente para su padre.

—¿Puedo visitar antes de partir a mi única amiga en Roma?

Tolomeo XII miró a su joven hija, y futura esposa según habían acordado entre ellos, como si, de pronto, estuviera dándose cuenta de que era un ser independiente, con sus propios pensamientos y su capacidad individual de entablar lazos de amistad con otras personas.

—¿Quién es esa amiga?

Al faraón le costaba imaginar cómo podría su pequeña hija haber trabado amistad con nadie, pero también era cierto que él había estado involucrado en múltiples negociaciones y entrevistas y que Cleopatra había pasado mucho tiempo sola en Roma.

—No se trata de nadie que no conozcas, padre —comentó ella adivinando la dirección que seguían los pensamientos del faraón—. Se trata de Julia, la esposa del senador Pompeyo. Ella se mostró siempre muy amable conmigo y compartimos numerosas conversaciones muy interesantes. Me gustaría poder tener la ocasión de verla y despedirme, pero sé que su esposo está de viaje en el norte, en esa reunión de la que todo el mundo habla en Roma, y pienso que es posible que nos vayamos sin que tú vuelvas a entrevistarte ya con él. Desearía tener tu permiso para dirigirme a ella por carta y solicitarle que me permita verla y despedirme en persona, como es debido.

Tolomeo XII, sentado frente a su hija, atendidos ambos por media docena de esclavos que les traían bebida, comida y que encendían incienso para aromatizar el ambiente, seguía mirando a su hija con sorpresa y con intriga pero relajado, pues no se le ocurría mejor posible amistad para la joven princesa del Nilo que la esposa del senador Pompeyo, el senador en quien se estaba apoyando para su retorno a Egipto.

—Por supuesto, escríbele y, si es posible que tengáis vuestro encuentro, acude a él y despídete, según bien dices, como es debido. Eso es lo que a Osiris le parecería correcto.

—Gracias, padre.

Domus publica, junto al foro de Roma
Residencia de la familia Julia

—Te has quedado por mí, admítelo, pequeña —insistía Aurelia con cierta terquedad—. Calpurnia me ha traicionado.

—No, abuela, Calpurnia no ha hecho nada de eso que sea que imaginas —mintió Julia, pero no con la suficiente habilidad como para sortear la natural inteligencia e intuición de la experimentada anciana.

—Nunca le seas infiel a tu esposo. No sabes mentir, pequeña —le espetó Aurelia a su nieta con cierta rabia. Si había algo que la sacaba de sus casillas era que la tomaran por la ingenua que no era, ni que nunca fue ni que nunca sería.

Julia llevaba días insistiendo en lo que acababa de decir, pero supo que tendría que distraer la mente de su abuela con algo de mucha enjundia para que ella, al fin, aceptara que se había quedado en Roma por otro motivo que no fuera el de cuidarla y para que, de ese modo, dejara de desconfiar de una Calpurnia que, a fin de cuentas, sólo había procurado su bienestar.

—Tu sitio, pequeña, es junto a tu esposo —insistía mientras Aurelia—. Y si éste va al norte a entrevistarse, además, con tu padre, ése era el lugar al que tenías que haber acudido. Le habrías dado una gran felicidad a tu padre y, sin embargo, has optado por quedarte en Roma para cuidar a una vieja inválida. Y eso es un gran…

—Me he quedado en Roma por otro motivo, abuela —se atrevió así Julia a decir, interrumpiéndola con un tono algo airado.

—Nunca me habías hablado así antes —replicó la anciana con rapidez—. Veo que, junto con el sentido común, mi nieta ha perdido también los modales y las buenas costumbres y el respeto a sus mayores.

—Me he quedado en Roma porque estoy embarazada y no quería viajar por esos horribles caminos del norte en mi estado. —Y, antes de que su abuela reaccionara, siguió hablando y añadiendo más argumentos al porqué de su permanencia en Roma—: Tú misma llevas diciéndome durante dos años que tener ese hijo es lo más importante que debo hacer, y mi decisión de quedarme ha sido para velar por la seguridad de esa criatura que llevo en mi ser. —Ciertamente ése no era el motivo principal, pero era verdad que, a medida que el embarazo se confirmaba y avanzaba y había sentido mareos y náuseas, estaba realmente convencida de que haberse quedado en Roma había sido una muy buena decisión: no sólo para cuidar a su abuela, sino también para proteger su propio embarazo.

—¿Estás segura de lo que dices? ¿Estás embarazada de veras o sólo lo dices para animar a una vieja a la que ves ya tan débil que no sabes cómo devolver la sonrisa a los labios? Por Júpiter, pequeña, no me engañes en algo tan serio como esto.

—Te seré plenamente sincera, abuela: cuando mi esposo partía hacia el norte, no estaba totalmente segura de estar encinta; tenía esa intuición y una falta, pero podía ser sólo un retraso. Sin embargo, ahora ya son dos faltas y he hablado con los médicos y es seguro lo que digo. Voy a tener un hijo de Pompeyo. Un hijo que traerá paz entre mi padre y mi esposo.

—Así será, así será... —repetía Aurelia aún digiriendo toda aquella maravillosa noticia—. ¿Lo sabe tu marido, entiendo? ¿Y tu padre?

—A mi esposo le comuniqué mi intuición antes de su partida y le confirmé la seguridad de la noticia por carta. Y a mi padre también se lo he anunciado por carta y me ha respondido henchido de felicidad y deseando, como tú, que me cuide mucho. Pero a ti, abuela, quería decírtelo en persona, aunque para ello haya tenido que recibir antes una larga retahíla de reproches durante días —apostilló con cierta sorna y una divertida sonrisa en su rostro.

—Las dos sabemos que te quedaste en Roma también para cuidarme —replicó Aurelia con clarividencia, pero sin ánimo ya de persistir en la discusión anterior—. Sin embargo, tu embarazo borra cualquier otro debate precedente que pudiéramos estar teniendo, mi pequeña. Un hijo.

—O una hija —se atrevió a aventurar Julia, poniendo sobre la mesa una posibilidad nada imposible.

—O una hija —admitió Aurelia—. Un hijo, sin duda, en este mundo de hombres y para hombres, sería lo ideal, pero incluso una hija representaría un vínculo directo entre tu padre y Pompeyo nada desdeñable y que apuntaría en la buena dirección de fortalecer su entendimiento futuro. Sí, sin duda alguna, pequeña, has hecho muy bien en quedarte en Roma, incluso si así has privado a tu padre de que te abrace y te vea y pueda disfrutar de tu compañía, aunque fuera por un breve intervalo de tiempo. Pero has jerarquizado bien y has sabido decidir en función de lo que era más importante.

Aurelia miró hacia el *atriense* que estaba en una esquina del atrio.

—Trae falerno. ¿Y ha regresado Calpurnia del Foro Boario?

—El ama Calpurnia aún no ha vuelto con las compras del mercado, *domina* —respondió el esclavo y partió veloz a por el vino para, al menos, satisfacer a su otra ama en una de las dos cuestiones que se le habían planteado.

—No sé si debería beber falerno —apuntó Julia—. Es un vino demasiado fuerte y he estado con algo de náuseas esta misma mañana.

—Tonterías —desestimó Aurelia—, el falerno es un vino blanco casi medicinal. Pero es fuerte, llevas razón. Te lo rebajaré con agua.

El *atriense* trajo el licor y escanció dos copas y, en una de ellas, la propia Aurelia vertió además tanta agua como vino había, de modo que éste quedara ampliamente diluido.

—Brindemos por esa vida que llevas en tu interior, pequeña —propuso Aurelia, y así lo hicieron.

Julia se limitó a mojarse los labios. Temía realmente que las náuseas retornaran con aquel licor tan espeso.

—Aaah —exclamó Aurelia apurando la casi totalidad de la copa—. Me lo traen directamente de las laderas de Campania. ¿Sabes que Sila cultivaba muchos de los viñedos que producen el falerno? Fue un miserable, pero sabía vivir bien y entendía de vino.

El licor había relajado a Aurelia por completo.

Julia aprovechó para plantearle una duda que tenía.

—Hay otro asunto sobre el que quería consultarte, abuela.

—Dime, pequeña.

—Me ha escrito la joven Cleopatra.

—¿La hija del faraón exiliado?

—Sí, abuela, y me ha solicitado verme. Dice que ella y su padre van a partir de regreso a Oriente y que desea despedirse de mí. Conversamos varias veces cuando su padre y mi esposo hablaban de asuntos políticos.

—Ya veo. Interesante —comentó Aurelia arrugando la frente—. Se trata de una princesa egipcia. En el exilio, eso es cierto, pero una princesa, nunca se sabe, puede terminar siendo reina.

—Va a desposarse con su propio padre —apuntó Julia.

—Sí, lo sé. El tema fue motivo de cierto escándalo cuando se anunció, pero lo esencial es lo de su retorno a Egipto. Tolomeo XII es un protegido de Pompeyo. ¿Por qué un faraón exiliado inicia un camino de regreso que lo aproxima a un Egipto que gobierna su otra hija? Que sepamos, Tolomeo XII no tiene un ejército con el que deponer a Berenice y reinstaurarse en el poder.

—No, de eso no he oído nada —comentó Julia.

—¿Por qué irse ahora de Roma? —preguntó de modo retórico Aurelia, expresando sus propios pensamientos en voz alta sin esperar una respuesta que sabía que ni Julia ni seguramente casi nadie en Roma podría facilitarle.

—No sé...

—Tu esposo Pompeyo, y también Craso, los dos tienen puestos sus ojos en el rico Egipto. Y muchos prestamistas y mercaderes. El único que no piensa en Egipto es tu padre. Lo sé por las cartas que intercambiamos desde su partida a la Galia. No, él no piensa en Egipto, pese a que es un reino vital para Roma: la cantidad de grano que produce comporta que haya o no encarecimiento del precio del pan en Roma, y eso es lo mismo que decir que el reino del Nilo influye en que haya paz o no en las calles de Roma. Pero no culpo a tu padre por pasar por alto Egipto. Demasiado tiene entre manos con todas las tribus celtas del norte, pero quizá no está de más que su hija asiente algún tipo de relación con una princesa de Egipto. No lo dudes: recíbela. Los giros del destino son tan inesperados...

XLVIII

El retorno de César

Desembocadura del río Loira
Costa atlántica de la Galia
56 a. C.

Eran cien galeras imponentes, todas ancladas junto a la desembocadura del Loira, con sus decenas de remeros dispuestos frente a cada uno de los buques, más los marineros de tripulación y los pilotos para conducir las maniobras de cada nave. Y, frente a ellos, las cohortes militares con legionarios armados prestos para ser embarcados como fuerza de combate a la primera orden del procónsul de Roma.

César lo inspeccionaba todo y cabeceaba dando por bueno la mayor parte de lo hecho: galeras de fácil manejo, suficiente número de hombres para gobernarlas, tropas para el ataque preparadas y espolones mortíferos en la proa de cada uno de los barcos.

—Es una gran flota —felicitó César así a Décimo Junio Bruto, que caminaba a su lado.

Décimo, no obstante, no se sintió suficientemente reconocido en su trabajo: había preparado una inmensa escuadra desde la nada, ¿y eso era todo lo que César tenía que decirle?

—¿Hay algo que el procónsul eche en falta? —preguntó.

César negó con la cabeza, pero entendió el tono de decepción de su subordinado y se explicó:

—Me falta ver cómo se desenvuelve nuestra flota contra los barcos enemigos.

Décimo iba a protestar en el sentido de que aquello no era algo que tuviera que ver con el hecho, magnífico a su parecer, de haber construido una armada en apenas unos meses, pero un legionario se acercó para avisar al procónsul de que los hombres que había reclamado ya habían llegado y que lo esperaban en el *praetorium*. Eso le dio la excusa perfecta para dejar a Décimo sin capacidad de expresar más su desaliento por la falta, a su juicio, del suficiente reconocimiento a sus trabajos.

Praetorium

Balbo y el joven Craso esperaban a César en la tienda de mando. El hispano había regresado con él desde Luca y el hijo de Craso había retornado de Aquitania. Labieno aún no había podido llegar al Loira de su destino en la Galia belga, donde César lo envió a controlar una revuelta de los tréveros cerca de la frontera con el Rin. Había otros legados y también un nuevo *praefectus fabrum*, Mamurra, seleccionado por Balbo para reemplazarlo en aquellas tareas logísticas y de abastecimiento durante su ausencia con César en Luca.

Décimo entró tras el procónsul.

César saludó con sendos abrazos al joven Publio Licinio Craso y a Balbo, pero, de inmediato, se puso a explicar sus planes.

—La flota partirá al amanecer —dijo—. En cuanto los vénetos vean los primeros barcos en el golfo de Morbihan, reunirán a toda su flota y nos atacarán.

—¿Y si no lo hacen? —se atrevió a preguntar Balbo, interrumpiéndolo—. ¿Y si deciden evitar un enfrentamiento directo con nuestros barcos, del mismo modo que han evitado una gran batalla campal?

—Por Hércules, me encanta que por fin entre mis mandos de más alto rango se vea qué importante es conseguir un gran enfrentamiento total con el enemigo —le respondió César, sin sentirse molesto por la interrupción, pues lo que planteaba Balbo tenía sentido, pero a César le gustaba hacer una alusión directa a cómo él provocó la batalla del río Sabis, pese a que en aquel momento Labieno lo juzgara inadecuado. Pero su segundo no estaba allí para rebatirle y César se saltó aquel debate y fue directo al asunto que Balbo planteaba—. Lo que dices es pertinente —admitió—. Podrían evitar una confrontación naval total, pero enviaremos nuestra flota entera, en bloque hacia el norte, hacia Darioritum, su capital, a la vez que por la costa haremos avanzar una legión entera hacia ese mismo punto. Creedme, saldrán con sus navíos a interceptar nuestra flota.

—De acuerdo —aceptó Balbo—. ¿Comandarás tú la armada?

—No —replicó César con convencimiento de su decisión—, lo hará Décimo. Él ha construido la escuadra, él merece dirigirla.

Aquí a Décimo Junio Bruto se le hinchó el pecho.

Estaba tan pagado de la flota que había construido que estaba dispuesto a hacer todo lo que estuviera en su mano por que resultara realmente eficaz contra los barcos de los vénetos, más allá de las dudas de César.

—Nosotros avanzaremos por la costa —continuó explicándose el procónsul—, y desde los acantilados observaremos el desarrollo del enfrentamiento naval. Y, si es preciso, mandaremos mensajeros con un bote desde la playa más próxima a Décimo para que haga modificaciones en su estrategia. En el mar no hay colinas ni torres y es difícil tener una visión de conjunto de lo que está ocurriendo, pero desde los acantilados sí tendré esa perspectiva. Labieno me acompañará, cuando llegue de la Galia belga y se incorpore con nosotros, y tú, Balbo, irás con Décimo.

—¿Y cuál es mi misión? —preguntó el joven Craso, que había regresado, pero sólo con la caballería romana. Los eduos y los arvernos de la caballería gala aliada, por orden expresa de César, permanecían alejados de Armórica, en sus destinos del norte y el sur de la Galia.

—Dejadnos solos —dijo César mirando al resto antes de responder al joven Craso—. Id a prepararlo todo para la marcha de la flota y de las legiones hacia el norte.

Todos salieron y, en cuanto César se quedó con Publio Craso, antes de que éste volviera a decir nada, le dio respuesta a su pregunta.

—Tú regresarás a Roma —le anunció César—. Tu padre te reclama a su lado.

—Mi padre me había advertido de esto por carta —dijo el joven Craso en cuanto se quedó a solas con César—, pero en su mensaje no percibí que mi regreso tuviera que ser algo inminente. Ya sé que mi padre prepara algún tipo de campaña en Oriente, pero primero estará su consulado del año próximo.

—Cierto —aceptó César—, pero, amigo mío, para ser cónsul, como bien sabes, antes hay que ganar las elecciones. Tu padre y Pompeyo dan demasiado por sentado que tienen suficientes votos uniendo fuerzas de los clientes de ambos, amigos y partidarios, pero yo no lo veo tan seguro. Y es esencial que tu padre y Pompeyo ganen las elecciones o Cicerón y Catón desmontarán toda nuestra legislación, empezando por la reforma agraria que beneficia tanto al pueblo de Roma como a los veteranos de guerra. Los *optimates* estarán ya preparando un candidato contra tu padre y Pompeyo.

—¿Sólo un candidato, no dos? —indagó el joven Craso.

César negó con la cabeza de forma rotunda.

—No, tu padre y Pompeyo cuentan con votos suficientes para garantizarse uno de los dos consulados, pero, si los *optimates* se hacen con el otro, podrán interferir en todas las votaciones y lograr su objetivo de bloquear la actividad legislativa del Senado y, de ese modo, los acuerdos de Luca nunca llegarán a ser efectivos.

El joven Craso pensó con rapidez. No era aún muy avezado en política, pero conocía bien los últimos años de elecciones y enfrentamientos.

—Cuando Bíbulo compartió la magistratura consular contigo, no pudo evitar que sacaras la reforma agraria adelante y otras leyes que beneficiaron también a mi padre.

—No, eso es cierto —admitió César—, pero Cicerón y Catón han aprendido de sus errores y buscarán a alguien mucho más duro que Bíbulo, más hábil, con más prestigio y más adeptos y… —Pero calló.

Craso le leyó el pensamiento.

—Ibas a decir que ni mi padre ni Pompeyo son tan buenos en política enfrentándose a otros senadores como tú. —Lo dijo sin animadversión, siguiendo el debate, contrastando ideas, genuinamente interesado por averiguar lo que pensaba César, a quien admiraba tanto en lo político como en lo militar, sin que eso quisiera decir que hiciera de menos a su padre.

—Pompeyo no es buen orador —respondió César, categórico—. Es un excelente militar. Sus victorias son muchas, e incuestionables. No me gustaría tener que enfrentarme nunca con él en un campo de batalla. Pero no es hábil, como dices, en el debate. No tiene ni don de palabra ni astucia para el enfrentamiento entre oradores. Tu padre sí la tiene y no dudo de su capacidad para sortear el bloqueo de un colega consular que se le opusiera, pero ¿no es mejor asegurarnos de que los dos cónsules sean tu padre y Pompeyo?

—Sin duda, pero no entiendo qué tiene que ver esto con anticipar mi regreso. Ahora mismo tenemos esta batalla contra los vénetos en ciernes y hay regiones en la Galia aún por controlar. Aquitania y el centro están tranquilos, pero la Galia belga sigue siendo un hervidero y no tengo claro que los germanos hayan entendido que el Rin es la nueva frontera que tú deseas establecer. Creo que aquí aún puedo ser muy útil.

—Tienes razón en todo lo que dices, pero, aun doliéndome mucho, tendré que conseguir las siguientes victorias sin tu ayuda. Se están librando muchas batallas a la vez, amigo mío. Tú ahora sólo piensas en la Galia porque es donde estamos, pero la batalla de Roma es esencial. Y la de Oriente también lo será. Ahora me ayudarás más apoyando a tu padre en Roma, primero, y, luego, en Oriente, donde sea que decida llevar las legiones que reclute. —El joven Craso iba a interrumpirlo—. No, no, déjame terminar: ahora regresarás porque no vas a ir solo. Para asegurarnos la victoria en las elecciones, te llevarás contigo a un numeroso contingente de veteranos de las legiones de la Galia. Eso debilitará algo el ejército aquí desplazado, pero ya reclutaré más hombres para futuras campañas. Lo esencial es que viajes a Roma antes de que acabe el año, antes de septiembre, o sea ya mismo, y estés allí para las elecciones con muchos de nuestros veteranos romanos, que, por un lado, podrán votar, por estar censados en Roma, a favor de Pompeyo y de tu padre y, por qué no pensar en esto también, serán capaces de reforzar la seguridad en las calles de una Roma en la que ya sabes que son demasiado frecuentes los enfrentamientos continuos entre la banda de Milón, favorecida por los *optimates*, y la de Clodio, que en su momento intervenía a nuestro favor pero que, cada vez más, parece actuar de forma imprevisible y en su único beneficio. Se trata de una misión, la de llevar a este contingente de veteranos a Roma para este doble objetivo, delicada y que no puedo encargar más que a alguien de mi máxima confianza. Tú eres ese alguien. Y, además, sólo estamos adelantando un año tu retorno junto a tu padre.

La exhaustiva explicación de César no dejaba lugar a más debate.

—De acuerdo —aceptó el joven Craso—. Regresaré a Roma según tus instrucciones con los veteranos que selecciones.

Darioritum, capital de los vénetos
Costa atlántica, norte de la Galia

—¿Una flota?

Abrar, el jefe de los vénetos, no terminaba de dar crédito a lo que acababan de explicarle los emisarios que llegaban desde la zona sur de su territorio.

—Han partido desde el gran río y navegan hacia la bahía de Morbihan. Vienen directos hacia aquí.

—Y por tierra avanzan con sus legiones.

—Y dicen que su procónsul ha regresado del sur.

Pero para el jefe de los vénetos era como si sólo hubiera una noticia y no tres.

—Una flota... —repetía ensimismado, pero, de pronto, como si despertara de un trance, comenzó a lanzar preguntas—: Pero ¿de cuántos barcos disponen? ¿Son grandes? ¿A qué velocidad navegan?

Los guerreros que habían traído aquellas noticias se apresuraron a responder:

—Son barcos algo más pequeños que los nuestros.

—Más de cien navíos. Repletos de legionarios.

—Pero sus cubiertas están por debajo de las nuestras.

—Tienen velas, pero insuficientes para impulsar por sí solas el barco.

—Usan remeros.

—Sí, avanzan sobre todo impulsados por la fuerza de los remos —confirmó otro.

Abrar asentía desde lo alto de su trono elevado de madera y pieles. Cien barcos. Más bajos. A remo. Y legiones por tierra.

—¡Reunid nuestra flota, por Taranis! —ordenó y, acto seguido, añadió—: Veremos si ese procónsul sabe luchar tan bien en el mar como en tierra. En un mar que no es el suyo, contra unos barcos frente a los que nunca ha combatido.

XLIX

La batalla del golfo de Morbihan (I)

**Golfo de Morbihan, Armórica*
Costa atlántica de la Galia
56 a. C.**

César podía seguir el avance de su flota, comandada por Décimo Junio Bruto, desde lo alto de los acantilados.

Se había tomado unas semanas para organizar tanto el embarque de tropas y pertrechos militares y de comida en los navíos como para seleccionar un numeroso grupo de veteranos que retornarían con el joven Craso a Roma. César había establecido un muy desarrollado esquema de premios y castigos para los legionarios y los oficiales de todas sus legiones. Aquellos que mostraran cobardía o impericia notable en el combate podían sufrir diversos castigos, que intentaba que no fueran nunca extremos como hizo Craso en la campaña contra Espartaco, aplicando la temida y terrible *decimatio*. César optaba mejor por degradar a un oficial si no había cumplido bien una misión o por condenar a penosos trabajos de mantenimiento a aquellos soldados que no hubieran luchado con auténtica valentía. Por otro lado, y esto, sin

* Véase el mapa «Batalla del golfo de Morbihan» de la página 1018.

duda, era lo que mejor le funcionaba, había organizado un sistema de ascensos para todos aquellos que sí destacaran en una batalla, además de premios económicos sustantivos más la promesa a todos de obtener tierras y una buena vida como propietarios en un merecido retiro de regreso a Italia. Esta estructura de premios, que César cumplía de forma efectiva, junto con un reparto generoso de los botines de guerra entre toda la oficialidad y la tropa, motivaban enormemente a todos y acrecentaban su lealtad plena al procónsul, a quien estaban dispuestos a seguir a donde fuera.

César sabía que necesitaba generar esa lealtad, sobre todo para el proyecto que tenía en mente, una idea que sobrepasaba cualquiera de los empeños a los que había empujado a sus tropas. Un desafío descomunal que sacudiría el mundo celta al completo y que, estaba seguro de ello, también agitaría las aguas del Tíber, cristalizando todo aquello en tumultuosas reuniones del Senado en las que sus enemigos políticos arremeterían contra él con todo lo que tuvieran y con todo lo que se inventaran, con Catón al mando. Cicerón también apoyaría esas críticas, pero su propio hermano estaba allí en la Galia y César intuía que Cicerón consideraba que él se estaba portando con generosidad con él y su familia, de modo que el gran orador se mantenía con cierta discreción en sus críticas, concentrando sus ataques en Clodio. Por ahora. Pero Cicerón era un enemigo dormido que despertaría en algún momento.

La reforma agraria que impulsara César era algo que Cicerón nunca podría olvidar, pero, al mismo tiempo, aquel reparto de tierras era una de las cosas que más creíble hacía, a los ojos de sus legionarios, que su líder, Julio César, también les conseguiría terrenos de cultivo para todos ellos una vez que todas las guerras en la Galia terminasen. O cuando llevaran un suficiente número de años de servicio, si es que las guerras no terminaban nunca.

César se había tomado, pues, bastante tiempo, antes de partir hacia la capital de los vénetos, para seleccionar a muchos de los que más se habían destacado en el combate y premiarlos con ese temprano retorno a Roma. No llevaban aún suficientes años de servicio como para entregarles tierras a todos, y contaba con que algunos regresaran tras las elecciones, pero, ya fuera con estancia permanente en Roma o con un largo permiso en la ciudad, para todos ellos aquel viaje a Roma era un gran premio. Incluso si era a una Roma cargada de violencia y en periodo preelectoral, cuando los ánimos se exacerbaban y era muy probable que encontraran reyertas y luchas en las calles. Pero para todos aquellos hombres, después de combatir contra helvecios, germanos y belgas, una algarada de puñales y dagas en un callejón era como salir de fiesta. Puro entretenimiento para mantenerse en forma.

Y, desde luego, todos aquellos veteranos de César tenían muy claro, tras ser instruidos directamente por el procónsul en un discurso de despedida, por quién tenían que votar en las próximas elecciones consulares.

Las semanas que César dedicó a estas gestiones militares, políticas y de aprovisionamiento de la flota dieron tiempo también a que Labieno regresara del norte tras apaciguar la región de los tréveros, en la Galia belga, limítrofe con el Rin, deponiendo al jefe rebelde Induciomaro y designando como nuevo líder de la tribu al prorromano Cingetórix.

César, satisfecho con las acciones de Labieno en el norte, informó a su segundo en el mando de sus últimas maniobras político-militares.

—Te has garantizado la elección de Craso y Pompeyo como cónsules —le dijo el propio Labieno una mañana después de que César despidiera al joven Craso y los veteranos que enviaba a Roma—, pero hemos debilitado nuestro ejército.

—No necesariamente —le replicó César mientras enfilaba hacia el frente de las legiones que se quedaban con él en la Galia—. Los que permanecen ven que cumplo de forma real mis promesas de premio, ven cómo compañeros suyos retornan vivos, y mucho más ricos de lo que vinieron, a Roma. Los que se quedan, que quizá no hayan combatido con la energía de los que se van, estarán más motivados que nunca para mostrarse ahora merecedores de las mismas recompensas. Estos legionarios que se quedan combatirán ahora tan bien como los que se van.

Labieno cabeceó un par de veces, pensativo.

—Es posible que tengas razón.

—La tengo —insistió César, e inició el duro ascenso hacia lo alto de los acantilados.

La flota había comenzado ya su descenso por el Loira en dirección al mar.

—De acuerdo —le dijo Labieno—, tienes los pactos de Luca, bastante asegurados los resultados de las elecciones consulares y partimos ahora con una poderosa flota contra los vénetos, pero tenemos un problema del que nunca terminas de ocuparte y que no puede ser eternamente postergado.

—De todo lo que dices, falta ver que lo de las elecciones esté tan claro, pese a los veteranos que he enviado. En política nunca hemos de subestimar las estrategias que pueda desarrollar Cicerón. A saber qué pergeñará para intentar evitar la victoria de Craso y de Pompeyo, pero, dejando esto de lado, ¿cuál es ese problema que dices que ignoro constantemente, por Júpiter?

—Dúmnorix y Vercingetórix —respondió Labieno siendo muy explícito y específico—. Sobre todo, el primero. Sabes que nos ha traicionado en más de una ocasión y que volverá a hacerlo. Por eso has alejado la caballería gala de la costa de Armórica. No quieres que interfiera con sus posibles traiciones en la batalla que se nos viene encima, pero en algún momento tendrás que hacer algo con ellos, insisto en particular con Dúmnorix. La Galia está más o menos dominada, pero hay un ansia de rebelión latente en muchos jefes tribales. Sólo necesitan un líder y Dúmnorix quiere ser ese líder. Vercingetórix y otros le seguirán. Los tréveros, estoy seguro, no dudarían en volver a rebelarse. No tengo claro que Cingetórix, aunque lo intuyo leal a nuestra causa, sea capaz de controlar su tribu si hubiera un alzamiento de otros pueblos galos en nuestra contra.

—Tienes razón, pero en Luca tuve tiempo para pensar en muchos asuntos —respondió César—. Tengo un plan.

—¿Un plan? ¿Qué plan?

—Pronto lo sabrás, amigo mío. Por el momento, sólo quiero que sepas que tengo muy presente ese asunto, pero ahora tenemos una batalla naval por delante, ¿no crees? —Y miró al mar: la imponente escuadra romana navegaba ya, impulsada por centenares de remeros, hacia el norte.

Flota romana

—¡Remad, remad, malditos! —gritaba Décimo Junio Bruto en la cubierta de la nave insignia de la escuadra romana.

El ritmo de boga era feroz y los navíos cortaban el mar con una velocidad voraz, como si quisieran devorar las olas.

Lucio Balbo se acercó a Décimo.

—Los remeros van a agotarse —se atrevió a decir.

El jefe de la flota se revolvió hacia el hispano.

—Los remeros harán lo que yo diga, *praefectus fabrum*. Han de entrenarse bien antes del combate, ¿no crees?

César había dejado la flota al mando de Décimo Junio Bruto, pero había puesto a Balbo como segundo en el mando para supervisar que no se cometiera ninguna locura. Su confianza en Décimo era endeble, pero quería darle la oportunidad de demostrar que sí se podía contar con él.

Balbo veía a los marineros bogando con todas sus fuerzas, sudando, muchos pidiendo agua. Iban a llegar exhaustos al norte.

Las velas de todas las galeras estaban plegadas, por orden expresa de Décimo.

Balbo no quería desacreditar las órdenes de su superior y buscó alguna forma indirecta de hacerlo entrar en razón.

—Este mar, este océano, *legatus*, no es el Mare Nostrum —argumentó el hispano—. Las olas aquí son más altas, más fuertes, y chocan contra el casco de los barcos con una potencia inusitada. Cada metro que se avanza a remo cuesta aquí mucho más esfuerzo que en cualquiera de las costas de Italia o Hispania. Deberíamos, al menos, desplegar las velas para que el viento que se ha levantado ayude a los remeros.

Estaban rodeados por varios tribunos militares que escuchaban atentos la conversación.

A Décimo no le gustaba aquel hispano y no tenía duda de que estaba puesto a su lado por César para vigilarlo, pero su propuesta era más que razonable: se había levantado una poderosa brisa que venía del sur y que podría acelerar el avance de la flota y, además, como sugería Balbo, descargar a los remeros de tanto esfuerzo como les estaba exigiendo.

Décimo no quería parecer un líder cerril, y menos justo poco antes de entrar en una posible gran batalla naval en la que tendría que dar muchas órdenes y que éstas fueran cumplidas de forma estricta y veloz, y no desafiadas porque los oficiales desconfiaran de él.

—Desplegad las velas —dijo, al fin, Décimo.

*Acantilados de la bahía de Morbihan**

—Ahí están —anunció César al avistar la flota de los vénetos en dirección sur, directos al encuentro de los navíos romanos.

Detuvieron en ese punto, un acantilado elevado sobre el mar, el avance de las tropas de tierra. Aquél era un lugar idóneo para tener una visión completa de las dos escuadras navales y sus posibles maniobras.

—¿Crees que ha sido buena idea dejar el mando a Décimo? —preguntó Labieno.

—¿Lo dices porque no es de los oficiales que parezca tenerme más simpatía?

—Sí, por eso. No percibo en él gran lealtad —concretó Labieno.

—Bueno, ciertamente, es evidente que se siente infravalorado por mí. Desciende de una legendaria familia que hizo grandes gestas en la República romana desde su instauración y, en consecuencia, se cree merecedor de los mayores reconocimientos y cualquier aprecio que le haga le parecerá insuficiente, porque me considera de una estirpe inferior a la suya. Pero hoy, amigo mío, Décimo Junio Bruto tendrá la oportunidad de mostrar su auténtica su valía. Y para ese empeño, su rabia y su evidente envidia hacia mí combatirán hoy a nuestro favor —concluyó César, satisfecho.

—Supongo que eres consciente de que manejas sentimientos que algún día se pueden volver contra ti, ¿verdad?

—Si llega el día en el que Décimo se revuelva contra mí, yo seré, entonces, tan fuerte que necesitará de decenas de cómplices para poder derribarme.

Labieno dudó, pero, al fin, apostilló:

—¿Y no crees que pueda algún día él o alguien como él reunir a todos esos cómplices en tu contra?

César meditó bien antes de responder, pero habló con seguridad:

—Tendrían que ser muchos, Tito. Y no, no lo veo probable. El único al que realmente temo es a Pompeyo, es el único capaz de enfrentarse a mí, pero Julia está a punto de darnos un hijo que nos unirá a los dos para siempre. Los demás, Tito, no cuentan.

—¿Ni aunque se unieran todos contra ti?

* Probablemente en la costa de la actual Saint-Gildas-de-Rhuys, en Francia.

—Ni aunque se unieran todos.

—¿No es eso algo soberbio de tu parte?

—No. Soy objetivo. Pompeyo ha ganado muchas batallas y derrotado a muchos enemigos. Como he hecho yo con los lusitanos, los helvecios, germanos o belgas. Pero, dime, ¿a quién han derrotado Cicerón o Catón o Décimo? ¿Qué batallas han ganado? Ni una sola.

—Bueno, esperemos que Décimo, al menos, gane hoy una con la flota, ¿no crees?

—Esperemos que así sea —confirmó César y se echó a reír, y Labieno se le unió en la carcajada y con la risa olvidaron, por el momento, los múltiples enemigos que César tenía no sólo en la Galia, sino, sobre todo, en Roma.

Golfo de Morbihan

Las dos flotas se encontraron frente a frente a la altura del golfo de Morbihan, la bahía que para los vénetos significaba «el pequeño mar». Para ellos, *su* pequeño mar.

Décimo Junio Bruto examinaba el perfil de los barcos enemigos acercándose. Balbo también observaba.

El jefe de los vénetos comandaba sus barcos desde su propio navío, en medio de la bahía.

César observaba con Labieno desde lo alto de los acantilados.

Flota romana, nave insignia

—Sus barcos son más grandes —dijo Décimo.

—Y más veloces —añadió Balbo.

Acantilados

—Sus navíos son más altos —apuntó César.

—¿Quieres decir que tienen mástiles más largos, velas más grandes? —indagó Labieno.

—No, aunque eso también es cierto —aceptó César—. Lo que quiero decir es que sus cubiertas están muy por encima de las cubiertas de nuestras galeras.

—Y eso no es bueno —dijo Labieno.

—No, no lo es en absoluto —confirmó César muy serio.

Flota romana

—¡Acercaos a sus barcos! ¡Remad! —aullaba Décimo.

Las galeras romanas se fueron aproximando a los barcos enemigos con idea de embestirlos con sus espolones, pero los navíos de los vénetos, pese a ser más grandes en envergadura y altura, maniobraban con más rapidez y evitaron las colisiones.

Centro de la bahía

Pronto los buques de los vénetos estaban en paralelo con las galeras romanas y empezaron unos y otros a arrojarse mutuamente flechas, lanzas y todo tipo de proyectiles.

Pero los romanos se toparon con un inmenso problema: al ser los barcos enemigos mucho más altos, se veían forzados a disparar hacia arriba, como si lucharan contra ciudades amuralladas móviles desde el suelo. Por el contrario, los vénetos lanzaban sus dardos mortíferos desde la posición elevada que les proporcionaban sus cubiertas, que emergían por encima de las de las galeras romanas.

Los proyectiles de los galos causaban muchas más bajas entre los romanos que al revés. Los legionarios apenas conseguían herir a algunos de los celtas, protegidos detrás de las barandillas de sus fortalezas flotantes.

—¡Hay que separarse de ellos! —le dijo Balbo al comandante de la flota.

Décimo asintió y dio las órdenes precisas, pero incluso la maniobra de zafarse de los buques enemigos resultó complicada: el mar era bravío, con olas grandes a las que los romanos, tan lejos del sosiego del Mare Nostrum, no estaban acostumbrados. Conseguir que las galeras maniobraran en aquel oleaje era dificultoso. Sin embargo, los vénetos, aprovechando bien el uso de sus grandes velas y la fuerza del viento, se movían sin que sus hombres tuvieran que esforzarse en otra cosa que no fuera arrojar proyectiles contra sus enemigos.

Un barco galo pasó a gran velocidad por un flanco de una galera y partió todos sus remos, quedando la nave romana inmóvil. Un segundo barco celta la embistió por un costado y le causó una enorme grieta. Para cuando el capitán de la galera quiso reaccionar, la vía de agua era demasiado grande y el barco se hundía.

Otras dos galeras sufrieron ataques similares.

Acantilados

—¿Qué hacemos? —preguntó Labieno. Decir que la batalla no iba bien era del todo innecesario.

—Sus barcos se mueven más rápido y mejor en el océano, son más altos y más fuertes, poseen velas más grandes, pero... —Había recapitulado César hasta darse cuenta de un detalle.

—¿Pero...? —preguntó Labieno.

César se volvió hacia su amigo:

—Pero hay algo que sus barcos no tienen. —Y, de nuevo, se giró hacia el mar mientras seguía hablando—: Hemos de resistir como sea. Aunque perdamos algunos barcos. Manda un mensajero a Décimo con uno de los botes que tenemos en la playa. Que siga luchando a distancia, con prudencia, minimizando bajas, pero, cuando los barcos enemigos se les acerquen, han de centrarse en desarbolar las velas. —Y de nuevo mirando a Labieno—. Para ello, que Décimo ordene usar lo que sea que tengan en cada barco, cualquier cosa con buen filo, y que la amarren con cuerdas a la galera y la lancen entonces con las *ballistae* apuntando a las jarcias, las velas o los aparejos de los barcos galos. Y, cuando den en el blanco, que los nuestros remen hacia atrás alejándose del barco enemigo.

Flota romana

Con dificultad, pero con valor, el bote enviado por César alcanzó la galera de Décimo y éste interpretó el mensaje del procónsul con claridad.

—Quiere que cortemos las jarcias de sus velas o que desarbolemos las velas mismas.

—Será difícil —comentó Balbo, aunque también entendía el sentido de la orden.

—Con las *ballistae* arrojaremos lanzas afiladas o lo que sea que pueda cortar velas y jarcias. Lo intentaremos —dijo Décimo con decisión.

Y siguió leyendo el mensaje. No entendía bien qué quería decir con que luego remaran hacia atrás, hasta que, de pronto, lo entendió.

—¡Hay que atar a nuestros barcos, con cuerdas, cada lanza o guadaña o lo que consigamos arrojar contra los aparejos del enemigo!

—¿Y con eso qué conseguimos? —preguntó Balbo, confuso, pero Décimo no tenía tiempo para explicaciones, simplemente insistió en que se transmitieran las órdenes de forma precisa a todas las galeras.

Centro de la bahía

En las nuevas aproximaciones a los barcos enemigos, los romanos dejaron de intentar embestir los navíos de los vénetos y arrojar tantas flechas y, en su lugar, cargaron todas las *ballistae* con estacas terminadas en filos cortantes que a modo de grandes guadañas cortaran todo a su paso.

—¡Apuntad a las jarcias y a las velas! —gritó Décimo—. ¡Y que cada estaca sea atada a nuestro barco antes de ser arrojada con la artillería!

Las guadañas, en sus sibilantes vuelos, rasgaban cabos y partes de algunas velas enemigas y quedaban enganchadas entre los aparejos de los navíos de los vénetos y, por tanto, ancladas en las galeras romanas. Entonces, los capitanes de las naves romanas daban la orden de ciar, para que remaran hacia atrás, de modo que, al separarse de los barcos galos, arrastraban de vuelta las guadañas que volvían a cortar más cuerdas y jarcias de los buques celtas, incrementando el destrozo de su vuelo inicial.

La estrategia surtió un efecto desigual: en unos casos se cortaron las jarcias de algunos barcos enemigos y esto los dejó sin capacidad de maniobra, a merced del ataque, ahora sí, de las galeras romanas en una segunda aproximación, pero en muchos otros casos apenas se cortaron algunos cabos con el elevado coste de numerosos legionarios heridos o muertos por la lluvia de proyectiles galos. Muchos navíos enemigos seguían intactos.

Flota de los vénetos, nave capitana

—Ése ha sido un buen intento —admitió el jefe de los galos—, pero redoblaremos las aproximaciones. Van a por nuestras velas porque saben que en el combate pierden. ¡Atacad, atacad, por Belenus! ¡Están desesperados!

Y los navíos de los vénetos se revolvieron con furia contra las galeras romanas, con los guerreros celtas procurando mantener a salvo las jarcias de sus buques, recogiéndolas al máximo, al tiempo que arrojaban una lluvia intensa de hierro mortífero contra sus enemigos.

Acantilados

—Seguimos perdiendo —dijo Labieno.

César no respondía. Sólo miraba, inmóvil, como si se hubiera convertido en una estatua de piedra, el desastroso desarrollo de aquel enfrentamiento naval. Las galeras navegaban hacia una derrota total.

L

Un nuevo matrimonio

Palacio real, Alejandría
56 a. C.

Acababan de hacer el amor sobre un lecho cubierto de flores. Era la segunda vez aquella mañana. El segundo matrimonio de la reina Berenice IV de Egipto, hija del faraón en el exilio Tolomeo XII, con el sacerdote guerrero Arquelao de Capadocia había sido un éxito. La reina se sentía satisfecha compartiendo el lecho con un hombre recio y fuerte y viril y cogobernando con alguien que aportaba un poderoso ejército que sumar a las debilitadas tropas egipcias, fortaleciendo así la defensa del reino del Nilo.

«En esta ocasión, Potino ha acertado con su recomendación de esposo», meditaba la joven reina mientras las esclavas les servían vino en copas de oro y encendían incienso durante el descanso sexual que se había tomado la pareja real.

—Creo que va siendo momento de que pongamos a prueba tu ejército —dijo Berenice entre sorbo y sorbo de vino.

Arquelao se incorporó en el lecho hasta quedar sentado junto a ella, con su propia copa en la mano, apoyado en una montaña de suaves cojines que las esclavas habían dispuesto en el cabezal de la cama.

El nuevo esposo de Berenice repasó en su mente los posibles enemigos de Egipto y lo tuvo bastante claro.

—¿Probar mi ejército...? Contra Roma, supongo —replicó.

Berenice negó con la cabeza de forma ostensible.

—No —lo corrigió—, me refiero a probar tu ejército luchando a favor de Roma.

Arquelao arrugó la frente.

Berenice rio divertida. Le encantaba confundir a los hombres, ya fueran consejeros, sacerdotes o maridos.

—He estado hablando con Potino —se explicó Berenice—. Parece ser que Aulo Gabinio, el gobernador romano de Siria, está planeando una campaña contra el Imperio parto. Nada descomunal: cruzar el Éufrates y apoderarse de algunas ciudades próximas a Siria, pero quiere asegurarse de disponer de suficientes tropas para acometer esa empresa. Los partos pueden reunir ejércitos tan demoledores como los de los propios romanos, no lo olvidemos. La cuestión es que Gabinio está sondeando posibles aliados y ha contactado con Potino, y mi consejero piensa que enviar tropas que luchen junto a las legiones romanas en esta campaña reforzaría nuestra relación con Roma. Por eso pensábamos que enviarte con tu ejército a esa campaña fortalecería la posición de Egipto. Y, si además demuestras la valía de nuestras tropas, Roma, a su vez, nos temerá y nos respetará más.

Arquelao asentía despacio durante la detallada explicación de su joven esposa, pero no parecía verlo del todo claro.

—Sacar a mi ejército de Egipto puede dejar desprotegido el reino del Nilo frente a los ataques de otros posibles enemigos —argumentó.

—No te falta razón —respondió la reina—. Yo misma le planteé esa cuestión al propio Potino, pero éste parece estar persuadido de que el único enemigo al que debemos temer es Roma y que, en consecuencia, mejorar nuestra alianza con los romanos es nuestra mejor política exterior posible. Y, la verdad, he aprendido a confiar bastante en el criterio de Potino. —Pero ella percibía aún muchas dudas en las arrugas de la frente de su viril esposo—. Te recuerdo que él fue quien me aconsejó desposarme contigo y elevarte a la categoría de nuevo faraón de Egipto.

—Eso es cierto, por Belona —reconoció Arquelao, y aquello le pareció el más sólido de los argumentos para aceptar el criterio de aquel veterano consejero—. Bien pensado, probablemente, ésta sea, como dices, una buena oportunidad para evitar posibles futuros ataques de Roma y mostrar un Egipto al que perciban más como un aliado militar y comercial que como un posible enemigo.

—Me alegro de que lo veas del mismo modo que yo, esposo mío —respondió Berenice—. Lo único que no me gusta de este plan es que eso te alejará de mi lecho un tiempo —concluyó la reina y lo miró de un modo entre cómplice y travieso, ocultando su rostro tras la copa dorada, dejando sólo visibles sus oscuros ojos negros.

—Quizá, dadas las circunstancias de mi próximo alejamiento, deberíamos aprovechar el tiempo que tenemos ahora juntos —sugirió Arquelao, dejando su propia copa a un lado, en la mesa junto a la cama, y aproximándose lenta pero decididamente al hermoso cuerpo de su joven esposa semidesnuda, apenas cubierta por una fina túnica de algodón blanco que dejaba gran parte de la tersa piel de la reina accesible a sus poderosas manos de guerrero.

—Deberíamos, esposo mío —aceptó ella y, por puro placer y también por motivar al que ahora era el líder de los ejércitos de Egipto, se fue quitando la fina túnica entre las caricias de su fornido marido, sus besos y sus ansias por volver a poseerla.

Desconocedores aún de los planes de Pompeyo, por un lado, y de los anhelos de gloria de Craso, por otro, en los que Egipto estaba en el centro de las miradas de ambos triunviros, Berenice, Arquelao y sus consejeros vivían un periodo de felicidad inmensa a orillas de las plácidas y majestuosas aguas del Nilo.

LI

La batalla del golfo de Morbihan (II)

Golfo de Morbihan, Armórica
Costa atlántica de la Galia
56 a. C.

Acantilados de la bahía de Morbihan

A Labieno le costaba tener que insistir, porque veía a su amigo al borde del acantilado, los brazos en jarras, concentrado en que todo cambiara, pero, simplemente, nada cambiaba.

—Hay que retirar la flota o la masacrarán —dijo Labieno y, en un intento por hacer entrar a razón a César, añadió datos—. La batalla ya empezó desigual: ellos tenían más de doscientos navíos y nosotros sólo cien, y, aunque de momento sólo hayamos perdido seis y ellos otros tantos, sus barcos son mejores y, a un ritmo de destrucción similar, acabarán con la totalidad de nuestra flota y ellos aún conservarán más de cien barcos.

César callaba y no se volvía ni a mirarlo, pero escuchaba, y Labieno sabía que escuchaba y por eso siguió hablando:

—Y ya sé que podemos construir otra flota, pero cada barco hundido son muchos legionarios muertos.

No era necesario añadir que la mayoría no eran marineros, esto es, no sabían nadar. Un naufragio con legionarios era un hundimiento en el que perecían casi todos los hombres.

César se empecinaba en su terco silencio.

Labieno sintió que era preciso decirlo todo:

—Y si bien la estratagema de cortar las jarcias y desarbolar las velas del enemigo era ingeniosa y astuta, resulta insuficiente.

César tragaba saliva. Cerró los ojos.

Labieno añadió la puntilla:

—Y los legionarios del ejército que permanece en tierra lo están viendo todo desde estos mismos acantilados. Y ver desaparecer, uno tras otro, a nuestros barcos y, con ellos, a sus compañeros de armas, no va a ser bueno para la moral de las tropas.

A esto sí respondió César:

—Lo sé, pero cierra los ojos y siéntelo.

—¿Sentir qué? —dijo Labieno, algo exasperado. Empezaba a pensar que su amigo estaba perdiendo la razón.

—Cierra los ojos, por Hércules —insistió César.

Labieno, situado justo a su lado, en pie, cerró los ojos un instante, pero no entendía a qué venía aquello.

—No siento nada. —Y abrió los ojos.

—Apenas nada —le corrigió César, abriendo los ojos también, y miró a su amigo, que lo observaba confuso—. Apenas hay ya viento —aclaró el procónsul de Roma.

Se oyeron entonces, una vez más, gritos en el mar que resonaban en las paredes de los acantilados: otra galera romana sucumbía atrapada entre dos grandes barcos galos, remos partidos, vías de agua en sus bodegas por sendos costados, soldados cayendo heridos y muertos bajo una lluvia de flechas y lanzas enemigas.

—Mantendremos la flota en combate un poco más —insistió César—. Si para el viento, serán nuestros.

—Hemos perdido siete galeras —replicó Labieno, que no veía buena estrategia persistir en el ataque pese a que había amainado el viento.

—Si cuando hayamos perdido diez galeras, el viento no para, nos retiraremos —propuso César.

Labieno asintió. Miró hacia su alrededor: centenares de legionarios, miles de ellos, se apiñaban en los bordes de los acantilados asistiendo impotentes al hundimiento de cada una de las galeras.

—Ocho —dijo Labieno.

César no dijo nada. Sólo miraba las velas infladas aún por el viento en los barcos de los vénetos que seguían desplazándose con agilidad entre la flota romana, evitando los lanzamientos de más guadañas para impedir que quebraran sus jarcias. El ingenioso uso de aquellos filos había funcionado al principio, pero ahora, en cuanto los vénetos veían las *ballistae* de las galeras romanas cargadas con aquellas armas, se alejaban, y sólo cuando las habían disparado y sus guadañas habían caído en el mar, se acercaban a toda velocidad contra el barco romano, desposeído ya de su arma más peligrosa, y empezaban a arrojar lanzas y proyectiles de todo tipo a los desconsolados legionarios, incapaces de herir a celta alguno, protegidos como estaban éstos en lo alto de sus fortalezas flotantes.

—Nueve, nueve galeras hundidas —siguió contando Labieno.

Pero, de pronto...

—Ha parado —dijo César como en un susurro.

Flota de los vénetos

Y así era. De súbito, el viento paró por completo. Las velas de los barcos vénetos se desinflaron y, al no tener remos, sus buques quedaban a la deriva, sin capacidad alguna de maniobrar. En cualquier otra circunstancia que no fuera una batalla naval, les bastaría con hacer lo que hacían siempre que no había aire: echar el ancla y esperar a que el viento retornara para reiniciar la navegación. Pero en medio de un enfrentamiento mortal, quedarse sin viento era como caer en una trampa.

Abrar, desde el punto más alto de la cubierta de su barco, examinó el mar a su alrededor: sus navíos habían quedado, en su mayoría, distanciados unos de otros, pues en estar separados precisamente habían basado su defensa para que los lanzamientos de guadañas romanas cayeran más en el mar que en barco alguno. Pero aquello que había sido buena estrategia hasta ese momento ya no lo era.

No lo era en absoluto.

Y lo sabía.

La cuestión radicaba en cómo de conscientes eran los romanos de todo aquello.

Acantilados

—Que las galeras vayan rodeando cada barco galo aislado con tres o cuatro de nuestros navíos y que no detengan el ataque a ese barco hasta que, o bien lo aborden, o bien lo hundan —ordenó César—. Y no importa si quedan muchos barcos sin atacar. Que Décimo sea metódico y vaya de izquierda a derecha en la bahía, desde alta mar, donde es más fácil que retorne el viento, hacia la costa.

Otro bote partió de la playa con las instrucciones de César.

Bahía de Morbihan

Y eso hizo Décimo: las galeras rodeaban un navío galo e iniciaban un ataque en el que, pese a luchar desde abajo, al lanzar proyectiles por proa, popa, babor y estribor del barco enemigo, desde varias galeras, el buque galo, al final, desbordado por la intensidad de la tormenta de proyectiles, terminaba sucumbiendo y era abordado y, por fin, muertos o hechos prisioneros todos sus ocupantes. Alternativamente, en medio de un ataque de aquel tipo, una de las galeras conseguía embestir al barco véneto con un espolón y abrir una vía de agua lo suficientemente grave como para olvidarse ya de aquel barco, condenado al naufragio, y así poder centrarse en una nueva víctima.

El viento no retornaba.

La masacre de barcos y de guerreros vénetos y la toma de prisioneros fue sistemática.

Los galos podían escuchar perfectamente cómo los miles de legionarios del ejército de la costa, desde lo alto de los acantilados, que otrora habían permanecido mudos, ahora jaleaban cada uno de los hundimientos.

Praetorium del ejército romano
Costa norte atlántica de la Galia

La victoria fue absoluta.

Algunos hablaban de valor, otros de suerte, pero lo que ningún legionario podía poner en cuestión, mientras se calentaban la cena a la luz de los miles de hogueras encendidas por todo el campamento, era que el procónsul, una vez más, había conseguido otra victoria total. Había muchos prisioneros, galos que se habían rendido en los últimos barcos que aún quedaban a flote y que César decidió confiscar para futuras empresas en las que estuviera presente el mar. Y, además de los prisioneros, se preveía un gran botín con la rendición de todas las ciudades de la costa que se habían mantenido en rebeldía: sin flota, los vénetos no podían aprovisionar sus puertos y las poblaciones quedaban expuestas a ataques por tierra y también por mar, un océano que ahora era también de los romanos. La única salida lógica para todas esas ciudades era la rendición total.

El jefe de los vénetos ordenó la liberación de los legados romanos que en su momento apresó con el fin de aplacar la ira del procónsul romano. Y, sin duda, la liberación suavizó la cólera romana.

César, no obstante, no tuvo tiempo, como sus soldados, de disfrutar de aquella victoria. Un mensajero entró en el *praetorium* llegado desde la Galia belga.

—¿Otra rebelión? —preguntó César al observar el rostro desencajado del recién llegado.

El mensajero negó con la cabeza. En su faz se seguía reflejando un temor tan enorme como si la Galia belga entera se hubiera rebelado, por eso su negación parecía no tener sentido, pero callaba, pues veía el *praetorium* lleno de oficiales y no sabía si debía dar su mensaje ante todos ellos.

Allí estaban Labieno y Balbo y Décimo Junio Bruto y Quinto Tulio Cicerón y varios *legati* y tribunos más.

César comprendió las dudas del mensajero y pensó en hacerlos salir a todos, pero, fuera lo que fuera que hubiera ocurrido en el norte, tarde o temprano sería conocido por todos en el campamento y, teniendo en cuenta que allí estaba hasta el hermano de Cicerón, pronto lo sabría todo el Senado de Roma. No vio sentido a ocultar la información. Fuera lo que fuera, tendría que afrontarlo. Y resolverlo.

—Puedes hablar delante de mi estado mayor, legionario —dijo César, mostrando, por otro lado, una confianza que siempre impresionaba.

El mensajero asintió, engulló su miedo y habló:

—Los germanos han vuelto a cruzar el Rin, procónsul, a la altura de la confluencia con el río Mosela, y se adentran por la Galia belga. Han destruido algunas guarniciones romanas de la zona y no hay quien los detenga.

César se inclinó hacia delante en su *sella curulis*, se llevó las puntas de los dedos de sendas manos a las sienes y se las masajeó un rato mientras pensaba.

—¿De cuántos germanos estamos hablando? —preguntó Labieno, dejando así que su amigo tuviera tiempo de digerir la noticia.

—Miles, *legatus*.

—¿No puedes ser más específico? —insistió Labieno.

—Decenas de miles, *legatus*. Al menos se trata de dos tribus enteras: los usípetes y los téncteros. Y vienen con carros con mujeres y niños.

—Es otra migración —dijo entonces Balbo—. Como la de los helvecios.

—Pero con germanos, que luchan mejor —apuntó Décimo.

—Dadle agua a ese hombre y que descanse —intervino César, enderezándose sobre su *sella curulis*.

El mensajero se inclinó ante el procónsul y abandonó la tienda.

—Tenemos a todos los líderes vénetos hechos prisioneros, incluido su jefe —comentó Labieno intentando suavizar con alguna buena noticia aquel jarro de agua fría de la nueva invasión germana—. ¿Qué hacemos con ellos?

—El jefe de los vénetos ofrece entregar rehenes, los que queramos —anunció Balbo, que se había encargado de la custodia de todos los líderes enemigos.

—Es tarde para eso —dijo César.

Y ordenó la ejecución de absolutamente todos los jefes de los vénetos y la venta como esclavos del resto de la población. En una frase.

—¿No es algo demasiado duro? —se atrevió a preguntar Labieno—. Nunca hemos hecho algo así con ninguna otra tribu.

Se hizo un silencio preñado de tensión.

César, siempre sentado en su *sella curulis*, miró a Labieno y le respondió con una serenidad fría:

—Esta rebelión nos ha retenido en la costa demasiado tiempo y eso ha retraído tropas nuestras de la Galia belga, y eso, a su vez, ha facilitado la invasión germana a la que ahora tendremos que hacer frente. Los galos, los vénetos, los belgas, los eduos, los arvernos, todos los pueblos celtas han de entender de una vez por todas que Roma ha venido a quedarse. El castigo a los vénetos va a ser severo, pero también ejemplar.

Nadie más discutió la orden.

—Ahora nos vamos al norte para que los germanos entiendan también de una vez por todas que el Rin es la frontera con Roma y, además, una frontera que les ha de resultar infranqueable.

Décimo Junio Bruto, animado quizá por el atrevimiento anterior de Labieno, expuso una opinión algo crítica con relación a la nueva invasión.

—Ya expulsamos al rey germano Ariovisto y no parece que hayan entendido el mensaje.

César inspiró profundamente. Se levantó despacio y despacio se acercó a Décimo. Le habló apenas a un palmo de distancia:

—Cierto, Décimo, pero ahora lo entenderán. Te garantizo que ahora los germanos comprenderán que, al menos mientras yo viva, no han de volver a cruzar el Rin.

Décimo iba a responder, pero, justo en aquel instante, se oyó un alboroto de voces y golpes y gritos en el exterior del *praetorium*.

César decidió salir a ver qué ocurría y tras él fue el resto de los oficiales: enfrente de la tienda de mando, una veintena de legionarios se esforzaba en reducir a un gigantesco galo, grueso y a la vez corpulento, de enorme fuerza, que pugnaba con todos los que se le acercaban arrojándolos contra otros soldados como si se trataran de muñecos de trapo. Los legionarios optaron, entonces, por desenvainar sus gladios, unos, y otros por esgrimir los *pila* de forma amenazadora, haciendo un círculo alrededor del gigante celta, dispuestos a ensartarlo de una maldita vez.

—¿Qué ocurre aquí? —preguntó César.

El centurión encargado de la custodia de aquel grupo de prisioneros galos se explicó:

—Es ese gigantón, que los dioses quieran que se pudra pronto en el inframundo, procónsul. Todo ha empezado cuando estábamos separando a los celtas que se han mostrado como líderes en el combate, para ejecutarlos, y acabábamos de seleccionar a ese de ahí. —Y señaló a un galo de poca estatura, con un peto oscuro y un casco con alas, que ciertamente no parecía gran cosa.

—¿Ese hombre? —continuó indagando César, sorprendido de que alguien tan pequeño fuera identificado por sus legionarios como un líder.

—Es pequeño, procónsul, pero ha dirigido a muchos de los vénetos en combate. Varios oficiales lo han reconocido como responsable del hundimiento de alguno de nuestros barcos.

César asintió, pero aún no entendía.

—Ha sido al separarlo de los otros que el gigantón ha iniciado la lucha, procónsul. Se ve que el gigante es amigo del pequeño y se ha vuelto loco, pero ya lo tenemos todo bajo control.

En aquel momento, el enorme galo, aprovechando la aparición del procónsul y que los legionarios que lo rodeaban se habían distraído, tomó en sus manos a un pobre infeliz soldado romano, lo alzó con sus brazos y lo arrojó contra varios de los que lo amenazaban, tumbando a media docena.

El resto de los soldados dio un paso atrás.

—Sí, ya veo que lo tenéis todo controlado —dijo César.

Los legionarios se rehicieron y, una vez más, esgrimiendo los *pila* y sus gladios, rodearon al gigante dispuestos a matarlo de una maldita vez, y más ahora que los había avergonzado delante del mismísimo procónsul.

—¡Alto! —exclamó César y, para sorpresa de todos y sin miedo alguno, hizo una señal a uno de los intérpretes eduos que estaban junto a la tienda del *praetorium* para que lo siguiera. Acompañado de éste, cruzó por entre los soldados, que de inmediato hicieron un pasillo para dejar el camino libre a su jefe supremo, y se detuvo justo frente al enorme galo.

—¿Crees, galo, que puedes matarnos a todos? —preguntó César al gigante y miró al intérprete, que, rápido, tradujo.

El gigante respondió y el celta que colaboraba con los romanos tradujo de nuevo.

—Dice que, si le van a hacer algo a su amigo —y señaló al galo de baja estatura—, antes tienen que matarlo a él.

César se quedó mirando al gigante, primero, y, luego, se volvió unos instantes hacia el galo pequeño que parecía ser su amigo y por el que el grandullón parecía estar más que dispuesto a morir.

El procónsul de Roma se giró, entonces, hacia sus oficiales y hacia el gran número de legionarios que se había acumulado alrededor del *praetorium* ante el tumulto que allí se había formado.

—¿Sabéis lo que es esto? —preguntó César, pero no dio ocasión a que nadie respondiera—. Esto es la muestra más impresionante de lealtad que he visto en mucho tiempo. Ahí tenéis a ese gigante, que podría callar y someterse y vivir, dispuesto, sin embargo, a morir por su amigo, decidido a morir por pura lealtad.

Y César se giró para encarar otra vez al gigantón, que estaba muy cerca y podía atacarlo en cualquier momento, pero que se mantenía inmóvil como si intuitivamente percibiera que algo podía cambiar, porque en el destello de las pupilas del líder romano se veía el brillo de la admiración.

—Una lealtad así es la que me gustaría tener a mí de mis hombres, de todos vosotros —dijo, y barrió con la mirada a legionarios, oficiales y alto mando, y, de nuevo, encarando al gigantón, continuó—: Una lealtad así no merece ni la esclavitud —y señaló ahora al galo de poca estatura— ni la muerte. Soltadlos. A ambos.

Y se dio media vuelta para retornar al *praetorium*. Tenía una campaña militar contra los germanos en el norte que preparar.

Pero el gigantón dijo algo.

César se volvió y miró al intérprete.

—Dice que tenían un perro con ellos... —dijo el intérprete, casi temblando por la aparente estupidez que se veía forzado a traducir. ¿Cómo alguien que está a punto de ser liberado se atreve a preguntar por un maldito perro?

Pero César no pareció indignarse. Le asombraba aquel valor, aquella osadía.

—¿Alguien sabe algo del perro del que habla ese galo?

Un legionario dio un paso adelante con un pequeño perro blanco con pequeñas manchas negras que, de tan diminuto, parecía más un cachorro.

—Es éste, procónsul.

Los legionarios que custodiaban al galo de poca estatura ya lo habían liberado y éste se había situado junto al gigante. Y los dos esperaban.

—Dadles el perro y dejadlos marchar sin ser molestados, y que nadie me interrumpa el resto del día a no ser que haya una maldita rebelión general en toda la Galia.

César desapareció tras las cortinas de entrada al *praetorium* y, de nuevo, tras él, fueron sus oficiales de confianza.

En el exterior, el legionario que sostenía el perro se acercó al gigantón y, temeroso de ser golpeado por éste, alargó los brazos y le entregó el animal, que, en cuanto estuvo en manos del gigante, empezó a mover su pequeña cola y a lamerle el rostro.

Los dos galos y el pequeño perro desaparecieron entre un mar de legionarios que, por órdenes directas de César, se apartaban para que pudieran marchar en paz y entrar en la leyenda.

LII

El juicio a Milón

Roma
A finales del verano del 56 a. C.

Clodio tuvo bien presente la advertencia de Pompeyo.

—Basta —le había dicho aquél, pero con relación a la violencia directa contra sus enemigos políticos.

Por eso Clodio decidió utilizar, por una vez, otras armas diferentes a las mazas y las hachas y los disturbios: recurrió a la ley y acusó en los tribunales a Milón de haber generado él la violencia que había estado sacudiendo la vida pública en Roma durante los últimos meses. Podía parecer irónico que él promoviera semejante acusación, pero lo hizo. Y, si bien Clodio era hombre más de violencia que de leyes, siguió todos los cauces legales y la denuncia se formalizó, y los jueces requirieron la presencia de Milón en la basílica Sempronia.

—¿Te acusa a ti de propagar la violencia? —preguntó Cicerón sin ocultar también su propia sorpresa por aquella peculiar forma de proceder de un Clodio desconocido.

—Eso ha hecho —le ratificó el propio Milón, que había acudido a la residencia de su mentor en busca de ayuda legal.

—Yo te defenderé, por supuesto —confirmó Cicerón.

Pero aquel juicio nunca llegó a celebrarse: la mañana en la que Clodio marchó hacia el foro, protegido por un nutrido grupo de sus sicarios, se encontró el camino bloqueado por decenas de partidarios de Milón.

Clodio se desvió, entonces, y tomó otra ruta diferente para alcanzar la basílica Sempronia, pero, de nuevo, se vio interceptado por más hombres de Milón. Mandó a diversos grupos de sus sicarios alrededor del foro y todos regresaron diciendo que todo el centro administrativo de Roma estaba completamente tomado por los hombres de Milón.

—Debe de haber más de quinientos —dijo uno de los sicarios que retornaba de la Vía Sacra—, repartidos por todas partes.

—Es imposible llegar a la basílica Sempronia —comentó otro.

Para una vez que Clodio recurría a una forma legal y no violenta de luchar contra sus enemigos, se vio impedido de conseguir nada por la misma fuerza bruta que él había estado utilizando contra unos y otros durante años.

Humillado, se retiró a su *domus*.

Basílica Sempronia

El edificio quedó vacío.

Ante la imposibilidad de celebrar el juicio, abogados, jueces y todos los partidarios de Milón, los únicos a los que sus propios sicarios habían permitido acceder a la basílica, abandonaron la gran sala de tribunales.

En la basílica sólo quedaban ya Cicerón y el propio Milón. Este último exhibía una exultante faz henchida de autocomplacencia.

—Parece que no va a haber juicio por incomparecencia de la acusación —dijo, y se echó a reír divertido por su gran logro—. Es una victoria absoluta.

Cicerón, muy serio, recogía varias hojas de papiro en las que había garabateado numerosas notas e ideas para la defensa de Milón.

—¿Qué has hecho? —preguntó el gran orador mientras seguía ocupado en ordenar sus notas—. ¿Has atestado las calles del foro con tus hombres para que Clodio no pudiera ni tan siquiera aproximarse a la basílica Sempronia?

—Exactamente —confirmó Milón con claro orgullo, muy pagado de sí mismo.

—Yo no estoy seguro de que eso sea una gran victoria. —Y ante el rostro de incomprensión de su interlocutor, añadió—: No creo que sea una gran idea que Clodio vea que la única salida que tiene para luchar contra sus enemigos es recurrir, de nuevo, a la violencia. Creo, Milón, que tu estrategia no ha sido la más inteligente, y, en cualquier caso, la próxima vez que pienses recurrir a mis servicios como abogado, avísame de si va a haber juicio o no. Si hay algo que me incomoda es trabajar en balde.

—Clodio ya no se atreve a recurrir a la violencia como antes —opuso Milón con cierta rabia, por sentirse menospreciado ante lo que él consideraba una estrategia muy astuta por su parte al bloquear todos los accesos al foro.

—Ah, ¿y por qué, si puede saberse, crees que Clodio no volverá a la violencia?

—Pompeyo le advirtió, según tú mismo me dijiste, en contra de utilizar más violencia, después de tu charla con el triunviro.

—¿Y desde cuándo crees que Clodio sigue el consejo de nadie por mucho tiempo? En fin, me has servido muy bien y ayudado a facilitar mi regreso a Roma, y por eso te defenderé siempre, pero, Milón, por esa misma lealtad que te tengo, he de decirte que, en ocasiones, eres muy estúpido, y esa estupidez tuya, un día, te costará la vida.

Cicerón tomó todos sus papiros y salió de la basílica Sempronia, donde un grupo de hombres de su confianza lo esperaban para escoltarlo de regreso a su casa.

Domus de Clodio
Esa noche

Fulvia le dijo a su marido lo que él ya sabía.

—Tendrás que volver a luchar en las calles.

—Sí, pero ¿y Pompeyo? —contrapuso Clodio—. Sabes que, si no tomo en consideración su advertencia, amenazó con reunir a todos sus veteranos y acabar con nosotros. Y, por Júpiter, que lo veo bien capaz de hacerlo.

—Pues mátalo, esposo mío, mátalo antes de que pueda llevar a cabo su amenaza. Por todos los dioses, mátalos a todos ya de una vez, a Milón, a Pompeyo y a Cicerón. Todo hay que decírtelo. Si hubieras matado a Cicerón cuando tuvimos oportunidad, ya tendrías un tercio del trabajo hecho.

A Clodio le fascinaba cómo su mujer parecía verlo todo tan sencillo, cuando no lo era. ¿O sí? ¿Acaso era él, que le daba una y mil vueltas a todo?

—Pompeyo se atrincheraría en su casa inexpugnable, si fuera a por él con mis hombres, como hizo otras veces, cuando éramos incluso más fuertes y dominaba Roma y ni siquiera existía la banda de Milón.

Fulvia suspiró exhalando su exasperación.

—En efecto, esposo mío, hay que decírtelo todo: hay elecciones consulares y me da igual que vaya a recurrir a sus veteranos o no. Pompeyo se presenta y tendrá que salir a la calle en innumerables ocasiones. Las elecciones son un magnífico momento para matar a un oponente político: tantos discursos en el foro, tantos eventos públicos, recepciones, entregas de regalos a grupos de clientes... No tendrás mejor oportunidad que estas elecciones para acabar con Pompeyo. Te dije hace tiempo que te avisaría cuando fuera el momento de atentar contra Pompeyo. Bien, por Júpiter, pues éste es el momento: estas elecciones.

—Se supone que yo he de defender a los candidatos del triunvirato frente al que propongan los *optimates*. Es mi acuerdo con César y Craso, y el maldito de Pompeyo va incluido en el acuerdo.

—Por supuesto, esposo mío, pero se suponen, en efecto, tantas cosas en este mundo. No ha habido unas elecciones sin violencia en los últimos años. Milón sacará a sus hombres y tú a los tuyos, y en medio estarán los candidatos de un bando y otro, y entre tanta confusión... todo puede ocurrir. ¿Cómo van a saber los otros triunviros quién fue el que acabó con Pompeyo en las calles de Roma? ¿No crees que pensarán antes que ha sido obra de Milón, el aliado de Cicerón, que tuya?

Silencio.

Los esclavos habían encendido varias lucernas.

Las sombras temblaban alrededor de ellos como una emboscada de espectros.

Clodio meditaba.

Fulvia ya lo había meditado todo hacía tiempo.

LIII

La huida de los vénetos

***Praetorium* de campaña**
Junto a la bahía de Morbihan, al noroeste de la Galia
A finales del verano del 56 a. C.

Pasadas unas semanas tras la victoria en la dura batalla naval contra los vénetos, César se reunió con Labieno y con Balbo. El joven Craso ya le había informado por carta de que ya estaba de regreso en Roma con los veteranos que había enviado para apoyar las candidaturas de su padre y de Pompeyo a las elecciones consulares. Y de los demás legados, como Quinto, el hermano de Cicerón, Décimo Junio Bruto y otros, no se fiaba lo suficiente para compartir sus planes más audaces.

—Se confirma que los vénetos que han escapado de la batalla y de nuestra persecución han huido, en su mayoría, a Britania —comentó Labieno nada más iniciarse la reunión—. Han utilizado pequeñas embarcaciones que tenían en sus ciudades, aprovechando que aún no ha llegado el mal tiempo.

—¿Y qué sabemos de los usípetes y los téncteros que han cruzado el Rin? —inquirió César, temiendo recibir los peores informes posibles.

Labieno miró a Balbo: el hispano había estado reuniendo todos los datos sobre aquel asunto.

—Han avanzado bastante y se están asentando en la Galia belga, procónsul —explicó Balbo, certificando así los peores augurios que César hubiera podido pergeñar en su cabeza—, y han atacado algunas guarniciones romanas más.

—Atacado y destruido, querrás decir, ¿no es así? ¡Por Júpiter! —le espetó César, airado como si Balbo fuera responsable de las malas nuevas que se veía obligado a comunicar.

—Atacado y destruido —ratificó Balbo.

César se disculpó:

—No eres responsable, Lucio. —Y bajó la mirada—. Tenemos un problema sin resolver. Un problema esencial.

Pero no se explicaba.

Labieno miró a Balbo. El hispano se encogió de hombros. Tenían la invasión de los germanos en el norte y la huida de muchos vénetos en la costa atlántica en dirección a Britania, pero ninguno de los dos sabía discernir si César se refería a uno de esos dos problemas o a un tercero que no tenían identificado.

—Los dos asuntos son el mismo —les explicó César como si comprendiera su confusión—: ni los germanos ni los galos terminan de entender que hay unas nuevas fronteras con Roma y que, además, ningún río ni ninguna otra frontera natural puede impedir que nuestras tropas lleguen a donde sea que tengan que llegar para alcanzar a quien sea que huya de nosotros tras enfrentársenos. Es todo el mismo problema. El Rin o… el mar. Todo es lo mismo. Agua.

—Exactamente… ¿qué quieres decir? —indagó Labieno con tiento. Se habían acumulado las malas noticias, sobre todo con la invasión de los germanos al norte, y no quería irritar más a César, pero también era importante comprender bien sus planes, para apoyarlo en lo que hiciera falta o, en su caso, para hacerle ver la imposibilidad de alguno de sus designios.

—Quiero decir que hemos de expulsar a los germanos al norte del Rin, como hicimos hace dos años con Ariovisto, y que, si es preciso en esta ocasión, tendremos incluso que cruzar ese maldito río, y quiero decir que, con tantos galos que huyeron a Britania, belgas y nervios, primero, y ahora los vénetos, quizá deberíamos plantearnos también muy seriamente la posibilidad de demostrar a todos los celtas que ese mar que separa Britania de la Galia no es una barrera infranqueable para nuestras legiones.

Sus dos interlocutores callaron durante un rato.

César acababa de proponer dos desafíos que ningún romano antes se había ni tan siquiera imaginado en sus sueños más ambiciosos: cruzar el Rin y el mar.

—En cualquier caso, más allá de lo que estás sugiriendo —dijo Labieno, al fin, acotando la magnitud de las ideas de su amigo—, deberíamos poner un orden sobre cómo resolver cada uno de estos dos asuntos.

César asintió.

—Yo creo que la invasión de los germanos es lo más urgente —apuntó Balbo con decisión.

—Sin duda —aceptó César—. De hecho, partiremos en unos días directos a la Galia belga e iniciaremos una campaña militar en toda regla que devuelva a los usípetes y los ténceros al norte del Rin.

Labieno negó con la cabeza.

—Deberíamos esperar a que pase el invierno —objetó el segundo en el mando del ejército.

César se enfureció:

—¿Y permitir que más guarniciones romanas sean masacradas por los germanos?

—A mí me duele tanto como a ti, Cayo —replicó Labieno con la informalidad de la amistad que los unía—, pero no podemos iniciar una campaña en pleno invierno. Los germanos tampoco avanzarán más con el frío y la nieve. Se establecerán en sus posiciones actuales. No podrán hacer mucho más destrozo hasta la primavera. Pero en ese momento, entonces sí, allí estaremos con todas nuestras tropas.

César, ojos encendidos de cólera ante la impotencia de no poder defender a las guarniciones de la Galia belga, miraba al suelo y callaba. Su silencio, no obstante, era muestra inequívoca de que sabía que lo que Labieno decía era lo más sensato.

César exhaló un suspiro profundo al tiempo que respondía a Labieno:

—Pasaremos el invierno repartidas las tropas entre aquí y la Galia Cisalpina, y en primavera atacaremos a los germanos —aceptó el procónsul—. Eso también dará tiempo a que pasen las elecciones, y con Craso y Pompeyo como cónsules, controlando el Senado, tendremos más margen de maniobra en la próxima campaña contra los germanos.

Labieno intuía que César estaba pensando en el más duro contraataque imaginable contra quienes, contraviniendo sus designios, habían vuelto a cruzar el Rin, pero al segundo en el mando le preocupaba más otro asunto que había quedado en el aire.

—Lo de cruzar el mar para atacar Britania... ¿lo dices en serio? —preguntó Labieno de forma directa.

—Lo digo en serio —confirmó César.

Labieno dudaba en si irse con aquella respuesta o añadir un comentario. Optó por lo segundo.

—Ese mar no es como el Mare Nostrum. Lo hemos comprobado en esta batalla, que era muy cerca de la costa. Cruzarlo puede ser aún más difícil.

César permaneció inmóvil, su mirada clavada en el suelo, sus pensamientos en la campaña contra los germanos, en las elecciones en Roma, en su familia y en el mar.

—Ese mar es diferente, en eso llevas razón —convino el procónsul.

Pero César no parecía retractarse de su propósito.

LIV

La misión de Gabinio

Antioquía, capital de la provincia romana de Siria
56 a. C.

A Aulo Gabinio, gobernador de Siria, lo que realmente le gustaba no era ni gobernar ni mucho menos la guerra, sino las mujeres y el vino. Su ideal de vida era un largo y eterno banquete repleto de manjares sabrosos, abundante licor de Baco y hermosas esclavas a las que poseer cuando deseara.

Pero la vida no era así para un político romano que debía su carrera a los favores de senadores tan importantes como el todopoderoso Pompeyo. Había que ejercer el poder para obtener todo lo que a él le daba placer. Esto le hastiaba notablemente, pero había descubierto algo importante sobre sí mismo: sabía desenvolverse con cierta pericia intuitiva con relación a las tendencias políticas. Sabía a qué senadores clave había que obedecer y cuándo un enemigo era vulnerable, ya fuera a un ataque político o al empuje de unos cuantos millares de legionarios que tenía bajo su mando. Y con estas destrezas y sin muchos escrúpulos, al cabo de cierto tiempo de obedecer, podía solazarse en sus anhelados banquetes y en los brazos de esas hermosas esclavas que tanto le gustaban, acariciada su mente por los desvaríos estimulantes del vino.

Siria no le gustaba.

Siria lo había forzado a estar más sobrio de lo habitual, a tomar numerosas decisiones, a administrar el territorio, a combatir en la frontera y en el interior de la propia provincia y, en este marco, a agudizar sus sentidos para saber en qué dirección orientar sus ataques.

Llevaba ya casi año y medio como gobernador y se había visto obligado a intervenir en una guerra civil, darle término y reorganizar todo el territorio: Pompeyo conquistó Judea y en la confrontación fratricida entre Hircano y Aristóbulo apoyó al primero, a quien dejó como rey títere de Roma bajo un gobierno ya provincial, sujeto a las leyes de Roma. Pero Alejandro, hijo del depuesto Aristóbulo, escapó de prisión y reinició la contienda civil contra Hircano y contra Roma. Gabinio tuvo que extinguir aquella revuelta haciendo el máximo uso de la fuerza. Muchas ciudades asediadas, centenares de reyertas y algunas batallas. Todo muy agotador para su espíritu hedonista, pero consiguió una victoria notable y solicitó, si no un triunfo, no era tanto el mérito, una *supplicatio* al Senado, una ceremonia de agradecimiento ante los dioses y en honor al gobernador victorioso. Sin embargo, en la medida en que Gabinio era, a los ojos de Cicerón y del resto de *optimates*, un hombre de Pompeyo, y Pompeyo y Cicerón se encontraban inmersos en un tenso tira y afloja político, el gran orador maniobró para que el Senado le denegara a Gabinio su *supplicatio*.

Al gobernador de Siria le parecía que lo único por lo que terminaría siendo recordado en la historia es por la ley que portaba su nombre, la *lex Gabinia*, que le diera en el pasado el *imperium* militar sobre todos los mares a Pompeyo para exterminar a los piratas, y esto le dolía. No tanto por la gloria, sino porque una ley como aquélla no le reportó tanto dinero y oportunidades para sus lujos y placeres como obtener una *supplicatio* u otros honores políticos y militares. Y el gobierno de Siria, que se le presentó por Pompeyo como un premio a su apoyo en el pasado, le había supuesto una guerra y luego el tedioso trabajo de reorganizar toda la provincia en cinco distritos, en un intento por evitar nuevos levantamientos judíos.

Necesitaba un nuevo objetivo que le diera gloria y, si era posible y ya puestos, un triunfo, que era el mejor camino hacia magistraturas más importantes, un consulado y, en consecuencia, más dinero y más lujo.

Una opción era atacar Egipto. De hecho, aquélla era la mejor oportunidad de obtener riqueza en la medida en que era el reino más rico y, a la vez, probablemente, el más débil, pero el Senado tenía puestos los ojos en el milenario reino de los faraones, y también el triunviro Craso. Era, entonces, un terreno demasiado delicado como para acometer su conquista sin un apoyo senatorial o de los triunviros.

Quedaba Partia.

Partia. Tan rica como Egipto, pero infinitamente más peligrosa.

Pero el único camino para conseguir algo destacado en su maldito y complejo gobierno de Siria. Inopinadamente, una nueva guerra civil abrió una ventana a la posibilidad de conquista de Partia o de, al menos, ejecutar una campaña de saqueo en la región con opciones de éxito: Mitrídates de Partia y su hermano Orodes andaban en una guerra fratricida por el control del Imperio oriental.* Para obtener permiso del Senado, Gabinio había pensado argüir como *casus belli* unos supuestos ataques, inexistentes en verdad pero imposibles de comprobar por los senadores desde sus mansiones en Roma, por parte de los partos a guarniciones romanas de la frontera, así como el peligroso caos en el que se encontraba Partia entera por causa de aquella larga disputa civil por el poder.

Hombre precavido, Gabinio había decidido reclamar ayuda a todos los reinos con una relación más o menos clientelar con Roma para reunir un ejército que no fuera sólo el de las cohortes bajo su mando, sino infinitamente más numeroso, sabedor de que cruzar el Éufrates sólo con fuerzas romanas sería un suicidio. A no ser que se tuvieran los recursos para reclutar varias legiones nuevas, algo que él no podía permitirse ni económica ni legalmente.

Así llegaron diversos contingentes de tropas de toda Asia y, para su sorpresa, acudió también a la llamada Arquelao de Egipto, el nuevo faraón desposado con Berenice IV, con el contingente de tropas más numeroso de cuantos proporcionaban los reinos de Oriente a aquella empresa de atacar la dividida Partia. Gabinio sólo había reclamado de Egipto grano y otros suministros, por eso le extrañó que el propio faraón se pusiera al frente de gran parte de su ejército para apoyar su cruce del Éufrates, pero Gabinio, cuando algo le favorecía, no era hombre de investigar los porqués.

* Más sobre esta guerra civil en Posteguillo, S., *La legión perdida* (Planeta, 2016), tercera novela de la Trilogía de Trajano.

Todo estaba dispuesto, pues, para lanzarse contra Partia.

Los preparativos de la invasión estaban muy adelantados; sin embargo, la intuición no le dejaba a Gabinio conciliar el sueño por las noches. Algo le decía que cruzar el Éufrates, incluso con todos los refuerzos militares recibidos y el apoyo magno y específico de Arquelao de Egipto, podía ser un error fatal. Pero era eso o volver de vacío de Siria cuando terminara el gobierno de su provincia, y ya se hablaba en Roma de que el triunviro Craso había puesto sus ojos en aquel territorio. Aquella campaña era su última oportunidad de obtener grandes riquezas, aunque fuera muy arriesgada.

Llegó entonces una carta que lo cambió todo.

—Pompeyo quiere que ataque Egipto —dijo a sus asesores de mayor confianza, desvelándoles el contenido de la misiva del triunviro.

A Gabinio, antes incluso de que sus consejeros entraran a dar valoraciones, de pronto, todo le encajó perfectamente. Pompeyo le informaba de que el plan era reinstaurar en el trono de Egipto al faraón en el exilio Tolomeo XII, quien se desposaría con su hija Cleopatra, deponiendo a Berenice IV y a su marido Arquelao. Ese mismo Arquelao cuyas tropas tenía acampadas a pocas millas de su *praetorium* y sus propias cohortes. Lo único que tenía que hacer era emboscar el ejército de Arquelao allí mismo, destruirlo, ejecutar a Arquelao y marchar con sus cohortes contra un Egipto ya desarmado. Eso sí era una campaña fácil. Sin olvidar que Pompeyo le comunicaba también en su carta que Tolomeo XII sería hombre muy generoso, más aún, espléndido, con quien lo ayudara a retornar al poder en Egipto. Este detalle, Gabinio no lo compartió con sus mandos militares.

Pero más allá de que el gobernador de Siria se guardara información, lo que resultaba evidente era que en todo aquel plan había riqueza, gloria y mucho menos riesgo que cruzar el Éufrates para atacar una Partia que, aunque en guerra civil, era siempre un lugar peligroso que podía transformarse en cualquier momento en una trampa mortal para cualquier invasor.

—Atacaremos a las tropas de Arquelao al amanecer —dijo a sus tribunos militares y se fue a dormir.

Aquella noche, Aulo Gabinio, gobernador de Siria, concilió el sueño con placidez.

Campamento general egipcio junto al Éufrates

Arquelao era desconfiado por naturaleza. Y su ascensión al trono de Egipto le había dado acceso a una cantidad de dinero desorbitante que, al igual que su contrincante Tolomeo XII, había puesto en gran medida al servicio de comprar voluntades para mantenerse en el poder.

Corromper a oficiales romanos no era sencillo por pequeñas sumas, pero, ante bolsas repletas de oro, la lealtad a un gobernador como Gabinio era débil.

Aquella misma noche, Arquelao recibió mensajes de uno de esos oficiales, y la información que se le notificó no le permitió, precisamente, dormir en paz.

Claro que una noche en vela por su parte podría terminar produciendo muchas veladas de pesadilla para el gobernador romano que planeaba traicionarlo al amanecer.

Siria

Gabinio y Arquelao habían iniciado un pulso sin redención ni retroceso posible, un duelo a muerte.

LV

La selección del candidato

Residencia de Catón
Final del verano del 56 a. C.

La lluvia arreciaba en aquel día de final del verano y Cicerón llegó empapado a la residencia de su amigo.

—¡Por todos los dioses! —imprecó el gran orador en cuanto entró al vestíbulo y fue atendido por los esclavos.

—Es mejor que el amo se cambie. —Y le ofrecieron una túnica de lana seca y limpia que, con el ambiente refrescado por la lluvia, parecía más que deseable.

Catón apareció.

—Lamento haberte hecho salir de casa con este tiempo —le dijo.

La reunión debería haberse celebrado en la residencia del propio Cicerón, pero ésta seguía de reformas al tener que ser reconstruida después de que Clodio la derribara, primero, y luego la transformara en un templo.

—Aún tengo goteras en los techos de varias habitaciones —se quejó Cicerón—, y con cada gota que veo en medio de mis pasillos pienso en Clodio y no sabes cuánto mal le deseo.

No era habitual que Cicerón admitiera anhelar que alguien padeciera, pero, sin duda, Clodio se había ganado a pulso su odio.

—Lo siento, de veras. Sígueme —dijo Catón y lo condujo por un largo pasadizo hacia un gran comedor cubierto—. No es día de atrios.

—No, no lo es —confirmó Cicerón mientras se oía la lluvia golpeando las paredes exteriores—. Dicen que pronto todos usaremos las sombrillas que portan las mujeres para protegernos del sol cuando llueva. Parece ser que, si se recubre el papiro de la sombrilla con un aceite especial, éste se impermeabiliza.

—Desatinos de locos —rechazó Catón con desdén—. No imagino yo a los hombres llevando esas sombrillas de papiro aceitoso bajo la lluvia.

—No lo sé —opuso Cicerón—. Mojarse es harto desagradable.

Pero la conversación sobre aquellos inventos terminó en cuanto llegaron a la amplia sala donde se encontraba un grupo de senadores acomodados en diferentes *triclinia*.

Todos se levantaron y, uno a uno, saludaron con respeto al recién llegado.

—Bien, empecemos —dijo Cicerón en cuanto estrechó la mano a todos.

Allí estaban los senadores *optimates* más relevantes del momento. Se percibía en el aire húmedo de aquel día lluvioso el denso aroma de la urgencia.

Catón hizo un resumen rápido de la situación y del motivo de aquel cónclave:

—Todos hemos tenido puestos los ojos en la reunión de Luca y, en lugar de prepararnos para las elecciones consulares que han de celebrarse, sólo pensábamos en qué iban a decidir los triunviros. Ahora vemos que, además de repartirse diferentes provincias de la República, desde las regiones galas a la rica Siria o las provincias hispanas, entre ellos, para los próximos años, han preparado, además, una candidatura doble para las elecciones consulares. Craso y Pompeyo son sus candidatos y nosotros, atentos a sus maniobras, no hemos pensado en a quién presentaríamos este año contra los triunviros. Por eso estamos reunidos aquí este día pese a la lluvia: para determinar a qué dos senadores de entre los nuestros seleccionamos como candidatos a las próximas elecciones. Es cierto que los triunviros controlan el Senado en gran medida, pero no todos los comicios, no todo el censo, y si conseguimos que nuestros candidatos se impongan en las elecciones, como cónsules en activo pueden bloquear las votaciones del Senado y hacer que los acuerdos de Luca queden en nada.

Todos asintieron.

—La cuestión es a quiénes de nosotros nombramos candidatos —apostilló Catón.

Se empezaron a sugerir nombres, entre otros el del propio Catón o el mismísimo Cicerón.

—Catón no tiene la edad requerida de cuarenta y dos años —adujo uno de los reunidos—. Vetarían su candidatura, la tacharían de ilegal.

—César se presentó antes de la edad requerida a varias magistraturas —argumentó otro.

Se inició un intenso debate sobre el asunto.

Cicerón carraspeó.

Todos callaron.

—César, en efecto, se presentó antes de la edad requerida para edil, primero, y, luego, para cónsul, pero lo hizo obteniendo sendas exenciones aprobadas en el Senado tras alcanzar complejos acuerdos, pactos que nosotros no podremos conseguir porque no tenemos nada que ofrecer a nuestros oponentes para que acepten que Catón —y lo miró ahora—, a quien por cierto tanto temen nuestros enemigos, se presente contra ellos. Si hay algo que no desean es a Catón cónsul. Cuando tenga la edad, no podrán evitar su candidatura, pero ahora es imposible.

Catón cabeceó afirmativamente mostrando que aceptaba lo que su mentor decía.

—¿Y tú mismo? —añadió el propio Catón—. Tu nombre también se ha sugerido en el debate antes de que llegaras.

—Yo ya he sido cónsul y, aunque excepcionalmente sabemos de senadores que han repetido magistratura, como pretenden hacer Craso y Pompeyo, que ya fueron cónsules hace unos quince años, en el final de la rebelión de Espartaco, si mi memoria no falla, no es algo que me parezca buena idea. De hecho, podemos usar el asunto de que no se debe repetir magistratura sin causa excepcional como argumento en nuestra campaña contra Craso y Pompeyo, pero para eso hemos de seleccionar un candidato que no haya sido cónsul antes.

Los senadores, confundidos, se miraron entre sí.

—Querrás decir a dos candidatos —corrigió Catón.

—No, amigo mío —negó Cicerón con vehemencia—, he querido decir exactamente lo que he dicho: hemos de nombrar un único candidato. —Y como viera cierta confusión en los rostros de los allí reunidos, se explicó—: Los triunviros puede que no controlen por completo el censo electoral, pero van a usar todo tipo de estratagemas para que el día de la votación las calles de Roma estén atestadas de partidarios suyos incluidos en el censo. Pompeyo ya ha convocado a muchos de sus veteranos para que acudan ese día a Roma y mi hermano Quinto me ha escrito explicándome que César, aun a riesgo de debilitar su ejército en la Galia en plena campaña contra los vénetos de la costa atlántica, ha enviado un importante número de sus propios veteranos para reforzar el censo a favor de Craso y Pompeyo. ¿Por qué creéis que se han reiniciado las reyertas en las calles? Clodio, esta vez de nuevo operando para los triunviros, ha retomado la violencia con la idea de impedir que las votaciones puedan hacerse en septiembre. Juegan a retrasarlas a la espera de que lleguen todos esos veteranos enviados desde la Galia. Podemos lanzar a Milón y sus hombres a intentar hacerse con el control de las calles, pero los veteranos de Pompeyo, que juega a dos bandas, se pueden unir esta vez a los sicarios de Clodio y, entonces, lo tendríamos mal. Las elecciones serán cuando todo se calme, esto es, cuando lleguen los veteranos de César y el censo esté aún más a su favor. En este contexto, nunca tendremos votos suficientes para obtener dos candidatos victoriosos. Hemos de proponer uno solo y promover que todos los nuestros lo voten a él únicamente.

Se oyeron varios truenos.

La tormenta arreciaba en el exterior.

Se barajaron nuevos nombres. Si se aceptaba seleccionar a un único candidato que tuviera luego que enfrentarse al otro cónsul durante el año de su magistratura, fuera éste Craso o Pompeyo, tendría que ser alguien de la línea más dura.

—Lucio —propuso, al fin, Catón, señalando a su cuñado: Lucio Domicio Enobarbo había sido edil y *quaestor* y pretor, y descendía de un linaje de brillantes políticos en el que destacaba su propio padre, que había llegado a ser, nada más y nada menos, que *pontifex maximus*, el cargo que en aquel momento tenía César. Enobarbo era duro, buen orador y no se arredraba ante nadie. Finalmente, su matrimonio con

Porcia, la hermana de Catón, certificaba su vínculo con el núcleo de los *optimates*. La propuesta fue aprobada en medio del consenso general.

La cena se alargó.

Las conversaciones se dividieron y tomaron rutas diferentes: la guerra de César en el norte, la comida, los vinos, las mujeres, la idea de Pompeyo de construir un gran teatro de piedra…

—Enobarbo será un gran cónsul —dijo Catón a Cicerón.

—Si gana las elecciones —matizó Cicerón—. Si gana las elecciones.

LVI

Una carta para César

Residencia de Pompeyo
56 a. C.

La joven Cleopatra llegó escoltada por una treintena de hombres fuertemente armados. Con las elecciones consulares en ciernes, la tensión se palpaba en toda la ciudad. La princesa sabía que dos de los tres triunviros que controlaban Roma se presentaban para ser elegidos cónsules aquel año, pero que los *optimates*, la facción opuesta a los triunviros, aún andaba en el proceso de selección de sus propios candidatos. Cleopatra estaba muy al día de lo que para ella eran fascinantes entresijos de la política romana. ¿No era más sencillo tener un único gobernante supremo?

—Si vas hoy a ver a la esposa de Pompeyo, hazte acompañar por una buena escolta —le había dicho su padre.

Quizá lo idóneo hubiera sido despedirse de Julia en otra reunión que su padre tuviera con Pompeyo, pero él y Pompeyo habían decidido no verse más y comunicarse sólo por carta.

—Craso —le había explicado—, su colega, por un lado, en el triunvirato y en las elecciones, pero, a la vez, también su enemigo político en otros muchos ámbitos, ambiciona controlar Egipto, hija mía, y Pompeyo no desea que los espías que pueda tener Craso vean que él y yo hablamos todavía con la misma frecuencia. Se trata de simular un aparente distanciamiento por su parte de todo lo relacionado con Egipto. Por eso, si has de ver a su esposa, esta vez tendrás que ir sola.

Y sola acudió.

—Por cierto, la esposa de Pompeyo está embarazada —había añadido su padre como un apunte informativo que la princesa egipcia registró en su mente y que le hizo cambiar el regalo que pensaba entregar a la joven matrona romana por otro que juzgó, en aquellas circunstancias, más apropiado.

Cleopatra, custodiada por aquella tropa de hombres armados, llegó hasta la puerta misma de la residencia de Pompeyo en Roma, y uno de los soldados llamó con fuerza golpeando las pesadas hojas de madera que permanecían cerradas firmemente. Los esclavos del interior, tras una espera larga, las abrieron con tiento y, al ver a la joven egipcia entre la maraña de soldados, se relajaron. Estaban advertidos por el ama de que esperaba la visita de la princesa extranjera. Mientras abrían las pesadas y voluminosas puertas de la entrada a la mansión, el *atriense* partió a avisar al ama de la llegada de su invitada.

—Por favor, pasa y ponte cómoda —le dijo una muy amable Julia cuando salió a recibirla.

La abultada curva en la túnica de la joven anfitriona a la altura de la cintura proclamaba de forma muy evidente su embarazo y que, además, el desenlace de éste no andaba demasiado lejos.

—Siento importunar a la esposa del senador Pompeyo —dijo Cleopatra—, y más estando como está, esperando ya pronto un hijo.

—Al contrario, princesa —respondió Julia siempre con gran afabilidad—. Precisamente por mi estado apenas salgo de casa y, con tanta tensión en las calles por las elecciones, prefiero que ni mi abuela ni mi cuñada se aventuren a venir hasta aquí a verme. Así que agradezco enormemente la valentía de la joven princesa de acercarse a visitarme.

—Vengo con treinta hombres armados —explicó Cleopatra—. Tampoco he arriesgado tanto.

—Esa escolta habla de alguien prudente en estos tiempos de tanta violencia, y estoy convencida de que esos hombres protegerán bien a la princesa, pero aun así hay algo de osadía en tu visita que me conmueve y que agradezco. Me refiero también al hecho de que por carta me dijeras que querías despedirte de mí antes de marcharte de regreso a Egipto, porque yo era a quien percibías como mejor amiga tuya en Roma. Me siento muy honrada.

—El regreso es a Oriente —precisó la joven Cleopatra—. Que el viaje culmine en Egipto es una cuestión que está por ver.

—Comprendo.

Los esclavos trajeron agua y algo de comer. La princesa sólo tenía trece años.

—¿Querrás vino también?

—El vino me complace mucho, sí, pero sólo si mi anfitriona desea compartirlo conmigo.

—Lo haré encantada. —Y miró al *atriense*, que no necesitó de más y salió del atrio—. Al principio del embarazo dejé de tomarlo porque sentía muchas náuseas, pero ahora parece que ya todo me sienta bien —explicó con una sonrisa que, de pronto, borró de su rostro de una forma abrupta—. Aunque...

Cleopatra no preguntó nada ante aquel cambio de humor repentino de su anfitriona, sino que guardó un respetuoso silencio hasta que Julia decidiera si deseaba realmente compartir con ella o no sus preocupaciones más profundas.

En ese intervalo, el *atriense* regresó con el vino.

—Eso sí, lo rebajaré con agua —comentó Julia, y mezcló en su copa agua y vino y miró a su invitada.

—Como tú lo tomes está bien —dijo la princesa.

Brindaron.

—Por un venturoso regreso a Oriente y esperemos que también a Egipto —propuso Julia.

—Y por un venturoso parto —añadió Cleopatra.

Bebieron.

—Precisamente, joven princesa, eso es lo que me preocupa estos días —desveló, al fin, Julia.

—¿El parto?

—Sí, eso, por un lado, y luego está el asunto de si será un niño o una niña. Tantas cosas dependen de este nacimiento.

Cleopatra estaba al tanto de todas las tensiones entre Pompeyo y César, esposo y padre respectivamente de su anfitriona, y podía comprender bien todas las complejidades del asunto.

—Entiendo que un hijo sería lo ideal en Roma —dijo la princesa.

—Sí —ratificó Julia.

—En Egipto tenemos un método para saber si una embarazada va a dar a luz un niño o una niña —explicó Cleopatra, cautivando por completo a su interlocutora—. De hecho, es un método para saber primero si una mujer, que aún no está segura, está o no embarazada y, secundariamente, para anticipar el género de la criatura. En este caso, lo primero ya no es necesario, pero el proceso egipcio que puedo explicarte aseguran que sí sirve para desvelar el sexo de quien va a nacer.

—Por favor, explícamelo. No sé si será algo que podamos hacer en Roma, pero la curiosidad me abruma.

—Oh, sí, mi querida anfitriona podría reproducir este método en Roma. Sólo necesita arena, cebada y trigo. La mujer ha de orinar en saquitos de arena con semillas de cada uno de estos cereales, al amanecer parece ser lo mejor. Si germina la cebada es que la criatura será un niño y si florece el trigo, una niña.

—Qué fascinante. —Julia estaba admirada—. Pero ahora que resulta que sí que hay un método que puede ayudarme a saber de antemano el sexo de mi descendencia, creo que me da miedo averiguarlo antes de tiempo. —Y se echó a reír—. Igual te parece algo tonto por mi parte.

—No, en absoluto. Hay ocasiones en las que es mejor no anticipar el futuro —respondió la princesa egipcia con sorprendente comprensión hacia su interlocutora, pese a su gran juventud—, pero el parto también te preocupaba. ¿Por el dolor?

—No, el dolor no me atemoriza, princesa. Es otra cuestión. Con relación al día del alumbramiento, me aterra el pasado: mi madre murió dando a luz a un segundo hijo. Y tanto ella como el niño murieron.

—Ya, para asegurar un buen parto, en Egipto no tenemos nada que lo garantice, pero, pensando en ese día, me he permitido traerte a Bes, Tauret y Heqet. —Y la joven princesa extrajo del interior de su túnica una pequeña bolsa de la que sacó tres figurillas de oro macizo que representaban a cada una de aquellas divinidades.

Julia las tomó con inmenso cuidado de las manos de su invitada.

—Son los dioses egipcios que nos protegen durante el parto y siempre están presentes en cualquier nacimiento en el Nilo. Bes es feo y gordo, pero precisamente porque genera risa al verlo ahuyenta el mal. Tauret, con cuerpo de hipopótamo, brazos y piernas de león, cola de cocodrilo y esos inmensos pechos humanos, protege a las parturientas. Y, finalmente, Heqet, la diosa en forma de rana, simboliza la vida y la fertilidad y preside nuestros alumbramientos. Pensé que quizá pudiera gustarte tenerlos contigo para ese día, aunque ya imagino que tenéis dioses romanos que velarán por ti en estas circunstancias.

—Los tenemos, sin duda, pero es un detalle muy bonito —respondió una Julia visiblemente emocionada por el regalo de la joven princesa—. Ciertamente, piensas en mí como amiga, y esto me hace decidirme a compartir otra cosa contigo.

Julia dejó las figurillas de los dioses egipcios, con mucho cuidado, en la mesa junto a las jarras de agua y vino y fue ahora ella la que extrajo de debajo de su túnica una carta doblada, encordelada y sellada con cera.

—Verás, esto es muy, ¿cómo decirlo...?

—¿Delicado?

—Sí, extremadamente delicado —continuó Julia, sosteniendo en su mano aquella carta—: Verás, temo enormemente que algo malo me pase el día del parto, como te he dicho, por lo que le pasó a mi madre, y me aterra la idea de no poder nunca más hablar con mi padre. Él, como sabes, sigue en la Galia y, aunque se desplazó hasta Luca y mi esposo fue a reunirse con él, juzgué mejor, por proteger mi embarazo, no viajar y permanecer en Roma; pero eso me privó de poder ver a mi padre y hablar con él. He escrito esta carta en la que una hija le dice a su padre, a un padre al que estima enormemente, pues..., esas pequeñas y a la vez grandes cosas que una hija puede decirle a un padre. Preferiría decírselo todo de viva voz y espero, sin duda, tener la ocasión de hacerlo, pero, joven princesa, temo el día del parto y que todo se trunque fatalmente. Temo también las consecuencias que algo así podría tener entre mi padre y mi esposo, y de todo eso le hablo también en esta carta, pero aquí viene lo más delicado: aunque mi esposo me quiere, yo estoy segura de que así es, y me lo demuestra en mil detalles, no deja, no obstante, de ser también un contrincante político de mi padre, y creo que alguno de sus asesores o sirvientes me espía y lee mi correo, y no quisiera que en modo alguno esta carta pudiera llegar a manos de nadie que no fuera su legítimo destinatario, esto es, mi padre y sólo mi padre. Con él comparto un código secreto de escritura, pero temo que incluso pudieran descifrarlo o que, si se hacen con la carta y llega a manos de mi esposo, éste me interrogue sobre ese código que mi padre me hizo jurar que nunca desvelaría a nadie, de modo que he pensado que no puedo hacerle llegar esta carta por ninguno de los cauces habituales del correo romano. Todos vigilados por mi esposo.

Cleopatra era muy rápida.

—Y has pensado en entregarme a mí la carta y que yo encuentre el medio para hacerla llegar a tu padre en algún momento, ¿es eso?

—Sí, pero sólo en el caso de mi muerte, de la que sin duda tendrías noticias porque tu padre, el faraón, está en contacto constante con mi esposo.

—Así es —confirmó la joven egipcia.

—Pero lo que no sé es de qué forma podré hacer llegar esta carta a tu padre en el caso, esperemos que nunca ocurra, de que tuviera que hacerlo.

Aquí Julia sonrió.

—Eres una princesa egipcia y te desposarás con tu padre, y muy posiblemente termines siendo reina de Egipto. Estoy convencida de que una reina del Nilo, si lo desea y es preciso, podrá hacer llegar esta carta a su destinatario.

Julia alargó, entonces, su brazo con la carta en la mano.

Cleopatra tomó la misiva con el mismo cuidado con el que antes Julia había tomado de su mano las deidades egipcias.

—Cuidaré siempre de esta carta, lo juro por Isis —dijo la princesa en cuanto la tuvo en sus pequeñas manos—, y por Osiris y todos los dioses de Egipto, pero espero y deseo de corazón que nunca tenga que entregarla a tu padre.

Y la joven princesa se guardó la carta.

Y la custodió durante años.

Hasta casi olvidarla.

Casi.

LVII

El día de las elecciones

Domus de Pompeyo, Roma
Enero del 55 a. C.

—¡Algo le va a pasar, algo le va a pasar! —clamaba Julia caminando desconsolada de un lado a otro del atrio—. Lo van a matar.

Calpurnia, desafiando la violencia de las calles, se había acercado para que ella no pasara el día de las elecciones consulares sola en casa.

—Sé que puede parecer una estupidez —continuaba Julia—, porque mi esposo no deja de ser un enemigo de mi padre, pese al pacto que tienen, y porque, además, me tiene vigilada y estoy segura de que revisa las cartas que, o bien envío, o bien recibo de mi padre, pero, pese a todo, he aprendido a quererlo. Se ha mostrado siempre amable y cariñoso conmigo, desde el primer día. Y a veces me olvido de que creo que en el fondo desea que mi padre no regrese nunca del norte de la Galia. Y ahora, sin embargo, temo que a Pompeyo le hagan algo durante las elecciones. ¿Te parece que estoy loca?

Calpurnia negó con la cabeza. Ella también había sido moneda de cambio en el pacto a tres de los triunviros y, pese a la distancia, había sentido aprecio y respeto por parte de César hacia ella, y eso había despertado en su ser un respeto profundo hacia él. Comprendía las contradicciones en el ánimo de Julia. Se levantó y se acercó a ella con una sonrisa de comprensión en el rostro.

—Para nada, pero ven y siéntate —le dijo—. En tu estado no es bueno ese andar de un lado a otro.

—Llevas razón, llevas razón... —convino Julia y se sentó en un *triclinium*, y junto a ella, la muy joven esposa de su padre, que, en aquel momento, era su gran consuelo.

—Y, si quieres mi opinión —continuó Calpurnia—, para nada pienso que estés loca: estás en una muy difícil posición, entre tu padre y tu esposo. Y es cierto todo lo que dices: por un lado, tu marido sigue quizá deseando problemas para tu padre en la Galia, pero, por otro, he visto que te trata con cariño, con afecto. Y, por todos los dioses, estás embarazada y llevas en tus entrañas a su hijo. Eso puede cambiarlo todo.

—Sí, sí —confirmó Julia—. Ésa es mi gran esperanza: que el niño haga que, por fin, Pompeyo deje de competir con mi padre y que los dos se entiendan y se respeten para siempre, unidos por este niño que llevo en las entrañas.

—Así tendrá que ser —confirmó Calpurnia.

—¿Lo has visto en el futuro? —indagó Julia, nerviosa. Tanto ella como su abuela confiaban mucho en esas imágenes que Calpurnia decía a veces tener sobre el futuro de las personas que la rodeaban.

—No, no he sentido nada sobre todo esto. No lo controlo. A veces percibo cosas; en otras ocasiones, no. Quizá estoy aturdida con toda la violencia de las calles, las elecciones, tu abuela tan delicada, tú embarazada y César tan lejos de todos nosotros.

—Claro, perdona. Yo también estoy ofuscada y no sé lo que me digo, pero es que no puedo quitarme esta sensación del cuerpo de que hoy van a matar a mi esposo, de que hoy alguien va a intentar matar a Pompeyo.

Calles de Roma

Pompeyo regresaba del Campo de Marte rodeado por una nutrida escolta de sus veteranos más aguerridos.

La victoria había sido absoluta: pese a que los *optimates* habían concentrado sus votos en la candidatura única de Domicio Enobarbo, la suma de los recién llegados veteranos de César, los suyos propios y los partidarios de Craso había desbordado por completo a los votantes de la facción senatorial *optimas* y tanto él, Cneo Pompeyo, como el propio Craso habían salido elegidos cónsules para aquel año.

Sólo faltaba regresar vivo a casa. Lo cual, en otras circunstancias o momentos de la República, habría sido hasta incluso un paseo triunfal por las calles, una vez que los resultados se habían hecho públicos en el Campo de Marte, pero, en aquellos tiempos, conseguir una victoria electoral podía ser tan positivo políticamente como peligroso desde un punto de vista vital.

Pompeyo andaba a toda velocidad, prácticamente *magnis itineribus*, como si estuviera en medio de una campaña militar. Lo seguían Afranio y Geminio y, a su alrededor, los veteranos armados, una docena por delante, abriendo paso, varios a los lados y otra docena más cerrando el grupo.

—¿Crees acaso que Cicerón ordene a Milón atacarnos tras la victoria electoral? —preguntó Afranio.

—Cicerón, no —respondió Pompeyo—, pero de Catón no me fío. Enobarbo, además, es su cuñado, y Catón es de muy mal perder. ¿Tú qué piensas, Geminio?

—De Catón uno puede esperar cualquier cosa —replicó el interpelado.

—Eso creo yo —confirmó Pompeyo.

Pero llevaban ya dos tercios del camino de regreso sin ser importunados por nadie y, poco a poco, los tres hombres empezaron a sentirse más tranquilos.

Fue al entrar en la Vía Sacra.

Por ambos lados, desde bocacalles angostas, emergieron varias decenas de hombres con dagas y mazas que arremetieron por sorpresa y con brutalidad extrema contra los veteranos de guerra que protegían los costados del grupo.

Media docena de escoltas cayeron en el ataque. Los veteranos de delante y de atrás contraatacaron y se formó una maraña de hombres luchando con espadas y puñales y mazas. Tres de los sicarios atacantes llegaron al centro del grupo y fueron directos a por Pompeyo. Afranio desenvainó su espada militar y la clavó en el pecho de uno de los asesinos. Geminio esgrimió una daga, pero dio un paso hacia atrás, temeroso de ser herido. La valentía no era su fuerte, sino el espionaje y los tratos oscuros. Pompeyo se las vio solo contra aquellos dos sicarios. Se agachó con inesperada agilidad para sus atacantes y evitó un mazazo mortal, al tiempo que desenfundaba una daga y la clavaba en el vientre del sicario hiriéndolo mortalmente.

—¡Agh! —aulló el asesino alcanzado por Pompeyo, dejando caer la maza y desplomándose doblado, de costado, en medio de la calle.

El segundo asesino aprovechó, no obstante, que Pompeyo andaba aún mirando a quien acababa de herir, para asestarle una puñalada por la espalda a su víctima.

—¡Aagh! —gritó Pompeyo y se revolvió contra su enemigo, pero Afranio ya lo estaba ensartando con su espada.

Geminio se acercó a cada uno de los sicarios heridos y los remató con saña, apuñalándolos en el suelo en repetidas ocasiones. Ahí se desenvolvía mejor. La sangre los salpicó a todos.

—¡Huyen! —exclamó, entonces, Afranio.

Y así era: pese a ser más en número, los atacantes comprobaron que, en cuanto se perdió el efecto sorpresa y se inició el combate cuerpo a cuerpo, los veteranos de guerra ni se retiraban presa del pánico ni cedían terreno, y que ya sería del todo imposible alcanzar con más hombres el objetivo de la misión. Si los tres sicarios que habían llegado hasta Pompeyo no lo habían matado ya, nada más podría hacerse aquel día. Pero, en todo caso, vieron al triunviro apuñalado por la espalda y su túnica senatorial manchada de sangre. Era muy posible que hubieran conseguido lo que se les había exigido y no tenía sentido arriesgarse más contra aquellos malditos exmilitares.

—¿Estás bien? —le preguntó Afranio a Pompeyo—. Estás sangrando por un hombro. Y mucho.

—No lo sé —dijo el triunviro e hincó una rodilla en tierra—. Me apuñalaron... —Se sentía mareado—. Uno de ellos... por la espalda.

—Cógelo por un lado —le dijo Afranio a Geminio—. Lo llevaremos hasta su casa entre los dos.

Pero Geminio, demasiado anciano, no valía para llevar al triunviro herido y, de inmediato, uno de los veteranos ayudó al excónsul Afranio.

Y así, ayudado por uno de sus antiguos soldados y por uno de sus hombres de máxima confianza, Pompeyo, rodeado por los supervivientes de su escolta y el astuto Geminio, todos con espadas o puñales en las manos y manchados de sangre, recorrieron las últimas calles hasta llegar a la residencia del triunviro.

Domus de Pompeyo

—¡Lo han matado, lo han matado! —gritaba Julia totalmente fuera de sí—. ¡Sabía que iba a ocurrir, lo sabía!

—Es sólo una herida —replicó Pompeyo, que se había rehecho al sentirse en la seguridad de su casa, mientras los esclavos atrancaban las puertas y varios de sus veteranos partían, siguiendo sus instrucciones, a reclamar que más exmilitares rodearan la casa y la protegieran ante cualquier nuevo intento de atacarlo.

—Ve a por un médico —ordenó Afranio al *atriense*, ya que Pompeyo y Julia, el uno intentando tranquilizar y la otra fuera de control, no parecían reparar en qué era esencial en aquel momento.

En medio del tumulto, Julia sintió un líquido resbalando por sus piernas.

—¡El niño! —dijo—, el niño... —Y se desplomó sin sentido, con la fortuna de que dos de los veteranos estaban próximos a ella y pudieron tomarla en brazos y evitar que se lastimara al caer al suelo.

Calpurnia, testigo accidental de toda aquella escena, se arrodilló junto a ella. La esposa de César era joven e inexperta, pero no había que ser una experimentada partera para darse cuenta de lo que estaba ocurriendo.

—¡El parto se ha adelantado! —proclamó con seguridad—. ¡Hay que llevarla a su habitación y traer agua caliente y paños limpios, y que venga ese médico ya mismo!

Los veteranos miraron a Pompeyo.

—¡Haced lo que dice, por Júpiter! —ratificó—. ¡Llevadla a la habitación!

Pompeyo, que seguía sangrando, se sentó en una silla.

—Yo la atenderé hasta que llegue el médico —propuso la joven.

—Por favor —aceptó Pompeyo, agradecido de la buena predisposición de la esposa de César.

Calpurnia, que conocía la casa por sus visitas, guio a los veteranos que portaban a la desmayada Julia hasta su cuarto y dejaron con delicadeza a la embarazada en la cama. Las esclavas traían ya agua caliente y paños.

Calpurnia no sabía demasiado, pero hasta la llegada del médico pensó que lo que podía ir haciendo era limpiar bien a Julia, y fue desvistiéndola y frotando su piel con las toallas para quitar la sangre y el líquido que había salido del vientre, anticipando la pronta llegada del nuevo niño.

En el vestíbulo, dos esclavos fueron retirando con cuidado la túnica de su amo y pronto quedó al descubierto un tajo sangrante en uno de los omóplatos del veterano senador. Un tercer esclavo tapó la herida abierta con una toalla.

El *atriense* regresó con el médico. Pompeyo le había pedido que estuviera atento a su llamada en aquel día de elecciones, y el *medicus* griego decidió desplazarse hasta la misma residencia del senador y pasar allí el día en previsión de que, como estaba ocurriendo, sus servicios pudieran ser requeridos de urgencia.

—Es una herida superficial —dijo enseguida el griego en cuanto retiró la toalla.

—Mi esposa —dijo el maltrecho Pompeyo—, se le ha adelantado el parto. Creo que ella requiere tu ayuda con más urgencia, por Hércules.

—¡Padre! ¡Padre!

Cneo hijo y Sexto, el hijo pequeño de Pompeyo, irrumpieron en el atrio enterados de lo ocurrido.

—¡Estoy bien, estoy bien! —les respondió él quitando importancia a su herida. Y volvió a insistir para que el médico griego lo dejara y fuera a atender a su esposa.

—De acuerdo —dijo el médico y miró al *atriense*—. Simplemente limpiad la herida bien con agua limpia y secadla con toallas recién lavadas. Quizá haya que coserla. Luego vendré y, con la herida limpia, decidiré qué hago. ¿Dónde está la parturienta?

Los esclavos guiaron al médico hasta el dormitorio donde Julia yacía en un lecho convertido en un mar de sangre.

En el atrio

Cneo, el hijo mayor de Pompeyo, no veía bien la forma en que su padre jerarquizaba lo que el médico debía hacer primero.

—Padre, esa herida puede ser grave: que te la cure el griego y luego que ya se ocupe de Julia —reclamó.

Pero Pompeyo negó con la cabeza y, cuando su hijo fue a insistir en aquel sentido, alzó su mano derecha exigiendo un silencio que el muchacho respetó.

—Dejadme —continuó Pompeyo—, con Afranio y Geminio estoy bien. Id y aseguraos de que los esclavos conducen al médico con Julia.

Los muchachos obedecieron. Cneo con evidente desgana, Sexto más aplicado a la tarea.

Llegados al pasillo, alejados del atrio, el pequeño dijo:

—Vamos a tener un hermano.

Sexto lo decía con emoción en la voz.

—¿Y eso te parece buena idea? —le espetó con rabia feroz Cneo—. Un hijo de César, un vínculo entre padre y otro de los triunviros. Ese niño pasará por delante de nosotros en todo.

Sexto se detuvo en el pasillo y se quedó mirando a su hermano mayor.

—Padre no es así —replicó el pequeño—. Padre no nos haría eso.

—¿Tú crees? —continuó el joven Cneo, sembrando el corazón de su hermano de dudas—. Lo mejor que nos puede ocurrir esta noche es que ese niño no nazca.

Dormitorio de Julia

—¡No sé qué pasa! —exclamó Calpurnia al ver llegar al médico—. ¡No para de sangrar!

El veterano *medicus* griego no dijo nada y se situó junto a la parturienta, aprovechando que Calpurnia se hacía a un lado para dejarle trabajar.

—El niño no viene bien —anunció el anciano griego—. Viene con los pies por delante. Necesitaré ayuda. ¿Hay alguna esclava que haya atendido partos antes?

Una de las jóvenes presentes en la habitación asintió.

—Tú me asistirás, entonces. Todos los demás, fuera de la habitación. Aquí falta el aire y la esposa del senador necesita todo el aire posible o morirá.

Todos salieron.

Calpurnia también. Como un fantasma, pálida y aterrada, sin saber casi cómo, sin saludar a los hijos de Pompeyo, con los que se cruzó en el pasillo, llegó al patio central de la casa.

En el atrio

Allí estaba Pompeyo, herido, pero sentado y hablando con personas de su confianza, entre quienes ella sólo reconoció al excónsul Afranio.

La acomodaron en un *triclinium* y le ofrecieron agua.

Bebió.

Todos tomaron agua.

Había comida, pero nadie tenía hambre.

Un segundo médico, llamado por Afranio, llegó a la casa y se puso a examinar la herida del triunviro.

—Sí, yo la cosería —dijo y extrajo todo lo necesario de una bolsa que portaba.

Pompeyo, nada más ver los utensilios del cirujano, pidió vino. Y tomó varias copas sin rebajar con agua.

—Aaah —exhaló al tomar la tercera—. Adelante con tu trabajo, *medicus*.

Y aquél clavó la aguja.

Pompeyo contuvo sus gritos.

La que no parecía poder contenerlos era su esposa: los aullidos de dolor de Julia penetraron los tímpanos de todos y les encogió el corazón. Algo iba mal en aquel parto. Rostros sombríos. Menos uno. Cneo, el hijo mayor de Pompeyo, permanecía serio pero no abatido. Era como si un brillo de esperanza fuera a iluminar su faz, pero él se controlaba para no traicionar sus auténticos sentimientos.

Al cabo de una lenta y terrible hora de aullidos mortales, el primer médico salió de la habitación de Julia y dio, sin rodeos, las pésimas noticias al triunviro herido:

—El niño ha muerto y la madre está muy débil.

La desolación se expandió por el atrio. Sólo el silencioso Cneo era como una isla de mudo triunfo.

Calpurnia, sin pedir el permiso de nadie, se levantó *ipso facto* y fue a la habitación. Ninguno de los hombres la retuvo. A todos les pareció indicada su reacción.

La joven esposa de César entró despacio en la cámara de Julia, con temor ante lo que iba a encontrar.

Dormitorio de Julia

Dos esclavas estaban limpiando aún de sangre el suelo con toallas. Había manchas rojas oscuras por todas partes. En el lecho, encogida como una niña aterrada, estaba Julia, tapada por una pequeña sábana. Una tercera esclava le pasaba un paño húmedo por la frente, sudorosa aún por el pavoroso esfuerzo.

Al ver llegar a Calpurnia, esta última sirvienta se levantó y se hizo a un lado para que la *domina* pudiera tomar su lugar y sentarse junto al ama.

—Ha nacido muerto —dijo Julia entre sollozos.

—Eso ahora no importa, lo único que importa es que descanses y te recuperes —le replicó Calpurnia.

—Claro que importa. Sin ese niño, mi padre y mi esposo seguirán enfrentados y terminarán matándose el uno al otro. Sí que importa...

—De acuerdo, importa, pero ahora ya no puede hacerse nada sobre lo que ha ocurrido. Si descansas y te recuperas, puedes volver a quedarte embarazada y tener otros hijos.

Ante esto, Julia, de súbito, abrió bien los ojos y dejó de llorar.

—Es cierto lo que dices, pero estoy tan débil...

—Por eso has de dormir —insistió Calpurnia—. Dormir y luchar por vivir. Has..., has perdido mucha sangre, pero no te des por vencida. No te rindas, por favor.

Julia asintió y recordó algo.

—¿Ves ese pequeño cofre que está en aquella estantería? —dijo señalando con la mirada al fondo de la habitación—. Tráemelo.

Calpurnia se levantó, tomó el cofrecillo dorado y se lo entregó.

—Gracias —dijo Julia y acogió el cofre entre sus brazos, acariciándolo con las manos, como si fuera el niño que había perdido.

—¿Qué contiene? —indagó Calpurnia, cuya clarividencia para predecir el futuro ocasionalmente no le permitía desentrañar qué podía encerrar aquel pequeño cofre que Julia parecía valorar tanto en aquel momento.

La hija de César entreabrió los ojos y en un susurro de palabras le explicó lo que había dentro.

Calpurnia comprendió y vio cómo sólo el gesto de abrazarse al cofre parecía traer paz a Julia, y lo dio por bueno, sin cuestionar el poder real o no de su contenido.

Julia cerró los ojos y, al poco, quedó profundamente dormida.

Calpurnia ordenó a las esclavas que terminaran pronto la limpieza y que, luego, sólo se quedara una de guardia junto al lecho, por si el ama despertaba y necesitaba agua o cualquier otra cosa.

La esposa de César salió, entonces, de la habitación con cierta esperanza de que Julia, al menos, sobreviviera a aquel desastre, pero su fe se tambaleó cuando entró en el atrio a tiempo justo de oír la pregunta de Pompeyo y la categórica respuesta del médico.

—De acuerdo, el niño ha muerto, pero ¿mi esposa se salvará?

—Su mujer ha perdido demasiada sangre. Lo único que nos queda es orar a Asclepio y al resto de los dioses. Yo ya no puedo hacer más. Lo siento, *clarissime vir*, pero, sin ánimo de ser sacrílego, creo que, incluso a pesar de nuestras plegarias, ningún dios romano o griego podrá salvarla. Me temo lo peor.

Domus de Clodio

Clodio fue informado de que, pese a que Pompeyo había sido herido, no estaba muerto ni se temía por su vida. También llegó a la casa del líder de los populares más radicales de Roma todo lo relacionado con el aborto que había padecido la esposa de Pompeyo al asustarse de ver llegar a su esposo cubierto de sangre.

Clodio estaba hundido.

—He vuelto a fallar.

Pero su esposa Fulvia no lo veía así.

—No has fallado.

—Pompeyo sigue vivo.

—Pero gravemente herido.

—No, sólo han sido rasguños.

—Gravemente herido, esposo mío —repitió Fulvia—. Su mujer ha perdido al niño que lo unía más a César. Esa herida es la más profunda que podías asestarle. No, el atentado no ha sido, para nada, un fracaso. Pompeyo ha ganado las elecciones y los acuerdos de Luca saldrán adelante, pero Pompeyo ha perdido el hijo del que dependía su unión con César. Hoy es el primer gran golpe contra el triunvirato. Y lo has dado tú. Sólo falta que la madre muera también esta noche y el ataque habrá sido un éxito completo.

Clodio miraba a su joven esposa entre la sorpresa y la admiración.

—Hablas de la vida y de la muerte de las personas como si sus vidas nunca importaran.

Fulvia respondió categórica:

—Lo que importa, esposo mío, es el poder. Y en Roma, o matas, o te matan.

Los esclavos encendían las lucernas del atrio.

—¿Cenamos? —preguntó Fulvia.

Domus de Pompeyo

Anocheció.

Pompeyo, pese al consejo de los médicos, no se acostó, sino que se quedó en el atrio de su *domus* a la espera de confirmar el fatal desenlace que los dos griegos le habían anunciado con respecto a su esposa.

Afranio y Geminio se retiraron a sus casas, no por falta de interés en lo que ocurría, sino por respeto al duelo de Pompeyo por el niño muerto y porque el veterano senador les rogó que prefería estar a solas y recibir, sin la mirada de nadie sobre él, la noticia que certificara la muerte de su esposa.

Calpurnia sí se quedó.

—Yo la velaré mejor que ninguna esclava —le dijo a Pompeyo—. Tú estás herido.

El senador aceptó el ofrecimiento de la esposa de César. Pompeyo sentía cómo se resquebrajaba su pacto con el triunviro, pero no tenía sentido mostrarse descortés con aquella joven que ofrecía su ayuda en aquellos momentos tan difíciles. Y una mujer siempre asistía mejor a otra mujer.

Pasó aquella lenta noche con la parsimonia obtusa con la que el tiempo parece recrearse cuando se avecina lo peor.

Julia durmió del tirón, siempre abrazada a su pequeño y misterioso cofre.

Amaneció.

Calpurnia salió al atrio y allí seguían los médicos y el propio Pompeyo, reclinado de lado, el hombro vendado, comiendo algo de queso más por insistencia de los médicos que por apetito real.

—El senador es fuerte y la herida no es profunda, pero el alimento es importante ahora para que el *clarissimus vir* tenga la energía necesaria para sobreponerse por completo al terrible corte que tiene en la espalda...

—¿Ha muerto? —preguntó el otro médico al ver a Calpurnia en la entrada del atrio.

—No —negó ella tajante—. Al contrario, ha despertado y la veo con mejor cara, pero no sé si está realmente bien o es más lo que yo deseo ver.

Los médicos fueron corriendo a visitar a la esposa del senador.

—Gracias por quedarte y velarla —le dijo Pompeyo a Calpurnia.

—Julia siempre es bondadosa con todos —respondió ella—. Lo mínimo que merece es que la cuidemos todos bien cuando lo necesita.

Pompeyo asintió.

Los médicos regresaron.

—Pensamos que está fuera de peligro —dijo uno de los dos a modo de portavoz—. La esposa del senador es joven y fuerte y, francamente, contra todo pronóstico o quizá por un milagro que los dioses, al fin, sí han decidido obrar en ella, está mucho mejor. Necesitará días de cuidados y unas semanas de mucho reposo, pero está ciertamente mucho mejor.

—¿Puedo verla?

—Por supuesto —confirmó el otro médico.

Pompeyo, ayudado por dos esclavos, se puso en pie.

—Suficiente —dijo el veterano senador, desprendiéndose de los brazos de sus sirvientes—. Puedo andar solo.

Y solo anduvo hasta alcanzar la puerta del dormitorio familiar y solo entró y se sentó junto a su esposa.

Julia, como si sintiera su presencia, pese a lo sigiloso de su entrada, abrió los ojos. Entre sus manos seguía teniendo abrazado aquel pequeño cofre dorado que Pompeyo reconoció como un regalo que él le hiciera hacía meses.

—Para que en él guardes tus joyas o lo que sea que desees que quede bien custodiado —le había dicho al entregárselo.

La voz de Julia hizo que Pompeyo parpadeara y retornara al presente.

—Lo siento —se excusó Julia, como si ella tuviera culpa de todo lo que había pasado.

—No hables, no te canses. No tienes nada por lo que pedir perdón —la exculpó de forma absoluta.

—¿Y tú estás bien de verdad? —preguntó, entonces, ella mirando hacia su hombro vendado.

—Estoy bien. Tu marido es bastante duro. —Y se permitió una sonrisa—. En serio, pincharon en el hueso. Es superficial.

—Pero intentaron matarte.

—No es la primera vez. Te recuerdo que he estado en muchas batallas.

—Ya, pero esto ha sido en las calles de Roma. ¿Quién crees que ha sido?

—Supongo que Milón, a instancia de Catón, imagino, pero no creo que nunca podamos averiguarlo. He ayudado a Milón en el pasado contra los desmanes de Clodio, pero en Roma todos oscilan a veces en sus lealtades. Pueden haber sido también hombres pagados por Enobarbo o directamente por otros senadores *optimates* descontentos por haber perdido las elecciones. Pero, de veras, no hablemos más y sigue descansando.

—De acuerdo —aceptó ella.

Y Pompeyo se iba a ir, pero le sorprendía tanto que ella siguiera abrazando aquel joyero que no pudo por menos que hacer una última pregunta:

—¿Qué guardas ahí?

Ella volvió a abrir los ojos.

—Tres figuras de oro de tres dioses egipcios que protegen a las mujeres en los partos. Me las regaló la princesa Cleopatra antes de partir hacia Oriente, pero no sé si han servido de mucho.

—Yo creo que sí —confirmó Pompeyo—. Estás viva.

En el pasillo

El hijo mayor de Pompeyo vio desde las sombras cómo su padre abandonaba el dormitorio de su esposa. El muchacho se asomó, entonces, por la puerta y vio a su madrastra, dormida de nuevo, abrazada a aquel cofre del que los había oído hablar.

Cneo pensó en deslizarse sigilosamente hasta el lecho e intentar hacerse con el cofre misterioso en aquel mismo momento, pero consideró que Julia podría despertarse.

Tendría que esperar.

Residencia de Cicerón

Catón se presentó en la residencia de su amigo para valorar todo lo ocurrido.

—Entonces... ¿tú no diste la orden de atacar a Pompeyo? —preguntó Catón.

—En absoluto —respondió Cicerón—. No es mi manera de proceder. Y entiendo por tu pregunta que tú tampoco. Hay alguien que está actuando por libre. Esto se pone interesante.

—¿Clodio? —sugirió Catón.

—Es posible. Esto se pone realmente interesante.

Catón se sentó en un *triclinium*, sin recostarse.

—La mujer de Pompeyo ha perdido al niño —dijo.

—Lo sé. Una pena —comentó Cicerón.

—Pero en el fondo eso nos viene bien —argumentó Catón.

—Cierto, pero no deja de ser una pena la muerte de un niño —apostilló Cicerón, y se levantó y fue hacia el *tablinum*. Catón lo siguió.

—¿Qué haces? —preguntó cuando vio que su amigo se sentaba y tomaba una hoja de papiro.

—Escribo una carta —explicó Cicerón.

—¿A quién?

—A César, dándole mis condolencias por la pérdida de su nieto e interesándome por la salud de su hija.

—¿Eso lo haces por estrategia o por lástima sincera?

Cicerón detuvo la escritura de la carta y miró a su amigo.

—Escribo a César por ambas cosas: conservar una relación cordial con él, al menos superficialmente, nos permite mantener siempre abierto el canal de la negociación, y eso está bien aunque sea nuestro enemigo político. Por otro lado, pese a que pueda redundar en mi beneficio político porque se debilite el pacto entre César y Pompeyo, no me veo capaz de alegrarme por la muerte de un recién nacido. ¿Tú sí? ¿Tú te alegras realmente de la muerte de ese niño?

Catón se mostró tajante:

—Yo sí me alegro de la muerte de un nieto de César.

Silencio.

—Ya veo —dijo Cicerón—. Por eso será mejor que sea yo quien escriba esta carta. A ti se te iba a notar la falta de sinceridad.

LVIII

La sangre de las legiones y el discurso de Catón

La Galia belga, en las proximidades de la confluencia del Rin con el Mosela
Primavera del 55 a. C.

Era ya la segunda guarnición romana al sur del Rin que veían completamente destruida: primero, la habían atacado y, después, una vez tomada y muertos todos los legionarios, la habían incendiado. Los buitres aún sobrevolaban el campamento en busca de más restos humanos que devorar, pero la aproximación de las legiones romanas, con miles de hombres vivos, hizo que las bestias aladas alzaran el vuelo y se limitaran a planear, como un mal augurio, por encima de las guarniciones destrozadas por los germanos.

El olor de la putrefacción de los cuerpos desmembrados por las hachas enemigas, primero, y, luego, por los picos insaciables de los buitres era nauseabundo.

César desmontó y, a pie, se dirigió hacia el centro de aquel campamento reducido a cenizas y carne humana podrida.

El hedor era tan irrespirable que se llevó, como el resto de los oficiales, la mano a la nariz y la boca en un intento por reducir el aire pestilente que inhalaba.

El espectáculo terrorífico hizo que retornara a César la imagen que su mente creó cuando había leído las cartas de Calpurnia con respecto al aborto de su hija Julia. Su joven esposa se había esforzado en eludir todos los elementos truculentos, pero César ya había visto otros abortos, sin ir más lejos el que le arrebató a su primera esposa, Cornelia, de modo que, allí donde Calpurnia hacía una elipsis, su cabeza sabía rellenar el horror que su joven esposa omitía.

Lo único positivo que había en aquellas cartas, tanto la de Calpurnia como otras que le llegaron del propio Pompeyo, de su madre Aurelia y de algunos otros amigos de Roma, era que todos certificaban que su hija estaba recuperándose bien. La propia Julia había enviado una carta dictada por ella misma, ya que estaba demasiado débil para escribir, a Calpurnia y, aunque no fuera de su puño y letra, reconocía en las frases el modo en el que ella solía expresarse con él. Pero César sabía que, al ser una carta dictada, escrita a través de otra persona, incluso si esa persona era Calpurnia, Julia dejaba cosas sin decir. ¡Qué lástima no haberse podido ver en Luca y hablar largo y tendido de todo! Padre e hija tenían tanto que decirse... Julia se había quedado por salvar a aquel niño y aquel niño había nacido muerto. El sacrificio del alejamiento filial para nada. Algún día, de algún modo, Julia y él tendrían que volver a comunicarse de modo directo, sin intermediarios, de forma que ella, por fin, pudiera decirle, sin tapujos, sin restricción alguna, todo lo que palpitaba en su corazón.

César seguía con el rostro desencajado en medio de aquel campamento convertido en un cementerio. La muerte llegaba desde Roma por carta y la muerte lo rodeaba en la Galia belga.

—Quizá sea mejor que las legiones no pasen por aquí —sugirió Labieno.

Pero César se revolvió con rabia.

—No, Tito, al contrario: asegúrate de que todas y cada una de las centurias de cada cohorte de cada legión pasen por aquí mismo, por el centro de este campamento, y que vean bien, con sus propios ojos, qué es lo que los germanos esperan hacer con todos ellos, con todos nosotros, como les demos la más mínima oportunidad.

Enterados los germanos de la llegada de César, enviaron una delegación a negociar con el procónsul de Roma.

—¿Mensajeros? —preguntó el procónsul, profundamente sorprendido. El último rey germano contra quien había luchado también planteó una negociación, pero todo fue una trampa para intentar asesinarlo.

—Desconfiemos —apuntó Labieno, que compartía la incredulidad de su amigo.

César asintió, pero aceptó recibir a los enviados de los usípetes y los téncteros.

En medio del *praetorium*, con un intérprete galo presente, uno de los germanos, fornido, de apariencia ruda, pero hablando con un tono sereno, explicó las supuestas motivaciones de su migración hacia el sur del Rin.

—Dice que huyen de los suevos —fue traduciendo el intérprete—. Éstos, al ser expulsados del sur del alto Rin hacia el norte del río hace dos años, empujaron a otros germanos y los atacaron hasta forzarlos a tener que ir ellos al sur, ahora por la zona del bajo Rin, por la Galia belga. Reclaman quedarse en estas tierras que el procónsul de Roma les ceda de buen grado en la Galia belga o en las que ellos puedan arrebatar por la fuerza a las tribus de esta región.

—Parece que la victoria sobre Ariovisto de hace un par de años nos trae ahora consecuencias inesperadas —comentó Balbo.

Ninguno de los líderes romanos presentes, incluido el propio César, pensó en que el hecho de forzar a los germanos suevos y sus aliados a retirarse al norte del Rin fuera a empujar a otras tribus germanas hacia el sur en busca de tierras.

Pero César hacía tiempo que tenía decidida una cuestión y no pensaba cambiar ahora de parecer.

—Dile que los problemas entre las tribus germanas al norte del Rin no me conciernen, como a ellos no les deben preocupar las tensiones políticas que los romanos podamos tener entre nosotros o los galos entre ellos. Dile que lo único que los germanos han de entender es que la frontera entre Roma y Germania es el Rin. El norte es suyo, pero todo lo que hay al sur es de Roma. Ésa es la frontera. Los conflictos que haya al norte de esa frontera no cambian el hecho de que el Rin es un río que ningún germano debe cruzar. Además, habéis atacado y destruido varias guarniciones romanas sin previo aviso.

En cuanto el intérprete terminó de traducir un resumen lo más fiel posible de las palabras de César, los germanos se miraron entre sí, muy serios. No parecía aquélla la respuesta que habían esperado recibir. Quizá pensaban que, siendo tantos miles, los romanos les permitirían quedarse en una parte acotada de la Galia belga. Retroceder, para ellos, según mostraban sus rostros graves, no parecía ser una opción.

El germano que hacía de portavoz volvió a hablar.

—Dice que lamenta lo de las guarniciones destruidas, pero se opusieron a su paso. Con relación a lo de retornar al norte del Rin, dicen que han de consultar con sus jefes —tradujo el intérprete—, pero piden que el procónsul detenga el avance de sus tropas.

Se hizo un silencio durante el que se cruzaron miradas de desafío.

César se levantó y se situó delante del portavoz germano.

—Traduce mis palabras bien —apuntó César al intérprete y, acto seguido, habló con una frialdad gélida—: Nadie me dice a mí cuándo avanzar o detener mis tropas. Vosotros preferisteis atacar mis guarniciones antes que deteneros y esperar a mi llegada para negociar. Mis legiones, pues, seguirán hacia el norte, hacia vuestro ejército. Tenéis tres días para darme una respuesta: retirada total al norte del Rin o guerra, sin cuartel, sin límite, hasta vuestra aniquilación absoluta. Y decid a vuestros jefes que, después de ver lo que he visto esta mañana al cruzar por las guarniciones incendiadas, tengo muchas más ganas de lo segundo que de lo primero. Así que sólo dadme un motivo, por pequeño que sea, uno solo, y mis legiones pasarán por encima de vosotros hasta vuestra exterminación. —Y se volvió hacia el intérprete y le gritó—: ¡Traduce, por Hércules!

El intérprete tradujo.

César permaneció mirando fijamente al germano. Quería que el guerrero del norte sintiera sus pupilas fijas en él mientras escuchaba lo que acababa de decir en su propio idioma.

El germano se mantuvo impasible hasta la última frase. En ese momento se le escapó un gesto de rabia contenida apretando los labios, pero se contuvo y sólo contestó con una frase breve que el intérprete tradujo de inmediato.

—En tres días habrá respuesta.

—Perfecto —dijo César y, serenamente, se volvió a sentar en su *sella curulis*.

Los germanos salieron.

César hizo un gesto con la mano, y todos comprendieron que quería estar solo y también abandonaron la tienda.

—Labieno, tú quédate. —Y el segundo en el mando del ejército romano permaneció en el interior de la gran tienda de campaña—. ¿Qué piensas?

Labieno lo tenía claro.

—Por el gesto de ira mal contenido del enviado germano ante tu respuesta, creo que habrá guerra. Y también creo que ha interpretado como soberbia y engreimiento la amenaza de que seamos capaces de aniquilarlos.

—Todo eso ya lo imagino, lo que me interesa es qué piensas *tú* de mi respuesta.

Aquí Labieno se lo pensó un poco más antes de contestar.

—Creo que mantener el Rin como frontera es muy difícil. No han pasado ni dos años de lo de Ariovisto y ya tenemos otra invasión germana. Pienso que es muy improbable que los germanos admitan que el Rin es un límite que no deben sobrepasar en ningún caso.

César asintió y masculló una respuesta que era, más bien, un razonamiento entre dientes.

—Todos pensáis así: Décimo, tú mismo, probablemente casi todos los tribunos y los legados, y muchos centuriones y miles de legionarios y, con seguridad, todos los germanos. Sí, todos pensáis lo mismo. Así mi tío Mario tuvo que vérselas con la invasión germana de los teutones y los cimbrios y los ambrones, nosotros con la de Ariovisto, primero, y ahora con la de los usípetes y los téncteros. Y en unos años, habrá otra y otra más. Y así eternamente, porque todos pensáis lo mismo.

Labieno comprendió que, con aquellas palabras, César daba a entender que el único que pensaba de otro modo, el único que veía como innegociable que la nueva frontera de Roma era el Rin, era él. Y que César estaba dispuesto a hacer lo que fuera necesario para que, de una vez, todos admitieran que la nueva frontera era el Rin. Que lo que él pensaba era lo que iba a ser.

Labieno, de pronto, sintió miedo.

—¿Qué vas a hacer? —preguntó.

Pero César no respondió.

Senado de Roma
Un mes después de la primera embajada de los germanos a César

Marco Porcio Catón se situó en medio de la sala de la Curia senatorial y dirigió sus ojos hacia Craso y Pompeyo, los cónsules de aquel año, que, en consecuencia, presidían la sesión.

—Cónsules —dijo y, a continuación, girando sobre sí mismo trescientos sesenta grados, para incluir a todos los presentes, añadió—: *Patres et conscripti*, senadores todos de la gran y justa Roma, o, quizá, ¿no sería más apropiado que dijera de la que fue gran y justa Roma?

Hizo una pausa retórica y, con la atención ya de todos puesta en él, fue directo al meollo de su intervención.

—César. Cayo Julio César se ha vuelto loco y ha decidido que Roma, la Roma que él representa en la Galia, deje de ser grande y justa. Sus acciones de las últimas semanas están fuera de toda justificación. Sus actuaciones de los últimos días van más allá de lo que cualquier romano de bien puede llegar a aceptar como razonable incluso en tiempos de guerra. César, *patres et conscripti*, ha decidido abandonar toda legitimidad y deshonrar hasta lo más sagrado que representa Roma.

Y miró a Cicerón y a Pompeyo y a Craso.

El veterano orador lo escuchaba serio; los triunviros, con recelo.

Había sido el propio Cicerón quien le había facilitado a Catón la información sobre todo lo ocurrido en la Galia belga y el Rin en las últimas semanas.

—Me lo ha contado mi hermano Quinto —le había dicho Cicerón, y le mostró la carta que acababa de recibir desde el norte.

—Esto es motivo para destituir a César de su proconsulado —había propuesto él.

Cicerón no lo veía tan claro.

—Los germanos habían atacado guarniciones romanas, pero, más allá de entrar en ese debate, no tenemos suficientes votos para algo semejante. Y menos tras las elecciones con un Senado presidido por los compañeros de triunvirato de César.

—Después de mi discurso, tendremos esos votos —había anunciado él.

Y ahora allí estaba, en medio de aquella gran sala, sus inmensas puertas de bronce abiertas, el gran haz de luz que atravesaba el gigantesco umbral bañándole el rostro encendido de furia, y con todos los ojos de los senadores clavados en él.

—En un principio, al tener conocimiento de todo lo ocurrido, *patres et conscripti* —continuó Catón con vehemencia—, pensé que César debía ser destituido de su proconsulado, pero ahora, tras meditarlo bien, me doy cuenta de que lo que Roma debe hacer con este Cayo Julio César es entregarlo, tal y como el Senado aprobara en el pasado en la guerra contra Numancia, a nuestros enemigos, en este caso, a los propios germanos. Sólo así se puede lavar la ignominiosa mancha de sangre con la que César ha empañado la honorabilidad de Roma.

Cicerón levantó las cejas.

Craso y Pompeyo se miraron entre sí.

A todos les pilló por sorpresa aquella última frase de Catón: una cosa era plantear la destitución de César y otra, muy diferente, proponer entregarlo a los germanos.

Cicerón permaneció inmóvil.

Pompeyo torció ligeramente la cabeza hacia un lado.

Craso bajó la mirada y se quedó contemplando una carta que sostenía en las manos. Una carta de César.

Catón, habiendo dejado esos instantes para que se digiriera por todos la magnitud de su ataque contra César, retomó su discurso.

La Galia belga, segunda embajada germana
Veintisiete días antes del discurso de Catón

—Han vuelto los embajadores de los germanos —anunció Balbo.

—¿Son los mismos que la última vez? —preguntó César.

—Eso me ha parecido —confirmó el hispano—. Al menos, el portavoz con seguridad es el mismo.

—Que pasen —ordenó el procónsul.

Y la escena de hacía justo tres días antes se repitió.

El líder de la embajada germana habló y el intérprete tradujo:

—Dice que están considerando seriamente retirarse al norte del Rin, pero reclaman tiempo para negociar con los ubios y pactar con ellos poder establecerse en su territorio. —El intérprete tragó saliva—. Dicen que necesitan más tiempo e insisten en que el procónsul detenga el avance de sus tropas a la espera de que ellos negocien ese pacto con los ubios.

César se pasó la punta de la lengua por el labio superior mientras pensaba. Estaba convencido de que los germanos sólo buscaban ganar tiempo, seguramente para reunir más tropas con las que, finalmente, enfrentársele en batalla. No le parecía probable que fueran a cambiar de opinión con tanta facilidad. Detener el avance de las legiones les daría a los germanos la oportunidad para hacerse fuertes al sur del Rin trayendo más y más colonos ahora que con la primavera mejoraba el clima. No había puentes sobre aquel caudaloso y ancho río, de modo que los hombres que estuvieran trasladando tendrían que hacerlo en botes, y eso llevaba tiempo.

—Seguid negociando con los ubios. Ésa parece una buena solución —respondió César—, pero no detendré el avance de mis legiones. Al cruzar al sur atacasteis varias guarniciones y no tengo confianza en vuestras intenciones finales. Además, cuando cruzasteis hacia el sur, hacia la Galia, no negociasteis. Con Roma no parecisteis tener el cuidado que ahora mostráis con los ubios.

El intérprete suspiró mientras empezaba a hablar en la lengua de los germanos.

El portavoz de los usípetes y téncteros respondió.

—Dice que no tuvieron más remedio que hacer huir a algunas tropas romanas para poder establecerse al sur del Rin, pero que ahora están negociando con el procónsul de Roma y cumplirán lo que se pacte. Y que su intento de llegar a un entendimiento con los ubios es real, pero que necesitan más tiempo. Ahora negocian con los ubios para no repetir el error de no haber negociado antes con Roma. Pero insisten en que el procónsul detenga el avance de las legiones.

César negó con la cabeza.

—Dile que está bien aprender de los errores, pero que no detendré mi avance... —Sin embargo, sentía que quizá debía dar una oportunidad a esa negociación con los ubios, aunque en su fuero interno sólo deseara vengar a los legionarios muertos de las guarniciones atacadas—. Aun así, daré orden de que ni la caballería ni la infantería ataquen ningún destacamento de guerreros o jinetes germanos si se cruzan con alguno en su avance. Mientras la negociación con los ubios esté en marcha, avanzaré, pero mis tropas no atacarán.

El portavoz escuchó la traducción y replicó con una pregunta breve.

—¿Es una tregua? —tradujo el galo.

—*Indutiae*[*] —confirmó César.

Senado de Roma
Unas semanas después de la segunda embajada germana

—César va más allá de lo razonable en sus acciones desde hace tiempo —continuaba Catón, encendido—. Su represión contra los vénetos ya fue brutal, ejecutando a todos sus líderes y aristócratas hasta no dejar uno vivo, vendiendo al resto de la población como esclavos sin atender a excepción alguna, más allá de una arbitraria liberación de dos galos, y ahora, con los germanos, ha actuado con una ferocidad desconocida en las legiones romanas. César se ha convertido en un animal, en un salvaje; qué digo en un salvaje, en una bestia sin control que todo lo destruye y masacra y aniquila, y eso, *patres et conscripti*, no es Roma. Roma es ley y orden, justicia y respuestas equilibradas a las agresiones recibidas, como también respeto a las treguas, respeto a las embajadas extranjeras y respeto a los pactos. ¿He de recordaros cuántas embajadas de amigos y enemigos se han recibido en Roma y cómo todas han sido respetadas pese a que sus mensajes pudieran ser inaceptables para nosotros? La guerra es guerra y es descarnada con frecuencia, pero Roma no hace la guerra sin ley. César, por el contrario, lo ha dejado claro estas semanas: ha perdido toda noción de los límites, y cabalga desbocado y conduce a nuestras legiones hacia una locura a la que intenta arrastrarnos a todos. Pero yo digo que esto ha de tener un punto final hoy, aquí mismo, y que este Senado ha de entregar a César a los germanos y que sean ellos los que lo juzguen por sus acciones contra ellos. El cónsul Cayo Hostilio Mancino, en los tiempos de la guerra de Numancia, viéndose rodeado por las tropas enemigas, alcanzó un

[*] Tregua.

acuerdo ignominioso con los numantinos para salvarse él y las tropas de una masacre segura. ¿He de recordaros que el Senado romano se negó, en aquellos tiempos de honra y gloria para Roma, a ratificar aquel pacto y que, en su lugar, lo que hizo fue enviar de regreso a Hispania a Mancino y entregarlo atado a los mismísimos numantinos para que éstos hicieran con él lo que estimaran mejor? ¡Pues tras las acciones de César, eso mismo tenemos que hacer con el hasta ahora procónsul de la Galia!

La Galia belga
Unas semanas antes

Los germanos se habían comprometido a una tregua mientras negociaban con los ubios establecerse en sus tierras, pero su caballería se movía por la Galia belga saqueando poblaciones para hacerse con víveres y suministros.

Las legiones avanzaban y, por delante, César envió la caballería gala de Dúmnorix, Diviciaco, Vercingetórix y otros aliados celtas para controlar los movimientos de los usípetes y los ténceteros. Con la orden de no entrar en combate. Si detectaban grupos de germanos, tenían que informar al procónsul, nunca entrar en combate.

La caballería germana de ofensiva, adelantada a los guerreros de infantería, y a las mujeres y niños y ancianos que estaban en la retaguardia de aquella migración, retornaba de saquear dos pequeñas aldeas belgas. Cabalgaban, como era costumbre, al trote, veloces, sin ni siquiera silla alguna, los jinetes directamente sobre la grupa de los animales.

Se cruzaron con una patrulla de la caballería gala.

Los germanos eran ochocientos. Los celtas apenas disponían en aquel contingente de quinientos jinetes encabezados por Dúmnorix.

Los germanos no se lo pensaron y, en lugar de retirarse de aquel lugar, arremetieron contra la caballería celta.

—¡Al ataque, por Taranis! —aulló Dúmnorix por pura inercia de defensa.

La contienda se inició mal para los galos, que caían derribados al verse rodeados por más de un germano. Dúmnorix sabía que había otros dos regimientos de caballería gala en la cercanía y que, si aguantaban un poco, pronto se verían asistidos por más guerreros, pero, fiel a su cobardía, nada más ver que los germanos se imponían con facilidad, dio la orden de retirada.

En la huida, los germanos se ensañaron y fueron derribando por la espalda a tantos galos como les fue posible.

César fue informado de lo ocurrido aquella misma tarde.

—Han roto la tregua —dijo el procónsul de Roma, cariacontecido, como el augur que vaticina el desastre tras consultar el vuelo de las aves.

Senado de Roma
Unas semanas después

—César, *patres et conscripti*, no es que haya perpetrado una atrocidad. Las guerras, me diréis, están repletas de atrocidades de toda condición. La cuestión es que César dio inicio a esta guerra de una forma justa, según todas las leyes por las que se rige el Estado romano. ¿Acaso no justificó hace pocos meses el propio César su guerra contra los vénetos porque éstos tomaron como prisioneros a nuestros legados enviados a negociar? ¿Y no nos pareció a todos aquello un claro *casus belli* que ciertamente justificaba una guerra?

Silencio sepulcral en el edificio del Senado.

Catón se paseaba mirando a un lado y a otro, satisfecho de sí mismo. Exultante, con esa sensación de éxito que da la victoria implacable, demoledora, incontestable sobre su archienemigo eterno.

—Y si nos consideramos tan justos, ¿hemos de permitir que alguien de entre nosotros, liderando uno de nuestros ejércitos, se comporte de la misma forma que consideramos inaceptable para otros pueblos? No. Ésa no es la Roma que yo conozco, no es la Roma de nuestros ancestros, no es la Roma en la que ninguno de nosotros quiere vivir. Esa Roma injusta, esa Roma que no cumple con otros lo que a otros exige no es nuestra Roma, sino la Roma de Cayo... Julio... César.

La Galia belga, tercera embajada germana
Unas semanas antes

Campamento general romano

Los germanos enviaron, de nuevo, embajadores y, como si fueran conscientes de que su terrible ataque contra la caballería gala contravenía la tregua pactada con César, y en previsión de encontrarse a un airado procónsul, poco proclive a las negociaciones, esta vez la embajada vino reforzada por varios jefes tribales de los usípetes y los téncteros.

César los recibió, pero esta vez, pese al viento frío que aún recorría la Galia belga, no lo hizo al abrigo de las gruesas telas de la tienda del *praetorium*, sino frente al puesto de mando, al aire libre, a la vista de todos sus oficiales.

Uno de los jefes, diferente al portavoz de las dos embajadas anteriores, tomó la palabra y habló con voz grave.

El intérprete tradujo en cuanto terminó su parlamento:

—El líder germano se disculpa por lo ocurrido con la caballería gala. Dice que los galos han sido enemigos eternos de su pueblo y que por eso es más difícil controlar a sus hombres para que no ataquen a los jinetes celtas. Dice que para ellos la tregua sigue en pie y que las negociaciones con los ubios están siendo positivas, y que espera poder retirarse al norte, pero...

El intérprete tragó saliva, aunque ya no fue necesario que terminara su traducción porque el procónsul lo hizo por él.

—Pero que necesitan más tiempo —apostilló César.

El traductor asintió.

César ya no respondió al nuevo embajador, sino que dio una orden a los tribunos militares que estaban alrededor del cónclave de oficiales:

—¡Arrestadlos a todos!

Los tribunos miraron a César algo sorprendidos, pero nadie cuestionó el mandato del procónsul y, al momento, los líderes germanos eran conducidos, custodiados por una centuria de legionarios, hacia un punto del campamento donde desarmarlos y retenerlos de modo permanente hasta nueva orden de César. Si es que ésta llegaba en algún momento.

—¿Dónde están los germanos? —preguntó entonces el procónsul.

—A unas pocas millas al norte —dijo Balbo—. Unas ocho millas.

—¿Tienen un campamento fortificado?

—No —respondió Labieno. Él y el oficial hispano habían estado recibiendo todos los informes sobre los movimientos del enemigo.

—Que todas las legiones avancen hacia ellos —ordenó César— y que a una milla de distancia de su campamento formen en *triplex acies*.

Todos los tribunos y los legados partieron a sus respectivas unidades para poner en marcha la operación de ataque masivo.

Labieno se quedó con César.

—Son decenas de miles de germanos —dijo—, ¿estás seguro de este ataque?

—Tenemos a gran parte de sus jefes retenidos —respondió César—. No sabrán organizarse. Si el ataque va mal, nos retiraremos, pero no creo que vaya mal.

Labieno asintió, pero le quedaba una duda.

—Sus jefes han venido como embajadores... Quizá no sea lo más correcto atacar sin permitirles regresar con los suyos.

—¿Fueron correctas sus masacres de nuestras guarniciones? —preguntó, entonces, César, enfurecido—. ¿Fue correcto el ataque de sus jinetes a la caballería gala aliada cuando habíamos pactado una tregua? Ellos la rompieron, Tito, no yo. No me considero responsable de las consecuencias de sus actos. Ellos se han traído sobre sí lo que sea que termine ocurriendo esta jornada. —Pero como viera aún la desaprobación en los ojos de su amigo, añadió—: Con cada embajada compran tiempo, y con cada día de más que les damos, más germanos cruzan el Rin en botes. Si, al menos, obraran con el respeto a la tregua, aún tendría miramientos, pero tras su ataque a la caballería gala, y recordando las guarniciones incendiadas y a nuestros legionarios muertos, ya no tengo ningún escrúpulo, Tito.

Labieno no dijo más. El avance de las legiones fue *magnis itineribus*. César quería coger totalmente desprevenido a un enemigo que ya había enviado dos embajadas más y cuyos emisarios siempre habían regresado. Hasta que no volvieran los jefes, nadie se movía del gigantesco campamento que acogía a miles y miles de germanos, guerreros, mujeres, ancianos y niños, repartidos en millares de tiendas por una enorme superficie de terreno en un gran valle próximo a la confluencia de los ríos Mosela y Rin.

—*Triplex acies!* —ordenó César, y las legiones formaron rápidamente en las tres líneas de combate, con las centurias dispuestas de modo que pudieran hacerse reemplazos entre unas líneas y otras según las órdenes de sus superiores.

Las legiones estaban preparadas.

Campamento general germano

Los primeros centinelas que divisaron el inmenso ejército romano tardaron demasiado tiempo en comprender lo que estaba pasando. Para cuando dieron la señal de alarma, la primera línea de las legiones romanas ya estaba accediendo a las tiendas germanas más alejadas del centro del campamento.

Los guerreros germanos fueron a por sus armas y empezaron a esgrimir hachas y espadas, pero no contaban con arqueros ni tampoco con ningún tipo de plan de defensa. Sencillamente, no esperaban que los romanos fueran a atacarlos, y menos con sus jefes negociando con el líder enemigo.

Para colmo de males, su caballería, su tropa más experimentada, estaba alejada en busca de comida, saqueando algunas poblaciones galas vecinas, eso sí, procurando evitar nuevos encuentros con la caballería enemiga. Pero ya era tarde para todas aquellas sutilezas.

El campamento germano vio cómo las legiones entraban por todas partes creando la devastación más absoluta.

Las mujeres y los niños emprendieron la huida corriendo hacia el río.

Los guerreros, aún en desorden, plantaban cara a las legiones romanas como podían.

Retaguardia del ejército romano

—Reemplazo —ordenó César—, que entre en combate la segunda línea.

Y las tubas romanas resonaron en el valle.

Campamento germano

Los guerreros usípetes y téncteros que aún luchaban se vieron totalmente sobrepasados por una segunda línea de legionarios que entraba fresca a un combate en el que ellos ya estaban extenuados, muchos heridos y todos desmoralizados por la sorpresa, lo inesperado y el desastre que presenciaban a su alrededor.

Muchos decidieron huir también hacia el río.

Retaguardia romana

—Que se detengan las legiones —ordenó, entonces, César.

Labieno suspiró aliviado, pero César no había terminado de hablar.

—Envía la caballería gala.

El segundo en el mando, una vez más en aquella campaña, dudó.

—Hay miles de mujeres y niños huyendo.

—Que sean los galos de Dúmnorix los que decidan. Manda la caballería gala —repitió César.

—La caballería germana mató a casi cien de los celtas en el ataque en el que rompieron la tregua —dijo Labieno—. Masacrarán a todos los germanos sin piedad alguna —insistió Labieno.

—Posiblemente, pero sólo así los germanos entenderán que la frontera es el Rin. Ellos, como acabas de recordar, rompieron la tregua.

Caballería gala

Los jinetes celtas, liderados por Dúmnorix, se lanzaron con la furia de la guerra y el ensañamiento de la venganza contra los germanos. Los caballos galos pasaron al galope por entre las cohortes romanas detenidas, que se hacían a un lado en maniobras perfectamente calculadas para dejar pasillos por los que podían avanzar los jinetes a toda velocidad.

Corrían como el viento, bestias y caballeros, impulsados por el odio, tal y como había apuntado Labieno y como, seguramente, tenía previsto César. Habían visto caer a muchos de los suyos en el ataque de los jinetes germanos y ahora pensaban tomarse cumplida satisfacción matando a todos cuantos pudieran, sin distinción de edad o género.

Germanos en huida

Los guerreros usípetes y téncteros cometieron su error final al arrojar sus hachas y espadas con el propósito de ir más ligeros y correr en dirección al Rin. Eso sólo facilitaba a los jinetes galos su labor de exterminio.

Por delante de los guerreros germanos, iban las mujeres y los niños en busca de los centenares de botes que tenían allí y con los que no habían dejado de cruzar el río miles de hombres más para unirse a aquella invasión de la Galia belga que, de pronto, se había vuelto totalmente en su contra.

Pero eran muchos los que huían. Miles. Demasiados.

Pese a los guerreros heridos o muertos, pese a los ancianos que habían quedado atrás a merced de la caballería enemiga, pese a los niños que, habiéndose soltado de las manos de sus madres, corrían despavoridos hacia los bosques, aun así, eran demasiados los que llegaron junto al Rin.

Hubo peleas por los botes. Entre hombres y hombres, entre mujeres y mujeres, entre unos y otros. No parecía haber misericordia entre ellos. Era el pánico absoluto de la huida.

Sólo el hecho de que la caballería gala parecía haberse tomado la labor de exterminio con cierta sistematicidad, intentando no dejar a nadie en pie tras ellos, les dio algo más de tiempo para organizarse, al fin, con algo más de orden en la subida a los botes.

Fue un alivio momentáneo.

Hasta que vieron que cada vez había menos barcas para todos y que los jinetes galos se aproximaban inexorablemente con sus espadas goteando sangre germana, insaciables, incontenibles, imparables en su venganza.

Dúmnorix nunca mostró más empeño en cargar contra el enemigo que en aquella jornada contra los usípetes y téncteros en su huida.

Entre los germanos retornó la locura y la lucha por acceder a los últimos botes.

La caballería enemiga se acercaba.

La última barca partió con decenas de hombres y mujeres y niños atestando su cubierta y otros tantos arracimados a su alrededor, agarrándose con las manos, con las uñas, rasgando las maderas de los costados del bote, intentando asirse a la barca que se alejaba de aquella orilla sur de un Rin que se estaba transformando en un río enrojecido por la muerte de tantos.

Aún quedaban miles de germanos en aquella ribera y los jinetes galos seguían avanzando hacia ellos. Los guerreros usípetes y téncteros echaron entonces en falta las armas que habían arrojado en la huida. Sólo tenían las manos para defenderse de las largas lanzas esgrimidas con fuerza desde lo alto y las espadas voraces y afiladas, empuñadas con la fortaleza de la inquina salvaje.

Su propia caballería no estaba a la vista. Los jinetes germanos habían huido nada más ver el avance al completo de las legiones de Roma y, sin líderes que pudieran darles órdenes, porque estaban arrestados por el procónsul enemigo, nadie supo poner algo de organización en medio de aquel desastre.

Algunos guerreros germanos opusieron resistencia con las manos, aferrándose a las lanzas de los galos o incluso a los filos de sus espadas, ensangrentándose los dedos al ser cortados por las armas enemigas, pero, pese a conseguir derribar a algunos jinetes, la mayoría caían desplomados por la inclemencia irrefrenable de las armas galas.

Todo en la ribera sur del Rin era sangre.

Al resto de hombres y mujeres y niños germanos, que veían a los botes ya alcanzando la otra orilla, no les quedaba más opción que la muerte entre las armas celtas o arrojarse al río e intentar cruzarlo a nado.

Pero el Rin, en aquel punto, donde confluía con el río Mosela, era, aquella primavera, turbulento y la fuerza de su corriente inmensa, con un flujo caudaloso imparable. Los germanos no sabían nadar en su mayoría y, pese al instinto de intentar mantenerse a flote, perecieron en cuanto dejaron de hacer pie en la ribera y fueron arrastrados por la corriente. Los más fuertes y que habían aprendido algunos rudimentos de natación, por haber vivido mucho tiempo junto al gran río, conseguían alcanzar su centro, pero, al final, todo su esfuerzo era en vano, pues la corriente allí era aún más fuerte y terminaban siendo propelidos por ella hacia el oeste, arrastrados irremediablemente hacia el remoto mar, y se hundían en aquellas oscuras aguas que se estaban tragando como un cíclope voraz los sueños de dos tribus enteras que habían buscado una vida mejor cruzando una frontera que, ahora sí, sucumbiendo entre las olas de aquel río infinito, comprendían que nunca debían haber cruzado.

Equivocaron el lugar, equivocaron el momento, perdieron su destino.

Senado romano
Unas semanas después

—Los jefes germanos arrestados, sin respetar César lo sagrado de una tregua y de una embajada que busca negociar, masacre de hombres, mujeres y niños sin distinción, exterminio de tribus enteras... Y todo a manos de unas legiones y de un procónsul que representa no a la Roma justa, gloriosa y valerosa, sino a un traidor a todas las leyes de la paz y de la guerra —resumió Catón con su poderosa voz.

Durante su discurso, Catón había ido desde el centro de la sala hacia el lado derecho y, poco a poco, varias decenas de senadores habían cruzado de un extremo a otro para situarse en su parte del Senado. Era la forma en la que los senadores votaban: posicionándose en el lado del senador que proponía una ley o un dictamen, o, como en aquel caso excepcional, la entrega de un procónsul de Roma al enemigo por sus acciones supuestamente injustificadas, según la explicación del propio Catón.

Aun así, frente a Catón, en el otro extremo de la sala, donde se encontraban los dos cónsules, Pompeyo y Craso, había todavía numerosos senadores que se mantenían fieles en su apoyo a los hombres del triunvirato, incluido el criticado y cuestionado César.

El largo y duro parlamento de Catón, su visión negativa de todo lo hecho por el procónsul de la Galia y la descripción de las atrocidades de la masacre final, en las que Catón se había recreado, provocaron que senadores que habitualmente secundaban las propuestas de los triunviros se pasaran al lado del extribuno de la plebe.

Los bandos estaban muy nivelados, algo extraño desde el pacto de los triunviros y la reciente renovación de su acuerdo en Luca.

Catón sabía que era el momento de reclamar una votación y que los últimos senadores indecisos tomaran partido decantándose por situarse en su lado o en el de Pompeyo y Craso y un ausente César.

Miró a Cicerón y éste asintió.

Catón iba a pedir la votación, pero, justo en ese instante, aprovechando su pausa para mirar a Cicerón, Marco Licinio Craso se levantó y, en calidad de cónsul del año en curso, recurrió a su derecho a intervenir.

—Imagino que el *clarissimus vir* Catón querrá demandar una votación sobre su más que estrambótica propuesta de entregar a todo un procónsul de Roma al enemigo, pero imagino también que el ilustre Catón se avendrá a aceptar que el criticado Cayo Julio César debe tener el derecho de exponer su propia versión de todo lo ocurrido hace unas semanas junto al Rin, ¿no es así?

La intervención de Craso cogió por sorpresa a Catón, pero rápidamente se sacudió la incomodidad de lo inesperado y replicó con cierto ingenio:

—¿Y cómo piensa defenderse un César que lleva años sin venir a Roma? ¿A gritos desde el Rin?

Algunos senadores, no muchos, le rieron la gracia. Entre ellos, Enobarbo, el candidato derrotado de los *optimates* para el consulado de aquel año, y algunos otros. Cicerón, no. Craso y Pompeyo, tampoco, ni ninguno de sus seguidores.

—No —respondió Craso y esgrimió en alto un papiro enrollado—. Por carta.

César había sido advertido por sus amigos en Roma de las intenciones de Catón de promover su destitución por lo ocurrido en el norte y César había remitido una explicación de sus acciones.

El rollo de papiro, enarbolado por Craso, hizo enmudecer las risas de los senadores y al propio Catón.

Nadie podía oponerse a que un procónsul acusado de atrocidades como las descritas por Catón se defendiera a través de una carta leída por otro senador, en este caso, además, uno de los cónsules del año, antes de proceder a una votación con respecto a su posible destitución. Y más aún cuando Catón había ido incluso más allá al reclamar no ya que César fuera depuesto de su *imperium* militar en la Galia, sino entregado a los propios germanos o, lo que era lo mismo, condenado a muerte a manos del enemigo.

Craso, con la aquiescencia tácita de todos los presentes, desenrolló el papiro y empezó a leer:

—«De César a Craso, desde la Galia belga: si el receptor de esta carta está haciendo una lectura pública de la misma es, sin duda, porque la información que he recibido sobre los deseos del senador Marco Porcio Catón de solicitar mi destitución como procónsul de Roma está siendo considerada en una sesión del sagrado Senado de Roma».

Craso se detuvo un instante y miró a su alrededor para ver cómo era bien recibido aquel saludo de César al Senado de Roma.

Satisfecho de que, por lo menos, ya ningún otro senador se alzaba y caminaba para ponerse del lado de Catón, ahora le quedaba por ver cuántos senadores conseguía que retornaran hasta su sector de la sala mientras leía la carta. Prosiguió:

—«Ante las acusaciones que Marco Porcio Catón pueda verter contra mi persona, me permito presentar una detallada descripción de los hechos que puedan estar siendo sometidos a valoración por el Senado. Estando yo aún en territorio de los vénetos, fui informado de cómo dos tribus germanas habían cruzado el Rin y atacado guarniciones romanas allí apostadas para vigilar la región. Consideré seriamente acudir de inmediato, pero la cautela y el consejo de mis legados se impuso y decidí esperar a que pasara el invierno para evitar una posible campaña militar durante los más gélidos meses del año en el norte. En la primavera me presenté en la Galia belga con intención de expulsar a los invasores germanos cuando éstos empezaron a remitir lo que ellos daban en denominar "embajadas". Quiero manifestar que estos mensajeros nada tienen que ver con los legítimos embajadores que un pueblo amigo o enemigo puede enviar para negociar cualquier asunto, sino que más bien se trataba de personas enviadas por los germanos con la única finalidad de ganar tiempo mientras, aprovechando la primavera, conseguían que más miembros de sus tribus cruzaran el Rin ampliando así el número de sus guerreros, por un lado, y de colonos, por otro. Aun así, pacté una tregua con sus enviados. Al poco tiempo, la caballería germana rompió esta tregua atacando la caballería gala aliada de Roma. Procedí, en consecuencia, a organizar un ataque general contra sus posiciones. Los germanos enviaron nuevos negociadores que no consideré embajadores, sino hombres que nuevamente sólo buscaban ganar más tiempo para reunir aún más guerreros en nuestra contra, de modo que procedí a su arresto y continué con las operaciones propias de un ataque de las legiones. La ofensiva fue un éxito militar por lo inesperado de nuestra reacción y por la incompetencia y desorganización germanas, de forma que, aunque nos superaban en número, pronto las legiones tomaron la iniciativa en el combate y los enemigos empezaron una huida con sus mujeres y niños. Detuve el avance de las legiones y ordené que la caballería gala terminara con la retirada germana, dándoles la posibilidad de vengar a sus compañeros muertos en lo que creo que fue una acción de interés para Roma al satisfacer los deseos de las tropas aliadas.

»Imagino que habrá quien plantee que este ataque final indiscriminado contra todos los enemigos fue atroz e inmisericorde, y que habrá quien en el Senado de Roma subraye el elevado número de víctimas de toda condición del enemigo, pero yo me pregunto: y esos senadores que así hablen de lo que aquí aconteció, ¿recuerdan acaso los nombres de cada uno de los legionarios que cayeron abatidos en las guarniciones destruidas por los germanos en su invasión al cruzar el Rin? ¿Recuerdan acaso Catón y los senadores que lo apoyen las innumerables víctimas romanas causadas por la invasión germana de hace unos decenios protagonizada por los teutones, ambrones y cimbrios que sólo mi tío Cayo Mario fue capaz de detener tras dos años de esforzados trabajos en la batalla de Aquae Sextiae?».

Craso no pudo evitar sonreírse al ver cómo César aprovechaba la ocasión para que el nombre de su tío, contra quien el Senado en su momento emitió un *senatus consultum ultimum* de sentencia de muerte, resonara de nuevo en las paredes de aquella sala que otrora lo condenara cuando había llegado a aceptarlo como cónsul hasta en siete ocasiones. Pero continuó la lectura:

—«Los germanos han atacado Roma o tribus aliadas de Roma en múltiples ocasiones, y en todas estas batallas han caído una infinidad de legionarios romanos. Los galos, a los que estoy sometiendo al control de Roma, hicieron lo mismo en el pasado, ya fueran ellos por sí mismos o uniéndose a los peores enemigos de Roma en sus ataques a la República, como cuando se aliaron con Aníbal. Y yo pregunto: ¿dónde queremos que Roma libre sus batallas contra galos o germanos? ¿En los confines del mundo, como supone el Rin, o en las puertas de Italia o en las cercanías de la misma Roma? Sí, estas semanas ha muerto una cantidad casi incontable de germanos, pero de este modo nos garantizamos salvar la vida de un igualmente incontable número de legionarios romanos, que no se verán obligados a luchar contra otras tribus germanas porque, simplemente, éstas no se atreverán a cruzar el Rin de nuevo. Yo me pregunto, pues: ¿qué es más útil para los ciudadanos de Roma? ¿La frontera en las cercanías de Italia o una frontera militar segura en la orilla del Rin, a miles de millas de distancia de las calles de Roma? Lo que he hecho puede haber sido atroz, pero ni menos atroz que los ataques de los propios germanos contra nuestras guarniciones desprevenidas en su invasión, ni innecesario para proteger nuestra nueva frontera. Roma ya ha sido inclemente en el pasado. Implacable. Demoledora. ¿Acaso no redujo Escipión Emiliano a escombros la legendaria Cartago, que tantas veces atacó a Roma, y hasta incendió sus destruidas calles durante días para que nada vivo pudiera sobrevivir allí?* ¿No fue eso atroz para con el enemigo? ¿Pero no fue, al mismo tiempo, necesario para la seguridad de Roma? Del mismo modo, el ataque a los usípetes y téncteros habrá sido brutal para el enemigo, pero también más que necesario para asegurarnos que ningún germano volverá a cruzar el Rin en decenios. (Sugiero una pausa aquí)».

Craso hizo caso a la anotación de César y calló de nuevo unos instantes. Había leído la carta previamente varias veces y comprendía el sentido de aquel silencio retórico. César iba a pasar de lo general a lo personal. La pausa le permitió observar cómo, tras aquellas argumentaciones de su colega en el triunvirato, muchos *pedarii*, senadores que no intervenían sino que sólo votaban, se pasaban del lado de Catón a la zona de la sala en la que estaban sentados los senadores más fieles a él mismo, al propio César y a Pompeyo.

Craso reinició la lectura:

—«No me parecía justo terminar mi argumentación sin prestar adecuada atención al senador que se ha tomado el tiempo y la dedicación para verter sobre mí la acusación de procónsul ilegítimo, violento y, muy posiblemente, loco o cualquier otro término que haya deseado elegir. Dos cosas sobre Catón: en primer lugar, mucho insistir sobre mi violencia en la guerra, pero ¿hemos olvidado, como está escrito, que el

* La popular versión de que se vertiera sal, si bien era una práctica hasta cierto punto no desconocida en ciudades enemigas destruidas del mundo antiguo, no está confirmada si vamos a las fuentes clásicas latinas. Véase: R. T. Ridley, «To be Taken with a Pinch of Salt: The Destruction of Carthage», *Classical Philology*, vol. 81, n.º 2 (abril de 1986), pp. 140-146.

propio Catón el Viejo, antepasado de nuestro Catón de hoy, se jactaba de haber destruido una ciudad hispana por cada día que pasó en lo que ahora son provincias romanas? O bien su violencia fue inapropiada también, o bien, si la consideramos pertinente en el proceso de conquista de aquellos territorios, del mismo modo se me tendrá que evaluar a mí y no de manera distinta. ¿O acaso los Porcio Catón tienen más derecho que el resto de los senadores?».

Murmullos.

Craso levantó la mirada, pero no se distrajo y volvió sus ojos velozmente al papiro y continuó leyendo. Sabía que aún faltaba lo mejor, lo más hiriente.

—«Y, finalmente, ¿no han pensado los *patres et conscripti* que el senador Catón pueda estar motivado en sus acusaciones hacia mi persona más por animosidad personal, por hechos privados acaecidos en el pasado reciente en este mismo Senado, que por defender los derechos de una Roma justa?».

Algunas carcajadas estallaron entre los senadores fieles a Craso y Pompeyo ante esa velada referencia por parte de César a que Catón actuara aún movido por el rencor de saber que César se acostaba con su hermanastra Servilia y porque lo forzara a dar lectura en aquella misma sala de una carta de amor de ella. Catón pensó que era un mensaje de Catilina para el propio César y quedó en el más absoluto de los ridículos.

Si ya se habían pasado muchos senadores del lado de Catón al de Pompeyo y Craso, con aquella burla, aún lo hicieron bastantes más. También, en honor a la verdad, persuadidos muchos de ellos por la referencia a las campañas violentas de Catón el Viejo en la Hispania celtíbera, que en otros tiempos el propio Senado aceptó como necesarias.

Entre argumentos y contraataques personales, el número de senadores que estaba ahora del lado de Craso era abrumadoramente mayoritario. Craso, en calidad de cónsul, dio término a la lectura de la carta de César y solicitó que se formalizara una votación sobre la propuesta de Catón.

La solicitud del extribuno de la plebe fue desestimada por los senadores.

Catón, aún rojo por la ira, no ya por verse derrotado una vez más por César, y ahora por carta, sino porque el triunviro había recordado aquel triste episodio de la misiva de su hermanastra leída ante los *patres et conscripti* en la que ella le declaraba su amor a César, exigió una segunda votación.

—Propongo que, al menos, el Senado acepte constituir una comisión de senadores que investigue de forma imparcial lo que ha ocurrido en la frontera del Rin.

Hubo más murmullos.

Craso y Pompeyo se miraron entre sí. El segundo asintió.

Esta segunda votación fue aceptada en medio de un consenso general.

Calles de Roma

De regreso a su residencia, Catón intentaba sacar pecho por lo que no había sido sino una derrota total.

—Con esa comisión podré mantener el asunto en boca de todos —comentó aún exaltado, como si todavía estuviera en medio de la sala del Senado.

Cicerón, que lo acompañaba, se limitó a negar con la cabeza mientras le respondía con sobriedad:

—Esa comisión, si es que llega a constituirse, no resolverá nada, amigo mío. Las comisiones del Senado nunca han resuelto nada en el pasado, no resuelven nada en el presente y no resolverán nada en el futuro. Crear una comisión en el Senado es la mejor forma de que un asunto quede olvidado *in aeternum*. Y, por cierto —continuó el veterano orador—, comparar las acciones de César con las de Mancino en Numancia no tenía ningún sentido y no creo que te ayudara a obtener apoyo alguno a tu propuesta. Y más aún cuando pasaste, por cierto sin consultarme, de pedir la destitución de César a que fuera entregado al enemigo. Algo que sólo hemos hecho en aquella remota ocasión.

—¿Y por qué no son comparables ambas situaciones?

Cicerón lo miró, sorprendido de que su amigo no viera la diferencia.

—Porque Mancino pactó con los celtíberos tras una derrota, mientras que César sólo ha conseguido victorias para Roma. Una tras otra. ¿En qué cabeza cabe que Roma entregue al enemigo a uno de sus procónsules más victoriosos? A un derrotado que se humilla y que humilla a Roma ante el enemigo, puede, pero ¿a un líder romano vencedor en todas las batallas? Jamás. Has de escoger mejor tus comparaciones o, al menos, te sugiero que, de aquí en adelante, me consultes. Con César, en particular, pierdes perspectiva. Además, ¿eres consciente de que en tu última propuesta, la de la comisión que tanto te gusta, has asumido los términos de César?

Catón estaba confuso.

—¿Qué términos? ¿Qué he dicho?

—Has dicho que querías una comisión para investigar lo que ha pasado en «la frontera del Rin». Ese concepto del Rin como frontera es de César. Amigo mío, hay que tener cuidado con las palabras, mucho cuidado. César está construyendo un nuevo mundo, le pone nombres y tú se los vas aceptando... sin darte cuenta.

Catón dejó pasar un silencio mientras cruzaban el resto del foro de regreso a sus casas y mientras digería las duras pero sinceras palabras de su mentor político.

—¿Y qué sabemos de César últimamente? —indagó Catón cuando ya salían por la Vía Sacra.

—Está construyendo un puente sobre el Rin —respondió Cicerón—. Eso me escribe mi hermano Quinto.

Cicerón hablaba de las inesperadas acciones de César en la Galia como si ya nada de aquel hombre pudiera sorprenderlo.

—¿Va a adentrarse en Germania? —la voz de Catón dejó entrever su desconcierto.

—Eso parece.

—Quizá los germanos se venguen al norte del Rin de lo que César les ha hecho al sur —apuntó Catón con ciertas esperanzas renovadas en los acontecimientos del futuro próximo.

—Es posible —aceptó Cicerón—. Paradójicamente, los germanos que tantas veces nos han atemorizado con sus invasiones son, ahora mismo, nuestros grandes aliados políticos. —Y se volvió hacia Catón con una sonrisa cargada de dobleces—. Mucho mejores que una comisión del Senado y, muy posiblemente, poco proclives a asumir lo del Rin como frontera.

LIX

Un puente sobre el Rin

Confluencia de los ríos Mosela y Rin
Límite entre la Galia y Germania
Primavera del 55 a. C.

Tras derrotar por completo a los germanos, César estableció su nuevo campamento general junto a la ribera del Rin. Al unirse en aquel punto con el Mosela, la fuerza del agua allí era enorme, pero aquél había sido el lugar por donde los usípetes y los téncteros habían cruzado el gran río germano con sus innumerables botes, que aún podían verse, ya vacíos en la orilla norte, abandonados por los germanos en su huida. Era como un inmenso ejército de embarcaciones olvidadas. Un testimonio del enorme gentío que había estado cruzando aquel río apenas hacía unos días, pero un testigo mudo que parecía querer callar y silenciar el pasado.

César miraba desde la orilla sur hacia aquella armada naval abandonada por sus creadores.

—No creo que ninguna tribu germana vuelva a cruzar hacia el sur —dijo Labieno—. No después de lo que ha pasado con los usípetes y los téncteros. No creo que ningún otro pueblo germano lo vuelva a intentar, ni los ubios del norte ni los suevos del noreste.

—Yo no estoy tan seguro de ello —replicó César.

—No hay modo alguno de estar plenamente seguros de algo, y menos en estos territorios remotos —opuso Labieno, que intuía que su amigo no se había olvidado de algo que sugiriera ya meses atrás—. ¿Sigues pensando en que crucemos el Rin?

César, sin dejar de mirar las aguas del caudaloso río, exuberante de potencia y fuerza, rebosante de turbulencia y energía, asintió en silencio.

—Crees que sólo si les demostramos a los germanos que somos capaces de cruzar el Rin cuando lo deseemos, se lo pensarán mucho más antes de emprender una nueva invasión hacia el sur, ¿no es eso?

—Exacto, por Hércules —replicó César girándose hacia su segundo en el mando—, eso es precisamente lo que creo. ¿Puedes compartir esa visión?

Labieno había estado en contra de la masacre de los usípetes y los téncteros, pero sí que comprendía aquel punto de vista, sólo que consideraba aquel desafío una tarea descomunal y peligrosa.

—Es arriesgado, pero sentido tiene —aceptó Labieno—. ¿Quieres que ordene construir barcas?

—¡Procónsul! —los interrumpió un centurión.

Los dos hombres se volvieron hacia el oficial y éste se explicó:

—Me envía Balbo, procónsul: han llegado mensajeros de los ubios y se ofrecen a traer todas las embarcaciones que los usípetes y téncteros abandonaron en su huida al norte y a proporcionarnos más botes, si es preciso, por si deseamos cruzar el Rin y seguir la persecución.

Labieno sonrió.

—Por Júpiter, después de todo puede ser que no sea necesario construir botes ni balsas. Ésta es una gran noticia. ¿Vamos a recibir a esos mensajeros?

Pero César hizo un gesto de negativa con la cabeza, leve pero inconfundible en su determinación.

—No, Tito. —Y se dirigió al centurión—: Retorna donde los ubios y que los intérpretes les digan que el procónsul de Roma agradece su ofrecimiento y que lo tendrá presente como una muestra de amistad de los ubios, pero que un procónsul de Roma no cruza el Rin en un bote.

El centurión abrió enormemente los ojos, pero no dijo nada y se limitó a partir para transmitir el mensaje del jefe supremo del ejército.

—¿Y cómo cruza un procónsul de Roma el Rin? —Labieno sí que mostró su sorpresa con las palabras de su amigo y con el hecho de que desestimara la ayuda de los ubios—. ¿No pretenderás construir un puente? ¿No sobre este río?

—Construimos más de un puente en la campaña contra los helvecios —se defendió César para apoyar su idea.

—Pero aquéllos eran otros ríos, de menor caudal. El Rin es casi un mar. Y turbulento. Nadie puede construir un puente sobre este río. Al menos, no lo veo posible en un corto espacio de tiempo y, si se tardan meses, llegará el invierno y...

—¿Cómo se llamaba aquel joven ingeniero que ya se mostró útil en la construcción de los otros puentes? —lo interrumpió César sin dejarle exponer a su amigo todos los inconvenientes que estaba planteando.

—Vitruvio, creo —respondió Labieno, viendo ahí una posibilidad de que César se replanteara su absurda idea: seguramente sería el propio ingeniero quien le hiciera ver a César la imposibilidad de tal obra.

El joven ingeniero fue convocado ante ellos de inmediato.

—El procónsul quería verme —dijo un atribulado Vitruvio. Estar ante el procónsul siempre imponía respeto y hasta infundía cierto temor.

—Sí —confirmó César—. Necesitamos otro puente.

El joven ingeniero entreabrió la boca y se quedó mirando al inmenso Rin, que fluía apenas a unos cien pasos de donde hablaban. Y no cerró la boca.

—¿Aquí? —preguntó Vitruvio mostrando, como antes había hecho Labieno, su incredulidad ante lo que se le estaba sugiriendo hacer. Aunque, y esto preocupaba más al joven ingeniero, el procónsul no solía sugerir, sino más bien exigir.

—Aquí o en las proximidades, pero no lejos de este punto. Es esencial que sea cerca del mismo lugar que han empleado los germanos —precisó César—. Es una cuestión de principios. Si ellos lo hicieron aquí, nosotros también, pero a nuestra manera.

El joven ingeniero empezó a hablar, pero, en verdad, sólo pensaba en voz alta mientras miraba al río.

—Es muy ancho y caudaloso... Quizá haya algún lugar cercano algo más estrecho, pero si es menos ancho tendrá que ser más profundo, pues de un modo u otro ha de pasar el mismo caudal de agua. Y la profundidad es un enemigo para clavar los pilotes... Necesitáremos pilotes muy largos y clavarlos en medio de esas aguas turbulentas... Tendría que construir unos martinetes gigantes, como no se han hecho nunca...

César no terminaba de seguir todos los detalles y tenía ganas de retirarse y leer diferentes informes y escribir varias cartas, una para su hija, para seguir al corriente de su mejoría, y otra, muy especial, para uno de sus oficiales en la costa atlántica...

—Haz lo que tengas que hacer —dijo César y, como si sólo hablara de un matiz, de un mínimo detalle, añadió—: Tienes diez días.

—¿Diez días? —Vitruvio retornó de su ensimismamiento técnico de golpe—. ¿Diez días para diseñar el proyecto o para construir el puente?

—Para construir el puente, por supuesto —certificó César.

Labieno negaba con la cabeza, pero sin intervenir. El ingeniero empezaba, por fin, a hacer lo que él había esperado que hiciera desde un principio, antes de perderse en ensoñaciones fantásticas sobre puentes irrealizables.

—Pero..., pero... procónsul, ¡eso es del todo imposible! ¡Por Júpiter, necesitaría disponer de todas las legiones trabajando sólo para la construcción del puente y aun así...!

—Dispones de ocho legiones, todas, para construir el puente. Todos los hombres que necesites para lo que precises. —Y César se volvió hacia Balbo, que se acercaba al lugar—. Lucio, dile a Mamurra, el nuevo *praefectus fabrum*, que venga de inmediato.

Mamurra se presentó veloz a la llamada de César.

El procónsul le dio sus instrucciones con concreción matemática.

—Quiero que Vitruvio disponga de todos los hombres para la construcción de un puente sobre el Rin, y que disponga también de todos los materiales que solicite, ¿me has entendido? Todo lo que pida el ingeniero ha de tenerlo y rápido. —Y se le acercó hasta hablarle al oído—: Ayuda al ingeniero a que ese puente sea una realidad en diez días y te colmaré de oro. Fracasa y la pérdida de tu puesto de *praefectus fabrum* será sólo el principio de tus problemas.

César sabía que Mamurra se movía por incentivos o por temor, o por ambas cosas al tiempo. Con Vitruvio el asunto era diferente: viéndolo con sus ojos calculando la profundidad del río, sabía que lo único que lo azuzaba ya era el desafío mismo de construir lo que nunca antes se había hecho.

César observaba a Labieno con los hombros caídos. Se le acercó y, simplemente, le puso la mano en el hombro mientras se despedía con afecto de él, camino del *praetorium* a atender su correo. Una de las condiciones del buen líder es saber que a cada hombre se le manda de un modo diferente, que cada oficial respeta rasgos distintos del jefe supremo y que la auténtica autoridad posee mil rostros distintos que han de variar según el momento, el lugar y las personas que se gobierne.

Junto al río, Mamurra le preguntó a un todavía perplejo Vitruvio:

—¿Qué necesitas?

El ingeniero no lo dudó.

—Madera, mucha madera. De robles o alisos, si es posible, que son los más resistentes al agua, pero también de cualquier otro árbol, pues hay que construir además grúas y martinetes, y éstos pueden ser de otras maderas menos resistentes. También clavos... y sogas, sí, usaremos también sogas para atar algunas vigas a los pilotes, no sólo clavos, un sistema de doble seguridad. —Y, de pronto, con aire distraído, continuó hablando, de nuevo, pero como si fuera para sí mismo—: Pero... ¿cómo llevar los martinetes gigantes al medio del río?

Y se alejó del grupo en dirección al río.

—¿Alguien sabe qué es un martinete? —preguntó Mamurra mirando a Balbo y Labieno. Los dos oficiales se encogieron de hombros.

Mamurra tenía muchas más preguntas, pero también mucha prisa, así que decidió comenzar a organizar cohortes enteras de legionarios que empezaran a reunir tanta madera como fuera posible y, una vez que esos trabajos ya estuvieran en marcha, iría a interrogar al ingeniero para tener más claro qué otros suministros podía precisar y que le explicara qué narices era un martinete.

Labieno y Balbo lo observaban todo entre impresionados e incrédulos.

—Todos le hacen caso —dijo Balbo, que seguía sin dar crédito a lo que acababa de oír, y le preguntó a Labieno buscando confirmación de lo que ya era, por otra parte, evidente—: ¿De verdad ha pedido César que construyamos un puente sobre el Rin? Eso es imposible.

Labieno levantó las cejas al responder:

—Yo, desde que estoy con César, hace tiempo que no tengo claro lo que es posible o imposible.

Praetorium

César había dictado sus cartas personales, primero para su madre, luego para Calpurnia, a quien le agradecía sinceramente sus cuidados a Aurelia y también a Julia, y finalmente a su propia hija, deseándole un rápido y total restablecimiento de su salud y su fortaleza.

—Ahora apunta —le dijo el procónsul al escriba—: De César a Cayo Voluseno...

Junto al Rin

Vitruvio repitió su técnica, empleada anteriormente en el río Arar, de clavar los pilotes en el lecho del río en oblicuo para que unos estuvieran inclinados a favor de la corriente y otros en contra. De este modo, al unir cada pareja de pilotes con una viga transversal, conseguía una estructura trapezoidal de apoyo para el puente. La forma en trapecio de los pilotes de soporte de toda la estructura del puente la hacía infinitamente más resistente que si los hubiera clavado de forma vertical.

Pero el Rin presentaba más desafíos: era más caudaloso y más profundo. Los legionarios, bajo la supervisión de Mamurra, habían conseguido troncos lo bastante largos como para ser clavados en lo más hondo del lecho del río, pero, aunque por longitud emergían por encima de las aguas para soportar las vigas del puente, no eran suficientes los mazazos que diferentes legionarios pudieran dar al pilote desde la superficie para clavarlos en la profundidad del cauce. Era necesario aplicar una fuerza muy superior para hundir aquellos pilotes tan largos y robustos en diagonal en el hondo lecho del Rin.

Por eso Vitruvio hizo construir unos martinetes gigantes: se trataba de unos ingenios mecánicos de madera que permitirían descargar ciclópeos mazazos en los extremos de los pilotes que emergían por encima de la superficie para poder hundirlos firmemente en el lecho del río. Eran grandes torres de madera, en forma de pirámides flotantes, puestas sobre dos barcazas. De la punta de la pirámide de madera pendía un gran sillar de piedra que ascendía por la fuerza de una gran rueda que ejercía de polea. El sillar de piedra debía actuar como un inmenso martillo. Una vez que con las cuerdas y poleas se había conseguido posicionar el sillar de piedra en lo alto de la estructura piramidal de madera, se soltaban las cuerdas y el gran mazo caía a plomo como un enorme martillo sobre la punta roma del pilote que se deseaba clavar en la tierra, descargando un golpe más propio de un dios que proveniente de humanos, hundiendo el pilote en el lecho del río.

Aun así, pese a estas monumentales máquinas de construcción, se presentó otro problema: los martinetes gigantes golpeaban, en efecto, con tanta fortaleza la parte roma de los pilotes emergentes del río que, con frecuencia, destruían la madera en pedazos a los dos o tres impactos y el pilote quedaba inservible, teniendo que reiniciarse toda la operación con otro tronco. Se precisaban de, al menos, diez poderosos impactos de cada martinete para que cada pilote quedara bien hundido en el lecho del río. Vitruvio se encontró ante un nuevo desafío. Además, no había tantos pilotes largos como para permitirse el lujo de ir rompiéndolos a mazazos.

—Llamad a los herreros —demandó, entonces, Vitruvio al tercer día de trabajos, tras varios pilotes largos deslomados por los martinetes gigantes.

Mamurra se ocupó personalmente de que varias decenas de herreros de todas las legiones se congregaran junto al lugar de la construcción del puente para recibir las instrucciones del ingeniero.

Vitruvio les explicó el problema y les pidió que forjaran remaches de hierro en forma de tapas para colocarlos en los extremos de cada pilote largo, de modo que cuando el enorme peso del martinete descargara sobre el pilote para clavarlo en el lecho del río, no diera directamente sobre la madera, sino sobre el resistente remache de hierro. De este modo, los martinetes podían golpear con saña sobre los pilotes protegidos con hierro hasta que quedaran firmemente clavados en la tierra del río.

Luego se dispusieron vigas transversales entre los pilotes inclinados y, por encima, cruzados sobre estas vigas, se clavaron paneles de madera que conectaban cada línea de pilotes, generando así la primera superficie del puente. Pero el ingeniero no estaba satisfecho y, sobre estas láminas, Vitruvio hizo clavar una segunda capa de maderas, nuevamente transversales, sobre las que caminarían los soldados que cruzaran el puente o sobre la que se deslizarían las ruedas de los carros de transporte. De este modo, el suelo del puente tenía dos superficies superpuestas, de manera que, si una madera suelta se rompía, aún quedara una segunda por debajo. Esto permitiría, revisando a diario la estructura, reemplazar cualquier lámina rota o echada a perder, antes de que quedara cualquier tipo de agujero en la estructura.

Vitruvio tomó aún una medida adicional para asegurar la estabilidad del puente en caso de posibles crecidas del Rin o de que el río arrastrara ramas o árboles enteros que se desprendieran de las riberas: frente a cada línea de pilotes, clavó más pilotes, uno adelantado a otros dos, formando una uve, y los tres unidos por más maderas, a modo de puntas de flecha, que, en caso de que sobre ellos se viniera cualquier gran matorral o rama o incluso árbol, en lugar de chocar contra los pilotes del puente, se estrellara primero contra estas grandes protecciones en uve y, seguidamente, fueran desviados a los vanos del puente para que se deslizaran por debajo de éste sin golpear ninguno de los soportes de la estructura. De este modo, la seguridad de todo el puente frente a avenidas o cualquier objeto que pudiera descender por el río estaba garantizada.

Los trabajos no se detuvieron en ningún momento, ni por la lluvia constante que lo empapaba todo ni siquiera por la llegada de la noche: miles de hogueras iluminaban a los legionarios que, como espectros al lado de la laguna Estigia, laboraban sin descanso reuniendo y preparando los materiales que cada amanecer, con los primeros rayos de Apolo, serían conducidos al centro del río.

Al undécimo día, un exhausto Vitruvio, que apenas había descansado algunas horas perdidas cada noche de las últimas diez jornadas, y un exultante Mamurra se presentaron en la tienda del *praetorium* mientras César desayunaba sus gachas de trigo y algo de queso, el mismo alimento que estarían consumiendo sus miles de legionarios en aquel instante.

—El puente está terminado —anunció Mamurra, hurtándole el momento de gloria al joven ingeniero, que de ingeniería y arquitectura sabía más que nadie, pero que a la hora de deslumbrar con su magno trabajo al procónsul parecía no estar tan atento.

César, Labieno, Balbo, Décimo, Quinto Tulio Cicerón y otros legados y oficiales descendieron desde el *praetorium* hasta la ribera del río.

El espectáculo era majestuoso: sobre el Rin, un imponente puente de madera se extendía de un extremo a otro, alzado sobre una larga hilera de pilotes inclinados, con otros pilotes adelantados al puente para protegerlo de los embates de la corriente. Recto, firme, sereno, ingrávido, imposible pero real.

—Has cumplido, Mamurra —dijo César sin dejar de mirar en ningún momento hacia el puente—. Y yo cumpliré mi palabra contigo y tendrás lo que te prometí. —Y se adelantó y empezó a descender hacia la gran estructura de madera, pero se detuvo un instante y reclamó que lo acompañara una persona de entre todos los presentes—: Vitruvio, sígueme.

El joven ingeniero se adelantó a todos los oficiales, quienes, no faltos de admiración ante lo que aquel joven acababa de conseguir, se hacían a un lado para cederle el paso y permitirle que alcanzara al procónsul, quien, a buen paso, había retomado su descenso hacia el extremo sur del puente.

—¿Resistirá el paso de las legiones? —preguntó César.

—Resistirá, procónsul —respondió Vitruvio en cuanto estuvo a la altura de César.

—¿Y el paso de los carros?

—Resistirá. —Y mostró un papiro en el que había unos dibujos del puente y unos cálculos matemáticos—. Aunque recomendaría empezar con las legiones y luego que los transportes pasen en pequeños grupos de tres o cuatro carros, no todos a la vez, hasta confirmar la resistencia del puente.

César no se mostró molesto por aquella advertencia del ingeniero. La obra era asombrosa y el aviso, una indicación de prudencia por parte de alguien que, sin duda, sabía mucho más que él sobre estructuras. Ya era impresionante que hubiera cumplido el plazo de diez días que él sólo había dado para meter presión y que la obra se acabara antes de un mes.

—¿Quieres ser el primero en cruzar, junto conmigo? —lo invitó César.

—Será un honor —respondió el ingeniero, sorprendido de que

el procónsul le hiciera aquel reconocimiento delante de todos los oficiales.

—Las guerras se ganan muchas veces no sólo por la fuerza de las armas, Vitruvio, sino, con frecuencia, por obras de ingeniería como ésta —dijo César, y empezaron a andar por encima de las vigas del puente.

Ambos podían sentir un ligero vibrar, pero muy pequeño. La vibración, no obstante, se incrementó al ir llenándose el puente con el séquito del resto de oficiales, primero, y, luego, de varias centurias que, a modo de escolta, y por orden directa de Labieno, iniciaron el cruce del río tras César, el ingeniero y el alto mando. Por nada del mundo iba a permitir Labieno que el procónsul se encontrara, de pronto, al norte del Rin sin estar protegido por un buen número de legionarios. No se veía más que bosque en la otra ribera, pero de entre los árboles podía emerger siempre la peor de las emboscadas.

La vibración aumentó en el centro del puente, pero nada que hiciera sentir que la estructura pudiera ceder.

—Es impactante —dijo César, entusiasmado por aquella obra, y se detuvo en medio del puente, se apoyó en la barandilla y se quedó mirando hacia el río.

Vitruvio lo imitó, dejó de caminar y permaneció junto al procónsul de Roma.

El Rin, como una serpiente infinita de agua eterna, fluía bajo sus pies poderoso, impetuoso, pero incapaz de derribarlos, situados ellos sobre aquel puente que parecía haber estado allí no desde hacía unos días, sino desde siempre, como esperando el cruce de las legiones romanas desde algún tiempo remoto y legendario. Una ligera niebla agudizaba la sensación de irrealidad, de ensueño, de magia.

César miró, entonces, un instante a Vitruvio con un asombro que pocas veces mostró en toda su vida.

—Eres un hombre especial —le dijo, y lo repitió—: Un hombre especial. No creas que no te valoro en lo que mereces. Cualquier cosa que necesites, para el día a día aquí en campaña o para cualquier familiar o amigo, sólo tienes que indicárselo a Labieno o Balbo o a cualquiera de mis oficiales y decir que es petición tuya. ¿Me entiendes?

—Sí, procónsul.

—Bien, eso está bien, por Hércules —concluyó César y reinició la marcha, y tras ellos el resto del alto mando y las cohortes de escolta.

Llegaron al final del puente y Cayo Julio César, despacio, descendió de la estructura hasta poner, por primera vez en la historia, un pie romano en Germania.

Tierra de los ubios
Al norte del Rin
Una semana después

Después de haber cruzado el río y pese a haberse adentrado unas cuantas decenas de millas en tierras germanas, las legiones de Roma no encontraron a nadie.

La única excepción fueron algunos enviados más de los ubios explicando que César era bienvenido y que esperaban que el líder romano respetara sus tierras, y como prueba de amistad le hicieron llegar a varios jóvenes hijos de aristócratas de su pueblo como posibles rehenes, cuya custodia por parte de los romanos certificara su amistad con Roma.

César ratificó su respeto hacia los ubios y evitó adentrarse en su territorio. Por otro lado, de los usípetes y ténceros huidos no encontró rastro. Era como si la tierra se los hubiera tragado.

—Puede que hayan ido hacia el territorio de los suevos, de quienes huyeron en un principio, visto que pueden ser menos terribles que nosotros —sugirió Labieno.

—Es posible —aceptó César y dio orden de dirigirse hacia el territorio suevo.

Pasaron varios días más y tampoco encontraron a ningún guerrero de aquel pueblo.

Era como si todos los germanos, con la masacre de los usípetes y los ténceros, sabedores de que el responsable había cruzado el Rin por un imponente puente, hubieran decidido retirarse hacia el norte, alejándose de aquel enemigo tan formidable como terrible contra el que ningún germano quería ya enfrentarse: había detenido ya dos invasiones germanas. No le quedaban ganas a ningún otro pueblo del norte del Rin de probar suerte contra César ni, como hubieran deseado Cicerón y Catón, de investigar nada de lo ocurrido al sur del Rin. Era como si los germanos hubieran tomado la firme determinación de delegar en los propios romanos la resolución de todo lo relacionado con Cayo Julio César.

—Nos retiramos —dijo, al fin, César.

Y así, tras dieciocho días exactos recorriendo una Germania vacía de enemigos, el procónsul de Roma cruzó, de nuevo, su puente sobre el Rin y regresó al sur del gran río.

César, nada más poner pie en la orilla sur del Rin, convocó de nuevo a Vitruvio.

El ingeniero se presentó exultante. La silueta del puente sobre el río germano era tan impresionante..., y lo había hecho él. Era su obra maestra. Nunca haría nada mejor.

—Te he hecho llamar porque voy a pedirte algo más difícil aún que levantar este magnífico puente —le anunció César.

Vitruvio lo miró con ojos de abierta incredulidad.

—¿Qué necesita el procónsul? —se aprestó a preguntar, no obstante, el ingeniero—. Construiré lo que sea necesario.

Vitruvio, en verdad, se sentía capaz de todo.

—No se trata de construir nada —le comentó César.

—¿No se trata de construir...? —Vitruvio frunció el ceño, confuso.

César, muy serio, dirigió su mirada hacia el puente.

—No podemos dejarlo ahí —dijo el procónsul.

El joven ingeniero se apoyó con la mano en un árbol que estaba junto a ambos. Era un roble que el propio Vitruvio ordenó no talar porque desde ahí se divisaban bien las obras y el denso follaje del árbol protegía de la lluvia.

César querría haber consolado más a aquel joven ingeniero que tan bien le servía en aquellas campañas, pero qué se le dice a alguien a quien, prácticamente, se le estaba pidiendo una especie de *devotio*, de suicidio, en este caso con relación a su mejor obra.

—El día que cruzamos el puente, me mostraste unas notas, cálculos matemáticos, dibujos sobre el diseño de la estructura —comentó el procónsul—. No deberías dejar que todo tu conocimiento se pierda contigo. Deberías escribir todo lo que sabes de arquitectura en un texto más amplio, donde recopiles todos tus saberes. Y ésa será una obra que nunca te pediré que deshagas. Ésa es una obra que estoy seguro de que perdurará en el tiempo.

El ingeniero, cabizbajo, simplemente asintió.

—Desmontaré el puente, procónsul —respondió en voz baja y, cargado de derrota, Vitruvio se alejó.

César lamentaba la orden que acababa de dar, pero, desde el punto de vista estrictamente militar, era la opción más prudente. No podía dejar aquel puente a disposición de unos germanos cuyas lealtades o planes aún no estaban claros. No podía facilitar con aquel puente una posible tercera invasión de la Galia desde el norte. El puente tenía que desaparecer. Se preguntaba, por otro lado, si el ingeniero habría oído lo que le había sugerido sobre que escribiera todo lo que sabía de arquitectura en un gran volumen, pero pensó que era mejor no molestar a aquel hombre en aquellos momentos de desencanto. Y él, por su parte, tenía un proyecto entre manos, mucho más grande que el mayor de los puentes, que reclamaba su completa atención.

César se retiró al *praetorium* y empezó a revisar su correo.

Labieno, una vez de regreso en el campamento general, se atrevió a plantar una duda una noche en la privacidad de la tienda de mando.

—¿Realmente ha merecido la pena todo este esfuerzo, el puente, cruzarlo, adentrarse en Germania para luego regresar sin nada?

—Por supuesto que ha merecido la pena, Tito —contrapuso César—. Ha merecido la pena porque, más allá de batallas o botines de guerra que no se hayan obtenido al norte del Rin, hemos mandado un mensaje inequívoco a todos los pueblos germanos de que las legiones romanas pueden cruzar el que ellos consideraban su infranqueable gran río cuando lo deseemos, y que, tras cruzarlo, podemos adentrarnos en su territorio con ejércitos poderosos en busca de quien sea que vuelva a atreverse a cruzarlo en dirección sur. Por supuesto que ha merecido la pena —insistió César—: acabamos de ganar tranquilidad en esta frontera para decenios. Estoy seguro de ello.

—En fin, puede ser —respondió un no muy convencido Labieno—. Ya sabes que te reconozco más visión de conjunto en todas estas cuestiones, así que no voy a discutir lo que no entiendo. Pero estamos aún a principios del verano. ¿Damos, no obstante, por terminada la campaña de este año?

—No, aún no —replicó César—. ¿Recuerdas que envié cartas antes de que cruzáramos el río?

—Sí.

—Pues aquí tengo respuesta a alguna de ellas. —Y mostró una misiva—. Es de Cayo Voluseno.

—¿Y qué pasa con él? —indagó Labieno.

—Que ha partido con una galera de reconocimiento a explorar una costa.

Labieno, que intuía la magnitud del anuncio que iba a hacerle César, sintió la necesidad de sentarse antes de preguntar:

—¿Britania?

César confirmó:

—Britania.

LX

El hombre más audaz

Antioquía, Siria
Verano del 55 a. C.

Aulo Gabinio bebía de una copa de oro el mejor de los vinos que le habían conseguido traer de toda Siria. El licor raspaba la garganta y lo había rebajado ya dos veces con agua, pero seguía arañándole el paladar. Eso sí, su intensidad le calmaba los nervios. Que Arquelao se hubiera escapado con sus tropas para advertir a la reina de Egipto de que pronto él marcharía contra ella por orden de Pompeyo para restituir en el trono a Tolomeo XII y a otra hija suya... El vino le embotaba un poco el pensamiento... ¿Cómo se llamaba esa otra hija...? Bueno, eso no era esencial. Lo importante era que Arquelao, seguramente informado por algún oficial traidor, había huido a Egipto, de modo que lo que podría haber sido una campaña relativamente sencilla se había transformado en un complejo desafío militar. Su plan inicial de desarmar a Arquelao en Siria y, con un Egipto sin apenas ejército, hacerse con el control del reino del Nilo sin casi oposición se había desvanecido.

Ahora tenía que reclutar más hombres para fortalecer el ejército con el que pensaba avanzar hacia el sur, por un lado, y, por otro, necesitaba nuevos oficiales. Hombres con arrestos, con arrojo en el combate y que fueran realmente leales a quien los apoyara en su posible ascenso militar.

Arrojo y fidelidad. Eso necesitaba.

Por eso Gabinio llevaba toda la mañana entrevistando a centuriones y algunos tribunos militares. Todos hombres aparentemente valerosos, pero con un defecto: demasiado prudentes. Y la empresa de entrar en un Egipto, en una Alejandría que apoyaba a su reina Berenice, a la que los egipcios veían como defensora de la independencia del reino frente a un Tolomeo XII que juzgaban, no sin razón, en gran medida vendido a los intereses de Roma, no se le antojaba muy deseable. No sin contar con oficiales capaces de hacer no sólo lo posible, sino también lo imposible por conseguir el objetivo de restituir a un Tolomeo XII que había tenido la brillante idea de ofrecerle diez mil talentos como premio a su apoyo militar.*

A Gabinio se le acumulaban las razones para adentrarse en Egipto: a las órdenes recibidas por Pompeyo, se sumaba aquella ingente cantidad de dinero prometida por el faraón en el exilio. Pero le seguía faltando, por encima de todo, un jefe de caballería, un segundo en el mando que asumiera las operaciones sobre el terreno. Ese terreno, esa primera línea de combate a la que a él, más proclive a las fiestas de retaguardia, no le gustaba acercarse.

Entró otro oficial más.

—Se destacó por ser el primero en acceder a los muros de una de las fortalezas judías en la guerra contra Alejandro —le dijo al oído uno de los consejeros de Gabinio con referencia a la contienda civil en la que el gobernador había tenido que intervenir para reponer a Hircano en el trono de Judea.

Un hombre con arrojo.

Algo era algo, pero... ¿suficiente? Necesitaba un líder.

El oficial estaba aún lejos, al fondo de la gran sala de audiencias de la amplia residencia del gobernador de Siria.

—¿Sabemos algo más de él? —preguntó Gabinio también en voz baja—. De su familia, de su pasado.

* Unos 27.000 kilos de plata de la época, según algunas fuentes el equivalente a la renta anual de Egipto.

—Poco o nada —le dijeron—. Es plebeyo, pero parece que por parte de madre desciende de la familia Julia y su padre fue... uno de los conjurados de Catilina.

Emparentado quizá con la familia del enemigo de Pompeyo, su patrón y líder, por mucho que ahora César fuera aliado con el triunvirato, y descendiente de uno de los que intentaron el golpe de Estado de Catilina. No parecían aquéllas muy buenas cartas de presentación. ¿O sí? La osadía, sin duda, fluía por la sangre de la familia Julia, sólo había que ver el ejemplo de Julio César, y a los partidarios de Catilina se los podría acusar de muchas cosas, pero nunca de no ser atrevidos. ¿Y no es eso lo que necesitaba? ¿Alguien que no se arredrara ante nada ni ante nadie? Otro César le vendría bien, pero hombres así sólo hay uno entre millones.

El oficial en cuestión ya estaba frente a él. Era un hombre recio, alto y joven, de unos veintisiete o veintiocho años. Sin duda aún no había llegado a la treintena. Un *adulescentulus*, pero ¿no consiguió Pompeyo grandes victorias antes de los treinta?

La mirada era desafiante.

—Sabes que busco un hombre diferente a los demás —le dijo Gabinio saltándose cualquier saludo protocolario.

—Sé que se está preparando una gran campaña militar y es ahí donde hay grandes oportunidades —respondió el oficial que estaba siendo examinado.

—Tengo centuriones y tribunos militares, pero necesito alguien que dirija la caballería, alguien, incluso, a quien confiar el mando supremo del ejército si yo no estoy presente en una batalla. Dime una sola razón por la cual debería considerar la absurda idea de que tú pudieras ser ese hombre.

El oficial callaba.

—Espero respuesta.

El oficial pensaba.

—El silencio parece más desprecio que prudencia en este caso, muchacho —le espetó con cierto desdén el gobernador de Siria.

—¿Puedo ser sincero? —preguntó el oficial.

—La sinceridad con su superior, en un posible segundo en el mando, es un valor nada desdeñable. Por Júpiter, habla de una vez, muchacho, y di lo que sea que tengas que decir. Empiezo a tener la sensación de estar perdiendo el tiempo en esta conversación. Y tengo un país por invadir. No estoy para pasatiempos.

El interpelado sabía que el gobernador buscaba incomodarlo saltándose los saludos protocolarios o evitando dirigirse a él por su rango militar conseguido a fuerza de luchar en combates duros contra el enemigo en la guerra de Judea. Pero ignoró los insultos.

—El gobernador puede confiar en mí porque soy como él en muchos aspectos..., excepto en uno.

—¿En qué te pareces a mí?

El oficial miró la copa de oro que el gobernador sostenía en la mano y paseó sus ojos por las esclavas hermosas que servían al todopoderoso regente romano de Siria.

—A mí también me gustan el vino y las mujeres hermosas y el lujo y el dinero, y soy ambicioso —dijo.

Los consejeros de Gabinio dieron un par de pasos hacia atrás. No querían estar cerca del gobernador para cuando éste reaccionase a aquellas palabras.

Pero Gabinio se limitó a apurar todo el vino que quedaba en su copa de oro, entregarla a una de las esclavas mencionadas por el oficial y echarse a reír en una sonora carcajada que rebotaba en el techo y las paredes de aquella gran sala de audiencias.

Pero todas las risas terminan y ésta también llegó a su fin.

—Veo que te sobra arrojo incluso para insultar a un superior —dijo, al fin, Gabinio.

El oficial empezó a considerar que, quizá, se había excedido en su sinceridad.

—Es raro que un hombre, que un oficial reconozca abiertamente que le gusta lo que nos gusta a casi todos y que lo ambiciona —continuó Gabinio más serio, escrutando con la mirada cada gesto, cada movimiento de aquel osado oficial—. Pero has dicho que, si bien nos parecemos en muchas de las cuestiones que has mencionado, hay algo en lo que tú y yo nos diferenciamos. ¿En qué?

El oficial respondió ahora con rapidez, sin dudarlo:

—A mí me gusta el combate, me gusta la guerra y no me importa luchar en primera línea.

—¿Es ésa una forma de llamarme cobarde? —indagó Aulo Gabinio, inclinándose hacia delante en su gran *cathedra*.

—Un gobernador hace bien en preservar su vida, pues sus decisiones son necesarias para el gobierno de la provincia —respondió el oficial que estaba siendo evaluado—, pero un líder militar en combate ha de mostrarse con valor y sin miedo a la lucha para liderar a centenares, a miles de hombres en una batalla en la que muchos van a morir. Un gobernador prudente y un militar audaz se complementan.

Gabinio se reclinó en su cómodo asiento y se pasó la mano izquierda por el rostro.

—¿Dónde has aprendido a hablar así, tribuno? —preguntó el gobernador empleando ahora ya sí el rango militar del entrevistado.

—En Atenas. Allí estudié retórica y filosofía.

—Como tantos otros —apostilló el gobernador.

—Como tantos otros —aceptó el tribuno—, muchos de los cuales, no obstante, no combaten con mi arrojo en el campo de batalla.

—Ni tienen tu ambición.

—Ni tienen mi ambición —admitió el tribuno.

El gobernador de Siria miró de pies a cabeza a aquel joven que tenía ante sí.

—¿Cuál es tu nombre? Ese detalle se les ha pasado a todos mis consejeros. —Y el gobernador dedicó una breve mirada de reproche a sus asesores, para terminar fijando sus ojos, de nuevo, en el tribuno—. Porque tendrás algún nombre, ¿verdad?

El tribuno militar, alto, firme, recio, ennegrecido por el sol inclemente de Siria, asintió y, al pronunciar su nombre, aunque allí nadie se diera cuenta en aquel momento, los registros de la historia de Occidente temblaron, porque hay personajes que no entran en la historia, sino que la estremecen.

Intermissio

La historia de Marco

Una casa de apuestas junto al Tíber
Roma, 58 a. C.
Dos años antes de la entrevista con el gobernador Aulo Gabinio

Olía a opio amargo, sudor agrio y vino barato.

—*Alea iacta est** —dijeron sus amigos cuando él arrojó los dados por primera vez.

Los tres pequeños cubos con números marcados en cada una de sus seis caras volaron portando los sueños de Marco por el aire. Toda su vida estaba en juego. Y todo dependía de dos tiradas de los dados.

Marco tenía en aquel momento veinticinco años. Era joven y fuerte, pero sin dinero y henchido de rabia para con todos.

Los dados volaron en la primera tirada y marcaron seis, cuatro y dos. Doce puntos en total sobre un máximo de dieciocho. No estaba mal. Pero casi hubiera preferido esa puntuación para la segunda tirada, la importante, la que lo decidía todo. La primera era sólo para

* «La suerte está echada», frase común a la hora de lanzar los dados en la antigua Roma y que César inmortalizaría al emplearla en el 49 a. C. al cruzar el Rubicón con una legión en dirección a Roma. Aquí, no obstante, está usada por un jugador en el contexto de una partida de dados, es decir, en su sentido más habitual.

determinar quién de los dos jugadores lanzaría los dados en primer lugar.

—¡Doce! ¡Doce! —gritaron todos, como si Marco no lo viera. Pero es que había más apuestas además de la central, además de la que enfrentaba a los dos jugadores, él y aquel maldito Cretense, el prestamista rodeado de su banda de malhechores. Desde luego, teniendo en cuenta las cicatrices del rostro de aquel usurero, no era hombre con quien perder y no tener con qué pagar.

Creta.

A Marco le parecía irónico, casi un sarcasmo de la diosa Fortuna, que él tuviera que jugárselo todo con el Cretense.

Su padre fue propretor con el mandato del Senado de acabar con los piratas de la parte oriental del Mare Nostrum. No fue ni un hombre honesto ni cabal ni honrado. Más bien todo lo contrario: corrupto, vividor e incompetente. No sólo no supo cumplir con la misión encomendada, sino que perdió todas las naves bajo su mando, y eso después de haberlas usado no para terminar con los piratas, sino para saquear él mismo por su cuenta las costas de una Creta que en ese momento estaba aliada con Roma. Por eso en la ciudad le dieron el sobrenombre de Crético, pero no porque hubiera conquistado aquel territorio, sino por puro sarcasmo insultante. Lo único bueno que hizo su padre en su vida fue morirse pronto, cuando él era aún un niño. Aquello acortó el tiempo de la vergüenza de haber tenido como *pater familias* a alguien despreciado por todos en Roma.

Marco se quedó sin referente paterno.

Los gritos de los que atestaban la taberna le devolvieron al presente.

El Cretense arrojó ahora los dados.

Él no dijo frase alguna ni en latín ni en ningún otro idioma. Era hombre parco en palabras.

Los dados marcaron otro seis, un cinco y un dos.

—¡Trece! ¡Trece! —informaban las voces al resto de apostantes que no podían ver los dados según caían en el suelo. Había muchas apuestas cruzadas sobre quién ganaría. La casa de apuestas estaba repleta de gente. Más de cien personas, casi todas desesperadas de la vida, la mayoría de origen pobre, cuando no *infame*, como actores, exgladiadores o prostitutas, y algunos más, como el propio Marco, de familias de cierto abolengo, pero venidos a menos por los infortunios del destino.

«Trece», pensó Marco. El Cretense lanzaría los dados primero en la segunda tirada, en la que se lo jugaban todo: más de dos mil sestercios a un todo o nada. Dos mil podía parecer una gran suma, pero, cuando debías varios millones, ya todo daba casi igual. Aunque deberle unos miles al Cretense, si perdía, podía no ser una buena idea.

El Cretense recogió los dados del suelo y los agitó en sus manos dando tiempo a que las apuestas, en su favor o en su contra, se incrementaran. Pensaba salir rico de allí.

Los pensamientos de Marco bullían en su cabeza al mismo ritmo que los dados resonaban, chocando unos contra otros entre los dedos del Cretense...

Su madre se casó por segunda vez. Con Léntulo Sura. Un senador ambicioso. Más inteligente, sin duda, que su padre, pero demasiado osado, demasiado aventurero. Forjó las alianzas más peligrosas. Se alió con Catilina, y cuando Cicerón y Catón desmantelaron el golpe de Estado de Catilina, ordenaron la ejecución de todos sus socios. «Conjurados», los llamaron. Su segundo padre fue ejecutado por orden directa de Cicerón y con el apoyo decisivo de Catón en el Senado. Sólo Julio César defendió conmutar la pena capital por prisión permanente, pero perdió la votación. Todo eso cuando Marco apenas tenía veinte años.

Ya no hubo más padres. Quizá ésa fue la mejor decisión de su madre, que no parecía acertar en la elección de maridos. Aunque no es que las mujeres tuvieran mucho papel en esa decisión. En cualquier caso, su familia y ella misma ya estaban marcadas por la conjura de Catilina como enemigas del Estado romano y ya no hubo quien pretendiera a su madre como esposa.

Marco se dedicó a beber, a yacer con prostitutas, a acudir a las fiestas que organizaban sus disolutos amigos, a meterse en todo tipo de peleas nocturnas y a malgastar el dinero que no tenía en las partidas de dados, acumulando más y más deudas.

Cuando César fue elegido cónsul de Roma, el joven y desnortado Marco fue reclutado por Clodio, el brazo armado de los populares en las calles de Roma. Clodio pagaba bien y aquello le dio un cierto respiro: con el dinero que ganaba cumpliendo las misiones encomendadas por Clodio, algunas de ellas siguiendo instrucciones directas del propio Julio César, Marco pudo saldar unas cuantas de sus muchas deudas y retrasar el pago de otras, al ver los acreedores que tenía una fuente de ingresos. Pero si había algo que Marco no sabía administrar era el dinero: si disponía de algo más del habitual, incurría en apuestas más grandes y adquiría deudas mayores.

Marco, además, tenía otra debilidad: las mujeres. Era muy atractivo y su carácter alocado y bravo con frecuencia obnubilaba a las mujeres jóvenes, que se dejaban atraer por su osadía sin percatarse de que nada tenían que ganar con él que no fuera, eso sí, placer sexual. Marco era un amante viril e intenso. Esto le creó más problemas. Fulvia, la muy joven esposa de Clodio, su empleador, se sintió atraída por él. Pasaron cosas. Pasó de todo. Pero Marco y Fulvia se las ingeniaron para que Clodio no supiera de sus escarceos.

Quizá si sus servicios a Clodio se hubieran dilatado en el tiempo, lo de Fulvia habría terminado saliendo a la luz, pero el asunto de las deudas lo precipitó todo.

Sus amigos se cansaron de prestarle sestercios.

Su crédito se acabó.

Por eso estaba aquella tarde jugándoselo todo con el Cretense, que, por segunda vez, lanzaba los dados: otro seis, un dos y un dos.

—*Decem!** —exclamaron al unísono los que formaban el círculo primero alrededor de los dos jugadores.

A Marco se le iluminó la cara. No era una puntuación baja, pero tampoco muy alta, y quedaba mucho margen para superarla. Quizá los dioses, esta vez, por una vez, por una sola vez, estaban con él. A lo mejor aquella tarde era el principio del cambio de su fortuna.

Esa misma mañana ya había sido especial: con Clodio solía recorrer las calles, armados con dagas y acompañados por un buen grupo de otros desesperados como él, para amedrentar a los senadores *optimates* y a todos sus sicarios, y aquel mismo día en el que Julio César había llevado a la asamblea del pueblo la votación de su ley más importante, una reforma agraria por la que repartiría tierras entre veteranos de guerra y los más desfavorecidos de Roma, él, Marco, había sido una pieza clave para que dicha ley fuera aprobada. Y eso le había hecho, por primera vez en mucho tiempo, sentirse realmente útil.

* Diez.

A Marco le gustaba aquel Julio César. El único político que parecía preocuparse de veras por los que menos tenían. Lo había escuchado en más de una ocasión en el foro. César era magnético en sus discursos. Persuadía a muchos. A él también. Se sentía orgulloso de trabajar para un Clodio que, a su vez, en aquel tiempo, trabajaba para César. Se acordaba de aquella mañana de la votación de la reforma agraria en la asamblea del pueblo. Lo recordaba todo perfectamente mientras soplaba los tres dados que tenía entre las manos: César jugaba en política como quien jugaba a los dados. Eso le pareció. El Senado, con Cicerón y Catón al frente, bloqueó la votación de la reforma agraria y César sacó la votación del proyecto de ley del Senado y la llevó a la asamblea del pueblo, pero Catón, con varios tribunos de la plebe, iba a acudir a la asamblea para vetar la votación también allí. La misión que Clodio tenía era la de retener a esos tribunos e impedir que llegaran a tiempo de bloquear la votación. Pero eso ellos no lo sabían, esto es, Marco y el resto de los hombres a sueldo de Clodio. Marco pensó, como los demás, que iban a matar a Catón y aquello le llenó de alegría. Catón era el segundo de Cicerón, y Cicerón había ordenado la ejecución de su segundo padre, de Léntulo Sura. Léntulo puede que fuera demasiado ambicioso, pero con él se portó como un auténtico padre y además no era un corrupto como su verdadero padre, sino alguien que quería el bien del pueblo, como César. Quizá las formas y los usos de Catilina no fueran el camino. Seguramente, la estrategia que seguía César, contemporizando en ocasiones con los *optimates* y, en otras, siendo muy firme y enfrentándose a ellos, como hizo aquella mañana de la votación, pero siempre en el marco de la ley, aunque llevara la ley al límite, era un mejor camino. Pero, en cualquier caso, Léntulo se portó como un buen progenitor y Cicerón ordenó su muerte y lo dejó huérfano, marcada su familia *in aeternum* y condenado a la pobreza. Aquella mañana de la votación de la reforma de la ley agraria, Marco había salido empuñando la daga desde su casa y se unió al resto de los hombres de Clodio con la firme idea de apuñalar él mismo a Catón y cobrarse así, al menos, algo de venganza dando muerte al brazo derecho de Cicerón, que, para él, era el asesino de su padre. Leyes o no leyes, la muerte era la muerte.

Pero Clodio los contuvo aquella mañana. Los hizo apartarse del camino y, finalmente, dejar pasar a Catón y los tribunos de la plebe una vez que ya los habían retenido lo suficiente para que no llegaran a la asamblea a tiempo de vetar la votación. Las órdenes de César eran sólo retrasarlos, nunca matarlos. César rehuía la violencia. Aquello le hizo hervir la sangre.

Marco acariciaba los tres dados.

Seguía recordando su rabia interna cuando Clodio les ordenó apartarse y dejar pasar a Catón.

Todos obedecieron menos él, pero Clodio fue hasta su lado y le habló directamente.

—Marco —dijo Clodio pronunciando su nombre.

Y él, por fin, envainó la daga de la venganza.

Catón y el resto de los tribunos pasaron a su lado sin ser ya molestados. Llegaron tarde para vetar la votación. Clodio había cumplido su misión y la reforma agraria propuesta por Julio César salió adelante. Marco sabía que debería sentirse orgulloso de haber formado parte del engranaje que había favorecido que saliera adelante una ley de reparto más justo de tierras por la que el pueblo de Roma luchaba desde el remoto tiempo de los Gracos, los nietos de Escipión el Africano. Pero no fue así. Marco se quedó con toda aquella rabia contenida por no poder vengar a su padre, ejecutado por orden de Cicerón y Catón, y la rabia lo condujo de nuevo al juego y las apuestas sin límite.

Y allí estaba de nuevo, con los dados entre sus manos.

Marco lanzó los tres dados al aire.

No salieron tres seises.

No salió un número superior al del Cretense.

Salieron tres ases, tres unos, nada.

—*Tres!* —anunciaron a coro varios de los que los rodeaban.

El dinero empezó a cambiar de manos, entre risas de unos e improperios de otros.

El Cretense se golpeaba el pecho y soltaba una carcajada enorme mientras bebía directamente de una gran jarra de vino barato. Sus amigos le daban palmadas en la espalda.

Marco sudaba. Y vio a sus propios amigos deslizarse por entre los asistentes a la partida y desaparecer. Sabían que no tenía dinero con que pagar.

Se quedó solo en cuestión de instantes. De un momento a otro, el Cretense se le acercaría para reclamar su dinero.

Marco se las ingenió también para escurrirse entre la algarabía de bebedores, borrachos, jugadores y apostantes y, veloz, alcanzó la puerta. A punto estuvo el tabernero de detenerlo. También le debía dinero de las copas ingeridas durante la partida. Pero Marco se deslizó, escurridizo, por entre las mesas dispuestas próximas a la puerta de la casa de apuestas y salió corriendo como llevado por el viento de Eolo. El instinto de supervivencia dota al ser humano de fuerzas casi sobrenaturales.

A su espalda podía oír los gritos del Cretense.

—¡Te encontraré y te mataré! ¿Me oyes, maldito? ¡Eres hombre muerto!

Y Marco sabía que lo era. En Roma, seguro. Además, lo de menos era el Cretense. Aquella partida tenía que haberle dado el capital suficiente para hacer frente a otros acreedores aún más peligrosos. Los prestamistas en Roma no eran gente con la que se pudiera negociar. No, si no tenías algo que ofrecer: por ejemplo, un futuro político o militar en ciernes. Pero él no tenía nada. Ni pasado relevante, ni presente brillante ni futuro esperanzador.

No tenía nada ni era nadie. Sólo debía dinero.

Los secuaces del Cretense fueron tras él hasta el mismísimo Tíber.

Marco sabía nadar y se arrojó al río, y así escapó de sus perseguidores, que no poseían destreza alguna en el agua.

Empapado, salió del río trescientos pasos corriente abajo.

Cruzó las calles oscuras de la Subura evitando las bandas de ladrones que merodeaban por las esquinas. No es que tuviera él nada que pudieran arrebatarle. El orgullo también lo había perdido hacía tiempo. Pero podían mostrarse violentos de pura rabia por el hecho de que él no llevara ni un sestercio encima.

Llegó a su casa.

Llamó a la puerta y el viejo *atriense* de la familia en decadencia le abrió; entró con sigilo sin decir nada. Tenía la esperanza de poder alcanzar su dormitorio y descansar para recuperarse del mucho vino, del forzado baño en el Tíber, de los nervios de la huida y de la lástima y la sensación de miseria que lo inundaban. Pero su madre lo esperaba despierta en el atrio.

—¿De dónde vienes, hijo?

Julia sacudió la cabeza nada más haber hecho aquella pregunta.

—¿Realmente importa de dónde vengo, madre? Me van a matar. Si no hoy, mañana. O pasado mañana. Mis días están contados.

Su madre se pasó los dedos de la mano izquierda por la frente. Inspiró profundamente y le habló con una calma fría:

—No sé exactamente qué he hecho mal contigo, hijo. —Suspiró—. ¿Cuánto dinero debes esta vez?

Marco se sentó en el borde de un *triclinium*. El viejo *atriense* le ofreció vino. Él lo rechazó con un gesto de la cabeza.

—¿En total, madre?

—En total.

—Seis millones de sestercios. Más o menos.

Julia volvió a inspirar aire profundamente y a pasarse no una sino las dos manos por el rostro mientras pensaba.

—Nadie nos prestará ese dinero, madre —añadió él.

—No —admitió Julia, tajante—. Has de salir de Roma. O, como dices, te matarán. No tengo seis millones de sestercios, pero sí el dinero suficiente para pagarte un hueco en un mercante que salga hacia Grecia. En Atenas tengo conocidos.

Marco asintió. Perdido el orgullo, lo aceptas todo: la compasión y el dinero de tu madre también, aunque sepas que lo necesita tanto como tú. Aceptas porque sabes que prefiere pasar penurias que verte morir. Aceptas porque eres tal fracaso que sabes que lo único bueno que le puedes ofrecer a tu madre es desaparecer de su vida.

—Lo siento —dijo él levantándose despacio. No parecía que hubiera mucho más que hablar—. Soy un... fracaso. Total. Una decepción completa, sin paliativos.

Su madre lo miró fijamente.

—Tampoco he sabido seleccionar buenos modelos de hombre para ti: ni tu padre ni, luego, Léntulo han sido grandes ejemplos. No puedo exigirte que seas mejor que aquello de lo que te he rodeado. Tengo tanta culpa yo como tú de lo que eres.

No se despidieron con un beso.

Él se limitó a coger el dinero que ella le había dejado al *atriense* al día siguiente y se marchó de la residencia familiar aún al abrigo de la oscuridad del alba no nacida, arrastrando una dura resaca y un pesado manto de vergüenza.

Le habría gustado despedirse de Fulvia, pero se sentía demasiado fracasado como para que aquel encuentro pudiera tener sentido. Él había detectado en ella una ambición intensa, pese a la juventud de la joven. Fulvia, como tantas otras, se había dejado llevar por la fortaleza de su musculado cuerpo, pero era evidente que se trataba de una mujer que anhelaba más que buen sexo. Y él no tenía nada más que ofrecer. Se fue de Roma persuadido de que nunca más la volvería a ver.

Pagó al capitán de un mercante que iba rumbo a Oriente y partió hacia Grecia.

En Atenas, algunos amigos de su madre le dieron cobijo y lo introdujeron en el círculo de otros romanos que estaban allí para estudiar filosofía y oratoria. Se aplicó con cierto esmero a aquellas actividades, quizá porque se sentía demasiado culpable como para despreciar lo que su madre le había podido conseguir. La literatura le gustaba y los filósofos le hacían pensar.

Pero se cansó.

Y volvió a jugar.

Y a endeudarse.

Y a deber dinero a los prestamistas de Atenas.

Le habían llegado noticias de que el gobernador Aulo Gabinio de Siria estaba preparando una gran campaña militar contra un levantamiento judío en Oriente.

Marco no lo dudó y se alistó. Eso lo sacó de Atenas vivo.

Luchar se le daba bien. Había aprendido algo en la formación militar que todo joven romano recibía en el Campo de Marte, y lo que no aprendió allí, porque prefería acudir a fumar opio, acostarse con prostitutas o jugar a los dados, terminaron de enseñárselo las luchas en las calles de Roma, integrado en la violenta banda de Clodio. Luchar le era natural. Por eso, cuando empezaron las batallas, los asedios y la guerra, destacó por su osadía. No es que no tuviera miedo a la muerte. Es que le daba igual morir. Hasta que con las primeras pagas y los primeros repartos del botín de guerra, la semilla de la ambición germinó en su ser. Mantuvo la osadía en el combate, pero ahora no era ya porque se despreciase como ser humano. Era por dinero. Había descubierto que en la guerra se podía ganar más que a los dados.

Pronto fue condecorado y ascendido por ser el primero en alcanzar lo alto de las murallas de una de las fortalezas de las tropas judías rebeldes. Y si bien era cierto que era un fracaso como hombre ejemplar en virtudes, que en él todo eran vicios y malos hábitos, en el ejército encontró que allí, mientras te mostraras valiente en el combate, no importaba ni el dinero que debieras en ciudades remotas, alejadas del frente de guerra, como Atenas o Roma, ni importaba tampoco en qué te gastaras tu salario militar.

Marco, en efecto, era un magno compendio de defectos, pero tenía una virtud clave en el ejército romano: era leal.

Era leal a sus mandos y era leal con los hombres bajo su mando.

Era capaz de conseguir acciones casi imposibles, por arrojo, valor o locura, como era capaz de arriesgar la vida propia por proteger la de sus hombres. Y esa actitud, esa lealtad para con los legionarios de su unidad, corrió por entre los corrillos de los *contubernia* de los soldados cuando éstos cenaban junto a las hogueras de campaña. Pronto su nombre se hizo popular entre la tropa, y pronto muchos deseaban combatir bajo sus órdenes. Era un líder nato.

Por eso su nombre fue seleccionado por los consejeros del gobernador Aulo Gabinio cuando éste, aplacada la rebelión judía y reinstaurado Hircano como rey y sumo sacerdote y protegido de Pompeyo, buscaba un jefe de caballería para iniciar una nueva campaña, esta vez en Egipto.

Por eso Gabinio toleró el cierto tono de desafío de aquel joven tribuno: porque todos le habían asegurado que era leal y valiente. Y eso precisamente era lo que necesitaba.

Marco sintió cómo, tras la breve pero intensa entrevista, el gobernador de Siria lo miró de pies a cabeza, antes de lanzar su última pregunta.

—¿Cuál es tu nombre? Ese detalle se les ha pasado a todos mis consejeros. Porque tendrás algún nombre, ¿verdad?

Y el jugador de dados, el bebedor, el que salió huyendo de Roma y Atenas acosado por los acreedores, el mujeriego, el hijo de un conjurado de Catilina, el fracasado, aquel perfecto desastre que sólo parecía valer para la guerra, asintió y dijo su nombre...

Hay nombres que simplemente se pronuncian, pero hay otros que, al decirlos en voz alta, hacen temblar los libros de historia.

—Mi nombre es... Marco Antonio.

Liber quartus

MÁS ALLÁ DEL MAR

—Estaba pensando en épocas remotas, cuando llegaron por primera vez los romanos a estos lugares, hace diecinueve siglos... el otro día... La luz iluminó este río [el Támesis] a partir de entonces [...]. Pero la oscuridad reinaba aquí aún ayer. Imaginad los sentimientos del comandante de un hermoso... ¿cómo se llamaban?... trirreme del Mediterráneo, destinado inesperadamente a viajar al norte. Después de atravesar a toda prisa las Galias, teniendo a su cargo uno de esos artefactos que los legionarios (no me cabe duda de que debieron haber sido un maravilloso pueblo de artesanos) solían construir, al parecer por centenas en sólo un par de meses, si es que debemos creer lo que hemos leído. Imaginadlo aquí, en el mismo fin del mundo, un mar color de plomo, un cielo color de humo [...]. Bancos de arena, pantanos, bosques, salvajes. Sin los alimentos a los que estaba acostumbrado un hombre civilizado, sin otra cosa para beber que el agua del Támesis. Ni vino de Falerno ni paseos por tierra. De cuando en cuando un campamento militar perdido en los bosques, como una aguja en medio de un pajar. Frío, niebla, bruma, tempestades, enfermedades, exilio, muerte acechando siempre tras los matorrales, en el agua, en el aire. ¡Deben de haber muerto aquí como las moscas! Oh, sí, nuestro comandante debió haber pasado por todo eso, y sin duda debió haber salido muy bien librado, sin pensar tampoco demasiado en ello, salvo después, cuando contaba con jactancia sus hazañas. Era lo bastante hombre como para enfrentarse a las tinieblas.*

JOSEPH CONRAD,
El corazón de las tinieblas

* Traducción de Sergio Pitol, publicada en Debolsillo.

LXI

Los acantilados blancos*

Mare Britannicum**
Verano del 55 a. C.

Una galera romana sola y aislada, como si fuera el barco perdido y sin rumbo de Ulises, navegaba por la costa sur de Britania, como si los caprichos de Neptuno la hubieran empujado más allá de las aguas conocidas.

Los hombres remaban en silencio y en el resto del barco todos callaban, sobrecogidos por saberse allí donde nunca antes había llegado romano alguno.

—¡Por todos los dioses!

Cayo Voluseno, tribuno de las legiones de César, oteando el horizonte desde la cubierta de aquella solitaria nave romana en viaje de reconocimiento a las costas britanas, no podía creer lo que estaba viendo.

Uno de los oficiales que estaban junto al tribuno supo resumir bien lo que todos pensaban:

—Será imposible desembarcar en esta tierra.

* Acantilados de Dover, en la costa sur de Inglaterra.
** Canal de la Mancha.

Itius Portus*

—¿Ha regresado Voluseno? —preguntó César en cuanto llegó a aquella pequeña ciudad portuaria donde estaba concentrada su flota para invadir Britania.

—Aún no, procónsul —le respondió uno de los centuriones de la guarnición.

César decidió no permanecer inactivo mientras esperaba el regreso del buque de reconocimiento y convocó a su estado mayor y continuó con los preparativos de su próximo gran desafío: había reunido ochenta galeras romanas, de la flota que creara Décimo para derrotar a los vénetos, que ahora emplearían para transportar dos legiones enteras más allá del mar, la VII y la X, dos de sus unidades más apreciadas y leales.

—¿Y qué sabemos de los barcos de transporte de suministros? —indagó a continuación el líder del ejército romano.

—Contamos con cien barcos grandes a vela, de los que confiscamos a los vénetos —apuntó Mamurra, quien, en calidad de nuevo *praefectus fabrum*, había sido designado por César para que se ocupara de todas las cuestiones de abastecimiento del ejército expedicionario que, pronto, partiría hacia Britania, en cuanto Voluseno regresara con información precisa sobre dónde desembarcar.

Mare Britannicum

La solitaria galera romana que inspeccionaba la costa sureste de Britania seguía con todos sus tripulantes y oficiales impresionados: ante ellos, lo único que se veía desde que avistaron las costas de aquella imponente masa de tierra era un inmenso muro de acantilados que se extendía durante millas y millas sin fin. Se trataba de una muralla de piedra blanca absolutamente inabordable y que hacía de toda la costa un lugar imposible para cualquier desembarco.

Cayo Voluseno era un buen oficial. Y hacía unas semanas, cuando

* Posiblemente Boulogne-sur-Mer, en el norte de Francia, aunque hay un amplio debate sobre la localización exacta de este antiguo puerto.

recibió la carta de César desde el Rin, se había sentido enormemente halagado al ser seleccionado como quien debía inspeccionar las costas britanas para determinar el mejor punto para desembarcar la flota de la expedición.

—No podemos regresar así a la Galia —dijo Voluseno a sus oficiales—. No puedo volver y decirle al procónsul que el desembarco es imposible. Hemos de proseguir la navegación más días hasta que encontremos una bahía.

—¿Hacia el este o hacia el oeste? —preguntaron los oficiales para dar las órdenes pertinentes al piloto de la nave.

Voluseno lo meditó bien. César le había indicado expresamente en aquella carta que deseaba un lugar poco habitado, y Voluseno sabía que en el oeste había más puertos que comerciaban con los galos de la costa atlántica y con los belgas.

—Remad hacia el este —ordenó y, a continuación, mientras los oficiales organizaban la navegación, mascülló más un deseo que algo que pudiera saber—: En algún momento tendrá que terminar esta maldita muralla de acantilados.

En el interior sur de Britania

Aquel extranjero había llegado desde la Galia belga huyendo, como tantos otros, de los ataques romanos. Pero había llegado con la fama de haber sido consejero del rey Boduognato y arropado por el rumor de que el rey celta había sido derrotado en la batalla del río Sabis precisamente por no seguir los consejos de aquel extranjero. Decían que aquel hombre era un legendario guerrero de otras tierras que había luchado antaño contra los romanos en el más remoto sur, en otro mundo. Algunos apuntaban que en la mismísima Italia, el corazón del poder romano. Por todo ello, Casivelauno, el jefe que aunaba bajo su mando a gran parte de las tribus britanas, había decidido incorporarlo, al menos por el momento, como un posible consejero ante el improbable pero posible intento romano de cruzar el mar.

La mayoría del resto de jefes britanos desechaban la posibilidad de que los romanos fueran a ser capaces nunca de transportar a sus legionarios y sus caballerías, surcando las aguas que los separaban de la Galia celta, como para suponer amenaza alguna, pero había otros jefes, de tribus fuera del control de Casivelauno, que habían decidido enviar mensajeros a la propia Galia celta a negociar con aquel líder romano. Por si acaso. Prudentes, para unos; cobardes, para otros.

—¿Cuántos barcos dices que se han visto en la costa? —inquirió Casivelauno.

—Una nave, mi señor —dijo uno de los mensajeros que habían sido enviados por las tribus del sur hasta Casivelauno, el líder al que más temían todos en Britania.

—¿Una única nave? —indagó Casivelauno buscando confirmación.

—Una sola —corroboró el mensajero del sur.

La mayoría de los otros jefes y guerreros rieron.

Pero Casivelauno no lo hizo: él infundía miedo, en verdad, entre sus enemigos, y hasta entre sus oficiales y guerreros, no tanto por su aspecto fornido y robusto como por su mirada, más bien profunda que feroz. El rey britano daba miedo por su astucia: todos conocían mil historias sobre él; quizá algunas fueran inventadas, pero otras, estaban seguros, eran ciertas. Y en todos aquellos relatos, Casivelauno, para cuando un enemigo pergeñaba un plan para enfrentársele, él ya lo había imaginado antes, había ideado un contraataque y, para cuando te querías dar cuenta, ya estabas muerto.

Por eso todos querían llevarse muy bien con el monarca britano y, cuando vieron que el rey no se reía ante el anuncio de aquella nave romana, todos callaron.

—Ciertamente, por Belenus, una galera romana sola no parece una gran amenaza —concluyó Casivelauno, pero se volvió, entonces, hacia aquel nuevo consejero de mirada entre decidida y melancólica y le preguntó directamente—: ¿No crees, Extranjero?

El interpelado tuvo la sensación de haber sido testigo de escenas similares tantas veces, de tantos otros subestimando el poder de Roma, que sintió una especie de enorme cansancio vital. Se hacía viejo para seguir huyendo, pero estaban su mujer y sus hijos y el pequeño grupo de leales que lo acompañaban desde que escapara de Italia en aquel barco, malherido, débil, al borde de la muerte. Ellos lo salvaron y a ellos les debía lealtad. Y aconsejar bien a un rey que les daba protección era, sin duda, su mejor forma de devolverles a los suyos ese regalo tan preciado que es la libertad.

Por otro lado, el Extranjero también sabía que el monarca britano lo estaba evaluando y que no se había reído, de modo que, aunque aún no muy preocupado, tampoco se tomaba a la ligera la presencia de aquella nave romana.

—No es *una* galera aislada, mi rey —respondió el Extranjero.

Casivelauno arrugó la frente.

—¿Crees que mis mensajeros no saben contar o que acaso me mienten?

Todos callaban.

—Ni lo uno ni lo otro, mi rey, pero no es *una* galera romana. Es la *primera*.

LXII

De cobardes y valientes

Pelusium, noreste del delta del Nilo
A las puertas del reino de Egipto
55 a. C.

Cleopatra se había dado cuenta de que los hombres la miraban, más aún, de que *todos* los hombres la miraban y, para ser específicos, de que todos la deseaban. Tenía sólo catorce años, pero su figura esbelta, sus ropas orientales que dejaban los brazos descubiertos, su pelo lacio, peinado por esmeradas *ornatrices*, su aroma de incienso, sus gestos estudiados y sus ojos oscuros y penetrantes hacían que las miradas de todos los hombres, allí por donde pasara, se volvieran hacia ella, ya fuera cuando entraba en una mansión, en un *praetorium*, en una tienda, en un mercado o en un palacio.

Su padre le había pedido que la acompañara aquella mañana en la que iba a entrevistarse con el gobernador de Siria.

Habían partido, el faraón y su corte y el gobernador y su ejército, de Antioquía hacía unas semanas. El avance de las legiones romanas por Oriente fue más lento de lo que el faraón en el exilio habría deseado, pero no quiso discutir. Era consciente de que la huida de Arquelao hacia Egipto con todas sus tropas había atemorizado a Gabinio. El gobernador romano temía que Arquelao se detuviera en cualquier momento, en su ruta a Egipto, girara su ejército y se le enfrentara; por eso su aproximación al delta del Nilo era cautelosa. Además, el camino estaba repleto de dificultades naturales: zonas desérticas en las que el agua escaseaba durante días y, luego, regiones pantanosas provocadas por restos de un mar Eritreo* que en tiempos había cubierto aquel territorio por el que transitaban.

Marco Antonio iba siempre por delante con la caballería, reuniendo información sobre el enemigo y sobre la ruta hacia el sur: todas las patrullas de jinetes confirmaron que Arquelao no se había detenido hasta atrincherarse en la inexpugnable fortaleza de Pelusium, en el extremo noreste del delta del Nilo. Y hasta allí llegó el ejército romano. Y no importaba lo trabajoso que había resultado alcanzar aquella posición con las legiones romanas de Oriente. Eso había sido la parte fácil de la enorme empresa de intentar hacerse con el control de Egipto. Lo difícil empezaba ahora: Pelusium era la puerta de entrada al reino del Nilo desde Siria y Judea o Partia. En esa ciudad se libró la descomunal batalla entre el faraón Psamético III y el emperador persa Cambises II. El faraón fue derrotado y Egipto cayó bajo poder persa durante un largo periodo, y es que Pelusium era la llave oriental del milenario reino de los faraones. Tal y como demostraba aquella legendaria batalla, el control de aquel paso y de su fortaleza era decisivo para hacerse con el dominio de Egipto.

Por eso Arquelao se había atrincherado allí con todas sus tropas, sabedor de que, si detenía a los romanos en Pelusium, el Egipto de su esposa Berenice IV y de él mismo perduraría durante años.

Y por eso, por lo mítico de la fortaleza, Aulo Gabinio, viendo sus imponentes murallas, dudaba.

Tolomeo XII, que había preguntado a varios oficiales romanos por el gobernador, se acercó hasta el puesto de observación del alto mando, donde, por fin, encontró a Gabinio. Y al faraón no le gustó lo que vio: la faz de disgusto y de reticencia del gobernador anticipaba que el otrora entusiasta servidor de Pompeyo en la misión de hacerse con el control de Egipto para garantizar el envío de grano

* Nombre antiguo empleado para referirse al mar Rojo y las aguas del Cuerno de África y la península arábiga hasta el golfo Pérsico.

hacia Roma había perdido gran parte, si no la totalidad, de su ilusión por el proyecto.

—¿Cuándo vas a atacar? —le preguntó Tolomeo XII a Aulo Gabinio.

—Lo estoy calculando —fue la lacónica respuesta del gobernador de Siria, que, veladamente, implicaba un tácito «ni siquiera sé si voy a atacar en algún momento».

Tolomeo consideró, entonces, que era importante recordar algunas cuestiones al dubitativo gobernador.

—Sin mi regreso al trono de Egipto, no habrá cereal suficiente para Pompeyo en Roma, ni los diez mil talentos prometidos para ti.

Gabinio lo miró sin decir nada. Tenía que ponderar hasta qué punto merecía la pena o no arriesgar la vida por diez mil talentos o por temor a la ira de Pompeyo, o por ambas cosas al tiempo. Decidió buscar clarividencia o un valor que no tenía en unas cuantas copas de vino.

En un punto más retirado, Marco Antonio, solo, bebía agua que le habían traído unos legionarios bajo su mando. No había abandonado su tendencia a disfrutar de los placeres frívolos como el vino, pero la vida militar le había ayudado a discernir con acierto cuándo uno se podía relajar y cuándo uno debía permanecer austero, sobrio y atento a los movimientos del enemigo. La supervivencia propia y de sus hombres dependía de esas sabias decisiones. El sol, además, era poderoso en aquellas tierras de Oriente y acostumbraba a hidratarse con frecuencia. No escatimaba en nada referente a mantener su fortaleza, sin ánimo de vanidad o dispendio innecesario, sino por estar convencido de que permanecer fuerte y sano era el mejor camino para imponer respeto a todos los hombres que dirigía. Un líder enfermizo no inspira confianza.

—¿Tú también piensas que son infranqueables esos muros? —preguntó la joven Cleopatra, que se le acercó mientras esperaba el retorno de su padre de su infructuosa conversación con el gobernador. Ella no había necesitado ni escuchar a Gabinio para saber, sólo por su mirada de miedo, que no se atrevería a atacar las murallas de la fortaleza de Pelusium.

Marco Antonio se sorprendió de que la hija del faraón se le dirigiera de modo tan directo. Le había hablado en griego, dando por hecho que él lo entendería. Ésa fue la primera vez en su vida en la que Marco Antonio sintió que su paso por Atenas había merecido realmente la pena.

—Pienso que son murallas difíciles de rendir, pero no necesariamente infranqueables —respondió él también en griego, aunque no tan perfecto ni refinado como el de la princesa egipcia. Pero realmente no pensaba en eso. Su mente navegaba en la placentera sensación de escuchar la voz de aquella joven hija del faraón. Por supuesto, él, como hombre, la había observado con intensidad las pocas veces que la había visto durante el trayecto desde Antioquía, cuando el séquito del faraón se cruzaba con su caballería, pero nunca la había oído hablar. Y la princesa tenía una voz entre dulce y sibilante, sugerente y firme. Era como él imaginó siempre que hablarían las sirenas.

—En mi experiencia hay pocos hombres guerreros y valientes en Roma —replicó ella pasándose al latín, seguramente porque consideró que en ese idioma su interlocutor se sentiría más cómodo.

—Sí los hay —opuso él, articulando palabras en una dirección mientras sus pensamientos persistían en hundirse más en las sensaciones que en el contenido de la conversación—. Pompeyo ha conquistado muchos reinos aquí mismo en Asia.

—Pero ya no lucha —insistió ella, tajante—, y ahora envía a cobardes como Gabinio a reemplazarlo, a cumplir sus promesas o, mejor dicho, a incumplirlas: el gobernador tiene el mandato de Pompeyo de reentronizar a mi padre en Egipto, pero ante la primera dificultad ya está considerando retroceder. Seguro que está pensando más en reunir excusas para retirarse que en estrategias para, como dices tú, rendir esas murallas.

La voz de Cleopatra seguía envolviendo a Marco Antonio. Cayó, entonces, en la cuenta de que, además, el latín de la princesa era tan perfecto como el griego que había empleado antes. Se preguntó cuántos idiomas hablaría aquella joven de la nobleza egipcia con soltura. Se preguntó cuántas más destrezas confesables o, quizá, inconfesables poseía aquella princesa. Se preguntó Marco Antonio, de pronto y en definitiva, qué le estaba ocurriendo.

—Ya no respondes —continuó ella, sazonando con el sabor agrio de la decepción su parlamento—. Ahora no sólo veo que mi padre está rodeado de romanos cobardes, sino también mudos.

Pero en el fondo ella intuía que él, tan fuerte, tan alto y tan recio, con ese hermoso pelo que lucía despeinado, desparramado en un divertido desorden sobre su cabeza, tan poderoso en el mando ante sus hombres, y que, con toda seguridad, habría poseído a decenas, como mínimo, de prostitutas, esclavas, *hetairas* y quizá alguna que otra matrona romana, se sentía entre incómodo y vulnerable ante su presencia. Y eso la conmovió. Aunque no lo dijera, aunque no lo desvelara, aunque lo mantuviera en completo secreto.

—Yo no soy cobarde —fue todo lo que Marco Antonio supo responder ante aquella diatriba interminable de críticas de la joven princesa, tan petulante como insoportablemente hermosa y cautivadora.

Cleopatra, en efecto, llevaba tiempo dándose cuenta de que los hombres la miraban y la deseaban. Y no tardó en concluir que aquélla podía ser un arma tan poderosa como varias legiones romanas dispuestas en *triplex acies*. Lo que no había hecho nunca era intentar utilizar esa arma.

Pero algo la detenía.

Sintió, de súbito, escrúpulos por estar a punto de hacer lo que iba a hacer. Y tampoco entendía bien lo que le estaba pasando mientras hablaba con aquel oficial alto y recio y bien parecido del Estado romano. Su voz era viril; sus brazos y rostro, morenos por el sol de Siria; esos cabellos, arremolinados como rebeldes, como la rebeldía interior que percibía en su espíritu. Un hombre de oscuro pasado, sobre quien ella había preguntado, igual que había indagado sobre Gabinio, porque quería saber de todos aquellos de quienes dependía el retorno de su padre al trono de Egipto y, por extensión, su propio retorno al palacio real de Alejandría, esto es, a su casa. Y de aquel oficial todos decían que era valiente, pero todos confesaban no saber nada más de su pasado más allá de confirmar que llegó a Siria desde Atenas. Antes de eso, la vida de aquel oficial estaba enmarcada en la sombra de lo ignoto.

Pero sus ojos intensos pregonaban que su pasado había sido cualquier cosa menos pacífico, y ese halo de misterio la atraía aún más a él, y, además, olía bien, no como la mayoría de los oficiales romanos, que no se lavaban en semanas. Ella, sin embargo, había observado, desde una conveniente distancia, cómo aquel oficial se bañaba en los ríos o en todos los oasis y manantiales en los que el ejército se había detenido en su avance hacia el sur. Sin importar lo fría que pudiera estar el agua, no como ella, que requería que las esclavas le calentaran el agua de sus baños diarios en grandes calderos dispuestos sobre enormes hogueras cada atardecer. Y, cuando el agua del río era suficientemente profunda, lo había visto nadar con desenvoltura, una destreza poco habitual entre los hombres que no eran marinos.

No, ella tampoco entendía qué le estaba pasando mientras hablaba con aquel oficial romano, pero, al fin, el peso de sus objetivos, de todo aquello por lo que estaba luchando junto a su padre, se impuso a cualquier remilgo, a cualquier escrúpulo sobre manipular o no a un hombre.

Cleopatra se acercó muy despacio a aquel oficial romano y, con la voz más seductora posible, le dijo:

—Pues si no eres un cobarde, rinde las murallas de Pelusium para mí.

Y dio media vuelta y se fue, dejando tras de sí el aroma del mil inciensos, la esencia del Nilo infinito, del Egipto milenario, de mil anhelos, de una pasión ingobernable, de un imposible, de un mundo desconocido, de un sueño.

LXIII

La flota romana

Mare Britannicum
Galera romana en misión de reconocimiento
Verano del 55 a. C.

—¡Allí, allí, tribuno!

Voluseno miró por la cubierta de estribor: los acantilados, por fin, terminaban y se abría paso un paisaje totalmente distinto.

—Playas —dijo Voluseno, ensimismado. Habían tenido que seguir navegando hacia el este y luego hacia el norte, pero estaban encontrando un lugar donde la flota romana podría desembarcar.

—¡Remad, remad, remad! —ordenó el tribuno.

Tenía que ver esas playas de cerca.

***Praetorium* de Itius Portus**

Labieno, como si se hubiera convertido en la conciencia de César, planteaba de nuevo los interrogantes y dudas que tenía sobre todo aquel descomunal nuevo proyecto de su osado amigo.

—Los mórinos y los menapios están agitados y hay brotes de pequeñas rebeliones en todo el territorio de la costa, y también en el interior de la Galia belga —empezó.

—Por eso partiré a Britania con sólo dos legiones y dejaré aquí seis a tu mando, para que puedas controlar la situación, tanto de esas pequeñas rebeliones como de cualquier otra emergencia que pueda surgir —se explicó César con la tranquilidad de quien llevaba mucho tiempo calculándolo todo—. Y por eso también era importante la acción tan dura contra los germanos: para garantizarnos que no nos creen problemas adicionales en la retaguardia mientras yo me aventuro con la VII y la X en Britania.

—Aventurarse es un buen término —aceptó Labieno.

César sonrió.

—El día que recibas con agrado alguno de mis proyectos dudaré de si eres el mismo o te han cambiado —dijo, y los dos se echaron a reír. El ambiente se distendió.

—Siento lo que pasó con tu hija —dijo Labieno cambiando de tema—. Con toda la campaña del Rin y el viaje hasta aquí y los preparativos para la expedición de Britania, no hemos tenido un momento juntos a solas.

—Julia está bien —respondió César—. Perdió al niño, pero ella está bien.

—Eso es lo esencial —apostilló Labieno con convicción, pero los dos sabían que, si bien eso era, ciertamente, lo fundamental, la pérdida de ese niño, que habría solidificado la unión entre Pompeyo y César, era un duro golpe no sólo personal, sino político. Sin embargo, César, de pronto, sorprendió a Labieno con un comentario en el que ponía por delante, por primera vez en mucho tiempo, lo personal a lo político.

—¿Sabes, Tito? —dijo—. No sé si quiero que Julia se vuelva a quedar embarazada: su madre murió de parto y ella ha estado a punto de morir por la misma causa. No quiero un nieto que me asegure esa perfecta alianza política con Pompeyo a ese precio. A ese precio, nada.

Callaron un rato.

Labieno pensó que era preferible retornar a su línea habitual de plantear sus dudas sobre la campaña en curso.

—El verano está muy avanzado: ¿no crees que sería mejor esperar a la próxima primavera para intentar esta expedición a Britania?

Estaban en julio.

—Tienes parte de razón, pero en estas campañas, amigo mío, se junta lo militar con lo político —argumentó César—. Desde un punto de vista estrictamente militar, lo que dices tiene perfecto sentido, y más con la pésima climatología de estos territorios, pero, desde un punto de vista político, he de dar al Senado y al pueblo de Roma algo de lo que hablar que sea menos controvertido que mi acción contra los germanos. El cruce del Rin quizá esté sirviendo para eso, pero una expedición a Britania, amigo mío, hará que ése y no otro sea el tema de conversación por toda Roma, desde las tabernas más rudas de la Subura hasta los cenáculos más elitistas del Senado.

Labieno asintió.

—Sí, eso puedo entenderlo.

Tras una breve pausa, César volvió al tema de la campaña misma.

—¿Hay noticias de Comio?

Algunos jefes britanos habían enviado emisarios hasta la Galia celta para negociar alianzas con Roma y asegurarse de que sus tribus no serían atacadas si el procónsul finalmente desembarcaba en Britania. Como respuesta, César decidió enviar a Britania a un líder celta, Comio, de su máxima confianza. Se trataba de uno de los jefes de los atrebates, aliados de los romanos en aquel momento, que había cruzado el mar en otro barco distinto a la galera de reconocimiento de Voluseno. Su misión era parlamentar en nombre del procónsul para cerrar algunos pactos con esas tribus britanas a cambio de que éstas entregaran rehenes como muestra de su voluntad de aliarse, de veras, con Roma.

Pero, por el momento, nada se sabía del jefe de los atrebates.

—No, de Comio no sabemos nada —respondió Labieno.

—Eso… no es bueno.

—No lo es.

César suspiró. Sin datos, sin información, se sentía impotente.

—Esperaremos a Voluseno —dijo—, y, entonces, decidiremos.

Interior de Britania

—La *primera* —repitió Casivelauno, meditabundo y mirando al Extranjero—. Es una matización importante. —Y se dirigió a los jefes allí reunidos—: Que se advierta a todas las tribus de la costa. Que estén vigilantes y, si se avistan más barcos o si los malditos romanos intentan un desembarco, podéis anunciarles que yo mismo enviaré un ejército a detenerlo. Me consta que se ha retenido a un enviado del procónsul romano, pero no creo que eso vaya a retrasar su avance sobre nosotros, si es que el líder romano está decidido a hacerlo. Seremos prudentes y nos prepararemos para una posible invasión. Haremos que el romano, si desembarca, se arrepienta eternamente de su osadía. —E hizo una pausa en la que, lentamente, se inclinó hacia delante en su trono elevado—. Si desembarca, el romano se las verá cara a cara con nuestra mejor arma.

Y se echó a reír, y con él todos los presentes menos el Extranjero, que, confuso, no acertaba a entender a qué arma podía referirse el monarca britano que tanta seguridad le daba ante un posible ataque romano. Llevaba aún poco tiempo entre los britanos y no los había visto nunca en combate: ¿habría llegado, por fin, a un reino donde los romanos iban a encontrar algo contra lo que no podrían luchar?

Itius Portus
Tres días más tarde

César esperó a Voluseno en los muelles. El procónsul asistió a las maniobras de amarre de la galera de expedición y saludó a Voluseno nada más éste puso pie a tierra.

—¿Has encontrado un buen lugar para el desembarco? —preguntó César sin dejarle tiempo para los saludos protocolarios.

—Creo que sí, procónsul.

—Bien, bien, por Hércules. Luego me darás los detalles. —Y alzó la mirada hacia los oficiales que estaban junto a él esperando a Voluseno—. Preparadlo todo, con las legiones VII y X en las bodegas de los barcos. Zarpamos mañana mismo, antes del amanecer. ¡Quiero que Britania reciba el alba del carro de Apolo con un horizonte repleto de galeras romanas!

Mare Britannicum*

Ochenta galeras para transportar las legiones VII y X, dieciocho galeras adicionales para llevar en ellas la caballería romana, jinetes y bestias, y cien barcos más a vela para suministros, pertrechos militares y víveres. La galera de Voluseno fue, en efecto, sólo la primera.

Era una noche clara, sin nubes, y César decidió aprovechar la calma nocturna para zarpar horas antes de que amaneciera.

Los pilotos romanos se orientaban por las estrellas para no perderse durante la navegación nocturna, pues estaban habituados a surcar mares en la oscuridad. A lo que no estaban tan acostumbrados era al oleaje de las corrientes de aquel mar. Había que ser un marinero muy experto para no dejarse llevar por la fuerza del océano y perder el rumbo.

El amanecer descubrió poco a poco, entre una bruma que iba levantándose a medida que el sol ascendía, los imponentes acantilados blancos de los que Voluseno ya había hablado. Pese a estar todos advertidos, el imponente muro de roca enmudeció a oficiales, pilotos y legionarios por igual.

Pero había algo más.

—¡Allí! —señaló Balbo, que acompañaba a César en la nave capitana de aquella expedición.

En lo alto de los acantilados se divisaban numerosos jinetes.

—Los britanos nos esperan con la caballería —anunció César—. Bueno, nosotros disponemos de nuestros propios jinetes.

César había puesto al propio Voluseno al mando de la caballería romana, a falta del joven Craso, ya regresado a Roma para unirse a las posibles campañas militares de su padre, pero, cuando el procónsul empezó a mirar a un lado y otro de la galera insignia, tuvo la sensación de que faltaban barcos, precisamente aquellos que transportaban en sus bodegas la caballería romana.

Balbo comprendió las preocupaciones de su superior.

—Algunos pilotos han debido de perder el rumbo en medio de la noche —sugirió el hispano—. Los vientos y las corrientes eran muy fuertes, pese al buen tiempo en el cielo.

* Véase el mapa «Primera campaña en Britania» de la página 1019.

César asintió, pero, cuando se volvió a mirar hacia lo alto de los acantilados y vio cómo un numeroso destacamento de caballería britana los seguía por lo alto de aquellos gigantescos muros blancos, sintió que la ausencia de aquellas galeras podía ser un grave problema.

Balbo seguía leyendo los pensamientos de su líder.

—Quizá recuperen el rumbo —dijo con un tono que intentó ser esperanzador—. Voluseno, mejor que nadie, sabe dónde hay que llegar.

—Eso es cierto —convino César.

Siguieron hacia el este, primero, y luego, siempre costeando los acantilados, hacia el norte, tal y como el propio Voluseno había explicado. Los infranqueables muros de roca blanca empezaron a reducirse y, al fin, aparecieron las playas de las que el propio Voluseno había hablado.

Se trataba de unas playas en las que, no obstante, no había una gran bahía que sirviera de puerto natural, pero, desde luego, era un lugar donde, al menos, poder aproximarse con la flota y desembarcar. Después de la visión de los acantilados, aquellas playas parecían la mejor de las ensenadas posibles.

Las galeras se fueron aproximando a la costa cada vez más y, al hacerlo, también resultaron más visibles los miles de guerreros britanos que se estaban acumulando en las colinas al fondo de la playa: había guerreros a pie, pero sobre todo jinetes y... algo más.

—¡Tienen carros de guerra! —aulló uno de los tribunos.

Tirados por dos poderosos caballos, cada carro de guerra britano llevaba dos hombres: un auriga y un guerrero. Así, mientras el primero conducía, el segundo podía disparar flechas o arrojar lanzas y, una vez que contactaban con el enemigo, podía también descender del carro e iniciar un fiero combate a pie, cuerpo a cuerpo, pero siempre con la salvaguarda de que a pocos pasos tenía a su auriga esperando con el carro preparado para una retirada táctica veloz, en caso de que la lucha no se desarrollara a su favor. Aquellos carros eran armas tan mortíferas para la guerra como inesperadas para César: ninguno de los líderes galos que, supuestamente, habían aceptado la dominación romana y se presentaban como aliados les habían advertido sobre aquella arma de los britanos. César comprendió, más allá de la dificultad inmediata de acometer el desembarco contra aquellos carros enemigos, que los galos distaban mucho de confiar realmente en Roma. Pero ése era un asunto del que tendría que ocuparse a su regreso... Eso, si es que regresaban vivos.

—Son centenares de carros de guerra —dijo Balbo en voz baja, pero sus palabras, en medio del silencio de todos los oficiales romanos, resonaron en los tímpanos de César como si en el interior de su cabeza golpeara el martillo de Vulcano.

LXIV

De rerum natura

Roma, *domus* de Cicerón
Verano del 55 a. C.

Cicerón revisaba el texto con atención. Llevaba horas doblado sobre la mesa de su *tablinum* sin un instante para el descanso. La concentración en aquel trabajo lo ayudaba a abstraerse de los continuos ruidos que los operarios seguían aún haciendo con las últimas reformas para terminar de reconstruir su casa.

Aeneadum genetrix, hominum divomque voluptas,
alma Venus, caeli subter labentia signa
quae mare navigerum, quae terras frugiferentis
concelebras, per te quoniam genus omne animantum
concipitur visitque exortum lumina solis:
te, dea, te fugiunt venti, te nubila caeli
adventumque tuum, tibi suavis daedala tellus
summittit flores, tibi rident aequora ponti
placatumque nitet diffuso lumine caelum.

Engendradora del romano pueblo,
placer de hombres y dioses, alma Venus:
debajo de la bóveda del cielo,
por do giran los astros resbalando,
haces poblado el mar, que lleva naves,
y las tierras fructíferas fecundas;
por ti todo animal es concebido
y a la lumbre del sol abre sus ojos;
de ti, diosa, de ti los vientos huyen;

Estaba absorbido por la tarea. Llevaba semanas editándolo. Aquella empresa lo mantenía ocupado y, al menos por un tiempo, lo alejaba de la tensión política del día a día. Era su forma de escapar a la presión de la eterna lucha por el poder. Su modo de recargarse, de inspirarse, de fortalecerse fortaleciendo su mente.

cuando tú llegas, huyen los nublados;
te da suaves flores varia tierra;
las llanuras del mar contigo ríen,
y brilla en larga luz el claro cielo.*

No es que estuviera de acuerdo en todo lo que decía aquel autor, pero había forjado la para él indiscutible valoración de que, aunque sólo fuera por técnica poética, merecía la pena preservar aquel texto, aquel… ¿poema, tratado, estudio? Era difícil definirlo, porque en sus versos se mezclaban filosofía y literatura con ciencia y religión. ¿O era acaso todo lo contrario: un texto sacrílego? El autor describía las causas de todo lo que acontecía en el mundo sin la que todos consideraban habitualmente necesaria participación de los dioses, pero, al tiempo, las deidades eran referidas y todo el poema abría con aquel largo canto en honor a la diosa Venus. Era un texto inclasificable y, como tal, original.

Cicerón se afanaba en recopilar unos hexámetros más, y los transcribía con cuidado y los volvía a revisar con tiento de editor. En aquel mo-

* Lucrecio, *De rerum natura*, libro I, vv. 1-9. Traducción del original latino de la edición de José Marchena, publicada originalmente en 1918 y recogida por la Biblioteca Virtual Miguel de Cervantes en 1999.

mento, no tenía realmente conciencia de que estuviera salvando un clásico, un poema de referencia para unos Virgilio u Horacio que por entonces sólo tenían quince y diez años, respectivamente, y que nadie conocía, un poema que avanzaba la revolucionaria idea de que sólo los seres que mejor se adaptaban a su entorno eran los que sobrevivían.

Un texto precursor de Darwin aun sin saberlo ni su autor ni Cicerón, su recopilador.

El veterano orador se afanaba en aquel empeño que, por unas semanas, lo elevaba por encima de la soberbia y vanidad humanas del día a día, por encima de cada hora de disputas en el Senado, y que lo estimulaba más allá de las constantes maniobras y contramaniobras políticas de unos y otros y de él mismo.

La tarea de corrección y revisión lo relajaba, y sabía que había de tener la mente despejada para dirimir cómo resolver el gran galimatías de su tiempo, que no era otro que desentrañar el alma, el pensamiento y los planes últimos, si es que los tenía, de Cayo Julio César: la comisión del Senado que propuso Catón para investigar el controvertido asunto del ataque de César en el Rin se había pospuesto *sine die* por la audaz marcha del propio César a Britania. Sí, *De rerum natura* de Tito Lucrecio Caro, el poema que estaba editando, intentaba explicar el cosmos, pero Cicerón se preguntaba constantemente: ¿quién podía explicar a César?

Domus de Pompeyo

—¿Qué lee mi esposo con tanta atención? —preguntó Julia pasando por delante del *triclinium* en el que estaba acomodado su marido, enfrascado en una concentrada lectura, desenrollando metódicamente un largo rollo de papiro.

—Un poema... largo —respondió él—. Un regalo de Cicerón. —Y levantó la mirada para seguir hablando con su esposa sin que pareciera que la ignoraba—. Es un texto entre filosófico y literario que parece querer explicar la naturaleza de todas las cosas.

—Muy ambicioso me parece —apuntó ella mientras se reclinaba en el *triclinium* contiguo al de su esposo y tomaba con delicadeza entre sus finos dedos un trozo de queso cortado y se lo llevaba a la boca.

—Ambicioso y aburrido —completó Pompeyo—. Cuando se pone a hablar sobre átomos, es francamente entre denso e insoportable.

—Y si no te gusta, ¿por qué lo lees?

—Bueno, pese a nuestras diferencias políticas, confío en el criterio literario de Cicerón, y me lo ha entregado insistiendo en que todo senador romano debiera leerlo.

—¿Y por qué no invitamos al autor un día a cenar y que nos lo explique? —sugirió Julia con genuino interés de ayudar a su marido—. Quién mejor para resolver tus dudas sobre el poema.

—Sería una gran idea, querida mía, si no fuera porque parece ser que el autor ha muerto hace unos meses. Por eso Cicerón ha asumido el trabajo de editarlo personalmente, porque cree en la relevancia de este... —buscó un adjetivo adecuado a su opinión sobre el poema—, de este tedioso texto.

—Pues si no te gusta, ¿por qué no haces otra cosa?

Pompeyo dejó el rollo de papiro a un lado y tomó también algo de queso.

—¿Como qué? —preguntó, y pensó que ella le sugeriría que se ocupara de cuestiones relacionadas con la gestión de su patrimonio o de cuestiones políticas, pero se equivocó. La sugerencia de su joven esposa no iba en esa dirección en absoluto.

—Como estar conmigo... en nuestra habitación, quiero decir —dijo ella mientras tomaba ahora unas pasas con las que acompañar el queso que aún degustaba en su boca.

Pompeyo se quedó mudo unos instantes. Julia no solía ser nunca tan directa, pero era cierto que llevaban unos meses sin intimar. Tras el aborto de enero, ella había estado muy débil y él no quiso importunarla con sus ansias sexuales, por otro lado, algo mermadas por su edad.

—Como pasó lo que pasó y sufriste tanto y estuviste tan delicada de salud... —empezó a decir él.

—Ya no estoy débil —respondió ella, cogiendo un segundo pedazo de queso y añadiendo unas palabras que conmovieron a su esposo—: Y te echo de menos.

No hubo un tercer pedazo de queso para ninguno de los dos.

Él la tomó de la mano y la condujo al dormitorio.

Julia se encontraba plenamente recuperada del aborto sufrido hacía unos meses y se sabía aún con una misión inconclusa: concebir un hijo que afianzara *in aeternum* el pacto de sangre entre su esposo y su padre.

Y Julia, lo llevaba en la sangre, no era de arredrarse ante los tropiezos del destino y dejar un proyecto importante sin terminar.

Ella gimió.

Y él.

Ella cerró los ojos.

Esta vez tendría que salir bien.

Bien.

Domus de Catón

—Toma —dijo Cicerón en cuanto entró en el vestíbulo de la casa de Catón—: *De rerum natura* de Lucrecio.

—¿El filósofo que ha muerto? —indagó Catón mientras tomaba en sus manos el cesto con varios rollos de papiro—. ¿Tan largo es que se extiende en varios volúmenes?

—Es extenso, sí —aceptó Cicerón—, pero fascinante. También le he enviado copias a Pompeyo y a mi hermano Quinto. Bueno, a Quinto dos, para que le entregue una también a César. Me parece gracioso hacerle llegar al *pontifex maximus*, a nuestro sacerdote supremo, a nuestro *querido* César, un poema que sugiere un mundo donde todas las cosas pudieran explicarse sin la participación de los dioses. —Y se rio—. Aunque el autor los menciona respetuosamente en diferentes ocasiones para evitar ser acusado de sacrílego.

—Si viene de ti, no creo que César se moleste en leerlo, ¿no crees? —apuntó el joven Bruto, que, desde su estancia en Chipre, seguía frecuentando la casa de su tío Catón.

Los tres hombres estaban ya reunidos en el atrio y se acomodaron en diferentes *triclinia* mientras los esclavos traían bebida y comida.

—Yo también pienso lo mismo —añadió Catón apoyando la visión de su sobrino sobre la improbabilidad de que César se molestara en leer un texto, además tan extenso, de un filósofo desconocido y ya muerto, remitido por Cicerón.

—Bueno, el poema abre con un elogioso canto a Venus y César se cree descendiente de la sagrada diosa, o eso suele decir a unos y otros, que su familia desciende de Venus, de modo que quizá eso le haga, al menos, adentrarse en unos cuantos versos en el poema —respondió Cicerón tomando la primera copa de vino.

—No le veo sentido a tu empeño de mantener esa correspondencia con César —replicó Catón—. A veces directa o, como ahora, a través de tu hermano Quinto.

—Siempre está bien mantener una línea de comunicación con todo el mundo —respondió Cicerón.

—¿Incluso con los enemigos políticos? —preguntó Bruto.

Cicerón le contestó mirándole directamente a los ojos:

—Con los enemigos políticos en especial.

En el pasillo que daba acceso al atrio, Servilia, la hermanastra de Catón y madre de Bruto, y amante de César cuando éste se hallaba en Roma, estaba a punto de entrar en el patio y unirse al cónclave. Había escuchado parte de la conversación sobre el poema que Cicerón estaba regalando a tantos prohombres de Roma y eso le había interesado sobremanera, pero al mencionarse el nombre de César, considerando que su hermanastro aún sentía gran resentimiento hacia ella por su relación íntima con él, decidió no entrar en el atrio, dar media vuelta y refugiarse en la intimidad de su dormitorio.

Caminó despacio, como si tras ella arrastrara la pesada carga de centenares de recuerdos de mil momentos pasados con César. Lo echaba inmensamente de menos. ¿Cuándo volvería de las Galias? Y, de pronto, una duda terrible la asaltó: porque volvería vivo, ¿verdad, oh, dioses de Roma? Las noticias de la campaña de César en Britania, más allá del mar, más allá de donde nunca antes había luchado Roma, la llenaron de admiración como a todos, pero la llenaron también de temor como a ningún otro en la ciudad. El amor sufre infinito en la separación.

Domus de Clodio

Otra mujer, en otra residencia de Roma, echaba también de menos a otro hombre.

Fulvia se sentía atrapada en su matrimonio con Clodio. La casaron muy joven, casi una niña, y no tuvo poder de decisión sobre su matrimonio, pero, como Clodio parecía un hombre ambicioso y ella también lo era, la diferencia de edad no le importó demasiado. Tampoco era aquella situación infrecuente.

Pero sentía que su vida estaba como atascada, detenida, sin rumbo. Ella estaba cumpliendo con lo que se esperaba de una joven matrona romana y había dado a luz el año anterior a una niña, Claudia. Sin embargo, su esposo no avanzaba políticamente. Era como si sirviendo a unos y a otros, primero a César, a veces a Craso, se hubiera olvidado de servir a su propia familia. Clodio no había matado a Cicerón, le había hecho la vida imposible, pero no lo había matado, y para Fulvia las cosas eran o blancas o negras y los enemigos estaban para que uno los asesinara. Su marido, pese a las múltiples acusaciones de promover violencia política y disturbios en las calles de las que era objeto, le parecía blando.

—Mucho ruido, esposo mío, pero pocos resultados —le dijo ella un día.

—He llegado a ser tribuno de la plebe —le espetó él con rabia, ante aquella acusación que sentía injusta.

—¿Sabes el listado de tribunos de la plebe muertos en Roma que nunca llegaron a nada, muchos asesinados por sus enemigos? —le preguntó ella y, antes de que él pudiera responder nada, añadió—: Has de poner miras en nuevos objetivos, nuevas magistraturas, nuevos cargos que afiancen tu poder. En Roma, quien no crece muere. Quien no prospera es aniquilado. Es, o tú, o los demás.

Clodio decidió no continuar la discusión y beber varios tragos de vino para encontrar sosiego en el aturdimiento del licor.

Sí, Fulvia echaba de menos a otro hombre, a aquel joven Marco que colaborara con su esposo en los tiempos del consulado de César. Marco, fuerte, joven, vigoroso, rezumaba ambición por todos sus poros y, a la vez, era impulsivo y potente en la cama. La fidelidad no estaba entre las virtudes de Fulvia. Pero, por otro lado, aquel Marco desperdiciaba su energía y su dinero en partidas de dados y putas y tabernas. Un hombre apuesto y fuerte sin ambición. Ahora bien, en las últimas semanas habían llegado noticias a Roma de un tal Marco Antonio que lideraba las tropas del gobernador de Siria en su intento de hacerse con el control, nada más y nada menos, que del rico Egipto. ¿Sería ese Marco Antonio el mismo Marco que ella conoció? Improbable, pues Marco era un *praenomen* tan común… Pero era hermoso pensar que aquella coincidencia fuera posible, y es que, si eso fuera así, si ese Marco que ella conoció llegara a ser tan bueno en el ejército y, sobre todo, en política como lo era en la cama, eso haría de él un hombre irresistible. Un ser egregio. *Su* hombre. Su héroe. Su dios.

LXV

El desembarco

Playas al sureste de Britania*
Verano del 55 a. C.

No fue una maniobra militar digna de recuerdo para generaciones militares posteriores.

Los problemas comenzaron cuando César ordenó aproximar aún más las galeras a la playa para que los legionarios pudieran desembarcar haciendo pie, pues la mayoría no sabía nadar, y los barcos empezaron a encallar en los bancos de arena del lecho del mar: las galeras eran barcos demasiado grandes y con bodegas demasiado profundas para aquellas aguas de unas playas en donde la marea se retiraba centenares de pasos y retornaba horas después, de modo que el terreno por andar, embarrado y trabajoso, podía ser muy extenso antes de llegar a tierra más firme.

Los barcos romanos encallaron.

Esto obligó a que los legionarios de la VII y la X tuvieran que dejarse caer sobre el agua y, aunque hacían pie, tal y como había preten-

* Probablemente en algún punto entre las actuales playas de Deal o Walmer, en la costa sureste de Inglaterra, aunque éste es un tema controvertido.

dido César, se veían obligados a vadear pesadamente el trayecto final que separaba sus barcos de la playa propiamente dicha. Con el armamento, las *loricas* de malla y los escudos, aquella travesía ya era de por sí difícil, pero con la lluvia de proyectiles enemigos que les sobrevino, mucho más.

Y es que los britanos se aproximaron a pie, a caballo y en sus mortíferos carros hasta el borde mismo del mar e iniciaron un intenso bombardeo de lanzas y flechas que hirió a muchos romanos y envió a la laguna Estigia a otros tantos. Y, para perplejidad de los legionarios, las ruedas de aquellas máquinas de guerra no se atascaban en la playa. Eran aquéllas unas tierras distintas, donde la marea no se retiraba unos pocos pasos, como en el Mare Nostrum, sino varias decenas de pasos, dejando una amplia extensión de arena húmeda apelmazada sobre la que los carros enemigos se deslizaban con rapidez, convirtiéndose así en ejecutores terribles.

Nave insignia de la flota romana

—¡Que los arqueros y los honderos protejan a nuestros legionarios! —ordenó César.

Y unos y otros se aprestaron a responder con otra lluvia de proyectiles a los lanzamientos de flechas de los enemigos.

—¡Que las *ballistae* arrojen lanzas! —añadió César, de modo que los artilleros cargaron los poderosos lanzasaetas que utilizaran en el pasado reciente para desarbolar las velas de los barcos de los vénetos, y ahora los cargaron con grandes y afiladas lanzas para arrojarlas con fuerza contra los britanos de la playa.

Playas de Britania

El intenso bombardeo iniciado desde las galeras romanas hizo retroceder un centenar de pasos a los britanos y esto facilitó el avance de los legionarios hacia la playa. Pero, aun así, muchos romanos tenían miedo ante aquellos imponentes carros de guerra con los que el enemigo los esperaba en la arena.

El *aquilifer* de la X dio, entonces, una lección de pundonor y, portando la insignia de la legión, se lanzó contra los britanos corriendo desde el mar.

—¡Seguidme, seguidme, no dejéis que vuestro estandarte caiga en manos del enemigo! —aulló el *aquilifer*.

La acción individual, junto con las órdenes de César de que se incrementara el apoyo a los legionarios que alcanzaban la costa con los lanzasaetas desde los barcos, enardeció los ánimos de los que dudaban y la VII y la X llegaron hasta la misma playa y, veloces, siguiendo las instrucciones de los centuriones, empezaron a formar en centurias y a protegerse con los escudos de los proyectiles enemigos, hasta quedar preparados para recibir nuevas instrucciones de combate.

Nave insignia

—*Triplex acies* y que se adelante la primera línea —dijo César a Balbo, y éste miró a los legionarios que portaban las tubas militares y éstos las hicieron sonar de inmediato.

Playas de Britania

Los britanos vieron que los legionarios, pese a todas las dificultades, habían conseguido desembarcar y se les aproximaban en perfecta formación militar.

De pronto, jinetes, guerreros y carros de guerra hicieron algo inesperado para los romanos: se retiraron.

En poco tiempo, la playa quedó limpia de enemigos.

César no lo dudó y saltó al agua, y con él Balbo y el resto de los oficiales de su alto mando, y todos iniciaron el mismo penoso y lento vadear que habían hecho los legionarios hacía unos momentos.

César emergió del Mare Britannicum y con un paso decidido y su sandalia derecha pisó, por primera vez para un procónsul romano, el suelo de Britania. Como cuando cruzó el Rin. Como cuando aprobó la ley de reforma agraria. Como cuando rehusó celebrar un triunfo para poder presentarse como candidato a cónsul. Como cuando puso una legión entera a caballo, como cuando ordenó combatir a su ejército en dos flancos al mismo tiempo, como cuando dio un discurso público para honrar a una mujer recién fallecida, como en tantas otras situaciones y momentos y lugares: por primera vez en la historia.

Balbo estaba a su lado.

El procónsul de Roma miró a un lado y a otro: dos impresionantes legiones romanas en perfecta formación a lo largo de toda la costa y ante ellos, la inmensa playa desierta. Pero César también pudo ver a muchos legionarios heridos, arrastrándose por la arena, los médicos empezando a atenderlos y a organizar un improvisado *valetudinarium* de campaña, y, por otro lado, vio también cómo apenas había habido bajas entre los britanos.

—Esto ha sido un absoluto desastre, Lucio —sentenció César—. El desembarco se ha conseguido por el arrojo de los legionarios, como ese bravo *aquilifer* de la X y todos los que lo han seguido, pero ha sido organizado por mí de un modo nefasto.

—Pero estamos en Britania y los enemigos han huido —lo animó Balbo.

—No han huido, Lucio, no han huido —replicó César, brazos en jarras, mirando hacia las colinas donde terminaba la playa—. Se han replegado tácticamente y con inteligencia. Pero están ahí, esperándonos, calculando y usando bastante más la astucia que lo que la he empleado yo. Y no te olvides de que tienen todos esos malditos carros de guerra. Esto no va a ser fácil, Lucio, no lo va a ser. —Y echó a andar y, tras él, dos legiones romanas hollando el suelo de Britania con tanto valor como miedo. Los legionarios ya habían saboreado la ferocidad con la que los habían recibido en aquella tierra y ninguno de ellos olvidaba tampoco todos aquellos centenares de carros.

—Lo que no entiendo —dijo Balbo a César mientras avanzaban hacia las colinas— es ¿por qué han exhibido sus carros de guerra si luego ni tan siquiera los han utilizado?

El procónsul se detuvo y miró al hispano.

—Para infundirnos miedo, Lucio, para infundirnos miedo. —Y señaló los rostros sombríos de los legionarios mientras concluía su explicación—: Y les funciona.

LXVI

La fortaleza de Pelusium

Egipto
Verano del 55 a. C.

Pero aquel desembarco en la remota Britania no era la única campaña militar que en aquel momento llevaban a cabo tropas romanas. En la frontera este de Egipto también se luchaba. O, mejor dicho, se pensaba en cómo luchar.

Praetorium *de campaña*
Campamento general romano de Aulo Gabinio,
frente a la fortaleza de Pelusium

El gobernador romano de Siria había convocado a su estado mayor para que todos aportaran ideas sobre posibles formas de rendir la fortaleza de Pelusium.

Se sugirieron diversas estrategias, desde construir una gran rampa de arena que llevara a lo alto de las murallas hasta excavar minas que socavaran los cimientos de los muros hasta que colapsaran.

—Todo eso llevaría demasiado tiempo y el asedio se prolongaría durante meses —se quejaba Aulo Gabinio. No tenía tanto tiempo. El triunviro Craso ya había sido designado como gobernador de Siria para el año próximo y, o conseguía controlar Egipto antes, o la conquista del reino del Nilo sería un logro de Craso, y eso ni le reportaría a él fama y los diez mil talentos prometidos por el faraón ni el favor de Pompeyo. Peor aún: lo indispondría con este último, y eso no era nada estimulante.

—Podríamos arrojar gatos por encima de los muros —propuso un tribuno que parecía saber de historia militar—. Es lo que hizo Cambises II, el rey persa cuando tomó la fortaleza. Los gatos son sagrados para los egipcios y en el pasado rindieron la ciudad para que los persas dejaran de masacrarlos de aquel modo tan cruel para ellos.

En realidad, aquel tribuno no sabía tanto de historia: aquél era un relato que estaba en boca de todos los legionarios, que, a su vez, lo habían aprendido de la población local con la que conversaban a diario en sus transacciones para obtener agua, pertrechos de todo tipo y víveres.

Pero a Gabinio no le parecía mala idea y frunció el ceño, muy pensativo. Quizá aquello pudiera funcionar. Y, al menos, no requería ni de mucho tiempo ni de mucho esfuerzo.

—Podríamos probarlo... —apuntó el gobernador.

—No funcionará —lo interrumpió Marco Antonio—. Si estuvieran aquí el faraón Tolomeo o su hija o cualquiera de su séquito confirmaría lo que yo digo: esa estrategia no funcionará en el Pelusium de hoy día.

—¿Y por qué no, si puede saberse? —indagó el tribuno, que sentía que había ganado la estima del gobernador al proponer algo de su gusto.

Marco Antonio se adelantó al resto y habló en el centro del *praetorium*. Aulo Gabinio lo observaba entre incómodo, por cuestionar una estratagema sencilla y rápida para obtener la victoria, e interesado, pues sabía que aquel oficial era su mejor hombre.

—Esa estrategia no funcionará porque los soldados que defienden Pelusium hoy no son en su mayoría egipcios, sino las tropas del propio Arquelao, traídas desde Capadocia, y a esos soldados lo que les hagamos a los gatos les trae sin cuidado. Por otro lado... —Se sentía encendido ante tanta tontería como había escuchado, pero miró al gobernador y, como viera que éste asentía para invitarlo a seguir hablando, continuó—: Por otro lado, las minas o las rampas de tierra son obras que llevarían, ciertamente, tal y como se ha comentado, mucho tiempo. Pero hay otra alternativa para rendir las murallas de Pelusium que no requiere tanto tiempo. Eso sí, es una estrategia que exige gran arrojo militar por parte de todos, oficiales y legionarios, para llevarla a término.

—¿Cuál es esa alternativa? —preguntó Aulo Gabinio.

—Torres de asedio —respondió Marco Antonio con autoridad.

El gobernador de Siria no tenía claro si aquel plan surtiría efecto, pero, viendo cómo Marco Antonio enardecía los ánimos de todos los presentes mientras explicaba su idea con más detalle, concluyó que aquel hombre era un líder nato. *Su* líder.

Puesto de observación del alto mando romano frente a la fortaleza de Pelusium

Tolomeo XII fue invitado por parte del gobernador a asistir a todo el proceso de construcción de las torres de asedio. El faraón, como acostumbraba, se hizo acompañar por su séquito, y entre los miembros relevantes de su cortejo, como siempre, estaba su joven hija.

Cleopatra, de este modo, fue testigo de cómo, día a día, las dos gigantescas torres de asedio móviles crecían ante sus ojos. En apenas una semana estaban preparadas para el ataque, y el día señalado para emplearlas, ella se encontraba allí, viéndolo todo, como una espectadora privilegiada.

A la joven princesa le habría gustado poder departir en algún momento a solas, como había hecho antes, con Marco Antonio, pero el oficial romano estaba tan ocupado, por un lado, y ella, por otro, tan falta de libertad de movimientos, siempre custodiada por los soldados de su padre, que, por el momento, no fue posible un nuevo encuentro.

Pero el día del ataque, allí estaba ella. Identificó con rapidez a Marco Antonio entre la multitud de legionarios que se aproximaban a las murallas de Pelusium. Era fácil porque era el hombre en el que se fijaban todos los centuriones en su avance hacia la fortaleza. Cleopatra pudo ver cómo Marco Antonio iba de un lado a otro de las tropas romanas, dando órdenes sin parar, y cómo los arqueros romanos, los honderos y varios grupos de artilleros lanzaban armas arrojadizas de todo tipo contra lo alto de las murallas. La idea era, sin duda, dificultar que los defensores, a su vez, pudieran lanzar proyectiles contra los legionarios que tiraban de las dos gigantescas torres de asedio en su aproximación a la ciudad.

—¿Quién es ese hombre que dirige tus tropas? —escuchó Cleopatra preguntar a su padre.

—Un nuevo oficial que mostró notable arrojo en la guerra contra los judíos —fue la respuesta del gobernador de Siria.

Pero Cleopatra anhelaba saber mucho más de aquel hombre que era capaz de liderar un ataque como aquél contra una fortaleza que a todos se les antojaba inexpugnable. Esto es, a todos menos, precisamente, al propio Marco Antonio. ¿Quién era en verdad aquel hombre?

Los soldados de Arquelao, pese a la lluvia de saetas romanas que caía sobre lo alto de las murallas, conseguían, a su vez, arrojar numerosos proyectiles contra los legionarios que acercaban las temibles torres. Fuera como fuera, a costa de valor, esfuerzo y mucho sufrimiento, las torres de asedio, poco a poco, llegaron hasta las murallas. Había un reguero de cadáveres y heridos romanos en el trayecto que habían recorrido las dos pesadas estructuras hasta alcanzar su objetivo, pero, más allá de los caídos, allí estaban las dos inmensas torres, en pie, pegadas a los muros.

—Ahora ascenderán por ellas —anunció Gabinio.

Tolomeo asentía entre admirado y esperanzado. Admirado por aquella exhibición de fuerza y esperanzado porque, si se conseguía tomar la ciudad, Egipto entero vendría después y él volvería a sentarse en el trono como único soberano del reino del Nilo. La fortaleza de Pelusium era la puerta de entrada a Egipto y el punto elegido por Arquelao para plantear su defensa. La toma o no de la fortaleza era el gran pulso que decidiría el destino próximo del más legendario y milenario de los reinos.

Y todo dependía de aquellas torres, de aquel asalto.

Sin saberlo, el faraón Tolomeo XII, el gobernador Aulo Gabinio y todos cuantos estaban próximos a ellos en aquel puesto de observación contuvieron la respiración.

Cleopatra pudo ver el ascenso de decenas y decenas de legionarios por las escaleras interiores de las torres.

Arqueros, honderos y artilleros romanos seguían arrojando tantos proyectiles contra los defensores de los muros como les era posible para evitar que pudieran detener a los legionarios cuando llegaran a lo alto.

La princesa vio cómo el propio Marco Antonio seguía dirigiendo las operaciones desde la base misma de las torres.

De pronto, el fuego.

—¡Han incendiado la primera torre! —gritó uno de los tribunos del alto mando que estaba junto al gobernador, el faraón y su séquito.

Y así era: los defensores habían arrojado flechas llameantes contra las torres y el fuego había prendido en una de ellas. Se podía ver a los legionarios arrojándose desde lo alto envueltos en llamas. Era un espectáculo tétrico y desolador para los romanos.

Gabinio negó con la cabeza y bajó la mirada. Sintió que sus diez mil talentos se esfumaban. Se quedó mudo, los ojos clavados en el suelo.

Por eso no vio al propio Marco Antonio aproximándose por entre los legionarios al pie de la segunda torre, que aún seguía intacta, avanzando a toda velocidad, entrando en la estructura y ascendiendo él personalmente por las escaleras.

—Isis, por lo que más quieras, protégelo —musitó la joven Cleopatra.

Segunda torre de asedio

—¡Rápido, rápido, rápido! —aullaba Marco Antonio en su ascenso por las escaleras del interior de la torre. Sabía que la estructura podía ser incendiada también en cualquier momento, pero antes de subir había ordenado a los artilleros que reforzaran su tormenta de proyectiles contra los defensores. Era lo único que podía darles una oportunidad, y, efectivamente, los soldados de Arquelao apenas eran capaces de asomarse a los muros para arrojar flechas incendiarias con buena puntería por la ingente lluvia de lanzas de las *ballistae*, flechas y bolas de plomo de los honderos.

Marco Antonio aún recordaba sus órdenes a los arqueros y artilleros antes de entrar en la torre:

—¡Si consiguen incendiar la segunda torre con sus flechas, os aseguro que descenderé de ella incluso envuelto en llamas y acabaré con todos vosotros personalmente!

Lo último que vio antes de entrar en la enorme mole de madera fue a los artilleros cargando las *ballistae* a toda velocidad y a arqueros y honderos disparando sin descanso contra lo alto de los muros.

Marco Antonio ascendía de dos en dos los escalones, como un lagarto, y sin dejar de animar a sus hombres en ningún momento. No había calculado lo de las flechas incendiarias y eso lo había enfurecido. Era evidente que, al no ocultar la construcción de las torres a los defensores de la ciudad, éstos habían pensado en cómo protegerse de ellas, y lo estaban haciendo bien. Ahora la velocidad era más crucial que nunca.

Marco Antonio llegó a lo alto de la torre y se posicionó justo tras la rampa que tenía que descender sobre la muralla a fin de hacer de puente entre la estructura de madera y la muralla de piedra para el paso de los atacantes.

—¡Por Júpiter, cortad las cuerdas, cortadlas de una maldita vez! —gritó Marco Antonio, temeroso de que alguna flecha terminara prendiendo fuego también a aquella segunda torre, pese a su insistencia a los arqueros y artilleros de que imposibilitaran a los defensores arrojar más dardos contra ellos.

Varios legionarios, provistos de cuchillos especialmente afilados para la tarea, cortaron las sogas que sostenían la rampa de la torre aún levantada. Las cuerdas se quebraron y la pesada rampa de madera cayó a plomo sobre las almenas de la muralla.

—¡Todos conmigo, por Hércules! —aulló Marco Antonio y, sin pensárselo él ni dar tiempo a ninguno de sus hombres a pensar en nada que no fuera obedecer, se lanzó por la rampa con el casco ceñido, el escudo cubriéndole y su *spatha* de caballería esgrimida, dispuesto a llevarse por delante a todos cuantos se atrevieran a interponerse en su camino.

Los defensores se aprestaron a evitar que los atacantes pudieran poner pie en lo alto de las murallas, pero el arrojo de los romanos, impulsados por aquel líder que parecía desconocer lo que era el miedo, era tal que, en poco tiempo, más de dos centurias de legionarios luchaban por lo alto de todas las murallas con tal furia que los soldados de Arquelao no hacían más que retroceder.

La primera torre ardía sin parar, generando una nube de humo que se elevaba hacia los cielos, pero la segunda se había convertido en una especie de torrente de tropas romanas que ascendían por ella sin interrupción, introduciendo cada vez más y más legionarios en la ciudad de Pelusium.

El combate duró horas.

Primero, en lo alto de las murallas; después, en el interior de la fortaleza.

Arquelao mantuvo la defensa en primera línea, como uno más de sus hombres, calle por calle, pero el flujo de legionarios que conseguían penetrar en la ciudad a través de la torre era inacabable, inagotable, constante, y la superioridad numérica de los romanos, junto con su furia, poco a poco iban imponiéndose. Por fin, Marco Antonio llegó a las puertas de la ciudad por el interior y dio la orden que cualquier atacante de una fortaleza asediada sueña con dar en algún momento:

—¡Abridlas!

Y ése fue el fin de Pelusium.

Puesto de observación romano

Seis horas después de iniciado el ascenso por la segunda torre, Marco Antonio, cubierto de sangre enemiga, con varios cortes por las piernas y los brazos, sudado, sucio, exhausto, con el pelo aún más enmarañado de lo habitual, con la espada enfundada pero goteando líquido rojo por la vaina que la custodiaba, sin casco, perdido éste en algún momento del combate que no podía recordar, afónico de tanto dar órdenes, pero, por encima de todo, victorioso, llegó al puesto de mando.

—La fortaleza de Pelusium... está bajo control... de las tropas del gobernador de Siria —dijo con pausas para, poco a poco, ir recuperando el aliento.

Aulo Gabinio lo miraba con asombro. Él mismo jamás habría sido capaz de una hazaña de aquella magnitud. En fin, de ninguna magnitud. Pero, pese a que el motor de su vida fuera el dinero, Gabinio no dejaba de sentir admiración por hombres que, como aquel tribuno, eran capaces de jugarse la vida por... ¿Por qué exactamente? ¿Por la gloria, por un ascenso, por un futuro...? ¿Por qué ponía en juego su existencia un hombre como aquél?

—Que tus oficiales se ocupen de todo por unas horas y descansa —le ordenó el gobernador—. Y no se trata de una sugerencia. Eres mi mejor hombre e intento preservarte más de lo que tú mismo pareces estimarte. —Esto último lo añadió con una leve sonrisa impregnada de reconocimiento a su valor en combate.

Marco Antonio asintió e iba a retirarse, pero el faraón empezó a hablar y le pareció incorrecto dejarlo en medio de su parlamento.

—Quiero que las ejecuciones se inicien de inmediato —manifestó con rabia acumulada por los años de forzado exilio—. Y que se arrastre el cuerpo de ese miserable de Arquelao, si es que aparece su cadáver, tirado por caballos hasta que quede despedazado y que sus restos se entreguen a los perros hambrientos.

Gabinio iba a consentir. Alguien que te paga diez mil talentos merece ser complacido hasta en sus caprichos más indignos.

—He visto luchar al rey enemigo —dijo, de pronto, para sorpresa de todos, Marco Antonio entrando, por primera vez sin ser invitado a ello, en una conversación entre el faraón y el gobernador—. Ha combatido con sus soldados, junto a ellos, y lo he visto caer con valor defendiendo las puertas de la ciudad contra nuestros hombres. No creo que merezca ese tratamiento. Ni creo que la población, atrapada entre los soldados de Arquelao y Berenice IV, por un lado, y nuestras legiones, por otro, merezca ser maltratada sólo por estar en el lugar equivocado en el momento menos idóneo.

Tolomeo XII sintió la ira enrojeciendo su rostro. Un faraón no está acostumbrado a que nadie le lleve la contraria e iba a arremeter contra aquel oficial romano que, por mucho que les hubiera dado la ansiada victoria, se atrevía a contradecir sus deseos de forma tan petulante.

Gabinio asistía a aquel momento confuso sobre cómo proceder tras la victoria sin atreverse a ponerse del lado de nadie. Desde un punto de vista humano y militar, lo que decía el tribuno tenía sentido: nadie que luchara con valor, aunque fuera del bando enemigo, merecía que su cuerpo fuera ultrajado de aquel modo, ni la población civil era realmente culpable de que su ciudad hubiera sido seleccionada por Arquelao como el punto donde hacerse fuerte para intentar detener a las legiones. Pero, por otra parte, diez mil talentos eran mucho dinero y, si el faraón deseaba aquel tormento, aquella vejación al cuerpo del vencido...

—Padre, quizá el tribuno tenga razón.

Todos se giraron y vieron a la joven princesa de catorce años que, sin dudarlo, se atrevía a hablar delante de tantos hombres. Años de educación entre los mejores tutores, filósofos y sabios de la biblioteca de Alejandría, su constante acompañar a su padre a reuniones y negociaciones por medio mundo y su natural desenvoltura entre los hombres hacían que el hecho de que se atreviera a intervenir en aquel debate pareciera, a ojos de todos, casi normal. Y, si quedaba alguna duda, estaba su belleza. Y su voz.

—Padre, quizá no sea nuestra mejor carta de presentación ante los alejandrinos llegar a la capital de Egipto con nuestras manos manchadas de la sangre de miles de ciudadanos que, en el fondo, no han podido decidir en favor de quién luchar —continuó la princesa—. Y tratar con honor a Arquelao, aunque haya sido un usurpador, también te dará más margen de maniobra a la hora de negociar con los sacerdotes o con los consejeros como Potino que se posicionaron a favor de Berenice. A tiempo de mostrarte más severo, inflexible o hasta cruel, siempre estás, pero yo me esperaría para la dureza al final, si es que deseas aplicarla; me contendría, al menos, hasta tener el control real de Alejandría. Pelusium es importante, pero no es Egipto. Y recuerda, padre, que Alejandro, el fundador de nuestra dinastía, entró en Egipto como un libertador, no como un conquistador, y eso lo hizo grande y querido y respetado por todos. Yo intentaría, yo desearía que los alejandrinos te identificaran más con su figura mítica y magnánima que con la de un gobernante cruel que retorna con ansia de venganza.

Todos se quedaron mudos.

Aulo Gabinio pensó que nadie podría haber resumido la situación geopolítica en Egipto, tras la toma de Pelusium, mejor de lo que acababa de hacer la joven princesa.

Marco Antonio, simplemente, se sentía hechizado por aquella voz que parecía cautivarlo con aquella firmeza impregnada de dulzura e inteligencia a partes iguales.

El faraón, por su parte, aún sin reaccionar, la miraba fijamente a los ojos. Muy serio. ¿Estaba ante una gran exhibición de lealtad de una hija que le aconsejaba prudencia como la mejor forma de conseguir su reentronización o ante una segunda Berenice, demasiado astuta, demasiado lista, con planes propios?

Fue un silencio largo y tenso el del faraón.

—Quizá tengas razón, hija —decidió admitir al fin Tolomeo XII—, quizá todo deba hacerse como sugieres y como proponía el tribuno militar, sin mancillar el cadáver de nuestro enemigo caído.

Y ahí terminó el debate.

Arquelao sería enterrado con honores por su valentía en el combate y la población de Pelusium fue respetada en todo momento.

A unos pasos del puesto de mando
Unos instantes después

Marco Antonio abandonaba la reunión del alto mando en dirección a su propia tienda cuando, al pasar junto al séquito del faraón, la princesa, que también se estaba retirando, se le acercó un momento.

—Has luchado como los héroes en Troya. Como lo cuenta Homero en la *Ilíada*.

—Un buen libro, un gran relato —respondió él.

—¿Lo has leído?

—Lo he leído —confirmó Marco Antonio.

Compartieron miradas de profundo interés mutuo y no un silencio, pues se escuchaba el fragor aún de las tropas romanas entrando y saliendo de la ciudad, los gritos de los oficiales en la lejanía, el sonido de un viento del sur que traía arena del desierto. Mil estímulos menos silencio.

—Estás agotado. Debes descansar, como te sugirió el gobernador —propuso Cleopatra.

—Sí, princesa.

E iba a retirarse cuando la joven añadió aún unas palabras:

—Tribuno, sólo dos cosas breves: gracias por tomar esa ciudad para mi padre y corrijo lo que dije, Roma sí tiene grandes guerreros.

—Me alegro de que haya quedado demostrado que en Roma aún hay quien combate con valor, pero, en la otra cuestión, la princesa está equivocada: no he tomado esta ciudad para su padre.

Cleopatra dibujó, entonces, una sonrisa en su rostro, pero artificial, de franca decepción.

—No, claro, un tribuno militar romano conquista una ciudad para Roma —concluyó ella, sin ocultar un claro atisbo de rabia.

Pero Marco Antonio negó con la cabeza.

—No, y seguramente ésa debería haber sido mi obligación, pero dentro de mí sé que tampoco he conquistado Pelusium para Roma.

Esto sorprendió a la joven princesa.

—Entonces… no entiendo… ¿para qué o para quién has conquistado esta ciudad?

Marco Antonio la miró muy fijamente a sus ojos oscuros, pero no se atrevió a poner palabras a sus sentimientos, pues qué era él sino un simple tribuno y ella, la heredera del reino milenario de Egipto.

—He conquistado esa ciudad por una… —se corrigió—, por un sueño.

Cleopatra, de pronto, comprendió y su faz se iluminó ahora con una sonrisa auténtica, feliz, satisfecha, pero tampoco se atrevió a decir más.

Y Marco Antonio, herido, exhausto, ensangrentado, sucio, sin casi voz, cojeando, se inclinó ante la princesa, dio media vuelta y se alejó despacio sintiendo que, simplemente, todo el esfuerzo había merecido la pena.

LXVII

El clima de Britania

Playas del sureste de Britania
Verano del 55 a. C.

Pese al pésimo desembarco, que causó numerosos heridos y muchos muertos entre los legionarios, y la portentosa exhibición de poderío militar de los britanos, nada fue tan difícil como César esperaba: los jefes de aquellas tierras que ya iniciaran negociaciones con él antes incluso de que partiera con la flota entregaron, de forma efectiva, los rehenes que el procónsul había solicitado. Además, liberaron a Comio, el rey de los atrebates, que César enviara como mediador entre él y los propios britanos con una pequeña escolta de sus jinetes galos. Esto fue más importante de lo que uno pudiera pensar, porque esa escolta le proporcionó a César, al menos, un par de docenas de caballos que le permitieron establecer pequeñas patrullas de jinetes para asegurarse de que no hubiera ningún ataque que pudiera sorprender a sus hombres mientras realizaban numerosos trabajos en la playa.

Y es que César había ordenado empujar las galeras aún más hacia la playa, de modo que no fueran arrastradas por el mar y que los buques celtas de transporte, más pesados, fondearan lo más cerca posible de tierra para estar protegidos de las embestidas de un océano que resultaba desconocido para ellos. También se iniciaron los trabajos de un campamento militar en toda regla que sirviera de base para futuras acciones de ataque en el interior del territorio.

—Traen grano —dijo Balbo, que no daba crédito a aquella última acción de los britanos.

Los líderes britanos que ya habían entregado rehenes y estaban dispuestos al pacto y que actuaban sin seguir las directrices de Casivelauno habían accedido a una de las últimas demandas de César: que le proporcionaran cereales para el abastecimiento de sus tropas.

—Rehenes, grano, no atacan... Es todo demasiado sencillo —apuntó un muy desconfiado Décimo ante el inesperado curso de los acontecimientos.

César asintió, mirando a su alrededor. Desde lo alto de la colina en la que se encontraban, junto al mar, torció la cabeza ligeramente como si pensar intensamente le doliera. Pero él sabía que no era eso. Aquel amanecer había vuelto a sentir ese latido acelerado de su corazón que era la antesala de uno de los ataques de convulsiones que había sufrido en el pasado. Se sabía inquieto, como sabía que debía controlarse y serenarse para no tener una crisis, pero a él también le extrañaba aquel aparentemente amable modo de actuar de los britanos que, por otro lado, se habían opuesto con tanto vigor y fiereza a su desembarco. Pudiera ser que unas tribus fuesen más proclives a la negociación y otras no.

César miró las nubes oscuras que amenazaban con alguna tormenta y luego hacia el mar.

—Puede que algunos quieran pactar, pero los que nos atacaron en la playa, no. Esos últimos esperan algo —dijo—, pero no sé qué es.

—Quizá nos quieren aquí tranquilos, confiados, como si buscaran ganar tiempo —completó Balbo.

—Pero ¿tiempo para qué? —inquirió Décimo.

—Ésa es la cuestión —confirmó César y, de pronto, abrió bien los ojos y lanzó una pregunta preñada de ansia—. ¿No son ésas las galeras de Voluseno con la caballería?

Los barcos que se habían extraviado en el viaje nocturno a Britania de la flota y que transportaban la caballería aún no habían llegado a las playas, pero ahora parecían vislumbrarse en el horizonte del océano.

Todos miraron hacia el mar.

—Lo son —confirmó Balbo.

Era una buena noticia más que sumar a todas las demás, pero, en cuanto iniciaron el acercamiento a la playa, se escuchó el primer trueno.

No fue un trueno normal.

Resonó sobre el mar y toda la playa como si el cielo entero estuviera a punto de explotar, hasta el punto de que todos se estremecieron por un instante.

—Es sólo una tormenta —dijo César, intentando transmitir calma a sus oficiales—. No nos vamos a asustar por una tormenta, ¿verdad?

Y el procónsul se echó a reír, y todos con él.

—Vamos a recibir a Voluseno y sus caballos antes de que empiece la lluvia y nos empapemos hasta los huesos —propuso.

Volver sus pensamientos de nuevo hacia la inesperada aparición de Voluseno con las dieciocho galeras repletas de caballos y jinetes romanos los alivió a todos, y hasta les dio igual si se mojaban o no. Con la caballería las cosas serían aún más fáciles cuando César decidiera adentrarse hacia el interior de Britania.

Varios relámpagos iluminaron la playa bajo un cielo ennegrecido, los truenos retumbaron en lo alto y una intensa lluvia rompió con furia.

Pero todo aquello era sólo una tormenta. Quizá algo más impetuosa de lo acostumbrado, pero nada más. Las gotas de agua no herían como los proyectiles enemigos y, de hecho, los legionarios se pusieron a capturar, en barreños y barriles de pertrechos que vaciaban, tanta agua como pudieran acumular, pues aquél era siempre un bien tan necesario como escaso en una campaña militar. Aún no habían avistado la desembocadura de ningún río y el agua que lo empapaba todo era bien recibida por los legionarios.

César y el resto de los oficiales llegaron a la playa.

El viento arreciaba con más fuerza que antes. Y con los truenos y la lluvia, se veían obligados a comunicarse a gritos.

—¿Por qué no se acercan ya las galeras a la playa? —preguntó un confundido Balbo, que, por otro lado, sólo expresaba el pensamiento del resto.

César empezó a entender.

—¡No pueden! —anunció con rabia—. ¡El viento es demasiado fuerte y, aunque reman hacia la playa, no pueden avanzar!

—¡Pero lo conseguirán, si persisten! —insistió Balbo.

El viento aumentó hasta empezar a hacer francamente hostil la presencia en la playa.

—¡El procónsul debería retirarse al *praetorium*! —propuso uno de los tribunos, pensando en la seguridad de su jefe supremo.

—¡Olvidaos del maldito *praetorium* e intentad ayudar a Voluseno! —aulló César.

—Pero ¿cómo vamos a ayudar a los barcos a acercarse más? —preguntó Balbo.

—¡Enviad a legionarios para que se aproximen a los barcos más próximos a la playa, y que Voluseno arroje cuerdas con las *ballistae* y que los legionarios tiren de esas cuerdas hacia tierra! ¡Por Hércules, no podemos perder de nuevo esas galeras! ¡Necesitamos la caballería!

El improvisado plan de César se puso en marcha y se enviaron tropas, en medio de la tempestad, para que se acercaran a los barcos, pero el oleaje era descomunal y los legionarios que vadeaban la costa eran barridos como muñecos por unas olas gigantes que los devolvían hacia la playa resoplando en busca de aire y escupiendo agua salada que habían tragado al ser volteados y arrastrados por aquel mar embravecido e inhóspito.

—¡Los legionarios no pueden ni acercarse lo suficiente! —aulló Balbo.

César no decía nada.

Los barcos de Voluseno, empujados por el viento y el oleaje, empezaban a alejarse mar adentro. Todos podían ver los remos de las galeras moviéndose con velocidad, bogando hacia tierra, pero sin que el esfuerzo de los marineros surtiera efecto alguno. Los barcos romanos, inexorablemente, cada vez estaban más y más lejos.

—¡Voluseno no lo conseguirá! —aulló Décimo.

Y eso era sólo el principio de sus problemas: algunas de las naves de transporte fondeadas empezaron a chocar contra los bancos de arena, sacudidas por la furia del mar. Una docena se hundieron al abrirse en sus cascos vías de agua incontenibles. Los pilotos y los marineros que se habían quedado en aquellos navíos para custodiarlos se arrojaban a un mar enfurecido de tal forma que engullía ya a todos los que se adentraban en él. Sumidos en la desesperación de ver cómo sus buques se hundían, aquellos hombres, lanzándose a las aguas en busca de salvación, sólo anticipaban su muerte unos instantes. Eso era todo.

César ordenó el repliegue inmediato de todos los legionarios hacia la playa y dio instrucciones de que ya nadie pusiera un pie en el mar.

Las galeras encalladas en la costa también empezaron a ser arrastradas por una marea que había subido de un modo inesperado, reflotando algunos de los barcos militares y haciéndolos chocar contra las rocas o contra otras galeras a la deriva.

César estaba asistiendo con total impotencia a la pérdida definitiva de su caballería, al hundimiento de numerosos barcos de transporte y al grave destrozo de muchas de las galeras militares. Se estaba quedando sin flota y, sin flota, César sabía que estaba aislado. Con dos legiones. Solo. En el vértice de una inmensa tierra hostil repleta de miles de britanos.

—¡Esto es lo que esperaban! —gritó, por fin, un clarividente César—. ¡Esta maldita tempestad es lo que los britanos esperaban!

LXVIII

Un nuevo tribuno de la plebe

***Domus* de Cicerón, Roma**
Final del verano del 55 a. C.

La casa de Cicerón, junto al foro, en el centro del corazón administrativo y de poder de Roma, por fin, tras varios años de obras, estaba completamente reconstruida. No había sido fácil recuperarla después de que Clodio la hubiera confiscado, demolido y reconvertido el lugar en un templo dedicado a la diosa Libertas.

Cicerón había invitado a su amigo Catón y al sobrino de éste, Bruto, para enseñarles la vivienda una vez que todos los trabajos habían terminado. Se entretuvo mostrándoles los nuevos mosaicos de motivos marinos, las paredes adornadas con pinturas de plantas verdes sobre brillantes fondos ocres que parecían simular eternos atardeceres, dando un ambiente cálido a las amplias estancias, mayores de lo que habían sido en la construcción original.

Llegaron, al fin, al atrio y en él se acomodaron todos en los *triclinia*, mientras el dueño de la casa pedía al *atriense* que trajera vino y comida para sus invitados.

—Te agradezco la invitación y te felicito por el término de las obras y los excelentes resultados —comentó Catón—, pero, o ya no te conozco, o no nos has hecho cruzar media Roma, siempre peligrosa en estos días en los que la banda de Clodio aún causa disturbios y algún que otro asesinato, sólo para mostrarnos tu nueva vivienda.

La mención a Clodio parecía fuera de lugar, pero Cicerón no se lo tomó a mal: sabía de la amargura que sentía Catón por la pérdida de las elecciones consulares por parte de los *optimates* ante Craso y Pompeyo, flamantes cónsules de aquel año.

—En efecto —confesó Cicerón—, hay algo más por lo que os he invitado. —Y guardó un silencio retórico en el que esperaba alguna pregunta, pero Catón, quizá demasiado herido en su orgullo tras algunos recientes fracasos en un Senado controlado por el triunvirato, callaba, de modo que el gran orador prosiguió—: Cierto. A las únicas personas a las que he hecho venir a mi casa sólo por venir y para quedarse son mi esposa Terencia y mi hijo Marco. Terencia, como sabéis, juró no volver aquí hasta que las obras estuvieran completamente terminadas, y la residencia ha sido restituida a su estado inicial o, si cabe, mejorada. Por ahí andan, por las habitaciones, con mi hija mayor Tulia, que también está de visita, pero, sí, a ti y a tu sobrino os he hecho venir por razones políticas. Veamos, repasemos la situación actual: el triunvirato parece dominarlo todo...

—Quita «parece» —lo interrumpió, ahora sí, Catón.

Cicerón ladeó la cabeza y asintió.

—De acuerdo —concedió—, los matices son importantes. El triunvirato —reinició— domina la política de Roma. Con Craso y Pompeyo como cónsules, los acuerdos de Luca están saliendo adelante con la renovación del poder proconsular de César para cinco años más en la Galia, y con la ley que está preparando Trebonio en el Senado, a instancias de los otros dos triunviros, pronto Craso y Pompeyo obtendrán cinco años de poder proconsular, el primero en Siria y el segundo con su renovación del control de las provincias hispanas. Perdimos las últimas elecciones consulares, perdimos el control del Senado y perdimos el control de Roma, pero es hora de contraatacar.

—Me alegra ver que has dejado de lado tus lecturas filosóficas —replicó Catón en referencia a la obra de Lucrecio que el gran orador había estado editando y distribuyendo por Roma— y que hayas decidido centrarte, de nuevo, activamente en la política real.

—Bueno, la lectura de *De rerum natura* me ha hecho reflexionar —se defendió Cicerón—. Lucrecio nos habla de cómo hay diversas formas a veces de explicar un mismo fenómeno natural o un acontecimiento, y eso me hizo pensar que esta perspectiva múltiple podría aplicarse a más contextos.

—No te sigo —dijo Catón.

—Yo tampoco —apuntó Bruto, interviniendo por primera vez en la conversación en apoyo de la incomprensión expresada por su tío.

—Me explicaré —prosiguió Cicerón—. El triunvirato está compuesto por tres, pero hasta ahora todas nuestras maniobras para intentar descomponerlo se han centrado en atacar o influir sobre dos de los tres miembros: sobre César y sobre Pompeyo. Al primero lo hemos atacado de diferentes formas; en última instancia tú —y señaló a Catón— promoviste una moción para destituirlo en el Senado que, por supuesto, tras la elección de Craso y Pompeyo como cónsules y su férreo control de las reuniones senatoriales, terminó en nada. La comisión que conseguiste crear para investigar a César tras no lograr su destitución sabes que ha quedado en nada también, y más tras el espectacular desembarco de César en Britania. El caso es que contra el primero de los triunviros nos estrellamos en repetidas ocasiones. En segundo lugar, hemos intentado atraer a Pompeyo para que vuelva a formar parte de los *optimates*, como hiciera con Sila en el pasado, pero tampoco hemos triunfado en este aspecto, más allá de conseguir pequeños acuerdos relacionados con limitar los desvaríos de Clodio. Sin embargo, tal y como sugiere Lucrecio, todo puede abordarse desde diferentes perspectivas. Y nunca hemos dirigido nuestros ataques de forma directa contra Craso. Sólo cuando intentamos dificultar la renovación de las contratas que tiene para la recaudación de impuestos a través de los *publicani*, pero de eso ya hace tiempo.

—Pero Craso es inabordable —opuso Bruto adelantándose a su propio tío—, siempre ha sido de los populares. Nunca actuaría en nuestro favor.

—Sí, eso es evidente —admitió Cicerón—, pero yo no digo que nos ganemos el favor de un Craso que, como bien dices, nunca ha estado con nosotros. Es obvio que la única opción que manejo es atacarlo.

—¿Y cómo vas a hacerlo? —preguntó Catón con un tono de abierta incredulidad—. Tú mismo acabas de decir, y he de admitir que estoy de acuerdo, que el Senado está completamente controlado por el triunvirato. Has tenido hasta la *delicadeza* de recordarme mi última derrota en el Senado —apostilló, sarcástico.

—Porque tú me has recordado a Clodio nada más reclinarte en tu *triclinium* —le replicó Cicerón—, pero, en lugar de discutir entre nosotros, permíteme que prosiga con mis disquisiciones. He pensado mucho estas semanas.

Catón asintió y ahogó su réplica en el fondo de su copa de vino, que apuró de un largo trago. Cicerón continuó:

—El Senado está fuera de nuestro control. Esto mismo le pasó a César cuando quiso aprobar la ley de reforma agraria que tanto daño nos ha hecho a todos nosotros, pero quizá sea momento de que aprendamos de él y lo emulemos: ante nuestro bloqueo en el Senado, él llevó la votación de la ley a la asamblea del pueblo.

—¿Pretendes que ataquemos a Craso en la asamblea? —Catón no daba crédito—. Creo que la lectura de ese filósofo te ha trastornado. No tenemos a ningún tribuno de la plebe bajo nuestro control.

—Eso es cierto —admitió Cicerón—. Nos centramos por completo en nuestra candidatura de Enobarbo para el consulado y no teníamos fuerzas para más, pero en la asamblea hay un tribuno nuevo, Cayo Ateyo Capitón.

—¿Ateyo? —Bruto tampoco parecía ver mucha viabilidad a todo lo que Cicerón compartía con ellos aquella tarde.

—Ateyo tiene una peculiaridad en la política romana de nuestro tiempo —apuntó Cicerón y aún fue más preciso—: Bueno, una peculiaridad en la política romana de nuestro tiempo o en la política de cualquier otra ciudad o estado o reino.

—¿Que es...? —preguntó Catón.

Cicerón juntó las yemas de los dedos de ambas manos antes de responder de forma categórica:

—Es un hombre recto.

Hubo un silencio.

Un político honesto. Había que digerir la información.

—No veo cómo su posible rectitud puede ayudarnos —opuso Catón al fin, sin cuestionar la honestidad del aludido, pues era conocida—. Más bien pienso que sólo alguien realmente retorcido y sin escrúpulos puede enfrentarse al triunvirato y tener éxito. Además, Craso no ha hecho nada por lo que podamos atacarlo desde un punto de vista legal.

—Aún no —volvió a admitir Cicerón—, pero todos sabemos que anda inmerso en preparativos para algo grande en Oriente, una gran campaña militar, y las campañas militares han de tener justificación, un *casus belli*, para ser justas ante los ojos del Senado y del pueblo de Roma. César siempre ha sido hábil en proporcionar un *casus belli* para cada una de sus acciones militares; incluso encontró justificación para su controvertida acción contra los germanos junto al Rin. Craso, no obstante, tan ávido de gloria como está para poder sentirse al nivel de César y, en especial, al nivel de su odiado Pompeyo, puede no ser tan hábil.

—No termino de ver cuáles son tus objetivos ni por qué me has llamado —se limitó a responder Catón con sequedad.

—Tú conoces a Ateyo personalmente —se explicó Cicerón.

—Sí, así es —confirmó el interpelado—, pero no veo cómo su famosa rectitud vaya a ayudarnos.

—Lo sé. Tú siempre has sido de atacar al triunvirato de modo directo, como has hecho en repetidas ocasiones con César, pero yo soy más bien —y aquí Cicerón sonrió levemente— de ataques indirectos, sutiles, pero con paciencia. Tú simplemente convence a Ateyo de que venga un día a verme y yo hablaré con él. Terminar con el triunvirato, amigos míos, será como concluir la reconstrucción de esta casa: no se trata de una tarea de un día, sino de un empeño lento pero persistente y mantenido en el tiempo. Mi querido amigo Marco Porcio Catón: tras tu última derrota en el Senado frente a César, has caído en el desánimo, pero yo nunca me doy por vencido. Tú quieres acabar con César y eso te ciega: para terminar con él, primero hemos de desmontar el triunvirato. Y, como os he explicado, después de tanto leer a ese filósofo que tanto desprecias, me he dado cuenta de que el eslabón débil, el que debemos atacar, es Craso. Por ahí empezaremos a resquebrajar el triunvirato. Ya leo en tu rostro la incredulidad, pero tú simplemente haz que Ateyo venga a verme.

LXIX

Los carros de guerra

Playas del sureste de Britania
55 a. C.

Campamento romano junto al mar

Tras la tormenta, los britanos interrumpieron el envío de grano a los romanos.

Y el cereal no crece en las playas.

Con parte de la flota de transporte hundida y muchas galeras militares seriamente dañadas por la reciente tempestad, los britanos que se habían mostrado más proclives al pacto podían oler la debilidad de su enemigo y habían frenado cualquier tipo de negociación.

—¿Y de Voluseno sabemos algo? —preguntó César otra mañana de cielo plomizo en aquella playa remota de Britania.

—No sabemos nada —respondió Balbo.

—Con la tempestad del otro día, tendrá suerte si sale vivo y consigue llegar a cualquier costa —completó Décimo para terminar de llenar de desánimo a todos.

César lo miró con frialdad: más allá de que su comentario pudiera ser cierto en cuanto al contenido, no añadía nada que animara al alto mando y eso en sí mismo no era buena estrategia.

—Veamos, por Hércules, los problemas que tenemos —inició el procónsul con más decisión y con intención de abordar cada una de las dificultades que fuera a enumerar—. A falta de caballería, saldrán de nuevo a patrullar los pocos jinetes de la escolta de Comio, y con relación al grano es evidente que tendremos que enviar grupos de recolectores que hagan acopio de cereal allí donde los jinetes detecten campos de cultivo. Balbo, encárgate de organizar partidas de legionarios que recolecten víveres, y tú, Décimo, ordena las patrullas.

Varias millas hacia el interior

Y así se hizo, pero los campos de cereal no estaban demasiado próximos al mar, y los recolectores se vieron obligados a adentrarse un considerable número de millas hacia el interior.

El primer día no pasó nada, pero se reunió poco cereal, de modo que, al segundo día, los legionarios encargados de hacerse con más comida para las legiones tuvieron que asumir un riesgo mayor y alejarse aún mucho más de la playa y del campamento base.

Campamento romano

César aguardaba noticias en el *praetorium*. La situación alimenticia no era aún grave, en las naves de transporte que no se habían hundido todavía quedaba bastante cereal y se estaba descargando para salvaguardarlo de futuras tormentas, pero dos legiones comen mucho y rápido y César sabía que era necesario reunir más trigo o cualquier otro cereal si se quería tener cierta tranquilidad en aquel aspecto para el resto del tiempo que pudiera durar aquella campaña.

En su fuero interno, César se lamentaba de no haber preparado mejor la expedición: tenía claro que debía haber traído más barcos de transporte con bastantes más provisiones, pero eso ahora no tenía solución.

De Voluseno, tal y como había augurado Décimo, no se supo más.

Llegaron, entonces, más malas noticias.

—¿Una emboscada? —preguntó César pidiendo confirmación a lo

que un mensajero acababa de anunciar: los recolectores estaban siendo atacados a quince millas al suroeste del campamento y, si no recibían ayuda inmediata, serían masacrados por un número indeterminado, pero parecía ser que cada vez más numeroso, de britanos que los habían rodeado impidiéndoles retirarse de regreso a la playa.

César nunca abandonaba a una unidad militar bajo su mando a su suerte frente al enemigo. No lo hizo con las legiones VII y XII junto al río Sabis y no pensaba hacerlo ahora.

—¡Por Júpiter, que formen dos cohortes! —ordenó—. ¡Salimos de inmediato!

Unas millas hacia el interior

César tomó el mando personalmente y se presentó, con los mil legionarios que había ordenado reunir, en las colinas donde el grupo de recolectores se había atrincherado aprovechando aquella elevación del terreno. Allí se los podía ver rodeados por varios centenares de britanos que les arrojaban, por el momento, lanzas y flechas, de las que los emboscados se protegían con los escudos en un *testudo* improvisado.

La presencia de las dos cohortes del procónsul fue detectada por los britanos, y éstos, viéndose claramente superados ahora en número, optaron por retirarse.

César no ordenó perseguirlos por temor a que todo aquello pudiera ser una trampa para hacerlos caer en una emboscada aún mayor en la que perecieran los recolectores, los mil hombres que lo acompañaban y hasta él mismo. Reclamó que los legionarios que se habían refugiado en lo alto de las colinas descendieran y, todos juntos, retornaron, sanos y salvos, al campamento.

No había habido muchas bajas.

Pero tampoco se había conseguido grano.

Campamento romano en la playa

Fue entonces, apenas unas horas después de que César hubiera regresado al campamento base con los recolectores y las dos cohortes, cuando los britanos atacaron el campamento general romano junto al mar.

Las zanjas excavadas en la arena y las empalizadas construidas con árboles de los bosques cercanos dificultaron enormemente el ataque de los britanos. Sólo guerreros y jinetes podían superar las zanjas excavadas, quedando los temidos carros por detrás.

Tras un intenso intercambio de proyectiles entre ambos bandos que se saldó con algunas bajas celtas y romanas, los primeros se replegaron hacia el fondo de la playa, junto a los carros de guerra.

César tuvo, durante unos instantes, alguna duda, pero pronto su espíritu audaz la disipó: allí estaba el enemigo y era mejor aprovechar la ocasión.

—¡Una salida! —ordenó el procónsul.

—¿Con cuántas cohortes? —preguntó Balbo.

—Salimos con todo, Lucio, con las dos legiones —respondió César, rotundo, ya sin un ápice de vacilación—. Todo se nos ha torcido en esta expedición con la maldita tempestad del otro día, pero quizá una gran batalla campal sea lo que necesitamos para darle la vuelta a la campaña.

Varios tribunos asintieron, pero Décimo planteó una duda.

—¿Y sus carros de guerra? —preguntó.

Se hizo el silencio en el alto mando romano.

Pero César había tenido días para pensar en aquellos malditos carros de guerra.

—Gaugamela —dijo el procónsul y, sin dar más explicaciones, convocó una reunión de todos los tribunos militares. Viendo la incomprensión en los ojos de sus subordinados, tenía una maniobra que explicarles.

Décimo se volvió hacia Balbo.

—¿Gaugamela? ¿Qué pasó en Gaugamela?

—Es la batalla en la que Alejandro derrotó al rey persa Darío, ¿no es así? —respondió el hispano.

Décimo era culto y leído en historia. Se sintió insultado ante aquella respuesta del hispano.

—Eso ya lo sé, lo que no recuerdo es qué pasó con los carros de guerra en aquella batalla.

Balbo, que se sintió a su vez molesto por el desdén que Décimo mostró hacia él, le devolvió el desprecio.

—Pues parece que César sí recuerda qué pasó allí con los carros. —Y se alejó de él.

Después de una rápida reunión del procónsul con los tribunos de la VII y la X, las dos legiones formaron en *triplex acies* frente al campamento ante la mirada inquisitiva de unos britanos que, por el momento, se mantenían a cierta distancia a la espera de los movimientos del ejército oponente.

Las legiones iniciaron su avance.

Los britanos, como en el desembarco o como en el ataque de hacía una hora, se lanzaron con todo lo que tenían. Esta vez con los carros de guerra por delante, pues las legiones, en su avance, habían sobrepasado la zona de las zanjas que protegía el campamento y, en el resto de la planicie de la playa, los carros sí podían desenvolverse sin temer encontrar obstáculos o trampas.

César había leído a Heródoto, como Décimo, pero con más atención, y sabía no sólo cómo emplearon los persas sus carros de guerra en aquella legendaria batalla, sino, sobre todo, cómo los macedonios los neutralizaron: el mítico Alejandro abrió pasillos en sus líneas y dejó que los carros persas pasaran entre sus soldados para luego atacarlos por detrás una vez que los vehículos de combate habían quedado aislados de su ejército, poniendo así fin al uso de los carros en las guerras del mundo.

Esto es, en las guerras que los romanos conocían.

Pero había algo que César aún tenía que aprender: había otros mundos.

Y ahora, precisamente, estaban en otro mundo: en el más remoto e intrincado corazón del mundo celta. Con otras reglas, otro modo de luchar y otros desenlaces.

Los aurigas britanos sacudían las riendas de los caballos y gritaban horribles alaridos de guerra. El estruendo de dos centenares de carros y de más de cuatrocientos caballos al galope inundó la playa con un tumulto de pisadas de bestias y el girar fulgurante de centenares de ruedas que helaban la sangre.

Los legionarios de primera línea contuvieron la respiración, temiendo que los aurigas estuvieran dispuestos a estrellar los carros contra las unidades de vanguardia, pero tenían confianza en las instrucciones que habían recibido de los centuriones, informados éstos, a su vez, por los tribunos, y los tribunos por los legados, y los legados por César.

El procónsul de Roma tenía decidido repetir la maniobra de Alejandro en Gaugamela y así destruir todos los carros del enemigo en cuanto éstos se adentraran por entre los pasillos que sus tropas iban a abrir en unos instantes. Y a punto estaba de dar la orden para que las legiones ejecutaran esa maniobra cuando los britanos, que seguramente no sabrían nada ni de Heródoto ni de Alejandro, pero que sí sabían, y mucho, de optimizar sus armas, justo cuando los carros estaban a unos cien pasos de la vanguardia de las legiones, refrenaron a los animales de modo que los guerreros que iban en cada carro arrojaran sus lanzas en una brutal lluvia de hierro que caía a plomo sobre unos legionarios que se protegían como podían con los escudos.

—¡Aggh! —aullaban los que caían heridos.

Los guerreros britanos, a continuación, desmontaban de los carros y se arrojaban con valor contra la primera línea romana, que aún se estaba recomponiendo de aquella andanada de hierro y que no tuvo tiempo de lanzar sus *pila* por la veloz aproximación de los guerreros enemigos con los carros y porque no esperaban que se detuvieran en seco y actuaran de aquel modo sorprendente para todos los romanos, incluido César.

El procónsul se quedó inmóvil, brazos en jarras, perplejo, pero atento al devenir de la batalla.

Se inició, entonces, una lucha cuerpo a cuerpo dura y descarnada que se mantuvo durante un largo rato hasta que, desde atrás de la vanguardia romana, se escucharon las tubas anunciando el primer reemplazo.

Los britanos se sintieron algo confusos cuando los romanos se retiraban, pues, cuando empezaban a pensar que quizá fuera una huida, vieron cómo otra línea de legionarios, que entraban frescos al combate, reemplazaba en la lucha a los que se replegaban.

Los guerreros britanos resistieron el segundo embate un breve tiempo, pero, muy superados en número, y pasado el efecto sorpresa de sus carros y exhaustos, se retiraron veloces hacia sus vehículos de guerra y con ellos se replegaron por detrás de su caballería e infantería, que ahora los sustituía en la contienda.

—¡Segundo reemplazo! —ordenó César.

Los jinetes y la infantería britana fueron recibidos, pues, a su vez, por tropas que también entraban en combate por primera vez.

La lucha estuvo igualada un tiempo, pero la veteranía de los legionarios de tercera línea de la VII y la X, los más experimentados, hicieron retroceder a los britanos.

Y ya no hubo una segunda carga de los carros de guerra.

Carros y jinetes y guerreros britanos desaparecieron.

La playa entera quedó despejada de celtas.

César lo observaba todo en silencio. No entendía aquella forma de combatir.

El aire del mar, frío pese a ser aún verano, le agitaba el *paludamentum* púrpura de *imperator* de las legiones romanas.*

—Yo creo que se han ido —dijo Balbo.

—Yo también lo creo —dijo César sin ocultar su impotencia—. Nos interrumpen los suministros, tenemos la flota destrozada, estamos aislados y rehúyen un enfrentamiento campal total. Están liderados por alguien inteligente. Alguien que no se ciega por el ansia que pueda tener de echarnos. Se toman su tiempo. Juegan con nosotros.

Las legiones se retiraron al interior del campamento y César descansó en el *praetorium*.

A solas.

No quería ver a nadie.

Tenía que pensar.

Al amanecer llegaron nuevos enviados de los britanos, que recibió Balbo.

Al poco, el hispano presentó en el *praetorium*, ante César, un resumen de sus propuestas.

—Esencialmente piden la paz y, ahora sí, están abiertos a negociar.

César asintió. El verano se terminaba. Cada día que pasaba, el cielo estaba más nublado, el mar más agitado y anochecía antes. Sin ninguna línea de suministros abierta, incomunicado con la Galia, desprovisto de caballería, con un clima cada vez más adverso, seguir en Britania se le antojaba una temeridad. Por eso negociaban ahora los britanos: cuando eran ellos los que disfrutaban de una posición de fuerza. La idea de que estaban dirigidos por alguien inteligente se afianzaba cada vez más en el pensamiento de César. Puede que hubie-

* *Imperator* en el sentido literal latino de ser un procónsul con *imperium*, esto es, mando militar sobre varias legiones, no que César fuera emperador en el sentido moderno de la palabra en español.

ra algunas tribus más temerosas de ellos, las que se aprestaron a negociar al principio y que proporcionaron algo de grano, pero era cada vez más evidente que había algún poderoso líder que había conseguido aunar y coordinar a la mayoría de los britanos para impedirles hacerse con el control del territorio.

El orgullo le pedía a César seguir combatiendo. Su vanidad se lo exigía.

Esas ansias lo reconcomían por dentro.

Pero la cabeza le decía que no era momento ni de orgullo ni de vanidad.

César tragaba saliva mientras meditaba tras escuchar a Balbo: cualquier negociación era mejor que seguir allí. Los britanos estaban fuertes, no les tenían el más mínimo miedo y debían tener sus campos de cultivo en el interior, abasteciéndolos de todo cuanto necesitaran durante tanto tiempo como precisaran, y, además, conocían el territorio y estaban acostumbrados al clima.

El procónsul de Roma miró a Balbo y cabeceó varias veces afirmativamente.

En pocos días, se pactó una paz rápida: César reclamó más rehenes, el doble de lo que había solicitado la primera vez, pero, como no tenía suficientes barcos en buenas condiciones para transportar más gente que no fueran sus legionarios, tuvo que contentarse con el acuerdo de que estos rehenes serían enviados a la Galia por los propios britanos en un futuro próximo. César sabía que, aunque los britanos aceptaran de palabra aquella exigencia suya, nunca enviarían los rehenes solicitados, pero no estaba en situación de pedir más, así que con aquel endeble pacto, al menos, consiguió unos días de sosiego, sin ataques, con los que proceder a la operación de embarque de todas las tropas en las galeras que se habían conseguido reparar, apiñados los legionarios como se pudo por la falta de espacio, y toda la expedición retornó al mar con un sabor agridulce. Amargo para todos porque aquel regreso no sabía en absoluto a victoria, pues no había botín alguno que repartir, pero dulce también porque retornaban vivos y tenían la sensación, pese a todo, de haber hecho algo que nunca antes había hecho ningún romano: ir más allá del océano.

Pero Britania, la legendaria tierra del norte, parecía ser completamente inexpugnable, tal y como aquellos inmensos acantilados blancos que nuevamente divisaban en su retorno a la Galia les habían advertido.

Los acantilados blancos

Casivelauno, protegido por su escolta de jinetes, cabalgaba por lo alto de los inmensos acantilados, contemplando la marcha de una destartalada flota romana que se retiraba de una Britania que no habían podido conquistar.

—A mí no me ha parecido tan difícil expulsarlos —dijo Casivelauno al Extranjero, que cabalgaba a su lado. Sus consejos, con relación a no entrar en una gran batalla campal en la playa, interrumpir el suministro de grano, atacar a los recolectores romanos en emboscadas y, sobre todo, dilatar la lucha para que el mal clima forzara la retirada de los enemigos, se habían probado útiles y, en virtud de ello, el líder britano lo había elevado a la categoría de consejero personal.

Pero el Extranjero, que, como Casivelauno, miraba también hacia el mar, hacia la flota romana remando en su lenta navegación de regreso a la Galia, no respondía.

—¿No crees que no ha sido tan difícil como vaticinabas siempre? —insistió el rey britano. Sabía que la variante de la lengua celta que hablaba le costaba de entender a aquel extranjero, que había aprendido el idioma celta con los belgas, quienes empleaban todo tipo de palabras extrañas—. No contabas con la valía de mis guerreros y con mis carros de guerra, ¿verdad? —subrayó el líder britano.

El Extranjero, muy serio, por fin, dio una respuesta:

—Tus hombres han luchado bien y tus carros son un arma poderosa, pero los romanos... volverán.

Casivelauno tiró de las riendas y el caballo se detuvo.

—¿Por qué iban a volver? —inquirió el rey britano con cierta indignación, pues consideraba que la derrota romana había sido total—. A punto hemos estado de aniquilarlos y les hemos causado muchas bajas sin que ellos hayan conseguido apenas nada. Y ambos sabemos, y también el líder romano, que no vamos a cumplir los acuerdos de paz, que todo ha sido puro fingimiento para que se fueran de una maldita vez... vivos.

—Todo eso es cierto —admitió el Extranjero—, pero si hay algo que he aprendido de los romanos es que siempre vuelven. Y los carros de guerra ya no les sorprenderán, y traerán más trigo y más barcos y más legionarios y caballería. No sé cómo ni cuándo, pero siempre vuelven.

—¿Tú crees? —Casivelauno miró hacia el cielo henchido de nubes—. Por de pronto, se avecina otra tormenta. —Y volvió sus ojos hacia el mar y la flota—. Eso significa otra tempestad en el océano. Y les va a sorprender en mitad de su travesía. Igual ni siquiera regresan vivos a la Galia.

LXX

El trono del faraón

Alejandría, Egipto
Verano del 55 a. C.

En la desembocadura del Nilo, la tempestad no venía en forma de lluvia y viento, sino armada con gladios legionarios, avanzando a paso veloz por el centro de la ciudad de Alejandría.

—¿Dónde está ese maldito? —aullaba la reina Berenice en medio de su más absoluta desesperación—. ¿Dónde está Potino?

Pero nadie sabía decirle dónde se encontraba su máximo consejero. De hecho, el eunuco parecía haberse esfumado y nada ni nadie parecía poder dar con su paradero.

—¿Dónde está ese maldito? —repetía ahora la reina entre lágrimas y sollozos, sentada aún en su dorado trono real de faraón de Egipto, con la *nejej* o mayal, el cayado curvo y el cetro *sejem* caídos por el suelo, la doble corona, del Alto y Bajo Egipto, torcida, y la barba postiza despegada de su barbilla, caída al pie del trono mismo.

Las tropas romanas habían irrumpido en Alejandría, tal y como le había anticipado su fallecido esposo, sin apenas oposición. Se había cumplido el pronóstico de Arquelao de que el reino de Egipto, sin su ejército defendiendo las fronteras o, como era el caso, con sus tropas derrotadas en Pelusium, caería bajo el yugo romano como fruta madura. Las fuerzas militares propiamente egipcias eran escasas, y las que permanecían en la ciudad y aún no habían huido no fueron capaces de sostener la más mínima lucha con las letales cohortes romanas lideradas por Marco Antonio.

—Ya vienen, mi señora —anunció un esclavo, advirtiendo a la reina de la irrupción de los legionarios en el interior del mismísimo palacio real. El sirviente ya ni siquiera había empleado los títulos propios de faraón al dirigirse a su derrotada ama. No por falta de respeto o lealtad, sino porque sabía que ahora debería emplearlos con otro faraón, esto es, si el nuevo dominador de Egipto no decidía antes dar muerte a todos y cada uno de los esclavos de la reina.

Berenice se levantó y descendió del pedestal del trono asistida por un par de esclavas.

Se trataba de su descenso final.

Pensó en huir hacia el puerto, pero pronto pudo ver desde la terraza de palacio que los romanos ya se habían hecho con el control de la flota real, los muelles y los almacenes de la ciudad junto al mar.

No había, pues, escapatoria posible.

—Hola, hija mía —se escuchó a su espalda.

Berenice se giró lentamente y no se sorprendió al ver a su padre, rodeado por decenas de legionarios armados, frente a ella, en medio del gran mirador del palacio real de Alejandría. Tras él, su hermana pequeña Cleopatra la miraba con ojos entre curiosos y llenos de lástima. Eso terminó de inundarla de rabia: que Cleopatra, a la que siempre había considerado un ser inferior, pudiera sentir pena por ella la encolerizaba, pero controló toda su furia y cayó de rodillas, como caen los cobardes ante la llegada de la muerte, para implorar:

—¡Padre, padre...!

Pero Tolomeo XII no le dedicó ni un instante.

—¡Matadla! —ordenó.

Los legionarios miraron a Marco Antonio, que estaba tras la princesa Cleopatra, y éste miró al faraón, pero, como fuera que el nuevo líder de Egipto ya le había dado la espalda y caminaba hacia el trono, fijó sus ojos en Cleopatra.

—Un momento —rogó ella.

Y Marco Antonio se lo dio.

—Apresadla —ordenó el tribuno romano, y los legionarios prendieron a la destronada reina de Egipto y la alzaron del suelo.

Cleopatra fue directa a su padre. Éste ya estaba siendo asistido por varios esclavos que buscaban en la servidumbre absoluta ante él una posible redención y el perdón por parte del retornado Tolomeo XII. Los sirvientes se agachaban y recogían del suelo el mayal, el cayado curvo y el cetro *sejem*, y la barba postiza y el resto de los ornamentos propios del monarca de Egipto, mientras otros dos le ajustaban cada uno de aquellos aderezos, según correspondía a la milenaria costumbre de los faraones del Nilo, para, finalmente, uno tomar la doble corona del Alto y Bajo Egipto y ceñírsela en la cabeza. Pero justo antes de que se la pusieran, el faraón que había regresado del exilio dio una potente voz.

—¡No! —Y añadió mirando a su hija Cleopatra, que se le acercaba para rogar por la vida de su hermana defenestrada—: ¡Un faraón de Egipto no puede ser coronado por un esclavo! ¡Hija mía, tú, que me has acompañado en el exilio, tú, que eres sangre de mi sangre, sangre de la dinastía sagrada de Egipto y, además, leal y no traidora a tu padre, cíñeme tú la corona en la cabeza!

Cleopatra, antes de formular petición alguna sobre su hermana, obedeció y tomó la corona que le ofrecía tembloroso el esclavo y la depositó con cuidado en la cabeza de su padre, y éste, solemne, asiendo con fuerza, sus brazos cruzados sobre su pecho, el mayal, el cayado y el cetro *sejem*, se sentó de nuevo en el trono de Egipto.

—Perdona la vida a Berenice, padre —imploró, al fin, Cleopatra—. Que sea una vez más la magnanimidad la que anuncie el retorno de tu poder, padre, y no la venganza.

Pero Tolomeo XII negó con la cabeza y se mostró rotundo en su respuesta.

—No, hija: en Pelusium y con relación al pueblo de aquella ciudad seguí tu consejo, pero aquí se trata de sangre de mi sangre que me ha traicionado, y la traición, hija, se paga con la muerte.

Y el reinstaurado faraón volvió a dirigirse a Marco Antonio.

—Te he dado una orden, oficial —insistió.

En ese momento, Aulo Gabinio, resoplando, pues hacía años que no subía tantas escaleras como había tenido que ascender para llegar hasta aquel salón del trono, entró en la gran sala real, también escoltado por numerosos legionarios.

Marco Antonio miró entonces al gobernador de Siria.

Gabinio se encogió de hombros.

El oficial dedicó una mirada final a la princesa Cleopatra, pero ésta, impotente, incapaz de enfrentarse con un padre que acababa de recuperar el trono de Egipto, miraba al suelo y callaba.

—Matadla —ordenó, al fin, Marco Antonio.

—¡Nooo, nooo...! —gritó la condenada a muerte.

Sus ruegos fueron atravesados por varios filos de gladios romanos desgarrando su piel por el pecho, la espalda y los costados.

Berenice, hasta hacía unos instantes todopoderosa reina de Egipto, cayó desplomada en medio de un gran charco de su propia sangre.

Tolomeo XII, acomodándose en su recuperado trono, con una sonrisa malévola que cruzaba todo su rostro como una gran advertencia de vanidad y lujuria por el poder absoluto, anunció al mundo:

—He vuelto.

LXXI

Un regreso imposible y un enigmático silencio

Mare Britannicum
Final del verano del 55 a. C.

Nave insignia

César se agarraba a la barandilla de cubierta para mantener el equilibrio en medio de la tormenta. La pesada galera romana parecía una cáscara de nuez sacudida por unos vientos descontrolados que habían forzado a los marineros a arriar las velas.

—¡Remad, remad! —aullaban los oficiales a los marineros, pero bogar era difícil cuando el barco a veces estaba medio fuera del agua y, al momento, como hundido en el océano, a punto de ser engullido por las aguas.

—¡Remad, malditos! —vociferaba el piloto de la galera insignia, atemorizado como nunca lo había estado antes en sus infinitas travesías por medio mundo. Esto era, del mundo conocido por Roma. Ahora habían ido más allá de todos los límites.

César miró al piloto con ira: sus legionarios podían ser cualquier cosa menos malditos. El piloto comprendió lo que pensaba de él el procónsul de Roma y se explicó a gritos en medio de la tempestad:

—¡Si no reman, *clarissime vir*, iremos a la deriva, sin rumbo! ¡Y nos estrellaremos contra esos malditos acantilados blancos!

César asintió y repitió la orden del piloto él mismo, andando como podía por la cubierta de aquella galera zarandeada por Neptuno como si ellos fueran un segundo Odiseo.

—¡Remad, remad, por Roma, por el regreso, por la vida! —aulló el líder romano.

Fue media hora terrible, pero, al fin, la tempestad aflojó y, pasados aquellos momentos de desorientación, una cierta calma retornó al Mare Britannicum y se volvió a vislumbrar un horizonte plano alrededor de la nave, y no sólo olas gigantes y agua y espuma.

César y Balbo y el resto de los oficiales buscaban desesperadamente con los ojos las siluetas de los otros barcos de la flota.

—Las galeras están —dijo Balbo.

—Pero los barcos de transporte, no —apostilló Décimo.

Y así era.

—Las galeras han mantenido el rumbo con los remeros —comentó César—, pero los barcos de transporte arriarían las velas y, como decía el piloto, navegarían a la deriva durante la tormenta y a saber dónde están ahora. Esperemos que la tormenta los sorprendiera suficientemente alejados de los acantilados.

Con la mar en calma y la habilidad del piloto de la galera insignia, el perfil del pequeño puerto de Itius se dibujó, al fin, en lontananza, trayendo sosiego a los corazones exhaustos de los marineros y legionarios de la expedición.

César se permitió una broma.

—Ahora a la legión X deberían cambiarle el nombre de *equestris* por *aquatica*.

Los legionarios, los remeros y los marineros rieron.

Y a todos les hacía falta.

Itius Portus

Labieno recibió con un abrazo a César.

—Llegué a temer que no regresarais vivos —dijo separándose de su amigo—. Esta última tormenta ha sido especialmente dura.

—Cierto —convino César—. Yo también llegué a pensar que no

volvería a verte y echaba de menos hasta tus bien razonadas dudas a todos mis locos proyectos, pero Júpiter sabe lo mucho que me alegro de estar de nuevo contigo.

Y lo volvió a abrazar.

Caminaron juntos hacia el *praetorium*.

—¿Cómo están aquí las cosas? —indagó César.

—Voluseno regresó con los barcos de transporte de la caballería desarbolados por el viento y él mismo herido, porque le cayó un mástil encima —explicó Labieno—. Está mejor, pero aún recuperándose de las heridas. Y los barcos todavía en reparación.

—Por eso nunca llegó la caballería —dijo César comprendiendo, al fin, el no retorno de Voluseno a Britania—. Luego iré a verlo.

—Por otro lado... —reinició Labieno, dubitativo y en un tono que anticipaba malas noticias—, por otro lado, los menapios están más o menos controlados, pero los mórinos siguen en rebeldía.

—Entiendo —respondió César, valorando la situación que se encontraba a su regreso—. ¿De la flota de transporte sabemos algo? La perdimos de vista durante la tormenta.

—Precisamente a eso iba, pues está relacionado con la rebeldía de los mórinos —se explicó Labieno—. Efectivamente, esas naves se desviaron de rumbo y los barcos de transporte terminaron más al sur. Me llegaron mensajeros con esa información y pensé que sería sólo cuestión de conseguir, o que desembarcaran allí, o que se repararan los barcos y que navegaran hasta aquí, pero, esta misma mañana, una patrulla de caballería enviada a la zona ha regresado con la noticia de que las naves han sido atacadas por los mórinos, y que éstos estaban intentando hacerse con todos los suministros que llevaba la flota de transporte.

—Esos barcos iban con pocos legionarios a bordo —comentó César—. La mayor parte del ejército navegó en las galeras militares. No podrán defenderse bien. Saldré hoy mismo con una legión para asistir a los marineros de la flota de transporte y salvar también lo que podamos de los suministros.

Se detuvo y se lo pensó mejor.

—No, prepara dos legiones enteras —se corrigió César— y les haremos ver a los mórinos que he vuelto y que el poder de Roma está para quedarse en toda la Galia.

Itius Portus, tres semanas después

La campaña punitiva contra los mórinos fue dura, pues el mal tiempo ya se había extendido también por la Galia y combatir o desplazarse entre lluvias y vientos helados era, más allá del combate, extenuante. A veces, la lucha era lo que los legionarios temían menos, pues preferían antes una buena batalla campal que las duras marchas en medio de aguaceros, tormentas y ventiscas. Pero habían recuperado los pertrechos de la flota de transporte, la mayoría de los barcos y retornado con la mayor parte de los marineros y legionarios vivos a Itius Portus.

—Toda esta operación ha sido un gran desastre militar —confesó César, sin embargo, a Labieno una noche de octubre, cuando estaba reunido con él a solas—. Tenías razón cuando me advertiste de que era demasiado tarde en el verano para emprender una expedición de este tipo hacia Britania, pero quería borrar las críticas del Senado a la campaña contra los germanos y me cegué con eso. Ahora bien, me han llegado noticias de Roma.

Labieno había escuchado la confesión de su amigo evitando decir un innecesario «te lo dije».

—¿Qué noticias? —preguntó, en su lugar, Labieno.

César le entregó una carta que acababa de llegar aquella misma mañana. Era del triunviro Craso. Labieno leyó con atención y, cuando terminó, habló entre sorprendido y admirado.

—¿El Senado decreta veinte días de celebraciones por la expedición a Britania? Es más incluso que cuando conseguimos la victoria contra Boduognato, el rey de los nervios.

—Así es, amigo mío —respondió César—. En Britania no hemos conseguido ni anexionar territorios, ni una gran victoria campal ni botín de guerra alguno. Casi morimos todos en el empeño, rodeados de britanos con sus carros de guerra y un mar hostil que casi se lleva por delante toda la flota. Y, sin embargo, como esperaba, en Roma se ha despertado una gran admiración por el hecho de que hayamos sido capaces de cruzar el mar y adentrarnos en la lejana, remota y legendaria Britania. Estamos, Tito, ante un gran fracaso militar transformado en una gran victoria política. Por todos los dioses, ni siquiera hemos podido confirmar que Britania sea realmente una isla,* como suponen todos pero nadie ha comprobado.

—No ha sido un gran fracaso militar —se atrevió a discutir Labieno—. Un gran fracaso habría sido la pérdida de una legión entera o el hundimiento de toda la flota, o, peor aún, que nadie hubiera regresado. No has conseguido una gran victoria con la obtención de recursos de valor económico, pero has traído de vuelta a la mayor parte del ejército y de la flota en una situación meteorológica hostil y de una isla o, bueno, es cierto, no sabemos si es una isla, de un territorio lleno de enemigos. Lo importante es que estás vivo y ahora podemos ocuparnos de resolver los últimos núcleos de resistencia aquí en la Galia y preparar tu regreso a Roma, y olvidarnos ya de mares y expediciones imposibles.

César callaba y miraba su copa de vino vacía.

—Porque nos olvidamos ya de Britania, ¿verdad?

Pero su amigo seguía en silencio y Labieno conocía bien el significado de los silencios de César.

* No sería hasta que el romano Agrícola, en tiempos del emperador Domiciano, circunnavegara toda Britania, más de siglo y medio después, que los romanos pudieron confirmar que Britania era realmente una isla. Véase Posteguillo, S., *Los asesinos del emperador* (Planeta, 2011), primera novela de la Trilogía de Trajano.

LXXII

La ira de Craso

***Domus* de Craso, Roma**
55 a. C.

Las noticias de la reentronización de Tolomeo XII en Egipto, apoyado por las tropas romanas del gobernador Aulo Gabinio, que era lo mismo que decir la larga mano de Pompeyo en Asia, viajaron hasta Roma por mar con sorprendente velocidad. Los barcos mercantes que hacían la travesía entre la capital del Estado romano y Alejandría trajeron la información con presteza, y ésta se difundió por todos los rincones de la ciudad, desde las tabernas más atestadas de marinería, exgladiadores y jugadores de dados hasta los mentideros políticos del foro, la asamblea del pueblo y el mismísimo Senado.

Marco Licinio Craso, tercer miembro del triunvirato que controlaba el poder de Roma, llegó encendido a su casa. Su hijo menor Publio lo recibió y, conocedor de su odio hacia Pompeyo pese al pacto que ahora los unía, intentó calmarlo.

—Toda la acción se podría anular por el Senado —sugirió—; es decir, no militarmente, pero se podría cuestionar la legalidad de que un gobernador entronice de nuevo a un faraón, algo que es claramente jurisdicción del Senado por ser una acción de política exterior, que es potestad única del Senado.

—Eso ya lo he pensado, hijo —le respondió su padre—, pero para ello necesitaríamos los votos de los seguidores de Cicerón y Catón, y eso significaría romper el pacto a tres con César y el propio Pompeyo. Y si rompo ese acuerdo, Pompeyo podría unirse a su vez a Cicerón para revocar los acuerdos de Luca y dejar sin cobertura legal mi proconsulado de cinco años en Siria, ahora que termina el mandato de ese maldito Aulo Gabinio. Y sin ese proconsulado, nunca podría llevar a cabo mi gran campaña en Asia para...

Pero no culminó la frase, y Publio sabía que no la concluía porque lo que iba a decir era «para conquistar Egipto», un Egipto que ya había sido conquistado en cierta forma para Roma por Pompeyo a través de Aulo, situando en el trono a un rey cliente como Tolomeo XII. Era todo una encrucijada de complejas alianzas en la que su padre parecía llevarse siempre la peor parte: aunque con el triunvirato sus negocios habían florecido y había seguido enriqueciéndose, desde el punto de vista de la gloria militar, tanto César como Pompeyo seguían estando muy por encima de él. Y Publio sabía que aquello era una herida en su orgullo que lo ocurrido con Egipto agrandaba y profundizaba, como si le echaran sal en la llaga abierta de su vanidad. Además, a todo esto se añadían los veinte días de celebraciones decretadas por el Senado para conmemorar la increíble travesía de César a Britania y su regreso tras haber conseguido algunas victorias en aquella remota parte del mundo que muchos habían considerado, hasta la fecha, inalcanzable. Desde un punto de vista económico, aquella empresa no estaba bien justificada, pero era evidente que la hazaña de cruzar el Mare Britannicum había impresionado al pueblo. Su padre, dentro del triunvirato, parecía sólo una sombra del poder, no el poder mismo, el cual en apariencia emanaba únicamente de las figuras de César y Pompeyo. El primero hacía lo que nadie había hecho nunca, mientras que el segundo, cómodamente reclinado en un *triclinium* de su residencia en Roma, gobernaba Asia a su antojo, poniendo o quitando reyes con un simple soplo de su aliento asistido por sus gobernadores, legados y tribunos militares. Y su padre, mientras tanto, sólo había hecho unos planes para conquistar un reino que, de pronto, ya estaba bajo control romano. O sea, nada.

—Pese a lo ocurrido en Egipto, padre, romper la alianza con Pompeyo y César no parece la mejor de las ideas —dijo el hijo.

Los esclavos fueron a traer el desayuno, pero un gesto de desdén por parte del amo los hizo retroceder y desaparecer del atrio antes de haber dejado nada sobre las mesas.

—No, salirme de ese pacto no es buena idea —corroboró Craso padre—. Si lo rompo, puedo conseguir la satisfacción de poner a Aulo Gabinio en problemas con el Senado, pero no a Pompeyo mismo, y, además, yo perdería mi proconsulado, como te he comentado. Mucho perdido y poco ganado. Por otro lado, si mantengo el pacto, ya no tiene sentido que intente apoderarme de un Egipto que ahora está bajo el control romano efectivo a través de ese débil y manipulado Tolomeo XII, pero dispondré de un ejército, el gobierno de Siria y cinco años para una gran campaña militar de la que retornar con tanta gloria que se acallen por fin todas las voces que vitorean a César y, sobre todo, a ese miserable de Pompeyo, a quien se empeñan en denominar Magno, cuando lo único grande que realmente tiene es su soberbia.

Publio sabía que si había algo que su padre nunca había podido perdonar era que, tras las duras campañas contra Espartaco en Italia, dirigidas por él y con las que consiguió arrinconar, por fin, al inmenso ejército de esclavos, fuera Pompeyo quien se llevara parte del mérito de terminar con la rebelión por haber participado simplemente en algunas acciones menores contra los últimos estertores de las tropas del gladiador rebelde. Luego, su padre, a quien la mala fortuna parecía perseguir en cuestiones de gloria militar, ni siquiera encontró el cadáver de Espartaco entre los miles de esclavos muertos tras la batalla del río Silaro, y no tuvo un cuerpo que exhibir ante Roma para ser adorado por una plebe que había vivido aterrada durante meses por aquel motín inmenso de esclavos armados que habían campado a sus anchas durante largo tiempo alrededor de Roma y por toda Italia sin que nadie pudiera detenerlos. Publio recordaba hasta cómo se extendió el rumor de que quizá el líder de los esclavos, el maldito Espartaco, había escapado, herido pero vivo, de la batalla del río Silaro y huido hacia el norte del mundo, y que podía ahora estar libre entre los germanos o los celtas. Algo muy improbable, casi inverosímil, pero a la plebe le gustaban esas ideas tan absurdas como románticas: un rebelde que siempre escapa, que nunca muere...

Publio dejó de lado aquellos recuerdos y volvió al presente: si su padre ya no iba a atacar Egipto pero quería aún un ejército, sólo restaba hacer una pregunta.

—¿Y qué vamos a hacer, padre, con varias legiones bajo tu mando en Siria?

—Lo mismo que César en el norte, hijo, pero nosotros en Oriente: emularemos a César acometiendo una empresa que nunca antes ningún romano se haya atrevido a hacer.

El joven Publio repasó con rapidez en su cabeza todas las campañas militares de Oriente: estaban las conquistas de Bitinia, Paflagonia, Capadocia, Galacia o Comagene,* las guerras para hacerse con el control de Siria y Judea y parte del Cáucaso o Armenia y las complicadas guerras contra Mitrídates del Ponto, la anexión de Chipre y la reciente reducción de Egipto a un reino cliente con la reentronización de Tolomeo XII, ¿qué quedaba por conquistar en Oriente? Y, sobre todo, reformulando y precisando sus pensamientos, Publio se planteó la pregunta exacta: ¿qué quedaba asequible a las legiones romanas que se pudiera conquistar en Oriente? Y la respuesta que sus razonamientos le daban era: nada. Porque lo único que restaba por atacar en el Oriente del mundo era inatacable, inabordable, inconquistable. No, al menos, por un solo hombre con un solo ejército. En Oriente sólo quedaba por someter Partia, pero el reino parto era en sí mismo otro imperio casi tan potente, o quizá igual de poderoso, que la propia Roma. Sus dominios se extendían desde la desconocida Bactria, la remota India, hasta las costas del mar Eritreo, las montañas del Cáucaso y la frontera de la misma Siria, con los grandes ríos Tigris y Éufrates en su centro. Intentar su sometimiento a Roma era un suicidio. Pero, sin duda, sería hacer lo que nunca nadie había hecho, eso era incuestionable, como César estaba haciendo con las Galias en el norte y su cruce del Rin o su campaña en Britania. Aun así, el joven Publio buscaba en las esquinas de su mente alguna otra posibilidad, por remota que fuera.

El padre leyó con claridad el miedo en los ojos de su hijo, pero se mostró tajante.

—Sí, hijo mío, atacaremos Partia.

* Diferentes reinos de Asia Menor.

Domus de Cicerón
Esa misma noche

Ateyo, tribuno de la plebe, llegó a la residencia del veterano orador. Ateyo sospechaba de todos los senadores. Sus motivaciones solían ser siempre económicas y personales y muy pocos se preocupaban en verdad por el bienestar del pueblo de Roma, pero Cicerón impidió el golpe de Estado de Catilina y eso era algo que Ateyo, como tantos otros, respetaba. Y sólo por eso aceptó la invitación gestionada por Catón para acudir a visitar a Cicerón.

—Cayo Ateyo Capitón, que los dioses te bendigan por aceptar mi humilde invitación —dijo un muy efusivo Cicerón al recibirlo.

El recién llegado podía detectar con claridad el artificio de tanta amabilidad, pero, por el momento, se mantenía en su propósito de, al menos, escuchar a su anfitrión.

Cicerón lo condujo del brazo hasta el atrio y le ofreció de comer y beber y, cuando hubo pasado un tiempo prudencial de conversación intrascendente pero protocolaria en el encuentro entre un tribuno de la plebe y un senador de Roma, el invitado se decidió, por fin, a acortar la comedia y preguntar de forma directa.

—Exactamente, ¿por qué me ha hecho llamar el *clarissimus vir* Cicerón? Yo no soy de pactos políticos en los que se ofrece un favor a cambio de otro —precisó Ateyo—. Yo soy hombre de ley y eso es bien sabido por todos.

Cicerón asintió, aunque en el comentario se sobreentendiera que Ateyo lo juzgaba a él más de pactos y favores negociados.

—Yo también soy hombre de ley —replicó Cicerón, intentando disipar la imagen de negociador, pactista y creador de redes de favores—, yo también creo en las leyes. Ahí están todas mis intervenciones en los tribunales de Roma como abogado. De hecho, sólo quiero asegurarme de que la ley se aplica por igual a todos los ciudadanos, sin distingos. Y creo que hay quien quiere saltarse la ley.

—¿Quién? —indagó Ateyo, aún incrédulo en cuanto a la pureza de los fines de su interlocutor, pero con brillo en los ojos. Si se trataba de ir a por alguien que iba a saltarse la ley, sí estaba interesado.

—Craso —replicó Cicerón.

—¿Marco Licinio Craso? —Ateyo precisaba de confirmación. Estaban hablando del hombre más rico de Roma y uno de los miembros del triunvirato.

—El mismo.

Cayo Ateyo Capitón se pasó la palma de la mano izquierda por el rostro. Se reclinó aún más en su *triclinium*, suspiró y, por fin, se reincorporó ligeramente, como si se sobrepusiera ante el desafío, y con voz firme dijo:

—Te escucho.

Y Cicerón habló.

Y habló, como siempre hacía él, de modo profundamente persuasivo y, lo esencial para Ateyo, con la ley de su parte.

LXXIII

La caballería aliada

Itius Portus
55 a. C.

No, tal y como Labieno había intuido, César no se olvidó de Britania. Tenía la sensación de haber aprendido de sus errores y la certeza de que podía enmendar cada uno de ellos si organizaba mejor una segunda campaña britana para el próximo verano. Y así se lo hizo saber a todos en una reunión del alto mando.

—Nuestro primer error, del que ya me advirtió Labieno —se explicó César, y aquí miró a su segundo en el mando un instante, transmitiendo en su mirada de aprecio que aquél había tenido razón—, fue dar comienzo a la campaña demasiado entrado el verano. Es evidente que el buen tiempo dura poco en esta parte del mundo, así que iniciaremos la campaña en cuanto termine la próxima primavera. El año pasado, la invasión germana nos retuvo en el norte, pero, después de cruzar el Rin con las legiones, no creo que planeen ninguna nueva invasión. Ya saben lo que les espera si vuelven a cruzar el río hacia el sur. Bien, ése es el primer punto por corregir. Pero hay muchos más.

Todos lo escuchaban atentos y, a decir verdad, no demasiado persuadidos de que volver a atravesar el Mare Britannicum fuera una gran idea, pero César sólo había empezado a exponer sus planes para un segundo intento de conquista de aquel territorio y, desde luego, le concedían el beneficio de la duda: ¿quién de todos ellos habría pensado que podía conquistarse la Galia celta, rendir a los belgas, expulsar a los suevos de Ariovisto o a los germanos usípetes y téncteros y hasta cruzar el Rin? Y todo eso se había conseguido bajo el mando de quien les hablaba. Temían volver a atacar Britania, pero aquel líder tenía su respeto y, más aún, su admiración. Prácticamente, más allá de sus miedos, excepto alguno como el resentido Décimo Junio Bruto, el resto de los mandos idolatraban a César. Y lo escuchaban.

El procónsul percibía en el ambiente el temor a volver a Britania, pero estaba muy convencido de que, cuando oyeran todos sus planes, modificados con respecto a la primera expedición, muchos, si no todos, cambiarían de parecer y convendrían en que lo que proponía podía hacerse.

—El segundo error que cometimos... —Pero César se corrigió, pues las decisiones sobre cuántas tropas llevar o no a una campaña eran siempre suyas—, el segundo error que cometí yo fue infravalorar a los britanos y llevar menos tropas de las necesarias.

Se hizo un silencio.

—Esta vez cruzaremos el mar no con dos legiones, sino con cinco, además de la caballería romana y dos mil jinetes adicionales de la caballería aliada gala.

Era más del doble de infantería que en la primera expedición, con un refuerzo impresionante de jinetes, pero César no les dio tiempo de admirarse demasiado por aquellas cifras, porque siguió aportando más datos de una operación militar de una magnitud desconocida en el mundo romano.

—Para transportar esas tropas, las legiones y la caballería, y para poder llevar con nosotros mucho más grano, de forma que, al menos durante varias semanas, no dependamos de otra fuente de suministros, se precisa de una flota mucho mayor que la que pusimos en el mar este último verano. Además, hay que prever que algunos barcos puedan perderse en el tránsito a Britania o en alguna de sus malditas tempestades. En lugar de unos doscientos navíos, esta vez llevaremos ochocientas naves. Habrá más galeras militares y muchos más barcos de transporte. De todo esto se ocupará... —Pero no dijo el nombre de inmediato y, aunque miró a Balbo, se giró, finalmente, hacia el nuevo *praefectus fabrum*—: Mamurra.

Todos estaban digiriendo las cifras que manejaba César. Ni siquiera Pompeyo, cuando gozó de *imperium* absoluto sobre todas las costas del Mare Nostrum, en su lucha contra los piratas, había reunido una flota de semejantes dimensiones. Se decía que Magno llegó a tener mando sobre unos quinientos navíos, que, por otro lado, nunca llegaron a formar parte de una única flota, sino que Pompeyo los distribuyó en diferentes armadas navales por distintos puntos del Mare Nostrum. César hablaba ahora de armar una única flota descomunal de ochocientos barcos, un auténtico ejército de invasión como nunca antes se había diseñado. Pero ¿cómo reunir todo lo necesario para tener semejante flota en apenas unos meses? Era un proyecto ocho veces mayor que el encomendado a Décimo hacía un año para luchar contra los vénetos. El procónsul pensaba en una escala de dimensiones totalmente diferente a la que cualquier otro magistrado romano hubiera pensado nunca. Era como si en su cabeza los límites, sencillamente, no existieran.

Pero César seguía hablando. Parecía tenerlo todo calculado y respondía a las preguntas que todos se iban haciendo, aunque no se atrevieran a formularlas.

—Tú, Balbo, en esta ocasión tendrás que ir a tu Hispania natal y conseguir allí marineros y aparejos para nuevos barcos, velas, sogas, jarcias, todo lo que haga falta para las nuevas naves. Como las provincias hispanas están ahora bajo control directo de Pompeyo, ya le he escrito requiriendo su colaboración para que se te permita llevarte de Hispania todo el material naval que puedas reunir en el sur, en Gades, o en otros puertos hispanos. Pompeyo y yo estamos ahora en muy buenas relaciones, como todos sabéis, de modo que no espero que tengas dificultades con nuestras autoridades de Hispania. Por otro lado, tú tienes allí más contactos locales que ninguno de nosotros. Eres, Lucio, el hombre idóneo para esta misión. Por eso Mamurra se hará cargo de la construcción de la nueva flota, mientras tú vas al sur. Finalmente, nos queda el asunto de mejorar la navegación y el desembarco, sobre todo de los barcos a vela de transporte. Por eso está aquí Vitruvio, a quien todos conocéis por su pericia a la hora de construir puentes.

Los oficiales volvieron su mirada hacia el joven ingeniero, que permanecía en silencio en una esquina del *praetorium*, temeroso de recibir un nuevo encargo del procónsul, quien, hasta la fecha, no tenía por costumbre encomendarle asuntos sencillos.

—Luego hablaré con él sobre este tema —continuó César—, pero queda la cuestión de no descuidar la Galia, lo que será, al partir de nuevo hacia Britania, nuestra retaguardia. Labieno, en quien todos confiamos, se quedará otra vez aquí para guardarnos las espaldas con tres legiones, de modo que tenga la capacidad de sofocar cualquier pequeña rebelión que pueda surgir, y estará también pendiente de si necesitamos cualquier refuerzo militar o suministros. Al iniciar la nueva expedición a principios del verano o incluso, como dije antes, en primavera, mantendremos la comunicación abierta con alguna de las galeras, que irá de un lado a otro de la costa de forma periódica con mensajes y hasta con el correo de oficiales y legionarios. De ese modo también evitaremos, unos y otros, la penosa sensación de sentirnos totalmente aislados cuando estemos en Britania. ¿Alguna pregunta?

Nadie parecía inclinado a cuestionar el plan del procónsul, ni siquiera Labieno, que solía ser quien más dudas se atrevía a plantear, pero, de pronto, Décimo Junio Bruto, quizá porque se sentía dejado de lado ante el ascenso de Mamurra a *praefectus fabrum* y responsable de crear la nueva flota, habló, fiel a su costumbre, con cierta impertinencia:

—Yo sí veo dos problemas.

César se limitó a mirarlo en silencio, primero, luego se sentó y, por fin, lo conminó a precisar:

—¿Puede Décimo Junio Bruto ser más concreto?

—Ochocientos barcos es una flota de dimensiones formidables —replicó— y no veo forma de que el pequeño puerto de Itius Portus pueda acomodar semejante número de navíos.

—Cierto —admitió César—, es una buena observación, pero es que la nueva flota no se construirá ni saldrá de este puerto, sino desde el estuario del río que recorre, más al noreste, la tierra de los menapios y los mórinos, toda vez que ya hemos conseguido controlar su región. Aprovecharemos su gran estuario, mucho más amplio, para construir allí la flota. Esa bahía funcionará de puerto natural y protegerá los barcos hasta que partamos hacia Britania.*

* Probablemente, el estuario del actual río Aa, como se explicará más adelante.

Muchos de los presentes habían visto, durante las campañas contra los galos de la costa, el estuario que César acababa de mencionar y les parecía una solución perfecta como lugar donde centralizar la creación de la nueva flota.

Una vez más, el procónsul había resuelto la crítica planteada por aquel oficial con aires de eterno agraviado.

—Pero has dicho que te preocupaban dos cuestiones —añadió César, que no olvidaba nada.

Décimo permanecía serio. Podía ver que todos daban por muy bueno el plan de César y eso parecía dejarlo en mal lugar a él, por plantear sus dudas. Era como si el procónsul hubiera pensado y pensado muy bien en todos y cada uno de los detalles de aquella nueva expedición. Pero Décimo no estaba dispuesto a quedar en ridículo, así que arremetió con su segunda duda, que, por otro lado, era la más importante y la que para él representaba el punto débil de todo lo planteado por César. Y, a fin de cuentas, allí estaba el procónsul invitándolo a hablar de nuevo. Pues hablaría. Claro que lo haría.

—Hay descontento en muchos puntos de la Galia. Los celtas nos quieren fuera de su territorio...

—Ya no es *su* territorio —lo interrumpió y lo corrigió César—. Que ellos lo sigan viendo así es algo que no puedo evitar, pero no permito que ningún oficial bajo mi mando hable de la Galia ya como territorio no romano: los galos habitan aquí y lo harán bien y en paz por muchos años si pactan con nosotros y aceptan nuestro gobierno, pero éste es ya territorio de Roma.

Décimo modificó su parlamento.

—Muchos galos nos quieren fuera de la Galia. No aceptan el hecho de que han sido conquistados y, cuando sepan que cinco de las ocho legiones de nuestro ejército han partido rumbo a Britania, no tardarán en rebelarse. Pero no pequeñas revueltas, como estamos viendo de cuando en cuando, sino una rebelión general a la que Labieno no creo que pueda hacer frente con sólo tres legiones.

Y Décimo calló.

El silencio podía sentirse como un incienso intenso que los envolviera a todos con el aroma de la duda y el miedo.

—Eso, en verdad, podría ocurrir —admitió César inicialmente, pero continuó—: si no lo hubiera previsto, y para eso he diseñado una estrategia que luego explicaré a Labieno y que nos permitirá evitar esa rebelión general durante mi ausencia en Britania. —Y calló.

Décimo iba a hablar de nuevo y a demandar saber más de esa estrategia, pero César retomó el uso de la palabra y fue tajante.

—Una estrategia que prefiero que permanezca en secreto entre mi segundo en el mando y yo. Ahora ya sabéis cuáles son los objetivos del próximo año y todos tenéis mucho que hacer, así que manos a la obra, cada uno desde su responsabilidad. —Y aquí miró, en particular, a Mamurra—. A trabajar todos. Dejadme ahora a solas con Labieno.

Todos abandonaron la tienda satisfechos con las explicaciones de César, a excepción, como ya era habitual, de Décimo, pero eso ahora no le preocupaba demasiado al procónsul de Roma, que tenía otras urgencias que atender.

El resto de los oficiales, en efecto, pese a no saber la estrategia secreta de César para mantener el férreo control de la Galia con sólo tres legiones, estaban convencidos de que el procónsul también habría pensado mucho en cómo mantener el dominio de los territorios conquistados. Confiaban, además, en la prudencia de Labieno, que siempre parecía completar la audacia del procónsul. Estaban persuadidos de que si la estrategia de César satisfacía a Labieno es que sería, sin duda alguna, buena.

Todos salieron, pues, menos Labieno y menos un Vitruvio que, olvidado por unos y otros, si bien se situó junto a la puerta de salida, no tenía claro que la orden de marcharse fuera también con él.

—Es cierto —dijo César al advertir su presencia aún en el *praetorium*—. Dije que tenía que explicarte algo sobre los barcos.

Vitruvio, viendo que su persona allí era aún del agrado del procónsul, retornó hacia el centro de la tienda.

—Remos —dijo César.

—¿Remos? —preguntó Vitruvio, confundido.

—Las galeras tienen y se han probado muy útiles, primero, contra los vénetos cuando el viento se detuvo en la batalla de la bahía de Morbihan y, luego, para mantener el rumbo en medio de los temporales del Mare Britannicum, o incluso para aproximarse más a tierra en un desembarco. Necesito que te las ingenies para que los barcos de transporte, aunque naveguen sobre todo propulsados por el viento, también dispongan de remos que los ayuden a mantener el rumbo con el mal tiempo o en sus maniobras de aproximación a las playas britanas. Eso preciso. ¿Crees que podrás encargarte?

—Remos —repitió Vitruvio. Había temido algo más complicado—. Remos en los barcos de transporte. Me ocuparé de ello, procónsul.

—Bien, si eso está en tus manos, me quedo tranquilo. Ahora puedes irte.

El joven ingeniero salió de la tienda.

—¿Y cuál es esa estrategia para mantener a los galos controlados cuando partamos el ejército en dos? —preguntó Labieno yendo al meollo del asunto—. Los modales de Décimo son penosos y su impertinencia, insufrible, reprobable incluso, pero en el contenido de su discurso hay cierta verdad: los galos están inquietos y con sólo tres legiones puedo tener problemas serios.

—Hay mucha verdad en lo que dice —aceptó César—. Convengo contigo en que su forma de hablar impertinente y desafiante no augura que él y yo forjemos una gran amistad en el futuro, pero es un militar competente y, como dices, lleva razón con respecto a que tres legiones son pocas para controlar la Galia, pero, como comentaba, ya he considerado con detalle este asunto.

—Antes de que me lo digas, no querría dejar pasar por alto que yo también veo otro problema más que no he querido exponer delante de todos, y menos después de la desafiante intervención de Décimo de por medio.

—¿Qué otro problema? Te escucho —respondió César genuinamente intrigado, pues las dudas de Labieno, aunque fueran expuestas de modo respetuoso, siempre tenían una base de sentido común que nunca convenía soslayar.

—Si te llevas la caballería romana y los dos mil jinetes de la caballería gala aliada que vas a exigir a las tribus celtas, me dejas sin jinetes con los que resolver posibles rebeliones con rapidez, y ya sabes que, en la cuestión de las revueltas, la intervención veloz que permite la caballería puede ser muy necesaria para evitar males mayores. Dejarme sólo con legiones puede ser un grave error. Pero dejarme con sólo tres legiones de lento movimiento y sin caballería es un... —Pero Labieno se contuvo.

—No, no te reprimas —le invitó César—: Emplea las palabras que te vienen a la cabeza.

—Dejarme sin caballería y con sólo tres legiones es un pésimo plan militar, indigno de ti —sentenció Labieno, con dolor, pero tenía que decir lo que pensaba. En eso se había fundado siempre su amistad.

César, en lugar de molestarse, cabeceó un par de veces en señal de aceptación de aquella dura valoración, pero anunció algo inesperado:

—Yo no pienso dejarte sin caballería.

—Pero si has dicho que te llevas la caballería romana y los dos mil jinetes galos a Britania, eso supone el total de la caballería —opuso un Labieno que sentía que no se estaban entendiendo en algo que a él le parecía muy evidente.

—Es que todo esto que te preocupa está contemplado en mi estrategia global para que los galos no se rebelen —le explicó César, y observó que Labieno callaba, por fin, presto a escuchar sin interrumpirlo más—: Este invierno reclamaremos a las diferentes tribus galas aliadas, especialmente a eduos y arvernos, que nos proporcionen no dos mil jinetes, como en las últimas campañas, sino el doble: cuatro mil. Mantener caballos es costoso, como bien sabemos, y suelen ser los miembros de su aristocracia los que disponen de los medios suficientes para tenerlos y, en consecuencia, poder actuar como jinetes, ya sea al servicio de su propia tribu o, como es el caso, como caballería aliada de las legiones. Si les reclamamos el doble de jinetes, tendrán que recurrir no sólo a los caballeros habituales, ya veteranos en estas campañas pasadas, sino a las nuevas generaciones, a hijos de los propios veteranos. La mayor parte de los veteranos se quedarán aquí en la Galia, con excepción de algunos líderes que se han destacado por su, digamos, poco clara lealtad a Roma, mientras que los jinetes más jóvenes vendrán conmigo a Britania. Esto me permitirá tener una numerosa caballería, quizá no veterana, pero mucho mejor que no tener jinetes de apoyo, y, al mismo tiempo, estos jóvenes caballeros galos, bajo mi control en Britania, serán, aun sin quererlo, rehenes míos procedentes de las élites galas de cada tribu. No creo que ninguno de los veteranos aristócratas celtas, teniendo a sus hijos conmigo en Britania, quiera iniciar una rebelión general de toda la Galia, ¿no crees?

Labieno se había sentado frente a César durante su detallada exposición.

—El plan... —hablaba despacio, asintiendo, valorándolo al tiempo que contestaba—: Sí..., el plan... es bueno y resuelve, ciertamente, las dos cuestiones a la vez: yo dispongo de caballería y se reducen mucho las posibilidades de una rebelión a gran escala, pero ¿crees que los líderes galos se avendrán a cedernos todos esos jinetes y que nos llevemos a parte de ellos a Britania? ¿No verán tu estrategia?

—Los más astutos la verán, sin duda.

—¿Y aun así crees que dirán que sí?

—A un Julio César que se lo exija con ocho legiones en la Galia no podrán decirle que no. Ante tres legiones, posiblemente dirían que no, pero se lo vamos a pedir durante el invierno, y no pienso sacar esas cinco legiones de la Galia hasta que hayan enviado a todos esos jinetes. Lo harán. Han visto lo que les pasó a los vénetos. O a los usípetes y téncteros, que también me desafiaron.

—De acuerdo, los veteranos se quedarán conmigo y los jinetes galos más jóvenes marcharán contigo, y también algunos jefes más rebeldes. A este respecto, hay un par de nombres que se me ocurren que me encantaría que te llevaras a Britania.

—¿Dúmnorix es uno de ellos? —inquirió César.

—Por favor. Su presencia en la Galia sería un hervidero de revueltas.

—¿Y a quién más te gustaría que alejara de la Galia? —indagó César ahora.

—El joven jefe de los arvernos —propuso Labieno—. Es más prudente en sus acciones, en su actitud y en lo que dice en voz alta que Dúmnorix, pero, sinceramente, no me fío de él y creo que alejarlo de la Galia sería una magnífica idea.

—Me llevaré a Vercingetórix si eso ha de darte seguridad.

—Me la da.

—Bien, pues todo está aclarado —dijo César, y parecía exultante, encendido por el nuevo proyecto de Britania.

Labieno iba a irse, pero, cuando ya estaba encaminado hacia la puerta, se giró un instante.

—Pero has acordado una paz con los britanos y el Senado de Roma ya te ha criticado por la rotura de la tregua con los germanos, aunque, como les explicaste por carta, fueron ellos los que la rompieron. ¿Qué paz van a romper los britanos que justifique un nuevo ataque? Es decir, está el argumento de que habían ayudado a los rebeldes galos en las campañas contra los belgas o los vénetos, pero ahora tenemos ese acuerdo de paz y no creo que los britanos vayan a lanzar ninguna flota contra nosotros cruzando el mar. Ni que el Senado considere que pueda existir ese peligro.

—Ese acuerdo de paz estaba basado en que los britanos debían enviarnos rehenes, ¿recuerdas? Como han aceptado otras muchas tribus celtas. ¿Crees que los britanos van a enviarnos a esos rehenes?

—No, no lo creo.

Y Labieno se quedó mirando con admiración a César: en verdad, había pensado en todo, incluso en las derivaciones políticas de la nueva campaña.

—Tampoco creo que los britanos piensen que vayas a regresar con otro ejército —apostilló Labieno.

—Y ése será su gran error —sentenció César.

LXXIV

Una triste despedida

Alejandría, Egipto
55 a. C.

Cleopatra estaba en lo alto de la escalinata que descendía hacia el patio. Regia, deslumbrante, inalcanzable.

Marco Antonio, al pie de los escalones, muy por debajo de ella, la observaba como quien acaricia un sueño.

—¿Te marchas?

Por primera vez en mucho tiempo, Cleopatra sintió que su voz se quebraba al hablar.

—He de hacerlo y desearía que la princesa de Egipto lo entendiera —respondió Marco Antonio—. No me gustaría partir de aquí pensando que, de un modo u otro, he decepcionado a la hija del faraón.

Cleopatra, lenta y majestuosamente, descendió por la escalinata como si, aunque sólo fuera por un momento, quisiera resultar más accesible, más próxima. Se sentó junto a una de las fuentes de los jardines del palacio real de Alejandría. El rumor del agua al caer en el estanque parecía sereno e hipnótico en el silencio de un patio donde todos los esclavos se habían retirado por expresa petición de ella. Quería hablar con aquel oficial romano a solas. Era la primera vez en su vida que había ordenado que la dejaran sola y que todos, sin discusión alguna, la habían obedecido: en su nuevo estatus de hija del faraón reentronizado, todo era distinto. De pronto, la joven se dio cuenta de que tenía poder. Limitado, pero poder. Al menos, en aquel palacio, quizá algo en Alejandría, quién sabe cuánto en Egipto. Todo estaba aún por aclararse. La ejecución de su hermana y la recuperación del trono por parte de su padre eran aún sucesos demasiado cercanos. Y eso, precisamente, es lo que a ella le preocupaba.

—¿Por qué tienes que marcharte? —inquirió ella con cierto tono de desencanto, el mismo que el oficial romano no deseaba percibir—: El retorno de mi padre al poder en Egipto es demasiado reciente y temo por él. Todo está aún muy agitado. No se ha encontrado aún al traidor de Potino, los sacerdotes no han confirmado aún su adhesión al gobierno de mi padre, el pueblo anda dividido y desconfía del modo en que hemos recuperado el trono. Temo que las tropas romanas dejen de estar bien controladas o que puedan abandonar su disciplina ante la ausencia de quien las ha liderado en esta victoria. Tu partida llega en hora muy inoportuna.

Marco Antonio se mantenía en pie, a unos discretos tres pasos de distancia de la joven princesa que, reclinada en el borde del estanque, como distraída en sus pensamientos oscuros, jugaba con una mano hundiéndola en el agua que reflejaba la luz del sol y el cielo azul de Alejandría.

—Comprendo las preocupaciones de la princesa, que sólo muestran su inteligencia. Es cierto que un ejército puede decaer en su disciplina y en su orden al marcharse quien lo ha liderado los últimos meses, pero el gobernador Gabinio va a permanecer en Egipto aún un tiempo y estoy seguro de que él es suficiente referente para las tropas, de modo que nadie hará nada que no ordene él. En ese sentido, creo que la princesa puede estar tranquila.

Sin embargo, la joven Cleopatra le negaba la mirada y, en su lugar, seguía con sus ojos negros el movimiento de su mano bajo la superficie del agua del estanque.

—He de marcharme por dos motivos —continuó él en busca de la comprensión de la princesa—. En primer lugar, he de ver a mi madre y asegurarme de que esté bien en Roma. Ella lo arriesgó todo por mí, cuando yo no merecía nada, cuando era otro hombre diferente al que soy ahora, y es de justicia que retorne a su casa y me asegure de que no le falta de nada, ahora que, tras mis acciones militares, dispongo de dinero suficiente para asistirla y, más importante aún, con el honor restablecido para enorgullecerla. Y, en segundo lugar, he de regresar porque tengo una deuda importante con un hombre que he de saldar.

—Lo de tu madre lo comprendo, pero ¿no puede acaso un oficial romano asegurarse de que su madre se encuentra bien desde aquí, comunicando por carta con ella misma o con quien conozcas en Roma que pueda asistirla en tu nombre? Y lo mismo podrías hacer con esa deuda: saldarla desde aquí. Puedo hablar con mi padre y que envíe un barco donde se custodie con seguridad el dinero que sea que debas entregar a ese hombre.

Marco Antonio suspiró. Aquella conversación se complicaba. En verdad no tenía permiso alguno que solicitar a la joven princesa. Ya había hablado con el gobernador Gabinio, la única autoridad que podía decidir sobre él allí, y éste había aceptado sus explicaciones y le había otorgado la licencia que requería para regresar a Roma, y hasta le había dicho que él se lo comunicaría al faraón. Pero Marco Antonio, por algún motivo que ni él mismo aún entendía, no quería marcharse de Egipto sin despedirse de la joven princesa, y menos aún dejando en ella la sensación de que se embarcaba hacia Roma como si su opinión y sus sentimientos no fueran importantes para él.

Estaba sumamente confuso en su interior. Él era un hombre de guerra. O de beber vino, o de sexo o de cualesquiera acciones arriesgadas, de aventura, de combate, pero no era de entender sentimientos. Ni siquiera los suyos. Y, sin embargo, allí estaba, entristecido porque aquellos ojos oscuros seguían hablándole sin ni siquiera dedicarle una mirada.

—Supongo que lo de mi madre podría hacerse como dice la princesa, aunque creo que merece verme rehecho como hombre y no como el joven disoluto que ella conoció, pero la deuda que tengo con ese hombre de Roma no es de dinero y no se puede saldar a distancia.

A Cleopatra le interesaron, de pronto, muchas cuestiones de aquella respuesta: ¿un pasado disoluto? ¿Qué tropelías habría cometido aquel oficial romano en su juventud? Lejos de decepcionarla, aquella revelación sólo añadía más misterio e interés sobre su persona. Y, por fin, ¿qué deuda puede contraer un hombre con otro que no sea de dinero?

—¿Qué deuda es ésa y cuándo la contrajiste?

Cleopatra quería saber. Quería comprender.

—Ese hombre, aunque seguramente no lo sepa ni él mismo, luchó por mi familia en el pasado, cuando mi padre estaba condenado a muerte. Ese hombre lo defendió. Es posible que él ni siquiera recuerde aquello, pues su vida es muy intensa, pero que lo recuerde él o no no importa. Yo siento que estoy en deuda con él y que he de pagarle su apoyo a mi padre en el pasado no con dinero, sino con lealtad, luchando por él, bajo su mando si él me acepta como oficial.

Ella, ante la persistencia de Marco Antonio en partir, se sentía furiosa. Nada de lo que él dijera conseguiría que ella percibiera su marcha de otro modo que no fuera puro abandono. Y sentía rabia e impotencia. Tenía poder, pero no el suficiente para retenerlo allí. ¿O sí? ¿Y si hablara con su padre para que el faraón presionara al gobernador de modo que este último obligara a Marco Antonio a quedarse en Alejandría más tiempo? Podría intentarlo... Además, ¿de qué maldito hombre estaban hablando?

—Y ese hombre con quien estás en deuda, ¿tiene nombre?

—Julio César —respondió Marco Antonio.

La joven princesa detuvo en ese mismo instante su mano en el agua del estanque.

Levantó la mirada y clavó sus ojos negros en los ojos encendidos de Marco Antonio, y este último sintió que acababa de contraer una deuda adicional con César, pues había sido su nombre lo único que parecía haber conseguido que la princesa volviera a mirarlo.

—¿Estás en deuda con Julio César? —preguntó ella, sorprendida por lo inesperado de la mención del padre de Julia, su única amiga romana, y, por primera vez en toda aquella conversación, empezó a admitir en su interior la posibilidad de que, en efecto, Marco Antonio tuviera un motivo serio para tener que ausentarse de Alejandría—. ¿Qué deuda tienes con César? —indagó. Quería saber más. De hecho, en su cabeza, todo empezaba a cobrar sentido: un joven oficial romano que se había mostrado como un gran guerrero, a diferencia de tantos romanos políticos y débiles, afirmaba tener una deuda precisamente con quien casi todos los romanos consideraban el mayor de sus combatientes en aquel momento. Una deuda de guerrero a guerrero. Se sintió, de pronto, emocionada, como si hablara con héroes de la

Ilíada y ella fuera Helena o Briseida. Poco podía imaginar que su destino, al final, la conduciría a que ese dilema de ser una mujer entre dos hombres no fuera tan sólo algo que hubiera leído en un relato de tiempos remotos.

Marco Antonio, ante su petición, le explicó con todo lujo de detalles el carácter específico de la deuda contraída con César.

Ella escuchó.

Y comprendió.

Y, por fin, cedió.

—Sí, ésa es una deuda que, ciertamente, no puedes saldar ni a distancia ni con dinero.

—Por eso he de marcharme —apostilló él.

—Por eso has de marcharte —confirmó ella—, y lo harás con mi bendición y con mis plegarias a Isis, día y noche, para que la diosa vele por ti y te proteja sin descanso, en la paz y en la guerra, y que un día, más pronto que tarde, el destino que ahora nos separa te conduzca de nuevo hasta Alejandría.

—Yo rogaré a los dioses romanos por que también faciliten en el futuro más próximo posible mi reencuentro con la princesa de Egipto.

Cleopatra tuvo un instante de clarividencia: tenía una carta de Julia para César y podría dársela a Marco Antonio para que éste se la entregara a César cuando fuera que ambos hombres se encontraran. No dudaba de que Marco Antonio hallaría la forma de llegar hasta César y hacerle entrega de aquella misiva, pero la joven princesa recordó también que Julia le había insistido en que esa carta sólo debía acabar en manos de su padre en caso de que ella muriera. Y Cleopatra no había tenido noticia alguna en aquel trágico sentido, de modo que omitió toda mención a aquella misiva que custodiaba por deseo de su amiga romana Julia.

Marco Antonio aprovechó aquel instante en el que la mente de la princesa parecía abstraída en recuerdos remotos para volver a hablar, siempre con la intención de mitigar la tristeza que la joven noble egipcia parecía sentir por su marcha.

—He traído un presente —anunció él.

—¿Un regalo?

—Sí —confirmó él—. Lo dejé en un cesto en manos de una de las esclavas de la princesa antes de entrar al jardín.

Cleopatra dio un par de palmadas y, raudas, dos esclavas aparecieron en el jardín.

—¿El tribuno ha traído algo para mí?

Las esclavas se inclinaron en una larga reverencia y asintieron a la vez.

—Traedlo —ordenó la joven princesa.

Al instante, una de las esclavas retornó con un cesto de mimbre y lo depositó al pie de su ama.

Cleopatra se sintió intrigada. Se levantó del borde del estanque y se acuclilló junto al cesto, y a punto estaba de abrirlo cuando Marco Antonio habló interrumpiendo su acción.

—Con cuidado —dijo el oficial romano—. Que no escapen.

Ella lo miró entre aún más intrigada y divertida.

—¿Está vivo? Es decir, ¿están vivos? Has hablado en plural.

—Son dos —confirmó él—. Y estaban vivos cuando se los entregué a tus esclavas.

Cleopatra, con tiento, retiró la tapa de mimbre del cesto y, en el fondo del recipiente, pudo ver dos gatos acurrucados, dormidos.

—Has acertado —dijo ella, feliz—. Los gatos me gustan, nos gustan a todos en Egipto, pero a mí me gustan en especial.

—Lo sé —replicó él—, pero no son gatos.

—¿Ah, no? —Y ella volvió a mirar con más atención. Los pequeños animales tenían el cuerpo cubierto de manchas. No eran gatos normales. Eran..., parecían...

—Son leopardos —explicó él, y se agachó y, con cuidado, tomó entre sus manos uno de los cachorros y lo depositó en los brazos de la princesa.

El felino despertó, pero, aún somnoliento y viéndose mecido, se limitó a emitir un pequeño rugido que sonó más a ronroneo de sueño que a otra cosa.

—Los leopardos son salvajes —comentó la princesa mientras empezaba a acariciar al cachorro.

—Cierto, pero me han asegurado que, si se los cuida desde cachorros, son fieles a quien los ha alimentado —comentó Marco Antonio, tomando en sus manos el segundo cachorro y acariciándolo él mismo.

—Es un hermoso regalo, Marco Antonio —dijo ella, pronunciando por primera vez el nombre de aquel oficial romano en su presencia.

Marco Antonio y Cleopatra se despidieron junto a aquel estanque, en medio de aquel jardín repleto de cañas de papiro y flores de loto, con dos cachorros de leopardo como nexo entre ellos, con la promesa por ambas partes de volverse a ver en cuanto los dioses egipcios y romanos tuvieran a bien volver a cruzar sus destinos.

LXXV

La maldición de Ateyo

Roma
A finales del 55 a. C.

Unos proyectaban su retorno de Oriente a Roma, como Marco Antonio, mientras otros planeaban su marcha de Roma hacia Oriente, como Craso.

Marco Licinio Craso hizo, por fin, pública su intención de atacar Partia. Sin *casus belli* que justificara una campaña contra los partos, pero el triunviro había decidido dejar de lado la tradición e ir, directamente, a por la gloria. *Su* gloria.

Pero los usos y costumbres de la ya larga historia de la República romana no eran tan fácilmente soslayables. Cuando alguien, quien fuera, no importaba lo poderoso que pudiera ser, decidía ignorar una tradición, siempre aparecía una persona, algún magistrado, un veterano senador o un inquebrantable tribuno de la plebe dispuesto a recordar a todos lo que la más antigua costumbre y moral romanas requerían para cada circunstancia, en aquel caso, para iniciar una guerra.

En este caso, fue el irredento tribuno de la plebe, Ateyo, tras ser convenientemente aleccionado por Cicerón y coincidiendo con el gran orador en la inmoralidad del proyecto de Craso, quien emergió de entre todos los ciudadanos de Roma con poder efectivo de veto para arremeter, día sí y día también, contra los propósitos de Craso.

Cayo Ateyo Capitón, tribuno elegido para el mismo año del consulado de Craso y Pompeyo, viendo que el Senado, controlado por los dos triunviros, no bloqueaba una guerra que a él le parecía, a todas luces, injusta, cuestionó públicamente los designios de Craso con todas sus fuerzas: primero intentó bloquear el reclutamiento de tropas y, luego, vetar la campaña entera.

Las largas conversaciones con Cicerón lo habían animado a ser duro en aquella oposición a Craso y envalentonaron a Ateyo hasta una dimensión casi desconocida en la política romana del momento, especialmente tratándose de atacar a uno de los tres triunviros.

Craso podría haber optado por una línea inteligente para evitar el conflicto, simplemente arguyendo las mismas mentiras que Gabinio había preparado para justificar sus ataques a Partia, argumentando que había habido algunas escaramuzas partas en guarniciones romanas de frontera, pero el triunviro, enardecido por una fiebre de vanidad y gloria como no había tenido nunca antes, optó por ignorar al tribuno. Lo único que hizo Craso fue esgrimir motivos legales para desacreditar la intromisión de Ateyo en aquel asunto, pero dejando de lado la cuestión moral de fondo.

—Un tribuno de la plebe no tiene jurisdicción —defendió en un discurso en el Senado— sobre cuestiones relacionadas con magistrados proconsulares, gobernadores y la administración de las provincias romanas. Un tribuno de la plebe tiene sólo jurisdicción dentro de la ciudad de Roma.

Y eso era cierto.

Por ello, los ataques de Ateyo no tuvieron los apoyos que habría precisado para detener los preparativos de Craso.

Y su año de tribunado terminaba.

Pero Ateyo, como ya intuía Cicerón, no era hombre de arredrarse con facilidad ni de darse por vencido a las primeras de cambio. Por eso, cuando el tribuno vio que se aproximaba la fecha del 10 de diciembre, que marcaba habitualmente el término de los tribunados del año en curso, se aprestó a organizar un intento final para detener a Craso.

El triunviro había preparado una salida cuasi triunfal con todos aquellos que lo iban a acompañar a Oriente en su campaña contra

Partia. Ateyo, sin dudarlo, se presentó ante la inmensa comitiva, con algunos hombres bajo su mando, con el objetivo de arrestar a un Craso que seguía sin aportar un solo *casus belli* que justificara su ataque a Partia.

—¡Detenedlo, por Júpiter! —ordenó Ateyo, y a punto estuvieron sus hombres de rodear al triunviro en medio de la calle, pero se formó un tropel que lo defendía con hombres armados del propio Craso, liderados por su hijo Publio y apoyados ambos por amigos y clientes de la familia Licinia.

En medio de la pugna, aparecieron tribunos de la plebe y ratificaron el argumento legal esgrimido por Craso: un tribuno de la plebe, en verdad, no tenía potestad sobre un procónsul, y más sobre asuntos concernientes a las provincias del Estado romano.

Ateyo tuvo que desistir de su objetivo principal, arrestar a Craso, pero, en su lugar, en vez de retirarse, ascendió a lo alto de la muralla serviana.

—¡Seguidme! —ordenó a sus hombres, y éstos lo escoltaron hasta alcanzar el lugar más elevado de aquellos muros, desde el que se podía ver la columna de seguidores de Craso que marchaban con él hacia las afueras de la ciudad, en donde los esperaban los carros y caballos y las nuevas levas de legionarios con los que iba a iniciar su marcha hacia Partia.

Desde ese punto, desde lo más alto de las murallas, Ateyo empezó a imprecar a todos los que seguían a Craso.

—¡Estáis todos malditos! —proclamó y encendió un brasero que tenía ya allí dispuesto con antelación, y reclamó a sus hombres que le trajeran el vino y los aceites e inciensos que iba a verter sobre las brasas incandescentes en las libaciones especiales requeridas, según los ritos más ancestrales, para reclamar la mirada y la atención de los dioses.

Había soldados, recién enrolados en las tropas expedicionarias de Oriente, que observaban, entre asombrados y temerosos, las acciones de aquel tribuno de la plebe. Cayo, un hispano de Corduba que había ido a Roma en busca de fortuna, era uno de ellos. Con los ojos muy abiertos, podía ver al tribuno clamando desde lo alto de la muralla serviana, junto a la negra humareda producida en el brasero.

—¡Maldito seas, Craso, por arrastrar a Roma a una guerra injusta sólo por tu codicia! ¡Y malditos seáis todos y cada uno de los legionarios que ahora marcháis con él hacia Partia! ¡Moriréis todos entre terribles nubes negras que os engullirán! ¡Y que los dioses me lleven consigo si ésa es la única forma de que se cumpla este vaticinio! ¡Dioses, os entrego mi vida a cambio de expiar el sacrilegio de todos estos criminales! ¡Mi muerte por una Roma libre de la avaricia de Craso y de todos cuantos le acompañan!

El augurio dejó a muchos de los legionarios helados. El hecho de que Cicerón hubiera facilitado el acceso de Ateyo al colegio de augures de Roma hacía apenas unos meses dotaba a aquel vaticinio de un enorme valor premonitorio entre unos soldados a quienes no gustaba marchar a la guerra entre semejantes pronósticos.

Pero Craso se limitó a reírse y maldecir a su vez a aquel tribuno.

—¡Palabras huecas de mal perdedor! —Y se dirigió hacia los soldados de su ejército—: ¡Todos juntos a por Partia, a por la victoria y a por el mayor botín de guerra de la historia de Roma!

Sentir la voz del procónsul firme y decidida en medio de tantos augurios nefastos apaciguó los ánimos de muchos. Además, el anuncio de un gran botín significaba mucho dinero para todos, y la codicia, en esto se equivocaba Ateyo, no era sólo de Craso, sino que habitaba en los corazones de la mayoría de los que marchaban hacia aquella nueva guerra.*

***Domus* de Cicerón**
Esa misma tarde

Catón estaba furioso.

—Criticaste mi comisión de investigación contra César por sus excesos contra los germanos como algo inútil y puede que tuvieras razón, pero, amigo mío, no veo yo que hayas conseguido tú mucho más con tu estrategia contra Craso empleando a ese tribuno de la plebe más loco que cuerdo.

Cicerón no se lo tomó a mal. Sabía que Catón hablaba desde la

* Todo sobre el desarrollo, el desenlace y el cumplimiento o no de la maldición de Ateyo está narrado en *La legión perdida* (Planeta, 2016), tercera novela de la Trilogía de Trajano.

impotencia de sentir que, aparentemente, no progresaban en la tarea de socavar el poder del triunvirato que lo controlaba todo en Roma, pero sí replicó defendiendo su forma de actuar.

—A simple vista puede dar la impresión de que Ateyo no ha conseguido nada, pero yo lo veo de otra forma —dijo mientras hacía señas al *atriense* para que escanciara más vino a sus invitados, Catón primero, y luego a su sobrino Bruto.

—¿Y cómo lo ves tú, si puede saberse? —insistió un Catón que nunca se conformaba con palabras, sino con hechos.

—Yo creo que hemos sembrado hoy la semilla de la duda y del miedo en los corazones de los legionarios de Craso, y ésas, querido amigo, son semillas que siempre germinan.

Callaron un rato mientras los esclavos escanciaban vino.

Bebieron.

—¿Y lo de las nubes negras? —preguntó Bruto.

—Un adorno de aprendiz de adivino —le respondió Catón con desdén, dando a entender que la capacidad augural de Ateyo era inexistente, pues, como los tres sabían, había llegado a augur por la intercesión y las influencias de Cicerón.

Pero el veterano orador negó con la cabeza.

—Yo no trataría con tanto desprecio los vaticinios de Ateyo: sea como fuere que llegara a ser nombrado augur, el hecho es que ahora lo es.

Nuevamente, Cicerón vio que sus palabras eran simplemente recibidas por el silencio de la indiferencia de Catón y Bruto.

—En todo caso —continuó Cicerón—, si dudas de la relevancia de mis acciones contra el triunvirato, puedes explotar el asunto de los ataques de bandidos en Iliria.

—¿Bandidos? ¿Iliria? —Catón no entendía.

Cicerón suspiró. Todo tenía que explicarlo.

LXXVI

Un invierno difícil

La Galia e Iliria
Invierno del 54 a. C.

César, ciertamente, no pudo disfrutar de un invierno tranquilo mientras organizaba todos los preparativos de su nueva expedición a Britania. Varias tribus estaban adentrándose en la provincia de Iliria con pequeñas pero muy violentas razias que habían causado el terror entre la población, y el Senado, animado por Catón, conminó a César a que acudiera allí a resolver la situación.

Y no podía negarse.

La renovación de su poder proconsular, como bien sabía Cicerón, por cinco años más en la Galia, acordada con Pompeyo y Craso en el pacto de Luca, incluía también su *imperium* militar sobre la provincia de Iliria. De hecho, Iliria siempre había estado bajo su mando militar desde su nombramiento proconsular en la Galia, y su primer objetivo, antes de que los helvecios emigraran desde los Alpes hacia la Galia y trastocaran sus planes por completo, había sido cruzar el Danubio desde Iliria en busca de las ricas minas de oro que estaban bajo el control de los dacios del rey Burebista. Ahora, tras las campañas contra los helvecios, primero, contra Ariovisto, los belgas, los vénetos, los usípetes y los téncteros, después, y el cruce del Rin y su primera expedición a Britania, Iliria parecía algo tan remoto como casi irreal. Pero existía y estaba bajo su jurisdicción. No, César sabía que no podía negarse a resolver aquel problema o sus enemigos políticos en Roma lo acusarían de incumplir un mandato del Senado, y de ahí a su destitución, tan anhelada por Catón, sólo había un paso. Había resuelto un primer intento de destitución apenas hacía unos meses por su controvertida campaña contra los usípetes y téncteros, y no era cuestión de tentar su suerte con una nueva votación ante el Senado por una manifiesta desobediencia suya a un mandato preciso del cónclave político central de Roma.

Todo esto de Iliria era demasiado sutil para ser obra de Catón. César estaba persuadido de que la mano de Cicerón andaba detrás, pero como Quinto, el hermano de Cicerón, estaba entre sus legados de la Galia, estaba seguro de que el veterano orador había preferido no encabezar esta petición de intervención militar en Iliria que tanto alteraba sus planes para Britania.

—¿Cuántas legiones querrás llevarte hasta allí? —le preguntó Labieno, interrumpiendo los pensamientos de César, temeroso de que éste quisiera acudir allí con gran parte del ejército, cuando estaban en una situación muy tensa desde que César hiciera saber a todas las tribus galas que iba a exigir un total de cuatro mil jinetes para su nueva expedición a Britania. Aquella noticia, como era de suponer, no sentó bien entre los líderes tribales celtas.

—No me llevaré ninguna legión —respondió César—. Soy plenamente consciente de cómo está todo en la Galia y no me parece el momento de sacar ni una sola legión de aquí, no hasta que tengamos esos cuatro mil jinetes con nosotros y dos mil de ellos embarcados rumbo a Britania, como caballeros y como rehenes, que nos aseguren la tranquilidad en toda la región. Pero no te preocupes, no he perdido la razón: he pedido informes detallados y los ataques en Iliria son escasos. Catón los ha exagerado para, precisamente, dificultarnos la organización de un segundo ataque a Britania. El primero, como sabes, ya fue recibido con mucho fervor por el pueblo romano. Por eso ahora Catón juega a intentar evitar que repita la expedición que, además, podría tener más éxito, y, bueno, siempre más comedido y en la sombra, Cicerón también juega a lo mismo. Las razias en Iliria son más cosa de bandidos algo organizados que de ningún tipo de migración como la de los helvecios o ningún ejército invasor como el de Ariovisto. Con las guarniciones locales, reforzadas con algunas levas *ad hoc* hechas allí mismo, podré solucionarlo, obedeciendo al Senado y evitando mover las legiones de la Galia o detener la preparación de la nueva flota.

—De acuerdo —aceptó Labieno, más tranquilo al saber que el ejército al completo permanecería en la Galia hasta que los galos entregaran, a regañadientes o de buen grado, los cuatro mil jinetes que les habían reclamado.

—Ten cuidado en mi ausencia —apostilló César—. Va a ser un invierno difícil.

LXXVII

El retorno del hijo pródigo

Roma
54 a. C.

Junto al puerto fluvial

Era la taberna más sucia, más lúgubre, peor iluminada, con los clientes más infames, la más violenta, la de reputación más innoble, la que, sin duda, convocaba a los más réprobos y perversos de entre la calaña más vulgar de la urbe y, sin embargo, la de mejor vino de todo el puerto fluvial de Roma. Había que tener agallas para entrar en ella, o estar muy loco o necesitar dinero de forma urgente. Se trataba del lugar de encuentro de numerosos maleantes, de bandidos, de marineros venidos de tierras remotas que no temían nada ni a nadie, de jugadores y de sicarios y, también, la sala de audiencias del Cretense, el jugador, el líder de una de aquellas bandas de maleantes y, en especial, el prestamista. Puede que tuviera un nombre, pero allí todos lo conocían con aquel apodo, y con aquel sobrenombre se dirigían a él, le agradecían o le imploraban, según el caso, según la necesidad del momento.

Marco Antonio, fuerte, alto, pelo revuelto, aire decidido, como nunca lo había tenido antes cuando acudía a aquel antro a jugarse todo el dinero y hasta la vida a los dados, ensombreció la poca luz mortecina que penetraba en la taberna al detener su imponente figura en el umbral de aquel tugurio de mala muerte.

Su sombra, estirada en el suelo rancio por los pocos rayos de Apolo que se atrevían a aventurarse en el interior del local, se alargó, lentamente, como anuncio de su llegada.

Todos lo miraron.

El Cretense no lo reconoció.

Marco Antonio estaba tan cambiado que parecía otro. En verdad, era otro hombre, muy distinto del que lanzó los dados en aquel mismo lugar hacía apenas unos años. Y no era sólo por su ropa de calidad, los anillos de oro en sus dedos o su excelente afeitado, realizado por algún *tonsor* particularmente caro en alguna de las mejores termas de la ciudad. Era por su gestualidad, la forma de moverse, de andar, de pasar por entre las mesas de bandidos borrachos con un porte marcial que, en lugar de incitar a robarle a la salida, inspiraba un temor profundo. Ése era el cambio principal. Allí donde antes aquella figura habría caminado temblorosa y asustada entre aquellos forajidos, desalmados y asesinos a sueldo, ahora era al revés: aquellos hombres de mirada torva se hacían a un lado o incluso se levantaban de sus taburetes para desplazarlos y dejar paso libre a aquel militar que caminaba directo al encuentro con el Cretense.

El prestamista, precavido y desconocedor de las intenciones del recién llegado, miró a las mesas de al lado y varios de sus sicarios se alzaron desenvainando sus dagas, prestos a apuñalar a quien se atreviera a atacar a su líder y, sobre todo, a quien les costeaba todo el vino que habían ingerido aquella mañana y que ingerían a diario. De hecho, era la fuerza del alcohol, que les nublaba la mente, la que los hacía sentirse capaces de enfrentarse a aquel hombre, animados, ciertamente, por ser diez y el intruso sólo uno.

Marco Antonio los vio levantarse e interponerse en su camino y empuñar las dagas. Recordó los tiempos en los que él había sido uno de ellos, cuando había tenido el mismo trabajo de asesino a sueldo, en su caso bajo las órdenes de Clodio.

Marco Antonio se detuvo. Era lo prudente al verse tan superado en número. Pero, de pronto, hizo algo inesperado: se echó a reír.

Era una carcajada contagiosa porque emanaba desde una extraña seguridad en sí mismo que, por otro lado, no dejaba de parecer estúpida a los ojos de todos los maleantes allí presentes: aquel extraño se reía cuando estaba a punto de ser ensartado por los hombres del Cretense. Y eso les hacía gracia a todos. Por muy valiente y alto y fuerte y, seguramente, militar que hubiera sido o fuera, no tenía ni una oportunidad. Y se reía. Y todos lo acompañaron en aquella carcajada: la de él, de incomprensible seguridad; las de ellos, de burla.

Marco Antonio dejó de reír.

Los hombres del Cretense se le aproximaban, aún con algunas risas y lágrimas en los ojos de tanta chanza. Se estaban divirtiendo, quebrando la rutina.

—¡A mí! —exclamó Marco Antonio, pero tampoco elevando demasiado la voz. Sólo lo suficiente para ser oído en el exterior de la taberna. Al instante, una decena de hombres armados con gladios militares entraron en la taberna. Marco Antonio, regresado a Roma como un hombre nuevo, había adoptado una costumbre que ya nunca jamás abandonaría en su vida en aquella ciudad que consideraba más peligrosa que cualquier campo de batalla: más allá de su propia fuerza y de su propia capacidad personal de combate, siempre se haría acompañar por una escolta de hombres de su confianza, en este caso un grupo de veteranos de las tropas legionarias de Oriente que se habían licenciado y lo habían escoltado en su viaje de retorno. Marco Antonio había vivido demasiado de cerca la crueldad y brutalidad de las calles de Roma como para dejarse sorprender por un puñado de sicarios. A otro quizá, pero a él nunca lo sorprendería jamás una caterva de asesinos con puñales. Marco Antonio tenía claro que él sólo contemplaba dos opciones para morir: una gran batalla o el suicidio.

Las sonrisas que los hombres del Cretense habían exhibido en sus rostros después de las carcajadas se borraron ya por completo ante la aparición del resto de militares armados.

—Cretense —dijo, entonces, Marco Antonio—, todo esto es innecesario. ¿Tanto he cambiado que no me reconoces? He venido a pagarte.

El Cretense ya no veía bien. Los años no perdonaban, pero su oído seguía siendo muy fino, capaz de detectar las pisadas de cualquiera que intentara seguirlo en la oscuridad de la noche, y fue precisamente por la voz que reconoció, al fin, al intruso.

—¡Por todos los dioses! —exclamó el prestamista, y se levantó e hizo un gesto para que sus hombres se sentaran y envainaran las dagas que, por otra parte, de poco habrían servido contra los veteranos de guerra que acompañaban a Marco Antonio.

El Cretense, con otro gesto, invitó al recién llegado a sentarse frente a él, en la mesa, y a compartir vino.

—No sé si podrás saldar tu deuda en una sola visita. Por Júpiter, me debías mucho dinero y me dejaste con muchas ganas de matarte, y eso no se olvida y... —empezó el prestamista, pero, antes de que acabara la frase, Marco Antonio dejó caer sobre la mesa una, dos y tres bolsas con dinero.

Cada bolsa resonó impactante al chocar con la madera de la mesa, trasladando la impresión, cada una de ellas, de estar atiborrada de monedas.

—Creo que eso bastará —comentó el militar.

El Cretense levantó las cejas, apartó las copas de vino y abrió cada una de las tres bolsas. Tanteó su contenido con los dedos, extrajo algunas monedas y las miró entre las sombras de aquella penumbra, medio cerrando los ojos en un esfuerzo por identificar si eran de oro o plata, sestercios o denarios.

—Sí, esto bastará para la deuda que tenías conmigo —aceptó inicialmente tras su evaluación—, pero queda el asunto de los intereses generados tras tu huida por el río. Como ves, lo recuerdo todo ahora. Has tardado varios años en pagar.

Marco Antonio se reclinó hacia atrás en su taburete, dejando caer su peso en el hombro que tenía más próximo a la pared, de modo que se quedó apoyado en ella, con los ojos fijos en el prestamista.

—¿Cuánto más? —preguntó, serio, sin sonrisa.

El Cretense se pasó el dorso de la mano derecha por la boca, limpiándose algo de saliva que le salía con frecuencia cuando hablaba, y estiró la mano izquierda para coger la copa de vino y beber algo.

Marco Antonio le dejó pensar. Siempre había tenido al Cretense por un hombre tan miserable en su actividad de prestamista como inteligente. Ya había catado en el pasado, a base de golpes, su capacidad de venganza y crueldad. Hoy era el día en que comprobaría si lo de la inteligencia también era cierto.

—Yo creo... —empezó con tiento el Cretense—, yo creo que...

podemos olvidarnos de los intereses. Seré sincero: al Marco Antonio que salió huyendo de aquí tras su última partida de dados no habría dudado en reclamarle los intereses, pero al Marco Antonio que tengo hoy delante de mí, y no lo digo sólo porque vengas acompañado de tus hombres armados, sino por el cambio que detecto en ti en general, prefiero no reclamarle nada más. Antes ibas hacia abajo, pero ahora se ve con claridad que vas en ascenso. Creo que es mejor tenerte por amigo que por enemigo. Doy la deuda por saldada. Por mi parte, no hace falta que vuelvas a arrojarte al Tíber.

Marco Antonio asintió.

—Has tomado una sabia decisión. Y no la olvidaré. Y te seré sincero yo también: nunca seremos amigos, pero, al menos hoy, no te mataré. Ni a ti ni a nadie de los de aquí, y eso que en mi memoria están muy vivos los recuerdos de vuestros golpes. Pero, digamos que… vamos a llevarnos medianamente bien.

Y se levantó despacio, dio media vuelta, caminó por entre los bandidos y maleantes, avanzó por el pasillo que le hicieron sus hombres y salió por la puerta.

Un murmullo de conversaciones se esparció por todas las mesas.

El Cretense se dio cuenta, por el sudor frío que le caía por la frente, de que, por primera vez en muchos años, había sentido eso mismo que él solía inspirar: miedo.

Domus *de la familia Julia*
Unas horas después

Marco Antonio fue a comer con sus hombres a otra taberna menos frecuentada por escoria y maleantes y, tras despedirse de los veteranos, se presentó de regreso en la casa de su familia y se inclinó ante la madre mientras le hablaba con la mayor humildad que supo y que pudo expresar.

—Estudié filosofía y oratoria en Atenas, combatí en las guerras de Judea y Egipto, fui condecorado, tomé la fortaleza de Pelusium y llegué a comandar un ejército. A mi retorno, con el dinero ganado, he saldado todas mis deudas de juego, madre, y ahora me inclino ante ti para rogar tu perdón por todos los errores que he cometido en el pasado, por todos los sinsabores que has sufrido por mi causa.

A Julia no se le saltaron las lágrimas porque era una mujer endurecida por la aflicción y la pérdida de dos esposos. Había visto ejecutar a miembros de su familia y presenciado cómo se le requisaban propiedades por enemigos políticos como Cicerón. No obstante, el regreso de su hijo, al que había dado prácticamente por perdido, reconvertido en un oficial condecorado por sus servicios a Roma, pagador de deudas en lugar de empedernido contraedor de éstas, la emocionó tanto que no pudo evitar que sus ojos se encendieran con un fulgor intenso al acercarse y fundirse con él en un largo abrazo.

—Marco, Marco... —dijo.

Pero pronto se recompuso.

Se separó de él, se tendió en su *triclinium* e invitó con un gesto de la mano a que su hijo la imitara.

—Cuéntamelo todo. Desde tu salida de Roma hasta tu regreso. Quiero saberlo todo.

Y su hijo se lo contó todo, eliminando del intenso relato a una única persona, a la que decidió no aludir no sabía bien por qué.

—¿Y cuáles son ahora tus planes? —le preguntó su madre cuando dio término a la narración de sus peripecias por Grecia, Siria, Judea y Egipto.

—Mi idea es unirme al ejército de las Galias, bajo el mando del procónsul César —respondió Marco Antonio con la decisión de quien ha madurado el proyecto referido con tiempo.

—Pero para ello César tendrá que aceptarte como oficial en sus legiones —comentó Julia con seriedad—. Necesitarás, al menos, una buena carta de recomendación, y mucho me temo, hijo mío, que nuestra familia anda escasa de contactos de relevancia en la política de hoy día.

—No te preocupes, madre: sé quién puede hacerme esa carta. Y mañana mismo se la pediré.

Pero no reveló a quién iba acudir ni su madre le preguntó, y es que, si su hijo había podido pasar de la nada, de las deudas de juego y de las constantes borracheras nocturnas a transformarse en un condecorado oficial romano, estimaba que no tenía ya por qué cuestionar su criterio.

—Brindo por tu feliz regreso, hijo mío, incluso si éste, como preveo, va a ser breve y pronto estés de nuevo lejos de mí, con la notable diferencia de que en esta ocasión dejarás tras de ti no a una madre entristecida y preocupada, sino a la más orgullosa de las matronas de Roma.

Y Marco Antonio brindó con una felicidad intensa, sólo salpicada de una mácula de añoranza de la que no habló, porque tenía que ver con la persona que había omitido del relato de sus andanzas por Oriente. Pero Julia era una mujer intuitiva y conocía bien los gestos de su hijo, y supo entrever en el silencio melancólico de Marco Antonio, mientras éste levantaba su copa con cierto aire de ensoñación, de recuerdo remoto, que su hijo, ahora ya hombre, había dejado algo de sí mismo en Oriente, una parte de su alma, una memoria, un ansia a la que, sin duda, en algún momento de su vida habría de retornar. Y Julia sabía que ese sentimiento sólo lo podía haber generado una mujer, pero respetó el silencio de su hijo, su melancolía y su nostalgia.

LXXVIII

Excusas y pretextos

Bibracte, centro de la Galia
Invierno del 54 a. C.

El invierno, en efecto, estaba siendo complicado, pero, al menos, tal y como pronosticó César, el conflicto en Iliria no fue tan complejo de resolver y, efectivamente, con tropas locales y algunos refuerzos adicionales reclutados allí mismo, pudo revertir la situación y terminar con las razias de los pequeños grupos de bárbaros que se habían atrevido a adentrarse violentamente en territorio controlado por Roma.

De regreso al norte, César se detuvo en Bibracte, la capital de los eduos, que también era el lugar donde libró su primera gran batalla campal en la Galia y donde obtuvo su primera gran victoria. Le gustaba descansar en su residencia allí durante los inviernos si no era necesario acudir más al sur para resolver asuntos administrativos.

En Bibracte dictaba numerosas cartas: unas para Balbo, que seguía en Hispania haciendo acopio de todo tipo de material naval para los nuevos barcos; otras para Vitruvio, que le contaba con detalle cómo estaba insertando remos en todos los barcos a vela; algunas misivas las cruzaba con Mamurra, asegurándose de que la construcción de la flota avanzara a buen ritmo y de que Vitruvio contara con todo lo que precisara para sus modificaciones en los barcos de transporte. César también se escribía con su familia, con su madre Aurelia, cuyas cartas, más breves, lo dejaban hasta cierto punto desconcertado. Su madre solía explayarse largo y tendido en sus comentarios políticos y familiares, pero quizá la edad la hacía más parca en palabras. Calpurnia lo informaba precisamente de la salud de su madre y de su hija, y de diferentes aspectos de la vida familiar y urbana de Roma que pensaba que pudieran ser de su interés, y él le respondía agradeciéndole su lealtad y sus atenciones para con todos. Julia, su querida hija, le escribía también y le transmitía sosiego con relación a su situación con un Pompeyo que parecía seguir tratándola con cariño y respeto. Luego, César se ocupaba del correo que más le costaba: escribir al propio Pompeyo, a Craso y hasta a Cicerón. Con todos ellos, por motivos diferentes, sabía que tenía que ser muy cuidadoso en la selección de sus palabras. Con Craso quizá podía relajarse algo más, pero con Pompeyo y con Cicerón ralentizaba el dictado de cada carta ponderando las connotaciones, positivas o negativas, de cada adjetivo. La carta a Pompeyo, solicitándole colaboración para que Balbo obtuviera en Hispania todos los suministros relacionados con los aparejos marinos necesarios para la gran flota que estaba construyendo en el norte, fue la más delicada desde el punto de vista político.

Con Catón no había comunicación posible alguna. Aunque de él recibía información de modo indirecto a través de las cartas que Servilia, su hermanastra, le seguía enviando, la mayoría en un tono cordial y de amistad y alguna, redactada en algún momento de nostalgia romántica, con cierta pasión amorosa que traían al recuerdo de César una parte de su vida, agitada por sentimientos y sensaciones, que parecía estar dormida en lo más profundo de su ser.

El procónsul ordenó a los escribas que salieran. Las cartas a Servilia, por razones evidentes de discreción, las escribía de su puño y letra.

Una esclava entró y le dejó una jarra con agua y otra con vino.

César sintió las ansias de los hombres, que en más de una ocasión había resuelto con alguna de las esclavas que le servían, aunque siempre se quedaba con una sensación de vacío, pues, más allá de lo físico, ninguna tenía la conversación aguda e inteligente, mordaz y sensual de Servilia. O dulce y eternamente repleta de amor de su querida primera esposa, Cornelia. Con Calpurnia no había tenido tiempo de establecer ningún tipo de vínculo sentimental más allá de percibir una lealtad familiar y discreta en ella que, por otro lado, era muy de agradecer. Su unión no había sido más que parte de un pacto político, como por otro lado era frecuente, pero, así como Pompeyo sí parecía haberse enamorado de Julia, César no había sentido nada en ese sentido, por lo menos por el momento, con respecto a Calpurnia. En el mundo de los sentimientos y la pasión amorosa, tras la muerte de Cornelia, sólo Servilia había despertado en él algo de aquellas sensaciones. Servilia...

—Ha llegado el legado Labieno, *clarissime vir* —anunció otro esclavo irrumpiendo en la sala e interrumpiendo a César en medio de su gestión del correo y sus recuerdos.

César tardó en reaccionar.

¿Labieno en Bibracte y no en el norte, en Itius Portus, supervisando todo? ¿Y sin previo aviso? Algo grave estaba pasando.

—Que entre —dijo al esclavo y, acto seguido, mirando a la joven, añadió—: Hablaremos luego.

La muchacha se retiró.

Al instante, Labieno, cruzándose con la esclava que salía, entró en la gran sala central de la residencia de César en Bibracte.

César y Labieno se conocían bien. Se estimaban como amigos más allá de lo que ninguno de los dos había experimentado con ninguna otra persona. No hacían falta saludos. Labieno sabía que César intuía que se trataba de algo serio, así que fue directo al asunto.

—No he querido mandar mensajeros, incluso aunque compartamos tu código cifrado, porque, con toda la Galia revuelta por la petición de los cuatro mil jinetes, sencillamente no me fío de que un mensajero llegue vivo hasta aquí —se explicó Labieno.

—¿Qué ocurre? ¿Quieres agua, vino? Veo que has cabalgado sin parar —ofreció César.

—Agua estaría bien, sí.

La trajeron.

Bebió.

—Hay dos problemas graves —empezó Labieno, precisando los motivos que lo habían hecho reunirse con César—. En la Galia belga, cerca del Rin, los tréveros han vuelto a entrar en una confrontación civil entre dos hermanos que se disputan el control de la tribu. Cingetórix, que está a favor de nuestra presencia en la Galia y al que dejé en el trono hace dos años, e Induciomaro, que está completamente en nuestra contra y ha vuelto a alzarse en armas. Todo esto pasa en la misma región fronteriza del Rin donde construimos el puente, y me consta que quieres, bueno, que necesitamos que esa región esté tranquila. Hay que acudir allí y resolver el asunto. Parece ser que el tema de la entrega de jinetes fue el que generó el enfrentamiento. Cingetórix estaba a favor de enviarlos e Induciomaro, en contra.

César asentía mientras escuchaba a Labieno.

Éste prosiguió con el segundo problema.

—Luego, está el líder de los eduos, Dúmnorix. Como imaginábamos, ha sido quien más se ha opuesto a unirse a la expedición a Britania. Empezó alegando excusas como mala salud para a continuación aducir que temía al mar y terminar pretextando un supuesto tabú religioso que impide a los druidas como él cruzar el mar. En fin, todo excusas, pero lo peor es que ha ido soliviantando a muchos otros jefes galos con bulos, diciéndoles que tu plan es masacrar a todos los jinetes galos en cuanto estén aislados en Britania. Y esto ha hecho, al fin, que la entrega de jinetes se detenga. La situación es muy tensa y creo que no estás seguro en Bibracte. Por eso he venido con dos cohortes desde el norte para sacarte de aquí y llevarte con el ejército.

—Has hecho bien —afirmó César con rotundidad—. ¿Y los arvernos?

Labieno sabía que para César preguntar por los arvernos era lo mismo que preguntar por Vercingetórix.

—Callan —respondió Labieno—. Yo creo que están a la expectativa de tu reacción a todo lo que está pasando.

—Vercingetórix es, de largo, el más inteligente de todos —replicó César, muy convencido de su valoración—. Tenemos que llevarnos a Dúmnorix y a Vercingetórix a Britania. Dejarlos en la Galia, llevándome yo cinco legiones al otro lado del mar, es una invitación a una rebelión general liderada por uno de ellos. O por los dos.

Labieno compartía aquella visión, pero había una cuestión que tener presente.

—¿Y si, finalmente, se niegan a cruzar el mar y no hay modo de persuadirlos?

—Dúmnorix y Vercingetórix vendrán a Britania —respondió César, categórico—. Vivos o muertos.

César no dejaba margen alguno.

Su mente estaba encendida.

Partieron aquella misma noche con la escolta de Labieno, rumbo al norte.

Todo se hizo con sigilo, en secreto y muy rápido, y César consideró mejor no informar a nadie de su partida ni compartir con nadie de Bibracte nada de lo que estaba haciendo. Eso incluía a esclavos y esclavas.

Río Rin
Primavera del 54 a. C.

Apenas unas semanas después, César paseaba junto al Rin, justo en el mismo punto donde había hecho levantar el gigantesco puente a Vitruvio y luego demolerlo.

Había acudido a aquel territorio con cuatro legiones y ochocientos jinetes para deponer, de nuevo, a Induciomaro, al jefe de los tréveros que se había rebelado, y reponer en su lugar a su hermano Cingetórix, quien, como había dicho Labieno, se mostraba de acuerdo con seguir con la alianza con Roma y entregar los jinetes reclamados para la nueva expedición a Britania. Hubo varios enfrentamientos entre la caballería romana y la de los tréveros, muy duros, en los que el propio Induciomaro cayó malherido de su caballo, aunque consiguió escapar con vida y, según confesaron algunos galos al procónsul tras la batalla, alejarse en otro caballo jurando vengarse de Roma.

Pero, más allá de un futuro ajuste de cuentas por parte de Induciomaro, la rápida llegada allí de las cuatro legiones hizo ver al resto de tribus que César no estaba dispuesto a ceder en su exigencia de aquella gran cantidad de jinetes, y la mayor parte de los otros jefes fueron enviando hasta el estuario del río Agnona, al este de Itius Portus, el número de caballos y caballeros que les correspondía según su población.

César se quedó un rato contemplando el Rin y se preguntaba si volvería a cruzarlo de nuevo en algún momento, pero ahora tenía otro proyecto entre manos con el que ya parecía estar llevando al límite al ejército romano y las alianzas establecidas en la Galia. Cruzar el Rin tendría que esperar, como el Danubio... o el Éufrates. Todo a su debido tiempo. Pensaba a lo grande. En unas dimensiones que ningún otro romano concebía. Quizá estaba loco. Quizá veía más allá de lo que los demás veían. Aunque tampoco era el único que pensaba en aquellas magnitudes: Craso iba a cruzar el Éufrates pronto. Sería interesante ver el éxito que conseguía más allá de aquel río. Los partos eran poderosos, pero Craso era razonablemente competente como militar. Salvo algún error grave, estaba convencido de que su compañero de triunvirato cosecharía algunas victorias notables en Oriente. Eso los fortalecería frente a Pompeyo. Y a César le daba seguridad, más allá del pacto de Luca y del matrimonio de Julia, no quedarse solo frente a Pompeyo.

Suspiró.

Era momento de regresar a la costa atlántica.

Estuario del río Agnona*
Noroeste de la Galia

César revisó la inmensa flota en construcción. Los trabajos, bajo la dirección de Vitruvio y Mamurra, avanzaban a buen paso y se podían ver ya más de setecientos barcos casi completos, a falta de aparejos, velas y remos, y otros cien en construcción. Balbo había regresado de Hispania con un gran cargamento de jarcias y velas y todo tipo de material marino con el que terminar de armar los barcos.

—Tu carta a Pompeyo ha facilitado todo el trabajo —explicó el hispano en el puerto del gran estuario ante un César serio pero sereno, que seguía supervisándolo todo.

—Esto marcha bien —concluyó el procónsul al final de su inspección.

Labieno y Balbo percibían su cansancio: César no había podido descansar en todo el invierno más que unos pocos días en Bibracte. Primero tuvo que solucionar los problemas en Iliria, por requerimiento del Senado, y luego la rebelión de los tréveros junto al Rin, pero aun

* A la altura de la actual Saint-Omer, en Francia, que, si bien se encuentra a varios kilómetros de la costa, en aquel tiempo estaba situada en un gran estuario con acceso directo al océano. Hoy día ese espacio es tierra firme y en la costa está Calais. Pero Calais no existía ni como playa ni como puerto natural en la época de César. Toda esa línea de la costa atlántica ha cambiado notablemente en dos mil años. El río Agnona, también denominado Agnio, se correspondería con el actual Aa.

así lo veían firme en su determinación de proseguir con sus planes en Britania.

Décimo, en su habitual tendencia de ser portador de malas noticias, como si con ello disfrutara, llegó al alto mando y anunció la huida de Dúmnorix.

—En cuanto vio que todos los pretextos que presentaba no eran aceptados por los tribunos que enviamos a reclamarle su ingreso en la caballería gala destinada a Britania, decidió huir del campamento.

Todos los jefes habían sido convocados por César a un gran consejo allí mismo. Quería que vieran su gran flota en construcción, que se asombraran y, también, que temieran los recursos que Roma podía llegar a movilizar.

—¿Hacia dónde habrá ido? —se preguntó Balbo en voz alta.

—Hacia el territorio de su tribu. A Bibracte —afirmó Labieno.

César confirmó aquel presentimiento con un ligero cabeceo afirmativo, con el que además reconocía tácitamente a Labieno lo bien que había hecho al traerlo al campamento general con el ejército y no dejarlo allí todo el invierno. Un Dúmnorix en rebelión podría incluso haberlo retenido en Bibracte. O, por qué no, incluso podría haberse planteado atentar contra su vida.

—Enviad tras él a los ochocientos jinetes de caballería romana que hemos empleado contra los tréveros en el Rin y que lo traigan aquí —dijo el procónsul y se pasó la palma de la mano izquierda por el rostro—. Vivo, si es posible. Y si no, muerto.

Dúmnorix había llegado a colmar el límite de su paciencia: primero estuvo la gran batalla de Bibracte, en la que Dúmnorix retiró la caballería gala a las primeras de cambio; luego estaban sus diferentes contactos con enemigos de Roma a lo largo de aquellos años y, finalmente, esa intensa y perenne sensación de traición que parecían tener todas su acciones, en particular su actual pertinaz negativa a incorporarse a la expedición de Britania y sus discursos soliviantando a otros jefes en contra de Roma.

—¿A quién ponemos al mando de esa misión? —preguntó Labieno.

César lo pensó bien: si el joven Craso hubiera estado aún con ellos, él habría sido el seleccionado para capturar a Dúmnorix. Era joven y decidido, a la vez que prudente. Perfecto para aquel encargo. Balbo o Labieno también, sin duda, pero quería a Balbo aportando su experiencia como *praefectus fabrum* anterior y, como conocedor del mar, siendo natural de Gades, ayudando a Mamurra en la construcción de la flota. Y quería tener a Labieno cerca para contrastar con él diferentes puntos de la siguiente expedición a Britania, de modo que no deseaba prescindir de ninguno de los dos. El resto de los legados tenía mucho trabajo preparando a las legiones para la siguiente campaña, y de Décimo, sencillamente, no se fiaba. Era capaz de provocar él con su violencia una revuelta general en la Galia, mayor que la que ya tenía que afrontar con la rebeldía de Dúmnorix, si lo enviaba a arrestar al líder eduo. Décimo frente a Dúmnorix sería como juntar dos problemas en vez de resolver uno.

Habían estado caminando a lo largo del estuario y llegaron al *praetorium*. César hizo una señal para que Labieno lo siguiera. Su segundo en el mando interpretó bien, como solía, el retraso en la respuesta a su pregunta.

—Han llegado algunos nuevos tribunos para incorporarse al ejército —dijo—. Quizá entre ellos puede haber alguien a quien encomendar esta misión y comprobar así su valía al mismo tiempo. A Décimo no podemos enviarlo.

Entraron en la tienda de mando. Balbo y el resto de los oficiales fueron a atender diferentes tareas. César se quedó con Labieno.

—¿Y hay alguien que te haya llamado la atención entre los recién llegados? —le preguntó.

César había aprendido a desconfiar de los jóvenes hijos de muchos senadores que ahora, en medio de las victorias en la Galia, deseaban incorporarse a lo que veían como una excelente oportunidad de enriquecerse rápidamente y ascender política y militarmente en su particular *cursus honorum*. Se trataba de hombres sin ideales, sin interés por Roma, y menos aún por el pueblo de Roma. Arribistas de toda condición a quienes César despreciaba, aunque, por la compleja red de equilibrios políticos en la que se movía, con frecuencia admitía en sus legiones. Otra cosa muy distinta, no obstante, era encomendar una misión delicada a personajes de aquella calaña. Pero también era cierto que había retirado a bastantes buenos oficiales el año anterior para que acudieran a reforzar el censo en las elecciones consulares a favor de Craso y Pompeyo y cualquier nuevo oficial que realmente fuera valioso sería una gran adición al ejército de la Galia.

—Hay uno, recomendado por Clodio, que, si bien tiene una vida pasada que inspira poca o nula confianza —comentó Labieno—, se ha distinguido en combate en la recuperación de Egipto para Tolomeo XII, liderando las tropas del gobernador Aulo Gabinio. Aquí en la mesa he dejado la carta de recomendación de Clodio y algunas averiguaciones que he hecho por mi cuenta. Su toma de Pelusium, en Egipto, es sorprendente.

—Dile que venga —dijo César, exhalando aire al tiempo que se sentaba y empezaba a leer los documentos que le había indicado.

Labieno salió de la tienda y dejó a su amigo a solas.

César se sirvió algo de vino mientras leía. Clodio había escrito maravillas de aquel joven oficial, pero Clodio no era hombre de quien César se fiara demasiado. Era cierto, no obstante, que le había prestado servicios, hasta cierto punto oscuros, en el pasado y con eficacia, desde el sacrílego episodio de la Bona Dea, para facilitar su divorcio de Pompeya, hasta la utilización de sus hombres armados para impedir que los tribunos de la plebe, a instancias de Catón, bloquearan la votación de la ley de reforma agraria. Sólo por eso, César se tomó la molestia de leer la carta hasta el final. Luego estaban las anotaciones que Labieno había hecho sobre lo que había averiguado de la toma de Pelusium por parte de aquel tribuno.

Un legionario se asomó por la entrada de la tienda.

—Hay un oficial que dice venir de parte del *legatus* Labieno —dijo.

César asintió.

El tribuno militar reclamado por César entró en el *praetorium* y se situó frente al procónsul de Roma en la Galia. Éste parecía absorto en la lectura de unos documentos.

Marco Antonio permaneció en silencio, pacientemente, a la espera de que el procónsul decidiera dirigirle la palabra. Algo le decía que se encontraba ante alguien muy diferente a Aulo Gabinio. Diferente no era la palabra: alguien de otra dimensión, de otro nivel, casi de otro mundo. Sólo viendo la descomunal flota que aquel procónsul estaba construyendo, combinado con el respeto casi reverencial que todos allí parecían profesarle, le hacían entender que aquélla no iba a ser una entrevista más en su vida política y militar, sino que aquélla iba a ser *la* entrevista más importante de toda su existencia.

LXXIX

Una carta de recomendación

***Domus* de Clodio, Roma**
54 a. C.
Unas semanas antes de la entrevista entre César y Marco Antonio

—Así que el hijo pródigo de Roma, el jugador, el borracho, pero también a quien he visto empuñar una daga con más saña que nadie, ha vuelto —dijo Clodio al recibir a Marco Antonio en su casa—. Pero pasa, adelante, no te quedes en la puerta. Aunque sólo sea por las puñaladas que diste a mi servicio en las oscuras calles de Roma, bien te mereces mi hospitalidad. —Y se volvió hacia el atrio levantando la voz—: ¡Fulvia, Fulvia! ¿A que no sabes quién ha regresado?

Marco Antonio siguió a su anfitrión y antiguo patrón, su líder en las noches de Roma, el hombre para quien golpeó, atemorizó y hasta apuñaló en los tiempos de la violencia política reciente, cuando necesitaba dinero para pagar sus deudas de juego. Clodio era el mejor pagador de fuerza bruta de la ciudad y él siempre fue fuerte. La inteligencia, si es que la estaba adquiriendo, era algo que le estaba sobreviniendo más lentamente, desde su paso por Atenas y las guerras de Judea y, sobre todo, de Egipto.

En el atrio estaba la joven Fulvia.

Marco Antonio la encontró tan bella como siempre y con la mirada tan fiera como antes o, quizá, algo más. Una mujer tan temible en sus odios como apasionada en la cama. Los recuerdos de ciertos encuentros furtivos, a espaldas de su marido, cruzaron la mente de Marco Antonio, pero lo único que hizo fue saludarla cordialmente. Ella le correspondió con un saludo, en apariencia, frío, distante, como distraída.

Esa indiferencia confundió a Marco Antonio. ¿Quizá ella lo había olvidado? ¿Tendría ahora otros amantes?

Clodio, pese a la cautela de ambos, creyó percibir algo en aquel cruce de miradas entre el recién llegado y su esposa, pero, por el momento, lo desechó de su cabeza. Sin embargo, casi inconscientemente, decidió, mientras proseguía con la conversación, estar atento a cualquier leve gesto de ambos, a cualquier mirada extraña, a cualquier sonrojo medio oculto. Intuía que Fulvia lo había engañado alguna vez en el pasado, pero nunca supo ponerle cara a ningún posible amante. Si lo hiciera, por supuesto, lo mataría. Esto es: lo haría matar. Hacía tiempo que Clodio sólo asesinaba por delegación. No le gustaba mancharse las manos ni la toga. Era... incómodo.

—¿Y qué te trae de regreso aquí? —preguntó Fulvia.

—Tenía que saldar cuentas con algún prestamista, de modo que dejara de molestar o de humillar a mi madre con sus reclamaciones, y también deseaba verla a ella, a mi madre, quiero decir, y presentarme reformado y...

Fulvia lo interrumpió. Su vida familiar no le interesaba.

—Me refiero a qué te trae de regreso a la casa de mi esposo, porque en Roma nadie visita a nadie por nada.

Marco Antonio callaba. Había olvidado la agudeza de aquella mujer.

Clodio, que había asistido divertido al interrogatorio de Fulvia al recién llegado, decidió intervenir.

—Mi esposa tiene razón, como siempre —apuntó Clodio, mirándola con una sonrisa que ella no se molestó en devolver—. Nadie en Roma va a ver a nadie si no tiene algún propósito. ¿Cuál es el tuyo? —preguntó fijando sus ojos primero en su interlocutor y luego, de nuevo, en su esposa, que parecía distraerse jugando con las nueces que guarnecían el plato de queso recién cortado que habían traído los esclavos, como si aquella conversación ya le aburriera. Pero Clodio sabía que Fulvia estaba cualquier cosa menos distraída. Y no le gustaba nada el modo en el que ella se había dirigido a Marco Antonio: había detectado rabia y no se tiene rabia por nada.

Clodio empezaba a recordar: Fulvia estuvo particularmente sonriente un tiempo, y ese periodo coincidía con los meses en los que Marco Antonio estuvo a su servicio, allá por los tiempos del consulado de César. Luego, Marco Antonio abandonó Roma por causa de sus múltiples deudas de juego y Fulvia estuvo bastantes meses taciturna y especialmente fría con él. Clodio empezó a entender desde qué sentimiento se podría haber generado aquella rabia en su esposa: el abandono, la distancia y la sensación de traición entre amantes. Se trataba sólo de conjeturas, pero Clodio había aprendido que sus intuiciones sobre las personas solían ser muy acertadas. Fue en ese momento cuando, por primera vez, concibió la idea de realmente hacer matar a Marco Antonio. No a su esposa. Eso nunca. Fulvia era una fiera salvaje, tan indomable como hermosa, y le gustaba como era. Pero los amantes, si los había, eran otro asunto. Un asunto asesinable.

—Es cierto que he venido con un propósito —admitió Marco Antonio—: he venido a solicitarte una carta de recomendación.

La petición, aunque no extraña en Roma, pues unos y otros siempre escribían cartas recomendando a personas para diferentes cargos, no obstante pilló por sorpresa a Clodio y, por unos instantes, lo alejó de sus mórbidos pensamientos.

—¿Una carta de recomendación para quién? —inquirió Fulvia ante el silencio de su esposo.

—Para Julio César. Deseo unirme a su ejército, pero son muchos los que me consta que van al norte y no todos son aceptados como nuevos oficiales de sus legiones. Pero Clodio hizo grandes servicios para el procónsul en Roma en el pasado reciente y estoy seguro de que una carta suya me abriría el camino para ser aceptado en la Galia.

—¿Recién llegado y ya deseas marcharte? —añadió Fulvia y, sin poder controlarse esta vez, se le escapó la pregunta en un tono de leve reproche que su esposo, muy atento a cada gesto, a cada palabra, al timbre de voz de cada uno de los presentes, detectó de inmediato y que le confirmó sus peores presentimientos.

La idea de matar a Marco Antonio retornó a su mente aún con más fuerza que antes. De pronto, todo encajaba: las reacciones y los comportamientos de Fulvia en el pasado y su mal fingida indiferencia ante el retorno de aquel ahora oficial romano. Lo veía tan claro que no entendía cómo no se había dado cuenta antes. Había sido tan estúpido. Pero matar a un oficial romano de alto rango, condecorado por sus acciones militares, no sería un asesinato que pasara demasiado desapercibido, y aún recordaba la advertencia de Pompeyo de no excederse en su violencia. Y Marco Antonio había trabajado para Gabinio en la recuperación de Egipto, que era lo mismo que decir que había trabajado para Pompeyo. Matarlo, decididamente, sería una acción no exenta de riesgos...

—Tendrás la mejor carta de recomendación que se haya escrito nunca, amigo mío —respondió Clodio con decisión.

Cuanto antes estuviera ese maldito Marco Antonio fuera de Roma, o lo que era lo mismo, bien lejos de Fulvia, mejor.

LXXX

Un nuevo oficial

Estuario del río Agnona
Primavera del 54 a. C.

Marco Antonio permanecía en silencio ante el procónsul de Roma. Podía ver que César sostenía en sus manos la carta de recomendación de Clodio. Se preguntaba si realmente aquella misiva valdría el riesgo que corrió cuando acudió a pedírsela. Estaba seguro de que las miradas de Fulvia habían revelado a su esposo todo lo ocurrido en el pasado y que su marido había valorado acciones nada agradables contra él. Por qué exactamente Clodio decidió hacerle finalmente la carta en vez de ordenar que intentaran matarlo era algo que no tenía claro del todo. Quizá él, Marco Antonio, ya no era un don nadie, y haber colaborado con Gabinio en la conquista de Egipto para Tolomeo XII lo protegía hasta cierto punto. Quizá. Pero ahora todo aquello era el remoto pasado.

César, al fin, empezó a hablar, aún repasando los documentos que tenía entre las manos:

—Tus referencias son sobresalientes. Clodio se desvive en elogios, tantos que no tengo claro si en verdad te aprecia o si lo que teme es que no te acepte y te haga regresar a su lado. —Y aquí levantó la mirada y, por primera vez, posó sus ojos en el entrevistado.

—Admito que puede que haya un poco de ambas cosas, procónsul —comentó Marco Antonio, que se sintió interpelado por aquella mirada inquisitiva de César.

—No te había formulado ninguna pregunta, tribuno —dijo César con frialdad—. Y no he terminado de hablar. Esto no es una conversación entre amigos, sino un interrogatorio en el que estoy valorando si te quedarás aquí o te hago volver a Roma porque quizá no te quiera en mi ejército. No vuelvas a interrumpirme.

Marco Antonio se puso muy firme, tragó saliva y calló.

—El posible hecho de que Clodio te quiera lejos no lo juzgo ni bueno ni malo. Clodio me ha servido bien en el pasado, pero últimamente dudo de su lealtad como dudo de la lealtad de la mayor parte de los hombres que se aproximan a mí desde Roma en estos tiempos de victorias mías en la Galia. El éxito tiene muchos amigos siempre, el fracaso se vive en solitario. Por otro lado… —Y volvió a mirar los documentos que sostenía en las manos—. Tus informes militares son de una brillantez impropia de alguien tan joven. Aún no tienes ni treinta años y ya constan en tu hoja de servicios a Roma condecoraciones diversas y la toma de una fortaleza tan importante y tan difícil de rendir como Pelusium, la llave de Egipto. Hay que remontarse a hombres como Pompeyo para encontrar algo así en alguien de tu edad. —Y volvió a mirarlo.

En esta ocasión, Marco Antonio permanecía en perfecto silencio, muy serio, mirando al suelo. César continuó:

—Pero hay más. Tu primera juventud es más que deplorable: deudas de juego, fiestas sin medida, pendencias en las calles de Roma, mujeres… No pareces haberte olvidado de ninguna de las debilidades humanas. Dime, Marco Antonio, ¿por qué tendría que confiar en ti? ¿Por tu experiencia militar pese a tus malas tendencias en tu vida privada? ¿Por ser familiar mío, aunque algo distante, por parte de madre? Sí, eso ya lo he considerado. Pero en Roma, a cierto nivel, todos estamos emparentados si empezamos a buscar en nuestro pasado. Así que nuestro lejano parentesco no me resulta determinante. ¿Por qué no he de pensar de ti que no eres más que otro oportunista con ganas de enriquecerse rápido, que me busca en medio de estas campañas militares de la Galia para beneficiarse de ellas, para lucrarse, sin ideología, sin moral, sin importarle en nada ni Roma ni el pueblo de Roma?

Ante aquella batería de preguntas, Marco Antonio alzó la mirada del suelo, pero, hasta que César no le diera paso de forma directa e inconfundible, no se atrevía a quebrar su silencio.

—Ahora sí te he hecho preguntas —confirmó César—. Ahora espero respuestas.

—El procónsul de Roma puede fiarse de mí, pero no por mi experiencia militar reciente, sino porque me siento en deuda con él y, aunque es cierto que en ocasiones he tardado, siempre pago mis deudas.

—¿En deuda conmigo? —César se sintió intrigado e, instintivamente, revisó los informes que tenía sobre aquel oficial, pero no parecía desentrañar en aquellos papiros el secreto de la posible deuda que Marco Antonio pudiera tener con él, de modo que volvió a mirar al entrevistado—. ¿Cuál es tu deuda conmigo?

—La sesión del Senado de Roma del 5 de diciembre del año del consulado de Marco Tulio Cicerón* —respondió Marco Antonio.

César arrugó la frente mientras se esforzaba por recordar. Aquél fue el año de la conjura de Catilina y aquella sesión...

—En esas fechas de finales de año se debatió la pena de muerte para los conjurados del golpe de Estado de Catilina —dijo, al fin, César, desempolvando recuerdos de nueve años atrás—. Yo defendí que se conmutara la pena de muerte de los conjurados por prisión permanente... —De pronto se dio cuenta de algo y miró el primero de los documentos sobre aquel tribuno—. Tu padre adoptivo era Léntulo Sura, uno de los conjurados... ejecutado finalmente por orden de Cicerón. Yo perdí la votación aquel día. ¿Te consideras en deuda conmigo porque defendía que no se ejecutase a tu padre?

—Eso es, procónsul. Sé que lo que hizo mi padre no estuvo bien. Pienso que tenía razón en algunos de sus objetivos que beneficiaban al pueblo de Roma frente a la aristocracia senatorial de los *optimates*, pero también creo que equivocó la forma de intentar conseguir esos objetivos, y pienso también que merecía un castigo, pero no la muerte. Y el único que defendió en el Senado lo mismo que yo pensaba fue el procónsul de Roma en la Galia. Lo fácil en aquella sesión era ponerse del lado de Cicerón, pero el procónsul optó por defender lo que creía

* El 63 a. C.

justo. Yo soy el hijo de Léntulo Sura y pienso que tengo una gran deuda personal con el procónsul de la Galia.

—¿Y quieres pagarla sirviendo en las filas de mi ejército?

Marco Antonio asintió.

—Y si sentías el peso de esa deuda en tu corazón, ¿por qué no viniste antes a mí?

—Porque sólo era un pendenciero, un bebedor y un jugador que había huido de Roma para escapar de los prestamistas, porque no tenía nada con lo que presentarme ante el procónsul que pudiera ser merecedor de su atención. Pero ahora he saldado mis deudas de juego y he conseguido un expediente militar que presentar para ser evaluado. Por eso he venido ahora ante el procónsul de Roma y no antes, ahora que siento que puedo pagar mi deuda con quien defendió a mi padre. El procónsul perdió aquella votación, pero ganó mi lealtad eterna por intentarlo.

César se quedó un rato largo en silencio mirando a Marco Antonio. Y leyó en sus ojos. Había en ellos elevadas dosis de imprudencia y una gran cantidad de osadía, errores y aciertos, arrojo sin límite y un tanto de indisciplina que domar, pero, por encima de todo, en aquella mirada sincera vio la lealtad que se prometía.

César no necesitaba más, cambió de tema y le habló de Dúmnorix. Con detalle.

A cien millas al este de Bibracte
Una semana después

Marco Antonio había cabalgado sin descanso, ni para él ni para los ochocientos jinetes que el procónsul había puesto bajo su mando, hasta dar alcance al líder eduo huido. Los caballeros romanos estaban exhaustos, pero el nuevo tribuno parecía destilar tanta energía que nadie se atrevía a sugerir que ni ellos ni los caballos pudieran precisar de unas horas de respiro, cuando, por fin, uno de los jinetes que iba por delante, a modo de avanzadilla, regresó con las noticias más anheladas por todos en aquella misión: Dúmnorix y sus hombres estaban apenas a una hora.

Y es que Dúmnorix se había detenido, antes de llegar a Bibracte, en un punto alejado de la ciudad donde había convocado a varios jefes, para tantear hasta qué punto otros líderes eduos estaban dispuestos a iniciar una rebelión general contra el procónsul de Roma y evitar el traslado de la caballería gala a Britania. Pero esta escala en su camino había permitido que la caballería romana le diera alcance.

—Continuamos —dijo Marco Antonio tras la breve pausa que habían hecho para escuchar al jinete que regresaba del territorio eduo.

Al poco divisaron, desde la ladera de una colina, el improvisado campamento de Dúmnorix y su medio centenar de jinetes.

—Rodeadlos. Y a mí que me acompañe sólo el guía galo —ordenó Marco Antonio sin ni tan siquiera girarse para comprobar que estuvieran cumpliendo su mandato. Azuzó su caballo e inició un trote ligero que lo conducía, solo, directo al campamento de los eduos.

Tras él trotaba el guía galo maldiciendo su suerte, pues no vaticinaba un buen recibimiento por parte de Dúmnorix ni para los romanos ni para él, a quien considerarían un traidor.

Los galos los vieron cabalgando hacia ellos y su primer impulso fue el de desenvainar sus espadas, pero, casi de inmediato, divisaron a los ochocientos jinetes que acompañaban a aquel oficial romano apareciendo por los costados, primero, y, al poco, también por la retaguardia y tras el propio tribuno. Se sabían rodeados y, con cautela, mantuvieron envainadas las espadas. Era una lucha de dieciséis a uno y la mayoría no tenía madera de héroe. Se habían visto arrastrados por Dúmnorix a la deserción del campamento romano, aunque también, para ser justos, se dejaron llevar porque a ninguno de ellos le hacía gracia lo de la expedición a Britania. Sin embargo, su aversión a cruzar el mar era menor que su temor a una muerte segura en aquel valle frente a aquella multitud de jinetes romanos.

—¡Sólo tengo una orden de arresto contra Dúmnorix! —dijo Marco Antonio y miró al guía celta para que hiciera las veces de intérprete—. ¡El resto ha de acompañarme para formar parte de la expedición a Britania! ¡Sólo Dúmnorix será arrestado por orden del procónsul de Roma! ¡Los demás seguís siendo considerados caballeros galos aliados de Roma a la espera de vuestra incorporación a la expedición de Britania, de la que retornaréis con botín de guerra para volver enriquecidos a vuestras casas!

El guía tradujo.

Dúmnorix se volvió hacia sus hombres.

—¿Vais a dejarme solo ante ellos? —Pero, a la vez que lo estaba diciendo, se dio cuenta, por su evidente inacción, de que eso mismo pensaban hacer, y más con la precisión del oficial romano de que contra ellos sólo pesaba la cuestión de verse forzados a cruzar el mar, pero ningún arresto ni ninguna otra represalia pese a haber abandonado el campamento general romano sin permiso. Y la mención al botín de guerra siempre seducía a voluntades inconstantes.

Dúmnorix se puso el casco, montó sobre su caballo y se despidió de sus hombres.

—¡Perros cobardes! —les espetó con rabia—. ¡Esclavos de Roma sois y como esclavos de Roma mereceréis morir en tierras extrañas por la promesa de un botín que nunca conseguiréis, porque hacia eso os arrastrará el maldito procónsul: hacia una muerte segura en Britania! —Y tiró de las riendas haciendo que su caballo se dirigiera hacia el tribuno romano—. ¡Pero yo soy un hombre libre, nací libre y antes moriré libre que someterme más a la locura de Roma!

Y desenvainó su espada y se lanzó al galope contra Marco Antonio.

El guía, asustado, se alejó del lugar. De él requerían que orientara a los romanos en sus incursiones por la Galia porque conocía el territorio y que tradujera cuando procedía, pero no le pagaban como mercenario. Eso era cosa de los jinetes de guerra.

Marco Antonio se quedó solo frente a un Dúmnorix que se le acercaba al galope aullando e imprecando a todos los dioses galos.

Los jinetes romanos empezaron a trotar para asistir al oficial al mando, pero Marco Antonio levantó su mano derecha con la palma bien extendida y la caballería romana comprendió y se detuvo.

Marco Antonio no se movió del lugar y no quería asistencia de nadie. Asió fuertemente las riendas de su caballo para que éste permaneciera inmóvil y, mirando fijamente al enemigo que se le aproximaba a toda velocidad, desenvainó muy despacio su larga *spatha* de la caballería romana y se aprestó a recibir a Dúmnorix en combate.

Campamento general romano junto al estuario del río Agnona
Diez días más tarde

El consejo entre los jefes galos aliados y el procónsul de Roma se celebró en el exterior, frente a la tienda del *praetorium*. Eran demasiados líderes celtas los convocados como para poder albergarlos a todos en el interior de la tienda de mando.

César estaba en el uso de la palabra, intentando desmentir los rumores que Dúmnorix había diseminado con relación a sus intenciones de dar muerte a todos los jinetes galos que lo acompañaran a Britania una vez que desembarcara en aquel territorio con todo su ejército.

—¿Cuándo he faltado yo a mi palabra? ¿Cuándo os he engañado o hecho lo contrario de lo que había anunciado? Siempre que se ha formalizado un acuerdo conmigo, lo he respetado. Puedo ser implacable, o magnánimo, según la ocasión, cuando alguien se enfrenta a mí. Con los vénetos fui inmisericorde porque no respetaron a mis legados y con los germanos fui demoledor porque destruyeron guarniciones romanas en el norte, pero con todos los galos que habéis pactado conmigo, desde los eduos a los arvernos, los menapios o los tréveros, ya sean tribus de la Galia celta o de la Galia belga o de la costa, he cumplido mis compromisos. A los germanos, ya fueran los temibles suevos o cualquier otro pueblo, los he empujado al norte del Rin, consolidando ese río como una frontera infranqueable para ellos. Es cierto que ahora requiero de más apoyo del habitual para la nueva expedición a Britania, pero convengo en que quienes me acompañen, sean romanos o celtas, se beneficiarán de todo aquello que consigamos más allá del mar. En vuestro compromiso de alianza conmigo está el de atender mis requerimientos anuales de una caballería de apoyo para cada nueva campaña. Los jinetes son siempre recompensados por su lucha y con cada colaboración se afianza el vínculo entre vuestros pueblos y Roma. Y en mi compromiso con vosotros está no permitir invasiones de pueblos germanos en la Galia y respetar las tradiciones de gobierno de cada tribu gala. Si cumplís ahora...

Un centurión se acercó por la espalda a César y, con mucho tiento, se atrevió a interrumpirlo, dirigiéndose al procónsul en voz baja.

—Acaba de llegar al campamento el nuevo tribuno con la caballería romana, procónsul —dijo informando del regreso de Marco Antonio y, como viera que César asentía y lo escuchaba, continuó en un murmullo—: Trae con él de vuelta a los cincuenta jinetes eduos que se fugaron con su jefe. A Dúmnorix... —Y aquí transformó sus palabras en un susurro sólo audible para César—. A Dúmnorix lo trae muerto.

César no lo dudó y, aún sin girarse, pues se había mantenido durante toda aquella comunicación de cara a los jefes galos reunidos ante él, le dio una orden al centurión.

—Que entre en el campamento y que me traiga el cuerpo de Dúmnorix aquí mismo.

César, dada aquella instrucción, continuó hablando:

—Premiaré con botín de guerra a cada uno de los jinetes galos que me acompañen a Britania y consideraré como aliadas leales a Roma a cada una de las tribus que colaboren en la constitución de esta gran caballería que...

De pronto su discurso fue nuevamente interrumpido. Esta vez por decenas de imprecaciones a los dioses galos generadas por el asombro y la sorpresa que se extendieron entre todos los jefes convocados, que, además, dejaron de atender a César para fijar su mirada, por encima de él, en los jinetes que el procónsul podía escuchar desfilando a su espalda. El ruido de los cascos de los caballos chocando contra la tierra era inconfundible. No necesitaba girarse para saber lo que los jefes estaban viendo y se concentró en seguir hablando.

—Puedo llegar a aceptar que alguna tribu decida no colaborar en esta demanda mía de jinetes adicionales para esta nueva expedición, pero lo que de ningún modo estoy dispuesto a tolerar es que alguno de vosotros, sea quien sea, tenga el rango que tenga, aristócrata, jefe o incluso druida, difunda bulos y embustes sobre mis intenciones con respecto a mis alianzas con vosotros, poniendo en entredicho mi palabra. Eso es traición, y la traición, venga de quien venga, será pagada siempre por mí con la muerte.

Entonces, se volvió y pudo ver, como el resto de los jefes, el cuerpo de Dúmnorix ensangrentado y pálido por los días pasados ya desde su muerte, casi iniciando su descomposición, ralentizada no obstante por el frío gélido de aquellas tierras, atado a uno de los caballos del grupo de jinetes que lideraba Marco Antonio.

—Se resistió —dijo el joven oficial romano como explicación.

César se limitó a cabecear. En aquel momento le importaba más la reacción de los líderes galos allí reunidos que cómo había tenido lugar el fatal desenlace de la huida de Dúmnorix.

La reunión terminó pronto, con el acuerdo general por parte de todos los presentes de hacer llegar a César los jinetes requeridos para la futura expedición.

Los líderes celtas empezaron, entonces, a disolver el cónclave, cuando Labieno se acercó a César y le dio algo más de información.

—Corre ya por el campamento entero la historia de que nuestro nuevo joven oficial se enfrentó solo a Dúmnorix, sin la asistencia de ningún jinete más, y lo derribó en una dura lucha cuerpo a cuerpo. Desmontaron y ambos continuaron combatiendo a pie hasta que Marco Antonio atravesó el pecho de Dúmnorix a la altura del corazón con su espada. Parece que es hombre de resolver las misiones personalmente.

—Claramente es hombre más de acción que de palabras —concluyó César—. Pero ha traído a los otros cincuenta jinetes eduos vivos sin iniciar una guerra contra esa tribu, que es lo que seguramente habría hecho Décimo. Así que su forma de resolver las cosas me vale. Dile que cuento con él para Britania.

Labieno asintió y César quería retirarse, pero advirtió que su amigo, en vez de acudir a informar a Marco Antonio, seguía andando a su lado y supuso que había algo más.

—¿Hay alguna otra cuestión de la que quieras hablar?

—Hay un jefe celta britano que vino para negociar hace tiempo —se explicó Labieno—. No le entendíamos, los intérpretes galos tampoco. Aun siendo el mismo idioma, hay muchas diferencias y a veces no se comprenden entre sí. Como no sabíamos bien a qué había venido o a quién representaba, no te molesté con esto, pero parece que el britano ha aprendido algo de latín en este tiempo y ahora sí le hemos entendido. Creo que deberías hablar con él. Si lo que dice es cierto, puede sernos útil en esta expedición.

César se mostró interesado.

—¿Qué te ha contado? —indagó.

Y Labieno se lo explicó.

—¿Cómo se llama? —preguntó, entonces, César cuando Labieno terminó su relato.

—Mandubracio.

—Mándamelo esta noche a mi tienda. Hablaré con él.

Ahora sí, Labieno puso un instante su mano en el hombro de César, a modo de despedida muy personal entre ambos, y se desvaneció entre la multitud de legionarios que se movían por el campamento.

Junto a uno de los fuegos del campamento
Unas horas más tarde

Al anochecer, con las lánguidas sombras reptando vacilantes a la luz de las hogueras del campamento, en torno a las cuales los legionarios se arremolinaban en busca de calor, Labieno encontró a Marco Antonio, solo, calentándose junto a una de las grandes fogatas.

—Aquí siempre hace este frío —dijo el segundo en el mando del ejército.

El joven oficial, que escuchaba mientras se frotaba las manos junto al fuego, hizo un gesto de asentimiento.

Su rostro estaba iluminado por el fulgor de la hoguera, descubriendo unas facciones curtidas por el sol de otras latitudes, pero como si cada marca del tiempo hubiera cincelado misterios en aquella faz. Labieno estudiaba aquellos rasgos intentando discernir hasta dónde llegaría la lealtad de aquel joven oficial para con César. ¿Era de los que está con un líder hasta el final o de los que se escabulle ante el peligro mortal?

—El procónsul está satisfecho contigo y te quiere en la expedición a Britania —añadió Labieno.

Marco Antonio asintió.

—El relato de tu enfrentamiento con Dúmnorix es ya popular en todo el campamento —continuó Labieno.

—No creo que eso me haga muy popular entre los galos —dijo Marco Antonio.

—No, desde luego que no —confirmó Labieno—. De hecho, es seguro que ya tienes una amplia red de enemigos en la Galia.

Compartieron un silencio mirando los dos el ascenso inestable y caprichoso de las llamas.

Labieno le extendió la mano.

—Quizá sea momento de que empieces a hacer también algún amigo.

—Hay un celta enviado por Labieno para hablar con el procónsul —anunció uno de los centinelas que vigilaban la tienda de mando.

—Que pase —aceptó César.

El legionario dudaba.

—¿Solo? —preguntó, al fin.

César se quedó mirando al legionario como preguntando a qué venía aquel comentario.

—Tiene un aspecto muy amenazador, procónsul —se explicó el centinela.

César se lo pensó mejor. Sus escoltas eran hombres duros, acostumbrados a ver a todo tipo de personas tratando con él. Si uno de ellos dudaba sobre la prudencia de que él se entrevistara a solas con alguien, no era cuestión de menospreciar aquella preocupación.

—Que pase y, tras él, que dos de vosotros entren también y se queden a su espalda mientras hablamos.

Y así se hizo.

El guerrero britano, alto, fuerte, rostro pintado de azul, mirada fiera, indómita, de los que no se rinden nunca, entró en el *praetorium* y se detuvo, en pie, frente a César. El guerrero se dio cuenta de que por detrás se situaban algunos centinelas del procónsul. Sonrió. Le encantaba infundir miedo.

—Te escucho —dijo César.

LXXXI

El banquero de Alejandría

Palacio real de Alejandría, Egipto
Verano del 54 a. C.

Era una gran reunión familiar con el faraón Tolomeo XII, cómodamente reclinado entre decenas de almohadones suaves. A su alrededor estaban sus hijas e hijos: la princesa Cleopatra, de quince años, Arsínoe, la segunda hija viva del monarca, de catorce, y los pequeños Tolomeos XIII y XIV, de apenas siete y cinco años. Faltaba, por supuesto, la ejecutada Berenice.

En torno al cónclave familiar, un ejército de esclavos y esclavas se ocupaba de atender a cada uno de los miembros de la dinastía tolemaica en sus necesidades, deseos o caprichos.

—Que empiece la música —ordenó Tolomeo XII, que, fiel a su costumbre de deleitarse con las melodías de flautas y otros instrumentos, había reclamado que se trajeran a palacio tantos músicos y bailarinas como fuera posible.

Los intérpretes entraron en la gran sala e iniciaron su concierto, para satisfacción del faraón, con las flautas que él tanto apreciaba y a las que debía su sobrenombre, dado por el pueblo de Alejandría, de Auletes, es decir, «flautista» en griego.

Cleopatra y Arsínoe escuchaban con cierto interés, pero los pequeños Tolomeos se aburrían notablemente y anhelaban escapar para correr como salvajes por el jardín del patio central del palacio real. Sin embargo, la severa mirada de su padre los mantenía en silencio y centrados en comer. Lo de que tu padre hubiera ejecutado a tu hermana mayor infundía bastante miedo.

Un sirviente se aproximó con cuidado al faraón y le susurró algo al oído, pero, como la música impedía que Tolomeo XII lo entendiera bien, se vio obligado a elevar algo más la voz y eso permitió que Cleopatra, en verdad más atenta a su padre que al concierto, oyera lo que le decía.

—Cayo Rabirio Póstumo está en la sala de audiencias, mi señor dador de Vida, Salud y Prosperidad.

Tolomeo XII estaba a punto de desechar al sirviente y a quien fuera que lo hubiera mandado a importunarlo en su solaz, pero, al escuchar el nombre de Rabirio, su faz se tornó seria y, pese a su evidente enojo, se levantó.

—Regresaré enseguida —dijo mirando a sus hijas—. Que la música continúe y el banquete también. Las bailarinas, que esperen a mi retorno.

Y salió del gran comedor real.

Sala de audiencias

Cayo Rabirio Póstumo era un ser encogido por los años, la avaricia y las malas artes con las que había conseguido atesorar una de las mayores fortunas de Roma. Era, de largo, el prestamista más importante de la ciudad del Tíber o, lo que era lo mismo, de todo el Estado romano. Lo suyo no era atender a ludópatas y borrachos de medio pelo, sino a patricios y otras personalidades de alcurnia que, por las complejas vicisitudes de la política y la lucha por el poder, terminaban necesitando, por un periodo de tiempo, financiación para recuperar magistraturas, gobiernos de provincias o, por qué no, algún que otro reino legendario.

Y a él, a quién si no, había recurrido el propio faraón para conseguir financiar su retorno a Egipto. Pompeyo le había dado el apoyo político y los recursos militares, pero un regreso al trono de Egipto era algo muy costoso, pues no se trataba únicamente de pagarse el viaje con varios barcos para transportarlo a él y a su hija Cleopatra y a todo su séquito, junto con tropas de escolta y múltiples pertrechos, muebles y hasta algunos tesoros personales. Además, Tolomeo XII había tenido que financiar numerosos sobornos a diferentes senadores de Roma para que éstos apoyaran su regreso al trono de Egipto, con Pompeyo encabezando la lista de los sobornados. El conquistador de Asia no hacía nada gratis y, además, le había cobrado, finalmente, un alto precio por su estancia en una de sus villas en Roma junto al Tíber. Y, para terminar, estaba el pago de los diez mil talentos al gobernador Aulo Gabinio por dirigir al ejército romano, en contra de los dictámenes de parte de su Senado, para, por fin, reinstaurarlo en el trono. Tolomeo XII debía, en consecuencia, una cantidad de oro astronómica a Cayo Rabirio Póstumo.

Y cuando se debe tanto dinero a alguien, incluso si uno es faraón, uno se levanta de un banquete y acude a atender a su gran acreedor.

Para colmo de riesgos, Rabirio Póstumo era sobrino del senador, ya fallecido, Cayo Rabirio, que asesinara al tribuno de la plebe Saturnino y que fuera juzgado por ello por el mismísimo Julio César. Pero lo relevante del episodio es que ilustraba que los Rabirio eran gente de tendencias violentas que convenía no ignorar ni hacer esperar.

—Te saludo, Cayo Rabirio. ¿Qué puede hacer el rey de Egipto por un amigo? —dijo Tolomeo XII, exhibiendo amplias dosis de amabilidad.

—Ya sabe el faraón a qué se debe mi presencia aquí —respondió Rabirio con cierta sequedad. Cuando alguien le debía mucho dinero, fuera del rango o la alcurnia que fuera, lo trataba con cierta displicencia; sin embargo, estaba ante un rey que no había dudado en ejecutar incluso a su propia hija y la cautela no parecía tampoco mala opción—. Siempre y cuando no sea mi visita inoportuna.

Se detestaban mutuamente. Y se temían.

Tolomeo XII, que, por un momento, se había puesto serio ante el tono inicial de desdén de su interlocutor, volvió a relajar las facciones del rostro.

—Cayo Rabirio nunca es inoportuno. Entiendo que estás aquí por la cuestión del dinero que se te debe.

Al prestamista le hizo gracia el uso de una oración sin sujeto activo para omitir el nombre del deudor.

—Así es —confirmó el banquero.

—No creas que no he estado pensando en ello —continuó Tolomeo XII con cordialidad—. He tenido que ocuparme antes de las cuestiones militares, como rendir la fortaleza de Pelusium, avanzar sobre Alejandría y someterla a mi control, y luego, como sabes, algunas ejecuciones. Aún ando, de hecho, en busca de algunos traidores como Potino, consejero que fuera mío y luego de mi hija Berenice, la usurpadora, pero esto ya son flecos que iré resolviendo poco a poco. Sin duda alguna, es momento de ocuparse no ya de tu dinero, sino de las finanzas de Egipto. He pensado en algo que creo que puede satisfacerte.

—Escucho con ávido interés al faraón —replicó Rabirio, aunque no pudo evitar transmitir cierta incredulidad, algo que no pasó desapercibido para el monarca de Egipto.

Tolomeo XII sabía que había abusado mucho de la paciencia de Rabirio y que era momento de resarcirlo y de hacerlo bien. Su consolidación en el trono estaba directamente relacionada con que aquel hombre siguiera transformando en dinero los recursos de Egipto, de modo que él pudiera mantenerse en el gobierno del reino del Nilo hasta el fin de sus días. Si esto conducía la economía egipcia al colapso o no, mientras él siguiera reinando, era algo que le parecía sustantivamente secundario. Lo más importante era seguir teniendo talentos con los que sobornar y pagar a la guarnición romana que lo mantenía, más por la fuerza de las armas que por reconocimiento del pueblo egipcio o de los sacerdotes, en el trono.

—He pensado nombrarte *dioiketes* de Egipto —le anunció Tolomeo XII.

Rabirio no entendía el griego.

—*Dioiketes* es el equivalente a lo que podríamos denominar un ministro o administrador general de finanzas, en este caso de las finanzas de Egipto. Eso te permitirá gestionar todas las transacciones comerciales entre Alejandría y Roma y entre Alejandría y cualquier otro lugar del mundo con el que comerciamos, además de controlar la recaudación de impuestos de todo el país, tanto del Alto como del Bajo Egipto. Puedes, evidentemente, cobrarte las comisiones que consideres necesarias de todas estas actividades para incorporarlas a tu erario personal, de modo que espero que en poco tiempo consideres mis deudas contigo completamente saldadas.

Rabirio parpadeó varias veces.

—Es, en efecto, una oferta interesante —tuvo que admitir.

—Perfecto, entonces —dijo Tolomeo XII y sonrió—. Creo que podemos dar por terminada esta audiencia. Ahora, si quieres, puedes acompañarme en mi banquete de reentronización junto a mis hijas e hijos o regresar a tu residencia convenientemente escoltado. Ya sabes que aún hay tumultos por las calles. Lo que te resulte más cómodo.

Rabirio deseaba regresar a su mansión y solazarse con algunas esclavas a modo de celebración por aquel nombramiento de ministro de finanzas que tanto le iba a facilitar gestionar los recursos de Egipto en su propio beneficio, pero consideró que, ya que el faraón le había proporcionado una buena solución para saldar su deuda, sería descortés por su parte no aceptar la invitación.

—Me uniré encantado al banquete.

—Perfecto, perfecto, por Zeus y por Osiris y por todos los dioses romanos también —sentenció el faraón, dando por finalizada la audiencia o, lo que era lo mismo, aquella molesta interrupción de su solaz y descanso. Gobernar le resultaba tan agotador.

Liber quintus

BRITANIA

LXXXII

El segundo desembarco

Mare Britannicum*
Principio del verano del 54 a. C.

Esta vez se trataba de Britania en serio. No de cruzar el mar y explorar o tantear el territorio.

Navegaron de noche.

De nuevo.

César quería sorprender a los britanos con las siluetas de sus ochocientos barcos perfilándose en el horizonte del mar y confió en la destreza de sus pilotos, en esta ocasión muchos traídos desde Gades por Balbo, para surcar el océano orientándose por las estrellas.

Llevaba consigo cinco legiones con sus *turmae* de caballería romana y dos mil jinetes galos de apoyo. En la Galia había dejado tres legiones y otros dos mil jinetes galos aliados bajo el mando de Labieno. Se había llevado a Britania casi dos tercios de su fuerza militar. Era una apuesta al todo o nada.

Labieno.

César recordaba la despedida de su gran amigo. Fue algo extraña

* Véase el mapa «Segunda campaña en Britania» de la página 1020.

porque decidió compartir con él, por fin, un asunto que le había ocultado todo aquel tiempo.

—Hay algo que debes saber —le había dicho en un aparte, en el puerto, justo antes de subir a la nave.

—Te escucho —le había respondido Labieno mostrando toda su atención, infiriendo con lucidez que se le iba a desvelar algo de particular importancia.

—A veces, hay ocasiones... —había empezado, pero César recordaba perfectamente que no le resultaba fácil hablar de su punto más débil—. Hay momentos en que puedo tener convulsiones. Incontroladas.

Ante la mirada seria de Labieno, sintió que era mejor expresarlo todo con rapidez.

—En situaciones de extrema tensión, puedo convulsionar. Me pasó por primera vez cuando tuve que ceder a Julia como esposa a Pompeyo para conseguir el pacto a tres entre él, Craso y yo. Desde entonces no me ha vuelto a ocurrir, no de forma total, como en aquella ocasión en la que perdí el conocimiento. Sentí que podía convulsionar en la batalla de Bibracte, pero supe controlarme, y lo mismo hice en la batalla del río Sabis, cuando estaba con las legiones VII y XII rodeado por todos los belgas del mundo. Desde entonces, no he vuelto a sentirme así, pero creo que está bien que lo sepas.

—¿Por qué me lo dices ahora?

La pregunta de Labieno, como casi todo en él, había sido certera.

—Esta nueva expedición a Britania, esta inmensa flota, esta audacia supera todo lo que he acometido antes y, sinceramente, entre tú y yo, temo verme superado en algún momento por el empeño. Si te llegaran noticias de que he convulsionado, quería que supieras que pueden ser ciertas y que, según te dijeran cómo me encuentro, actuaras siguiendo tu criterio. Todos te reconocen como mi segundo y nadie te disputaría el mando, al menos hasta que el Senado dictaminara sobre qué hacer si no me recuperara.

Labieno lo había mirado intensamente a los ojos y le respondió con una sonrisa:

—A ti no hay campaña militar que pueda sobrepasarte. Además, eso le pasaba al gran Alejandro, ¿no es así? Esas convulsiones, me refiero.

—Eso creo haber leído, sí —confirmó él.

César recordó cómo se dieron un abrazo y él subió a la galera insignia.

Ahora estaba en aquella cubierta, navegando bajo las últimas estrellas de la noche, rumbo, por segunda vez en su vida, a Britania.

El alba rompió sus primeros destellos iluminando el muro de los acantilados de la costa sur, tan blancos como amenazadores, pero que ya no intimidaban a los romanos que sabían que sólo era cuestión de continuar navegando hacia el noreste para llegar al final de aquella pared infranqueable. Pronto, las temibles rocas dejarían paso a las playas de arena que permitirían repetir el desembarco que ya hicieran hacía un año.

Acantilados

En lo alto de los precipicios, varios centinelas britanos cerraban los ojos, se los frotaban y los volvían a abrir para asegurarse de que su vista no los engañaba: algunos de ellos habían presenciado la llegada de los romanos el verano anterior y recordaban bien su flota, pero no era como la que ahora estaba aproximándose a la costa.

Se organizaron rápidamente y acordaron que algunos seguirían desde lo alto el avance de los navíos enemigos, mientras que varios de ellos irían raudos a informar a Casivelauno, su rey, de lo que estaba ocurriendo.

Fortaleza de Bigbury*
Interior de Britania

Casivelauno, con la llegada del verano, y en previsión de que los romanos pudieran actuar tal y como había vaticinado el Extranjero, se desplazó desde su capital, más al norte, hasta la fortaleza que tenía levantada más próxima a la costa.

El rey britano escuchó las noticias que le traían los centinelas que había apostado en los acantilados, pero desconfiaba de los números

* Actualmente en las afueras de Canterbury.

que aportaban con relación a la cantidad de barcos de la nueva flota romana. Sencillamente las cifras de las que hablaban eran increíbles. Sin embargo, había un dato que parecía incuestionable y Casivelauno lo aceptó mirando al Extranjero.

—Parece que, en efecto, vuelven.

—Siempre vuelven —ratificó el Extranjero con la melancolía de quien ha predicho un desastre y luego ve confirmado su vaticinio.

Playas del sureste de Britania*

Era el mismo lugar donde habían desembarcado un año antes.

César ordenó la aproximación de toda la flota mientras no dejaba de mirar hacia la línea de playa.

—No se ve a nadie —dijo Balbo.

Mamurra, Marco Antonio, Quinto Cicerón, Décimo y otros oficiales acompañaban a César en la galera insignia.

Y era como decía el hispano: al contrario que en el verano anterior, cuando los britanos emergieron de entre las dunas a medida que la flota se acercaba, con centenares de guerreros, jinetes y carros de guerra, ahora no se divisaba a nadie en la costa.

—Que se aproxime a la playa aún más toda la flota —ordenó César—. Por delante, las galeras para que desembarquen los legionarios, y tras ellas, los barcos de transporte con los suministros.

Por detrás de las colinas
Playas del sureste de Britania

—Están desembarcando, mi rey —dijo uno de los guerreros poniendo en palabras lo que todos estaban presenciando.

Pero no era un comentario fútil, sino que se trataba más bien de una demanda de acción al monarca por parte de sus guerreros más aventurados.

* Nuevamente, según refieren la mayoría de los estudios, entre las actuales playas de Walmer y Deal.

Se habían desplazado hasta allí, como el año anterior, con centenares de hombres dispuestos a combatir a muerte e impedir el desembarco enemigo, apoyados por innumerables jinetes y carros de guerra, pero esta vez, para sorpresa de todos, el rey britano callaba y no daba orden de atacar.

Casivelauno aún estaba contando los barcos.

—Son, al menos, cuatro veces más que el verano anterior —dijo.

—En número de barcos, sí —confirmó el Extranjero—, pero no quiere decir que haya traído cuatro veces más guerreros —matizó.

—¿Qué quieres decir? —preguntó el monarca.

—Los legionarios suelen ir en las galeras, y de ésas yo diría que hay como el doble. Hay muchos más barcos, pero son de transporte. Yo creo que ha doblado el número de legionarios y triplicado los transportes para disponer de más trigo que en el intento de invasión de hace un año, de modo que no dependa tanto de enviar recolectores hacia el interior que puedan ser emboscados. Al final necesitará hacerlo, sobre todo si prolonga la campaña, pero se ha querido asegurar una cierta independencia de suministros durante más tiempo que en la ocasión anterior.

Casivelauno y el resto de los jefes britanos miraban al Extranjero con asombro. No sólo había aprendido ya las variantes britanas de su lengua en apenas unos meses, sino que además todo lo que decía, examinando los barcos de la playa con detenimiento, tenía perfecto sentido.

Y como el Extranjero sentía la mirada de todos sobre él, en particular la del rey, aportó su conclusión en aquel momento.

—Yo no atacaría ahora —dijo—. Son muchos más y sólo perderíamos guerreros que el rey de los britanos va a necesitar para cuando el procónsul romano se adentre en su territorio. Va a ser una lucha larga. —Y se adelantó mientras seguía hablando, sólo que ahora parecía no dirigir sus palabras a nadie; era más bien como si pensara en voz alta—. La Galia celta, la Galia belga, ha cruzado el Rin y ahora el mar dos veces. Este procónsul tiene una determinación más allá de lo normal, más allá de lo que he visto en ningún otro romano.

Casivelauno no dijo nada y volvió la mirada, de nuevo, hacia la costa: los romanos estaban desembarcando. Si deseaba importunar y dificultar aquella maniobra, ése era el momento.

Todos los jefes estaban atentos a sus órdenes.

Flota romana

Las galeras se aproximaron a la costa hasta que, como el año anterior, empezaron a encallar en los bancos de arena y los legionarios, una vez más, se vieron obligados a saltar al agua y vadear con esfuerzo el último tramo de mar hasta alcanzar la playa con todo su armamento a cuestas. Sólo que esta vez, al menos por el momento, no había enemigos arrojándoles flechas, lanzas o cualquier otro proyectil.

La playa estaba desierta.

O eso parecía.

Todos los romanos, sin embargo, llevados por su intuición de guerreros, tenían esa extraña sensación de ser observados por mil ojos que los maldecían.

César saltó también del barco y, al poco, estaba en la cabeza de playa dando órdenes directamente a los legionarios que, como él, llegaban a la arena empapados y con los uniformes chorreando agua salada.

—¡Quiero cuatro legiones en formación por toda la playa!

Tenía decidido lanzar al grueso de su ejército hacia el interior de modo que, si había enemigos, éstos se vieran repelidos de forma que en la playa se pudiera realizar el resto del desembarco con seguridad, sobre todo pensando en los barcos de transporte.

Los tribunos y centuriones fueron por toda la línea de playa ordenando centurias y cohortes hasta disponer de cuatro legiones perfectamente formadas, con los hombres empapados pero prestos para el combate.

—Quizá sea prudente esperar a que los legionarios se recuperen del esfuerzo del desembarco —sugirió Balbo.

—Quizá —aceptó César—, pero no esperaremos. De momento, no. —Y miró a Marco Antonio—. Toma el mando de mil setecientos de los dos mil jinetes galos, más la caballería romana, y sígueme tras las cuatro legiones que están ya en formación de ataque. Que Vercingetórix, el líder de los arvernos, vaya contigo. Décimo, Quinto y el resto de los legados, venid conmigo. Quinto Atrio se quedará aquí en la retaguardia, a cargo de la quinta legión para montar el nuevo campamento. Mamurra organizará el desembarco del grano y del resto de pertrechos.

César no admitió discusión ni debate.

—*Oppugnatio repentina?* —le preguntó Balbo en voz baja al procónsul, sugiriendo que César buscaba un ataque, sin detenerse ni un instante tras el desembarco, a alguna fortaleza enemiga.

—Así es —confirmó el procónsul—. No se han atrevido a enfrentarse a nosotros en la playa porque se han visto sorprendidos por el elevado número de tropas que hemos traído esta vez, pero están ahí, esperando. Todos lo sabemos. Podemos sentir sus miradas.

Balbo decidió plantear algo obvio para los oficiales del alto mando, pero con tiento, ya que el procónsul no había consultado a ninguno de ellos sobre su parecer acerca de aquel rápido ataque. Se trataba de algo que César parecía haber decidido ignorar en aquel momento.

—Pero no hay fortaleza enemiga que atacar.

—Aquí no —admitió César—, pero la buscaremos, la encontraremos y la conquistaremos.

LXXXIII

Otro poema de Catulo

***Domus* de Pompeyo**
Roma 54 a. C.

Julia los oyó reírse en el atrio y se alegró. Había visto a su marido sufrir, y sufrir mucho, durante los últimos meses, con los duros enfrentamientos políticos que culminaron en su intento de asesinato durante las elecciones consulares del año pasado. Ahora, con la prórroga de su poder proconsular, en paralelo con la prórroga del propio proconsulado de su padre en la Galia y del mismo poder otorgado a Craso en Siria, todo parecía estar algo más tranquilo y la risa había vuelto a su casa.

En pie, en el pasillo, sentir aquella felicidad de su esposo compartida con sus invitados, Lucio Afranio y Geminio, la calmaba, y eso le venía bien. Se apoyó en la pared y se acarició el protuberante vientre. Llevaba ya varios meses encinta. Su segundo embarazo había sido el adorno final que necesitaba su esposo para sentirse plenamente feliz. Y ella también.

Julia emergió sonriente en el atrio y a punto estaba de preguntar a qué venían tantas carcajadas cuando vio en las manos de su marido uno de aquellos malditos papiros que circulaban por toda Roma y que ella reconoció fácilmente. Los había visto en el Foro Boario cuando fue a comprar carne con los esclavos. Se trataba de un nuevo poema de ese sarcástico y vulgar poeta Catulo haciendo mofa de su padre y de alguna de las supuestas relaciones homosexuales que la maledicencia decía que tenía con alguno de sus oficiales. Todo eran mentiras para el pueblo ignorante o diversión para los opositores políticos de su padre. Ver a su esposo riendo, con aquel papiro entre las manos, fue como despertar de un sueño que ella misma se había inventado: en verdad su marido seguía siendo uno de los grandes enemigos de su padre.

Pompeyo se dio cuenta de que ella había reconocido de qué se reían y arrojó el poema al suelo.

—Es una estupidez, querida Julia —dijo y se levantó, y muy serio añadió—: Ha sido una estupidez escribir ese poema por parte de Catulo, una estupidez por mi parte leerlo y aún más reírme de algo que, bien pensado, no tiene gracia alguna. —Y miró a Afranio y Geminio como si los amonestara—. Ciertamente, no creo que, si lo consideramos bien, tenga sentido que nos riamos o que un poetastro haga mofa, se burle o difame a un procónsul de Roma y a uno de sus oficiales de mayor rango.

Afranio y Geminio asintieron y también se excusaron por lo que ellos mismos calificaron de injustificable torpeza y mala educación ante la hija de César.

El resto de la velada transcurrió con más sosiego, sin tantas risas pero en notable armonía, toda vez que la propia Julia sonrió y, tras su decepción inicial al entrar al atrio, ofreció luego, tras las disculpas recibidas, su mejor cara y su bien conocida amabilidad para con todos los presentes.

Sin embargo, más tarde, a solas en su dormitorio, a la espera de que su marido se despidiera de sus invitados en el vestíbulo, acarició su vientre con cuidado y, como si la criatura que llevaba en su interior pudiera oírla, susurró unas palabras:

—Sólo tú puedes terminar con esa división entre mi esposo y mi padre; sólo tú, hijo mío, cuando nazcas, podrás unir a César y Pompeyo.

Domus de Catón
Ese mismo día

Bruto entró exultante en casa de su tío y mentor político, entre risas, como si se hubiera conseguido una gran victoria en el Senado contra quienes los *optimates* consideraban enemigos del Estado romano.

—¿Has visto el último poema de Catulo sobre César? —le preguntó esgrimiendo en sus manos un papiro doblado que le acababan de pasar en el foro—. Corre por toda la ciudad. Desde el edificio del Senado hasta el Foro Boario. Lo puedes encontrar en cualquier esquina.

Catón recibió la noticia con evidente desdén.

—Sí, lo he leído.

—Pero es una genialidad... —insistía su sobrino, que no podía entender tanta frialdad en su tío y decidió leer en alto algunos de los versos más comentados por todos—. Igual es que no lo has leído entero. Mira esta parte:

Pulchre convenit improbis cinaedis,
Mamurrae pathicoque Caesarique.
nec mirum: maculae pares utrisque,
urbana altera et illa Formiana,
impressae resident nec eluentur:
morbosi pariter, gemelli utrique,
uno in lecticulo erudituli ambo,
non hic quam ille magis vorax adulter,
rivales socii puellularum.
pulchre convenit improbis cinaedis.

Pulcramente les va a estos inmorales sodomitas,
a Mamurra, el bardaje, y a César,
y no es admirable: manchas pares en los dos,
urbana la una, y aquélla formiana,
impresas en ellos residen y no se limpiarán,
morbosos al par, gemelos los dos,
en una misma camilla instruidillos ambos,
no éste que aquél más voraz adúltero,
rivales socios de las chiquillas.
Pulcramente les va a estos inmorales sodomitas.*

* Poema LVII de Catulo. Traducción de Ana Pérez Vega.

La mención a la posible relación homosexual entre Mamurra y César, puro libelo, y al bardaje o sodomía pasiva de César pretendía, sin duda, traer a la memoria de todos aquel episodio ya casi olvidado de la juventud del procónsul de la Galia en el que se lo acusó de haberse dejado usar sexualmente por el rey de Bitinia. La homosexualidad no era un problema en Roma, pero la homosexualidad pasiva, dejarse penetrar por otro hombre, era vista como una humillación. El sexo, como tantas otras cosas en Roma, se interpretaba muchas veces en clave de poder, y una cosa era llevar uno la iniciativa en la relación sexual, ya fuera ésta hetero u homosexual, y otra muy diferente que fuera otro el que dirigiera el encuentro íntimo y lo dominara.

—Te he dicho que lo he leído, y cuando digo eso quiero decir que lo he leído entero y que he entendido todas sus connotaciones, críticas e indirectas —aclaró Catón aún con el mismo desprecio hacia aquel poema.

—Pues no te entiendo —replicó Bruto con aire confundido—. Supuse que te haría gracia.

—Pues no, no me la hace. —Y como viera que su sobrino no parecía comprenderlo, se explicó—: Craso y César son nuestros enemigos más acérrimos y, sin embargo, Cicerón o tú y muchos otros parecéis conformaros combatiendo al uno con maldiciones huecas de tribunos que juegan a creerse augures y al otro con poemas vulgares escritos por un poeta más soez si cabe que sus versos, como él mismo confiesa en otro de sus celebrados textos.* Y, mientras tanto, César y Craso crecen en poder y en fuerza. ¿Crees acaso que cuando sean los más fuertes de Roma se detendrán ante maldiciones o poemas?

Y no dijo más.

Y Bruto tampoco. Se quedó en silencio, compartiendo con su tío el sonido del viento entre las hojas de las plantas del jardín en aquel verano extraño en el que César combatía en Britania y Craso preparaba su gran asalto a Partia. De pronto, el poema, ciertamente, le pareció algo tan pequeño e inútil que arrugó el papiro entre los dedos de la mano y lo arrojó al suelo.

* Otro famoso poema de Catulo, el XVI, mencionado en *Maldita Roma*.

LXXXIV

La batalla de Bigbury

Sureste de Britania
Verano del 54 a. C.

Las cuatro legiones al mando de César avanzaban por un territorio cubierto de hierba verde que refulgía durante los breves intervalos en los que lucía el sol. Había árboles a un lado y a otro, pero, por el momento, sin frondosidad, sin una espesura que permitiera una emboscada a gran escala. Por eso el procónsul mantenía el progreso de las tropas, con la caballería que dirigía Marco Antonio por delante a modo de gigantesca patrulla que pudiera anticipar cualquier movimiento de los britanos con tiempo suficiente como para disponer las legiones en formación de ataque.

César había dicho que buscarían una fortaleza enemiga y que la atacarían. La duda de todos los oficiales era la misma. Balbo, al cabo de una hora de marcha, se atrevió a preguntar, de nuevo, directamente al procónsul de Roma:

—Pero... ¿cómo encontraremos una fortaleza enemiga?

El territorio era muy vasto y, marchando con todo el ejército unido, que, por otro lado, era lo que correspondía en terreno hostil, podían recorrer centenares de millas sin dar con ciudad alguna. Necesitaban algún tipo de guía.

César, por toda respuesta, hizo una señal a uno de sus escoltas, y éste tomó uno de los caballos dispuestos junto a César y cabalgó hacia la caballería de avanzada. Al poco, regresó acompañado por un celta.

Se trataba de un guerrero fornido, alto y de pelo amarillo, cuyo gesto adusto y severo evidenciaba que era mejor no importunarlo. La mirada fiera, su rostro pintado de azul, al modo de algunos de los guerreros britanos contra los que habían luchado, como dispuesto a entrar en combate en cualquier momento, le conferían un aire amenazador que infundía temor. Sólo ante César pareció aquel guerrero reducir un ápice su altivez. Era obvio para todos que aquel celta era un jefe de tribu.

—Os presento a Mandubracio, hijo de quien fuera rey de los trinovantes britanos —explicó César al alto mando que lo acompañaba durante la marcha de las legiones hacia el interior—. Su padre fue depuesto por el actual jefe de los britanos, Casivelauno, quien, con toda seguridad, es quien lidera a nuestros enemigos. El padre de Mandubracio no sólo fue derrocado por Casivelauno, sino que, al poco tiempo, el líder supremo de los britanos ordenó su ejecución. Mandubracio, aquí presente, se ha ofrecido a colaborar con nosotros desvelándonos, junto con los guerreros de su tribu, las posiciones de las fortalezas enemigas. A cambio, tras nuestra victoria en Britania, él será repuesto en el liderazgo de su tribu y de cualquier otra tribu que se haya opuesto a nosotros.

Aquí César dejó de dirigirse a sus oficiales y miró al líder celta.

—¿Cuánto falta? —le preguntó el procónsul de Roma, procurando pronunciar bien. Mandubracio había viajado a la Galia a negociar con César y había pasado el invierno en el campamento romano del estuario del río Agnona, y había aprendido, mostrando una destreza poco frecuente y un gran don de adaptación, los rudimentos del latín, pero, aun así, parecía conveniente hablarle despacio.

—*Oppidum post illas colles est** —dijo en un latín algo corrupto, pero comprensible para todos.

César asintió.

* «La fortaleza está tras aquellas colinas». En correcto latín sería con masculino para *colinas*, es decir: *Oppidum post illos colles est.* Pero el personaje, como se ha indicado, no domina el idioma.

—Puedes regresar a la vanguardia, con la caballería —dijo el líder romano, y el jefe de los trinovantes volteó su caballo y echó a galopar en dirección al frente del ejército romano.

—¿Y cómo sabemos si es de fiar? —cuestionó Décimo—. ¿Cómo podemos estar seguros de que no es un agente de ese otro rey, el que lidera ahora a los britanos, y que, en consecuencia, nos pueda estar conduciendo a una emboscada? Ni siquiera habla bien —apostilló aludiendo al error gramatical que el jefe britano había cometido.

Balbo y otros oficiales miraron con fastidio a un Décimo que parecía tener que criticar siempre los planes de un César que, al menos hasta la fecha, sólo los había conducido de victoria en victoria. Era cierto que la pasada expedición a Britania había sido dura, pero ahora todo parecía mucho mejor planeado y con más recursos.

—Comprendo tus dudas —aceptó César sin exteriorizar su incomodidad—. De hecho, yo también las tengo, pero si nos conduce a fortalezas enemigas y no a bosques espesos, será de fiar. Y, en cualquier caso, por eso he ordenado que la caballería nos preceda, para anticipar cualquier movimiento sorpresa del enemigo. Por el momento, avanzamos por un territorio razonablemente despejado. Y en cuanto al corrupto latín de Mandubracio, creo que su nivel de expresión en nuestra lengua es bastante superior a tu conocimiento, el mío o el de cualquiera de nosotros de la lengua britana, Décimo.

Balbo y algunos tribunos rieron.

Décimo se tragó la rabia y se limitó a negar con la cabeza de forma ostensible, dejando patente su desconfianza en el caudillo britano, aunque sin atreverse ya a formular nuevas críticas concretas. Pero aquellas risas, aquella burla de César, se quedaron clavadas en su memoria durante diez años, hasta las *idus** de un marzo aún lejano que, no obstante, se iba acercando día a día, hora a hora, como la cuenta atrás final de la que todos formamos parte aunque nos pasemos la vida ignorándola.

En ese momento, Marco Antonio en persona llegó a lomos de su caballo desde la vanguardia.

—Hay una poderosa fortaleza enemiga al otro lado de las colinas —anunció.

* El 15 de marzo. *Idus* en latín es femenino.

César miró a Décimo, pero sin decir nada.

Este último agachó la cabeza y también se mantuvo en silencio.

Fortaleza de Bigbury

Los defensores britanos observaban los movimientos de tropas enemigas frente a su fortificación: los legionarios estaban construyendo algo con rapidez, talando árboles que apilaban en los extremos de un espacio delante de la fortaleza en el que iban amontonando grandes cantidades de tierra que traían en enormes cestos sin parar, mientras sus oficiales no dejaban de gritarles palabras que, con toda seguridad, serían órdenes.

Más lejos, por detrás de las tropas enemigas de vanguardia, podían ver al que debía ser el líder romano supremo, envuelto en un gran manto púrpura, escoltado por un grupo de legionarios y seguido por más oficiales. Parecía estar inspeccionando los trabajos de sus hombres.

—¿Qué hacemos? —preguntó uno de los guerreros en lo alto de los muros de la fortaleza.

—Esperaremos —respondió el jefe britano encargado de la defensa. Tenía instrucciones de resistir, pero no a toda costa. Y ante la envergadura de los trabajos de los romanos y su inmenso número, estaba considerando cuándo sería el momento de huir de aquella trampa. A nadie le gusta ser el cebo en una cacería.

Unas colinas a una milla de distancia al norte de la fortaleza

—Va a atacar Bigbury —dijo Casivelauno, identificando el objeto de los trabajos de los romanos—. Están construyendo una rampa.

—Me preocupa que haga que la caballería rodee la fortaleza, sobrepase su posición y pueda dar con nosotros —apuntó el Extranjero.

—Si la caballería rodea la fortaleza, nos retiraremos: no me interesa masacrar su caballería, sino su ejército completo —respondió Casivelauno.

El Extranjero, aún intranquilo, inspiró profundamente y se volvió hacia su espalda: tras ellos, miles de britanos armados, carros de guerra y jinetes esperaban el desenlace de lo que pudiera ocurrir en el valle entre los romanos y los defensores de la fortaleza de Bigbury. El plan estaba en marcha. Al principio, Casivelauno le había parecido otro jefe celta más sin visión de combate, otro vanidoso como lo fue el belga Boduognato, pero en las últimas semanas, viendo la forma en la que el britano se conducía, por primera vez en mucho tiempo estaba pensando que quizá aquel celta sí fuera capaz de detener a los romanos. Éstos ya luchaban muy alejados de Roma, con sus líneas de aprovisionamiento muy tensionadas, con un mar de por medio, con comunicaciones demasiado endebles con su retaguardia logística en la Galia. Si una derrota romana era posible, ése era el lugar, el momento y la circunstancia perfectos. Y, en el fondo, sentía un cierto placer morboso en ser testigo de todo ello: el rencor duerme, a veces se domestica y hasta se aprende a convivir con él a lo largo de una vida, pero nunca jamás se desvanece por completo en el corazón de un auténtico guerrero.

Campamento general romano junto a Bigbury

—¿No deberíamos lanzar la caballería más allá de la fortaleza para ver si hay más enemigos cerca? —preguntó Décimo—. Por ejemplo, en aquella arboleda. —Y señaló el punto donde el entramado verde de la vegetación dejaba de ser una serie de árboles dispersos, diseminados aquí y allá, para empezar a constituir un denso y oscuro bosque.

César negó con la cabeza.

—Atacaremos la fortaleza frontalmente y no quiero separar la caballería del grueso del ejército. Quiero todas nuestras tropas unidas —respondió sin admitir más réplicas.

Fortaleza de Bigbury

El líder de los defensores no tenía las luces de Casivelauno y tardó en darse cuenta de que los romanos construían una rampa, pero, a medida que la tierra apilada ascendía en pendiente contra el muro principal del *oppidum* britano, resultaba cada vez más evidente que se trataba de una obra diseñada para aproximar a los enemigos a lo alto del muro.

Llegó el momento en el que los trabajos se empezaron a realizar ya lo suficientemente próximos a la muralla como para poder importunar los esfuerzos romanos con armas arrojadizas.

—¡Acribilladlos! —ordenó el líder britano de la fortaleza—. ¡Con todo lo que tengáis!

Rampa en construcción

—¡Escudos en alto! —ordenaron los centuriones de la X—. ¡Y seguid trayendo tierra, malditos perezosos!

Apilar tierra en el tramo final de la rampa resultó particularmente costoso en medio de aquella lluvia de flechas y lanzas enemigas, pero, de pronto, para sorpresa y también alivio de los legionarios, la tormenta de dardos decayó.

Retaguardia romana

—No tienen suficiente armamento para mantener una lluvia de hierro constante —dijo César.

—O están preparando más flechas —apuntó Décimo.

Aquí el procónsul asintió.

—Que aceleren los trabajos —ordenó César mirando a Balbo.

Fortaleza de Bigbury

—¡Si no arrojamos más flechas, terminarán la rampa! —protestaba uno de los guerreros britanos.

El líder de la defensa aceptó que era necesario retomar el bombardeo de proyectiles, aunque se arriesgaran a quedarse sin reservas.

—¡Arrojadles todo lo que tengamos, por Taranis!

La tormenta de hierro que cayó ahora sobre los legionarios fue demoledora y, desde lo alto del muro, pudieron ver caer a muchos enemigos muertos o heridos, rodando por los laterales del gigantesco terraplén de tierra apilada.

Colinas a una milla de distancia al norte de la fortaleza

—¿Detendrá la construcción de la rampa? —preguntó Casivelauno, pero más como un pensamiento que como una interrogante real.

—No, el procónsul romano no detendrá la construcción de la rampa —respondió, no obstante, el Extranjero de forma categórica.

Al pie de la rampa

César se aproximó hasta el mismo inicio de la rampa. Podía ver cómo se retiraban numerosos heridos de la legión X con la ayuda de sus propios compañeros desde lo alto de aquella pendiente artificial de tierra apelmazada destinada a conquistar el muro frontal de la fortaleza. Sabía que estaba exigiendo un gran esfuerzo a aquellos hombres y sintió que tenía que repartir aquella demanda.

—Que prosigan con la rampa los legionarios de la VII —ordenó.

Él, en persona, había salvado a la VII de una aniquilación segura en la batalla del río Sabis frente a los belgas. Era el momento de que demostraran que podían devolver con agallas su valor.

Como si los legionarios de la VII sintieran que estaban siendo evaluados, se lanzaron con más arrojo de lo que nadie podría esperar para acometer la construcción final de la obra; no importaban los centenares de flechas que cayeran sobre ellos. Se protegían con los escudos y paraban con ellos la mayor parte de los dardos. Caían algunos heridos, pero, de inmediato, otros legionarios los reemplazaban y se seguía apilando tierra hasta que la muralla enemiga estaba apenas a unos pasos del final del extremo más alto de la rampa.

—¡La pasarela, la pasarela, por Hércules! —reclamaron los centuriones de vanguardia, y una centuria de la VII emergió de entre el resto de los legionarios portando una inmensa pasarela de madera hecha con árboles recién talados y fuertemente atados con sogas.

Una vez más, protegidos por los escudos, llevaron la pasarela hasta lo alto de la rampa, seguidos de cerca por varias centurias más de hombres con escudos en alto traslapados, a modo de una inmensa tortuga, en la formación *testudo*, ascendiendo lenta pero decididamente hacia la fortaleza.

Los que portaban la pasarela llegaron al final de la rampa y empujaron la estructura de troncos, de modo que ésta cayera sobre la muralla enemiga estableciendo un puente entre el término de la rampa y la propia muralla britana.

Antes de que los enemigos pudieran intentar empujar la pasarela al vacío, una centuria de legionarios ya avanzaba sobre ella, y la lucha cuerpo a cuerpo empezó en lo alto mismo de la muralla.

Al pie de la rampa

—¡Ya están combatiendo en la muralla! —proclamó Balbo con entusiasmo.

César observaba a los legionarios muertos al pie de la rampa y el *valetudinarium* de campaña, más lejos, donde se estaban llevando a los heridos. Cada batalla, cada victoria tenía un pesado coste y estaba en un territorio más allá del mar, quizá una isla, donde era casi imposible conseguir refuerzos con rapidez. Tenía que administrar los esfuerzos a los que sometía a sus hombres y medir bien los sacrificios que imponía a su ejército. O todo, al final, se perdería.

Pero miró hacia las murallas y, en efecto, los legionarios de la VII ya estaban tomando el control de la posición. Aquella ciudadela era suya.

Fortaleza de Bigbury

—¡Retirada, por Taranis, retirada! —ordenó el jefe de los defensores—. ¡Todos por la puerta de atrás!

Los britanos, para sorpresa de los romanos, no presentaron una gran oposición y se aprestaron más bien a abandonar la muralla frontal, retirarse por un portón trasero de la fortificación, que estaba abierto de par en par, e iniciar una rápida huida hacia el bosque que estaba al norte.

Caballería romana

Marco Antonio vio a los britanos escapando de la fortaleza por la parte trasera de la fortificación y no esperó a que nadie le dijera lo que tenía que hacer.

—¡A por ellos! —aulló desde lo alto de su caballo, lanzándose al galope para asaltar a los enemigos en su huida.

Vercingetórix inspiró aire lentamente, se ajustó el casco, miró al resto de los oficiales galos y asintió. No vaciló. No era ni el momento ni la circunstancia.

La caballería gala, lentamente, pero de forma imparable, inició un trote con su formidable número de mil setecientos jinetes poniendo en marcha una demoledora máquina de matar.

Colinas a una milla de la fortaleza

—¿Los ayudamos? —preguntó uno de los jefes a Casivelauno.

Pero el líder supremo de los britanos negó con la cabeza. Salir ahora sería descubrir la emboscada demasiado pronto. Los hombres de Bigbury tendrían que valerse por sí mismos en su huida.

El Extranjero, en silencio, asentía, confirmando para sí la decisión del líder britano. Estaban a punto de una gran victoria, pagando un elevado precio, pero una victoria que podía suponer la expulsión definitiva de los romanos de Britania.

Retaguardia romana

César entró en la fortaleza de Bigbury y ascendió a lo alto de las murallas. No eran ansias de paladear la victoria, sino de tener una visión desde una posición lo suficientemente elevada para valorar la situación.

Desde el muro pudo ver al nuevo *magister equitum*, el jefe de la caballería Marco Antonio, abalanzándose con todos los jinetes romanos, seguido por los galos acaudillados por Vercingetórix, contra los britanos que corrían hacia el bosque.

Y aquello no le gustó.

Marco Antonio era valiente, pero demasiado impulsivo.

César llamó a sus oficiales y, rápidamente, un mensajero partió al galope hacia la posición del *magister equitum*.

Caballería romana

Marco Antonio encabezó la carga contra los britanos que escapaban de la fortaleza hasta el límite mismo del bosque. Ahí, por intuición militar, refrenó su caballo y el resto de los jinetes romanos lo imitaron. Vercingetórix, que venía por detrás, llegó a su altura y también detuvo el avance de sus caballeros. Tenía las mismas dudas sobre si entrar o no en aquella masa densa de árboles.

Justo en esos instantes de incertidumbre de ambos, llegó el mensajero enviado por el procónsul. César ordenaba detener la persecución antes de entrar en el bosque y Marco Antonio, *ipso facto*, dio la instrucción a todos los jinetes de regresar, ahora en dirección a la fortaleza.

Marco Antonio se acercó a Vercingetórix.

—El procónsul no quiere que entremos en el bosque.

El líder galo no dijo nada. No quería hablar con quien había dado muerte a Dúmnorix, a otro jefe galo, pero alzó el brazo para que todos sus caballeros celtas lo siguieran en el repliegue hacia la fortificación britana que acababan de tomar los legionarios.

Marco Antonio no se sintió concernido por el desdén del jefe arverno. Por lo que había averiguado por su cuenta, conversando con otros oficiales, Dúmnorix se había estado buscando su ejecución desde hacía tiempo. Cómo se tomaba esa muerte el jefe de los arvernos no era una cuestión que le quitara el sueño.

El *magister equitum* volvió, entonces, sus ojos hacia la fortificación de Bigbury: por lo alto de sus muros ya desfilaban decenas de legionarios y oficiales romanos. Había sido una clara victoria, como la suya en Pelusium: los trabajos de asedio, la rampa, la lucha para acceder a las murallas, todo le había recordado a su propio ataque contra aquellas otras murallas enemigas en el remoto Oriente. Él había empleado torres de asedio, César una rampa, pero todo lo ocurrido le retrotraía a su pasado reciente a orillas del Nilo.

Marco Antonio, como ensimismado, cabalgando de regreso hacia el ejército romano, se dejó llevar por sus recuerdos hasta hundir sus pensamientos en los ojos oscuros y mágicos de una princesa egipcia. ¿Qué sería del faraón Tolomeo XII reinstaurado en el trono? ¿Qué sería de Alejandría? Pero, sobre todo, ¿qué sería de Cleopatra?

LXXXV

Los *gabiniani*

Palacio real de Alejandría, Egipto
Verano del 54 a. C.

Los ojos oscuros y mágicos de la joven princesa estaban encendidos, y no precisamente con la dulzura con la que los recordaba Marco Antonio, sino por la furia de la rabia.

La hija del faraón caminaba veloz por los pasillos del gran palacio real, girando bruscamente en cada esquina, en busca de su padre, el faraón Tolomeo XII.

Una taberna junto al Nilo
Unas horas antes

El centurión llegó hasta la taberna enfurecido. Habían dado órdenes a todos los legionarios de presentarse en el campamento general para recibir nuevos destinos dentro de la ciudad de Alejandría, pero muchos soldados, simplemente, no habían acudido a la llamada de sus superiores.

El centurión encontró, tal y como le habían dicho los que sí habían obedecido las instrucciones, a varios de sus subordinados en aquella taberna junto al río Nilo, bebiendo, jugando a los dados y mirando con lascivia a las mujeres egipcias que los servían.

—Habéis sido llamados al campamento —les espetó el oficial nada más verlos.

—Tranquilo, por Júpiter —le respondió uno de los legionarios, que acababa de tirar los dados—. Terminamos la partida y vamos.

El centurión no daba crédito a aquella insubordinación y se acercó por la espalda al legionario que le había respondido con aquel desparpajo, impropio para dirigirse a un superior, y le arreó un puñetazo en el pómulo derecho. El legionario cayó de golpe. El centurión fue a patearlo, cuando varios de los otros soldados lo cogieron por detrás y lo separaron de su compañero caído.

—¡Soltadme, malditos hijos de puta celtas!

Los legionarios en cuestión eran de origen galo y de ahí la alusión del centurión. Los soldados no se tomaron a bien el desprecio que ahora les hacía el oficial con relación a su origen y de sujetarlo pasaron directamente a darle puñetazos en el bajo vientre hasta dejarlo sin respiración.

—Soltadlo ya —dijo el legionario que había recibido el primer puñetazo—. O lo mataréis.

Sus compañeros liberaron al centurión y éste cayó de rodillas, llevándose las manos al estómago, pálido, intentando recuperar el aire.

—Venga, vamos al campamento. Este imbécil ya nos ha aguado la fiesta —dijo otro.

Se levantaron también los legionarios que estaban en las otras mesas y empezaron a desfilar junto al centurión abatido, que aún se retorcía en el suelo de dolor. Entre los galos también había algunos germanos y bastantes romanos, pero, más allá de los orígenes de cada uno, todos compartían ahora una creciente tendencia a la indisciplina en la que, simplemente, se encontraban a gusto.

El que había recibido el puñetazo del centurión se arrodilló junto al oficial cuando pasó a su lado y le habló al oído:

—De esto ninguna palabra a los tribunos o te mataremos.

Palacio de Alejandría

Cleopatra encontró a su padre, como siempre, bebiendo y comiendo y escuchando a músicos, y viendo a bailarinas danzando a su alrededor en su eterno banquete diario.

—Padre, desearía hablar contigo —dijo la joven princesa.

—¿Y tiene que ser ahora, hija mía? ¿Por qué no te unes a la celebración de mi reentronización, disfrutas y luego hablamos?

—¿Cuántos días o semanas o meses vas a estar celebrando haber retornado al trono?

—Lo celebraré tanto tiempo como quiera. Por ejemplo, tantos días como días estuve en el exilio. ¿Qué te parece eso?

Cleopatra suspiró. Habían pasado tres años en el exilio. Ella era una adolescente, pero veía cosas que, o bien su padre no observaba, o sencillamente decidía no ver.

Como el faraón no deseaba detener el banquete, ella decidió hablar de todas formas.

—Padre, los *gabiniani* no obedecen.

Gabiniani era el nombre de los dos mil legionarios y los quinientos jinetes de caballería de la guarnición romana de Alejandría. Los alejandrinos los denominaron de ese modo por haber venido con el ejército del gobernador romano Aulo Gabinio.

Tolomeo XII movía las manos en el aire siguiendo el ritmo de la música de los flautistas.

—¿A quién no obedecen? —preguntó sin dejar de mover las manos.

—No obedecen a sus centuriones, padre.

—¿Y cómo sabes tú eso?

—Porque hablo con mucha gente en palacio, padre, con los tribunos militares romanos también.

Aquí el faraón dejó de mover las manos, borró su sonrisa y se encaró con su hija:

—Sí, hace tiempo que observé que te gusta hablar con los altos oficiales romanos.

Era una clara alusión a las frecuentes conversaciones entre ella y Marco Antonio. Y la joven princesa lo advirtió de inmediato.

—Si te refieres a mis charlas con el tribuno que conquistó Pelusium y que ya marchó a Roma, creo que tienes más que agradecerme que de reprocharme con respecto a esas conversaciones.

—¿Qué quieres decir? —El faraón habló con tal enfado que los músicos dejaron de tocar y las bailarinas de bailar.

—Quiero decir lo que he dicho, padre, pero no era ése el asunto de nuestra conversación: los *gabiniani* están cada día más indisciplinados y, ya que lo has mencionado, desde que ese tribuno militar se fue de Alejandría, su obediencia es prácticamente nula. Aquél era un oficial que se hacía respetar, pero ni tú ni el gobernador de Siria estáis demostrando autoridad sobre los *gabiniani*, y los *gabiniani*, padre, son quienes te sostienen en el poder.

Los músicos dejaron en el suelo sus instrumentos y las bailarinas sus aderezos y collares, y todos abandonaron la sala.

El faraón y su hija se quedaron a solas.

—Padre, te he sido siempre leal. Sólo intento hacerte ver que, si no mantenemos a los soldados bajo nuestro control, no tendremos fuerza con la que retener el poder. Padre, teníamos unos planes cuando regresamos a Egipto, unos planes que no..., que no se están cumpliendo.

—¿Te refieres a mi propuesta de que tú y yo nos casáramos y gobernáramos juntos? ¿Te refieres a eso? Es eso y nada más que eso lo único que te importa, ¿no es cierto? ¿Eres como Berenice también? ¿Acaso eso es lo único que anheláis? ¿Quieres ser reina conmigo o en mi lugar, dime, joven princesa?

Cleopatra sostuvo la mirada encolerizada de su padre sin bajar los ojos.

—Has bebido mucho, padre, y sé que es el licor lo que te hace decir esas cosas de mí. Hablaremos en otro momento. Cuando estés sereno. Cuando sea que decidas dar término a las celebraciones por tu regreso al trono y decidas volver tus ojos hacia Alejandría y hacia Egipto y gobernar, padre: gobernar.

Y con esas palabras, Cleopatra dio media vuelta y salió de la gran sala repleta de instrumentos desperdigados por el suelo, mesas atestadas de viandas exóticas, copas de vino a medio consumir, almohadones de mil colores, quemadores con inciensos humeantes traídos desde la India y varios esclavos que abanicaban al faraón con grandes hojas de palmera.

LXXXVI

La furia de Taranis

Campamento romano frente a la fortaleza de Bigbury
Verano del 54 a. C.

César dejó que las legiones descansaran el resto del día y la noche. Ordenó a Marco Antonio que la caballería patrullara en los límites del bosque, pero sin penetrar en él, y que los jinetes galos bajo el mando de Vercingetórix apoyaran en aquellas misiones de vigilancia, aunque, igualmente, sin adentrarse en la espesura.

El procónsul se acostó temprano y se alzó al alba del día siguiente.

Con los primeros rayos de luz, mientras compartía un desayuno de gachas de trigo con leche de cabra junto a la hoguera encendida frente al *praetorium* con sus oficiales, escrutaba, entre bocado y bocado de cereal, los lindes del bosque. Balbo, Décimo, Quinto Cicerón y otros miembros del alto mando, atentos y a la espera de sus órdenes, también comían en silencio y miraban hacia los árboles. Era como si todos sintieran miles de ojos espiándolos.

—Dividiremos el ejército en tres columnas —anunció César en cuanto terminó de comer y entregaba el cuenco vacío a uno de los *calones*—. Una se adentrará por el bosque justo por donde huyeron los britanos que abandonaron la fortaleza —explicaba señalando un sitio u otro según procedía—; una segunda columna irá por el flanco derecho, separada una milla del cuerpo central, y lo mismo por el otro flanco con una tercera columna de legionarios. La caballería también se repartirá en tres destacamentos iguales y escoltará a cada columna por delante y por detrás. De este modo cubriremos mucho más territorio.

—Y si intentan emboscar a una de las columnas legionarias, los otros dos cuerpos de ejército acudirán en su ayuda, ¿no es así? —apostilló Balbo intentando confirmar lo que aquel plan parecía llevar implícito.

—Exacto —confirmó César—. Si quieren emboscarnos a todos, tendrán que dividirse también, y si atacan una de las columnas, ésta sólo tiene que resistir hasta que las otras legiones acudan en su ayuda.

Todos comprendieron que César, como había hecho junto al río Sabis tres años atrás, quería, en verdad, provocar un ataque general del enemigo. Era una estrategia no exenta de riesgos, como peligrosa fue en tierras belgas, pero que podía conducir a un gran enfrentamiento que acortara la campaña, igual que pasó en la Galia belga. Con otro líder, muchos tribunos habrían dudado, pero todos recordaban cómo en el Sabis, cuando las legiones VII y XII quedaron rodeadas, César fue directo a ellas y defendió la posición personalmente hasta que el resto de las legiones pudieron asistirlas y, finalmente, conseguir una gran victoria para todos. Era curioso cómo con César al mando hasta el plan más arriesgado parecía destinado al éxito.

Marco Antonio, que se había incorporado a la reunión por orden del procónsul, estaba admirado tanto de la osadía de César como de la unanimidad con la que todos seguían sus instrucciones.

Décimo Junio Bruto, después de la toma del *oppidum* de Bigbury, había optado por callar sus disensos, al menos por un tiempo, y no importunar a nadie con tétricos vaticinios. Por el momento se sabía desautorizado ante el resto con relación a sus negros presagios.

Por el momento.

Bosque al norte de Bigbury

Casivelauno pudo ver cómo el líder romano organizaba su ejército en tres poderosas columnas militares. Por un lado, era imposible emboscar a los tres cuerpos del ejército enemigo a la vez, pero era factible atacar con todos los carros de guerra uno de los flancos y causar muchas bajas y quizá retirarse antes de que las otras legiones maniobraran para acudir en su ayuda. Aunque todo podía derivar en una gran batalla. Y los carros de guerra no se desenvolvían bien entre los árboles. Tendrían que atacar en un terreno más despejado, que, por otro lado, era el mejor para los romanos. No era fácil dilucidar qué estrategia seguir.

—Está provocándonos —dijo el Extranjero—. Hizo algo parecido en la Galia belga, avanzando en paralelo a un río en una formación militar con aparentes debilidades. El rey Boduognato, contra mi criterio, atacó y todo terminó en una gran batalla campal en la que los romanos se impusieron.

Casivelauno lo miró con interrogantes en los ojos.

—Yo me retiraría hacia el norte —aconsejó el Extranjero interpretando la mirada del rey britano al que servía.

Casivelauno no dijo nada y se limitó a mirar hacia el cielo: estaba ennegreciéndose con pesadas nubes que anunciaban lluvia y, quizá, algo más.

—Dejaremos que Taranis, el dios del trueno, se las entienda con los romanos hoy —proclamó el rey britano.

—Eso para hoy parece un buen plan —convino el Extranjero, que no quería que el monarca celta pensara que la presencia romana se terminaría sólo con un poco de lluvia—, pero una tormenta no alejará a los romanos de su objetivo de hacerse con el control de Britania.

Casivelauno sonrió mientras tiraba de las riendas de su caballo y lo hacía girar para retirarse con sus tropas.

—Tú no conoces al Taranis de Britania.

Columna central romana en el bosque de Bigbury

César comandaba personalmente el cuerpo central del ejército romano. Llevaban varias millas de bosque recorridas sin encontrar enemigo alguno ni recibir emisarios de las otras dos columnas de los flancos indicando que hubieran detectado britanos en su avance, cuando, desde la retaguardia, desde el mar, desde la playa donde estaba el campamento del desembarco y donde estaba amarrada la flota, llegó un mensaje de Quinto Atrio.

César lo leyó atentamente.

Apretó los labios mientras deslizaba sus ojos sobre el texto del papiro. Le costó entenderlo porque el agua de lluvia había borrado en algún punto el *atramentum*, la tinta negra con la que se había escrito aquella misiva. Pero cuando hubo desentrañado lo esencial del mensaje, César sintió que se le aceleraba el pulso.

Inspiró profundamente y miró al cielo cubierto de nubes.

—Hemos de regresar a la playa —dijo, y veinte mil legionarios romanos detuvieron su marcha.

Playas del sureste de Britania
Unas horas antes

Era como si Júpiter estuviera en guerra con todos los demás dioses. El cielo estallaba en truenos que ensordecían. La bahía entera se convulsionaba.

Quinto Atrio miraba la flota con desesperación: los barcos allí anclados, agitados por el viento y las olas, eran sacudidos como cáscaras de nuez, chocando unas naves con otras, rompiéndose cuadernas, abriéndose vías de agua e inundando bodegas.

Algunas naves no resistían la fuerza descontrolada de la tormenta y, directamente, se hundían. Otras quedaban muy dañadas y absolutamente todas acumulaban desperfectos en cubiertas y aparejos. Muchos mástiles eran quebrados; las velas, pese a estar prudentemente plegadas, terminaban volando y desperdigadas por la costa, y centenares de remos de galeras y barcos de transporte flotaban a la deriva. Era un auténtico desastre. César había preparado la mayor flota que nunca jamás hubiera diseñado Roma, pero ahora, tras aquella tempestad, había pasado a ser un marasmo de buques averiados, encallados o agrietados.

Quinto Atrio llamó a unos jinetes de la caballería que había quedado en retaguardia mientras empezaba a dictar un mensaje a uno de los esclavos escribas. La lluvia aún arreciaba y Atrio no entendía cómo el agua conseguía colarse incluso en el interior de la tienda en la que se había refugiado para dictar el mensaje.

En cuanto la misiva estuvo terminada, la tomó de manos del esclavo, la revisó, asintió y se la entregó al jinete.

—El procónsul ha de ser informado —dijo.

Ejército romano en Britania

César ordenó *magnis itineribus*, un veloz avance a marchas forzadas con el fin de llegar a la costa lo antes posible. La lluvia, a medida que se acercaban al mar, arreciaba cada vez con más fuerza y el viento se tornaba más violento. Se trataba de malos augurios que vaticinaban la peor de las catástrofes para el ejército expedicionario.

César, en vanguardia, fue de los primeros en contemplar la hecatombe con sus propios ojos: por toda la playa, diseminados, en el caos más absoluto, podían verse barcos de transporte y galeras, esparcidos como si una turba de cíclopes hubiera jugado a estrellar unas naves contra otras durante horas. La mayor flota de Roma estaba, sencillamente, hecha añicos. La bahía se había convertido en un cementerio de gigantescos esqueletos de madera, restos inmóviles de un naufragio de dimensiones colosales.

Pero César ya no pensaba en eso, sino en las consecuencias del desastre: estaban aislados en Britania.

Se había levantado aquella mañana temiendo que alguna de sus legiones fuera emboscada entre los árboles, pero ahora, sin flota, la expedición al completo estaba emboscada por el mar.

LXXXVII

Monedas de oro

***Domus publica*, residencia de la familia Julia**
Roma
Verano del 54 a. C.

Julia llegó moviéndose con ostensible impericia por causa de lo avanzado de su embarazo. La prominencia de su vientre era muy evidente bajo la fina túnica de algodón que portaba aquel verano caluroso.

Llegó sudada y acalorada por el esfuerzo, pero su abuela estaba gravemente enferma y no podía no acudir a la llamada de Calpurnia.

—Está muy débil —le anunció la joven esposa de su padre al recibirla en el vestíbulo de la *domus publica*, en el centro del foro de Roma—. No quería que te llamara, ya sabes cómo es, pero estoy segura de que esta vez perdonará mi traición. Realmente está muy debilitada y estoy segura de que verte le alegrará el corazón.

Calpurnia la acompañó por los pasillos de la residencia hasta la puerta del dormitorio de su suegra.

La anciana las recibió con una sonrisa.

—Tú, mi pequeña, y Calpurnia siempre conspirando a mis espaldas y contra mi criterio —dijo Aurelia en un hilillo de voz que ilustraba lo delicado de su condición.

—He venido, como lo he hecho otras veces, en una de mis visitas periódicas, abuela —respondió Julia intentando así exonerar a Calpurnia de toda relación con su visita.

La anciana negó con la cabeza, pero no parecía enfadada y mantenía su sonrisa de bienvenida.

—No mientas a una moribunda, no trae buena suerte. —Y rio un poco, pero la risa se tornó en tos y calló—. Sois cómplices, pero eso es bueno, muy bueno, que os llevéis bien. Sentaos, las dos...

Obedecieron y ambas se acomodaron en sendos taburetes que había próximos al lecho de la enferma.

—Os tenéis que ayudar mutuamente, y más ahora que... no estaré yo ya aquí... —empezó, pero le costaba hablar.

—No digas esas cosas, abuela, por Júpiter —dijo Julia aprovechando la pausa en el parlamento de Aurelia causada por la enfermedad—. Tú te vas a reponer, como has hecho en tantas otras ocasiones, y vas a estar aún mucho tiempo entre nosotras, aunque sólo sea para reñirnos por mil cosas que, según tu criterio, no hacemos bien. ¿Cómo vamos a vivir sin tus reproches? —protestó en un intento de añadir algo de humor a aquella conversación que sonaba tanto a despedida.

—No creo haberos reprochado tantas cosas —replicó la anciana.

—Y no lo has hecho, abuela. Ha sido una broma algo torpe. Lo siento.

Pero Aurelia volvió a sonreír y extendió su brazo. Julia comprendió y estrechó su ajada mano entre sus manos jóvenes y tersas.

—No nos dejes, abuela —insistió su nieta—. Ahora, de verdad, ¿cómo vamos a hacer sin tus sabios consejos en medio de esta locura que es Roma? Peor aún, ¿cómo va a hacer mi padre? Él siempre ha recurrido a ti, a tu sabiduría, a tu experiencia.

La anciana volvió a disentir.

—Mi tiempo entre los vivos ha pasado, ha llegado a su fin —dijo con la mirada como perdida, sus ojos dirigidos hacia el muro pintado de ocre de la estancia—. Es a vosotras a quienes os corresponde seguir aquí. —Y, de pronto, con un destello en los ojos, se volvió hacia su nieta—: Tú eres ahora la única importante: te has vuelto a quedar embarazada y el niño que llevas en ti es la clave de todo, y lo sabes. Te lo dije cuando estuviste embarazada la primera vez, pero ahora es aún más cierto: sólo tú y tu criatura podéis salvarnos a todos. Sin ese niño, Cicerón y Catón harán que tu esposo se enfrente con tu padre. Y si Pompeyo y César luchan, ay, hijas mías, ése será el duelo entre dos titanes y se lo llevará todo por delante.

—¿Eso será el fin de mi padre, abuela?

La anciana suspiró.

—No, hija mía: tu padre es ya mucho más fuerte incluso de lo que él cree. Ese enfrentamiento será el fin de Roma.

Las tres callaron, entonces, durante un tiempo.

Fue Aurelia la que rompió el silencio.

—Si Cicerón y Catón fuerzan a Pompeyo para que acepte combatir contra tu padre, la Roma que conocemos desaparecerá, el mundo que conocemos desaparecerá. De ese enfrentamiento surgirá otro mundo sobre las cenizas del Senado y no estoy segura de que vaya a ser un mundo mejor. Hay que evitar ese duelo de gigantes como sea y tu embarazo es la mejor arma contra esa guerra. Así que cuídate, mi pequeña. —Y miró un instante a Calpurnia—. Cuídala, por todos los dioses, como has cuidado de mí.

Calpurnia asintió sorprendida porque, por primera vez en su vida, sintió en la trémula voz de Aurelia el tinte del ruego. Y eso sólo podía significar que la anciana, ciertamente, se sentía en el final de sus días, esos momentos en donde todo el orgullo desaparece.

—Lo haré, lo haré —prometió la joven esposa de César, y vio cómo la anciana suspiraba con cierto alivio y cerraba los ojos.

—Entonces puedo irme tranquila. —Y siguió hablando ya sin abrirlos—: Julia, despídeme de tu padre. Dile que sólo le pido que sea honesto con el pueblo de Roma, con el Senado y, por encima de todo, consigo mismo. Dile que no se deje engañar, dile que los aduladores lo rodean ya y que ha de escuchar sólo a aquellos a los que llame amigos. Dile que nunca rompa con Labieno. Tito lo ata a la realidad. Si rompe con él, el final de nuestro mundo se habrá puesto en marcha. —Y abrió los ojos un instante mirando a su nieta—. ¿Le dirás todo esto, mi pequeña?

—Se lo diré, abuela —respondió ella.

—Bien..., bien... Ahora voy a dormir...

Y no habló más.

Y Julia y Calpurnia se quedaron allí con ella, sentadas junto al lecho, la primera estrechando la mano anciana de su abuela entre sus propias manos.

Pasó así una silenciosa hora.

Entraron las esclavas y encendieron las lucernas.

Fue en medio de las sombras.

—Ya no respira —dijo Calpurnia.

—Ni siento el pulso de su corazón en su mano —añadió Julia.

Aun así permanecieron en silencio un rato más, hasta que, al fin, la joven Julia depositó el brazo aún caliente de su abuela en el lecho, rebuscó en el interior de su túnica y extrajo una moneda de oro, una moneda que portaba en previsión de aquel desenlace, y, con suavidad, abrió la boca de su abuela y la depositó en su interior.

—Que Caronte te lleve al otro lado de la laguna Estigia, abuela —dijo Julia entre lágrimas—, y que tu espíritu nos guíe, aún desde el inframundo, aquí, entre los vivos, entre nuestras torpezas, entre las ambiciones de unos y las vanidades de todos.

Domus de Cicerón

—Siempre te encuentro escribiendo —le dijo Catón—. ¿Carta de pésame a César por la muerte de su madre?

Cicerón, desde el fondo de su *tablinum*, en el que había entrado su amigo, le respondió con serenidad:

—No, esa carta de condolencias la escribí ya. Imagino que tú no te has dirigido a César por ese asunto, como no te dirigiste a él cuando falleció su nieto en el aborto de su hija de hace un tiempo, como no te diriges a él nunca a no ser que sea para acusarlo de todo lo posiblemente acusable en el Senado y pedir su destitución.

—Exactamente —confirmó Catón—. Y sigo sin compartir tu estrategia de continuar escribiéndote con él.

Cicerón se reclinó hacia atrás en su asiento.

—La educación no está reñida con el enfrentamiento político. Ya sabes que detesto las ideas de César, su ley de reforma agraria en particular, y que me preocupa inmensamente su fuerza militar, que crece a cada momento, con cada nueva campaña, pero no me regocijo con que su madre o cualquier otro pariente suyo fallezca. Son cuestiones diferentes.

—Para mí todo es lo mismo —insistió Catón—, pero esta conversación ya la hemos tenido en otras ocasiones y nunca nos pondremos de acuerdo, así que mejor dejémoslo y vayamos a otro asunto: si no estás escribiendo a César para expresarle tu pésame, porque eso ya lo has hecho, ¿a quién estás escribiendo en este momento?

—Ah, esto te interesará más —replicó Cicerón con cierto aire de satisfacción—. Es una carta para Cayo Rabirio Póstumo.

—¿El sobrino del senador Rabirio que acusara César y que tú defendiste? ¿El prestamista?

—El mismo, aunque él prefiere que lo llamen banquero, sí —matizó Cicerón.

—¿No está en Egipto?

—Precisamente, y por eso le escribo.

Catón no terminaba de perfilar en su mente las posibles motivaciones de su mentor político para cartearse con aquel personaje tan controvertido como millonario.

Cicerón lo invitó a sentarse en el *solium* que estaba al otro lado de su escritorio y se explicó:

—Tolomeo XII le debe unas ingentes cantidades de dinero a Rabirio y lo ha nombrado *dioiketes* o, lo que es lo mismo, ministro de finanzas del reino del Nilo para que pueda gestionar la economía del país entero y cobrarse a discreción la deuda. Yo le estoy conminando a cobrar impuestos aún más altos de los que él haya proyectado recaudar.

—¿Impuestos elevados a los egipcios? —Catón seguía sin entender.

Cuando Cicerón comprobaba las limitaciones de su amigo, comprendía que César lo dejara en evidencia en el Senado en más de una ocasión.

—Más impuestos implicarán más descontento entre el pueblo —continuó aclarando el veterano orador—, y el descontento popular conduce a las revueltas, y las revueltas a la desestabilización global de todo un estado. Egipto está bajo el control de Pompeyo, y queremos que Pompeyo sea menos fuerte para que sea susceptible de verse tentado a pactar con nosotros, ¿correcto?

Catón asintió. Empezaba a seguir los elaborados razonamientos de su amigo.

—Pues un Egipto desestabilizado, donde el flujo de grano del Nilo hacia Roma pueda terminar estando en peligro, debilitará la posición de un Pompeyo que, te recuerdo, está encargado por el Senado, precisamente, de controlar que haya suficiente cereal en Roma. Si Rabirio exige más oro, más dinero a los egipcios, Pompeyo terminará siendo más débil.

—Sí, ahora lo entiendo, pero ¿por qué va a hacerte caso Rabirio?

—Por pura codicia. Le he ofrecido mis servicios legales en caso de que luego el Senado lo acuse de mala gestión en Egipto, un reino ahora cliente de Roma que, por cierto, tiene a un monarca impuesto sin el permiso del Senado. Te recuerdo que toda la acción militar de Aulo Gabinio allí es contraria a los designios de gran parte del Senado. Gabinio no está siendo juzgado porque el triunvirato controla la cámara, pero, en cuanto el triunvirato se rompa, la posición de Gabinio será delicada y, por extensión, la de Tolomeo XII y, a su vez, la de sus ministros, como Rabirio, y esto Rabirio lo sabe. Pero si se siente protegido legalmente de las consecuencias de sus excesos en Egipto para enriquecerse, su codicia se desatará por completo.

—Impuestos y oro para desestabilizar un país extranjero y debilitar a Pompeyo —resumió Catón.

—La eterna historia del mundo, amigo mío: unas monedas de oro siempre marcan la diferencia. El arte de la política está en saber siempre a quién ofrecérselas.

LXXXVIII

La guerra de Casivelauno

Campamento general romano en las playas del sureste de Britania
Praetorium
Verano del 54 a. C.

César escuchó los informes de Mamurra y Balbo: se habían hundido cuarenta barcos, pero los desperfectos de la mayoría de los que seguían a flote, aunque estuvieran encallados o dañados, eran reparables. Se necesitaría mucho trabajo y esfuerzo, pero casi toda la flota podría restablecerse en cuestión de pocas semanas. La mayor parte de los suministros, incluido el grano, se había salvado, pues había sido descargado por orden de Atrio ante la llegada de la tormenta. Eso sí, el peligro de una nueva tempestad tan destructiva como la que acababan de sufrir siempre estaba ahí.

César asentía mientras meditaba: a falta de que en el futuro pudiera encontrar una bahía segura donde construir un puerto que protegiera a los barcos romanos, de momento, tendría que conformarse con esperar que el verano, aunque breve en aquellas latitudes, terminara de comportarse como tal y no hubiera nuevas tormentas tan destructivas. Pero eso no dependía de él. Decidió ocuparse de lo que sí estaba al alcance de su mano y dejar la lluvia y los truenos en manos de los dioses.

—De acuerdo, Mamurra, que se inicien los trabajos de reparación de los barcos de inmediato. Emplea tantos hombres como necesites. Y tú, Lucio —añadió mirando a Balbo—, quiero que pongas en marcha grupos de recolectores que se adentren en territorio enemigo para reunir más grano. Puede resultar peligroso, pero no quiero depender sólo de lo que hemos traído, sino que nuestro grano sea una reserva de emergencia. Ya hemos comprobado que en estas tierras todo puede cambiar de un día para otro y conviene tener planes alternativos para cuando las cosas se tuerzan, si esto ocurre, o si la campaña se alarga. Además, aunque hemos salvado mucho cereal, no contaba con las pérdidas que ha causado la maldita tormenta. Ah, y en cuanto a la flota —volvió sus ojos, de nuevo, hacia Mamurra—, quizá, una vez reparados, los barcos deberían estar en la playa: mejor encallados y que luego tengamos que empujarlos de regreso al mar, cuando vayamos a usarlos para la vuelta, que dejarlos a flote de nuevo a merced de estos oleajes y vientos tan imprevisibles e incontrolables.

Mamurra y Balbo saludaron militarmente y partieron para poner en marcha las instrucciones del procónsul.

César se quedó a solas. Al menos, haber llevado a Britania una flota mucho más grande que en el primer viaje había reducido notablemente el impacto de la catástrofe: perder cuarenta barcos de doscientos, como empleó en la primera expedición, habría sido un golpe del que hubiera sido prácticamente imposible recuperarse, pero afrontar la pérdida de esas mismas cuarenta naves entre un total de ochocientas era una dificultad imprevista y compleja, pero soslayable.

Suspiró. Echaba de menos a Labieno. Con él podía compartir todas sus preocupaciones y, aunque en ocasiones no coincidieran en el modo de ver las cosas, era, sin duda, un alivio tener a alguien tan amigo y tan inteligente con quien contrastar puntos de vista.

Labieno.

César mandó llamar a un escriba.

Itius Portus

Labieno se retiró desde el estuario del río Agnona hasta Itius Portus, una población más confortable para pasar unos meses que los improvisados campamentos junto a los astilleros de la segunda expedición a Britania. Y un punto más próximo a los rebeldes mórinos y otras tribus que pudieran albergar planes de rebelión.

El correo de Roma había llegado, pero también una carta de César enviada con una galera que había cruzado el mar con el solo propósito de comunicar con él. Labieno leyó la misiva de César primero: le explicaba lo acontecido con la tormenta y le pedía que construyera más barcos y se los enviara a lo largo del verano, de modo que pudiera sustituir las cuarenta naves hundidas y aquellas que no pudieran terminar de repararse a tiempo para el regreso. Y es que en los astilleros de la Galia tenían muchos más materiales y recursos para poder montar barcos nuevos en el mismo o menor tiempo que el que iban a emplear en Britania en reparar los que se podían recuperar.

Labieno dejó, entonces, la carta de César a un lado de la mesa y revisó el correo de Roma: había cartas para los principales oficiales, como una del senador Cicerón para su hermano Quinto, que estaba en Britania con César, y otras más para cada uno de los legados y muchos tribunos, y una carta más para César de su esposa Calpurnia. Le extrañó que no hubiera carta alguna de su madre Aurelia, que mantenía una comunicación epistolar constante con su hijo. Tampoco había carta de su hija Julia, pero ésta escribía con más irregularidad y estaba en el final de su embarazo, y quizá estuviera, o bien cansada, o bien indispuesta como para escribir o dictar. Finalmente, quedaba su correo personal con una carta de su esposa Emilia.

Separó con cuidado las cartas dirigidas a los oficiales que estaban en Britania de aquellas dirigidas a los que estaban en la Galia.

Dejó también a un lado la misiva de Calpurnia para César y empezó a leer la de su propia esposa:

Roma
De Emilia a Tito Labieno

Querido esposo:

Te escribo con la esperanza de encontrarte bien de salud y a salvo de los múltiples peligros que te acechan en medio de esa larga serie de campañas en la Galia. Aquí todos estamos bien, sanos y con prudencia a la hora de salir por las calles de una Roma que, como bien sabes, sigue agitada políticamente por los enfrentamientos entre las bandas rivales de Milón y Clodio, luchas que, aunque han decrecido en intensidad, nunca parecen terminar del todo. Hay, no obstante, un asunto que me preocupa y que, a riesgo de generarte incomodidad, creo que debo compartir contigo. Como imaginarás, porque esto ya viene de lejos, se trata de nuestro hijo Quinto.

Aquí Labieno detuvo un instante la lectura e inspiró profundamente. Sabía que necesitaría mucho aire para acometer el resto de la carta: su hijo llevaba tiempo mal encauzado, como si el ansia por crecer lo hiciera querer devorar el tiempo acumulando experiencias de toda índole, a menudo de la peor índole.

Pero no tenía sentido elucubrar más y continuó leyendo:

Quinto prosigue con su tendencia a las malas amistades, a frecuentar tabernas y lugares de mala reputación y, lo peor de todo, a participar en partidas de dados que, mucho me temo, pueden estar generando algunas deudas de juego, pues me ha pedido dinero en varias ocasiones, no siempre de las mejores maneras y habitualmente con gran ansiedad. Yo, de momento, le facilito lo que me solicita. Él ve mi sufrimiento y mi preocupación y quizá por ello se contiene algo en sus dislates, pero no sé por cuánto tiempo. Tu larga ausencia de Roma ha dejado un vacío de autoridad en la familia que yo no he sabido ni he podido llenar y, o las campañas en la Galia terminan pronto, o mucho me temo que perdamos a nuestro hijo en alguna reyerta de taberna. En fin, quizá mis preocupaciones son exageradas, y no quiero que padezcas por estas cosas, pero compartirlo contigo, aunque sea por carta, me da algo de sosiego y de fuerza para afrontar estas dificultades. Espero de corazón que sigas bien y rezo a los dioses por tu pronto y sano regreso a Roma, con nosotros.

EMILIA

P. D. Una noticia luctuosa que seguramente te llegará también por otros mensajes o cartas: Aurelia, la madre de César, ha muerto. A todos nos ha apenado mucho su pérdida. Era una persona sabia y discreta que diseminaba sentido común en conversaciones y reuniones. Roma entera la echará en falta, no sólo su hijo. Pero cuando César sepa de esto, te ruego que le traslades también mis condolencias.

Labieno dejó la carta, lentamente, sobre la mesa. Lo de su hijo Quinto, como bien decía su mujer, venía de largo: sus numerosas ausencias, acompañando a César por medio mundo, sus cargos políticos, como su tribunado de la plebe o la pretura, lo habían hecho, o bien estar alejado de la familia, o bien demasiado centrado en la vida pública descuidando la privada. Luego estaba el hecho de que hay quien parece nacer con predisposición hacia el bien y el recto comportamiento y quien parece haber venido a este mundo torcido. En cuanto regresaran a Roma, seguramente tras esta segunda expedición de César a Britania, vería el modo de enderezar a su hijo.

Volvió, entonces, sus ojos hacia la solitaria carta de Calpurnia dirigida a César y que había separado del resto.

Labieno, en un silencio y con una lenta solemnidad propia del luto, la puso con la pila de cartas dirigidas a los oficiales que estaban en Britania. César tenía derecho a saber de la muerte de su madre y se sintió aliviado de no ser él quien tuviera que darle aquella pésima y entristecedora noticia.

Sureste de Britania

Los recolectores de las legiones que se afanaban en reunir grano de los campos de cultivo de la región vieron con pavor cómo medio centenar de carros de guerra britanos aparecían de entre los árboles que rodeaban el valle y se lanzaban contra ellos. Algunos legionarios se defendieron, pero otros optaron por la huida. El problema era que, al estar desperdigados, eran objetivos más fáciles para un enemigo acostumbrado a la lucha cuerpo a cuerpo y no a las grandes batallas, donde los romanos, apoyados en su disciplina y en la maniobrabilidad de las legiones, tenían más las de ganar.

Los carros de guerra britanos seleccionaban un pequeño grupo de legionarios alejados del resto, los rodeaban y, entonces, los guerreros celtas saltaban del vehículo y acometían con furia a los romanos hiriéndolos o matándolos, y para cuando el resto de los legionarios intentaba asistirlos, esto es, los que no se habían decantado por la fuga, ya era tarde.

Esta estrategia de los britanos se prolongó durante varios días contra las diferentes unidades que el procónsul enviaba hacia el interior en busca de cereal. Era un goteo de pequeños y fulgurantes ataques que, poco a poco, minaban la moral de las tropas romanas.

Campamento general romano junto a la playa
Praetorium

—Está claro que no dejarán de hostigarnos —dijo Balbo con rabia.

—Pero se niegan a entrar en batalla campal —apostilló Décimo—. Buscan prolongar otra vez la campaña *sine die*, como en el año anterior. Saben que el verano es corto, que tenemos la flota destruida, y retrasan el combate total hasta que llegue el invierno y nos quedemos aislados a este lado del mar.

César lo veía de otro modo.

—No nos quedaremos aislados —replicó—. Los trabajos de reparación de los barcos avanzan, Labieno ha de enviarnos más y, en el peor de los casos, quedarse a este lado del mar, como dices, con cinco legiones no es estar precisamente aislado.

—Sin comida para cinco legiones, sí —se atrevió a oponer Décimo—. Tenemos suministros para pasar el verano, pero no para el invierno.

Se hizo el silencio.

—No pasaremos el invierno aquí —informó César—. Por otro lado —continuó—, es cierto que evitan el combate directo. —Y meditó unos instantes antes de dar sus órdenes finales—: Enviaremos un destacamento más numeroso a los campos de cereal.

—¿Cómo de numeroso? —indagó Balbo para poder organizarlo bien.

César se sentó lentamente en su *sella curulis* mientras todos lo miraban y esperaban su respuesta. Habló con la determinación de quien no ceja en sus objetivos ante las dificultades:

—Dos cohortes. Mil hombres bastarán para la tarea. Veremos si los atacan.

Bosques al sur del Támesis
Horas más tarde

Miles de ojos britanos escrutaban el progreso de dos cohortes romanas al mando de un tribuno militar adentrándose por los campos cultivados de cereal del sur de Britania.

—Es un cebo —dijo el Extranjero en voz baja—. El procónsul romano busca un enfrentamiento a mayor escala que las emboscadas con las que estamos hostigando a sus recolectores. No envíes a tus tropas contra este destacamento. Es un cebo como el que nosotros le pusimos con la fortaleza de Bigbury. El romano no cayó en la trampa, que no caiga el rey de los britanos en la suya.

Casivelauno lo escuchaba sin dejar de mirar muy atento el valle. Sin ni siquiera volverse hacia atrás para ver al grupo de jefes que los rodeaban, el líder britano podía sentir las dudas en unos y el ansia de lucha en otros. El Extranjero, por su parte, los aconsejó bien durante la primera invasión romana de su territorio, y su estrategia de guerra de guerrillas estaba dando el resultado deseado de evitar un gran enfrentamiento que pudiera terminar en una dura derrota que supusiera el final de todo para ellos, la aniquilación de su mundo. La traición de Mandubracio, que colaboraba con los invasores, les había puesto las cosas difíciles: habían sacrificado la fortaleza de Bigbury y podían perder otras cuya ubicación conociera Mandubracio, por eso se andaba con cautela. De hecho, a Casivelauno le extrañaba que Mandubracio no hubiera desvelado aún la ubicación de su fortaleza principal, a la que, sin duda, el procónsul sometería a un intenso asedio si pudiera encontrarla. Algo que le daría sensación de victoria. Y que, ciertamente, sería una victoria romana casi total. Aunque pudiera ser que no definitiva. La táctica de hostigar y retirarse era, por el momento, la mejor. Y..., sin embargo..., aquellas dos cohortes solas... Era tentador...

—Atacaremos —dijo Casivelauno y, ante la mirada henchida de desaprobación muda por parte del Extranjero, le habló en un aparte—: Tu estrategia es buena, pero mis hombres también alimentan su espíritu de victorias. Dos cohortes romanas es algo que puedo atacar. Cinco legiones enteras, no, pero dos cohortes, sí. —Y se separó de él para acudir directo a su carro de guerra para dirigir, personalmente, la avalancha contra los romanos.

Campamento general romano junto a la playa

César paseaba junto a Mamurra supervisando los trabajos de reconstrucción de los barcos.

—Excepto los cuarenta hundidos, que son irrecuperables —se explicaba el *praefectus fabrum*—, creo que podremos reparar el resto y que serán capaces de navegar todos en unos veinte días. Treinta como mucho.

—Eso está bien —respondió César, satisfecho, y hasta se permitió una broma—: Te daría un abrazo, pero mucho me temo que eso daría más ideas a ese Catulo que tanto parece divertirse difamándonos. —Y se echó a reír.

Los poemas satíricos y mordaces de Catulo habían llegado también a las legiones de la Galia, ahora en Britania, a través de comentarios diversos en cartas dirigidas a oficiales o legionarios. Mamurra había evitado mencionar el tema a César, pero le relajó ver que el procónsul parecía tomarse el asunto más a chanza que a crítica peligrosa.

El procónsul volvió a hablar como si supiera interpretar los pensamientos de Mamurra:

—Estoy acostumbrado a las críticas de unos y otros, Mamurra. Pero las peligrosas son las de senadores como Catón o Cicerón, que no persiguen la risa, sino mi destitución o llevarme a juicio o algo peor, sobre todo Catón. Lo que diga un poeta, en verdad, no implica nada más allá de la burla. Si Catulo quiere reírse o hacer reír a nuestra costa, que lo haga. Nosotros, mientras tanto, conquistaremos la Galia entera para Roma. Por otro lado, al menos ese poeta me critica en dísticos elegíacos bien elaborados, aunque va variando su métrica, como el cónsul que varía su estrategia militar según el objetivo que se persigue, y hay que reconocer su pericia en ese sentido y...

César iba a continuar hablando de Catulo, pero llegó un jinete cubierto de heridas, a quien habían dejado pasar los centinelas del campamento, y que, exhausto por el esfuerzo del tortuoso regreso en solitario y debilitado por la pérdida de sangre, se desplomó a pocos pasos del líder romano.

Varios legionarios lo asistieron y César se acercó.

—Nos han atacado... Eran miles... —dijo el jinete, en un esfuerzo que sobrepasaba ya sus exiguas fuerzas.

César iba a preguntarle si podría conducir a las legiones hasta el punto de la emboscada, pero era evidente que aquel jinete no podía hacer más de lo que había hecho.

—Vienen más —anunció Balbo, que se unió al grupo con información actualizada, pero que se apartó a un lado para hablar con César, alejados de oídos indiscretos—. Les han atacado a un día de marcha de aquí. Ha habido muchas bajas y han dado muerte al tribuno militar. Esta vez ha sido un ataque a gran escala.

César cabeceó afirmativamente. Eran malas noticias, pero también podían terminar siendo no tan malas: los britanos se estaban envalentonando, y eso podría ser su fin.

—Lucio, dile a Décimo que tome el mando de tres legiones, la VII, la XII y la XIII —le ordenó con resolución—, y que acuda al lugar a rescatar a los supervivientes.

El hispano dudaba.

—Pero Décimo, por Júpiter..., es capaz de entrar en un combate general.

—Precisamente —ratificó César.

Balbo arrugó la frente, pero enseguida comprendió que, probablemente, eso fuera lo que César quería: una gran batalla campal. Aun así...

—Pero si se inicia un combate con tres legiones, ¿no debería el procónsul de Roma estar al frente de ellas?

—Con la flota en reparación, éste es mi sitio hasta que los barcos vuelvan a estar en perfecto uso. Ahora se trata de provocar una gran batalla, y si alguien es ansioso entre nuestros legados ése es Décimo.

Bosques del sureste de Britania

Décimo asistió a cuantos legionarios supervivientes del ataque britano encontró en su avance hacia el interior. Se trataba de hombres que habían escapado de la gran emboscada britana a las dos cohortes. Envió a los heridos más graves en carros de transporte hacia el campamento general de la playa. Los heridos leves fueron atendidos por el equipo de médicos del *valetudinarium* de campaña de las legiones y, acto seguido, los incorporó a la tropa. Los que estaban sanos guiaron al legado hasta el valle donde habían sido atacados por sorpresa: aún se podían ver los cuerpos de los legionarios caídos en combate esparcidos por el prado, la mayoría de ellos despojados de su *lorica*, espada y *pugio* y de cualquier otra arma o prenda de valor; todo les había sido arrebatado, sin duda, por los britanos. No había cadáveres del enemigo, pero, para orgullo de los avergonzados legionarios derrotados, era evidente que había habido una dura lucha en el prado: toda la hierba y también lo que quedaba del cereal estaba pisoteado y doblado y se veían infinidad de marcas de ruedas de carros de guerra que iban de un lado a otro, en un claro dibujo de lo que había sido una emboscada de dimensiones desconocidas hasta entonces para los romanos. Era de suponer que los britanos retiraron los cuerpos de sus muertos.

—Que salgan ahora, si se atreven —dijo Décimo entre dientes, mirando hacia esos mismos árboles desde los que se habían lanzado los britanos apenas un día antes contra las dos cohortes. Quince mil legionarios armados, enfurecidos por la caída en combate de compañeros y, para muchos, amigos, los esperaban con sed de venganza. En aquellos momentos, nadie pensaba ni en botines de guerra ni en esclavos ni en gloria. Se trataba de algo personal.

En el interior del bosque

—Es otro cebo —advirtió el Extranjero al rey de los britanos—. El procónsul sólo busca que sigas atacando, forzándote a que cada vez uses a más de tus hombres. Contra tres legiones tendrás que recurrir a todos tus carros de guerra y a todos tus guerreros, y aun así saldrás derrotado. Y eso es lo que anhela el líder romano. No hagas lo que él desea. Lo que te conviene es seguir prolongando el conflicto, pero sin grandes batallas, y dejar que pase el verano. Llegará el mal tiempo y tendrá que marcharse o arriesgarse a permanecer meses arrinconado en la costa sin apenas comida. Puedes seguir hostigándolo durante todo el invierno. Y al verano siguiente, debilitado, se irá.

—¿Y no regresará aún con más legiones? —le replicó Casivelauno—. También dijiste que siempre vuelven.

A esta réplica el Extranjero no supo qué responder. Se vio atrapado en la red de sus propios razonamientos.

—Quizá sí debamos intentar infligirles una derrota que les haga no regresar nunca —anunció en voz más alta el rey britano, mirando no ya sólo al Extranjero, que tenía a su lado, sino al resto de jefes de las tribus aliadas en su lucha contra el invasor, entre quienes detectaba ánimos más proclives a la lucha inmediata.

En el centro del valle

—Enterrad a los legionarios caídos en combate —ordenó Décimo.

Los soldados de las legiones se afanaron en una tarea dolorosa pero justa y conveniente para que cada uno de los muertos pudiera cruzar la laguna Estigia y, con una moneda en la boca de cada cadáver, poder pagar así al barquero Caronte su tránsito al inframundo.

En el interior del bosque

—¿Atacamos ahora? —preguntó uno de los jefes.

El rey britano podía ver a los romanos retirando los cadáveres de sus soldados abatidos en la reciente lucha. Parecía un buen momento para cogerlos desprevenidos y, sin embargo, negó con la cabeza.

—No seré yo quien impida a nadie que entierre a los suyos. Esperaremos a que terminen.

En el centro del valle

Los soldados caídos ya habían sido enterrados y Décimo estaba a punto de dar la orden de seguir avanzando hacia el interior en busca del enemigo cuando, de pronto, por ambos flancos y también por el frontal, aparecieron centenares de carros de guerra que se lanzaban a toda velocidad contra las legiones.

—¡La VII al frente, la XII que se ocupe del flanco derecho y la XIII del izquierdo! —gritó el legado.

Las legiones maniobraron, pero los carros se aproximaban a tal velocidad que alcanzaron a las centurias de primera línea de cada legión aún posicionándose, y esto les permitió herir a bastantes legionarios hasta que, por fin, constituida la formación de combate de cada legión, las cohortes presentaron frentes de lucha compactos que resultaron impenetrables para los guerreros enemigos. Los britanos optaron, entonces, por regresar a los carros y que los aurigas los alejaran del frente.

Las legiones quedaron en formación de combate sin enemigo contra el que luchar.

Se escuchaban los lamentos de los legionarios heridos solicitando ayuda. Los médicos de las legiones acudían a asistirlos y a organizar con decenas de *calones* su traslado hacia el centro del valle, hasta que se pudiera levantar un *valetudinarium* de campaña.

El sol estaba en lo alto y no había nubes. Era un extraño buen día en Britania. Perfecto para una gran batalla.

Pero los britanos no retornaban al valle.

—¿Por qué no regresan? —preguntaba Décimo a sus tribunos militares una y otra vez.

Nadie supo qué responder.

De los bosques sólo venía el silencio.

Campamento general romano junto a la playa

Las tres legiones retornaron al mar sin haber conseguido ninguna victoria relevante. Décimo presentó ante el procónsul su informe claramente enfurecido, pero en esta ocasión, y como novedad, enrabietado no con César sino consigo mismo.

—Por Júpiter, por más que nos adentramos después del ataque y que marché con las legiones de un lado a otro durante más de un centenar de millas y varios días de marcha, sólo conseguí que nos atacaran de nuevo en distintas ocasiones con sus carros de guerra, pero siempre retirándose éstos en cuanto conseguía que las cohortes formaran en posición de combate. Es como si amagaran constantemente entrar en un gran enfrentamiento, pero nunca lo acometen.

César no dijo nada. Su mirada era portadora de su decepción. Sin la opción de una gran lucha, nunca se conseguiría nada y todo aquel esfuerzo habría sido baldío.

Las semanas siguientes transcurrieron de igual forma: Casivelauno se atrevió a cruzar el Támesis en dirección sur con todas sus tropas y cualquier destacamento romano que intentara aprovisionarse de víveres en el interior, ya fuera requisando ganado de las granjas próximas o recolectando cereal de los campos, era atacado y estorbado en sus tareas, de modo que casi todas las partidas legionarias regresaban a la playa sin apenas nada de sustento para el ejército expedicionario. Como César había tenido la previsión de traer una inmensa flota con centenares de barcos de transporte, el alimento no escaseaba aún, pero los días, que cada jornada se acortaban en luz, se le antojaban a César cada vez más largos en cuanto a la administración de las reservas de comida. Había contado con que abastecerse sería siempre difícil, pero no había llegado a considerar que conseguir nuevos suministros pudiera llegar a ser imposible.

La moral de las legiones, lenta y silenciosamente, flojeaba, pero no eran los romanos los únicos en sentir que todo aquel descomunal esfuerzo podía carecer de sentido.

Frente a la tienda de Vercingetórix

El líder de los arvernos se aproximó a una de las hogueras en las que se calentaban la mayor parte de sus oficiales. El descontento entre ellos por verse forzados a participar en una campaña que los mantenía alejados de sus casas tantos meses era manifiesto. Y, para colmo de males, no preveían sacar nada de botín de guerra de todo aquel periplo más allá del mar.

—Por Taranis, todo esto es una auténtica pérdida de tiempo —se atrevió a decir en voz alta uno de ellos, mirando de soslayo a su líder.

Vercingetórix sabía que en todos ellos bullía el germen de la rebelión contra los romanos, pero, desde la ejecución ordenada por César de Dúmnorix, también sabía que todos estaban acobardados y en busca de algún nuevo jefe que tuviera los arrestos de levantarse y liderarlos contra el poder de Roma. Y sabía, por fin, que todos lo miraban a él, aunque fuera de reojo y entre las sombras trémulas que se retorcían alrededor de aquella hoguera en una remota playa de Britania.

—Yo no creo que todo esto sea una pérdida de tiempo —respondió Vercingetórix para sorpresa de todos los presentes—. Yo creo que podemos aprender mucho aquí. —Y como vio que sus hombres no parecían comprenderlo, tras mirar a un lado y a otro y asegurarse de que no había romanos cerca, añadió una coda—: Podemos aprender mucho... de los britanos.

Y no dijo más.

Aunque le preguntaron.

Vercingetórix se limitó a frotarse las manos frente a las llamas incandescentes y a mitigar el frío con el calor del fuego reflejado en su rostro impenetrable.

Tienda del *praetorium*

Aquella misma tarde había llegado la galera que César enviara a Labieno con su petición de que construyeran más barcos. Su regreso se había retrasado por las malas condiciones de la mar durante días, que la hicieron retornar a Itius Portus en más de una ocasión.

Con la galera llegó el correo.

Con el correo, una carta de Calpurnia.

La misiva estaba abierta y leída encima de la mesa.

César, sentado, con las palmas de las manos abiertas, bocabajo, apoyadas sobre la superficie plana de la madera del escritorio de campaña, permanecía inmóvil.

Había cerrado los ojos.

Así pasó un rato indeterminado en el que el carro de Apolo terminó su recorrido diario y las sombras cubrieron el campamento, hasta que la penumbra, primero, y la oscuridad, después, se apoderaron del interior de la tienda del *praetorium*. En el exterior había varios esclavos con aceite y una llama en una pequeña antorcha preparados para encender las lucernas del interior de la tienda al primer requerimiento del procónsul de Roma, pero su silencio absoluto los mantenía fuera, sin atreverse a entrar por temor a interrumpirlo, ya fuera en sus pensamientos o quizá en su sueño, si es que había decidido acostarse temprano sin requerir la ayuda de nadie para desvestirse. En el procónsul, toda extravagancia tendente a la austeridad durante una campaña era posible.

Así que allí estaban los esclavos: esperando.

Se oyeron, al fin, pasos en el interior, las cortinas de la entrada se descorrieron y apareció el procónsul.

—Encended las lucernas —dijo César saliendo de la tienda.

Los esclavos entraron en el *praetorium*.

El procónsul, sin embargo, salió y caminó despacio hasta llegar junto a la hoguera en la que había varios tribunos y otros oficiales calentándose. En la búsqueda del calor, romanos y galos eran iguales.

Todos los oficiales se separaron un poco de la gran llama por respeto a su líder, para permitirle que fuera él quien más se aproximara para calentarse mejor. Las noches en Britania, incluso en verano, eran frías para los romanos.

El rostro del procónsul, cariacontecido, con la mirada triste, no invitaba a entrar en conversación con él, y todos los tribunos optaron por ir despidiéndose respetuosamente para retirarse cada uno a su respectiva tienda.

Sólo quedó un hombre junto a César: Marco Antonio.

—¿Tú no te retiras? —le preguntó César.

—Duermo poco, procónsul —respondió.

El crepitar de las ramas resquebrajándose en el ardiente tumulto del fuego los envolvió durante un largo rato en que ambos se limitaron a mirar las llamas atávicas.

—Mi madre ha muerto —dijo César sin dejar de observar las lenguas doradas de la hoguera ascendiendo hacia lo más alto y, a la vez, lo más negro de la noche.

Le habría gustado tener a Labieno a su lado en aquel momento. Podría hablar con Balbo también, pero no tenía la misma confianza. Y, de pronto, aquel oficial nuevo parecía ser tan buen interlocutor, parco en palabras frente a su tristeza, como podría serlo cualquier otro. Aunque sólo fuera por ese halo de osadía y misterio que siempre parecía desprender el *magister equitum* y que tanto le recordaba a él mismo en su juventud.

—Lo lamento profundamente, procónsul —respondió Marco Antonio en un tono en el que intentó mostrar gravedad—. Sabemos que hemos de perder a nuestros padres, pero siempre es doloroso cuando esto ocurre. Y la distancia de Roma no ayudará al procónsul en estos momentos.

—No, la distancia, ciertamente, lo empeora todo. Mi madre fue siempre tan especial. Dura, pero justa; inteligente, pero discreta; altiva, pero sin ofender a quien fuera leal; implacable con los enemigos de la familia, firme siempre, de ánimo inquebrantable... Nunca pensé que podría morir en mi ausencia de Roma. Era como una... roca, como esos acantilados que vimos al llegar a Britania. La creía invencible. Todo lo que soy se lo debo a ella.

Marco Antonio comprendió que estaba siendo honrado por el procónsul con un momento de confesión suprema, desvelando intimidades que no era probable que fuera a compartir con muchas más personas.

—No soy orador y no sé bien qué palabras emplear para transmitir algo de consuelo al procónsul de Roma.

—Sí que lo eres —contrapuso César, siempre con los ojos fijos en la hoguera, hablando sin cruzar la mirada con su interlocutor—. Leí bien todos los informes sobre ti. Estudiaste retórica en Grecia. Y te he visto dando órdenes y animando a los jinetes: sabes enardecer los ánimos para el combate. Sabes hablar. Pero es cierto que, entre las atribuciones de un líder militar romano, no está la de consolar a un hijo que ha perdido a su madre. Pero sabes hablar..., así que te pediré una cosa: háblame de algún lugar lejano, de un sitio que no sea Roma y que no sea Britania. Háblame de algún reino o ciudad que me aleje, aunque sea sólo durante un rato, de esta maldita tierra olvidada por los dioses romanos; háblame de alguna nación lejana que me haga olvidar, por unos instantes al menos, la triste pérdida de mi madre. Sé que has tenido una vida difícil, en especial desde la injusta ejecución de tu padre. Pero en algún momento habrás sido feliz. Eso es lo que necesito: háblame de un lugar en que sintieras la felicidad.

Marco Antonio buscó en su interior, entre sus recuerdos de niñez, entre las aventuras de adolescente en el Campo de Marte, entre las fiestas y los excesos de su juventud. Pensó en mujeres con las que había estado y en lugares que había visitado en Italia y en Grecia y en Judea y en Siria, pero nada parecía estar a la altura de lo que el procónsul le demandaba, hasta que su mente, repasando el tortuoso historial de su existencia, llegó al espacio secreto donde tenía guardados sus más preciados recuerdos: Egipto.

Y le habló de Alejandría, de las calles atestadas de gentes venidas de todo el mundo, del gran faro que iluminaba en la noche a los barcos mercantes, de la biblioteca más grande jamás pensada, del olor a especias de los mercados; le habló de la belleza de las egipcias, del curso infinito y eterno del Nilo, de sus inundaciones necesarias para impregnar de fertilidad los campos de sus riberas; le habló de la vegetación de su delta y de las generosas cosechas de trigo, le habló del loto y del papiro, del clima suave, de las noches cálidas en las que no hacían falta aquellas hogueras enormes para calentarse; le describió las fragancias con las que se perfumaban allí las mujeres y le dibujó con palabras las sensaciones que habían penetrado por todos sus sentidos y permanecido en él para siempre.

Y César escuchaba absorto y cerró los ojos y se dejó conducir a aquella ciudad mágica de Alejandría, a orillas del Nilo, y se olvidó por un tiempo, como quería, del dolor y la pena y el sufrimiento.

Pero Marco Antonio omitió un detalle en su relato.

Nunca le habló de Cleopatra. Aquellos ojos oscuros, que parecían devorar el alma de un hombre hasta enamorarlo e incitarlo a tomar fortalezas inexpugnables, eran un recuerdo que Marco Antonio quería guardarse para sí solo.

LXXXIX

La expulsión de Rabirio

Palacio real de Alejandría, Egipto
Verano del 54 a. C.

Los ciudadanos de Alejandría se habían rebelado y arremetían contra los muros del palacio. La guarnición romana de los *gabiniani* mantenía a los rebeldes fuera del recinto, pero no estaba claro que pudieran contenerlos eternamente, a no ser que se emplearan a fondo y pasaran a la acción directa de arrojar *pila* y flechas contra la multitud de forma indiscriminada.

Cleopatra buscaba a su padre.

Temía lo peor: que el faraón, sintiéndose acorralado, diera la orden de matar al pueblo. Y es que, si algo sabía la joven princesa, era que su padre ya no volvería a aceptar un nuevo exilio. O se mantenía en el poder, o moriría intentando retener el control de Egipto.

Los guardias se hacían a un lado cuando la pequeña pero ágil figura de la joven princesa aparecía por los pasillos y puertas del palacio. Pese a las diferencias que habían tenido, Cleopatra era la única persona a la que Tolomeo XII permitía completa libertad de movimientos por el palacio y por toda la ciudad. Ni siquiera Arsínoe o los pequeños Tolomeos tenían este privilegio.

Y Cleopatra hacía uso de este beneficio cuando lo consideraba necesario: la situación en Alejandría distaba mucho de ser buena y cada vez con más frecuencia se entrevistaba con su padre intentando guiarlo hacia el sentido común y el recto gobierno de Egipto, pero su progenitor no siempre la escuchaba y, cuando lo hacía, no implicaba que luego fuera a obrar según su consejo.

La joven había seguido inmersa en mil lecturas de la biblioteca desde su retorno a Egipto y había vuelto a recuperar sus largas conversaciones con el anciano bibliotecario Aristarco y con su antiguo tutor Filóstrato. De ellos extraía sabios consejos con relación a todos los aspectos del gobierno de la nación egipcia, y éstos eran los que intentaba transmitir a su padre. Con escaso éxito. Pero ahora, ante la rebelión del pueblo, Cleopatra pensó que quizá se avendría con más facilidad a escucharla de verdad y a obrar en consecuencia.

Ella tenía muy claro lo que estaba pasando. La cuestión era hacérselo entender al faraón.

La última puerta de la cámara personal de Tolomeo XII se abrió ante ella y los centinelas, como ya habían hecho el resto de los soldados en todas las estancias anteriores, se hicieron a un lado para dejarla pasar. Era cierto que, más allá del permiso del faraón para moverse con libertad por el palacio, el hecho de que Cleopatra se hiciera acompañar siempre por Circe y Ulises, los dos cachorros de leopardo que Marco Antonio le había regalado en su despedida, inducía más a hacerse a un lado a cualquiera que estuviese en el camino de la joven princesa que a interponerse e intentar detenerla, o, mejor dicho, detenerla a ella y sus particulares mascotas. Circe y Ulises aún no dejaban de ser cachorros grandes, no se los podía considerar leopardos adultos, pero sus maullidos no se asemejaban a los de los gatos ya para nada, sino más al rugido temible de la fiera salvaje que ambos animales llevaban en su interior. Cleopatra, no obstante, tal y como Marco Antonio le había sugerido, los había criado personalmente y alimentado ella misma cada día, y jugado con ellos y acariciado y entrenado a diario, hasta el punto en el que, sencillamente, Circe y Ulises hacían exactamente lo que su ama les decía.

Así pues, escoltada por sus jóvenes animales, Cleopatra franqueó la puerta con decisión y las pesadas hojas de bronce macizo se cerraron a su espalda, dejándola a solas con el faraón. Su padre estaba sentado frente a un gran escritorio dorado, con remaches de piedras preciosas por su superficie incrustadas con la increíble pericia de los artesanos de Alejandría. Tolomeo XII estaba en silencio, los codos apoyados sobre la mesa, las manos sobre el cogote, los ojos cerrados: el vivo retrato del hundimiento.

—Padre, los *gabiniani* no podrán contener al pueblo en las puertas del palacio mucho más tiempo.

Él levantó la cabeza.

—Si les ordeno arrojar flechas y lanzas sobre ellos, sí —respondió.

—Sí, pero eso sólo nos dará unos días. El pueblo se armará y entonces no tendremos una revuelta, sino una guerra civil.

—¿De dónde iban a sacar las armas y la organización? —preguntó Tolomeo XII.

Cleopatra inspiró aire. La conversación parecía que iba a ser larga, pero, al menos, su padre la escuchaba. La princesa extendió el brazo izquierdo con la palma hacia abajo y lo bajó despacio. Circe y Ulises se tumbaron en el suelo.

Cleopatra se separó de los jóvenes leopardos y se acercó al faraón sin ellos. Aunque su padre estaba acostumbrado a los dos animales, no quería que se sintiera intimidado por las fieras. No quería que nada interfiriera en el contenido de aquel diálogo.

—Los sacerdotes, padre, aprovecharán tu debilidad, como en el pasado, como cuando cediste Chipre a Roma: se pondrán de nuevo de su lado, los manipularán a todos, les prometerán lo que deseen y te expulsarán y situarán en el trono, otra vez, a alguien a quien puedan controlar.

Tolomeo XII guardó silencio: su hija tenía la facultad de irritarlo diciéndole exactamente la verdad.

—Es fácil diagnosticar un problema —replicó el faraón con cierto desdén—. Lo difícil es aportar una solución.

Pero Cleopatra, en vez de callar, replicó, y replicó mucho. Lo tenía todo ya bien pensado desde hacía semanas. La revuelta simplemente le estaba dando la oportunidad de decirle al faraón todo lo que llevaba meditando.

—Has de darle al pueblo algo que los calme de verdad, una concesión importante, algo que les haga ver que atiendes a sus reclamaciones. Eso, padre, te devolverá el control y desarmarás a los sacerdotes, que están esperando a que te enfrentes con el pueblo militarmente para crear la tormenta perfecta a partir de la cual destronarte de nuevo.

—¿Y qué puedo ofrecer al pueblo?

—Has de expulsar a Rabirio —respondió ella con una determinación gélida.

—No es tan fácil: le debo mucho dinero y, en cierta medida, representa a la autoridad administrativa de Roma en Egipto. Ésa no es una opción. Además, él paga a los *gabiniani* directamente.

—Sí es una opción. De hecho, padre, es tu única opción. Y Rabirio no representa realmente los intereses del Senado romano. El Senado no apoyó en su conjunto nuestro regreso. Rabirio representa los intereses de algunos senadores, entre otros Pompeyo, a quien le debemos mucho, como a Rabirio, pero te puedo garantizar que, con los desorbitados impuestos que ha estado cobrándose, tanto Rabirio como Pompeyo, como cualquier otro romano que te haya ayudado a regresar al trono de Egipto, ya se han cobrado tu deuda con intereses. Lo único que a Roma le importa es que el flujo de grano siga llegando en grandes cantidades desde Egipto hasta Italia. Y a los *gabiniani* lo único que les importa es cobrar: quién gestione sus pagos les trae sin cuidado. Expulsa a Rabirio, pero gestiona tú, personalmente, ambas cosas: el envío de cereal a Roma y el pago de los salarios de los soldados. Gobierna, padre, gobierna. Es lo único que has de hacer. Sigue con tus banquetes y tus fiestas y tus conciertos de música seis días a la semana, pero dedica uno de cada siete a gobernar. Con un día que dediques, puedes gestionar esas dos cosas. Pero gobierna de una maldita vez, padre, y deja de delegarlo todo en aquellos que, como Rabirio, sólo extorsionan al pueblo, porque entonces el pueblo se rebelará por completo y no tendrás nada.

Pero Tolomeo era débil.

Y se sabía débil.

Y estaba asustado. Y solo.

—Tú... ¿me ayudarías, hija?

Cleopatra apenas tenía quince años.

—¿Tú, hija, reemplazarías a Rabirio como *dioiketes*, como ministro de finanzas? ¿Crees que podrías hacerlo bien?

—Mejor que Rabirio seguro, padre —respondió ella sin el más mínimo atisbo de duda.

Su padre, atemorizado, desde el fondo del miedo, sonrió levemente.

Cayo Rabirio Póstumo fue *invitado* a abandonar Alejandría aquella misma noche. Se negó. Cleopatra habló con los oficiales de los *gabiniani* y les anunció que les doblaba la paga a ellos y a sus hombres. Los soldados le mostraron el camino del puerto al prestamista y éste, escoltado o custodiado, según se mire, por una docena de hombres armados, fue embarcado en un mercante y empujado al mar en dirección a Roma aquella misma madrugada.

El pueblo fue informado de la expulsión de Rabirio junto con la orden del faraón de eliminar todos los impuestos añadidos a los ciudadanos de Alejandría por el prestamista.

Todos se retiraron a sus casas.

La calma volvió al reino del Nilo.

Por un tiempo.

XC

La astucia

Sureste de Britania
Verano del 54 a. C.

Campamento general romano
Junto a la playa

César no se alzó con el alba, sino que más bien emergió de la tienda del *praetorium* con la energía de diez legiones prestas al combate: a su madre no le habría gustado que detuviera sus planes o que pasara días enteros lamentándose por la herida emocional de su marcha al inframundo; a ella le habría gustado que su hijo afrontara los problemas que tuviera, fuera cuando fuera que recibiera la noticia de su muerte, con la misma firmeza y decisión con la que lo habría hecho en cualquier otro momento. Y César no pensaba defraudar a su madre. No lo hizo en vida y no lo haría en su muerte. Ese pensamiento le dio fuerza.

En la carta, Calpurnia le había explicado con todo lujo de detalles el entierro, el cortejo fúnebre, los miles de ciudadanos que acompañaron a su madre en su último tránsito por las calles de Roma, el amor que el pueblo profesaba a su familia y cómo hasta las disputas entre Milón y Clodio parecieron estar suspendidas por respeto al funeral. Y describía también cómo habían asistido a éste desde Craso y Pompeyo hasta enemigos como Cicerón, además, por supuesto, de toda su familia, empezando por su hija Julia, con una evidente muestra de su nuevo embarazo llegando a su término, por la muy marcada curva bajo su túnica y su oscuro velo propio del luto, hasta sus hermanas y esposos y su sobrina junto con su pequeño sobrino nieto Cayo Octavio,* de ocho años, y, por supuesto, ella misma, su esposa Calpurnia.

Se consoló pensando en aquel respeto mostrado por Roma entera ante la muerte de su madre.

¿Roma entera?

Siempre hay una excepción.

Catón no había asistido al funeral.

Aquel desprecio tampoco le pilló por sorpresa. Su hermana Servilia sí había acudido, y lo mismo habían hecho el mismísimo Clodio y su esposa Fulvia, y Clodia, la hermana de Clodio, envuelta siempre en el escándalo, pues junto a ella marchaba el poeta Catulo, que, por lo menos, tuvo la decencia de no componer ningún poema satírico más con respecto a él y Mamurra u otros oficiales suyos en las Galias desde que se supo la noticia del fallecimiento de su madre. César registró en su proverbial memoria la contención de Catulo durante aquellos días de luto.

También le había ayudado a sentirse mejor la conversación nocturna con Marco Antonio y su largo relato sobre los misterios embriagadores de un Egipto que, aunque le parecieron exagerados, sin duda contribuyeron a que su mente se alejara de ese dolor punzante que sentía desde la lectura de la carta de Calpurnia.

Pasada la noche y recompuesta su fuerza emocional, en cuanto emergió de la tienda de mando, ordenó que Mandubracio se presentara ante él.

El destronado rey de los trinovantes acudió a su llamada con presteza.

—Has de darme algo más de lo que me has dado hasta ahora —le espetó César con furia—, o ni tú conseguirás recuperar el trono de tu padre ni yo lograré mis objetivos en Britania. Los días pasan y no pro-

* El futuro Augusto, primer emperador de Roma.

gresamos ninguno de los dos. Dame algo que realmente me ayude a derrotar a Casivelauno.

Mandubracio se lo pensó bien. No le faltaba razón al líder romano, pero él tenía sus temores, sus dudas.

—Ser repuesto como rey de mi tribu y de las tribus que eran aliadas de mi padre no es suficiente —respondió—. Necesito la seguridad de que Casivelauno no me atacará cuando te marches. Incluso si dejas tropas, no confío en nada que venga de él. No respetará ningún acuerdo de paz si no se ve forzado y atado al mismo por la fuerza.

—De acuerdo —aceptó César—, no sólo serás repuesto como rey de inmediato en cuanto lo derrotemos, sino que le exigiré rehenes a su pueblo de modo que no se atrevan a atacarte si llegamos a un acuerdo al final de la guerra, rehenes que esta vez me llevaré conmigo en mis barcos. Pero has de darme algo con lo que realmente conseguir una victoria contra su tribu, y no hablo de otra fortaleza más. Quiero su capital, el lugar donde Casivelauno se refugia personalmente y que ni mis legiones ni mis jinetes romanos o galos han conseguido encontrar. Porque estoy seguro de que tú sí sabes dónde se oculta Casivelauno.

—Lo sé —confirmó Mandubracio.

—¿Tenemos entonces un acuerdo? —preguntó César y le extendió el brazo con la mano abierta.

—Lo tenemos. —Y el rey de los trinovantes ofreció también su mano para sellar el pacto.

Pero César retiró la suya antes de estrechar la del futuro rey de los britanos.

—Claro que entre mis legados habrá, y por qué no admitirlo, con cierta razón, quien dude de tu lealtad —apuntó César—. ¿Cómo saber que nos conduces en verdad a la fortaleza central de Casivelauno y no a una emboscada general pactada entre tú y él y otros jefes britanos? Para que dé por bueno este acuerdo, tendrás que entregarme rehenes de tu propia familia, cuyas vidas, como he hecho siempre, respetaré mientras tu compromiso con Roma se mantenga.

Mandubracio quería volver al trono a cualquier precio.

—Tendrás esos rehenes.

César volvió a ofrecer su mano y ya no la retiró, y, ahora sí, el rey de los trinovantes se la estrechó con la fuerza de un guerrero.

Interior de Britania
Fortaleza central de Casivelauno
Unos días después de la conversación entre César y Mandubracio

Murallas de la fortificación

Desde lo alto de las murallas de su capital, Casivelauno no sabía bien cómo había podido ocurrir aquello: ante sí tenía a cuatro de las cinco legiones de aquel maldito procónsul atacándolo. Aunque el líder britano intuía que la traición estaba detrás del hecho de que los invasores hubieran dado con su fortín más importante, pues ya sabía de la defección de Mandubracio en favor de los romanos. Pero el origen de todo aquello no era la cuestión de urgencia. Ya se ocuparía de Mandubracio en su momento.

—¿Qué hacen? —preguntó Casivelauno al Extranjero señalando un punto donde los romanos talaban árboles y parecían estar construyendo una compleja estructura. Hasta entonces, los atacantes se habían limitado a lanzarles todo tipo de proyectiles con algunas catapultas que habían traído consigo, pero todos sabían que eso sólo sería el principio.

—Construyen torres de asedio —respondió el Extranjero.

Campamento romano

César caminaba junto a Mamurra animando a los legionarios para que intensificaran sus esfuerzos en la construcción de las torres con las que pensaban atacar lo alto de la muralla. Entretanto, había dejado a Décimo, Balbo, Quinto y el resto de los legados a cargo del bombardeo constante de las posiciones defensivas britanas con la artillería de las legiones. Se trataba de *ballistae* ligeras que alternaban el lanzamiento de pesados proyectiles con el disparo de largas lanzas que atravesaban escudos y cualquier protección que un guerrero pudiera emplear para cubrirse. Pero el procónsul sabía que sólo las dos torres que estaban construyendo les darían la victoria.

Marco Antonio había sido encargado de preparar a los legionarios que irían en las torres. Tenía la experiencia de la toma de Pelusium, una ciudad también sólidamente fortificada, de modo que el procónsul no dudó de que era el hombre indicado para aquella tarea de adiestramiento. La única diferencia era que en la frontera de Egipto se combatía bajo un implacable sol, mientras que en Britania era la lluvia constante la que hacía aún más exigentes los esfuerzos de la tropa.

Caballería gala

La caballería gala permanecía de patrulla alrededor de la fortaleza enemiga. Vercingetórix, al mando de un grupo de jinetes, observaba desde lejos la contienda. Podía distinguir, entre los romanos, al líder de los trinovantes junto al *paludamentum* púrpura de César y, mirando hacia lo alto de las murallas, estaba muy convencido de que el guerrero que se movía rodeado de un grupo de soldados, quizá otros jefes u oficiales, era el rey de los britanos.

Pero estaban allí porque otro líder britano, que había pactado con el procónsul, los había conducido hasta los pies de aquellas murallas.

La división del enemigo era la fuerza del procónsul de Roma, su arma más poderosa.

Sí, Vercingetórix lo observaba todo con mucha atención.

Fortaleza britana

La noche fue agitada en el fortín britano.

Casivelauno podía ver las hogueras del campamento romano y las dos sombras oscuras de las torres de asedio creciendo entre la penumbra y los fuegos.

—Trabajarán toda la noche para terminarlas y nos atacarán al amanecer —dijo el Extranjero—. Tiene suficientes hombres para establecer turnos y dar descanso mañana a quienes no duerman hoy.

—Nosotros tampoco dormiremos esta noche —respondió el líder britano, pero sin dar más explicaciones.

El Extranjero temió alguna locura por parte del monarca celta, fruto de la desesperación al ver su capital cercada por cuatro legiones. Y quiso sugerirle contención para que no acometiera ninguna audacia absurda, pero Casivelauno se esfumó entre los hombres de su guardia y desapareció con el enigma no desvelado de sus planes de defensa.

Campamento romano, al alba

—Llevad las torres contra la muralla —ordenó César mirando a Marco Antonio.

Las pesadas fortalezas móviles empezaron a ser arrastradas por un centenar de legionarios cada una, ayudados por algunos caballos, mientras que las *ballistae* iniciaron una lluvia de lanzas sobre lo alto de la muralla para estorbar el lanzamiento de proyectiles por parte de los britanos.

A César le sorprendió la escasa respuesta del enemigo a la aproximación de las torres.

No era el único extrañado por aquel comportamiento peculiar de los defensores.

—¡Tirad, tirad, por Hércules! —gritaba Marco Antonio sin dejar de observar lo alto de los muros de la fortificación britana. Estaba resultando demasiado fácil aproximar las torres. Nada que ver con la brutal defensa que encontró por parte de las fuerzas de Arquelao en Pelusium.

Pero siguió dando órdenes:

—¡Vosotros, empujad! ¡Más, por todos los dioses, más fuerte o tendré que ir yo a daros latigazos para enseñaros lo que es empujar con fuerza!

Ya era conocido entre los legionarios por su forma de expresarse en combate. Pero todos lo veían siempre entre ellos, en primera línea, y cuando un oficial te grita desde la primera línea, se le admite que te diga lo que sea, porque está allí, jugándose la vida como el que más. Eso era arrojo, y el arrojo era lo que los legionarios respetaban más en un oficial, sólo por detrás de la generosidad en el reparto del botín de guerra.

Las torres llegaron a su posición, pegadas a la muralla de la fortificación enemiga, y los legionarios ascendieron hasta lo alto de las gigantescas estructuras de madera. Una vez arriba, echaron las pasarelas y las cruzaron para alcanzar lo alto de la muralla.

De nuevo la resistencia fue débil, casi pusilánime, y en menos de una hora toda la fortaleza estaba rendida.

Toda.

Marco Antonio, perplejo, rodeado apenas por un centenar de cadáveres enemigos, dio la orden de abrir las puertas.

Las pesadas hojas de madera reforzada con metal se desplegaron de par en par y César entró tan extrañado como el resto de sus oficiales: el número de britanos muertos no era elevado y el de los apresados tampoco. Lo que sí se había conseguido capturar eran numerosas cabezas de ganado: un premio nada desdeñable tras tanto esfuerzo, teniendo en cuenta la cantidad de problemas que habían estado padeciendo las legiones para aprovisionarse desde el desembarco. Pero no era ésta la victoria que buscaba y que necesitaba César.

—La mayoría de los britanos se han ido durante la noche —dijo Balbo.

Aquello era evidente. Casivelauno se había marchado de la fortaleza durante las horas de oscuridad con el grueso de sus tropas, evitando, una vez más, un enfrentamiento a gran escala contra él.

—Lo que no entiendo yo —dijo Décimo— es por qué nos ha dejado todo este ganado.

—Las vacas, los bueyes, las cabras, las ovejas. Todos los animales hacen mucho ruido cuando se mueven en grandes cantidades —respondió César mirando a su alrededor, escrutando la plaza conquistada, leyendo entre cada detalle, entre cada mirada de los guerreros apresados—. El ganado ha sido una pérdida que el líder britano ha considerado aceptable una vez descubierto el enclave secreto de su fortaleza principal. Eso se entiende bien —subrayó sin poder evitar que Décimo quedara un poco en evidencia—. Lo que a mí me incomoda es: ¿cómo es posible que todos estos guerreros hayan aceptado sacrificarse para que el resto huyera?

—Quizá sea una especie de *devotio* colectiva —propuso Balbo—. Un grupo pequeño se sacrifica para salvar a la mayoría de los suyos.

César seguía mirando a su alrededor, examinando las casas vacías, el ganado abandonado, los guerreros rendidos...

—Quizá sea porque creen que no van a ser prisioneros por mucho tiempo —sugirió Marco Antonio—. Si la mayoría se ha ido y se ha salvado, pueden combatir ahora en otro sitio. Y si la guerra continúa, pueden negociar una liberación de prisioneros.

César clavó sus ojos en Marco Antonio y, de pronto, en un instante de serendipia, de pura inspiración militar, leyó los planes de Casivelauno con una claridad centelleante y lo comprendió todo.

—¡Por Hércules! —exclamó el procónsul de Roma—. ¡Es como

dice Marco Antonio! ¡Es eso mismo! —Sin embargo, nadie comprendía las conclusiones específicas a las que parecía haber llegado César tan súbitamente, pero ahora no era el tiempo de dar largas explicaciones, sino sólo de plantear la pregunta clave—: ¿Cuánta ventaja pueden llevarnos?

Nadie sabía bien qué responder. Una vez más fue Marco Antonio, que parecía ser el que mejor entendía al procónsul, quien aventuró una idea.

—Pese a la poca resistencia en la defensa, nos hemos entretenido aproximando las torres y algo más en la toma de la fortificación. Si partieron nada más caer la oscuridad, yo diría que nos llevan unas nueve horas de ventaja.

—Nueve horas, nueve horas... —repetía César sin parar, girando sobre sí mismo y llevándose las yemas de los dedos de ambas manos a la frente—. Eso es un día entero de marcha. —Y ya nervioso ante la incapacidad de sus oficiales de entenderlo, quizá con la excepción del joven Marco Antonio, César estalló y puso en palabras lo que él pensaba que todos deberían ya haber discernido—: Eso significa que Atrio, con una sola legión, tendrá que resistir durante todo un día en el campamento de la playa, él solo, mientras nosotros estamos aquí mirándonos unos a otros. ¡Por Hércules! ¿No lo veis? Casivelauno no ha huido. Ha esperado todas estas semanas hasta llevarnos a la situación que él quería, para atacarnos en nuestro punto más débil.

—Va a por la flota —exclamó Marco Antonio compartiendo la clarividencia de César.

—Va a *destruir* la flota —precisó César y, acto seguido, añadió—: ¡*Magnis itineribus*, sin descanso, hacia la costa! ¡Nueve horas nos separan de la vida o de la muerte!

Campamento general romano junto a la playa

Quinto Atrio había vuelto a quedarse al mando del campamento de retaguardia y a cargo de gestionar los trabajos finales de reparación de la flota. César lo había dejado con una sola legión mientras había marchado con las otras cuatro a por la capital de Casivelauno.

No había recibido mensaje alguno en días. Y eso, hasta aquel momento, lo consideraba buenas noticias, pero cuando los centinelas de la empalizada del campamento le informaron de que miles de britanos, guerreros de infantería, jinetes y carros de guerra, estaban justo frente a la playa, Atrio dudó de que la ausencia de mensajes del procónsul fuera algo realmente bueno.

Atrio ascendió a la empalizada para ver por sí mismo lo que le anunciaban sus hombres y comprobó que, en efecto, el grueso, o quizá la totalidad, del ejército enemigo estaba en las colinas junto a la playa.

—No pueden haber derrotado al procónsul —dijo uno de los tribunos manifestando más un deseo que una certidumbre.

Atrio intentó pensar con frialdad y dio una réplica considerando lo más probable.

—Es casi imposible que hayan derrotado a cuatro legiones, pero puede que hayan rodeado la posición de las tropas del procónsul, evitando enfrentarse con él, y, de algún modo, como conocen mejor el territorio, hayan llegado aquí antes que él —explicó a todos, aunque era como si pusiera en orden sus propios pensamientos.

—Podemos resistir en el campamento hasta la llegada del procónsul —dijo otro tribuno.

Atrio asintió, pero miró hacia la inmensa flota de galeras militares y barcos de transporte, varada sobre la arena a lo largo de la inmensa playa.

—Nosotros sí podemos resistir —replicó Atrio—, pero la flota, no.

—¡Están encendiendo hogueras!

Y estaban al mediodía y no hacía frío. Era un extraño día de sol en aquel corto verano britano.

—Hemos de hacer una salida e interponernos entre ellos y la flota.

—Nos superan en número —masculló entre dientes el primer tribuno, aunque todos pudieron oírlo.

Atrio no era orador y a esa apreciación, por otro lado, muy cierta, no le dio respuesta alguna. Se limitó a ajustarse el casco y dirigirse a las puertas del campamento mientras sonaban las tubas llamando a todos los legionarios para hacer una salida y entrar en combate.

No. Atrio no era orador. Él se sabía soldado. Uno más del complejo engranaje del ejército romano.

Pero era diestro en una cosa: cumplir las órdenes.

Hasta el final.

Y César le había ordenado no ya defender el campamento, sino la flota.

—La flota, Atrio —le había dicho el procónsul antes de partir hacia el interior—, es más importante que el campamento, más importante que la legión.

Atrio llegó a la puerta principal y ordenó que la abrieran.

—¡Maldita sea, maldita sea! —exclamó entre dientes mientras se ajustaba el cinto con el gladio—. ¡Maldita perra suerte de mierda!

Ejército romano en el interior de Britania

Conducidos con habilidad por Mandubracio y sus guerreros trinovantes, el ejército del procónsul conseguía avanzar con rapidez por entre bosques, marismas y valles, evitando los obstáculos naturales más complicados.

Aun así, a César se le antojaba que podían llegar demasiado tarde para asistir a Quinto Atrio y salvar el campamento base de la playa y, sobre todo, la flota. Había tomado varias decisiones para reducir el tiempo que tardarían en alcanzar la playa: además de ordenar marchas forzadas, sin apenas descanso alguno, dispuso que un par de cohortes escoltaran el ganado capturado a los britanos marchando por detrás del grueso del ejército para que el transporte de aquellos animales no retrasara a las tropas.

—He sido un imbécil —murmuraba mientras recordaba cómo su tío Mario, años atrás, en una de las muchas conversaciones que mantuvieron sobre batallas y guerra, le comentó todo lo relacionado con el asedio de Numancia, en la entonces rebelde Celtiberia hispana.

César recordaba ahora con nitidez que Mario le contó cómo Escipión Emiliano, en cuanto asumió el mando de las tropas que asediaban la población celtíbera, dio orden de construir campamentos y fortificaciones por todo el perímetro para asegurarse de que sus pobladores y guerreros quedaran completamente aislados del exterior y, sobre todo, también sin posibilidad de huida.

—Eso tendría que haber hecho, eso mismo tendría que haber hecho... —repetía una y otra vez, lamentándose de su error, a solas, hablando consigo mismo. Si hubiera actuado de ese modo, Casivelauno no podría haber escapado durante la noche y ahora no podría estar atacando el campamento base y amenazando la seguridad de la flota y, por extensión, de toda la expedición y de toda la campaña y de todo su ejército, que podía quedar abocado a tener que pasar un crudo invierno en Britania. A César le hervía la sangre porque consideraba que con todo lo que él había aprendido, en particular de su tío y, después, en las últimas campañas, aquél había sido un error imperdonable. De principiante.

Pero nada podía hacerse ya para revertir aquel fallo.

Sólo marchar sin descanso por la hierba eternamente verde de aquella hostil Britania.

Pero sabía que no iba a llegar a tiempo.

No lo iban a conseguir...

Llamó a Marco Antonio y éste se presentó *ipso facto* sobre su caballo, desmontó y, entregando las riendas del animal a uno de los legionarios de la escolta del procónsul, se situó a su lado para marchar junto a él y recibir sus órdenes sin que nada detuviera el avance del ejército.

—Quiero que tomes toda la caballería —le instruyó César—, los jinetes romanos, que no son muchos, y toda la caballería gala, con Vercingetórix, y quiero que vayas por delante de nosotros con alguno de los guías trinovantes y alcances la playa antes que nosotros y asistas, según tu criterio, del mejor modo posible a Atrio, que estará siendo atacado por Casivelauno. A caballo llegaréis mucho antes, por Júpiter.

Marco Antonio asentía, pero un asunto le preocupaba: él ya había sido puesto al día por Labieno antes de partir de cómo había sido todo en las últimas campañas en la Galia.

—¿Y puedo fiarme de los jinetes galos? ¿Realmente lucharán o serán más un problema que una ayuda?

César comprendió que Marco Antonio sabía ya de todo lo ocurrido con Dúmnorix y de algunas de las dudosas acciones de la caballería gala en el pasado, como lo ocurrido en Bibracte, pero no tuvo ni un asomo de duda.

—Lucharán a tu lado. Vercingetórix es demasiado inteligente para actuar de otro modo en estas circunstancias —añadió.

Marco Antonio no entendía bien qué tenía que ver la inteligencia del líder arverno con cómo actuaría en aquel momento, pero decidió confiar en un César de quien todos decían que era el mejor militar bajo el que habían combatido nunca.

Marco Antonio saludó militarmente, saltó sobre su caballo y se alejó al galope.

Colinas frente a la playa

Casivelauno estaba ya junto a su carro de guerra y todo estaba dispuesto para el ataque: a mil pasos de distancia, frente a ellos, tras las dunas y sobre la arena de una inmensa playa, se encontraban el campamento romano y, al lado, su imponente flota de más de setecientos cincuenta barcos, varada en la larga ensenada.

—¡Encended más hogueras! —ordenó el rey de los britanos. Iba a causarles daño, mucho daño a los romanos en aquella jornada de cielos limpios, sin nubes, con Taranis descansando en algún lugar desde el que, no obstante, podría asistir a la derrota de los enemigos de los dioses celtas.

El Extranjero se permitió el privilegio de asistir al rey britano cuando se preparaba para subir al carro.

—¿Qué te ha parecido este movimiento? —le dijo Casivelauno mientras le entregaban su lanza de guerra—. ¿Qué te ha parecido esta idea mía de salir por la noche de la fortaleza y presentarme aquí con la mayor parte de mis tropas, más las tribus aliadas del sur del río Támesis?

—Es un gran plan. Me recuerda lo que hizo otro guerrero, Aníbal, cuando decidió avanzar personalmente hacia Roma, la capital de los romanos, cuando éstos estaban atacando a los cartagineses en otros lugares.

Casivelauno, poniéndose ya el casco, respondió:

—Como en tantas otras ocasiones, Extranjero, no entiendo bien lo que me cuentas: no sé quién fue ese Aníbal de quien me hablas, pero, si les causó sufrimiento a los romanos, tiene toda mi admiración y mi respeto. Y me cae francamente bien y lo invitaremos a un banquete de buen grado cuando termine todo esto. —Y dejó de mirarlo y levantó el brazo y aulló sus órdenes—: ¡Tomad las antorchas!

Y a punto estaba de dar la orden de ataque cuando algunos guerreros empezaron a señalar hacia el campamento enemigo.

—¡Salen! —exclamaron varios oficiales, indicando cómo los romanos sacaban centuria tras centuria del campamento a toda velocidad y las iban posicionando, una tras otra, frente a la flota varada en la playa.

—Saben a lo que venimos —dijo el Extranjero.

Casivelauno cabeceó afirmativamente.

—Y van a oponer resistencia —replicó el rey britano—. Bien, yo haría lo mismo. Sólo que hoy, aquí y ahora, somos más que ellos. —Y miró sonriente al Extranjero—. Recuérdame que hemos de invitar a ese Aníbal a un gran banquete.

El Extranjero lo vio partir a toda velocidad con su carro de guerra y no pensó que fuera momento de explicarle que Aníbal, para paz y descanso de los romanos, estaba muerto hacía muchos años.

XCI

«¿Qué has hecho, hermano?»

Roma
54 a. C.

En el foro

Cicerón los vio de lejos y no desaprovechó la ocasión y se desvió de su ruta para cruzarse con ellos.

Catón, que iba junto a él, con un grupo de senadores, lo siguió sin entender muy bien a qué venía aquel repentino cambio de dirección.

Pero Cicerón había visto a los hijos de Pompeyo: Cneo, de veintiún años, y el pequeño Sexto, de apenas catorce. Y se les acercó.

—¿Enseñándole a tu hermano el foro? —le dijo el veterano orador al hijo mayor de Pompeyo.

—En efecto, *clarissime vir*, eso mismo estaba haciendo —confirmó el interpelado.

—Pues eso está bien: sois hijos de Pompeyo, los dos. —Y aquí Cicerón se permitió mirar a ambos alternativamente un momento—. Y estáis llamados a formar parte del corazón de Roma. Me parece muy apropiado que familiarices a tu hermano con el centro administrativo y de gobierno de la ciudad y, por extensión, de todo el Estado romano. Un Estado que vuestro padre tanto se ha esforzado en ampliar.

Ambos muchachos asentían, pero los dos, en particular el mayor, intuían algo extraño en el comportamiento de aquel senador que en aquellos momentos era más enemigo político que amigo de su padre.

—Aprovecho la ocasión para felicitaros —añadió Cicerón con una gran sonrisa en su rostro, y se volvió hacia el grupo de senadores que se habían acercado y lo acompañaban y que, como él, se habían detenido junto a los hijos de Pompeyo.

—Felicitarnos... ¿Por qué? —inquirió Cneo Pompeyo hijo.

Cicerón, que ahora le había dado la espalda, sonrió aún más, cerró los ojos, suspiró, los abrió y se volvió de nuevo hacia el muchacho.

—Porque pronto vais a tener un hermano, ¿no es así? —les dijo—. Vuestra madre, o, mejor dicho, vuestra madrastra, debe de estar ya a punto de alumbrar un nuevo hijo del gran Pompeyo. Un hijo de Pompeyo y, al tiempo, nieto de Julio César, sin duda alguien llamado a grandes hazañas y a destacar en política por encima de... muchos.

—Sí, la esposa de mi padre va a dar a luz pronto —confirmó Cneo hijo, pero sin sonrisa alguna en su faz, muy serio—. Ahora tenemos que irnos.

—Por supuesto, por supuesto. —Y Cicerón se hizo a un lado para dejar el paso libre a los dos muchachos.

En cuanto se alejaron, Catón se acercó a Cicerón.

—¿A qué ha venido eso?

—Hay que felicitar a alguien cuando va a tener un nuevo hermano en la familia, ¿no crees? —le respondió Cicerón aún sonriente, pero, como viera que Catón no terminaba de captar las sutilezas de aquel encuentro fortuito, se explicó—: Sobre todo hay que felicitar a quien va a ver cómo nace un nuevo hermano que, por ser hijo de quien es y nieto de quien es, va a pasar por delante de él en todo y lo va a relegar siempre a un segundo plano.

—¿Estás intentando sembrar la discordia entre los hijos de Pompeyo y el niño que puede estar en camino? —preguntó entonces Catón.

—¿Yo? —se indignó Cicerón—. Pero ¿por quién me has tomado?

¿Crees que yo sería capaz de algo tan... ruin? —Y no dijo más y reemprendió la marcha como si aquella breve conversación con los hijos de Pompeyo fuera algo ya del remoto pasado.

Vía Sacra

Aún en el foro, pero pasando junto a la *domus publica*, residencia de la familia de Julio César al ser éste *pontifex maximus*, los hijos de Pompeyo caminaban en silencio.

—No hagas caso a lo que dice ese imbécil —dijo el pequeño Sexto.

—Pues yo creo que lleva bastante razón —replicó Cneo hijo con evidente rabia.

—¿Crees, en verdad, que padre nos relegará a un segundo plano cuando nazca el hijo de él y de Julia? —A Sexto le costaba creerlo y, sin embargo, su hermano mayor, a quien respetaba enormemente, parecía estar convencido de ello.

—Estoy seguro de que eso es lo que va a pasar —le respondió Cneo—, pero no te preocupes, hermano. Ya he tomado mis medidas. Y eso no nos ocurrirá.

El tono de Cneo hijo sonó terrible.

—¿Qué has hecho, hermano? —preguntó Sexto, pero Cneo no respondió.

Domus *de Pompeyo*

Julia caminaba por los pasillos de la residencia familiar fuera de sí.

—¿Dónde está? ¿Dónde está? —clamaba sin parar ante las esclavas y los esclavos que se cruzaban en su camino y que intentaban, infructuosamente, tranquilizarla y llevarla a un *triclinium* donde pudiera descansar, pues el embarazo estaba muy avanzado y el ama muy débil, y le costaba andar y todos recordaban el aborto que había sufrido en el parto anterior.

Pero Julia no se dejaba asistir por ninguno de ellos y seguía yendo de un lado a otro preguntando constantemente:

—¿Dónde está? ¿Dónde está? ¿Quién me lo ha quitado?

Su esposo Cneo Pompeyo la encontró en aquel estado y se dirigió de inmediato al *atriense*.

—Ve a la *domus publica* y que Calpurnia venga aquí a asistirla: es la única persona que conozco capaz de calmarla.

Julia se derrumbó en el atrio llorando.

—Sí, Calpurnia. Ella lo encontrará..., ella lo encontrará...

—¡Y llamad al médico! —exclamó Pompeyo.

En el foro

—¿Qué has hecho, hermano? —volvió a preguntar Sexto.

Pero Cneo hijo se limitaba a caminar con la sonrisa de una victoria macabra esculpida en su rostro.

XCII

Otro rey para Britania

Legión formada en *triplex acies* en la playa

Quinto Atrio seguía maldiciendo su suerte, pero en silencio, sin dejar escapar un solo lamento delante de los legionarios, mientras paseaba por entre la primera y segunda línea de cohortes. Tragaba la poca saliva que le quedaba en la garganta y, simplemente, esperaba el ataque del enemigo. Calculaba que con los reemplazos podría resistir hasta el mediodía. A partir de ahí, el cansancio de los legionarios, más las bajas y los heridos, harían que todo fuera ya una lucha desordenada y sin estrategia alguna que quizá pudiera prolongarse una hora más. Luego vendría la masacre total y la destrucción del campamento y de la flota.

Atrio leía en la mirada de los tribunos y los centuriones y de cada uno de los legionarios con los que cruzaba sus ojos la misma preocupación, y a todos les repetía unas palabras de ánimo para infundirles esperanza:

—¡César llegará a tiempo! ¡Recordad cómo salvó a la VII y la XII junto al río Sabis! ¡Por todos los dioses, César llegará a tiempo de salvarnos! ¡Resistid y, al final, la victoria será nuestra!

No, él no era orador, pero resultaba asombrosa la fuerza que tenía el mero hecho de mencionar la posible llegada de César para rescatarlos: los rostros de todos los que lo escuchaban se iluminaban, de pronto, con la llama del valor. Porque había una esperanza y un objetivo: resistir hasta la aparición salvadora de César.

—Atacan —apuntó un tribuno al legado cuando éste se encontraba de espaldas al enemigo, arengando aún a los hombres.

El tribuno lo había anunciado sin levantar la voz. No era necesario: los gritos salvajes de los britanos y el estruendo de sus carros de guerra sobre la tierra de Britania eran suficientes heraldos de su ofensiva.

Atrio se giró.

«Mierda, mierda, mierda», pensó, pero no fue eso lo que dijo.

—¡Primera línea, por Júpiter, adelante!

Ejército britano

Los guerreros de los carros arrojaron sus jabalinas y los aurigas viraron rápidamente y se detuvieron un instante para facilitar que los soldados que portaban descendieran y arremetieran contra la primera línea de las legiones romanas.

Tras ellos llegaron más britanos a pie y jinetes que arrojaban más lanzas.

Casivelauno retornó a su carro y ordenó a su auriga que recorriera todo el frente de batalla en busca de algún punto más débil, de alguna brecha en la férrea formación enemiga, pero, por el momento, parecía que los romanos, pese a las bajas y a estar en inferioridad numérica, resistían... De pronto, sin embargo, se abrían huecos en sus filas... Estaban maniobrando...

Ejército romano

—¡Primer reemplazo, primer reemplazo! —ordenaba Atrio aullando con todas sus fuerzas.

Las cohortes de primera línea abrían pasillos y el reemplazo se iniciaba. Habían sufrido bastante para detener el ímpetu del enemigo y Atrio quería que el frente estuviera de nuevo con hombres físicamente menos cansados y sin heridos. Sabía que una brecha podría suponer el fin de todo: si los britanos prendían uno solo de los barcos, con el viento y estando unas naves tan próximas a otras, el fuego podría extenderse por toda la flota. No podía permitir ninguna brecha y lo único que se le ocurría para evitarlo era avanzar, para alejar la lucha de los barcos, y mantener un frente de combate con hombres descansados. Mientras dispusiera de ellos.

Ejército britano

Casivelauno veía cómo sus hombres retrocedían. Así nunca llegarían a las naves. Y aún estaban demasiado lejos como para alcanzarlas con flechas en llamas. Tenían que hacer retroceder a los romanos como fuera.

—Que entren en combate los refuerzos —ordenó a uno de sus guerreros que cabalgaba junto a su carro. Nada más recibir la orden, el jinete se dirigió, galopando, hacia la retaguardia.

Casivelauno hizo detener su carro en medio del frente de combate. Había reunido en su veloz marcha hacia la playa a muchos guerreros de otras tribus al sur del Támesis que también deseaban expulsar a los romanos.

—Veremos si pueden contra todos —masculló el líder britano, ojos brillantes con el fulgor de la lucha, pulso acelerado, manos asiendo con ansia los extremos de su carro de guerra.

Ejército romano

—¡Vienen más, por Júpiter, son muchos más! —gritaban los tribunos sin ocultar su pavor.

Atrio pudo ver cómo desde detrás de las colinas emergía un segundo contingente de enemigos si cabe tan numeroso o más que el primero.

—¡Resistid, resistid! —ordenó el legado como toda respuesta. No tenía más que ofrecerles.

Los nuevos britanos sustituyeron a la primera oleada de carros de guerra y jinetes y una segunda lluvia de hierro cayó sobre los legionarios que luchaban ahora en vanguardia. Las centurias retrocedieron. El miedo se extendía entre todas las cohortes.

—¡Segundo reemplazo! —aulló Atrio.

La tercera línea de cohortes, con los legionarios más veteranos entre sus filas, se apresuró a reemplazar a los atemorizados legionarios que habían frenado el segundo ataque britano, pero ahora perdían terreno.

La desesperación de Quinto Atrio iba en aumento.

Se combatía, de nuevo, más cerca de los barcos.

Aún en orden.

Pero ¿por cuánto tiempo más podría mantener aquella disciplina?

Apenas llevaban una hora de combate y lo que Atrio pensaba que podría estar ocurriendo hacia el mediodía estaba pasando mucho antes. Sus cálculos habían sido erróneos. El número de enemigos era muy superior y también podían mantener el frente de batalla con hombres descansados. Eso había roto su estrategia de defensa.

Pronto tendría que enviar de nuevo a luchar a los legionarios de la primera línea de cohortes, que aún se estaban recuperando en la retaguardia de la dura primera embestida del enemigo con sus carros de guerra, soldados que aún estaban ocupados en transportar heridos al *valetudinarium* del campamento.

—Estamos condenados —dijo Quinto Atrio para sus adentros, como tragándose sus palabras con su propia impotencia.

Caballería gala

Cabalgaban en un poderoso trote desde hacía horas.

El oficial romano al mando se alejaba de la posición de Vercingetórix, a quien parecía haber estado aleccionando durante un buen rato.

Una vez que la figura de Marco Antonio se distanció, retornando a la vanguardia del destacamento montado, algunos jefes galos se aproximaron al líder arverno.

—Ésta es nuestra ocasión de rebelarnos —decía uno.

—Basta con que no asistamos a los romanos en estos momentos de peligro —proponía otro.

—Eso es, por Taranis: que los britanos les destrocen el campamento y la flota —añadía un tercero.

Vercingetórix los escuchaba atento, pero no les respondía.

El trote de los dos mil jinetes seguía imperturbable, avanzando, ya que el líder de todos los jinetes galos no decía nada.

La brisa del mar se sentía cerca. Era preciso tomar una decisión en un sentido o en otro: atacar junto a la caballería romana en cuanto avistaran la retaguardia del ejército britano, como le había pedido el *magister equitum* apenas hacía un momento, o dejar a los romanos solos, como hicieron en Bibracte, bajo el mando del fallecido Dúmnorix, y a ver cómo se las componían sin su ayuda.

—Hoy combatiremos y lucharemos con toda nuestra cólera y nuestras fuerzas a favor de Roma —les anunció Vercingetórix con una radicalidad que sorprendió a todos.

Pero la rebeldía estaba ya muy extendida entre los suyos.

—¿Y por qué vamos a hacer eso? —preguntó uno de los jefes—. ¿Porque lo digas tú?

Vercingetórix le dedicó una mirada entre asesina y repleta de conmiseración, como combinando ira ante la insubordinación y lástima ante la estupidez.

—Porque no estamos en la Galia —le espetó Vercingetórix—. Porque si los britanos destruyen los barcos, ¿cómo piensas que podremos regresar a nuestra casa? ¿Sabes tú acaso construir naves? ¿Tienes ingenieros entre tus hombres y pilotos marinos, imbécil?

El insulto pareció despertar a todos los jefes del sueño absurdo en el que se habían instalado sus pensamientos de rebelión estando en Britania.

—Si nos quedamos aislados en esta maldita tierra, ¿acaso crees que los britanos nos van a tratar de modo diferente a como piensan tratar a los romanos? —continuó Vercingetórix, para quien la escasez de inteligencia entre los suyos era la raíz de todos los problemas de la Galia, una torpeza mental que, sin duda, César había sabido explotar al máximo—. Hoy combatiremos con los romanos y, cuando la campaña termine, regresaremos a la Galia en esos mismos barcos que vamos a proteger con nuestro ataque ahora. Y más adelante, en la Galia, nos rebelaremos, pero lo haremos cuando yo diga y donde yo decida. Y será una rebelión definitiva.

Se hizo el silencio.

Nadie contradijo más al líder arverno.

Se asieron las lanzas con fuerza, se esgrimieron las espadas y se aseguraron de tener bien sujetos los escudos.

El trote, siguiendo el ejemplo marcado por su líder, se transformó en un creciente galope. Britania sintió el peso de ocho mil cascos de caballos galos haciendo temblar el suelo de aquella remota tierra del fin del mundo.

Colinas junto a la playa

El Extranjero sintió el vibrar del terreno y se giró.

—Avisad al rey —ordenó a uno de los guerreros que descansaban allí tras una de las múltiples embestidas a las que habían sometido a las cohortes romanas de la playa—. Decidle que el procónsul ha enviado su caballería por delante.

Ejército britano en lucha

Casivelauno, en cuanto recibió el mensaje del Extranjero, ordenó un repliegue ordenado de las tropas de vanguardia y que éstas permanecieran en la playa frente a las legiones mientras él acudía a la retaguardia a valorar la situación. Los romanos no disponían de mucha caballería y los galos, supuestos aliados suyos, tenían fama de no combatir con demasiada ferocidad cuando se trataba de ponerse al lado de los romanos. El rey britano estaba convencido de que el asunto de aquel ataque podría resolverse y, en poco tiempo, retomar el plan de aniquilar la flota enemiga. La legión de la playa estaba exhausta. Le resultaba evidente. Habían cedido mucho terreno y combatían a la defensiva. Antes del anochecer, la flota romana ardería por entero y las llamas se elevarían hacia el cielo azul de una Britania libre llevándose consigo el sueño romano de conquista convertido en cenizas.

Caballería romana

—¡Con furia, por Marte, por nuestros compañeros caídos! —aullaba Marco Antonio a sus hombres, abriéndose paso él mismo a mandobles descomunales de su larga *spatha* de caballero romano por entre los sorprendidos guerreros de la retaguardia britana.

Se trataba de atacar con una fiereza que desconcertara al enemigo y que, a ser posible, pudiera servir de ejemplo a los galos.

—¡Matad, por Júpiter, matad! —gritó echando saliva por la boca mientras la sangre de un enemigo se le desparramaba sobre la piel de la cara.

Colinas de la playa

La situación que Casivelauno encontró era mucho peor de lo que había imaginado: pese a ser sus guerreros superiores en número, el ataque enemigo había causado numerosas bajas entre sus hombres de retaguardia, que habían sido sorprendidos mientras estaban descansando de las acometidas contra la legión de la playa. Se había entablado ya una dura lucha y se combatía sin orden alguno frente a unos jinetes, tanto romanos como galos, que parecían poner todas las entrañas en cada golpe de sus espadas.

Estaba confuso.

Y enfurecido.

Sentía que se le escapaba la victoria de entre los dedos.

Pero su prudencia prevaleció sobre su rabia y ordenó también en su retaguardia un repliegue de todas sus tropas, de modo que se reorganizaran junto a las de la playa. Su propósito era que, al unir a todos sus guerreros y a los de las tribus aliadas en un único ejército, los caballeros romanos y galos se lo pensaran antes de seguir en su ataque por riesgo a ser emboscados por la inmensidad de las tropas britanas, mucho más numerosas que la caballería enemiga.

Caballería romana y gala

Marco Antonio retornó junto a Vercingetórix.

—¿Qué hacemos? —preguntó el líder arverno—. Contra todos no podemos. Y ya no tenemos el efecto sorpresa del principio.

Los dos estaban cubiertos de sangre. A Marco Antonio no le gustaba aquel jefe galo y al arverno no le gustaba aquel oficial romano, pero ambos veían en la sangre enemiga esparcida sobre sus respectivos rostros, brazos y piernas que los dos eran guerreros natos y cualquier cosa menos unos cobardes.

—No, no podemos contra todo su ejército —aceptó Marco Antonio—. Nos mantendremos en un lateral de la legión de la playa. Eso les hará ver que ahora tienen dos unidades militares contra las que luchar y, mientras se piensan si reemprenden la lucha o no, llegará César.

Legión de la playa

Quinto Atrio se afanaba en que sus hombres no decayeran en la disciplina ni pensaran que todo estaba resuelto: la llegada de la caballería había supuesto un enorme alivio que los había salvado *in extremis* del desorden absoluto y el caos, pero aún no había nada decidido. Y la flota seguía en riesgo de ser incendiada.

—¡Mantened las posiciones y la formación! —ordenaba yendo de un lado a otro. Estaba extenuado por la lucha, por la tensión, por el miedo, pero no había tiempo para el descanso. Se limitó a maldecir, una vez más, su suerte. Tenía esa clara sensación de estar en el lugar equivocado en el momento más inoportuno. Aunque ¿qué era la vida de un soldado de Roma sino eso mismo?

Ejército britano

—¡La caballería se retira!

—¿Por qué no seguimos atacando a la legión? Están agotados. El objetivo está cerca.

—Aún podemos quemar sus barcos...

Los jefes tribales acosaban a Casivelauno, que se debatía, aún confuso, entre proseguir con el ataque o, por el contrario, ordenar un repliegue más definitivo y, quizá, esperar al día siguiente, pero el tiempo ahora corría en su contra...

Si atacaba, tendría que hacerlo cubriendo su flanco de posibles nuevas cargas de la caballería enemiga, que, por cierto, se había mostrado mucho más destructiva y fiera de lo que le habían comentado. La saña con la que los galos habían herido y matado a bastantes de sus guerreros, combatiendo codo con codo con los jinetes romanos, no se correspondía con lo que le habían contado los belgas. En ese punto, estaba plenamente perplejo. Algo no encajaba ahí, pero no tenía tiempo para matices.

Pese a todo lo ocurrido y pese a la presencia intimidatoria de la caballería enemiga, a punto estaba de ordenar un nuevo ataque contra la legión de la playa cuando en lo alto de las colinas se perfiló la imagen aterradora de cuatro legiones romanas enteras: César había llegado.

Colinas

Las legiones comandadas por el procónsul estaban encarando ya la brisa del mar. Los legionarios habían llegado exhaustos a la playa y en modo alguno con energías para combatir. Las últimas millas habían sido prácticamente a la carrera con todo el armamento a cuestas.

Sólo el hecho de que el propio César había corrido igual que ellos, como uno más, los había mantenido con fuerza en aquella locura.

—Los legionarios están agotados —protestó Décimo—. Conducirlos a la lucha ahora es un desatino.

—Todos estamos más allá de nuestro... límite —admitió César buscando recuperar el resuello. Estaba demasiado mayor para aquellas carreras y le costaba hablar—. Pero lo importante... es que... estamos aquí... y ellos no saben lo agotados que estamos. Sólo saben..., sólo ven... que estamos aquí... Están demasiado lejos... para distinguir nuestro sudor...

Ejército britano

César tenía razón.

Casivelauno, ojos muy abiertos, brazos en jarras, negando con la cabeza, sin dar crédito a lo que veía, tomó la única decisión razonable.

—Nos retiramos.

Campamento general romano junto a la playa
Por la noche

César felicitó a Quinto Atrio y a Marco Antonio delante del resto de legados y tribunos. Al primero, por su valor en la defensa de la flota romana, y al segundo, por su rápido avance para asistir a Atrio en aquella lucha.

El procónsul se detuvo entonces delante de Vercingetórix.

—A ti también te felicito, jefe arverno: has mostrado tanto valor como Atrio y tanta presteza como Marco Antonio galopando con tus jinetes. —Y lo miró fijamente a los ojos—. Siempre premio la lealtad, del mismo modo que siempre me muestro implacable con la traición.

Ambos hombres, rodeados por el alto mando romano y a la vista de otros jefes galos de la caballería aliada, compartieron unos instantes de silencio mientras se mantenían fija la mirada el uno en el otro, como si César buscara desentrañar los más profundos pensamientos de Vercingetórix y como si el líder arverno estuviera calibrando cuál era el límite de la fuerza del procónsul de Roma.

Pero ninguno consiguió su objetivo y ambos seguían siendo un enigma para el otro.

—Tus hombres y los de toda la caballería celta —continuó César dando por terminado aquel instante de evaluación mutua y mirando ahora hacia los jinetes galos— tendrán acceso al botín de guerra en las mismas condiciones que los legionarios romanos.

Era un gesto relevante.

Vercingetórix comprendió que se esperaba de él algún tipo de reconocimiento a aquella muestra de generosidad por parte de César, pero se limitó a asentir un par de veces sin decir nada.

Algunos legados y tribunos miraban con recelo al líder arverno ante el aparente poco aprecio que aquel jefe hacía de la magnanimidad del procónsul.

César percibió el rencor en aquellas miradas de sus oficiales y volvió a hablar, esta vez girándose hacia sus tribunos y centuriones.

—Un hombre de pocas palabras —dijo y sonrió, y algunos oficiales rieron y parecía que se reían del arverno, pero el procónsul se puso serio y apostilló un mensaje para todos los presentes—: Sí, un hombre de pocas palabras, pero yo juzgo la lealtad de los hombres no tanto por lo que dicen como por lo que hacen. Me importan más las obras que las palabras.

Todos dejaron de reír.

El cónclave de mandos militares se deshizo y el procónsul se retiró al *praetorium* junto con Balbo, Décimo, Atrio y otros legados y tribunos.

Vercingetórix fue rodeado por sus guerreros.

—¿Ahora nos vendemos por unos pocos despojos de guerra? —le susurró uno en voz baja, pero de modo que los jinetes galos más próximos a ellos lo oyeran.

Pero Vercingetórix, al igual que había hecho con el procónsul hacía un momento, nuevamente calló y se guardó para sí mismo sus pensamientos.

Ejército britano en repliegue

Acamparon a unas diez millas tierra adentro y Casivelauno dispuso centinelas y patrullas nocturnas para evitar ser sorprendidos por los romanos.

—Propón una paz —le sugirió el Extranjero.

Estaban solos.

Casivelauno había enviado a todos los demás jefes a hacerse cargo de los guerreros de sus correspondientes tribus y descansar, pero permaneciendo atentos a sus órdenes en caso de ataque enemigo.

—Después de todo lo que hemos luchado, ¿ése es tu gran consejo final?

—Lo ideal habría sido conseguir la paz antes de todos estos esfuerzos —respondió el Extranjero.

—¿Y por qué no fue ésa tu propuesta antes de tantas emboscadas, fortalezas sacrificadas y guerreros muertos? —le espetó Casivelauno sin esconder su ira. No podía evitar tener la sensación de que la victoria total se le había escapado por muy poco.

El Extranjero replicó con serenidad:

—Porque antes el romano no habría aceptado ningún acuerdo, pero ahora sí.

—¿Y por qué iba a aceptar ahora una paz después de haberse desplazado hasta aquí con ochocientos barcos y cinco legiones, después de tanto esfuerzo por su parte, después de tantos combates y emboscadas y penurias a los que los hemos sometido y, sobre todo, cuando ha conseguido que nuestra gran victoria se nos haya esfumado?

—Aceptará porque, después de tanto esfuerzo, no ha conseguido él tampoco ninguna victoria definitiva, porque se le acaba el verano y vienen el invierno y la lluvia y el frío y, sobre todo, las tormentas y tempestades en el mar, y quedará incomunicado con la Galia. Porque sus aliados galos, que hoy sí han luchado con él, pero que pueden dejar de combatir con tanto empeño si se cansan de la larga campaña, ansiarán regresar ya de una vez a su casa. Porque un pequeño botín le bastará para justificarse ante su Senado, que todo lo mide en dinero. Porque el romano arderá en deseos de retirarse de aquí tanto como tú anhelas que se vaya. Por eso, ofrécele una paz ahora. Estás en buena posición para negociar. Se pueden obtener términos razonables.

—Pero tú mismo dices que los romanos siempre regresan.

—Sí, pero ahora no puedes ganarles y, si pactas con ellos una paz ahora, ganas un invierno entero para prepararte para nuevos ataques, si los hay, además de que en un invierno entero pueden ocurrir muchas cosas. La Galia sigue agitada, nos lo dicen los belgas que están huyendo de allí.

—También nos dijeron que la caballería gala no era de temer —opuso el rey britano.

—Pero en otros muchos asuntos lo que nos han dicho ha sido veraz. Lo de la caballería gala habrá sido porque temían quedarse aislados si quemábamos la flota. En eso no había pensado. Los galos hoy realmente no luchaban por Roma, sino por ellos mismos, por su pronto regreso a casa, y de ahí su ferocidad. Y admito que tampoco pensé en que el romano los enviara por delante, que hiciera avanzar toda su caballería por delante de las legiones. Es inteligente ese líder. Y por eso pactará ahora. Deja que pase el invierno y veremos cómo está todo la próxima primavera. Quizá los belgas lleven razón en lo que dicen de una posible rebelión contra Roma en su territorio. Eso impediría al procónsul romano emprender nuevas expediciones hacia Britania. Puede ocurrir, sabes que puede ocurrir y sabes que no puedes ganarle ahora.

Campamento general romano

César, por su parte, decidió tantear cómo estaba el enemigo de ánimos de guerra, especialmente ahora que no habían conseguido su objetivo de incendiar la flota y estaban de retirada.

El procónsul optó por enviar, de nuevo, al líder de los atrebates. Comio había sido ya empleado como negociador y había sido retenido por los britanos y luego liberado. Era arriesgado, pero el atrebate, que consideraba que servir a César era su mejor camino para mantenerse como jefe de su tribu a su regreso a la Galia, en pago por sus servicios en Britania, aceptó, una vez más, el encargo.

Para sorpresa de todos, Comio regresó sano y salvo a los pocos días y, aún más inesperado, con una propuesta de paz por parte de Casivelauno.

—Que en esta ocasión no retengan a Comio es una muestra de su debilidad —dijo Décimo, que, contrario a su tendencia habitual desde la llegada a Britania, parecía mostrarse encendido y con ansias de lucha.

Pero el verano se acababa. Septiembre se acercaba y allí eso implicaba tormentas y tempestades cada vez más frecuentes. Y los días se acortaban. No había tiempo para una campaña larga y la idea de pasar el invierno acantonado en una playa britana, con provisiones insuficientes para abastecer a todo el ejército, no resultaba atractiva para César.

—Podríamos reclamar tanto grano como fuera necesario para alimentar a las cinco legiones todo el invierno y, sólo si nos lo proporcionan, asegurado el sustento de la tropa, aceptaríamos la paz —propuso Décimo—. Una vez conseguido el grano, ya encontraríamos un pretexto para romper la paz y atacarlos.

César, que estaba sentado en su *sella curulis*, con la cabeza agachada, mirando al suelo, giro el cuello levemente y, de reojo, clavó su mirada en Décimo. Tomó nota de su tendencia al engaño y del escaso valor que su palabra podía tener.

—No —dijo al fin el procónsul—, seremos exigentes en las compensaciones para aceptar una paz, pero no será grano lo que exija. Y, por otro lado, si acepto la paz, la respetaré, porque César es hombre de palabra.

Campamento general britano, diez millas al interior

Comio acababa de detallar, con aparente delectación, las exigencias de César para aceptar la paz que se le proponía. El hecho de que el líder atrebate hubiera estado preso por los britanos durante meses hacía que ahora disfrutara viéndolos a punto de aceptar una paz que jamás consideraron como opción. Percibía su sentimiento de humillación, y eso le hacía sentir que estaba tomándose una dulce venganza.

Casivelauno, serio, repitió las exigencias de César para todos a modo de resumen y buscando que el maldito enviado del enemigo confirmara que ésos eran los términos exactos reclamados por César.

—Aceptar a Mandubracio como rey de los trinovantes, con los territorios que poseía su padre antes de ser depuesto como rey, y no atacarlo; entregar trescientos rehenes y pagar tributo a Roma anualmente.

Comio cabeceó afirmativamente.

Casivelauno miró a su alrededor. A nadie le gustaban aquellos términos, en particular el asunto de los rehenes, pues lo de no atacar a Mandubracio o pagar tributo, una vez que los romanos ya no estuvieran en Britania, podía soslayarse, pero la entrega de los rehenes los ataría al cumplimiento de todas las condiciones... Y en esta ocasión, estaba seguro, el procónsul se llevaría a esas trescientas personas con él en sus propios barcos.

El Extranjero, cuando la mirada del rey se clavó en él, asintió.

Casivelauno suspiró, confirmando los términos con otro asentimiento, esta vez mirando a Comio, al tiempo que apretaba los dientes con rabia, dejando traslucir su lucha interior.

XCIII

El nieto de César

***Domus* de Pompeyo**
En la habitación de Julia

Calpurnia llegó a la residencia de Pompeyo y encontró a Julia tendida en el lecho de su habitación con el médico intentando tranquilizarla, asistido por varias esclavas, pero la joven embarazada seguía como desquiciada repitiendo, una y otra vez, la misma pregunta:

—¿Dónde está? ¿Dónde está?

Alternando aquella interrogante con una acusación algo ambigua, pero claramente incriminatoria:

—Me lo han quitado, me lo han robado... y lo necesito, lo necesito más que nunca...

El médico se volvió hacia la *domina* recién llegada.

—Delira —explicó el anciano griego—. El parto va mal y tiene fiebre, mucha, y eso le hace decir cosas sin sentido.

Pero Calpurnia no estaba tan segura de que Julia delirase, de modo que se arrodilló junto al lecho, tomó una de las manos de la hija de César y le preguntó con la voz más dulce que pudo, intentando mostrar, además, auténtico interés:

—¿Qué es lo que buscas, querida?

Había pensado también en indagar sobre a quién acusaba de haberle arrebatado aquello que ella sentía necesitar tanto, pero, en aquel momento, le pareció más urgente encontrar lo que fuera que pudiera traer calma a Julia. Ya habría tiempo más adelante para averiguaciones.

—¿Qué es lo que no encuentras? —le repitió Calpurnia.

Julia giró su cabeza sudorosa hacia ella y la miró con el agradecimiento de quien, sabiéndose muy cuerdo, agradece que alguien, por fin, la trate y se dirija a ella como tal.

—El cofre... —fue todo lo que Julia alcanzó a decir y, justo en ese momento, perdió el conocimiento.

—El cofre... —repitió Calpurnia, pensativa, levantándose despacio mientras el médico intentaba despertar a la joven embarazada sacudiéndola ligeramente sin obtener resultado alguno.

—¡Traed más compresas frías! —reclamó el anciano griego—. Hemos de conseguir bajar esa fiebre y despertarla y que colabore en el parto o no podremos hacer nada por salvarla ni a ella ni a la criatura que aún está por nacer.

—El cofre... —seguía repitiendo Calpurnia, ya en pie, mirando alrededor de la habitación hasta detener sus ojos en los estantes de la pared, donde recordó que había estado un pequeño cofre que Julia le pidió la última vez que intentó dar a luz y que contenía aquellas figurillas de diferentes dioses egipcios que, supuestamente, protegían a las mujeres en los partos. Sin duda, aquél era el cofre que, a lo que se veía, no estaba en su sitio y que ella había debido de estar buscando por toda la casa, por lo que le había contado el *atriense* cuando fue a avisarla a la *domus publica*.

Calpurnia se volvió hacia el lecho y vio que tanto el médico como las esclavas estaban haciendo todo lo que podía hacerse por recuperar e intentar salvar a Julia, de modo que pensó que ella podría ser más útil intentando encontrar aquel cofre en el que Julia tenía depositadas tantas esperanzas. Que éstas fueran reales o no, no le pareció tan importante. Lo esencial era que si, en aquel momento de tanta tensión y riesgo vital, aquellas figuritas egipcias traían paz de ánimo a Julia, bienvenidas serían.

Tenía que encontrar el cofre.

Ahora, de pronto, lamentó no haber preguntado a Julia sobre quién pensaba ella que podía habérselo cogido.

Calpurnia pensó con rapidez: sería muy extraño y tremendamente arriesgado para cualquier esclava o para cualquier otro sirviente de la casa de Pompeyo atreverse a robar alguna posesión de la *domina* y, en particular, algún objeto, como aquel cofre, que era muy preciado para su señora. El castigo por una falta así podía ir desde decenas de duros latigazos hasta la muerte misma, si no aparecía el objeto sustraído. No, ninguna esclava en su sano juicio se arriesgaría a tanto. El robo, como era el caso, acabaría descubriéndose y se harían averiguaciones, todos serían interrogados. No, la opción de que el ladrón fuera un esclavo o esclava no tenía sentido o resultaba muy improbable. Pero ¿quién si no podía haber ocultado o sustraído aquel cofre? Las otras únicas posibilidades eran alguien de visita o alguien de la familia, pero Julia no dejaba que nadie que no fuera ella, la propia Calpurnia, o bien su esposo Pompeyo accediera a su dormitorio. Pero ¿por qué iba su esposo a poner en peligro el nacimiento de un hijo suyo indisponiendo a Julia? Pompeyo podía tener numerosas diferencias políticas con el padre de su mujer, pero, por un lado, habían llegado a un pacto político que estaba funcionando desde hacía tiempo y, por otro, parecía sinceramente enamorado de Julia.

Salió de la habitación de Julia.

Domus de Pompeyo

Calpurnia andaba por los pasillos de la casa, abstraída. Los gritos de Julia la hicieron alzar la mirada. Habían conseguido despertarla y, aunque eso devolviera a Julia al dolor del parto, en el fondo era una buena señal: quizá aún consiguieran que todo terminara bien esta vez y salvaran al niño o la niña que estaba pugnando por nacer.

La mujer de César siguió andando por el pasillo, intentando encontrar alguna respuesta sobre quién podría haber cogido aquel cofre sin dar con ninguna otra posibilidad para resolver el misterio, cuando se cruzó con el hijo mayor de Pompeyo.

—¿Está mejor mi madrastra? —preguntó el joven.

Calpurnia parpadeó varias veces mientras lo miraba antes de responder.

—Se ve que han conseguido despertarla y eso es bueno —respondió ella—, pero tiene fiebre y eso puede ser serio.

—Comprendo —respondió el muchacho y se dio media vuelta.

Justo en ese momento, Calpurnia sintió uno de esos arranques de clarividencia.

—Cneo... —dijo.

El joven se detuvo y se giró hacia ella.

—Tú no sabrás nada sobre dónde pueda estar un pequeño cofre que Julia guardaba en su dormitorio, ¿verdad?

Hubo un espacio de tiempo de profundo silencio, el intervalo mudo sobre el que el traidor construye su mentira.

—No, no he visto nunca ese cofre —contestó, y volvió a girarse y a alejarse en dirección al atrio.

Calpurnia pensó en detenerlo e insistir, pues le resultaba evidente que no decía la verdad, pero los gritos desgarradores de una Julia que no parecía conseguir dar a luz la hicieron cambiar de idea y volvió sobre sus pasos de regreso al dormitorio de la esposa de Pompeyo.

En el atrio

Pompeyo y sus dos hijos esperaban, sentados en el centro del patio, junto al *impluvium*, el desenlace.

—Padre, yo creo que esta vez saldrá bien —dijo el pequeño Sexto en un intento de animarlo.

Su padre le sonrió y le puso la mano en el hombro afectuosamente.

El hijo mayor miraba al suelo y no decía nada. Su padre interpretó que, siendo éste más mayor, era más consciente de la gravedad real de la situación y no quería darle falsas esperanzas, pues el propio Pompeyo tenía un mal presentimiento sobre todo lo que estaba ocurriendo.

Los gritos continuaron durante horas.

Cada vez más distanciados unos de otros.

Cada vez más débiles.

En la habitación de Julia

La esposa de Pompeyo estaba exhausta, extenuada por el esfuerzo, envuelta en sudor y sangre que las esclavas se afanaban en secar y limpiar.

Calpurnia vio cómo el médico cogía el cuerpo de la criatura y procedía también a limpiar su piel y a buscar señales de vida. El anciano griego se le acercó y le dio su opinión. Luego se alejó con el bebé.

Calpurnia, una vez que se retiraron las esclavas, volvió a sentarse junto a Julia, que se esforzaba en hablar, pero, como apenas salía un débil hilo de voz de su garganta, reseca por los gritos, tuvo que inclinarse para oírla.

—¿Pero el bebé está bien?

Calpurnia le transmitió lo que el médico le acababa de decir.

Pasaron, entonces, unos minutos en silencio.

—Despídeme de mi padre... —dijo la joven.

—Tu padre está y estará orgulloso de ti —le dijo Calpurnia para tranquilizarla, por un lado, y, por otro, para que descansara y dejara de agotarse más con el esfuerzo que le suponía hablar.

Pero Julia sentía que quedaba aún algo importante.

—Cuida de él..., por todos los dioses... Cuida de mi padre..., protégelo... Tiene tantos enemigos... —Y se incorporó en un último afán que la condujo a estirar el brazo y asir con fuerza la mano de Calpurnia—. ¡Júramelo, júrame que cuidarás de él! ¡Tú ves el futuro, sé que lo ves! ¡Avísale si vaticinas un peligro...! —Y se derrumbó sobre la cama.

—Lo avisaré..., estaré siempre vigilante —le prometió Calpurnia.

—Y dile sólo una cosa más... —Y, cerrando los ojos, recreando su mejor recuerdo—: *Aeqi*. Él lo entenderá.

—¿*Aeqi*?

Pero se dio cuenta de que ya nadie la escuchaba, que le estaba hablando a un cadáver.

En el atrio

Todo, por fin, terminó.

En medio del silencio, Calpurnia, ojos lacrimosos, rojos por falta de sueño y por las muchas lágrimas vertidas en las últimas horas, comunicó el triste desenlace.

—Julia ha muerto —dijo.

Pompeyo se encogió en su *triclinium* y se llevó las manos a la cabeza. Incluso esperándolo, le resultaba terrible.

Cneo Pompeyo hijo les dio la espalda a todos y se alejó unos pasos del *impluvium*, como si pensara que era mejor dar espacio a su padre y respetar su intimidad en su dolor, pero el pequeño Sexto, que lo imitó, caminó en paralelo a su hermano mayor y vio cómo en su faz se avistaba el trazo de una malévola sonrisa.

Calpurnia no había terminado de hablar. Pese al silencio y pese a que nadie hubiera oído llanto infantil alguno, tenía algo más que comunicar.

—Pero el niño ha nacido y está bien. —Y se dejó caer sobre el borde de un *triclinium* para descansar.

Pompeyo padre dejó de esconder su faz entre las manos y la miró a los ojos.

—¿Has dicho que el niño está bien? ¿Que ha nacido y que es un niño?

Calpurnia, más allá de la pena y la muerte, más allá de la desaparición de Julia, sabía que ella había anhelado desde siempre, desde que aceptara desposarse con Pompeyo, salvar el pacto entre su esposo y su padre y que había estado dispuesta a dar la vida por conseguirlo.

Y la había dado.

Había hecho el sacrificio completo.

—Es un niño —confirmó Calpurnia—. Y he podido susurrarle al oído que la criatura había nacido bien y eso le dio paz.

Sexto seguía mirando de reojo a su hermano mayor y vio que el proyecto de sonrisa se desvanecía por completo, como si nunca hubiera llegado a existir, como si todo hubiera sido fruto de su imaginación.

XCIV

Un regreso envenenado

Costa del sureste de Britania
Campamento general romano junto a la playa

César contemplaba el mar mientras consideraba cuándo y cómo iniciar las tareas de embarque de las tropas.

Era momento de regresar y de ver a su hija y abrazarla y consolarla por la pérdida de Aurelia, tiempo de comenzar una nueva vida con ella y su nieto, o nieta, que estaría a punto de nacer, y, por qué no, con un Pompeyo que se había mostrado un leal yerno y un aliado razonablemente fiable facilitando a Balbo todo lo necesario para la flota de Britania en una Hispania que estaba bajo su control. En aquel mundo infestado de traiciones políticas, el comportamiento de Pompeyo merecía que se le diera una oportunidad para un futuro, si no como amigos, al menos sin enfrentamientos.

Le preocupaba el alumbramiento, pero estaba seguro de que era imposible un tercer parto en su familia con resultados tan funestos como el que se llevó a su esposa Cornelia o como el primero de Julia, en el que perdió al niño y en el que ella estuvo a punto de perecer también. Tanta mala fortuna no cabía en su cabeza.

Por otro lado, pese a lo duro de la campaña britana y sus cuestionables resultados económicos, había demostrado que Roma podía cruzar ríos y mares siempre y cuando esto fuera preciso, y ése era un mensaje fundamental para todos los celtas y germanos, además de un gran éxito a ojos del pueblo romano, superlativamente impresionado por aquellas hazañas de logística militar.

César se mostraba optimista: todo era posible.

Estaba lleno de esperanza.

Itius Portus
La Galia atlántica

Labieno estaba preocupado por las noticias que le acababan de remitir desde el estuario del río Agnona: los barcos que había estado construyendo por orden de César y que había enviado hacia Britania para reemplazar a aquellas naves hundidas en la gran tempestad no habían podido alcanzar las playas britanas, empujados hacia el norte por otra tormenta. A duras penas habían conseguido regresar por separado unos de otros a diferentes puntos de la Galia. Reunirlos todos y volver a enviarlos hacia Britania requeriría semanas, un tiempo del que César no disponía si no quería arriesgarse a hacer la dura travesía de regreso con unas condiciones meteorológicas que parecían empeorar en aquella región del mundo no ya cada día que pasaba, sino cada hora.

Aún estaba meditando sobre las terribles consecuencias de todo aquello cuando un centurión le entregó un saco con el correo.

Labieno, como de costumbre, decidió clasificar las cartas según dónde se encontraban los oficiales a quienes fueran remitidas, cuando dio con otra carta de su esposa.

Detuvo la clasificación y la leyó.

Temía nuevas revelaciones sobre la tendencia de su hijo a una vida disipada, pero no. Esta vez Emilia apenas hablaba de su hijo y, sin embargo...

A media carta, se quedó mudo, inmóvil, pétreo.

La primera acción de la que se sintió capaz fue parpadear.

Las lucernas de la tienda proyectaban sombras aún en aquel frío amanecer en el norte de la Galia.

Dio una voz y el centurión reingresó en la tienda.

—¿Se ha iniciado el reparto del correo entre el resto de la tropa? —preguntó Labieno.

—Aún no, *legatus* —respondió el centurión—. Como siempre, espero la confirmación del *legatus* para poner en marcha la distribución de las cartas.

—Pues no repartas ni una sola carta. A nadie. De hecho, trae todas las misivas que hayan llegado desde Roma y custódialas sin distribuir ninguna. Y si te preguntan, dirás que el correo aún no ha llegado, ¿me entiendes, por Júpiter?

—Sí, entiendo —confirmó el centurión.

Aunque no entendía.

Pero tenía claro que su cometido no era entender las órdenes de sus superiores, sino cumplirlas. Se retiró.

Labieno se quedó a solas.

Nadie tenía que saber lo ocurrido. Nadie, hasta que llegara César de regreso. Y entonces, esta vez sí, tendría que ser él quien le diera la noticia. Y sin nadie presente. Esto último era esencial.

Labieno se pasó la mano izquierda por la barba recia, sin afeitar aún. Luego se llevó esa misma mano a la frente. De pronto, sentía un incontenible dolor de cabeza. ¿Cómo se le dice al mejor amigo del mundo que su hija y que..., a los pocos días..., también su nieto recién nacido... han muerto?

Campamento general romano
Playas del sureste de Britania

—No vienen —dijo Mamurra.

Se refería a los barcos que el procónsul había ordenado construir a Labieno.

—Y no van a llegar —sentenció Balbo, entregando a César un mensaje que Labieno había conseguido enviarles mediante un pescador galo, atrevido y buen navegante, que había podido cruzar el Mare Britannicum pese a las malas condiciones meteorológicas, motivado por un buen pago en oro, más del que podría reunir él en toda su vida.

César leía la misiva de su segundo al mando una y otra vez sin soltarla de las manos: pese a los esfuerzos de Labieno en construir aquellas naves que tanto precisaban ahora, el mal tiempo del otoño parecía haberse adelantado y, adicionalmente, los mejores pilotos de barco de la flota romana estaban en Britania, mientras que los capitanes de los que disponía Labieno en la Galia no eran capaces de enfrentarse a un mar tan hostil manteniendo el rumbo y sin perderse. Podrían buscar más pescadores galos audaces, como el que había actuado de correo, pero no todos los necesarios para comandar las nuevas naves. Y, desde luego, no con tan poco tiempo.

Labieno anunciaba que se disponía a reunir los barcos que estaban desperdigados por toda la costa gala norte, tras un primer e infructuoso intento de travesía, para reenviarlos de nuevo hacia Britania, pero no confiaba en poder conseguirlo en días. Hablaba de semanas. Y terminaba sugiriendo que intentara transportar a todo el ejército con los barcos que tenía, sin esperar más.

—Haremos dos viajes —anunció César pensando que había encontrado una solución—. Eso nos dará algo de margen para ver si los nuevos barcos de Labieno llegan para darnos más espacio para el transporte de legionarios, rehenes, animales, pertrechos militares y el grano que aún nos queda.

A todos les pareció bien aquella idea y toda la operación se puso en marcha. Al día siguiente, más de cuatrocientas naves partieron de Britania con tres legiones, gran cantidad de equipamiento militar y parte del grano.

César, entonces, aguardó unos días más, pero, como era de prever, no se avistaba en la costa ninguno de los nuevos barcos de Labieno. Ahora había buenos pilotos en la Galia, de los cuatrocientos barcos enviados, pero quizá no hubieran podido reunir aún los nuevos barcos que estaban diseminados por la costa.

César se desesperaba sin noticias.

Y el tiempo a cada momento más inclemente. Además, la opción de que los barcos del primer viaje pudieran retornar con rapidez también era improbable, pues la operación de desembarco de los pertrechos y el grano sería lenta, ya que el puerto de la Galia no daba para que los más de cuatrocientos barcos descargaran a la vez. Y eso suponiendo, que era mucho suponer, que los pilotos hubieran acertado a llegar todos a Itius Portus o al estuario del río Agnona. También pudiera ser que hubieran llegado desperdigados a la costa atlántica gala y que muchos navíos tuvieran aún que costear unos días hasta alcanzar los puertos de destino bajo férreo control romano, únicos puntos donde sería seguro desembarcar sin verse acosados por galos incontrolados, como ya pasara en el retorno de la primera expedición a Britania.

César sabía que tenía que tomar una decisión muy delicada y que debía tomarla pronto.

—Todos los rehenes britanos se quedarán aquí —dijo a Comio—. Manda a los rehenes de vuelta con su rey con la orden de que sea Casivelauno el que los envíe, antes de que llegue el invierno, con sus propios recursos. Él tiene contactos con barcos de pescadores belgas. Que se comprometa a enviarnos esos rehenes por su cuenta. —Comio asintió, sorprendido, pero obedeció. César miró al resto de los oficiales que estaban presentes en la reunión—. Esto liberará espacio en los navíos: embarcamos mañana mismo y partimos de regreso con todas las tropas, como sea que tengan que ir, apretadas, apiñadas, me da igual. Pero no podemos esperar más días: el tiempo sólo empeora a cada momento y temo que una nueva tempestad termine con todos nosotros.

Nadie discutió las órdenes. Ni siquiera Décimo planteó sus habituales dudas ante cualquier mandato del procónsul. Ahora los rehenes eran una cuestión secundaria: el regreso seguro de las dos legiones que quedaban y de la caballería gala era lo único que les importaba a todos. Seguramente, sin rehenes nunca habría tributo y sin tributo no habría botín de guerra, pero ahora eso quedaba en un segundo plano. Ya encontraría César algún modo o algún momento de resarcir de aquella expedición a sus hombres y, muy en particular, a los jinetes galos, a quienes también les había prometido botín de guerra.

Ahora se estaban jugando la supervivencia.

Las operaciones de embarque se iniciaron.

Flota romana
Al alba

Así, arracimados en las bodegas de las galeras y los barcos de transporte, los legionarios, junto con los caballos y los jinetes romanos y galos, se lanzaron a una difícil travesía repleta de vaivenes constantes por un oleaje irregular y frenético que aturdió mentes y estómagos por igual. Pero era mayor el temor de todos a quedarse aislados en Britania y no había nadie en aquellas naves que no pensara que el procónsul había tomado la mejor de las decisiones. Incluso vomitando desde cubierta hacia el mar daban por buenos el mareo, los vértigos y la angustia a la que los sometían aquellas aguas embravecidas, porque cada maldita ola que embestían sin hundirse los acercaba a la Galia, y la Galia la sentían ya como territorio seguro.

En cubierta, los pilotos, atentos a las nubes, las olas y la lluvia que empezaba a descargar con fuerza, se concentraban en mantener el rumbo fijado de antemano en dirección a los puertos romanos de la Galia atlántica.

En una de las bodegas más atestadas, en la que viajaban los jinetes arvernos, uno de los caballeros galos interpeló a Vercingetórix.

—¿Y dices que todo esto ha servido de algo? —le dijo recordando a todos una aseveración del líder arverno durante los meses que habían pasado en Britania.

—Ahora sabemos más de los romanos, de cómo luchan —apuntó Vercingetórix reafirmándose en sus palabras.

—¿Qué hemos aprendido? —insistió el jinete que le había preguntado.

—Hemos aprendido —respondió Vercingetórix— que el líder romano arriesga mucho para conseguir forraje y grano para abastecer a las legiones. Hemos aprendido que el asunto de los suministros es clave para los romanos. Lo es para todos, pero para ellos, que combaten en territorio extranjero, aún más.

—Pero el rey germano Ariovisto ya sabía eso —argumentó otro de los caballeros galos— y, aun así, no consiguió derrotar a César, pese a que el germano hizo todo lo posible por interrumpir sus líneas de aprovisionamiento.

Vercingetórix admitió que eso era cierto.

—Ahora nos queda averiguar por qué fracasó el germano —concluyó.

El oleaje seguía. Algunos vomitaban en una esquina de la bodega, pero la mayoría permanecía atenta a aquel diálogo con su líder.

—¿Y cómo vamos a averiguarlo? —preguntó otro jinete.

Vercingetórix fue tajante.

—Seguiremos combatiendo al lado del líder romano... —Y remató con tres palabras—: Por el momento.

Una ola salvaje sacudió la nave y muchos rodaron por el suelo de la bodega del barco. Los caballos relincharon de puro terror y los jinetes tuvieron que acudir junto a ellos, una vez recuperado el equilibrio, para calmarlos. El vaivén retornó a un ritmo incómodo pero asumible. Parecía que el piloto había retomado el control de la nave.

Vercingetórix se levantó del suelo húmedo y se sacudió la suciedad que se le había pegado por piernas y brazos.

Nave insignia

En cubierta, junto al piloto, afrontando la lluvia y el viento, asido con fuerza a la barandilla del puesto de mando, César intentaba vislumbrar, aún sin éxito, las costas de la Galia.

Regresaba de Britania, sin él saberlo, con la semilla envenenada de la rebelión germinando en el vientre de sus barcos de transporte. Pero ése era un inicio de revolución al que el procónsul aún no podía prestar atención, absorbido como estaba por la urgencia de sobrevivir a la furia de Neptuno.

XCV

El retorno de Potino

Palacio real de Alejandría
54 a. C.

Pero los retornos envenenados no eran sólo para César.

Cuando Cleopatra lo vio pasar ante ella, cruzando uno de los pasillos del palacio real de Alejandría, custodiado por varios soldados de los *gabiniani*, no estaba segura de si aquel veterano consejero iba escoltado o vigilado. De lo único que podía estar segura era de que Potino había regresado a palacio.

¿Potino de nuevo en Egipto? ¿Acaso no había huido tras la caída del régimen de su hermana Berenice para evitar correr la misma suerte que ella y ser ejecutado de forma expeditiva?

Cleopatra se temía lo peor: a su padre, en verdad, las tareas de gobierno lo incomodaban, lo abrumaban, peor aún, lo aburrían. Es duro, para una hija que ha crecido sintiéndose arropada por un padre que la ha protegido durante su infancia y adolescencia, asumir la caída del idolatrado progenitor, pero era tan evidente que la joven princesa no podía ya llamarse a engaño ni encontrar justificación alguna para los dislates de su padre con relación al gobierno, ¿o debería decir mejor *desgobierno* de Egipto?

Cleopatra echó a andar en dirección a la sala de audiencias del faraón, siguiendo la misma ruta que le había parecido intuir que tomaba el retornado Potino. Tras ella, sus fieles leopardos, Circe y Ulises, se deslizaban sigilosos y atentos siempre a su ama y a cualquiera con quien ella hablara o que se le acercara.

Mientras caminaba, la joven princesa repasaba en su cabeza todo lo que había ocurrido en las últimas semanas: su padre, por una sola vez, había asumido el gobierno y, tras expulsar a Rabirio, se había ocupado de los asuntos más complejos, gestionando el flujo de grano hacia Roma, pagando a los *gabiniani* y calculando los impuestos justos a cobrar al campesinado según marcaran los nilómetros, que indicaban hasta dónde había llegado la crecida del Nilo el año anterior, lo que permitía calibrar la fertilidad de los campos de cultivo para la siguiente cosecha; su padre también había estado negociando con los sacerdotes, algo siempre espinoso, y ocupándose de decenas de cuestiones más relacionadas con la buena administración del palacio, de la ciudad de Alejandría y de todo el largo y extenso reino del Nilo. Pero todo eso, sin duda, le habría agotado. Pese a que ella, tal y como su padre le pidió, lo ayudó en todo lo que pudo: ella misma recurrió a los consejos de sus tutores y del bibliotecario de Alejandría, siempre fuentes de sabias sugerencias. Pero, aun así, el faraón se habría sentido exhausto, poco habituado a la tensión de ejercer el gobierno de forma efectiva y directa, y su sensación de cansancio y, por qué no decirlo, de hastío habría corrido por todos los rincones de palacio y llegado, a través de espías o simplemente de los propios sacerdotes, que para el caso eran casi lo mismo, a oídos del huido y oculto Potino. Y este último, Cleopatra estaba convencida, pensó que ahora tenía, de nuevo, una oportunidad.

La joven princesa llegó a la sala de audiencias y allí sus peores temores se confirmaron: frente a su padre, departiendo con él sobre asuntos de Estado, concretamente la reubicación de algunos nilómetros con el fin de que, al acercarlos más al río, dieran un nivel más alto en las crecidas y, en consecuencia, poder subir de nuevo los impuestos, sólo que esta vez con un subterfugio que diera una apariencia de legalidad a aquel nuevo sacrificio que se exigiría al pueblo.

—¿Y crees, padre, que eso va a engañar a los campesinos? —se atrevió a decir la joven princesa, interrumpiendo la conversación del retornado consejero y el faraón.

—Esos mismos campesinos, como bien sabes, hija, se dejan engañar desde hace siglos por los sacerdotes del templo de Sobek —respondió el padre, recordándole a la princesa cómo el clero del templo de la ciudad de Nubt, la ciudad de oro,* ocultaba un cocodrilo en el fondo de un pozo al que, además, apenas le echaban de comer para que siseara de hambre por las noches y los campesinos temieran que fuera el terrible dios Sobek, con apariencia de cocodrilo, demandando más presentes en forma de ofrendas de cereales y todo tipo de alimentos que, por supuesto, luego se quedaban los sacerdotes para su disfrute personal. Algo que la propia Cleopatra había presenciado de niña en un viaje que hiciera con su padre por el curso del Nilo años atrás.

—Puede que algunos se dejen engañar, padre, pero ¿vamos a gobernar ahora nosotros como lo hacen los sacerdotes? —inquirió ella, combativa.

Se hizo el silencio.

—Creo que es momento de que yo me retire, mi señor dador de Vida, Salud y Prosperidad —dijo Potino, inclinándose y humillándose ante el faraón con una estudiada reverencia perfecta para cualquier mente proclive a rodearse de aduladores.

Y con el consejero marcharon los centinelas y los esclavos.

Padre e hija se quedaron a solas.

—Quizá no te he educado bien —apuntó el faraón—. ¿Es esa forma de irrumpir en una reunión entre el faraón y su consejero real el modo en el que una princesa de Egipto ha de conducirse? De hecho, ¿desde cuándo una mujer tiene tanto que decir sobre el gobierno de Egipto?

Su padre estaba claramente disgustado.

—No voy a empezar a recordarte, padre, las veces que en Egipto ha habido un faraón mujer en las dinastías antiguas del Alto y Bajo Egipto, porque no es eso lo que nos preocupa ni lo que nos interesa en esta conversación.

—Y, entonces, ¿cuál es el asunto que nos ocupa según tú? —preguntó el faraón.

—La cuestión es, padre, si has readmitido a Potino como consejero. Eso es lo que me preocupa.

* Actualmente, Kom Ombo.

Tolomeo XII soltó un bufido al tiempo que se reclinaba hacia atrás en su gran trono dorado.

—Es evidente que sí —respondió y, como sabía que su hija estaba a punto de protestar y, seguramente, exponer una larga retahíla de objeciones a su decisión, añadió—: Potino me traicionó, pero, estando su vida en juego, se ha entregado y se ha humillado ante mí e implorado mi perdón hasta la extenuación, y lo cierto es que sus servicios aún nos pueden ser útiles: él conoce bien al clero y sabe manejarse con ellos mejor que yo, o que tú. Y de él se fían. Yo puedo controlar a los *gabiniani* con dinero, pero necesito a Potino para controlar a los sacerdotes. Sí, lo he readmitido. Él salva la vida y yo gano en seguridad.

Cleopatra apretaba los labios buscando el modo de contener su furia: ¿cómo podía ser que su padre no viera más allá?

—Puede que Potino sea de fiar para los sacerdotes, pero no es de fiar para nosotros, padre: como has dicho, ya te traicionó en una ocasión. ¿Qué te hace pensar que ahora no te traicionará de nuevo en cuanto le sea posible? A los *gabiniani* los controlas con dinero, pero ¿y a Potino? A él el dinero no le basta: a él le gusta el poder, padre. ¿Cómo crees que puedes controlar a alguien así?

—Por el miedo, hija.

—¿Por el miedo? —Cleopatra no terminaba de entender.

El faraón se levantó de su trono.

Circe y Ulises erizaron el pelo, pero aún no rugían. Observaban cómo su ama callaba y retrocedía ante aquel hombre que se alzaba. Eran cachorros y estaban aprendiendo todavía las jerarquías.

—Si ejecuté a mi propia hija Berenice —proclamó Tolomeo XII—, él sabe que no dudaré en ordenar a los *gabiniani* que lo maten si me traiciona de nuevo o si, simplemente, me defrauda en sus cometidos.

Cleopatra negó con la cabeza.

—Padre, un faraón necesita consejeros leales, y la lealtad nunca se consigue por el miedo. No la lealtad auténtica.

—¿Ah, no? —Y se sentó—. ¿Y cómo se supone que se consigue ese tipo tan genuino de lealtad, hija?

—Por amistad, por admiración o por amor, padre.

Pero el faraón no tenía ganas de más disputas y no quería llegar al fondo de la cuestión, que era que la readmisión de Potino le permitía delegar en el consejero más asuntos, de modo que él, Tolomeo XII, pudiera, por fin, relajarse y retornar a sus banquetes y fiestas y conciertos y bailarinas sin la pesada y tediosa carga de la administración diaria del reino de Egipto.

—Hija mía, hace un tiempo me criticabas porque no gobernaba, porque no tomaba decisiones. Bien, por Osiris, ahora las adopto, ahora gobierno. Si no te gusta cómo gobierno, eso ya no es asunto mío.

Cleopatra fue a replicar, pero el faraón alzó ambas manos con las palmas abiertas y ella calló.

—Esta conversación, que nunca debería haberse iniciado, ha concluido —sentenció Tolomeo XII—. Y la próxima vez que vengas a verme, hazlo sin tus... gatos. —Y es que la mirada felina de Circe y Ulises hacia él empezaba a incomodarlo, y habían crecido tanto que ya no parecían simples e inocentes mascotas.

Cleopatra quería seguir hablando, pero percibía la cerrazón de su padre en aquel momento y no tenía sentido empecinarse en continuar la charla aquella jornada. Notaba también como al faraón, en efecto, le resultaba inquietante la presencia de los leopardos, aunque no lo admitiera más que veladamente, y tomó nota de que, si quería que su padre la escuchara relajado y sin sentirse amenazado por ella, tendría que acudir a su presencia sin los animales.

La joven princesa se inclinó y se retiró.

Y con ella los dos grandes cachorros.

En el exterior de la sala de audiencias

Cleopatra salió del salón de gobierno del palacio y allí, esperándola, estaba el propio Potino.

—Quizá la princesa desee manifestarme a mí directamente sus dudas y desconfianzas —dijo con una sibilante voz que a Cleopatra le recordó más el silbido de una serpiente que el sereno tono con el que un auténtico consejero real se dirige a alguien de la corte.

—No tengo nada que hablar contigo, Potino —respondió ella e iba a rodearlo, pero él se interpuso en su camino, aunque se inclinó ante ella y le pidió disculpas por entorpecer su marcha.

—Por supuesto, por supuesto, pero la princesa haría bien en meditar sobre su padre. Me consta... —Y miró a un lado y a otro y se aseguró de que los guardias estaban a una prudente distancia que haría imposible para ellos discernir el contenido de sus palabras—. Me consta, decía, que la joven princesa duda de la destreza de su padre para gobernar. No es la única que lo piensa en Alejandría. El faraón es un hombre que, simplemente, no cumple sus promesas. A la princesa le prometió matrimonio al retornar al trono y esa boda no acontece. El faraón quiere el gobierno para él solo. Es un hombre receloso y ya ha matado a una hija, y me consta también que las conversaciones con su hija Cleopatra cada vez lo incomodan más. Yo estuve para ayudar a la hermana de la princesa, a Berenice IV, cuando ella se rebeló contra su padre y le conseguí muchos seguidores y apoyos dentro y fuera de palacio. Quizá la princesa Cleopatra, en lugar de enfrentarse a mí o cuestionar mi retorno como consejero real, deba meditar.

Cleopatra comprobó, como había hecho el consejero, que nadie estaba a una distancia lo suficientemente próxima como para poder escucharlos y, sólo entonces, lanzó su réplica:

—El faraón, en efecto, puede no cumplir todas sus promesas, pero lo que me estás sugiriendo es traición, Potino. ¿Qué pensaría mi padre si fuera a él a desvelarle todo esto que me estás diciendo?

El consejero ni se inmutó ante aquella amenaza.

—Sería la palabra de una joven princesa que se siente dejada de lado por su padre y, hasta cierto punto, despechada y defraudada por no ver ese matrimonio prometido hecho realidad contra la leal palabra de un consejero que, arriesgando su vida, se atrevió a hacer frente a la justa ira del faraón, humillarse ante él y volver a ofrecerle sus mejores servicios para controlar al clero de Egipto. Yo, antes de desvelarle el contenido de nuestra conversación al faraón, sugiero, una vez más, que la princesa medite sobre todo lo hablado.

Cleopatra, para sorpresa del veterano consejero, tampoco se arredró lo más mínimo y, fuera por inteligencia o por osadía, replicó con palabras cargadas de advertencia:

—Sí, ayudaste a mi hermana Berenice y Berenice está muerta y bien muerta. Y por el modo en que fue ejecutada es improbable que su cuerpo haya hecho el camino al reino de Osiris. Si haber sido consejero de quien ha tenido tan terrible desenlace es tu mejor carta de presentación, Potino, te sugiero yo ahora que pienses en algo mejor con lo que seducirme. Tu carta de presentación es notablemente mejorable. Yo también creo que tú tienes mucho que meditar.

Y con aquellas palabras, sin esperar respuesta alguna por parte de su interlocutor, Cleopatra se alejó del lugar.

Tras ella, sólo la fragancia de su perfume de mil flores, incienso y esencias traídas desde los confines más alejados de la tierra y la estela de sus dos jóvenes leopardos siguiendo a su ama con sigilo y obediencia.

Potino se quedó inmóvil, pensativo y, tenía que admitirlo, con un ápice de inquietud, pese a que la amenaza le había llegado de labios de una joven mujer de tan sólo quince años.

A unas cuantas decenas de pasos ya, Cleopatra, ceño fruncido, caminaba ensimismada en una tempestad de cavilaciones: en la corte había entrado el veneno en forma de escorpión, pero los escorpiones no son inmortales ni invencibles. Como a cualquier otra detestable alimaña, se los puede acorralar y matar. Sí, sin duda alguna, ella pensaba seguir el consejo de aquel miserable y meditar mucho.

Cleopatra no lo sabía aún, pero acababa de dar inicio a su particular guerra por el poder del reino de Egipto.

Llegó a sus habitaciones, las cruzó y salió a la terraza de su sector del palacio. Las esclavas le trajeron agua fresca y fruta mientras ella se reclinaba en una montaña de suaves almohadones y miraba hacia el Nilo, que brillaba reflejando la luz de Ra. Circe y Ulises se tumbaron a sus pies y se echaron de lado hasta que su intenso pelaje salpicado de manchas quedó bajo los pies desnudos de la princesa.

—Acorralar a un escorpión... —musitó Cleopatra mientras acariciaba los lomos de Circe y Ulises.

XCVI

El correo de César

Estuario del río Agnona
Septiembre del 54 a. C.

César descendió del barco exultante: todo el estuario estaba repleto de barcos de transporte y galeras de la expedición. No necesitaba ningún informe de nadie para saber que la delicada operación de retorno a la Galia había sido un éxito.

Sin embargo, Labieno lo recibió con aire sombrío en su faz.

Se saludaron.

—¿Todo bien? —preguntó César en cuanto echaron a andar, después de abrazarse no ya como hacen dos amigos, sino como se estiman dos hermanos—. Consigo regresar vivo y victorioso, sin un gran botín, eso es cierto, pero con todas las tropas a salvo, sin apenas bajas, y parece que hubiéramos perdido una legión entera en alguna rebelión. —Y se echó a reír, pero, como viera que Labieno no modificaba la gravedad de su semblante, preguntó más serio—: ¿Hemos perdido acaso alguna legión?

—No, en absoluto —respondió Labieno en un tono que indicaba que semejante catástrofe no estaba contemplada ni en sus peores pesadillas—. Nada de eso. En verdad, la Galia ha estado tranquila durante tu ausencia. Ni los mórinos, que otros años dieron problemas, ni los tréveros, que parecen estar siempre rebeldes, ni los belgas han hecho nada extraño. Tu estrategia de llevarte los dos mil jinetes galos en tu expedición a Britania ha surtido el efecto deseado de que sus tribus se mantuvieran leales durante tu ausencia.

—¿Entonces...? ¿Hemos perdido barcos que se han extraviado por la costa en el regreso? —indagó César mientras seguían andando por entre los muelles en dirección al *praetorium*.

—No, tampoco es eso —negó Labieno—. Algún barco perdió el rumbo y anda costeando rumbo a Itius Portus o hacia aquí, pero muy pocos. La gran mayoría están en el estuario, como ves, descargando tropas y caballos y pertrechos. Todo eso está bien.

—Y, sin embargo, tu rostro sigue cubierto por una negra sombra de tristeza —continuó César.

Se cruzaron con Balbo y con Mamurra y se saludaron, pero sin detenerse, pues Labieno tomó del brazo a César para que continuara caminando.

—Tienen mucho trabajo ahora supervisando el desembarco —dijo Labieno a modo de excusa e invitando a César a que lo siguiera.

Tito estaba incómodo en público. Cuanto antes llegaran a la privacidad del *praetorium*, mejor.

Aceleró el paso.

César empezaba a estar preocupado y se le ocurrió un motivo evidente para la tristeza de su amigo. Tenía que haber pensado en ello antes y haber preguntado nada más desembarcar.

—¿Todo bien con tu familia, Tito?

Labieno giró el cuello un poco al responder, al tiempo que exhalaba un largo suspiro.

—A ver, mi hijo sigue perdiéndose en deudas de juego, y es algo que tendré que resolver a nuestro regreso, pero por lo demás todo está bien.

César asintió. Así era: Quinto, el hijo de su amigo, no le había salido tan recto como debería y sabía que la ausencia de un padre en esas circunstancias no ayudaba.

—Lo lamento. Eso es siempre complicado —respondió César—. De hecho, de eso te quería hablar: del regreso a Roma. Estoy repleto de planes y de ansias por ver a mi hija y al que quizá será mi heredero:

puede que sea un niño lo que lleva en su vientre. Lo cierto es que me extraña no haber tenido aún noticias del parto, pero no sé si calculé bien las fechas. Soy un desastre para según qué asuntos.

Se cruzaron con Marco Antonio.

Labieno pensó que alguien de confianza y bien fuerte podría resultar muy útil. César estaba delgado, pero era puro nervio, energía y agilidad. Decididamente, necesitaba a alguien con los músculos de Marco Antonio.

—Acompáñanos —le dijo Labieno.

Marco Antonio cabeceó afirmativamente y en silencio, disciplinado, obedeció la orden del segundo en el mando y se puso tras la escolta de legionarios que custodiaban al procónsul.

César frunció el ceño ante aquella orden.

—Quiero darle una misión para su caballería —mintió Labieno—, después de consultarte, por supuesto.

—Al final, sí que hay alguna tribu revuelta, ¿no es cierto?

—Nada serio —apostilló Labieno evitando entrar en detalles que no existían.

Llegaron al *praetorium*. Los centinelas separaron las telas que daban acceso al interior y César entró.

Labieno se volvió hacia Marco Antonio.

—Espera aquí y entra sólo cuando te llame —le ordenó—. Y que los centinelas y la escolta se separen de la tienda del *praetorium* cincuenta pasos. Tú permanece junto a la entrada.

Marco Antonio, claramente extrañado por las instrucciones cada vez más inopinadas, asintió.

Labieno entró en la tienda.

César estaba en el centro del *praetorium*, inmóvil, sus ojos clavados en una solitaria carta que estaba sobre la mesa.

Labieno sabía que César empezaba a intuir.

—Has sido tú, ¿verdad? —le preguntó César, la voz comenzando a quebrársele—. ¡Por Júpiter, has sido tú! —repitió y se volvió hacia Labieno—. Has sido tú el que ha detenido el correo a Britania. No llegaron cartas las últimas semanas y eso era extraño, pero estaba tan inmerso en las negociaciones con los britanos que no reparé en ello, sólo ahora me doy cuenta.

—He sido yo, así es —confirmó Labieno.

—Por eso no he tenido noticias de Roma estos días... —continuó César, rodeando muy despacio la mesa y acercándose lo suficiente para poder leer que la carta venía firmada por su esposa Calpurnia.

No por Julia.

Calpurnia no estaba a punto de dar a luz, no estaba ni embarazada. Julia, sí.

Pero eso no quería decir nada.

Pensaba muy rápido.

No tenía por qué significar nada.

Julia estaría recuperándose tras el parto. Y Calpurnia le informaría en esa carta de todo, pero entonces... ¿por qué Labieno había detenido el correo y por qué tenía aquel semblante que parecía anunciar...?

—Tú ya sabes lo que pone en esa carta, ¿no es verdad? —inquirió César, situándose al otro lado de la mesa, aún sin atreverse a tocar la misiva de la que hablaban.

—No lo sé, nadie la ha abierto. Nadie abre tu correo, pero, por lo que me ha escrito mi mujer en otra carta, presupongo su contenido, eso es verdad —admitió Labieno y bajó la mirada.

—¿Qué ha ocurrido? —preguntó César—. Porque ha pasado algo, algo terrible que no te has atrevido a decirme delante de todos, en el puerto, y por eso has tenido tanta prisa en que viniéramos al *praetorium* para estar conmigo a solas. Y no es algo de la Galia ni de la flota. Es un suceso acontecido en Roma que no tiene que ver con tu familia, ahí estaba yo muy errado en mis presuposiciones, sino con *mi* familia, algo relacionado con mi... —Pero no terminó la frase.

—Siéntate, Cayo, por favor.

César no discutió aquella sugerencia. No era una orden, sino más bien el ruego de un amigo.

El procónsul de Roma se sentó frente a la mesa y apoyó sendas manos sobre la superficie lisa de madera pulida, una a cada lado de la carta de Calpurnia.

—Dímelo rápido y de forma concisa —dijo César, sus ojos en la carta aún plegada y sellada.

Labieno levantó la mirada, inspiró profundamente como si quisiera engullir en una respiración todo el dolor del mundo y lo exhaló de golpe mientras respondía a la pregunta de su amigo:

—Julia ha muerto durante el parto.

Silencio.

César inmóvil, las manos a ambos lados de la carta, las palmas abiertas, bocabajo, sintiendo la superficie fría de aquella madera de tejo con la que un carpintero de las legiones había elaborado aquel escritorio de campaña.

—¿Y el niño... o niña?

Labieno cerró los ojos un instante y negó con la cabeza sin decir nada.

César lo miraba ahora y vio el gesto.

—¿Durante el parto también? —preguntó.

—No, la criatura parece haber sobrevivido unos días, pero estaba muy débil y no pudo... Falleció.

Silencio.

—¿Era niño o niña?

Labieno suspiró.

—Niño.

En el exterior se escuchaban algunas conversaciones distantes de los legionarios. Parecían animados. Estar de regreso en la Galia les había devuelto la tranquilidad. El viaje había sido arriesgado y repleto de peligros.

—Un heredero de todo —dijo César en el interior de la tienda—. Por unos días, tuve un heredero de todo.

Labieno asintió.

—¿Sufrió... Julia..., mi hija... sufrió...?

—No sé los detalles. Imagino que tu esposa habrá incluido más información.

César bajó sus ojos.

La misiva de Calpurnia seguía allí.

—Sí, seguramente aquí estarán todos los detalles, como dices. —Miró hacia un taburete que había en una esquina en que, con frecuencia, se sentaba algún escriba cuando tomaba notas de las cartas que César dictaba.

Labieno entendió y tomó el pequeño asiento y se acomodó en él al otro lado de la mesa. César necesitaría hablar, y hablar le haría bien. Y estaba reaccionando mejor de lo que había pensado. Había imaginado que su amigo gritaría, que daría voces e imprecaría a los dioses y que maldeciría en alto su mala fortuna, que volcaría la mesa y que arrojaría objetos contra las paredes de la tienda..., pero nada de todo eso estaba ocurriendo.

—La historia se repite, Tito —inició César. Labieno ya sabía a lo que se refería, pero escuchó atento—. Mi esposa Cornelia, la madre de Julia, como sabes, falleció de parto. Sabía que esto podía repetirse, pero imaginé que uno no puede concentrar tanta mala fortuna en una misma familia, sobre todo después de que Julia ya sobreviviera a un primer parto terrible; éste tenía que salir bien, tenía que ir bien —lo repitió varias veces—. Tenía que ir bien, pero los dioses son caprichosos, Tito. Muy caprichosos. Y crueles. Y no se arredran ni ante el *pontifex maximus*. Mírame, Tito: soy uno de los hombres más poderosos de Roma, puedo comandar hasta ocho legiones en combate, derroté a los lusitanos, he rendido a galos de toda condición, tribus enteras, he hecho levantar puentes en ríos caudalosos, ganado batallas imposibles, rendido fortalezas, cruzado el mar, he construido la flota más poderosa de Roma, he vencido a los germanos, dos veces, a los britanos otras tantas, pero no soy nadie ante la fuerza imparable de los dioses o los incomprensibles albedríos de la diosa Fortuna. No soy nada ante la muerte. No he sido capaz de evitar el fallecimiento doloroso y temprano de mis dos seres más queridos: primero mi esposa Cornelia y ahora mi hija Julia. Sencillamente, Tito, no soy nada..., ahora menos que nada... Julia era mi todo..., era mi recuerdo de su madre, la mujer a la que más he amado en mi vida, y en su vientre llevaba el futuro mío, de ella, de todos. Y ahora..., ahora... nada.

Labieno escuchó en silencio sin dar réplica alguna. Tampoco sabía bien qué decir. La catástrofe personal de su amigo era de dimensiones colosales. Hacía poco que había sido informado también de la muerte de su madre, pero todos estamos preparados, de un modo u otro, ante la pérdida de nuestros padres, sobre todo cuando éstos llegan a una edad avanzada. Nos duele igual, por supuesto, y nos entristece cuando ocurre y nos dejan para cruzar la laguna Estigia y pagar al barquero del inframundo, pero es algo a lo que nuestra mente se va adaptando. Sin embargo, nadie está preparado para la muerte de un hijo o de una hija, y más siendo tan joven como Julia. Las mujeres morían en los partos. Ocurría con más frecuencia de lo que uno podía o quería pensar, pero uno, padre o esposo, prefiere no considerarlo demasiado. Pero ocurría y le había acontecido a César. Dos veces.

Aun así, parecía estar reaccionando bien. Mucho mejor de lo que había esperado, teniendo en cuenta las circunstancias.

—Déjame solo —le dijo César en voz baja.

Labieno iba a preguntarle si no prefería estar acompañado un poco más, pero parecía una estupidez decir algo justamente en el sentido contrario de lo que su amigo acababa de expresar. Además, César estaba tomando la carta de su esposa entre sus manos y empezaba a rasgar la cera del sello y a desplegarla para leerla. Era lógico que quisiera estar en la intimidad absoluta en aquellos momentos tan duros.

Labieno se levantó despacio para marcharse y a punto estaba de salir de la tienda cuando observó que la carta parecía temblar en las manos de su amigo. Al instante, se dio cuenta de que no era la misiva la que se agitaba, sino que era su amigo entero el que estaba convulsionando.

Labieno se acercó rápidamente a él.

—Tranquilo, tranquilo... —le dijo mientras lo abrazaba por la espalda, pero las convulsiones eran cada vez más potentes y César empezaba a dar manotazos con las manos de un modo incontrolado y con una fuerza tal que ni él, un fornido legado romano, podía contener aquellos movimientos bruscos, sin tino alguno, que amenazaban con lastimar al propio César, que podía terminar autolesionándose.

Su amigo empezó a babear y le resbalaba un hilo de saliva por un lateral de la boca...

—¡Marco, Marco...! —aulló Labieno.

En el umbral de la tienda se dibujó de inmediato la robusta figura del tribuno Marco Antonio.

—¡Ayúdame! ¡Por Júpiter, yo solo no puedo con él!

Marco Antonio no entendía bien lo que ocurría, pero discernió con celeridad que el procónsul estaba siendo presa de algún tipo de ataque por alguna enfermedad que él desconocía y se aprestó a colaborar con Labieno para intentar frenar aquellas convulsiones.

—¡Vamos a echarlo al suelo! —gritó Labieno y empujó a César sobre la tierra del *praetorium* volcando la silla de una patada—. ¡Cógelo tú de arriba, abrázalo!

Marco Antonio obedeció. Él era más fuerte que Labieno, y más joven, y asió con toda la potencia de sus músculos al procónsul de modo que los movimientos incontrolados de sus brazos quedaron limitados a impulsos inmovilizados y sin destino bajo el peso del cuerpo del tribuno, mientras que el propio Labieno se echaba sobre las piernas de su amigo para detener su temblor constante.

César seguía babeando saliva por un lateral de la boca, pero parecía que respiraba, y eso le dio esperanza a Labieno.

Pasaron así unos instantes que a los dos altos oficiales del ejército romano se les hicieron eternos.

Las convulsiones parecían remitir lentamente.

Ambos se mantuvieron encima de César durante un largo rato. Hasta que los temblores, por fin, cesaron.

—Parece más tranquilo —dijo Marco Antonio.

Labieno asintió y soltó las piernas de su amigo despacio. El tribuno lo imitó liberando al procónsul de su férreo abrazo inmovilizador, que había envuelto su torso y sus brazos.

César, ciertamente, parecía estar más calmado.

Labieno, con uno de los paños que había junto a la bacinilla con agua en una esquina, limpió el rostro de su amigo.

—Ayúdame a llevarlo al lecho —dijo, y entre ambos hombres, no sin dificultad pues César también estaba fuerte y pesaba pese a su delgadez, lo transportaron a la cama y allí lo depositaron con cuidado de no golpear su cabeza con los bordes duros de madera.

—Yo me encargo ahora —susurró Labieno—. Tú ocúpate de que no entre nadie. Di que el procónsul ha recibido malas noticias sobre su familia en Roma y que está indispuesto. Pero estate aquí cerca toda la noche, junto a la hoguera que hacen frente al *praetorium*. Y…

—Y no diré nada de esto a nadie —lo interrumpió Marco Antonio.

Labieno cabeceó afirmativamente.

—Eso es. Ahora conoces el punto débil de César, pero no olvides que en todo lo demás es invencible.

Marco Antonio confirmó con un gesto y salió de la tienda.

Tito Labieno tomó el taburete, lo situó junto al lecho y se sentó al lado de su amigo. Mientras velaba su sueño, meditaba sobre lo ocurrido. Pronto anochecería y el mundo sería un lugar oscuro, tanto como el sufrimiento que había derrotado a César. Ni los galos, ni los britanos ni los germanos habían podido con él, pero la pérdida de su hija y de su nieto había sido una derrota total, absoluta, incontestable. Estaba seguro de que César ya nunca sería el mismo. Los anales de Roma se harían eco de la vida de César y en esos archivos se registrarían sus grandes hazañas. Años más tarde, los historiadores escribirían sesudos análisis de su vida y marcarían fechas clave jactándose al afirmar que estaban persuadidos de que todo en César fue un antes y un después con respecto a, por ejemplo, su ingreso en el Senado o su elección como cónsul, según unos, o que todo fue un antes y un después tras su aprobación de la ley de reforma agraria que lo transformaba todo en Roma, según otros; y habría quienes se centrarían más en sus éxitos militares y señalarían como los hitos más indiscutiblemente sobresalientes de su épica existencia su conquista de las Galias, su cruce del Rin o sus expediciones a Britania, pero nadie, ni uno solo de esos cronistas, contaría la verdad: que todo en Cayo Julio César, en su amigo, sería un antes y un después a partir de aquella funesta noche, y que lo que realmente marcaría su destino, lo que supondría para César un auténtico antes y un después sería la muerte de su hija.

A eso, los libros de historia sólo le dedicarían una línea, una nota a pie de página o un silencio.

Liber sextus

LA REBELIÓN DE AMBIÓRIX

XCVII

Un consejo secreto

En algún lugar secreto de la Galia belga
Otoño del 54 a. C.

Llovía en aquel amanecer plomizo con la intensidad acostumbrada que parecía adormecer el mundo del norte.

Aun así, había muchos hombres despiertos, pese a la tormenta constante provocada por Taranis, para algunos de los convocados, o quizá por Thor, para otros, pues allí habían acudido tanto galos celtas como galos belgas, cuya sangre llevaba generaciones mezclada con tribus germanas hasta fundir etnias, territorios y creencias.

Ambiórix, el líder de los eburones, un hombre alto y rubio, con largas trenzas y bigotes del mismo color, musculado, mirada de lobo y voz profunda, como si hablara desde lo más hondo de sus pensamientos, los había convocado, y hasta allí habían llegado jefes de tribus belgas del Rin, del centro de la región y hasta del extremo sur, supuestamente más controlado por Roma.

La tribu de Ambiórix, los eburones, habitaba en la zona más septentrional e indómita de la Galia belga, donde la sumisión a los romanos era algo detestable y donde anidaba, desde el día mismo de la derrota de los nervios dirigidos por Boduognato, la semilla de la rebelión. Como quizá en otros puntos de la Galia, pero pudiera ser que allí, con aquella lluvia constante que no terminaba nunca, germinase antes que en ningún otro lugar. Ambiórix había conseguido que Catuvolco, el otro líder más destacado de los eburones, accediera a unírseles en el empeño de forjar una alianza contra el invasor.

—El romano ha dividido a otras tribus; no caigamos nosotros también en eso —le dijo Ambiórix a Catuvolco, aludiendo a cómo el procónsul había favorecido a unos jefes frente a otros, apoyándolos en sus ambiciones de ser rey, a cambio de deponer al oponente y de aceptar la sumisión a Roma.

—Solos no tenemos ninguna posibilidad —le replicó Catuvolco, que se había mostrado más proclive a aceptar los pactos de obediencia a Roma como un mal menor frente al riesgo de ser masacrados en una rebelión que no veía con posibilidades de éxito. No hacía ni un año que habían presenciado la aniquilación de las tribus germanas de los téncteros y los usípetes, que cruzaron el Rin y se atrevieron a desafiar la autoridad del líder romano.

—Te prometo que no lo haremos solos —le respondió Ambiórix—. Si consigo que otras tribus se unan a nuestra rebelión, ¿podré contar contigo?

Catuvolco bajó la mirada y pensó.

Cuando alzó de nuevo el rostro y se encaró otra vez con Ambiórix, en el brillo de sus ojos resultaba evidente que, para él, había dado con la clave del éxito de aquella posible rebelión.

—Si consigues el apoyo de los tréveros, entonces me uniré a ti.

Por eso Ambiórix, aquella mañana de lluvia eterna, invitó, antes que a ningún otro, a Induciomaro, el jefe de aquella tribu que había sido depuesto por César el invierno anterior en favor de Cingetórix, de quien algunos decían que era hermano del primero, pero que, sobre todo, era quien se había erigido como el líder de los tréveros que estaban a favor de pactar con los romanos. Cingetórix se había presentado ante César como su aliado fiel y el procónsul no dudó en situarlo en el trono de los tréveros para así controlarlos en perjuicio del siempre irredento Induciomaro. Y es que aquella rebelión había sido la segunda vez que Induciomaro pretendía hacerse con el control completo de la tribu de los tréveros: dos años atrás lo había intentado, pero su revuelta fracasó en aquella ocasión por la rápida intervención de Labieno en un tiempo en el que César estaba ocupado en Luca, primero, y, luego, en la costa atlántica, luchando contra los vénetos. Sea como fuere, Induciomaro ejemplificaba a la perfección ese carácter de irreductible, de jefe tribal que no estaba dispuesto a pactar jamás con los romanos, que es lo que se estaba buscando más que ninguna otra cosa en aquella reunión secreta.

Ambiórix vio cómo iban entrando en la cabaña de aquella aldea perdida diferentes jefes. Había convocado la reunión en un lugar remoto, una granja alejada de los caminos principales y de las ciudades que los romanos conocían y vigilaban. No quería ser descubierto antes de tiempo. La sorpresa era parte fundamental de su plan y, aunque los romanos seguramente oyeran rumores sobre una posible rebelión, lo esencial era que no tuvieran ningún dato específico, ninguna prueba, nada sobre lo que plantear una defensa concreta.

Ambiórix saludaba a cada uno de los jefes consciente de que, tras él, Catuvolco escuchaba cada nombre a la espera de que el líder de los tréveros, enemigo de César, apareciera. Si no lo hacía, Ambiórix ya había sido advertido por Catuvolco de que él se ausentaría y no querría saber más de aquella nueva guerra que querían iniciar.

—Mi nombre es Acón —dijo otro de los recién llegados y se presentó como líder de los senones, aunque todos sabían allí que César lo había depuesto también y encumbrado a Cavarino en su lugar como jefe de aquella tribu que habitaba el valle del Sena. Por supuesto, nadie le recordó aquello al recién llegado. Lo importante era que su presencia anunciaba que, en el sur, aquel líder destronado encabezaría otro ataque contra los romanos con los senones que le fueran leales. Bajo el que ellos sentían como asfixiante yugo romano, siempre había descontentos en busca de un líder para alzarse en armas.

Habían llegado todos, menos el líder de los tréveros.

—Pues no será porque no saben cabalgar —apuntó Catuvolco al oído de Ambiórix. Se refería al hecho, aceptado por todos los belgas y otros pueblos galos, de que los tréveros eran los mejores jinetes de la región. De hecho, el líder romano había incorporado un contingente de jinetes tréveros entre sus fuerzas de caballería en diferentes campañas. La negativa del destronado Induciomaro a entregar esos jinetes parece ser que estuvo en la raíz de su segunda rebelión contra los romanos y, lamentablemente para él, de su segunda derrota ante ellos, en esta ocasión contra César mismo.

Fuera como fuera lo que hubiera pasado entre los tréveros en el pasado reciente, Catuvolco estaba a punto de abandonar la reunión cuando un grupo de guerreros armados irrumpió en la cabaña sacudiéndose el agua que los había calado por completo.

—A caballo parece que la lluvia lo azote a uno en la cara con más fuerza —dijo el líder de aquellos hombres a modo de saludo.

No se presentó. Y no hacía falta. Su larga cicatriz en el pómulo derecho y la ausencia de un ojo en el mismo lado de aquel rostro terrible, señales de sus dos rebeliones contra los romanos, eran conocidas por todos los jefes belgas como ejemplo del horror al que se sentían sometidos por la dominación romana. Otro habría hecho por disimular la cicatriz, dejando caer una trenza de pelo por delante de su faz herida, y habría empleado algún parche para ocultar su ojo vaciado. Pero Induciomaro no era cualquier otro. Había jurado ante los dioses tomarse cumplida venganza por aquellas heridas y por su reino arrebatado. Y, además, era plenamente consciente de que sus lesiones dotaban a su faz de un halo que generaba entre repulsión y temor y había decidido explotar aquella apariencia de ferocidad fruto de su lucha. Cuando se acercaba, todos se hacían a un lado de forma automática.

—Junto al fuego os secaréis antes —propuso Ambiórix, respondiendo con aquel gesto amable a la audacia de Induciomaro de cruzar media Galia belga bajo aquella pertinaz lluvia para acudir a aquella reunión.

Los demás jefes le abrieron paso e Induciomaro y su séquito, entre los que se encontraba su hijo mayor, se situaron junto a la gran chimenea de aquella cabaña. Ambiórix había hecho ampliar el tamaño del lar con el fin de que, aunque quedara desproporcionado con el resto de la edificación, sus invitados pudieran estar lo más confortables posible.

—Bien, por Taranis —inició Ambiórix—. Ya estamos todos.

Y todos se volvieron hacia él.

—No me andaré con rodeos, no estamos para perder el tiempo ni seré yo quien os lo haga perder —siguió Ambiórix—. Estamos aquí todos los que pensamos que hemos de expulsar a los romanos, pero también sabemos que esto es muy difícil y, sobre todo, muy arriesgado. Si perdemos, el romano nos masacrará sin piedad. Así que no podemos fallar.

Algunos cabeceaban en silencio. Otros bebían la cerveza que les proporcionaban diferentes mujeres que iban y venían de la cocina. Induciomaro y sus hombres se frotaban las manos frente a la chimenea mientras escuchaban y compartían jarras de espesa cerveza.

—Mi plan es sencillo pero eficaz; no obstante, requiere del compromiso de todos los presentes de querer ejecutarlo —continuó Ambiórix—. Se trata de atacar a los romanos al mismo tiempo en diferentes puntos. Y hacerlo por sorpresa. Hemos visto que el romano es muy hábil derrotando a una tribu tras otra y que también es capaz de derrotarnos si nos unimos todos y le hacemos frente en una gran batalla campal. Pero si evitamos una gran batalla, en la que sus legiones maniobran, hemos de admitirlo, mejor que nosotros, y en su lugar los atacamos unidos, a la vez, pero en diferentes lugares al mismo tiempo, entonces se verá obligado a librar no una guerra, sino varias pequeñas guerras en paralelo, dividiendo su ejército. De hecho, por lo que mis hombres han averiguado y ahora muchos podéis confirmar, el líder romano está repartiendo sus legiones por diferentes puntos de la Galia. La escasez de grano por la sequía del verano y por los destrozos de la guerra de estos años hace que le sea imposible encontrar un punto donde poder abastecer a sus ocho legiones a la vez. Ha de separarlas y ésa es nuestra oportunidad.

—¿Y no sería mejor esperar a que retire su ejército hacia el sur, como ha hecho todos los inviernos? —preguntó Acón, el líder de los senones.

—Pensé en ello, pero eso sólo le daría, en verdad, más opciones de contraataque: sin duda, nos iría mejor al principio, pero, en cuanto supiera que hemos atacado alguna de sus guarniciones que quedaran aquí durante el invierno, vendría desde la Galia Cisalpina, desde el sur, con el grueso de su ejército intacto y nos aniquilaría como hizo con los téncteros y los usípetes el año anterior. Lo cierto es que sabemos que este invierno el romano va a dejar su ejército en la Galia belga: su campaña en Britania terminó al final de septiembre, se alargó más allá de sus cálculos y luego el procónsul estuvo enfermo. Todo esto le ha hecho decidirse por hacer que sus tropas permanezcan aquí, pensando, además, en que así evitará nuestra rebelión, cuando lo que está haciendo, sin saberlo, es darnos la mejor de las oportunidades para derrotarlo. Si atacamos sus legiones por separado, sí tenemos una buena opción de infligirle daños tan duros, unas pérdidas de hombres tan grandes que le resulte imposible reponerse e imposible de justificar ante su Senado, que lo observa todo y en el que sabemos que tiene muchos enemigos. Si le infligimos varias derrotas, se verá forzado a retirarse y no tendrá ya ejército con el que volver, porque se lo habremos destruido este invierno.

Todos callaron.

Ambiórix hablaba con tanta vehemencia que su pasión resultaba contagiosa y todos tenían ganas ya de atacar a los romanos.

—¿Y por qué no intentamos incorporar a los galos del sur, a los eduos y los arvernos y los sécuanos a la rebelión? —preguntó uno de los jefes.

A la interrogante siguió un tenso silencio.

—Porque todos ellos, los eduos y los arvernos en particular, se han mostrado muy colaboradores con los romanos desde su llegada a la Galia —replicó, al fin, Ambiórix—. Llevan años luchando como su caballería aliada junto a los jinetes romanos y, muerto Dúmnorix, no queda ninguno entre todos ellos con el coraje de rebelarse. La mejor prueba fue cómo todos le cedieron al procónsul tantos jinetes como éste reclamó para su segunda campaña en Britania. No reaccionaron como nuestros amigos los tréveros, como su jefe Induciomaro, aquí presente, rebelándose y luchando. No me fío ni de los eduos ni de los arvernos ni de ningún otro de esos pueblos. Pero si queréis que intentemos incorporarlos, lo podemos intentar.

Y Ambiórix calló para que pensaran sobre lo que acababa de decir y paseó su mirada por la sala repleta de jefes de la Galia belga hasta detener sus ojos sobre la figura imponente y amenazadora del desfigurado líder de los tréveros, a quien acababa de mencionar como ejemplo de resistencia ante los romanos.

—Él plan es bueno —confirmó Induciomaro desde el calor de la chimenea y como respuesta a aquella mirada—. Y yo tampoco me fío de los galos del sur. No contaría con ellos.

Ambiórix vio que, tras la aseveración del líder de los tréveros, Catuvolco asentía también. Estaban uniéndose todos, pero faltaba que alguien se atreviera a hacer la pregunta clave. Ambiórix podía sacar el asunto él mismo, pero prefería que surgiera de entre alguno de los jefes invitados a la reunión.

Por fin, Acón, el líder de los senones, lo planteó directamente:

—¿Y cuándo atacaremos?

—Pronto —respondió Ambiórix, que lo tenía ya todo pensado desde hacía meses, feliz de ver cómo la llama de la rebelión iba prendiendo en todos ellos—. En cuanto el romano se vaya al sur a atender sus asuntos en aquella región donde tan sumisos se muestran a él. Sabemos que va a alejar su ejército desperdigado por todo nuestro territorio, por el asunto de la dificultad de abastecer a todas las legiones en un solo punto, como expliqué antes, pero él, como ha hecho cada invierno desde que llegó a la Galia, se retirará hacia el sur. Cuando se vaya, atacaremos.

XCVIII

Aeqi

Samarobriva, centro de la Galia
Otoño del 54 a. C.

Pero César no regresó al sur de la Galia aquel invierno.

El retraso en el retorno de Britania, por un lado, y luego su ataque al recibir la noticia de la muerte de su hija y su nieto hicieron que el invierno prácticamente se le echase encima, de modo que decidió no sólo no trasladar el ejército hacia la Galia Cisalpina, como había hecho en otras ocasiones, sino también permanecer él en el norte.

Sabía que debería acudir al sur, lo más próximo a Roma que le permitiera su mandato, por ejemplo, retornar a Luca, para desde allí influir en los asuntos políticos en Roma. Las elecciones consulares estaban a punto de celebrarse y estaba seguro de que la partida de Craso hacia Partia debilitaría su influencia en el Senado y, por extensión, la capacidad del triunvirato de controlar al conjunto de los senadores. Pero ya era tarde para enviar veteranos a reforzar el censo, como hiciera en otras ocasiones, y favorecer a los candidatos del triunvirato. Por otro lado, la única carta de Pompeyo había tratado únicamente de la muerte de Julia, en la que insistía, una y otra vez, en que él estaba tan destrozado por lo ocurrido como el más enamorado de los maridos que hubiera perdido a su idolatrada esposa. Y pudiera ser que fuera sincero. Nunca manifestó Julia una sola queja por el comportamiento privado de Pompeyo hacia ella, aunque sí que se sentía vigilada y su correo, muy probablemente, intervenido. De ahí que ella introdujera algunas frases en su código cifrado secreto que sólo él y ella entendían, y ahora Labieno y algún otro legado de máxima confianza. Entre aquellas breves frases, Julia había dejado entrever su sensación de que Pompeyo aún veía en él más a un enemigo político que a un suegro, que a un familiar, pero siempre insistía en que en lo íntimo, en lo privado, Pompeyo seguía siendo muy afectuoso y atento con ella.

César cerró los ojos.

Julia.

La muerte de Julia.

Eso era lo que realmente le hacía evitar el regreso hacia Roma. De algún modo, sentirse lo más alejado posible de Italia le hacía percibir la ausencia de su hija de este mundo como algo más irreal, casi fantástico, una pesadilla que quizá no hubiera tenido lugar.

Abrió los ojos.

Pero allí estaba, sobre la mesa, otra carta de Calpurnia en la que se describía con tanto detalle el fervor del pueblo durante el entierro de su hija que hacía del todo imposible que aquello hubiera sido sólo un mal sueño. El peor de los sueños imaginables.

Parecía que Pompeyo había querido enterrar a Julia en una de sus villas, pero que la gente, quién sabe si por amor a él, a César, o a la propia Julia, que, siempre tan afable con todos, era querida por cualquiera que la conociera, se negó a semejante traslado y, nada más terminar el funeral, se alzaron con el cuerpo de Julia y la incineraron en una enorme pira en el Campo de Marte, donde le dieron sepultura. Cerca de Roma. Porque ella era Roma misma.

A César le pareció justo aquel arrebato del pueblo: su hija, de hecho, había realizado el mayor de los sacrificios en aras de evitar un conflicto de proporciones desconocidas entre él y Pompeyo, entre él como cabeza de la facción popular y Pompeyo como líder de los *optimates* en el momento de la negociación del triunvirato. El matrimonio con Julia había puesto fin a la alianza de Pompeyo con los senadores aristocráticos, dejándolo fuera de la órbita de poder de Cicerón y Catón, y lo había unido a él y a Craso y evitado, con toda seguridad, una nueva guerra de una magnitud similar a la de Sila contra su tío Mario. Justo era que se le reconocieran a su hija en la muerte sus esfuerzos en vida por salvar a Roma de tanta sangre.

¿Seguiría siendo posible el entendimiento con Pompeyo?

No estaba seguro, pero tampoco estaba convencido de que aquél quisiera un nuevo enfrentamiento, y mucho menos a gran escala. Pero el silencio de Pompeyo por carta con relación a asuntos de índole política y su falta de interés por pactar con candidatos para el consulado auguraban que quien había sido hasta hacía bien poco su yerno seguramente estaba maniobrando solo o acercándose, de nuevo, a Cicerón y Catón.

César suspiró.

En todo caso, ahora ya era tarde para intervenir en las elecciones de aquel año. Pronto tendría los resultados y sabría cómo estaban realmente las cosas desde un punto de vista político en Roma. Y, desde luego, no podía enviar veteranos a Roma. Estando como estaban de tensas las relaciones con los galos en la región belga, no era momento de deshacerse de los soldados más experimentados, más allá de que ya no diera tiempo a semejante operación.

Lo militar era ahora lo urgente.

La política tendría que esperar.

Aunque, en el fondo de su ser, albergaba la duda de si no estaría tomando una decisión que revestía de tinte militar, quedarse él en la Galia belga aquel invierno, por evitarse el dolor personal de acercarse hacia una Roma que le recordaba aún más la muerte de Julia y la hacía más real, más dura, más inasumible.

Sí, su decisión, él lo sabía, era personal, pero, en el ámbito del devenir de los tiempos, a veces las decisiones que luego alcanzan más repercusión histórica tienen su origen en algo íntimo, en un acontecimiento de la esfera de la vida privada que, sin embargo, desencadenará un torrente de sucesos de magnitud impredecible.

César llamó a Labieno y repasó el mapa del norte de la Galia con la distribución de las legiones, el único modo de que se pudieran abastecer de comida en una zona devastada por una sequía extraña y por la guerra. La lluvia de aquellos últimos días llegaba tarde para salvar las cosechas. Su decisión de dispersar las legiones por toda la Galia belga era ya conocida por sus legados y tribunos y otros oficiales y hasta por los legionarios, pues todas las unidades estaban preparándose para ser desplazadas a sus destinos de invierno. Quedaba la asignación de mandos y la distribución específica de las legiones. César no había tratado el asunto de forma secreta, pues, más bien al contrario, deseaba que se supiera por todos, legionarios y galos aliados y galos que pudieran rebelarse, porque estaba convencido de que, si se sabía que el ejército iba a quedar repartido por toda la Galia belga, ninguna tribu se atrevería a iniciar rebelión alguna.

Lo que jamás pensó es que pudieran alzarse en armas todas las tribus belgas a la vez.

El mapa estaba desplegado sobre la mesa del *praetorium* de Samarobriva, ciudad en el centro de la Galia belga, donde se había establecido César una vez recuperado del primer impacto de la noticia de la muerte de su hija.

César repasaba la distribución de las legiones en voz alta mientras Labieno asentía a cada mención.

—Una legión, al mando de Cayo Fabio, en el territorio de los mórinos, que ya nos dieron problemas; otra legión, a cargo de Quinto Cicerón, en territorio de los nervios; una tercera legión, bajo el mando de Marco Craso, al este de Samarobriva.

Se trataba del hijo mayor de Craso, no tan audaz como Publio, que había partido con su padre hacia Partia, pero sí competente. Y siendo hijo de Craso, lo mínimo era que comandara una legión.

César continuaba repasando el acantonamiento invernal del resto de tropas.

—Otra legión más en Armórica, a cargo de Lucio Roscio. No espero ningún desembarco sorpresa de nadie, pero quiero el control de los puertos asegurado para una posible nueva campaña en Britania. Sin una tercera campaña, Casivelauno no creo que cumpla ni con los tributos ni con la entrega de rehenes, y no sé durante cuánto tiempo evitará enfrentarse a Mandubracio. Pero, por Júpiter, ya nos ocuparemos de todo eso pasado este invierno.

Labieno callaba, pero dejó de cabecear.

César sabía que su segundo en el mando no estaba por la labor de una tercera expedición a Britania. Pero no iban a discutir ahora sobre aquello.

—Otra legión más para Sabino en el territorio norte, donde los eburones, que nunca han sido muy de aceptar nuestra presencia pese a la derrota total que infligimos a los nervios —prosiguió César—. Y las cinco cohortes de las nuevas levas que hicimos recientemente, las enviaremos a cargo de Cota también al campamento de Sabino en el norte, con los eburones. Quiero reforzar ese punto.

—Quedan tres legiones —apuntó Labieno—. Supongo que tú te quedarás con dos y yo me quedaré con una en el territorio de los tréveros —sugirió.

César inclinó la cabeza hacia un lado y, por fin, propuso algo distinto.

—Ésa era mi primera idea, pero los tréveros me preocupan. Son particularmente buenos jinetes, como sabes, y nuestros combates el año pasado y su rebelión anterior me hacen pensar que es mejor dejar allí más tropas este invierno que con otras tribus. Aunque dejamos a Cingetórix, leal a nuestra causa, al frente del grueso del pueblo trévero, la desaparición del líder rebelde Induciomaro me inquieta. Porque seguimos sin saber nada de él, ¿verdad?

—Salió malherido de la lucha —comentó Labieno.

—Malherido es a veces peor que muerto. Si sobrevive, tendrá ansias de venganza. Puede ser como una bestia herida. Por eso te he puesto al mando de esa región y por eso prefiero que, de las tres legiones que quedan por asignar, tú tengas dos de ellas. Estás, además, al lado mismo del Mosela y del Rin. Si vienen germanos, pasarán por tu territorio. Es una frontera peligrosa.

—No creo que los germanos vayan a cruzar de nuevo el Rin después de la campaña que llevamos a cabo contra los téncteros y los usípetes —contraargumentó Labieno—. Y aquí, en Samarobriva, te quedarás con el carro del cofre, con el oro de las pagas de todos los legionarios y con la parte principal de los pertrechos militares. ¿No sería más lógico que fueras tú quien dispusiera de dos legiones en el centro mismo de la Galia belga y no una?

—En parte sí, pero tendré a Marco Craso a un día de marcha. Si surgen problemas, puedo contar con su legión en poco tiempo. Y Samarobriva es lo más seguro que hay en toda la Galia belga. Las legiones deben estar donde pueda haber más peligro de rebelión y al mando de quien esté en esos territorios.

Labieno aceptó con un gesto. También tenía sentido lo que decía César. Era una cuestión de priorizar unos riesgos u otros.

—De acuerdo —convino Labieno—. Me pondré en marcha al amanecer. Con dos legiones. Y pasaré tus instrucciones para que el resto de los legados haga lo mismo mañana.

Ambos hombres salieron de la tienda.

La lluvia arreciaba y se quedaron en el umbral.

—Esperemos que amaine al alba —dijo Labieno—. A los hombres no les va a hacer gracia marchar con todo el equipo de campaña bajo esta tormenta.

—Ojalá no parara de llover y llover —apostilló César con una visión muy contraria a la de su amigo—. Eso evitaría una rebelión. Y quién sabe si una lluvia eterna podría borrar todo lo ocurrido en las últimas semanas, todas las cartas enviadas desde Roma, todas las noticias recibidas...

César se quedó con un aire melancólico mirando hacia las nubes negras que no paraban de descargar agua y, de pronto, como si volviera en sí de un sueño, apuntó una última instrucción.

—Lo importante es que, si alguna legión es atacada, no abandone nunca el campamento —remarcó César—. Que quien esté al mando envíe un mensaje y el resto acudiremos en su ayuda.

—Insistiré en esa orden —dijo Labieno.

—Eso es importante —repitió César mirando hacia las nubes, como distraído—. Que ninguna legión abandone su campamento si es atacada. Que avisen y acudiremos...

Los dos hombres siguieron en el umbral de la tienda.

La lluvia caía con una cadencia infinita, empapando toda la agitada tierra del norte.

Labieno se quedó en silencio pensando en cómo ejecutar las órdenes de César con precisión.

César, a su lado, en su propio silencio, pensaba en la última frase que Calpurnia le había puesto en su carta: «Julia me pidió que te dijera: *Aeqi*, y que tú lo entenderías». *Aeqi*. La primera palabra del código secreto que él le había enseñado a Julia de niña, antes de despedirse cuando marchaba a su exilio.

Aeqi en su código.

Vale en latín.

Adiós.

XCIX

Aislado

Foro de Roma
Septiembre del 54 a. C.

Pompeyo, acompañado por Geminio y Lucio Afranio, cruzaba el centro administrativo de Roma en dirección a la residencia del primero.

—Entonces ¿quiénes dices que son los candidatos seleccionados por Cicerón y Catón para el consulado? —preguntó Pompeyo, que, aunque había oído bien los nombres, era como si precisara escucharlos de nuevo para ir asimilando, poco a poco, la magnitud del desastre al que se podía enfrentar si sus propios candidatos eran derrotados. Con César en la Galia belga, sin que en esta ocasión, por primera vez desde que estaba en campaña, se hubiera acercado al norte de Italia, y sin que hubiera enviado veteranos para reforzar el censo en favor del triunvirato, y con Craso muy alejado en Oriente, con sus ojos y pensamientos y recursos puestos en Partia, Pompeyo sentía que, de un modo u otro, lo habían dejado solo ante los *optimates*.

—Cneo Domicio Calvino —repitió Geminio, que comprendía la necesidad de su patrón de ir digiriendo todo aquello poco a poco.

—Uno de los *optimates* más fieles a su causa —apuntó Afranio.

Pompeyo asintió.

—Y Marco Valerio Mesala Rufo —completó Geminio.

De él, Afranio no dijo nada porque nada había que añadir al hecho bien conocido por todos en Roma de que Valerio Mesala se había opuesto en reiteradas ocasiones a la acumulación de poder por parte de Pompeyo.

Para los tres hombres que salían ya del foro por la Vía Sacra era más que evidente que, si esos dos candidatos conseguían los dos puestos de cónsul, Pompeyo iba a quedar completamente aislado en el Senado; por eso el veterano conquistador de Asia había escrito tanto a César como a Craso.

Pero con César sólo había tratado del delicado y doloroso asunto de la muerte de Julia y del hijo que llevaba en sus entrañas. No le había parecido ni elegante ni oportuno mezclar la política con aquel fallecimiento. Julia era el nexo que los unía y ahora estaba muerta. Más allá de la pena y del sufrimiento que cada uno de los dos, César como padre y él como esposo, pudieran sentir, estaba el hecho irrefutable de que ya nada los unía como antes. Pompeyo andaba muy serio, recibiendo las sombras del atardecer a su alrededor como quien acoge un manto que fuera cubriendo, lentamente, un mundo que existió y que quedaba como oculto, enterrado y desaparecido bajo aquella oscura capa de penumbra: ¿significaba la muerte de Julia el final del triunvirato?

Y Pompeyo, allí, de pronto, en la Vía Sacra, próximos a la *domus publica*, residencia del *pontifex maximus*, esto es, de César y su familia, ahora ausente, formuló en alto aquella interrogante.

—¿Está muerto el triunvirato con el fallecimiento de mi esposa? ¿Se han terminado los acuerdos de Luca?

Geminio negó con la cabeza.

—Lo pactado en Luca sigue vigente: César tiene su proconsulado en la Galia prorrogado y está ejerciendo su *imperium* militar de forma efectiva, y lo mismo ocurre con Craso en Siria. Y el *clarissimus vir* Pompeyo tiene su poder en las provincias hispanas también prorrogado. Luca está en vigor, pero, es cierto —admitió— que la vigencia del triunvirato, su poder real en Roma misma, se ratificará o se desafiará en estas elecciones.

Siguieron caminando en silencio un rato.

—¿Hay noticias de César o de Craso? —preguntó entonces Geminio, que, al igual que Afranio, sabía del correo habitual que su mentor político mantenía con los otros dos miembros del triunvirato.

Pompeyo hizo un gesto negativo.

Y nadie dijo nada más durante el resto del camino: los tres eran conscientes de que aquel silencio insinuaba un debilitamiento del triunvirato y, en consecuencia, un posible renacer del poder de Cicerón y Catón en Roma. O de Clodio, quien últimamente parecía hacer la lucha política por su cuenta.

En el fondo, Pompeyo, como Ambiórix, esperaba que César terminara por hacer lo que había hecho siempre y que se acercara al sur de la Galia, que contactara con él y que buscara la forma de influir en las elecciones consulares, como lo había hecho el año anterior, y que eso fuera una buena muestra ante Cicerón y Catón de que, pese a lo ocurrido con Julia, el triunvirato seguía fuerte, indestructible, imparable.

Pero, como Ambiórix, Pompeyo no pensó en que el dolor que le suponía a César acercarse a Roma, a esa misma Roma donde su hija ya no lo esperaba, lo mantendría alejado de la política durante un tiempo.

C

La rebelión de los eburones

Territorio de los eburones, la Galia belga*
Otoño del 54 a. C.

Y la información de que César no se desplazaba hacia el sur llegó, por fin, hasta Ambiórix y Catuvolco.

La permanencia del procónsul romano en el territorio de la Galia belga hizo dudar a algunos.

—No sé si debemos seguir adelante con los planes, no con el romano aquí mismo —dijo Catuvolco en una reunión de los eburones.

Ambiórix, que por nada del mundo quería dejar pasar aquella oportunidad en la que las legiones romanas habían acampado dispersas para el invierno, intervino para cortar el debate:

—Escribiré a Induciomaro —anunció. Sabía que la opinión de aquel jefe era la más respetada a la hora de luchar contra los romanos—. Y si el líder de los tréveros sigue adelante, nosotros también —propuso.

El asentimiento fue general. Incluido el dubitativo Catuvolco.

* Véase el mapa «Campañas contra la rebelión de Ambiórix en la Galia belga» de la página 1021.

Una semana más tarde

La respuesta de Induciomaro llegó con uno de sus jinetes a los pocos días: si ellos atacaban primero, el jefe de los tréveros se comprometía a hacer lo mismo en su territorio, incluso si en sus tierras estaban acantonadas no ya una, sino dos legiones romanas comandadas por el segundo de César.

—Induciomaro lo tiene más difícil que nosotros, con dos legiones en su contra —dijo Ambiórix en la nueva reunión de los eburones—. ¿Vamos a ser nosotros más temerosos que los tréveros?

—En verdad, en el campamento romano de nuestro territorio hay una legión y cinco cohortes —corrigió Catuvolco—. Eso es legión y media.

—Sigue siendo menos de lo que va a afrontar Induciomaro —insistió Ambiórix—. Yo creo que podemos hacerlo, y si lo que realmente te preocupa es la maldita presencia del líder romano en la Galia belga, él, a fin de cuentas, sólo es un hombre más, no una legión. ¿Qué diferencia puede haber en si el líder romano está aquí o no? Le hemos dado demasiada importancia a su mando. Lo esencial es la dispersión de las legiones durante el invierno y el hecho de que no esperan que vayamos a la guerra en plena temporada de frío.

Un breve silencio.

—Yo no pienso pasar por cobarde ante los tréveros —sentenció Ambiórix.

Sus palabras enardecieron al resto de jefes.

Llegaron más cartas de otras tribus: Acón, el rey destronado de los senones, también estaba dispuesto a atacar a la legión de su territorio si los eburones iniciaban la lucha.

Catuvolco cedió.

Campamento romano en el territorio de los eburones
Norte de la Galia belga

Sabino había ordenado que un nutrido grupo de recolectores aprovechara una pausa en la lluvia para salir en busca de algo más de víveres para el invierno que se cernía sobre todos ellos. Una vez que la lluvia se transformara en nieve, ya no habría más opciones de reunir comida. Cota, el otro legado del campamento, a cuyo cargo estaba la media legión de refuerzo, manifestó algunas dudas sobre lo peligrosa que podría resultar la operación, pero aceptó, ya que la necesidad de hacerse con más alimento era real. Lo que no tenía claro era que la salida fuera sólo de un pequeño destacamento.

El regimiento de recolectores se alejó varias millas del campamento y, ante la escasez de alimento, con la mayor parte de los campos de trigo baldíos y muchas granjas abandonadas sin ganado ni ninguna otra provisión, se adentró en los bosques en busca de otras opciones: caza, pesca, frutos silvestres..., algún almacén de cereales de los eburones oculto entre los árboles que hubiera pasado desapercibido en anteriores incursiones romanas.

No hubo gritos de aviso, sino sólo una lluvia de armas arrojadizas y los aullidos de dolor de los legionarios que caían heridos o muertos.

Se iniciaron las carreras para escapar del alcance de las lanzas y las flechas. Los legionarios corrían despavoridos, presa del pánico, sin una dirección definida, pero con la intuición clara, y acertada, de alejarse del bosque colindante.

No veían a sus enemigos, no hasta que ya los tenían delante de ellos, emergiendo de entre los árboles, con hachas y espadas y gritos desgarradores.

Los legionarios no eran cobardes y ante un enemigo palpable desenfundaban los gladios y presentaban batalla con bravura, pero estaban en inferioridad numérica. La huida era la opción razonable.

Los que podían evitar el enfrentamiento directo corrían en busca del refugio del campamento.

Ahora las pocas millas recorridas desde la salida del fortín se antojaban una ruta infinita, eterna, interminable, en la que la mayoría de los que consiguieron escapar de la emboscada inicial iban cayendo alcanzados por un dardo celta, por una jabalina o por un mal tropiezo con una piedra en la locura de la fuga. Los que hincaban la rodilla en el suelo al trastabillar con un obstáculo ya no llegarían vivos.

Campamento romano, territorio de los eburones
Norte de la Galia belga

Los centinelas de las puertas de la fortificación romana advirtieron a los legionarios que vigilaban el acceso principal al campamento de la llegada de algunos compañeros corriendo a toda velocidad por la pradera que rodeaba el fortín.

Las puertas se abrieron y por ellas entraron los pocos supervivientes de la partida de recolectores.

Los dos legados ascendieron a lo alto de la empalizada mientras las puertas volvían a cerrarse: ante ellos, desplegados alrededor de toda la fortificación, rodeándolos por completo, tenían a miles de eburones, armados y lanzando gritos de furia.

—Van a atacar —dijo Cota.

Sabino se quedó mudo, como petrificado por la sorpresa. No daba órdenes.

Cota se dirigió a los tribunos que los acompañaban:

—¡Quiero legionarios con *pila* en las torres y en lo alto de cada lado de la empalizada y auxiliares con arcos por todas partes, por Júpiter! ¡Y diez cohortes formadas en el centro, preparadas para una salida!

No tenía claro lo de salir, pero la cuestión era disponer de todos los hombres armados y prestos para el combate. Luego ya se vería qué era más conveniente.

Sabino se volvió hacia él y asintió, empezando, por fin, a reaccionar.

Ejército de los eburones

Ambiórix miraba fijamente hacia lo alto de la empalizada. La fortificación estaba en una elevación del terreno, lo cual dificultaría aún más hacerse con ella, pero haber eliminado, al menos, a unos cien legionarios de la partida de recolectores había dado a sus hombres la energía para acometer aquella empresa. Se trataba de que no empezaran a dudar.

—¡Al ataque! —aulló.

Los eburones se abalanzaron en tromba contra las empalizadas romanas.

Campamento romano

—¡Esperad, esperad! —ordenaba Cota calculando el mejor momento para dar orden de arrojar los *pila* y los dardos sobre el enemigo que corría hacia la empalizada. Llevaban escalas de madera y de cuerda. Venían preparados. Habían estado pensando en aquel ataque desde hacía tiempo. Pero ahora no era momento de discernir sobre el porqué de aquella rebelión y sobre sus posibles motivaciones últimas. Lo urgente era sobrevivir y en eso ocupaba su mente—. ¡Ahora, ahora, por Júpiter, ahora!

Ejército de los eburones

Ambiórix y Catuvolco luchaban entre sus hombres. La lluvia de hierro fue ingente y, pese a los escudos, muchos cayeron muertos o heridos. Aun así, se arrojaron escalas de cuerda con garfios y algunos intentaron trepar por ellas o por otras de madera que habían conseguido enganchar o apoyar en la propia empalizada.

Pero los romanos se las estaban ingeniando para cortar las cuerdas de unas escalas o empujar las otras de madera de modo que prácticamente ninguno de los eburones estaba consiguiendo el objetivo de trepar hasta lo alto de la fortificación romana. Y los pocos que lo lograban eran rápidamente rodeados por legionarios y abatidos.

—¡Retirada, por Taranis, retirada! —ordenó Catuvolco, claramente decepcionado. Aquello era imposible.

—¡Retirada, retirada! —confirmó Ambiórix, pero sin sensación de derrota. Aquello era exactamente lo que él tenía previsto.

Los eburones se alejaron del campamento más de mil pasos y se reagruparon junto al bosque cercano. Pese a las bajas, seguían siendo un ejército inmenso que triplicaba en número al de los romanos, claro que ante una buena defensa, como la que había presentado el enemigo, aquella superioridad numérica no valía para mucho al no tratarse de una batalla en campo abierto, sino de atacar una posición fortificada.

—Es imposible tomar el campamento —le espetó Catuvolco a Ambiórix—. Nos has conducido a una locura.

—Claro que es imposible tomar el campamento al asalto —admitió Ambiórix—. O a un coste de vidas tal que no merece la pena. Pero nada de todo esto es una locura.

—¿Quieres decir que contabas con todo esto? —preguntó Catuvolco.

—Por supuesto —afirmó con contundencia Ambiórix, mientras bebía agua que le pasaba uno de los guerreros. Habían corrido mucho aquella mañana. Estaba mortalmente sediento. Anhelaba unas buenas cervezas, pero aún no era el momento de celebrar nada.

—¿Y cuál es tu plan? Porque sigo pensando que nos has arrastrado a una guerra sin sentido, en la que no podemos vencer —insistió Catuvolco—. No veo forma de tomar ese campamento, como dices, sin que perdamos, al menos, la mitad de los hombres.

—Es que no vamos a tomar el campamento —respondió Ambiórix.

—Pues entonces no creo que ni Induciomaro ni Acón ni ningún otro jefe galo, belga o germano, de este o del otro lado del Rin, vaya a seguirnos en esta guerra demencial que has iniciado.

Ambiórix se aproximó a Catuvolco hasta tener su rostro apenas a un palmo del rostro del otro.

—Oh, sí, amigo mío: nos seguirán, nos seguirán todos. Induciomaro el primero y, luego, el resto cuando vean lo que les va a pasar a los romanos de ese campamento —anunció, y se volvió hacia la fortificación enemiga y la señaló como quien pronuncia una sentencia de muerte, pero se alejó de Catuvolco y del resto de jefes sin desvelar sus planes.

Campamento romano

Sabino y Cota podían ver cómo los eburones se diseminaban por toda la pradera colindante rodeando el campamento. Se trataba del inicio de un asedio.

—Pese a lo que ha ocurrido con los recolectores, tenemos suficiente grano para aguantar más de un mes, quizá dos si racionamos la comida —comentó Cota.

Sabino no decía nada y miraba hacia el enemigo.

—Parece que quieren parlamentar —dijo uno de los tribunos.

Cota se volvió también a mirar hacia los eburones que estaban acampados frente al campamento: un pequeño grupo de unos veinte guerreros, que seguían a un líder que, con toda probabilidad, sería uno de sus jefes, se adelantaba, separándose del grueso de su ejército, y avanzaba hasta detenerse a unos quinientos pasos de la fortificación.

—Yo saldré... con veinte legionarios de escolta —propuso Sabino mirando a su colega—. Si me pasa algo, tú quedarás al mando de la defensa.

Cota asintió y sólo apuntó un comentario:

—Lleva contigo a uno de los intérpretes galos.

Las puertas del campamento se abrían al tiempo que Sabino descendía desde la empalizada.

Cota, acompañado por los tribunos militares, se quedó en lo alto observando la escena. Sabino salió del campamento y anduvo junto con la pequeña escolta. Se veía a un galo con ellos. El grupo caminó hasta llegar a unos cincuenta pasos del contingente belga y se detuvo.

El líder del enemigo, un hombre alto, con trenzas rubias y aire recio, se adelantó acompañado por uno de sus hombres. Sabino lo imitó y avanzó solo, seguido únicamente por el intérprete galo.

Los cuatro hombres se encontraron frente a frente.

El líder de los eburones pareció hablar primero y, cuando terminó, Sabino miró al intérprete. Éste tradujo y, a continuación, el líder del enemigo volvió a hablar, en esta ocasión un parlamento más extenso. El intérprete volvió a traducir.

Sabino dijo algo.

Breve.

Quizá una pregunta.

El intérprete tradujo de nuevo y el líder de los eburones volvió a responder con otra intervención larga.

Se intercambiaron algunos turnos más de palabra con las interrupciones precisas para que el intérprete tradujera.

Sabino, al fin, se dio la vuelta y se alejó del lugar de la reunión con el jefe galo y lo mismo hicieron los dos belgas, de modo que todos se reintegraron con sus respectivas escoltas.

Cota descendió de lo alto de la empalizada y esperó a Sabino en la misma puerta del campamento.

Sabino regresaba muy serio, casi aturdido, como abrumado por un enorme peso.

—Vamos al *praetorium* y allí te explico —le dijo a Cota.

Y los dos legados, ante las miradas inquietas de todos los tribunos militares, se retiraron a la tienda de mando.

Escolta de los líderes belgas

—No aceptarán —le decía Catuvolco a Ambiórix.

—Yo creo que sí —replicó el segundo, que era quien había llevado la negociación.

—¿Y por qué iban a aceptar? —insistió Catuvolco aún muy incrédulo.

—Porque ese legado que ha venido a parlamentar tenía el miedo impreso en sus ojos. Aceptará —se explicó Ambiórix.

Caminaron un poco más en silencio.

—¿Acaso contabas con ese miedo en tus planes? —Catuvolco parecía enfurecido porque intuía una cierta improvisación en la manera de actuar de Ambiórix—. ¿Y si hubiéramos dado con un legado audaz?

—Entonces tenía otros planes.

—¿Qué planes? —indagó Catuvolco con la seguridad de que el otro no respondería porque no tenía pensado nada más.

Ambiórix se detuvo y lo miró a los ojos.

—Entonces tenía pensado incendiar las empalizadas por la noche —respondió con vehemencia y encarando la faz de Catuvolco, aunque, de pronto, iluminó su semblante con una sonrisa y añadió—: Pero no hará falta, porque ese legado tiene tanto miedo que aceptará mi propuesta. Y, por supuesto, ése será su gran error.

Campamento romano, *praetorium*

—¿Qué te ha propuesto el jefe de los eburones? —preguntó Cota en cuanto estuvieron en el interior de la tienda de mando.

Sabino se sentó en una de las *sellae curules* como si fuera un gladiador abatido en medio de una lucha y estuviera a punto de implorar clemencia al pueblo.

—El jefe galo con el que he hablado dice que hay una rebelión general por toda la Galia belga y que van a asediar otras guarniciones romanas, pero que él no cree realmente en esta lucha y que se ha visto empujado por su pueblo a atacarnos —explicó Sabino, cabizbajo—. Pero dice que César siempre se portó bien con él y que no lo depuso como a otros jefes, y que por ello quiere evitar más derramamiento de sangre y nos ofrece, en pago a la buena actitud de César con él en el pasado, que abandonemos el campamento y nos vayamos a unirnos a otra de las guarniciones para protegernos juntos de estos ataques. Nos garantiza que no seremos atacados si abandonamos el campamento mañana, pues, si nos mantenemos en él, no asegura que pueda contener mucho tiempo a sus guerreros, que quieren expulsar a todos los romanos de la Galia belga. Eso me ha dicho.

Cota hacía gestos de desaprobación.

—A mí me huele a trampa —argumentó.

—Suponía que dirías eso —replicó Sabino alzando el rostro y mirándolo fijamente a los ojos—, pero a mí me huele a que es nuestra única opción: el nuestro es el campamento más septentrional de todos y estamos completamente rodeados por los eburones. Es sólo cuestión de tiempo que terminen tomando la fortificación.

—Tenemos órdenes expresas de César de no abandonar los campamentos si somos atacados —opuso Cota—. Sus instrucciones para estos casos eran resistir y mandar mensajeros a Samarobriva para que el procónsul nos envíe ayuda.

—¿Qué parte de «estamos completamente rodeados» no has entendido? Es imposible que podamos mandar ningún mensaje, por Hércules.

—No será fácil, pero durante la noche es muy difícil que en tan poco tiempo hayan podido construir fortificaciones de asedio y tenernos realmente encerrados. Estarán acampados alrededor del campamento, pero en la oscuridad, si mandamos varios mensajeros, uno o varios de ellos conseguirán superar el cerco y llegarán a Samarobriva. Y César enviará ayuda. Siempre lo ha hecho. Nunca ha abandonado a ninguna legión, ni siquiera a una cohorte, a su suerte ante el enemigo.

—Suponiendo, y es mucho suponer —contrapuso ahora Sabino—, que un mensajero consiguiese informar a César de lo que nos ocurre y el procónsul se decidiera a venir aquí con una o dos legiones o las que pueda reunir para ayudarnos, si es que no está siendo él mismo atacado ya por otras tribus, quizá lo único que encuentre sean nuestros cadáveres en medio de un campamento convertido en cenizas humeantes.

Los dos hombres callaron durante un rato.

—No es tan fácil incendiar un campamento entero —replicó Cota—. Puede que lo intenten e incluso que consigan quemar alguna parte de la empalizada, pero tenemos algún muro de piedra y tenemos algunos materiales de construcción acumulados para levantar el *valetudinarium* durante el invierno. Podríamos reforzar las empalizadas con ese material en lugar de construir el hospital de campaña. De este modo, los eburones encontrarían más defensas de las esperadas y alargaríamos la resistencia hasta que llegara ayuda.

Pero Sabino tenía tomada su decisión:

—No, no lo veo posible. Son muchísimos más que nosotros y, si abren una brecha en cualquiera de las empalizadas, entrarán en el campamento y será nuestro fin. Si no estuviéramos tan superados en número, no diría que no a tu plan, pero en estas circunstancias su oferta es más que generosa.

Cota no tenía más argumentos, así que se limitó a repetir el que le pareció más inapelable:

—Tu decisión contraviene las órdenes de César.

—Partes de la base de que César aún sigue vivo —le respondió abriendo una posibilidad que Cota ni siquiera había imaginado—. ¿Quién te dice que Samarobriva no está ya incendiada con César mismo muerto consumiéndose en esas llamas en medio de la catástrofe general?

Cota no consideraba muy posible que César se dejara matar con tanta facilidad.

—¿Y qué propones exactamente? —preguntó Cota, como el ajusticiado que pregunta por su pena.

—Abandonar el campamento al amanecer, tal y como nos ha propuesto el jefe belga, y dirigirnos a la posición de Quinto Cicerón, donde los nervios, que es la legión más próxima a nosotros —propuso.

—Tenemos el mismo rango —dijo Cota en un último intento por detener lo que él consideraba que era un grave error.

—Eso es cierto, pero yo tengo el mando sobre una legión y tú sobre las cohortes de refuerzo. Yo me iré con mi legión. Tú haz lo que quieras con tus cinco cohortes. —Y se levantó—. Al alba me comunicas tu decisión. Voy a organizar los turnos de vigilancia nocturna. —Y salió del *praetorium* sin esperar respuesta.

Campamento de los eburones
Al alba

—¡Salen! —exclamó Catuvolco al ver cómo se abrían las puertas de la fortificación romana y empezaban a aparecer las primeras centurias.

—Te dije que aceptarían —dijo Ambiórix con una sonrisa de triunfo.

Campamento romano

En el interior de la fortificación romana, la legión al mando de Sabino, completamente equipada, había iniciado la operación de abandonar el campamento. Su legado estaba frente a la gran unidad militar supervisando la maniobra.

Cota se le acercó por la espalda.

—Mis cohortes se irán contigo —le dijo.

—Me alegro de que hayas entrado en razón —respondió Sabino volviéndose hacia su colega—. Es lo mejor, créeme. Estoy seguro de ello.

—Yo no estoy tan seguro —opuso aún Cota—, pero tampoco creo que sea buena idea dividir nuestras fuerzas. Así que acepto que nos vayamos todos juntos hacia la posición de Quinto Tulio Cicerón.

Ejército de los eburones

—Que los guerreros se preparen —ordenó Ambiórix.

Catuvolco no discutió: todo estaba saliendo según había planeado su colega y, aunque no lo admitiera en voz alta, se estaba ganando su respeto y su confianza.

—Yo me ocupo —respondió Catuvolco y se aprestó a organizar su ejército mientras Ambiórix seguía con sus ojos fijos en las maniobras de los romanos.

Pradera frente al campamento romano

Las cohortes fueron formando frente a la fortificación romana, hasta que las quince estuvieron en el exterior dispuestas para iniciar la larga marcha hacia el territorio de los nervios controlado por las tropas de Quinto Cicerón.

Sabino se puso al frente de su legión y, en medio del ejército, Cota al frente de sus legionarios.

—¡Adelante, por Júpiter! —ordenó Sabino.

Y las quince cohortes iniciaron la marcha.

Poco a poco se iban aproximando hacia los miles de eburones que, armados con hachas y espadas y lanzas, habían formado ante ellos a la espera de sus movimientos.

Sabino pudo ver al jefe de largas trenzas rubias ligeramente adelantado a sus tropas, con el otro líder que lo acompañó en la negociación a su lado.

Las cohortes estaban apenas ya a quinientos pasos.

Sabino alzó el brazo y el ejército romano se detuvo. Si los galos no se apartaban, aún tenían margen para ponerse en formación de ataque y luchar cuerpo a cuerpo, incluso retirarse de regreso al campamento poco a poco, manteniendo el frente de combate.

Pero, en ese momento de duda, vio cómo el líder de los eburones levantó también su brazo y sus guerreros, lentamente, como a regañadientes, pero obedeciendo a su líder, se iban separando en dos mitades, de modo que quedó un inmenso pasillo libre por el que se podía cruzar entre ellos.

Sabino tragó saliva.

Bajó el brazo y echó a andar y, tras él, sus diez cohortes y, tras ellas, Cota con sus cinco cohortes. Casi diez mil legionarios romanos desfilaban marcialmente por la pradera.

Todos los legionarios, no obstante, cruzaban con miedo por entre aquel mar de guerreros belgas que los miraban con odio. Sabino, el legado, tenía pavor. Lo sentía desde el momento en el que apareció en el horizonte de aquella pradera el vasto ejército de los eburones, y cuando el jefe militar siente miedo, ese mismo pánico se transmite de unos a otros por toda la cadena de mando, desde el legado a los tribunos, de éstos a los centuriones y así hasta el corazón asustado de cada uno de los legionarios.

Pero aquellos enfurecidos guerreros del norte parecían ser fieles a la palabra dada y nadie atacó a los romanos. Se limitaron a lanzarles gritos de desprecio, a increparlos y exhibir sus hachas de guerra en alto sin que ninguno de los belgas se moviese de su posición, y, de este modo, las quince cohortes de Sabino y Cota pudieron, al fin, en medio del oprobio y la humillación, terminar aquel paso por entre sus enemigos e iniciar la marcha que tanto anhelaban en dirección al territorio de los nervios. Allí, Quinto Tulio Cicerón tenía su campamento general y en él esperaban encontrar apoyo y refugio contra aquella revuelta.

Ejército de los eburones

—¿Y ahora qué? —preguntó Catuvolco.

—Ahora sígueme —respondió Ambiórix—. Esto no ha hecho más que empezar.

Bosques en las proximidades de la ciudad celta de Atuatuca*

Vanguardia del ejército romano

Sabino avanzaba al frente de la larga columna romana rumiando pensamientos diversos: por un lado, sentía alivio de haber escapado de

* Actual Tongeren, en el centro este de Bélgica. En la ciudad hay una gran estatua de Ambiórix.

aquella turba de guerreros galos que los triplicaban en número con la mayor parte de los legionarios a salvo. Sólo estaban las víctimas de la emboscada inicial a los recolectores y luego algunos que habían sido heridos o muertos durante el ataque al campamento. Pero dadas las circunstancias, era de la firme opinión de que la operación de repliegue, abandonando el campamento, con la negociación con el líder de los eburones incluida, había sido una buena decisión. Pensaba también que daría parte a César sobre aquel jefe que, si bien los había atacado en un principio, también los había informado de la rebelión general que se estaba preparando o, quizá, ya teniendo lugar, y que, además, les había permitido trasladarse sin ser atacados de nuevo. Ya juzgaría el procónsul hasta qué punto aquel jefe era merecedor de premio o de castigo por su contradictoria actitud.

El ejército romano serpeaba por la entrada de un angosto desfiladero, una gran quebrada entre las colinas rodeada de bosques espesos por la que se adentraban en busca del campamento de Quinto Cicerón las quince cohortes en retirada.

Centro del ejército romano

Cota, en medio de la larga columna de centurias romanas, miraba hacia adelante y hacia atrás con profunda desconfianza: aquel desfiladero se le antojaba un lugar peligroso. Miraba hacia lo alto y sólo veía las paredes de roca, aves rapaces que planeaban sobre ellos y un cielo gris que anunciaba el regreso de la lluvia que apenas les había dado el descanso de un par de días.

De pronto, se oyeron gritos que provenían del final de la columna de tropas.

Cota dirigió hacia allí su mirada, pero el angosto desfiladero hacía una curva que impedía ver qué estaba ocurriendo.

De pronto, empezaron a llover lanzas.

Caían con una fuerza inusitada, adquirida por su larga trayectoria en picado recorrida desde lo alto de los muros de la quebrada.

—¡Aggh!

Varios legionarios cayeron muertos a su alrededor. Él se salvó de milagro y levantó instintivamente su escudo, en el que se clavó la jabalina destinada a matarlo y que, aunque no acabara con su vida, le partió el brazo por el terrible empuje con el que había impactado en su escudo. Y no sólo eso, sino que, al atravesar la lanza enemiga su arma defensiva, le desgarró la piel del antebrazo.

—¡Por Hércules! —aulló Cota e hincó una rodilla en tierra.

Para cuando consiguió reincorporarse, arrojando el escudo con la jabalina clavada en él, pudo divisar que los atacaban por el final de la columna de tropas, además de bombardearlos por todas partes desde lo alto de las paredes del desfiladero. Los galos asomaban ya por la curva de la quebrada, al tiempo que la lluvia de proyectiles se intensificaba en su posición.

—¡Poneos junto a las paredes! —gritó Cota, pues cuanto más próximos estaban a la vertical de los muros de roca de ambos lados, más difícil era que los alcanzaran las lanzas. Algunos centuriones repitieron sus órdenes y eso empezó a salvar legionarios, que se guarecían, escudos en alto, pegados a los muros de piedra. Sin embargo, en medio del desconcierto, en aquel estrecho desfiladero, sin facilidad para maniobrar, los eburones estaban masacrando a las cohortes de retaguardia.

Vanguardia del ejército romano

Las cosas no iban mucho mejor para Sabino en la cabeza de la columna. Intentaba organizar algún tipo de defensa, pero la estrechez del paso y el bombardeo constante de proyectiles a que los tenían sometidos impedía cualquier táctica de combate propia de las legiones: se luchaba cuerpo a cuerpo, en desorden, en un sálvese quien pueda, y en esa distancia corta, en medio de una gran desorientación, los guerreros eburones llevaban toda la iniciativa.

De súbito, del mismo modo en el que había empezado el ataque, las lanzas dejaron de llover y los eburones se replegaron.

Todo el desfiladero se llenó entonces, interrumpido el fragor de la lucha, de los lamentos de los legionarios heridos que reclamaban ayuda. Apenas había bajas entre los atacantes y, de haber heridos, los habían retirado con ellos al replegarse.

—¡Manteneos pegados a la pared de roca, en ambos lados! —ordenó Sabino, que, al igual que Cota, había llegado a la misma conclusión de que ése era el lugar más seguro hasta que consiguieran salir de aquella emboscada mortal.

El legado también comenzaba a darse cuenta de que había sido objeto de un gran engaño y de que la aparente generosa propuesta del jefe de los eburones sólo había sido una estratagema para sacarlos del campamento y poder emboscarlos, tal y como estaban haciendo, en un lugar inhóspito y de imposible defensa, como aquel maldito desfiladero. Pero ahora ya era tarde para echar marcha atrás en su decisión, acertada o, como empezaba a entrever, terriblemente equivocada. En aquel momento, su empeño tenía que estar en intentar sacar a sus hombres de allí con vida. Al máximo número de ellos. Como fuera.

—Parece que quieren negociar de nuevo —dijo uno de los tribunos que estaba junto al legado.

En efecto, el jefe de las largas trenzas rubias, escoltado por su compañero de armas, quizá otro jefe también, y una pequeña guardia de guerreros, volvía a adelantarse al grueso de las tropas enemigas que se veían repartidas por toda la planicie que se avistaba en la salida del desfiladero.

Sabino ya no tenía fe en nuevos parlamentos con aquel líder de los eburones traidor y taimado, pero su prioridad de intentar salvar al máximo número de hombres lo impelió a adelantarse a las cohortes y, acompañado sólo por una docena de legionarios, acercarse hasta la posición donde se habían detenido los jefes belgas.

—Esperadme aquí —les ordenó a los tribunos que se le habían acercado para acudir con él a la negociación— y dirigid la defensa si me matan. Los que escapéis seguid en ruta hacia el campamento de Quinto Cicerón.

Los oficiales asintieron.

Sabino inició su aproximación al líder de los eburones con la sensación del legado romano que camina hacia su *devotio*.

Centro del ejército romano

Más atrás, hacia la mitad del desfiladero, Cota se arrastraba mientras se desangraba. Aprovechando el parón en la lucha, varios de sus hombres lo ayudaron a llegar a la base de una de las paredes de roca.

—Atacad... todos ... a la vez... —les dijo entre dientes y en medio de un pavoroso sufrimiento—. No hay espacio... más que para... la lucha... cuerpo a cuerpo... Intentad escapar...

—¿Y hacia dónde vamos? —preguntó uno de los centuriones que lo habían asistido—. ¿Seguimos hacia el campamento de Quinto Cicerón?

Cota negó con la cabeza. Su fe en la capacidad militar del hermano del gran orador para defender una posición ante una rebelión en masa no era mucha.

—Id... al... campamento de... —No terminó la frase: aún sentado, apoyada su espalda contra la roca, se derrumbó de lado, pero parecía seguir hablando.

Un centurión se arrodilló y pegó su oído a los labios del moribundo Cota.

—De... de... Labieno —musitó.

Y murió.

El centurión le cerró los ojos, rebuscó bajo su uniforme una pequeña bolsa, la sacó y extrajo una moneda de oro. Era su paga de un mes entero, pero aquel legado había luchado como un valiente hasta la muerte y merecía tener con qué pagar a Caronte, de modo que le abrió la boca y depositó la moneda en su interior. No estaba claro que fuera a haber funeral, pero el barquero del inframundo no reparaba en detalles si se le pagaba el tránsito por la laguna Estigia.

El oficial se levantó.

—Labieno, ha dicho que vayamos hacia el campamento de Labieno, en el territorio de los tréveros.

—Pero ésos son aún más terribles que los nervios —opuso uno de los otros oficiales en aquel tumulto improvisado de mandos en torno al cadáver del legado Cota.

—Sí, pero Labieno es mejor militar que Quinto Cicerón —insistió el centurión.

Nadie rebatió aquella incontestable evidencia.

Vanguardia

Ambiórix escuchaba la traducción del aterrado galo que acompañaba al legado romano. Pero no prestaba atención a las palabras. Hacía tiempo que las palabras, con relación a aquel líder romano, ya no le importaban. Simplemente había pensado que, igual que lo había engañado una vez, podría hacerlo otra y se adelantó a parlamentar con el fin de que el legado acudiera y, más tranquilos, matarlo y, de ese modo, descabezar el ejército romano.

Por eso Ambiórix, mientras el intérprete galo de los romanos traducía, miró a uno de los guerreros que lo escoltaban y éste, a su vez, hizo una señal al resto y éstos empezaron a rodear a la docena de legionarios que el legado había traído consigo, mientras el propio Ambiórix y Catuvolco desenvainaban sus armas.

En cuanto los tribunos vieron el ataque a traición dirigido contra su legado, dieron la orden a las cohortes de vanguardia de lanzarse contra el enemigo para asistir al legado y su pequeña escolta.

La batalla se reinició y el combate fue feroz, pero la lluvia de proyectiles desde lo alto del desfiladero masacró a los legionarios que no estaban en primera línea de combate, el único punto donde los galos no arrojaban lanzas para evitar herir a sus jefes y compañeros de armas.

Sabino cayó atravesado por la espada del propio Ambiórix y éste no se molestó ni en rematarlo, sino que acudió a dirigir el avance de sus guerreros por un desfiladero que ya estaba sembrado de cadáveres romanos, acribillados por centenares de jabalinas y flechas que no dejaban de lloverles desde las cimas de la quebrada.

Retaguardia del ejército romano

Una lucha similar se libraba en el otro extremo del desfiladero. Allí, quizá por la ausencia de los carismáticos Ambiórix y Catuvolco, o porque los eburones habían acumulado menos hombres, los centuriones de las cohortes de refuerzo consiguieron abrir una pequeña brecha y por ella, a base de mandobles y empellones con los *umbones* de sus escudos, consiguieron escapar e iniciar una infinita carrera en dirección sur, hacia el campamento del *legatus* Labieno, tal y como les había ordenado su superior, el agonizante legado Cota.

Los eburones los persiguieron durante varias millas y dieron muerte a la mayoría de los que huían, pero un pequeño grupo, ensangrentados y horrorizados, persistieron en la carrera y se desvanecieron por entre los árboles, siempre hacia el sur, siempre hacia el territorio de los temibles tréveros. Cualquier cosa menos permanecer en aquella región que se había convertido en una gigantesca tumba para los romanos.

Ambiórix y Catuvolco caminaban pisando cadáveres enemigos. Sus guerreros estaban siendo sistemáticos en la matanza y cada vez había menos lamentos y más y más muertos romanos.

Sin casi darse cuenta, los jefes de los eburones se encontraron sobre el aún moribundo Sabino.

El hecho de que el *legatus* romano aún no estuviera muerto del todo le pareció divertido a Ambiórix y se arrodilló para escucharlo, pues el alto oficial de la legión parecía alzar algo la mano, como indicando que se le acercara.

—Cuidado —lo advirtió Catuvolco.

Pero Ambiórix hizo un gesto de desdén con la mano.

—Está más muerto que vivo y no tiene armas —dijo el jefe galo y se aprestó a escuchar lo que aquel simple que se había dejado engañar tanto quería decirle.

Sabino, tumbado bocarriba, con heridas en brazos y piernas, pues luchar había luchado con bravura hasta la extenuación, escupió sangre en su titánico esfuerzo por hablar.

—Te escucho, romano —le dijo Ambiórix, de cuclillas, a su lado, rodeado por feroces guerreros con hachas preparadas en el caso de que el *legatus* hiciera algún ademán violento contra su jefe en un último esfuerzo antes de morir.

Pero Sabino sólo tenía energía para pronunciar unas frases.

—Yo... —Se atragantó, escupió más sangre y volvió a hablar—: Yo he cometido un error muy grave... y lo he pagado..., pero tú has cometido un error aún mucho más grave que el mío... —Tosió más sangre y le dedicó su última mirada—. César acabará contigo..., acabará con todos vosotros... Os exterminará...

Y escupió bilis y se quedó inmóvil, los ojos muy abiertos mirando aquel maldito cielo gris en el que casi nunca brillaba el sol.

Ambiórix se levantó despacio. Él no comprendía el latín y, francamente, le daba igual haber entendido o no lo que aquel imbécil le había dicho. El orgulloso jefe de los eburones, satisfecho de su gran victoria, se volvió hacia sus hombres con la faz tranquila de quien ha cumplido los objetivos marcados.

—Los romanos tenían ocho legiones y media en la Galia belga

—dijo—. Les quedan siete. Vamos ahora a por la legión del territorio de los nervios, mientras Induciomaro ataca a las dos legiones romanas del sur. Pronto los romanos contarán sólo con cuatro. En unas semanas habremos reducido su ejército a la mitad. Es una divertida cuenta atrás hacia su exterminio.

CI

La estela de la tristeza

Alejandría, Egipto
Otoño del 54 a. C.

Las noticias que llegaban a Egipto en aquel tiempo navegaban al ritmo de los barcos mercantes atestados de trigo rumbo a Roma desde Alejandría y que regresaban luego al Nilo con sus bodegas repletas de aceite en millares de ánforas de arcilla. De ese modo, cuando se descargaban los innumerables recipientes traídos desde el corazón del poder romano, los muelles de la capital egipcia se transformaban no sólo en un hervidero de marineros ansiosos por encontrar vino, comida fresca y mujeres predispuestas a aceptar sus rudas aproximaciones, sino también en un alboroto de encuentros donde unos contaban a otros hechos acontecidos allende el mar, con frecuencia cayendo en la exageración, la pura invención o hasta el libelo más absurdo por el simple anhelo de cada narrador de convertirse en el más escuchado y popular de todos los recién llegados.

Para evitar mayores confusiones, las noticias para los poderosos llegaban en forma de carta, donde la precisión de la palabra escrita limitaba el margen de la imaginación y la mentira a las capacidades del escribiente, sin los añadidos fabulosos de intermediarios poco fiables.

Y así fue como, por carta, el faraón Tolomeo XII recibió en su corte la noticia de la muerte de la joven esposa de su mayor aliado en Roma.

—La mujer de Pompeyo ha muerto —anunció con aire distraído, sin sentirse conmovido lo más mínimo por aquella revelación—. Por lo demás, el senador insiste en que mantengamos el flujo de grano hacia Roma según convinimos. Y ya no hace mención del espinoso asunto de la expulsión del banquero Rabirio.

En verdad, esto último era lo único que le importaba al faraón: que Pompeyo, viendo que el grano seguía llegando a Roma según lo acordado, no reclamaba el retorno a Egipto de un Rabirio que se había hecho insufriblemente impopular entre los egipcios y fuente de revueltas y altercados.

En la sala de audiencias estaban presentes el recuperado consejero Potino, la princesa Cleopatra, su hermana menor Arsínoe, un año más joven que ella, los pequeños Tolomeos y unos cuantos asistentes y ministros más del gobierno de Egipto.

—Es reconfortante que el senador no aluda más a la expulsión de Rabirio —comentó Potino—. Pompeyo podría haberse tomado el tema como algo personal, pero parece evidente que, mientras mantengamos el envío de grano hacia Roma, el resto de las cuestiones no le importan.

—Eso parece —confirmó Tolomeo XII.

Cleopatra no dijo nada al respecto. Ella estaba pensando en otra dirección.

Su padre se percató del silencio de la que, tras la ejecución de Berenice, era ahora su hija mayor.

—Me parece extraño que no comentes nada, tú que siempre pareces tener opinión de todo —le espetó con un tinte de reproche por sus últimas conversaciones particularmente incisivas, en las que había criticado la forma en la que él se conducía en el gobierno de Egipto, especialmente con la readmisión de Potino como consejero.

—Pensaba en la muerte de su joven esposa —respondió la princesa—. Me entristece sobremanera.

—Yo apenas la recuerdo —replicó Tolomeo XII con indiferencia, aunque, de pronto, un destello de humanidad pareció abrirse en sus palabras—, pero tú solías hablar con ella cuando yo estaba reunido con su esposo. Ahora lo recuerdo.

—Sí, padre. Y me gusta pensar que nos hicimos buenas amigas. Por eso me duele saber de su muerte. Era además joven y, por tanto, su fallecimiento me ha sorprendido aún más. ¿Pone algo en la carta sobre cómo ha sido?

—No —respondió el faraón lacónicamente. A sus ojos, la muerte de una esposa era un tema menor y privado, y le pareció lógico que el senador no diera más información sobre éste.

—Quizá yo pueda completar la noticia —se aventuró a intervenir Potino, inclinándose al tiempo que se entrometía en la conversación entre el faraón y su hija. Y como Tolomeo XII asintió, continuó hablando, esta vez mirando a la joven princesa que había requerido más detalles sobre aquel triste acontecimiento—. Parece ser que fue al dar a luz. El parto se complicó.

Cleopatra parpadeó. Las noticias de un aborto de Julia ya habían llegado antes a Oriente.

—¿Pero todo eso no había ocurrido hace ya más tiempo? —indagó la princesa.

Potino acumulaba datos. Era lo que mejor sabía hacer. Eso y luego suministrarlos poco a poco, allí donde le pudieran reportar la confianza de alguien poderoso o influencias o dinero. O todo a la vez.

—Tuvo un primer parto complicado que terminó con la pérdida del niño —explicó el veterano consejero—. Parece que la noble Julia volvió a quedar embarazada y que en este segundo parto todo ha ido aún peor.

Cleopatra recordaba perfectamente que le había regalado a su amiga romana unas figuras de oro de los dioses Bes, Tauret y Heqet. ¿Acaso Julia no recurrió a su protección? ¿Acaso los dioses egipcios no protegían a una mujer romana? Fuera como fuera, una profunda sensación de tristeza la invadió y se mostró en su semblante salpicado por la melancolía y la pena y la nostalgia de unos encuentros que, en aquel momento, se le antojaban las conversaciones más interesantes que nunca jamás había tenido con ninguna otra mujer. Julia había sido alguien inteligente y sensible con quien se podía hablar de todo, de obras de teatro de Aristófanes o de la política de Roma o de la vida familiar o de esos pequeños detalles de ropa, joyas o aderezos con los que nunca se puede conversar con un hombre porque los consideran superfluos. Cuando, con frecuencia, en el detalle nimio estaba la clave con la que resolver muchos asuntos. Julia se daba cuenta de todo esto. Julia, ahora

Cleopatra lo discernía con claridad, había sido su única amiga en la vida. Con sus hermanas Berenice, ya muerta, y Arsínoe, relativamente aislada en la corte actual por la desconfianza de su padre a nuevos golpes de Estado encabezados por cualquiera de sus hijas o hijos, nunca había llegado a conectar en modo alguno, por no hablar del profundo desinterés que Berenice y Arsínoe mostraron siempre en el pasado por la literatura, la filosofía o la lectura en general. Sin embargo, con aquella joven noble romana había sentido una unión de mente y espíritu y sentimientos, de intereses e ideas que le apenaba enormemente saber rota para siempre. No habían mantenido correspondencia, pero en el fondo siempre había imaginado que en un momento u otro, con el discurrir de la vida, sus caminos volverían a cruzarse y, de nuevo, disfrutarían de la compañía mutua, los diálogos inteligentes y esa sensación de complicidad en un mundo de hombres que, fuera en Egipto o en Roma, siempre las consideraba inferiores. Pero ahora todo eso ya no sería posible.

Una lágrima asomó en su rostro e inició un dubitativo descenso por su mejilla derecha, trazando en su zigzagueante camino la estela de la tristeza.

Su padre se dio cuenta y, hasta donde él alcanzaba, por fin se conmovió.

—Lo siento, hija.

—Ha sido tan inesperado... —comentó ella enjugándose la lágrima con el dorso de la mano, como justificando su momento de debilidad, y, para desviar la atención, o no tanto por eso, sino por saber más y mejor lo que estaba aconteciendo en el mundo, preguntó mirando al consejero—: ¿Y la criatura nació viva o muerta?

Potino levantó las cejas. La joven princesa tenía la destreza de hacer las preguntas más importantes, aquellas que su padre olvidaba, del modo más casual, como si realmente lo que preguntara no le fuera verdaderamente interesante.

—El niño, se trataba de un niño —precisó Potino—, sobrevivió, pero, lamentablemente, falleció también a los pocos días del parto.

Cleopatra no dijo más sobre el asunto, se levantó, pidió permiso a su padre para retirarse y, una vez que éste se lo concedió, la joven princesa abandonó la sala de audiencias, seguida de cerca por sus leopardos Circe y Ulises, y se dirigió hacia sus dependencias personales en el vasto palacio real de Alejandría. Durante su largo trayecto hasta su dormitorio, escoltada siempre por soldados de los *gabiniani*, que guardaban una respetuosa distancia no ya con ella, sino con sus muy particulares mascotas felinas de gran tamaño, repasó los encuentros con Julia, rememorando sonrisas, complicidades y aquella compañía dulce y amable de la que fue su amiga. La princesa meditaba también sobre cómo podría afectar la muerte de Julia al pacto a tres que tenían Craso, Pompeyo y César. En aquel momento, de pronto, recordó que Julia le había entregado una carta. Una carta para su padre. Una carta para César. Una carta que pensó en dar a Marco Antonio en su partida. Lo que no hizo porque Julia le rogó que sólo entregara aquella misiva a su padre si ella moría. Cuando Marco Antonio partía de Egipto, Julia aún vivía, y ahora que había fallecido, Cleopatra se daba cuenta de que no tenía a nadie más de la suficiente confianza como para confiarle semejante carta privada. Recordó, entonces también, las palabras de la propia Julia con referencia a si sería o no posible entregar aquella misiva a su padre desde un lugar tan remoto como Alejandría: «Eres una princesa egipcia y te desposarás con tu padre, y muy posiblemente termines siendo reina de Egipto. Estoy convencida de que una reina del Nilo, si lo desea y es preciso, podrá hacer llegar esta carta a su destinatario».

Pero Cleopatra sabía que su padre ya no consideraba en modo alguno desposarse por su creciente desconfianza hacia ella misma y hacia todos los miembros de la familia, y, en consecuencia, era imposible que ella llegara nunca a ser reina de Egipto: aquella carta estaba condenada a no ser entregada jamás, al olvido eterno, al silencio profundo de la muerte.

CII

El asedio de Cicerón

Campamento de César
Samarobriva, centro de la Galia belga
Otoño del 54 a. C.

César se preguntaba si habría hecho bien en quedarse en el norte aquel invierno. Roma le preocupaba. Calvino y Mesala, los candidatos a las elecciones consulares seleccionados por los *optimates*, eran hombres duros y, apoyados plenamente por Cicerón y Catón, muy alejados de sus intereses políticos. Quizá, aunque no hubiera podido enviar ya veteranos para reforzar el censo en favor de los candidatos propuestos por el triunvirato, algo más habría podido hacer desde la Galia Cisalpina, más próxima a Roma, que desde la remota Galia belga. Pero ahora sólo le quedaba esperar el resultado de las elecciones. Quizá Pompeyo consiguiera que alguno de sus propios candidatos saliera elegido y así equilibrar la situación pese a su ausencia y a la de Craso.

—Ha llegado correo —dijo un centurión, insertando su anuncio entre los pensamientos del procónsul.

—¿De Roma? —inquirió César, que aún tenía su mente más en el lejano Senado que en la propia realidad de la Galia belga que lo rodeaba.

—No, de los campamentos de las diferentes legiones —se explicó el oficial.

El procónsul asintió y el centurión entró y entregó los mensajes: había tres misivas.

—¿Sólo tres? —preguntó César torciendo el gesto. Desde la muerte de su hija, cualquier inconveniente lo ponía de mal humor. Se sentía irascible e intentaba contenerse ante sus hombres, pero, de cuando en cuando, no podía evitar una mueca de disgusto incontrolado.

—Han llegado mensajeros de los campamentos de Cayo Fabio, Marco Craso y Lucio Roscio, procónsul —se explicó el oficial.

César fue abriendo las breves cartas en silencio y todo parecía estar bien en cada uno de esos campamentos.

—¿Y de Sabino y Cota, de Quinto Cicerón o del campamento de Labieno no sabemos nada?

—No, procónsul, de esas fortificaciones aún no tenemos noticias —respondió el centurión y, ante la evidente faz de preocupación de su superior, añadió un comentario—: Son los campamentos más alejados de nuestra posición. Quizá lleguen mañana.

César cabeceó afirmativamente. La sugerencia del centurión tenía sentido.

Suspiró.

Alzó la mano derecha y el oficial interpretó correctamente que el procónsul deseaba estar solo.

Se llevó las yemas de los dedos a las sienes. Sentía que la cabeza le iba a estallar. Tenía miedo de que las convulsiones regresaran. Marco Antonio estaba en Samarobriva. Era ahora, junto con Labieno, el único que sabía de su debilidad. Al principio, cuando Labieno le comentó que había compartido con aquel oficial, que aún no llevaba con ellos ni un año, el secreto de su enfermedad, pensó que su segundo en el mando había obrado con precipitación, pero ahora le daba cierta seguridad saber que, si volvía a encontrarse mal, tenía a alguien de confianza a quien recurrir.

Se levantó despacio y fue hacia el lecho.

No eran convulsiones, así que no hizo llamar a Marco Antonio. Sólo se encontraba aún débil.

Se recostó.

Cerró los ojos y, por unas horas, intentó olvidarse de la Galia, de

Roma y, sobre todo, de aquella pesadilla que lo perseguía y que no lo dejaba descansar desde hacía semanas: la muerte de Julia.

Campamento de Quinto Tulio Cicerón

Quinto Tulio Cicerón nunca se sintió con alma de militar. Pero el paso por el ejército era una etapa obligada en la carrera política de cualquier ciudadano romano que se planteara un futuro mínimamente relevante. Y con su propio hermano Marco Tulio Cicerón tan inmerso en el Senado, era difícil no seguir su camino. Aunque, en verdad, su hermano no había participado en ninguna acción militar destacada. Claro que le tocó bregar con el golpe de Estado de Catilina en la propia ciudad de Roma.

En fin.

Su hermano. Había estado leyendo una obra filosófica en verso que precisamente Marco le había hecho llegar, de un tal Lucrecio. Interesante. Pero ahora decidió volver a su pasatiempo predilecto: escribir. Se sentó de nuevo a la mesa y Quinto Tulio Cicerón concentró sus sentidos y su intelecto en terminar su decimosexta tragedia teatral. No, la vida militar no era lo suyo y se refugiaba en la redacción de aquellas obras de teatro con el fin de conseguir que el tiempo en aquel gélido norte se le pasara algo más rápido.

—Mi *legatus* —dijo un tribuno al irrumpir con evidente aire nervioso en la tienda de mando de la legión.

—¿Qué ocurre? —replicó Quinto Cicerón, sin ocultar su evidente fastidio por aquella interrupción.

—El legado ha de verlo por sí mismo —respondió el tribuno de forma tan misteriosa como inquietante. Quinto Cicerón detectó el sabor del miedo en aquella respuesta del oficial y se levantó con rapidez dejando de lado su escritura.

Al poco, los dos hombres cruzaban por entre centenares de legionarios agitados que murmuraban sin parar conversaciones a media voz.

Quinto Cicerón no era una persona particularmente sensible, pero hasta él podía percibir un ambiente de terror creciente.

Ascendieron a lo alto del muro frontal del campamento: un ejército inmenso de galos belgas en pie de guerra avanzaba hacia ellos. Eran miles.

—¿Los nervios se han rebelado? —preguntó el legado de forma, hasta cierto punto, retórica.

—Los nervios y, según nos indican los intérpretes galos, han avistado también atuátucos y eburones entre los guerreros que nos rodean —explicó el tribuno.

—Los atuátucos están también en nuestro territorio, pero los eburones se han tenido que desplazar muchas millas. ¿Cómo no nos han avisado Sabino o Cota de ello? Ellos controlan su territorio.

Evidentemente, nadie supo qué responder.

Tampoco había tiempo: los guerreros belgas, casi a la carrera, se abalanzaban hacia los muros del campamento.

Quinto Tulio Cicerón no era un gran militar. Lo suyo era escribir, leer, la filosofía, departir con su hermano sobre retórica..., pero Quinto Tulio Cicerón tampoco era un cobarde.

—Todos a lo alto de las empalizadas y a las torres —ordenó—. Hay que evitar que consigan tomar ni uno solo de los muros o estaremos perdidos.

Y se mantuvo en su posición, en la empalizada frontal, tragando saliva y presto a arrojar *pila* o lo que fuera que tuviera a mano para defender el campamento.

Los belgas se lanzaron contra la empalizada portando escalas y escaleras, como hicieron los eburones en su ataque al campamento de Sabino y Cota hacía apenas unos días.

Los legionarios se defendieron desde lo alto empujando escaleras para alejarlas de la fortificación y acometiendo con saña a los guerreros enemigos que conseguían trepar hasta lo alto de los muros con las escalas. Hubo muertos por ambas partes, pero, al fin, la primera carga del enemigo fue repelida.

—Llevad a los heridos al *valetudinarium* —ordenó Quinto Cicerón mientras descendía de la muralla con el fin de evaluar cómo andaban de pertrechos militares y de comida en los almacenes. Sabía lo que se les venía encima.

—Si no hacemos una salida, nos rodearán por completo y nos cercarán —dijo uno de los tribunos que lo acompañaban en su repaso de la situación.

Quinto no respondió a eso; en su lugar, dio nuevas órdenes:

—Tenemos bastante madera almacenada: quiero que los carpinteros levanten más torres, por todas partes. Y que soliciten la ayuda de tantos legionarios como precisen. Hemos de tener el máximo número de puntos elevados por todo el perímetro para defendernos de los siguientes ataques.

—Entonces... ¿no vamos a hacer ninguna salida? —insistió otro tribuno.

—Por el momento, he dado mis órdenes —se ratificó Quinto Cicerón y todos asintieron. Tampoco era mala idea lo de las torres y tampoco ardía nadie en auténticos deseos de hacer una salida.

Cayó la noche, pero Quinto Cicerón exigió que los trabajos de levantar las torres siguieran durante todas las horas de oscuridad. Se emplearon antorchas para iluminar a los carpinteros y a todos los legionarios que trabajaban bajo su supervisión. Al amanecer, había más de cien torres alzadas en las esquinas de la fortificación, en el centro de cada empalizada y por todas partes, y el alba fue recibida desde lo alto de ellas con tantos legionarios como era posible armados con *pila*, arcos y hondas en cada una de aquellas posiciones elevadas.

Los belgas atacaron de nuevo, pero el ardid de tantas torres, algo inesperado por parte del enemigo, surtió el efecto deseado y se consiguió repeler así también el segundo ataque. Nuevamente, hubo bajas en la defensa de las empalizadas, pero lo esencial era que se mantenía el control completo del campamento y que los enemigos no habían conseguido abrir brecha alguna.

Por el momento.

Al atardecer llegó la propuesta de parlamentar.

Quinto no podía saberlo, pero los belgas, simplemente, estaban siguiendo la misma táctica que con Sabino y Cota. Pero, en esta ocasión, el legado envió a dos tribunos al punto de negociación mientras él observaba la conversación desde lo alto de una de las torres. Desde allí, pudo ver a un gran guerrero con trenzas rubias, acompañado por otros jefes y una pequeña escolta, hablando con los oficiales romanos asistidos por intérpretes galos.

A su regreso al campamento, los tribunos le explicaron a su *legatus* que los belgas ofrecían dejarlos salir del campamento y alejarse de allí sin ser molestados ni atacados a cambio de que la legión abandonara su territorio. Que había una rebelión general y que, para evitar más muertes por ambos bandos, ofrecían esta tregua. Y que si no se aceptaba aquel trato, asediarían el campamento hasta rendirlo por hambre y sed, demolerlo y aniquilarlos a todos.

Quinto Cicerón inspiró aire con profundidad.

—¿Qué pensáis vosotros? —preguntó el *legatus* a los tribunos.

Había diferencia de opiniones. Los había a favor de aceptar el pacto y confiar en que los belgas cumplieran su palabra y los había que dudaban de la sinceridad de los jefes enemigos, pero, al tiempo, un asedio se les antojaba a unos y otros como algo terrible: no tenían realmente tantas provisiones. De hecho, estaban a punto de reclamar más grano a Samarobriva, pero, por unas cosas u otras, esa petición aún no se había realizado. Ahora, no haberlo hecho podía suponer una auténtica catástrofe. Ningún tribuno culpó directamente al legado, pero Quinto Cicerón podía percibir que algunos no lo consideraban el mejor *legatus* del mundo y, mucho menos, el líder militar idóneo para aquella situación.

Quinto Cicerón ordenó que lo dejaran solo en el *praetorium*.

En cuanto todos se fueron, el *legatus* esbozó una sonrisa sarcástica: si él fuera tribuno, también dudaría de él. Se sentó y se pasó la palma de la mano derecha por el cogote y se dejó caer hacia atrás en el respaldo de su solitario *solium*.

Campamento de Labieno

Labieno escuchó todos y cada uno de los relatos de los supervivientes que habían ido llegando a su campamento. En verdad, cada legionario repetía la misma historia sólo que con palabras diferentes: unos ponían el énfasis en la emboscada sorpresa, otros en el pacto traicionado por los eburones; unos hablaban de los ataques al campamento y, por fin, todos describían la muerte y la desesperación en la lucha final en aquella maldita quebrada donde los rodearon y los masacraron.

—César ha de ser informado de inmediato —dijo Labieno.

Aquella misma tarde, varios mensajeros, que seguirían caminos distintos, partieron en dirección a Samarobriva. El procónsul tenía que saber que había perdido una legión y media y que los eburones estaban en rebelión en el norte.

—¿Por qué cinco mensajeros y por rutas diferentes? —preguntó uno de los tribunos.

Labieno respondió sin dejar de mirar el mapa de la región desplegado en la mesa central del *praetorium*:

—Porque no me fío de los tréveros de nuestro territorio.

Campamento de Quinto Cicerón

Cicerón reclamó la presencia de los tribunos militares de nuevo en la tienda de mando.

—Sé que dudáis de mí como militar —empezó, y alguno fue a interrumpirlo para negar que eso lo pensaran todos, pero el *legatus* levantó la mano izquierda, agitándola de modo que todos guardaran silencio—. Y es lógico. Mi pericia como legado al mando de una legión en estos últimos años se ha circunscrito a obedecer con disciplina las órdenes de Julio César. Y he estado pensando sobre ello. Yo tampoco tengo tanta fe en mí mismo como para tomar audaces iniciativas militares, pero creo que no me ha ido mal ni a mí ni a los hombres bajo mi mando mientras he estado siguiendo con precisión las órdenes recibidas por el procónsul de Roma en la Galia. Así que he concluido que eso exactamente es lo que vamos a seguir haciendo: obedecer las instrucciones de César, y las órdenes del procónsul eran no abandonar los campamentos durante todo el invierno bajo ningún concepto y que, si había algún problema, lo que debía hacerse era enviar mensajeros a Samarobriva. Así que os pido a todos no ya que me obedezcáis, si dudáis de mi criterio, sino que obedezcamos todos las órdenes de aquel en quien más confiamos cuando se trata de la guerra: vamos a rechazar la propuesta de los belgas, nos quedaremos en el campamento, resistiremos sus ataques y enviaremos mensajeros. Tantos como podamos para informar a César de.... —decidió evitar la palabra «asedio»—, de nuestra... situación.

Quinto Cicerón pudo ver asentimientos generalizados a su alrededor; no obstante, uno de los tribunos planteó el único punto débil de aquel plan:

—¿Y si ningún mensajero consigue superar el cerco de los belgas?

—Recemos a los dioses por que alguno sí lo consiga —fue la respuesta del legado de la legión.

Campamento general belga

Ambiórix, reunido con Catuvolco y con los jefes de los nervios y los atuátucos, recibió la noticia de la negativa del *legatus* romano con cierta sorpresa, pero era de esperar que no todos los líderes romanos fueran igual de fáciles de engañar. Pero el líder de los eburones había pensado en todas las opciones: había valorado intentar incendiar las empalizadas, como pensó hacer con el campamento anterior, pero la construcción de las torres y el hecho de que las paredes de madera de la fortificación romana tuvieran sólidas bases de piedra que no arderían, dejando siempre una parte de muro intacto a las llamas, le hizo decidirse por otro plan. Era más lento, pero más seguro e igual de letal.

—Bien, si lo que quieren es encerrarse y resistir, construiremos máquinas de asedio como las que hacen los propios romanos para arrojarles piedras al interior del campamento y manteletes para poder acercarnos hasta sus empalizadas protegidos de sus proyectiles y así hostigarlos constantemente lanzándoles más lanzas lo más cerca posible de sus protecciones. Y, además, rodearemos todo el campamento de zanjas, de modo que resulte imposible que ningún mensajero que envíen a solicitar refuerzos pueda escapar de nuestro asedio. El tiempo y el miedo harán el resto. —Y sonrió—. Yo creo que, al final, acabarán saliendo. Y cuando lo hagan, los remataremos. Y si no salen nunca, esperaremos a que el invierno y el hambre acaben con ellos. Con esto, al romano sólo le quedarán seis legiones. A falta de que Induciomaro cumpla con su objetivo de destruir las dos que tiene en su territorio.

Todos los jefes lo miraban con admiración: haber destruido ya legión y media otorgaba a Ambiórix un aire de líder inapelable e indiscutible a quien nadie osaba contradecir orden alguna.

Campamento de Quinto Cicerón

Los ataques eran constantes. Sin dejar ni una hora de descanso para los legionarios que tenían que turnarse para defender las empalizadas desde lo alto de las más de cien torres levantadas por orden del legado. Pero, pese a los numerosos torreones de madera, las acometidas del enemigo no remitían y los belgas conseguían arrojar gran cantidad de proyectiles cuando se acercaban protegidos con los manteletes a las empalizadas. Los ataques causaban bajas entre los defensores, a la vez que todos los legionarios podían ver cómo descendían, poco a poco pero de modo constante, según pasaban los días, los sacos de grano de los almacenes, mientras que, desde lo alto de las torres, divisaban las interminables zanjas que los galos excavaban, cada vez más y más profundas, a lo largo de todo el perímetro que rodeaba el campamento.

Se sabían sometidos a un cerco total y sin apenas fe en poder recibir ayuda de nadie. Todas sus esperanzas estaban depositadas en los mensajeros que el legado había estado enviando durante las últimas noches, con la idea de que, al abrigo de la oscuridad, alguno de ellos consiguiera sortear las zanjas sin ser descubierto, superar el cerco y hacer llegar el mensaje solicitando ayuda urgente al procónsul en Samarobriva. En verdad, esa creencia, por improbable que fuera, era lo único que los animaba a resistir.

Campamento general belga

—¿Los tenemos a todos? —preguntó Ambiórix.

—A todos —respondieron los guerreros que habían atrapado, uno a uno, a los mensajeros que los romanos habían ido enviando durante los últimos días y que habían caído en las zanjas o habían sido capturados por los centinelas que Ambiórix había apostado, día y noche, alrededor de todo el campamento romano.

—Perfecto —dijo una vez más, sonriente, pletórico—. Pues tráelos a todos, a los vivos y a los muertos.

Campamento de Quinto Cicerón

Una vez más, los tribunos reclamaron la presencia del *legatus* en la empalizada principal. Y, de nuevo, por el tono y los rostros serios, Quinto Cicerón tuvo la clarividencia de prever otro desastre adicional a los muchos que ya padecían.

Ascendió a lo alto de la fortificación y desde allí pudo ver, junto con sus oficiales, cómo los guerreros enemigos exhibían los cadáveres de dos de los mensajeros, que arrastraron hasta dejarlos apenas a doscientos pasos de la puerta principal del campamento, de manera que fueran bien reconocibles por ellos.

—¿Son de los nuestros? —preguntó Quinto Cicerón, más por decir algo que porque tuviera duda alguna sobre el asunto; casi más por quebrar el silencio que parecía corroerles las entrañas a todos los presentes en lo alto de la empalizada.

—Lo son —confirmó uno de los tribunos—. Son de mi cohorte. Eran —se corrigió.

Acto seguido, los belgas arrastraron, atadas las manos de cada uno a la espalda, a siete legionarios más, los pusieron junto a los cadáveres de sus compañeros y, sin más preámbulo, los atravesaron con lanzas de parte a parte, entre gritos agónicos y desgarradores, hasta que se derrumbaron, uno a uno, y así exponer ante los asediados no ya dos, sino nueve cadáveres de los mensajeros que habían intentado enviar para pedir ayuda.

El espectáculo fue tan gratificante para los ejecutores como demoledor para la moral de los asediados, hasta que Quinto Tulio Cicerón hizo un comentario:

—¿No había dado orden de enviar a diez mensajeros?

Los tribunos asintieron.

—Y enviamos diez —confirmó otro de los oficiales.

Cicerón, brazos en jarra, desafiante ante el enemigo, puso en palabras la esperanza en la que todos pensaban:

—Pues les falta uno.

CIII

El teatro de Pompeyo

Nuevo complejo de edificios de Pompeyo
Roma
A finales de otoño del 54 a. C.

Pompeyo caminaba cabizbajo. No estaba acostumbrado a la derrota, pero el resultado de las elecciones consulares, con César en medio de una rebelión en la Galia belga y Craso iniciando su propia guerra en Oriente, había sido inapelable: sus candidatos habían quedado relegados, sin magistratura alguna, y Cicerón y Catón se habían salido con la suya. Mesala y Calvino, los nuevos cónsules, eran destacados antipompeyanos. Pese a ello, estaba muy seguro de que aún no actuarían de forma clara contra él, porque, aun con la ausencia de Craso y César, en quienes se había apoyado estos últimos años, su retorno estaba siempre en el horizonte y los *optimates* no querrían iniciar un enfrentamiento total que pudiera terminar volviéndose en su contra.

—Pero la situación es difícil —comentó Afranio a modo de conclusión de todo lo que habían estado hablando aquella mañana Pompeyo, él mismo y el viejo consejero Geminio.

Caminaban los tres por las obras del gran complejo de edificios que Pompeyo había ordenado construir, y que había financiado personalmente, en el Campo de Marte: se trataba de un gigantesco teatro de piedra, un templo, un inmenso peristilo porticado y una Curia o gran sala para reuniones políticas.

El teatro era un ciclópeo edificio de piedra de proporciones nunca vista antes en Roma que marcaba una diferencia con los teatros griegos. Estos últimos aprovechaban siempre una pendiente natural del terreno para apoyar en ella los graderíos del público; sin embargo, en este caso, el monumental teatro de Pompeyo estaba construido en llano, y las gradas se apoyaban sobre una sucesión de plantas abovedadas cuyos arcos soportaban, con magnífica precisión, el enorme peso de la *cavea*, que se elevaba frente a una escena que alcanzaba un diámetro de ciento cincuenta pasos. El templo, anexo a las gradas, estaba dedicado a la diosa Venus Victrix, de especial aprecio para un Pompeyo al que le gustaba asociarse con ella por sus numerosas victorias militares. El teatro y el santuario habían sido inaugurados ya el año pasado, y las obras de Plauto, Terencio y de otros autores populares para el público romano ya no se representaban en improvisados teatros de madera, sino en aquel gran edificio levantado bajo el amparo económico y la supervisión de Pompeyo en lo que, sin duda, era una gran operación de imagen.

—Pero no me ha valido para conseguir los votos necesarios en estas elecciones para mis candidatos —se lamentaba Pompeyo mientras paseaban por la segunda parte del complejo, que iba a ser inaugurada al día siguiente: el peristilo y la Curia, cuyos trabajos se habían demorado porque algunos mármoles y columnas tardaron en llegar desde las canteras más tiempo del esperado.

—El *clarissimus vir* ya rentabilizará la construcción del teatro en otro momento —apuntó Geminio—. El retraso en las obras, sin duda, no ha ayudado a ese respecto. Se han perdido unas elecciones, pero no el control político por completo… —continuaba Geminio, pero calló porque no podía dejar de admirar aquel océano de columnas de granito que los rodeaba en aquel extensísimo patio ajardinado destinado a reuniones públicas de todo tipo.

—¿Qué quieres decir? —preguntó Pompeyo instando a su anciano consejero a poner más claridad en sus mensajes.

—Quiero decir que, aunque Cicerón y Catón estén recuperando el control del Senado hasta cierto punto, les quedan muchos cabos sueltos, a saber: Clodio en Roma, Craso en Oriente y César en la Galia.

—Contra Clodio, tienen a Milón—argumentó Afranio—; contra Craso, están los partos y contra César, los galos.

—Eso es cierto —admitió Geminio—. Si Milón acaba con Clodio, los partos con Craso y los galos con César, Cicerón y Catón lo controlarán todo sin necesidad de recurrir a Pompeyo. Pero, si uno de esos tres frentes falla, ya sea Milón, los partos o los galos, los *optimates* necesitarán la ayuda de Pompeyo más que nunca contra quien sea de los tres que sobreviva.

Pompeyo escuchaba atento a sus dos leales consejeros y meditaba sobre todo lo que se decía mientras admiraba también la magnificencia del peristilo de columnas de granito y, poco a poco, se aproximaban, guiados por dos de los constructores de las obras, hacia el espacio final de la Curia.

—¿Y tienes alguna sugerencia sobre cómo actuar políticamente en los próximos meses mientras Craso y César siguen fuera de Roma? —inquirió Pompeyo—. Porque, si la tienes, soy todo oídos.

Se detuvieron antes de entrar en la Curia porque el interpelado dejó de andar, ya que quería la concentración de los tres en lo que iba a decir, tomándose un descanso de aquella espectacular visita al nuevo complejo de edificios.

—Yo creo, *clarissime vir*, que has de hacer alguna exhibición de fuerza en la que se muestre que el lamentable suceso del fallecimiento de tu esposa —y aquí inclinó la cabeza en señal de duelo y respeto— no es el final del triunvirato. Eso es lo que los *optimates* creen, pero has de hacerles ver que esto puede no ser así.

—¿Y de veras crees que he de luchar por mantener en pie el triunvirato y no volver hacia el lado de los *optimates*, en el que ya estuve en el pasado? —preguntó Pompeyo, que tenía sus dudas sobre lo que planteaba Geminio.

—Ah, si es mejor reactivar el triunvirato o pasarse al bando de los *optimates* —continuó el viejo Geminio— es algo que aún no veo claro. Pero lo que siempre es evidente es que negociar el reingreso en una facción política de la que se ha salido sólo puede hacerse bien desde una posición de fuerza. Y la mejor forma de mostrar fuerza e inspirar miedo a los *optimates* es alguna acción por parte del senador Pompeyo en la línea de demostrar que el triunvirato sigue vivo. Muy vivo y fuerte y poderoso. Entonces, como han hecho en el pasado, vendrán a llamar a tu puerta y ése será el momento de negociar..., si se desea negociar.

Pompeyo no respondió, pero registró, como había hecho en otras ocasiones, aquel consejo de Geminio e hizo un gesto a los responsables de las obras para que prosiguieran con la ruta de la visita mientras ponderaba en silencio qué exhibición de fuerza podría hacer que asustara de verdad a Cicerón y Catón como para que se avinieran a renegociar con él la situación del Senado y el control de Roma. Tenía que ser algo llamativo, algo de lo que se hablara por toda la ciudad... y, a lo que se veía, no se trataba de construir edificios. Tenía que ser algo... militar.

Envueltos en aquel silencio de la reflexión, llegaron a la Curia anexa al final del gran peristilo porticado. Aquella sala no era muy grande, pero tenía un porte especial de elegancia, con sus mármoles, sus columnas y una estatua de grandes dimensiones del propio Pompeyo en honor a su gloria celestial y su vanidad terrena. Se trataba de un espacio destinado a reuniones políticas y, sin embargo, Pompeyo tuvo una sensación extraña de premonición ambigua, inexacta, casi irreal: en la amplia estancia vacía, sin nadie, sin debates en su interior, sin voces contrapuestas, sin aspavientos de senadores, sin discusiones y sin votación alguna, sólo se percibía el silencio de la ignominia, un extraño aire a traición velada y un aliento a conjura y emboscada. Faltaban nueve años y seis meses exactos para las *idus* de marzo, pero Pompeyo no era augur, no veía el futuro ni creía en ello y, en consecuencia, no era consciente de que había ordenado construir, sin él saberlo, el escenario principal de aquella futura nefanda jornada aún inconcebible, impensable, inimaginada. Ni tan siquiera podía intuir que se encontraba no en un odeón de debate político, sino dentro de una gran sala de ejecución sumaria, de un ágora para verdugos, una tumba.

CIV

Las alas ensangrentadas de Mercurio

Campamento de César en la Galia belga
Samarobriva

La noticia de que Calvino y Mesala, los dos candidatos de los *optimates*, habían ganado las elecciones consulares también llegó a César por varios medios: por las cartas de Balbo, a quien había decidido finalmente enviar a Roma para defender sus intereses, por la misiva de su esposa Calpurnia, por los mensajes, siempre más parcos en palabras, de Clodio, que aún mantenía correspondencia con él pese a sus diferencias en muchos asuntos, por las misivas de cualquier otro contacto, familia o conocido que tuviera en Roma. Lo leyera escrito por unos o por otros, el resultado de la victoria inapelable de los *optimates* no cambiaba. Balbo había llegado demasiado tarde y con pocos recursos para poder evitarlo o negociar con Pompeyo candidatos antes de las elecciones. César sabía que había estado lento y más centrado en los galos y muy enajenado por la muerte de Julia.

El resultado, con él en la Galia y Craso en Siria, no le sorprendió: una derrota demoledora para el triunvirato, pero no tenía sentido seguir lamentándose por ello.

Su primera interpretación era que el pacto a tres con Craso y

Pompeyo estaba muerto, y, sin embargo, analizando los hechos con más cuidado, había margen para la esperanza: Pompeyo había sido marginado por Cicerón y Catón, no le habían dejado poner a ninguno de sus candidatos como cónsul, a Afranio por ejemplo, y se sentiría proclive a mantener los lazos con Craso y con él mismo para defender sus intereses. Había, pues, ahí un camino para recuperar el control político en Roma cuando él y Craso retornaran de sus respectivas campañas.

Todo era aún posible.

Se sentía esperanzado, casi optimista, cuando de pronto llegaron aquellos dos mensajeros.

Primero, en la hora décima del día, arribó al campamento general de Samarobriva un exhausto jinete que, en medio de la noche, había conseguido, según informó, sortear el cerco al que los nervios, atuátucos y eburones habían sometido la fortificación en la que estaba acantonada la legión al mando de Quinto Cicerón. El mensajero describió también cómo vio caer a dos de sus compañeros cuando intentaban evitar diversas zanjas que los galos habían excavado, a modo de trampas, alrededor de todo el perímetro del campamento asediado, por un lado, y los numerosos centinelas que había apostados por todos los rincones del cerco.

—El *legatus* ordenó que saliéramos varios mensajeros, procónsul —concluyó.

—¿Y cuántos han llegado? —inquirió César mirando a Marco Antonio.

—Éste es el único que ha llegado, *clarissime vir* —respondió el interpelado.

Que hubieran interceptado a los demás era señal clara de que el asedio era muy duro y bastante eficaz en su objetivo de aislar a los hombres de Quinto Cicerón.

—Pero ¿tú sabes el número exacto de mensajeros que Cicerón ordenó salir del campamento? —preguntó César buscando más precisión en todos los detalles.

—No, eso no nos lo comunicó —respondió el enviado del campamento asediado.

—Eso está bien, está bien —dijo César—. Si atraparon a otros con vida, incluso si los torturaron, no podrían desvelar ese dato y eso hace que los galos puedan pensar que han atrapado a todos los mensajeros. Eso nos da una oportunidad.

—¿Una oportunidad de qué, procónsul? —se atrevió a preguntar Marco Antonio ante el silencio del resto de los oficiales.

César replicó con aplomo y con brillo en los ojos:

—De sorprenderlos.

Décimo Junio Bruto, que se sentía marginado en el mando por César al no habérsele concedido ninguna legión aquel invierno en favor de otros legados que él consideraba claramente inferiores en experiencia militar, como el propio Quinto Cicerón, que ahora mismo estaba siendo asediado, manifestó, como en otras ocasiones, sus dudas:

—¿Sorprenderlos con qué? Sólo disponemos de una legión en Samarobriva, claramente insuficiente para conseguir intimidar a los galos y que levanten el cerco a Quinto Cicerón. —Y pronunció aquel nombre como si en cada sílaba transmitiera que el mencionado era, por su impericia militar, el culpable único de verse asediado o, más bien, como si quisiera en verdad decir que si él, Décimo Junio Bruto, hubiera estado al mando, aquel territorio de los nervios aún estaría bajo el efectivo control de Roma y no en estado de sublevación.

—Reclamaré la legión de Marco Craso —replicó César— para que se haga cargo del carruaje de las pagas de los legionarios aquí en Samarobriva, y pediremos a Labieno que se una a nosotros con sus dos legiones, además de solicitar a Sabino y Cota que se nos unan con su legión y media. Eso nos dará una fuerza total de cuatro legiones y media. Y con eso sí que podemos poner en fuga a los nervios, a los atuátucos y los eburones y a quien se nos ponga por delante.

El razonamiento era incontestable, pero, en ese instante, entró un centurión anunciando que acababa de llegar a Samarobriva un mensajero del *legatus* Tito Labieno.

César tuvo un mal presentimiento y la intuición de que sería mejor recibir a aquel nuevo mensajero a solas, sin ninguno de los oficiales presentes, en particular Décimo Junio Bruto, pero, por otro lado, aquello habría sido visto como una señal de debilidad por su parte, como una evidencia de que él ocultaba información y eso siempre generaba la desconfianza entre los mandos y era germen de rumores que podían ser aún peores que la peor de las noticias.

Así que César calculó pros y contras, y calculó mal, y ordenó que el mensajero entrara en el *praetorium* de campaña. Así, el enviado de Labieno, acompañado por el centurión que había anunciado su llegada, pasó por entre los tribunos militares y se situó frente a César. El rostro del recién llegado traslucía que dudaba sobre si entregar su mensaje en presencia de todos aquellos oficiales, pero César ya había tomado su decisión y lo exhortó a hablar. El mensajero tragó saliva y anunció la aniquilación de la legión XIV y de las cohortes de apoyo, la muerte de Sabino y la caída en combate de Cota.

Los planes de César para contrarrestar el asedio al que estaba siendo sometido Cicerón acababan de desbaratarse por completo.

Pero César habló antes de que Décimo Junio Bruto lo hiciera, con la audacia que lo caracterizaba, sobreponiéndose con arrojo a la peor de las situaciones:

—El plan sigue adelante. Ahora más que nunca sabemos que hay una rebelión de grandes dimensiones en marcha. La legión de Marco Craso se hará cargo de defender Samarobriva, como había propuesto, y nosotros partiremos hacia el norte para asistir a Quinto Cicerón. Allí se nos unirán las dos legiones de Labieno. Tú mismo —y señaló al mensajero— retornarás al campamento del territorio de los tréveros y le transmitirás al legado Labieno que lo quiero presente en el norte con nosotros en menos de diez días.

El mensajero asintió.

—Con tres legiones —prosiguió César— tendremos suficiente para levantar el cerco a Cicerón y, al liberar su legión, habremos reunido cuatro, y con esas cuatro acometeremos la persecución de los eburones y sus aliados para vengar la emboscada de la XIV. Pondremos sobre aviso también a las legiones de Roscio y de Cayo Fabio, para tenerlas preparadas y de reserva junto con la de Marco Craso. Y juro ante los dioses que no pienso ni tan siquiera afeitarme ni cortarme el pelo hasta que los asesinos de la legión XIV estén destripados por nuestras armas y devorados por los lobos y despedazados por los buitres.

La promesa de César les impactó, pues no hubo nadie que pensara que era ni exagerada ni petulante: habían perdido legión y media y eso nunca había pasado, y esperaban y necesitaban de su líder esa determinación en la venganza. Eso los movía a todos ahora. Incluso a un Décimo Junio Bruto que comprendió que la situación era lo suficientemente grave como para no necesitar añadir ninguno de sus perniciosos comentarios o lúgubres vaticinios. Eso tampoco lo haría popular en aquel momento.

Todos abandonaron la tienda de mando.

Todos menos Marco Antonio.

—Estoy bien —le dijo César, que pensaba que el oficial podía estar preocupado de que aquella terrible noticia de la aniquilación de legión y media, algo que nunca había ocurrido en ninguna de sus campañas anteriores, pudiera provocarle, de nuevo, convulsiones. Pero César sentía su cuerpo y sus sensaciones en aquel momento eran de rabia, de ira, pero no descontroladas, sino encauzadas por la lógica militar y en el conocimiento de que disponía de los medios suficientes para revertir lo que estaba ocurriendo y recuperar el control pleno de la Galia.

Pero Marco Antonio no se iba.

—¿Te preocupa que sufra una nueva crisis? —le espetó César con incomodidad. Ahora mismo habría preferido que sólo Labieno supiera de su enfermedad.

Pero Marco Antonio le contradijo.

—No pensaba en ello.

—¿Y de qué se trata entonces? —indagó César sin disimular su fastidio por aquella conversación en un momento en el que deseaba, simplemente, estar solo y pensar bien en la estrategia que seguir para acabar con la revuelta de las tres tribus belgas en armas que tanto daño les habían causado.

—Me preguntaba hasta qué punto es una buena idea ayudar a alguien como Quinto Cicerón, que no deja de ser el hermano de uno de los mayores enemigos políticos del procónsul —respondió Marco Antonio.

César se reacomodó en su *sella curulis*. No esperaba que los pensamientos de Marco Antonio fueran a ir en esa dirección.

—Hermano de un enemigo político mío que además es quien ordenó la ejecución del segundo marido de tu madre, para ser precisos, ¿verdad? —especificó César recordando que Marco Tulio Cicerón, en su consulado, condenó a pena de muerte no ya sólo a Catilina, por su golpe de Estado, sino también a todos sus aliados, entre los que se encontraba Léntulo Sura, el padrastro de Marco Antonio.

—Sí, eso he querido decir también —corroboró Marco Antonio.

César inspiró profundamente antes de responder. Luego se explayó en su parlamento para no dejar cabo suelto alguno sobre su toma de decisiones. No porque sintiera que tenía que justificarse, sino porque percibía que aquel oficial tenía madera de líder, de ser como Labieno si se aplicaba con esmero a la vida militar y aprendía a manejarse en la vida política, y que podría llegar a ser un buen aliado. ¿Un amigo? Los amigos leales se forjan desde el convencimiento, no desde la autoridad injustificada. Sí, tenía que explicarse y explicarse bien.

—Para empezar, Quinto Cicerón no es Marco Cicerón, y aunque sean hermanos son personas diferentes. En segundo lugar, Quinto se ha mostrado leal en todo momento en estas campañas. Puede que haya informado a su hermano de los pormenores de algunas batallas y otros episodios, pero nada que fuera secreto, nada que su propio hermano no pudiera saber por mis propias cartas o por las de otros conocidos suyos que también están incorporados a mi ejército. Quinto, además, no es el único asediado. Con él está una legión entera, e incluso si fuera a cometer la torpeza, y también la injusticia, de no querer asistir a Quinto, no podríamos nunca, de ninguna manera, no acudir en ayuda de una legión asediada. No asistir a quien nos necesita, cuando está en nuestras manos ayudarlo, por perjudicar a un enemigo político es de una bajeza moral y de una indignidad sólo propias de los miserables de la peor calaña, de seres traidores a su patria que sólo merecen la ignominia y el desprecio de todos. Pero, olvidándonos de cómo otros puedan haber actuado o puedan actuar en el futuro, Marco Antonio, yo nunca he abandonado a una unidad militar a su suerte. La lealtad del ejército se consigue transmitiéndoles la seguridad de que su procónsul jamás, pase lo que pase, los abandonará cuando la batalla o la guerra se pongan difíciles. Piensa bien en esto que te digo y llegarás lejos en tu carrera militar y en tu vida política. Pues en política la misma estrategia es igualmente aplicable: si un gobernante deja morir a quien necesita ayuda porque por un ruin cálculo político cree que así perjudica a un opositor en el Senado, te garantizo que, al final, será barrido por el paso de la historia y en verdad no merece vivir.

Marco Antonio, ojos bien abiertos, asimilaba cada una de las palabras que el procónsul le había dicho y veía que lo que decía tenía perfecto sentido; es más, tenía un sentido moral, ético, que encajaba con las enseñanzas de los filósofos griegos que había estudiado en Atenas. Él era demasiado visceral y se dejaba llevar por sus odios y sus inquinas con facilidad, en vez de reflexionar y pensar como hacía César. Pero... había un fallo en el razonamiento del procónsul.

—Y has dicho eso de que si no ayudan, si no asisten a quien lo necesita... ¿no merecen vivir? Creía que César estaba en contra de la pena de muerte para un ciudadano romano.

El procónsul lo miró fijamente a los ojos, serio, primero, dejando pasar el tiempo en un largo y lento silencio. Ciertamente, Marco Antonio lo había atrapado en una aparente contradicción. Al fin, César esbozó una leve sonrisa.

—Yo no he dicho que haya que matarlos —respondió—. Dejemos que los dioses juzguen y condenen esas mezquindades humanas. ¿Te parece bien así?

Marco Antonio aceptó con una casi imperceptible inclinación de la cabeza.

—Lástima, entonces, ya que asistir a Quinto es lo correcto, que no dispongamos de la ayuda de la caballería gala —continuó el joven oficial—. A falta de legiones, nos vendrían bien esos cuatro mil jinetes eduos, arvernos y sécuanos para acudir a rescatar a Quinto Cicerón y su legión asediada.

Pero César, de nuevo, mostró cierto desacuerdo.

—No es el momento ni el lugar para contar con una caballería gala tan poco fiable —comentó—. No en medio de una rebelión general en la que las traiciones parecen ser contagiosas: ya tenemos a tres tribus en rebelión. Hacer luchar a la caballería gala de los eduos y los arvernos contra los rebeldes eburones, nervios y atuátucos sería más tentar nuestra suerte que contar con una ayuda real. No, Marco Antonio, esto lo hemos de resolver nosotros... solos.

—En Britania lucharon bien a nuestro lado, en particular Vercingetórix —insistió Marco Antonio, que aún pensaba que convocar a la caballería aliada podía ser una buena idea.

—En Britania, Marco, no les quedaba otra opción: allí eran tan enemigos a los ojos de los britanos como nosotros y necesitaban de nuestra flota para asegurarse su retorno a la Galia. Por eso allí podíamos contar con su ayuda, porque no les quedaba otro remedio, pero aquí pueden pasarse de bando y regresar a caballo, tranquilamente, a su territorio si nos masacran. Y, en particular, de quien menos me fío es de Vercingetórix.

Marco Antonio seguía en un mar de confusión.

—Pero yo te he visto permitir a Vercingetórix asistir a consejos de mando, como si lo tuvieras entre tus hombres de confianza.

—También me escribo cartas con Marco Tulio Cicerón y vamos a rescatar a su hermano —respondió César—, pero eso no quiere decir que me fíe ni lo más mínimo de Cicerón y sus aliados en Roma.

Marco Antonio asintió. Se sentía tan simple, tan ingenuo...

—Entonces, el procónsul ¿en quién confía de verdad?

César meditó bien su respuesta. No era una pregunta sencilla.

—Aquí en la Galia confío en Labieno. Y en Roma me fío de Balbo. Y antes confiaba plenamente en mi primera esposa, en Cornelia, siempre en mi madre y luego también siempre en... mi hija Julia. De mi actual esposa, Calpurnia, no tengo claro hasta qué punto podría confiar en ella, pero no espero traiciones por su parte. Ése era mi pequeño círculo de confianza, Marco, y, como ves, se ha reducido mucho. Los dioses me han arrebatado a varias de esas personas... —Se quedó taciturno unos momentos, en silencio, hasta que levantó la mirada y fijó los ojos, de nuevo, en Marco Antonio—. Y supongo que estoy empezando a confiar en ti.

Marco Antonio se estremeció conmovido por aquella confesión. El procónsul le hablaba como el padre que nunca tuvo realmente, pues el suyo murió cuando aún era niño y a su padrastro lo ajusticiaron cuando era todavía demasiado joven para comprender el mundo. Marco Antonio se puso, entonces, muy firme y habló con el corazón y con una intensidad y una emoción como sólo había sentido antes una vez en su vida, al despedirse de alguien especial en el remoto Egipto.

—Yo nunca defraudaré a Julio César. Ni en la paz ni en la guerra, ni en la vida pública ni en la vida privada.

Era aquélla una promesa muy grande. De esas cuyo cumplimiento hasta las últimas consecuencias puede conllevar sacrificios inimaginables. Pues ¿quién podría haber conectado mentalmente aquella conversación en el norte de una gélida Galia belga con las cálidas y fértiles riberas del Nilo?

CV

Arsínoe

Palacio real de Alejandría, Egipto
Otoño del 54 a. C.

Terraza principal del palacio con vistas al Nilo

Cleopatra departía con su padre. Era una nueva discusión, pero, pese a sus diferencias, Tolomeo XII escuchaba a su hija porque, en el fondo, sabía de su inteligencia precoz y no era tan estúpido como para desoír posibles buenos consejos. Otra cuestión era que fuera perezoso en el ejercicio del gobierno y que rehuyera las sugerencias que le implicaran esfuerzo personal. Otra cuestión era que decidiera no hacer caso a nada de lo que decía su hija mayor. Pero sí la escuchaba.

En la distancia, en el otro extremo de la gran terraza del palacio real, la princesa Arsínoe, apartada de cualquier actividad relacionada con la gestión del Estado egipcio, observaba a su hermana mayor hablando con su padre. Y lo hacía con los ojos medio cerrados, con la mandíbula apretada, con los labios casi temblando. Le costaba controlar sus gestos y su tensión no pasó desapercibida largo tiempo para el readmitido consejero Potino.

—Siempre es así —le dijo en voz baja al pasar a su lado—. Pero no tendría por qué serlo.

—¿Qué quieres decir? —le preguntó ella obligándolo a detenerse.

Potino iba al encuentro del faraón, que había reclamado su presencia, pero en la medida en que, efectivamente, Tolomeo XII estaba enfrascado en una intensa conversación con su otra hija, bien podía dedicarle él unos instantes a la princesa Arsínoe.

—Quiero decir que no tendría por qué pasar siempre Cleopatra por delante de su hermana en todo lo relacionado con el gobierno de Egipto. Quiero decir que no parece justo ese enorme favoritismo del faraón sólo por una de sus dos hijas, poniendo a la princesa Cleopatra por encima de su hermana Arsínoe y de sus dos hermanos pequeños. Eso quería decir.

Arsínoe escuchó con atención, pero sintió, de pronto, miedo de las implicaciones de aquellos comentarios por parte de un Potino que ya había instigado a su otra hermana, Berenice, a rebelarse contra su padre. Y Berenice estaba muerta.

—No quiero escuchar más —le espetó, al fin, Arsínoe.

Potino se inclinó ante la princesa y retomó su camino para encontrarse con el faraón del Nilo, con el dador de Vida, Salud y Prosperidad en el mundo. Qué grandilocuente todo, pensaba sarcásticamente el viejo consejero. Sí, Potino se alejó de Arsínoe sin aparentemente haber conseguido nada, pero él sabía que ya había sembrado la semilla de la discordia, que crece con la envidia y se riega con la ambición. Y de todo eso, la princesa Arsínoe tenía mucho en su corazón.

Cámaras privadas de la princesa Arsínoe

Arsínoe, pese a sus anhelos y más allá de su envidia hacia Cleopatra, era algo más cautelosa que Berenice y, en consecuencia, decidió comentar con alguien más aquellas incitaciones de Potino para rebelarse contra los favoritismos del faraón.

—¿He hecho bien en compartir esto contigo? —preguntó la joven a su veterano tutor Ganímedes.

—La princesa ha obrado con inteligente cautela —respondió el interpelado—. Potino, en verdad... —Y bajó la voz para continuar del modo más discreto posible, pues no se fiaba ni aun estando en la privacidad de los aposentos de Arsínoe—. Potino busca eliminar la estirpe tolemaica del poder e instaurarse él como único gobernante de Egipto. Y para este fin juega a enfrentar a una hermana con otra y, sin duda alguna, terminará haciéndolo también con los pequeños Tolomeos.

—Sí, eso lo intuyo —aceptó la joven—, pero ¿quieres decir que no debo hacer nada y dejar que Cleopatra lo herede todo de mi padre?

Ganímedes inspiró profundamente antes de responder:

—Yo no he dicho eso. Lo que he querido decir, y seguramente no lo he expresado bien, es que la princesa, si va a rebelarse, no debe hacerlo guiada por Potino o, al menos, no sólo con Potino como aliado. Sus resultados ya se ha visto que pueden no ser los mejores.

—Pero estoy sola —se quejó la joven princesa. Y le daba una enorme rabia. Pese a ser menor que su hermana Cleopatra, Arsínoe era más alta y se sentía más fuerte y, en su limitada percepción del mundo, se sentía, en razón de esas virtudes de tamaño físico y fuerza, con más derecho a heredar el trono de Egipto que su hermana mayor, tan delgada, tan fina, tan delicada, siempre entre sus libros, hablando con los bibliotecarios y acariciando a esos dos malditos leopardos que gruñían en cuanto alguien se les acercaba demasiado.

—La princesa Arsínoe no está sola —dijo Ganímedes y, al hacerlo, se levantó de la butaca en la que había estado sentado durante la charla y, sabedor de que la mente de su pupila lo valoraba todo en cuestión de tamaño y potencia física, se estiró de modo que se pudiera observar que él era realmente alto y no poco musculado. Pese a su condición de eunuco y de tutor, Ganímedes siempre se había preocupado por tener un buen aspecto físico, viril y fuerte, porque sabía que, en aquel mundo de conspiraciones y traiciones, la fortaleza física podía ser una gran ayuda, especialmente entre las limitadas mentes de los hijos del faraón. Ni Berenice, ya muerta, ni Arsínoe ni los Tolomeos niños mostraron jamás interés por la lectura y la filosofía o la ciencia. Sólo Cleopatra, pero ella fue asignada a Filóstrato y Aristarco por su padre, y eso la dejó fuera de su alcance. Arsínoe era de lo que él disponía. Ganímedes había sido paciente, pero sentía que estaba llegando su hora, su momento, su gloria.

—¿Quieres decir que cuento contigo? ¿Con tu apoyo y lealtad? —inquirió la princesa, mirando, por primera vez, a su tutor de un modo diferente a como lo había hecho hasta ahora. Y si Ganímedes no hubiera sido eunuco, quizá lo hubiera mirado aún de otra forma más lasciva. Pero Arsínoe se concentró en el asunto del poder y volvió a hablar—: Te agradezco tu apoyo, Ganímedes, pero ¿qué podemos hacer sin ejército? Mi padre y Cleopatra controlan las tropas romanas dejadas en Alejandría por el gobernador Aulo Gabinio. No tenemos nada que oponerles tras la derrota de Arquelao en Pelusium y la pérdida de su ejército.

—Hay una gran flota en el puerto de Alejandría, y hay caballería y hay algún general proclive a la rebelión contra la presencia romana en Egipto. Con todo eso podemos aliarnos, o no, con Potino para destronar de forma definitiva a vuestro padre y luego ya vendrá el segundo asunto y la cuestión final. Lo tengo todo pensado hace tiempo, princesa. Sólo esperaba el momento de vuestra madurez y ese momento ha llegado.

—¿Cuál es el segundo asunto?

—Deshacernos de vuestra hermana Cleopatra una vez hayamos terminado con vuestro padre.

—Eso me gusta —apuntó Arsínoe y subrayó su agrado con una marcada sonrisa—. ¿Y la cuestión final? —indagó la joven princesa, que no quería dejar cabos sueltos en aquella conversación, la más importante de toda su vida.

—El asunto final será deshacernos de Potino.

La princesa abrió bien los ojos.

—Ah, eso me gusta aún más —ratificó Arsínoe—. Veo que, en efecto, has pensado en todo.

Pasillos del palacio real

Cuando aquella tarde, Cleopatra, escoltada fielmente por Circe y Ulises, se cruzó con su hermana Arsínoe y ésta, por primera vez en mucho tiempo, se dignó a saludarla con una sonrisa, se extrañó sobremanera de aquel gesto. Cleopatra se detuvo, los felinos se quedaron inmóviles y la ahora hija mayor del faraón se volvió hacia Arsínoe, que ya se alejaba en silencio. Cleopatra arrugó la frente: estaba segura de que algo bullía en la mente de su hermana Arsínoe, algo peligroso e inversamente proporcional a la aparente afabilidad de su sonrisa.

CVI

La rebelión de Induciomaro

Campamento romano en el territorio de los tréveros
Otoño del 54 a. C.

Labieno se preparó para la defensa.

Si los eburones habían atacado el campamento de la legión XIV y se las habían ingeniado para forzar a las tropas de Sabino y Cota a salir de la fortificación, para luego emboscarlas y aniquilarlas, tenía muy claro que los tréveros, de natural hostiles a la presencia romana en la región, seguirían pronto sus pasos. De hecho, tenía noticias de que Cingetórix, el caudillo galo nombrado rey de los tréveros por César en lugar del siempre hostil Induciomaro, estaba teniendo ya problemas para hacerse con el control de la tribu: había disputas entre los propios tréveros sobre cómo reaccionar a lo ocurrido en el norte.

Labieno, cada mañana, ascendía a lo alto de las empalizadas del campamento y oteaba el horizonte en busca de un posible ejército de enemigos.

Era sólo cuestión de tiempo.

Ejército de los tréveros

Cingetórix salió huyendo.

Los hombres de Induciomaro irrumpieron en la capital de los tréveros* a sangre y fuego, asesinando a todos los guerreros que habían apoyado la entronización de Cingetórix y aceptado la sumisión a los romanos.

En un solo día, Induciomaro, enardecido por las victorias de Ambiórix, noticia que había corrido ya por todas las aldeas de los tréveros, se hizo con el control absoluto del territorio. Quedaba, por supuesto, el asunto más delicado: expulsar a las dos legiones de la fortificación romana bajo el mando del legado Labieno, el segundo en el mando de César.

Induciomaro distribuyó armas entre todos los guerreros tréveros y, con un ejército de miles de hombres, se encaminó directo al campamento romano con el propósito de emular las hazañas de Ambiórix. Y también, por qué no, cobrarse cumplida venganza por las cicatrices que desfiguraban su rostro, recuerdos de sus derrotas en anteriores revueltas reconvertidos por su ansia de lucha en acicates que lo espoleaban hacia una nueva y definitiva rebelión.

Las noticias de que el líder de los eburones también estaba cercando ya a otra legión, en este caso, la que se encontraba acantonada en la tierra de los nervios, animó aún más a los tréveros.

—Con todos esos combates en el norte, el jefe romano no podrá asistir a las dos legiones de Labieno —proclamó Induciomaro, y ésa fue la última llama que necesitaban los pocos celtas que aún dudaban para lanzarse con auténtico fervor guerrero contra la solitaria fortificación romana.

En apenas unos días de marcha, se situaron frente al campamento de los invasores.

Y al primer atardecer tras su llegada, ya lo estaban rodeando.

Al alba del día siguiente, repartidos centenares de centinelas por todo el perímetro que circundaba la fortificación, el grueso de los tréveros formó frente al campamento enemigo desafiando al legado de César.

* Probablemente en el actual yacimiento arqueológico celta de la meseta de Titelberg, a tres kilómetros de Pétange, en el suroeste de Luxemburgo.

Campamento romano

Desde lo alto de la empalizada, Labieno veía ante sí su peor premonición hecha realidad: eran miles, armados y dispuestos a todo.

—Nos triplican en número —dijo uno de los tribunos.

—Sé contar —respondió Labieno, haciendo enmudecer al resto de oficiales que iban a hacer comentarios valorativos en una línea parecida a la de su colega.

Ya nadie dijo nada.

Pasó el día con el ejército de los tréveros frente al campamento y con Labieno y los oficiales romanos en lo alto de la empalizada, sin que el *legatus* diera orden alguna de hacer una salida y sin que los tréveros se decidieran a atacar.

La situación se repitió al día siguiente y al otro y así durante toda una semana: los tréveros se posicionaban frente al campamento con todos los guerreros armados a la espera de que los romanos se atrevieran a salir, pero Labieno se quedaba inmóvil, en lo alto de la empalizada frontal de la fortificación, rodeado de sus tribunos militares, sin dar nunca la orden de sacar las legiones.

Labieno era un hombre en extremo paciente.

Y en extremo observador.

Cada mañana se alzaba al alba y escrutaba cómo los tréveros se situaban frente al campamento preparados para la lucha. Examinaba sus fuerzas de infantería, que eran muchas, y la habilidad con la que sus jinetes se movían desde un flanco al opuesto exhibiendo la destreza que tenían para montar. Eran, sin duda, los mejores jinetes de entre todos los pueblos galos, lástima que estuvieran contra ellos y no a favor.

Labieno observaba cada mañana cómo se preparaban para la lucha y observaba cómo cada tarde se replegaban decepcionados por lo que, sin duda, Induciomaro calificaría de cobardía por su parte al no salir a combatir.

Así pasaron unos días más.

Llegaron en medio de la noche unos mensajeros enviados por César que consiguieron evitar el cerco gracias a la oscuridad. Éstos le entregaron un largo mensaje del procónsul escrito en el código secreto que Labieno y César compartían. Así Labieno supo que los eburones habían seguido con sus ataques y que en aquellos momentos estaban asediando el campamento de Quinto Cicerón. Finalmente, César le reclamaba que partiera con sus dos legiones hacia el norte para unírsele en la misión de rescatar a Quinto.

Labieno explicó el contenido del mensaje a sus tribunos para que fueran conscientes de que se enfrentaban no a una rebelión aislada de los tréveros, como en ocasiones anteriores, sino a un levantamiento general de todos los galos belgas.

—No podemos prestarle ayuda al procónsul —dijo uno de los oficiales—, estamos rodeados al igual que Quinto.

—No, no podemos prestarle ayuda al procónsul —admitió Labieno.

—De hecho, ¿no deberíamos solicitarle que nos envíe también a nosotros tropas? —añadió otro de los oficiales traduciendo en palabras concretas el temor general de todos los tribunos.

Labieno no contestó y se retiró a su tienda para redactar, también en aquel código cifrado, el mensaje de respuesta a César.

Los mensajeros partieron con la misiva de Labieno para el procónsul aprovechando, de nuevo, el abrigo de la noche. Los tréveros se habían mostrado torpes a la hora de evitar que entraran los mensajeros de César en el campamento asediado, pero Labieno decidió ser precavido y emular a Quinto Cicerón enviando no una pareja de mensajeros, sino varios grupos, todos con la misma misiva cifrada, para asegurarse de que, al menos, alguno consiguiera sortear las líneas enemigas.

Al amanecer siguiente, Labieno estaba, junto con todos sus oficiales, en lo alto de la empalizada observando al enemigo desafiándolos en la llanura.

—¿Cuándo cree el *legatus* que llegará la ayuda de César para nosotros? —preguntó el mismo oficial que había sugerido solicitar la asistencia del procónsul.

—Esa ayuda no llegará nunca —respondió Labieno, rotundo, antes de beber algo de agua fresca de un cuenco, y se volvió a sus hombres—. Y no llegará nunca porque no la he solicitado. Yo soy Tito Labieno, no Quinto Cicerón. César ya tiene bastantes problemas de los que ocuparse. Resolveremos este asunto solos.

Y se retiró a su tienda a descansar.

Ejército de los tréveros

Despertaron a Induciomaro en medio de la noche.

—Hemos atrapado a un mensajero de los romanos —le anunció su hijo, exultante, y le mostró un trozo de papiro desplegado en el que estaba escrito un texto.

Los tréveros, al igual que sus enemigos, tenían intérpretes para comunicarse con las diferentes tribus y hasta disponían de algún esclavo, capturado a los propios romanos en sus anteriores enfrentamientos, que salvó la vida al decir que entendía latín. Hablado y escrito.

Induciomaro pensó que aquél era el momento para comprobarlo.

Lo trajeron y le entregaron el mensaje para que lo tradujera, pero el esclavo empezó a sudar de puro pánico y dijo que aquello no estaba escrito en latín. Que no entendía lo que ponía y que él no tenía la culpa y que no lo mataran.

El hijo de Induciomaro le abofeteó la cara un par de veces con tal fuerza que le reventó la nariz con el primer manotazo y con el segundo le partió un labio.

—¿Estás seguro de que no lo entiendes? —volvió a preguntar ahora el hijo del jefe de los tréveros.

El esclavo se pasó el dorso de la mano izquierda por las heridas para secarse algo la sangre y tomó de nuevo en sus manos el papiro. Empezó a llorar y se arrodilló al tiempo que negaba con la cabeza.

—No se entiende, no se entiende, no es latín, no se... —Pero dos nuevas bofetadas lo derribaron y quedó en el suelo en medio de su sangre y su llanto, que sonaba a cobardía y a mentira, o ambas cosas, para los guerreros tréveros que lo rodeaban.

Cogieron entonces al legionario que portaba el mensaje y le reclamaron, tal y como habían hecho con el esclavo, que les leyera el mensaje, pero el romano respondió del mismo modo.

—No se entiende... —Pero antes de ser brutalmente apaleado, añadió algo—: Es un mensaje en algún tipo de código o lenguaje secreto que el procónsul usa con algunos de los *legati*. Sólo ellos lo entienden, por todos los dioses, es así...

Y dirigió su mirada hacia el esclavo para que éste tradujera sus palabras. Y lo hizo porque, además, en aquella explicación se justificaba que ni él ni nadie pudiera entender aquel mensaje.

Aun así, escuchada la veloz traducción, dos tréveros le pegaron al legionario sendos puñetazos en el bajo vientre. Se dobló y dejó de respirar unos instantes que se le hicieron eternos.

—Si ninguno de estos imbéciles nos desvela lo que dice el mensaje, matadlos a ambos. Tienen hasta el amanecer para responder —ordenó Induciomaro, molesto porque lo hubieran interrumpido en su sueño—. Y traedme una esclava.

Ya que lo habían despertado, que su desvelo valiera para algo.

Tras desahogarse con la joven, quedó profundamente dormido, hasta que, al alba, los gritos del esclavo y del legionario siendo ejecutados lo despertaron.

Induciomaro salió de su tienda.

—A partir de hoy, reforzaremos el cerco —ordenó—. Ya que no quieren luchar y se entretienen comunicándose con su procónsul, vamos a dejarlos completamente aislados y sin recibir ni enviar más mensajes. —Y se dirigió a su hijo—: ¿Crees que puede haber escapado algún mensajero esta noche?

Ante las dudas evidentes del hijo a la hora de responder, Induciomaro fue radical:

—No seas tú imbécil también y no me mientas, hijo.

El joven guerrero respondió la verdad de lo que pensaba; con miedo, pero lo dijo:

—Es posible que algún otro mensajero se nos haya escapado durante la noche. Sí, padre, eso puede haber pasado.

—De acuerdo —aceptó Induciomaro—, razón de más para intensificar el cerco. Construiremos zanjas, como han hecho los eburones en el norte, y esperaremos a que el hambre haga salir a esos malditos perros. El invierno aquí es largo. Y frío. Esperaremos. Saldrán.

—Pero, padre, además de las zanjas, ¿seguimos retándolos a combate cada día?

Induciomaro se lo pensó bien.

—Sí, su negativa a entrar en combate envalentona a nuestros hombres y humilla a los romanos.

Campamento romano

Los días pasaban.

Transcurrían lentos y gélidos.

Labieno siguió observando desde lo alto de la empalizada al enemigo, a veces bajo un cielo plomizo y, con más frecuencia, bajo una densa lluvia. Pero nunca bajo la luz del sol, como nunca daba la orden de salir a combatir. Ni siquiera cuando sus oficiales insistieron en que las provisiones empezaban a agotarse.

Labieno bebía su ración de agua, un cuenco igual que el de cualquier legionario, miraba hacia el enemigo y callaba.

CVII

Las sombras de las lucernas

En ruta, de Samarobriva al territorio de los nervios
Otoño del 54 a. C.

Estaban detenidos, en una pausa de descanso para las tropas, a medio camino entre la fortificación central romana de Samarobriva y el campamento asediado de Quinto Cicerón, cuando llegó un mensajero a caballo de Labieno.

César, viendo el rostro sombrío del jinete, tuvo la cautela de tomar el mensaje y leerlo primero él en silencio y en la soledad de un improvisado *praetorium* levantado para el alto mando, aunque tuvieran que desmontarlo en apenas un par de horas para continuar la marcha hacia el territorio de los nervios.

El mensaje, cifrado con el código que compartían y que cada vez que lo veía le recordaba a su hija Julia, era breve. César cerró los ojos unos instantes para intentar digerir, una vez más, aquel fantasma de la ausencia de su hija de este mundo. Se trataba de un hecho que intuía que nunca terminaría de afrontar y de aceptar por completo. Y sentía pavor de su regreso a su *domus* en Roma y comprobar que allí, definitivamente, ya no vendría a visitarlo ella ni él tendría tampoco la opción de verla en casa de Pompeyo, ni de cruzarse con ella por las calles de la ciudad, ni de conocer a aquel nieto que apenas la sobrevivió unos días.

Suspiró y se calmó.

Abrió los ojos.

El mensaje. Eso era ahora lo importante: Labieno no podía acudir al norte para unírsele por estar rodeado por los tréveros, que también se habían rebelado.

César volvió a cerrar los ojos y se llevó las palmas de ambas manos al rostro y las dejó resbalar por su cara, separándolas lentamente.

Podía no decírselo al resto de oficiales, pero aquello carecía de sentido, pues terminarían por constatar que Labieno no llegaba. No, la mentira en el mando nunca era una buena línea de actuación. Pero la situación se había complicado en extremo: primero había planeado atacar a los nervios con cuatro legiones y media, pero la XIV y las cinco cohortes de apoyo habían sido aniquiladas. Luego pensaba seguir con el plan con tres legiones, la suya y las dos de Labieno, pero Labieno no podía incorporarse a la campaña contra los nervios. Le quedaba sólo recurrir a la legión de Cayo Fabio en territorio de los mórinos. La de Lucio Roscio estaba demasiado lejos. Así pues, tendría que seguir hacia el norte con sólo dos legiones, menos de la mitad de los hombres de lo que había pensado inicialmente. Y eso sí era un problema.

César reunió a los tribunos y les informó de lo que ocurría:

—De modo que enviaremos mensajeros a Cayo Fabio y esperaremos unos días a que se nos una con sus tropas, y con dos legiones avanzaremos para liberar a Quinto de su asedio.

César había concluido su parlamento mirando a Décimo.

Esperaba sus quejas, sus lamentos, sus insidias, pero no dijo nada. Y César comprendió, de pronto, que es que, en verdad, nada había que decir porque no había ninguna otra opción: ¿qué iba a proponer Décimo? ¿Abandonar a la legión de Quinto Cicerón a su suerte? Eso no lo iba a hacer muy popular entre el resto de los oficiales. ¿Que todo se había complicado en extremo? Era evidente.

Pero más allá de la desconfianza habitual en Décimo, aunque en esta ocasión silenciada, César podía percibir el desasosiego en el alto mando. Algo lógico con el desarrollo de los acontecimientos.

César sintió que tenía que decir algo más, algo que los animara, que les diera esperanza.

—Es cierto que tenía un plan para conseguir que los nervios levantaran el asedio de Quinto diseñado para el doble de tropas —comentó—, pero ahora tengo uno que funcionará también, pensado sólo para la mitad de legionarios.

Esta vez sí mintió.

—Pero ahora no hay tiempo para detalles —continuó César—, tengo mucho en lo que pensar. Ya os lo explicaré antes de entrar en combate.

Contraviniendo todos sus principios, juzgó más importante transmitir algún tipo de esperanza a los tribunos tras el duro golpe de la ausencia de las tropas de Labieno. Éstos, a su vez, compartirían con los centuriones la existencia de aquel nuevo plan suyo y los centuriones se lo dirían a los legionarios. Y eso les daría fe a todos, les haría creer que su procónsul lo tenía todo pensado para liberar la legión de Quinto Cicerón. Ahora sólo se trataba de pergeñar ese nuevo plan en su cabeza mientras esperaban que la legión de Cayo Fabio se les uniera para, juntos, seguir hacia el campamento de Quinto.

César se quedó solo en la tienda, que ahora no se desmontaría en varios días. Un esclavo entró y encendió varias lucernas para iluminar el interior y salió sin decir nada.

César se sentó frente a la mesa en la que estaban algunos mapas plegados y el mensaje de Labieno.

Se apoyó con los codos en la madera del escritorio de campaña. Entrecruzó las manos y descansó la barbilla sobre aquel nudo de dedos entrelazados. Observó las sombras con atención. Más para distraerse que para concentrarse. Estaba cansado. Su silueta sentada se proyectaba contra la pared de tela de la tienda de formas distintas dependiendo de la posición de cada lucerna. Una de las sombras, dibujada por la luz proveniente de una de las llamas que estaban más bajas, generaba una silueta suya enorme, reflejada en la pared, casi asemejándose a la de un gigante. Era curioso cómo las apariencias pueden engañarnos... César dejó de respirar un instante.

Las apariencias.

Se quedó inmóvil. Sólo parpadeaban sus ojos mientras su pensamiento volaba.

Campamento de los galos

Ambiórix se sorprendió de la aparición de aquella columna de tropas romanas que parecían venir desde Samarobriva. No había esperado una reacción de ese tipo, al menos, no en tan poco tiempo. Estaba muy persuadido de que, conocida la aniquilación de la legión XIV y los ataques de los nervios a las tropas romanas en su territorio, apoyados por él y los eburones, e iniciada la rebelión de los tréveros, el resto de las unidades militares romanas se atrincherarían en sus respectivos campamentos a la espera de que pasara el invierno.

Pero el procónsul romano no se había marchado y, seguramente, estando allí mismo, en la Galia belga, se sentiría en la obligación de hacer algo ante la magnitud de los desastres que su ejército estaba sufriendo. En cualquier caso, Ambiórix no se puso nervioso: se trataba de una acción que desvelaba la desesperación del procónsul, y eso, en sí mismo, eran muy buenas noticias:

—Nunca luchan llegado el otoño —le dijo al resto de jefes—. Esto sólo demuestra que están muy nerviosos. —Y se echó a reír. No tanto porque aquello le pareciera que mereciera una carcajada como por remarcar el hecho de que la aproximación del procónsul romano no le daba el más mínimo miedo.

Catuvolco y el resto de los líderes sonrieron. Después de la masacre de la legión XIV, la credibilidad de Ambiórix entre ellos era grande, y si su líder se reía de las maniobras romanas es que lo tenía todo bajo control. Y eso les daba seguridad y deseos de seguir en la lucha hasta la expulsión de todas las legiones de su territorio. O, mejor aún, hasta su exterminación, como habían hecho en aquel estrecho desfiladero de grato recuerdo.

—En todo caso, les saldremos al paso —continuó Ambiórix—. ¿Cuántos son los romanos que vienen hacia aquí?

Pero los guerreros que los habían avistado no supieron concretar:

—En cuanto vimos la vanguardia de su ejército, vinimos aquí para informar.

—De acuerdo —aceptó Ambiórix, algo decepcionado por la falta de datos—. Pero no pueden ser muchos: los tréveros tendrán bloqueadas las legiones de Labieno en el sur, hemos destruido una y media, tenemos cercada otra. Le quedan cuatro, pero alguna está demasiado lejos para haber llegado ya hasta aquí y, además, tendrá que dejar tropas en la retaguardia. A lo sumo vendrá con dos legiones. Quizá sólo con una. Y eso nos gusta: ya hemos visto que es factible aniquilar las legiones romanas una a una. —Y volvió a reír, y todos los presentes se le unieron con exageradas carcajadas cargadas de victoria.

—¿Levantamos el asedio y vamos contra el procónsul? —preguntó Catuvolco cuando las risas terminaron.

—No —replicó Ambiórix—, seguro que el procónsul pretende precisamente eso. Y, si lo hacemos, podrían salir del campamento y atacarnos por la retaguardia mientras vamos a por su líder. Y eso no lo vamos a permitir: el cerco continúa. Enviaremos a los nervios a que detengan al líder romano. Muchos recuerdan la batalla del río Sabis, donde el procónsul dio muerte a muchos de los suyos, y tendrán ganas de venganza. En aquella ocasión, el romano vino con muchas legiones, pero ahora, debilitado, les resultará aún más gratificante enfrentarse a él y derrotarlo. Nosotros nos quedaremos aquí y mantendremos el asedio. Los atuátucos pueden acompañar a los nervios y reforzar sus tropas o quedarse con nosotros aquí. Lo que prefieran, lo que decidan sus jefes. Como el resto de las tribus que se nos han ido uniendo estas semanas. Nosotros tenemos tropas de sobra, mientras que al romano le escasean. —Y volvió a reírse. Estaba pasando algo que no había imaginado: siempre supuso que aquella nueva guerra sería un tiempo duro y tenso para todos los suyos, empezando por él mismo, pero se acababa de dar cuenta de que todo iba tan bien que estaba disfrutando, y mucho, con la rebelión.

Ejército de César

La legión de Cayo Fabio llegó a marchas forzadas desde el territorio de los mórinos. César les concedió una única noche de descanso, pues se unieron a la legión de Samarobriva al atardecer para reiniciar así lo antes posible la aproximación al territorio de los nervios y asistir a Quinto Cicerón a la mayor brevedad.

—Varios jinetes han avistado a guerreros belgas entre los árboles —informó Marco Antonio, acercándose a la posición de marcha del procónsul de Roma.

César alzó el brazo y detuvo el avance de las legiones.

Marco Antonio desmontó del caballo. Siguiendo las instrucciones del procónsul, había enviado patrullas por delante y por los flancos de la columna del ejército, de modo que se pudiera detectar cualquier movimiento de tropas enemigas y así evitar ser sorprendidos en una emboscada como la que había acabado con la legión XIV.

—¿Prevés un ataque? —le preguntó César.

Marco Antonio negó con la cabeza.

—No lo creo, procónsul. Sólo hemos visto algunos guerreros en grupos muy pequeños. Parecían, como en nuestro caso, patrullas de vigilancia. He mandado a parte de la caballería por delante para asegurarnos de que el terreno está despejado.

César se mostró de acuerdo.

—Mantenme informado y, si se confirma que el terreno está despejado, seguiremos adelante.

César aprovechó la parada para ordenar que los legionarios descansaran y comieran algo ligero.

—Unos *buccellata* y algo de agua —especificó. No quería que se hicieran fuegos que pudieran dar información al enemigo sobre la extensión real de la columna del ejército romano. Por eso pensó que unas galletas y agua eran lo más indicado para reponer fuerzas sin desvelar nada más a los nervios y los eburones y el resto de las tribus en rebelión.

Marco Antonio regresó al cabo de una hora.

—No, no hay emboscada —explicó—. De hecho, la caballería ha divisado el campamento enemigo a unas diez millas. Los belgas están acantonados junto a un río, en una posición elevada, en la ruta hacia la fortificación de Quinto Cicerón.

—Nos bloquean el camino —comentó César—. Para llegar a Quinto tendremos que rodearlos o enfrentarnos a ellos.

—He buscado puntos donde vadear el río y no es fácil —explicó Marco Antonio, que, una vez más, mostraba tener iniciativas inteligentes—. El mejor lugar, si no el único, es justamente donde están acampados los belgas. Quizá algunos hombres pudieran cruzar con balsas en otro punto, pero trasladar todo el ejército al otro lado requeriría un puente.

—Eso son días de trabajo y Quinto Cicerón lleva ya demasiado tiempo resistiendo solo y sin ni siquiera saber si su mensajero llegó hasta nosotros —respondió César pensando en alto mientras todos los oficiales lo escuchaban muy atentos—. Tendremos que enfrentarnos a los belgas en ese punto y deberíamos también hacer llegar algún mensaje a Quinto para que sepa que estamos muy cerca y que lo vamos a ayudar. Para dar ánimos a sus hombres y que de ese modo sigan resistiendo unos días más.

Por fin, Décimo encontró el momento de hacer uno de sus vaticinios negativos.

—Somos sólo dos legiones y, por todo lo que sabemos, los nervios, junto con los atuátucos y los eburones, por sí solos ya nos superarán, y mucho, en número. Ese enfrentamiento está condenado al fracaso. A *nuestro* fracaso.

—Pero algo tendremos que hacer para ayudar a Quinto Cicerón, ¿no crees? —contrapuso César mirándolo fijamente.

—Sí, pero perder nuestras dos legiones en un combate en clara situación de desventaja no creo que sea una buena forma de ayudarlo —se atrevió a contraargumentar Décimo.

Los tribunos ya estaban habituados a aquellos arranques disruptivos de un Décimo que, todos lo sabían, se sentía profundamente menospreciado por un procónsul que, después de la batalla de Morbihan, no le había premiado, como a sus ojos él merecía, con el mando de ninguna legión.

—Evidentemente, tendremos que derrotar a los nervios junto a ese río sin perder nuestras legiones, lo que no debería ser tan imposible si tenemos en cuenta que los galos belgas no habrán levantado por completo el sitio a Quinto Cicerón y habrán tenido que dejar una buena parte de sus tropas en el asedio —respondió César argumentando algo en lo que nadie había pensado—. Aunque tendremos que usar nuestras dos legiones con inteligencia —añadió, pero sin especificar detalles, y pasó a otro punto—: Y sigo pensando que hemos de ver de qué modo podemos hacer saber a Quinto que estamos cerca. Eso, como he dicho, les insuflará ánimos tanto a él como a sus oficiales y a toda la legión asediada y los fortalecerá y esperanzará en la resistencia que llevan manteniendo heroicamente todo este tiempo. ¿Alguna idea?

Primero hubo un silencio, pero, por fin, uno de los tribunos sugirió algo.

—Quizá se podría lanzar el mensaje al interior del campamento atado a una piedra —dijo uno de los oficiales.

—Es una idea —admitió César—, pero no veo claro lo de la piedra.

—El mensajero del campamento asediado explicó que Quinto había hecho levantar muchas torres de madera para tener más puntos elevados de defensa —comentó Marco Antonio—. Se podría lanzar una jabalina o un *pilum* que se clavara en una de las torres con el mensaje atado al arma.

La idea obtuvo, por fin, un consenso general.

—Pero si los galos interceptan a los que enviemos con esas lanzas, intervendrán el mensaje y sabrán lo que pone —apuntó Décimo, buscando siempre el punto débil de cualquier ardid brillante que no se le hubiera ocurrido a él mismo.

Hubo un nuevo silencio.

Todos sabían que el procónsul compartía algún tipo de código cifrado secreto con Labieno, pero no con todos los legados. Y, teniendo en cuenta que Quinto Cicerón no dejaba de ser hermano de uno de los mayores enemigos políticos de César, todos intuían que ese código no habría sido compartido por el procónsul con él.

—Sí, tendrán quien sepa latín, eso es seguro —admitió César y, muy pensativo, masculló unas palabras finales—: Tendremos que ver cómo escribir ese mensaje de modo que resulte ininteligible para el enemigo, si cayera en sus manos.

Aquella noche César dedicó tiempo a perfilar su plan de ataque a los nervios y los eburones con sólo dos legiones y más tiempo aún a cómo redactar aquel mensaje para Quinto Cicerón de forma que sólo lo pudiera entender él. Pensó mucho en a quién iba dirigido el mensaje. Con frecuencia, pensar en para quién escribimos impregna nuestras palabras de la luz del entendimiento mutuo.

Cerco al campamento de Quinto Cicerón

Quinto Cicerón oteaba desde lo alto de una de las dos torres que flanqueaban la puerta *praetoria*: juraría que veía menos guerreros belgas en las zanjas y, en general, en cualquier punto de las posiciones de asedio. Pero no tenía claro si su percepción era real o sólo una proyección de sus deseos.

De pronto, como en cada uno de los días precedentes, desde hacía ya semanas, varios centenares de galos se lanzaron contra las empalizadas para arrojar todo tipo de jabalinas y flechas.

Quinto alzó su brazo y, desde lo alto de todas las torres, sus hombres, como en tantos otros días precedentes, respondieron con su propia lluvia de hierro.

—Las lanzas se nos terminan —dijo uno de los oficiales en voz baja al *legatus*.

Quinto sabía que andaban escasos de pertrechos militares y los herreros no disponían ya de material con el que forjar nuevas armas. Quizá debería arriesgarse a ordenar una salida en la que sus hombres pudieran recuperar algunas lanzas, pero, como si el enemigo leyera sus pensamientos, cuando se replegaban, los galos se llevaban consigo tantos *pila* y jabalinas como hubieran arrojado desde el campamento.

También escaseaban los alimentos.

La única buena noticia era que otro día terminaba, que las sombras del anochecer empezaban a extenderse por la pradera que rodeaba el campamento y que, por el momento, durante las noches no había ataques.

Por eso lo que sucedió llegada la *prima vigilia* resultó tan extraño para los centinelas. Aun así, como no parecía grave, decidieron no molestar al *legatus* en su descanso. Ya le informarían de lo ocurrido al amanecer.

Campamento general de Ambiórix

El líder de los eburones se quedó al mando del asedio mientras los nervios acudían a detener el avance del procónsul. De este modo, podían mantener los dos frentes de guerra.

Los centinelas belgas de guardia también detectaron algo extraño, pero, a diferencia de los romanos, éstos sí despertaron a su líder en medio de la noche.

—Hemos atrapado a un legionario que portaba una lanza con un mensaje atado —le explicaron.

Ambiórix tomó el papiro que le entregaban sus hombres, al tiempo que miraba al aterrado legionario, que sangraba profusamente de una herida en la ceja. Parecía haberse resistido a ser capturado. Un valiente.

Los romanos debían de tener mucho interés en hacer llegar aquel mensaje a los asediados para arriesgarse a perder a hombres como aquél.

El jefe de los eburones había aprendido algunos rudimentos de la escritura de los romanos, de modo que desdobló el papiro e intentó leerlo, pero su frente se arrugó, henchida su mente de incomprensión.

—¿Qué dice aquí? —preguntó Ambiórix al legionario apresado.

—No lo sé —respondió—, no está en latín.

El jefe de los eburones ya intuía que algo raro pasaba con el mensaje, pero no estaba seguro de que fuera eso. Frunció el ceño y ordenó, entonces, llamar a uno de los esclavos que sí sabía latín, y éste les confirmó que aquellas letras ni siquiera eran las que los romanos empleaban para escribir en su lengua.

Ejército de César

Las dos legiones comandadas por el procónsul llegaron al río del que había hablado Marco Antonio: al otro lado, efectivamente, en una posición elevada y fácil de defender, estaba el campamento general de los nervios. Por la extensión que ocupaba la fortificación y el número de tiendas y de hogueras que se estaban encendiendo en la caída de la tarde, el enemigo, claramente, los doblaba en número. O quizá fueran más aún. No sería descabellado calcular que estaban en una relación de combate de uno a tres.

César se llevó a Marco Antonio a vanguardia para comentar con él lo que veía.

—No podemos luchar en franca inferioridad numérica y atacando una posición elevada —dijo el procónsul.

Marco Antonio no tenía claro qué decir. Lo que comentaba el procónsul era más que evidente, pero, por otro lado, se sentía halagado de haber sido señalado por César para acompañarlo en aquella inspección ocular del campamento enemigo.

—Cruzar el río por otro lado, como decías, no parece fácil —continuó César.

Marco Antonio se dio cuenta de que el procónsul, más que desear sus comentarios, estaba pensando en voz alta.

—Esto es lo que haremos —le dijo, al fin, César cuando se dio por satisfecho con el examen de las tropas enemigas y su acantonamiento—. Quiero que se construya nuestro campamento en aquel punto. —Y apuntó con su índice a otro altozano, pero en la ribera opuesta a la del enemigo—. Y que sea pequeño: no quiero que se deje casi espacio entre las tiendas, que los pasillos de la *via principalis* y la *via praetoria* se estrechen lo máximo posible. Y que los hombres vuelvan a tomar una cena fría: galletas, queso, frutos secos, gachas de trigo, lo que sea pero nada de hogueras.

—La temperatura baja mucho aquí por la noche —comentó Marco Antonio.

César recapacitó. Dejar a la tropa sin posibilidad alguna para calentarse era una crueldad, además de que nadie combate bien con los músculos entumecidos por el frío.

—Que enciendan sólo la mitad de las hogueras de las que encenderían habitualmente. También, con todas las tiendas apiñadas, con todos más cerca unos de otros, se sentirá menos el frío —matizó César.

—Eso es verdad —aceptó Marco Antonio, pero estaba confuso con respecto a todas aquellas instrucciones.

César continuó hablándole mientras seguía mirando hacia el campamento enemigo, inmenso en extensión.

—Podremos con ellos —certificó el procónsul con un extraño convencimiento.

—Es posible, *clarissime vir* —replicó un cariacontecido Marco Antonio, en quien la fe en César estaba en conflicto con la realidad de la terrible superioridad numérica del enemigo—. Lo cierto es que las dos legiones de Labieno nos habrían venido muy bien.

—No pensemos ahora en Labieno —apuntó César, sin dejar de mirar hacia el campamento de los nervios—. Él tiene sus propios problemas con los tréveros. Y los resolverá. Igual que nosotros resolveremos el nuestro con los malditos nervios y los eburones y todos los que asedian a Cicerón.

Marco Antonio asintió ligeramente, pero fue un gesto indeciso, salpicado por la duda.

—¿Podrá Labieno con los tréveros? —preguntó el oficial.

César fue contundente.

—Ah, por Hércules, eso es seguro: si hay algo que no querría jamás en la vida es tener que enfrentarme a Labieno en un campo de batalla. Los tréveros no saben lo que han hecho.

Marco Antonio volvió a cabecear, pero aún dubitativo.

—¿Y nosotros podremos también con todos estos belgas? —se atrevió a preguntar al procónsul al saberse en una conversación privada, sin ojos ni oídos indiscretos.

César le puso la mano en el hombro y le habló con una sonrisa cómplice:

—¿Has observado, Marco, alguna vez, las sombras de las lucernas proyectadas en la tela de una tienda de campaña?

CVIII

La venganza dormida

Gergovia
Otoño del 54 a. C.

Las noticias de todo lo que estaba ocurriendo en la Galia belga también se extendieron por el resto de las tribus de la costa atlántica y de la Galia céltica por el este, el centro y sur de la región. En todas partes se hablaba de lo mismo: los belgas se habían alzado en armas contra los romanos y estaban forzando al procónsul romano a luchar a las puertas del invierno. Y, por supuesto, las historias más sorprendentes de la nueva guerra viajaron hasta el umbral de la casa del joven Vercingetórix e irrumpieron proclamadas por un tumulto de jóvenes aristócratas arvernos.

—Han aniquilado una legión entera —decía uno.

—Más de una legión: legión y media —especificaba otro.

—¿Y eso quiénes han sido? ¿Los tréveros?

—No, los eburones, pero los tréveros también se han alzado en armas, con Induciomaro al frente.

—Y el líder de todo es Ambiórix.

Varios jefes jóvenes se habían reunido de forma improvisada en casa de Vercingetórix y conversaban haciendo aspavientos con los brazos y elevando la voz a medida que se consumía más y más cerveza. Y también vino romano. ¿Por qué no? Algo bueno tenían que tener.

—Lo único bueno —apostilló uno.

Todos rieron.

Todos menos Vercingetórix, que bebía en silencio y se limitaba, como era su costumbre, a escuchar y pensar, sumido en la modorra suave que le proporcionaba el alcohol.

La cerveza los enardeció a todos y la valentía y la rabia despertaron entremezcladas con un ansia reprimida largo tiempo. Y surgió la eterna tentación.

—¿Por qué no nos unimos a los eburones, a Ambiórix?

—Y a Induciomaro y los tréveros.

—Y a los nervios, no os olvidéis de los nervios.

—Y los atuátucos...

Y fueron mencionando así, uno tras otro, a cada uno de los pueblos que parecían estar apoyando la rebelión iniciada por Ambiórix.

Hasta que las miradas de todos, poco a poco, fueron concentrándose en un único punto de la sala: el asiento en que, plácidamente, consumiendo su cerveza en su meditabundo silencio, Vercingetórix seguía escuchando sin decir nada y mirando las llamas incandescentes de la gran chimenea.

—No es el momento —dijo, al fin, el líder galo al que todos observaban, como sucinta respuesta a sus miradas interrogantes.

Pero la cerveza los había desinhibido, quizá en demasía, y hubo quien sintió que había llegado la hora de decirse las verdades a la cara, de decirle a Vercingetórix, ya sin ambages, por qué no había querido rebelarse antes, ni cuando lo hizo Dúmnorix ni en Britania ni en ningún otro momento:

—Lo que ocurre es que tienes miedo de tu tío.

Se hizo un silencio tan profundo que, de pronto, se podía escuchar hasta el crepitar de los troncos en la gran hoguera del lar al quebrarse por el calor de las llamas.

Los asistentes dejaron de beber.

Hasta el guerrero que se había dejado llevar por los impulsos absurdos a los que nos conduce con frecuencia la bebida y que había hablado del supuesto miedo de Vercingetórix a su tío sintió pánico: quizá haber hecho referencia a aquel asunto del pasado no había sido buena idea.

Vercingetórix lo miró de soslayo, sosteniendo la cerveza, aún en silencio.

El pasado...

Gobanitio, el líder supremo de los arvernos y tío carnal de Vercingetórix, había dado la orden de ejecutar a su padre tras un duro enfrentamiento civil en el que Gobanitio se terminó imponiendo y, a la vez, impulsando el pacto permanente de alianza con los romanos, en contra de lo que defendía el padre de Vercingetórix, que era no someterse nunca a Roma. Vercingetórix tuvo que elegir entonces, desde bien joven, si seguir el camino de la venganza o el de la obediencia al nuevo rey, esto es, a su tío. Y, para unos por prudencia y para otros por cobardía, Vercingetórix optó por seguir la senda de la aceptación del liderato de Gobanitio. Y sepultar su odio hacia él. Y olvidar. Pero ¿un hijo, en verdad, olvida alguna vez la ejecución de su padre a manos de su tío o, como un fantasma, el espíritu de su padre muerto lo persigue en sueños, en pesadillas, en duermevelas y noches de insomnio, sin descanso, eternamente, reclamando venganza? La de Vercingetórix era una vida, una historia que anticipaba una gran tragedia.

—Yo no tengo miedo a Gobanitio —respondió Vercingetórix, al tiempo que volvía sus ojos, de nuevo, hacia la hoguera, sin elevar el tono de voz, sin un ápice de vibración emocional en su réplica, pétreo, sereno en su somnolencia provocada por la cerveza, con la clarividencia de intuir en el baile de las llamas cómo eran en realidad cada una de las circunstancias de su vida, de su pasado, de su presente y del futuro que llevaba meses diseñando en su cabeza. Y que tenía ya completamente decidido desde su viaje a Britania bajo el mando de aquel procónsul romano que lo gobernaba todo en la Galia y que parecía estar siendo completamente superado por la rebelión belga.

Nadie se atrevió a cuestionar más si Vercingetórix, en medio de sus crípticos silencios, tenía o no miedo a su tío que controlaba a los arvernos, a su tío que había ejecutado a su padre, a su tío que se había convertido en esclavo de los romanos. Pero el ansia de rebelión bullía entre ellos más fuerte y más viva que nunca, de modo que, dejando de lado los sentimientos de Vercingetórix hacia su tío, insistieron.

—Pero sería buen momento para unirse a los belgas y acabar con los romanos —sugirió otro guerrero añadiendo un argumento de peso—. La unión de todos nos haría más fuertes.

Todos volvieron a concentrar las miradas en Vercingetórix. Éste, tras varios silenciosos tragos de cerveza, renovada en su vaso por una de las sirvientas de la casa, aceptó responder.

—La unión, sin duda, es clave para derrotar a los romanos, y eso lo están haciendo bien en el norte, pero... —Bebió otro largo trago y se quedó luego mirando el fondo de su jarra.

—¿Pero...? —repitió otro de los guerreros con impaciencia.

—Pero han cometido dos errores graves y su revuelta fracasará —vaticinó Vercingetórix ante la incredulidad de los reunidos. Quizá, después de todo, Vercingetórix no fuera el líder que necesitaban para su rebelión. Quizá, después de todo, el hecho de que no vengara la ejecución de su padre a manos de su tío era muestra de la debilidad innata de su carácter. Quizá tendrían que buscar, entre ellos, otro que sí se atreviera a unirse a los belgas.

—¿Y cuáles son esos errores tan graves? —inquirió otro, ya fuera porque había bebido menos o porque le concedía a Vercingetórix, que siempre había combatido con arrojo y con inteligencia, el beneficio de haberlos liderado bien siempre en el campo de batalla, y eso no podía hacerlo un cobarde.

—El primer error es que han atacado militarmente, pero no se han preocupado de cortarles las líneas de suministros a los romanos —explicó Vercingetórix, categórico—. Y eso, por muy duros que sean los reveses que el procónsul romano haya sufrido, le permitirá rehacerse, reorganizarse y contraatacar.

Todos ahogaron aquellas palabras preñadas de sentido común en más cerveza que disolviera su raciocinio y siguiera alimentando sus ganas de rebelarse, más allá de apreciaciones técnicas o logísticas que les parecían superfluas.

—¿Y cuál es el segundo error? —preguntó otro de los asistentes a aquel cónclave—. Has dicho que han cometido dos errores.

Pero Vercingetórix se alzó lentamente, y lentamente los miró a todos y cada uno de ellos y les arrojó sus últimas palabras en aquella reunión como quien lanza jabalinas de hastío y desprecio y cansancio.

—¿Qué más da lo que yo piense, si en el fondo la mayoría de vosotros creéis que no me rebelo por cobardía, que no me revolví de muchacho contra mi tío por cobardía y pensáis que sólo la cobardía mueve todas mis acciones? Estoy cansado de intentar modular vuestros anhelos de rebelión contra un maldito líder romano que es más inteligente y astuto que todos vosotros juntos y todos los jefes galos juntos, y que por eso nos gobierna a todos, y que por eso mismo derrotará a los belgas. ¿Para qué voy a responderos y deciros cuál es el último y más grave error de la rebelión de Ambiórix si no me vais a creer, si, en verdad, no creéis en mí?

Y destrozó su jarra de cerveza vacía contra la pared, quebrándola en mil pedazos, se cubrió con sus pieles y salió, solo, de aquella casa, su casa, dejándolos a todos en ella, para adentrarse en el bosque colindante, vagar por él bajo la luna blanca, mirar al cielo y las estrellas y sentir el aire frío de la oscuridad derramándose sobre su rostro como una caricia suave de los dioses.

—Yo no tengo miedo a Gobanitio —dijo en medio de aquella luz etérea, perfecta para fantasmas y pesadillas y apariciones—. Y, por Taranis, juro que tampoco tengo miedo a César.

Necesitaba decirlo así, alto y claro, sin ningún simple que fuera a refutar sus palabras. Y en el estupor de aquella madrugada se reafirmó: los belgas habían cometido el único error que no se podía cometer contra César. Pero Vercingetórix se llevaba consigo, en sus pensamientos, en aquel paseo nocturno entre las sombras de las ramas de los árboles bañadas por la penumbra de la luna, aquel dato, sin compartirlo con nadie, guardado cuidadosamente, custodiado con exquisito celo, con el recuerdo de una venganza dormida desde tiempos de su adolescencia. Dormida, nunca olvidada.

En la gran cabaña, junto a la hoguera, los guerreros habían dejado de beber. La partida de su líder los había dejado entre desamparados y confusos. En el fondo, y todos lo sabían, ellos sí tenían miedo a César: lo habían visto derrotar a los helvecios, a los germanos de Ariovisto, a los vénetos, a los belgas en el pasado varias veces, a los téncteros y los usípetes; le habían visto cruzar el Rin y el Mare Britannicum; lo habían visto derribar y construir puentes, hundir flotas o crearlas de la nada, rendir fortalezas, ciudades, reinos enteros, y no retroceder nunca ante nadie. Le tenían pavor.

—Vercingetórix volverá —dijo uno de ellos.

—A veces le gusta andar solo por el bosque —apuntó otro.

—Volverá —confirmó un tercero.

La cerveza volvió a correr de jarra en jarra. Y, al final, uno de ellos, con la aquiescencia del resto subrayada por un mar de asentimientos, sentenció:

—Volverá y nos liderará. —Y añadió con cierta profundidad—: Él es diferente a nosotros. Necesita su tiempo, pero luego es más fuerte que todos. Cuando se rebele, el romano caerá.

CIX

La ansiada revancha de los nervios

Campamento de Quinto Cicerón
Otoño del 54 a. C.

Al amanecer informaron al *legatus* del extraño suceso de la noche anterior.

—¿Alguien arrojó una lanza ayer en medio de la noche? —preguntó Quinto Cicerón para asegurarse de que había entendido bien lo que le contaban.

—Con este mensaje atado, *legatus* —añadió otro de los centinelas que habían estado de guardia la noche anterior y le entregó el papiro.

Quinto Cicerón lo desplegó y, para su sorpresa, estaba en griego.

Se frotó los ojos un par de veces: estaba firmado por Julio César.

Leyó el mensaje.

Dos veces.

Habló sin quitar la mirada del papiro aún desplegado entre sus manos:

—Que los hombres formen en el centro del campamento.

Al poco, Quinto Cicerón explicó en alto a todos los legionarios de su unidad militar que el procónsul de Roma se encontraba acampado a pocas millas y que estaba allí para quebrar el asedio de los galos belgas.

Arropó esta información con palabras de esperanza y con algunas imprecaciones a los dioses, en agradecimiento por haberlos asistido, y culminó reclamando un esfuerzo más de resistencia a la espera de ser salvados en poco tiempo.

El discurso surtió efecto y los legionarios se aprestaron a la defensa del campamento aquella jornada con el ánimo envalentonado y con energías renovadas, como si les hubiera insuflado fuerzas el mismísimo Hércules. Y es que su Hércules terrenal, César, estaba ya con ellos. Cerca.

Quinto Cicerón, de nuevo, desde lo alto de la torre derecha de la puerta *praetoria*, observaba los movimientos del enemigo también con el ánimo enardecido por aquel mensaje. Sólo había una cuestión que le extrañaba: César no había especificado el número de legiones con las que había acudido para asistirlos. La alianza de nervios, eburones, atuátucos y otras tribus era muy numerosa y no pensaba que nadie pudiera romper aquel asedio sin disponer de, al menos, cuatro o cinco legiones. Pero, en cualquier caso, César estaba allí, y si había aprendido algo en todas aquellas campañas es que la sola presencia de César en un campo de batalla contaba como una legión más. Sabía que era uno de los mayores enemigos políticos de su hermano Marco, el mayor opositor de los *optimates* y, quién sabe si era verdad lo que su hermano pensaba de él, el mayor peligro para el Estado romano. Y que Clodio, que había promovido el exilio de su hermano e incendiado su casa, era con frecuencia aliado de César. También recordaba que, por otro lado, el procónsul ofreció a su hermano ser legado, como él, en sus legiones, cuando se vio finalmente abocado al exilio promovido por Clodio. César era, sin duda alguna, un hombre de muchas caras, una personalidad compleja. Pero, entre todas sus múltiples facetas, ahora le interesaban la militar y la de su generosidad al asistirlo por encima de diferencias y enfrentamientos políticos.

En fin, aquel mensaje en griego les había devuelto algo de energía a sus hombres y les había dado muchas esperanzas, pero si el cerco no se levantaba pronto, ante la escasez de provisiones, la desesperanza más absoluta se apoderaría rápidamente otra vez de todos. César tenía que actuar pronto. Con eficacia, por supuesto, pero pronto. El tiempo corría a favor de los belgas y en contra de ellos.

Campamento de César

Marco Antonio había sido reclamado por el procónsul en el *praetorium*. Había habido varias refriegas entre la pequeña caballería romana y algunos jinetes del enemigo en las que los romanos habían tenido algunas bajas y no habían conseguido intimidar demasiado a los belgas. Marco Antonio temía una reprimenda importante por parte de César y andaba pensando en cómo defenderse: la caballería gala aliada les hacía más falta que nunca; incluso si no eran de fiar, era mejor que no tener nada. Eso pensaba.

El oficial caminaba por los estrechos pasillos que habían quedado entre las tiendas de un campamento demasiado pequeño para albergar dos legiones. Recordaba el comentario del procónsul sobre las sombras de las luces en el interior de una tienda por la noche y en cómo éstas falseaban el tamaño de las cosas. Aquel pensamiento lo distrajo durante los últimos pasos que lo condujeron hasta el encuentro con su superior.

Los centinelas lo dejaron pasar.

—Ha habido algunos combates de las patrullas de caballería con el enemigo, ¿no es así? —le preguntó el procónsul nada más entrar, sin ni siquiera saludarlo.

—Así es —confirmó Marco Antonio, convencido de que ahora vendría la crítica del procónsul por no haberse impuesto con claridad en esas refriegas.

—Quiero que reúnas a todas las *turmae* en un solo contingente de caballería, que patrulles el río, que dejes que los jinetes nervios se os acerquen y que vuelvas a entrar en combate con ellos... —le ordenó César.

E iba a continuar cuando Marco Antonio se atrevió a interrumpirlo en sus ansias de mostrar su deseo de enmendarse en el campo de batalla ante lo que él pensaba que era una profunda decepción del procónsul.

—¡Y que esta vez nuestra caballería se imponga con autoridad!

César lo miró en silencio sin decir nada durante unos instantes.

—No —negó el procónsul, tajante, y lo corrigió—: Quiero que entres en combate con toda la caballería de la que dispones y que salgas huyendo con todos nuestros jinetes en cuanto empiece la lucha.

Marco Antonio necesitó un tiempo para asimilar la orden. Volvió a recordar lo de las sombras. Se trataba, sin duda, de seguir aparentando lo que no era. Empezaba a entender, aunque no veía el desenlace de todo aquello.

—Así se hará, procónsul —confirmó Marco Antonio y saludó marcialmente.

Campamento de los belgas

Los nervios, por primera vez en mucho tiempo, empezaban a verlo todo sencillo: los jinetes romanos se retiraban casi despavoridos en cuanto entraban en combate junto al río, y cuando enviaron varios centenares de guerreros contra las empalizadas del campamento enemigo, los romanos abandonaron los puestos de defensa con rapidez.

—Si hubiéramos ido todos, ya habríamos tomado el campamento romano al asalto —dijo uno de los jefes al regresar de aquel ataque de prueba.

—Tienen miedo, eso es evidente —dijo otro.

Y el resto asentía.

Aun así se aceptó seguir adelante con el plan que les había sugerido Ambiórix, que tan buenos resultados le había dado para destruir la legión XIV. Enviaron a un par de esclavos que sabían latín a que les gritaran a los romanos frente a sus empalizadas un mensaje muy concreto: si se rendían antes del anochecer, dejarían marchar libremente a todos los que desertaran. En caso contrario, atacarían al amanecer y acabarían con todos los que aún siguieran en el campamento. En ambos casos, pensaban matarlos a todos, al salir o si se quedaban, pero si abandonaban la fortificación, como hicieron los de la legión XIV, todo sería más fácil aún.

Campamento de César

El procónsul, como el resto de los tribunos y centuriones y como todos los legionarios, escuchó el mensaje de los esclavos belgas.

Era el mediodía.

Cualquier otro *legatus* o cónsul o procónsul, tras semejante mensaje enviado por el enemigo, habría convocado a las tropas en el centro del campamento y los habría enardecido para resistir.

Pero César no era cualquier otro procónsul.

No convocó a nadie.

Se limitó a pasear el resto del día por entre las tiendas de sus soldados, dejándose ver por aquellos pasillos sumamente estrechos donde apenas cabían las dos legiones, que todos pensaban que era una idea para pasar menos frío viéndose forzados a combatir casi llegado el invierno.

César dejó que, hora tras hora, pasara aquel día, que se les hizo particularmente lento a muchos. Continuó con su ronda entre las tiendas, sin decir palabra alguna, pero mostrándose tranquilo en todo momento.

—Atacarán al alba —le dijo Marco Antonio cuando el carro de Apolo se retiraba en el horizonte.

—De eso se trata —le respondió César—, de que, de una vez por todas, ataquen ellos nuestra posición elevada y no nosotros la suya. De eso se trata.

Ejército belga
Al amanecer

Tal y como había pronosticado Ambiórix, los nervios tenían no ya ganas, sino ansias por vengar a sus compañeros muertos en la derrota que sufriera el rey Boduognato junto al río Sabis hacía cuatro años. Quien no tenía un padre, un hijo o un hermano muerto en aquella batalla había perdido allí, al menos, a uno o varios amigos. Por eso, cuando en aquel amanecer cogían las hachas y las espadas, las empuñaban con una furia especial. Aquél era el día en el que iban a ejecutar al romano que había liderado el ataque contra Boduognato, la batalla de infausto recuerdo en la que habían muerto tantos familiares y compañeros de guerra.

Aquél era el amanecer de la venganza.

Había una fina lluvia, pero nada que impidiera la lucha, nada a lo que no estuvieran habituados los nervios.

Salieron todos los belgas de su extenso campamento.

Los nervios iban por delante, los atuátucos por detrás, a sabiendas de que se trataba de algo personal entre sus aliados y los romanos, y no tenían mayor interés en interferir en aquella venganza. Todos compartían el objetivo de expulsar a los romanos de allí. Quién los matara primero no importaba. Sólo el resultado final. La victoria total. La aniquilación del enemigo.

Vadeado el río, aún más mojados, en este caso por sus heladas aguas, algunos tiritando de frío, pero sabedores de que el calor del combate pronto les quitaría esa sensación, empezaron a ascender por la pendiente que conducía al frontal del campamento romano.

Los jefes nervios, a medio camino de la ladera, tal y como tenían pactado, se separaron y cada uno fue seguido por un contingente de tropas distinto. Habían acordado atacar el campamento romano por todas sus vertientes y cada jefe fue, con miles de guerreros tras él, a cada una de las cuatro puertas. No querían ni dar la posibilidad de que escaparan por la puerta de atrás. Iban a masacrarlos a todos y cada uno de ellos y luego a saquear el campamento e incendiarlo y festejar a su alrededor con un enorme festín sazonado con el olor a la carne humana quemada de sus enemigos.

Campamento de César

El procónsul estaba en lo alto de la empalizada.

Completamente solo, como un vigía en un barco fantasma que vagara sin rumbo por la laguna Estigia hacia el inframundo. ¿Estaba conduciendo precisamente allí, al reino de los muertos, a todos sus hombres?

Podía ver los miles y miles de guerreros nervios rodeando toda la fortificación, pero ni eso pareció llevar un ápice de tensión a su faz.

Estaba calculando.

Aún estaban lejos.

Les quedaba bastante pendiente por ascender.

César seguía allí, un vigía solitario en la cubierta de un buque abandonado por todos por miedo, por cobardía, por ambas cosas.

Era como si las dos legiones hubieran desertado durante la noche.

Ni un solo legionario en ninguna torre, ningún oficial en ninguna de las cuatro empalizadas del campamento.

Sólo él.

Y ante él, miles y miles de nervios ascendiendo para ejecutarlo.

Detrás de él, en el interior del campamento reinaba el silencio más profundo, como si no hubiera nadie, como si estuviera todo vacío.

Los nervios empezaron a gritar en su ascenso, que debía encumbrarlos en la más hermosa de las victorias.

Pronto treparían por las empalizadas.

Pronto el campamento sería suyo.

El procónsul escuchó el relinchar nervioso de algunos caballos.

César no se lo tomó a mal. Es difícil mantener a una bestia en completo silencio cuando huelen el combate próximo. Los hombres, disciplinados, podían permanecer callados, pero los animales necesitaban sacar su tensión de algún modo.

Otros caballos piafaban levantando sus patas delanteras y dejándolas caer sobre la tierra humedecida por la eterna lluvia del norte. Tenían la garra del combate metida en las entrañas. Las bestias saldrían como propulsadas por el ansia pura.

Pero los gritos de los belgas, destinados a sembrar el terror en el ánimo de sus enemigos, hicieron que ni tan siquiera oyeran ni uno solo de aquellos relinchos o golpes de los cascos de la caballería romana en el interior del campamento, en todo lo demás enmudecido.

Los nervios únicamente veían que en la empalizada estaba el procónsul de Roma, y contra él se lanzaron con toda la furia del mundo. Imaginaban a los legionarios medio escondidos, acobardados, abandonando a su líder, desistiendo en la defensa de la fortificación, rendidos antes incluso de dar comienzo la lucha.

De eso se trataba.

Aunque llegaban cansados a lo alto del altozano por ascender corriendo por toda aquella maldita pendiente.

De eso se trataba.

César, despacio, se dio la vuelta y, dando la espalda al enemigo que se acercaba, miró hacia el campamento: todas las tiendas habían sido desmontadas para facilitar la formación de las dos legiones. Las cohortes se habían dividido en cuatro grupos, y cada sección estaba formada, lista para el combate, encarando cada una de las cuatro puertas. Y, por delante de ellas, en cuatro pequeños grupos también, las *turmae* de caballería, la de la *porta praetoria* bajo el mando directo de Marco Antonio.

César sólo dijo una palabra:

—¡Ahora!

Combate

Y a la vez, por la *porta praetoria*, por la *porta principalis dextera*, por la *porta principalis sinistra* y por la *porta decumana*, emergieron, primero, un centenar de jinetes romanos y, tras ellos, en tromba, como si se tratara del agua de un torrente, cohorte tras cohorte, decenas, centenares, miles de legionarios.

Los nervios, que aún tenían en sus retinas la imagen del procónsul solitario en lo alto de la empalizada y la idea de sus soldados escondidos y asustados, se vieron sorprendidos por aquel aluvión inopinadamente numeroso de soldados enemigos que se lanzaba contra ellos con las mismas ansias que ellos podían tener. Y es que, si los belgas querían vengar la derrota de Boduognato en el río Sabis, los romanos querían resarcirse de la aniquilación de la legión XIV por Ambiórix y sus aliados.

Si se trataba de odios y rabia, estaban, como mínimo, empatados los unos con los otros, pero los romanos llevaban la iniciativa por dos factores: primero, la sorpresa, lo inesperado de su aparición a borbotones por cada una de las cuatro puertas, por donde no dejaban de salir más y más legionarios desde el interior de una fortificación que parecía imposible que pudiera contener tantos romanos. Y, en segundo lugar, porque combatían cuesta abajo, mientras que los nervios tenían que luchar pendiente arriba.

La sorpresa, la posición de desventaja y la confusión general en la que se encontraban los nervios hicieron el resto. Y seguían sin entender cómo de un campamento tan pequeño podían salir tantísimos legionarios. Era como si sus dioses los estuvieran ayudando.

Era algo mágico.

Y si algo aterraba a los galos era la magia o cualquier cosa que se le asemejara.

Los guerreros nervios pasaron del ataque fulgurante a la defensa, y de la defensa al repliegue y del repliegue a la huida. De querer vengar a sus familiares y amigos caídos en el Sabis pasaron a sentir el mismo miedo que aquéllos sintieron cuando fueron rodeados por las legiones de César, por un lado, y las tropas de Labieno, por otro.

Del anhelo de la más ansiada de las revanchas descendieron al abismo del terror y a la búsqueda de la supervivencia. Porque seguían saliendo aún más y más romanos del interior de aquel campamento hechizado.

Caballería romana

Marco Antonio aprovechó la desorganización del enemigo para reunir a todas las *turmae* de caballería e iniciar una persecución, ladera abajo, de los guerreros que huían, pero, conocedor de los deseos de César, disciplinadamente, aunque el cuerpo le pedía seguir matando enemigos, refrenó su caballo y ordenó al resto de jinetes que lo imitaran.

Y, al igual que él retenía la caballería, lo mismo hicieron los *legati* y tribunos de las dos legiones.

César había insistido en que nadie se adentrara en los bosques y que ni tan siquiera ningún jinete ni ningún legionario cruzara el río en un deseo irrefrenable de combate. Quería evitar a toda costa que ninguna de sus dos legiones pudiera caer en una emboscada del enemigo. La huida de los nervios parecía genuina, pero podía ser fingida o que éstos se revolvieran en algún momento y que se les unieran los eburones o los atuátucos u otras tribus que habían proseguido con el asedio del campamento de Quinto Cicerón.

Era preferible ser cautos y, aunque eso redujera el daño infligido al enemigo, era preferible dejarlos huir con el terror en sus entrañas por la para ellos inexplicable cantidad de legionarios romanos que los atacaban. Los nervios referirían historias exageradas sobre lo ocurrido y cada relato engrandecería el temor de otras tribus ante el avance de las legiones.

César descendió, por fin, de la empalizada y, escoltado por un grupo de legionarios escogidos, se puso al frente de las dos legiones.

—Ahora esperaremos la reacción de Ambiórix —dijo el procónsul de Roma, y miró a Marco Antonio. No le fue preciso darle órdenes. Parecía que aquel oficial empezaba a estar en perfecta sintonía militar con él y, en ausencia de Labieno, aquello suponía un alivio para César.

Marco Antonio comprendió que el procónsul deseaba que enviara patrullas de caballería por delante, al otro lado del río, y que examinaran la situación del asedio para decidir entonces si atacar a Ambiórix en ese momento o medir aún algo más los tiempos. Quizá esperar a ver si Labieno conseguía zafarse del acoso al que lo tenían sometido los tréveros y unírseles. Aunque eso requería de muchos días que no estaba claro que Quinto Cicerón pudiera permitirse: si Ambiórix planteaba una lucha, tendrían que combatir.

Campamento de los eburones, frente a la fortificación de Quinto Cicerón

Ambiórix podía ver, desde la colina en la que se encontraba el grueso de sus tropas, a numerosas partidas de guerreros nervios huyendo hacia el norte. No necesitaba que nadie le diera detalles para ser consciente de que el procónsul romano, seguramente no con demasiadas tropas, no podía disponer de más de una o dos legiones, se las había ingeniado para ponerlos en fuga.

—Cobardes —masculló el líder de los eburones con evidente desprecio—. Ahora ya entiendo lo de la derrota del Sabis. No tienen aguante.

Pero aquellos comentarios, si bien podían ser certeros, no resolvían la cuestión clave para los eburones en aquellos momentos.

—¿Qué hacemos, por Taranis? —preguntó Catuvolco.

Ambiórix ponderó bien la situación antes de responder: habían destruido legión y media en la emboscada a la XIV, habían atemorizado y causado bajas a la legión de Quinto Cicerón y los tréveros retenían dos legiones romanas en su territorio. La tribu de los nervios había fallado estrepitosamente, como lo hicieron en el pasado, pero, en el conjunto de la rebelión general de la Galia belga, los romanos habían perdido más que ganado. No era momento de arriesgarse. Por delante estaba aún lo más crudo del invierno.

—Nos replegaremos y reuniremos más tribus —respondió Ambiórix—. Hay más dispuestas a unirse a nuestra lucha. Y si el procónsul cree que las rebeliones han terminado... —se calló un instante y sonrió con complicidad mirando a los suyos—, está muy equivocado. Además de los tréveros, acabo de recibir un mensaje del rey Acón de los senones. Pronto se alzará en armas y los romanos tendrán no ya dos frentes, con nosotros en el norte y los tréveros en el sur, sino tres, con los senones en rebelión a sus espaldas.

Y se giró hacia las dos legiones romanas que permanecían aún al otro lado del río. Ambiórix escudriñó aquel ejército hasta divisar a un pequeño grupo de hombres adelantado que parecían rodear a uno solo de ellos cubierto con un manto púrpura, sin duda, el procónsul. Era la primera vez que veía a César.

El líder de los eburones emitió su sentencia:

—El romano no sabe que esto sólo ha hecho que empezar.

Campamento de Quinto Cicerón

Quinto Cicerón, henchido de júbilo, ordenó que los grandes portones de madera de la *porta praetoria* se abrieran de par en par: los eburones habían levantado el cerco y se habían retirado hacia el norte, mientras que las tropas comandadas por César estaban cruzando el río.

Cuando el procónsul cruzó el umbral de entrada al campamento, Quinto Cicerón estaba allí para recibirlo.

—Nunca pensé que me alegraría tanto de ver a Julio César —dijo Quinto, y al procónsul no se le pasó por alto la ironía del comentario, pero, como el propio Quinto, dejó de lado la política en aquel momento y se fundió en un abrazo, muy sentido, con el hermano de uno de sus mayores enemigos políticos.

Los legionarios estallaron en vítores, exorcizando con aquellas aclamaciones todo el miedo pasado en las últimas semanas.

César, acto seguido, se situó en el centro del campamento y se dirigió a todas las tropas: elogió la resistencia de los legionarios asediados y el valor de las legiones que lo habían acompañado para liberarlos y dedicó varias frases de encomio a la inteligencia de Quinto Cicerón, que ni se había dejado engañar por el enemigo ni había permitido ni el desorden ni la desorganización ni la desmoralización en medio de aquel duro y largo asedio.

Luego calló unos instantes y, mirando a los legionarios que habían estado aislados y que, en consecuencia, no sabían nada del desastre de la legión XIV, les desveló todo lo relacionado con la emboscada de Ambiórix a esa legión y las cohortes adicionales de apoyo y la muerte de los *legati* Sabino y Cota.

—Pero no os revelo todo lo relacionado con este desastre para entristeceros —continuó César—, y menos en este momento de victoria en el que nos sentimos todos felices por haber hecho huir a los nervios y los eburones y los atuátucos. Os revelo lo acontecido en esa miserable emboscada para que prenda en vosotros el deseo de querer hacer justicia a vuestros compañeros caídos. Muchos de vosotros teníais conocidos o amigos entre los legionarios de la XIV. ¿Vais a dejar que su muerte, que su sacrificio, traicionados por las falsas promesas de Ambiórix, quede sin castigo? ¿Vais a permitir que ese mismo jefe de los eburones que os ha asediado tras masacrar a la legión XIV pueda seguir libre y sin pena por su traición?

Calló.

—¡Noooo! —aulló uno de los centuriones, y con él miles de noes se unieron a aquel primer grito mientras miles de legionarios empezaban a golpear los escudos con las espadas generando un clamor total de furor que se elevó por todo el valle y, empujado por el viento, llegó a oídos de la larga columna de guerreros belgas en retirada ya a varias millas de distancia.

Ejército de los eburones

Ambiórix tuvo la sensación de escuchar un clamor lejano y detuvo su marcha un instante. Se volvió hacia atrás, pero no estaba seguro de si lo que había creído oír era el rumor del viento, un trueno lejano o quizá algún otro fenómeno natural que no acertaba a identificar. Se encogió de hombros y prosiguió la ruta. Tenía planes para el invierno: había decidido convocar un nuevo cónclave secreto de los jefes de todas las tribus que se habían alzado o que se iban a alzar en armas contra Roma.

Campamento romano del territorio de los nervios, bajo el mando de César y Quinto Cicerón

Había algo en la apariencia física de César que sorprendió a Quinto Cicerón aquellos días de finales de otoño: el procónsul era, de natural, un hombre aseado, siempre con un uniforme militar limpio, afeitado y con el pelo, que ya no le cubría toda la cabeza, más bien recortado por algún buen *tonsor* de confianza, pero el César que había venido a liberarlos de aquel asedio parecía desaliñado, con barba de muchos días y el pelo desarreglado, lacio y largo por los lados.

Marco Antonio, interrogado por Quinto Cicerón sobre el asunto, le comentó la promesa que César había hecho de no afeitarse y de no cortarse el pelo hasta haber vengado lo ocurrido con la legión XIV.

—Acaba de conseguir que se levante un asedio, ha derrotado a los nervios, por segunda vez, y ha puesto en fuga a los eburones y al resto de las tribus —resumió Quinto Cicerón—, ¿no es eso bastante? ¿Cuándo considerará César que ha vengado la emboscada de la XIV?

—No lo sé —respondió Marco Antonio—, pero digamos que yo, ahora mismo, preferiría no pertenecer a la tribu de los eburones.

CX

Las instrucciones precisas de Labieno

Campamento romano en el territorio de los tréveros
Otoño del 54 a. C.

Las provisiones escaseaban.

Labieno podía percibir la tensión en sus hombres, en especial entre los oficiales, al tiempo que podía intuir el hastío de los tréveros, que parecían ponerse también nerviosos por su contumacia en la negativa a combatir.

Pero una mañana, en lo alto de la empalizada, Labieno llamó al jefe de su caballería. No disponía de muchos jinetes, pero éstos eran una mezcla de caballeros romanos y jinetes auxiliares de orígenes muy diversos, desde Hispania hasta el remoto Oriente, y que llevaban sirviendo bajo su mando desde el inicio de las campañas galas. Eran hombres tan leales como eficaces en la lucha.

—Quiero que mañana, al atardecer, hagas una salida con la caballería —le explicó Labieno—, pero que os olvidéis del grueso del ejército enemigo. Quiero que vayáis directos sólo y únicamente contra Induciomaro. —Y señaló por encima de la empalizada: los tréveros, como hacían cada atardecer, se estaban replegando después de otro día más en el que los romanos no habían salido a su encuentro y, quizá por desidia, quizá porque aquello parecía ya una operación tan aburrida como rutinaria, se replegaban de forma desordenada, casi distraídamente, en particular Induciomaro, que lo hacía andando rodeado de apenas un grupo de no más de veinte guerreros, entre risas provocadas por chanzas y bromas, muy probablemente burlándose de la supuesta cobardía romana.

El jefe de caballería asintió y, viendo lo que su superior le mostraba, comprendía que la acción que le pedía era posible. No exenta de riesgos, pero realizable.

—Mantendré las puertas del campamento abiertas hasta vuestro reingreso —especificó Labieno—, pero no vayáis más lejos de aquel punto donde empiezan las primeras zanjas del enemigo. Tenéis que darle alcance antes. Y matarlo. Me da igual cómo, pero quiero su cabeza. Le dais muerte, lo decapitáis, cogéis su cabeza y regresáis al campamento al galope.

Con Labieno, los oficiales estaban unas veces de acuerdo y otras no con sus estrategias, pero todos coincidían en que sabía dar instrucciones precisas. Y, desde luego, nadie se negaba a obedecer. Después de César, era el líder más respetado de todo el ejército.

Ejército de los tréveros
Al atardecer del siguiente día de las órdenes de Labieno a su caballería

Induciomaro pidió más cerveza. Estaba algo ebrio, lo que, por cierto, era ya común en él en aquellas horas finales del día, pero, teniendo en cuenta que los romanos no pensaban atacar nunca, su inercia hacia la bebida no le parecía en modo alguno inadecuada. Era una forma de pasar el tiempo más rápido a la espera de que el hambre empezara a hacer el trabajo sucio entre el enemigo.

—Al final saldrán —dijo uno de los guerreros que lo acompañaban.

—Sí, eso piensa mi hijo —aceptó Induciomaro—, y, hasta hace bien poco, eso pensaba también yo, pero ya soy más de creer que sólo el hambre acabará con ellos y su obstinada resistencia. Aunque rendirse se rendirán, estoy seguro, y eso es lo único importante. En fin, por hoy es suficiente. Nos retiramos.

E iniciaron el camino de regreso hacia el campamento, y todos, a la vez, dieron la espalda al campamento enemigo, de modo que ni uno solo de ellos vio cómo se abrían las puertas de la fortificación romana y cómo por ellas emergía, al trote primero y, de inmediato, al galope, todo un contingente de caballería, espadas ya desenvainadas, cuando no *pila* en alto, directo al combate. O, más bien, directo a la ejecución.

Pero algunos de los guerreros de otros grupos sí se apercibieron de la salida de aquellos jinetes y empezaron a dar gritos hasta que, por fin, Induciomaro se dio la vuelta, pero, para cuando lo hizo, aquel cuerpo de caballería galopaba en bloque contra él y estaba ya a menos de doscientos pasos. El suelo temblaba bajo sus pies. Los guerreros de su escolta, torpemente, pues la cerveza también había pasado de mano en mano entre todos ellos, lo rodearon esgrimiendo, sin mucha saña, las hachas de guerra.

Induciomaro, que comenzaba a calibrar con más precisión lo peligroso de su situación, miró a su alrededor en busca de su propia caballería, pero éstos eran los primeros en replegarse cada tarde y ni tan siquiera veía los caballos por entre las tiendas de su campamento. Algo que intuía que el líder romano había debido de advertir en todas aquellas jornadas que, como una estatua, los observaba cuando se retiraban. Induciomaro siempre pensó que el líder romano les tenía miedo, pero ahora se daba cuenta de que había empleado todo aquel tiempo en estudiar con detalle todos sus movimientos de repliegue.

El jefe de los tréveros, tras no ver jinetes de los suyos por ningún lado, se giró de nuevo hacia el enemigo en medio del torbellino de sus pensamientos, que se abrían torpemente camino en su ebria cabeza.

En esos momentos, los caballeros romanos y auxiliares galopaban ya apenas a cincuenta pasos y sus gritos de combate le helaron la sangre, porque eran aullidos que anunciaban su muerte, su, para él, completamente inesperado fin. Esta vez no iba a quedar todo en una desagradable cicatriz. Y le costaba creerlo, pero, mientras su mente aún se debatía en lo absurdo de lo que estaba ocurriendo, sus guerreros caían ya atravesados por las lanzas romanas o abatidos por sus largas espadas, esgrimidas con fortaleza y sobria pericia, sin alardes gladiatorios, desde lo alto de aquellas monturas enemigas.

Algunos de sus hombres, pese a su mal estado por el alcohol ingerido, ofrecieron una resistencia de mérito y derribaron a varios jinetes enemigos, pero insuficientes para detener aquel ataque de precisión quirúrgica.

Induciomaro se vio atravesado por una lanza primero y luego sintió cómo una espada le hacía un tajo profundo en el cuello y, por fin, un golpe de maza en lo alto de su casco le nubló la vista, la conciencia y la vida.

Induciomaro se desplomó como un *andabata* en una lucha de gladiadores, sin ver a sus enemigos, casi sin saber lo que le estaba ocurriendo. En el suelo fue pateado por los cascos de varios caballos que pasaron por encima de él al dar media vuelta de forma precipitada e iniciar su ruta de veloz regreso hacia el campamento romano.

Pero dos jinetes se detuvieron un momento y desmontaron.

Mientras uno asía las riendas de los dos caballos y vigilaba a los jinetes tréveros que, ahora sí, ya salían al galope de su propio campamento y se lanzaban contra ellos, el otro jinete cortaba la cabeza del jefe abatido de un poderoso tajo final. Tenía instrucciones precisas.

Campamento general romano

—¡Mantened las puertas abiertas! —ordenó Labieno sin dejar de mirar hacia su caballería.

Ya no bebía agua como otras tardes, ni se estaba quieto. Ahora se trataba de salvar la vida de aquellos jinetes que había mandado a una muy difícil misión, que habían cumplido a la perfección, y que ahora intentaban regresar al refugio de la fortificación. Y merecían esas puertas abiertas, por arriesgado que eso fuera para todos.

Los jinetes tréveros habían reaccionado tarde, pero, al fin, con más rapidez de lo esperado después de toda la cerveza que habían estado bebiendo. Así, aunque partían desde el interior de su campamento, montaron sobre sus caballos y se aprestaron a salir a proteger a su jefe con tal velocidad que los romanos atacantes apenas tuvieron tiempo de segar la cabeza a Induciomaro y darse a la fuga.

—Les siguen muy de cerca —dijo uno de los tribunos.

Y así era, hasta el punto de que algunos de los jinetes romanos más rezagados estaban siendo alcanzados por los velocísimos caballos tréveros y heridos o derribados.

Los que habían cortado la cabeza de Induciomaro también estaban retrasados, pero eran los mejores jinetes del contingente romano y estaban consiguiendo adelantar posiciones en aquella carrera a vida o muerte por retornar a la seguridad del campamento.

—Si mantenemos las puertas abiertas, con los nuestros entrarán algunos de los jinetes tréveros... o todos —advirtió el tribuno militar.

Labieno dejó de mirar la persecución y se volvió con la faz roja de pura ira.

—¡Como si con nuestros jinetes entra la cólera de los dioses! ¡Esos caballeros son los nuestros, les di una misión, la han cumplido y ahora retornan al campamento y las puertas se mantendrán abiertas o yo, personalmente, mataré a quien se atreva a cerrarlas mientras uno solo de nuestros jinetes esté fuera! ¿Me habéis entendido todos, por Júpiter?

Se hizo un silencio sepulcral entre todos los oficiales. Labieno no solía ni blasfemar ni imprecar a los dioses. Y había hecho ambas cosas.

—¡Eso sí, nos prepararemos! ¡Que formen seis cohortes en el interior del campamento justo detrás de las puertas, dejando un pasillo para nuestros jinetes! —continuó Labieno gritando. De pronto, se contuvo, se recompuso, como si volviera a su ser normal, siempre en control de sus emociones, y terminó sus instrucciones con su habitual tono serio, grave, sin elevar más la voz—. Y cuando los nuestros entren y hayan pasado por el pasillo, los legionarios cerrarán la formación y lucharán contra todos los tréveros que hayan cometido la osadía de entrar mientras, entonces sí, se cierran las malditas puertas. Para que no salgan, para que los matemos, uno a uno, hasta que no quede ni uno solo de esos condenados celtas con vida.

Todo se hizo según las instrucciones de Labieno.

Los jinetes romanos irrumpieron al galope en el campamento y se adentraron por el pasillo que habían dejado las cohortes. Algunos llegaron heridos, ensangrentados, asiéndose como podían al cuello de sus monturas, y eran asistidos por sus compañeros en cuanto llegaban al final del pasillo para ser conducidos de inmediato al *valetudinarium* con los médicos.

El paso abierto entre las cohortes, nuevamente siguiendo las órdenes de Labieno, se cerró tras el último jinete romano y varias decenas de caballeros tréveros chocaron contra el muro de escudos que los legionarios interpusieron en su camino. Se trabó un combate sucio, en que se hería tanto a caballos como a soldados de uno y otro bando y en que la sangre lo salpicaba a todo. Los gritos de los heridos y de los que caían muertos se extendieron por todas las empalizadas, lamentos que no por conocidos dejaban de impresionar a los combatientes.

Pero todo fue breve.

Las puertas se cerraron dejando al grueso de la caballería de los tréveros en el exterior de la fortificación a merced de una intensa lluvia de lanzas romanas, que les arrojaban desde las torres y desde la empalizada, que hizo que se alejaran con rapidez del lugar, abandonando a sus compañeros, atrapados en el interior del campamento romano, a su suerte.

Controlada la situación de la puerta, Labieno se centró, de nuevo, en mirar hacia el enemigo en la distancia. Alrededor del cuerpo decapitado de Induciomaro había un improvisado cónclave de guerreros enemigos: unos alzaban los brazos, otros se llevaban las manos a la cabeza, todos gritaban.

—Hoy, los que ellos creen cobardes sí hemos luchado —dijo en voz baja Tito Labieno—. Un poco. Otro día, más.

Dos de los caballeros romanos subieron a lo alto de la empalizada, se presentaron ante Labieno y le ofrecieron la cabeza de Induciomaro. Tal y como él les había demandado.

—Clavadla en una estaca y exhibidla en una de las torres —ordenó—. Que la vean bien los tréveros. A ver cómo andan de ganas de lucha mañana.

Pero no hubo ya oportunidad de averiguar las ansias de combate de los tréveros al día siguiente de aquel suceso, pues al amanecer, cuando los galos en rebelión aún no se habían repuesto de la decapitación de su líder, les llegó la noticia de que los nervios habían sido derrotados fulminantemente por el procónsul romano y que Ambiórix había levantado el asedio a uno de los fortines romanos y se replegaba hacia el norte.

Los tréveros, asustados al sentirse solos y sin líder, optaron también por la retirada.

Y así, en esas nuevas circunstancias, toda vez que los romanos ya no estaban cercados, los mensajeros que había enviado César hacia el sur pudieron llegar al campamento.

Labieno tomó el mensaje, se sentó en el centro del *praetorium* y descodificó su contenido. En cuanto terminó de leerlo, compartió con sus oficiales las noticias sobre la victoria romana en el norte y la liberación del cerco que había sufrido también Quinto Cicerón. Labieno miró, entonces, a sus tribunos y, por primera vez en varias semanas, sonrió.

—Al final, César sí nos ha ayudado.

CXI

La rebelión de Acón

Samarobriva
Invierno del 54 al 53 a. C.

La felicidad de la noticia de la ejecución de Induciomaro por parte de Labieno, que se sumaba a la nueva victoria contra los nervios y la retirada de Ambiórix, iba, no obstante, a durarle poco a César, aunque él aún no lo sabía.

En cualquier caso, siempre cauto, inició una reorganización de las tropas en previsión de nuevos problemas: envió a Cayo Fabio de regreso a la región de los mórinos, pues, aunque esta vez no se hubieran rebelado, se trataba de una de las tribus más propensas a las revueltas, de modo que la presencia permanente de una legión en su territorio parecía una cautela necesaria.

Por otro lado, César se reafirmó, contrariamente a su costumbre, en no retirarse ya en modo alguno hacia el sur, ni a la Galia Cisalpina ni tan siquiera a Bibracte, para pasar en alguno de esos lugares lo más crudo del invierno que se venía ya encima. Tenía a su ejército en el norte, Ambiórix aún libre, los tréveros sin su jefe rebelde, pero en modo alguno retornando a la lealtad a Roma, y una promesa por cumplir: vengar la masacre sufrida por la legión XIV. Demasiados frentes abiertos como para abandonar la Galia belga.

César mantuvo juntas la legión de Marco Craso y la suya en previsión de que tuviera que hacer de nuevo algún tipo de intervención rápida en cualquier otro punto del convulso territorio del norte. Ya había asumido que aquél no iba a ser un invierno tranquilo. Quinto continuaba en su campamento, ya sin asedio; Labieno, entre los tréveros, él sí sometido a un nuevo cerco, pues, pese a haber terminado con Induciomaro, el hijo de éste había retomado las hostilidades contra los romanos; y Roscio, en territorio más tranquilo, al oeste. Disponía de siete legiones, aunque las dos de Labieno seguían bajo bloqueo. Quizá suficientes para el invierno, pero ¿suficientes para cuando se reiniciara la campaña contra los eburones en primavera? Porque pensaba perseguir a Ambiórix hasta el fin del mundo, y eso requeriría estirar aún más las líneas de aprovisionamiento y, sin duda, harían falta más tropas. Existía la posibilidad de que Labieno se zafara, por fin, de su propio asedio, pero hasta entonces no tendría ejército suficiente para una peligrosa campaña como aquélla, pues debía dejar guarniciones en la retaguardia para evitar nuevos levantamientos. Todo resultaba complicado.

—¿Por qué no acudimos en ayuda de Labieno? —le preguntó un día Marco Antonio—. Eso nos daría más legionarios para la primavera.

—Labieno no ha pedido ayuda, no es Quinto Cicerón —respondió César tajante—. Si nos necesita, nos lo comunicará. Además, sus dos legiones no están ociosas: se encuentran, precisamente, manteniendo también ocupados a los tréveros.

Marco Antonio torció el gesto en una clara muestra de incredulidad.

César sonrió.

—No lo ves así, ¿verdad? —le dijo—. Labieno es el mejor de todos los legados. Solucionará sus problemas con los tréveros. Ya te dije que no me gustaría nunca tenerlo de enemigo.

Y con esas palabras, César dio por terminado el debate sobre la situación de Labieno. Se pasó la mano por aquel pelo lacio y largo que, con cierto desaliño, le cubría la cabeza y se palpó la barba de ya más de un mes.

Siete legiones.

Podría solicitar a Roma permiso para reclutar una que reemplazara a la XIV, perdida en aquella maldita emboscada, pero le resultaba tan humillante escribir esa petición al Senado que, cada vez que iniciaba el dictado de aquella misiva, se detenía y guardaba silencio.

Algún lugar secreto del norte de la Galia belga

César, desde su llegada a las Galias, se había arrogado el derecho de convocar los consejos de las tribus galas cuando quería y donde quería. Ambiórix había decidido que ya era momento de que fuera un galo quien reuniera ahora a las tribus. Así, a aquella reunión secreta que dio inicio a la rebelión le siguió una convocatoria suya a un consejo al que acudieron más jefes de los que el propio Ambiórix, después de la derrota de los nervios, había esperado. Esto le hizo ver que el eco de la destrucción de la legión XIV aún encendía los ánimos y prendía la llama de la insurrección total contra Roma por toda la Galia belga.

Por supuesto, se trataba de un nuevo cónclave secreto.

Llegó Acón, líder de los senones, que reiteró su propósito de rebelarse siempre que los demás continuaran luchando. Los menapios y los carnutes anunciaron también su propósito de unirse a la rebelión de Ambiórix, junto con Catuvolco y el resto de las tribus. Los atuátucos también se manifestaron en el sentido de seguir luchando y un representante de los nervios, que por motivos evidentes no quería dejarse notar demasiado, prometió que podría reunir a muchos de los que se habían retirado en el último enfrentamiento contra el procónsul y reincorporarlos a la rebelión. Finalmente, el hijo de Induciomaro afirmó que los tréveros lo reconocían como nuevo jefe y que él seguiría la lucha para vengar, además, la muerte de su padre a manos del legado romano Labieno. De hecho, confirmó como cierto lo que se comentaba por todas partes en la Galia belga: que había mantenido el asedio al campamento del legado y que no pensaba levantarlo hasta acabar con él y con sus dos legiones.

—Somos muchos y podemos crear muchos frentes de guerra —resumió Ambiórix insuflando ánimos a todos—. La destrucción de la legión XIV habrá sido sólo la primera de muchas más masacres que sufrirán nuestros enemigos. Si nos mantenemos en lucha todos, los romanos tendrán que retirarse. Esto es, los que queden vivos.

En la ribera sur del Sena
Apenas unos días después del consejo secreto de tribus

Cavarino, como le pasara a Cingetórix en el caso de los tréveros, había sido designado como rey de los senones por expreso deseo de César tras su paso por la región. Cavarino había impuesto su criterio a la mayoría de los jefes y druidas de su tribu, en el sentido de que cualquier pacto con el procónsul romano sería mejor que enfrentarse con él. Les había recordado las campañas de castigo que César había llevado contra los vénetos en la costa o contra las tribus germanas de los téncteros y los usípetes. Sus argumentos eran de peso y, con la aceptación de la aristocracia local y el apoyo sólido del procónsul, fue rápidamente entronizado en lugar de Acón, que aglutinaba al sector más duro de los senones, que defendía no plegarse nunca a la ocupación romana.

Pero a Cavarino le iba a ocurrir también lo mismo que le había pasado a Cingetórix con la rebelión de Induciomaro. En cuanto Cavarino se enteró de que Acón había reunido un poderoso ejército de miles de hombres y marchaba por todo el territorio haciéndose con el control absoluto de aldeas, granjas y fortificaciones senonas, apenas tuvo tiempo de salir huyendo con su familia, sus amigos y consejeros más leales en dirección a Samarobriva.

Y es que, en verdad, muchos senones, animados por los éxitos de Ambiórix en el norte y por la rebelión de los tréveros en el este, habían decidido proclamar a Acón como nuevo rey, de modo que su avance militar por la tierra de los senones se asemejaba más a un desfile triunfal que a una lucha.

La huida, sin duda, era la única opción para el depuesto líder de los senones.

Samarobriva
Una semana más tarde

La llegada de un cabizbajo Cavarino con la noticia de su derrocamiento y de cómo la mayor parte de su pueblo se había puesto de parte del rebelde Acón enfureció a César. Era un tercer frente de guerra: al norte, los eburones se fortalecían y animaban a la rebelión general a otras tribus, o eso le decían los informantes que los romanos poseían en aquella parte de la Galia belga; en el sureste, los tréveros, liderados por el hijo de Induciomaro, seguían acorralando a Labieno, y ahora los senones se alzaban en armas.

César se reunió con Marco Antonio, en quien, cada vez más, tenía depositada su confianza. Décimo despedía el hedor de la envidia en cada comentario y sus opiniones no le resultaban fiables. Y Marco Craso, aunque leal, no parecía tener la chispa de audacia que poseía su hermano Publio, ausente de la Galia e incorporado ya a la expedición oriental de su padre.

Marco Antonio, aunque a veces decía lo que más le dolía al procónsul, lo hacía sin ánimo de generar ofensa, sino sólo con la idea de ver cómo resolver cada uno de los problemas a los que se enfrentaban de la mejor forma posible.

—Con las dos legiones de Labieno bloqueadas aún por la revuelta de los tréveros —apuntó Marco Antonio—, sólo nos quedan cinco legiones para controlar los territorios de los eburones, los nervios, los menapios, los senones, los carnutes, los atuátucos...

César levantó la mano. Él ya había echado esas cuentas. Marco Antonio interrumpió la enumeración de tribus alzadas en armas.

—Sí, es evidente que vamos a necesitar más tropas —admitió, al fin, César, y eso implicaba tragarse, quisiera o no, su maldito orgullo y escribir al Senado para, exponiendo como razones la revuelta y la destrucción de la legión XIV, conseguir permiso para hacer nuevas levas.

Lo habitual, lo que se le había ido permitiendo, era un incremento de dos legiones de una campaña a otra. Y estaba muy persuadido de que el Senado se avendría a concederle esa petición.

—Pediré reclutar dos legiones nuevas —dijo César.

Marco Antonio asintió, pero había algo en su gesto que mostraba cierta decepción.

—¿Qué más puedo hacer? —le espetó César con cierto fastidio. Ya se estaba humillando con aquella petición ante el Senado, y sus enemigos políticos, empezando por Catón y siguiendo por Cicerón, al que ya se le habría pasado el periodo de agradecimiento por liberar a su hermano de una muerte segura, se unirían, sin duda, a las críticas por su gestión de la Galia.

—Es que las nuevas levas no dejarán de ser tropas inexpertas —aclaró

Marco Antonio para explicar sus dudas sobre el hecho de que las nuevas legiones fueran realmente a solucionar el problema de la rebelión—. Necesitaríamos tropas experimentadas.

César miró a Marco Antonio con gravedad.

—Tienes razón en lo que dices —admitió, recordando cómo él mismo, en diferentes campañas, había dejado a las legiones nuevas sin intervenir en combate directo hasta que fueran adquiriendo experiencia, pero en medio de aquella rebelión general, en que las emboscadas y los asedios podían ocurrir en cualquier momento y en cualquier lugar, se precisaban legionarios expertos que no se arredraran con facilidad ante condiciones adversas—. Sí, tienes razón en lo que dices —repitió César—, pero no veo otra alternativa que reclutar nuevas tropas, aunque sean inexpertas. No tengo más legiones bajo mi mando.

—Hay tropas en Hispania —se atrevió a sugerir Marco Antonio—: las legiones que lucharon contra Sertorio y contra Espartaco y que mantienen a raya a los celtíberos del norte de aquel territorio. Hombres duros.

—Como la legión I hispana —propuso César.

—Como la legión I hispana —confirmó Marco Antonio.

—La legión más leal a Pompeyo y que está bajo su mando proconsular —apostilló el procónsul de la Galia.

—Pero ante los galos lucharían mano a mano con las legiones de César —pronosticó Marco Antonio.

César apretó los labios y frunció el ceño. ¿Le cedería temporalmente Pompeyo, hasta hacía muy poco su yerno, una legión entera, su mejor legión? Pedírselo, por otro lado, aclararía cuál era su posición política en Roma: si aún quería seguir alineado con él y con Craso, manteniendo el poder político del triunvirato, pese a lo ocurrido en las últimas elecciones consulares en las que Cicerón y Catón habían sacado adelante a sus dos candidatos, o si, por el contrario, Pompeyo, con Craso en Oriente y él en una difícil situación en la Galia, daba por finiquitados los acuerdos de Luca y el triunvirato y se alineaba, definitivamente, con los *optimates*.

Julio César habló con una serenidad fría, la que da la desesperación:

—Escribiré al Senado para las nuevas levas y... escribiré a Pompeyo.

CXII

El sortilegio de las palabras

Roma
Inicios de la primavera del 53 a. C.

Calles de Roma

Cicerón caminaba a grandes zancadas, como poseído por los peores *lemures* del inframundo, en dirección a casa de Pompeyo. En aquel correr por las calles de Roma, girando cada esquina con una brusquedad impropia de alguien más acostumbrado al uso de las palabras que al de la violencia, iba acompañado por Catón y Bruto.

—¡Una legión entera, una legión entera! —clamaba el veterano orador a cada nuevo viraje, como si la repetición conjurara aquella locura—. ¡Una legión entera, por todos los dioses, una legión entera!

Para empeorar el estado de ánimo de Cicerón, Catón no pudo evitar añadir uno de sus incómodos comentarios:

—Te dije que no se podía jugar dos partidas a la vez: Pompeyo ha vuelto a elegir el bando de César y Craso hace tiempo ya que es irrecuperable.

Domus *de Clodio*

—¡Milón, Milón, Milón! —exclamó la joven Fulvia con evidente hastío—. Milón esto o Milón lo otro. Eso es en lo único que puedes pensar, en tu maldito enemigo en las calles de la ciudad. Pues entérate de una vez, esposo mío, aquí en Roma todos van a sus asuntos mientras que tú has perdido demasiado tiempo ocupándote de los de otros, cegado por tu enfrentamiento con Milón.

En el comedor familiar estaban también Clodia, la hermana de Clodio, y su inseparable amante de los últimos años, el siempre controvertido poeta Catulo.

—¿Qué quieres decir exactamente? —preguntó Clodio a su airada esposa.

Ella suspiró. Todo tenía que explicárselo, pero era cierto que, cuando su marido por fin veía claro el modo en que había que actuar, lo hacía con razonable eficacia. Sólo que costaba convencerlo en ocasiones, sobre todo cuando había estado yendo en la dirección opuesta.

—El triunvirato está muerto, esposo mío —continuó Fulvia—. Por si la muerte de Julia no fue bastante, la partida de Craso hacia Oriente lo ha finiquitado por completo.

—¿Ah sí, esposa mía? Y si eso es cierto, ¿cómo es que Pompeyo le ha cedido una legión completa a César para ayudarlo en sus problemas en la Galia?

—Que le ceda una legión no quiere decir que el pacto esté consolidado, no con Craso tan lejos. Pompeyo sólo se exhibe para que Cicerón y Catón y otros *optimates* terminen arrodillándose delante de él para detener el ascenso de César.

Clodio se quedó meditabundo.

—¿Tú crees? —preguntó, al fin, mirándola.

—Estoy muy segura. Y mientras ellos se reparten el poder de Roma —continuó Fulvia—, te dejan fuera a ti. Milón, el Milón que tanto te preocupa, pese a que juegue a estar del lado de Cicerón y aparentemente ser sólo una pieza bajo su control, hace su propio *cursus honorum*, su propia carrera política, no como tú. Por ejemplo, todos dicen que Milón se prepara para presentarse a cónsul en las próximas elecciones.

—Yo no tengo la edad mínima para presentarme a cónsul —opuso Clodio.

—Y no votarán a favor de concederte una exención de ese requisito como hicieron con César —admitió Fulvia—. No dispones de esos apoyos en el Senado, pero puedes presentarte a pretor. Tienes los *collegia* a tu favor: todos los gremios de artesanos están bajo tu control y son muchos votos, suficientes para influir en las votaciones si todos tus leales participan. Has de ascender políticamente y, luego, ya se irá viendo con quién de todos ellos, Pompeyo, César, Craso, Cicerón o Catón, hay que pactar.

—¿Serías capaz de pactar con Cicerón? —indagó Clodio en referencia a la cantidad de veces que el orador se había burlado de su padre, motivo por el cual ella le había pedido que lo asesinara en más de una ocasión.

—Yo pactaría con el Plutón del inframundo si eso nos diera poder —replicó Fulvia con decisión—. Luego, una vez en el poder, ya me vengaría de mis enemigos, uno a uno.

—Empezando por Cicerón —apostilló Clodio con una sonrisa.

—Y terminando por Plutón, si hace falta —sentenció Fulvia sin sonrisa alguna en su faz, pero con los ojos encendidos con el brillo de una ambición sin límites, sin techo, sin cúspide visible.

Domus *de Pompeyo*
Atrio

—Han llegado, mi amo —anunció el esclavo *atriense*.

—Que pasen —ordenó Pompeyo.

En el atrio, disfrutando de una tarde de primavera particularmente cálida para la época del año, estaba el propio Pompeyo junto con el viejo Geminio y el veterano Afranio.

Pompeyo se quedó mirando a Geminio.

—Ahora comprobaremos si tu consejo realmente se muestra certero o no —le dijo.

Geminio le había sugerido aceptar la petición de César y ceder la legión I hispana temporalmente, con la idea de mostrar a los *optimates* que el triunvirato podía seguir fuerte y que, de ese modo, si querían romperlo, tendrían que ofrecerle algo a Pompeyo en vez de dejarlo aislado en el Senado y marginar a sus candidatos a cónsul, aprovechando las ausencias de César y Craso. Porque ambos podían regresar y entonces el triunvirato recuperaría terreno en el censo electoral con los veteranos de guerra de uno y otro y, de ese modo, podrían resarcirse frente a los *optimates* en las próximas elecciones consulares. Claro que Cicerón y el resto de los senadores conservadores, una vez enterados de la cesión de la legión I a César, podrían, en vez de negociar, reaccionar en la línea de aislar a Pompeyo aún más. Pero Geminio estaba persuadido de que eso les resultaría demasiado arriesgado.

—No son tan valientes. Si ven que, pese a la muerte de Julia, amagas con seguir aliado con César, te ofrecerán un pacto —había vaticinado Geminio.

Vestíbulo

—Bruto, tú esperarás aquí —dijo Cicerón de modo tajante. De hecho, no le había gustado que Catón hubiera impuesto su compañía en aquella visita a Pompeyo. Catón insistía en que Bruto era, claramente, uno de los suyos, que sus servicios como secretario, durante su periodo de gobernador en Chipre, lo habían persuadido de que estaba muy comprometido en favor de la visión del Estado que tenían los *optimates*. Cicerón, sin embargo, seguía viendo en Bruto al hijo de Servilia, una amante de César.

Bruto, antes de que Catón fuera a interceder en su favor, inclinó la cabeza en señal de aceptación:

—Esperaré aquí —dijo.

El gesto sosegó algo el agitado espíritu de Cicerón, pero el problema esencial, el que los había llevado hasta allí, estaba aún por ser resuelto.

Atrio

Cicerón y Catón fueron conducidos por el *atriense* a presencia de Pompeyo y sus otros invitados.

—¿Te has vuelto loco? —preguntó el gran orador directamente al dueño de aquella gigantesca mansión en el centro de Roma, sin los saludos protocolarios o cualquier otro preámbulo de cortesía.

Pompeyo decidió eludir también el uso ornamental de las palabras e ir al grano.

—¿Por qué?

Cicerón, de pie, lanzó su acusación como si estuviera en la basílica Sempronia, delante de uno de los tribunales frente a los que acostumbraba a encausar a adversarios políticos, criminales y enemigos en general.

—¿Cómo se te ocurre ceder a César toda una legión de Hispania, seis mil legionarios veteranos? ¿No te das cuenta de que con ello sólo alimentas a la bestia, que haces aún más grande al monstruo, al cíclope que terminará por devorarnos a todos, a ti incluido?

—Los aliados no se devoran entre sí —replicó Pompeyo en calma y sin hacer la más mínima indicación para invitar a su interlocutor y su acompañante a sentarse.

Cicerón, sin embargo, se acomodó en un *triclinium* sin esperar cortesías.

Catón lo imitó.

—Además —prosiguió Pompeyo—, no paras de criticar a César en todo momento, pero supongo que te alegraría que corriera a rescatar a tu hermano Quinto del asedio al que estaba siendo sometido por los nervios, ¿verdad? ¿O esa, hemos de admitirlo, más que notable operación militar de rescate también va a ser objeto de una de tus viperinas diatribas en el Senado?

Cicerón se tomó unos momentos para digerir el ataque y, una vez asimilado, soslayarlo y recuperar la conversación que le interesaba donde había quedado.

—¿Estás seguro de que los aliados no se devoran entre sí? —preguntó entonces Cicerón.

Ahora fue Pompeyo quien eludió la respuesta al interrogante planteado y abrió otra línea en la conversación.

—Si me aisláis en el Senado, si imponéis a vuestros candidatos para los dos puestos de cónsul, ¿qué esperáis que haga? —planteó—. Si os enfrentáis a mí, ¿cómo esperáis que reaccione?

Cicerón calló unos instantes.

Catón, por su parte, no veía mucho sentido a todo aquello. Desde el principio, desde el momento en el que Cicerón le había dicho, tras conocerse la decisión, que Pompeyo había cedido una de sus legiones para ayudar a César a aplacar la rebelión de la Galia belga, no encontraba razón alguna para reunirse con quien, claramente, se había decantado por ser un fiel aliado de César.

Pero Cicerón sorprendió a Catón y a Pompeyo y a Afranio, a los tres, pero no al viejo Geminio, con una pregunta inopinada.

—¿Qué quieres?

Pompeyo no respondió.

—¿Considerarías cambiar de alianzas si te ofreciéramos un pacto? —especificó Cicerón.

Pompeyo, antes de responder, le dedicó una breve mirada a Geminio. Luego, encaró al veterano orador.

—Quiero mucho —respondió con ambición a la par que con ambigüedad.

—A cambio de que abandones a César, que ya no es tu suegro, con quien ya no te une lazo familiar alguno —enfatizó Cicerón—, estoy dispuesto a ofrecerte mucho. Estoy dispuesto a ofrecértelo todo.

Catón fue a hablar; él no estaba dispuesto a ofrecerlo todo.

—Dictador —dijo Pompeyo.

Cicerón no mostró sorpresa alguna por la petición, pero hizo algunas puntualizaciones:

—«Dictador» es una palabra con malas connotaciones. Trae a la memoria la dictadura de Sila, sus proscripciones, sus excesos y sus represalias. Es difícil de obtener una mayoría senatorial con ese término. Llamémoslo mejor... *consul sine collega.*

—¿Cónsul único? —repitió Pompeyo interrogativamente mientras ponderaba la alternativa—. ¿No es acaso eso lo mismo? Un dictador ya reemplaza a los dos cónsules del año.

—Lo es y no lo es —matizó Cicerón—. Es lo mismo, porque al final el poder queda concentrado, al igual que en una dictadura, en una sola persona, pero con palabras diferentes. Querido Pompeyo, te sorprendería lo que la gente, sutilmente engañada por el sortilegio de los eufemismos, puede llegar a aguantar.

Pompeyo guardó silencio unos instantes.

Tenía que considerar las ventajas e inconvenientes de aceptar aquella oferta.

Había muchas cuestiones en juego. Posiblemente, incluso la propia vida.

Necesitaba tiempo.

Su respuesta fue ambigua:

—Lo pensaré.

CXIII

Contraataque de César y el consejo de Lutecia

La Galia belga
Primavera del 53 a. C.

Las dos nuevas legiones, la nueva XIV, que debía reemplazar a la aniquilada por los eburones, y la XV, llegaron a Samarobriva. Y, cruzando toda la Galia, *magnis itineribus* y con permiso de Pompeyo, la legión I hispana se presentó en la misma ciudad dispuesta a servir a César, al menos, durante el tiempo que durase aquella rebelión.

César movilizó así las cinco legiones del norte, las dos nuevas y la I hispana, un total de ocho legiones, para atacar a los rebeldes en diferentes frentes, dejando a Labieno con sus dos legiones afrontando el cerco de los tréveros a su manera, sin cuestionar su estrategia. En todo caso, que su segundo en el mando mantuviera entretenidos a los temibles tréveros, imposibilitando que se unieran a Ambiórix, también suponía un alivio para las legiones del norte.

Por otro lado, la confluencia de la mejoría en el tiempo al principio de la primavera con la enorme fuerza militar movilizada por César hizo que las tribus galas en rebelión flaquearan en su resistencia con rapidez. Los nervios fueron, una vez más, los primeros en rendirse. Llevaban varias derrotas acumuladas contra Roma y no se sentían con energías para luchar en una guerra que, ante ocho legiones, sentían perdida.

Acto seguido, César ordenó concentrar todas las tropas en el territorio de los senones. Acón, el jefe que había destronado al prorromano Cavarino, pronto vio cómo muchos de sus guerreros desertaban y se perdían por entre los bosques antes que enfrentarse a la formidable fuerza militar romana que los estaba rodeando.

Acón se vio forzado a capitular y, de inmediato, fue hecho prisionero, cubierto de cadenas, y Cavarino repuesto como líder de los senones.

La siguiente tribu en rendirse fue la de los carnutes.

Con todas estas capitulaciones y la moral de las tribus aún en rebeldía contra Roma claramente debilitada, César convocó un nuevo consejo general de todas las tribus de la Galia, esto es, tanto de la Galia belga como de la atlántica y la celta del centro y del sur.

César planeaba ser particularmente duro con las represalias contra los senones, pero los eduos, que durante decenios habían estado en tratos con los senones, intercedieron por ellos y el procónsul se mostró más indulgente y no tomó medidas drásticas contra ellos de forma genérica, siempre que Cavarino se comprometiera a ser un fiel aliado de Roma. Otra cuestión, sobre la que César no tomó aún una determinación específica, era qué hacer con Acón. Por el momento, lo mantuvo preso. En el futuro, ya decidiría.

César tenía otras urgencias. Con los tréveros aún por apaciguar en el este y con Ambiórix liderando aún muchas tribus en el norte, el conflicto seguía y esto le impedía retornar a Roma para presentarse ante el Senado como quien había conseguido, de una vez por todas, resolver el tema de la Galia habiendo trasladado la frontera del Estado romano del norte de Italia hasta el mismísimo Rin.

El Rin.

Al otro lado estaban los germanos, y César había recibido informaciones inquietantes sobre los planes de Ambiórix: el líder de los eburones, lejos de considerar ninguna posible rendición o, tan siquiera, una negociación ante la pérdida de efectivos galos, estaba contactando con los germanos, pues ambicionaba involucrarlos en la guerra contra Roma.

César sabía que tenía que regresar al norte con las legiones, derrotar a Ambiórix de forma definitiva, asegurarse de que los germanos nunca volvieran a cruzar el Rin y, entonces, y sólo entonces, podría retornar a Roma real e incuestionablemente victorioso. Para ello necesitaba, una vez más, la ayuda de la caballería gala. No sólo por el refuerzo militar que esto suponía, por la rapidez de movimientos de una poderosa unidad de jinetes, sino para comprobar de un modo definitivo si los galos celtas, en especial los eduos, los sécuanos y los arvernos, las tribus más importantes, permanecían inamovibles en su lealtad a Roma.

—Necesito, de nuevo, cuatro mil jinetes —reclamó César ante el consejo de las tribus galas convocado en Lutecia. Era la misma cantidad de caballeros galos que había solicitado para su segunda expedición a Britania. Y de aquella aventura militar, los jinetes no obtuvieron una gran recompensa en forma de botín de guerra, pues la falta de barcos y la necesidad de acortar la campaña por temor a quedar atrapados en Britania en invierno hicieron que todo concluyera de forma precipitada.

Como si César leyera los pensamientos de muchos de los jefes allí reunidos, añadió una promesa.

—Esta vez habrá un buen botín de guerra.

Uno a uno, los jefes galos fueron comprometiéndose a aportar al ejército romano que se desplazaría al norte de la Galia belga los jinetes requeridos, tal y como habían hecho el año anterior para la segunda expedición britana. Unos aceptaban aquel compromiso por temor a las represalias del procónsul de Roma y otros porque, en efecto, creían que la alianza con Roma era el único futuro que les proporcionaría más seguridad y riqueza para sus tribus. Y, por supuesto, a todos los líderes los animó la expresa promesa de César de garantizarles un buen botín de guerra.

Pero había disensos.

Un guerrero arverno, cuando cabalgaban de regreso a Gergovia para reunir su caballería, insistió en tentar, una vez más, a su jefe Vercingetórix.

—¿No sería más lógico que nos uniéramos a la rebelión de Ambiórix en lugar de colaborar en su destrucción?

El jefe arverno no respondió.

Cabalgaba en silencio.

—Éste parece un momento ideal para rebelarse —apuntó otro jinete arverno.

Vercingetórix siguió con las manos en las riendas, montando sin decir nada, camino de Gergovia, rumiando sus pensamientos, calculando sus tiempos.

—Aún no —dijo sin alzar la voz—. Ambiórix sigue habiendo cometido un error clave que le costará la vida. Cuando nosotros nos rebelemos, no cometeremos ese error.

Pero siguió sin desvelar nada más.

CXIV

Los sacerdotes de Egipto

Taposiris Magna, Egipto
Primavera del 53 a. C.

Era un encuentro secreto en una cámara profunda del gran templo de Osiris en una ciudad comercial a treinta millas al oeste de Alejandría. Taposiris Magna tenía todo lo necesario para ese encuentro: se trataba de un puerto bien comunicado, de modo que resultara fácil el acceso a cualquiera de los convocados. Además, su gran templo era un santuario cuyas cámaras más interiores estaban vedadas a nadie que no fuera sacerdote o que, como Potino, fuera un importante consejero real. Y, finalmente, estaba relativamente cerca de Alejandría, la capital, lo cual facilitaba el desplazamiento de algunos de los convocados más destacados, relacionados con el culto a Alejandro, padre de la dinastía tolemaica.

Potino cruzó las grandes puertas exteriores del templo ante la penetrante mirada de las diferentes representaciones de Osiris que parecían espiarlo desde las paredes del santuario. Iba rodeado por un pequeño grupo de *gabiniani*, seleccionados por él para su protección personal tras haberles triplicado convenientemente su paga habitual al entrar a su servicio.

Al llegar a la cámara central, distinguió el brillo del pesado collar de figuras geométricas y destellos de oro del sumo sacerdote de Ptah, en el que se podían observar las siluetas talladas del chacal con los brazos en alto, en señal de adoración, y la cabeza del halcón, en recuerdo de las viejas deidades Upuaut y Sokar, respectivamente, muy populares en Menfis desde tiempos inmemoriales, y, a juego, dos pesados pendientes de varios *debens** de oro. Luego, en un contradictorio contrapunto de sobriedad fingida, el sacerdote iba con el pelo rapado y desnudo, queriendo transmitir esa sensación de austeridad y recogimiento que uno juzgaría apropiada en un servidor de los dioses. En esa misma línea, completaba su atuendo con un *shenti*, o falda corta de lino blanco, y una túnica del mismo color sin mangas. El hecho de que se hubiera depilado también las cejas y hasta las pestañas podía ser, o bien que había venido en un periodo de celebración de diferentes ritos religiosos en Menfis, o bien que quisiera presentarse en aquella reunión con un aire de solemnidad sólo propio de los grandes eventos religiosos.

Tras él, Potino identificó la silueta delgada del sacerdote de Sobek, llegado desde la ciudad de Nubt, claramente reconocible como adorador del dios de cabeza de cocodrilo por los adornos con la figura de dicho animal que colgaban de su pesado collar de oro.

Al lado de ambos, pero a la prudente distancia que definía tanto un cierto respeto mutuo como una gran desconfianza entre ellos, pudo ver a varios sacerdotes dedicados a la divinidad de Alejandro, el fundador de Alejandría. Estos últimos representaban el culto promovido por la dinastía de origen macedónico de los descendientes de Tolomeo I, uno de los grandes líderes militares con Alejandro, una estirpe que llevaba gobernando Egipto durante casi los últimos trescientos años.

En un afán por autodivinizarse, los faraones, con Tolomeo I a la cabeza, habían promovido el culto a Alejandro, por un lado, y también la adoración a un nuevo dios: Serapis. Éste era una mezcla de diferentes divinidades griegas y egipcias, en un intento por integrar las dos civilizaciones: la que gobernaba ahora, de origen macedónico y griego, y la gobernada, el pueblo de Egipto.

Los sacerdotes del dios Ptah y del dios Sobek, sin embargo, repre-

* Antigua unidad de peso egipcio de valor variable a lo largo de los siglos. Podría equivaler a unos quince gramos.

sentaban los cultos más tradicionales del milenario Egipto, relacionados con sus míticos dioses como Osiris, Isis, Anubis o los propios Ptah y Sobek, entre tantos otros. Estos líderes encarnaban a un clero que se sentía más enraizado en Egipto, más merecedor de respeto entre el pueblo y que había percibido siempre la llegada de los nuevos dioses y los nuevos sacerdotes tolemaicos como una intromisión en su mundo. Pero, al final, unos y otros habían terminado viendo que sus intereses coincidían a la hora de recaudar impuestos y recibir dádivas y presentes de los campesinos y de todo el pueblo egipcio en sus santuarios. Y, unos y otros, compartían un común descontento por la forma en la que los últimos faraones estaban rigiendo el reino, en particular el derrochador Tolomeo XII. Derrochador, esto es, en sí mismo, en sus fiestas y banquetes, y no en generosas donaciones a los templos.

Potino sabía de este descontento entre los sacerdotes y lo había explotado en el pasado reciente para dar el golpe de Estado que sentó a Berenice IV en el trono en lugar de a su padre, que huyó en un largo exilio. Las cesiones de territorios a Roma, como la isla de Chipre, que enfureció a un pueblo celoso de su independencia, ayudaron en aquella maniobra política al unir los apoyos del pueblo y del clero en favor de Berenice IV.

Pero Tolomeo XII, con sus soldados romanos, había retornado a Egipto.

—Quizá parecerá absurdo —inició el sacerdote de Ptah tras los breves saludos protocolarios—, pero ¿por qué nos han convocado a esta reunión y por qué aquí?

—Para nada es una pregunta absurda —respondió Potino—. Como sabéis, he recuperado mi posición como consejero real del faraón, pero yo creo que tanto un consejero real como los sacerdotes debemos servir a algo aún más grande que un faraón: a los dioses, sobre todo en vuestro caso, y en el mío, al reino eterno de Egipto. Por eso os he convocado y lo he hecho aquí, porque Taposiris Magna está cerca de Alejandría, lo cual es conveniente para mí y para los sacerdotes de Alejandro, pero también es accesible en barco desde Menfis o Nubt para los sacerdotes de Ptah y Sobek. Y, finalmente, Taposiris Magna, al no ser la propia Alejandría, nos da una cierta discreción para este encuentro que considero adecuada.

—Has respondido con concreción al porqué nos reunimos aquí

—admitió ahora el sacerdote de Sobek—, pero para la interrogante sobre *por qué* nos reunimos has proporcionado una réplica algo ambigua: sí, servimos a los dioses y al reino de Egipto, pero eso lo hacemos todos los días y eso no hace necesario que nos veamos las caras cada amanecer.

Potino sonrió.

—Muy cierto. —Hizo una breve pausa retórica y eliminó la sonrisa para su anuncio—. El faraón Tolomeo XII está enfermo.

Hubo un silencio de sombras agitadas a la luz de las lámparas de aceite situadas en las esquinas de la cámara sagrada.

—Hay rumores sobre el asunto —dijo uno de los sacerdotes de Alejandro.

—Son más que rumores —confirmó Potino—, y, si bien es cierto que no es una enfermedad grave y que el faraón puede vivir aún un tiempo, su debilidad le ha hecho ocuparse del asunto delicado de su sucesión. Sé sus planes al respecto y no nos interesan.

El silencio ahora pareció engullir hasta las sombras mismas.

Los rostros de los sacerdotes brillaban anaranjados en medio del fulgor proyectado por las llamas incandescentes.

—¿Cuáles son esos planes? —indagó el sacerdote de Ptah, que parecía, junto con el de Sobek, llevar la voz cantante de entre todos los convocados.

—El faraón considera que lo mejor es que su hija mayor Cleopatra se despose con su hermano menor Tolomeo XIII —explicó el consejero real— y que juntos lo sucedan en el poder a su muerte.

—Los matrimonios entre hermanos no son ninguna novedad en esta dinastía —apuntó el sacerdote de Sobek—: no identifico con claridad en qué modo esto pueda afectarnos negativamente. No creo que mejore las cosas en relación con la pérdida de independencia con respecto a Roma y a la falta de apoyo de la dinastía al clero, pero tampoco creo que vaya a empeorar nada.

Potino negó con la cabeza.

—Yo no lo percibo así: Tolomeo XIII es aún un niño pequeño, de modo que las decisiones políticas las terminará tomando su hermana mayor, y Cleopatra nunca ha demostrado gran predilección por el clero. Desde niña se ha visto siempre más interesada por los papiros, por la lectura, por la filosofía y la literatura que por los problemas de los sacerdotes, y, finalmente, tiene una cierta tendencia a una compasión por el pueblo que puede chocar por completo con los intereses de los santuarios y los templos. Cleopatra, me consta, siempre ha pensado que el clero somete a los egipcios a tributos excesivos. ¿Creéis en verdad que los planes de Tolomeo XII para su sucesión no os van a afectar negativamente?

—Ahora que lo pienso con más detenimiento —intervino el sacerdote de Sobek de nuevo—, recuerdo una visita de Tolomeo XII y su hija Cleopatra al santuario en Nubt hace años, cuando la princesa era sólo una niña, y, pese a su corta edad, tengo grabado el hecho de que ella nos observaba no con la curiosidad que habría sido esperable en su edad, sino claramente con una mirada de desafío que me llamó la atención.

—Está bien que recuperes ahora ese recuerdo —comentó el consejero real—. Eso, a su vez, me trae a la memoria el hecho de cómo, en tiempos de Tolomeo IX y Cleopatra III y sus enfrentamientos, el faraón terminó eliminando el puesto de sumo sacerdote de Alejandro y asumiendo él mismo sus funciones, incorporando ese sacerdocio como uno más de los títulos del faraón. No veo descabellado pensar que una joven princesa como Cleopatra VII, poco respetuosa con el clero, pudiera albergar la idea de asumir otros sacerdocios en su persona.

—¿Aun siendo mujer? —inquirió el sacerdote de Ptah—. Cleopatra III no se atrevió a tanto. Lo terminó haciendo Tolomeo IX.

—En el caso de Cleopatra VII, intuyo que cualquier ataque al clero, cualquier sacrilegio pueda ser posible —sentenció Potino.

El silencio acogido por aquellos muros como algo natural en aquella sala retornó por unos instantes, que Potino alargó paseando por entre los sacerdotes para dejarlos que meditaran bien sobre lo hablado hasta el momento.

—Si nos has convocado es porque tienes alguna alternativa al plan sucesorio de Tolomeo XII que, digamos, deseas sugerirnos, ¿no es así? —dijo, al fin, el sacerdote de Ptah.

—Así es —confirmó Potino.

—¿Y esa alternativa se llama Arsínoe? —preguntó uno de los sacerdotes del culto a Alejandro.

—No —respondió el consejero real—, ya empleamos a otra mujer, a su hermana Berenice IV, contra Tolomeo XII en el pasado y, como bien sabemos, terminó en un fracaso total. Para empezar, me resultó agotador imponer mis consejos de gobierno a una mujer bastante obstinada, y mucho me temo que Arsínoe sea igual. Y, por otro lado, una mujer siempre requiere, sobre todo para negociar con otros estados como el romano, la presencia de un hombre a su lado, o su Senado nunca la tomaría en consideración. Esto implica matrimonios, establecer negociaciones con otros reinos, buscar un consorte adecuado y valiente... Es un mar de desafíos e incertidumbres. No podremos olvidarnos de Arsínoe, porque me consta de sus ambiciones, pero mi plan va en otra dirección.

—Corrígeme si me equivoco —apuntó ahora el sacerdote de Ptah de modo particularmente inquisitivo—, han llegado noticias de que tú mismo alimentas las ambiciones de la propia Arsínoe. Y no me mires con esa cara de sorpresa: tú sabes mejor que nadie que en el palacio real todo son oídos furtivos para las conversaciones privadas. De hecho, por eso nos has convocado aquí y no en palacio.

Potino se permitió una nueva sonrisa conciliadora.

—Es cierta una de tus afirmaciones, pero no la otra. En el palacio real todo son espías, eso es verdad, pero no es exacto que yo alimente las ambiciones de Arsínoe. O, mejor dicho y para ser más precisos: si lo hago, si animo a la princesa Arsínoe a soñar con ser la sucesora de su padre en el trono, no es porque desee verla a ella como nueva faraón, ya he listado todos los inconvenientes que veo a una solución de esa naturaleza, sino que alimento sus ansias de poder para resquebrajar aún más la familia real, para crear divisiones y discordia entre las hermanas. Si la familia real se uniera, si las dos hermanas y los dos hermanos se llevaran bien entre sí y actuaran de forma coordinada, nuestro poder decaería exponencialmente. Los necesitamos divididos para favorecer nuestro control del reino. Y yo fomento, siempre que puedo, esas divisiones, del mismo modo que busco nuestra unión.

Los sacerdotes asintieron complacidos por aquella respuesta.

—Pero no nos has dicho cuál es tu plan —apostilló ahora el sacerdote de Sobek—. Y es evidente que no es dejar que el matrimonio entre Cleopatra y Tolomeo XIII resulte bien y que cogobiernen, del mismo modo que, por todo lo que has expuesto, no puede ser que estés considerando apoyar, o bien a Cleopatra sola como faraón, o bien a su hermana Arsínoe. ¿Qué nos queda? Los dos hijos del faraón, Tolomeo XIII y Tolomeo XIV, que, todo sea dicho, son muy niños.

—Precisamente, a los niños se los puede manipular con facilidad y a las mujeres, no —respondió Potino, categórico—. Tolomeo XIV es aún más pequeño y más susceptible de ser influido en cualquier sentido que deseáramos, pero no estaría entre los designados por su padre en su testamento para la sucesión, y eso nos podría generar algunos problemas de legitimidad a ojos de un Senado romano que, nos guste o no, tiene mucho poder en quién gobierna en Egipto en estos tiempos. De momento. Hasta que cambiemos las cosas. No, Tolomeo XIV no es la opción. La mejor solución, nuestro mejor candidato a suceder a Tolomeo XII ha de ser su hijo mayor, Tolomeo XIII, aún pequeño pero, como he comentado, muy susceptible de ser manipulado.

Volvieron a callar durante un rato.

Las lámparas se estaban apagando, pero a nadie le pareció adecuado llamar a ningún esclavo para que realimentara las llamas, y, en cualquier caso, la creciente y más intensa penumbra parecía el espacio pertinente en el que terminar de hablar de aquellos planes oscuros.

—Entonces, de forma específica, ¿cuál es tu propuesta? —indagó, por fin, el sacerdote de Ptah.

Potino asintió un par de veces antes de responder en un susurro que parecía formar parte de las mismas sombras que los envolvían, pues apenas se podía ya distinguir su figura moviéndose entre ellos más como un espíritu que como un hombre real.

—Propongo apoyar el matrimonio entre Cleopatra y su hermano Tolomeo XIII cuando éste deba tener lugar tras la muerte del faraón Tolomeo XII y luego... —Pero el sibilante susurro se detuvo un instante, como si un ápice minúsculo de duda hiciera temblar su decisión.

—¿Y luego...? —insistió el sacerdote de Ptah.

—Y luego, propongo deshacernos de Cleopatra.

Y la llama de la última lámpara, de pronto, se apagó, dejando a los sacerdotes y al consejero real completamente a oscuras, rodeados sólo por el aliento traidor de la conjura y la muerte.

CXV

Vastatio

La Galia belga
Primavera del 53 a. C.

Una sola palabra.

César la pronunció ante cinco legiones.

—*Vastatio*.

César, concluido el cónclave con las tribus galas en Lutecia, dejó a tres legiones en retaguardia para mantener bajo control cualquier movimiento de las tribus rendidas de los nervios, los senones y los carnutes. Y siguió confiando en que Labieno, con sus dos legiones, conseguiría resolver la rebelión de los tréveros, liderados ahora por el hijo de Induciomaro.

César reunió a las otras cinco legiones en una gran llanura al norte de Lutecia y, antes de partir hacia el territorio de los menapios, pronunció aquella palabra a modo de sentencia:

—*Vastatio*.

Los menapios se interponían entre él y los eburones de Ambiórix. Eran un escollo en el camino, un camino que pensaba dejar expedito y limpio de cualquier obstáculo.

Dividió el ejército en tres columnas que avanzaban en paralelo hacia el norte. Las lluvias intensas de la primavera habían desbordado ríos y creado humedales que se extendían por todo el territorio. El procónsul puso a Mamurra, su *praefectus fabrum*, y a Vitruvio, su mejor ingeniero, a construir pequeños puentes y pasos elevados allí donde fuera necesario para facilitar el avance del ejército.

Tras ellos, tierra quemada.

La *vastatio* absoluta, la devastación total, una desolación sin límite donde todo se destruía y se incendiaba y quedaba reducido a cenizas y muerte.

Los menapios capitularon en pocos días.

Dejó al atrebate Comio, que ya había mostrado su lealtad durante las campañas britanas, al mando de la región de los menapios.

César siguió avanzando hacia el norte, en busca de Ambiórix.

Dio la misma orden:

—*Vastatio.*

La desolación se extendió como una mancha de horror sin límites.

César llevaba el pelo en media melena ya. La barba de meses. La promesa de no asear su aspecto hasta vengar la aniquilación de la legión XIV por parte del jefe de los eburones seguía en pie. Y su cólera estaba fuera de todo control.

Las patrullas de la caballería de Marco Antonio hicieron algunos prisioneros entre los eburones que también enviaba Ambiórix hacia el sur para vigilar el avance de César.

—Dicen que su líder se dirige al Rin —le informó Marco Antonio al procónsul.

Se hizo un silencio muy tenso en la tienda de mando.

—El Rin sólo puede significar —anunció Décimo en lo que pretendía ser uno de sus peores vaticinios— que...

Pero fue César quien terminó la frase:

—Que, tal y como temíamos, quiere que los germanos se sumen a su guerra contra nosotros. Lo hemos dejado sin casi tribus galas aliadas a su causa. Sólo le quedan los tréveros en el sureste luchando contra Labieno. Va a incorporar a los germanos. Por eso avanza hacia el Rin.

Se podía escuchar el sonido del viento y la lluvia arreciando contra las telas del *praetorium*.

—Si los ubios y, sobre todo, si los suevos se unen a Ambiórix y cruzan el Rin, entonces nos será muy difícil derrotarlos a todos juntos

—se atrevió a decir Marco Craso, aunque sin ánimo de pronosticar desastres. Era una reflexión que todos tenían en mente.

—Si Ambiórix cruza el Rin —proclamó César—, nosotros lo cruzaremos también. Lo atravesaremos por segunda vez y seguiremos persiguiéndolo hasta el corazón mismo de Germania, si es preciso. O hasta el inframundo. Hasta donde nos conduzca. No pienso permitir que el líder galo que ha destruido una legión romana se nos escape.

—¿Ese inframundo incluye perseguirlo incluso hasta el reino de los suevos? —preguntó Décimo no sin cierto sarcasmo, buscando concreción en el proyecto de persecución que planteaba César, confrontándolo con la realidad que el resto de los legados y los tribunos y los centuriones allí presentes más temían, pero que ningún otro se atrevía a admitir en voz alta.

Y es que quién no recordaba la dura campaña contra Ariovisto, el rey de los suevos, apenas hacía cuatro años, que a punto estuvo de llevárselos a todos por delante. Volver a enfrentarse a aquellos guerreros y en su propio territorio, donde, sin duda, aún lucharían con más saña y además dispondrían de más recursos y de la población a su favor, no era una experiencia que quisieran vivir. Nadie tenía claro, de pronto, que vengar a la XIV pudiera merecer semejante desafío.

Nadie, menos el procónsul de Roma en la Galia.

—Perseguiremos a Ambiórix hasta donde haga falta —insistió César—, y si eso implica una segunda guerra contra los suevos, lucharemos contra los suevos y contra sus dioses, si es que éstos los acompañan al campo de batalla. Combatiremos a cualquier germano que se ponga de parte de Ambiórix. Tendrán que elegir entre él o nosotros.

CXVI

El templo de Jerusalén

Jerusalén
53 a. C.

La multitud se arracimaba frente al gran templo de Salomón. Los judíos intentaban proteger su más sagrado santuario de un nuevo sacrilegio, pero centenares de legionarios empujaban con sus escudos a la muchedumbre haciéndola retroceder.

—¡Paso al gobernador de Siria! —gritaban los centuriones—. ¡Dejad paso al gobernador! ¡Haceos a un lado, perros!

Marco Licinio Craso, triunviro de Roma y gobernador de Siria, sólo tenía un objetivo en aquel momento: invadir Partia y convertirse no sólo en el hombre más rico de Roma, que ya lo era, sino además en el más fuerte. Pompeyo le había arrebatado la gloria militar ya en más de una ocasión. Primero, en la brutal guerra contra Espartaco, cuando, una vez que él había arrinconado al temible líder del ejército de esclavos, tras derrotarlo en el río Silaro, Pompeyo, con apenas una intervención final cazando a los huidos de aquella última batalla, se arrogó tanto mérito como él mismo, si no más, en la derrota del maldito gladiador rebelde. Y después, cuando, tras los acuerdos de Luca, él ya era gobernador de Siria y planeaba invadir el reino más legendario de Oriente,

Pompeyo, mediante Aulo Gabinio, había reinstaurado en el trono de Egipto a Tolomeo XII, rey cliente de Roma, arrebatándole a él la posibilidad de haber anexionado el reino del Nilo al Estado romano. Pero Craso no estaba dispuesto a que Pompeyo volviera a hurtarle el éxito militar y la gloria: había modificado sus planes de invasión y, en lugar de Egipto, atacaría el Imperio parto, un estado si cabe tan poderoso como la misma Roma. Esto supondría, sin duda, el mayor desafío al que ningún romano se había enfrentado antes. Además, ya no se trataba sólo de competir con Pompeyo: César, con sus victorias en la Galia, sus expediciones a Britania y su cruce del río Rin, había deslumbrado al pueblo romano. Craso sabía que sólo su invasión de Partia podía ensombrecer la gloria pasada de Pompeyo y el resplandeciente fulgor presente de César. Pero Partia era un manjar demasiado grande, demasiado inmenso como para poder digerirlo de un bocado, digamos, convencional. Doblegar a los temibles *catafracti* partos, su caballería pesada con metálicas armaduras sobre jinetes y caballos, a sus certeros arqueros, a sus regimientos de guerreros en camello y a su poderosa infantería requería constituir la mayor fuerza militar que nunca antes hubiera ensamblado Roma: pensaba reunir un vasto ejército de hasta once legiones. Y para ello hacía falta dinero. Mucho dinero. Y no pensaba arriesgar toda su fortuna. Había otras fuentes posibles de financiación para un proyecto de aquella envergadura.

Lo primero que hizo Craso al llegar a Siria y asumir el cargo de gobernador, reemplazando a Aulo Gabinio, fue subir los impuestos. Craso controlaba a los *publicani*, a los recaudadores, de modo que sólo tuvo que dar las instrucciones y éstos se pusieron manos a la obra sin dilación y sin escrúpulo alguno, pues siempre se llevaban una comisión de todo lo recaudado. Los *publicani* eran clientes suyos y le debían la contrata de recaudar impuestos en Oriente, así que no iban a dejar de obedecer a quien les había proporcionado tanta riqueza.

—Pero, padre —se atrevió a decir su hijo Publio, que lo acompañaba en aquella campaña—, Siria ha sufrido el abandono del anterior gobernador. Gabinio, al marchar a Egipto, dejó Siria desprotegida y los piratas la saquearon. Los sirios no van a entender que se les cobren más impuestos por una Roma que ni siquiera los ha protegido del vandalismo pirata en los últimos años.

Y es que, si bien Pompeyo redujo mucho la piratería en su campaña contra los ladrones del mar, ésta no desapareció del todo y, con la retirada primero de Pompeyo a Roma y, luego, con la concentración de Gabinio en Egipto, las costas sirias quedaron a merced de los nuevos vándalos del mar, que volvían a surgir ante la falta de una flota romana permanente en la región. Pero todo esto a Craso padre no le importaba; no estaba entre sus objetivos una campaña menor como sería la de limpiar el mar de piratas. El suyo era un proyecto de ambición en el que no había espacio para distracciones.

—Yo no estoy en Oriente para hacerme popular aquí, hijo —le respondió su padre, tajante—. Y menos aún para servir a los sirios. Estamos aquí para invadir Partia y conseguir la mayor victoria militar que nunca Roma haya conocido, y para obtener el triunfo más deslumbrante concedido jamás por el Senado y retornar a Roma con los tesoros de Oriente, desde Jerusalén hasta la frontera de la India. Sólo así, por fin, haremos sombra a Pompeyo. De una vez por todas y para siempre, borraré esa maldita sonrisa de desprecio de su rostro y esa displicencia con la que siempre se ha dirigido a mí. A mí, cuando sin mi apoyo en el Senado él ya no sería nada y habría sido juzgado por Cicerón y Catón por sus excesos en Asia.

Publio pensó en recordarle a su padre que el apoyo en el Senado había sido mutuo, es decir, triple, teniendo en cuenta que fue un acuerdo a tres por el que César obtenía la Galia e Iliria para posibles campañas y Craso las contratas de los *publicani*, primero, y, luego, el gobierno de Siria, mientras que Pompeyo conseguía, por un lado, tierras para sus veteranos de Asia y, por otro, prorrogar su mandato proconsular en Hispania. Pero no pensó que su padre estuviera receptivo a razonamiento alguno: lo había visto cambiar sus planes de guerra de Egipto a una Partia que no había atacado la frontera romana de modo significativo como para justificar una invasión a gran escala, lo que ya le había reportado a su padre y a su ejército la maldición del tribuno de la plebe Ateyo. A continuación, vinieron la injustificada subida de impuestos en Siria y, finalmente, en su avance hacia Partia, los saqueos: Publio le había visto dar la orden de desvalijar diversos santuarios sagrados para hacerse con todo el oro, plata y piedras preciosas que pudieran contener y emplear este sacrílego botín en su financiación de la campaña o, como planeaba a largo plazo, para deslumbrar al pueblo de Roma incorporando algunos de aquellos tesoros en su proyectado grandioso desfile triunfal por las calles de Roma a su retorno tras la conquista de Partia. Esa sed de dinero y objetos preciosos los había conducido ahora hasta Jerusalén, hasta el templo de Salomón, el más sagrado santuario del pueblo judío. Y de nada había servido que le recordara a su padre que el rey actual de Judea era aliado de Roma y que, en consecuencia, se debían respetar sus templos y, en particular, su más idolatrado santuario.

—Pompeyo ya entró en el templo de Jerusalén y llegó hasta lo que los judíos, hijo, llaman su sanctasanctórum —le había replicado Craso, cegado una vez más por superar al conquistador de Asia, su eterno enemigo—. Si Pompeyo, a su paso por Jerusalén, entró en el templo y llegó hasta su cámara más sagrada, no seré yo menos.

—Pero es que lo que hizo Pompeyo fue un sacrilegio a ojos de los judíos —opuso Publio en un intento de evitar más excesos por parte de su padre—. En esa estancia final del templo sólo puede entrar el sumo sacerdote de su dios y sólo un día al año, en su fiesta sagrada del Yom Kipur, el que ellos denominan el día de la Expiación. Sólo su sumo sacerdote.

—Eso es así para los judíos, pero el gobernador romano de Siria no tiene los mismos límites que se autoimponen ellos. No los tuvo Pompeyo y no los tendré yo. Así que haz el favor, hijo mío, de hacerte a un lado y dejarme pasar. ¿O acaso voy a tener que emplear a mis legionarios contra mi propio hijo como estoy teniendo que hacer con esa chusma judía que se ha aglomerado como un tumulto histérico en la plaza frente al templo?

Y así era. Allí estaban, frente al gran templo de Salomón, rodeados por miles de judíos airados, iracundos, insultando y escupiendo a los romanos en su avance militar hacia la gran puerta del templo sagrado. Pero ni sus gritos ni sus imprecaciones a Yavé conseguían detener el progreso de las tropas romanas por el centro de la plaza, empujando sin descanso a la multitud, pisoteando a los que caían atrapados bajo los escudos y, en algunos casos, cuando la oposición se tornaba violenta, desenvainando los gladios y atravesando a quien fuera que se atreviera a esgrimir un cuchillo o un puñal en su camino.

La sangre judía corría por la plaza.

Publio suspiró y negó con la cabeza, pero se hizo a un lado y respondió a su padre vociferando para hacerse oír por encima del griterío infernal de insultos que los rodeaba.

—No seré yo quien me oponga a tus designios, pero te equivocas, padre. Te equivocas.

Pero la repetición de las palabras ya no llegó a oídos del gobernador de Siria, que, en cuanto su hijo se hizo a un lado, lo sobrepasó a grandes pasos en dirección al templo.

Entrada al templo

El gran Mar de Bronce, un gigantesco y legendario caldero de enormes dimensiones que albergaba agua para las abluciones de los sacerdotes, ya no se encontraba en el patio central del templo. Como tantos míticos objetos de valor, había desaparecido con el tiempo entre los numerosos saqueos a los que el santuario había sido sometido, desde el muy conocido de los babilonios hasta el más reciente llevado a cabo por el rey seléucida Antíoco IV hacía ya algo más de un siglo.* Aquella humillación fue particularmente dolorosa para los judíos no sólo por la pérdida de múltiples tesoros sagrados, sino también porque el monarca seléucida desacralizó el templo, hizo, luego, construir un nuevo gran altar y, finalmente, sobre esa ciclópea ara, realizó diversos sacrificios en honor a Zeus. Pero desde entonces, tras una nueva rebelión judía y la recuperación del control de Jerusalén y de Judea por los propios judíos, el templo había sido respetado. Pompeyo, era cierto, a su paso por la ciudad durante sus conquistas en Asia y la reorganización política de toda la región, había cometido un nuevo sacrilegio: el triunviro decidió entrar en el sagrado templo, cruzar su pórtico, atravesar su cámara central y, por fin, acceder al sanctasanctórum, la estancia del fondo, donde se decía que aún se guardaba una reproducción de la perdida Arca de la Alianza con algún objeto de gran poder en su interior. Probablemente ya no se trataba de las tablas con los mandamientos, extraviadas también junto con el arca original en el albor de los tiempos bíblicos, pero quizá sí algún preciado ejemplar de la sagrada Torá. Fuera como fuera, el sacrilegio de Pompeyo combinó la osadía con cierta contención por su parte, pues, una vez que entró allí donde sólo el sumo sacerdote de los judíos podía entrar,

* Probablemente en torno al 169 a. C.

ordenó que se respetara el contenido no sólo de la cámara más sagrada, sino del resto del templo.

Craso había estudiado y leído mucho sobre aquel santuario. Le interesaba la historia, y más aún si los textos escritos sobre el pasado le podían indicar el emplazamiento de tesoros que codiciar. Y ahora estaba allí, cruzando el mismo pórtico decorado de oro, pasando por entre tallas de madera de abeto y cedro centenarios, también rematadas con adornos de oro que recordaban los ornamentos originales del templo, dando los mismos pasos que, apenas unos años antes, había andado Pompeyo.

Craso se detuvo frente a la puerta del sanctasanctórum.

Una veintena de legionarios lo escoltaban, admirados por el poder del procónsul, por su osadía que no parecía temer la venganza de ningún dios y, a la vez, fascinados por el deslumbrante oro que brillaba iluminado por inmensas lucernas encendidas en todas las esquinas de aquel santuario que respiraba, para ellos, no divinidad, sino dinero.

Craso dio un paso, dos, tres… y entró en la cámara más sagrada.

Estaba oscura.

—¡Luz! —demandó.

Trajeron antorchas y las llamas iluminaron una reproducción en oro y plata y marfil de la legendaria Arca de la Alianza y, a su alrededor, joyas y gemas preciosas de un fulgor casi perturbador y de un tamaño que Craso jamás había visto antes y que ni tan siquiera había imaginado. El triunviro, con los ojos inyectados de codicia, se aproximó lentamente, boca entreabierta, a aquellas gemas y tomó entre sus manos unos rubíes rojos como el fuego y los alzó para verlos brillar en todo su esplendor a la luz de las antorchas que sostenían los legionarios de su escolta. ¿Serían aquéllas las joyas que la reina de Saba, un remoto país al sur de Arabia, regalara al rey Salomón cuando éste fue capaz de superar las pruebas de un reto de sabiduría al que la reina lo sometió por puro divertimento? Era todo aquello tan mágico y, por encima de todo, tan… lujoso. ¿Por qué tenían que permanecer allí aquel oro, aquellas gemas, aquella arca, aquellos tesoros?

El hijo de Craso, que se había opuesto a aquel sacrilegio desde un principio, no obstante, al final decidió adentrarse en el templo de Jerusalén tras los pasos de su padre. En su caso no era por codicia ni por afán de gloria. Tenía miedo de que su padre pudiera ir aún más allá del sacrilegio de entrar en un lugar prohibido.

Craso hijo cruzó el pórtico y cada una de las estancias que precedían al sanctasanctórum hasta llegar al corazón del santuario. Pudo ver, desde el umbral de la puerta de acceso a la sala sagrada, a su padre, rodeado de soldados con antorchas, sosteniendo una inmensa y brillante gema roja en alto mientras la admiraba en el silencio de la avaricia.

Publio entró.

—Padre, es suficiente. Has visto lo que ningún hombre puede ver a excepción del sumo sacerdote de los judíos. Vayámonos de aquí. Ya has igualado a Pompeyo.

Craso padre no se sorprendió de oír su voz tras de sí. En el fondo era carne de su carne y, en algún momento, estaba seguro de ello, seguiría sus pasos en todo, también en sus apetencias de poder y dinero.

Se volvió para responderle.

—¡Eso es, hijo! ¡Hemos igualado a Pompeyo a su paso por Jerusalén! —Tenía los ojos inflamados por la sensación de victoria, pero incluso aquello no era suficiente: quería más—. ¡Es momento de superarlo!

—¡Padre, no...!

Pero el gobernador de Siria rodeó a su hijo y se dirigió a sus soldados:

—¡Cogedlo todo!

Ya había saqueado otros templos. Uno más... qué importaba.

Y así, a la maldición de Ateyo a su ejército, Marco Licinio Craso sumó la maldición eterna de todo el pueblo judío.

CXVII

La huida de Labieno

Territorio de los tréveros
Primavera del 53 a. C.

—¡Huye, huye, el muy cobarde huye! —gritaban los guerreros tréveros al ver cómo el legado romano Tito Labieno se alejaba a toda velocidad de su campamento al tiempo que evitaba, una vez más, enfrentarse a ellos y se retiraba, prácticamente a la carrera con sus dos legiones, hacia las colinas y los bosques que los rodeaban.

—¿Y ése es el valiente segundo en el mando del ejército del maldito procónsul de Roma? —preguntó con desprecio Induciomaro hijo, el nuevo líder de los tréveros, que había reemplazado a su padre al frente de la tribu y que había estado hostigando y cercando el campamento romano de Labieno desde hacía semanas.

—Ése dicen que es —dijo un guerrero, mezclando en su tono el menosprecio al enemigo que intentaba escapar con un cierto grado de burla que no pasó desapercibido a su jefe.

—¡Ja, ja, ja! —Se rio Induciomaro hijo y, cuando quedó satisfecho de reír, añadió con ganas y reclamando su casco y armas—: ¡Hoy es el día en el que vengaremos a mi padre!

—¡Corred, corred, por Júpiter! —les gritaba Labieno a los legionarios—. ¡Corred por vuestra vida!

Y tribunos y centuriones y el resto de los oficiales y todos y cada uno de los soldados corrían sin descanso. No había sido aquélla nunca la actitud de su legado, pero llevaban meses aislados, sin apenas recibir suministros por causa del asedio enemigo, separados del grueso del ejército por miles de tréveros que no habían dejado de atacarlos ni un solo día y, sin duda, las cosas debían de estar muy mal.

Pero nunca nadie, desde luego que nunca nadie, ni entre los oficiales ni entre los legionarios, hubiera imaginado que el *legatus* Labieno, bajo cuyo mando llevaban meses sirviendo, fuera capaz de ordenar no ya una retirada, sino la más ignominiosa y cobarde de las huidas.

—¡Corred, corred, malditos! —les espetó Labieno a aquellas cohortes que, como si tuvieran algún cargo de conciencia, parecían ralentizar en algo aquella carrera que buscaba alejarlos lo más posible del ejército enemigo.

Y allí podían verlo todos, en un lateral de las columnas de centurias que desfilaban veloces ante él, corriendo, escapando y rehuyendo el combate por orden suya, como una estatua, inmóvil, pétreo, del mismo modo en el que lo habían visto durante las últimas semanas mirando, desde lo alto de la empalizada, los movimientos de los tréveros. Todos habían interpretado que estaba considerando una estrategia de combate o un nuevo ataque sorpresa como el que ordenó a la caballería y que, hábilmente ideado por él, les consiguió la cabeza de Induciomaro padre.

Tras acabar con el líder enemigo y con las noticias de las victorias de César en el norte, los tréveros se replegaron un tiempo hasta que, con el hijo de Induciomaro al frente, regresaron y volvieron a cercar el campamento romano durante meses.

Labieno volvió, entonces, a la empalizada y a estudiar al enemigo, pero justo cuando todos sus hombres pensaban que iba a dar instrucciones para algún tipo de acción gloriosa con la que contrarrestar aquel asedio, el legado había dado, simplemente, la orden de huir a toda velocidad hacia los bosques, evitando enfrentarse al ejército enemigo. Y es que los tréveros, cansados de la que ellos interpretaban como pertinaz cobardía del legado romano, habían relajado su cerco y se dedicaban a acampar las últimas semanas próximos a la fortificación romana, pero a una prudente distancia, preparados para la lucha si, por fin, los romanos salían, pero sin mantener un cerco completamente cerrado en torno al campamento legionario.

Eso permitió que algunas patrullas nocturnas romanas se hicieran con algo de comida de los alrededores con la que aliviar la escasez que sufrían, pero nunca lo suficiente como para mejorar de forma sustantiva las duras condiciones de desabastecimiento general que padecían todos en el interior de la fortificación. Parecía, más bien, no que los tréveros fueran poco rigurosos en su cerco por descuido o torpeza, sino que desearan que los romanos pudieran conseguir algunos víveres con los que prorrogar su lenta agonía, o bien retrasando su rendición absoluta, o bien postergando hasta el último momento su decisión de combatir.

Pero lo que de ningún modo habían esperado ni los legionarios ni los tréveros era que Tito Labieno ordenara una huida sin paliativos, una fuga, un sálvese quien pueda o, lo que era lo mismo, una aceptación de una derrota total ante Induciomaro hijo y su persistente asedio.

Los legionarios corrían.

Y, junto a ellos, en paralelo, la caballería romana trotaba ligera, siguiendo las mismas instrucciones del resto de unidades militares de huir y huir hacia las colinas. Y si conseguían escapar con vida de aquella vergüenza, con eso ¿qué habrían conseguido? ¿Con qué cara de bochorno y humillación serían capaces de mirar a los legionarios del resto del ejército? ¿Con qué cara sería capaz de mirar el propio Labieno a César cuando supiera el procónsul de aquella huida y que los tréveros seguían en el sur o, quizá, ya acercándose para hacer una pinza entre ellos y las tropas de Ambiórix a las legiones de César?

Nadie entendía nada.

Labieno ya no era Labieno.

Ejército de los tréveros

—¡A por ellos, por Taranis! —aullaba Induciomaro hijo, convencido de que el día de su victoria total había llegado—. ¡Hoy aniquilaremos esas dos legiones! ¡Hoy vamos a librarnos de Roma para siempre!

Y los tréveros, también a la carrera, iniciaron la persecución de aquellos pusilánimes que se habían negado a salir de su campamento durante meses para combatir y que, ahora, cuando por fin se aventuraban a emerger al exterior de su fortificación, sólo lo hacían para huir. No merecían, pues, nada, ni el beneficio de una buena muerte, de una lucha leal, sino sólo el exterminio, como las ratas; sólo habían hecho méritos para la muerte más vil, clavándoles lanzas y espadas por la espalda, pues no ofrecían el pecho en un combate noble cara a cara, sino únicamente la estela servil del miedo que sienten los cobardes.

Legiones romanas

Corrían.

Las legiones avanzaban, *magnis itineribus*, por entre las colinas y llegaron a una gran pradera que terminaba en una ladera que ascendía hacia un bosque. Y hacia allí, precisamente, los dirigía Labieno. Y aquello no le gustaba a nadie: no se trataba sólo del hecho vergonzante de la huida, sino que, además, los conducía hacia un denso mar de árboles en el que no podrían maniobrar de ninguna forma organizada y en el que serían cazados, todos y cada uno de los legionarios, como jabalíes.

El legado parecía haber perdido la razón, además del valor.

Su transformación era completa.

Pero, de pronto, llegados a lo alto de la ladera, justo antes de penetrar en aquel bosque denso que todos tanto temían, porque lo percibían más como una gigantesca tumba que como una vía de escape, Tito Labieno alzó la mano derecha y se detuvo, y todas las cohortes y las unidades de caballería de las dos legiones se pararon en seco.

—¡Media vuelta, por Júpiter! —ordenó.

Y las veinte cohortes de las dos legiones romanas giraron ciento ochenta grados, del mismo modo que los jinetes tiraron de las riendas de sus caballos para que los animales también volvieran la cabeza, encarando al enemigo que se les acercaba a toda prisa por el valle.

Labieno, que parecía haber roto su largo silencio, siguió dando instrucciones.

—¡Formación en *triplex acies*! ¡Formación de ataque!

Y eso sí les gustaba más a todos, y tribunos y centuriones repetían sus órdenes por cada esquina del ejército que había dejado de correr, que había dejado de huir y que se había girado para, por fin, luchar.

Pero, entonces, se encontraron con la dura realidad. Vieron lo que ya sabían y por lo que habían pasado meses sin salir a presentar combate: los tréveros eran muchos más. El enemigo los doblaba en número y corrían hacia ellos cubriendo todo el espacio del valle. Era el bosque o la batalla. No había margen para más.

Los legionarios asían los escudos y desenvainaban los gladios con un nuevo terror trepando por sus sienes: ahora no serían ensartados como alimañas en busca de un escondite donde salvarse, sino muertos en un combate desigual. El resultado final, en definitiva, iba a ser el mismo: la muerte para todos.

Pero eran legionarios de Roma.

Preferían combatir.

Labieno se situó al frente de las legiones, demandó un caballo y, desde lo alto de éste, enardeció los ánimos de sus hombres.

—¡Sí, nos doblan en número! ¡Nada que no supiéramos desde hace meses! ¡Pero os he dirigido a una posición de ventaja, a esta ladera desde la que combatiremos contra los tréveros! —Y señaló durante un instante hacia el ejército enemigo, que llegaba ya al pie de la larga pendiente—. ¡Ellos van a tener que ascender por la pendiente, como hemos hecho, pero además tendrán que luchar cuesta arriba y nosotros cuesta abajo! ¡Y mirad los flancos!

Y los legionarios volvieron los ojos hacia un extremo y hacia otro de la ladera.

—¡Hay rocas en un lado, que imposibilitan el avance de nadie por un extremo, y árboles en el otro lado, de modo que, aunque sean más en número, no pueden rodearnos en esta ladera! ¡Son más, pero pensaban que éramos sólo unos cobardes! ¡Son más, pero os he traído a un campo de batalla ventajoso para nosotros! ¡Por Hércules, aprovechad la sorpresa que sentirán al ver que ya no huimos y aprovechad, por todos los dioses, esta pendiente que juega a vuestro favor y acabad de una vez con todos esos malditos perros que llevan meses acosándonos y riéndose de vosotros! ¡Muerte o victoria! ¡Muerte o victoria!

Y miles de legionarios gritaron al unísono, al tiempo que golpeaban las espadas en sus escudos generando un estruendo metálico que parecía una gigantesca tormenta de rayos y truenos que estallara por toda la ladera, por todo el valle.

—¡Muerte o victoria! ¡Muerte o victoria!

Labieno entregó su caballo a los jinetes que había situado en el flanco derecho, hizo avanzar la primera línea de las legiones y se situó entre sus cohortes, esperando, en primera línea, gladio en mano, la llegada del enemigo.

Ejército de los tréveros

Ascendían a toda velocidad.

Induciomaro hijo pudo ver, al igual que el resto de los jefes y guerreros, no sin sorpresa, cómo las legiones se detenían y giraban y parecía que, por fin, por una vez, iban a luchar. Bien, bienvenida era la batalla. Eran más y más valientes. Acabarían con ellos en aquel valle.

Pero los guerreros de primera línea se encontraron con un muro de legionarios que los recibió como si de una pared de escudos inamovibles se tratara, como si estuvieran clavados los romanos en la tierra. El primer choque detuvo en seco su avance.

Pero Induciomaro no se iba a dar por vencido por esa dificultad inicial.

—¡A por ellos, a por ellos! ¡Por Taranis, somos muchos más, a por ellos!

Y sus guerreros volvieron a arremeter contra el enemigo y, pasada la primera sorpresa, empezaron a derribar legionarios y a conseguir que la primera línea enemiga iniciara un retroceso de algunos pasos. Era el principio de la gran victoria.

Legiones romanas

—¡Reemplazo, reemplazo! —ordenó Labieno. Estaba convencido de que iba a ser un combate casi tan rápido como la huida que había fingido y que todo dependía de que el enemigo perdiera su primer furor guerrero. Si mantenía el frente de batalla compacto y con hombres descansados en primera línea, los tréveros empezarían a vacilar, y de ahí a su repliegue sería ya un camino sencillo.

Las cohortes maniobraron y los legionarios de segunda línea se hicieron con el frente de batalla.

Ejército de los tréveros

Los tréveros, con el empuje de los nuevos soldados romanos, cedieron el poco terreno que habían ganado. Era como si los nuevos legionarios arremetieran aún con más fuerza, impulsados por aquella inacabable pendiente que parecía proporcionarles energías suplementarias, mientras que ellos se agotaban luchando eternamente cuesta arriba.

Legiones romanas

Labieno observaba la lucha muy atento, calculando el momento del siguiente reemplazo. Las patrullas nocturnas que había estado enviando las últimas semanas a por algunos víveres habían identificado aquel punto, aquel valle y esa ladera, y tuvo la certeza de que aquél era el lugar exacto, el lugar perfecto para la lucha. Sus cálculos, como en tantas otras ocasiones, se estaban probando correctos.

Sintió que el enemigo decaía en su empuje.

Era el momento del golpe final, de la estocada maestra.

—¡Tercera línea, al frente! ¡Reemplazo, por Hércules, reemplazo! —gritó.

Era el mazazo final, inapelable, irreversible, el mismo que se le da a un gran buey en la testuz, a plomo, en el altar del sacrificio.

CXVIII

El segundo puente sobre el Rin

Norte de la Galia belga
53 a. C.

Ambiórix recibió la noticia de la derrota de los menapios, primero, y de los tréveros, después, con frialdad, sin aspavientos, sin dramatismo alguno. Muchas tribus se habían rendido y el jefe de los senones estaba, una vez más, depuesto y, en esta ocasión, prisionero del procónsul romano. Cavarino y Cingetórix, aliados de César, volvían a ser reyes, respectivamente, de los senones y los tréveros.

Todo parecía indicar que el levantamiento contra César había fracasado, pero Ambiórix decidió no negociar ninguna paz, sino subir la apuesta y envió mensajeros, tal y como los romanos habían imaginado, a las diferentes tribus germanas al otro lado del Rin, desde los ubios, tradicionales aliados del enemigo, hasta los legendarios e irreductibles suevos, que guardaban un profundo rencor hacia un procónsul que, cinco años atrás, los derrotara duramente en la batalla de los Vosgos.

El líder de los eburones estaba muy persuadido de que alguna de estas tribus se sumaría a su proyecto de expulsar a César hacia el sur. Tenía fe en que la sed de venganza, más que el miedo, hubiera quedado diseminada por el noreste del Rin tras la masacre que César infligió a los germanos usípetes y téncteros. Y, sobre todo, Ambiórix tenía la esperanza puesta en que los suevos se decidiesen a aprovechar un momento de debilidad del procónsul romano para devolverle todo el daño que éste les causó cinco años atrás y, por qué no, recuperar incluso el control de todos sus antiguos territorios al sur del Rin, de los que habían sido expulsados por César.

De hecho, en sus mensajes, Ambiórix proponía específicamente a los suevos que se hicieran de nuevo con parte de aquellas tierras al sur del gran río, adentrándose en la Galia celta, ya que los sécuanos, arvernos o eduos se mostraban tan amigos de los romanos. Pero, por si esto no fuera suficiente incentivo, había dado orden a sus guerreros de reunir todo el oro del que dispusieran, fundirlo y acuñar monedas, que rebajó con cobre para aumentar su número, con las que ofrecer generosos pagos a las tropas germanas que aceptasen combatir como mercenarios a sus órdenes. Era una operación compleja, a gran escala, difícil de llevar a cabo pero, a la vez, temible para cuando los romanos se enteraran de sus planes de alianzas.

—El procónsul juega al miedo con su *vastatio* —dijo Ambiórix a Catuvolco y otros líderes—. Pues bien, nosotros también jugaremos al miedo atrayendo a los terribles suevos a nuestro bando. Que venga ese maldito romano, que venga —decía mientras paseaba como un gigante rubio en medio del cónclave de sus jefes—. Entre nuestro ejército del norte y el ataque de los germanos por el sureste, cruzando el Rin, lo aniquilaremos. No podrá contra todos.

Su ardor no desfallecía. El de sus jefes tampoco. El de sus guerreros menos aún. Eran ellos, y no las tribus que se habían rendido, los que habían destruido legión y media entera y no veían por qué no iban a ser capaces de acabar con varias más, sobre todo con la ayuda de los germanos.

Era la guerra total.

Y definitiva.

Centro norte de la Galia belga

César dudaba en seguir con el avance hacia el territorio de los eburones. Los ubios, sus aliados germanos al otro lado del Rin, en una muestra más de su lealtad, habían confirmado los peores temores de los romanos y los más siniestros vaticinios de Décimo: en efecto, Ambiórix estaba negociando con diversas tribus germanas que se unieran a su guerra contra ellos. Y no sólo les ofrecían que se quedaran con territorios al sur del Rin, como en su momento intentó colonizar Ariovisto, el derrotado líder de los suevos de antaño, sino que les prometían también cuantiosos pagos en oro.

La ambición de César de trasladar la frontera norte del poder romano hasta el mismísimo Rin se resquebrajaba. Consolidar su control de la Galia belga parecía imposible y, además, ahora, se enfrentaba a una posible tercera invasión germana en las tierras de tribus aliadas, como las de los eduos, sécuanos o arvernos, en el centro de la Galia celta. Todo se estaba derrumbando. La única noticia alentadora en medio de tanta preocupación era la reciente victoria de Labieno sobre los tréveros, lo cual le ofrecía algo de calma. Aun así, no se veía con ánimo de seguir hacia el norte para capturar a Ambiórix, con los germanos considerando atacar desde el sureste, planteándose, efectivamente, cruzar el Rin con un ejército. Si eso ocurría, las legiones romanas estarían entre dos fuegos: Ambiórix al norte, con los irredentos eburones, y los germanos por el sureste. Combinando ambos ejércitos, podrían avanzar coordinadamente cerrando una gigantesca y terrible pinza militar con la que irían destrozando legión tras legión hasta quedar aniquilados.

—Dejaremos a Ambiórix para más adelante —anunció, al fin, César cuando tuvo clara la forma en la que se debía actuar—. No vamos a cegarnos en perseguir al líder belga que acabó con la XIV y que, ahora, instiga la entrada en la guerra de los germanos. Vamos a volver al Rin, al lugar donde lo cruzamos hace un año, cuando atacamos a los téncteros y los usípetes; cruzaremos el río de nuevo y nos dirigiremos directamente contra los suevos. Primero, nos aseguraremos de contener a los germanos en su propio territorio y, sólo después de conseguido ese objetivo, volveremos a por Ambiórix. —Y se pasó la mano por el largo cabello y la desaliñada barba, que seguía sin cortar ni afeitar, tal y como había prometido hasta dar cumplida venganza por la emboscada de la XIV, como si con aquel gesto quisiera dar a entender que no olvidaba lo prometido, sino que sólo reorganizaba la estrategia para conseguir el objetivo final sin perder ni una sola legión más, sin sufrir ni una sola derrota más.

—Pero el puente que construimos fue derribado por orden tuya —apuntó Décimo—. ¿Qué vamos a hacer ahora? ¿Construir otro puente?

César se limitó a mirar a Décimo un instante, asentir con rotundidad y responder con tres palabras:

—Exactamente, eso haremos.

Norte de la Galia belga

Ambiórix no recibió una respuesta definitiva de los germanos a los que se había dirigido, ni en un sentido ni en el contrario, pero le llegaron noticias de dos sucesos: por un lado, que los suevos estaban armando su ejército y preparándose para combatir y, por otro lado, que el procónsul romano, en vez de seguir avanzando hacia el norte, había virado con sus tropas y estaba en el Rin construyendo un segundo puente para volver a cruzar aquel inmenso río y enfrentarse a los suevos.

—Eso no es lo que habíamos pensado —dijo Catuvolco—. Con esa estrategia, el líder romano está evitando caer entre los dos ejércitos, el nuestro y el de los suevos.

Ambiórix asintió, pero él no veía tanto perjuicio en lo que estaba ocurriendo.

—Yo, sin embargo, creo que todo esto son muy buenas noticias: para empezar, César va a entrar en otra guerra y contra un enemigo temible. Ya le costó mucho rendir a los suevos al sur del Rin apenas hace cuatro años, y ahora, luchando en el territorio mismo de los germanos, éstos combatirán con una energía suplementaria y César no lo tendrá fácil. Como mínimo, sufrirá muchas bajas. Incluso si saliera victorioso, su ejército, para cuando venga a por nosotros, llegará al norte muy debilitado. Y, en segundo lugar, esto nos da un tiempo precioso no sólo para armarnos más, sino para convertir todo nuestro territorio en una gigantesca trampa mortal. —Y sonrió sin desvelar aún a qué se refería.

Porque la cuestión era que Ambiórix no pensaba tener a sus tropas ociosas y sin trabajar mientras el procónsul romano se las veía con los suevos. A lo largo de los días siguientes a aquella conversación, dio instrucciones de que se excavaran zanjas, que se talaran árboles y se cortaran caminos y desfiladeros, y que cualquier punto susceptible de ser empleado para una emboscada fuera preparado para bloquear al enemigo, embolsarlo y masacrarlo. El norte de la Galia belga se transformó en una gigantesca trampa mortal diseñada con el único propósito de desintegrar legiones, una tras otra, como habían hecho con la XIV. Legiones que vendrían agotadas, exhaustas y heridas tras su inminente guerra contra los suevos. En el fondo, más allá de la rendición de los tréveros, otra tribu que terminaba mostrándose débil, el plan para terminar expulsando a los romanos de la Galia belga seguía adelante.

Ambiórix iba de un lado a otro de la región dando órdenes, sin desfallecer, con la vitalidad propia de quien intuye la victoria final.

Confluencia de los ríos Mosela y Rin

Era el mismo punto donde habían construido el puente anterior hacía un año. Mamurra, el *praefectus fabrum*, una vez más, siguiendo las instrucciones del ingeniero Vitruvio, se afanaba en reunir tanta madera como fuera posible. Los bosques cercanos eran densos y el material se encontraba en abundancia. Sólo resultaba algo más complejo conseguir suficientes árboles altos que pudieran hacer de pilotes centrales que soportaran el conjunto de la estructura del puente. La mayor parte de los árboles más altos ya fueron talados en la ocasión anterior, y ahora los legionarios tenían que adentrarse varias millas en los bosques próximos para conseguir los tejos o robles o hayas con los troncos que el ingeniero necesitaba. Alisos ya no quedaban.

Vitruvio, por su parte, desempolvó los planos que había conservado del puente anterior. Aunque el procónsul ordenara destruir la imponente estructura, los había guardado con celo por haber sido su obra más importante. Ahora esos mismos planos resultaban, además de un preciado recuerdo para él, una muy útil herramienta para la reconstrucción. Lo primero que montó fueron los nuevos martinetes gigantes, que, una vez más, instalados sobre grandes balsas, martillearían con potencia descomunal los largos pilotes de modo que, de nuevo, se hundieran profundamente en el lecho del río para dotar de estabilidad al conjunto de la estructura del puente. Habiendo aprendido de la experiencia anterior, mientras se reunían los troncos más largos y se construían los martinetes y las balsas, ordenó a los herreros que fueran preparando los remaches de hierro que tendrían que poner en el extremo superior de cada tronco para que éstos no fueran destrozados por los brutales golpes de los gigantescos martinetes cuando los martillearan para ser clavados en el lecho del río.

Con la experiencia adquirida, los trabajos no se demoraron más de los diez días que se requirieron en la última ocasión, pese a la necesidad de buscar los árboles altos en puntos más alejados. Y es que César puso a disposición de su ingeniero aún más legionarios que en la vez precedente. De este modo, en pocos días, el segundo puente sobre el Rin, con la misma estabilidad que el anterior, dibujaba su orgullosa silueta sobre el magno río que marcaba, para César, la frontera entre Roma y Germania.

César estaba visitando la gran obra de ingeniería cuando le informaron de la llegada de Labieno.

El procónsul dejó a Vitruvio y sus explicaciones y fue directo al encuentro de su segundo en el mando.

César y Labieno se encontraron en la orilla sur del Rin, justo en el punto de donde partía el puente.

Estaban rodeados de centenares de legionarios que se habían arracimado en las inmediaciones para ver al veterano legado, vencedor de los irredentos tréveros, reencontrarse con el procónsul. Marco Antonio, junto con otros tribunos y oficiales, también acudió.

La expectación era máxima.

Labieno se detuvo a unos pasos de César.

Hacía meses que no se veían.

—No has enviado legiones en mi ayuda —le dijo Labieno sin saludo alguno, como si fuera un reproche—. A otros sí los ayudas.

—No quería herir tu orgullo enviándote legiones —le respondió César, también obviando cualquier saludo protocolario—. Eso seguro que no me lo habrías perdonado nunca, pero te has tomado tu tiempo para derrotar a los tréveros. ¿Te haces viejo para estos desafíos?

—No, no es eso. Te sabía entretenido en el norte. Tampoco quería interrumpirte —comentó Labieno y miró al río—. ¿Y otra vez el puente levantado? Parece que no terminas de decidir si lo quieres en pie o destruido.

César no pudo resistirlo más y se echó a reír.

No se dijeron más y, simplemente, se fundieron en un abrazo largo.

Todos, oficiales y legionarios, sabían que aquellos dos hombres llevaban luchando juntos desde su juventud, que eran dos líderes militares descomunales, y tenían la sensación de que, bajo el mando de esa férrea unión, las legiones de Roma nunca serían derrotadas.

Marco Antonio vio aquel abrazo, aquel gesto genuino de amistad, y sintió una punzada en su interior de algo a lo que no supo poner nombre hasta años más tarde, hasta que comprendiera que él era muy proclive a las debilidades del espíritu, tanto como a las físicas. Pero no dijo nada, pues nada había que compartir con nadie. La envidia se lleva en secreto y rara vez se reconoce en público.

Aquella noche, César ordenó repartir dos vasos de vino por legionario. Una moderada celebración del regreso de Labieno al grueso del ejército de la Galia.

Pero la guerra continuaba.

Durante los días que siguieron a aquel encuentro, los ubios informaron al procónsul de que los suevos habían reunido su ejército. Algo que no habían hecho en varios años. Los ubios se ofrecían a permitir el paso de las legiones romanas por su territorio, como en el pasado, sin conflicto alguno y también a proporcionar víveres y suministros.

—No deberíamos ir al encuentro de los suevos —dijo Décimo—. Están preparados y nos esperan.

—Al contrario —contraargumentó César—. El hecho de que se hayan preparado justifica doblemente que crucemos el río. No podemos avanzar hacia el norte a por Ambiórix con ese ejército suevo armado y preparado para la guerra a nuestra espalda. Nos enfrentaremos a los suevos y, una vez derrotados, acudiremos al norte.

Nadie dijo nada.

Marco Antonio podía sentir el miedo entre muchos oficiales y, terminada la reunión del alto mando, le preguntó a Labieno.

—La campaña contra los suevos de hace cinco años fue muy dura, de muy mal recuerdo para todos pese a la victoria final —le explicó el veterano legado—. Nos cortaron las líneas de suministros en varias ocasiones. Ariovisto, su rey de entonces, combatía combinando la dureza con la extrema inteligencia. Es de suponer que, tras la derrota, su rey sería depuesto por sus guerreros y, aunque no sepamos quién los gobierna ahora, es de imaginar también que será alguien igualmente valiente y astuto.

—¿Entonces tú también piensas como Décimo que no deberíamos cruzar el Rin? —indagó Marco Antonio.

—Yo creo que no deberíamos haber intentado controlar toda la Galia. —Y se echó a reír mientras caminaban alejándose del *praetorium*—. Pero una vez que hemos llegado a este punto, no hay marcha atrás: hay que cruzar el maldito Rin, otra vez, enfrentarse a los suevos, otra vez, y derrotarlos, otra vez, y regresar al norte y enfrentarnos con Ambiórix y derrotar a los belgas, otra vez.

Marco Antonio tuvo claro que aquella amistad que unía a Labieno con César era inquebrantable.

Norte de la Galia belga

—¿Sabemos algo de los romanos? —preguntó Catuvolco.

Ambiórix acababa de hablar con las patrullas de guerreros que había enviado a los puntos más alejados. Algunos incluso habían cruzado el Rin en barca y hablado con los pocos supervivientes germanos de los usípetes y téncteros que quedaban aún diseminados tras la derrota sufrida por estos pueblos el año anterior contra César.

—Los usípetes, después de maldecir al líder romano infinidad de veces, dicen que el procónsul avanza con sus legiones contra un inmenso ejército suevo —respondió Ambiórix con un fulgor intenso en los ojos.

—¿Quién crees que vencerá? —inquirió, entonces, Catuvolco.

—No lo sé —admitió Ambiórix—, pero de esa batalla sólo pueden salir cosas buenas para nosotros: un procónsul derrotado o, como mínimo, muy debilitado tras las bajas que sufrirán sus legiones contra unos suevos que lucharán a muerte por defender su territorio. El romano ha equivocado su estrategia.

Al noreste del Rin

Las legiones de César, según lo comprometido, fueron provistas de grano en abundancia por los ubios, que permitieron el avance de las tropas romanas sin ningún tipo de emboscada ni ataque.

César dio orden de que ninguna cohorte se atreviera a saquear granja alguna ni a lanzar un solo ataque, pasara lo que pasara, sin consultarle a él previamente. La alianza con los ubios se estaba probando muy útil y César no quería que nada pudiera deteriorar esa buena relación. Ya tenía bastantes frentes de guerra abiertos como para abrir otro, y menos aún al norte del Rin.

En pocos días, las legiones atravesaron todo el territorio de los ubios y se adentraron en el temido reino de los suevos.

El paisaje cambió por completo: las granjas que divisaban ahora estaban abandonadas. No se veía ganado alguno y los cultivos estaban sin cuidar. No se había practicado una política de tierra quemada, pero era como si toda la población se hubiera ido de forma precipitada hacia el noreste, hacia el corazón del territorio de los suevos.

—Seguiremos avanzando —ordenó César.

Décimo fue a hablar, seguramente para hacer uno de sus lúgubres vaticinios, pero Labieno se interpuso entre él y el procónsul y con una mirada lo hizo callar antes de que dijera ni una sola palabra. Labieno inspiraba miedo al resto de legados. Los años en la Galia, los combates continuos lo habían transformado en alguien tan fiero como silencioso. Y su lealtad inquebrantable a César era tan poderosa que, como acababa de ocurrir, una simple mirada suya bastaba para que el más mínimo disenso sobre las instrucciones del procónsul quedara enmudecido. Además, su reciente e incontestable forma de liberarse por sí solo, sin requerir la ayuda de César, del cerco al que lo sometieron los tréveros había incrementado aún más su indudable prestigio militar.

El ejército siguió avanzando por aquellas tierras despobladas, salpicadas de granjas vacías y cultivos abandonados a los caprichos de la lluvia y el viento.

Marco Antonio apareció, un amanecer, de regreso de una de las avanzadillas que César mandaba por delante con la escasa caballería romana de la que disponían. La urgencia de tener que cruzar el Rin y frenar a los suevos, para que éstos no unieran sus fuerzas a las de Ambiórix, no había dado tiempo a que la caballería gala reclamada por César en el consejo de Lutecia hubiera llegado para unirse al grueso de las legiones. Marco Antonio estaba al mando de los escasos jinetes de los que disponían y había organizado todas las patrullas de reconocimiento.

Se le veía agotado. Había regresado al galope.

En cuanto llegó a la altura del procónsul, desmontó.

—Están a diez millas —anunció.

—¿Son muchos? —preguntó César.

Marco Antonio miró a un lado y a otro: en ese momento sólo estaba Labieno con ellos. El resto de los legados y tribunos marchaba por detrás, cada grupo de oficiales al frente de su legión.

—Son miles. Muchos. Veinte o treinta mil y bien armados, y disponen de caballería —informó Marco Antonio. Faltaba precisión en sus datos, pero tanto César como Labieno imaginaban que tampoco habría querido arriesgarse a aproximarse demasiado a un ejército de tales dimensiones. Lo esencial era lo que estaba haciendo: advertirlos de la posición del enemigo y de que éste era muy numeroso y fuertemente armado.

—Solicitaremos más víveres a los ubios —fue lo primero que dijo César—. Si la lucha contra los suevos se prolonga, no quiero tener problemas de abastecimiento como cuando luchamos contra Ariovisto —apuntó recordando las dificultades de aquella campaña con relación a sus líneas de aprovisionamiento.

—Así comprobaremos la fidelidad de los ubios que tenemos a nuestra espalda —apostilló Labieno.

—Exacto —confirmó César—, que es más importante que los propios suministros. Pero habrá que pagarles bien. No quiero tentar a la suerte con ellos.

Marco Antonio podía ver cómo aquellos dos altos oficiales se entendían casi sin hablar. Estaba admirado de la lealtad de Labieno y de cómo César había sido capaz de generar esa fidelidad en alguien tan respetado por el resto del ejército como aquel legado, que había conseguido doblegar a todos los tréveros con sólo dos legiones. Una hazaña más que sumar a otras que le habían contado otros oficiales sobre Labieno, como, por ejemplo, su magnífica intervención en la batalla del río Sabis contra los nervios.

Se solicitaron los suministros extraordinarios a los ubios y éstos los proporcionaron sin discutir, aceptando el pago propuesto por César y su constante promesa de nunca atacar sus tierras.

Las nuevas provisiones dieron algo de sosiego al procónsul de Roma.

Pero la situación seguía siendo delicada.

César avanzó las legiones unas millas más, pero ya no encontraron al inmenso ejército suevo.

—Se han replegado —informó Marco Antonio de regreso de otra patrulla avanzada—. Están ahora unas treinta millas más al norte.

—¿Por qué? —inquirió Labieno.

César se estaba preguntando lo mismo, pero examinó el territorio a su alrededor: estaban en medio de una gran llanura, perfecta para una batalla, pero en la que el enemigo no habría tenido ventaja alguna.

—Quizá estén buscando un terreno más propicio para entrar en combate —sugirió Labieno, girando también trescientos sesenta grados y escrutando el paisaje.

César asintió en silencio.

—Están en otra llanura similar a ésta —comentó Marco Antonio.

—Dejaremos pasar la noche y volveremos a avanzar hacia ellos al amanecer —propuso, entonces, César.

Las hogueras se encendieron; se repartió el rancho de la cena y todos se acostaron temprano.

Con la luz de la luna, antes incluso de que saliera el sol, las legiones se pusieron, de nuevo, en marcha.

Al alba del día siguiente, los dos ejércitos estaban frente a frente.

Los legionarios tragaban saliva y apenas hablaban entre sí. Muchos habían combatido ya contra los suevos y recordaban la dureza de los combates. Y el resto había tenido tiempo de escuchar numerosas historias acerca de la crudeza de la campaña contra los suevos de hacía cinco años. Nadie tenía ganas de repetir la experiencia o de experimentarla por primera vez. Pero allí estaban todos, escudos en mano, gladios prestos a ser desenvainados, *pila* preparados, esperando las órdenes del procónsul de Roma.

—No hacen nada —comentó Labieno mirando hacia el enemigo.

Marco Antonio y el resto de los oficiales guardaban silencio.

César observaba el frente de batalla que ofrecían los suevos y que se extendía de este a oeste en por lo menos dos millas, pobladas densamente por guerreros a pie y numerosos jinetes.

—No hacen nada —dijo el procónsul, repitiendo las palabras de Labieno, pero, de pronto, en un momento de clarividencia, añadió—: Porque, en verdad, no quieren hacer nada. Por Júpiter, no quieren luchar.

Labieno parpadeó varias veces y, al poco, asintió.

—Es eso —aceptó en voz baja.

—Es eso, por todos los dioses —insistió César en voz clara y alta—, no quieren una guerra. Se han preparado para luchar si es preciso, si los empujamos al combate, pero nosotros no hemos venido aquí para conquistar su territorio. Sólo queremos asegurarnos de que respeten la frontera del Rin y que no lo crucen, y sobre todo que no asistan a Ambiórix. Si hubieran querido ayudarlo, ya nos habrían atacado. Ya se habrían coordinado con él, como hicieron los tréveros o los senones.

—Están defendiendo su territorio —apuntó Labieno, que empezaba a compartir el punto de vista de César.

—Exactamente —reconfirmó el procónsul de Roma.

—¿Y por qué no envían mensajeros a parlamentar? —preguntó Décimo, convencido de que acababa de dar con el punto débil del razonamiento de César.

Pero el procónsul respondió con rapidez.

—Porque saben que nunca confiaremos en sus palabras —replicó categórico—. Ariovisto en el pasado nos ofreció una negociación que era sólo una trampa para matarnos y, luego, los germanos téncteros y usípetes sólo parlamentaban para ganar tiempo y prepararse aún más para luchar. En verdad, si hubieran enviado mensajeros a negociar, me resultarían de mucha menos confianza que su pertinaz silencio.

Todos los oficiales callaban. Lo que decía el procónsul podía tener sentido. Aun así, aquel inmenso ejército, mudo pero numerosísimo, generaba en todos ellos un inmenso respeto y, en algunos, puro temor.

—No, no quieren negociar nada —reiteró César, como si a cada momento entendiera mejor el lenguaje silencioso de los suevos—. Ellos no consideran que haya nada que negociar. Están en su territorio con su ejército preparado. Lo dejan a nuestra elección: si queremos guerra, la tendremos y muy dura. Pero si nos retiramos, algo me dice que se limitarán a seguirnos sin atacarnos hasta que salgamos de su reino. Y que luego se quedarán aquí y no cruzarán el Rin. Si no les atacamos ahora, ellos entenderán también nuestro mensaje.

—¿Que es...? —preguntó Marco Antonio, que no se sentía con la misma conexión con el procónsul que parecía tener Labieno y ponía así voz a las dudas de los demás.

—Que era, que es demostrarles que, si tenemos que cruzar el Rin y enfrentarnos a ellos, tenemos la capacidad de atravesar el río y el poder militar para iniciar una guerra a gran escala contra ellos —explicó César—. Pero, si nos retiramos, también entenderán que no queremos esa guerra y que nos basta con que acepten quedarse al norte del Rin y nosotros al sur, sin que intervengan en nuestra guerra con Ambiórix.

Todos callaron de nuevo.

Pasó el resto del día con los dos ejércitos enfrentados, en un tenso silencio, pero sin que nadie hiciera ningún movimiento ofensivo.

Llegó la noche y las tropas de ambos bandos se replegaron a su respectivo campamento.

—Mañana, al amanecer, nos retiraremos despacio y en orden —ordenó César.

Se establecieron turnos de guardia durante toda la noche y se encendieron hogueras, tanto ellos como el enemigo. Pero nadie lanzó tampoco ningún ataque nocturno.

El amanecer dibujó de nuevo el perfil del inmenso ejército suevo presto para luchar, pero sin avanzar. Permanecían inmóviles en el mismo emplazamiento, en el centro de la llanura en el que habían estado en formación la jornada anterior.

Pero las legiones, lentamente, iniciaron aquella mañana un repliegue bien organizado, en varias columnas, por la inmensa planicie, con patrullas de caballería por delante y otras que quedarían en retaguardia para advertir a César sobre cualquier movimiento del ejército suevo.

El repliegue duró varios días. Despacio pero constante, y siempre en orden y con cautela en dirección al puente sobre el Rin.

Las legiones salieron del territorio de los suevos, seguidas de cerca por aquel ejército germano que siempre se mantenía a una distancia prudencial de varias millas, sin transmitir en ningún momento la sensación de ningún ataque inminente, pero, a la vez, mostrando su determinación a seguirlos hasta, por lo menos, los confines de sus tierras.

Las legiones abandonaron el reino de los suevos y entraron, de nuevo, en territorio de los ubios.

Era el momento clave.

Ahora comprobarían hasta qué punto el procónsul había interpretado bien, o no, el silencioso actuar de aquel ejército que no había enviado mensajeros ni había propuesto parlamento alguno.

Labieno, Marco Antonio, Décimo, Quinto Cicerón y el resto de los legados se reunieron con César y juntos observaron, por un lado, a las legiones adentrándose en la región de los ubios y, por otro, a las tropas germanas que aún seguían avanzando tras ellos.

«¿Se detendrán?», se preguntaban todos ellos, pero nadie decía nada.

De pronto, uno de los jinetes germanos se adelantó al resto provocando un trote veloz de su caballo y, tras cobrar cierta distancia del grueso de su ejército, tiró de las riendas de su montura e hizo que el animal se detuviera y quedara clavado sobre la pradera.

Entonces, el jinete, cubierto de gruesas pieles, con una coraza dorada brillante y un ostentoso casco que resplandecía bajo los rayos de Apolo, sin volverse hacia sus hombres, sino encarando a los oficiales romanos que lo observaban, alzó su brazo derecho y, de súbito, en seco, las tropas suevas, jinetes e infantería en bloque, se detuvieron. Era una imagen impactante: decenas de miles de temibles guerreros germanos, inmóviles en un impresionante frente de batalla, como petrificados, a modo de un aviso mudo, como una advertencia, pero sin ademán de salir de su territorio.

Nadie comentó nada entre los oficiales romanos, porque nada había que decir. Era como si los suevos les hubieran contagiado su predilección por la parquedad en el uso de las palabras.

César condujo las legiones de regreso al puente y, mientras se iniciaba la operación de cruzar de nuevo el Rin, los ubios informaron de que los suevos permanecían en su territorio sin avanzar.

—Esto parece confirmar lo que pensabas —convino Labieno.

—Sí —aceptó César—, y, si no han entrado ya en guerra, no lo harán ahora. Simplemente no nos quieren al norte del Rin, del mismo modo que nosotros no los queremos al sur.

Vitruvio esperaba al otro lado del río. Ahora, con el regreso de César, contemplaba su reconstruida magna obra con pesar. Veía a las legiones cruzando de retorno al sur y sabía que pronto el procónsul ordenaría, una vez más, derribar su magnífica estructura de ingeniería. De hecho, ahí venía César, directo hacia él, para darle, sin duda, la orden fatal.

—Esta vez quiero que derribes sólo el centro del puente —le dijo el procónsul—. El resto déjalo en pie y construye una torre bien elevada en nuestra orilla para vigilar los movimientos de los germanos que pudieran acercarse hasta los restos del puente. Y quiero también un fortín en el que dejaremos una guarnición. Es importante que los germanos sepan que el puente está desmontado, pero no destruido, y bajo nuestro control, y que nos reservamos la opción de reconstruirlo con rapidez al completo en cualquier momento.

Vitruvio cabeceó varias veces afirmativamente. Estaba feliz. Al menos algo de su obra más impresionante iba a quedar en pie. Y lo que se desmontara podría dejarlo en la orilla sur, preparado para un nuevo montaje si éste era requerido por el procónsul de Roma.

Aquella noche, en el *praetorium* de campaña, Labieno preguntó a su amigo:

—¿Y ahora?

César sirvió vino para los dos y le entregó una copa al tiempo que le respondía.

—Ahora que sabemos que no parece que los germanos vayan a ayudarlo, ahora que sabemos que está solo, ahora vamos a por Ambiórix.

CXIX

Los mensajeros de Casio

Un barco
Mare Nostrum, delante del puerto de Ostia, Roma
Verano del 53 a. C.

Hay algo en un hombre que los demás detectan cuando uno es portador de terribles noticias. Quizá fueran los rostros sombríos de aquellos dos centuriones o que en su mirada cansada se adivinaba que habían presenciado una tragedia de dimensiones descomunales, o quizá fuera por los rumores que corrían por todo Oriente, en uno de cuyos puertos los embarcaron por orden de las autoridades. En las tabernas de los puertos de Siria, en los mercados de Fenicia o a la entrada de los templos de Judea no se hablaba de otro asunto: se decía que el ejército proconsular del gobernador Marco Licinio Craso había sufrido una descomunal derrota, una masacre absoluta.

Fuera como fuera, surcando el mar rumbo a Roma en aquel barco mercante, nadie se acercaba a aquellos dos centuriones que comían solos, apartados del resto, que paseaban solos por cubierta durante la navegación y que no pronunciaban palabra alguna que no fuera dirigida del uno al otro y viceversa. Y aun cuando hablaban entre ellos, lo hacían con monosílabos y en voz baja.

—Es importante el secreto —les había insistido el *quaestor* Casio antes de enviarlos a Roma con sus respectivos mensajes—. Es importante que nadie sepa lo ocurrido antes que estos dos senadores, ¿me habéis entendido?

Casio era el magistrado superviviente de mayor rango que había tomado el mando del ejército derrotado en la nefasta campaña parta y que estaba actuando de improvisado gobernador de Siria a la espera de recibir instrucciones del Senado romano.* El resto de los mandos superiores, simplemente, había muerto. Una vez que organizó la retirada de los pocos supervivientes de la penosa batalla de Carrhae, el *quaestor* había tomado la decisión de informar a Roma de lo acontecido. Los rumores irían por delante, como siniestros heraldos que anticiparían el horror, pero sobre eso él no podía hacer nada. Él era responsable de hacer llegar los datos precisos a las autoridades senatoriales. Lo que los mercaderes, capitanes de barco o viajeros fueran contando no era asunto suyo.

Ponderó mucho a quién informar primero. El Senado estaba dividido en dos bandos irreconciliables: la facción controlada por los triunviros, esto era, el fallecido en combate Craso, Pompeyo el Grande y Julio César, este último ausente de Roma en su propia lucha en la Galia, y, por otro lado, los senadores *optimates* liderados por Cicerón y Catón. Informar a una facción o a otra antes era un modo de decantarse, de significarse. Casio era un hombre que se dejaba llevar en la dirección en que soplaba el viento del poder, pero, tras meditarlo mucho, no tenía claro cuál de las dos facciones senatoriales iba a terminar imponiéndose. En particular, tras la muerte de Craso. Por eso no seleccionó un único mensajero, sino dos, y fue muy preciso en sus instrucciones a ambos. Eligió a dos oficiales de alto rango porque lo que tenían que comunicar afectaba a la seguridad del Estado y no era un asunto menor que confiar a simples legionarios.

—Cada uno de vosotros, nada más desembarcar en el puerto de Ostia, os encaminaréis a la residencia de un senador diferente: tú irás directo a ver a Marco Tulio Cicerón y tú —dirigiéndose al segundo centurión— presentarás tus respetos a Cneo Pompeyo. Y procurad

* Todo lo relacionado con la desastrosa campaña de Craso en Partia, incluida la batalla de Carrhae, está narrado en Posteguillo, S., *La legión perdida* (Planeta, 2016), tercera novela de la Trilogía de Trajano.

entregar vuestros mensajes de forma coordinada, al mismo tiempo, el mismo día, la misma mañana, a la misma hora.

Por eso, cuando llegaron a puerto, ambos desembarcaron juntos, tomaron caballos juntos y cabalgaron el uno al lado del otro en un funesto trote fúnebre de semblantes cariacontecidos y hombros inclinados, como si arrastraran la derrota desde el remoto Oriente hasta las mismísimas puertas de Roma.

Se separaron, por fin, al entrar en la ciudad, despidiéndose con una simple y leve mirada cruzada en la que parecían felices de no tener que verse ya, como si la presencia del otro, que lo sabía también todo, resultara incómoda para alguien que anhela el olvido.

Domus de Pompeyo

Estaban apenas a siete días de las *kalendae* de septiembre,* esto es, a muy poco tiempo de la presentación de candidatos para las nuevas elecciones consulares. Pompeyo tenía muy presente aún en su cabeza la propuesta de Cicerón de que abandonara, por fin, el triunvirato, que dejara de lado su alianza con Craso y César y se uniera a los *optimates*, como ya hiciera en el pasado, en tiempos de Sila y aún más tarde, con el propio Cicerón y Catón, hasta que su matrimonio con la hija de César lo apartó de los senadores aristócratas. Sí, aún le daba vueltas a aceptar lo propuesto por Cicerón y presentarse a cónsul con la idea de que fuera elegido *consul sine collega*, cónsul único, con poder cuasi absoluto, apoyado por la facción del Senado de los *optimates* junto con los senadores leales a él mismo. Era una proposición tentadora, pero también era cierto que con la alianza con César y Craso había conseguido todos sus objetivos políticos.

Por todo ello, cuando Pompeyo escuchó el relato de la destrucción del ejército de Craso y de la muerte de éste ante los partos, no pudo evitar considerar las enormes consecuencias políticas que el fallecimiento del triunviro comportaba en la compleja de red de equilibrios del gobierno de Roma. Más allá de la animadversión sempiterna que había sentido por él.

* El 1 de septiembre.

Sus hijos, Cneo y Sexto, encontraron a su padre ensimismado, taciturno, con el centurión mensajero aún frente a él, firme, a la espera de instrucciones.

—¿Qué ocurre, padre? —preguntó Cneo hijo.

—Craso ha muerto —replicó Pompeyo, pasándose la palma de la mano izquierda por el rostro y lanzando un profundo suspiro—. Craso ha muerto —repitió y, antes de que preguntaran cómo había podido ocurrir cosa semejante, miró al centurión—. Refiere a mis hijos lo que me acabas de contar. —Y se levantó y se dirigió al segundo patio de la residencia, más pequeño, más íntimo.

Necesitaba pensar.

A solas.

Domus de Cicerón

El segundo centurión encontró a Cicerón y a Catón reunidos en la mansión del primero.

—Puedes hablar delante de mi colega del Senado —dijo Cicerón al oficial recién llegado de Oriente.

El centurión informó de lo acontecido en Carrhae.

Los dos senadores escucharon en un solemne silencio el relato del desastre bélico de Oriente y la narración de la muerte de Craso y su hijo Publio.

—Espera fuera —ordenó Cicerón al oficial en cuanto terminó de hablar, y éste obedeció sin discutir, como aliviado de una triste carga que había llevado durante semanas, mientras el veterano orador se volvía hacia Catón—. El triunvirato ha muerto. No pensé que fuera a ocurrir de esta forma tan drástica, siempre creí que uno de los tres abandonaría el pacto en algún momento, pero, en cualquier caso, la muerte de Craso certifica la defunción efectiva de los pactos de Luca entre él, César y Pompeyo.

—¿Y ahora qué pasará? —inquirió Catón—. ¿Qué hará Pompeyo? ¿Aceptará nuestra oferta?

Cicerón arrugaba la frente y miraba al suelo.

—No lo sé. Pero lo averiguaremos pronto: el plazo para la presentación de candidatos al consulado termina en apenas unos días.

Calles de Roma
Seis días antes de las *kalendae* de septiembre

La noticia de la derrota y muerte de Marco Licinio Craso, la desaparición de la práctica totalidad de su ejército, con varias legiones destruidas y una entera apresada por el enemigo, corrió de boca en boca por todos los rincones de la ciudad. Ya fuera en las tabernas más toscas de la Subura, los tugurios más siniestros del puerto fluvial del Tíber, los templos, el foro o en las cenas más exquisitas de senadores de renombre, nadie hablaba de otra cosa que no fuera del mayor holocausto militar de Roma en decenios. La derrota y muerte de Craso, con la desaparición de varias legiones, trajo a la memoria colectiva del pueblo romano la tragedia de Cannae, la gran batalla perdida ante Aníbal, de la que todos, desde niños, habían oído hablar, pero como si se tratara de algo tan remoto como imposible de repetirse en su tiempo, algo que nunca presenciarían. Y, de pronto, había pasado.

Cundió el pánico.

***Domus* de Pompeyo**
Cinco días antes de las *kalendae* de septiembre

Cneo hijo y Sexto estaban preocupados. Desde la llegada del mensaje sobre lo ocurrido con Craso, su padre se había mantenido alejado del resto de senadores, no había aceptado visitas de ninguno de ellos ni había salido de la residencia familiar.

Se limitaba a desayunar frugalmente, comer apenas algo al mediodía y acostarse sin cenar. Tampoco bebía vino. Simplemente se pasaba el día entero reclinado en uno de los *triclinia* del segundo patio, pensando, sin hablar con nadie y sin querer escuchar a nadie.

Hay decisiones que pueden cambiar la vida y el mundo.

O que pueden suponer la muerte para muchos. Incluso para uno mismo.

Hay decisiones que se han de meditar.

Pompeyo pensaba.

Los días se deslizaban, uno tras otro, y el tiempo para la presentación de candidatos a las próximas elecciones consulares se terminaba.

Domus de Cicerón
Cuatro días antes de las *kalendae* de septiembre

—¿Qué hacemos? —preguntó Catón a su mentor Cicerón—. Pasan los días y Pompeyo no reacciona, y el pueblo tiene miedo y espera algo de nuestra parte.

—Por de pronto olvídate de crear otra comisión para investigar lo de la legión perdida por César en el norte. Eso ahora ya no le importa a nadie. Lo único esencial es cómo actuará Pompeyo a partir de ahora. Esperaremos la decisión de Pompeyo. Tiene una oferta nuestra sobre la mesa para las siguientes elecciones.

—¿La de *consul sine collega*?

—Exacto.

—Ya, pero pasan los días y no se dirige a nosotros. De hecho, dicen que no sale ni de su casa. ¿Crees que finalmente aceptará?

—Sigo sin saberlo. —Y muy solemne y distante, como si ponderara el destino de todos los mundos en liza: la Galia, Egipto y Roma, el veterano orador repitió aquellas palabras—: Sigo sin saberlo... —Y, de pronto, ahora como si volviera en sí después de un trance, apostilló—: Pero hemos de proponer desde el Senado que se hagan sacrificios de expiación por lo ocurrido en Oriente. Eso calmará algo los ánimos de todos. Muchos no olvidan la maldición de Ateyo a las legiones de Craso y pueden pensar que los dioses nos han abandonado. Hay que eliminar o mitigar ese sentimiento en el pueblo: puede conducir a disturbios, al desorden y al pánico descontrolado. Y todo ha de estar bajo control. O no se podrán celebrar las elecciones. Quizá, es curioso, todo este miedo pueda jugar a nuestro favor.

—No veo cómo —comentó Catón.

—Cuando se tiene terror, todos buscan un salvador —respondió Cicerón.

—¿Un *consul sine collega*?

—Por ejemplo —aceptó Cicerón y sonrió abiertamente.

Calles de Roma
Dos días antes de las *kalendae* de septiembre

Los sacrificios expiatorios propuestos por Cicerón se realizaban en todos los templos de Roma. El pueblo necesitaba, tal y como había previsto el veterano orador, espantar su miedo de algún modo. Una derrota como aquella de Craso seguía trayendo a la memoria de todos los relatos del desastre de Cannae ante Aníbal o el más cercano terror provocado por las derrotas sufridas ante el avance de los cimbrios y ambrones sobre Roma. Pero también comentaban todos que en ambas crisis surgió un Escipión o un Cayo Mario que hizo frente al enemigo mortal, lo derrotó y conjuró los miedos de todos. Pero ahora ¿quién sería su Escipión o su Mario?

Estaba César y su ejército, pero él también había sufrido una dura derrota frente a los galos en rebeldía y había perdido legión y media. No era un desastre de la magnitud del de Craso, pero, en aquellos momentos de enorme duda, el pueblo necesitaba héroes invictos, incuestionables. Y, aunque César parecía estar retomando el control de la Galia y estaban sus memorables gestas de cruzar el Rin o el mar y atacar Britania, la plebe dudaba y, desde luego, los senadores controlados por Cicerón y Catón no querían ni considerarlo como una opción para resolver la crisis.

Por otro lado, había un factor que permitía algo de sosiego en la toma de decisiones: a diferencia de los temores que despertaron Aníbal o el avance de los cimbrios sobre Italia, que condujo al pueblo al extremo de reclamar sacrificios humanos con los que calmar sus peores temores, en aquella ocasión, la derrota de Craso había acontecido en el remoto Oriente y no parecía probable que los partos fueran a presentarse cerca de Roma con su poderoso ejército embarcado cruzando todo el Mare Nostrum.

Aun así, el pueblo de Roma buscaba ese nuevo Escipión, ese nuevo Mario, un nuevo líder. Y lo necesitaba pronto. ¿Serían las elecciones consulares la respuesta a sus demandas?

Domus de Pompeyo
Un día antes de las *kalendae* de septiembre

El último día de agosto, Cneo Pompeyo tomó una de esas determinaciones que modifican el curso de la historia, sólo que, cuando uno toma una decisión de ese tipo, no sabe que está cambiando el rumbo del mundo. En su caso, Pompeyo concluyó, tras mucho meditarlo y meditarlo bien, que con Craso muerto no sólo el triunvirato había desaparecido físicamente, sino que además, con la muerte también de Julia, no tenía ningún vínculo personal no ya que lo uniera a César, sino que no tenía a nadie con quien controlar a César. Y, por otro lado, estaba la tentadora propuesta de Cicerón de ser él el único candidato a cónsul para el año que viene. Unas elecciones especiales de las que saldría, con el apoyo de un Senado controlado por Cicerón, como el poder supremo de Roma.

Se trataba, pues, de cambiar de bando, pero Pompeyo estaba seguro de que eso implicaría el enfrentamiento total entre el Senado y César y que Cicerón y Catón lo utilizarían a él, a Pompeyo, como cabeza visible de los *optimates* frente a César, pasara lo que pasara y escalara lo que escalara el conflicto político entre los dos bandos.

—Llamad a Geminio —les dijo a sus hijos en el desayuno.

Y lo llamaron.

Y éste acudió, pese a sus muchos años ya, presto a la llamada de su líder.

—Dile a Cicerón que acepto su propuesta: seré su candidato, su *único* candidato para las elecciones consulares —le dijo—. Sin duda, la derrota de Craso, la pérdida de varias legiones y el apresamiento de una legión entera por parte de los partos, junto con la todavía reciente pérdida de legión y media por parte de César en el norte, pueden justificar que se recurra a mí como cónsul único, ¿no lo crees así?

—Lo veo muy justificable, *clarissime vir* —certificó Geminio y precisó—: Justificable ante el pueblo, ante el Senado y justificable legalmente.

—Sólo me preocupa una cosa —apuntó Pompeyo antes de que Geminio saliera para transmitir su mensaje a Cicerón—. Me preocupa la reacción de César. ¿Crees que se podrá llegar a algún acuerdo entre César y Cicerón?

Geminio se sintió muy observado en ese instante. Tanto los ojos de Pompeyo como los de sus hijos estaban fijos en él.

—Yo creo que es posible un pacto entre César y Cicerón —admitió—. César ha ayudado al hermano de Cicerón cuando éste ha estado en apuros, rodeado por los belgas en el norte, y Cicerón quiere mucho a su hermano. Aunque no agradezca en público el gesto de César en medio de aquella crisis, en privado, estoy seguro de ello, siente un notable agradecimiento personal hacia César por aquello, más allá de diferencias políticas difíciles de conciliar. Esas cuestiones personales no se olvidan y nos ayudarán.

Pompeyo, Cneo hijo y Sexto suspiraron aliviados. Padre e hijos temían que el enfrentamiento político contra César pudiera derivar en un enfrentamiento militar de dimensiones colosales, pero las palabras de Geminio los tranquilizaron hasta que el veterano consejero añadió una frase:

—Pero un pacto entre César y Catón será imposible.

Todos callaron un rato.

Los pájaros de la mañana, como si intuyeran un presagio oscuro, enmudecieron también.

—Eso nos abocaría a la guerra civil.

Geminio no dijo nada.

Nada había que decir.

Simplemente, esperó.

Ahora las miradas se volvían hacia Pompeyo.

—Lleva mi mensaje de aceptación a la candidatura de *consul sine collega* a Cicerón —reiteró Pompeyo—, y confiemos en que éste sepa tener bajo control a Catón.

Geminio asintió y cuando salió de la residencia de Pompeyo, lo hizo con la certeza de saber que un mundo, el de la Roma que él había conocido siempre, estaba llegando a su fin.

CXX

El decreto final

Samarobriva
Verano del 53 a. C.

César condujo al ejército de regreso desde el Rin hasta Samarobriva para preparar la ofensiva final contra Ambiórix. Esta vez tenía todo decidido: sería la última campaña contra los eburones. Pasara lo que pasara, todo se resolvería en esta acometida definitiva. Esperaba no tener que recurrir a todo el desarrollo de su plan, pero, si era preciso, no dudaría en llegar hasta el último nivel de su estrategia.

Pero antes de dar inicio a la campaña, ocurrieron dos sucesos de relevancia: el primero fue la llegada de un correo urgente desde Roma.

Praetorium

César, muy serio y, para un Labieno que lo conocía bien, visiblemente conmovido, dejó el mensaje que le enviaba Balbo desde Roma sobre la mesa del *praetorium* en un profundo silencio.

Labieno no preguntó, sino que permaneció callado, en pie ante su amigo a la espera de que César, fuera lo que fuera que hubiera ocurrido, pudiera digerir lo que acababa de leer y se decidiera a compartirlo con él. Debía de ser algo realmente grave, porque no había visto esa faz de sorpresa y asombro en César desde no recordaba cuándo. Lo de la muerte de su hija no contaba, pues en aquel caso fue dolor agudo más que sorpresa lo que reveló su rostro. La expresión de César era ahora una combinación peculiar de inquietud y asombro y duda.

Estaban solos.

—Craso ha muerto —dijo César.

—¿Marco Licinio Craso? —preguntó Labieno en busca de una confirmación de algo que era evidente, pero que, como también lo sorprendía, necesitaba una constatación.

—Sí —certificó César—, y el joven Publio Craso, su hijo..., también.

—¿Nuestro Publio Craso? ¿El que tan brillantemente luchó con nosotros varias campañas?

César asintió.

Labieno se tomó la libertad de sentarse.

—¿Cómo ha sido? —preguntó, entonces, Labieno.

—Balbo no da todos los detalles, dice que aún está reuniendo información y que hay todo tipo de rumores por Roma —se explicó César—. Comenta que llegan noticias contradictorias de Oriente y que apenas han llegado algunos mensajeros desde el desastre, pero parece ser que el ejército de Craso ha sido destrozado en una gran batalla en Carrhae contra los partos. Craso rechazó la alianza con el rey de Armenia y decidió enfrentarse a los partos solo. Sin duda, no querría que pudiera atribuirse su victoria a ninguna ayuda externa, como pasó en el caso de la victoria contra Espartaco, a raíz de la intervención final de Pompeyo. Pero no unirse a los armenios se ha probado un gran error. Craso se lanzó solo contra el enemigo y se dejó rodear: embolsaron las legiones en un cerco y los masacraron. Publio parece haber muerto primero con la caballería y Marco Licinio Craso luego, en el posterior repliegue. Varias legiones han sido aniquiladas por los partos y sólo una o dos parecen haberse salvado del desastre y han conseguido retornar a Siria bajo el mando de Casio Longino, el *quaestor*. Otra legión entera parece haber sido hecha prisionera al completo. Es un desastre militar de una magnitud desconocida desde la segunda guerra púnica. Desde Cannae, diría yo.

Tras el resumen de César, los dos hombres se quedaron mudos.

Ninguno pensó aún en la dimensión política de todo aquello, impresionados como estaban por el desastre militar y por la pérdida de Craso padre y Publio Craso.

—Tendremos que informar a Marco —sugirió Labieno.

Marco era el hijo mayor de Craso, que estaba aún con ellos como legado y *quaestor* del ejército.

César asintió.

En ese momento, Marco Antonio entró y anunció el segundo acontecimiento importante de aquel día.

—Ha llegado la caballería gala.

César alzó la vista y miraba a Marco Antonio como si éste le hablara de algo incomprensiblemente lejano, casi irrelevante. Tardó unos instantes en reubicarse mentalmente: la caballería gala, los jinetes que había exigido a los eduos y arvernos y sécuanos y otras tribus de la Galia celta habían llegado por fin. Quizá algo tarde, pero a tiempo de incorporarse al ejército que avanzaría en la ofensiva que tenía que ser definitiva contra Ambiórix. Al final, el retraso de toda la campaña por volver a cruzar el Rin para asegurarse de que los germanos no intervinieran había venido bien para dar tiempo a la llegada de aquel refuerzo.

César se levantó.

—Vamos a verlos —dijo y, seguido por Marco Antonio y por Labieno, salió de la tienda en dirección a la *porta praetoria*, por donde una columna de jinetes iba entrando al campamento general romano en el centro de la Galia belga.

César, muy serio, repasaba mentalmente lo que acababa de conocer sobre Craso y aquel terrible desastre militar. Ahora entendía por qué la masacre de la legión XIV no había derivado en ninguna nueva inspección del Senado, en ninguna misión senatorial para investigar lo ocurrido, como cuando Catón arremetió contra él tras otras acciones militares suyas controvertidas. Un desastre aún mucho mayor había dejado lo que estaba sucediendo en la Galia belga como algo menor. La rebelión de Ambiórix para el Senado romano era un episodio irrelevante en comparación con el cataclismo acontecido en Oriente. Eso le daba margen de maniobra para resolverlo todo antes de que el Senado pusiera, de nuevo, sus ojos en el norte.

Centro del campamento

César, aún sin informar a ningún otro oficial que no fuera Labieno sobre lo ocurrido frente a los partos, pasó revista a la caballería gala que estaba entrando en el campamento. Allí se encontraban los cuatro mil jinetes que, una vez más, había exigido, como muestra de que en medio de aquella cadena de rebeliones, sin embargo, las tribus celtas estaban cumpliendo sus compromisos. Y al frente de los diferentes destacamentos podía ver a numerosos jefes conocidos, entre otros, a Comio de los atrebates, a Cingetórix de los tréveros o a Cavarino de los senones, hasta distinguir al propio Vercingetórix. Quizá éste, después de ver la ejecución de Dúmnorix, el arresto de Acón, la muerte de Induciomaro y las rendiciones sucesivas de menapios, carnutes, senones, nervios, tréveros y otras tribus, había concluido ya, por fin, que la presencia romana era permanente e incuestionable en la Galia. En toda la Galia. Eso estaba bien. Que estuviese allí como parte de la caballería aliada estaba muy bien. A César no le importaba tanto lo mucho o poco que contribuyera aquel cuerpo militar a la destrucción final de Ambiórix como el hecho de que se involucraran, a ojos de todos los demás galos, en esa destrucción. Era el mensaje definitivo que el procónsul quería enviar a toda la Galia: no hay más rebeliones posibles. El de Ambiórix tenía que ser el último intento de rebelarse contra algo que César veía como ya incuestionable: Roma gobernaba el mundo del norte hasta el mismísimo Rin. Los suevos y el resto de las tribus germanas, después de dos guerras y dos cruces del gran río, parecían haber aceptado el nuevo *statu quo*, la nueva frontera. La presencia allí de Vercingetórix y los demás jefes galos con sus cuatro mil jinetes parecía mostrar que los líderes galos también aceptaban esa visión. César estaba satisfecho: el objetivo de una Galia romana estaba a punto de consolidarse. Sólo quedaba un cabo suelto: Ambiórix.

Territorio de los eburones
Norte de la Galia belga

Las legiones avanzaron varios días hacia el norte en busca de Ambiórix hasta que las patrullas de la caballería romana, liderada por Labieno y

Marco Antonio, avistaron al ejército del líder belga acampado a unas veinte millas del grueso de las tropas de César.

El procónsul ordenó que se avanzara en silencio hasta detener la marcha a tan sólo tres millas de distancia, aproximándose al enemigo todo lo posible sin ser detectados, aprovechando las alargadas sombras del anochecer.

La luz desapareció y la luna, oculta por las nubes, apenas servía para vislumbrar nada que se encontrara a más de veinte pasos. Aun así, César dio instrucciones muy precisas de que nadie encendiera fuego, que todos los legionarios cenaran temprano comida fría y que desayunaran antes del amanecer del mismo modo. Todo el alimento tendría que ser a base de leche y gachas de cereales o *buccellata*, esas galletas ligeras de peso pero que proporcionarían mucha energía a unos legionarios a los que había ordenado no encender ninguna lumbre. Ni el legionario más inexperto necesitaba que se le explicara la estrategia que estaba empleando el procónsul.

El silencio y la ausencia de hogueras se respetó de forma estricta.

Al final de la *quarta vigilia*, las legiones formaron en *triplex acies*, casi a ciegas pero con la experiencia y la disciplina de muchas batallas acumuladas en aquellos últimos años. La operación pudo realizarse sin problemas.

Nadie hablaba.

César había ordenado ahora silencio absoluto.

Se escuchaba el viento.

Era el último aliento de la noche.

—La caballería —dijo César, dando inicio así a una batalla sin tan siquiera elevar la voz.

La orden se transmitió de tribuno en tribuno y de centurión en centurión hasta llegar a Labieno y Marco Antonio y, seguidamente, a los líderes galos, empezando por Vercingetórix y siguiendo por Cingetórix, Comio y Cavarino, entre otros.

Los caballos iniciaron un trote con el que marcharon por entre los pasillos de las cohortes hasta situarse por delante de las legiones y, una vez en vanguardia, detenerse.

El carro de Apolo emergía lentamente en el horizonte y los primeros atisbos del alba hicieron visible el inmenso campamento enemigo con hogueras aún humeantes con las que se habían calentado los eburones durante la noche.

Los legionarios veían aquellas lumbres y, helados como estaban, sólo deseaban iniciar la maniobra de ataque y entrar en calor en el combate.

Caballería aliada, regimiento de los arvernos

—¿No deberíamos rebelarnos en vez de estar aquí? —preguntó uno de los guerreros, por enésima vez, a un Vercingetórix que oteaba el campamento enemigo escudriñando por dónde conducir mejor a sus jinetes cuando recibieran la orden de ataque.

—Eso, ¿no deberíamos rebelarnos o, al menos, hacer como Dúmnorix en Bibracte: retirarnos de la batalla en cuanto empiece la contienda?

Vercingetórix, cansado de escuchar aquella letanía eterna de estupideces que parecía perseguirlo desde hacía varios años, los miró con hastío.

—¿Con César al mando de diez legiones? —les preguntó—. ¿Ésa es vuestra gran idea? Va a arrasar a los eburones, que ya os dije que habían cometido dos errores. Para empezar, no haberles cortado sus líneas de aprovisionamiento, y con una fuente constante de suministros el procónsul es invencible. ¿Qué creéis que haría con nosotros cuando termine la batalla, una batalla que va a ganar con o sin nosotros? El procónsul no está para más rebeliones ni deserciones en combate. Cualquier defección de sus filas ahora sería castigada durísimamente. No es el lugar ni la situación ni el momento para rebelarse.

Más rayos iluminando un ejército enemigo que seguía dormido, aunque pronto sus centinelas avistarían las legiones romanas y darían la señal de alarma.

—¿Y cuándo será ese momento o ese lugar o esa situación? —preguntó un tercer guerrero que parecía compartir las ansias de deserción de las filas romanas de sus dos compañeros—. Siempre lo retrasas.

—Ese momento será cuando César no esté —replicó Vercingetórix—. Ése ha sido el segundo gran error de Ambiórix y que no os había desvelado aún: se alzaron en armas con el procónsul aquí en la Galia y no aprovechando algún momento en el que estuviera ausente. Pero nosotros lo haremos de forma diferente.

—Entonces ¿hoy vamos a ayudarlo? —inquirió el primero de los guerreros, aún, como muchos otros, incómodo por la reiterada colaboración con los romanos.

—Ayudarlo ahora hará nuestra fingida alianza con el procónsul aún más aparentemente sólida, de modo que, llegado el momento que yo decida, nuestra rebelión será aún más inesperada, y la sorpresa en la guerra es la madre de muchas victorias —explicó el líder arverno—. Ahora ajustaos bien los cascos y esgrimid con fuerza las lanzas. Ambiórix equivocó el momento y el lugar, y esos errores se pagan mortalmente. Pero pensad que, en verdad, y aunque parezca lo contrario, hoy empieza nuestra rebelión: haciendo confiar al líder romano en nosotros como nunca antes había confiado. Hoy es el principio del fin de César, aunque él no lo sepa.

Parecía un razonamiento algo complejo para algunos guerreros, pero el hecho de que su líder les hablara de que algún día se rebelarían contra el romano los hizo seguirlo ciegamente, como habían hecho durante los últimos años: hoy contra los eburones, mañana... contra César.

Legiones romanas, vanguardia

—¡Ahora, por Hércules! —ordenó César en un feroz grito—. ¡La caballería! ¡Al ataque!

Y los cuatro mil jinetes galos, junto con varios centenares de caballeros romanos, azuzaron sus caballos para iniciar, primero, un intenso trote y, de inmediato, un galope que se transformó en una carga de miles de jinetes que despertó con el temblor de la tierra y el anuncio de la sangre a los eburones aún dormidos.

Campamento de los eburones

Los centinelas dieron la señal de alarma tarde.

Para cuando empezaron a gritar para avisar de que estaban siendo atacados, la caballería gala aliada de los romanos ya se encontraba alcanzando las primeras tiendas de la parte exterior del campamento.

Aun así, Catuvolco y Ambiórix, desde el centro mismo de su vasto ejército, empezaron a dar instrucciones a todos para armarse e iniciar una lucha que, aunque fuera a la defensiva, resultara feroz e inmisericorde con los atacantes.

Pasara lo que pasara y más allá de aquella sorpresa inicial, no pensaban ponérselo fácil al enemigo.

Caballería gala y romana

Vercingetórix condujo a sus jinetes por entre las tiendas de la parte exterior del campamento belga sin adentrarse hacia su centro y lo mismo hicieron Labieno y Marco Antonio con su caballería romana. Ése era el plan diseñado por César y expuesto a todos los oficiales la noche anterior: la caballería no debía arriesgarse a quedar embolsada en medio del grueso del ejército de los eburones, sino sólo sembrar el miedo y el desconcierto entre los belgas, impidiéndoles formar un frente sólido de batalla.

Y eso consiguieron Vercingetórix, Labieno y Marco Antonio.

Legiones romanas, vanguardia

—Avance de todas las cohortes —ordenó César, sereno, calculando.

Y las legiones, aprovechando la confusión en la que se encontraba el enemigo, pudieron marchar hacia el campamento de los eburones sin encontrar ninguna resistencia organizada hasta llegar apenas a cien pasos de las primeras tiendas.

Campamento belga

Los eburones estaban aún, o bien armándose, o bien luchando contra caballeros galos y romanos cuando vieron las legiones romanas frente a ellos. Pese a los esfuerzos de Catuvolco y Ambiórix, ni siquiera habían constituido una falange férrea de guerreros que pudiera detener a los legionarios.

Se inició una lucha desigual: tropas romanas bien organizadas, que dejaban pasillos por donde la caballería se retiraba, frente a miles de eburones que corrían sin sentido de un lado a otro.

La masacre de belgas fue inmensa sólo en el inicio de la batalla, pero, al fin, los eburones, por el empeño de sus jefes, consiguieron reorganizarse, con Catuvolco en un flanco y Ambiórix en el otro.

Resistían.

Ejército romano

—Segunda línea —ordenó César, de modo que, para cuando los eburones parecían empezar a resistir, hizo que los legionarios de la segunda línea de cohortes, frescos y con ansias de combate, entraran a luchar contra unos eburones que ya llevaban un buen rato batallando contra jinetes galos, caballeros romanos y los legionarios de primera línea.

Ejército belga

Los eburones se partieron en dos.

Catuvolco empezó a ceder terreno rápidamente.

Ambiórix resistía.

Catuvolco ordenó la retirada total hacia los bosques.

Ambiórix, entretanto, dirigía un repliegue más lento y ordenado hacia los árboles del lado opuesto.

Ejército romano

César observaba el desarrollo de la batalla con atención. Sabía que Ambiórix era quien lideraba a los eburones que mejor resistían y que se retiraban con orden. El otro flanco huía en desbandada comandado por el segundo de los jefes enemigos. Su objetivo esencial era Ambiórix, pero la batalla se ganaría fácilmente lanzando la caballería contra los que huían de forma desordenada.

—Que los galos y Labieno y Marco Antonio vayan hacia aquel flanco —ordenó César, señalando las desorientadas tropas de Catuvolco—. Están tan confusos que no se revolverán ni para intentar una emboscada entre la espesura del bosque.

Luego indicó que unas legiones marcharan por detrás de la caballería, también contra Catuvolco y sus hombres, y que el resto fuera en persecución de Ambiórix, pero con más tiento. Ambiórix sí había demostrado la destreza de revolverse contra una legión, emboscarla y aniquilarla.

Tropas de Catuvolco

El segundo líder de los eburones pronto se vio rodeado por jinetes galos y romanos y maldijo su suerte, la de todos los suyos y, sobre todo, maldijo a Ambiórix por haberlos lanzado a todos a una rebelión destinada, ahora lo veía claro, al fracaso absoluto.

Sus guerreros caían heridos o muertos a su alrededor, uno tras otro. El cerco romano se cerraba en torno a él, cada vez más pequeño, cada vez más estrecho.

Llevaba veneno de jugo de tejo en un frasco desde el principio de una rebelión de la que siempre había dudado.

Catuvolco sabía que se había equivocado en toda aquella guerra, pero si había algo que no pensaba permitir era ser encadenado y arrastrado por el procónsul en uno de los legendarios desfiles triunfales romanos de los que tanto habían oído hablar todos.

La sangre de sus guerreros al ser heridos ya le salpicaba el rostro y los brazos, pero, para su sorpresa, sus hombres pudieron romper el cerco de la caballería enemiga y sacarlo de allí.

Corrían.

Se adentraban en lo profundo del bosque donde esperaban que los caballeros romanos no los seguirían.

Y así fue.

Pero no contaban con la caballería gala aliada del enemigo.

A Catuvolco le faltaba el aliento. Él no era un hombre en la plenitud de su juventud, como Ambiórix, sino un veterano jefe de más de sesenta años, ni mucho menos lo idóneo ya para aquellas batallas. Y se sentía débil.

—¡Vamos, vamos! —le instaban los guerreros de su escolta, pero le faltaba el aire.

—¡Vienen los malditos traidores! —gritó otro de los guerreros refiriéndose a los galos de otras tribus que luchaban junto a los romanos.

Catuvolco no podía más y se apoyó en un árbol, un tejo de los muchos que poblaban aquel bosque. Y recordó su frasco con veneno. No se dejaría atrapar con vida.

Extrajo la pequeña botella.

—¡Escapad vosotros! —les ordenó a los pocos guerreros que aún estaban con él—. Yo ya... no voy a... correr más. —Y, antes de que ninguno de sus hombres pudiera intentar convencerlo para persistir en la huida, abrió el frasco e ingirió todo el líquido—. Yo ya estoy muerto... Corred, salvaos vosotros... —Y cayó de rodillas, agotado por la carrera.

Sus guerreros, viendo que se había envenenado y que insistía en que se fueran, le entregaron el gran escudo de jefe que portaban y lo dejaron allí sentado, apoyada su espalda en un gran árbol, su arma defensiva de líder a un lado, y con su espada fuertemente asida por sus manos de veterano jefe de los eburones.

Los guerreros se desvanecieron entre los árboles.

Así permaneció Catuvolco un rato, recuperando el resuello, pero empezando a sentir un ardor en el estómago y luego una profunda sensación de náusea.

Le vinieron arcadas y vomitó.

El veneno iba haciendo su efecto. Le resultó curioso sentir vértigo pese a estar allí inmóvil, sentado, apoyado en aquel tejo.

Los jinetes galos aparecieron de entre el ramaje y lo rodearon. Identificaron de inmediato, por el gran escudo que estaba a su lado, que era uno de los jefes de los eburones.

Catuvolco, aturdido por el veneno, casi como en un sueño, observó cómo el galo que parecía dirigir aquel destacamento de jinetes desmontaba del caballo y se le acercaba.

—¡Cuidado, Vercingetórix! —gritó uno de los otros jinetes desde lo alto del caballo—. ¡Está armado! —apuntó en referencia a la espada que Catuvolco esgrimía.

Vercingetórix se detuvo un instante, pero podía percibir la muerte y el halo de derrota y la debilidad. Aquel jefe abatido no tenía fuerza ni para levantarse él ni para alzar la espada.

El arverno se acuclilló junto a Catuvolco.

—Soy Vercingetórix, jefe de los arvernos —dijo.

—Eso está... bien..., por Belenus —respondió, no sin mucho esfuerzo, Catuvolco—. Prefiero morir... ante otro jefe galo... que rodeado por romanos.

Vercingetórix vio el frasco abierto junto al jefe de los eburones.

Le puso la mano en la frente y percibió los sudores.

—Lo siento —dijo Vercingetórix—. Te enterraremos como procede.

—Eso está... bien —volvió a decir Catuvolco. Miró a los ojos al jefe de los arvernos mientras se sentía desfallecer y perder el sentido de todas las cosas y dijo unas últimas palabras—: No os rebeléis nunca... El romano es... indestructible.

Y murió.

Vercingetórix se levantó despacio, meditando sobre aquella advertencia.

—Era viejo —dijo uno de los guerreros arvernos que había abogado por la rebelión antes de la batalla.

—Los viejos, con frecuencia, son los que más saben —respondió Vercingetórix y fue junto a su caballo, montó en él, dio instrucciones de que enterraran a Catuvolco como procedía con un jefe galo y reanudó la persecución del resto de eburones con el martilleo de aquel aviso repicando constantemente en su cabeza: «El romano es indestructible, el romano es indestructible...».

Campamento general romano

César recibió la noticia de la muerte de Catuvolco de boca del propio Vercingetórix. Le gustó comprobar la lealtad del líder de los arvernos.

También llegó información sobre cómo Ambiórix, una vez más, había escapado con gran parte de sus tropas en dirección al norte.

—Ahora lo perseguiremos —ordenó César.

El ejército avanzó hasta las proximidades de Atuatuca y se encontraron con el terrible desfiladero donde la legión XIV había sido aniquilada por Ambiórix hacía unos meses. Los buitres y las alimañas del bosque habían devorado los cadáveres de los legionarios caídos, que, desnudos, sin armas ni corazas ni escudos, saqueados por los eburones tras su victoria, se habían transformado en un mar de esqueletos abandonados que se extendía por toda la quebrada. Aunque el objetivo esencial seguía siendo capturar a Ambiórix, César no podía pasar por aquel valle sin mostrar el respeto merecido a los restos de todos aquellos legionarios que habían caído en combate, incluidos los legados Sabino y Cota. Más allá de los aciertos o equivocaciones de los mandos de aquellas cohortes, todos habían terminado luchando con valor hasta el final.

César se vistió con la toga sacerdotal de *pontifex maximus*, cuyo manto, de forma excepcional, le cubría la cabeza, y ofreció sacrificios a los dioses romanos en recuerdo a la legión desaparecida y dio instrucciones de que se enterraran con respeto todos y cada uno de aquellos esqueletos.

Permanecieron allí dos días.

Eso permitió que las nuevas legiones llegaran hasta aquel punto y se unieran al ejército de César: se trataba de la legión XV, la nueva legión XIV y, también, la legión I hispana. Esto dotaba al procónsul romano de un poder militar incontestable en la Galia belga con diez legiones bajo su mando. La derrota total de Ambiórix era cuestión de días.

César dejó el carruaje con el tesoro del ejército y la mayor parte de los suministros en la retaguardia, al cuidado de Quinto Cicerón y la nueva legión XIV, y organizó el resto de las tropas en diferentes columnas volantes, móviles, que pudieran asistirse con rapidez unas a otras en caso de encontrarse con los eburones.

Se avanzó hacia el norte.

Pero nada resultó fácil.

Avance de las legiones hacia el norte

Los romanos descubrieron pronto que Ambiórix había aprovechado bien el tiempo que César dedicó a cruzar el Rin durante el invierno, para asegurarse de que los germanos no asistieran a los belgas, y había convertido todo el territorio en una sucesión infinita de trampas, zanjas, obstáculos de todo tipo y con cualquier arboleda convertida en un punto perfecto para una emboscada.

Ambiórix, por su parte, evitó el enfrentamiento directo con ninguna de las grandes columnas militares que marchaban en su busca e inició, en cambio, una guerra de guerrillas lenta y de desgaste que causaba numerosas bajas entre los romanos sin que éstos pudieran responder hiriendo o matando a demasiados de los atacantes.

Labieno, Marco Antonio y el resto de los *legati* estaban reunidos con el procónsul de Roma. Labieno, antes de que Décimo disfrutara con sus críticas, decidió exponer la realidad de lo que estaba ocurriendo ante su amigo.

—Es desmoralizador —dijo, escogiendo la palabra con precisión—. Disponemos de la mayor fuerza militar que hemos tenido nunca en la Galia y, sin embargo, resulta imposible capturar a ese maldito Ambiórix. Eso deprime a nuestros legionarios. Y las continuas emboscadas no ayudan. El tiempo pasa y nadie quiere estar un segundo invierno combatiendo. Habría que encontrar la forma de acabar con todo esto antes.

César podía ver los semblantes serios de todos los *legati*. Décimo no tuvo ni que hablar. El sentir general había sido bien expuesto por Labieno.

César se pasó la palma de la mano izquierda por el rostro sin afeitar desde hacía meses. Labieno sabía identificar ese gesto como el anticipo de una toma de decisión radical por parte de su amigo. Y no se equivocaba.

—Ya que no podemos llevar a Ambiórix ante la justica romana, porque, en efecto, se escabulle constantemente y no podemos atraparlo, llevaremos la justicia romana a su pueblo —dijo César.

No se trataba de una sentencia de muerte, sino de miles de sentencias de muerte contenidas en una frase.

Cayo Julio César, en las postrimerías de aquel verano, promulgó un decreto final: se trataba no ya de una *vastatio* dirigida por sus tropas, sino de una devastación absoluta y total del territorio de los eburones, dando permiso a cualquier tribu gala para adentrarse en dichas tierras y saquear y llevarse todo lo que quisieran y dar muerte a cualquiera de los eburones que se les opusiera. Era un decreto de borrado de una tribu. Pero llevarlo a cabo a través de los propios galos como ejecutores era una forma de conseguir la victoria final involucrando al resto de los celtas y, además, resolver así la entrega de un botín de guerra a todos los galos aliados, un botín que le reclamaban desde la segunda expedición a Britania.

La naturaleza humana parece no tener fin cuando se da rienda suelta a la codicia: el resto de las tribus galas, como aves de rapiña, quizá también enfurecidos por haberse visto forzados a abandonar sus tierras por culpa de la rebelión de los eburones, respondieron con auténtica saña destructiva y un ansia voraz de saqueo. Entre unos y otros, se lo llevaron todo: cosechas, ganado, armas, escudos, arcos, utensilios de labranza, muebles, cualquier objeto que pudiera ser de utilidad fue arrebatado a los eburones y cada uno de sus guerreros fue asesinado, o ejecutado, según la perspectiva de los romanos.

En unas semanas, con las legiones detenidas y a la espera del desarrollo de los acontecimientos, el resto de las tribus galas aniquiló todo vestigio de los eburones.

Pero aun así... de Ambiórix ni rastro.

Los legionarios interceptaron un destacamento de los galos rebeldes que portaba varios cofres con monedas de oro: se trataba del tesoro que había acuñado el líder belga para pagar a los mercenarios germanos que había esperado incorporar a la guerra.

—Distribuid el oro a partes iguales entre los legionarios y los galos aliados —ordenó César.

Uno de los guerreros arvernos volvió a dirigirse a su jefe:

—Intenta comprar nuestra lealtad con oro.

Vercingetórix le replicó de un modo cortante:

—Toma el oro que te dan y calla.

Tras aquel reparto del tesoro apresado al enemigo, César licenció a la caballería gala y la vio partir con sus líderes prometiéndole fidelidad eterna: Cingetórix de los tréveros, Cavarino de los senones y todos y cada uno de los jefes que habían comandado la caballería aliada se despidieron con aquel juramento. Le llegó el turno a Vercingetórix y éste también se inclinó levemente ante César y partió con sus jinetes arvernos de regreso hacia el sur. No explicitó su juramento, pero el procónsul en aquel momento dio por válido y por bueno aquel gesto de sumisión y no pensó más en los arvernos. Su mente seguía centrada en capturar al escurridizo líder de los eburones.

Las últimas noticias sobre Ambiórix eran que se le había visto cruzando el Rin con unas balsas junto con un puñado de sus hombres.

—¿Y si consigue, pese a todo, persuadir a los germanos de que ataquen? —preguntó Marco Antonio.

César negó con la cabeza.

—Sin apenas guerreros ya, sin la existencia de una poderosa tribu que lo respalde y sin dinero no persuadirá a nadie de nada. Los suevos son los únicos que podrían atreverse a atacarnos y dejaron claro hace unos meses que no deseaban una nueva guerra conmigo. Ambiórix sólo marcha hacia su muerte. —E hizo una señal a uno de los esclavos—. Llamad a mi *tonsor*. Creo que es momento de que me afeite y me corte el pelo: Ambiórix ya no es nada. Que tengamos su cuerpo o no da igual. Sólo es un cadáver que no sabe aún que está muerto.

Noreste del Rin, territorio de los ubios

Ambiórix cabalgaba en silencio y con un trote veloz. Sabía que los ubios, los germanos cuyo territorio estaban atravesando, eran aliados de César y que allí no conseguiría nada. Su esperanza estaba puesta en los suevos. Tenía pensado insistir en que podrían quedarse con amplias tierras al suroeste del Rin si se le unían en una nueva ofensiva contra César. Insistiría en que los romanos deberían estar exhaustos tras unas campañas tan largas, las múltiples emboscadas y las muchas bajas sufridas.

Los ubios vieron a aquel pequeño grupo de eburones cruzando su territorio y no hicieron nada. No querían inmiscuirse en asuntos que sentían que no les competían. Los eburones cabalgaban hacia las tierras de los suevos. Que se las entendieran con ellos.

Ambiórix llegó así a la frontera y, al poco, avistaron varias patrullas de guerreros germanos, también a caballo, que se les acercaron desde diversos puntos y los rodearon.

—¡Llevadme ante vuestro jefe! —les dijo Ambiórix con seguridad en lengua celta.

Los suevos no le comprendieron, pero tampoco se esforzaron mucho. Tenían instrucciones muy concretas de su líder: si las tropas romanas cruzaban la frontera no debían atacarlas, sino avisar velozmente a toda la tribu. Si cualquier otro, fuera quien fuera, galo o germano, cruzaba la frontera, debían matarlo. Eran tiempos difíciles y el líder suevo sólo quería una frontera cerrada tanto por el sur como por el este.

Ambiórix, al percibir la incomprensión de los germanos que los habían rodeado, exhibió un pequeño cofre que había salvado de su tesoro y se lo ofreció a los guerreros suevos para que lo examinaran en un intento desesperado de que entendieran que les estaba ofreciendo dinero y riqueza.

A los jinetes suevos les brillaron los ojos.

Pero no hubo negociaciones.

Eran guerreros locales, ajenos a la confrontación entre galos y romanos, algo que apenas conocían. Sólo se movían por las órdenes recibidas, pues sí se sabían en la necesidad de cumplir los mandatos de sus jefes. Todo lo demás no les importaba demasiado. Más bien nada.

Después de ensartar a todos los eburones con sus lanzas, tranquilamente, se repartieron el oro. De esa cuestión no hablarían con nadie. Tampoco había por qué contarlo todo a sus superiores.

Los germanos se alejaron del lugar cabalgando en medio de una fina lluvia que parecía borrar el tiempo.

El cuerpo de Ambiórix se quedó bocarriba, rodeado de sus guerreros muertos. Aún respiraba. Podía ver a los buitres formando un gran círculo en lo alto del cielo, redondo y perfecto como la rueda de Taranis.

CXXI

La crecida del Nilo

Ciudad de Menfis, Egipto
Verano del 53 a. C.

El esclavo descendió varios de los escalones del nilómetro contándolos mentalmente.

Frunció el ceño.

Estaba convencido de que el día anterior había podido descender cuarenta de los cincuenta y dos escalones que conducían a la base de la cisterna construida junto al gran río y, sin embargo, ahora sólo había contado treinta y dos. Eran ocho escalones menos en una sola noche.

Ocho.

Eran demasiados escalones cubiertos bajo el nivel del agua en demasiado poco tiempo. En el mes de julio, el Nilo siempre crecía, pero lo hacía normalmente más despacio, lo que traía riqueza al anegar los campos de cultivo de las riberas de una forma mansa, dejando la nueva tierra fértil de aluvión al retirarse el agua en septiembre, de modo que las siembras dieran lugar a cosechas muy productivas. Pero un ascenso del nivel del agua tan veloz sólo podía anunciar una de las crecidas duras y violentas del río.

Se tenía que informar a Pasherenptah III, el sumo sacerdote de Ptah, y que éste enviara emisarios a caballo hacia el norte, hacia Alejandría. Era importante advertir a la capital y al resto de las ciudades del delta del Nilo con el tiempo suficiente para que los campesinos más próximos a las aguas pudieran retirarse. Y salvar así vidas, animales e incluso utensilios de labranza, comida almacenada y cualquier otro objeto de valor que cada familia considerase importante.

El esclavo fue raudo a por alguno de los sacerdotes del gran templo y éste, una vez que comprendió la posible gravedad de la situación, lo acompañó al nilómetro y comprobó el nivel del agua por sí mismo.

—¿Estás seguro de que han desaparecido ocho escalones en sólo una noche? —preguntó el sacerdote.

—Así es, mi señor —confirmó el esclavo—. Estoy seguro.

El sacerdote no dijo más y retornó al gran templo de Ptah, pero allí no encontró a la máxima autoridad del santuario.

—No sabemos dónde ha ido —le respondieron otros sacerdotes, pero, en realidad, todos sabían que el sumo sacerdote se había retirado para dormir, porque estaba en un completo estado de embriaguez tras uno de los banquetes que solía celebrar con frecuencia, en los que los excesos eran similares a los ágapes del mismísimo faraón.

El sacerdote consideró que, aunque en esos días de desmesura en su relajación personal el sumo sacerdote daba instrucciones de que no se le molestara en ninguna circunstancia, lo que estaba pasando era de gran importancia y, sin dudarlo, se dirigió a la mansión.

Llegó agotado por el largo camino recorrido cruzando la ciudad sin detenerse ni un instante, sin descanso, casi corriendo, pero, al encontrarse ante la puerta de la residencia del sumo sacerdote de Ptah en Menfis, vio su paso interceptado por varios soldados del ejército, pertenecientes a la unidad de caballería egipcia establecida en la ciudad.

—No se puede pasar —le dijo uno de los soldados.

—¡Por Osiris, es importante que vea al sumo sacerdote!

—¡No se le puede molestar ahora! —insistió otro de los soldados, elevando también él la voz ante la incómoda insistencia de aquel sacerdote que parecía no entender que Pasherenptah III había dado órdenes precisas de que no se le interrumpiera bajo ningún concepto hasta que él mismo decidiera salir de su residencia.

—¡El río está creciendo demasiado rápido! —explicó el sacerdote en un intento de hacer entrar en razón a los soldados.

Un tercero, el oficial al mando del puesto de guardia, se acercó.

—¿Cuánto ha crecido en la última noche? —preguntó.

—Ocho escalones del nilómetro —informó el sacerdote.

El oficial cabeceó varias veces.

—Espera aquí —dijo y fue al interior de la residencia.

Cruzó los patios y el gran jardín y llegó a la entrada de las cámaras personales del sumo sacerdote de Ptah. El oficial dudaba.

Decidió actuar con lo que él consideraba prudencia en aquella delicada situación: esperaría hasta que el sumo sacerdote hiciera algún ruido que indicara que se había despertado. No se atrevía a interrumpirlo en su descanso.

Así pasó media hora.

Una hora.

El oficial comprendió que el sumo sacerdote tardaría mucho tiempo en despertar.

Junto al río, nilómetro

Entretanto, el Nilo seguía fluyendo cada vez con más fuerza.

—El agua ha ascendido ya un escalón más —dijo el esclavo a otros que lo acompañaban.

Pero el sumo sacerdote de Ptah no aparecía.

Y el agua subía.

Y no partían mensajeros hacia el delta.

Alejandría, ribera del Nilo
Campos de cultivo
Tres días después

Varios campesinos, doblados sobre la tierra, terminaban aquella tarde de cavar las zanjas, los canales para que el agua del río se esparciera por todos ellos repartiendo el don de su agua y de su limo fértil que garantizaría grandes cosechas con la crecida de aquel año.

No lo vieron venir.

El nivel del agua había estado creciendo en la ribera de forma muy rápida, pero ellos, clavando las azadas en los surcos, no prestaban atención a un fenómeno que pensaban que acontecería con la misma parsimonia de cada verano.

Pero esta vez no fue así.

—¡El río, el río! —escucharon que gritaban desde la ribera.

Pero ya era tarde para ellos.

Ya era tarde para todos los que estaban próximos a la orilla.

Barrio de los artesanos

El agua no se detuvo en los campos como pasaba cada año. El desbordamiento del Nilo era incontenible y se extendió primero por las tierras de cultivo para seguir, veloz, entrando en los barrios de la ciudad más próximos a su cauce.

El agua irrumpía por las calles, primero, y luego, creando remolinos de sorprendente furia, reventaba las puertas que los comerciantes cerraban en un vano intento por contener el río fuera de sus tiendas.

La gente empezaba a gritar desde las casas, desde los talleres de artesanía, desde cada esquina. Pero la furia del Nilo parecía incontenible, como si la cólera de los dioses se hubiera desatado sobre todos ellos.

El agua ya no sólo anegaba las casas o las tiendas o los talleres, sino que su nivel ascendía y resultaba difícil encontrar lugares elevados donde refugiarse de aquella locura. El río se llevaba por delante las casas mismas y las tiendas y los almacenes, y a las personas dentro de ellos y los animales de las granjas próximas, y los sacos de trigo y cebada, y las ánforas de aceite o vino y los cestos con panes recién hechos, y, de repente, también arrastraba a su paso los carros, incluso los que estaban repletos, cargados hasta los topes. Y pronto los gritos salían desde el mismo torrente de agua que lo arrasaba todo, aullidos de dolor, de terror, de pánico de quienes eran succionados por la fuerza del río y clamaban, desesperadamente, por ayuda.

Palacio real de Alejandría
Cámara del faraón

Tolomeo XII yacía enfermo y con fiebre en su lecho.

Potino salió de su habitación tras departir con los médicos, que consideraban que con descanso el faraón aún podría recuperarse.

Fue en ese momento cuando llegaron varios soldados a informar de lo que estaba aconteciendo. Fue el jefe de la guardia quien habló en nombre de todos.

—¡Los campos están inundados! —dijo, lo que no llamó demasiado la atención del consejero real. Se trataba de la crecida habitual del Nilo en aquellas fechas de julio y agosto.

—¡Y hay también varios barrios de la ciudad baja anegados, mi señor! —añadió otro de los soldados.

Aquello ya captó más la atención de Potino: eso no era lo acostumbrado.

—¡Hay muchos muertos, mi señor, y la gente clama por ayuda! —dijo un tercero. Se trataba de algunos de los pocos soldados egipcios que tenían en la ciudad.

—Quizá podríamos mandar a los *gabiniani* a asistir a los campesinos y los artesanos y a ayudar en los barrios anegados, mi señor —se atrevió a proponer el jefe de la guardia.

El consejero real, seguido de cerca por los soldados, salió a una de las terrazas del palacio real. Quería ver por sí mismo lo que estaba ocurriendo para comprender hasta qué punto estaban exagerando aquellos soldados o no.

Lo que vio le impactó: el cauce del Nilo ya era inidentificable. Era como si media ciudad se hubiera transformado en parte del delta mismo. El agua se extendía por todos los barrios de la parte más baja de la ciudad y, además, se veía que no discurría con la lentitud habitual del Nilo, sino que se había transformado en un torrente demoledor que arrastraba casas, carros, personas, árboles y palmeras que chocaban a su vez con otras casas y otras personas. La destrucción era sobrecogedora.

—También podríamos enviar la flota, mi señor —sugirió adicionalmente el jefe de la guardia, que parecía no dejar de pensar en posibles formas de ayudar a la población.

El consejero real valoró la situación. Alejandría había sido construida en uno de los extremos del delta, en el occidental, con la idea precisamente de salvaguardarla de las crecidas más violentas del Nilo, pero, ocasionalmente, todo el delta se desbordaba y la crecida del agua podía anegar algunas zonas de la ciudad. Aunque esto era muy excepcional, podía ocurrir. Y estaba ocurriendo.

Consideró alternativas. Ciertamente los *gabiniani*, soldados fuertes, podrían ayudar a muchos de los que se encontraran en peligro, en condiciones extremas, luchando por su supervivencia, y, sin duda, si los enviaba junto con la flota, se podría salvar a muchos campesinos, comerciantes y artesanos, a hombres, mujeres y niños. Se los podría rescatar desde los barcos y luego los soldados, cuando descendiera el nivel de las aguas, podrían ayudar a todos a limpiar y reconstruir. Pero...

Potino se apoyó en la balaustrada de la terraza del palacio real de Alejandría mientras contemplaba la catástrofe.

Por otro lado...

—¿No llegaron avisos desde Menfis? —preguntó el consejero real.

Los soldados se miraron entre sí como si no entendieran a qué venía en aquel momento aquella pregunta. ¿Qué podía importar eso ahora? La gente estaba ahogándose. Era cierto que los sacerdotes, en general, y el sacerdote de Ptah en particular, deberían haber informado de cualquier cambio brusco detectado en los nilómetros río arriba para que de ese modo, así advertidos en Alejandría y en las otras poblaciones del delta, hubiera habido tiempo para evacuar campos y granjas y casas y hasta barrios enteros en previsión de la desgracia que estaba teniendo lugar. Todos sabían que esos avisos eran responsabilidad de los sacerdotes, pero los soldados no entendían la relevancia de considerar ahora ese asunto cuando la emergencia estaba por todas partes.

Pero Potino sí pensaba en todas esas cuestiones.

Potino, más allá de las vidas que pudieran desaparecer, pensaba desde una perspectiva política.

Potino sí pensaba en que el pueblo se revolvería contra los sacerdotes, en particular contra el sacerdote de Ptah, por tener éste bajo su control los nilómetros capitales para poner sobre aviso a Alejandría. Y ese mismo sumo sacerdote, como el resto del clero, había rechazado no hacía mucho su plan para deponer a Tolomeo XII, acabar con Cleopatra y entronizar únicamente a Tolomeo XIII, un niño a quien pudieran controlar a su antojo.

Pero los sacerdotes le dijeron que no. Podía recordarlo perfectamente...

Taposiris Magna
Unas semanas antes

—Y luego propongo deshacernos de Cleopatra —había dicho él en aquella reunión en Taposiris Magna con el sumo sacerdote de Ptah y con el clero del templo de Sobek de la ciudad de Nubt y los sacerdotes del culto a Alejandro.

Y Potino recordó cómo, justo en ese momento, la luz de las lámparas de aceite se extinguió y tuvieron que hacer una pausa en aquel debate sobre sus planes para hacerse con el poder en Egipto uniéndose el clero y él. El sumo sacerdote de Ptah, primero, llamó a los esclavos para que encendieran las lámparas de nuevo y, luego, viéndose otra vez los rostros, anaranjados por el incandescente resplandor de aquellas llamas, el sumo sacerdote le dio su respuesta.

—No, no cuentes conmigo para ese plan tuyo de derrocar a Tolomeo XII. Tanto yo como creo que el resto de los sacerdotes —y se volvió un instante hacia ellos, englobándolos en una mirada cómplice— vivimos muy bien ocupándonos tan sólo de vigilar los nilómetros que miden el caudal del Nilo para predecir sus crecidas y así calcular hasta dónde llegarán las inundaciones de limo cada año y, de ese modo, saber qué cantidad de tributos exigir a los campesinos y al resto del pueblo. Sólo tenemos que hacer eso, celebrar algunos ritos religiosos y el resto del tiempo dedicarlo a yacer con jóvenes y hermosas esclavas, comer y beber. ¿Qué necesidad tenemos de involucrarnos en un golpe de Estado dirigido por un consejero que ya fracasó en el pasado en una conjura similar? El único riesgo que corremos es el de una crecida excesiva del Nilo de la que no avisásemos con tiempo suficiente al pueblo. Por lo demás, nuestra vida es muy cómoda. En ese proyecto tuyo de derrocar al faraón estás solo.

Y con eso terminó la reunión de Taposiris Magna.

Palacio real de Alejandría
Unas semanas después de la reunión de Taposiris Magna

No, no habían querido aliarse con él. Y lo habían dejado solo. Pues bien, ahora serían ellos los que se quedarían solos: habían cometido un terrible error al no avisar de la crecida del Nilo cuando podían haberlo hecho. A saber en qué estaría entretenido el sacerdote de Ptah aquellos días en lugar de, como era su obligación, estar atento a las mediciones de los nilómetros. A saber. Aunque lo intuía. Pero le daba igual. La cuestión era por qué tenía él ahora que colaborar para minimizar el daño, el horror y la muerte que ese fatal error estaba causando.

—¿Enviamos entonces a los *gabiniani* y la flota, mi señor? —insistió el jefe de la guardia.

Pero Potino, consejero real, máximo responsable del ejército, con el faraón enfermo y en cama, negó lentamente con la cabeza, del modo en que se niega con la crueldad gélida del cálculo político que va más allá de la vida y de la muerte de las personas y que sólo se mueve por la ambición, por el ansia de poder y por un narcisismo vengativo que encuentra placer en cualquier victoria política sin importarle lo más mínimo ni lo moral ni la ética ni nada que tenga que ver con ayudar a los demás. Porque para él, los demás, simplemente, no existen.

—No, no enviamos a nadie. Que yo sepa —argumentó— es responsabilidad del sacerdote de Ptah y del resto de los sacerdotes avisar de la crecida del Nilo y reclamar ayuda, si la consideran necesaria, para asistir a quien lo precise si prevén un ascenso violento de las aguas, ¿no es así? —Y como viera que el oficial iba a contraargumentar, dio dos pasos hacia él y, elevando el tono de voz, repitió, amenazadoramente, la pregunta—: ¿No es así, soldado? ¿No es ésa la responsabilidad del sacerdote de Ptah? Responde, soldado —añadió degradando verbalmente al jefe de la guardia, como si aquella forma de dirigirse a él pudiera ser un preludio de lo que le podía ocurrir si le contradecía.

—Sí, así es, mi señor: es su responsabilidad.

—Pues es su responsabilidad —sentenció Potino.

Un jinete, sin apenas descanso, cambiando de caballo en las postas del ejército, podía tardar entre dos y tres días en llegar desde Menfis a Alejandría. Para cuando llegó un mensaje oficial del sumo sacerdote de

Ptah avisando del desbordamiento violento del Nilo, ya eran centenares los ahogados y miles las casas arrasadas.

Fueron días en los que Potino no envió a nadie del ejército a los barrios y las granjas afectadas. Fueron días en los que estuvo calculando que el odio del pueblo se volvería contra el estúpido e incompetente sacerdote de Ptah y contra aquellos otros sacerdotes que no habían querido apoyarlo en sus planes para derrocar a Tolomeo XII. Fueron días en los que el eunuco sonreía convencido de que, al final, la situación obligaría a los sacerdotes, impopulares ante el pueblo por lo ocurrido, a buscar su ayuda y su protección y, por supuesto, a brindarle todo su apoyo en sus planes para el golpe de Estado que estaba urdiendo con meticuloso cuidado.

Fueron días en los que murió más gente, prescindibles piezas insignificantes en el gran tablero de sus planes para hacerse con el poder absoluto.

Cámara del faraón

Cleopatra llevaba dos días y dos noches junto a su padre, sin moverse de su lado. Pese a sus diferencias de los últimos meses, él la había protegido de niña y de adolescente, así que ella pensaba cumplir con su deber de hija y decidió velar personalmente al faraón durante su proceso febril.

Al tercer amanecer, Tolomeo XII abrió los ojos y la reconoció y le sonrió.

Los médicos confirmaron que el faraón se encontraba mucho mejor y que ahora sería cuestión de unos días más de descanso y luego podría, de nuevo, asumir el control del reino.

—Descansa, padre —le dijo Cleopatra y le dio un beso en la frente y salió de su habitación.

Le habían llegado noticias del desbordamiento del Nilo, pero supuso que Potino y el resto de los consejeros y los sacerdotes se habrían ocupado de resolver la crisis, por eso no prestó más atención al asunto, pero, al llegar a su cámara personal, salió a la terraza para recibir el aire fresco de la mañana. Era la primera vez en tres días que sentía la brisa del mar en su rostro.

Salió a empaparse de aquel frescor, cerrando los ojos e inspirando aire con profundidad. Cuando los abrió, ya apoyada en la barandilla del extremo final de la gran terraza, se quedó estupefacta.

No podía dar crédito a lo que sus ojos le mostraban: media Alejandría estaba entre demolida y embarrada, con grandes zonas aún cubiertas de agua. El Nilo se había desbordado como ella no lo había visto nunca antes. Había oído relatos de los más ancianos sobre avenidas del río que sobrepasaban los límites habituales inundando y arrasándolo todo a su paso, pero ella nunca lo había presenciado.

Hasta aquel momento.

Y no se sentía la fragancia salada del mar.

Se percibía un olor a ciénaga y a algo peor.

Afinó la vista y creyó ver cadáveres aún flotando en las aguas.

Pero vio algo que, de súbito, transformó su rostro en un rictus pétreo de furia contenida.

Salió de su habitación, seguida de cerca por Circe y Ulises, y, sin detenerse en ningún momento, girando en las esquinas de cada pasillo del palacio como si fuera conducida por una fuerza sobrenatural, como si tiraran de ella mil espíritus del reino de los muertos, irrumpió en la cámara del eunuco Potino sin oposición alguna, ya que los soldados que custodiaban la puerta de la cámara del consejero no se atrevieron a impedir el paso a la princesa y se hicieron a un lado.

—¿Qué ha ocurrido, por Isis? —preguntó Cleopatra.

—El Nilo se ha desbordado —respondió el consejero real lacónicamente—. Pasa a veces.

—Pasa cada año —le replicó la princesa, enfurecida—, pero no de esta forma, no con esta violencia. Hay barrios enteros de la ciudad encharcados. Puedo ver el barro desde mi terraza. ¿Cómo es que los *gabiniani* siguen acantonados en su campamento? He podido distinguir a los soldados en el interior de la fortificación como si no hubiera pasado nada. Y, por todos los dioses, Potino, ¿cómo es que la flota militar sigue amarrada en el puerto en lugar de estar asistiendo a la gente?

—Ahora mismo han llegado mensajes de los sacerdotes solicitando ayuda y asistencia para el pueblo e iba a cursar las órdenes necesarias para poner al ejército y la flota en marcha —respondió el consejero con un sosiego que irritó aún más a la joven princesa.

—¿Necesitas que un sacerdote te pida ayuda para poner en marcha al ejército? —La joven Cleopatra no podía creer lo que oía—. ¿No tienes acaso ojos para ver la magnitud de la catástrofe y tomar decisiones por ti mismo? ¿O acaso...? —Y levantó la cabeza ligeramente, estirando el cuello, alzando la barbilla, comprendiendo—. ¿O acaso no tienes corazón? ¿O acaso estás intentando que el pueblo eche la culpa del desastre sólo a los sacerdotes?

Potino comprendió que la princesa veía con más clarividencia que el resto y que estaba descubriendo su juego político.

—Mejor que echen la culpa a los sacerdotes, responsables de los nilómetros y, en consecuencia, culpables de no haber advertido con el tiempo suficiente para haber reducido, al menos, el número de muertos. Mi deber es velar por la dinastía, no por los sacerdotes.

—No, Potino —le espetó Cleopatra, encolerizada—, tu deber es velar por el pueblo de Egipto, pero tú sólo velas por ti mismo y tus intereses personales. Ahora mismo no alcanzo a imaginar qué frío cálculo político ha podido hacerte actuar del modo en el que lo has hecho, te aseguro que lo pensaré bien y daré con tus motivaciones, pero, por el momento, lo único importante es que envíes a los *gabiniani* a ayudar al pueblo y también a toda la flota.

—No parece prudente enviar a todo el ejército —contraargumentó el consejero—. Hay un gran descontento en la ciudad, muchos nervios, comprensible todo ello, por supuesto, pero no parece buena idea que nos quedemos sin parte del ejército para... protegernos. Ante posibles disturbios, quiero decir.

Cleopatra se acercó al consejero hasta quedar apenas a un palmo de él.

—Envía a todo el ejército ahora mismo a ayudar al pueblo —le ordenó.

—Lo siento, pero la princesa no tiene la autoridad para dar esa orden y el faraón sigue muy débil. Enviaré sólo a una parte de los soldados y de la flota y preservaré al resto para protegernos de revueltas, altercados o disturbios.

Cleopatra se quedó mirando fijamente al consejero, maldiciendo su persona desde sus entrañas, pero sintiéndose impotente.

Allí ya no podía hacer más.

Allí no sentía que pudiera conseguir más.

Disponía de una pequeña escolta de soldados a su disposición.

—Voy a ver los barrios inundados, en persona —anunció.

Y dio media vuelta. Sin esperar permiso alguno o comentario al respecto. En esos momentos, lo que pensara Potino sobre sus movimientos le traía sin cuidado.

Potino se quedó solo en su cámara.

Se había levantado con la llegada de la princesa. Ahora, despacio, se volvió a sentar. No estaba seguro de cómo actuar. Quizá el pueblo, enfurecido, arremetiera contra la litera y la escolta de la princesa y, así, se le solucionaría el mayor de sus problemas. Pero, por otro lado, podría ocurrir que parte del pueblo interpretara el acercamiento de la princesa a los lugares más afectados por la inundación como un gesto de interés por parte del faraón y su familia, y eso incrementaría su popularidad entre la población, que era, precisamente, lo que menos necesitaba él en esos momentos.

—¡La guardia! —gritó Potino y, al instante, varios soldados irrumpieron en su cámara—. ¡Reunid una centuria de *gabiniani* y que me esperen en las puertas del palacio!

A orillas del canal de Alejandría

La princesa ordenó a su reducida escolta de veinte soldados que la condujeran hasta las proximidades del canal que unía la capital con el brazo más occidental del Nilo, donde la riada de la ciudad parecía haber tenido su epicentro.

A los soldados y a los esclavos que portaban la litera de la princesa les costaba avanzar pues, aunque gran parte del agua se había retirado de las calles, el barro lo anegaba todo y cada paso era casi un tormento.

Por detrás de la comitiva real iba la centuria de *gabiniani* escoltando la litera en la que se transportaba al consejero real. Potino cerró las cortinas de su habitáculo en un intento por preservar el mal olor fuera. Sentía náuseas y estaba irritado por la reacción de aquella maldita princesa, que lo había forzado a acudir a aquellos barrios arrasados y que no serían habitables durante semanas o meses. ¡Qué absurdo que un consejero real tuviera que perder su preciado tiempo entre aquellas calles devastadas!

Cleopatra, por su parte, miraba a su alrededor intentando asimilar el horrible espectáculo de destrucción: el Nilo, fuente eterna de riqueza, podía volverse el peor enemigo de los egipcios y acabar con todo en apenas unas horas. Se podía ver el gran canal navegable con un caudal aún por encima de lo habitual, pero ya recogido entre los límites de su curso. Pero los canales de riego para los cultivos y las granjas de toda la zona estaban destrozados y se veían cabras, vacas, caballos y camellos muertos por todas partes. Los cadáveres de los hombres y mujeres sorprendidos por la avenida parecían haber sido retirados ya en su mayoría por amigos y familiares, pero aún se veían algunos restos humanos inertes flotando en medio de grandes charcos de agua y barro. El calor del verano era grande y el olor a putrefacto, provocado por la carne en descomposición, empezaba a resultar insoportable. Aún se veían personas solitarias, vagando como espectros, gritando los nombres de sus seres queridos con la esperanza de que no estuvieran en el reino de Osiris.

Llegaron a lo que había sido una de las aldeas de las afueras de Alejandría. Había un tumulto de gente intentando despejar unas casas de adobe para, o bien cobijarse, o bien liberar a algunos campesinos que aún estuvieran allí atrapados bajo los escombros y el fango. La confusión era grande y era difícil discernir lo que cada grupo de personas pretendía hacer.

—¡Deteneos aquí! —ordenó la princesa.

—No es seguro, alteza —dijo uno de los soldados.

Cleopatra se asomaba desde su litera y dudaba en si salir o no. La advertencia del militar parecía provenir de una genuina preocupación por su seguridad.

Por detrás, la comitiva del consejero real se detuvo también.

—¿Qué ocurre? —preguntó Potino, que sólo deseaba que aquel innecesario periplo por aquella zona inhóspita de la ciudad terminara lo antes posible y regresar a la comodidad y seguridad y limpieza de sus aposentos.

—Los soldados de la princesa están parados —le explicó uno de los *gabiniani* romanos.

—¡Maldita sea! —exclamó el eunuco y, sin dudarlo, saltó de su litera y cayó sobre el barro—. ¡Por Serapis, qué asco! —dijo al sentir el fango por entre los dedos de sus pies y ascendiéndole por los tobillos. Pero estaba decidido a poner fin a aquella locura.

Avanzó como pudo, entre lo que pretendían ser grandes zancadas y pequeños saltos, como queriendo reducir el número de pisadas sobre aquel pestilente barro. Su idea era llegar hasta la litera de la princesa y convencerla de regresar ya a palacio, pero, cuando se encontraba a medio camino entre su escolta y la de la princesa, el tumulto de gente que estaba intentando despejar unas casas de restos de ramas y palmeras y barro se volvió hacia ellos y empezaron a gritarles y a increparlos de forma amenazadora.

A Potino le resultó evidente que habían identificado aquellas literas como, o bien de nobles, o bien de sacerdotes y, enfurecidos como estaban por la crecida de las aguas y, sobre todo, por no haber sido advertidos en ningún momento, ver que ellos se movían con aquellos porteadores, en cómodas literas, sin tocar el barro y rodeados de soldados, sólo incrementó su rabia. La turba de gente se aproximaba esgrimiendo los mismos palos y azadas que habían estado usando para despejar lo que quedaba de sus calles y casas.

—¡Malditos, malditos! —vociferaban enardecidos por la indignación y espoleados por la sensación de impunidad que da el anonimato de la masa.

Potino perdió el interés por alcanzar la litera de la princesa para persuadirla de regresar. Que ella hiciera lo que le diera la gana; a fin de cuentas, era lo que siempre hacía. Pero él se marchaba de allí.

Regresó a la posición donde estaba el grueso de su escolta, si cabe a zancadas y saltos aún más grandes de los que había dado antes, hundiéndose en el barro hasta la rodilla, pero, de pronto, aquello parecía bastante menos importante que alcanzar la seguridad de la protección de los *gabiniani*.

La multitud de campesinos, viendo que el consejero real huía a toda prisa, corrió aún más tras él, como cuando una fiera observa que su presa intenta huir despavorida.

Pero Potino llegó a la línea de sus soldados, la cruzó y siguió corriendo hacia su litera. Los *gabiniani* se interpusieron entre él y sus perseguidores, los campesinos y artesanos y comerciantes que habían visto sus medios de vida destrozados y, mucho peor que eso, a muchos de los suyos perecer arrastrados por una crecida de la que no habían tenido noticia alguna por parte de los sacerdotes. Pero, pese a toda la cólera con la que intentaban cazar al consejero, los soldados de su escolta personal detuvieron en seco su avance esgrimiendo los *pila* afilados unos y, otros, directamente desenvainando los gladios.

Potino quedó, por fin, fuera del alcance de la rabia de los enfurecidos ciudadanos de aquellos barrios y tierras de cultivo de Alejandría devastados por la riada.

—¡Vamos, vamos! —gritó desde su miedo y su asco y su humillación.

Los porteadores dieron media vuelta y, custodiados por la centuria de *gabiniani*, abandonaron el lugar a toda velocidad.

En aquella planicie, que en otro momento fue una rica pedanía de artesanos, fronteriza de las zonas de cultivo fértiles y salpicada de prósperas granjas, y que ahora era un mar de fango y cadáveres de animales y personas y mal olor y miedo y dolor, quedó, por un lado, aquella multitud de supervivientes ávidos de calmar su ira con cualquiera que consideraran culpable y, por otro, la litera de la princesa, rodeada apenas por una veintena de soldados egipcios.

La turba de gente se volvió, entonces, despacio, como un solo ser henchido de odio, hacia su nueva presa: más accesible, más débil.

Los soldados vieron acercarse a aquel tumulto, armado con sus azadas de labranza, palos de pastores y cuchillos de sacrificar animales, y consideraron seriamente la opción de salir huyendo, pero estuvieron lentos y, rápidamente, todos quedaron rodeados, con la litera de la hija del faraón en el centro de aquella vorágine de gente.

Cleopatra, que lo había estado presenciando todo desde el interior de su litera, comprendió muchas cosas al tiempo: entendió el dolor fruto de la impotencia que podía sentir toda aquella multitud, compartió su indignación y se percató también de que ahora era ella misma el centro de sus miradas de odio que ansiaban venganza. Pudo ver a Potino retirándose con sus *gabiniani*, a los que con seguridad pagaría más que al resto para consolidar su fidelidad. La joven princesa supo que estaba sola con apenas un puñado de soldados que estarían tan asustados como ella misma. Pero Cleopatra no era persona de dejarse atenazar por el miedo.

—¡Malditos, malditos seáis todos! —gritaban campesinos y artesanos y comerciantes, envalentonados al ver que tenían, ahora sí, una presa fácil con la que satisfacer su rabia. Los soldados portaban armas y habría muertos, de un bando y de otro, pero para quien ha visto morir a tantos de los suyos parece que, de pronto, ver más sangre vertida no le importa tanto como calmar sus anhelos de venganza.

En ese impás de miradas entre soldados aterrados y ciudadanos enloquecidos, Cleopatra salió de la litera, descendió, puso sus sandalias sobre el fango, hundió sus pies hasta bien pasados los tobillos y echó a andar hacia la turba de gente que la rodeaban a ella y a su pequeña escolta.

La aparición inopinada, no de otro consejero o de algún sacerdote, sino de la joven princesa impactó en la multitud, que, por de pronto, detuvo su amenazador avance entre el asombro y la incredulidad. Había, además, un elemento intangible pero que impresionaba casi inconscientemente a todos: el contraste entre el horror de la catástrofe y la hermosura innata, y el porte de elegancia regia de la joven princesa era tan enorme que, simplemente, confundía. ¿Qué hacía allí aquella joven? Todos pensaban rápido, aturdidos, pero pronto concluyeron que sólo podía ser alguien de la aristocracia más alta. Sólo una mujer del más elevado rango sería capaz de atreverse a moverse por la ciudad de Alejandría en aquellos momentos.

—Soy Cleopatra, hija del faraón Tolomeo XII —anunció la joven princesa, con la esperanza de que identificar su condición real condujera a cierto respeto por su vida. Adicionalmente, a la hora de hablar, tuvo en consideración dos cautelas: eliminó referirse a su padre con el tratamiento habitual de dador de Vida, Salud y Prosperidad, lo que, en aquellas circunstancias, podría haberse interpretado como un sarcasmo del peor gusto, por un lado, y, por otro, no les habló en griego, el idioma de la realeza tolemaica y de la corte y de bastantes sacerdotes, sobre todo los del culto a Alejandro o a Serapis, sino que se dirigió a ellos en la lengua egipcia del pueblo que ella misma había aprendido de su madre.

La revelación de su condición de princesa, su voz dulce a la vez que firme, que era lo más hermoso que habían oído en varios días de llantos y gritos y derrumbes y aguas desbocadas, y su forma de acercarse a ellos como si no les tuviera miedo los contuvieron por unos momentos.

Pero la rabia era muy grande.

Muy difícil de sosegar sólo con palabras o una voz que hechizara.

—¡Malditos! —volvió a gritar alguien entre la turba.

Sin embargo, la princesa no se movió, sino que, sin dejar de mirar hacia la gente que cerraba cada vez más el círculo en torno a ella y sus soldados, gritó dos nombres:

—¡Circe, Ulises!

Y los dos leopardos emergieron con sendos saltos simultáneos de la litera y, molestos por verse en medio de aquel barro que no les gustaba nada, justo tras situarse cada uno a un lado de su ama, gruñeron con la fiereza de su naturaleza salvaje.

El círculo de gente dio unos pasos hacia atrás. Si entraban todos en lucha, entre los soldados y aquellas fieras iban a morir más de los que uno podría haber pensado en un principio al ver aquella reducida escolta. Hasta los propios soldados parecían ahora más temibles, pues la aparición de las fieras, que, sin duda, lucharían a su favor, los animó y esgrimieron sus espadas con más fuerza.

Pero Cleopatra levantó levemente su brazo derecho con la palma de la mano abierta hacia abajo y los dos leopardos dejaron de gruñir a su señal.

El dominio que la joven princesa demostró tener sobre aquellas fieras salvajes cautivó a la multitud. Era como si fuera una maga o una sacerdotisa, quizá una enviada de los dioses, además de la hija del faraón. Estaban desesperados en el dolor y la pena. Y necesitaban más aún creer en alguien que vengarse.

Ella volvió a hablarles en su lengua:

—Mi madre era una de vosotros, vuestro idioma es también el mío y siento vuestro dolor como propio. ¡Decidme! ¿Qué necesitáis?

Tardaron en reaccionar. Era la primera vez en tres días que alguien les preguntaba algo, que alguien parecía preocuparse por ellos, que alguien les hablaba de compartir su sufrimiento.

Al fin, el mismo que había vuelto a gritar «malditos» se dirigió de nuevo a la princesa con lágrimas en los ojos.

—Necesitamos ayuda, alteza. Necesitamos soldados que nos asistan para liberar a los que aún están atrapados en sus casas o bajo carros o piedras o árboles arrastrados por la corriente. Necesitamos agua que se pueda beber y pan, porque lo hemos perdido todo..., alteza.

La princesa asintió.

—¿Qué más necesitáis? —insistió, para que hablaran más, para que le dijeran más.

Escolta del consejero real

Potino, desde la distancia, desde la seguridad de su litera que sobrevolaba el barro, vio cómo la princesa, en lugar de ser atacada y asesinada por aquella caterva de gente enfurecida, hablaba con ellos y éstos con ella, sin violencia, y tuvo claro que, ahora más que nunca, era preciso, para poder ejecutar sus planes de controlar Egipto, terminar con la vida de aquella princesa y, ya puestos, terminar con toda aquella estirpe real para erigirse él, y sólo él, en el poder único y absoluto de Egipto. Empezaría por aquella princesa obstinada. Nada ni nadie la salvaría.

CXXII

La cabeza de Acón

Durocortorum, norte de la Galia
Otoño del 53 a. C.

César convocó un nuevo consejo de todas las tribus de la Galia en la capital de los remos. Tras la campaña final contra los eburones, podía afirmarse que no había resistencia activa alguna ya a la presencia romana en toda la Galia, pero César quería confirmar que la situación fuera a mantenerse así de modo duradero en el tiempo.

Acudieron a la ciudad jefes afines a César como Cingetórix de los tréveros, Comio de los atrebates, Cavarino de los senones o Vercingetórix de los arvernos, entre otros muchos.

La mayor parte de los líderes galos que se oponían a la presencia romana permanente en la región, como Induciomaro y su hijo, Catuvolco o Ambiórix, estaban muertos o desaparecidos.

César ofreció una reactivación económica de todos los territorios, con comercio seguro, siembras nuevas para las cosechas próximas y la reconstrucción de granjas y caminos a cambio de una paz permanente con el reconocimiento de la autoridad romana.

Todos los jefes galos convocados parecían aceptar el plan, pero Labieno y otros oficiales romanos intuían aún la semilla de la rebelión latente en las miradas de muchos de los convocados. César también.

—Hemos de regresar a Roma y renegociar la situación política —le dijo César a Labieno en una conversación previa al consejo de tribus—. He de hablar con amigos y enemigos y encontrar la forma de que todos acordemos un nuevo equilibrio en el Senado tras la muerte de Craso.

Labieno asentía mientras escuchaba a César en su largo parlamento.

—Pompeyo ha reclamado el retorno de la legión I hispana a Hispania, lo cual es justo —continuaba César—, pero me llega información, por parte de Balbo desde Roma, de que Cicerón y Catón han pactado elegirlo *consul sine collega* para el año que viene. Se están uniendo y eso quiere decir que me aislarán en el Senado. Hemos de regresar y negociar. Pero no podemos retornar sin garantizarnos una Galia segura. Sin levantamientos.

—¿Y qué propones? —preguntó Labieno.

—Con Induciomaro y su hijo muertos, con Catuvolco muerto y con Ambiórix desaparecido —respondió César—, sólo tenemos a un líder galo del levantamiento general de este invierno preso.

Labieno sabía que se refería a Acón, el líder de los senones, y sentía la mirada de su amigo buscando su consentimiento.

Labieno lo pensó bien y por un buen rato, durante el que César permaneció en silencio observándolo sin interrumpirlo en sus cálculos. Se fiaba enormemente del criterio de su segundo en el mando, de su mejor amigo.

Labieno, al fin, asintió, como quien concede algo que no desea, pero que juzga inevitable: era necesario demostrar qué le esperaba a cualquier nuevo jefe galo que se atreviera a alzarse contra Roma, estuviera o no César presente en la Galia.

Acón fue conducido al consejo de Durocortorum. Se le desnudó en el centro de la ciudad y se le flageló en público ante la mirada atónita del resto de los jefes galos, y, por fin, se le decapitó en medio de un silencio profundo.

El mensaje del procónsul de Roma era inapelable. Podía haber un buen futuro económico y social para todos los territorios galos, pero siempre admitiendo el dominio de Roma. Cualquier rebelión sería castigada con la muerte y no importaba el rango aristocrático de quien se alzara en armas: quien se rebelara moriría.

Era un mensaje simple.

Era un mensaje claro.

CXXIII

Hasta las últimas consecuencias

***Domus* de Pompeyo**
Roma
Otoño del 53 a. C.

La noticia de la ejecución de Acón llegó hasta Roma.

No era habitual la decapitación de un rey celta.

No era un asunto menor.

El mensaje que César mandaba no lo enviaba sólo a los celtas. Se trataba también de un mensaje para Roma.

—Esa decapitación significa que César va a regresar —dijo Cicerón, traduciendo en palabras aquella acción, por si alguien no terminaba de entenderlo.

Pompeyo, flamante cónsul único de Roma, lo escuchaba con un semblante sombrío, pero respondió con un tono desafiante:

—¿Así lo interpretas tú?

—César no es interpretable —opuso Cicerón—. Por lo general, César suele parecerme muy literal y muy claro en su forma de expresarse. A veces muy simple, especialmente cuando escribe. —Y sonrió al dejar aquella crítica indirecta a sus obras escritas—. Pero dejando de lado las cuestiones de estilo y volviendo a César en sí mismo, amigo mío —Cicerón se permitía volver a calificar a Pompeyo de amigo tras su nuevo acuerdo de colaboración política—, jugaste muy fuerte: lo apostaste todo a los partos y a los galos, a que ellos harían el trabajo..., cómo decirlo sin emplear la palabra «sucio»... Ya lo tengo: pensaste que partos y galos realizarían por ti, por nosotros también, lo admito, el trabajo más ingrato de eliminar a Craso y a César. Y es evidente que con los primeros acertaste, Craso está muerto y bien muerto, pero con los galos te equivocaste.

Pompeyo cogió una pasa del cuenco que tenía frente a su *triclinium*, se la introdujo en la boca y la masticó con una lentitud que exasperó a su interlocutor, ávido de una respuesta, pues dudaba de cómo actuaría el nuevo cónsul único ante el inminente regreso de César, pero, al fin, Pompeyo proporcionó una réplica.

—Yo no creo que los galos hayan dicho su última palabra.

Cicerón negó con la cabeza a la vez que respondía.

—El senador Cneo Pompeyo Magno vive de sueños —sentenció el gran orador.

El interpelado tomó una segunda pasa y repitió la operación de su parsimoniosa deglución como si encontrara un extraño placer sádico en impacientar a Cicerón. Pompeyo detectaba el temor de Cicerón al retorno de César.

—Los sueños —dijo al terminar de masticar— son, en ocasiones, una fuente insuperable de clarividencia. —E insistió—: No creo que los galos hayan dicho su última palabra. Es demasiado territorio conquistado, son demasiadas tribus sometidas en demasiado poco tiempo. La Galia, *clarissime vir* —Pompeyo prefería no corresponder a Cicerón tratándolo de amigo—, es un cíclope dormido. —Y le ofreció el cuenco—. ¿Por qué no pruebas una de estas pasas? Están deliciosas.

A Cicerón, de pronto, le preocupó que la aceptación por parte de Pompeyo de ser *consul sine collega* para el año próximo fuera sólo una maniobra para acumular poder a la espera de que los galos, en verdad, terminaran con César, y que si César, sin embargo, volvía victorioso de la Galia, Pompeyo volviera a pasarse a su bando, dejando a los *optimates*, una vez más, solos ante un César cada vez más fuerte.

—Pero... ¿y si los sueños se desvanecen? ¿Y si, pese a todos tus cálculos, César retorna de la Galia... vivo? He de recordarte que hasta le dejaste una legión entera engordando al monstruo.

—La I hispana —confirmó Pompeyo—, lo sé.

—Exacto —reiteró Cicerón—. Por eso César dispone ahora nada más y nada menos que de diez legiones. Hemos creado un enorme monstruo entre todos y ahora el engendro todopoderoso puede revolverse contra el conjunto del Estado romano, y tú sigues viviendo en tu sueño de que los galos terminarán con él. Admito que la rebelión de Ambiórix y su aniquilación de una legión y media pudieron poner a César al borde del precipicio, pero ahora ha salido aún más fortalecido de ese desafío. Así que te vuelvo a preguntar: ¿y si tu sueño de ver a César aniquilado por los galos no se torna realidad?

La faz de Pompeyo se cubrió con una sombra de responsabilidad impregnada de fortaleza, salpicadas ambas de la ambición de quien está acostumbrado a ser siempre el más poderoso de Roma.

—Entonces, amigo mío, Cneo Pompeyo afrontará la realidad.

Cicerón observó el uso del término «amigo» y eso le agradó, pero quería un compromiso total.

—¿Afrontarás la realidad... hasta sus últimas consecuencias? —Y le devolvió el cuenco con las pasas.

Pompeyo tomó un fruto más del tazón y, antes de introducirlo en su boca, respondió rotundo:

—Hasta sus últimas consecuencias. Pero...

—¿Pero...? —inquirió Cicerón, arrugando la frente e incorporándose en su *triclinium*.

—Pero Craso disponía de hasta once legiones. Y está muerto —sentenció Pompeyo—. Las legiones, *clarissime vir*, no te hacen invencible.

CXXIV

La tierra del olvido

Britania
Otoño del 53 a. C.

El Extranjero había reunido a todos los miembros de su familia y al reducido grupo de leales que lo acompañaban desde que abandonara las remotas tierras del sur y huyera hacia el norte, primero hacia la Galia belga y, después, a Britania.

Casivelauno, el rey de los britanos, estaba allí para despedirlo.

—Me has servido bien —le dijo—. ¿Estás seguro de tu decisión de abandonarnos ahora que los romanos, por fin, se han olvidado de nosotros? Han sido dos campañas muy duras, pero en las dos resistimos. Y reconozco que tus consejos fueron acertados en su mayoría, por lo que te estoy agradecido y te ofrezco un tiempo de paz y sosiego entre los miembros de mi séquito. ¿Por qué marcharse ahora? ¿Por qué someter a los tuyos, a tu familia y a tus amigos, así como a ti mismo a otro penoso e innecesario viaje?

—Penoso es posible, pero no considero que sea tan innecesario —le respondió el Extranjero mientras terminaba de ajustar las riendas del caballo. Sin la ayuda de ningún esclavo. De hecho, desde su llegada, había evitado que ningún sirviente lo asistiera en ninguna tarea.

—Es un viaje innecesario del todo —insistió el rey britano—. Tal y como dijiste, los galos belgas se rebelaron y esto forzó al líder romano a tener que afrontar allí una nueva guerra que lo retuvo durante todo un invierno y un nuevo verano, imposibilitando que se planteara un tercer ataque a nuestras tierras. Y, finalmente, sus intereses en Roma lo alejan de nosotros para siempre. El procónsul, los romanos en su conjunto se han olvidado ya de cruzar una vez más el mar. ¿Por qué marcharte ahora?

El Extranjero dejó las riendas por un instante y se volvió hacia el veterano rey de los britanos.

—Te lo dije una vez y te lo repito ahora: los romanos siempre vuelven. Quizá no ahora o no en unos años, pero regresarán y vendrán con más legiones, con más barcos, con más caballos. Y, al final, se quedarán con todo esto que nos rodea. Entiendo que tú luches por tu tierra, pero yo ya hace mucho tiempo que no tengo tierra alguna, que no pertenezco a ningún sitio.

—¿Siempre vuelven? —preguntó el monarca.

—Siempre —ratificó el Extranjero.

En aquellos momentos, ninguno de los dos podía ver el futuro y ninguno de los dos podía imaginar la campaña del emperador Calígula, el desembarco del emperador Claudio, con Vespasiano entre sus oficiales, o las campañas militares futuras de Agrícola, en época de Domiciano, la extensión del dominio romano por toda Britania hasta el que llamarían muro de Adriano, la ampliación de esa ya anexionada provincia más hacia el norte hasta establecer la frontera en el muro de Antonino y, aún más allá, en la lejana y gélida Caledonia, con las incursiones de los emperadores Severo y Caracalla. Nada de todo eso podía concebirse en la mente del monarca britano, pero sí se intuía en las ideas, fruto de la dura experiencia, de aquel Extranjero que agitaba las riendas para que su caballo iniciara su largo camino hacia el noroeste.

El Extranjero había puesto sus ojos en cruzar, una vez más, el mar. Pero no de regreso a la Galia, sino hacia el desconocido oeste, pues más allá de las aguas, en dirección a occidente, estaba la tierra que los celtas llamaban Ériu* en recuerdo de una de sus diosas. Pocos iban allí y casi

* De donde deriva el nombre de la actual Eire o Irlanda, denominada por los romanos Hibernia, ya por causa del enorme frío en aquella isla, ya porque allí habitaban los *iverni*. En cualquier caso, los romanos nunca conquistaron aquel territorio.

nadie regresaba. Era un lugar desconocido y frío, olvidado por el mundo romano, y eso era lo que lo hacía particularmente atractivo a los ojos del Extranjero. Allí, al menos, nunca habían llegado y siempre existía la posibilidad de que no llegaran nunca, pero a Britania, estaba seguro de ello, regresarían.

—Sólo dime una cosa más —lo interpeló el monarca britano por última vez.

El Extranjero detuvo su caballo y se volvió a mirarlo: aquel rey había sido generoso con él y los suyos durante el tiempo que había estado a su servicio, y él le había devuelto su confianza con buenos consejos militares y políticos con relación a los romanos, a lo que Casivelauno había respondido, a su vez, proporcionándole todo aquello que podía necesitar para emprender su nuevo viaje: provisiones, armas, caballos, algunos carros y, finalmente, permiso para embarcar hacia Ériu en uno de los puertos del oeste del reino. Así que el Extranjero sujetó las riendas y miró al rey con la predisposición plena de responder con sinceridad a cualquier pregunta que el monarca quisiera formularle.

—Has pasado mucho tiempo entre nosotros y, sin embargo, nunca has desvelado tu nombre —comentó Casivelauno—. Me gustaría saber el nombre de la persona que ha sido mi consejero estos años.

El Extranjero, desde lo alto del caballo, echó la cabeza atrás y cerró los ojos un instante mientras hablaba despacio, como si le costara pronunciar cada palabra, mientras rebuscaba en lo más recóndito de sus recuerdos.

—Cuál... es... mi... nombre...

—Sí, tu nombre —insistió el monarca, y a su alrededor se arremolinaron jefes y guerreros movidos por la curiosidad. Habían combatido con aquel hombre, codo con codo, contra los romanos durante dos campañas y todos sentían la misma curiosidad por saber, por conocer el nombre de aquel extranjero llegado desde la Galia belga, oriundo de no sabían qué desconocido lugar del sur del mundo y que tanto parecía saber de luchar y guerrear y confundir a los romanos.

El Extranjero enderezó la cabeza, se puso erguido sobre el caballo, alineando el cuello recto con su espalda, abrió los ojos y, mirando al infinito del horizonte plomizo de Britania, dijo:

—Hubo un tiempo en que todos me llamaban... Espartaco.

Sin mirar a nadie, sin girarse, sin decir más ni esperar pregunta o comentario o réplica, el Extranjero azuzó su caballo e inició, con su más preciada posesión, su libertad, su último viaje hacia la lejana tierra del olvido.

CXXV

Un único mundo

Bibracte, centro de la Galia celta
Otoño del 53 a. C.

César, por fin, después de cinco años de incesantes campañas militares por toda la Galia, expulsados los helvecios, derrotado el ejército germano de Ariovisto, sometidas todas las tribus de la Galia belga y de la costa atlántica, cruzado el Rin y el Mare Britannicum hasta en dos ocasiones, repelida la invasión de los téncteros y los usípetes y aplacadas las reiteradas rebeliones de los tréveros y, sobre todo, reconquistada la Galia belga tras su levantamiento general y vengada la desaparición de la legión XIV, y, finalmente, reforzadas las alianzas, ya por la fuerza, ya por los pactos, con las grandes tribus celtas de la Galia central, se decidió a iniciar su retorno hacia el sur y negociar su regreso a Roma.

En su ruta hacia Roma, se detuvo unas semanas en Bibracte, el lugar de su primera gran victoria militar y donde había pasado más de un invierno. Tenía toda la Galia bajo su control, un territorio inmenso de enormes posibilidades para el futuro del Estado romano y de la propia Galia integrada en él. Pensaba reformar el Senado y que se admitiera en él a líderes de las tribus galas. No se había comprometido a hacer esto en el consejo de Durocortorum porque sabía que esta idea chocaría con la oposición frontal de los *optimates* y, tras la muerte de Craso y el lento pero cada vez más claro alejamiento de Pompeyo, no pensaba que aprobar esta medida fuera a resultarle muy posible, al menos en el corto plazo. Y no quería prometer a los galos aliados algo que no pudiera cumplir. Pero, cuando consiguiera esa integración, haría ver a los líderes galos que su idea de una Galia que formara parte de las estructuras de Roma era buena para todos, que traería prosperidad a galos y romanos por igual. Pero primero tendría que reubicarse en Roma.

Militarmente, con nueve legiones completas en activo, era el hombre más poderoso de Roma, con la excepción de un Pompeyo que, convocando sus legiones de Hispania, de Asia y los efectivos de Italia, podría contraponer una fuerza militar similar. Pero su idea no era, en modo alguno, iniciar ningún enfrentamiento civil, sino simplemente hacer valer su fuerza y sus logros militares para obtener un nuevo equilibrio frente a un Cicerón y un Catón que estarían ansiosos por deshacer todas sus leyes, empezando por la ley de reforma agraria que tanto había beneficiado a muchos ciudadanos del pueblo de Roma.

Todo esto estaba en la cabeza de César cuando uno de los esclavos entró.

—El escriba que reclamó el procónsul ya está aquí.

—Que pase —ordenó César.

Un hombre enjuto, pequeño, con aire de quien es más proclive a la lectura y la escritura que a las armas y el combate, entró en el atrio central de la residencia de César en Bibracte.

—¿Eres galo? —preguntó César.

—Griego de origen, aunque llevo muchos años aquí —respondió el pequeño escriba.

—¿Sabes escribir latín?

—Sí, procónsul. Y griego también.

César asintió.

—Latín es lo que me interesa en este momento —apostilló el procónsul y le preguntó su nombre.

El escriba se lo dijo.

—Bien, antes de marcharme a Roma quiero dejar por escrito unas notas, unos comentarios sobre las campañas que he venido realizando estos años por toda la Galia. Quiero que anotes bien lo que te vaya dictando. Tengo otros escribas, pero no los veo aptos para esta tarea. Esto no es una carta sin más. Ha de ser un compendio claro y bien escrito de todo lo ocurrido estos últimos años, ¿me entiendes?

—Sí, procónsul. —Y ante una mirada de César a un escritorio en el que había *atramentum* negro y todo lo necesario para escribir, el esclavo se sentó, tomó el *stilus* y permaneció atento a las primeras palabras que el procónsul pudiera dictarle.

César se sentó en un *solium*, frente al escritorio, y se quedó mirando al techo de la sala. Cerró los ojos. En lo personal, ámbito en el que había evitado pensar, estaba devastado: su madre muerta, su hija muerta y muerto también su nieto a los pocos días de nacer. En lo político y militar estaba, sin embargo, en el cénit de su poder, pero, en el fondo, sólo sentía una inmensa tristeza, un descarnado vacío.

Escribiría para olvidar, para ocupar su mente, para no pensar en la muerte de Julia.

Juntó las yemas de los dedos de ambas manos mientras empezaba a dictar.

—Apunta: *Gallia est omnis divisa in partes tres...*

Gergovia, la Galia celta

Vercingetórix bebía cerveza en silencio, en el centro de su casa, en el centro de Gergovia, en el centro de una meseta, en el centro de su mundo desaparecido. La Galia no sujeta al dominio de nadie, la Galia tal como él la había conocido, ya no existía.

Bebía solo y en silencio.

Acababa de regresar del consejo de Durocortorum, donde había jurado fidelidad a César igual que todos los jefes del resto de las tribus de la Galia.

Había presenciado, como todos los demás líderes galos, la ejecución de Acón.

Vercingetórix bebía cerveza en silencio.

Llegó un guerrero a la casa a quien los esclavos le permitieron el libre acceso. El hombre entró en la estancia con la chimenea encendida donde estaba el líder arverno.

—El procónsul romano se ha detenido en Bibracte unos días, pero dicen que pronto seguirá su ruta hacia el sur, hacia la región cisalpina, en el norte de Italia, lejos de aquí.

Vercingetórix volvió a llevarse la jarra de cerveza a los labios y bebió un largo trago antes de responder, mirando las llamas incandescentes del fuego:

—Nuestro momento se acerca.

Alejandría, Egipto

Cleopatra tenía sólo dieciséis años y no tenía a nadie.

Miraba el Nilo.

Estaba sola. Marco Antonio, aquel fuerte oficial romano que los ayudara a reconquistar el gobierno de Egipto para su padre Tolomeo XII, estaba muy lejos de allí, en la remota Galia, luchando con aquel Julio César que empezaba a ser leyenda entre los romanos. Habían llegado noticias confusas durante los últimos meses: primero, sobre un gran levantamiento en el norte de aquel vasto territorio contra los romanos y algunas derrotas y asedios a sus campamentos, y, luego, informaciones que apuntaban a una recuperación del control de toda aquella tierra por parte de César. ¿Hasta qué punto habría participado Marco Antonio en todo aquello?

El Nilo discurría ahora tranquilo tras la última terrible crecida. Parecía mentira que un río pudiera causar tanto dolor y tanto bien a la vez.

Como los hombres.

Sin Marco Antonio no había control militar real sobre los *gabiniani*, sino que éstos actuaban y obedecían movidos sólo por el dinero. Y siempre podía haber quien pudiera pagar más.

Y su padre, cada vez más débil, no veía, o no quería ver, ni a los enemigos ni los problemas que los acechaban: Arsínoe tomaba posiciones con su propio tutor, mientras que el eunuco Potino hacía lo mismo con los sacerdotes y con sus ojos puestos en manipular al pequeño Tolomeo XIII. Y, entre unas conjuras y otras, las finanzas del reino egipcio estaban controladas aún por usureros romanos, lo que terminaba traduciéndose en unos impuestos desorbitados que sufría el pueblo. La expulsión de Rabirio había suavizado un poco aquel asunto, pero la dependencia económica de Roma era total. El pueblo estaba agitado, asfixiado por aquellos tributos exagerados. Todo se tambaleaba a su alrededor.

Y ella y el Nilo estaban allí solos.

Tenía parte del afecto del pueblo. Lo había comprobado tras lo ocurrido en la última crecida del gran río, pero sólo parte de su apoyo. El descontento era general y muchos identificaban a su padre, al faraón, como el causante de todos los males. Y ella se sentía impotente para poder revertir el curso de unos acontecimientos que, inexorablemente, conducían hacia el desastre.

Sí, estaba muy sola.

Miraba fijamente el discurrir lento de aquellas aguas infinitas desde lo alto de la terraza de su habitación del palacio real de Alejandría. ¿Qué podía hacer una princesa egipcia sola? Sin ejército, sin el apoyo de los sacerdotes, con su padre cada vez más débil...

Se acordó de su hermana mayor, Berenice, de cómo ella, aconsejada entonces por Potino, había buscado un marido, un guerrero con el que tener fuerza para mantenerse en el trono. Arquelao luchó con bravura, pero fue derrotado por Marco Antonio.

Pero Marco Antonio estaba lejos, luchando con Julio César.

Pensaba en círculos. No tenía nada ni a nadie.

De pronto, dejó de respirar unos instantes y su cuerpo, como detenido en el tiempo, sólo se permitió parpadear un par de veces.

Luchando con Julio César.

César.

Después de todo, sí tenía algo. Y sí tenía a alguien.

Abandonó la terraza de forma apresurada y se adentró en su amplia habitación y empezó a revolver los pequeños cofres de su mesa, la misma frente a la que las *ornatrices* la peinaban y maquillaban cada día. En esas pequeñas cajas de oro guardaba sus bienes más preciados: joyas que le había regalado su padre, recuerdos de los viajes, monedas extrañas, algunos papiros que la encandilaran de forma especial, como la *Odisea* y la *Ilíada*, pero, por más que rebuscaba, no encontraba lo que anhelaba.

Se giró de golpe. Estaba el baúl grande de los viajes, de ese eterno periplo por el Mesogeios Thalassa* que hiciera con su padre, primero, huyendo de Egipto y, luego, retornando a él.

* Mar Mediterráneo, en griego.

El arcón era muy voluminoso e intentó levantar ella sola la tapa, pero apenas podía por el inmenso peso. Desistió. Pensó en llamar a algunos esclavos, pero no quería que nadie supiera lo que estaba buscando.

En su cabeza cada vez se formaba la idea más definida de que aquello que quizá estuviera en el fondo del inmenso baúl pudiera ser la clave para un nuevo Egipto.

Inspiró profundamente y con ambas manos, lanzando un bufido por el esfuerzo, consiguió levantar la tapa y volcarla hacia atrás de modo que la gran arca de sus viajes quedó, al fin, abierta tras un sonoro clang metálico al chocar los remaches de bronce de la tapa con el mármol del suelo.

Ulises y Circe, que llevaban observando a su ama con curiosidad hacía rato, dieron un respingo y tensaron sus músculos por si tenían que luchar contra algo o alguien. Pero nadie entró en la habitación ni nada ni nadie emergió de aquella gigantesca caja.

Cleopatra acarició los lomos erizados de los leopardos y éstos, más tranquilos por el tacto de la suave palma de la mano de su ama sobre su piel, se sentaron, pero sin dejar de observarla.

La joven princesa miró en su interior: mil telas de vivos colores se apiñaban de forma desordenada dentro del baúl, donde se veían más frascos, unos con especias exóticas, otros con perfumes orientales; había también estatuillas de bronce y marfil de santuarios visitados en el exilio o bien adquiridas en mercados de Grecia o la propia Roma. Lo sacó todo, diseminando aquellos variopintos y a la vez lujosos objetos por toda la habitación, hasta que, justo en el fondo, pegada a una de las paredes del arcón, la encontró: era una carta pequeña, doblada y sellada.

Cleopatra la extrajo muy cuidadosamente del fondo del baúl, para lo que tuvo que inclinarse tanto que a punto estuvo de caer por entero en su interior. Pero la sacó y la esgrimió en alto, con sensación de triunfo y, al tiempo, solemnidad: en aquella carta estaban las últimas palabras que Julia le había escrito a su padre, a Julio César.

La joven princesa egipcia se sentó en el borde de la cama y consideró seriamente abrir la misiva. Nunca lo había hecho. Ni siquiera cuando pensó en entregársela a Marco Antonio para que éste se la hiciera llegar a César, lo que al final desechó, pues era una carta para ser entregada sólo si Julia había muerto y Marco Antonio se marchó antes de que eso ocurriera. Y tampoco la leyó cuando le llegó la terrible noticia del fallecimiento de su amiga romana. Pero ¿y leerla ahora? Estaba desesperada. ¿Habría algo en aquella misiva que pudiera ayudarla?

Ponderó los pros y los contras.

Pensó que de esa carta podía depender, efectivamente, el futuro de Egipto.

Recordó su amistad con Julia. A veces los mundos se entrecruzan de formas enigmáticas e inesperadas.

Sí, iba a abrirla.

Pero detuvo sus manos.

Pensó en el destinatario.

Deslizó las yemas de sus dedos por la superficie lisa del sello de cera.

Lo acarició.

Pero no lo quebró.

Mantener la carta sin abrir, respetar la intimidad entre hija y padre podría ser aún más valorado por César.

Cleopatra se levantó y depositó lentamente la carta de nuevo en el interior del baúl, reintrodujo todas las telas y las estatuillas y los frascos y los demás objetos, dejando la misiva otra vez en el fondo, y, no sin esfuerzo, empujó la gran tapa que con un segundo sonoro clang cayó sobre la caja del gran cofre cerrándolo.

Tenía la carta en la que una hija se despedía del hombre más poderoso del mundo.

Cleopatra se dirigió de regreso a la terraza, pero observó que Circe optaba por saltar sobre el baúl y tumbarse encima de la gran tapa, mientras que Ulises se recostaba a los pies del arcón. La princesa sonrió: mejores guardianes no podía haber.

Salió de nuevo al reencuentro del aire fresco de la terraza.

El Nilo seguía discurriendo eternamente.

No, no se sentía tan sola. Julia estaba con ella y estaba segura de que, algún día, ella, desde el inframundo en el que creían los romanos, ella la ayudaría.

Cerró los ojos y susurró una plegaria a Osiris.

Los tres mundos
Del 58 al 53 a. C.

Habían coexistido tres mundos, pero aparentemente sólo quedaba uno en pie: Roma. Sin embargo, las grandes civilizaciones se niegan a desaparecer sin más y a ver borrados sus siglos de historia de golpe por el nuevo poder emergente, y, de ese modo, Vercingetórix en la Galia y una joven princesa egipcia junto al Nilo se negaban, respectivamente, a aceptar que el mundo celta hubiera terminado o que el milenario Egipto de los faraones hubiera llegado a su fin. Pero, en verdad, ninguno de los tres mundos había triunfado sobre los otros. Y es que, aunque aún no lo supiera nadie, los tres mundos habían terminado: ni la Galia volvería a ser la que fue, ni Egipto el reino que existió, ni Roma la República que gobernó el Mediterráneo. Los tres mundos, cada uno a su manera, estaban pereciendo lentamente, envueltos en la vorágine caníbal de la eterna lucha por el poder absoluto; los tres estaban evolucionando en una metamorfosis imparable hacia un único y diferente mundo, en donde lo romano, lo celta y lo egipcio dejarían de latir ya con corazones distintos para transformarse en un único mundo con un solo cuerpo: desde las costas atlánticas de los celtas hasta las orillas del Nilo, desde el Rin hasta África, desde Hispania hasta Asia.

Y en el centro de ese nuevo mundo, César.

Apéndices

I

Nota histórica

No leer antes de terminar la novela. Esta nota histórica desvela parte de la trama.

Como en las novelas anteriores de la saga de César, la mayor parte, por no decir la casi totalidad de los hechos que se refieren en *Los tres mundos* son acontecimientos históricos admitidos como veraces por los historiadores o, al menos, citados en una o varias de las fuentes clásicas consultadas. Así, la campaña contra los germanos liderados por Ariovisto, la campaña contra los belgas, la conquista de la región atlántica de la Galia, las dos campañas en Britania, los dos cruces del Rin y la rebelión de la Galia belga son narrados en función de los datos históricos que se tienen de todos estos conflictos militares. En particular, la batalla de los Vosgos, la del río Axona, la del río Sabis, la naval del golfo de Morbihan, la librada contra los téncteros y usípetes, la emboscada sufrida por la legión XIV por parte de Ambiórix y tantos otros enfrentamientos militares referidos en la novela siguen puntualmente lo que las fuentes históricas nos refieren. Hay, no obstante, momentos en que los textos clásicos y los historiadores modernos no detallan algunas batallas, asedios o maniobras militares de forma tan pormenorizada. Éste sería el caso de la batalla de Bigbury, en Britania, y de la toma de Pelusium por parte de Marco Antonio en su ruta hacia Alejandría. En este sentido, he completado con ficción verosímil cómo pudo desarrollarse la parte de estos hechos históricos cuyos detalles no tenemos, pero siempre sin alterar el resultado de cada uno de esos enfrentamientos ni la identidad de quienes participaron en ellos.

Del mismo modo, con respecto a la vida privada de César y del resto de los personajes de la novela, se siguen fielmente las fechas de los principales eventos familiares que marcaron su existencia, en especial todo lo relacionado con nacimientos, muertes, bodas, enfermedades graves, encuentros personales, amistades o discordias. Lo que realmente hace original a *Los tres mundos* es mostrar cómo estos sucesos de la esfera privada de César acontecen intercalados con los grandes episodios históricos de su vida pública y cómo sus consecuencias afectaban personalmente al protagonista de la saga.

Hay, sin embargo, dos licencias que me he permitido. En primer lugar, desconocemos el final del líder galo Ambiórix, de quien sólo nos consta que, desahuciado y derrotado, cruzó el Rin en busca de ayuda germana para seguir luchando contra César, pero de donde nunca regresó a la Galia. Lo que ocurrió con él es, en verdad, un enigma, y a este vacío histórico yo he aportado una posible conclusión. Y, en segundo lugar, el personaje del Extranjero es un añadido para dar continuidad al líder desaparecido, pero no muerto, Espartaco, que tanta importancia tuvo en el desarrollo de la vida pública de César, tal y como narré en *Maldita Roma*. No sabemos qué fue de él, pero me ha gustado jugar con la idea de recrearlo como asesor militar del rey belga Boduognato y del líder britano Casivelauno y hasta ironizar sobre su eterna huida en busca de un lugar donde nunca lo alcanzasen esos «malditos» romanos que no dejaban de extender, aparentemente sin fin, sus dominios. No obstante, las maniobras políticas y militares de Boduognato y Casivelauno referidas en la novela, tuvieran como origen los consejos de algún extranjero o no, son narradas según los datos históricos.

De esta manera, más allá de las excepciones referidas, *Los tres mundos* intenta ser un relato veraz, en función de los datos de los que disponemos, sobre las campañas de la conquista de las Galias por parte de César, relatado todo del modo más entretenido y con una estructura que resulte lo más adictiva posible. Eso sí, nos queda Vercingetórix, en Gergovia, la capital de los arvernos, rumiando si alzarse en armas contra un dominio romano que tanto su tribu como los eduos y los sécuanos habían imaginado que iba a ser sólo temporal y no definitivo. Y también tenemos a los enemigos de César esperando que pierda su inmunidad proconsular para juzgarlo por su forma de aprobar la ley de reforma agraria durante su consulado y a la joven Cleopatra luchando por mantener una dinastía que se tambalea en el filo de la navaja. Pero todo esto es ya, en verdad, otra historia, otra novela.

II

Glosario de términos latinos, griegos y egipcios

***ad hoc*:** Algo realizado de forma específica para una acción en concreto o para un momento o circunstancia particular.

***adulescentulus*:** Término aplicable en Roma desde los doce hasta los veinticinco años de edad, aproximadamente.

***ager Campanus*:** Extensos campos de cultivo al sur de Roma que se corresponden aproximadamente con la Campania moderna. Eran terrenos fértiles por la proximidad del monte volcánico Vesubio y, en consecuencia, tierras muy deseadas, objeto de disputa en las reformas agrarias que debían regular la distribución de zonas de cultivo para los veteranos de guerra y otros ciudadanos de Roma favorecidos, habitualmente, por la facción popular del Senado. Los senadores *optimates* solían oponerse al reparto público de estas tierras.

***Alea iacta est*:** Frase usada comúnmente en las partidas de dados y que quiere decir: «La suerte está echada».

***andabata*:** Condenado al que se obligaba a luchar a muerte en la arena de un anfiteatro vestido de gladiador, pero con casco sin visión, de modo que combatía contra su oponente a ciegas, lo que parecía divertir al público asistente.

***anj*:** Jeroglífico y símbolo egipcio que significa «la llave de la vida» o, simplemente, «vida». Uno de los símbolos más comúnmente relacionados con el antiguo Egipto.

***anj udja seneb*:** Título que, a modo de aposición, solía acompañar los nombres de los faraones y que significaba «vida, prosperidad y salud». Es muy posible que se emplearan estas palabras a la hora de dirigirse al faraón en señal de reconocimiento hacia su persona, que era quien, a los ojos de los egipcios, proporcionaba estos tres dones.

***Aquae Sextiae*:** Batalla campal en la que Cayo Mario, tío de Julio César, derrotó a los cimbrios, ambrones y teutones impidiendo que éstos siguieran avanzando hacia Roma.

***aquatica*:** O del agua; en la novela, dicho en referencia a la legión X por conseguir atravesar el Mare Britannicum.

***aquilifer*:** Soldado que portaba el estandarte de la legión, normalmente un águila, de donde viene el término.

***atramentum*:** Tinta negra.

***atriense*:** El esclavo de mayor rango y confianza en una *domus* romana. Actuaba como capataz supervisando las actividades del resto de los esclavos y gozaba de gran autonomía en su trabajo.

Auletes: «Flautista» en griego. Se trata del sobrenombre que recibió el faraón Tolomeo XII, padre de Cleopatra VII, por su gran afición a la música en general y, en particular, a este instrumento.

***ballistae*:** Grandes ballestas que formaban parte de la artillería de armas arrojadizas que empleaban los romanos en los asedios.

Bambalio: Sobrenombre que recibió el padre de Fulvia por parte de Cicerón a causa de su tartamudez.

basílica Sempronia: Una de las cuatro basílicas de la época republicana de Roma, construida en el 169 a. C. por Tiberio Sempronio Graco, casado con Cornelia, la hija de Escipión el Africano, padre de los dos Graco que fueron tribunos de la plebe por la facción popular. Las basílicas en Roma se empleaban como tribunales. No eran edificios religiosos. Serían, siglos después, los cristianos, al reunirse en las basílicas, quienes les darían un sentido eclesiástico. La basílica Sempronia parece haberse levantado en el centro del foro en terrenos ocupados pretéritamente por el propio Escipión el Africano y que Tiberio Sempronio Graco, o bien heredó al casarse con Cornelia, hija del Africano, o bien adquirió en una compra. En el año 54 a. C., Julio César levantará su propia basílica Julia sobre las ruinas de una basílica Sempronia, que al parecer fue destruida en un incendio ese mismo año o pocos antes.

Belenus: Dios del sol en la mitología celta y particularmente popular entre los galos. Era frecuente su asociación con los caballos.

***buccellata*:** Galletas de cereal muy calóricas y nutritivas, a la par que ligeras para transportar, frecuentes en la dieta de los legionarios durante una campaña militar.
***bucinator*:** Trompetero de las legiones.
***calones*:** Plural del esclavo de un legionario. Normalmente no intervenían en las acciones de guerra.
Caronte: Dios de los infiernos que transportaba las almas de los recién fallecidos navegando por el río Aqueronte. Cobraba en monedas por ese último trayecto, de ahí la costumbre romana de poner una moneda en la boca de los muertos.
***casus belli*:** Literalmente «caso de guerra», es decir, el motivo que justificaba una guerra para el Senado romano.
***cathedra*:** Silla sin reposabrazos con respaldo ligeramente curvo. Al principio sólo la utilizaban las mujeres, por considerarla demasiado lujosa, pero pronto su uso se extendió también a los hombres. Más adelante la usaron los jueces para impartir justicia o los profesores de retórica clásica. De ahí la expresión «hablar *ex cathedra*» (literalmente, «desde la silla»).
***cavea*:** Las gradas en las que se sienta el público en el teatro o en el anfiteatro.
Cibiosactes: Sobrenombre que recibió Seleuco VII por su afición a comer pescado, en particular atún, lo que hacía que oliera siempre mal. Se trata de un término griego compuesto de κύβιον, diminutivo que designaría los peces pequeños en salazón, y el verbo σάττω, que significa «empaquetar» o, con relación al pescado, «poner en salazón».
***clarissimus vir, clarissime vir*:** Nominativo y vocativo, respectivamente, de una fórmula de respeto con la que alguien se dirigía a un senador de Roma.
***cognomen*:** Tercer elemento de un nombre romano que indicaba la familia específica a la que una persona pertenecía. Se considera que con frecuencia el *cognomen* debe su origen a alguna característica o anécdota de algún familiar destacado.
***collegia*:** Gremios profesionales, pero, con frecuencia, estas asociaciones terminaban bajo el control de bandas que podían transformar sus reivindicaciones en actos violentos. Clodio llegó a controlar la mayor parte de los *collegia* de Roma y los empleó como un pequeño ejército contra sus enemigos políticos en la ciudad.

***consul sine collega*:** Cónsul único. Se trata de una magistratura excepcional. El consulado era un cargo colegiado con dos cónsules elegidos para cada año, pero, excepcionalmente, se consideró la opción de nombrar a un único magistrado a modo de dictador, pero sin recurrir a ese término que podría generar más alarma, para situaciones de emergencia.

***consultum ultimum*:** Véase *senatus consultum ultimum*.

***contubernium, contubernia*:** Singular y plural, respectivamente, de la unidad militar más pequeña de una legión. Pese a que su nombre podría sugerir algo distinto, se refiere al pequeño grupo de legionarios que compartían una tienda y los utensilios de uso diario para la higiene personal o para cocinar alimentos. Una centuria se componía de diez *contubernia* y, teniendo presente que la centuria se componía de ochenta legionarios, un *contubernium* se correspondía habitualmente con una unidad militar de ocho soldados romanos.

Curia: Apócope de Curia Hostilia, la sede habitual del Senado romano hasta el año 52 a. C.

***cursus honorum*:** Nombre que recibía la carrera política en Roma. Un ciudadano podía ir ascendiendo en su posición a diferentes cargos de género político y militar, desde una edilidad en la ciudad de Roma hasta los cargos de *quaestor*, pretor, censor, procónsul, cónsul o, en momentos excepcionales, dictador. Estos cargos eran electos, aunque el grado de transparencia de las elecciones fue evolucionando en función de las turbulencias sociales a las que se vio sometida la República romana.

***de facto*:** Expresión latina que equivale a «de hecho».

***deben*:** Unidad de peso del antiguo Egipto equivalente a unos quince gramos, aunque su valor pudo variar a lo largo del tiempo.

***decem*:** Diez.

***decimatio*:** Terrible castigo por el cual se ejecutaba a uno de cada diez legionarios de una legión o de una unidad militar romana que se hubiera mostrado cobarde en el campo de batalla. Por su extrema dureza y crueldad, la *decimatio* apenas se utilizó en la historia de Roma, aunque se recurrió a ella en momentos de graves crisis como la generada por Espartaco, tal y como se ilustra en *Maldita Roma*.

***devotio*:** Sacrificio supremo en el que un general, un oficial o un soldado entrega su propia vida en el campo de batalla para salvar el honor del ejército.

***dioiketes*:** Denominación antigua para referirse al ministro de economía o finanzas del Egipto tolemaico.

***Divide et impera*:** Expresión latina que significa: «Divide y gobierna».

***domina*:** Señora o ama de una residencia romana y forma en la que los esclavos se referirían a su dueña.

***domus*:** Típica vivienda romana de la clase más acomodada, normalmente compuesta de un vestíbulo de entrada a un gran atrio en cuyo centro se encontraba el *impluvium*. Alrededor del atrio se distribuían las estancias principales y al fondo se encontraba el *tablinum*. En el atrio había un pequeño altar para ofrecer sacrificios a los dioses *lares* y *penates*, que velaban por el hogar. Las casas más ostentosas añadían un segundo atrio posterior, generalmente porticado y ajardinado, el peristilo.

***domus publica*:** Residencia del *pontifex maximus* en el foro de Roma, junto a la Vía Sacra, y, teniendo en cuenta que César era pontífice máximo desde el 83 a. C., ésta sería la residencia oficial de su familia hasta su muerte.

eduos: Pueblo galo de cultura celta que habitaba el valle del río Saona. Entraron en conflicto con los helvecios al invadir éstos su territorio y solicitaron ayuda a Roma, ya que tenían un pacto de amistad. El Estado romano envió a Julio César para proteger los intereses de los eduos, y éstos, durante gran parte de la guerra de las Galias, fueron aliados leales a César. Su capital, Bibracte, fue testigo de una gran batalla y es muy posible que fuera el lugar donde César empezara a escribir o dictar su célebre *Comentarios de la guerra de las Galias*.

***equestris*:** Sobrenombre que recibió la legión X tras los acontecimientos que se describen en la novela.

***fasces*:** Un haz o manojo de varas atadas de las que pendía un hacha que portaban los *lictores* o guardias que acompañaban a los diversos magistrados romanos, como los cónsules o los pretores, entre otros. Este haz de varas con el hacha podía ser utilizado para decapitar a criminales, de modo que era símbolo de poder sobre la vida y la muerte, algo que tenían los magistrados de Roma y, hasta cierto punto, las vestales, que también eran escoltadas por *lic-*

tores que portaban *fasces*. Excepcionalmente, algunos sacerdotes, en particular el *flamen Dialis*, el sacerdote de Júpiter, podían ser acompañados por un *lictor* portador de *fasces*. Este símbolo se transformó en una insignia adoptada por Mussolini en el siglo XX para representar el poder del régimen en Italia, y de ahí deriva la palabra «fascismo».

***februa*:** Pequeñas tiras de cuero que los *luperci* utilizaban para tocar con ellas a las jóvenes romanas en la creencia de que dicho rito propiciaba la fertilidad.

Fossa Mariana: Nombre del canal que el cónsul Cayo Mario hizo construir para abastecer desde el mar su campamento levantado en la desembocadura del Ródano durante su campaña contra los cimbrios y teutones.

***gabiniani*:** Sobrenombre con el que se denominaba a los legionarios romanos que llevó el gobernador Aulo Gabinio, dirigidos muchos de ellos por un joven Marco Antonio, hasta Alejandría para reinstaurar en el poder al faraón Tolomeo XII, siguiendo las instrucciones recibidas por el senador Pompeyo.

***Gallia est omnis divisa in partes tres*:** Frase inicial de *La guerra de las Galias* de Julio César, que significa: «La Galia está dividida en tres partes».

***garum*:** Densa salsa de pescado muy popular en la antigua Roma para sazonar diferentes alimentos. Gran parte del *garum* era producido en factorías de la costa de Hispania.

gladio: Espada de doble filo de origen ibérico que las legiones romanas adoptaron en el periodo de la segunda guerra púnica.

***heka*:** El cayado del pastor, uno de los símbolos del faraón que esgrimía en su mano en numerosas representaciones artísticas de escultura o pintura en el antiguo Egipto. Osiris también podía aparecer representado esgrimiendo este símbolo.

helvecios: Pueblo galo de cultura celta que habitó entre el Rin, el río Jura y los Alpes, y que al iniciar una gran migración hacia tierras del oeste propició la intervención de Roma, de manos de Julio César, ya que otras tribus galas se sintieron agredidas y solicitaron ayuda al Estado romano.

Hércules: Es el equivalente al Heracles griego, hijo ilegítimo de Zeus, concebido en su relación, bajo engaños, con la reina Alcmena. Por asimilación, Hércules era el hijo de Júpiter y Alcmena. Su nombre se usaba como una interjección.

hetaira: Aunque en ocasiones se ha confundido con el término «prostituta», en verdad una *hetaira* se correspondería más bien con una cortesana culta que podía acompañar a los hombres en reuniones, festines y banquetes en la cultura griega.

idus: El decimotercer día de la mayoría de los meses del calendario romano y el decimoquinto día de los meses de marzo, mayo, julio y octubre. La expresión «los idus de marzo» se refiere al día del asesinato de César, que aconteció el 15 de marzo del 44 a. C., si bien el término en latín es femenino y, si usáramos la palabra en su género original, lo correcto sería referirse a dicha jornada como «las idus de marzo».

impedimenta: Los bagajes y diferentes carros de transporte de pertrechos militares y suministros de alimentación y de cualquier otro tipo que llevaba consigo un ejército romano en campaña.

imperator: Aclamación de las tropas legionarias a un magistrado con poder militar tras una gran victoria. Posteriormente, implica que un magistrado tiene poder militar sobre una o más legiones y, finalmente, termina identificándose con la figura del emperador de Roma.

imperium: En sus orígenes era la plasmación de la proyección del poder divino de Júpiter en aquellos que, investidos como cónsules, de hecho ejercían el poder político y militar de la República durante su mandato. El *imperium* conllevaba el mando de un ejército consular compuesto de dos legiones completas junto con sus tropas auxiliares.

impluvium: Pequeña piscina o estanque que, en el centro del atrio, recogía el agua de la lluvia, que después podía ser utilizada con fines domésticos.

in absentia: Literalmente «en ausencia». Se refería a la posibilidad de que un ciudadano romano, de forma excepcional y contrario a lo acostumbrado, pudiera presentarse a unas elecciones a una magistratura sin personarse en el foro de Roma.

in aeternum: «Para toda la eternidad», que perdurará siempre.

in extremis: Expresión latina que significa «en el último momento». En algunos contextos puede equivaler a *in articulo mortis*.

***incestum*:** Relación sexual considerada en Roma como inapropiada, abarcando más allá del concepto de incesto actual, es decir, relaciones sexuales entre padres e hijos o entre hermanos. Así, por ejemplo, el *incestum* como crimen o tabú incluiría las relaciones sexuales con una vestal.

***indutiae*:** Tregua. En latín siempre se escribe en plural, por eso *indutiae* y no *indutia*.

***intermissio*:** Intermedio.

***ipso facto*:** Expresión latina que significa «en el mismo momento», «inmediatamente».

Isis: En la mitología egipcia es la diosa, esposa de Osiris y madre de Horus, a la que terminó adorándose por todo el Mediterráneo y el mundo grecorromano. Los egipcios la consideraban una gran benefactora. Supuestamente, recuperó los pedazos del cuerpo desmembrado de Osiris, su esposo, asesinado por el terrible Seth, y consiguió resucitarlo. Se la consideraba asimismo madre del faraón de Egipto.

***kalendae*:** En el calendario romano, el primer día de cada mes.

***legati*:** Legados, representantes o embajadores, con diferentes niveles de autoridad a lo largo de la dilatada historia de Roma. En el ámbito militar, un *legatus* estaba al mando de una legión, y él, a su vez, dependía de un cónsul o procónsul durante la época republicana. En época imperial, los *legati* militares dependían directamente del emperador.

***lex Gabinia*:** Ley promovida por Aulo Gabinio en el 67 a. C., cuando actuaba como tribuno de la plebe, en la que se dotaba a Pompeyo de poder proconsular sobre el mar Mediterráneo y el mar Negro y todas las costas para terminar con los piratas.

***Lupercalia*:** Festividades con el doble objetivo de proteger el territorio y promover la fecundidad. Los *luperci* recorrían las calles con sus *februa* para «azotar» con ellas a las jóvenes romanas en la creencia de que con ese rito se favorecería la fertilidad.

***luperci*:** Personas pertenecientes a una cofradía religiosa encargada de una serie de rituales encaminados a promover la fertilidad en la antigua Roma.

***magister equitum*:** Jefe de la caballería romana.

***magnis itineribus*:** A marchas forzadas, esto es, cuando las legiones eran obligadas a avanzar lo más rápido posible, por ejemplo, si debían interceptar a enemigos con la mayor premura.

Mare Britannicum: Canal de la Mancha.

Mare Nostrum: Mar Mediterráneo.

Marte: Dios de la guerra y los sembrados. A él se consagraban las legiones en marzo, cuando se preparaban para una nueva campaña. Normalmente se le sacrificaba un carnero.

***medicus*:** Médico, figura profesional que se hace común en Roma a partir del siglo III a. C. Algunos romanos como Catón el Viejo veían con recelo una profesión de origen griego que se incorporaba a una Roma que se quería sin influencias extranjeras. Para él, el *pater familias* era quien debía velar por la salud de quienes estaban a su cargo. Pero, primero, médicos de origen griego y, luego, otros formados en la misma Roma terminaron siendo las figuras de referencia en todo lo relacionado con la salud. Las legiones romanas incorporaron médicos a sus tropas para el *valetudinarium* u hospital militar de campaña.

***Mesogeios Thalassa*:** Mar Mediterráneo en griego.

***mirmillo*:** Categoría de gladiador que se distinguía por llevar un pez *mirmillo* en la cimera de su casco, de donde tomaba su nombre.

muralla serviana: Fortificación amurallada levantada por los romanos en los inicios de la República para protegerse de los ataques de las ciudades latinas con las que competía por conseguir la hegemonía en el Lacio. Estas murallas protegieron durante siglos la ciudad hasta que, decenas de generaciones después, en el Imperio, se levantó la gran muralla aureliana. Un resto de la muralla serviana es aún visible junto a la estación de ferrocarril Termini en Roma.

***nomen*:** También conocido como *nomen gentile* o *nomen gentilicium*, indica la *gens* o tribu a la que una persona estaba adscrita. El protagonista de esta novela pertenecía a la tribu Julia, de ahí que su *nomen* sea Julio.

***oppidum*:** Fortaleza celta generalmente ubicada en una posición elevada.

***oppugnatio repentina*:** Ataque de las legiones romanas que tiene lugar cuando éstas llegan a una fortaleza enemiga y no se toman ningún tiempo de descanso para preparar el asalto, sino que se lanzan a la conquista de la fortificación de modo inmediato para aprovechar la sorpresa.

***optimas, optimates*:** Singular y plural; literalmente quiere decir «los mejores de los mejores», pero esto era sólo una forma petulante de autodenominarse la facción más conservadora del Senado romano. Conservadores en el sentido de preservar los privilegios de la clase senatorial con relación al pueblo y el resto de las clases sociales de Roma y también con relación a los *socii*, o pueblos aliados, y a los provinciales. Durante los últimos tiempos de la República romana, los *optimates* protagonizaron un enfrentamiento mortal contra el bando opositor, los populares, más proclives a ampliar los derechos de otras clases sociales diferentes a los patricios senatoriales. Como refleja la novela, este enfrentamiento culminaba en violencia, e incluso en guerra civil, en más de una ocasión.

***ornatrices*:** Esclavas dedicadas al peinado y el aseo personal de su ama.

Osiris: En la mitología egipcia es el dios de la resurrección y la regeneración del Nilo. Asesinado por el malvado Seth, sería devuelto a la vida por su esposa, la diosa Isis.

***palla*:** Manto o capa externa que vestían las mujeres en la antigua Roma por encima de su ropa y que se ajustaba a las otras prendas mediante fíbulas o grandes alfileres.

***paludamentum*:** Larga capa púrpura que portaba el líder de las tropas romanas en una campaña, normalmente un cónsul o procónsul, y que lo diferenciaba del resto de los oficiales.

***pater familias*:** El cabeza de familia tanto en las celebraciones religiosas como a todos los efectos jurídicos.

***patres conscripti*:** Los padres de la patria; forma habitual de referirse a los senadores. Este término deriva del antiguo *patres et conscripti*. Los *patres* eran, originariamente, de las familias patricias, y los *conscripti*, elegidos entre otras clases romanas como los plebeyos o la clase ecuestre.

***pedarii*:** Nombre que recibían los senadores que normalmente no intervenían en las sesiones de la cámara, sino que se limitaban a votar caminando de un lado al otro de la sala de debate, posicionándose en el lado del senador con el que estaban de acuerdo.

***pilum, pila*:** Singular y plural del arma propia de los *hastati* y los *principes*. Se componía de una larga asta de madera de hasta metro y medio que culminaba en un hierro de similar longitud. En tiempos del historiador Polibio y, probablemente, en la época de esta novela, el hierro estaba incrustado en la madera hasta la mitad de su longitud mediante fuertes remaches. Más adelante, evolucionaría para terminar sustituyendo uno de los remaches por una clavija que se partía cuando el arma se clavaba en el escudo enemigo, dejando que el mango de madera quedara colgando del hierro ensartado en el escudo y trabando al enemigo, el cual, con frecuencia, se veía obligado a desprenderse de su arma defensiva. En la época de César, el mismo efecto se conseguía de forma distinta mediante una punta de hierro que resultaba imposible de extraer del escudo. El peso del *pilum* oscilaba entre 0,7 y 1,2 kilos y los legionarios podían lanzarlos a una media de 25 metros de distancia, aunque los más expertos llegaban hasta los 40 metros. En su caída, podía atravesar hasta tres centímetros de madera o, incluso, una placa de metal.

populares: La facción senatorial y de otros representantes o magistrados, como los tribunos de la plebe, que defendía una redistribución de derechos de modo que el pueblo de Roma, y también en parte sus aliados fuera de Roma, tuvieran acceso a beneficios como una redistribución de las tierras, controladas por la oligarquía senatorial de los *optimates*, una extensión del derecho de voto o incluso de ciudadanía romana y otros beneficios. Se pueden rastrear los orígenes de las reclamaciones populares hasta finales de la segunda guerra púnica con las peticiones de los Graco, nietos de Escipión el Africano y tribunos de la plebe. Diferentes tribunos de la plebe y otros líderes continuaron con estas reclamaciones hasta que Cayo Mario, tío de Julio César, y luego Cinna, se erigieron en líderes supremos de esta facción política.

***porta decumana*:** Puerta trasera de un campamento romano, situada a espaldas del *praetorium*.

***porta praetoria*:** Puerta principal de un campamento romano, situada frente al *praetorium*.

***porta principalis dextera*:** Puerta lateral de un campamento romano, situada a la derecha del *praetorium*.

***porta principalis sinistra*:** Puerta lateral de un campamento romano, situada a la izquierda del *praetorium*.

***praefectus fabrum*:** Oficial de las legiones romanas encargado de la intendencia, logística y coordinación de diferentes tareas de aprovisionamiento y montaje de infraestructuras.

***praenomen*:** Nombre particular de una persona, que luego se completaba con su *nomen* o denominación de su tribu y su *cognomen* o nombre de su familia. A la vista de la gran variedad de nombres de los que hoy día disponemos, es sorprendente la escasa variedad que el sistema romano proporcionaba: sólo había un pequeño grupo de *praenomen* entre los que elegir. A la escasez, hay que sumar que cada *gens* o tribu solía recurrir a pequeños grupos de nombres. Así pues, era muy frecuente que miembros de una misma familia compartieran el mismo *praenomen*, *nomen* y *cognomen*, generando así, en ocasiones, confusiones a historiadores o lectores de obras como esta novela.

***praetorium*:** Tienda del general en jefe de un ejército romano. Se levantaba en el centro del campamento, entre el *quaestorium* y el foro.

***prima vigilia*:** Primera de las cuatro partes en las que los antiguos romanos dividían la noche.

***prooemium*:** Prólogo.

***provocatores*:** Categoría de gladiador surgida en el siglo I a. C. que solía combatir con otro luchador de su mismo grupo. Portaban un casco híbrido entre romano y galo, un escudo rectangular, un gladio, protecciones en brazo y pierna derechos y una coraza pectoral, entre otros elementos.

***publicani*:** Los publicanos eran las personas que dentro del Estado romano estaban encargadas de la recaudación de impuestos tanto en Roma como en las provincias.

***pugio*:** Puñal.

***quaestor*:** En las legiones de la época republicana era el encargado de velar por los suministros y provisiones de las tropas, por el control de los gastos y de otras diversas tareas administrativas.

***quarta vigilia*:** Cuarta parte en la que los romanos dividían la noche.

***relegatio*:** Pena de exilio en la antigua Roma que, no obstante, no comportaba la pérdida de ciudadanía ni la confiscación de propiedades.

***retiarius, retiarii*:** Categoría de gladiador que luchaba con una red y un tridente.

***rex germanorum*:** Rey de los germanos.

***rudis*:** Espada de madera que se entregaba a un gladiador como símbolo de que había obtenido la libertad.

***sacrilegium*:** Grave delito relacionado con algún crimen con respecto a asuntos de orden religioso y que podía comportar durísimos castigos.

***sagittarii*:** Categoría de gladiador cuyo elemento distintivo era el uso de un arco y flechas.

***secutor, secutores*:** Categoría de gladiador similar al *mirmillo* en cuanto a ir armado con una pesada espada y protegerse también con un gran escudo rectangular, pero su casco era muy diferente: sin decoración alguna en la parte superior y totalmente cerrado, con sólo dos aberturas para los ojos.

***sejem*:** El cetro que portaba el faraón como emblema de su poder absoluto.

***sejemti*:** Doble corona que portaban los faraones como símbolo de gobernar sobre el Alto y Bajo Egipto.

***sella*:** El más sencillo de los asientos romanos. Equivale a un simple taburete.

***sella curulis*:** Como la *sella*, carece de respaldo, pero es un asiento de gran lujo, con patas cruzadas y curvas de marfil que se podían plegar para facilitar el transporte, pues se trataba del asiento que acompañaba al cónsul en sus desplazamientos civiles o militares.

***senatus consultum ultimum*:** Edicto aprobado por el Senado mediante el cual se daba poder a uno de los cónsules, o a ambos, para que llevaran a término una acción concreta, como, por ejemplo, arrestar y, si era preciso, ejecutar a alguien a quien el Senado considerase enemigo del Estado.

***sigillata*:** Véase *terra sigillata*.

***sine die*:** Sin límite de tiempo.

***sine luna nova*:** Sin luna nueva.

Sobek: En la mitología egipcia se trata de un dios que se asocia con las sagradas aguas del Nilo y se le representa con cabeza de cocodrilo. Tiene un aspecto maléfico en algunas versiones de la religión egipcia, al considerarse que el malvado dios Seth, que asesinara a Osiris, se ocultó en un cocodrilo. Sobek termina siendo considerado por el pueblo como un dios temible y más favorable a los ricos y los sacerdotes que al campesinado humilde, que veía en Horus, Isis u Osiris dioses más favorables.

***solium*:** Asiento de madera con respaldo recto, sobrio y austero.

***spatha*:** Espada, probablemente de origen celta y más larga que un gladio, que portaban los jinetes de la caballería romana y que, durante época bajo imperial terminaría siendo empleada también por la infantería romana.

***statu quo*:** Estado actual de relaciones o circunstancias, con frecuencia referido a situaciones políticas o de conflictos entre países.

***stilus*:** Pequeño estilete empleado para escribir en la antigua Roma.

Subura: Barrio de la antigua Roma donde se hacinaban las clases más populares de la ciudad en un entramado de calles muy diferente al de los barrios más nobles. Curiosamente, la familia Julia vivía en este barrio, algo, no obstante, que la conectaba y la acercaba a la plebe, en consonancia con su tendencia política popular. En la actualidad se corresponde con el barrio Monti de Roma, donde aún podemos encontrar una piazza de la Subura.

***supplicatio*:** Celebración de un éxito militar convocada por el Senado, pero de mucho menor rango que un triunfo. Normalmente se limitaba a elevar plegarias a los dioses en honor del magistrado victorioso y a realizar diversos sacrificios.

***tablinum*:** Habitación que da al atrio, situada en el lado opuesto a la entrada principal de la *domus*. Esta estancia estaba destinada al *pater familias* y hacía las veces de despacho particular del dueño de la casa.

Taranis: Dios del trueno en la mitología celta, especialmente popular entre los galos. Se le representaba con rayos o con una rueda que simboliza la rueda cósmica.

***terra sigillata*:** Cerámica de gran calidad en la que se servía sólo a los mejores invitados. Normalmente estaba decorada.

***tesserae*:** Pequeñas planchas de arcilla en las que se podían escribir desde mensajes hasta indicaciones sobre la situación de un asiento o plaza en un teatro o anfiteatro o cualquier otra información.

***testudo*:** Típica formación de las legiones romanas en la que cada unidad militar forma con los escudos en alto, por delante, detrás y los costados, de modo que todos los legionarios quedan a cubierto de posibles armas arrojadizas durante su avance en un combate.

***tibicines*:** Flautistas.

***toga praetexta*:** Toga propia de los senadores y magistrados de Roma, de lana blanca con bordes de color púrpura.

***tonsor*:** Barbero.

***triclinium, triclinia*:** Singular y plural de los divanes en los que los romanos se recostaban para comer, especialmente durante la cena. Lo frecuente es que hubiera tres, pero podían añadirse más de ser necesario ante la presencia de invitados.

***triplex acies*:** Formación habitual de combate de las legiones romanas en la que se disponían las cohortes en tres líneas de lucha, de modo que se pudieran ir turnando en primera línea y así evitar el agotamiento de las tropas durante una batalla.

trirreme: Barco de uso militar del tipo galera. Su nombre romano *triremis* hace referencia a las tres hileras de remos que, a cada lado del buque, impulsaban la nave. Este tipo de navío se usaba desde el siglo VII a. C. en la guerra naval del mundo antiguo. Hay quien considera que las inventaron los egipcios, aunque los historiadores ven en las trieras corintias su antecesor más probable. De forma específica, Tucídides atribuye su invención a Aminocles. Los ejércitos de la antigüedad se dotaron de estos navíos como base de sus flotas, aunque les añadieron barcos de mayor tamaño sumando más hileras de remos, apareciendo así las cuatrirremes, de cuatro hileras, o las quinquerremes, de cinco. Se llegaron a construir naves de seis hileras de remos o de diez, como las que actuaron de buques insignia en la batalla naval de Accio entre Octavio y Marco Antonio. Calígeno nos describe un auténtico monstruo marino de cuarenta hileras construido bajo el reinado de Ptolomeo IV Filopátor (221-203 a. C.), aunque, caso de ser cierta la existencia de semejante buque, éste sería más un juguete real que un navío práctico para desenvolverse en una batalla naval. Tanto «quinquerreme» como «trirreme» se pueden encontrar en la literatura sobre historia clásica en masculino o femenino, si bien la Real Academia recomienda el masculino.

triunfo: Desfile de gran boato y parafernalia que un general victorioso realizaba por las calles de Roma. Para ser merecedor de tal honor, la victoria por la que se solicita este premio ha de haberse conseguido durante el mandato como cónsul o procónsul de un ejército consular o proconsular.

túnica íntima: Una túnica o camisa ligera que las romanas llevaban por debajo de la *stola*, la vestimenta típica de las mujeres en Roma.

***turma, turmae*:** Singular y plural del término que describe un pequeño destacamento de caballería compuesto por tres decurias de diez jinetes cada una.
***umbones*:** Grandes broches metálicos normalmente situados en el centro de los escudos de los soldados romanos y que los legionarios usaban para arremeter contra las tropas enemigas.
***valetudinarium*:** Hospital militar.
***vastatio*:** Devastación o destrucción absoluta de un territorio por orden militar.
Venus: Diosa romana del amor, la fertilidad y la belleza. Hasta cierto punto se identifica con la diosa Afrodita en la mitología griega. La familia de Julio César se decía descendiente de esta diosa.
***vergobreto*:** Líder galo que equivalía a un cónsul para una tribu celta.
vestal: Sacerdotisa perteneciente al colegio de las vestales dedicadas al culto de la diosa Vesta. En un principio sólo había cuatro, aunque posteriormente se amplió el número de vestales a seis y, finalmente, a siete. Se las escogía cuando tenían seis y diez años de familias cuyos padres estuvieran vivos. El periodo de sacerdocio era de treinta años. Al finalizar, las vestales eran libres para contraer matrimonio si así lo deseaban. Sin embargo, durante su sacerdocio debían permanecer castas y velar por el fuego sagrado de la ciudad. Si faltaban a sus votos, eran condenadas sin remisión a ser enterradas vivas. Si, por el contrario, mantenían sus votos, gozaban de gran prestigio social hasta el punto de que podían salvar a cualquier persona que, una vez condenada, fuera llevada para su ejecución. Vivían en una gran mansión próxima al templo de Vesta. También estaban encargadas de elaborar la *mola salsa*, ungüento sagrado utilizado en muchos sacrificios.
***via praetoria*:** Avenida central de un campamento romano que iba de norte a sur desde la puerta *praetoria*.
via principalis: La calle que cruza transversalmente un campamento romano desde la *porta principalis dextera* hasta la *porta principalis sinistra*.
Vía Sacra: Una de las avenidas más importantes de la antigua Roma. Va de este a oeste desde la colina Capitolina hasta el actual Coliseo. Al tener esta orientación y cruzar todo el foro, es muy posible que se correspondiera con el antiguo decúmano, una de las dos calles, jun-

to con el cardo, que suponían el origen de cualquier ciudad romana. La Vía Sacra era por donde desfilaba el cónsul victorioso tras una campaña militar durante la celebración de un triunfo.

***vigilia*:** Los romanos dividían la noche en cuatro partes o cuatro horas: *prima*, *secunda*, *tertia* y *quarta*.

III

Mapas históricos

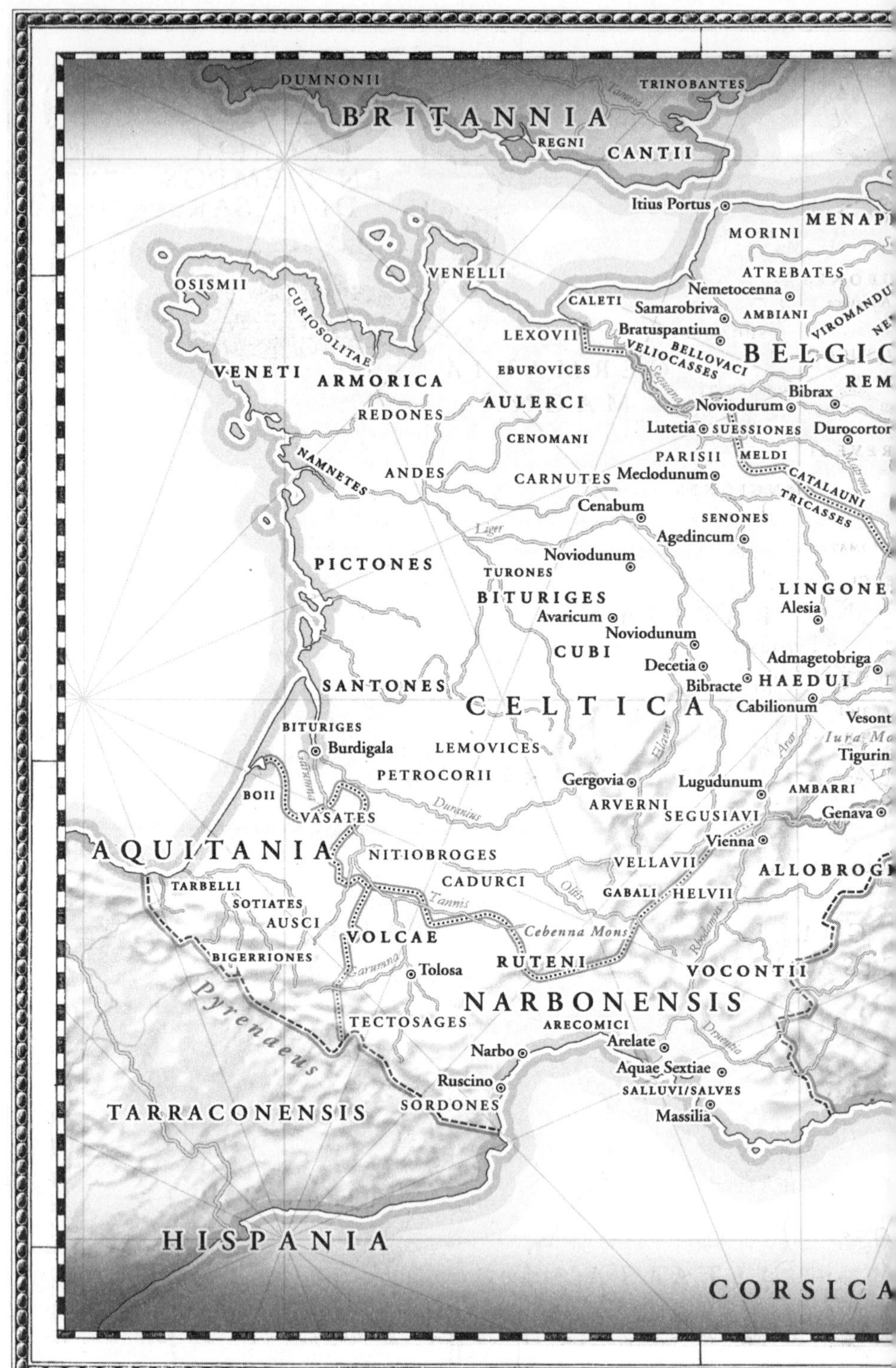

DUMNONII
BRITANNIA
TRINOBANTES
Tamesa
REGNI
CANTII
Itius Portus
MENAP
MORINI
VENELLI
OSISMII
CURIOSOLITAE
ATREBATES
Nemetocenna
CALETI
Samarobriva
AMBIANI
VIROMANDU
LEXOVII
Bratuspantium
BELLOVACI
VELIOCASSES
BELGIC
VENETI
ARMORICA
EBUROVICES
Sequana
Bibrax
REM
AULERCI
REDONES
Noviodurum
Lutetia
SUESSIONES
Durocortor
CENOMANI
NAMNETES
ANDES
CARNUTES
PARISII
Meclodunum
MELDI
CATALAUNI
TRICASSES
Matrona
Cenabum
SENONES
Liger
Agedincum
Noviodunum
PICTONES
TURONES
BITURIGES
LINGONE
Alesia
Avaricum
Noviodunum
CUBI
Decetia
Admagetobriga
SANTONES
Bibracte
HAEDUI
CELTICA
Cabilionum
BITURIGES
Vesont
Burdigala
LEMOVICES
Elaver
Arar
Tigurin
Garumna
PETROCORII
Gergovia
Lugudunum
AMBARRI
BOII
Duranius
ARVERNI
SEGUSIAVI
Genava
VASATES
Vienna
AQUITANIA
NITIOBROGES
VELLAVII
CADURCI
ALLOBROG
TARBELLI
Oltis
GABALI
HELVII
SOTIATES
Tannis
AUSCI
Cebenna Mons
Rhodanus
VOLCAE
BIGERRIONES
Garumna
Tolosa
RUTENI
VOCONTII
Pyrenaeus
NARBONENSIS
TECTOSAGES
ARECOMICI
Druentia
Arelate
Narbo
Aquae Sextiae
Ruscino
SALLUVI/SALVES
SORDONES
Massilia
TARRACONENSIS
HISPANIA
CORSICA

LA GALIA
EN TIEMPOS
DE CÉSAR
SPQR
USIPETES
Rhenus
Aduatuca
SUGAMBRI
GERMANIA
MAGNA
CHATTI
UBII
Moenus
VANGIONES
NEMETES
DIOMATRICI
Rhenus
TRIBOCI
RAETIA
LATOBRIGI
TULINGI
HELVETII
NORICUM
GALLIA
PANONIA
SUPERIOR
DALMATIA
ITALIA

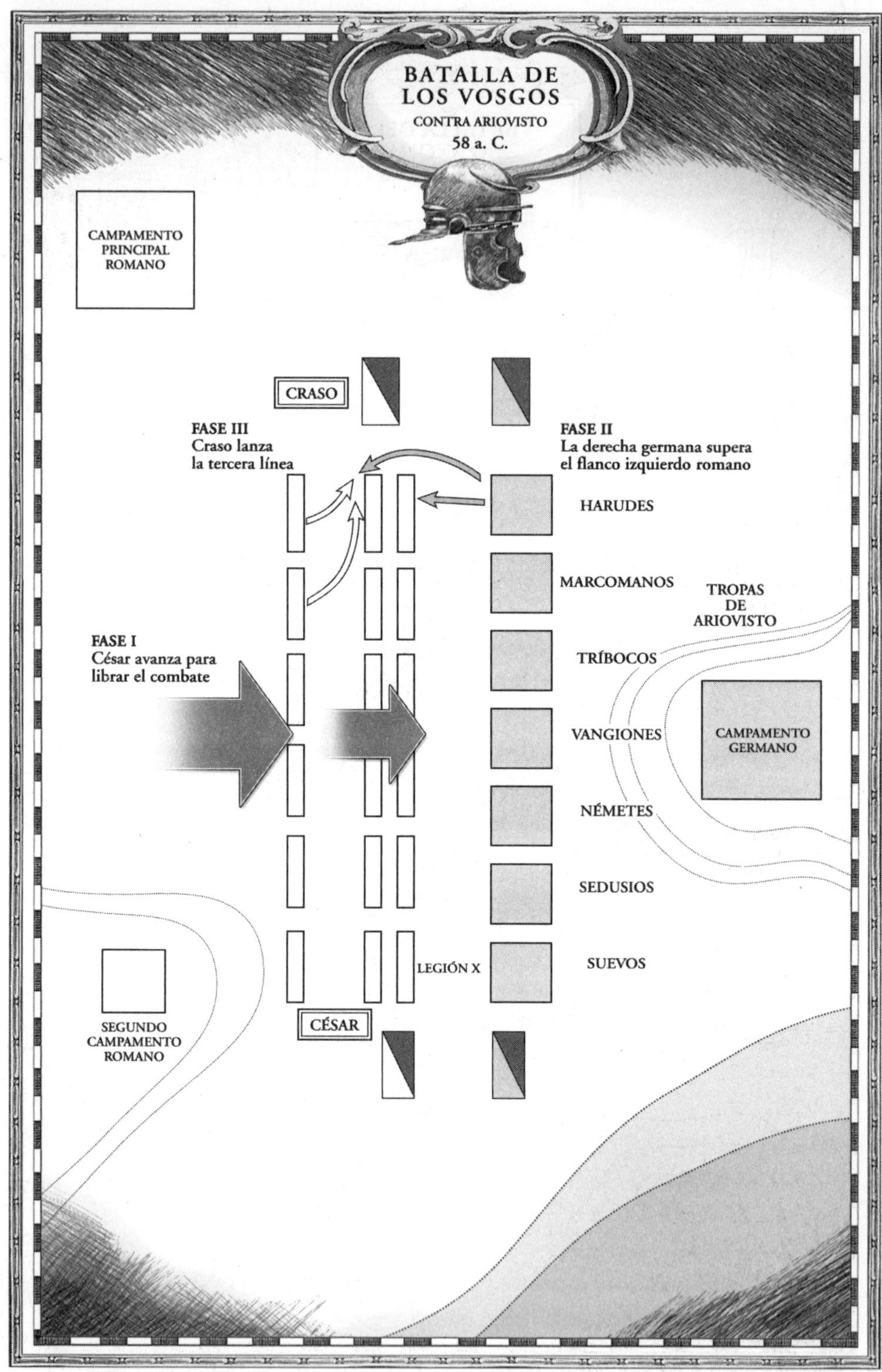
BATALLA DE
LOS VOSGOS
CONTRA ARIOVISTO
58 a. C.
CAMPAMENTO
PRINCIPAL
ROMANO
CRASO
FASE III
Craso lanza
la tercera línea
FASE II
La derecha germana supera
el flanco izquierdo romano
HARUDES
MARCOMANOS
TROPAS
DE
ARIOVISTO
FASE I
César avanza para
librar el combate
TRÍBOCOS
VANGIONES
CAMPAMENTO
GERMANO
NÉMETES
SEDUSIOS
LEGIÓN X
SUEVOS
SEGUNDO
CAMPAMENTO
ROMANO
CÉSAR

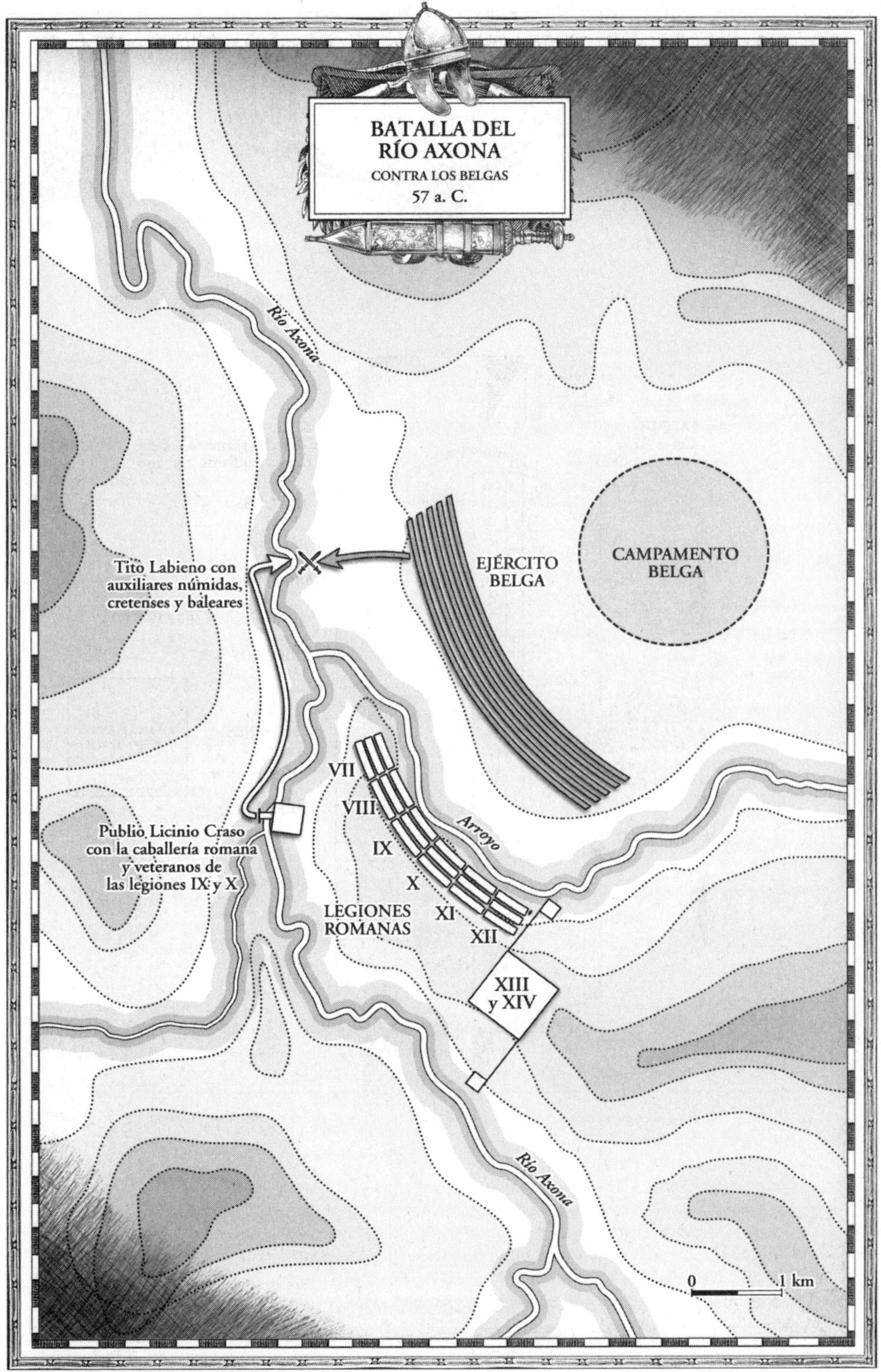
BATALLA DEL
RÍO AXONA
CONTRA LOS BELGAS
57 a. C.
Río Axona
Tito Labieno con
auxiliares númidas,
cretenses y baleares
EJÉRCITO
BELGA
CAMPAMENTO
BELGA
VII
VIII
IX
X
XI
XII
LEGIONES
ROMANAS
Arroyo
Publio Licinio Craso
con la caballería romana
y veteranos de
las legiones IX y X
XIII
y XIV
Río Axona
0
1 km

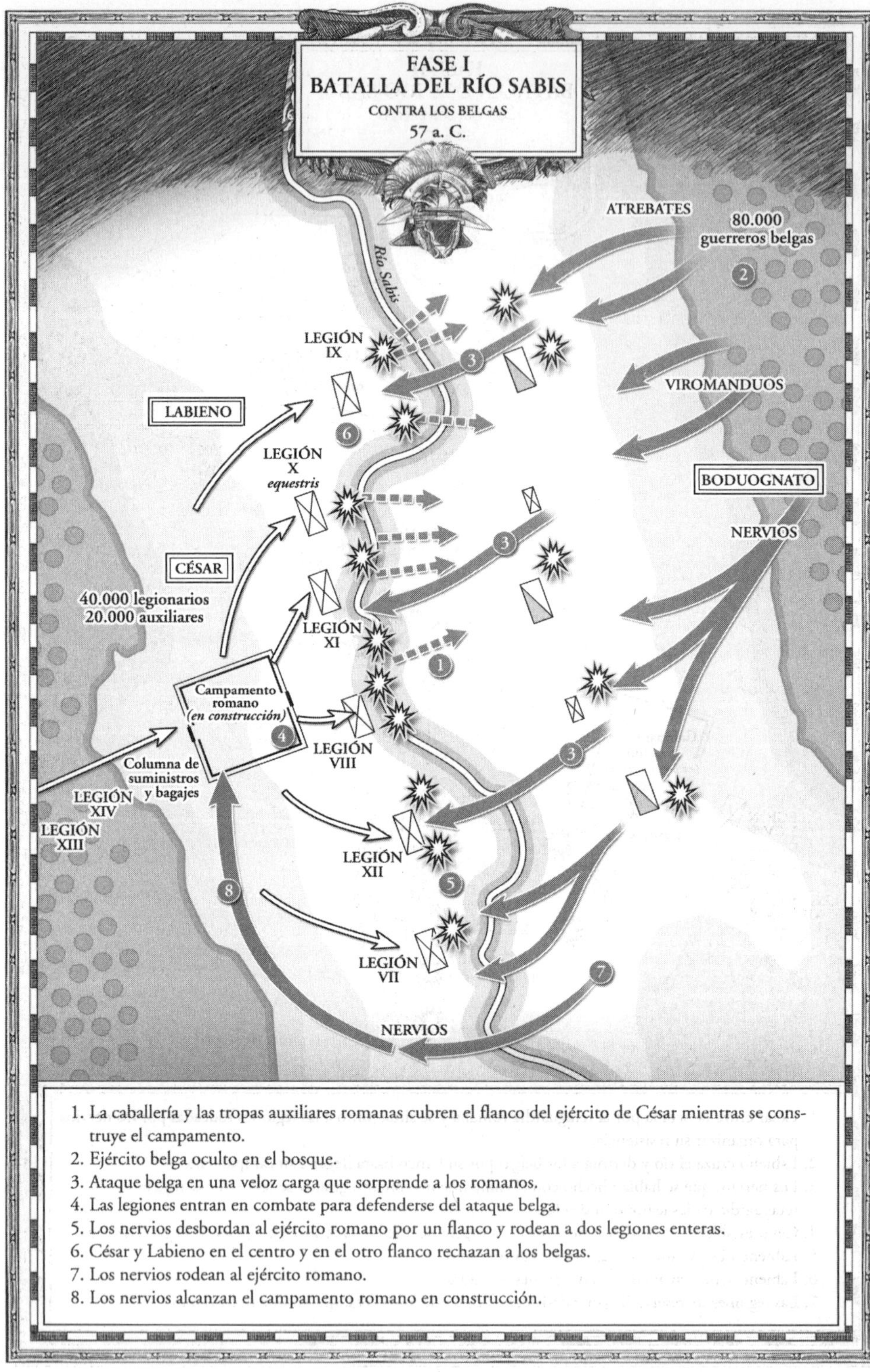
FASE I
BATALLA DEL RÍO SABIS
CONTRA LOS BELGAS
57 a. C.
Río Sabis
ATREBATES
80.000
guerreros belgas
2
LEGIÓN
IX
3
VIROMANDUOS
LABIENO
6
LEGIÓN
X
equestris
BODUOGNATO
NERVIOS
3
CÉSAR
40.000 legionarios
20.000 auxiliares
LEGIÓN
XI
1
Campamento
romano
(en construcción)
4
LEGIÓN
VIII
3
Columna de
suministros
y bagajes
LEGIÓN
XIV
LEGIÓN
XIII
LEGIÓN
XII
5
8
LEGIÓN
VII
7
NERVIOS
1. La caballería y las tropas auxiliares romanas cubren el flanco del ejército de César mientras se construye el campamento.
2. Ejército belga oculto en el bosque.
3. Ataque belga en una veloz carga que sorprende a los romanos.
4. Las legiones entran en combate para defenderse del ataque belga.
5. Los nervios desbordan al ejército romano por un flanco y rodean a dos legiones enteras.
6. César y Labieno en el centro y en el otro flanco rechazan a los belgas.
7. Los nervios rodean al ejército romano.
8. Los nervios alcanzan el campamento romano en construcción.

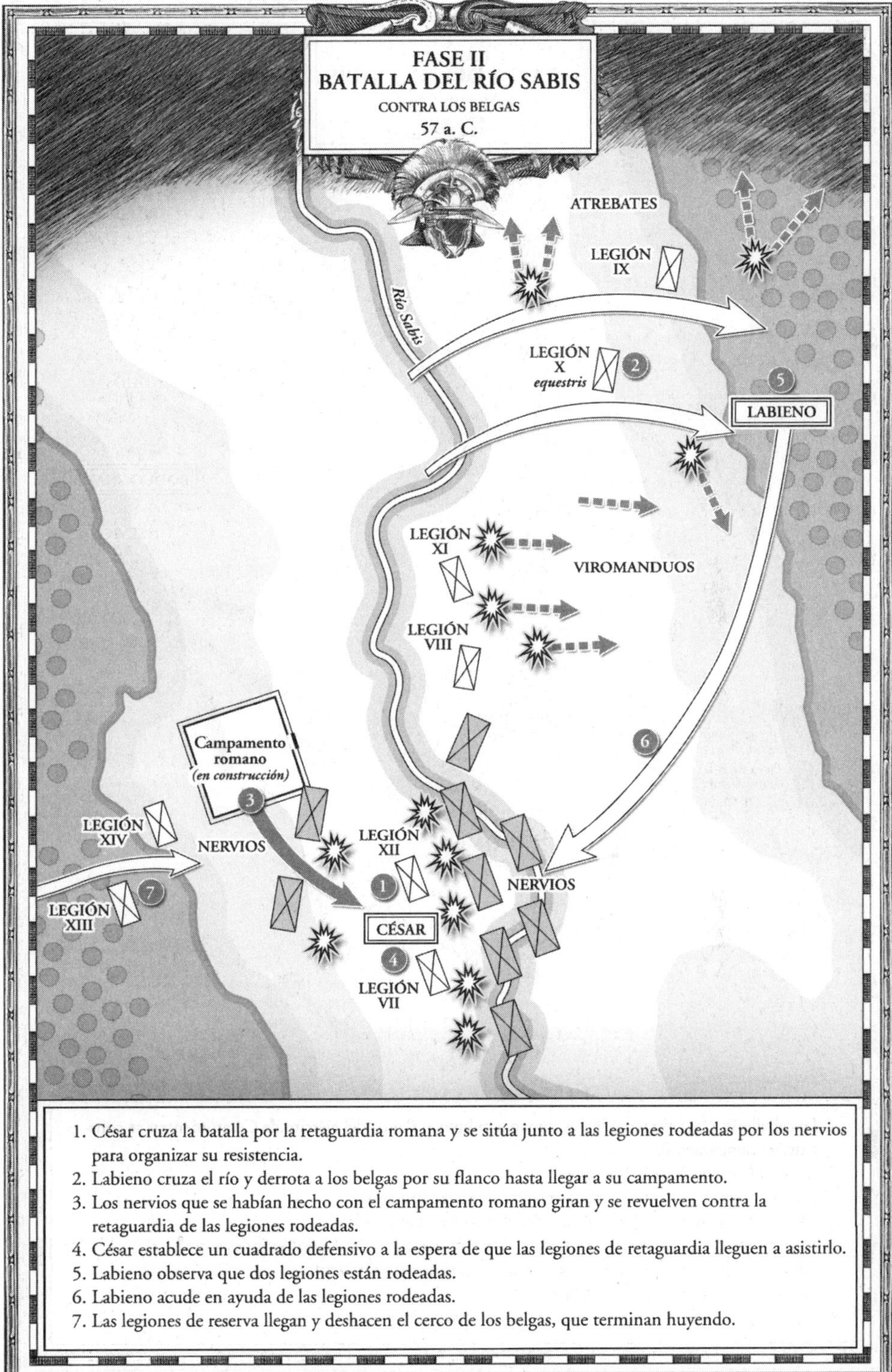

1. César cruza la batalla por la retaguardia romana y se sitúa junto a las legiones rodeadas por los nervios para organizar su resistencia.
2. Labieno cruza el río y derrota a los belgas por su flanco hasta llegar a su campamento.
3. Los nervios que se habían hecho con el campamento romano giran y se revuelven contra la retaguardia de las legiones rodeadas.
4. César establece un cuadrado defensivo a la espera de que las legiones de retaguardia lleguen a asistirlo.
5. Labieno observa que dos legiones están rodeadas.
6. Labieno acude en ayuda de las legiones rodeadas.
7. Las legiones de reserva llegan y deshacen el cerco de los belgas, que terminan huyendo.

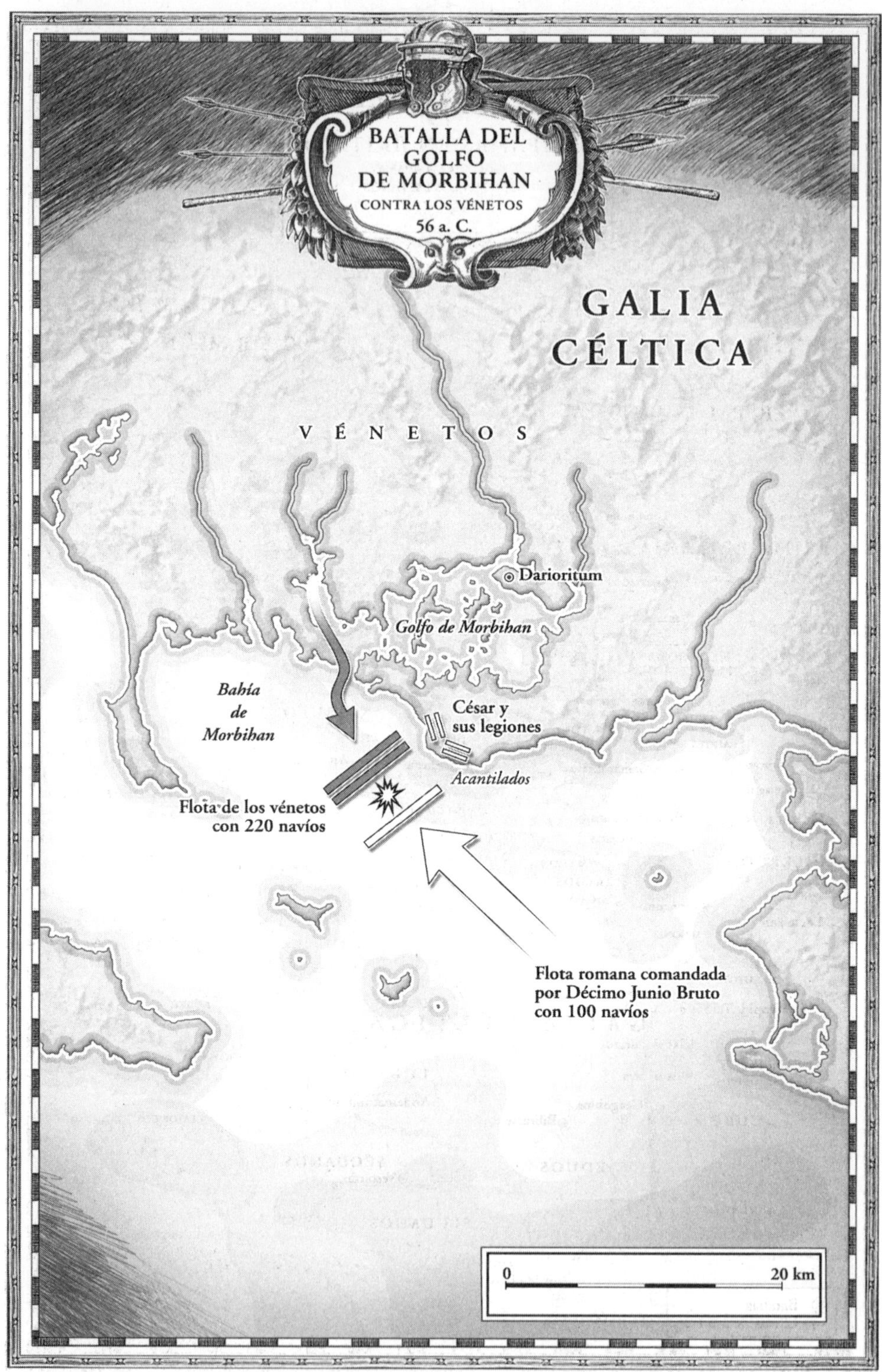
BATALLA DEL GOLFO DE MORBIHAN
CONTRA LOS VÉNETOS
56 a. C.
GALIA CÉLTICA
V É N E T O S
Darioritum
Golfo de Morbihan
Bahía de Morbihan
César y sus legiones
Acantilados
Flota de los vénetos con 220 navíos
Flota romana comandada por Décimo Junio Bruto con 100 navíos
0
20 km

CAMPAÑAS EN BRITANIA
PRIMERA CAMPAÑA
CONTRA LOS BRITANOS
55 a. C.
OCÉANO
GERMÁNICO
CORITANOS
BRITANIA
CATUVELLAUNOS
ICENOS
Río Támesis
TRINOVANTES
ATREBATES
Londinium
Camulodunum
PRIMA BRITANIA
REGNENSES
CANTIACOS
CÉSAR
FLOTA ROMANA
CON DOS LEGIONES
LABIENO
Itius Portus
MORINOS
MENAPIOS
FRISIOS
BÁTAVOS
Río Rin
CAMAVOS
USÍPETES
Río Lippe
EBURONES
R. Escalda
CÁLETES
AMBIANOS
Nemetacum
NERVIOS
ATUÁTUCOS
Atuatuca
Río Mosa
Samarobriva
ATREBATES
Bagacum
Río Sambre
Noviomagus
BELOVACOS
Namur
EBUROVICES
Bratuspantium
Viromandurorum
CONDRUSOS
SICAMBRIOS
VELIOCASOS
VIROMANDUOS
Río Mosa
Río Sena
AULERCOS
SUESIONES
Noviodurum
Bibrax
TRÉVEROS
Puente
sobre el Rin
UBIOS
PARISIOS
Río Aisne
REMOS
Autricum
Lutecia
Durocortorum
R. Mosela
MAGNA
GERMANIA
Suindium
SENONES
CATALAUNOS
MEDIOMÁTRICOS
VANGIONES
Río Sena
CARNUTOS
TRICASES
Cenabum
Agedicum
Divodurum
NÉMETES
Oppid. Turonum
LEUCOS
GALIA CÉLTICA
Noviodunum
Alesia
BITURIGES
TRÍBOCOS
Río Rin
TULINGOS
Avaricum
LINGONES
Gorgobina
Andematunnum
CUBOS
Bibracte
LATOBICOS
EDUOS
SÉCUANOS
Río Doubs
Vesontio
Río Danubio
ARVERNOS
Río Allier
Río Loira
SÉCUANOS
RÁURACOS
Lago Constanza
AMBARROS
HELVECIOS
Matisco
Alpes
Batallas
Líneas de avance
SEGUSIAVOS

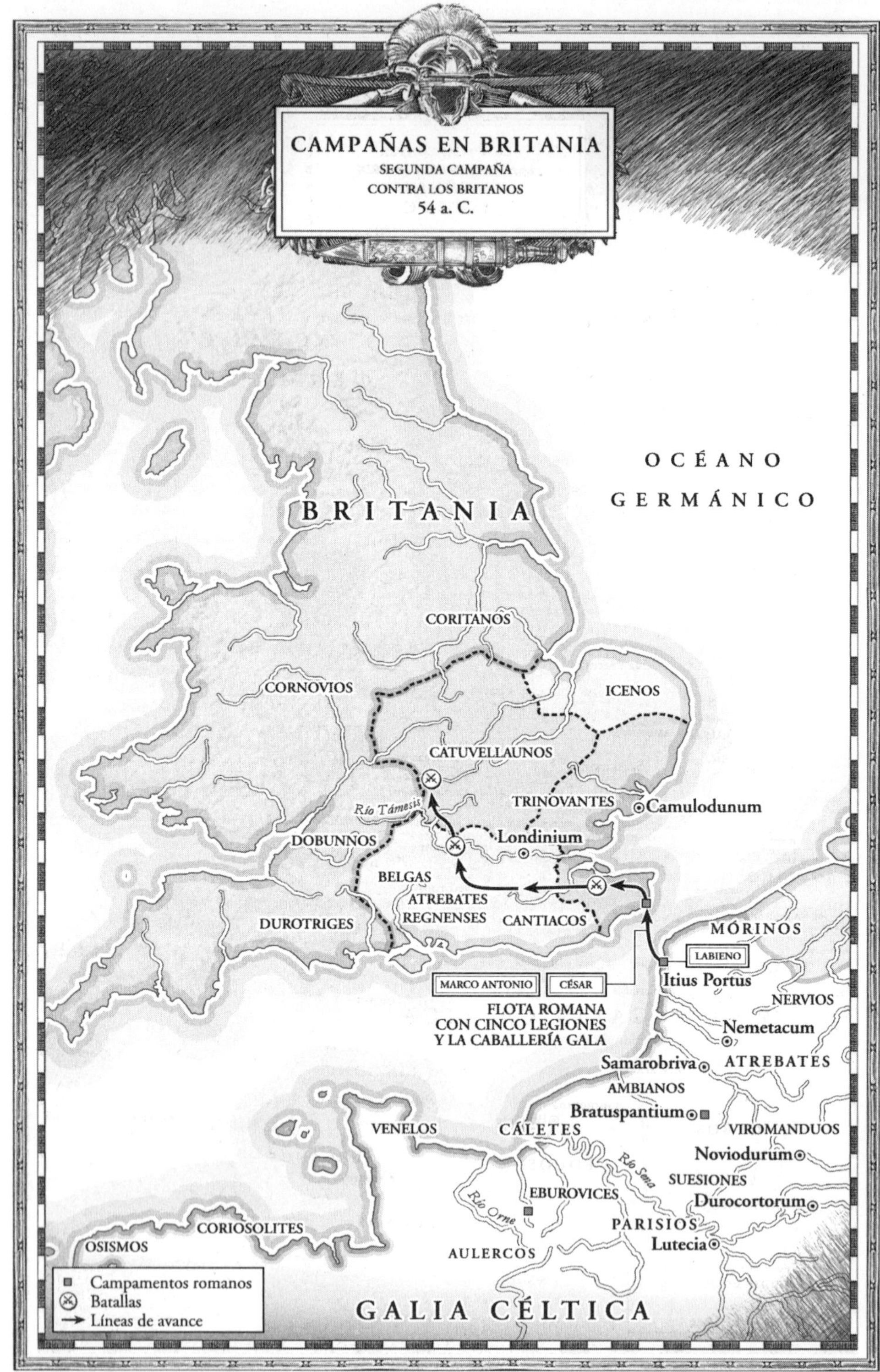
CAMPAÑAS EN BRITANIA
SEGUNDA CAMPAÑA
CONTRA LOS BRITANOS
54 a. C.
OCÉANO
GERMÁNICO
BRITANIA
CORITANOS
CORNOVIOS
ICENOS
CATUVELLAUNOS
TRINOVANTES
Camulodunum
Río Támesis
DOBUNNOS
Londinium
BELGAS
ATREBATES
REGNENSES
DUROTRIGES
CANTIACOS
MÓRINOS
LABIENO
MARCO ANTONIO
CÉSAR
Itius Portus
NERVIOS
FLOTA ROMANA
CON CINCO LEGIONES
Y LA CABALLERÍA GALA
Nemetacum
Samarobriva
ATREBATES
AMBIANOS
Bratuspantium
VENELOS
CALETES
VIROMANDUOS
Noviodurum
Río Sena
SUESIONES
EBUROVICES
Durocortorum
Río Orne
PARISIOS
CORIOSOLITES
Lutecia
OSISMOS
AULERCOS
Campamentos romanos
Batallas
Líneas de avance
GALIA CÉLTICA

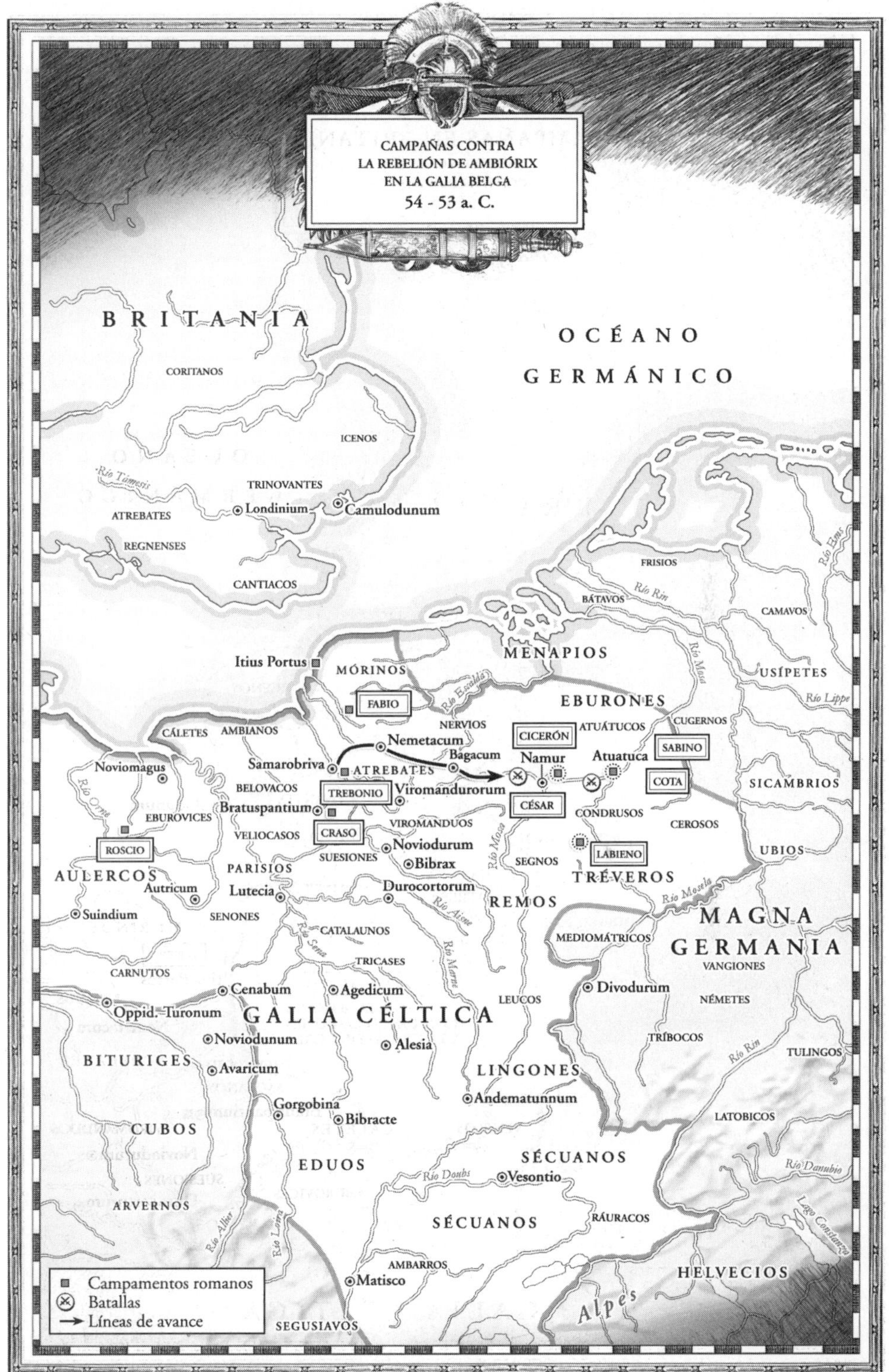
CAMPAÑAS CONTRA
LA REBELIÓN DE AMBIÓRIX
EN LA GALIA BELGA
54 - 53 a. C.
BRITANIA
OCÉANO
GERMÁNICO
CORITANOS
ICENOS
Río Támesis
TRINOVANTES
ATREBATES
Londinium
Camulodunum
REGNENSES
CANTIACOS
FRISIOS
Río Rin
Río Ems
BÁTAVOS
CAMAVOS
MENAPIOS
Itius Portus
MÓRINOS
Río Mosa
USÍPETES
FABIO
Río Escalda
EBURONES
Río Lippe
CÁLETES
AMBIANOS
NERVIOS
CICERÓN
ATUATUCOS
CUGERNOS
Nemetacum
Bagacum
Namur
Atuatuca
SABINO
Noviomagus
Samarobriva
ATREBATES
COTA
SICAMBRIOS
Río Orne
BELOVACOS
TREBONIO
Viromandurorum
CÉSAR
Bratuspantium
CONDRUSOS
EBUROVICES
CEROSOS
CRASO
VIROMANDUOS
VELIOCASOS
ROSCIO
SUESIONES
Noviodurum
UBIOS
Bibrax
SEGNOS
LABIENO
PARISIOS
AULERCOS
Autricum
Lutecia
Durocortorum
TRÉVEROS
Río Mosela
Suindium
SENONES
REMOS
Río Aisne
MAGNA
GERMANIA
CATALAUNOS
MEDIOMÁTRICOS
Río Sena
Río Marne
TRICASES
VANGIONES
CARNUTOS
Cenabum
Agedicum
Divodurum
LEUCOS
NÉMETES
Oppid. Turonum
GALIA CÉLTICA
Noviodunum
Alesia
TRÍBOCOS
Río Rin
TULINGOS
BITURIGES
Avaricum
LINGONES
Andematunnum
Gorgobina
Bibracte
LATOBICOS
CUBOS
SÉCUANOS
EDUOS
Río Danubio
Río Doubs
Vesontio
ARVERNOS
RÁURACOS
Lago Constanza
SÉCUANOS
Río Allier
Río Loira
AMBARROS
HELVECIOS
Matisco
Alpes
SEGUSIAVOS
Campamentos romanos
Batallas
Líneas de avance

IV

Bibliografía

[illegible] L. [illegible] Madrid, [illegible]

[illegible]

— [illegible] 2013.

[illegible] Madrid, [illegible]

[illegible]

[illegible] y 85.

[illegible] Madrid, [illegible]

— *The [illegible] Empire following a Coin*, Nueva York, Rizzoli ex libris, 2013.

[illegible] S.; [illegible], P. G.; R[illegible], R. S.; [illegible], S. M., y [illegible], J., *Técnicas bélicas del mundo antiguo (3000 a.C.-[illegible]): [illegible] técnicas y tácticas [illegible]*, Madrid, [illegible]

A[illegible], [illegible] de R[illegible]

A[illegible], I., [illegible]

Barreiro Rubín, V., *La guerra* [illegible] 2004.

IV

Bibliografía

Adkins, L. y Adkins, R., *El Imperio romano: historia, cultura y arte*, Madrid, Edimat, 2005.

Alfaro, C., *El tejido en época romana*, Madrid, Arco Libros, 1997.

Álvarez, P., *Somos romanos: descubre el romano que hay en ti*, Madrid, EDAF, 2019.

—, *Crónica rosa, rosae: escándalos en la Roma clásica*, Barcelona, Larousse, 2023.

Álvarez Martínez, J. M., *et al.*, *Guía del Museo Nacional de Arte Romano*, Madrid, Ministerio de Cultura, 2008.

Andrews, E., «Julius Caesar Suffered from Strokes, Not Epilepsy, New Study Says», 2018, <https://www.history.com/news/julius-caesar-suffered-from-strokes-not-epilepsy-new-study-says>.

Angela, A., *Un día en la antigua Roma. Vida cotidiana, secretos y curiosidades*, Madrid, La Esfera de los Libros, 2009.

—, *The Reach of Rome: A Journey Through the Lands of the Ancient Empire Following a Coin*, Nueva York, Rizzoli ex libris, 2013.

Anglim, S.; Jestice, P. G.; Rice, R. S.; Rusch, S. M. y Serrati, J., *Técnicas bélicas del mundo antiguo (3000 a.C.-500 d.C.). Equipamiento, técnicas y tácticas de combate*, Madrid, LIBSA, 2007.

Apiano, *Historia de Roma I*, Madrid, Gredos, 1980.

Asimov, I., *El Cercano Oriente*, Madrid, Alianza Editorial, 2011.

Barreiro Rubín, V., *La guerra en el mundo antiguo*, Madrid, Almena, 2004.

BEARD, M., *Women and Power: A Manifesto*, Londres, London Review of Books, 2017.

—, *SPQR: una historia de la antigua Roma*, Barcelona, Crítica, 2016.

BIESTY, S., *Roma vista por dentro*, Barcelona, RBA, 2005.

BOARDMAN, J.; GRIFFIN, J. y MURRIA, O., *The Oxford History of The Roman World*, Oxford, Oxford University Press, 2001.

BRAVO, G., *Historia de la Roma antigua*, Madrid, Alianza Editorial, 2001.

BROUGHTON, T. R., *The Magistrates of the Roman Republic*, Nueva York, American Philological Association, 1960.

BUSSAGLI, M., *Rome: Art and Architecture*, China, Ullmann Publishing, 2007.

CABRERO, J. y CORDENTE, F., *Roma, el imperio que generó por igual genios y locos*, Madrid, Edimat, 2008.

CANFORA, L., *Julio César. Un dictador democrático*, Barcelona, Ariel, 2007.

CANTORA, P. A., *Shakespeare's Rome*, Chicago, University of Chicago Press, 2017.

CARRERAS MONFORT, C., «Aprovisionamiento del soldado romano en campaña: la figura del *praefectus vehiculorum*», en *Habis*, n.º 35, 2004.

CASSON, L., *Las bibliotecas del mundo antiguo*, Barcelona, Edicions Bellaterra, 2001.

CASTELLÓ, G., *Archienemigos de Roma*, Madrid, Book Sapiens, 2015.

CASTILLO, E., «Ostia, el principal puerto de Roma», en *Historia-National Geographic*, n.º 107, 2012.

CHIC GARCÍA, G., *El comercio y el Mediterráneo en la Antigüedad*, Madrid, Akal, 2009.

CHRYSTAL, P., *Women in Ancient Rome*, The Hill Stroud, Amberley, 2014.

CICERÓN, M. T., *Discursos I. Verrinas, Discurso contra Q. Cecilio, primera sesión, segunda sesión* (discursos I y II), Madrid, Biblioteca Básica Gredos, 2000.

—, *Discursos II. Verrinas. Segunda sesión* (discursos III y IV), Madrid, Biblioteca Básica Gredos, 2000.

CILLIERS, L. y RETIEF, F. P., *Poison, Poisoning and the Drug Trade in Ancient Rome*, <http://akroterion.journals.ac.za/pub/article/view/166>.

Clarke, J. R., *Sexo en Roma. 100 a. C.-250 d. C.*, Barcelona, Océano, 2003.

Codoñer, C. (ed.), *Historia de la literatura latina*, Madrid, Cátedra, 1997.

— y Fernández Corte, C., *Roma y su imperio*, Madrid, Anaya, 2004.

Comotti, G., *La música en la cultura griega y romana*, Madrid, Ediciones Turner, 1986.

Connolly, P., *Tiberius Claudius Maximus: The Cavalry Man*, Oxford, Oxford University Press, 1988.

—, *Tiberius Claudius Maximus: The Legionary*, Oxford, Oxford University Press, 1988.

—, *Ancient Rome*, Oxford, Oxford University Press, 2001.

Crawford, M., *The Roman Republic*, Cambridge, Massachusetts, Harvard University Press, 1993.

Cruse, A., *Roman Medicine*, Stroud, The History Press, 2006.

Damasco, N. de, *Vida de Augusto*, Madrid, Signifer Libros, 2006.

Dando-Collins, S., *Legiones de Roma: La historia definitiva de todas las legiones imperiales romanas*, Madrid, La Esfera de los Libros, 2012.

Dupuy, R. E. y Dupuy, T. N., *The Harper Encyclopedia of Military History from 3500 B. C. to the Present*, Nueva York, Harper Collins Publishing, 1933.

Eliade, M. y Couliano, I. P., *Diccionario de las religiones*, Barcelona, Paidós, 2007.

Engen, D. T., «The Economy of Ancient Greece», EH.Net Encyclopedia, 2004, <https://eh.net/encyclopedia/the-economy-of-ancient-greece/>.

Enrique, C. y Segarra, M., *La civilización romana. Cuadernos de Estudio, 10. Serie Historia Universal*, Madrid, Editorial Cincel y Editorial Kapelusz, 1979.

Escarpa, A., *Historia de la ciencia y de la técnica: tecnología romana*, Madrid, Akal, 2000.

Espinós, J.; Masià, P.; Sánchez, D. y Vilar, M., *Así vivían los romanos*, Madrid, Anaya, 2003.

Espluga, X. y Miró i Vinaixa, M., *Vida religiosa en la antigua Roma*, Barcelona, Editorial UOC, 2003.

Fernández Algaba, M., *Vivir en Emérita Augusta*, Madrid, La Esfera de los Libros, 2009.

Fernández Vega, P. A., *La casa romana*, Madrid, Akal, 2003.

Fox, R. L., *El mundo clásico: La epopeya de Grecia y Roma*, Barcelona, Crítica, 2007.

Freisenbruch, A., *The First Ladies of Rome: The Women Behind the Caesars*, Londres, Vintage Books, 2011.

García Campa, F., *Cayo Mario, el tercer fundador de Roma*, Granada, HRM Ediciones, 2017.

García Gual, C., *Historia, novela y tragedia*, Madrid, Alianza Editorial, 2006.

García Sánchez, J., *Viajes por el antiguo Imperio romano*, Madrid, Nowtilus, 2016.

Gardner, J. F., *El pasado legendario. Mitos romanos*, Madrid, Akal, 2000.

Gargantilla, P., *Breve historia de la medicina: Del chamán a la gripe A*, Madrid, Nowtilus, 2011.

Garlan, Y., *La guerra en la antigüedad*, Madrid, Aldebarán, 2003.

Gasset, C. (dir.), *El arte de comer en Roma: alimentos de hombres, manjares de dioses*, Mérida, Fundación de Estudios Romanos, 2004.

Giavotto, C. (coord.), *Roma*, Barcelona, Electa Mondadori, 2006.

Goldsworthy, A., *Grandes generales del ejército romano*, Barcelona, Ariel, 2003.

—, *César, la biografía definitiva*. Madrid, La Esfera de los Libros, 2007.

Golvin, J. C., *Ciudades del mundo antiguo*, Madrid, Desperta Ferro Ediciones, 2017.

Gómez, F.-J. (coord.); Rodríguez, J.; Amela, L.; De la Torre, I. y Campomanes, E., *Historia militar de la Antigua Roma. Campañas militares y batallas críticas de la república y el Imperio romano*, Madrid, Nowtilus, 2023.

Gómez Pantoja, J., *Historia Antigua (Grecia y Roma)*, Barcelona, Ariel, 2003.

González Serrano, P., *Roma, la ciudad del Tíber*, Madrid, Ediciones Evohé, 2015.

González Tascón, I. (dir.), *Artifex: ingeniería romana en España*, Madrid, Ministerio de Cultura, 2002.

GOODMAN, M., *The Roman World: 44 B. C. - A. D. 180*, Bristol, Routledge, 2009.

GRANT, M., *Atlas Akal de Historia Clásica del 1700 a. C. al 565 d. C.*, Madrid, Akal, 2009.

—, *Cleopatra*, Londres, Phoenix Press, 2003.

GRIMAL, P., *La vida en la Roma antigua*, Barcelona, Paidós, 1993.

—, *La civilización romana. Vida, costumbres, leyes, artes*, Barcelona, Paidós, 1999.

GUILLÉN, J., *Urbs Roma. Vida y costumbres de los romanos. I. La vida privada*, Salamanca, Ediciones Sígueme, 1994.

—, *Urbs Roma. Vida y costumbres de los romanos. II. La vida pública*, Salamanca, Ediciones Sígueme, 1994.

—, *Urbs Roma. Vida y costumbres de los romanos. III. Religión y ejército*, Salamanca, Ediciones Sígueme, 1994.

HACQUARD, G., *Guía de la Roma antigua*, Madrid, Centro de Lingüística Aplicada ATENEA, 2003.

HAMEY, L. A. y HAMEY, J. A., *Los ingenieros romanos*, Madrid, Akal, 2002.

HEMELRIJK, E. A., *Matrona Docta: Educated Women in the Roman Elite from Cornelia to Julia Domna*, Londres, Routledge, 1999.

HERRERO LLORENTE, V. J., *Diccionario de expresiones y frases latinas*, Madrid, Gredos, 1992.

HOLLAND, T., *Rubicon: The Triumph and Tragedy of the Roman Republic*, Londres, Abacus, 2003.

HUBBARD, B., *Venenos: la historia de las pociones, polvos y asesinos que los utilizaron*, Madrid, Librero, 2020.

HUGHES, J. R., «Dictator Perpetuus: Julius Caesar –did he have seizures? If so, what was the etiology?», 2004, <https://pubmed.ncbi.nlm.nih.gov/15380131/John>.

IZQUIERDO, A., *Cleopatra. La mujer tras el mito de la última reina de Egipto*. Barcelona, Roca Editorial, 2025.

JAMES, S., *Roma Antigua*, Madrid, Pearson Alhambra, 2004.

JOHNSTON, H. W., *The Private Life of the Romans*, <http://www.forumromanum.org/life/johnston.html>.

JONES, P., *Veni, vidi, vici: hechos, personajes y curiosidades de la Antigua Roma*, Barcelona, Crítica, 2013.

KNAPP, R. C., *Invisible Romans: Prostitutes, Outlaws, Slaves, Gladia-*

tors: Ordinary Men and Women... the Romans that History Forgot, Londres, Profile Books, 2011.

KÜNZL, E., *Ancient Rome*, Berlín, Tessloff Publishing, 1998.

LACEY, M. y DAVIDSON, S., *Gladiators*, Londres, Usborne, 2006.

LAES, C., *Children in the Roman Empire: Outsiders within*, Cambridge, Cambridge University Press, 2011.

LAGO, J. I., *Las campañas de Julio César: el triunfo de las Águilas*, Madrid, Almena Ediciones, 2014.

LE BOHEC, Y., *El ejército romano*, Barcelona, Ariel, 2004.

LEWIS, J. E. (ed.), *The Mammoth Book of Eyewitness. Ancient Rome: The History of the Rise and Fall of the Roman Empire in the words of Those Who Were There*, Nueva York, Carroll and Graf, 2006.

LIVIO, T., *Historia de Roma desde su fundación*, Madrid, Gredos, 1993.

LÓPEZ BARJA DE QUIROGA, P., *Entre tiranos. La guerra civil de César*, Madrid, Marcial Pons, 2021.

MACAULAY, D., *City: A Story of Roman Planning and Construction*, Boston, Houghton Mifflin Company, 1974.

MACDONALD, F., *100 Things You Should Know about Ancient Rome*, Thaxted, Miles Kelly Publishing, 2004.

MAIER, J., *The Eternal City: A History of Rome in Maps*, Chicago, The University of Chicago Press, 2020.

MALISSARD, A., *Los romanos y el agua: La cultura del agua en la Roma antigua*, Barcelona, Herder, 2001.

—, *Historia del mundo antiguo n.º 55. Roma: artesanado y comercio durante el Alto Imperio*, Madrid, Akal, 1990.

—, *Historia Universal. Edad Antigua, Roma*, Barcelona, Vicens Vives, 2004.

MANIX, D. P., *Breve historia de los gladiadores*, Madrid, Nowtilus, 2004.

MARCO SIMÓN, F.; PINA POLO, F. y REMESAL RODRÍGUEZ, J. (eds.), *Viajeros, peregrinos y aventureros en el mundo antiguo*, Barcelona, Publicacions i Edicions de la Universitat de Barcelona, 2010.

MARQUÉS, N. F., *Un año en la antigua Roma*, Barcelona, Espasa, 2018.

MARTÍN, R. F., *Los doce césares: Del mito a la realidad*, Madrid, Aldebarán, 1998.

MATTESINI, S., *Gladiators*, Nuoro, Italia, Archeos, 2009.

Matyszak, P., *Los enemigos de Roma*, Madrid, OBERON Grupo Anaya, 2005.
—, *Legionario: El manual del legionario romano (no oficial)*, Madrid, Akal, 2010.
—, *La antigua Roma por cinco denarios al día*, Madrid, Akal, 2012.
—, *24 hours in Acient Rome: A Day in the Life of the People Who Lived There*, Londres, Michael O'Mara Books Limited, 2017.
McKeown, J. C., *Gabinete de curiosidades romanas*, Barcelona, Crítica, 2011.
Melani, Ch.; Fontanella, F. y Cecconi, G. A., *Atlas ilustrado de la Antigua Roma: De los orígenes a la caída del Imperio*, Madrid, Susaeta, 2005.
Mena Segarra, C. E., *La civilización romana*, Madrid, Cincel Kapelusz, 1982.
Montanelli, I., *Historia de Roma*, Barcelona, Debolsillo, 2002.
Navarro, F. (ed.), *Historia Universal. Atlas Histórico*, Madrid, Salvat-El País, 2005.
Neira, L. (ed.), *Representaciones de mujeres en los mosaicos romanos y su impacto en el imaginario de estereotipos femeninos*, Madrid, Creaciones Vincent Gabrielle, 2011.
Nieto, J., *Historia de Roma: Día a día en la Roma antigua*, Madrid, Libsa, 2006.
Nizharadze, K., «Methods and Tools of Information Dissemination on a Daily Basis in the Ancient World - From Agora to Acta Diurna», Georgian National University SEU, 2021, <https://vss.openjournals.ge/index.php/vss/article/view/3641>.
Nogales Basarrate, T., *Espectáculos en Augusta Emérita*, Badajoz, Ministerio de Educación, Cultura y Deporte, Museo Romano de Mérida, 2000.
Nossov, K., *Gladiadores: El espectáculo más sanguinario de Roma*, Madrid, Libsa, 2011.
Novillo López, M. A., *Breve historia de Julio César*, Madrid, Nowtilus, 2011.
—, *Breve historia de Cleopatra*, Madrid, Nowtilus, 2013.
—, *Julio César en Hispania*, Madrid, La Esfera de los Libros, 2018.
Oltean, R., *Tracios, getas y dacios*, Desperta Ferro Ediciones, 2021.
Payne, R., *Ancient Rome*, Nueva York, Horizon, 2005.

Pérez Mínguez, R., *Los trabajos y los días de un ciudadano romano*, Valencia, Diputación Provincial, 2008.

Pisa Sánchez, J., *Breve historia de Hispania*, Madrid, Nowtilus, 2009.

Plutarco, L. M., *Vidas paralelas: Sertorio, Eumenes, Foción, Catón el Menor*, Buenos Aires, Espasa, Colección Austral, 1950.

—, *Vidas paralelas: Alejandro-César*, Madrid, Gredos, 2021.

Polibio, *The Rise of the Roman Empire*, Londres, Penguin, 1979.

Pomeroy, S., *Diosas, rameras, esposas y esclavas: Mujeres en la antigüedad clásica*, Madrid, Akal, 1999.

Posteguillo, S., *La traición de Roma*, Barcelona, Ediciones B, 2009.

—, *Los asesinos del emperador*, Barcelona, Planeta, 2011.

—, *La legión perdida*, Barcelona, Planeta, 2016.

Potter, D., *Emperors of Rome: The Story of Imperial Rome from Julius Caesar to the Last Emperor*, Londres, Quercus, 2011.

Quesada Sanz, F., *Armas de Grecia y Roma*, Madrid, La Esfera de los Libros, 2008.

Ramos, J., *Eso no estaba en mi libro de historia de Roma*, Córdoba, Almuzara, 2017.

Ribas, J. M. y Serrano-Vicente, M., *El derecho en Roma* (2.ª ed., corregida y aumentada), Granada, Comares Historia, 2012.

Roller, D. W., *Cleopatra: biografía de una reina*, Madrid, Desperta Ferro Ediciones, 2023.

Rostovtzeff, M., *Historia social y económica del mundo helenístico*, vol. I, Madrid, Espasa Calpe, 1967.

—, *Historia social y económica del mundo helenístico*, vol. II, Madrid, Espasa Calpe, 1967.

Sampson, G. C., *Rome's Great Eastern War: Lucullus, Pompey and the Conquest of the East, 74-62 B. C.*, Barnsley, Pen and Sword Books, 2021.

Santos Yanguas, N., *Textos para la historia antigua de Roma*, Madrid, Cátedra, 1980.

Scarre, C., *The Penguin Historical Atlas of Ancient Rome*, Londres, Penguin, 1995.

Schiff, S., *Cleopatra, a Life*, Nueva York, Back Bay Books, 2011.

Segura Murguía, S., *El teatro en Grecia y Roma*, Bilbao, Zidor Consulting, 2001.

Smith, W., *A Dictionary of Greek and Roman Antiquities*, Londres, John Murray, 1875.

Southern, P., *Cleopatra*, Stroud (Gloucestershire), Tempus Publishing Ltd., 2007.

Sterbenc Erker, D., «Gender and Roman funeral ritual», en Hope, V. y Huskinson, J. (eds.), *Memory and Mourning in Ancient Rome*, Oxbow, 2011, <https://www.academia.edu/3516239/2011_Gender_and_Roman_funeral_ritual_in_V_Hope_J_Huskinson_Hrsg_Memory_and_Mourning_in_Ancient_Rome_Oxbow_40_60>.

Suetonio, *La vida de los doce Césares*, Madrid, Austral, 2007.

Syme, R., *La revolución romana*, Barcelona, Crítica, 2017.

Téllez Alarcia, D. y Pablos Pérez, R., «El *Espartaco* de Kubrick: realidad y ficción», *Iberia*, 3, pp. 87-302, 2000, <https://dialnet.unirioja.es/servlet/articulo?codigo=201010>.

Toner, J., *Sesenta millones de romanos*, Barcelona, Crítica, 2012.

Trow, M. J., *Cleopatra: Last Pharaoh of Egypt*, Londres, Robinson, 2013.

Valentí Fiol, E., *Sintaxis latina*, Barcelona, Bosch, 1984.

Veyne, P., *Sexo y poder en Roma*, Barcelona, Paidós Orígenes, 2010.

VV. AA., «Cleopatra: la verdadera historia de la última reina de Egipto», *Historia National Geographic*, RBA, 2020.

VV. AA., *Historia Augusta*, Madrid, Akal, 1989.

VV. AA., *Historia año por año: La guía visual definitiva de los hechos históricos que han conformado el mundo*, Madrid, Akal, 2012.

VV. AA., «Historia de la prostitución», en Correas, S. (dir.), *Memoria. La Historia de cerca*, IX, 2006.

VV. AA., *Historia de los grandes imperios: El desarrollo de las civilizaciones de la antigüedad*, Madrid, Libsa, 2012.

VV. AA., *La legión Romana* (I), Madrid, Desperta Ferro Ediciones, 2013.

Watts, E. J., *República mortal*, Barcelona, Galaxia Gutenberg, 2019.

Wilkes, J., *El ejército romano*, Madrid, Akal, 2000.

Wisdom, S. y McBride, A., *Los gladiadores*, Madrid, RBA/Osprey Publishing, 2009.

Agradecimientos

Gracias a los profesores Rubén Montañés, de griego clásico y moderno, Alejandro Valiño, de derecho romano, y Ana Martínez Gea, de latín, griego y cultura clásica por responder a diferentes preguntas relacionadas con sus ámbitos de especialización durante la escritura de *Los tres mundos*.

Gracias a Jorge Manzanilla, de la Agencia Literaria Carmen Balcells, y a Ana Caballero y el resto del equipo de correctores de Ediciones B por la corrección y edición del manuscrito.

Gracias a Irene Pérez por la gestión de la agenda de presentaciones y eventos para dar a conocer *Los tres mundos* por toda España y América Latina.

Gracias a toda la red comercial de Ediciones B por hacer llegar esta historia a cada librería, a cada esquina y a cada evento literario.

Gracias a mi hermano Javier y mi cuñada Pilar por sus sugerencias sobre el texto.

Gracias a Nuria Cabutí y Juan Díaz por creer en el proyecto de una épica saga sobre Julio César.

Gracias a Lucía Luengo por ser la editora de y mi punto de referencia en *Los tres mundos*.

Gracias a mi agente Ramón Conesa, por su eterna paciencia conmigo, y a todo el equipo de la Agencia Literaria Carmen Balcells por su constante apoyo y por abrir caminos y rutas para que la saga de César pueda ser ya leída en más de diez idiomas diferentes.

A mi hija Elsa por ser siempre una fuente de orgullo con sus estudios y su crecimiento como persona a ambos lados del Atlántico.

Y gracias a Ana por todo, y en particular porque, mientras escribía *Los tres mundos*, ella fue, es y será mi mundo.

Índice

Liber primus
ARIOVISTO

Liber secundus
LOS MÁS VALIENTES

Liber tertius
LA FRONTERA DEL RIN

Liber quartus
MÁS ALLÁ DEL MAR

Liber quintus
BRITANIA

Liber sextus
LA REBELIÓN DE AMBIÓRIX

Apéndices